本田義憲著

今昔物語集仏伝の研究

勉誠出版

東大寺勧学院での講義にて（2011年11月7日）

刊行に寄せて——〈天翔る文体〉賛——

本田義憲氏の論といえば、何といっても新潮日本古典集成の『今昔物語集』の解説（一九七八、七九年）であろう（以下、中国式に敬愛を込めて「老師」と呼ばせて頂く）。第一巻と第二巻に掲載された「今昔物語集の誕生」「「辺境」説話の説」（本書第Ⅰ部所収）それぞれの解説を目にした衝撃はいまだに忘れられない。通常、古典の注解書に添えられる解説は添え物的な説明にとどまりがちだが、老師の解説はそれまでの論考を集約するばかりか新見をあまた盛り込んだ渾身の力業で、読む者を引きつけずにはおかない、圧倒的な迫力を持っていた。第三、第四巻に解説が載らなかったのが今も残念でならない（解説二つで力尽きたのかもしれないが）。

老師の初期の論考の代表作「敦煌資料と今昔物語集との異同に関する考察Ⅰ〜Ⅲ」（本書第Ⅳ部所収）に典型的な綿密詳細な考証をふまえつつも、同時にスタロバンスキーからバフーチンからフーコーに至る現代批評をも渉猟し、縦横無尽にかけめぐる、まさに〈天翔（あまがけ）る文体〉（と私的に名づける）に魅了された。『今昔』力学の世界感覚のメカニズムは動いていた」「さまざまの矛盾の中の、生への決意のドラマトゥルギー……、『今昔』は、これを問いつづけた」「さりげなく、自己の精神の秘密を永遠化したのであった」「鋭く類比と対比との感覚がきらめき、稜角のある結晶が照らし合った」等々の言葉が躍動し、はてにはサーカスのジンタやピエロの楽曲が近づいた時、「小学校の教室の、窓の外が晴れていた」という「隠された思い出や忘れた感覚」まで総動員される。引用したくなる箇所が随所にきらめいている。

今の研究には忘れ去られつつある文学への鋭くしなやかな感性とそれを再現する文体の力感がみなぎりほとばしっている。何度も読み返し、自分のものにしたいと思っても、その度にするりと抜け出てまた遠い高みに行ってしまう感覚にとらわれる。余人の追随を許さぬものがある。と同時に老師の、人間を、世界を、そして言語を観る、深い洞察と「開かれた想像力」「チャンネルの共鳴」が横溢する。ここには文学を読み、研究することの愉楽があり、知と学の深みや飛翔が脈打っている。世紀を越えた研究史の中で、文学としての『今昔物語集』をここまで読みつくし、言挙げした研究は他にないといってよい。「人間的、宗教的な共感力のあたらしさが、『今昔』の生命と文体とを決定している」という『今昔』の部分をそのまま「本田義憲」に置き換えることができるほどだ。何かで行き詰まったり、力弱ったりした時にはこの解説を読むことにしている。そこから響いてくる言葉の律動に励まされ、力づけられる。癒やしの力も持っているのである。この解説そのものがもはや〈文学〉であり、古典として読み継がれるであろう、と予言的に断言せずにはいられない。いつ読みかえしてもその斬新さは失せることがない。

解説が書かれた当時は、『今昔物語集』の成立論議が盛んで、鈴鹿本の書写が興福寺でなされていたことや典拠の一つとみなされる『弘賛法華伝』の書写者が東大寺の覚樹であったことが関連して南都説が打ち出されていたが、いずれも平板で単線的であり、それに対して老師は南都北嶺の僧のつながりあう、より大きな社会の関連の視野に立って「交流の場のコンテキスト」を強調し、一大プロジェクトともいうべき仏典の訳経現場を例に、語りと筆録の交差する「複数性を帯びた単数的な意志」を見出す。議論の拠って立つ地平や次元が格段に高く深かった。

『今昔』は、和漢の説話の群を媒介とする自己認識、すなわち、混血することばにわたる言語の外在性と、自己表現の結晶作用との緊迫の間に、日本の転換期におけるあたらしい人間の可能性の追求と、あたらしい混血散文の想像力の可能性の追求と、その独自の、孤独な仕事をつづけた、と言える。

七〇年代の末にここまで『今昔物語集』の本性を他に置き換えのきかない形で言い当てている。これに勝る論は後にも先にもない。さらには、

この時、漢文という、異質の硬質の原典を翻訳する仕事は、『今昔』の想像力への触媒として、『今昔』の内部の潜勢力をあたらしく表現させる滋養としてはたらき、その説話群に、歴史の深さと世界のひろがりを与えた。

というくだりは、近年活発化しつつある東アジアの漢文訓読論への忘れてはならない警鐘として読める。『今昔』の文体は立っている」というように、老師の文体もまた屹立している。〈天翔る文体〉は大地をしっかり踏みしめているからこそ可能であることを再認識させられる。

八〇年代初め、筆者は徳島に職を得ており、その時に紀要の拙論への御返事を初めて頂戴し、晦渋な筆跡の判読に苦心した喜びは忘れがたく、そうして、八〇年代後半、京都に行くたびに老師とお会いし、歓談に時を忘れた。その遠心、求心おりまぜた独特の語りや所作に心惹かれた。文体と同じ〈天翔る〉語りであった。四条のライオンでの乾杯に始まり、祇園で食事し、最後は賀茂川沿いの喫茶というコースがいつも決まっていた。文字通り老師の謦咳に接することのできた至福の時であった。九〇年代初めの『説話の講座』（勉誠社）全五巻の編集もご一緒し、巻頭を飾る御論を書いて頂き（本書第Ⅰ部所収）、仕事面でも氏と得がたい共有の場を持つことができた。十二月の東大寺開山堂での良弁忌を案内して頂いたこともあった。

この度、老師の業績が一編の論集にまとまり、〈本田学（ホンダ・ワールド）〉の全容を逍遙できるようになって、誠にありがたい。老師の言葉を借りていえば、「説話的世界を媒介として人間の根元に就く『今昔』的体験」をぜひ若い人達に追体験してほしいと思う。人文学の危機が問われる今日こそ、〈本田学〉のあらたな読み直しが望まれるであろう。なお、老師には『日本人の無常観』（ＮＨＫブックス、一九六八年）の忘れられた名著もあることを付言しておく。

立教大学名誉教授　小峯和明

目次

III　今昔物語集仏伝の世界……375

凡例

・本文は一部旧字を新字に改めるなどの処理を施したが、基本的に底本の表記のまま収録した。但し、一部著者による修正を施した箇所がある。
・「II 今昔物語集仏伝の研究」は旧稿を元に全面的に著者による推敲を加えた新稿を収載した。
・末尾に初出一覧を附した。本書底本はここに掲出されているものを使用している。

Ⅰ　今昔物語集とは何か

説話とは何か

一　「説話」とは何かということ

〈説話ということばの捉えにくいこと〉

「説話」ということばは、本来、漢語である。和語（やまとことば）でない。意味領域は多様である。一つの問いは、たとえば、『今昔物語集』に取材した近代作家の或る作品についての、夏目漱石の晩年の書簡を思い出させる。

　　物語り類は（西洋のものでも）シムプルなナイーヴな点に面白味が伴ひます。

　　　　　　　　　　　（大正五年（一九一六）九月二日、芥川龍之介宛）

「あなたのは too laboured といふ弊に陥（お）ち」、「細叙が悪いのではない」が、「細叙するに適当な所を捕へてゐない点丈（だけ）がくだ〱しくなるのです」、此のことばを、「物語り類」ということばが用いてある、ということの一抹の意識をも包んで、近代の個人作家が何か書こうとする在り方を直観した鋭い批評として、共感のうちに、思い出させる。煩瑣である、端的でない、というのであろう。

もとは文字の、ないしもとから口がたり（口承）の、聖俗いずれの伝承をも平仮名を主として編んだらしい、未発見の古本『宇治大納言物語』（源隆国）、これをそれぞれ書承的に文字を通じてかなり承けるにちがいない『今昔物語集』や『宇治拾遺物語』など、いずれも書名に「物語」の名をのこす。吉田健一は言う。(1)

（これら二書に）集められたものは説話ということになるようである。つまり昔から言い伝えられたこととかもっと最近の出来事とかでそういうことに興味をもつ編者が耳にしたものであって、それを集めて書いたこういう、説話というものには、時代、又場所の相違を問わず或る共通の性格があると思われる。

「編者が耳にしたもの」というだけの限定は誤りであるが、伝承性とか世間話とか、その好奇とかにふれ、その共通のものは或いは飾り気がないということになるだろうか。しかしそれだけでは誤解の余地があることで飾り気がない語り口であるから語られていることが素朴な性質のことばかりとは限らない。……言葉はそのままそれが指すものであり、これが飾り気がないという印象を与える。

「野生というような」ことは「後になってのこじ付け」を出ず、省いて言えば、たとえば『今昔物語集』巻二十九(3)「何者とも知れぬ女盗賊の話」など、「そうなくてはならない感じしかせず、この世にあり得る不思議を語って芽出（めで）たい出来ばえであ」り、「この話を現実のものに」するところがあって、ここにも説話というものの持つもう一つの性格、「必ずそのどこかで人生の機微に触れている」ということがある。そして、

この人生の観念そのものが二人以上の人間がいて初めて得られるもので、自分と他人の交渉から人間の観念が明確になり、その人間の世界で人間が生き死にする有様が或る見違えようがない形を取るのが感じられて人生ということを考えるに至る。……文明を知らないものに人生に就いて言うのは無理というものである。「今昔物語」の時代には人生のことを単に世と称した。また世は恋を指す言葉でもあり、俗世間のことでもあって世は外国、或いは今日の日本での人生というのが丁度それに当て嵌（はま）る。それが単に世で通っていたことは世が多くの人間が住む所であり、その一人一人が違っていながら何れも人間であることがこの時代に徹底していたことを示している。……

また省いて言えば、『千夜一夜（アラビアン・ナイト）』を読んで此の人がアラビアの文明を語ったように、「平安の世には文明があっ

た」と結ばれるここには、通じていろいろ考えさせられるところがあるが、ただし、「説話」ということばが、感じられはしながら、漠として捉えにくいことに変わりはない。

〈漢語「説話」が西欧近代をくぐったこと〉

「説話」ということばが日本古典文学批評の上に見えるのはいつ頃からか、語彙史的に詳しく知らない。ヘボン『和英語林集成』第三版（明治十九年、一八八六）に、「説話 A saying, talk, report」とはある。[2] ともかく、ドイツ留学後、芳賀矢一の纂訂した『攷証今昔物語集天竺震旦部』（大正二年、一九一三）は、この書を「説話集」とし、「ジャータカやパンチヤタントラと同じく日本の古文学中に此の世界の珍宝あるを喜」んだ、と序した。「印度説話」、「仏教説話」、「民間説話」、「比較説話学」などいうことばも見える。

『本生譚(ジャータカ)』・『五つの教訓(パンチヤタントラ)』。いままず、本生譚(ほんじょうたん)といわれるものに、仏陀前生の本生譚(ジャータカ)に限らず、一般の前生譚をも含め、ひろく律蔵文学を補うこともできるであろう。経律論三蔵の中、律蔵は、僧団共同体(サンガ)に現在する戒律の成立した由縁を、しばしば結果として仏伝にもなる伝承を示して語って、僧団の日常生活の秩序を明らかにしようとする。その発達した譬喩(アヴァダーナ)文学は業報(ごうほう)を強調して教訓例証し、それは、過去現在を結ぶ因縁(ニダーナ)とも交錯するであろう。そして、譬喩因縁譚は、単に仏教世界にとどまらず、やがて世俗をも用いて教説に資する。ついで『五つの教訓』は、仏教書ではないが、寓話（fable）的に此世の知恵や倫理を説き、枠組みの中に多く挿話して教訓詩をはめこみ、それは後の『有益な教訓(ヒトーパデーシャ)』にも及んでいる。もとよりこれらは、ヨーロッパ東洋学の知るところであった。『攷証今昔物語集』には、文献学(フィロロギー)（古典作品(テクスト)研究）の理論と方法とをドイツ民俗学(フォルクスクンデ)とともに学んだ、「洋行」期、その若き日のヨーロッパがあった。

いうまでもなく、『今昔物語集』は仏伝に始まり、三国の仏法史を軸として世界を編み、好奇の関心を王法世俗にひろげて、それをも包もうとした。意識したのは、まず教説、説法であったはずである。恵心僧都の和讃も、

『梁塵秘抄』の法文歌(ほうもんか)も歌われていたであろう。『今昔』の成立に先立つ天仁三年（一一一〇）には、ある皇女の発願した南都大安寺の法会の講座が合わせて三百座にもわたり、その譬喩因縁を録したのが、『法華百座聞書』であった。一般に、このような場の結縁に、「然ルベキ因縁譬喩」譚を語り手は工夫し、聞き手もよく聞かなくては「罪」得る様に思ったという（『今昔』巻二十(36)）が、その場は一種カーニヴァル的な劇場空間であって、「説話」本来の生きる場であったであろう。本来この場のために説話は求められ、集められた。その時代に、『今昔』もそれをした。時にはそれを忘れるかの様に、書く悦び(シュライブゼーリヒカイト)、ないしその悦びに充ちた理づめの苦患を鋭くしたとしても、である。そして、その『今昔』天竺震旦部、ひいては本朝部の諸篇、おそらくほとんど全篇が、事実上は書承しながら、口承の語りの形を取って、「今昔……トナム語リ伝ヘタルトヤ」と基本的につらぬく枠組みと、その出来事を叙事して来た結文にしばしばあらわにする、ともかく、あるいは宗教的な至心至信の、あるいは世俗的な処世の智恵の教えと、これらの類は、『攷証今昔』において、インドの本生譚、前生譚、ないし教訓の古籍とかさねるに足りたのであった。

この時、他ならぬ漢語「説話」ということば自体は、『攷証』に如何に捉えられていたか。仏教に限らず、たとえば「(震旦部の)十巻は主として支那の史乗、諸子、小説等にあらはれた巷談を採った」とか、「支那一流の孝子説話が加って居る」とか、六朝志怪小説の『捜神記』について、「当時の説話を筆述した」、「小説家によって作られる」とかあるなどを見れば、われわれは古東洋の周知のことばに出会う。

小説家者流は、蓋し(けだし)稗官(はいかん)より出づ。街談巷語、道聴塗説者の造る所なり。（『漢書芸文志』）

魯迅も『中国小説史略』にまず用いたことばであった。小説家は、思うに小官から出る。街談巷語、道で聞いたことをすぐ道で説く類の、無根拠の民間小知、観るべきは有ってもついに一種の慰戯を出ない、さまざまの話題、小話をいうのであろう。儒教の精神の政治学がその異常を抑止した、怪力乱神を語りもしよう。やがて仏教の因果の理がもつれ、儒道仏の三教が相交わる。後述のように唐中期の日本入唐僧の論著にのこる、「唐人説話」ということばには仏教的民間的の意が濃いが、『攷証』には、「説話」ということばに、唐宋後、民間に伝承された烟粉（愛恋）・霊怪・士馬金鼓（軍事）、俗講の説経、講史など、俗語で口演する話芸とか、その形式の読み物とか、この種の理会も含まれたか、とも考えられる。

街談巷語に即して言えば、この類は、日本でも、平安初期から「街巷之談」（『古語拾遺』）、「街談巷説」（『和名抄』序・『世俗諺文』序）などと見え、歌学書にも和泉式部説話の一種について「閭巷の物語、信受し難き事か」（『袋草紙』上）などと見え、下っては、鎌倉中期の『古今著聞集』、これは『宇治大納言物語』（隆国）の「巧話」とか、『江談抄』（大江匡房談・藤原実兼録）の「清談」とかを承けて、神祇・釈教……と分類した「説話集」であるが、これに「街談巷説の諺有り」などとも序している。

『攷証今昔物語集』にいう漢語「説話」は、ドイツ文献学などの刺激の間から、どんな原語に感じられたかを知らないが、[3] 漢語「小説」「巷談」ないしは後代の「説話」、これらの芸文概念と、ないしはヘボンの訳語のような日常概念ともかかわりながら、意識し直されて来たのであろう。ただし、明治近代化過程に novel の翻訳語にあてられた、漢語「小説」概念のようには、「説話」概念は一般化しなかったのである。

〈言語伝承的なるものの自己展開ということ〉

『攷証今昔物語集』が刊行され始めたのは、たまたま柳田国男らが『郷土研究』を創刊した年であった。すでに、群書類従に『狩詞記』を捉えた柳田国男の『後狩詞記』、そして『遠野物語』は成っていた。ただちに、南方熊楠が『郷土研究』に『攷証今昔』の欠を補った。そして、後に、柳田国男は、たとえば殊には「昔話と伝説と神話」の中で、グリムの『童児及び家庭の説話』、Märchen を「説話」と訳して、言う。

説話といふ語の意味、これと昔話との関係も明かにして置く必要がある。幸ひなことには此語はまだ「昔話」のやうに、完全に普通語にはなり切って居ない。少数の専門家より他は之を使はず、使って居る者もその心持は区々である。……それで私は是を日本語のハナシ、即ち口で語って耳で聴く叙述に、限ることにしたいのである。(4)

「神話」・「昔話」(外国風にいう民間説話)、「零細の伝説までも包含す」べき、「一切の語り事」の「総称を必要とする」その総称として、周知のように、「説話」を口頭伝承、口承文芸(littérature orale)の在り方に限定する。明らかに『攷証今昔』にいう「説話」を意識するであろう。『攷証今昔』が、インドの「説法を満載した経典が、支那訳となって、次第に我が国に将来せられた」と言い、「支那の文明」、「其の大文明国に盛に流行して居る大宗教に接して」これを迎えた、と言った、いわば文化衝撃としての仏教的想像力を忘れなかった、そこに言うその「説話」を意識するであろう。『攷証今昔』において、群籍、特に漢訳仏典・漢籍、中国・日本の仏書の類が、漢字という映像に充ちたおびただしい表意文字の音読訓読を通じて、歴史的におし迫って来たであろう「説話」概念に冷やかに、インド的ないし中国的想像力にもかかわるべきその意味領域を、おそらく意識的に斥けていることは明らかであろう。自覚的にまず日本の「一国民俗学(5)」に意を注ぎ、国内の「民間文芸の展開過程と、説話そのものゝ起源とは歴史が別である(6)」として、比較対照においては受容条件の在り方にこそ心を用いる方向を意識的に取った、日本民俗学の、立場として充分うなづける方法をも含んでそうであろう。ヘボンの訳語から言えば、表現の形式面を用いたのである。

もとより、立場の如何を問わず、無文字社会的というか、口頭伝承、口がたりの世界の想像力のゆたかさは、いますでに言うまでもない。ただし、話されることば（パロール）と書かれることば（エクリチュール）との間には複雑な問題があり(7)、われわれは、文字表現というものの想像力が、口承の流れを塞き止める、その流れに立ち止まるという意味を持つ、媒体としての緊張関係の場に在り得べきことの確かさを忘れないが、ただし同時に、『攷証今昔』が、出典論的翻訳論的に素朴であり、文化接触のるつぼの中の、幾重の口承と書承と、伝承と表現との間をたどるべき用意が、ゆたかでなかったことも確かであろう。

　無意識的にか意識的にか、柳田国男の立論に立って、「説話」ということばを総称として捉え、かつ、口承だけでなく文字化したものをも含む向きが多いようである。ただし、少しく紛らわしい。内容的にも、ことばによる伝承的想像力の複雑さが、あわせて問題であろう。日本の芸文の歴史においては、「説話」は、その言語伝承的なるものの自己展開の顕現の一つとして、「説話集」ジャンルをその重要な部分として、単一でない多様の間に、狭義には、広義の仏教的想像力と力強く相関したであろう(8)。この想像力の内相と外相との日本的展開として、仏法王法、神仏混淆などに関する意味をも含み得べきは、言うまでもない。

〈説話集のこと〉

　「説話集」と言っても、その性格は一様でない。たとえば、鎌倉前期の『高山寺聖教目録』などの分類(9)もあった。あえて少しく一瞥すれば、まず平城末平安初期の仏教説話集『日本霊異記』に始まり『三宝絵』を経て『日本往生極楽記』『法華験記』とつづく類、『東大寺諷誦文稿』『法華百座聞書』『打聞集』等、やはりともかく説教唱導にきわめて関係深い類、古本『宇治大納言物語』『今昔物語集』『宇治拾遺物語』等、ともかく書名に物語の名をのこす類、ないし『注好選』『古本説話集』等の類、また、『江談抄』『中外抄』『富家語』等、貴族官人社会の有職故実・故事、儀式の由来、逸話など、知的関心に富む良識の糧を口授筆録して、その事実から説話的世界へ成長する類、これらを雑抄的また説話的に引く『古事談』、ないし『古今著聞集』の類、さらに、『宝物集』『発心集』『撰集抄』『閑居友』『十訓抄』そして『沙石集』、猿地蔵の古譚をのこす『雑談集』等、中には唱導的に観念化して説話の叙事の類型化した場合をも含むが、仏教的説話評論の類、ないし『私聚百因縁集』『三国伝記』の類等々、さまざまに指折られる。撰者はすべて男子、未知の多いのにも意味がある。文字表記も、和化漢文、平仮名、和漢混淆の漢字片仮名交り、ないし、依拠した資料の性格によるにちがいない雑揉など、多様であった。すべて、この世界の、高さ低さは別として、複雑さを示す。周縁に法語、中古天台等の仏書、歌学書、軍記その他の文学ジャンル、寺社の霊験譚や縁起、絵画ジャンルなどに、説話がそれぞれの意味と役割とを果す場合も少なくなかった。すべて、より細部研究が必要であろう。

「説話的世界のひろがり」[10]というか、想像力の深層に潜勢する可能の表現として、共時的に相通じるべき何かと、通時的に現象してその役割を果して過ぎて行く何かと、これらの関係の複雑な会い分かれが有った。

二　古神話・古伝承のこと

〈フルコトのこと〉

言語伝承的なるものが神話として、ないし神話的に顕現する場合がある。いわば超個人的な祖型、原型的な神々の伝承のことばである。多く、神々と人々との間をとりもつシャーマンの類に始まるであろう。

　瑰奇の古神話、その異伝が語る。

一書曰。……伊弉諾尊聴きたまはずして、陰に湯津爪櫛を取りて其の雄柱を牽き折きて秉炬として見しかば、則ち膿沸き虫流る。今、世人、夜一片之火忌む、又、夜擲櫛忌む、此れ其の縁なり。……其の泉津平坂にして、或いは所謂ふ、泉津平坂といふは復別に処所有らじ、ただ死るに臨みて気絶ゆる際、是を謂ふか。所塞がる磐石といふは、……

（『日本書紀』神代、第五段一書第六）

一書曰。……（イザナキ）因りて其の（桃の）実を採りて雷に擲げしかば、雷ども皆退走きぬ。此れ桃を用て鬼を避く縁なり。

（同、神代、同一書第九）

黄泉国。火の神を生んで去った女神に死の起源を語り、夜、一つ火を燭すことを忌むなど、呪的逃走の境界に中国の古俗をもとに桃の実で邪鬼をはらうなど、「今」の習俗の起源を語る。「今」との重層構造の間に、現在の共同体の秩序のために、一種規範性教訓性を帯びる本縁譚である。

一書曰。……因りて猿女君の号を賜ふ。故、猿女君等の男女、皆呼びて君といふ、此れ其の縁なり。

（『日本書紀』神代、第九段一書第一）

是を以て、猿女君等、其の猿田毘古之男の神の名を負ひて、女を猿女君と呼ぶこと是ぞ。

（『古事記』神代）

今の氏族の系譜とか名称とかの神話的由縁を説く本縁譚である。原『古事記』においては、猿女君氏の一族という稗田阿礼が、口がたりをこめた文字記録を、美しく綾ある和語で誦んだのである。

……今、尓陪魚といふ、其の縁なり。

（『肥後国風土記』逸文）

……因りて阿蘇郡と号く、斯れ其の縁なり。

（同）

「古老相伝ノ旧聞異事」（『続日本紀』和銅六年）に属して、地方共同体を基礎づける口碑的本縁譚である。

コト（言・事、kötö）は、母音交代カタルと同源から生まれる。(11) ギリシア語のmȳthologiaが単に物語mȳthoi内容自体だけでなく、物語るlegeinという意味をも含み、物語ることはまた共振を起こさせることでもあった、というように、(12) とも言えるであろう。ともかく、その古い語りに由る古事・旧辞、相伝旧聞である。通じて、これらは、共同体の伝承的なるものの、聖なる神話的ないし俗なる民譚的の表現として、全体の秩序を守り根拠づけようとする本縁譚である。あるいは祭式して喚起しもした。あるいは「故、諺曰、……此れ其の縁なり」などいう形もあり、また、多く、「今（に、今に至るまで」などと言い、ないし言わないがその意を含み、一種の教訓性とともに、これは降って諸「説話集」にも散見する。

同時に、泉津平坂の出来事に注をさしはさんで「気絶」と言い、中国の古辞書『釈名』に葬制を釈いて「人の始めて気絶ゆるを死といふ……」とする類を意識するなど、旧辞に都市知識階級が有文字的に介入して一種合理化抽象化を起し、身体の小宇宙を問いながら、旧辞世界と自己との間の乖離する現実をつなごうとする場合もある。「桃」の実を投げるというのも、「逃」走という漢字の視覚や聴覚と映りあうかもしれない。このような知的介入なり変化なりは、別に、語りつたえられた古神話を書く場合だけに限らない。

〈古い異神の辺境・深層への流竄のこと〉

（皇祖高皇産霊尊）遂に皇孫……を立てて、葦原中国の主とせむと欲す。然も彼の地に、多に蛍火の光く神、及び蝿声なす邪神有り、また草木ことごとくに能く言語有り。（『日本書紀』第九段）

豊葦原水穂の国は、昼は五月蝿なす水沸き、夜は火瓮なす光く神在り、石根・木立・青水沫も事問ひて荒ぶる国なり。……（『出雲国造神賀詞』）

歴史的には、政治宗教史的に新しい「神」観念を帯びる政治神学が、国家神話的にその専制支配を造型しようとする文脈である。言を巧みにして暴神を調える。こちらへ向かせる。ただし、ここには構造的には、人間存在の深い古層、基層的原初的自然の問題があるべきである。[13] たとえば、この蛍火は、和泉式部の貴船明神の歌の蛍であり、李賀の坧を出でて蛍擾擾の蛍であり、川端康成『千羽鶴』の「蛍の火は幽霊じみて見えないでもない」の蛍であり、梵本『法華経』譬喩品の歌の蛆虫・昆虫・蛍火充満しの蛍である。たとえば、この言語は、『パイドロス』をかりれば、デルフォイやドドネの巫女たちが、何らかの神がかりの狂気の時にしか聞かなかったかもしれないにせよ、神託を占った檞の葉のそよぎであり、岩のいう声であった。

諸神流竄。それらが、辺境に斥けられ深層にこめられる。ちはやぶる神々。流刑の神々（H・ハイネ）。背教者（メレジュコフスキィ）。魔神への変身。「様々ノ異類ノ形ナル鬼神共」（『今昔物語集』巻十三(1)の意味が生まれる。生まれる意味は、底に沈んだ。

神々は異国の人たちに姿を似せ
ありとあらゆる様に身をやつして国々を訪れる

この『オデュッセイア』(XVII. 485~486)のような歌を、いかなる作家、詩人たちにも語らせてはならない、と、都市国家(ポリス)の政治哲学が『国家(ポリティア)』第二巻に言った。神的にみすぼらしく、流しつかわされて、他(ひと)の国から来るもの、あるいはおもしろく笛吹くものを、神と乞食(こつじき)との間のものを歌うことは、間違った物語であった。都市国家の法律(ノ)・習慣(モス)は、異神の想像力を底に沈めた。

三　最初の説話集のこと

〈文化衝撃としての仏教的想像力のこと〉

『日本国現報善悪霊異記(日本霊異記)』三巻は、もとは自度(じど)(私度(しど))、南都薬師寺の僧景戒(きょうかい)の編んだ、日本最初の「説話集」である。自度とは、受戒からさらに律令官寺の具足戒を受けた官僧でなく、自発して私(わたくし)に出家したものをいう。本来、非律令仏教的である。行基の率いる自度僧団の布教にもよく知られるであろう。王宮にはつとに燈燭を華やかにする法会があり、玄奘三蔵の偉大な文化が日本に入ってしばらく後には、講筵は王族貴族の間には起っていたが、それが社会的なエネルギーをもって盛行し始めたのは、平城中期の頃からであった。律令体制の矛盾の中の旧秩序の解体期、古い神々のたそがれ、その流竄(エクジール)し頽落するひび割れの間に、民間仏教は、現世的に、民衆の受苦にその救済を訴えたのである。説法は、あるいは数日つづけられた。氏族の寺院で、また広場でさえも。道俗貴賤相会(あい)した、と『霊異記』は言うであろう。聖と俗との間を僧がとりもって、語り手と聞き手とのつくる場に、「説話」は、民間的に文化衝撃としての仏教的想像力を展(ひら)き、それは教化と娯心と、勧進とをかねた。

三巻は、日本仏教初期の上宮聖徳太子から、天平盛期の聖武ないし行基を経て、平城末頽唐期から平安初期の今に至る、仏教史的意識を軸として成る。各巻に序し、下巻に跋し、側聞する口伝・口説に従って記す、という。里人から事実聞いたこともあるらしい。多分に文字記録にも拠った。それらの善悪因果の理、善悪の報をめぐる、「奇事」を収録する。唐土には『冥報記』や『般若験記』もあった、と言う。

つとに、わけては国際都市、平城を、大陸の群籍が衝撃していた。「その知識の抽象性に触れて初めて感じた深い喜び(14)」もあった。『冥報記』三巻は初唐の仏教説話集である。儒書も善悪の報いを論じるが、その事理は王道を談じ天命に関して、常談の際(きわ)でない。いま微細の霊験を取って、人鬼の間に徴する、と言う。

> 釈氏の説教、因果に非ざる無し。因即ち是れ果を作す。果即ち是れ報。……然して其の報を説くに、また三種有り。一は現報。謂(いひ)は此の身の中に於いて善悪の業(ごふ)を作す。即ち此の身に於いて報を受くるは、皆現報と名づく。二は生報。……三は後報。……
> （『冥報記』上巻序）

『般若験記』は、盛唐の『金剛般若経集験記』三巻であろう。とすれば、『冥報記』などの諸書、見聞から「霊験」譚を集める。『日本霊異記』より少し遅れて成ったらしい『東大寺諷誦文稿』とか、後の『日本国見在書目録』雑伝家の項とかに、志怪小説『捜神記』や『冥報記』などともに見える、隋代の『霊異記』十巻も平城末には入っていたであろう。しかし、

> 何ぞ唯(ただ)し他国の伝録をのみ慎みて、自土(じど)の奇事を信(う)け恐(おそ)りざらむや。
> （『日本霊異記』上巻序）

しかしいま、仏法の善悪因果の現報と霊異霊験と、これを「自土」「日本国」の現実においてこそ説こう、と言うのである。もとより閉鎖ではない。仏法に照らされる底のことである。たとえば『日本霊異記』に「法身」と

いうことばが見える。基本的に、「法身常に在す・存す」（中(17)・下(28)、中(23)・(36)）である。たとえば、初唐の『諸経要集』に「法身一相、異容を瞻仰す」（序）、「法身無像、……機に随ひて応現す」（巻一、頌）とある類である。その機の応現が表である。「自土」とは、この普遍に立つ日本であった。かつ、このもとは自度の人が心血を傾けたのは、劫運に生滅する現世の人びとのことであった。此書を外国に在る人々に呈す、とは言わなかったが、彼の熱意は、劫運に流転する「欲界の雑類」に現実的にそそがれていた。『霊異記』は、四六駢儷という、律令貴族も好んだ文体をも交えながら、俗臭を辞しない変体漢文の日本語の運びに、その熱意を託した。「説話」が「集」として編まれた最初であった。

〈霊験、現報、そして結文のこと〉

吉祥天女応験譚（中(13)）などとともに、身疲れて魚食を欲した師僧のために魚を求めた話も知られる。

……（童子）鮮けき鯔を八隻買ひて、小櫃に納れて、帰り上る。……童子答へて言はく、「此は法花経なり」といふ。持てる小櫃より魚の汁垂りて、其の臭きこと魚の如し。俗、「経に非じ」と念ふ。即ち大和国の内の市の辺に至りて、俗等、倶に息む。俗人逼めて言はく、「汝が持てる物は経に非じ。此は魚なり」といふ。童子答へて言はく、「魚に非ず。まさに経なり」といふ。俗強ひて開かしむ。逆ひ拒むこと得ずして、櫃を開きて見れば、法花経八巻に化せり。俗等見て、恐れ奇しびて去りぬ。……

（下(6)、禅師の食はむとする魚、化して法花経となりて、俗の誹を覆しし縁）

師は、この魚を真福寺本『霊異記』や此れを引く『今昔物語集』巻十二(27)では食し、『三宝絵』中(16)や『法華験記』上(10)では食しなかったが……。スイスの昔話に、病む王女のためにリンゴをとりに行き、帰りに、籠の中味を問われて、蛙の骨と答える。王さまの前で、開けば蛙の骨であった、とつたえていた。[15] いま、何故に魚は鯔なのか、名の吉い鯔は、おそらく緇（墨染めの衣）と、漢字の想像力の間にその映像を通じたのである。筐の中の乾魚を、「緇」を着ているのに、と見とがめられて、股間に生肉をはさむのと市の乾魚を背負うのといずれがうとましいか、と言ったのは、実は文殊の化身した聖であった。乾魚は松の皮であった。これは、『三国遺事』巻五のつたえる、新羅の古い説話であった。帝王聖武の夢のままに、寺ノ前ニ先ヅ現われて、籬に鯖を入れて荷っていた翁が東大寺の大法会の読師に召された。中間で翁はかき消え、鯖は『華厳経』八十巻に成った、と『今昔』巻十二(7)にあり、『東大寺要録』巻二、『宇治拾遺物語』(103)等にもあったが、これは、藁しべ長者の夢のモチーフなどにも通じ、鯖は、その食を戒められもした（『類聚符宣抄』巻三）ことは措き、ともかく娑婆（sahā, sabhā）とも音通したかもしれなかった。

『霊異記』の現報は、基本的に、現在世の因果の現在世における決着である。「漢神（外来の異神）の祟りに依り牛を殺して祭り、また放生の善を修して、現に善悪の報を得る縁」（中(5)）のように、「殺生の業」（「業」ではない）と「放生の業」とによって善悪両報を得る場合を含んでそうである。ただし、後報にもふれ（中(7)・下(25)・(26)等）、宿業ないし先罪にもふれる（上(8)・下(11)・(34)、上(10)・中(28)・(30)等）場合もないわけではない。富貴の女人が酒を水まししして売り、升枡の大小を偽って高利を貪り、これらが敦煌偽経（インド仏典の漢訳でない擬似経典）の『善悪因果経』とか『菩薩証明経』とかにもあるのが面白いが、そんな罪を犯して病む。夢に閻羅王宮で一生の罪を示されたことを語って、即日に死ぬ。焼かず、七日目の夕べに棺蓋おのずから開き、見れば、蛆たかるではなく、転生、すでに角ある牛体の半獣人である。人等恥じてその贖罪に奔る間に、また数字、五日後、彼女は死ぬ。結文、「……現報すら猶し然り、況むやまた後報をや。……」（下(26)）。宿業にふれる場合、インドの前生譚とか敦煌偽経『現報当受経』とかのようには縷述しない。

『霊異記』の主調低音に「隠身の聖」がある（上(4)・中(1)(29)・下(33)、下(30)等）[16]。折口信夫の貴種流離、神と乞食との間。「賤しき沙弥の乞食するを刑罰ちて現に頓かに悪死の報を得る縁」（下(33)）、『薬師経』の十二薬叉神（十二

神将)のみ名を唱える自度を迫めて、地に倒れて死ぬ。結文、

……更に疑ふべからず、護法の、罰を加ふることを。自度の师なりと雖も、猶し忍の心もてみよ。
隠身の聖人、凡の中に交はりたまふが故なり。……

つづいて『十輪経』その他を引用、評論・教訓して、みずからの菩薩の布施歓喜観を述べて終る。結文の此の性格は、説話に現実味を加える。「教訓性はむしろ説話の本質にぞくする」[17]、基本的にそうであろう。

〈原撰と改編のこと〉

延暦六年(七八七)九月四日子の時、彼の夢に、彼を訪ねて読経した乞食に白米半升ばかりをささげると、『諸教要集』の書写をすすめて授けて去った(下(38))。これは、初唐の『諸経要集』を指そう。『霊異記』全篇が「——縁」と標題するのも、直接にはおそらく『諸経要集』に拠るであろう。[18]『霊異記』につづく仏教説話集『日本感霊録』の同じい標題は、おそらく『霊異記』を承ける。「縁」はともかく由縁、所縁の意、古神話以来の「縁」伝承の方法がここにかさなるのであろう。[19]

……いはゆる古京の時に名づけて雷の岡といふ語本、是れなり。 (上(1)、雷を捉ふる縁)

……三乃の国の狐の直等が根本、是れなり。 (上(2)、狐を妻として子を生ましむる縁)

巻頭二篇。たとえば上(1)は、王と王妃と大安殿に婚合する時、少子部栖軽が参り、王は恥じらう。雷が鳴り、彼に鳴雷を取るべきを命じる。『礼記』月令、仲春の月の世界であり、[20]和語雷電の世界である。少子部氏の伝承が崩れた後代の資料に拠るはずであるが、古来の「縁」伝承に由るものを「自土の奇事」の記の冒頭に置いて、因縁由来をたぐりながら仏教的因果世界へと誘うことにもなった、[21]とも言える。

もとより、これらは仏教説話的ではない。あたかも、『諸経要集』を拡充した『法苑珠林』が、仏教説話の間に、たとえば、かの『捜神記』巻十四、蚕神のからむ馬娘婚姻譚その他の奇記を、さしはさむ(巻六十三)類で

あろう。あきらかに増補部分である。原撰本を「奇記」として捉え、こんどは「仏教的世界からの逸脱をもうかがわせるような、〈アヤシ〉の世界」、その「奇記」へすすんで行った[22]、と見られるであろう。もと求道の自覚のために始まった説話集成の、民間の現実の中の、善悪の現報と霊異の応験とに底ごもる興趣が、その譬喩因縁的の好奇から、それを超えて、その好奇を世俗社会の多様へひろげたのである。

日本最初の「説話集」、本来、仏教説話集である、『日本霊異記』のこれは、たとえば、大小の規模は別として、『今昔物語集』の好奇世界の展開などにも通じるであろう。いま、あえて無条件に、『宇治拾遺物語』序の「天竺の事もあり、……事もあり、様々やうやうなり」ということばを思い出しておく。

四　「唐人説話」のこと

〈唐人説話〉のこと

日本での、「説話」[23]という他ならぬことばは、管見では、入唐体験のある僧の聞いた「説話」に始まり、その意味を帯びて見える。中国の仏教ないし文化と日本との間を媒介してのことであった。

初期天台の入唐僧（八五三〜八五八）、智証円珍の論著『授決集』（元慶八年、八八四）に、著名の大翻訳家、鳩摩羅什訳の『維摩経』不思議品に関して、不可思議の不可思議である所以の譬喩因縁として説かれるところがある。

唐人説話、什公纔（わづか）に浄名経（維摩経）を訳し、当時の国主姚興（ようこう）天子に呈す。主上怪しみて曰はく、「須弥（しゅみ）を芥子（けし）に納（い）る。此れ道理無し」と。什公、鏡を以て主に示し、問ひて曰はく、「聖人、鏡中の面像を見るや不（いな）や」と。主の答ふらく、「我能（よ）く之を見る」と。什師の問ひて曰はく、「面と鏡といづれ大なりや」と。興の曰はく、「鏡小面大」と。什の曰はく、「もし鏡小面大ならば、何を以て像を現さむや」と。主上驚悟して、更に言語無し。
（『授決集』巻上、須弥内芥子決）

宇宙の中心にある、須弥山をからし菜の種子の中に納めることができるという仏教の論理を、鏡と面との大小をもって譬喩して説くのである。敦煌本の鳩摩羅什断簡に、

（鳩摩羅什）後に維摩経の不思議品を訳するに因りて、芥子の須弥を納るるを聞きて、秦王懐疑す。什まさに信を証せむとして鏡を以て瓶の中に納る。大小、傷なし。什、帝に謂ひて曰はく、「羅什、凡僧なれども、なほ鏡を瓶の内に納る。況むや、維摩大士、芥子に須弥を納れて得ざらむや」と。帝すなはち深信し、希奇に頂謝す。

このように、相通じる伝えが見える。鏡を瓶の中に納める譬喩は、いくばくか好奇的な方術性を交えた希奇であった。これらは「正統」の羅什伝記には見えない。おそらく、寺院の講経とか、世俗を教化する俗講の場とかが、この奇異の虚構が事実であるかのような口承を育てて、それは鏡を軸に、瓶にも面にも小異して岐れたのであろう。口語的俗語的に法を説き、譬喩ないし因縁を説いて論義を易しく飾り、聞き手を娯しませて信著させたのであった。それは、いわば説話的な方法で語ることなのであった。唐代小説『高力士伝』にも、「あるいは講経論義し、説話を転変す」とあった。「唐人説話」という此の「説話」の意味は、単なる談話や会話の類ではなく、仏法に即し、講経唱導の場でか、ないし唐土の門人から口がたりに直接聞いたか、に属すべきであろう。

「説話」ということばの、漢語としての規範性に執する要はない。しかし、この語彙史的事実はあった。

〈鳩摩羅什父子説話の変化のこと〉

『今昔物語集』巻六(5)の鳩摩羅什父子の物語に、羅什の父が、西域亀茲の王女と、王のすすめに、やむなく婚する場面があった。久しく彼女は懐妊しない。

王怪しびて蜜かに娘に問ひて宣はく、「聖人娶ぐ時、何なる事か有る」と。娘答へて云はく、「口誦する事有り」と。王此れを聞きて宣はく、「此れより後、聖人の口を塞ぎて誦せしむる事なかれ」と。然れば、娘の、王の言に随ひて、娶ぐ時、聖人の誦せむとする口を塞ぎて誦せしめず。其の後、懐妊しぬ。聖人は幾ばくの程を経ずして死に給ひぬ。此の聖人、王の言実なれば娶ぐと云へども、本の心失せずして無常の文を誦し給ひけるなり。其の文に云はく、「処世界如虚空　如蓮花不著水　心清浄超於彼　稽首礼無上尊云々」。此れに依りて懐妊せざりけるを、口を塞がれて誦せずして、懐妊しにけり。既に男子（羅什）を生ぜり。

（漢字はいま通用に改める）

原文、漢字片仮名交り、においては特に、骨組みのある和漢混淆体の力が感じられる。説話的に、端的に、簡明な対話と細部の奇異でリアルな行為とのある出来事が、邪気なく展開している。これは、唐代の『法華伝記』巻一(3)相当の伝承をより鮮やかにしたものであった。この前後、『今昔』と相通じて、『今昔』と共通する先行文字資料を母胎とするはずの、『打聞集』(8)にはこの部分は無く、これは、『今昔』が独自に、いわば劇的興趣あるこれを導入癒着したのであった。説話の変化する場合の一つである。

『法華伝記』そのものが旧記及び口伝を集め、西域の伝記、唐土賢聖の見聞した撰集、あるいは相伝無文、これらを録して成っていた。現に、いま見える「処世界」の偈も、たとえば敦煌寺院の礼懺、懺悔の儀式作法の場に数多く見え、慈覚円仁の『入唐求法巡礼行記』巻二には、もと道教とかかわった赤山法花院の講経の儀式の場にも唱えられるのであって、これを用いた『伝記』の羅什伝承も、いわば「唐人説話」の一つとして、聞き手に、人間の内や外、日常の表層や非日常の肉体の下層ないしは深層について、驚きや笑いを誘い、人間存在の不可思議を感じさせたかもしれなかった。『今昔』はこれを意識的にとり用いた。『今昔』にこの偈を「無常の文」というのは、盛唐の『集諸経礼懺儀』にこれを『是無上呪、是無等等呪』という、その「無上」を「無常」と誤った、おそらく『今昔』原本以来の誤りであるが、これは『今昔』の説話的好奇を傷つけない。
　鳩摩羅什父子の伝承は、やがて中世を通じて、説話評論、軍記物語、寺院縁起絵巻ないし羅什三蔵絵のような特殊の絵巻などにもわたり、それが諸種の立場からそれぞれの意味角度をもって受容されていたことを示している。その間、伝承の変化が相合し相離れてつづけられてもいた。たとえば、鎌倉中期の『沙石集』は、巻四(2)上人子持タル事に、末代の無慚をいう主題において、「近代」の世間話の先蹤として父子のことを述べた。それは、ほとんど随想の方法で「近代」を衝きもするであろう。室町中期の『三国伝記』は、日明交易を背景として、寺院参籠の時の対話形式の伝統を承け、講経の座に譬喩因縁を三国に分かって説きもしたであろう形式を受けて、三国の説話を交互に語らせるが、その巻六(26)羅什三蔵事には、同(25)の仏像変相と同(27)の志賀寺聖人、京極の御息所の玉の緒物語と連鎖して、羅什について「処世界如虚空如蓮花不着水の理り還りて貴ぶべきなり」などとも論じるであろう。説話が、説話集内外のそれぞれにおいて、それぞれ意味づけられるのである。

五　説話的風景のこと

〈都で見たこと〉

　聖武の代、美しい声で『般若心経』を誦持していた功徳で、現世に還ることを許された優婆夷（在俗の修行者、女子）が、閻羅王宮から出る門で、黄衣を着た三人に逢う。彼等は歓喜して、昔一目逢った、三日後に諸楽の都の東の市で逢おう、と言った。女は市へ行く。初唐の『冥報記』を都会化した一篇である。

　三日の朝に至り、……往きて市の中に居て終日待つに、待つ人来らず。ただ賤しき人、市の東の門よりして市の中に入り、経を売る。衒し売りて告げて言はく、「誰れか経を買はむ」といふ。優婆夷の前を遮り歴て過ぎ、市の西の門よりして出で往きぬ。優婆夷その経を買はむと欲ひ、使を遣はして還らしめ、経を開きて見れば、その優婆夷の昔時写し奉りし梵網経二巻、心経一巻なりけり。……

（『日本霊異記』中(19)、心経を憶持せし女、現に閻羅王の闕に至り、奇しき表を示す縁）

黄衣の三人は、彼女が生前に黄麻紙に写したまま盗まれていた経であった。冥界、地獄、あるいは冥界遍歴、冥界往還、そのさまざまを説話集や説話画がつたえるであろう。いま、現世の都、平城の都の市の午後の雑沓、神西清のいう「或る眩暈感」。市はもののまぎれ、あらわれる場所であった。市がミサに通じたように、市は斎く（潔斎）にも通じ、市姫とか美しい女神また巫女とかも夢うつつに現り、あるいは『日本往生極楽記』(17)その他には、空也上人のような市聖もそこで法を説くのであった。後には、市が栄えた（一期栄えた）、などと昔話を結ぶことにもなろう。

市の衢には、たとえば道祖神。天慶元年（九三八）の『本朝世紀』、京の大路小路の衢に男女相対神を安置し、加冠し、丹を身に塗って、岐神また御霊と称し、人等これを奇とした。道祖神は悪霊・疫神を避け、遊女や傀儡子（人形つかい）の守り神であった。『新猿楽記』には、老女が男女相抱く異教の歓喜天を本尊とし、男形の道祖神を持仏として、五条の道祖神に粢餅を供えて祭った、という。街談巷説のカーニヴァルとも言える。その五条の衢は、『古事談』巻三や『宇治拾遺物語』巻頭に、和泉式部との事のあと、暁に読経する道命阿闍梨に、道祖神が聴聞に来たところであった。やがて、和泉式部に五条の橋、橋というのも説話的な場所であるが、そこに捨てられたその子、道命が阿闍梨、となって年を経て、母と知らず、逢いたさに柑子売りになって歌う数え歌を『御伽草子』に聞くことにもなる。

説話の中でわれわれは、どれほど忘れえぬ鬼たちに逢うことであろう。説話性の強い歌学書『俊頼髄脳』や『今昔物語集』巻二十七(28)、平安華やぐまひるまの春の修羅、『今昔』同(19)、退庁する小野右府実資の牛車の前を踊りつつ行った小さい油瓶（、そして『宇治拾遺物語』(3)の「鬼に瘤とらるる事」）。

『江談抄』巻三・四を繰れば、「吉備（真備）入唐間の事」に鬼があらわれて後、「野篁閻魔庁の第二の冥官たりし事」「都督（大江匡房）熒惑精（火星の精）たりし事」、『今昔』巻二十四(23)逢坂山の蝉丸へ移るべき「博雅三位、琵琶習ふ事」など、なつかしく相継ぐ中に、「葉二、高名の笛たりし事」に、浄蔵聖人、深夜、横笛葉二を吹き、朱雀門の鬼が感じたというのは、巻四に、騎馬の人、月夜、羅城門を過ぎて好句を誦した時、楼上から声あって阿波礼阿波礼と嘆じた、というのにも通う。朱雀門には女賊ひとり火をともして侍りける、ともあった（『古今著聞集』巻十二）が、朱雀門の鬼には、『今昔』巻二十四(1)の後、「長谷雄卿双紙」の中でも出会う。中納言長谷雄卿が、或る日ぐれ、門上へ男に誘われて双六に勝つ。男は鬼の形をあらわす。賭け者の美女を、百日を過ごせばうちとけ給へ、と贈る。八十日ばかり、堪えかねて親しくなれば、「すなはち女、水になりて流れうせにけり」、三月ばかり後の夜、その男が現われて破約を責めるが、北野天神の声あって、消え失せる。

> ……男かき消つ如く失せにけり。この男は朱雀門の鬼なりけり。女といふは、もろもろの死人のよかりし所どもをとりあつめて、人につくりなして、百日すぎなば、まことの人になりて、魂さだまりぬべかりけるを、くちをしく契を忘れてをかしたる故に、皆とけ失せにけり。いかばかりか悔しかりけん。

〈辺境を思うこと〉

たとえば、唐代偽経『大乗毘沙門経』や『今昔物語集』巻五(22)、多聞天持国天の悲劇的な前生譚にのこる東城国、西城国の名は、それがどこであるにせよ、ともかく説話的存在としての遙かな辺境の幻であった。この名がやがて室町時代の本地物にあらわれて、やはり辺境の色を帯びるであろう。本地物はもと説経・勧進に起る。本生譚というよりは一般の前生譚に本地垂迹の観念を交え、前生にしばしば神仏の申し子として生まれ、人間の受苦、遍歴の底をくぐって神仏に転生し、特にはしばしば日本に垂迹した縁起を語る。それは、和辻哲郎が『埋

もれた日本』（昭和二十六年、一九五一）に室町時代の物語にふれて、

その中には寺社の縁起物語の類が多く、題材は日本の神話伝説、仏典の説話、民間説話など多方面で、その構想力も実に奔放自在である。それらは、さういふ寺社を教養の中心としてゐた民衆の心情を、最も直接に反映したものとして取扱ってよいであらう。民俗学者が問題としてゐるやうな民間の説話で、ただこの時代の物語にのみ姿を見せてゐるもののあることを考へると、この時代の物語の民衆性は疑ふことができない。

……

と言い、特に最も驚いたものとして、「苦しむ神、蘇りの神を主題としたもの」をあげて敷衍し、たとえば高取正男が『仏教土着 その歴史と民俗』にその思想史的精神史的意義にふれたものでもあった。「熊野の本地」「厳島の本地」……、あるいは天竺マガダ国、あるいは山中出産・山中養育、朝鮮加羅（から）の首露（しゅろ）神話にも特には似て流れよる海の空船（うつぼぶね）、そして死と復活、……その海山（うみやま）のあいだは、時にいくばくか中古天台の『渓嵐拾葉集』の類に、しばしば『神道集』や寺社縁起の類にも相通した。その風景は、動乱や飢餓の間に耐える、限界状況下の不条理の現実の奥行きであったとも言える。旧知識階級が凋落して、下級僧家や下級神人（じんにん）層などの管理唱導した、口承の崩れも類型性も目につくが、ないし形式（フォルム）というものに対する感覚から見て無形式（フォルムロス）の感は免れないが、ここに語られ聞かれた民間唱導の荒唐は、混沌とした欣求（ごんぐ）と嘆息との間の、時代特有の痛切な体験のすがたなのであった。古代的深層的に沈む原底の、言語伝承的なるものが神話的想像力（ミシック・イマジネイション）を再生しながら流動するとも言えるのであって、これは、ほとんど母胎をくぐる思いを抱かせる。神話的想像力と、もと文化衝撃としての仏教的想像力と、これらが、互いに揺り動かし動かされながら、展開したのである。

注

（1）吉田健一「解説」（日本古典文庫『今昔物語』）

（2）同書には、物語・伝説・昔話（Mukashi—gatari, —banashi）・口碑・巷説・世話等の語も見える。

（3）Erzählug, Geschichte, Legende（伝説・聖者伝）, Märe, Märchen, Sage 等、なお conte, conte populaire, histoire, lēgende, narration, rēcit 等の類があろう。S・トンプソン『民間説話（The Folktale）』（荒木博之他訳）上二一～三六、四九～五二頁など、諸国語の出入にふれる。

（4）柳田国男「昔話と伝説と神話」（一九三五～三六、『口承文芸史考』、『定本柳田国男集』第六巻所収）。これ以前に、「説話は自分などの用語法では、一切の語り事」を「総称」する、と言い「一寸法師譚」一九二八、『物語と語り物』、定本第七巻）、「説話の神話的起源」とも、「最初神話といふ信じられる説話があって……」ともなる（同）。そして、「説話」の中には「昔話即ち外国風にいふ民間説話でないものも、幾通りかあるといふことを認むれば即ち足るのである」、「説話も時代につれて次々の流行と推移とがあ」り、その中には「歴史説話」（もしくは形をそれに借りた説教や講釈を含む）、また昔話に対する新しい魅力としての「世間話」（奇事異聞を幾らでも運んで来られる）などが主要な力であった、という（『口承文芸史考』）。なお、カタル世界との関係については、「カタルは本来改まった言ひ方をすることであった。……（上代）或ひはフルコトといふのが、特に歴史に属する語りごとのみを意味して居たかとも想像せられるが、この単語ももはや今日の口言葉の中には残って居ない」（『伝説』、定本第五巻）、「単なる暗記を以て伝へて来たものならば、是を説話に入れて差支は無いのだが、それも文句に節のあるものだけは、特に古風にカタリモノと名づけて、ハナシとは区別して居るのだから、堺をここに設けてもよからう」（「昔話と伝説と神話」）などとある。ただし、口頭伝承、口承文芸の総称として「説話」の外に「口碑」をも言い（「口承文芸とは何か」『口承文芸史考』所収、等）、「伝説と説話との相違」をいう（「狼と鍛冶屋の姥」『桃太郎の誕生』所収、定本第八巻、等）など、ハナシとカタリとの間をもあわせて、紛らわしさをのこす。

（5）柳田国男『民間伝承論』第一章（一九三四、定本第二十五巻）、「日本の民俗学」（『青年と学問』、一九二八、同）

（6）柳田国男「和泉式部の足袋」（『桃太郎の誕生』、定本第八巻）

（7）たとえば、「説話が耳で聴く在来の文芸から、目で看る文字の記録に遷る際に、何か余分の学問なり技能なりが、働いたものゝ如く想像するのは誤つて居る」（柳田国男「竹取翁」『昔話と文学』所収、定本第六巻）とは言っても、また、その際、「説話の変化部分、又は自由区域」はあった、と説かれるであろう。一般に、「土俗的な社会では、物語は、決して個人ではなく、シャーマンや語り部という仲介者によって引き受けられ、必要とあれば彼の《言語運用》（つまり、物語のコードの制御）が称讃されることはあっても、彼の《天才》が称讃されることは決してなかった」（R・バルト「作者の死」『物語の構造分析』所収、花輪光訳）、とは言えるが、知識社会がかかわる時、たとえばグリム第七版の改作問題（H・レレケ『グリム兄弟のメルヒェン』、小沢俊夫訳、等）などに直面する。

(8) 今成元昭「説話文学試論」（『論纂説話と説話文学』所収）、出雲路修「説話」（岩波講座・東洋思想第一六巻『日本思想 二』所収）、小峯和明「中世文学の範囲」（『中世文学』第三十五号）、それぞれの立論や方向が参照される。今成論文は、ジャンルの特性と時代の特性とを相関させて限定する。

(9) 『高山寺聖教目録』に、「伝記并録」の項に、『西域伝』（大唐西域記）・『慈恩伝』・『冥報記』・『金剛般若験記』・『三宝感応録』・『日本霊異記』・『日本感霊録』・『釈氏要覧』その他、「雑」の項に、『経律異相』・『三宝絵』・『往生要集』・『文選』その他、「俗」の項に、『老子経』・『扶桑記』（扶桑略記）・『和漢朗詠』・『江談抄』その他が見える。なお、鎌倉初期の佚名古書目録（『一誠堂古書目録』六十四号）に、「伝記仏法」の項に、『日本霊異記』『日本感霊録』『三宝絵』『法華験記』ないし『扶桑略紀抄』など、『三宝感応要略録』など見えて注意される（小峯和明「院政期文学史の構想」『国文学解釈と鑑賞』一九八八・三、森正人「説話集の編纂」同）。この「伝記」は、『法苑珠林』巻一百伝記篇（翻訳部・雑集部等）、ないし同じく唐土の『法華伝記』『華厳経伝記』の類を思い出させる。『本朝書籍目録』に、雑抄に『世俗諺文』『日本霊異記』を置き、ついで伝記・雑抄・仮名と立てる中に、いわゆる「説話集」も散見するが、分類の基準は確かでない。

(10) 川端善明「説話的世界のひろがり」（新潮日本古典集成『今昔物語集本朝世俗部（一）〜（四）』付録）

(11) 川端善明『活用の研究』、コト（言）―カタる（語）―クツ（口）。なお、「コトは語られるものであった」とある（藤井貞和「コトを語る」『物語文学成立史』所収）。

(12) K・ケレーニイ『ギリシア神話』序論（高橋英夫訳）

(13) 小稿「中央の神々」（『講座日本の古代信仰 四』所収）

(14) 折口信夫「道徳の発生」（『折口信夫全集』第十五巻所収）

(15) M・リュティ『ヨーロッパの昔話』（小沢俊夫訳）、七〇頁。病を直すリンゴのモチーフはヨーロッパに多いと

いう（A・アールネ『昔話の比較研究』、関敬吾訳、八九～九二頁）

（16）出雲路修「隠身の聖」（『説話集の世界』）所収

（17）西郷信綱「説話の読みかたについて」（「説話文学研究」第二号）

（18）『諸経要集』序は一切経の要文を抄して「善悪業報」を録すべきを言い、かつ、この序は中国仏法史を按じて、『霊異記』上巻序は聖徳太子の経疏にふれて、ともに「末代」に「流」ると言う。そして、『諸経要集』は、まず巻一、三宝部敬仏篇を分類するのに「――縁」語をもってし、以下同じく、至って巻十三受報部は、述意縁に三報を説き、現報・生報・後報各縁を立て、さらに善報・悪報二縁をも立てて閉じる。

『霊異記』は『諸経要集』を意識するであろう。『霊異記』は、『冥報記』や『般若験記』に啓（ひら）かれた世界を、『諸経要集』との出会に決定したようである。

（19）藤井貞和「コトノモトとその消長」（『物語文学成立史』所収）に関説される。

（20）出雲路修『説話集の世界』二六七頁

（21）小泉道『日本霊異記』（新潮日本古典集成）上1頭注

（22）出雲路修、前書六四頁、等。

（23）この節は、小稿「和文クマーラヤーナ・クマラジーヴァ物語の研究」、「今昔物語集の誕生」（共に本書所収）に多く依り、「無常の文」に関するその誤りを訂正する。

〈附記〉小稿は内外のフィールドの問題には、ふれていない。

今昔物語集の誕生

説話の形成

中国唐代の民衆社会にひろがった通俗的な説経や唱導、それは、朝鮮新羅に伝承された仏教的口承説話とともに、日本に伝播していた。それは、九世紀初期の民間に仏教を展開した、日本現存最古の仏教説話集『日本霊異記』や、あたらしくもたらされた中国仏教説話の百科全書、『法苑珠林』の類の浸透とも、交錯していた。日本平安初期の、律令官人文学の解体期のことである。

敦煌石窟から発見されて、英京ロンドン大英博物館に蔵する、敦煌本鳩摩羅什（クマーラジーヴァ）断簡（咸通十四年、八七三）に、この著名な大翻訳家をめぐる物語があった。それは、敦煌寺院の説経のなごりであった。

（鳩摩羅什（くまらじふ））後に維摩（ゆいま）経の不思議品（ほん）を訳するに因りて、芥子（けし）の須弥（しゅみ）を納むるを聞きて、秦王懐疑す。什まさに信を証せむとして、鏡を以て瓶（かめ）の内に納む。大小、傷なし。什、帝に謂（い）ひて曰はく、「羅什凡僧なれども、なほ鏡を瓶の内に納む。況（いはん）や、維摩居士、芥子に須弥を納めて得ざらむや」と。帝すなはち深信し、希奇に頂謝す。（原漢文）

菜の種子の中に、宇宙の中心である須弥山を納めることができるという、仏教の極大極小の相即の論理が、いくばくかの好奇的な方術性を交えた、しかし明確なかたちをもった比喩によって、対話される。この物語は、中国仏教正統の鳩摩羅什正伝には見えない。おそらく、六朝の神異志怪小説のような変異の類型を吸収して、実在の鳩摩羅什と結びつけながら、その虚構がいかにも事実であるかのような口承が育ち、それが文字化してきたのであった。

日本の初期天台宗、智証大師円珍の論著『授決集』（元慶八年、八八四）に、やはり『維摩経』解説のための比喩・因縁として、右の物語にほぼ相通ずる物語が、「唐人説話」と記してのこされている。この「説話」が、円珍在唐の間（八五三〜八）の見聞に属すべきことは、疑うことができないであろう。この「説話」は、大唐寺院の説法・講経の場で行われていたにちがいないのである。

すでに、同じく日本初期天台、慈覚大師円仁の『入唐求法巡礼行記』（入唐、八三八〜四七）、エドウィン・ライシャワーの英訳でも知られるこの書も、唐土の俗講のことを記していた。俗講、すなわち、世俗教化の講筵（こうえん）・説経の場で、世俗民衆を教化する化俗法師は、定住ないし巡歴して、化俗していたのである。壁画など図絵を用い、楽曲を交えて唱導にあてられた敦煌変文（説経の絵解きの台本）も、そのような雰囲気の間から育ったのであり、また、その唱導は、晩唐から五代・宋へかけて、説経だけでなく、口語小説などへも展開したのであった。

鳩摩羅什の「唐人説話」にふれる『授決集』にも、唐代寺院が勧進のために世俗を集めた俗講のことや、僧等のみを集めた僧講のことがのこり、また、行きずりに耳にした巷間の児女の、俗諺や俚語の肉声がふと華やいでいる。はるか敦煌の所伝に通じるその「唐人説話」は、おそらく、そのような唐代寺院の説経の場を通じて、あたらしい虚構の中に、あたらしい事実化をともなってひろがったであろう。その「説話」ということば自体も、ひろく、巷間・民間の俗語的な口がたり、というような要素をもつであろうにしても、たとえば唐代小説『高力士伝』に、「あるいは講経・論義し、説話を転変す」とあるように、特には、唐代寺院の講経の場で行われた、俗語的、口語的な比喩・因縁物語、というような意味をもったはずである。

唐代民衆社会を刺激した、仏教寺院のその説経・唱導は、そのさまざまの儀式とともに、日本平安初期、ないし盛期の都市やその周辺を刺激した。説話は、「唐人説話」の日本化過程を含んで、徐々に盛行した。それは、仏教教団や宮廷貴族知識社会の想像力をゆたかにし、民衆の日々をいろどりながら、口承のままとその文字化、そこに生れる書承とのもつれをもともなって、成長したのであった。

説話は、もとより仏教のみにかかわるものではない。しかし、特に仏教の布教という世界の中で、それは、人間を見る、人間の内や外を、さまざまに感じる眼を、培（つちか）ったのであった。

定期的、臨時的に、寺院や市中の小堂で開かれる講筵の場は、きらきらしい宗教的シンボルの中に、群集のざわめきや華やぎににぎわった。もとより、僧や貴族たちばかりの講筵も開かれて、それは、南都（奈良）・北京（京都）の諸宗派・諸学派の交流する場合を含み、また特には、顕密体制の階層秩序のもとに、南都三大会（興福寺維摩会・薬師寺最勝会・大極殿御斎会）や、後にととのえられた北京三大会（円宗寺最勝会・同法華会・法勝寺大乗会）など、その説経の講師をつとめることが高級僧官への途をひらくことになるという、仏教統制機関の色の濃い場合をも含んでいたが、また、民間にあって、僧俗や貴賤の男女をまじえる講筵も催され、しばしば聴聞に出かけては、説経の講師は顔よき、などと書いた平安京の女人（清少納言『枕草子』）もあれば、あつまる人びとに物語りした古老（『大鏡』）もあった。その講筵の場は、群集の想像力をひらく、カーニバル的な祝祭の空間でさえ、あったであろう。

つとに有名な古説話がある。黒馬を騎した聖徳太子が、路傍に乞食（こつじき）する飢人（うえびと）に衣を脱いで与え、その死を悲しんで厚く葬った時、飢人を「卑賤者」として太子を謗った七人の大臣たちが、太子のことばのままにその墓を発（ひら）いてみると、棺の中には屍はなくて、ただ馥（こうば）しい香りばかりが満ちていた。飢人は聖（ひじり）であった（『日本書紀』推古二十一年紀、『日本霊異記』上(4)、『太子伝暦』、『三宝絵詞』中(1)、『今昔物語集』巻十一(1)等）。

卵のような肉団で生れて下顎や女根がなく、しかし、聡明で声のゆたかな女人があった。出家して「猴聖」とあだ名され、『華厳経』の講筵で講師から責められた彼女は、

　仏は平等大悲なるが故に、一切衆生のために正教を流布したまふ。何の故にか別に我を制する。

と質問した。高名の僧たちも彼女の論理に答ええず、やがて僧俗の敬う尼僧となった。彼女は、聖の変化であった（『日本霊異記』下⑲）。

仏法に照らし出された世界は、固定した教義や組織に対する疑問をもって、乞食や猴聖に円い背光を帯びさせた。香気ある古神話ではないが、あたらしい個人的神話の中で、「道化」的形象（J・スタロバンスキー『道化のような芸術家の肖像』、一九七五）を聖化した。価値とは何か、奇異は普遍をはらんで、道化が人間の条件にはたらきかけようとする。説話によるコミュニケイションの間で、説話的世界の想像力は、すでに、その地層の構造をも直覚していたのであった。

講筵の説話は、現世の人間の、日常の表層や、非日常の肉体の下層や、無意識の深層について、驚きや笑いを誘い、思いあたる禁断や懺悔を誘っていった。人間の普遍と相対と、人間は自分自身の謎に立ちかえり、人間たちの中で人間である自分を、感じたはずであった。その説経の場の、群集のひそけさとざわめき、そこに成立すべきある共感を糧として、説話は、その自己展開を育てていったのであった。

『宇治拾遺物語』の序文は、『宇治大納言物語』という、今は失われた説話集の成立について、有名な伝説をのこしている。宇治大納言源隆国（一〇〇四～七七）が、宇治平等院南泉坊、宇治一切経蔵のほとりにこもって、往来するさまざまの人びとを呼び集めては昔物語をさせ、その語るままに書きとめていったという。

　天竺の事もあり、大唐の事もあり、日本の事もあり。それがうちに、貴き事もあり、をかしき事もあり、おそろしき事もあり、哀れなる事もあり、きたなき事もあり、少々は空物語もあり、利口なる事もあり、

様々(さまざま)やうやうなり。

世の人はこれを興じて読み、それはさらに後補されていったという。『宇治大納言物語』が、『今昔物語集』などと同じ本と考えられた時期もあったことは別として、この本は、おそらく仏法説話に世俗説話をあわせて平仮名を主として書かれたと想像され、それにつづく『今昔』などの説話集に深く影響したらしい。それが、流転する口承の肉声の音色を、無文字社会と有文字社会との間に、微妙に定着しようとしたことは確かであろう。

院政初期の貴族の日記、『中右記』(藤原宗忠)によれば、碩学、大江匡房(一〇四一〜一一一一)も、歩けなくて出仕せず、人の訪ねてくるたびに、世間の雑事を聞いて記録していたという(嘉承二年三月三十日条、一一〇七)。故実的、記録的要素の強い、ないし、口がたりの定着してくるなかに説話性を胚胎する彼の『江談抄』も、こうして生れてきたのであろう。説経のノートに近い聞書の類も生れていて、『百座法談聞書抄』(『法華百座聞書抄』とも、一一一〇)や、『打聞集』(一一三四)などの説話集の名は、その由来を語っている。説話の多い歌学書、『俊頼髄脳』(一一一〇年代)も成り、後には、同類の『袋草子』(一一五〇年代)の類も、また生れてくるのであった。

転換期の日本で、乱世のきざす平安末期、説話世界は、すでに複雑に動いていた。その間から、『今昔物語集』は、自己の位置と意味とを見出してきたのであった。

今昔物語集の構成

さまざまに生れ、生き、そして死んだ、生者たちや死者たちがあった。平安末期院政初期、十二世紀前半早期であろう、そこに蓄積されていた仏法的・世俗的、中央的・地方的な多様の経験を、永遠につながる個々の冒険、生きた体験としてとらえる、覚めた眼があった。その眼は、現世に生滅する人間たちの、個々の行為と情熱とのさまざまのかたちを見つめ、そこにあらわれるさまざまの自覚や迷いを、百科全書でも編むように、冷静に類聚し、編集した。すなわち、『今昔物語集』全三十一巻である。

『今昔』は、天竺（インド）・震旦（中国、朝鮮新羅を含む）部各五巻、本朝（日本）部二十一巻から成り、そのうち、欠巻三巻と、欠話・欠文とをのこして未完成ではあるが、短篇すべて一千余篇を集め、大別して、三国それぞれ仏法部と世俗部とに分かたれる。この三国にわたる認識は、仏教がインドから中国を通って日本に入ったという、三国仏教史観にもとづくが、同時に、『今昔』は、三国にわたるユニヴァーサルな外界のひろがりと構造とのなかで、自己の意味を積極的に見出そうとした、と考えられるのである。

外国の説話集にも、各篇の冒頭と結末とに、一定の類型のわく組みをもつものが少なくないが、『今昔』もその全篇を通じて、基本的に、各篇「今は昔」に始まって「……となむ、語り伝へたるとや」と結ぶかたちをとり、形式的と言えるまでつらぬいている。「今は昔」とは、今はすなわち昔、語り手（書き手）の語る「今」は、その「昔」にかえり、その「昔」は「今」現前する、重層的かつ可逆的な時間構造を虚構した。「今は昔」に始まるのは、物語の古典的形式であるが、『今昔』は、それを方法的にとらえたのである。語り手の物語るその虚構の時間を、リアルなかたちとかたちとは刻刻に嚙みあって動いて行き、そして、それは最後に「……となむ、語り伝へたるとや」とさりげなく結ばれて、それは昔のことだった、ということになる。『今昔』全巻を通じて再構成されつづけるこの一様の時間のわく組みは、多様の奇異の物語を展（ひら）きながら切れつづき、起って来ては過ぎ去って行く。三国のさまざま、その本朝部では、中央の都市から辺境まで、王族、貴族、僧尼はもとより、新興の武士層や領主層、農民、漁民、猟師、鉱夫、陰陽師、傀儡師、あるいは乞食、盗賊たち、そして、可憐な子どもたち、さては、赤い衣を着た疫病神や精霊たちまで、多種多様の存在が、立ちあらわれては去って行く。突兀（とっこつ）

として、『今昔』のさぐる価値の構造の黙示をえぐって、それは、あるいは壮厳でさえあった。

『今昔物語集』の名は、この、「今昔物語」の集、という意であるが、この今昔を重ねる時間構造と、三国にわたる空間構成との間に、『今昔』力学の世界感覚のメカニズムは動いていた。

『今昔』力学と言えば、『今昔』全巻の構成は、基本的に、非常に整合的である。七百余篇に及ぶ仏法説話を見れば、天竺部は、日本文による現存最古の組織的仏伝に始まり、震旦・本朝部も、それぞれ中国・日本の仏法伝来史話に始まっている。つづいて、概説すれば、三国いずれも、三宝（仏・法・僧）の霊験礼讃をつらねて因果応報譚へ移り、その順序・配列は、三国の間で対応している。そして、三国いずれも、「仏法」から「世俗」（天竺は「仏前」、ただし世俗要素が濃いとは言える）へ移って行って、その「世俗」はまた、歴史説話に始まり、整合を求めながら展開していた。たとえば、本朝世俗部を見れば、その最初の巻二十一は欠巻であるが、王室関係の説話を集める意図があったらしく、巻二十二は、摂関貴族、藤原氏の列伝でその歴史的推移を編み、巻二十三は剛力を、巻二十四は建築・工芸・医術・陰陽道・詩歌などを、それぞれ中心として、広義の芸能諸道をめぐる諸篇をつらねるのである。その上、各巻の各篇は、基本的には、「二話一類様式」をとって、同類の説話をAB・CDと二篇ずつ連立し、その異類B・Cの間は、何らかの共通のモチーフで連鎖しようとした。また、本朝世俗部では、中央説話と地方説話とが、やはり基本的にではあるが、ブロックごとに交互に対立的に配列されていて、たとえば、巻二十二と巻二十四とは中央的、巻二十三は地方的である、と説かれている（国東文麿『今昔物語集成立考』、一九六二）。

鋭く類比と対比との感覚がきらめき、稜角のある結晶が照らし合った。この、形式的とまで言える構成は、『今昔』の、さまざまの創造的要素や破壊的要素のひしめきと、烈しく緊張し合っているのであった。まさしく、『今昔』の世界は多様であるが、この構成の骨格を通じて見れば、畢竟（ひっきょう）、『今昔』全巻にはたらく編集の意志は、まず概言すれば、複数の存在を予想する、単数的な意志、とでもいうべき印象を呈するであろう。

ガンダーラ彫刻にも刻まれた、天竺部巻頭仏伝のシッダールタ（釈迦）受胎告知の物語、

> 癸丑の歳の七月八日、摩耶夫人の胎に宿り給ふ。夫人夜寝給ひたる夢に、菩薩、六牙の白象に乗りて虚空の中より来たりて、夫人の右の脇より身の中に入り給ひぬ。顕はに透き徹りて、瑠璃の壺の中に物を入れたるが如くなり。夫人驚き覚めて、浄飯王の御許に行きて此の夢を語り給ふ。……（巻一(1)、同巻巻頭）

ここにあらわれるモチーフが、本朝世俗部「悪行」篇の巻末の物語、

> （若き僧）夏の比昼間に眠たかりければ、（中略）久しく寝たりける夢に、美しき女の若きが傍に来たりたると臥して、吉くよく婚ぎて淫を行じつと見て、急と驚き覚めたるに、傍を見れば、五尺許の蛇有り。愕えて、かさと起きて見れば、蛇死にて口を開けて有り。奇異しく恐しくて、我が前を見れば、淫を行じて潤ひたり。（中略）尚此の事の奇異しく思えければ、遂に吉く親しかりける僧に語りければ、聞く僧も極じく恐れけり。……（巻二十九(40)、同巻巻末）

にもあらわれることは明らかであって、かつ、この二篇は、聖行と悪行（畜生道）、夜と昼、女と男という、鋭い典型の対立を、浄明と戦慄との鮮やかなリアリズムを透して見せる。これは、『今昔』が、現存三十一巻本の成立過程で、天竺部巻頭と、本朝部巻末（巻三十・三十一）定着以前の巻末、すなわち現存本巻二十九との間に、全巻の循環作用の回路として意識した結果の照応か、とも感じられないではないが、『今昔』全巻が一度に成ったものであろうと、何度かにわたってまとめられたものであろうと、いずれにしても確かなことは、天竺部仏伝に始まる『今昔』全三十一巻の整序は、真摯な方法的情熱に、冷静に支えられているということである。

その情熱の核心は、人間の求法、人間の生き方の課題にあった。『今昔』は、求法の根元に就こうとしたのであって、それは、『今昔』が、天竺部仏伝、特には、日本文によるその最初の組織に始まることからも明らかで

あろう。それは、仏教的想像力の歴史の、原型の底から始まってきた。あたらしく仏を思うことは、あたらしく人間を思うことであったのである。

あるいは胸飾りや頸飾りを解き、あるいは大小便を涶らして女たちの眠る、後宮を出たシッダールタは、苦しむ馭者車匿に、白馬犍陟に鞍を置いて牽いて来させる。

> 太子漸く進んで車匿・犍陟に語らひ給ふ、「恩愛は会ふと云へども離る、世間の無常必ず畏るべし。出家の因縁は必ず遂げ難し」と。車匿、此れを聞きて云ふ事無し、又、犍陟嘶え鳴く事無し。其の時に、太子、御身より光明を放ちて十方を照らし給ふ、「過去の諸仏の出家の法、我れ今又然なり」と。諸天、馬の四足を捧げ、車匿を接ひ、帝釈は蓋を取り、諸天皆随へり。城の北の門を自然ら開かしむ、其の声音無し。
>
> （巻一(4)）

シッダールタ出城の物語が、『今昔』の求法の「心に随ひて形の色鮮やかに」（巻四⑽）体験されて、『今昔』自身を根拠づけながら顕現し、『今昔』的体験は、仏とは何かを問う。シッダールタの決意と行為とに対する、人間的、宗教的な共感力のあたらしさが、『今昔』の生命と文体とを決定している、とさえ言えるであろう。したがって、整合的とは言っても、『今昔』全巻の体系は、仏教の自律的価値というような、固定観念に支えられてはいなかった。顕密体制仏教の階層秩序のもとの、共同幻想的なペシミズムと、政治社会・文化社会と癒着して、現実との諸関係を日常化・類型化した、その内側のオプティミズムと、『今昔』は、そこにとどまってはいなかった。仏法と言わず、世俗と言わず、さまざまの人間存在のつくる生活空間が社会であり、「宿報」（巻二十六）も「霊鬼」（巻二十七）も、烏滸の笑いの「世俗」（巻二十八）も、そして、「悪行」（巻二十九）もそこには生きていて、『今昔』の前にひろがっていた。『今昔』は、人間社会のさまざまに対する、飽くことを知らない好奇と関心との中で、その世界を、興趣に富み、抵抗に富んだ真実として受け入れる。さまざまの個々を、人間的、宗教的な共感力をもってとらえ、緊迫した現実感をもって鮮やかに映し出す力は、その共感力を通じて三国の個々をたがいに根拠づけあい、その普遍を多声部的に対応させる力でもあって、それは、『今昔』のメカニズムを決定する力そのものでもあった。

『今昔』世界の秩序は、『今昔』説話の多元と相関する。複雑な現実のアンサンブルを具体化する『今昔』の体系が、その真摯な苦しみと希（ねが）いと、そして、覚めた知恵の眼とをひそめていることは明らかであった。

すでに、『源氏物語』は、華やかな宮廷貴族社会の迷妄のさまよう底に、閉ざされた孤独の深みの中で人間の悲しみのことばを沈め、そこに、時代の追憶と欣求とをつつんでいた。いま、『今昔』は、その「女文化の終焉」（秦恒平）の季節に、すでに蓄積された説話世界の、開かれた想像力を通じて、そこに開かれた外界の多元と、自己の中心との緊張の間に、人間社会のさまざまの意識、否、行為・行動のドラマトゥルギーを求めるのである。

こうして成立した『今昔』は、顕密体制仏教と結んだ、日本古代帝国の古典的自我の解体期に、時代の集約と予感とを映していた。

今昔物語集の方法

アジアの説話の歴史の中で、『今昔物語集』は独自の心魂を傾けつくした。『今昔』の諸篇が、全篇を通じて説話様式をとりながら、口承の記憶から喚起したものでなく、和漢の群籍を出典（種本）として渉猟したものであることは、『今昔』の近代的研究を画期した『攷証今昔物語集』全三巻（芳賀矢一、一九一三〜二一）がつとに基本的に方向づけたが、先行説話を媒介とする人間の認識や理解の中で、『今昔』は、自覚的に人間の根元に就こうとしたのである。それは、説話の選択とその配列とに関する『今昔』独自の構想と、その造型における『今昔』独自の言語化・文体化と、そこに動く『今昔』独自の人間のドラマトゥルギーとが相関するところで行われた。『今昔』が、既成のある説話を、『今昔』独自のその説話自体として、あたらしい自己の冒険として体験することになるのも、またそこにおいてである。事実、『今昔』の説話を、古本『宇治大納言物語』などの、ある共通母胎から確かに出たにちがいない、細部まで似て同文関係にある、他の説話集の説話と比べ、また、相通じながらもドキュメンタリー的な要素の強い他の記録類と比べてみると、『今昔』の説話は、概してひしひしと鮮烈に人間を浮彫りしている。それは、『今昔』がもとにしたある説話の読み方や、配列の条件などから、時には理づめになり、虐げることになる場合もあれば、主題をとり誤る場合もあるが、ある説話の想像力と、『今昔』におけるその説話自体の想像力とは、必ずしも同じくはない。人間の根元へ行くために、『今昔』がみずから求め、みずから磨いたみずみずしい衝撃、それは、『今昔』文学独自の、創造と矜持との領域があえてえらんだ異途であった。

説話的世界を媒介として人間の根元に就く『今昔』的体験は、その情熱の核心としての仏伝をはじめ、漢訳仏典、仏書・漢籍など中国（遼を含む）漢文原典、および日本漢文原書へ直入し、かつ、これらの原典を日本文に翻訳して、原典の権威性を重んじながらも、同時に、その権威性を解き放った。平安仏教教団や、男子貴族知識社会の学問・教養を律した漢文を、『今昔』は、説話の歴史の中で、あらためて受容し、かつ、日本文へ展開したのである。この時、漢文という、異質の硬質の原典を翻訳する仕事は、『今昔』の想像力の触媒として、『今昔』の内部の潜勢力をあたらしく表現させる滋養としてはたらき、その説話群に、歴史の深さと世界のひろがりとを与えた。『今昔』は、基本的には、アジアの翻訳史を飾るこの翻訳と、『今昔』に先行したある和文説話とか、準漢文準和文並用のものとかに、あたらしく独自の造型を加えたものと、これらを並置して、組み合せていったのである。

『今昔』は、仏典語と漢籍語、雅語と俗語とを含む日本語と、その時代社会に動くさまざまのことばを、自由に用いてこだわらなかった。ギリシア古典文献にもあらわれる、古典印欧語の仏典語、「瀉瓶(しゃびょう)」（瓶の水を一滴もこぼさず別の瓶に移すように、師から弟子に仏法をつたえる）の訳語である「瓶の水を瀉(うつ)すが如し」（巻四(25)等）も散見すれば、「ひなたほこり」（日なたぼっこ、巻十九(8)）、「苦咲(にがわら)ひ」（巻二十八(22)）などの口語もある。むしられて「ふたふた」とする雉の血が「つらつら」（たらたら）と出てくる（巻十九(3)、大江定基出家の物語）というような擬態語も多く、怪異の産女(うぶめ)の赤子は、「いがいが」と泣いた（巻二十七(43)）。この、混種のことばの相互作用の緊張の間から、『今昔』は、和漢混淆文というあたらしい散文文体を、具現してきていたのである。

『今昔』写本の古本は、漢字に、一、二行の片仮名を小書きにして添えた、いわゆる宣命書きと、小文節を、あるいは漢文のように返読する形とを残しているが、これは、基本的に、平安時代の貴族や寺院の、実用的な記録体の形であって、『今昔』は、その的確性を生き生きと動的にして、説話の世界の上に展開してきていたのでもあった。すべて、あたらしい混血である。人間の根元を求めた『今昔』は、今様(いまよう)（近代）を確立してきていたのであった。

説話の再構成に、実験的に苦心した『今昔』は、あるいは、ある和文説話、ないしその断片を結合して一篇を成したほか、あるいは、先行したある和文説話と、漢文原典とを段落的に癒着して一篇を成し（例、巻四(4)、継母の邪恋を浴びてその恋を拒んだためにガンダーラ・タキシラの都へ追われ、両眼をくじり捨てられて琴を奏(かな)でて流浪したクナーラ太子の物語）、あるいは、一篇内部に、二種の漢文原典を交互に交錯させて構成し（例、巻一(18)、天上の宮殿には天女たちが待ち、地獄ではむなしく煮えたぎる銅器の湯が待つスンダラ・ナンダの物語）、またあるいは、一篇内部に漢文原典と和文のある説話とを交互に交錯させて再構成することさえあった。

その好個の例を取り出してみよう。敦煌本を最古とする、梁の武帝と菩提達磨(ボーディダルマ)との対論、その著名の訛伝(けでん)の一部がある。

　武帝、達磨に向ひて問ひて宣はく、「我れ堂塔を造り、人を度し、経巻を写し、仏像を鋳る。何なる功徳か有る」と。達磨大師答へて宣はく、「此れ、功徳に非ず」と。其の時に、武帝思ひ給はく、「和尚、此の伽藍の有様を見て定めて讃嘆し貴ぶべしと思ふに、気色いとすさまじげにてかく云ふは頗る心得ず」思ひ給ひて、亦、問ひて宣はく、「然らば何を以てか功徳に非ずと知るべき」と。達磨大師答へて云はく、「かくの如く塔寺を造りて、我れ殊勝の善根を修せりと思ふは、此れ、有為(現世相対)の事なり。実の功徳には非ず。実の功徳と云ふは、我が身の内に菩提の種の清浄の仏にて在しますを思し顕はすを以て実の功徳とはする。其れに比ぶれば、此れは功徳の数にも非ず」と申し給ふに、武帝、此れを聞き給ふに心に叶はず思ひ給ひて……　（巻六(3)）

　これは、伝教大師最澄がまとめた中国古禅の原典（傍線部）と、おそらくそれから醸成された口承を定着した先行和文説話、説経の聞書に近い説話集『打聞集』に類するそのある説話（波線部）とを、交互に組み合せて再構成された。この感覚は、おのずから『今昔』全巻の構成感覚を類推させるが、簡勁で没細部的な漢文の硬質性と、素朴な口承のなごりの和らぐ和文の柔軟性と、その異質の文体的特質の限定が、「コントラスト」（B・フランク「今昔物語集管見」、一九七一）して緊張する。

　『今昔』は、中国原典を通じて、ある説話を鍛えた。『打聞集』の「唐の王」は、『今昔』がもとにしたある説話でも同様であったにちがいないが、『今昔』は、中国原典に従って、「梁の武帝」とその名を具体的にした。江南貴族仏教の華であった梁の武帝には、菩提達磨とは別に、対論の伝記や伝説が多く残されているが、中国古禅の偶像として、菩提達磨の聖者像が理想化されてゆくにつれて、菩提達磨の伝説は、その別の伝記や伝説をも吸収して、あたらしい訛伝を生じていたのである。そして、中国原典には、日時・場所、あるいは固有名詞など、歴史的条件を記することが多いが、その中国原典と出会した『今昔』は、時代や帝王の名を明らかにして、ある説話の事実化を、鋭くすることになった。一般に、『今昔』は、これらの歴史的条件に対する感度が鋭くて、その不明の場合は、多く欠文（空欄）として残しているが、たとえば『今昔』に目立つ数字が、やはり事実性を強めることなどとあいまって、そこに浮彫りされる事実性は、しばしば奇異な虚構性との間に、烈しい「コントラスト」を生じ、両極性（アンビヴァレンツ）の緊迫を生じて、それは、その説話的真実を鮮やかにすることにもなった。菩提達磨も、中国原典の権威による歴史的事実という性格を帯びて、『今昔』独自のその説話自体にあらわれる。「三身仏性（さんじんぶつしやう）具（ぐ）せる身」は、『梁塵秘抄』も謡うところであるが、『今昔』独自のその説話自体は、ある説話と、その説話を生んだ条件として『今昔』がかえりみ、立ちかえった中国漢文原典との間から、ある説話ではなお具現していなかった、簡潔に断言する、断乎として清く涼しい聖の像を浮彫りしたのであった。あたらしい構成があたらしい機能を生んだ。すなわち、『今昔』的体験である。

鳩摩羅什の父、鳩摩羅炎（クマーラヤーナ）の、著名な訛伝があった。天竺から震旦に仏法をつたえるために、仏像を負い、仏像に負われて天山南路の亀茲（きゆうじ）（現在のクチャ、中国新疆省）の国に着いた時、彼はすでに年老いて、疲れていた。国王は、彼と王女とを結ばせて、そこに生れるであろうその子に、父の志を継がせようとする。鳩摩羅炎は、戒律のゆえにそれを拒んだ。

其の時に、王泣く泣く聖人（しやうにん）に宣はく、「聖人は願ふ所貴しと云へども、極めて愚痴（ぐち）に在（ま）しましけり。設（たと）ひ戒（かい）を破りて地獄に堕（お）つる事は有りとも、仏法の遙かに伝はらむ事こそ菩薩の行（ぎやう）には有れ、我が身一つを思ふ事は菩薩の行には非ず」と宣ひて、強（あなが）ちに勧め給へば、聖人、「王の言、実（まこと）なり」とや思ひ給ひけむ、此の事を受け給ひつ。王、娘亦（「只」の誤写）一人有り。形端正（たんじやう）美麗なる事、天女の如し。此れを悲しび愛する事たとひ無し。然りと雖（いへど）も、仏法を伝へむ志深くして、泣く泣く此の聖人に合せつ。（巻六(5)）

「菩薩の行」（求法者の行為）の対話に及ぶ『今昔』のこの部分は、中国で生じた訛伝が、日本でさらに説話的に展開したものであるが、『打聞集』にも細部まで似て見えていた。『打聞集』の、その和文に近いある説話が共通母胎として先行していたはずであって、これは、『今昔』の独創ではない。ただし、『打聞集』のそれは、有名な嵯峨清涼寺の釈迦像縁起にかかわっていて、『今昔』は、おそらくそれを知りながら、これを、中国仏法伝来史話として配列したのである。

先の引用につづいて、『今昔』は、『打聞集』のそれとは全く異なる、エピソードを導入する。

聖人既に娶ぎて後、懐妊する事を待つと云へども、懐妊する事無し。王怪しびて蜜かに娘に問ひて宣はく、「聖人娶ぐ時、何なる事か有る」と。娘答へて云はく、「口誦する事有り」と。王此れを聞きて宣はく、「此れより後、聖人の口を塞ぎて誦せしむる事なかれ」と。然れば、娘の、王の言に随ひて、娶ぐ時、聖人の誦せむとする口を塞ぎて誦せしめず。其の後、懐妊しぬ。聖人は幾ばくの程を経ずして死に給ひぬ。此の聖人、王の言実なれば娶ぐと云へども、本の心失せずして無常の文を誦し給ひけるなり。其の文に云はく、「処世界如虚空　如蓮華不着水　心清浄超於彼　稽首礼無上尊云々」。此れに依りて懐妊せざりけるを、口を塞がれて誦せずして懐妊しにけり。既に男子を生ぜり。其の男子漸く勢長じて、名をば鳩摩羅什と云ふ。父の本意を聞きて此の仏を震旦に渡し奉りつ。……　（巻六(5)）

このくだりに相当する、『打聞集』、および中国の仏書『法華伝記』の文章を、読み比べてほしい。

（……王の宣はく、「聖は戒を破りて地獄に落つとも、ゆく末の仏法のはるかに伝はらむこそ菩薩の行にはあらめ、我が身一人思ひてあらむは本意なき事にこそ」と、王泣く泣く宣ひければ）此の御娘にただ一夜ねにけり。聖、其の後いくばくなくて失せにけり。王の娘はらむで男子生みてけり。いはゆる羅什三蔵なり。如法に唐に此の仏を渡し付け給ひて、……　（『打聞集』(8)）

王、妹有り、年始めて二十歳。（中略）羅炎を見るに及びて、心に当らむと欲し、乃ち逼るに妻を以てす。やや久しくして懐まず。王親しく妹に問ふ、「汝の夫、何なる術かある」と。答へて云はく、「欲を行ずる時、一偈を誦して云はく、『処世界如虚空　如蓮華不着水』と。もしは是れ此の偈の力か」と。王曰はく、「汝宜しく情を妖しくすべし」と。既にして什を懐む。

（『法華伝記』巻二）

『今昔』は、その鮮やかなリアリズムが、会話と、行為の奇異の細部とを造型し、その邪気のない表現は、厳粛の場に笑いを誘いかねない。『打聞集』の「ただ一夜ねにけり」のような、単なる筋の上の出来事、実は説話的な型をもつ出来事なのではあるが、それは、『今昔』において、あたらしく変型され、構成された。これは、『法華伝記』に残る訛伝の型に通じるところがあるから、「菩薩の行」が『今昔』の独創ではなかったように、これもまたその独創ではない。ただし、いくつかの徴証から、『今昔』は『法華伝記』自体を直接もととはしていなくて、「唐人説話」を通じて平安時代に育っていた、ある説話をもとにしたと推定される。

この時、『今昔』だけにしか見出せない、その時彼女が彼の「口を塞ぐ」という、まさしく『今昔』的な具象のかたちが、『今昔』独自に属するか、ある説話にすでにあったかということは、厳密には断定しにくいにしても、いずれにしても、ここまで、『打聞集』に近いある説話をもとにして物語をすすめてきた『今昔』は、ここに至って、興趣に富んだ、別のある説話のコンテキストを導入したのであった。『今昔』が、もともとこのコンテキストをつづける別のある説話に拠ったかという疑問は、『今昔』のこの部分につづく後文が、また『打聞集』に通じる上に、そのつづけ方が少しく拙いという事実によって否定される。『今昔』は、この部分だけ、別のある説話のコンテキストを選択し、癒着して、独自に変化したのであった。『法華伝記』型に通じるところのあるこのある説話は、『今昔』の、人間の求法の行為とか、限界状況の行為とかに関する、リアルな関心と好奇とを刺激した。『今昔』は、あたらしい触媒を得てこれに就き、『打聞集』に近い共通母胎としてのある説話の、口承のなごりの和らぐ音色や型の成熟をこえて、自己の潜勢力を烈しく充たしたのであった。「菩薩の行」は、あたらしい意味を帯びた。それは、充実した仏法史の説話的構成をねがう、希いをも充たしたであろう。本朝仏法伝来史話の、聖徳太子の命によって物部守屋を射、その軍を破ったという説話（巻十一(21)、四天王寺物語。ここに太子のあらわれるような説話的変改については、新潮日本古典集成『今昔物語集一』「説話的世界のひろがり」〔行動する鎌足〕参照）でも、『今昔』は「太子定めて人を殺さむとには非じ、遙かに仏法の伝はらむが故にこそは」と洩らす。鳩摩羅炎のこれは、『今昔』文学独自の想像力の問題に属した。

ただし、異なった資料のコンテキストを癒着するということは、必ずしもあたらしい統一を全うするということではない。『今昔』には、その癒着や結文（一篇の結末部、評語や教訓の語を含む場合が多い）の補充という、自己の方法の濫用が、その物語の主題と分裂する場合もあった。たとえば巻十(9)の、孔子と賢い童子とが対話する物語がそうである。賢い童子という主題の物語につづいて、別のある説話から、孔子が弟子たちを試みるという内容の物語を後補したために、一篇全体はその主題を失っている。その後補した部分につづく、『今昔』独自の結文、「人の心の疾き遅き、顕はなり。孔子はかくぞ智り広く在しましければ……」は、その後補した部分は承けるにしても、一篇全体を承けるものとしては、ほとんど意味をなしていない。『今昔』には、たまたま、「智恵有ると無きと、心利きと遅きと……」（巻四(25)、聖者龍樹と提婆との出会の物語）という、同類の、『今昔』独自であるべき結文もあって、知恵と愚鈍とは明らかに分かたれるということ自体は、『今昔』的な発想であると言えるにしても、たまたま、この同類の結文の場合でも、『今昔』は、その物語の中の瑣末なことにとらわれて、そこからその結文を引き出している。ふたりの聖者が出会するという、物語の大きい主題から逸れているのである。このような無理や行きすぎを含み、あるいは矛盾をもはらみながら、『今昔』文学独自の想像力の戦いはつづけられた。

なるほど、説話は、面白ければそれでよいにはちがいない。しかし、『今昔』文学の独自性を厳密に考えるためには、その意図や方法に従わなくてはならない。安易に民衆社会の口承と短絡したり、誤った出典と直接比較したりして、『今昔』文学の質を批評することはできない。もとより、たとえば、洛南稲荷の初午詣での群集の中で言い寄った美女が、盛装した自分の妻であったという近衛舎人茨田重方の話（巻二十八(1)）、平安京の群盗の色白い女首領とその情夫との話（巻二十九(3)）、羅城門物語（巻二十九(18)）、大江山の藪の中で道づれの男に眼の前で妻を犯された男の話（巻二十九(23)）など、多く「“brutality”（野性）の美しさ」「美しい生まなましさ」、「野蛮」「残酷」なリアリズムの輝き（芥川龍之介「今昔物語の鑑賞」、新潮社『日本文学講座』、一九二七）をもつこれらの説話は、現在『今昔』のほかには見出せない。その『今昔』の独自性を言うことは、それ自体誤りではないが、同時にわれわれは、ある説話と『今昔』独自のその説話自体という、二者の間にひそむ問題を忘れることはできないであろう。

こう見てくると、『今昔』は、和漢の説話の群を媒介とする自己認識、すなわち、混血することばにわたる言語の外在性と、自己表現の結晶作用との緊迫の間に、日本の転換期におけるあたらしい人間の可能性の追求と、あたらしい混血散文の想像力の可能性の追求と、その独自の、孤独な仕事をつづけた、と言える。それはおのずから、説話文学を自覚的に位置づけることと相関した。

生きた行為の性格

求法者の真実の行為、「菩薩の行」ということばは、『今昔物語集』の独創ではなかったが、それは、『今昔』独自のその説話自体の展開の中で、あたらしい意味を帯びていた。事実、説経の聞書に近いものを集めた『打聞集』全巻は、この行為の問題を問題意識として問うことはなかったのに、『今昔』は、その普遍的な意味を、ラディカルに問いつづけるのであった。「我が身（此の身）を棄てて」（巻十九(26)、巻五(13)）「先づ他を利益する」（巻六(19)、『今昔』独自の結文部）「菩薩の行」とは何か、すべて人間の生きた行為とは何か、これは、『今昔』が、ラディカルに到達していた思想体験である。

乱世はすでにきざして、諸寺の僧兵や諸社の神人は「乱逆」し、新興武士層の馬蹄は地平から迫っていた。古代的支配の律令を背景とする王法と、王法権力との諸関係の日常化・類型化を避けえなかった仏法と、日本文化を深大にひらいた顕密仏教の、王仏体制の法体系は揺れていた。王仏体制を保守する立場は、「仏法破滅」を憤り（『扶桑略記』永保元年条、一〇八一）、『今昔』前後の宮廷貴族の日記『中右記』も、仏法・王法の恐るべくつつしむべき時かとなげき（天仁元年四月一日条、一一〇八）、後には、「末代」の仏法は貴族の種をもって守るべきであり、その威がなくては保ちにくい（大治二年十月三日条、一一二七）などと、体制仏教の階層秩序の、ドグマの安定を欲している。

『今昔』は覚めていた。

仏とは何か、仏は何故にこの世の母に胎り、何故に生れましたか、人間は何故に生れてきたか、『今昔』の課題は、この一大事につながっていた。『今昔』は、人ひとり生きなくてはならない人の世に、法、すなわち真実の顕現する個々のかたちを思っている。

天竺スリランカ僧迦羅国の小伽藍に、その眉間に玉（白毫）を嵌めた仏像があった。貧しい盗人がその玉を盗もうとした時、背のびして避けた仏に、盗人は合掌頂礼して祈りをこめた。

「仏の世に出でて菩薩の道を行じ給ひし事は、我ら衆生を利益抜済し給はむがためなり。伝へ聞けば、人を済ひ給ふ道には、身をも身をも（ママ）貪らず、命をも捨て給ふ。（中略）何に況や、此の玉を惜しみ給ふべからず。貧しきを済ひ下賤を助け給はむ、只此れなり。（中略）」と哭く哭く申しければ、仏、高く成り給ふ心地に頭を垂れて盗人の及ぶ許に成り給ひぬ。（巻四(17)）

その玉を市に売った盗人が、捕えられてありのままを告白した時、その仏が「頭をうな垂れて立ち給」うのを知って悲しみの心を発した王は、玉を買いとって本寺に返し、盗人を許した。

実に心を至して念ずる仏の慈悲は、盗人をも哀れび給ふなりけり。其の仏、今に至るまでうな垂れて立ち給へりとなむ、語り伝へたるとや。

富貴と貧困との、典型の対立における、貧しき人びと、そして、心貧しき人と仏の慈悲と、『今昔』は、『大唐西域記』に発してすでに和文化していたはずの、この物語を選択した。すでに説話的世界が獲得していた、ドストエフスキー的な課題にも通じるこの物語を採録したことは、やはり『今昔』の想像力に属するが、それは、後代の説話集『雑談集』の同話に比べて、単に筋にとどまらない表現力、造型力がかがやき、仏像がうなだれるという奇異が、純粋に盗人の行為の意味と相関した。また、

仏の世に出で給ふ事は一切衆生の苦を済ひ給はむがためなり。（中略）仏は平等の慈悲に在します。（巻一(38)）

こうして仏を礼拝した群盗の物語を結んで、

逆罪を犯せる者そら仏を念じ奉りて利益を蒙る事、既に此くの如し。何に況や、善心有らむ者の、心を至して仏を念じ奉らむに、当に空しき事有らむや。

と、『今昔』は言う。「何に況や（まして）……をや」というのは、説経の結びの類型であるが、『今昔』は、『大般涅槃経』に発してすでに和文化していたはずの、こんな物語をも選択していたのであった。人間の悪行とか、破戒とか、このような問題を、『今昔』は切実に受けとめているのである。

もとより『今昔』は、仏法・王法華やいだ日の浄福をも編みこんではいるが、しかし、仏法史を通じて歴史の底にはたらく因果の理を観じながら、「末代」転換期の位置から、人間社会のさまざまの個々のかたちを、ラディカルに観た。「悪人」を殺し「悪行」を止めるのは「菩薩の行」であると言い（巻十六⑳、巻十四㊵）、もとより、一般に、殺生には地獄に堕ちる報いがあると言う（例、巻二十㉚、『日本霊異記』中⑳）が、また、「逆罪」「極悪」も、懺悔・信仰の機縁となった。

破戒無慚（はかいむざん）のみ具足して、清浄の仏法はかなわないことを知り、牛馬を屠殺して食べつぎながら、『法華経』の読誦と念仏とに明け暮れた餌取（えとり）法師夫婦が、みずから予言したその日、浄福の中に死ぬのを、遍歴僧は見たと言う（巻十五㉗・㉘、『法華験記』）。多くは天台浄土教的に先行するある説話があるから、『今昔』独自の価値発見ではないにしても、その価値の確認と選択とは、『今昔』の精神に属した。それらは、多く自己救済を出ないとしても、顕密体制の階層秩序の、観念的慰戯に立つ持戒邪見はすでに相対化され、破戒無慚の人間の、個々の、あるいは刹那の、生きる世界は問われているのである。『今昔』は、顕密体制イデオロギーが、その日常化・類型化の中に排除し隠蔽した、人間に隠されたネガティヴな領域、限界状況的な、あるいは非理性的な、深層領域の力をポジティヴに感じているのであって、ここには、やがて顕密体制仏教の間から、体制批判とそのための受難とを通じて、その思想を鍛え出した鎌倉時代の宗教改革、人間存在の条件と意味とを問いつめる思想運動への、説話的先駆がある、と言えるのである。価値観の転換を問う、近代の方向へ『今昔』は出ていたのであった。『今昔』の、あるいはグロテスクなリアリズムは、日常の権威の固定をこそグロテスクに照らし出す。それは、『今昔』の希（ねが）った「あたらしい厳粛性」（M・バフーチン『フランソワ・ラヴレーの作品と中世・ルネッサンスの民衆文化』、一九七四）の、矛盾に満ちた場所から生れる、痛切な方向感覚であった。

「正直」な父と、「道心」深い母との間に育った恵心僧都が、王后の宮殿の御八講（みはっこう）（『法華経』八巻の講筵）の御下賜品を母にとどけた時、母は、華やかな「名僧」ではなくて、貴い「聖人」になるべきことを戒めた。僧都は落涙して、「名僧せむ」ことを自戒したと言う（巻十五㊴、巻十二㉜）。『今昔』は、「所得たる名僧」（巻二十㉟）は、すでに時代の意味においてえらばない。『中右記』は、洛南極楽寺など、藤原氏の氏寺の大寺司には、顕密学者をあてるべきことを言う（元永二年二月十八日条、一一一九）が、『今昔』は、その極楽寺の発願者、藤原基経が病んだ時に、その邸で、「霊験有りて畏き思え有る僧ども」のうしろにひとりかがんで読経していた、その極楽寺の僧の「誠の心」が基経の病を治したという、ある説話を採録していた（巻十四㉟、『古本説話集』『宇治拾遺物語』）。『今昔』は、見るものを見ていたのである。

出家して教団寺院に入り、その組織化された日常性・類型性にあき足らず、あたらしく「道心」を発してその本寺を去り、別所に入り山林に交わって修行した、いわば出家の出家、その「聖」たちを、その別所聖的な山林持経者や聖的遊行者のかずかずを、『今昔』は、どんなに多くえらんだことであろう。どんなに寂寞の溪声を聴いたことであろう。叡山を出て多武峰へ入った増賀聖（巻十二㉝、巻十九⑩）もまた、そのひとりであった。王后の宮殿に時めく僧らと、彼らから見たこの「物狂」（巻十九⑱）の聖との典型を、『今昔』は鮮やかに対比した。さきに触れた、『日本霊異記』の「猴聖」ではないが、「狂気」（M・フーコー『狂気の歴史』、一九七五）と言えば狂気であり、そこに、『今昔』は、『今昔』の時代の意味において、ひとり生きる、根元の生のかたちに、共感するのである。

さまざまの矛盾の中の、生への決意のドラマトゥルギー……、『今昔』は、これを問いつづけた。

今昔物語集の風景

今は昔、越中の国□の郡に立山と云ふ所有り、昔より、彼の山に地獄有りと云ひ伝へたり。其の所の様は、原の遙かに広き野山なり、其の谷に百千の出湯有り、深き穴の中より涌き出づ。巌を以て穴を覆へるに、湯荒く涌きて巌の辺より涌き出づるに、大きなる巌動く。熱き気満ちて、人近付き見るに極めて恐し。亦、其の原の奥の方に、大きなる火の柱有り、常に焼けて燃ゆ。亦、其の所に大きなる峰有り、帝釈の嶽と名付けたり、「此れ、天の帝釈・冥官の集会し給ひて、衆生の善悪の業を勘へ定むる所なり」と云へり。（中略）山の中に一人の女有り、年若くして未だ二十に満たぬ程なり。……　（巻十四(7)）

地獄とともにある、デモーニッシュな生成のヴィジョンの力が、古い山中他界観念と仏教との複合した、原郷的な神秘感を沈めている。『今昔物語集』は、時に、このような民俗をこめた山の戦慄、山の人生を、辺境孤絶の海景（巻十六(6)）などとともにえらんでいた。この風景感度は、

（提婆菩薩）かくの如き堪へ難き道を泣く泣く行く事は、未だ知らざる仏法習ひ伝へむがためなり。辛苦悩乱して、月来を経て、終に龍樹菩薩の御許に行き着きぬ。　（巻四(25)）

普く衆生を利益せむと、（中略）堪へ難く嶮しき道を、身命をも惜しまずして、（仏像を）盗み奉りて行くなりけり。　（巻六(5)）

とある、『今昔』独自のその説話自体の、求道の精神の断崖に通じるべきところのものでもあった。

『今昔』にはさまざまの風景がある。行為の問題と関連して、しばらく風景論的に瞥見しよう。

国境の風景がある。

今は昔、義紹院と云ふ僧有りけり、元興寺の僧とて止事無き学生なり。其れが京より元興寺に行きける

に、冬の比なり、泉川（木津川）原の風極めて気悪しく吹きて、寒き事限りなし。……（巻二十(40)）

南都の体制仏教の僧、義紹は、その国境の坂の墓畔に藁薦を巻いて伏す乞食法師を、馬上から見下ろした。衣を一つ脱いで投げかけた時、乞食は、「起き走りて、頭に打ち懸かりたる衣を取り掻」いて投げ返した。

乞匃云はく、「人に物を施するならば、馬より下りて礼して施すべきなり。而るを、馬に乗り乍ら打ち懸けむ施をば、誰か受くべき」と云ひて、掻き消つ様に失せぬ。

すでに触れた、聖徳太子と飢人との古説話の、ヴァリエイションであり、たまたまここは、『古事記』に崇神天皇暗殺の歌を歌った少女が、忽然として失せたというその国境でもあるが、国境とは、とりもなおさず現世と他界との境界である。そこに、日常体制の階層秩序の、人間的な傲慢を衝いて、襤褸の「道化」は「掻き消つ様に失せ」たのであった。神話的なメタモルフォーズ、「道化」は、他界から来て他界へ去るのであった。

其の時に、義紹、「此は只者にも非ざりけり、化人の在しけるなりけれ」と思ひ、悲しくて馬より急ぎ下りて、此の投げ返しつる衣を捧げて、乞匃の有りつる所を泣く泣く礼拝すと云へども、更に甲斐無し。日暮るるまで思ひ入りて其に有りけれども、答も無ければ、馬を引かへて、十町許は歩にてぞ行きて、悔い悲しびける。

国境に日のかげる、冬の日の日暮れの寒さは、乞食（非日常）の挑戦に襲われる、彼自身（日常）の存在の寒さであり、深層の現実は、日常の正当性のシンタクスに隠された関係を鮮やかにして、日常を死へ導き、復活を誘う。深層へ呼びかけ、より深い現実へ誘いこむこの風景を、『今昔』は、「十町許は」と、確かに受けとめた。

今は昔、比叡の山の東塔（根本中堂付近）に、長増と云ふ僧有りけり。……（巻十五(15)）

天台宗の中心部、比叡山東塔の「厠」で、「心静かに」「世の無常を観じ」、そのまま人には告げず寺を出た長増は、四国の辺地を流浪乞食して、『般若心経』も知らぬ門乞匃と呼ばれていた。数十年の後、国司に従って下った昔の弟子と、「心弱く」も一度再会した彼は、ふたたび、みずからを誰とも知らぬ「世界」の地平へ「走り出でて」跡を絶ったが、弟子が都へ上って三年ばかり後、またその国にあらわれて、やがて端坐合掌して死んだ。国人たちは、事情を知って法事した。

　此の国々は、露、功徳造らぬ国なるに、此の事に付きてかく功徳を修すれば、「此の国々の人を導かむがために、仏の、権りに乞匃の身と現じて来たり給へるなり」とまでなむ、人皆云ひて、悲しび貴びけるとなむ、語り伝へたるとや。

顕密中心部の「厠」という、客観的、具体的な場所を核として、辺境のあたらしい価値の地平がひろがっていた。日常的、類型的な権威は、すでに相対化されていた。その辺境の風景は、『今昔』の意識の深層の中心からひろがっているのであって、それは、「文明」の自己批判が生み出してきた、「未開」の発見であった、とも言える。もとより、それは、『今昔』が感じた、生きた行為の力でもあったのである。

　今は昔、□の御代に、湛慶阿闍梨と云ふ僧有りけり。……（巻三十一(3)）

貴族の祈禱に召されて、食事を供する女に深く愛欲を発した湛慶は、はじめて破戒した。彼は昔、夢の中で不動尊から、某国の娘に堕ちて結婚すると告げられてその国に下り、庭で遊ぶ端正な少女をそれと感じて、頸に斬りつけ逃げ去ったことがある。それは破戒を避けるためであったが、いま思いがけぬ女に堕ちて、抱けばなんと、頸に深い傷痕がある。「深き宿世」を観じて、永く夫婦となった。

あるいはまた、美しい里の娘と一夜契って、枕許に大刀を形見に残した藤原高藤は、六年の後ふたたび訪れて、その女と可憐な童女とを見た。枕許には大刀があって、童女は自分の子供であった。「前世の契」の深さに、彼は女と結婚した（巻二十二(7)）。

あるいはまた、東国に下った男との、奇縁の母子の物語もあった（巻二十六(2)）。

街道のとりもつ奇異の宿世の風景が、日常時間の底にひらいていたのである。
そして、都市があった。

今は昔、摂津の国辺より盗みせむがために京に上りける男の、日の未だ明かりければ、羅城門の下に立ち隠れて立てりけるに、朱雀の方に人しげく行きければ、人の静まるまでと思ひて門の下に待ち立てりけるに、山城の方より人共の数た来たる音のしければ、其れに見えじと思ひて、門の上層に和ら掻かつり登りたりけるに、見れば、火ほのかに燃したり。盗人「怪し」と思ひて連子（れんじ窓）より臨きければ、若き女の死にて臥したる有り。其の枕上に火を燃して、年極じく老いたる嫗の白髪白きが、其の死人の枕上に居て（しゃがみこんで）、死人の髪をかなぐり抜き取るなりけり。……　（巻二十九(18)）

これは、芥川龍之介の小説でも知られる、有名な羅城門の物語であった。落魄した六宮の姫君の邸に、悲恋は繰りひろげられて過ぎて行き（巻十九(5)）、昔日の河原院も、華散り失せた荒涼の故園のシンボルであった（巻二十四(46)、新潮日本古典集成『今昔物語集二』「説話的世界のひろがり」〈河原院荒廃〉参照）。『今昔』全巻の整合の情熱が、荒れながらなお整斉をのこす平安京の構造に、無意識にもかかわるか否かは知らず、『今昔』は、寺々があり、月下の大路を笛吹く人がひとり行き、霊の気が、その行列が行き交い、「只独り」ある男と女とが、ふと結び解かれる、その都市をさまざまに描いている。

「只独り」ある女の情夫になった侍（貴族の侍者）が、彼女の命じるままに鍛えられ、彼女に見送られてはじめて群盗に加わったその日暮れ、群盗の中に、「差し去きて（すこし離れて）色白らかなる男の小さやかなる」ものが立っている。彼ら群盗は、それに畏まる気色であった。二、三年の後、「はかなき世の中」を告げた彼女の行方を知らず、やがてひとり捕えられた男は、壊滅する末期都市の幻影のかなたに、その不可解な女の面影を追って、あの、はじめて群盗に加わった日暮れに思いをひそめた。

其れに、只一度ぞ、行き会ひたりける所に差し去きて立てる者の、異者共の打畏まりたりけるを、火の焔影に見ければ、男の色ともなく極じく白く厳しかりけるが、頬つき・面様、我が妻に似たるかなと見けるのみぞ、然にや有らむと思えける。其れも慥かに知らねば、不審しくて止みにけり。（巻二十九(3)）

群盗の色白い女頭領とその情夫と、あらあらしい行動の世界の表裏と男女の深まる時間とを、きめこまかく描く『今昔』屈指の名作であるが、松明の焔影のおもかげは、あの王朝の華やかな夕日を浴びた、優雅な恋人たちのそれではすでにない、brutality（野性）の美しさであった。

今は昔、（中略）其れ（小野五友）が伊豆の守にて国に有りける間、目代（事務代行）の無かりければ、……（巻二十八(27)）

その伊豆国司の目代にえらばれて、「打ち咲みたる気」もなくつとめていた六十ばかりの男が、ある日、国司の館で官印を押していた時、操り人形を使う傀儡子の一行が廻って来て、歌を詠い笛を吹いた。国司がそぞろに面白がりながら、ふとその目代の男を見ると、吹き詠う三拍子のかろやかさに合わせて、印を三度押し、肩を三度動かしている。外からその様子を見た傀儡子が、急調子ではやし立てると、目代は、太いしわがれ声で合唱し始め、ついには「俄かに立ち走りて」、一緒に奏で始めた。目代は、若いころ、傀儡子の一行のひとりだったのである。それから彼には、傀儡子目代というあだ名がついた。

邪気のないイロニーやフモールが笑いを誘い、あるいは社会階層のきびしさも瞥見できるかもしれない。しかし、

其れは傀儡神と云ふ物の狂はかしけるなめり、とぞ人云ひけるとなむ、語り伝へたるとや。

と結ぶ、この結文は微妙である。『今昔』の精緻でリアルな表現は、説話の娯楽ではない、鋭い人間観察を感じさせるであろう。『今昔』は、その個人の、特定の情景や社会階層のきびしさを喚起しようとするのではなく、

おそらく、それは、「人間の無意識、虚栄心、狂気、幻想、本能的行動の隠された意味、楽しい遊びの本質」（L・ルベール「『ブリューゲル全版画』序論」、一九七四）を、人間の眼前にあらわにすることを望んでいるのである。「万人に対して、その本性のさまざまな方向からして、君が何者で『ある』かということを明示しているのだと、悟ったとたんに、『見る者』の笑いは消えるのである」。サーカスのジンタが聞え、ピエロの楽隊の行列の楽曲が近づいた時、小学校の教室の、窓の外の空が晴れていたように、チャンネルの共鳴が、隠された思い出や忘れた感覚をよみがえらせ、純粋な遊びを誘う。『今昔』は、人間的、宗教的な共感力の裡(うち)に、非日常のリズムの機能に感じる自己を明らかにしながら、さりげなく、自己の精神の秘密を永遠化したのであった。

今昔物語集の制作

『今昔物語集』を、その完成近くまで制作した担当者、すなわち編者、これは、『今昔』独自のその説話自体を造型した意味からすれば、作者と言ってもいいが、先行した説話を、多く和漢の群籍から渉猟して、それを、天竺部仏伝に始まる『今昔』にまとめあげた、その担当者は不明である。

すでに触れた、古本『宇治大納言物語』を編んだという源隆国（一〇〇四〜七七）に擬する説は、旧来からあった。隆国にもかかわる宇治平等院は、園城寺（三井寺）の別院であり、宇治は、宇治仏法の地として知られていて、一般に、説話集の歴史で、隆国の存在は大きい意味をもつものらしい。『今昔』がこの隆国の手になるとする説は、『今昔』全篇のうち年代の知られる話の最下限が嘉承元年（一一〇六）前後である（巻二十九(27)、日本古典文学大系本）こと、『今昔』が出典の一つとした歌学的説話集、『俊頼髄脳』の成立が一一一〇年代と推定されることなどから、現在では、隆国の没後に、その企画を継いだ園城寺系の天台僧グループによって後補された

（永井義憲）、と修正されて残っている。

隆国説に対して、園城寺長吏、鳥羽僧正覚猷（一〇五三〜一一四〇、隆国の子、『鳥獣戯画』の作者とする説がある）、東大寺東南院院務、覚樹（一〇七九〈一〇八一・一〇八四説もある〉〜一一三九、六条右府源顕房の子）、あるいは、白河院を中心とする、院の近臣層（摂関制下の中・下級貴族層の系統と規定されるはずであるが）や僧たちのグループ、またあるいは、南都（奈良）・北京（京都）の大寺に所属する中・下級の事務系統の僧、など、それぞれ魅力ある説（片寄正義、酒井憲二、国東文麿、今野達）のほか、さまざまの仮説があるが、後補の場合をも合わせて、すべていずれも確証はない。

このうち、覚樹とする最近の仮説は、『今昔』写本の祖本と見られる、鎌倉時代の鈴鹿本が、南都東大寺、あるいは同寺から遠くないゆかりの場所で書写されたという、新説と結んだ。それは、『今昔』の一部が、直接出典とした中国の仏書、『弘賛法華伝』の東大寺図書館本（保安元年書写、一一二〇）に覚樹の奥書があり、『今昔』の成立年代をこれ以後とした説（片寄正義）を思い出させる。しかし、『弘賛法華伝』が日本に初めて伝来した時期の問題は別として、覚樹がその「唯一最大」の利用者であったか否か、これは断言の限りではない。

一般に、『今昔』には、あるいは歌学を含む貴族官人社会の常識を逸し、あるいは、仏教、ないし仏教史の知識を欠くところが散見し、また、いわゆる大乗仏教系の原典と、小乗仏教系の原典とを、思想的な混乱を冒しながら、外面的に癒着して一篇を構成するような場合もあった（例、巻三(28)）。別の面から見れば、これは、『今昔』がその説話的想像力を展開する、複雑な条件にもかかわったが、ともかく誤謬や錯誤が散見することは事実である。

いま、『今昔』が『弘賛法華伝』をもとにする場合を調べると、『今昔』は、その震旦部、巻七の一部だけに、『弘賛法華伝』全十巻の巻六の一部、五篇だけを用いるのである。しかも、たとえば巻七の第二十一話、恵果（えか）の物語は、原典の「宋初」の僧、慧果（えか）の伝記に拠りながら、唐代密教の著名の恵果（巻十一(9)、密教を不空（ふくう）に受けて弘法大師空海に伝えた）と混同し、さらに巻七の第十七話では、原典の一部が解読できていない。この種のことは、弱冠二十歳で、すでに高級僧官への途をひらく興福寺維摩会の竪者（りっしゃ）（講経論義の時、問者に答える者）にえらばれ（『中右記』承徳二年十月十二日条、一〇九八）、天永元年（一一一〇）にはその維摩会の講師となり、三論と密教との学にぬきん出て三論の血脈（けちみゃく）（すぐれた継承者の系譜）に列し、その名は宋まで聞えた（『東南院院務次第』、『三論言疏文義要』巻十、『三論祖師伝集』巻下等）という、高級貴族社会層出身の覚樹の、少なくとも印象とは合致しにくい。

龍樹（ナーガールジュナ）や提婆（アーリヤデーヴァ）など、三論ゆかりの天竺びとの物語（巻四(24)～(27)）は収められるが、すでに触れた、鳩摩羅什物語（巻六(5)）では、中国三論学の歴史を華やかに始めた彼には全く言及せず、それは、三論的というよりもむしろ天台的であるばかりでなく、最初に触れた、かの敦煌本鳩摩羅什断簡の、鏡を瓶の中に入れるという方術の伝承は、鎌倉中期の東大寺三論学派の権威、聖守の著『三論興縁』に箇説されて、南都の三論では熟知の伝承であったにちがいないのに、『今昔』では全くかえりみられない。そしてまた、中国三論学を飾る嘉祥大師吉蔵はあらわれず、南都三論学の道慈律師には敬語がなく（巻十一(5)・(16)）、東南院三論学の祖、理源大師聖宝もまたあらわれない。いかに『今昔』は一派に偏しないとは言っても、三論宗の法をつたえる講筵も行われ、そのための寺田もあった（『平安遺文』「元興寺領某荘検田帳」、保延四年十二月十五日、一一三八、覚樹の高弟珍海の署名もある）時代であることを考えれば、たとえばこれらのことは、『今昔』編者を覚樹とする仮説に、やはり素朴な疑問を残す。『今昔』が東大寺毘盧舎那（ビルシャナ）大仏の高さを欠文（空欄）とし（巻十一(13)）、『華厳経』の善財童子を「善哉」と宛てる（巻六(35)）なども、『今昔』書写段階の諸条件は考慮するとしても、やはりまた立ち止まらせる疑問であろう。

覚樹仮説を根拠づける、『今昔』鈴鹿本が、東大寺、あるいは同寺から遠くないゆかりの場所で書写されたという、あたらしい徴証の意味は、もっと大きな仏教社会・貴族社会の関連の視野に立って、生かされなくてはならないであろう。

『今昔』の編者、もしくは作者は、現在なお不明というほかないが、その制作の現場を、ある程度うかがい知る方法がないわけではない。中国の仏典漢訳の場は、すでに漢代から多く複数の担当者で構成され、唐代には、訳主をはじめ、筆受・証義・綴文(ていぶん)・潤色・正字・執筆・校勘などが分担されて、宋代にもほぼ継承された。日本中世の説話画、『玄奘三蔵絵』や『羅什三蔵絵』にも、訳経の場に複数の人物が描かれ、『今昔』自身も、その複数構成を知っていた（巻六(42)、巻七(1)）。もとより、これを『今昔』の成立事情にただちに適用することはできない。しかし、類推することはできるであろう。まず、『今昔』三国仏法部の、諸宗派・諸学派を統合したと言ってよい側面は、その担当者の複数性・グループ性を予想することを許すであろう。

『今昔』が冒す、固有名詞その他の誤謬は、さまざまの条件は含むものの、制作現場の複数構成を、その理由の一つとして数えさせるようである。たとえば、鳩摩羅炎にその娘を合わせたという亀茲国王(きゆうじこくおう)（巻六(5)）は、『今昔』と共通母胎に立つ『打聞集』には、単に「王」とだけあった。しかし、『今昔』独自のその説話自体は、菩提達磨(ボーディダルマ)物語（巻六(3)）に、「唐の王」の名を「梁の武帝」とあらわしたように、その亀茲国王の名をあらわして「能尊王(のうそんおう)」とする。現在、全アジアの文献を通じて、『今昔』だけにしか見出せないこの名は、要するに誤りである。中国の鳩摩羅什正伝に、亀茲国の「白純王」とともにあらわれる北涼(ほくりよう)の「蒙遜王(もうそんおう)」を、日本の教団や貴族社会でも、亀茲国「蒙遜王」と誤伝することがあった。その誤った口承知識を前提にして、『今昔』自身がさらに「能尊王」と誤ったと推定される。

『今昔』自身のこの誤りには、複数の場での、口づたえの誤聞によるという推測が許されるであろう。それは、たとえば、ほかならぬ『弘賛法華伝』と、中国仏教説話の百科全書、『法苑珠林』との二書を、直接もととする巻七第十六話の物語において、原典の固有名詞「王道真」を、「王遁」と誤ったその条件にも通じるところがあろう。かりに「能尊王」は、誤った口承知識を、誤って記憶していたある一個人が、単独に補入したと考えうるとはしても、原典の「王道真」を、「王遁」と二個所も誤ることは、一個人が、原典の文字に即して直接翻訳する場合には、少なくとも、常識的には考えられない。それは、原典に直に接して口授する一人と、それを耳で聞いて筆録する一人との間に生じた誤り、と考えられるのである。その関係は、たとえば、聞書のあとを残す『打聞集』の、鳩摩羅什物語にある「清岸寺」が、実は、嵯峨栖霞寺（清涼寺）を誤聞したものであることなどにも通じよう。

固有名詞に限らない。たとえば、紀貫之が亡き子を悲しんで、土佐の国守の館の柱に書きつけた歌が、「生にて」残っている（巻二十四(43)）というのは、『古本説話集』や『宇治拾遺物語』との共通母胎に、「いままで」とあったそれを、「ナマニテ」と誤聞し、そのまま文字に写した結果であろう。

こうして見れば、『今昔』の制作は、少なくともある場合は、複数の場を経験したと想像される。

その複数の場は、かつての平安摂関制の華やいだ日々からすでに、講筵や供養の場には、教団の宗派的、学派的な対論・交流が、そのまま貴族社会との交流を含んであった事実と、相関するかと考えられるであろう。『僧綱補任』という本からも想像できるが、しばしば説経の聴聞に出かけた京の女人も「奈良方」（『枕草子』）などと言い、南都興福寺復興の供養法師には、三井寺などからも出仕した（『南都七大寺巡礼記』等）。『今昔』でも、南都・北京、延暦・三井・奈良の諸寺院の学生たちが、京の季の御読経に集まって、夕座（夕方の講筵）を待つ間にあるいは読経し、あるいは物語り（巻二十八(8)、世尊寺）、「天台・法相」の智者たちが長期にわたって『法華経』を講じ、これを京中の貴賤の僧俗・男女が聴聞している（巻十五(35)、巻十三(42)、六波羅蜜寺、等）。『今昔』

成立前後の貴族の日記にも、恒例・臨時の講筵の対論・交流がしばしば記録された。あるいは興福・東大・延暦・三井各寺の僧らが集い（『後二条師通記』、寛治五年五月二十二〜二十六日条、一〇九一）、洛東法勝寺の阿弥陀堂の講筵には、高級僧官への途についた僧たちのほかに、興福・延暦・園城の三寺から、各十名ずつえらばれた学生たちが、学頭に率いられて講説したこともあった（『長秋記』『中右記』、各天永二年五月二十一〜二十六日条、一一一一）。南都・北京の智者たちは、あるいは朝座・夕座の間に談論し（『中右記』寛治八年五月六日条）、あるいは講の果てた後に伽陀(かだ)などを誦して興じあったという（同、元永二年十月二日条、一一一九）。内親王の発願した法会の聞書集、『百座法談聞書抄』（一一一〇）でも、法相（興福）・天台（三井）・華厳（東大）の僧らが講じていた。公的の外に私的な交流ももとよりあった。『今昔』の成立には、このような交流の場のコンテキストが、おそらくあったのではないかと想像される。

仏陀(ブッダ)がはじめて法を説いた、五人の比丘(びく)たちの名が、『今昔』に二度あらわれる。いずれも『法華経』注釈の古典に拠るが、それは、あるいは南都法相・三論系であり（巻一(8)）、あるいは北京天台系である（巻五(29)）。この異伝が、『今昔』成立の場に直結するとは言わないが、全く関連しないとも言いきれないであろう。あくまで想像を出ないが、南都・北京はもとより、近江・山科・宇治、その他南山城とかなり広く分布する『今昔』の地名についても、「伊賀の国の東大寺の庄」（巻二十八(31)）などとともに、交流の場のコンテキストを想像する方向がありうるように考えられる。ただし、畢竟(ひっきょう)、『今昔』全巻を統一するのは、複数性を帯びた、単数的な意志ではあった。

『今昔』の主な意図が、「珍らしい説話を存録する」よりも、「専門の説話業者」に素材を提供することにあった（柳田国男『桃太郎の誕生』、一九三三）か否かは問題である。確かに「説経を業として世を渡る」（巻十七(31)）者もあり、「物可咲(をか)しく云ひて人咲(わら)はする説経・教化」（巻二十八(7)等）もあった。意識的な目的としては、『今昔』は唱導にかかわったと言えるであろう。しかし、『今昔』文学には、それを超える何かがあった。

『今昔』は、敦煌変文がしばしば散文と韻文とを交用して、散文は譚説（たんせつ）し、韻文は楽曲に合わせて歌唱したのとは異なり、しばしば原典の偈（うた）を省略し、あるいは散文化しもした。まして、みずからあたらしい韻文を創作したりしたことは、おそらく全くない。『今昔』文学は、たとえば『宝物集』のような、顕密体制的の唱導ではなくて、唱導や弁論の誘う魅惑を、むしろ抑制するのである。『今昔』諸篇の結末には、教訓的要素の加わることが多いが、これは、ペローの説話集『長靴をはいた猫』などにもあるように、おそらく伝承文学の類型として、そのリアリティを裏打ちするものであって、『今昔』は、別段、いわゆる教化に積極的であったわけではなさそうであった。『今昔』の文体は立っている。それは、戦いのなかで厳しく客観に就こうとし、人間や社会に、さまざまにあらわなものや、隠れたものを、客観的、根元的に観ようとするのである。

転換期の混血社会の、多様な経験の蓄積を通じて、『今昔』的体験はその仕事をした。唱導の目的はあったとしても、あたらしく和漢混淆文を造型する『今昔』独自の方法には、自己の世界をつくるよろこびを知る何かがあった。さりげない説話様式につつんで、『今昔』は、書くよろこびを追い求めながら、うつろいやすい何ものかに対して、確乎とした散文作品を成し、それを配列構成して、多元的な秩序の統一体をつくり出すことに、おそらくひそかに目覚めていたのであった。

『今昔物語集』という説話集の存在は、久しく埋もれて、人びとに知られなかった。その偶然は、その「あたらしい厳粛性」の精神において、あるいは必然のもののようでもあった。

「辺境」説話の説

中国偽経と『今昔』説話

今は昔、東城国に王有りけり、明頸演現王と云ふ。一人の皇子有り、善生人と云ふ。其の皇子、勢長じて妻無し。亦、西城国に王有り。一人の女子有り、阿就頭女と云ふ。端正美麗並無し。東城国の善生人、阿就頭女の美麗なる由を聞きて妻と為むと思ふ心有りて、彼の国へ出で立ちて行く。……　（巻五(22)）

それは、聞きなれない不思議な国々の、むつかしい名の王子王女たちの物語。『今昔物語集』天竺部の悲劇的な物語が語り始められるであろう。見ぬ恋にあこがれた王子が、みずから刻んだ観音の力によって、荒れる海を渡って「無為の津」に着き、「只独り」西城国の王宮の門に至って、そのつまどいを予感して待ったその王女と逢った。七日してその事情を知った彼女の父王も、端正なその王子を愛する。

而る程に、阿就頭女懐妊しぬ。王の后は、阿就頭女には継母にて御しければ、此の善生人を受けずして、王の御する時には白飯を与へ、王の御さざる時には粮飯を与ふ。善生人の云はく、「我が許に無量の財有り。我れ、行きて取りて来たりて汝に与へむ」と。阿就頭女の云はく、「我れ、既に汝が子を懐妊せり。還り来たらむ程、何が為むとする」と。然れども、善生人、一月を経て東城国へ行きぬ。……

やがて彼女は双生の二男子（終尤・明尤）の母となった。その父王の死目にあうために夫は還らず、二子三歳の時、彼女は「譬ひ命は終ると云ふとも、我れ、他の身とは触るべからず」と、「一人をば負ひ、一人をば前に立てて負ひ替へつつ」夫の国を求めたが、途上、「路中にして」「重き病を受けて」行き斃れた。彼女は二子に、往還の人に一合の米を乞うべきこと、人あってもし問うならば、父母の名をあかすべきことを言い遺した。還向した善生人は泣き叫ぶ二子を見出し、彼は問い、父母の名をあかされる。

其の時に、善生人、子共を抱き取りて云はく、「汝等は我が子なりけり、我れは汝等が父なり。母は何こに在しますぞ」と云へば、「此の東の方に樹の本にて死に給ひにき」と云ふ。善生人、子を前に立てて行きて見れば、死骸散り満ちて青き草生ひたり。善生人、悶絶躃地して骸を抱きて云はく、……

善生人はそこに十柱の賢者を請じて、一日に二十巻の『毘盧遮那経』（大日経）を書写・供養する。物語は結末に入り、冒頭部の骨組みの予感をあるいは通して、この一篇の意味をあかすであろう。

さて、善生人も其の所にして命を捨つ。二人の子、亦、同じ所にして命を捨てけり。今、釈迦仏、其の所を法界三昧と名付けて、其の所にして、昔の善生人をば「今の善見菩薩なり。昔の阿就頭女は今の大吉祥菩薩なり。昔の兄の終尤は、今の多聞天王、此れなり。弟の明尤は、今今（ママ）の持国天、此れなり」と説き給ひけり。各、仏法を護り持ちて一切衆生を利益し給ふとなむ、語り伝へたるとや。

一篇は、もとインド古神話の神々から仏教に吸収されて仏法を護持するという、善見・吉祥（吉祥天女）・多聞（毘沙門）天、持国天の前生物語（本生譚）であった。『今昔』には明記されないが、すべてその最期にその菩提心は発されたであろう。おそらくは母子神・双生児、あるいは豊饒の女神など、神話論的な意味をひそめ、あきらかには愛恋・継母などのモチーフを含み、母子、そして父母とその子と、その愛と別離との苦難が物語られるのである。王権社会の行為体系を外れ、日常秩序の同一性を否定する認識の底から、不滅の聖存在を顕現する物語が、域を絶する辺境、その途上の地平をひろげるのであった。

アジアの説話の歴史において、『今昔』の諸篇は、その全篇を通じて説話様式をとりながら、しかし、基本的に、それぞれ口承（口がたり）自体の直接の記憶から各篇全体を喚起したものでなく、和漢の群籍を出典（種本）として渉猟して成る、と考えられる。たとえば、天竺部仏伝を飾るその主要部二十余篇は、中国仏書、十巻本『釈迦譜』を簡略する翻訳として基本的にあり、有名な天竺部の棄老国の物語（巻五(32)、国王の命に反してかくまった老母から、馬の親子を見分ける知慧などを授けられる物語。同類、『打聞集』(7)）や、本朝部のわらしべ長者の物語（巻十六(28)。同類、『古本説話集』(58)・『宇治拾遺物語』(96)）などは、それぞれの日本語による口がたりが文字化して定着していたその説話から採り、平将門の物語（巻二十五(1)）は日本漢文『将門記』を極略して訳しとり、鷲にさらわれたみどり子とその父母とが再会し得た物語（巻二十六(1)）は、同じく日本現存最古の仏教説話集『日本霊異記』（上(9)）にもとづいて少しく理づめに補ったものであった。『今昔』は、特に平安時代という複雑な時代や社会が蓄積した、説話的世界の想像力のひろがりの底から、その和漢の説話の群を媒介とする自己認識、それを、それ自体あたらしい文体としての、『今昔』和漢混淆文体に結晶する表現世界の緊張の在り方において、捜り、書き、編む仕事をつづけたのである（小稿「今昔物語集の誕生」（本書所収）、以下略）。もとより、そこには現在なおその直接出典を確かめられないものも少なくなくて、現にこの天竺部の一篇もまたその一つであるが、ただし、われわれはいま、その少なくとも類話の存在を確実に見出し、見出されたそれとのかかわりを通じて『今昔』の世界のいくばくかを思うことができるであろう。

　大乗毘沙門経に云はく、「東城国普賢王太子善生、西城国勝迦羅王の女、阿皺女と夫婦と成る。勝迦羅王の云はく、『我れ、女子一人なり。善生に、三年を過ぎなば、必ず国を譲るべし』と。爰に、後母（継母）これを聞きて、事に触れて善生を悪み、財を取りて、返す。（善生）父母病みて三年還らず。阿皺女、二子を生む。後母、責めて曰はく、『父の国へ往くべし』と。仍ち出で行く。阿皺女、病を受け、二子に遺言して死にぬ。爰に、善生、財宝を以ちて還来し、二子の言を聞きて、身を捨てて菩提心を発す。善生は今の千手観音、阿皺女は吉祥天、二子は多聞・持国云々」。

（『覚禅鈔』毘沙門天、多聞・持国兄弟事、『白宝口抄』巻百二十二、毘沙門天法上）

ここにその大意を取って引用される『大乗毘沙門経』において、物語の出来事（筋）の骨格と、大同小異する固有名詞の大同と、そして前生物語としてのその意味とが、『今昔』のそれと通じることはあきらかであろう。『今昔』諸写本の「東城国」はやはりおそらく「東域国」であって「東城国」（鈴鹿本—『今昔』写本の祖本と見られる）でなく、『今昔』未解読の難字「阿就頭女」もまた、いくばくかその謎の通う如くでもあろう。それは、また用いられるのである。

我毘沙門経の意に、阿皺二子は、今、多聞・持国なり。但し、前生の事か。

（『覚禅鈔』金剛力士、諸寺の中門に立つ二天の事）

『大乗毘沙門経』を引用するこの日本の二書は、真言密教（東密）系の図像学的な論注の書であって、多く諸寺院の諸像を拝し、多く伝授の口伝を用いて編まれている。『覚禅鈔』は十二世紀後半以後、『白宝口抄』は降って十四世紀の成立に属し、もとよりいずれも『今昔』以後の書であるが、まず、ここに引用される『大乗毘沙門経』、ないし、これと『今昔』との異同から推して、これと大同小異する別経の類、あるいはそれらによる口がたりの類が、『今昔』以前に日本に存在したであろうことは、ほとんど疑い得ないことのように思われる。奥深い平安時代社会の複雑さと、その底からみずからを顕わしてくる『今昔』と、その在り方が、ほのかにここにも見えるのである。

『大乗毘沙門経』、それはおそらく中国唐代の偽経であった。中国、特にその唐代には、多くの変文（世俗民衆教化の説経に用いた絵解きの台本）や偽経が編まれたが、偽経とは、インド仏典正統の漢訳仏典でなく、その様式を摸しながら、あるいはそれに潤色し、あるいはあたらしく創作された、擬似仏典というような意味である。

梵語（サンスクリット）仏典を異系異質の中国語に翻訳する仕事は、つとに四世紀中国初期仏教の発展時代以来、アジアの翻訳史を飾るいくつかの課題を自覚的にも残していたが、そこに開かれつづけた漢訳仏典は、当然、中国古典芸文の想像力をも刺激した。たとえば、それは、中国に、あるいは夢ふかい聖なるものの幻や、インド的官能の香りをひらき、あるいは中国の俗言俗語をも導入する漢訳を通じて、その芸文に俗語的口語的表現をみちびき、あるいはインド古典文学の一形式としてのアーキヤーナ形式（散文と韻文、地の文と偈（うた）とを組み合せる形式）をもたらし、会話・対話表現の自在を誘った、などという（胡適『白話文学史』）。仏典漢訳のそのさまざまのいとなみは、やがて唐代伝奇小説などのゆたかに華ひらく触媒としてもはたらき、それはあいまって日本の芸文にも及んでくるはずであるが、また、それは、仏教自体の定着とのかかわりにおいて、敦煌から多くの遺文・残巻を出した経論・雑説などにもおけるような、さまざまの偽経・変文、ないし異記をも生み出したのであった。その偽経の類は、中国の「正統」漢訳仏典目録には見えず、やがて日本でも「録外本経」として多く認識されるのであるが、しかし、それは当然さまざまの異教的土着的ないし口伝的要素をも混淆することになった。たとえば絵図をともなっても有名な偽経『十王経』は、死後の冥界で十人の王から生前の罪状を裁かれるという、中国民間信仰を習合するであろう。いま吉祥天女に即して言えば、偽経『須弥四域経』・『須弥図経』の類には、かのタクラマカン天山南路トゥルファン・アスターナ唐墓（新疆（しんきょう）ウイグル自治区）の幽麗な帛絵（きぬえ）にも描かれたような、中国創世神話の原初的対偶神伏羲（ふくぎ）・女媧、その女媧を吉祥菩薩と重ねている（道宣『広弘明集』巻八・十二、仏教・道教ないし儒教の対論書、初唐）。もとより、「正統」仏教的にはみだれながらも、それは、同時にそれ自体に意味を存するのであって、たとえばその複合のみだれは、同時に土着的民間の想像力のエネルギーの混血する、カーニヴアルのゆたかさにざわめくのである。そのような偽経は、しばしば前生物語や「譬喩（アヴァダーナ）・因縁（ニダーナ）」（『今昔』巻二十

(36)の物語、その「説話」の類を織り、あるいは描かれて西域・中国の仏教寺院を飾り、あるいは語られて合唱間奏曲(コラール・インタールード)とももつれながら、善男善女に対する「説話」的俗講・唱導にあてられたのであった。

華やかな世界都市、大唐長安の都では密教が興っていたが、つとに、四天王のひとり、北方毘沙門天の王城に吉祥天女はあったという(『金光明(こんこうみょう)経』巻二・『金光明最勝王経』巻八)ように、その長安で漢訳された「正統」密教の『毘沙門天王経』(不空訳、八世紀)にも、毘沙門天と吉祥天女とのかかわりがあらわれる。特に、唐代安西(あんせい)都護府(とごふ)下に于闐毘沙府(コータンビシャ)とも呼ばれた(敦煌遺文)、天山南路の辺境の要衝、旧コータン王国(新疆ウイグル自治区)は、王家ヴィシャ氏がみずから毘沙門の後裔を称した(玄奘『大唐西域記』巻十二)ように、つとに毘沙門信仰が栄え(一例、『今昔』巻五(17)、毘沙門の額(ひたい)から生れ、毘沙門の乳に育った男子がその国王となって、金色の鼠の力によって国を護ったという、鼠墓の物語)、吉祥天女崇拝もまた栄えたところであった。その安西を護る唐の戦い(天宝元年、七四二)に、北方毘沙門天の神兵が現れ、吉祥天女また真言(神呪、陀羅尼(ダラニ)の類)のあったことも伝えられる(不空『毘沙門儀軌』、『今昔』巻六(9)参照)。偽経『大乗毘沙門経』ないしその類のあらわれるのも、おそらくその唐代密教の想像力の刺激のもとにおいてであろう。『大乗毘沙門経』では善生王子は千手観音になるが、初唐・盛唐以後には千手観音をめぐる訳経やその信仰もまた盛行していたのであった。のみならず、その唐代には、後に日本密教の書に毘沙門天の「本生因縁種々なり」(『毘沙門天王要抄』巻七、東密系)と説かれるような、さまざまの前生物語をもつ偽経が通俗的に流行したらしいのであって、いま、『今昔』とのかかわりから煩説(はんせつ)すれば、『大乗毘沙門経』三巻(日本天台密教の逸書『山門承隆僧正記』、同じく台密(たいみつ)の図像学の書『阿娑縛抄』毘沙門天王条や、東密の『大日経』注釈書『大日経演奥鈔』巻十五などに引用される。前に引いた『大乗毘沙門経』とおそらく同じいであろうが、断定を保留する)、世に流布する小経と注される『毘沙門天王功徳経』一巻(『覚禅鈔』毘沙門天・吉祥天条、等)、あるいは『大乗毘沙門功徳経』七巻もしくは一巻(『白宝口抄』巻百二十二)、その他の偽経の中に、説話的に異伝をもつ類も存したであろう。その中、『大乗毘沙門経』に大同小異すべき類を『大乗毘沙門経』異本ないし異伝と呼べば、その伝承が、華厳仏教の普賢信仰（ビルシャナ仏の修業時代としての普賢菩薩の行願で知られる）が法華仏教のそれを経ながら密教化してゆく、普賢信仰史一般の間にあったらしいことは、『大乗毘沙門経』に東城国の普賢王の名を虚構し、『今昔』に『毗盧遮那経』（「普賢行願」の語が巻七に見える）をいうところからも推され、『今昔』にいう「法界三昧」もまた、そこにかかわることのできることばであった。過去世に王女と結ばれた王子「善生」が、『大乗毘沙門経』に今の千手観音、『今昔』に今の善見菩薩と説かれるのは、唐代密教における、『大乗毘沙門経』ヴァリエテの間の異同であろう。善見の名が何らかのインド神話系に由るべきであろうことは措き、千手観音の名は、吉祥天女を千手観音二十八部衆のひとりとし（『千手経二十八部衆釈』、日本東密系）、千手観音の脇侍とする（『覚禅鈔』吉祥天）、日本密教図像論の流れの淵源からも見られる。別には「吉祥天女は毘沙門の妻なり」（日本仏教説話集『三宝絵』巻下、永観二年、九八四）というような流れもあったように、これらは、密教の儀軌（造像・図絵・儀式などのきまり）の秘密の伝授がその図像論を複雑にしたあとであって、吉祥天女を千手観音の眷属のひとりとする曼荼羅もあった。と言えば、『大乗毘沙門経』にいう西城国の勝迦羅王の名もまた、『今昔』にいう東城国の明顕演現王の名があるいは「焰現王」（六十巻本『華厳経』巻一、等）に由ったかもしれないように、千手観音二十八部衆のひとりとされた「賞迦羅」（『千手経二十八部衆釈』）の名から、説話的に架空されたものかもしれなかった。いずれにしても、図像論の権威の秘伝のからむであろう唐代密教偽経の想像力、その『大乗毘沙門経』ヴァリエテのいずれかの間から、日本『今昔』は来ているのでおそらくあった。『今昔』はまた、文殊・普賢・毘沙門・吉祥天女をつらねて編むであろう（巻十七(36)〜(47)）が、その編まれる時、毘沙門と吉祥天女との間が如何に意識されていたかは知らず、いずれにしてもそれは、いま『今昔』のこの一篇が前篇（巻五(21)）の大弁才天・堅牢地神などの前生物語と連鎖して編まれる、その感度の機微ともかかわるべきであった。

辺境へ行くためになお中心を問うことが許されるならば、『大乗毘沙門経』と『今昔』と、前生物語の二つにのこる「善生」の名は、別に少なくともまた二つの前生物語を思い出させる。その一つは、過去世に『金光明最勝王経』の供養を欲した善生王はすなわち今の釈迦仏であるというそれ（同経巻九）であり、他の一つは、ガンダーラ・タキシラ（パキスタン）の都の戦いに七日の糧食を「負」う父母と荒路に逃れ、「半路」路中(なかば)に餓えた時、みずからの身肉を父母にささげようとした、その善生王子はすなわち今の釈迦仏であるというそれ（『菩薩本生鬘論』巻一）であって、この王子の本生譚はまた、つとに漢訳以前から語られたところでもあった（『ジャータカ・マーラー』少量粥本生譚）。『今昔』の辺土に傷(いた)む阿就頭女のおもかげは、あるいは幽(かす)かに、このタキシラの太子の本生譚のモチーフの群のいくばくかにかげるであろう。のみならず、これらのふたりの善生、善生王と善生王子との本生譚は、またそれぞれいずれも、かの摩訶薩陲太子の捨身飼虎本生譚（一例、日本法隆寺玉虫厨子蜜陀図）とともに綴られているのであるが、特に『金光明最勝王経』（巻十）のそれには、薩陲太子捨身の後に、路に渧泣(ていきゅう)する「二子」（兄二人）と逢った父母が、ともに太子捨身のあとに至って、竹林に散乱するその遺骸に「悶絶」し、塔(ストウーパ)を立てて供養する、という場面があった。また、『今昔』の阿就頭女において、その遺骸が散乱し、二子にみちびかれた善生が「悶絶躃地」してそれを抱き、仏経を供養したというその前後に、その構造やモチーフの何と酷似して思われることであろう。日本『今昔』を通じて見れば、唐代偽経『大乗毘沙門経』ヴァリエテの中には、これらの前生物語にも通じる類の説話がおそらくすでに複合していたことであろう。

唐代偽経『大乗毘沙門経』ヴァリエテのその説話複合は、あるいはかのコータン王国を経験していたかもしれなかった。さまざまのインド仏典はこの崑崙(こんろん)の玉(ぎょく)の国を通って行き、ガンダーラ・ヘレニズム仏教美術も入ったと伝え（『大唐西域記』巻十二）、また事実そうであった。捨身飼虎を伝えるあとはタキシラから遠くなかった（同巻三）が、そこからカシュミールを経て、カラコルムを越えればコータンである。コータンの寺院でその地方伝承をも交えた物語を聞き、それを漢訳して編まれたという『賢愚経』もまた、たとえば捨身飼虎の物語（巻一）をのこしている。その旧王国にはヴィシャ王家があったばかりでなく、その王国の祖は、タキシラの都の廃墟の寺院にもゆかりある、アショーカ王の太子クナーラ（『今昔』巻四(4)、継母の邪恋を浴びてその恋を拒んだためにタキシラの都に追われ、両眼をくじり捨てられて琴を奏(かな)でて流浪した物語）、あるいはギリシア神話にも通じるという、「継母」物語のクナーラ自身、ないしは彼にかかわるものがカラコルムを越えてきたとも伝えられた（『慈恩伝』巻五・『大唐西域記』巻十二）。

　図像学的秘伝のヴァリエテとおそらく説話複合の複雑と、そこに形成された唐代偽経『大乗毘沙門経』ヴァリエテが、はるかにコータン地方の伝承を通じたか否かは、かりになおしばし措くとしても、確実にそこにひろがるのは辺境の影であった。そして、それは、四天王思想が展開した守護国家思想（『金光明最勝王経』『法華経』『仁王経』等）とは異なって、四天王にはかかわりながら、辺土の影を帯びる愛恋と別離との娑婆苦の意味を語るのであった。そして、『今昔』の一篇は、たとえば、

　二人の子、母の教の如く、其の骸の辺の藪の下に入り居て、物を乞ひ食(くら)ひて一月を経たり。其の時に、善生人、東城国より数万の人を具(ぐ)して来たるに、二人の子、藪の下より出でて一合の米を乞ひ得て、返りて、「我が父よや、母よや」と叫びて哭(な)く。善生人、問ひて云はく、「汝等は誰人の子ぞ」と。子共(こども)答へて云はく、

……

これらから推せば、『大乗毘沙門経』ヴァリエテ原書に直接したというよりは、その原書から出た口がたりが平安時代の精神のある深層に文字化されていたそれによったかと考えられる（「阿弥陀仏よや、をいをい」などの例もある。巻十九(14)）にしても、ともかく、『今昔』が唐代偽経の何らかに由るべきことは確かであった。『今昔』

は、平安貴族・教団社会の内部にひそむその外来仏教伝承の複雑な可能の底から、その和漢混淆文体を通じて、その辺境の風景を語り、その果てしないひろがりを通じて、ある現実、ある人間、ないし人間関係の意識辺境の地平を語ったのである。

中国偽経説話の『今昔』以後

聞きなれない不思議な説話の国々、「東城国」と「西城国」と、われわれはまた、日本中世の爛熟する室町の民間の物語において、その名に出逢うであろう。それは、見ぬ恋にあこがれた王子とあこがれられた王女とが結ばれて後、別れてのこされた王女が二子を連れて夫の国を求めて、そして行き斃れた物語でやはりあった。

……いたはしや、王子たち、御声をたてたまひ、（中略）王子たち聞こしめし、「さいしやうこくのものなるが、父のゆくへをたづねて、とうしやうこくへ越え候」と仰せられければ、「さて、汝が父は誰やらん」、「とうしやうこくのみかど、しやう王のひとり子に、せんしやう太子は父なり」、「母はいかなるものやらん」、「さひしやうこくのみかど、せんしん王のひとり姫、あしゆくふにんは母なり」。「さて、汝が名はいかに」、「これなる弟（をとと）はせんしといひ、わが名はせんくわうと申す」。……　（京大図書館『ほうざうびくのさうし』）

なお古拙な、中世の末の版画の調子のような語りのあとが、浄土教系の阿弥陀（アミターバ）（せ（ぜ）んしやう太子）・薬師（あしゆくぶにん）・観音・勢至（二子）の前世の物語を語るのであり、これは、民間の説経節や古浄瑠璃にも盛行した『阿弥陀の本地』・『法蔵比丘』など、アミターバ前生物語のヴァリアントの流動する一つであって、太子と母を喪（うしな）った二人の王子とが再会する場面であった。このヴァリアントはあるいは『阿弥陀鼓音声王陀羅尼経』（密教系・非前生物語）を混淆する（今野達）が、やはり、「正統」の法蔵（ダルマカーラ）比丘の伝承（一例、『悲華経』巻二～三、日本『三国伝記』巻四）をあきらかにとらず、また、『今昔』巻五(22)話に直接するのでもおそらくなくて、唐代偽経『大乗毘沙門経』ヴァリエテ系の、これは浄土教化した世界であったであろう。たとえばそのヴァリアントの一つ、『法蔵比丘』の物語に、その二子が早離・速離の名をもって語られるのも、唐代浄土教偽経『観世音菩薩往生浄土本縁経』、同じく『往生仏土経』の類の、アミターバ三尊（阿弥陀・観音・勢至）の前生物語、すなわち、幼くして母を失い、継母のために海島に捨てられて、亡き母の教えのままに菩提心を発して去った後、尋ねてその白骨のみに逢った父が娑婆苦に住して願うことを誓ったという、その物語の早離・速離の名を混淆したのであった。「多聞・持国」が「童子」と現じたという『平家物語』（巻六）は、『今昔』とは異なって日本天台浄土教体制内の唱導の要求において成立した説話集、『宝物集』の物語の流れをひきながら、鬼界が島に流された俊寛僧都の悲しみをこの早離・速離二子にたとえて語るであろう（巻三）。また複雑な説話複合を抱きながら、しかし、そこにはやはり、要するに唐代偽経密教的から唐代偽経浄土教的へ移った、そのあとの世界があったであろう。

中国唐代偽経『大乗毘沙門経』と日本『今昔』とに一致し、『今昔』にはその中間に中インドの古王国舎衛国（ネパール境、祇園精舎で知られる）があるという「東城国・西城国」は、『今昔』において、平安時代社会に沈むさまざまの伝承の可能の底から『今昔』自身が顕わしてきた、ともかく説話的実在の、ある遙かな辺境の幻であった。それがどこであろうと、『今昔』のためにはまずこれで足りる。しかしいま、これをあえて『大唐西域記』にいう「東女国」（巻四）・「西（大）女国」（巻十一）の、より説話的な転訛かということがもし許されるならば、その東女国は、西羌の別種の国という（『太平広記』巻四百八十一、蛮夷二）、あるいはほぼチベットにあたる（『慧超往五天竺伝箋釈』）か、ないし、唐代吐蕃の西、コータンの南、ネパールの西北部のどこかであり、その西女国は、スリランカ・ペルシア、そしてエリュトゥラー海（紅海）の西、すなわち東ローマ帝国領シリア・パレスチナの西南あたりという、オリエントのどこかの島嶼と伝えられるのであった。『唐書』東女伝もこの西女国の存在を録し、宋代の古地図（『仏祖統紀』巻三十二）には、『大唐西域記』によるとして、吐蕃界の西、ネパールの北に東女国を、ペルシア・ローマ領と西海（地中海）との間に西女国を図している。大意しか残らない『大乗毘沙門経』にはみえないが、『今昔』にはみえる「海」のなごり、そして、おそらく南インドの海にかかわるべき「観音」信仰を重ねれば、『大乗毘沙門経』ヴァリエテの何らかはやはりおそらくこの海の思い出を存し、そこに語られる東城国・西城国は、十を以て数える世紀、過ぎ去った民族たちの、さまざまの辺境の夢を沈めるかのような、その両女国の幻を杳（はる）かにとどめるかの如くであった。『今昔』は、その説話の国々の幻を、『今昔』語彙「只独（ただひと）り」、平安末期という転換期の人間の悲しみをあるいは秘めるかもしれないこのことばをもって、刻もうとしたのかもしれなかった。降って、日本中世の仏教説話集が「天竺中国の並びの国に即ち東城国・西城国と云ふ国有り、互（たがひ）に中悪（なかあ）しく……」（『私聚百因縁集』巻四、正嘉元年、一二五七）とか、「南海国と西城国との境に諍（あらそひ）有る事」（同巻二）とか語る時、その物語自体は『大乗毘沙門経』ヴァリエテとかかわらず、またその辺境のはるけさの悲劇的な意味をひろげるものでもないにしても、これもまた、その名自体において、遠い説話の国々の幻を継ぐにちがいなかったのである。

なつかしい絵本を交える室町の物語や説教節・古浄瑠璃にあらわれる東城国・西城国も、同じく辺境の色を帯びた。その流動する説話は、中世社会とそのイデオロギーとのかかわる底に、ある精神史的な役割をおそらく果したのである。毘沙門の妃を吉祥天女としてその前生を語る類（『毘沙門の本地』等）では、説話複合の方向を異にして、「ゆいまん国」とか「くる国」とか、「こんじき太子」とか「玉ひめ」とか、その名もまた異なるが、あるいはまた、「とうじやう国・さいじやう国」の名をとどめてもいた（神道物語『いつくしま』）。特にアミターバ前生を語る類では、それは、『大乗毘沙門経』ヴァリエテと同じく、天竺の「とうじやうこく、さいじやうこく」

（あるいは国名関係を逆にしてもあらわれる）、そして、王子「千し(じ)やう太子」「せんでう太子」、王女「あしゆくぶにん」「あしゆくぶによ」（『あみたの御本地』）の類であった。その謎に聡明なおもかげのかげる阿就頭女。『大乗毘沙門経』の「阿皺女」、そして、これらの「あしゆくぶにん(よ)」。ここには、あるいは「彐」字が「芻」の俗字であるという観点があり得ようし、初期浄土教仏典『阿閦仏国経』にもみえる阿閦が口伝的にはあるいは薬師ともされる（『覚禅鈔』薬師法・『秘鈔問答』巻一・『渓嵐拾葉集』巻四十四、等）、その口伝のまぎれを見る観点もあるいはあり得るかもしれない。いずれにしても、阿皺女・阿就頭女・あしゅくぶにん(よ)、ここには伝承の謎の深みがひそむであろう。

　われわれはまた、そのヴァリアントの流動する一つを室町の物語に読むであろう。

　たとへば便なき事なれども、天りんぜうわうの御子、せ(ぜ)んしやう太子は、せ(ぜ)んけんわうの御むすめ、あしゆくぶにんを恋ひ給ひ、程なく契をこめ給ひしを、ぶにんの御父せんけんわうへ洩れ聞こえ、せんしやう太子・あしゆくぶにん、もろともに、たつせの洞にすて給ふ。（中略）月日をおくり給ふ程に、太子二人いでき給ふ。かくて、ぶにんは、年月の御つかれに、無常の風にさそはれ、程なくむなしくなり給ふ。せんしやう太子はこの御わかれをなげき、それよりまことのみちに入り給ひて、たちまち、あみだ如来となり給ふ。二人の太子は、観音・勢至とあらはれ、衆生を利益し給ふなり。

（『あさがほのつゆ』『あさがほのつゆのみや』）

「たとへば……」とまずあるように、これは、「見ぬ恋にあこがれ」てから、『伊勢物語』、やがて『源氏物語』など平安貴族女流物語にもしばしば語られた、昔物語のようなかいま見（のぞき見）の縁の誘いのままに、宵の花園のかいま見から奏でられ始める恋物語に插まれる。「かかるほとけの御上にも恋路のみちはあるものを」と迫るひとりを、「おろかなる仰せやな、せんしやう太子の御恋は、それは、凡夫の御時なり。（中略）御心をひきかへ、ひとすぢに菩提のみちに入り給ひてこそ、あみだ如来とはなり給へ、ほとけと変化し給ひてのち、恋をし給ふことやある」と受ける姫君と、王子「つゆのみや」と「むめがえの中納言」の姫君、「朝がほの上」とのその恋がたりの間に、これは譬えられるのであった。もとより、『無量寿経』にも頻出する転輪聖王、もとインド転輪聖王神話に発すべきその名をもあきらかに承けた、アミターバ三尊の前生物語であるが、これを譬えとして挿むその潤色された恋物語が、幼くして母を喪ったその姫君を「御継母」の「にくませ給ふことかぎりな」いと語ることは、おそらく偶然ではないであろう。ここには、『法蔵比丘』など他のアミターバ前生物語と同様に、この前生物語自体には継母はあらわれず、また特に東城国・西城国の名もあらわれないのではあるが、これが、そのように場面を設定された姫君の恋物語の中に、譬えとして挿まれることには、おそらくやはり意味がひそむべきであろう。

ここに、「たつせの洞」という。これは、日本みちのおくの洞窟にも重ねられた、有名な辺境であった。われわれは、あらためて『今昔』の世界に帰ることになる。

和文辺境物語と『今昔』説話

此の女は□の□と云ひける人の娘なりけり。其れが母堂失せにければ、父、妻を儲けて此の女を知らざり（養わない）ければ、母堂の失せたる家に、独り残り留まりて居たるなりけり。而る間、父、大宰の大弐（次官）になりければ、鎮西に下りけるに、（中略）具して下らむと為るを、（中略）女、下りにけり。

（巻三十(7)）

これは、『今昔』、日本西国の山の井の物語。京の右近の少将が月の光に箏の琴を弾く「年二十許なる女」をかいま見て始まる、やはり悲恋の辺境の物語であった。見ずもあらず見もせぬひとのあやなさは、ここにはあきらかに継母モチーフと重なり合って、契りかわしたその後、ふたたびはたやすく逢うこともなかった彼女は、父に連れられて鎮西へ下って行き、とどむべくもなかった彼は、やがてひそかに彼女を追った。ある童の言づてに、あわれと思って逢った彼女を、彼は暁に馬にうち乗せて京へ帰り上ろうとする。

　女、（中略）「何にかはせむ」と思ひて行きけるに、十二月許の程なりければ、雪極じく降りて、風の気色堪へ難かりけれども、只疾く行き着きてむ」と思ひて忩ぎて行きけるに、日の暮るるままに、雪の降り積るも知らず行き行きて、暗くなりにければ、行き宿る所も無くて、只墓無く（はかなく）木の本に下り居て、「此こは何くとか云ふ」と問ひければ、人有りて「此こをば山井となむ申す」と云ひければ、流（ママ）に行く水を結びて上げて、食物など構へて、女にも食はせ、我れ等なども食ひてけり。（中略）此こは無下に人気も遠くて、故無く心細く思ひ次けられて、遙々と見え渡りけるに、過ぎにし方、行末などの哀れなる事共を、互に語りつつ泣きけり。……

それはやはり『今昔』の途上、そして、その寒い風景（巻十三（18）、巻十六（20）、巻二十（40）、小稿「今昔物語集の誕生」（本書所収）参照）。やがて、ふと見えなくなった彼の、その狩衣の袖や履物のかけらだけを、彼女は見つける。

　然て、二日許其こに有りける程に、女の祖の大弐、此くと聞きて鎮西より数たの人を遣せて尋ねけるに、亦、少将の祖の大納言の許よりも、少将、鎮西に行きにけりと聞きて人を遣せけるに、共に此の木の本に尋ね来たり会ひにけり。……

鎮西の使いは彼女を鎮西へ連れて帰ろうとした。「泣き迷ひて俘臥して起きも上がらねば、使」とあって、この物語はそのあとを断つが、この辺境の物語が『大和物語』（155）系の山の井の物語（『今昔』巻三十（8））と並列されて連鎖することは確かであった。

山の井は思い出させるであろう。特には「流に(ママ)行く水を結びて上げて」とも言った。

初瀬川速み早瀬を結び上げて飽かずや妹と問ひし君はも

(『萬葉集』巻十一、二七〇六　作者未詳)

(初瀬川、その早瀬の水を掌にむすんで、もっと欲しい？　妹よ、とたずねてくれた、かえらぬひとよ)

昔、女をぬすみてなん行く道に、水のある所にて、「飲まんや」と問ふに、うなづきければ、坏なども具せざりければ、手にむすびて喫はす。率てのぼりにけり。男なくなりにければ、もとの所にかへり行くに、かの水飲みしところにて、

大原やせがひの水をむすびつつ(あげて)あくやととひ(い)し人はいづらは(ぞ)

(それでいい？　と言ったひとよ、いまいずこ)

といひて来たりけり。あはれあはれ。

(伝為氏本・塗籠本『伊勢物語』)

立ちかえらないひとを悲しむ歌々は、重ねて、古歌「安積山かげさへ見ゆる山の井のあさき心を吾が思はなくに」(『萬葉集』巻十六、三八〇七)、このみちのおくの辺境の、あるいは辺境史の悲哀をこめて酒をすすめるうたげの歌が、かの平安王朝の姫君たちの手習いの歌、「あさか山かげさへ見ゆる山の井のあさくは人を思ふものかは」(『大和物語』一五五・『小町集』・『古今著聞集』巻五、等)へ移った思いを通しながら、おのずから、かの、

志賀の山ごえにて、石井のもとにてもの言ひける人の別れる折によめる

むすぶ手のしづくににごる山の井のあかでも人を別れぬるかな

(『古今集』巻八、四〇四、紀貫之　離別歌)

(その白い手のひとよ、逢うても逢わず別れゆく山の井のかげのえにしのひとよ)

この古歌をも思い出させるであろう。井自体すでに、人の世の縁の行きまがう民俗の場所(『古事記』神代、ワタ

ツミノイロコノミヤ神話・『萬葉集』巻十三、三二六〇・『伊勢物語』筒井筒物語・『今昔』巻二十六(1)、等）であり、「いにしへの野中の清水ぬるけれどもとの心をしるひとぞ汲む」（『古今集』巻十七）・「昔見し野中の清水かはらねばわがかげをもや思ひ出づらむ」（西行『山家集』下）、その時間のうつる場所であり、山の井ということば、そのことばつづきは、わけて人の世の逢い別れる縁の風景の記号となった。歴史深層とも言い換え得べきそのことばの記号性は、著名の歌々であるだけに、『今昔』が知り得なかったとは思わない。かりに、その仏教的な物語が敦煌変文に通じ得る場合にも多く偈頌を省き（小稿「今昔物語集の誕生」（本書所収）参照）、その世俗的な物語もまた詩歌感覚を欠きがちな意味においての『今昔』の散文性がそれを保証しないとしても、『今昔』のこの一篇が典拠としたにちがいない、和文系の先行物語は、山の井、それを「結びて上げて」と言ったであろう表現の、愛恋と告別との意味を知っていたにちがいなかった。そして、その山の井の物語は、かいま見に始まる悲恋・継母モチーフの物語であったはずであり、山の井は辺境の「木の本」において物語られていたはずであった。

いまここで一言插めば、「樹の下」、かの阿就頭女もそこで死んだそれが、神話論的な象徴性をもつことは言うまでもなかった。その「樹」は原初的な生命樹の観念に発して、神霊降臨の、見える世界と見えざる世界との間の境という聖なる場所に、おとなびて立つ聖樹であった。たとえば、オリーヴ・無花果・柘榴・椿・樫・欅……。シッダールタはルンビニの園の花わかく葉しだれた無憂樹の下に生まれ（『今昔』巻一(2)、菩提樹の下にさとりを開き（巻一(6)）、沙羅双樹の下に涅槃する（巻三(28)・(31)）。古代日本の神籬はもとより、止利仏師の像の飛鳥古寺の槻の木の下もまた多くを語るであろう。樹下に美女たちは描かれ、恋人たちは逢う（『萬葉集』巻十一、二四五七、等）。雷は木の本に鉄の杖をついて立つひとの前に落ちて小子となり（『日本霊異記』上(3)）、「松の木の本」に落ちて人も馬も蹴り裂き、そのひとは霊と化するであろう（『今昔』巻二十七(1)）。南紀熊野で修業した僧は、口熊野の辺境の「樹の本」に宿った夜、騎馬の行疫神（疫病・流行病の神）と樹下の道祖神との問答を聞いた

（巻十三㉞）。樹下は、生あるものの死と復活、メタモルフォーズの場所、また、人間の逢いと別れとのかたみの場所のシンボルでもあり得たのである。と言えば、樹下になくなった阿就頭女は吉祥天女になったとされるが、吉祥天女はまた樹神王ともされる（『金光明最勝王経疏』巻五末）のであった。

『今昔』に辺境みちのおくの山の井の物語がつづくことはさきにふれた。

……而る間、女、懐妊しにけり。男、食を求めむが為に里に出でにけるに、四五日来たらざりければ、女、待ち侘びて心細く思えけるままに、…… （巻三十(8)）

匂いやかな京の大納言の姫君が、彼女をおのずからほのかに見て、ある女を介した言づてに、ついに本意をとげることを欲した内舎人によって、京から辺境「只遙かならむ方」へ連れられて行った、それは物語であった。そこは「たつせの洞」にも近い、「陸奥の国の安積の郡安積と云ふ山の中」であったが、待ちわびたその姫君は、山の井にうつるみずからの水鏡を見て、「あさか山かげさへ見ゆる山の井のあさくは人を思ふものかは」と独り言して木に書きつけて、京でかしずかれたころのことなどを思いながら、やがて思い死に死んだ。食を得てもどった男も、その亡き妻の傍にそい臥して、そのあとを追う。もとよりまずは『大和物語』にのこる物語の流れであるが、これは、阿就頭女のために財を求めて国に帰った善生人の、あるいは、飢年、二子のために生きる糧を求めて外に出た父（前出、『観世音菩薩往生仏土本縁経』類）の、そのモチーフをそこはかとなく思い出させもするのであった。その善生人もその父も、あとを追ってまたそこに死ぬのであった。もとよりいま、『今昔』巻三十(7)・(8)話、それぞれ、かいま見に始まる都の姫君との悲恋・継母モチーフと、ほのかに見て始まる恋の逃亡と懐妊と糧のための外出と死のモチーフと、この二篇の辺境説話に、和文系の物語と唐代偽経系部分のモチーフとの、説話複合を想定するというのではない。ただし、室町物語『あさがほのつゆ（のみや）』の間に、せんしやう太子・あしゆくぶにんの物語が挿まれることを見ても、王族貴族社会の行為体系を外れる、いわば貴種流離の、辺境の恋と死との物語の辺境性が、どこにも流れていることは確かであった。

「紫草生ふと聞く野も、芦・荻のみ高く生ひて、馬に乗りて弓持たる末見えぬまで高く生ひしげりて……」

（『更級日記』武蔵国の条、一〇六〇年頃成立）、少女の日の思い出の中に描かれるこの東国の風景は、京のみかどにかしずかれた姫君が、その国から上って宮仕えしていた火たき屋（宮中でかがり火を焚く夜番小屋）の火たく衛士と、彼のひさごの独り言にひかれたままに、彼の国へ駆け落ちして、その辺境の宿世に案じたという、武蔵国武芝寺縁起を伝えてもいた（『将門記』にみえる武蔵足立郡司、武蔵竹芝とかかわるか）。みかどは彼に武蔵国を預けとらせ、ふたりの子どもはやがて武蔵という姓を得たという、いわば東国民衆みずからの夢やねがいが語られてゆくのであるが、これもまた京と辺境との間を語るひとこまであったにはちがいない。

海やまのあいだ・境界性

今は昔、仏の道を行ひける僧三人伴なひて、四国の辺地と云ふは、伊予・讃岐・阿波・土佐の海辺の廻なり、其の僧供□を廻りけるに、思ひ懸けず山に踏み入りにけり。深き山に迷ひにければ、……

（巻三十一(14)）

さまざまの辺境。これは、『梁塵秘抄』(301)にも謡われた「四国の辺地」から迷いこんだその山で、旅の僧らが鬼のような山人のために馬に化せられた物語。古い山中他界観念に通じる隠れ里伝説のパターンの一つであった。旅の僧はあるいは聖所（大峯・立山その他）にこもり、そこから生まれ出ることを通して、あるいは聖境をこえることを通して、あたらしい生を経験し、いわば死と復活とを経験しながら、その修業をあらたにすべきはずであるが、その旅の僧と隠れ里との間はしばしば物語られるのである（巻二十六(8)、巻三十一(13)その他）。四国は海の境を渡る島国でもあって、まず、その渡ることに意味があったが、その辺路を行く人は後に遍路と呼ばれるであろう。深い谷に迷いこんだ旅の僧らは一つの平地を見つけ、そこに垣など囲い廻らした家屋を見つけて、道を尋ねた。しばらくお待ちを、と言って出て来た、年六十余ほどの「糸怖し気」な僧形の人は、程なく「糸清気なる食物」を持って来た。安心して食べ終えて休んでいると、その人が「糸気怖し気に」なって呼んだ法師は、馬の轡頭（手綱）と笞（鞭）とを持って来た。まず、旅の僧のひとりを馬に化する。

……庭に引き落して、此の笞を以て背を打つ。慥かに五十度打つ。修行者、音を挙げて「助けよ」と叫べども、今二人、何がは助けむとする。然て、亦、衣を引き去けて、膚を亦五十度打つ。百度打たるれば、修行者 俯に臥したるを、主の僧「然て引き起こせ」と云へば、法師引き起したるを見れば、忽ちに馬に成りて身振打ちして立てれば、轡頭を□て引き立てたり。……

最期のひとりはようやく人里に逃れ得た。『高野聖』（泉鏡花）を思い出させるような、馬に化する話（南方熊楠「今昔物語の研究」）が、平地人を戦慄させる「山人」の山の人生のひとこまであった。

辺境、そして山中他界でもある「立山地獄」、そこを巡る旅の僧には、年わかい女の死者が現れていた（巻十四(7)。「野生の岩石の嶮しい神聖」（ニイチェ）の間のことであった。

神楽舎人か、歌芸にすぐれた京の近衛舎人某が相撲の力士をスカウトするために東国に下って、「辺城」（『懐風藻』、藤原宇合詩）、常陸国府へでも行くのか、陸奥国・常陸国境の山中の関を越えた。

……馬眠（馬上のいねむり）をして徒然かりけるに、打ち驚く（ふと目がさめる）ままに、「此こは常陸の国ぞかし。遥かにも来にける者かな」と思ひけるに、心細くて、泥障（泥よけの馬具）を拍子に打ちて、常陸歌と云ふ歌（常陸民謡）を詠ひて、二三返許押し返して詠ひける時に、極じく深き山の奥に、恐し気なる音を以て、「穴謡」と云ひて、手をはたと打ちければ、□馬を引き留めて、「此は誰が云ひつるぞ」と従者共に尋ねけれども、「誰が云ひつるぞとも聞かず」と云ひければ、頭の毛太りて恐しと思ふ思ふ、其こを過ぎにけり。然て、□、其の後、心地悪しくて病み付きたる様に思えければ、従者共など怪しび思ひけるに、其の夜の宿にして寝死に死にけり（寝たままで死んでしまった）。……　（巻二十七(45)）

その国の山神が聞き愛でて彼の霊をひきとめたという『今昔』は、さらに理づめに解釈を試みるのであるが、『今昔』は、たとえばこのような辺境説話との出会を介して「さまざまの意識たちの声」（M・バフーチン）を聞き、それを意識化して語ろうとするのである。

阿就頭女とその夫と二子とではないが、峠に母子の巡礼が行き斃れたあとに杉の木立が茂ったというのは、幼い日の絵物語であった。峠はもとより境界であり、あちらとこちら、「知らぬ世界」と知る世界と、坂と坂との合う坂合いの手向の聖所であった。塩の道の峠に娘時代の紫式部が世に経る道のからさを歌った塩津山（近江・越前国境）は、後の著名の愛発山であった。かの蟬丸、故敦実親王（宇多第八皇子）の雑色（雑役職）であったというその盲人が源博雅に流泉・啄木の秘曲を伝えた（巻二十四(23)）のも、もとより、山城・近江国境の逢坂である。さまざまの蟬丸説話のヴァリエイション、『平家物語』（巻十）や謡曲「蟬丸」などでは延喜第四皇子となり（新潮日本古典集成『今昔物語集二』同話頭注・附録参照）、「謡曲」ではその姉の狂女の逆髪もあらわれて来て、流離の王子というパターンの価値を見出すのも、「これやこの……」と歌われた、この国境の峠・関の境界性を核としたであろう。源頼信父子が馬盗人に追いついた（巻二十五(12)）のも、昔、盗人を助けた観硯聖人が、東国からの帰りに、その盗人から感謝のもてなしを受ける再会の機を得た（巻二十六(18)）のも、その逢坂「関山」のあたりであり、大赦で出獄した盗人袴垂が虚死を装って、またあたらしい機をうかがっていた（巻二十九(19)）のも、その路のほとりであった。芥川龍之介の小説「藪の中」にも組み入れられた大江山の物語（巻二十九(23)、その藪の中で道づれの男に目の前で妻を犯される）、観音像を刻んでくれた仏師に謝した愛馬の惜しさに、郡司が郎等を派して仏師の帰りをそこで射殺させようとしたその篠村の物語（巻十六⑸）、これらは山城・丹波国境の峠のことであった。

寒い木津川原の気悪しく吹く境界の、元興寺の僧と乞食法師との物語（巻二十(40)、小稿「今昔物語集の誕生」（本書所収）参照）、そこに近い国境（山城・大和境）の峠、奈良坂も、またよく知られていた。高句麗から渡ってきた僧道登が通った時に、路傍の骸骨が人に踏まれたままなのを、従者の童子に命じて、樹上に安置させた。その後、十二月晦の日の夕べ、その死霊が童子を訪れて飲食を供して感謝したという。死霊は、商のためにその峠を兄と通った時に、兄に殺されたその霊であった（巻十九(31)）。敦煌で発見された『捜神記』の一篇にも通じる、著名の民間伝承、「感謝する死霊」型・「歌う骸骨」型のヴァリエイションが実在の道登と結んだのであるが、その場は峠に設定され、その時は、客人神や祖霊が訪れるという民俗の年の瀬、その十二月晦日のことであった。

道と言えば、そのことば自体に神聖性を秘めたが、道は峠をこえ、川や橋を渡った。悲田院をあわれんで尋ねつづけた、ある持経者は渡守にもなった（巻十三⑼）。川を渡る人に、産女が「いがいが」と乳児を泣かせて、抱かせようとした（巻二十七(43)）のは、姿を得たがる子どもの魂をあずかった村境の精霊（折口信夫「小栗外伝」）でもあったのか、それが女身であるのはまた、女身が自然と人工との間に自然のデモンの妖しさをとりもつものを体現する、「橋のような存在」（オクタヴィオ・パス）であったからでも、おそらくあろう。

……橋（近江国安義橋、蒲生郡）の半許に、遠くては然も見えざりつるに、人居たり。「此や鬼ならむ」と思ふも静心無くて、見れば、薄色の衣の□よかなるに、濃き単、紅の袴長やかにて、口覆して破無く心苦し気なる眼見にて、女居たり。打長めたる（茫然とした）気色も哀れ気なり。……　（巻二十七(13)）

「行く人過ぎず」（無事に通れたためしがない）と言い継がれたその橋の話題から、強がってそこを渡る羽目になった男の見た情景である。日暮、人の気もなかった。女のあわれを抱き上げたいほどになりながらも、しかし、身した鬼を迎え入れて、食い殺された。

男はその場は逃れたが、鬼は再会を約して「掻き消つ様に失せ」た。その後、物忌みしていた時に、男は弟に変り上げたかと思うと、急に鬼が立ち走って来た。あらかじめ馬の尻に油を多く塗って捉えにくくしておいたので、「此れは鬼なむめり」と、目を閉じて馬に鞭打って過ぎたあと、後から呼びかけた女が「穴、情無」と大声を張

近江勢田（瀬田）の橋をある男が渡った時に、絹で包んだ小箱を美濃の橋の西詰の女房に渡してほしいとことずけて、開いてはならないと言いそえた、「気怖し」い女があった。彼の従者どもには女の姿は見えなかった。やがて、嫉妬深い彼の妻がその箱をひそかに開くであろう。このように展開してゆく物語もあった（巻二十七(21)）。その場所が辺境的であるとのみ言うのではない。その辺境の境界シンボルにおいて、異形のものと出会する人間の不安、存在の謎の不安は、説話が人間の意識辺境を謎めいてあらわにする、説話性自体のもつ辺境性なのである。

然る間、海辺に少さき船一つ風に付きて寄れり。（中略）此の船に、僧、只一人のみ有り。（中略）其の後、亦、海辺に小船一つ寄れり。其船に童子一人のみ有り。（巻十一(15)）

（越後の）浜に、小船打ち寄せられたりけり。広さ二尺五寸、深さ二寸、長さ一丈許なり。（中略）其の船の鉉一尺許を迫にて（舷に一尺ほどの間隔で）、梶の跡有り。其の跡、馴れ抏れたる（すりへった）こと限無し。然れば、見る人、「現はに人の乗りたりける船なりけり」と見て、「何なりける少人の乗りたりける船にか有らむ」と思ひて、奇異しがる事限無し。（中略）長なる者の云ひけるは、「前々、此かる小船寄る時あり」となむ云ひければ、然れば其の船に乗る許の人の有るにこそは。此こより北に有る世界なるべし、……（巻三十一(18)）

海のかなたから来るもの。海彼他界観念のゆきさして、母神の聖なる子の古い神話性をのこす、「うつぼ船の

王女」型。王権以前から王権神話へ、あるいはさらに仏教化・世俗化する。多くの漂着伝承をのこす辺境の日本海、その能登の海べには犀角の帯を入れた漆塗りの箱が漂着し（巻二十(46)、巻二十六(12)、新潮日本古典集成『今昔物語集二』「説話的世界のひろがり」〈帯と王権〉参照）、常陸や陸奥の海べには、常世国から来る少子神ではないが、女らしい巨人の死骸が打ち上げられて砂に埋もれていた（巻三十一(17)）。はは
のくに（「はは」大蛇）を祖霊の国とすれば、海の龍蛇女神めく思い出（巻二十六(9)）は、またその思い出でもあろう。

（熊野修業の旅の僧）忽ちに柴の船を造りて、此の道祖神の像を乗せて海辺に行きて、此れを海の上に放ち浮ぶ。其の時、風立たず波動かずして、柴の船、南を指して走り去りぬ。（巻十三(34)）

これは、海のかなたへ行くもの。南紀、口熊野の境のあたり、土地の道祖神の木像（男根を刻んだ翁）を乗せた小船が「補陀落山」（ポータラカ）へ流れ去ったという物語。補陀落山、それは毘沙門天王が内陸タクラマカン・コータンに現じてコータン国大王と呼ばれたように、観音が現じて宝陀落観音と呼ばれたという聖地であり、すでにふれたように、それはいつからか南インドの海に伝えられていた。カルタゴの海の守護神アフロディーテのように、観音もあるいはそうであったのでもあり、唐代偽経の早離・速離説話はいうまでもなく、その南方浄土が辺境熊野の他界観念に入っていたことも言うまでもない。そこには民族の「根の国」（生死の根源の海の国）の古層もひそんでいた。

夢に、海の浜に至りて見るに、海の西の岸の上に微妙に荘厳せる宮殿有り。亦、六人の天童子、船を指して（棹さして）海の渚に浮べり。……（巻七(5)）

辺境というよりは、海彼岸の幻であるが、その夢は、幼子の姿をした天人たちから、「船は此れ般若（知恵）なり。若し般若在しまさずは、生死の海を渡る事を得べからず」と告げられてさめていた。

其の後、（能登の国の）梶取の語りけるは、「髴かに見しかば、其の島には人の家多く造り重ねて、京の様

に小路有り。見えし人の行き違ふ事数た有りき」とぞ語りける。　（巻二十六(9)）

能登舳倉の島の蜃気楼めく幻想風景が語られる。海のかなたの島には、ジパングのように黄金の花咲く島があり（巻二十六(15)）、島の始祖伝承があり（巻二十六(9)・(10)）、あるいは異郷びとがあった（巻五(1)、巻三十一(12)・(16)）。

守、「然ればこそ怪しく（ふしぎに心誘われて）思ひつる者を。我が旧き妻にこそ有りけれ」と思ふに、奇異しくて（茫然として）涙の泛るるを、然る気無しに持成して有る程に、江の浪の音聞えければ、女、此れを聞きて、「此は何の音ぞとよ。怖ろしや」と云ひければ、……　（巻三十(4)）

零落してみずから夫と別れた「京の人」が、近江で年月を経た後、新任の国守を迎える宴でその国守に見染められて、夜を重ねるうちに身の上を物語った。守は彼女が自分のもとの妻であったことを知る。守の「あふみ」（近江・逢ふ身）の歌にすべてを知った彼女は、そのまま冷えすくんで息をひきとるが、「江の浪の音」の辺境的なさびしさが、人の世の根元を鋭くひらいたのであった。

もとより、辺境の海山のあいだの奇異の物語を集める『今昔』の好奇は、どこにも普遍すべき人間存在の辺境性の、野生の深層にかかわる関心であるべきであった。「我が子は十余になりぬらん巫してこそ歩くなれ　田子の浦に汐ふむと　いかに海人集ふらん……」（『梁塵秘抄』364）、これを野生とは言わないが、母が辺境を巡る巫女のわが子を歌枕によせていとおしむ、この院政期の歌謡にも、時代のざわめきと寂莫とは伝えられるのである。

内なる辺境

辺境のつつむ平安京は、『今昔物語集』において、自己自身の辺境性を表現するであろう。「粟田口」（巻二十六(17)）・丹波口をはじめ、後にいわゆる京の七口、あるいは「賀茂川尻」（巻二十六(13)）など、それらは辺境の出入する口々であった。整合的な京の巷の辻々には、丹朱色、陰部のあらわな男女の神像を御(ご)霊(りょう)・岐神(くなどのかみ)(道祖神)として祀り、疫病や悪霊の入るのを塞いだ(『本朝世紀』天慶元年条、九三八)が、その巷の辻々自体、さまざまに他界の出入するもとでもあった。と言えば、応天門炎上の罪に問われて流されて没した大納言伴善男の霊は、赤衣・着冠の行疫流行神(疫神)となって、貴族の邸から退出する調理人の前に現れる(巻二十七(11))。ある十二月晦日の夜、一条堀川の橋には、火を燃(とも)して百鬼夜行の行列が通った(巻十六(32))。『今昔』和漢混淆文体は、さまざまにこの中心都市をとらえるのである。「猿楽見物」(『新猿楽記』)のにぎわう京でもあった。

この整合都市も、「道祖(さへ)の大路」(巻二十四(6))・壬生大路の西の低湿地をはじめ、西京はつとに荒れて(『池亭(ちてい)記(き)』、天元五年、九八二)、あるいは長者屋敷の跡の礎石ばかりをのこし(巻二十六(13))、白河院政の始まる(一〇八六)前後からは法勝寺の洛東白河、城南離宮の洛南鳥羽へひろがり始めていた。「京の方(かた)」から砂礫の死者の国の賀茂川原の境を鷗東(おうとう)へ渡れば、「山郷(やまざと)」(巻二十九(28))、清水寺・八坂寺の塔があり、鳥部山の墓地のあるそのあたりへの坂は、「昔は清水に参る坂も皆藪(やぶ)にして人の家も無かりけるに」(巻十六(9)・(33)、「京」の貧女と乞食との物語など)というように、また変貌しつつあったらしい。その坂の六波羅のあたりには、閻魔王宮の臣ともされた、流人小野篁(巻二十(45))の伝えをのこす愛宕寺(巻二十七(49)、巻十六(9)、巻三十一(19)、珍皇寺あたり)が、現世と冥界との堺を開いていたということにもなる。ただし、変貌はありながら、京はなお古い整合の図形をのこしていた。

羅城門(巻二十九(18))は朱雀大路の南限の中心に位置し、白い女頭領の率いる群盗の物語(巻二十九(3))が、京の大路・小路について「□と□との辺」とか、「六角よりは北、□よりは□に」とか、その位置の規定に欠字をのこすのは、『今昔』独自の方法であろうが、もとより、それは古典的に整合された人工都市の構造図形を意識する。それは、即物的即事的な表現度の強い『今昔』に独自に働く、「事の理」（巻二十七(2)）の感覚であったかもしれないが、その都市の整合感覚を意識しながら物語られるのは、しかし、その都市内部の壊乱の諸状況であった。『今昔』は羅城門の荒廃の物語を録する。ある女を群盗の女頭領とも知らず、その情夫になった男が、群盗に加わって二、三年の後、「はかなき世の中（男女の間）」をつげる彼女の意も知らずにしばらく外出して、さて帰ろうとしたときに、供の者も馬も来ず、急いで帰ると、家も蔵もすべて跡形もなかった、その物語を録する。非在の都市。獄舎につながれた男は、不可解な彼女の面影を、はじめて群盗に加わった日暮れの、その群盗のかかげる火に照らし出された、白い頭領の瞬間と重ねて追うであろう。それは、整合的な迷宮の都市、群集のひしめく、幻想に満ちた都市であった。それはその内部にいわば「内なる辺境」（安部公房）を蔵し、『今昔』の好奇や関心はそれを感じ、それを鋭く録したのである。盗賊を囲んで検非違使の行列は行き（巻十六(33)）、左右両京に整合する非常の獄舎の悲惨を、「流浪」の持経者が見た（巻十三(10)）。彼はことさらに貴族の邸から金銀の器を盗み、見せびらかして捕えられたが、入獄して読経する声の貴さに、囚人たちはみな涙を流した。検非違使の夜の夢には、白象に乗る普賢が現れて獄門に立ち、彼に飯をささげると告げたという。もとより、日常管理の秩序にしのびよる根元の夢である。『今昔』はたとえばこのような都市をも録し、「流浪」とは、『今昔』の依拠した原拠と比較すれば、『今昔』独自の表現であった。

国王も「我が夫の下賤・野人なるには劣」る（巻二(16)）、『今昔』は「辺土」から美麗のゆえにえらばれて后となった女のことばをのこし、「極めて悪しき辺地」において「辺地・下賤を嫌ひ給はず」という説話をのこす（巻十七(16)、地蔵説話）。同時に、「下衆は其の天井をば、□とぞ云ひける」（巻二十六(3)）、おそらくこのような句を独自に挿入したかとも思われる『今昔』には、下衆に対する優越感が散見する（巻二十八(44)、巻二十九(29)、巻三十(5)・(6)、等）が、『今昔』が、日本天台の教団の中心部にある厠から、人知れず出奔して辺地を乞食流浪した僧の物語（巻十五⒂、小稿「今昔物語集の誕生」（本書所収）参照）などを録するのは、もとより辺境の価値の地平を感じているのであり、またもとより、それは中心都市の非理性的(ジイラショナル)な領域を録する眼を通じるのである。

辺境的人間の表情

路傍の飢人に聖徳太子が衣服・飲食を贈り、その亡きあとに墓を発(ひら)くと屍はなくて、ただ香気ばかりが満ちていたという、著名の物語があった（「推古二十一年紀」、『今昔』巻十一⑴、その他）。この仏教的道教的な物語は、遠く初期キリスト教の聖マリア伝説の流れの一つを思い出させる。それは、パレスチナの修道士ゾスィマスが、ヨルダンの岩山で会った巡礼の老女に乞われるままに衣服を与えた時、彼女はエジプト・アレクサンドリアのもと娼婦という身の上を物語ったが、後に約のままにふたたびそこを訪れた彼は、沙漠に横たわる彼女の亡骸を、砂の上のマリアの名とともに見た、という。異伝には、エジプトのマリアは昇天したとも伝えられた（山形孝夫）。太子伝説とマリア伝説と、これが偶合でないらしいことは、王が巡行して凍死ま近い老女に衣食を与えたという古新羅の伝え（『三国史記』巻一）も媒介するかもしれない。オリエント教会の景教（キリスト教）伝説が、中国道教や仏教と結んで極東へ流れこんだのであろう。トルコ・アナトリアの曠野にその墓の伝えをのこすマイダス王の、「王さまの耳は驢馬(ろば)の耳」の物語が日本平安貴族に知られていたこと（『大鏡』巻一）もまた、新羅の王の伝える伝え（『三国遺事』巻二）から推して知られるであろう。入唐僧らが寺院や土店で喫茶しながら語り合った国際の場（円仁『入唐求法巡礼行記』巻一・三・四）、たとえばそんな場で「巷語」「説話」された、さまざまもあったかもしれない。

悲しみのマリアの伝説は、さらに古くオリエント・ウガリット王国の碑文の物語る、曠野の彷徨のはてに花婿の亡骸を見出した、悲しみの花嫁アナトの物語に似る、という。かの阿就頡女らの辺境の死と復活と、それは『今昔』のえらんだ唐代偽経『大乗毘沙門経』ヴァリエテであったが、あるいはこの物語にもまた、オリエントの古い伝承は流れこみ、「海」のキプロスの女神アフロディーテーか否かは知らず、オリエントの豊饒の女神アシュタルのおもかげなども幽(かす)かに沈んでいるのかもしれなかった。

もとよりいま、『今昔』が阿就頡女の一篇にその複雑な背後を感じたなどというのではない。しかし、その阿就頡女の物語は、『今昔』が、平安時代社会の底から、顕密体制「正統」とは異なる流れのものをえらんで、極限と不滅とを語り、辺境の地平をひらくものであった。『今昔』主体の意識のおもりがどこまで降りていたかは知らず、ただし、それが、少なくともその採録において、採録とはまた批評であるが、ある地平、海をもわたるその遠い地平の、異域の眼を感じていたことは確かであろう。

それはもとより、この一篇に限らなかった。そして、地平への衝動、さまざまの辺境の誘い、それが『今昔』の全貌ではないが、またもとよりそれは、『今昔』の「内なる辺境」の体験と別にあるのではなかった。十九世紀後期のパリに、あるいは、視界をとざす霧のかなたに、壮麗なアフリカ州がのぞまれたように、そして、永遠に帰らぬものを失ったすべての人が、飢えに滅んだみなし児たちが思われたように、と言ってよいか否か、『今昔』の内にすむ辺境的人間はあたらしい野生をのぞんだのである。さまざまの和漢の説話との出会を介して、『今昔』は、即事的即物的に、同時に、あるいは理づめに自己の「事の理(ことわり)」（巻二十七(2)）を通じて（『今昔』の「合理主義」については、森正人「内部矛盾から説話形成へ――今昔物語集の統一的把握をめざして――」の好論がある）も、そのテキスト過程をひらいたが、その間に、反文明的な「辺境」のあたらしい力に関する知覚ないし思考は、人間のいわば「未開」と「文明」との間を問うことになった。「今は昔」、こなたはかなた、多交響(ポリフォニー)の間に、人間のさまざまの裸形の曼荼羅絵、『今昔』はその構築を急いだのである。

『今昔』巻第二十五・二十六にふれて

『今昔物語集』巻二十五・二十六、それぞれ「本朝付世俗」「本朝付宿報」と特記される二巻は、それぞれ、陸奥・東国・北陸・西国など、地方ないし辺境にかかわる物語を基本的に主として編まれるであろう。巻二十五は、いわゆる承平・天慶の乱（平将門・藤原純友の乱、ほぼ九三四〜四一年、巻二十五(1)・(2)）から前九年の役（一〇五一〜六二年、巻二十五(13)）・後三年の役（一〇八六〜七年、巻二十五(14)に題名のみ存し、本文を欠く）に至るまで、桓武平氏系・清話源氏系の説話群を中心とする軍記、ないしそれに準ずる「武芸の道」の物語を中心として編む。巻二十六は、古い民間神話、海外説話ともあるいは通じるべく、昔話の類にもあるいは通じる、さまざまの民間の奇異、たとえば洪水・兄妹婚型（巻二十六(10)、新潮日本古典集成『今昔物語集二』「説話的世界のひろがり」〈妹兄島のこと〉参照）・猿神退治型（同(7)・(8)）・産神問答型（同(19)）・馬頭娘譚オシラサマ型とも交流する犬頭明神縁起譚（同(11)）をはじめ、鉱山・鍛冶にもかかわる遠い思い出をもあるいは秘めるかもしれない鷲の捨子型（同(1)）、朝鮮の伝説に通じ（同(9)）、ペルシア・ソグディアナ（中央アジア）の商人が唐の都で高価な玉を求めたという説話にも通じるかのような（同(16)）そんな物語の類を、それらの奇異の所以を前世の宿命とする宿報観をもって編んだ。その宿報観は、『今昔』一般の類聚的な編集形式の要請から、あるいは理づめにも作為された（一例、同(4)、同類『宇治拾遺物語』(29)）。そして、多く地方・辺境を素材とするこの二巻は、またそれぞれ、巻二十四「本朝付世俗」が広義の芸道（建築・工芸・医術・陰陽道・管絃・詩歌その他）をめぐる諸篇を、巻二十七「本朝付霊鬼」がさまざまの神異志怪をめぐる諸篇を、ともに基本的に主として平安京内外という中央部にかかわって編んだのにつづき、またつづけながら、その各々に対してそれぞれの在り方においてあったのである。一言すれば、巻二十五の軍記が武士の政治社会への進出を決定する保元（一一五六、崇徳配流）、平治（一一五九）の乱を含まないのは、『今昔』成立の時期を限定するが、みちのおくにかの金色の堂（一一二四）が成りつつあった頃、京には西行、平清盛が同年（一一一八）に生れていたということになる。

　中央と地方・辺境との意識的な類別は、べつに『今昔』に始まるわけではない。特に東国・陸奥については古くから中央意識が尖鋭であった（『記紀』『萬葉集』『伊勢物語』「風俗歌」等）。毛人（蝦夷）・飛驒・東国方言は特記され（『東大寺諷誦文稿』）、「横なばれ（り）たる音」（巻十九⑾、信濃、巻二十五⑷・⑼、巻二十八⑵、東国、その他）といい、東国の兵たちは、京の賀茂祭の帰るさ、京の紫野あたりを、乗りなれない車に乗ろうと、下簾を垂れて女車のようにしたてて乗りながら、その牛の早く行って揺れるのに、「東の鴈の鳴き合ひたる様」にわめきながら行くのでもあった（巻二十八⑵。おのずから、すでに『源氏物語』宇治十帖が常陸から女を宇治に上らせたことも思い出されてくるであろう。宇治稚郎子ではないが、「世に数まへられぬ」落魄の王子八宮（「橋姫」）とその王女たちとが、京外れの宇治にあった。京から通う恋の貴公子は、その川霧に、「あやしき（粗末な）舟どもに柴刈り積み、おのおの何となき世のいとなみどもに行きかふさまどもの、はかなき水の上に浮かびたる」、その人びとと玉のうてなの貴公子とが人間の底辺を通じるべきことを感じるのであるが、やがて、その恋人を彼女の死によって失った貴公子に、彼女に似たあたらしいひとが上ってきた。もとより、そのひとは宇治の落魄の王子と侍女との間の女であり、地方官（陸奥守・常陸守）に再縁した母につれられて暮した、その辺境から上ってきたのであった。彼女の大和初瀬詣の帰り路に、貴公子ははじめて宇治に彼女浮舟をかいま見るのであるが、その時、彼女とともに上った女房たちが語るのを、われわれは聞くことでもあろう。「いでや、ありきは、東路を思へば、いづこかおそろしからむ」、「京の人（老女弁尼）は、なほ（尼でもやはり）いとこそみやびかに今めかしけれ」（都雅で近代的なのですね、「宿木」）。「心うちのすさまじき」（『紫式部日記』）、いわばその狂気経験の見たものを、天台浄土教の色の濃いみやびの含羞につつみながら、閉ざされた孤独の深みに悩むその人間の悲しみのことばが、京生れの辺境のひと、それを京外れの境界の宇治にあらわすのであった。その宇治という場所、それはまた『今昔』とのかかわりにおいて何かを蔵するかの如くでもあるが、すでにそこに異域・辺境にわたる深い眼が宮廷貴族社会の自己批判をつつんでいたことは確かであろう。

そうして醞醸(うんじょう)された文化構造の問題を、すでに蓄積された説話世界の、開かれた想像力を通じて、『今昔』は意識化してきたのであろう。ただし、その辺境説話第一、将門の乱の物語、それは、『今昔』が依拠した原典『将門記』を極略した、ほとんど筋書きにすぎず、かつ、それは、『将門記』の構造や方法のもつべき意味とは異なって、将門にただ「謀反」人像としてレンズを合わせるにすぎなかった。辺境は素材にとどまって、その意味を得なかった。それは、『今昔』本朝世俗部の類聚方法、すなわち、まず王室関係の説話を集める意図があったらしい巻二十一（欠巻）につづいて、巻二十二が摂関貴族藤原氏の列伝を編みなどするその方法（『江談抄』も公事・摂関家事から始まる）ともかかわるかもしれない。『今昔』は、しばしば反(アンティ)顕密体制的な物語を採るにもかかわらず、その将門像は、僧兵の争う「末世」を、仏法・王法の危機として嘆く顕密体制内の中央意識（小稿「今昔物語集の誕生」（本書所収）参照）から見たものと異ならず、貴族社会の自己批判のあろうはずはないのである。将門の亡魂が、生前の『金光明経』書写の誓願(ねがい)によっていくばくか地獄の苦を和(やわ)らげられるという書状を、現世に寄せたという伝説部分、『将門記』のおそらく後補部分に、ある田舎人の報告としてそえられるその部分をも、『今昔』は意識して省略しているらしい。「芦・荻のみ高く生ひ」茂る下総(しもふさ)の沼つづきの荒野の森に、将門の幽魂は鎮められたか、いわば将門は『今昔』にともかく参加したに過ぎないとも言える。ただしまた、一般に辺境素材への着眼を通じて、『今昔』が、平安時代社会の底に動き、ないし胎(はら)まれる、人間の多元多様の地平を感触して行ったことも確かであった。

たとえば、河内前司源頼信が東国から上らせた良馬が京に着き、その子頼義にも所望の意が動いた。その夜、道々、京までつけてきた馬盗人が夜半の雨のまぎれにその馬を盗んだ。父子は互いに告げもせず、期せず同じく騎乗して追跡し、逢坂山で盗人を射落して、とり返した。父子は、あとを追ってきた郎等どもとも道で逢いながら、何事もなかったように帰って寝たが、夜明けて、父はその馬に立派な鞍をおいて子に与えた。その迅速な決断・行動の世界を、『今昔』は「怪しき者共の心ばへなりかし」（彼らの心ばえはまことに不思議である）と評する（巻二十五⑫）。すでに注されるように、これは、宇治殿藤原頼通に深夜にわかに三井寺に往復することを命じられて騎乗する明尊僧正を、武者の平致経が徒歩で護衛して従った時、要所要所に配されたその郎等たちが出迎えた、という物語（巻二十三⑭）を思い出させる。そのたびに、「糸怪しき事かな」（合点の行かぬことよ）、「希有に為る者かな」といぶかった明尊は、宇治殿に「致経は奇異しく候ひける者かな」（不思議な男でございますな）と報告したという。いま、『今昔』は、武者の倫理と論理とに違和感を抱きながらも、同時に、明尊よりは親密な、そして好奇心にも満ちた武者たちへの共感者として、その心ばえの奇異の物語を語るであろう。馬といえば、『萬葉集』の東歌以来、何といっても馬は東国であった。

　今は昔、東の人、否知らずして、花山院の御門を、馬に乗りながら渡りにけり。……　（巻二十八㊲）

人びとに咎められた彼は、鮮やかな手綱さばきのままに「馳せ散らして」逃げ去ったが、花山院はかえって「此奴は極じかりける盗人かな」（何としたたかに、しゃあしゃあした奴よ）と仰せあったという。『今昔』はそのさわぎを邪心なく克明に綴りながら、その京のある一日のひとときを闊達な笑い草としたのであった。

　たとえば、辺境の地平から来るあたらしい馬蹄の響きを、『今昔』は感じていたのである。前九年の役に貞任が討たれ、その子、十三歳の端正な千世童子も討たれ、三歳子を抱いた貞任の妻も深淵に身を投じて死んだ。京まで貞任らの首を運んで、近江国甲賀郡で貞任の首を洗った、もと従者は、命じられるままに、自分の櫛で主君の髪を泣く泣く梳った、という（巻二十五⑬）。『今昔』の訳文は簡潔であるが、そこに動くものがなかったとは言えないであろう。

武者のみに限らないが、辺境的世界にかかわるものは、また、殺生の問題に直面するであろう。『今昔』がさまざまの破戒・逆罪と道心の機とを語ったことは言うまでもない。それは、殺生禁断の現世利益的な持戒がすなわち邪見でもあるべき、顕密体制的な貴族文化の慰戯に対して、思想史的に武士社会の鎌倉時代の宗教改革の一面へ展開するが、限界状況的な意識辺境のひろがりの地平へ、『今昔』、特にはその内にすむ辺境的人間が好奇と緊張とのまなざしを注いでいたことは確かであって、それはまた、『今昔』にさまざまの説話をえらばせ編ませる要因の一つでもあったのである。

II　今昔物語集仏伝の研究

まえがき

比丘等よ。一切は燃えている。比丘等よ、一切が燃えているとは如何なることか。比丘等よ、眼は燃えている。色(ルーパ)は燃えている。眼の識るところは燃えている。眼の触れるところは燃えている。眼の触れて生じる感覚(ヴェーダナー)の、あるいは楽なる、あるいは苦なる、あるいは不苦なる、あるいは不楽なるものも燃えている。何を以て燃えているのであるか。貪りの火を以て、瞋(いか)りの火を以て、癡(おろ)かさの火を以て燃えているのであり、生・老・病・死を以て、悲・憩・苦・憂・悩を以て燃えているのである、と吾れは説く。

（律蔵『大品(マハーヴァッガ)』一―三―二一・二―三、『四分律』巻三十二・『五分律』巻十六、等）

仏陀釈尊、そのことばがのこる。ブッダガヤにも程近い、かの伽耶山(ガヤーシーサ)、その丘の『燃焼経』である。かの山上の垂訓にも比せられるこれは、近代詩篇『荒地(ザ・ウエイスト・ランド)』（一九二二）の一章「劫火の説教」にも引かれるそれであった。

仏陀、シッダールタの時代は、都市の成立を背景とする自由思想の勃興期でもあった、という。新しい生の原理、「犀の角(つの)」のように歩め、という仏陀の訓えもあった（『スッタニパータ』一(3)）。一つしかないその角、一角獣の角のように、孤独に力強く、というのであろう。

インド最初の「統一的君主国」マガダの王都ラージギル（ラージャグリハ）、すなわち、かの王舎城、ビンビサーラ（頻婆沙羅）やアジャータシャトル（阿闍世）王らの、その鉄多い都については、D・D・コーサムビー『インド古代史』第五章「部族社会から階級社会へ」の五「コーサラとマガダ」の所説が魅惑的である。ただ、釈迦は王子にあらず、と欧州東洋学の説を引いて、その生まれた時代は貴族政治ではあったがまだ世襲の王政はなく、この種の王政によって共和的政体の崩れ行こうとする時勢であった、とも注される（和辻哲郎『原始仏教の実践哲学』、五九頁）ことを付言しよう。

　仏陀の教えは南し北し、北伝は中亜から敦煌、中国を経て、南伝より遥かに早く日本に入った。

日本。南都で画かれた『絵因果経』（正倉院文書、天平勝宝八歳所収『図書寮続目録』）諸本の現存その他、さまざまに南都仏教の育てた仏法は、平安初期のいわゆる「東大寺諷誦文稿」にいくつかの断片をのこす。諷誦というか、ともかくひろく言教のために「然ルベキ因縁・譬喩」（『今昔物語集』巻二十(36)）を覚え書きして、それは、南都仏教の仏陀観の一面をととのえながら、日本の仏伝の初期形態を初めてあらわすのである。下って、東大寺図書館蔵『釈迦如来尺』（長承三年本、一一三四）は、釈迦牟尼如来の名義から始めて、諸経を略出して多く仏伝を語り、あえて言えば、日本仏伝（文学）史上、現存最古の単行仏伝とも言える書であった。

　平安知識人らも言う。「在㆑朝身暫随㆓王事㆒、在㆑家心永帰（よる）㆓仏那㆒」（慶滋保胤『池亭記』、『本朝文粋』巻十二）、「学問之道、抄出為㆑宗。抄出之用、藁草為㆑本」（菅贈大相国「書斎記」、同）、あるいは「翻訳」に関する諸文（『悉曇要訣』巻三、大正蔵、八十四）。問えば、『源氏物語』の類からも感じられるであろう。また、下って、「和歌・管絃、往生要集ゴトキノ抄物」（『方丈記』）等の抄出・抄物の類もさまざまにあったであろう。

　平安京都、十二世紀前半、一一三四年前後か、広義の和文、その現存最古の組織的な仏伝を、『今昔物語集』は編むのである。『今昔物語集』は天竺・震旦・本朝（日本）を分けた。新羅は震旦・本朝に、百済は本朝のみに見え、高句麗はいずこにも見えない。要するに、アジア世界を感じる日本である。そして、その全篇は天竺部仏伝から始まるのであった。それは、平安時代の貴族官僚・教団知識階級の間に親近されたその蓄積を通じて、あるいはあらためて漢訳仏典なり中国仏書なり外国原典にあたり、あるいは口がたりの想像力をも通して形成された漢字体仮名交り和文化資料にあたって、自己の表現を見出して来た。それは、一面、日本の古典的な随意表現に対し、一面、漢文の権威に立つ上層貴族的知識階級の表現に対する、懐疑というのが言いすぎならば、あたらしい態度を含んだであろう。ようやく鋭くあろうとする末世末法意識が、「末法」に入るという一〇五二年（永承七年一月二十六日条『扶桑略記』巻二十九）のことは措き、あたらしい裸形を模索する時代であったが、その間に、仏伝は、遠いインドのことばを外来語として含む、和漢の三つの言語の境界の緊張の間の、いわゆる和漢混淆文体、その表現の模索、苦闘において、あざやかに経験されようとするのである。「天竺・震旦・本朝、三国ニ渡給ヘル仏也」（『今昔』巻十一⒂）。

文体は、世界の見方、見え方に質的にかかわるであろう。『今昔』はそれを、行く。

あたらしく言えば、『今昔物語集』仏伝主要部は、十巻本『釈迦譜』に自身直接して依り、ないし、これを承けて和文化されていたものに由る在り方をのこすのが多い。

『釈迦譜』は、まず六世紀初頭、中国仏教史を飾る梁の僧祐律師（四三五―五一八）が撰録した、中国撰述の現存最古の仏伝である。これは、その抄録する説経の漢訳仏典類の名を明記して仏伝を整理し、その所伝資料個々の間の異伝異説の全体としての統一は、それらをいわゆる大乗小乗の立場による問題として批評するという、「正統」批評の立場において果されている。同じく僧祐律師の不滅の書、「出三蔵記集」、その巻十二⑶釈僧祐法集総目録序第三にみずから録して「釈迦譜五巻」（大正蔵、五十五、87b）とあり、つづいてその巻十二⑷釈迦譜目録序第四にはその五巻の細目が見えるから、『釈迦譜』は五巻本を原稿とすべきであって、これはその高麗本の序およびその巻数・目録ないし主要所引仏伝に合致する。ついで、初唐仏教史を圧する道宣律師（五九六～六六七）の書には、「釈迦譜四巻更有十巻本余親読之」（『大唐内典録』巻四、五、十五、２６５ａ）・「釈迦譜一帙十巻」（『釈迦氏譜』序、五十、８４ｂ）とあり、さらに唐代の書に「釈迦譜十巻」（『開元録』巻六、五十五、５２７ａ）とし、つとに「五巻本」あり、「四巻」とする本はおそらく誤り、と注して、唐代には十巻本もすでに存したことが明瞭である。史書『新唐書』藝文志四十九、釈氏録にも、僧祐条においてではあるが、「釈迦譜十巻」とある。そして、唐代以降には広略二本ともに流布して、ともに権威ある仏伝の類聚と見られていたのであった。

『釈迦譜』は日本でも奈良時代に正倉院文書に「釈迦譜十巻別有五巻本与此広略異」（天平勝宝三年九月二十日写書布施勘定帳、等）などと見え、平安初期には『日本国見在書目録』二十二譜系家条に「釈迦譜一巻」とあって、ともかくつとに知られていた。まして、やがて摂関体制はなやぐ日本に宋版蔵経が蜀版（開宝四年（九七一）～太平興図八年（九八三））をはじめとして将来され始め（享和二年、九八六）、以後、幾種かの版が渡来した。『今昔』結集の背後には宋版蔵経将来による気運の醸成もあったであろうが、この時、十巻本『釈迦譜』がかえりみられなかったとは到底考えられない。『今昔』成立直前と見られる院政初期の時点で言えば、康和三年（一一〇一）並長承三年（一一三四）校点入の零本が現在することによっても、それは想像に難くないのである。以後も、平安中期から中世近世を通じて、仏伝にはこの書の類の所伝と批評との重視されたことがあった。

さきにもふれたように、『今昔物語集』の仏伝には、この『釈迦譜』に依って基本的にほぼ直訳し、ないし簡略することの知られるのも多く、これはまた基本的に『今昔』全般の方法にも通じ得るであろう。Schrei-bseligkeit、書くよろこびという。点本的訓読と翻訳との間の苦闘、その翻訳過程には、想像以上にさまざまの誤りがあり、原典の経験や思考がもっとも高く表現されたか、それぞれにおいての問題はあるが、それはまた、平安時代の、特に直接には『今昔』自身の切実な言語体験であったのである。

求道。王宮を出たシッダールタが、王舎城外近くある仙人阿羅邏迦蘭（アーラーラ・カーラーマ）の所に至る。彼は言う。人間というものが、あるいは「癡心」を、あるいは「貪欲・瞋恚」等の「諸ノ煩悩ヲ生ズ」ることを。シッダールタはさらに問う。あき足らず、「座ヨリ立テ仙人ニ別」れるのであった（『今昔』巻一(5)）。いま略記すれば、これも、『過去現在因果経』巻三や十巻本『釈迦譜』巻三(4)に依り、ないし由るのであった。

成道、説法。仏陀のウルヴェーラ・ブッダガヤから波羅捺国（バーラナシー）鹿野苑（ムリガダーヴァ）への道に、巴利（パーリ）本その他の古伝や『過去現在因果経』巻三などには、隊商のふたり、あるいは外道アージーヴィカ（邪命外道）教徒優波迦（ウパカ）と会することなどが見える。仏陀は語る。吾れに師なく、師なくして独りさとる、いま転法輪論のためにベナレスへ行く、と。ウパカは、可否を問わず、そうかも知れない、と言い、首を振り舌を巻いて去った。『今昔』はすべてを欠いて、八相成道の固有部分である初転法輪の物語（巻一(8)）に入るであろう。

『今昔』全巻、基本的には、すべて各々、「今昔、……トナム語リ伝ヘタルトヤ」という。書き始め語り始めて、すべては、「苦」その時。書き終え語り終えて、すべては、「今」この時。古代日本語「事」kötö、「言」kötöの一致の奥から発して、物語は過現の「事」をゆききして、それが各「語（こと）」の意味であり、覚悟であったのであろう。

本稿は、十巻本『釈伽譜』との関連を中心として意識して、『今昔物語集』仏伝の、ないしその身近な周辺の、出典論的翻訳論的考察をすすめる。

本文等について

一　『今昔物語集』本文は日本古典文学大系本により、ただし、その宣命書きを通常体に改め、古体字・異体字等はこれを用いることもあるが、基本的には現行字体に改めた。紅梅文庫旧蔵本（東大本甲）については、大系本の校異の脱落を訂したところがある。なお、若干の改訓には平仮名の振仮名を付け、句読点は便宜によって改めた。

一　仏典仏書の間の異同は必要に従った。大正蔵の若干の誤植は、あるいは縮蔵によるなどのその理由を記して訂した。句読点も便宜によって改めた。

一　固有名詞のパーリ語・サンスクリットによる振仮名は、意をつくさないところがある。原則としてサンスクリットによる。

一　昭和六十年（一九八五）の旧稿とかさなる部分もあるが、本稿は、その稿にそいながら、全面的に刪補した。

I　下天托胎・降誕・出家・降魔・成道・初転法輪物語

巻一　釈迦如来人界宿給語第一

今昔物語集巻一(1)　釈迦如来人界宿給語

〔I〕今昔、釈迦如来、未ダ仏ニ不成給ザリケル時ハ、釈迦菩薩ト申テ、兜率天ノ内院ト云所ニゾ住給ケル。而ニ、閻浮提ニ下生シナムト思シケル時ニ、五衰ヲ現ハシ給フ。其五衰ト云ハ、一ニハ天人ハ眼瞬ク事无キニ眼瞬ロク。二ニハ天人ノ頭ノ上ノ花鬘ハ萎事无ニ萎ヌ。三ニハ天人ノ衣ニハ塵居ル事无ニ塵垢ヲ受ツ。四ニハ天人ハ汗アユル事无ニ脇下ヨリ汗出キヌ。五ニハ天人ハ我ガ本ノ座ヲ不替ザルニ本ノ座ヲ不求(ママ)シテ当ル所ニ居ヌ。其ノ時ニ、諸ノ天人、菩薩此相ヲ現ジ給ヲ見テ怪テ菩薩ニ申シテ云ク、我等、今日此ノ相ヲ現ジ給ヲ見テ身動キ心迷。願クハ我等ガ為ニ此ノ故ヲ宣ベ給ヘト。菩薩、諸天ニ答テ宣ハク、当ニ知ベシ、諸ノ

過去現在因果経巻一・十巻本釈迦譜巻一(4)　出因果経

〔I′〕爾時善慧菩薩（中略）生兜率天。（中略）期運将至。当下作仏。即観五事。一者観諸衆生熟与未熟。（中略）五者観過去因縁誰最真正応為父母。観五事已即自思惟。（中略）於此三千大千世界。此閻浮提迦比(毘)羅旆兜国。最為処中。諸族種姓釈迦第一。甘庶苗裔聖王之後。観白浄王過去因縁。夫妻真正堪為父母。（中略）又自思惟。我今若便即下生者。不能広利諸天人衆。仍於天宮現五種相。令諸天子皆悉覚知菩薩期運応下作仏。一者菩薩眼現瞬動。二者頭上花萎。三者衣受塵垢。四者腋下汗出。五者不楽本座。時諸天衆。忽見菩薩有此異相。心大驚怖。身諸毛孔血流如雨。（中略）爾時菩薩又現五端。一者（中略）五者（中略）。是時兜率諸天見菩薩身已有五相。又復覩外五希有事。皆悉聚集到菩薩所。

行ハ皆不常ズト云事ヲ。我今不久シテ此ノ天ノ宮ヲ捨テ閻浮提ニ生ナムトス。此ヲ聞テ諸ノ天人歎ク事不愚ズ。此テ、菩薩、閻浮提ノ中ニ生レムニ、誰ヲカ父トシ、誰ヲカ母トセムト思シテ見給フニ、迦毗羅衛国ノ浄飯王ヲ父トシ、摩耶夫人ヲ母トセムニ足レリ、ト思ヒ定給ツ。

（日本古典文学大系本I、52・4—13）

頭面礼足白言。尊者。我等今日見此諸相。挙身震動不能自安。唯願為我釈此因縁。菩薩即便答諸天言。善男子当知。諸行皆悉無常。我今不久捨此天宮。生閻浮提。于時諸天聞此語已。悲号涕泣心大憂悩。（中略）爾時菩薩語（諸）天子言。（中略）汝等当知。今是度脱衆生之時。我応下生閻浮提中。迦比（毘）羅旃兜国。甘蔗苗裔。釈姓種族白浄王家。

（大正蔵三、623a—c・五十、13b—14b）

遠いインドのことばの音訳漢字をもちりばめて、三つの言語の境界の緊張の間に、『今昔物語集』の仏伝がまず天上の世界から始められる。仏陀（ブッダ）になるためには、人界の現世に生まれなくてはならない。つとに、ことば美わしい師ブッダがトゥシタ天から降ると言い（『スッタニパータ』955）、やがて、前世の仏陀が兜下（トウシタ）天上の身に菩薩として生まれ、住し、死して光明の現出する間に人界の母胎に入って、生滅を超えるあたらしい生として生まれる、と言う類へ展開する（パーリ中部希有未曾有法経（アッチャリヤッブタダンマ・スッタ）・『中阿含経』未曾有法経、長部大本経（マハーパダーナ・スッタンタ）一—一七〜三〇・『長阿含経』大本経、等）であろう。この菩薩（bodhisatta, bodhisattva）ということば、一般的には菩提を求める有情をいうこれは、仏教思想史の上に多義的であるが、(1)『今昔』本文〔I〕のいま、単に一般的のその意というよりは、「未ダ仏ニ不成給ザリケル時」の成道以前の因位の仏陀の意であるべく、ないし、これに仏陀のすべての前生をも本生物語的（ジャータカ）にひろく称するようになったその意を含む、と見るべきであった。

（1）宇井伯寿『印度哲学研究（第四）』六六・二二四頁、同『仏教汎論』三〇頁。干潟龍祥『本生経類の思想史的研究』六四―六九頁。山田龍城『大乗仏教成立論序説』。高田修『仏像の起源』四〇〇―四〇六頁、等。

この菩薩を「釈迦菩薩」と呼ぶ(2)ことは平安時代を通って来た教団・貴族知識階級の仏教知識であって、それは、「兜率天ノ内院」(3)の語を用いることにおいても、後文に「迦毗羅衛国ノ浄飯王」(4)の語を用いることなどにおいても、また同じい。この本文〔I〕の冒頭はまず総叙的に前提する導入部であるが、一般に、『今昔』諸篇冒頭の導入部は、原典と対比すれば、その漢文性・和文性のいずれを問わず、原典に対して或る程度ゆとりがあり、そして、つづいて漢文訓読系の接続詞「而ルニ」「而ル間」などを通じて、主題へ展開することが多いであろう。いまもまた、そのはずである。

（2）「釈迦菩薩」の名は、たとえば、『衆許摩訶帝経』巻二（三、938b）、『有部毘奈耶出家事』巻一（二十三、1021a）、同『破僧事』巻二（二十四、107b）・『大毘婆沙論』巻三十四（二十七、176a）、『四教義』巻七（四十六、744a・c）、『大唐西域記』巻七（五十一、905c）・『慈恩伝』巻三（五十、235a）、『法苑珠林』巻一百（五十三、1028b）等々、また、「悉達多菩薩」（『大智度論』巻三、二十五、83c）・「釈迦牟尼菩薩」（同四、同、876c、同十六、同、178b）・「釈迦文仏作菩薩時」「釈迦文菩薩」（同三十八、同、340c）等々。日本では、伝教大師最澄『守護国界章』巻上之中、ないし、『金光明最勝王経言枢』巻十（五十六、709b）等にはやく見え、有部から法相・三論・天台等にわたるが、分布度はさほど高くない。『今昔』巻十二(21)に「釈迦卉」（Ⅲ、158・7）とあるのは、単に「釈迦」とあるべき誤りであり、巻十一(14)に「釈迦幷ニ」（Ⅲ、89・9）とあるの同型表現からすれば、省文「卉」と「幷ニ」との文字の近似から生じた誤りらしいが、ともかく、「釈迦菩薩」の称の行われていたことが知られる。『三宝絵』上(1)～(6)参照。

（3）注するまでもなく、『中天竺舎衛国祇洹寺図経』に「内院」（四十五、883c）とあり、日本では『扶桑略記』天平元年条に『大安寺縁起』（寛平七年）を録して、そのかかわると言う「兜率天内院」を分注し、『大安寺縁起』に依った『三宝絵』下(7)、さらに『三宝絵』に依るべき『今昔』巻十一(16)には、それぞれ「都率天ノ宮」「兜率天ノ宮」とある。同類は平安時代の物語にも散見し、『今昔』のみにも若干の例がある。

（4）「天竺迦維羅衛国」（『文選』巻五十九、「頭陀寺碑文」李善注）、「迦毗羅城」（『東大寺諷誦文稿』390行）、「迦毗

羅衛」（『三宝絵』中(3)・『往生極楽記』(2)・『法華験記』巻上(2)・『今昔』巻十一(7)。「父をば浄飯王といひ」（『梁塵秘抄』279）、類。『今昔』にも若干の例がある。

つとに、この巻一(1)から(8)に至る八章は、『過去現在因果経』ならびに『仏本行集経』の抄訳に係るとされた。[5]『過去現在因果経』四巻は、巻頭に仏陀の前生の善慧（スメーダ）と蓮華を売る女人とが発願受記する過去因縁の神話（ミュトス）的な思い出を説き、その功行が満ちて兜率天に生まれた善慧が人界に下って現世の仏伝に入り、全巻末にはその本生物語と仏伝とを統合して、その善慧が今の仏陀であり、その女人が今の耶輸陀羅（ヤショーダラー）であると結んで、その過現の因果を以て仏伝を枠づけるであろう。この時、われわれは、十巻本『釈迦譜』の巻一(4)釈迦降生釈種成仏縁譜が基本的に『因果経』を用いることを明記し、ただし、その本生物語はすべて省いて、その兜率天に住した前世の仏陀が人界に降るところから五巻本に増広して始められていて、これがすなわち『今昔』本文〔I〕の冒頭の在り方とほぼ同じいことを知る。もとより、『因果経』自身において、その本生物語と降兜率天物語とは一つづきではあろう。にしても、その間にその内容を転じることはあきらかであるから、本文〔I〕の冒頭のその在り方は十巻本『釈迦譜』を俟つまでもないとも言い得るが、また、『今昔』にのこる在り方による『因果経』の選択には十巻本『釈迦譜』にあるいは誘われたところがあり、いまも、十巻本『釈迦譜』巻一(4)の冒頭が『因果経』を選択して、かつ、これを限定した方法にあるいは示唆された在り方があったか、とも想像されないではない。事実、後に、仏伝にふれて、『因果経』巻一冒頭の本生物語を取意した後、『釈迦譜』所引を明記してこの巻一(4)冒頭から引用される場合もあった（『観経序分義他筆鈔』巻四）。いま、この想像の方向は問いの中にのこすとしても、この巻一(1)本文〔I〕の導入部の在り方の如何にかかわらず、本文〔I〕が、その長い本生物語を省いた後に、[6]『因果経』相当に由って簡略した在り方をのこす、ということは、まずは基本的に疑えない。それは、一見『因果経』と部分的に対応する部分を除いては、はなはだしく異なって見えはするが、それは、さらに、『今昔』がしばしばそうであるように、『因果経』においていくばくか教義的ないし理論的にかかわる部分を省き、散文（長行）と韻文（偈頌）とを結ぶアーキヤーナ形式からその偈頌の部分を省き、そこには、天上の告別を歎く天人たちのために過去諸仏の所説のままに菩薩が歌ったという諸行無常の歌をさえ省き、また、菩薩が下生して後に過去諸仏の所行の法式に依って行くと説いたという予言の部分をも省き、かつ、全体として重複し類似する部分を消去し統合して展開することが知られるであろう。

（5）望月信亨『仏教大辞典』「国訳大蔵経」項（一九三二）。片寄正義「過去現在因果経と今昔物語仏伝説話」（『今昔物語集の研究上』、一九四三、所収）も、この八章を、主として『因果経』に、一部、『仏本行集経』による、とする。

（6）この本生物語が省かれるのは、そのかかわる耶輸陀羅が『今昔』巻一(1)の物語構成に関すべくもない故もあろう。この本生物語は巻一(3)の彼女のはじめて登場するところに見えず、巻一(17)の燃燈仏授記の箇所に、その箇所の原拠に即してわずかに挿み記されるにすぎない。なお、巻三(13)の仏陀・耶輸陀羅の本生物語は、全く別話である。

『今昔』仏伝、本文〔I〕は「人界」への托胎を急いでいるのである。すでに神話化理想化されながら、それ自身ともかく、伝記的な性格をもつ『因果経』相当に由ってはじめて、『今昔』仏伝は、基本的には、人界現世の仏陀の一生を、釈迦族の聖者釈迦牟尼、ゴーダマ・ブッダ（Gotama Buddha）の歴史的個人的生涯を求めようとする。歴史的と言っても、もとより一般化概念化のすすんだところからではあるが、ともかく現身のひととしての意味を求めようとする。それは、『釈迦譜』が、五巻本巻一(4)に「法身無形」を説いていわゆる大乗の仏身論に立ち（五十、8c）、それが十巻本巻五(4)にも受け継がれる（同、52a）のと異なっている。『今昔』には、仏身について、南都法相の三身の所説を北京天台のそれに改める、『三宝絵』巻下(17)「大安寺大般若会」条に従った「応身・報身・法身」説（巻十一(16)）の類[7]もまた有るとしても、いま、仏陀の「生身」（巻十二(15)）、父母所生のそれを思うのであろう。漏尽智の歌が歌われる（巻一(2)、後出）とともに、業生の有漏もまた語られる（巻二

(28)・巻三(28)、後出）のであって、『今昔』には、超人化された仏陀の伝説によりながら、経験的自然的立場に通じる性格を持って、生身・色身を強く意識するところがある。「依ニ過去諸仏所行法式一」（『因果経』巻一、三、624a）のように、典型化理想化された伝統的表現をもとらないのである。

「生身ノ仏ニ不異ズ」（巻六(19)、「宛如生仏」、『三宝感応要略録』巻上(15)）、「此ノ大安寺ノ丈六ノ釈迦ノ像ハ、昔ノ霊山ノ生身ノ釈迦ト相好一モ不替給ズ……」（巻十二(15)）。『日本霊異記』巻中(28)に依る間に、『今昔』は、「今見此像。好相已具。与霊山実相毫釐無相違」（『大安寺縁起』）の類のこれを、独自に補う。「夫以大安寺是兜率之搆、祇園精舎業矣。尊像釈迦即智法身之相也」（空海『御遺告』大安寺縁起条、七十七、410c）とは異なっている。霊山釈迦会とか、その図像、かの「法華堂根本曼荼羅図」（奈良時代、八世紀、ボストン美術館蔵）とかも思い出されるであろう。『今昔』はまた、「此レヲ思フニ、釈迦如来ハ、涅槃ニ入給テ後ハ、如此ク衆生ノ前ニ浄土ヲ建立シテ可在シトモ不思ヌニ、此レハ法花読誦ノ力ヲ助ケムガ為ニ霊鷲山ヲ見セ給フニヤ」（巻十三(36)、『法華験記』巻下(118)に依った後のその結文部に、少しく突然に独自にこのような佶屈の評語を書きそえる。後半、透徹しないことを措き、前半『法華経』巻六寿量品久遠偈の「方便現涅槃」「常在霊鷲山」（九―43b―c）の理念化など、著名の句も告げる方便示現の身とは異なって、生身すなわち現実の肉身の意識されていることは確かであった。(8)

（7）山田孝雄『三宝絵略注』。なお、別に「法身・応身・化身」（『東大寺諷誦文稿』385―386行）、「法身・報身・応身謂之三身。今案。天台所立也。他宗法身・応身・他(化)身」（『口遊』）等も参照される。また、なお、『大乗法相宗名目』第一中(18)等、参照。

（8）なお、本稿巻三(29)の論述参照。

少しく具体的に言えば、本文〔I〕は、接続詞「而ニ……」から展開して、まず天上の五衰を述べる。それは、

A（菩薩）期運将至。当下作仏。即観五事。一者（中略）五者……

B（菩薩）仍於天宮現五種相。令諸天子皆悉覚知菩薩期運応下作仏。一者（中略）五者不楽本座。

B′時諸天衆。忽見菩薩有此異相心大驚怖。……

C（菩薩）又現五端。一者（中略）五者……
D　是時兜率諸天（中略）白言。尊者。我等今日見此諸相。挙身震動不能自安。唯願為我釈此因縁。

パーリ『因縁物語（ニダーナカター）』などにも通じる世間五事観察をはじめとして、『因果経』ないし『釈迦譜』に主語なり述語なりを類同して連立する類似表現ABCを統合簡略し、原文の構造に即して類似表現B′Dを統合簡略しようとするであろう。類似統合は、『経律異相』・『法苑珠林』など、中国に限らず仏典仏書にも限らない。その間に「五種相」が「五衰」としてえらびのこされたのは、それが視覚的映像に富むというよりは、まだ解脱していない欲界の天人たちの命終の相を言うことばとして知られていたからであろう(9)。その映像については内容や順序が一定せず、いま、「其五衰ト云ハ……」という注釈的の形に表現されるこれは(10)、『因果経』ないし『釈迦譜』のそれに同じい。ただし、『因果経』類には菩薩がその異相を現じて天人がそれを怖れ、本文〔I〕には菩薩がそれを現じた後に「天人」一般そのことを無敬語に注釈する形になり、その表現は『因果経』類に比して少しく微妙に補足が目立ち、「不求」が原語「不楽」の誤記か誤写かとも見えることは措いても、短文の間に仮名書自立語「（汗）アユル」と漢字表記「出」とを含む。『今昔』の翻訳が基本的にはほぼ原文に即すべきことから推し、かつ、『今昔』に見える仮名書自立語の性格一般からすれば(11)、少なくとも本文〔I〕のこの注釈部は、本文〔I〕が『因果経』類自身に直接して翻訳した表現ではなくて、本文〔I〕以前に『因果経』類自身に由って育っていた、或る漢字片仮名交り和文化資料に直接してそれに限定された表現であり、そして、二つの表記が混在するのはその一種の未整理のあとをのこしたままである、と見るべきであった。本文〔I〕のその注釈部の少しく微妙な補足の在り方は、五衰について、たとえば、「五相先現。一衣無㆓垢染㆒有㆓垢染㆒現。二……」（『瑜伽師地論』巻四、三十、297c）の類に依ったにちがいない、「五相先現。一衣無垢染而有垢染。二鬘旧不萎今乃萎頓。……」（『大乗法相研神章』巻一、七十一、3c）のような類の補足の方向する、その類の和文化資料に直接したあとであろう。(12) つづいて、「其ノ時ニ、諸ノ天人、……」と展開するのが類似統合B′Dに由るべき在り方をのこすことは確かであり、「身動キ心迷(13)」「歎ク事不愚ズ(14)」などの句が漢訳における誇張的な類型表現をまた類型的に和化し簡略すべき在り方をのこすことも確かであるが、またやはり、前文につづいて、本文〔I〕が『因果経』類自身に直接して変改したか、本文〔I〕以前に育った前出和文化資料に直接していくばくかさらに変改したか、という問いはのこるであろう。

（9）「五種小衰、五種大衰」（『倶舎論』巻十、二十九、56c）の後者、『大智度論』巻五十八（二十五、469b）等をはじめ、「五衰相」（『往生要集』巻上一・六）、「楽尽哀来。天人猶逢五衰之日」（『本朝文粋』巻十四）、「天上のたのしみも五衰はやくきたり……」（『栄花物語』つるのはやし）、「実ニ天上之快(化)楽ハ見ステガタケレド、五衰現ズルトキ、ヒトリトシテモ随フモノナシ」（『法華百座聞書抄』閏七月八日条）等々、あげるまでもない。鎌倉初期かと見られる『北野天神縁起絵巻』第八巻に、やはり苦界の一である天上界の五衰をえがいている。

（10）注釈的の形としての「云ハ」には、「五人……ヲ得ツ。五人ト云ハ、……」（巻一(8)、後出）のように別資料を癒着する場合、「五徳ノ甲ヲ造クテ使ニ与ヘテ送リ遣ル。其ノ五徳ト云ハ、……」（巻一(23)、「造五徳上甲。令使送者。一……」『三宝感応要略録』巻上(2)、五十一、828a）のように原典に即しながら補う場合、「天台山ニ登テ禅林寺ニ至テ……墳ヲ礼給。禅林寺ト云フハ、天台大師ノ伝法ノ所也」（巻十一(12)、「上天台山。禅林寺……拝墳。禅林寺者。智者伝法之地」『高僧伝要文抄』巻二所引「智証大師伝」相当）・「粉ヲ……蒔ツ。粉ト云フハハウニ也」（巻四(24)、「粉ヲ……マキツ。粉ト云ハハウニナリ」『打聞集』(13)）のように原典（共通母胎を含む）を襲う場合、「牛ノ云ク、桜村ノ大娘ニ問テ云(ママ)、此ノ虚実ヲ可知シト。其大娘ト云ハ酒造ル主也、即チ石人ガ妹也」（巻二十(22)、「牡答之曰。問桜大娘而知虚実。大娘者作酒家主。即石人妹也」『日本霊異記』巻中(32)）・「白符ヲ可用、赤符ヲバ不可用ト。白符ト云ハ……、赤符ト云ハ……」（巻二十五⒀、「可用白符。不可用赤符。白符者……赤符者……」『陸奥話記』）のように原典の注釈の形を襲う場合などが数えられる。

⑾　山口佳紀「今昔物語集の形成と文体―仮名書自立語の意味するもの―」（『国語と国文学』昭和四十三年八月号）。「道ノマヽニ皈ヌ」（巻一⑷、「縁路而帰」『過去現在因果経』巻二、三、634b）・「身ノ毛竪テ恐ヂ怖ル、コト无限シ」（巻一㉓、「遍体毛竪」『三宝感応要略録』巻上⑵、五十一、828b）、これらは、漢文原典に直接して「マヽ」を、補入の間に「コト」を仮名書きするが、いずれも「形式性」の強い語ではある。「サテ、車匿ハ揵陟ヲ曳テ宮ニ返ヌ」（巻一⑸）、『因果経』巻二ないし十巻本『釈迦譜』巻三⑷を極略した部分と見られるが、「サテ」は、本文が『因果経』自身には直接せず、或る漢字片仮名交り資料に直接して、その表記を映す、と見られるか否か。巻一⑸のこの部分は、一定の方法をもって『因果経』原典の漢文を極略するように見える（小稿「今昔物語集仏伝の翻訳表現（断簡）」『叙説』昭和五十八年十月→本書所収）のでもあって、とすれば、『今昔』天竺部の表記の不安定というような疑問も相関しよう。「妻、サコソ云ツレドモ仏ノ来リ給ヘルヲ見奉テ随喜ノ涙ヲ拭テ」（巻一㉛、「妻投随喜之涙」『注好選』中⑿）、現存『注好選』には存しない仮名書「サ」が見える。ただし、『今昔』の補入とは断じえず、『今昔』は異本の『注好選』類には存したその表記に誘われたとも見得る。「カヽレバ、心ヲ発シテ……」（巻二⒆）、『法苑珠林』巻三十五の一部（五十三、566c―567a）相当の前後が『注好選』中⒅に由ると見られる部分を囲む物語の結文部であるが、すでにこのように癒着して構成されていた、この「カヽレバ」表記をもつ先行和文化資料に、『今昔』全文が依った、と見るべきか。「其ノ道、遙ニ遠クシテ、……或ハ遙ナル巌ノ山ヲカヽツリ登リ」（巻四㉕）、この物語と共通母胎に立つと見られる『宇治拾遺物語』138は『今昔』のこの部分との対応を欠き、『今昔』はこれを独自に補入したかとも見られなくはないが、その共通母胎の原語の仮名書表記を用いなかったとも断じ得ない。「遙ニ遠ク」は『注好選』中㉔などにも見えて『今昔』独自の句ではないが、『今昔』には散見して、あるいは求道の情を託した。『今昔』巻四㉕の後文に、これと類似する求道の嶮遠を言う部分があり、『宇治拾遺』138はやはりそれとの対応を欠く。二部分とも共通母胎には存して、『宇治拾遺』はいずれもそれを省き、『今昔』はいずれもそれをとどめて、その原語の仮名書表記を用いた、と見るのが、よりよく安定するかもしれない。

⑿　念のために注すれば、これは「鬘旧不萎」などの句の補足自体の形を言い、法相特殊には関しない。事実、本文〔I〕の五衰内容自体は、『大乗法相宗名目』第六上㉒に示される天人五衰のそれらとは異なる。

(13)「身動キ心迷」句は『因果経』の「挙身震動。不能自安」にあたる。「身振ヒ心動テ」（巻十二(16)、「身単心慄」『日本霊異記』巻上(32)は原典の直接翻訳であり、「身挙リ心戦テ」（巻一(3)、「挙身戦怖。心懐猶予」『因果経』巻二、三、633a）も、「挙身」の一種の「誤解」（大系本補注七五）を含みながら、またそうであろう。或る「心迷ヒ身動ク」（巻十三(1)、『法華験記』巻上(11)対応部欠）・「心迷ヒ身痛ムデ」（巻二十(31)、『日本霊異記』巻上(23)対応部欠）の類は『今昔』自身によって補入され、「身損ジ心迷テ」（巻十三(4)、「心神不例」『法華験記』巻中(59)）は類型的成熟による一種の意訳であろう。「心騒ギ肝迷テ」（巻九(20)、「悶絶」『注好選』上(66)・「肝砕ケ心迷テ」（巻十(7)、「肝心まどひて」『俊頼髄脳』）の類における『今昔』による対句化、「肝迷ヒ心砕ケテ」（巻十四(42)、『古本説話集』(23)・『古本説話集』(51)対応部欠）における『今昔』による補入なども相関すべき、類型である。心身並立相関して、いわば身体論的に裸形に驚愕や悲嘆を示す、ともかく『今昔』の表現であろう。

(14)「宮ノ内ノ騒ギ愚ナラジ」（巻一(4)、「宮中内外。亦応騒動」『因果経』巻二、三、633b）、「然レバ公私此ヲ貴ブ事不愚ズ」（巻十二(3)、『三宝絵』下(28)対応部欠）、「不愚ズ」（巻二十六(51)）、「不愚ズトイヘ共」は『今昔』に簡略ないし補入に用いられることの多い和語的類型である。

さらに、『因果経』類の長い省略部に宛てた接続詞「此テ……」に始まる、シャーキャ部族の都、迦毘羅衛城(カピラヴァストゥ)の浄飯(シュッドーダナ)王家のことについては、

E　菩薩即便答諸天言。善男子当知。（中略）生閻浮提。

F　爾時菩薩語天子言。（中略）汝等当知。（中略）F′我応下生閻浮提中。迦比羅旆兜国（中略）白浄王家。

A′［A……即観五事。（中略）五者観過去因縁誰最真正応為父母。観五事已。］即自思惟。（中略）此閻浮提迦比羅旆兜国最為処中。（中略）観白浄王過去因縁。夫妻真正堪為父母。

この類似表現EFからF′を方向し、F′の位置する位置において、つとに先行したAA′から類似表現F′A′を交感させる。「誰ヲカ父トシ、誰ヲカ母トセムト……、……ヲ父トシ、……ヲ母トセムニ足レリ」は、これらを重ねながら、「誰最真正応為父母」「（夫妻）真正堪為父母」句を中心としてみちびいた和訳なのであった。何故ならば、

たとえば、

　（耶輸陀羅）太子ノ妃ニ為ムニ足レリト。（巻一(3)、I、56・7）

　　堪太子妃。（『過去現在因果経』巻二、三、629b、等）

　亦議シテ云ク、舎利ヲ分タムニ誰レカ足レル人ト。

　（中略）其ノ人、舎利ヲ分タムニ足レリト。（巻三(35)、I、263・11—12）

　　尋復議言。誰（能）・堪（為）・分・（舎利）・者。（中略）可使分也。（十巻本『釈迦譜』巻九(28)、五十、75a、『摩訶摩耶経』巻下、十二、1014c）

これらの原語と訳語との関係において、和語「足ル」は漢語「堪」の訳語であり、またたとえば、

　我レ其ノ事ニ不足ズ。（巻十一(7)、III、70・4）

　　行基ハ其事ニタヘズ侍リ。（『三宝絵』巻中(3)）

　　行基不堪。（『日本往生極楽記』(2)・『法華験記』巻上(2)）

この類義関係において、「足ル」と「堪フ」とは類意するからでもあって、その訳文はほとんど『今昔』の自己のことばでさえあったであろう。(15) 言えば、「所設供具事々清浄。堪諸仏摂受。所修善業物々美麗。足薬（丹）師影向」（『東大寺諷誦文稿』121—122行）のように、平安初期に漢語「堪」と和語「足ル」との対応の存したことも確実である。(16) かの祇園精舎建立縁起の、祇陀（ジェータ）太子への須達（スダッタ）長老の言に、

　我レ仏ノ御為メニ伽藍ヲ建立セムト思フニ、此ノ地足レリ、願クハ……（巻一(31)、I、112—15—16）

　　——（東寺観智院本『注好選』巻中(14)・天野山金剛寺本『注好撰』同、「須達金敷地第十四」）

とあった。これは共通母胎に立つ類にちがいない『注好選』類にはその簡素の間に見えず、『今昔』が原典からその心を汲んでみずからのことばを以て補ったにちがいない。(17) もとより、「……大臣といはむに足らひたまへり」（「源氏物語」行幸）の類はまつまでもない。

仏陀下生の前の天上の物語に、「堪」は、『仏本行集経』巻六に「尊者堪為彼王作子」句が頻出し、敦煌変文『八相変』（雲字二十四号）の同類の物語にも「唯有迦毗(ママ)衛回似膺(応)堪居」と見える。『伍子胥変文』（P. 3213）にも「誰有女堪為妃后」の類がみえ、唱導の場に俗語的口語的にも用いられもしていたのであろう。

（15）小稿「今昔物語集仏伝資料に関する覚書」（『仏教文学研究』第九集、一九七〇）→本書所収。

（16）本稿旧稿（『叙説』第十号、一九八五）参照。

（17）『注好選』類、巻中(12)と共通母胎に立つ『今昔』巻一(31)前半から、接続詞「而ル間」を以てこの後半をつづけて、あわせて一篇を成す。

『東大寺諷誦文稿』釈迦本縁条に「観閻浮生誰家。浄飯心清浄仁慈。摩耶三世仏母」（158行右傍）とあり、素朴ではあるが世間観察の類型表現が日本にも育ち始めている。たとえばこのような表現の成長が、『今昔』以前に、『因果経』類の和訳に方法を醞醸するところがなかったか、とも想像されるであろう。

今昔物語集巻一(1)	過去現在因果経巻一・十巻本釈迦譜巻一(4)
〔II〕癸丑ノ歳ノ七月八日(四)、摩耶夫人ノ胎ニ宿リ給フ。夫人夜寝給タル夢ニ、菩薩六牙ノ白象ニ乗テ虚空ノ中ヨリ来テ、夫人右ノ脇ヨリ身ノ中ニ入給ヌ。顕ハニ透徹テ瑠璃ノ壺ノ中ニ物ヲ入タルガ如也。夫人、驚覚テ浄飯王ノ御許ニ行テ、此ノ夢ヲ語リ給フ。王、夢ヲ聞給テ夫人ニ語テ宣ク、我モ又如此ノ夢ヲ見ツ。自、此事ヲ計フ事不能ジト宣テ、忽ニ善相婆羅門ト云人ヲ請ジテ、妙ニ香シキ花、種々ノ飲食ヲ以テ婆	〔II′〕爾時菩薩観降胎時至。（中略）以四月八日明相出時降神母胎。于時摩耶夫人。於眠寤之際。見菩薩乗六牙白象騰虚而来。従右脇入。身(影)現於外如処琉璃。夫人（中略）見此相已廓然而覚。生希有心。即便往至白浄王所而白王言。我於向者眠寤之際。其状如夢見話瑞相。極為奇特王即答言。我向亦見有大光明。又復覚汝顔貌異常。汝可為説所見瑞相。夫人即便具説上事。（中略）爾時白浄王見摩耶夫人。説瑞相已。

羅門ヲ供養シテ、夫人ノ夢想ヲ問給フニ、婆羅門、大王ニ申テ云ク、夫人ノ懐ミ給ヘル所ノ太子、諸ノ善ク妙ナル相御ス、委ク不可説ズ、今当ニ王ノ為ニ略シテ可説シ。此ノ夫人ノ胎ノ中ノ御子ハ必ズ光ヲ現ゼル釈迦ノ種族也。胎ヲ出給ハム時、大ニ光明ヲ放タム。梵天・帝釈及ビ諸天皆恭敬セム。此ノ相ハ必ズ是レ仏ニ成ベキ瑞相ヲ現ゼル也。若シ出家ニ非ハ転輪聖王トシテ四天下ニ七宝ヲ満テ千ノ子ヲ具足セムトス。其ノ時ニ、大王、此ノ婆羅門ノ詞ヲ聞給テ、喜ビ給フ事无限クシテ、諸ノ金銀及ビ象馬・車乗等ノ宝ヲ以テ此ノ婆羅門ニ与ヘ給フ、又夫人モ諸ノ宝ヲ施シ給フ。婆羅門、大王及ビ夫人ノ施シ給フ所ノ宝ヲ受畢テ帰去ニケリトナム語リ伝ヘタルトヤ。

（I、52・14―53・9）

歓喜踊躍。不能自勝。即便遣請善相婆羅門。以妙香花種種飲食。而供養之。供養畢已示夫人右脇并説瑞相。（中略）時婆羅門即占之曰。大王。夫人所懐太子諸善妙相不可具説。今当為王略言之耳。大王当知。今此夫人胎中之子。必能光顕釈迦種族。降胎之時。放大光明。諸天釈梵執侍囲繞。此相必是正覚之瑞。若不出家為転輪聖王。王四天下。七宝自至千子具足。時王聞此婆羅門言。深自慶幸踊躍無量。即以金銀雑宝象馬車乗。及以村邑。而用供給此婆羅門。時摩耶夫人。以某婇女并及珍宝。亦以奉施。

（三、624a―b・五十、14c―15a）

『今昔』本文〔II〕は、前文〔I〕につづいて、全体としてはほぼ『因果経』類に由り、誤訳を交えながらもそれに即した在り方をのこしている。『法苑珠林』巻八にも『因果経』該当部は抄出されるが、これはすでに極略されたものであって、本文〔II〕の原典とするには足りない。そして、この時、『因果経』の貴種降胎の夜の、天人たちが音楽を奏で天上の花を散らして光明の中に従う行列の至福など、T・S・エリオットが『神曲』に論じた高い夢（ハイ・ドリーム）の映像は簡略される。受胎告知に王妃は「驚覚テ」と簡潔に示され、おののく歌も省かれて、王と王妃とは『因果経』ほどには理想化されていない。

貴種降胎「癸丑ノ歳ノ七月八日」は、『因果経』には見えない。東大本甲（紅梅文庫旧蔵）等の傍書は『因果経』の「四月八日」を反映する。何らかの伝承知識に立つべきこの日付が、本文〔II〕自身に始まるか、以前に由るか、本文〔I〕にのこる問いともかかわりながら、確証できない。[18] ともかく、遠くはインド諸部派の伝承事情をはじめ、インド・中国の暦法の、かつ、それぞれの新旧の異同、漢訳の上の相違らしい不同等々から、たとえば、

上座部。菩薩以嗢呾羅頞沙荼（ウッタラアーシャーダ）月三十日夜降神母胎。当此五月十五日。諸部則以此月二十三日夜降母胎。当此五月八日。（『大唐西域記』巻六、五十一、901a・『慈恩伝』巻三、五十、235a）

とのこる外、さまざまの異伝があった。[19] それは日本にも反映した。「癸丑歳七月十五日」降胎、「甲寅之歳四月八日」降誕（『内証仏法相承血脈譜』(1)、『周書』所引、伝教大師全集旧版II、515・『定宗論』、七十四、314c・『阿婆縛抄』巻百九十四明匠略伝）とある外、

上座部云。喟（ママ）呾羅頞沙荼月三十日夜。当此月五月十五日也。大衆部云。此月二十三日夜。当此五月八日。（中略）但依常典。応云六月八日。（『拂惑袖中策』巻上、伝教大師全集II、706—707）

癸丑年七月十八日夜託陰。一云。七月七日。此是実言摩耶夫人胎。以甲寅年四月八日（中略）而生。当周昭王二十四年二月八日生也。（『金光明最勝王経言枢』巻十、五十六、709a—b）

など、日本初期天台および三論の書が中国文献ないし伝承によって入胎の日を録する。また、さほど降らない天台の書も、『仏法年代記』その他を検して、癸丑七月十五日・癸巳四月八日その他の異説を記し（『教時鈔』、七十五、356b—357b）、異伝は中世にも及んでいる。[20] その間にあって、もし『今昔』写本の誤りでなければ、本文〔II〕の「七月八日」説が如何なる場に立つか、また、その仏伝でシッダールタの誕生を『仏本行集経』巻七に由って「二月八日」とする（巻一(2)、後出）これとそれとの関係が如何に意識されていたかを知らない。ただし、

入胎七月八日の説が中世物語にわずかにのこる事実はあった[21]。

さる程に、まやぶ人、七月八日のひる、かりにまどろみたまへば、ふしぎの御ゆめあり。日天子、白象にのりたまひて、みぎのわきより御たいないにいらせ給ふ、と見給へり。それよりして御くわいにんの心ちまし〳〵き。つぎのとし卯月八日、（中略）右のわきよりうまれ給へり。御名をば、しちだ太子と申たてまつる。

（『釈迦物語』、室町時代物語集Ⅳ）

まひるまの夢に托された中世民衆のうつつの幻か、心なしか古神話の日に身ごもった物語の追憶を秘めるかのような一節であるが、これには、『瑞応本起経』の所伝、ないし確実にこれに由るべき注疏が思い出される。すなわち、

菩薩以四月八日化乗白象。冠日之精。因母昼寝。以示其夢。従右脇入。夫人夢寤。自知身重。

（『観経序分義他筆鈔』巻四、送仮名ヲ省ク）

菩薩初下。化乗白象。冠日之精。因母昼寝。而示夢焉。従右脇入。夫人夢寤。自知身重。

（『瑞応本起経』巻上、三、413b）

この注疏は、十巻本『釈迦譜』所引を明記する部分につづき、明記はしないが確実に『瑞応本起経』を引くべきこの部分に、おそらく直接には『釈迦譜』後出の日付により、また、みずからの仏教知識からうなづくところにもよって、『瑞応本起経』自体には見えない入胎「四月八日」を補ったのであろう。天台の五時教判論に立って『法華経』を重んじる『釈迦物語』がこの注疏に直接するとは考えがたいが、『瑞応本起経』を残像してこれに日付を加えた、ほぼ同系の伝えの存したことが想像される。

むかしちうてんぢくじやうぼん大わうのきさきのみやは、七月十四日の日しゝんでんのおほゆかにうちまどろみ給ふひるの御夢に、びやくざうにめされたるこんじきのはだへの御さう一人、御くちのうちへととび入給ふと御覧じて、あくるせいへいぐはんねんに、フシしちだたいしをまうけ給ひ仏法をひろめ給ふ。今のし

（藤井本『幸若舞曲』夢あはせ）

やかは是なり。

説話素材を複合融通して、室町時代特有の荒唐の和らぎにまさしく日本化のあとがいちじるしいが、また、広義に同系の伝えであろう。もとより、これらは『今昔』仏伝には書承口承いずれにももとづかないから、『今昔』本文〔II〕と『釈迦物語』と、既見資料においては他に類を見ない一致は、入胎七月八日説が『今昔』仏伝の成立期にあるいは天台系の伝承層の一部にか存在していて、『今昔』本文〔II〕のそれはその知識を用いた、ないし、用いた在り方をのこす、と想像することも可能であろう。この時、『観経序分義他筆鈔』に補うような「四月八日」の伝えを、『釈迦物語』が音の近似から誤ったかとも疑われないことはなく、この疑いは関連して『今昔』本文〔II〕にも擬し得ないではないが、また、荒唐ながら舞曲の伝えがこの疑いを疑いにとどめることを意識させるのでもある。

(18)　日付については、巻十一(16)大安寺物語の「養老二年」（『三宝絵』下(17)欠）、巻十二(3)興福寺維摩会物語の「十月ノ十六日」（『三宝絵』下(28)欠）、巻十二(5)薬師寺最勝会物語の天長七年「三月七日」（『三宝絵』下(11)欠）、巻十二(21)興福寺炎上・再興供養の日々の類（『古本説話集』下(27)・『七大寺巡礼私記』等、欠。『私記』が「口伝云」の末尾に注して同じいという『宇治大納言物語』にも見えなかったであろう）などは、『今昔』自身の独自の実録的補足と推定される。巻十二(9)比叡山舎利会物語の年月日の欠字記号の類は、もとより『今昔』の独自である。このように日付は『今昔』において補われ得るが、いま、托胎のそれが、『今昔』本文〔II〕自身によって、以前に無いそれを記された、とも断じ得ない。

(19)　四月八日（『因果経』巻二・『修行本起経』巻上・『広弘明集』巻八。道安「二教論」(11)分注・「（周）荘王九年癸巳四月八日」『歴代三宝紀』巻一・『仏祖統紀』巻二等）、七月七日（「癸丑年七月七日」『南嶽願文』）、七月十五日（「（周昭王）二十三年癸丑之歳七月十五日」『法苑珠林』巻一百——中国古書の諸説の異同を検する——・『大宋僧史略』巻上・敦煌本『歴代法宝記』・「太子成道変文」S. 4480 等）、七月中旬（敦煌本「八相変」雲字二十四号）等。干支表現もこれらの中国仏書に少なくない。

(20)　四月八日（『普通唱導集』下・『上宮太子拾遺記』巻一「在胎十二箇月事」）、「癸丑七月七日」（『三論興縁』）、

「癸丑年七月十五日」（『和漢年代暦』）等。

(21)　小稿「今昔物語集仏伝資料に関する覚書」（『仏教文学研究』第九集、一九七〇）→本書所収。

本文〔II〕は、少しく直訳的でない部分と誤訳と見るべき部分とを混じる。これらの苦心が本文〔II〕自身のみに属するものか、本文〔II〕以前のそれにさらに本文〔II〕のそれのかかわるものか、疑えばまた疑い得るが、少なくとも、その少しく直訳的でない部分も誤訳と見るべき部分も、いずれも、要するに『今昔』の漢文翻訳全般の様相から見て異質的でない。『因果経』ないし『釈迦譜』における摩耶夫人（マーヤー）の受胎告知のいわば夢うつつは、本分〔II〕には「夢」として表現される。「夫人右ノ脇ヨリ身ノ中ニ入給ヌ。顯ハニ透徹テ瑠璃ノ壺ノ中ニ物ヲ入タルガ如也」。『今昔』の補入かと見える「身ノ中ニ」句の、「身」が、中世末キリシタン文献などから目に入る「体（からだ）」よりはるかに古いことは措く。原語「瑠璃（ヴェールリヤ）」が「瑠璃ノ壺」と訳されるのは神話的母胎として融徹することにもなるが、教団・貴族知識階級の知る映像がえらばれている。[22] めざめた王妃と王との間は、同夢の類型をとり結びながら、いわば合理的実際的に意改される。婆羅門の予言の中に、「……御子ハ必ズ光ヲ現ゼル釈迦ノ種族也」とあるのは、釈迦族をかがやかしくする原意を誤訳し、「胎ヲ出給ハム時、大ニ光明ヲ放タム。……皆恭敬セム」とあるのも、原語「降胎之時」を錯覚して、当然、時制をも誤訳することになった。原典〔II′〕の冒頭部、すなわち、この婆羅門の予言のふれる降胎時の光明などの、高い夢（ハイ・ドリーム）の映像を省いたこととあるいは相関して、意識的にここを意改し、かつは、次章、巻一(2)の誕生時の光明と関連づけようとしたかとも見られるかもしれないが、やはり誤訳と見るのが自然であろう。さらに、転輪聖王に関して原典の「天四天下。七宝自至。……」を「四天下ニ七宝ヲ満テ……」とするのは聖天王思想の表現類型から見て、四天下に王たることを訳出すべきであるが、あるいは「転輪聖王」から「王」の二字のつづくのを錯覚したのかもしれない。[23] それにしても、この場面に、われわれは、かの『源氏物語』[24] 桐壺の鴻臚館の高麗人（こまうど）、「光君といふ名は、高麗人のめできこえてつけたてまつりけるとぞ、いひつたへたるとなむ」、このフィナーレをそこはかとなく思い出しもするであろう。なお、本文〔4〕、王に請じられたという、この托胎占夢の「善相婆羅門」は、既注のように、巻一(3)の「阿私陀（仙人）」（I、60―2）ではない。『因果経』ないし『釈迦譜』において、この占夢の婆羅門と、やがてシッダールタ誕生の時に遠方からはじめて王宮に現われてその決定正覚の瑞相を占した「阿私陀（仙人）」（三、626c・五十、17c）は、別人である。

(22)「如浄瑠璃中。内現真金像」（『法華経』巻一、九、4c）。「瑠璃の壺」（『栄花物語』巻十八）。「瑠璃ノ壺」（『今昔』巻六(2)、洛陽「白馬寺」物語、『打聞集』(22)、『今昔』巻六(4)、『打聞集』(3)、「ルリツボ」『今昔』巻十一(1)、「るりのつぼ」『三宝絵』(1)、「瑠璃壺・盃等」（『御堂関白記』長和四年四月七日条）、「瑠璃、紺瑠璃」（『源氏物語』梅枝）、「但見虚空中諸仏身相。如真瑠璃中赤金外現」（『大智度論』巻二十九、二十五、270a）、「吠瑠璃」（『一切経音義』巻七十、五十四、765a）、「青瑠璃壺一口」（『朝野群載』巻十七）等。なお、宇井伯寿『訳経史研究』五〇三頁参照。

(23) 聖王表現類型に、たとえば、シッダールタ生時の波羅門占相の古伝に、「……若不出家。当為（中略）転輪聖王、能勝一切主四天下。（中略）七宝具足。所謂七宝者。一輪宝二象宝三馬宝四珠宝五玉女宝六主蔵臣宝七典兵宝。有千子満足雄猛勇健」（『四分律』巻三十一、二十二、779b）などとある。ちなみに、「七宝」を、『今昔』が聖王の具有する七種の宝の類と見たかは、七種の宝玉の類と見たか判明しない。

(24)「源氏の物語、人によませ給ひつゝ」・「源氏の物語、御前にあるを」（『紫式部日記』）、「源氏の物語」（『徒然草』第十九段）。Gwenji-no-……。

畢竟、『今昔物語集』巻一(1)は、全篇が『過去現在因果経』ないし十巻本『釈迦譜』を直接書承して成ったとは言い得ない。かつ、いま『釈迦譜』はなお問いの中に置くべきではあるが、少なくとも、全篇が『因果経』類に由ったあとをのこすべきことは確実である。その間には、教団・貴族階級の仏教知識もいくばくか含まれているが、民衆社会にひろがる口がたりの想像力がそこに沈んでいるのではなくて、全篇、書承の上に立っていることはあらためて言うをまたないのである。

もとより、口がたりはそれとして重んずべきである。もし、それを言うならば、たとえば、敦煌本「太子成道経」(P. 2999・S. 548・2682等)の前半に、浄飯王が王子のないことを憂いて夢み、大臣のすすめによって天神を祀り、天神の頭上の傘蓋の左転右転するのによって、生れ出る子の男女を占おうとした時、それが左転し、やがて摩耶夫人の夢に日輪が降り、身ごもって王子を得た、という物語があって、インド仏教と中国土着信仰との混淆した映像をもつものなどを、日本室町の「釈迦の本地」の一節に、浄飯王がやはり王子のないことを憂いて相人を召し、その言によって摩耶夫人と婚して、やがて王子を得た、という物語などと比較すべきであろう。たとえばここには、口がたりの想像力の奥行きの和らぎとか、日本化とかの問題が多分に含まれていて、これはおのずから『今昔』仏伝の比ではない。

巻一　釈迦如来人界生給語第二

『今昔物語集』巻一(2)釈迦如来人界生給語第二は、基本的に『仏本行集経』巻七・八にその大部分を由り、ないし依り、これに少しく『過去現在因果経』巻一を用いこむ在り方をのこし、さらに大乗系『大般涅槃経』巻四相当の一部を重ね、かつ、文献的には『大智度論』巻一に由って来た偈頌を用いる、と推定される。要素の夾雑をまぬかれないことを含んで、畢竟、『今昔』自身の責任においてえらばれた在り方をのこす。

今昔物語集巻一(2) 釈迦如来人界生給語	仏本行集経巻七	過去現在因果経巻一・十巻本釈迦譜巻一(4)
〔I〕今昔、釈迦如来ノ御母摩耶夫人、	〔I′〕爾時善覚釈種大臣。於彼春初二	〔I′〕(白浄王)又勅厳弁十万七宝車

父ノ善覚長者ト共ニ、春ノ始、二月ノ八日、嵐毗尼薗ノ无憂樹下ニ行給フ。夫人、薗ニ至リ給テ宝ノ車ヨリ下テ、先ヅ種々ノ目出タキ瓔珞ヲ以テ身ヲ飾リ給テ、无憂樹下ニ進ミ至リ給フ。夫人ノ共ニ従ヘル婇女八万四千人也、其ノ乗ル車十万也。大臣・公卿及ビ百官、皆、様々ニ仕ヘリ。其ノ樹ノ様ハ上ヨリ下マデ等シクシテ葉シダリテ枝ニ垂敷ケリ。半ハ緑也、半ハ青シ。其ノ色ノ照曜ケル事、孔雀ノ頸ノ如シ。夫人、樹ノ前ニ立給テ右ノ手ヲ挙テ樹ノ枝ヲ曳取ムト為ル時ニ、右ノ脇ヨリ太子生レ給フ、大ニ光ヲ放給フ。其ノ時ニ、諸ノ天・人・魔・梵・沙門・婆羅門等、皆悉ク樹ノ下ニ充チ満テリ。

（I、53・13—54・3、一部訂）

月八日鬼宿合時。共女摩耶相随。向彼嵐毘尼園。欲往観看大吉祥地。到彼園已。摩耶夫人。従宝車下。先以種種微妙瓔珞荘厳其身。復以……（中略）衆多婇女。伎楽音声。前後囲遶。（中略）然其園中。別有一樹。名波羅叉。其樹安住。上下正等。枝葉垂布。半緑半青。翠紫相暉。如孔雀項。（中略）摩耶夫人。安庠漸次。至彼樹下。（中略）即挙右手。（中略）是時摩耶立地。以手執波羅叉樹枝訖已。即生菩薩。（中略）菩薩初従母胎右脇正念。生時放大光明。即時一切諸天及人魔梵沙門婆羅門等。一切世間。悉皆遍照。

（三、686a—c）

輦。（中略）又復選取後宮婇女。容顔端正。（中略）其数凡有八万四千。以用給侍摩耶夫人。又復択取八万四千端正童女。著妙瓔珞厳身之具。（中略）王又勅諸群臣百官、夫人去者。皆悉侍従。於是夫人即昇宝輿。与諸官属幷及婇女。前後導従往藍毘尼園。爾時復有天竜八部。(二)亦皆随従。充満虚空。（中略）於四月八日日初出時。夫人見彼園中。有一大樹。名曰無憂。花色香鮮。枝葉分布。極為茂盛。即挙右手欲牽摘之。菩薩漸漸従右脇出。于時樹下亦生七宝七茎蓮花。大如車輪。

（三、625a・五十、15c—16a）

『因縁物語（ニダーナカター）』や『仏本行集経』巻七によれば、隣国拘利国（コーリヤ）の釈迦支族コーリヤ族の女摩耶（マーヤー）夫人がその生都提婆陀訶（デーヴァダハ）（現ネパール領）の父のもとに帰って出産すべく、その華やかな行列が迦毘羅衛（カピラヴァストゥ）城を発して嵐毘尼園（ルンビニーヴァナ）（現ネパール領）を通る、というような場面である。『今昔』本文〔Ⅰ〕がそのような状況を諒解していたか否かは不明である。本文〔Ⅰ〕は、『仏本行集経』巻七と『因果経』巻一とを組み合わせて簡略を計る、という在り方をのこす。シッダールタ誕生の日の所伝にも、『因果経』の異同からも知られるように、降胎の日のそれと同様に、二月八日・四月八日など異説が多く、(1)インド・西域・中国の都市は、かつて多く「四月」にその思い出を歓ぶ華やぎをつたえた。(2)『今昔』が、『三宝絵』下⒅灌仏条が『灌仏像経』（十六、796c）の「四月八日」生に依って「春夏ノ間ニシテヨロヅノ物アマネク生フ。……」と取意するのを如何に意識したか、また、なかば、この所伝に通じながら、

灌仏（原、頂）経曰。（中略）四月八日夜半明星出時生。（中略）是周四月八日。則夏二月八日。故（中略）因経云。仏以二月八日生。（中略）国史云。承和七年四月八日（中略）於清涼殿。始行灌仏之事。……

（『本朝月令』四月八日灌仏事、群書類従本）

と言うような、中国暦法の新旧に関する認識を、ないし、宮廷貴族社会の年中行事化の事実に関するそれを、如何に認識したか、またはしなかったか、さらにまた、

（四月）八日。伎楽会。於大仏殿行之。

同日於羂索院講浴仏経。

（『東大寺要録』巻四）

かの東大寺灌仏会の誕生仏をもおそらくめぐって、このようにのこる事実なり所伝なりに如何に対処したか、これらは、『今昔』がみずから前章の降胎の月日との関係を如何に見たかということとともに不明であるが、ともかく、この本文〔Ⅰ〕のこれが、季節を冠することをも含めて、『仏本行集経』に由るべきことはあきらかであった。

摩耶の父「善覚長者（スプラブッダ）」を立て、[3] 園を「嵐毗尼薗」と書くのも、また同じくこれに由る。ただし、『仏本行集経』においては摩耶の帰郷、『因果経』においてはその遊観に始まる表現事実のみならず、出来事にいくばくかの異なりのある間から、その園の聖樹「无憂樹」とか、行列の様相とかには、『因果経』からえらばれた在り方がのこるであろう。記すまでもないが、それは、

A摩耶夫人従宝車下。先以種種微妙瓔珞荘厳其身。復以……（中略）。衆多婇女（中略）前後囲遶。（中略）別有一樹。名波羅叉。……（『仏本行集経』）

B（白浄王）又勅厳弁十万七宝車輦。（中略）又復選取後宮婇女。（中略）其数凡有八万四千。以用給侍摩耶夫人。（中略）王又勅諸群臣百官。夫人去者皆悉侍従。（中略）与諸官属幷及婇女。前後導従。往藍毘尼園。（中略）有一大樹。名曰無憂。……（『因果経』）

ABの類似表現「婇女」を統合してから、B内部を簡略して組みこむように見える。その間に、本文〔I〕の「先ヅ」は原典の「先以……復以……」の関係をおそらく不用意に失い、ないし、不用意にのこし、また、『今昔』は一般に数字的事実の世界にしばしばかかわるのであるが、いま、原典と異なって、すでに「无憂樹下」に「至」ったことを言った後に行列のその多数をあらわすのも、形式的の感を免れない。それにしても、『因果経』の簡略に由ると見られる「大臣・公卿及ビ百官、皆様々ニ仕ヘリ」文において、「公卿」ということばは、少なくとも漢文資料に直接することの確実な場合は『今昔』に存しにくい蓋然性が高く、[4] これは、次文、『今昔』に唯一の語、「(葉) シダリテ」に仮名書自立語をのこす問題とあいまって、本文〔I〕が『仏本行集経』・『因果経』それぞれ自身に直接したのではなくて、本文〔I〕以前にそれら自身に由って育っていた、或る漢字片仮名交り和文化資料に直接したか、という疑問をのこさせるのである。かつ、「葉シダリテ」表記にそのような問題をもちながら、その文がまた『仏本行集経』に由ることは確かであろう。豊饒の樹の女神ヤクシニーにも通うであろうイン

のである。

ドの神樹（チャイテイヤ）篇において、花赤く樹液またきわめて赤いという「波羅叉樹（プラクサ）」（『仏本行集経』）、「畢洛叉樹」『一切経音義』巻二十三、等）は、葉がしだれ、橙色ないし緋色に花ひらくという「无憂樹（アショーカ）」（『因果経』、阿輸迦樹）ではない（『翻訳名義集』巻三、等）が、ともかく、本文〔I〕は、「无憂樹」の名を用いながら「波羅叉樹」に由る在り方をのこすのである。

（1）二月八日（『長阿含経』遊行経、巻四・『過去現在因果経』巻一・『仏本行集経』巻七・『広弘明集』巻八・道安「二教論」⑾分注・『歴代三宝紀』巻一、等）、三月八日・十五日（『大唐西域記』巻六・『釈迦方志』巻上一説）。四月八日（『因果経』宋本巻一・『瑞応本起経』巻上・『修行本起経』巻上〈四月七日異本もある〉・『十二遊経』・『仏所行讃』巻一・『灌仏経』・『弘明集』巻一「牟子理惑論」・『広弘明集』巻二「魏書釈老志」、『文選』巻五十九「頭陀寺碑文」李善注・敦煌本『歴代法宝記』等）諸説。『法苑珠林』巻九・一百、『大宋僧史略』巻上・『翻訳名義集』巻三等は諸説の異同を検し、『仏祖統紀』巻二は「四月八日降胎。（中略）則是十二月在胎文」とも注して、ふと、かのF・ラヴレー『第一之書ガルガンチュア物語』の一齣を思い出させる。

かのJ・ネルーが名著『インドの発見』に「仏教文献には、仏陀がヴァイシャーカ月（五―六月）の満月の日に生れたといわれ、……」という（上巻一五二頁）のは南伝系に立つが、vaiśākha-māsa は「春分中毘舎佉月」（『方広大荘厳経』巻二）・中巻「吠舎佉月」（『大唐西域記』巻二・六）等とする。インド暦法は措いても、中国暦法の新旧も不同して、漢訳には諸種の異同も生じたのであろう。

なお、『今昔』自身、巻三㉟に、『長阿含経』巻四を引く十巻本『釈迦譜』巻九に依って二月八日生とする（後出）。

またなお、『今昔』巻一⑵本文の修飾句「春ノ始」は「本集編者の独創に係る修辞」（大系本補注）とされるが、すでに前引、『仏本行集経』巻七に「彼春初二月八日」とありなどするであろう。

（2）西域天山南路、「崑崙の玉」や絹・綿布、絨毯なつかしい都、于闐（コータン）（khotan）の降誕会の「四月行像」、摩竭（マガ）提（ダ）国巴連弗邑（プラングトラ）（パータリプトラ）のその「建卯月八日行像」（『法顕伝』、「二月則当建卯」『翻訳名義集』巻上）。古都、洛陽の「四月」の行像（『洛陽伽藍記』巻一・三・四）、「四月八日」行像（『南海寄帰内法伝』巻四）、「二月八日行城」（『荊楚歳時記』）、降って『東京夢華録』巻八では「四月八日仏生日」である。なお、天山北路、絹うるわしい町、屈支国（クチャ）（庫車、Kuha）では秋分数十日間に行像が催された、と言う（『大唐西域記』巻一）。

（3）「摩耶大夫人父。善覚長者」「善覚大臣長者」等（『仏本行集経』巻七）。

（4）「あまたの帝王、后、又大臣・公卿の御うへ」「天下の大臣・公卿の御なか」（『大鏡』巻一）など、摂関貴族華やぐ思い出の列挙表現が思い出される。

「太子及ビ大臣・百官・人民」（『今昔』巻一(23)、「太子・國人皆」（『三宝感応要略録』巻上(2)・「國ノ大臣・百官・人民」（『今昔』巻十一(15)、「國王及大臣人民等」、菅家本『諸寺縁起集』・『南都七大寺巡礼記』元興寺条との共通母胎的資料による）・「大臣・百官及ビ百姓、皆」（『今昔』巻十三(33)、「公家」『法華験記』巻中(67)等は漢文資料に直接して少しく変改ないし補入し、「皇帝ヨリ始メ大臣・百官、皆」（『今昔』巻七(1)と「皇帝ヨリ始メ大臣・百官人民、皆」（同巻七(11)）とはそれぞれ漢文資料（『三宝感応要略録』巻中(42)(59)）に直接しながら、これらの句を独自に補入するはずであるが、これらには「公卿」という語は存しない。

これらに対して、「大臣・公卿」は、「大臣・公卿」（『打聞集』(22)、共通母胎）、「大臣・諸卿」（『三宝絵』下(2)）をそれぞれ承ける場合（『今昔』巻六(2)・巻十二(4)）のあきらかな外、やはり和文化資料に直接すべき場合に存したはずであり（巻四(31)・巻十(5)(28)(31)・巻十四(45)・巻十九(4)・巻二十二(2)等）、「大臣・公卿ヨリ始メテ百官、皆」（巻二十(7)）もまた、和文性資料に立つべき場合のはずであった。「……公卿・殿上人」（巻十二(24)、「殿ばら・かんだちめ」『古本説話集』(70)、共通母胎）が和文化資料からあらわれてのこり、また、「王宮ノ人」「大臣・百官」（巻五(1)）がそれぞれ「公卿・殿上人」「臣下男女」（『宇治拾遺物語』(91)）と対応してのこる場合もあろう。以上、些事を注する。

つづいて、本文〔I〕は、おそらく、

摩耶夫人即挙右手。（中略）以手執波羅叉樹枝訖已。即生菩薩。　（『仏本行集経』）

（夫人）即挙右手。欲牽摘之。菩薩漸漸従右脇出。　（『因果経』）

菩薩初従母胎右脇正念。生時放大光明。即時……　（『仏本行集経』）

これらの類似表現を通じて、『仏本行集経』と『因果経』との間を、あるいはいくばくか交互に用いることをも意識しながら移り、そして、ここから、地の文にやがて「菩薩」を「太子」と言いかえる『因果経』に従って、

「太子」ということばを常用して行くことになる。そして、本文〔I〕の「諸ノ天人魔梵沙門婆羅門等……」に対応すべき『仏本行集経』原文「一切諸天及人魔梵沙門婆羅門等……」は、古代インドの社会集団(パリシャッド)諸層の表現類型であって、初期仏伝以来、天界・魔界・梵天界を合わせた世界において、神々も婆羅門も沙門(シュラーマナ)（婆羅門以外のさまざまの修行者たち）も人をも含む世界の間において、というような意味に用いられた。たとえば、初期仏伝、中部『希有未曾有法経』・長部『大本経』の降兜率天托胎条・誕生条において、律蔵『大品』の初転法輪条、一―六―三〇の類においてそうであって、『大品』のこれは、漢訳「沙門婆羅門魔若魔天天及（世間）人」（『四分律』巻三十二、二十二、788b・c）・「若沙門婆羅門若天若魔若梵一切世間」（『五分律』巻十五、同、1044c）にほぼ対応し、ないし、「一切世間天人魔梵沙門婆羅門」（『因果経』巻三、三、644c）の類ともなる。「一切世間天人及阿修羅」（『法華経』巻六、九、42b……sa-deva-mānuṣâsuro loka,……――神々・人間・阿修羅を含む世界は――、羅什所依本も同様であろう）、deva-manuṣya (gods and men) は「諸天人」（『法華経』巻一、九、4c）とも、「人天」（同巻五、同、41b）とも漢訳され、これはいわゆる天人（天衆、sara）ではない。「一切人天魔王波旬沙門婆羅門」（『大般涅槃経』巻四、十二、628c）の類も同じい。いま、漢訳原文「諸天及人……」との対応からしても、既注とは異なって、本文〔I〕は「諸ノ天・人……」と読まれるべきであった。ただし、『今昔』が次文に「天人、手ヲ係ケ奉テ」というその関係から推せば、『今昔』はいまもあるいは「天人」と考えていたか、とすれば、これは原典との対照からすれば誤解であり、ないし、誤解によるべき変改である。「一切世間。悉皆遍照」句も変改された。(5)

（5）なお、中部『希有未曾有法経』や『方広大荘厳経』巻二・三（『ラリタ・ヴィスタラ』第五・七章）に、降胎・誕生の時に光明が出現して日月さえ照らし得ない幽冥の処をも照らし出し、その中の有情を互いに相見させたという類は、『仏本行集経』巻七にもとづいているが、『今昔』本文〔I〕は、光明を先行させた後に『仏本行集経』に由り、そして、「皆悉ク……」と変改する在り方をのこす。『因果経』の「樹下」イメージとの交用を意識するのか、ともかく『今昔』の表現責任において煩瑣である。「……無数ノ賢聖天人衆、光ノ中ニミチミテリ」（「浄業和讃」）。

今昔物語集巻一(2)	仏本行集経巻八	過去現在因果経巻一・十巻本釈迦譜巻一(4)
〔II〕太子已ニ生レ給ヒヌレバ、天人、手ヲ係ケ奉テ、四方ニ各七歩ヲ行ゼサセ奉ル。足ヲ挙ゲ給フニ、蓮花生テ足ヲ受ケ奉ル。（I、54・3—5）	〔II′〕菩薩生已。無人扶持。即行四方。面各七歩。歩歩挙足。出大蓮華。（三、687b）	〔II′〕菩薩即便堕蓮花上。無扶侍者。自行七歩。（三、625a・五十、16a）

インドではヴェーダ以来の聖なる七歩であった。(6) 本文〔II〕は『仏本行集経』に由るべきあとを確かにのこし、かつ、「天人、手ヲ係ケ奉テ」句においては、ガンダーラ像にものこる「無人扶持」の自行七歩型、「諸仏常法」として理念化一般化もされ（『長阿含経』大本経）、「菩薩生已。不扶而行於四方各七歩」（『大唐西域記』巻六）などともつたえ、敦煌写本においても「無人扶接」（「悉達太子修道因縁」、龍大図書館蔵・「太子成道経」P. 2999・S. 548, 等）のようにのこるであろう、古い伝えにあえて反する。

（6）シッダールタが「七歩」を歩んだという伝説は、古伝『スッタニパータ』には見えない（中村元『ゴータマ・ブッダ』、選集第十一巻、五九頁）が、ガンダーラ、ナーガールジュナコンダ、ナーランダー等の諸彫刻には見えるであろう。
またなお、A・M・ホカート『王権』（橋本和也訳）が、「ヴェーダの王は、聖職授任式の後に、三歩歩いて三界の征服を行なった」（二一六頁）、また、ヴィシュヌが三歩歩くという神話に関して、「彼は三歩で三界すべてを歩き、それを所有した。第一歩で全大地を、二歩目で無窮の大気を、三歩目で天界を占拠した」（二五八―五九頁）という。即位式に王が三歩歩くのを王が三界を支配する象徴的行為と解くのである。

なお、M・エリアーデ『シャーマニズム』（堀一郎訳）が、「仏陀生誕の説話」に『中阿含経』を引くとして、「仏陀は生まれるや否や、立って北に七歩歩む。……その七歩で仏は世界の頂点に立つわけだ。……仏陀の「七歩」が意味するものは、ヴェーダの「神々の世界」や「永劫」などでは決してなく、人間性を超越することである。……」（一四三頁）という。

初期仏伝に、菩薩出胎の時、はじめ神々が承け、後に人々が承けたとか、菩薩は地に達せず、天子は彼を承けて母の前に立たせた、とか讃めた（『中部』希有未曾有法経）。「菩薩生時、帝釈親自手承置蓮苑上不仮扶持（侍）。足蹈七花行七歩已。……」（『毘奈耶雑事』巻二十、二十四、２９８ａ）なども言った。やがて、降誕を理想化した観念的表出の間に、『仏本行集経』巻七は、「時天帝釈（中略）擎菩薩身。（中略）四大天王抱持菩薩……」（三、６８７ａ）などを含み、『大唐西域記』巻六は「菩薩初出胎也。天帝釈以妙天衣跪接菩薩。（中略）四天王抱持菩薩……」などともつたえるが、いま、「天人、手ヲ係ケ奉テ」の句関係がこれらの表現に誘われたあとをのこすとは、少しく考え難い。これは、独自の変改のあと、おそらく『今昔』自身によるそのあとか、と想像される。

太子、手ニ燈ヲ取テ此ノ様々ノ㒵ヲ見給テ……（巻一(4)Ⅰ・６２・12）

（太子）覩其宮内、蝋燭及燈。（中略）極甚光明。見諸宮人如是睡臥。……（『仏本行集経』巻十六、三、７２８ｃ）

この類はしばしばらく描き、

仏ハ、自、御手ヲ指シ延テ純陀ガ奉ル所ノ供養ヲ受給テケリ。（巻三(29)、２５４・12）

釈迦如来自受純陀所奉設者。（十巻本『釈迦譜』巻九(27)、五十、７０ｂ）

仏、羅睺羅ノ手ヲ捕ヘ給テ宣ハク、……（巻三(30)、I、255・15）	仏、羅睺羅ノ臂取給テ……（『打聞集』(12)）
波斯匿王、羅睺羅ヲ請ジテ百味ノ飲食ヲ調ヘテ供養ス。大王及ビ后、自ラ手ニ取テ此レヲ供養スルニ、……（巻四(2)、I、270・3―4）	波斯匿王幷夫人自調百味清浄如法供具。以請羅云。奉供養。（『注好選』中）

これらは『今昔』が「手」というものの媒介の意味を生かして独自に補い、ないし改めたことの確実な場合の若干であるが、『今昔』にはまた、原典直接存疑のゆえにその独自の変改とは断じ得ないにしても、「遙ニ忉利天ヨリ手ヲ延ベテ仏ノ御足ヲ取テ涙ヲ流」す母摩耶、その彼女をせめて「女人ノ手ヲ仏ノ御身ニ令触タル」ということばに対し、「祖子ノ悲ミ深キ事」の意味をいう物語（巻四(1)）の類もあった。(7) いま、「天人、手ヲ係ケ奉テ」と言うのは、稚さに寄せる合理を天上の祝福に包もうとするのか、おそらく本文〔II〕自身による変改であろう。「蓮花」、地母神的な宝の蓮華をふんで歩むもの、ギリシアの薔薇、インドの蓮華、その窈窕がインドの祝福の表現類型であることは言うまでもない。

（7）「父母、手ニ捧テ養ヒ傅ク間」（巻二(25)）、一篇は『賢愚経』巻一（『攷証』・大系本注）に直接せず、この句はそれらに見えないが、『今昔』の依る和文化資料に既存したか否か。「共ノ人、手ニ病御ス」（巻十二(3)）、これは東寺本『三宝絵』巻下(28)維摩会の「又身ニ病アリ」に依るべきながら、変改というよりは誤記ないし誤写というべきであろう。

今昔物語集巻一(2)	大般涅槃経巻四
〔III〕南ニ七歩行テハ无量ノ衆生ノ為メニ上福田ト成ル事ヲ示シ、西ニ七歩行テハ生ヲ尽シテ永ク老死ヲ断	〔III′〕南行七歩示現欲為無量衆生作上福田。西行七歩示現生尽永断老死是最後身。北行七歩示現已度諸有ツ

最後ノ身ヲ示ス。北ニ七歩行テハ諸ノ生死ヲ渡ル事ヲ示ス。東ニ七歩行テハ衆生ヲ導ク首ト成ル事ヲ示ス。四ノ維ニ七歩行テハ種々ノ煩悩ヲ断ジテ仏ト成ル事ヲ示ス。上ニ七歩行テハ不浄ノ者ノ為ニ不穢ザル事ヲ示ス。下ニ七歩行テハ法ノ雨ヲ降シテ地獄ノ火ヲ滅シテ彼ノ衆生ニ安穏ノ楽ヲ令受ル事ヲ示ス。

（I、54・5—9）

生死。東行七歩示為衆生而作導首。四維七歩示現断滅種種煩悩四魔種性成於如来応供正遍知。上行七歩示現不為不浄之物之所染汚猶如虚空。下行七歩示現法雨滅地獄火令彼衆生受安穏楽。毀禁戒者示作霜雹。

（三十六巻本、十二、628c・四十巻本、同、388b—c）

本文〔III〕はこのように、いわゆる大乗系『大般涅槃経』巻四の一部、というより、おそらくはそれ相当の抄物の類、欄外朱書の類を直接書承して成るべきであった。[8]『仏本行集経』巻七・八にも『因果経』巻一にもその原拠を見出さず、あるいは、敦煌変文のように、「生きた民衆社会の『口がたり』」をしるしとどめながら『衆許摩訶帝経』巻三の類を参照して形成された、などとも言われもしたのは、全くうつろな誤りである。

仏陀観・仏身観の複雑な展開につれてシッダールタ誕生の意味はさまざまに考えられたが、大乗教『大般涅槃経』は、思想的理論的に、法身常住の仏陀、永遠の仏陀が世間世俗の衆生の法に随順して現身の嬰児としてあらわれたとする立場から、聖なる七歩の意味を論じる。尨大な『大般涅槃経』の、しかも特に仏伝的の部分ではなくて、ただその入胎・誕生の意味を理論的に解釈したその部分に、本文〔III〕がみずから直接して抄訳した、とは考えにくく、一般に『今昔』が『大般涅槃経』に直接したとすべき場合も数えにくくて、[9]したがって、本文〔III〕はおそらくそれ相当の抄物を通じた、と想像されるのであるが、いずれにしても、そのほぼ直訳であるべきことは確かであった。『今昔』巻一(2)は、こうして得た本文〔III〕を、『仏本行集経』と『因果経』とを交用した在り方をのこす、その前文〔I〕〔II〕に癒着したのである。しかるに、『仏本行集経』や『因果経』は畢竟いわば文学的伝承的傾向に属し、『大般涅槃経』は教理的理論的立場に立っている。『今昔』巻一(2)はここにその制作の動機を異にする原拠を部分的ないし外面的に癒着することによって、一種の混淆をきたすことになった。それは、この本文〔III〕が、前後の文と異なって敬語表現を欠くのは注釈的挿入部の文体であったとしても、シッダールタの七歩を行じるのが前文〔II〕には「四方」とあるのにここでは十方を数えるというくいちがいとしてもあらわれている。前文〔II〕の「天人、手ヲ係ケ奉テ」句との関係も必然を欠くであろう。もとより、『今昔』巻一(2)が仏陀降誕の意味として衆生の救済という面を強調するこの本文〔III〕を導入したのには、平安末期に近づく末法転換期の民衆社会との何らかのかかわりのもとの自己の課題が表現を動かしたに相違ないが、しかし、いま、前文との関係は異質性をまぬかれず、注釈的補入であったとしても、いわば裸形の資料を露呈したのである。

(8)　小稿「今昔物語集仏伝における大般涅槃経所引部について」（甲南大学文学会論集第32号、一九六六）→本書所収。以下、法顕訳『大般泥洹経』巻三（十二、871a）に酷似し、『方広大荘厳経』巻三（三、553a—b）に類似して見えなどもする。

(9)　「今昔物語集が大般涅槃経原典に直接したという積極資料は見出されない」と、かつて和文化先行資料の存在を推定した（注8小稿注(4)）。その中、巻一(14)(38)・巻三(27)には、名大本『百因縁集』の発見が共通母胎の存在をあきらかにした。巻一(15)は、『注好選集』巻中(26)との「共通母胎的先行資料」によるとしたが、『注好選』巻中(26)類に依るとすべきであった。巻三(28)が概して十巻本『釈迦譜』巻九(27)に由ると見られ、巻三(29)があきらかに同巻九(27)に依り、巻三(34)が『大般涅槃経後分』巻下に、巻四(31)が和文化先行資料に依るべきことは、前言の通りである。

なお、巻七(41)に、前田家本『冥報記』巻上(5)に『大般涅槃経』師子吼菩薩品をさすべき、原語「師子」を理解できなかったための誤訳を二ケ所とどめる場合があるのも、『今昔』の『大般涅槃経』直接書承を疑わせるに足りるであろう。

今昔物語集巻一(2)	〔IV〕太子各七歩ヲ行ジ畢テ頌ヲ説テ宣ハク、 　我生胎分尽　是最末後身 　我已得漏尽　当復（後）度衆生 行ズル事ノ七歩ナル事ハ七覚ノ心ヲ表ス。蓮花ノ地ヨリ生ズル事ハ地神ノ化スル所也。 （I、54・9—11、一部訂）
大智度論巻一・〔法華玄賛巻一本〕・金光明最勝王経玄枢巻一	〔IV′〕菩薩初生時。放大光明。普遍十方。行至七歩。四顧観察（観察四方）。作師子吼而説偈言。 　我生胎分尽　是最末後身 　我已得解脱　当復度衆生 作是誓已。身漸長大。 （二十五、58a・〔三十四、652a〕・五十六、483c）
十巻本釈迦譜巻(4)出因果経	〔IV′〕（菩薩）無扶侍者自行七歩（手）大善権経云。菩薩大行地七歩亦不八歩。是為正志。応七覚意耶。挙其右脇而師子吼。我於一切天人之中。最尊最勝。無量生死於今尽矣。此生利益一切天人（人天）。大善権経云（下略）。 （五十、16a、因果経巻一、三、625aト校ス）

『今昔』は、かの「天上天下唯我独尊」、このことばをえらばなかった。生れて七歩、仏伝のあるいは語る、「吾れは世界の首者、吾れは世界の最勝者、吾れは世界の最優者なり、こは最後の生（ジャーティ）にして、今や後有（プナッバヴォー）（再生）あること無し」（中部『希有未曾有法経』、南伝十一下147、首部『大本経』一—二九、同六377）の類の外、著名の漢語は『大唐西域記』（六四六年）巻六「……行於四方各七歩而自言曰、天上天下唯我独尊、今茲而往。生分已尽、随足所蹈出大達蓮花」（五十、902a）を最初とし、[10]「此即是我最後生身。天上天下唯我独尊」（『有部毘奈耶雑事』巻二十、二十四、298a）、義浄漢訳（七一〇年）のこれは、『西域記』に由ったのであろう。もとより、人間ひとりひとりの尊厳の自覚、命のめざめを生きている覚悟と見るべきことばであった。そして、すでに「西域記」をまつまでもなかったはずのこのことばを、『今昔』がえらばなかったのは何故であろう。

(10)　木村泰賢・平等通昭「誕生偈の成立過程の研究」（『梵文仏伝文学の研究』）。『長阿含経』巻一（大本経）・『修行本規経』巻上・『瑞応本起経』巻上等に極近傾向が見える。龍谷大学図書館蔵、敦煌写本『悉達太子修道因縁』・『太子成道経』（小稿「釈尊伝」、『仏教文学講座』第六巻、一九九五→本書所収）等にも見える。
「摩耶の胎より生れ出て　宝の蓮足を承け　十方七たび歩みつつ　四句の偈をぞ説いたまふ」（『梁塵秘抄』218）。なお、『首楞厳三昧経』巻下「…或現生已、而件七歩、挙手自称天上天下唯我独尊」（十五、640b）とするなどは、著名のこの聖が転用された場合である。

我生胎分尽偈。くりかえし重ねた生死。今、この生は（輪廻における）最後の生である（再び生れかわることは無い）。私は煩悩を超えきった。まさに衆生を度するのだ。偈は、いわゆる漏尽智の歌にも通じよう。「漏」、身に流れこんだ煩悩の数が「尽」きる。諸漏已尽、無復煩悩。輪廻を解脱する。成我を具足する。すなわち、「有羅漢比丘　諸漏已永尽　於最後過身　能言有吾我」（『大智度論』巻一、二十五、64a）、また、「……我生已尽。梵行已立。所作已弁。更不後受生。……呈謂漏尽智」（『四分律』巻三十一、二十二、781c）の類である。「漏尽智」は、原始仏教以来、阿羅漢（アルハト）の位に達した境地を示すと言う。輪廻の生存はこの人間としての生を得るに尽き、浄行は果される。いま、自己というものの尊貴とともに、「当復度衆生」、衆生を度すべきをねがう利他、大乗への道を歌うのであった。

のち、かの尼連禅河（ナイランジャナー）のほとり、菩提樹のもとで、仏陀は解脱のたのしみを享けて坐していた。縁起の法を思っていた。そして、さまざまの過去世を想起した。「一つの生涯、二つの生涯、……百千の生涯を、幾多の宇宙成立期、幾多の宇宙破壊期、幾多の宇宙成立破壊期を」。仏陀は、天眼を以てもろもろの生する者が更にまた生れるのを見た。無明が滅し、明知が生じた。かくの如く心が統一されて、……確立して不動となった時に、もろもろの汚れを滅する智（漏尽智）に心を向けた。解脱という知が起った。「生は尽きはてた。清浄の行いは成った。なすべきことは全（また）くなされた。もはやかかる生の状態に達することは無い。婆羅門よ。……」[11]

(11)「マッジマ・ニカーヤ」（『仏典』I、中村元訳、二一一―二一二頁、監修）。「漏尽智は……解脱したるとき知見が生じて生已(ママ)尽梵行已成所作已弁不更受有と自覚するのであるから、これ全く四諦による成道経過を説く考を基ととして一層復(ママ)雑に説いたものであるといへる」、「漏尽智は……仏陀の真意を表はすものである」（宇井伯寿「阿含の成立に関する考察」『印度哲学研究（第三）』、大正十五年版、三九五、四〇二頁）。

なお、日本でつとに、聖徳太子『勝鬘経義疏』正説・第五・一乗章に「四智者、一我生已尽智、二梵行已立智、三所作已弁智、四不受後有智」といい、この心は、敦煌本『勝鬘経義疏本義』（北京図書館蔵、奈93、E本）の二ケ所に通じる（日本思想大系『聖徳太子集』）。

漏尽智の歌「我生已尽。梵行已立。所作已弁。不受後有」に通じる本文〔IV〕の我生胎分尽偈の類は、『仏本行集経』や『因果経』には見出されないが、既見資料においては、『大智度論』巻一冒頭の一部に酷似して存し、また、おそらくこれを検するであろう『法華玄賛』巻一本、これに依ることを記す『金光明最勝王経言枢』巻一、ないしは『法華玄賛』を引くと見られる『註金光明最勝王経』巻一等にも存するであろう。(12)『註金光明最勝王経』は南都法相、『金光明最勝王経玄枢』は南都三論の書、『大智度論』は、天台・華厳に限らず、もとより仏教的実践哲学の偶像の書であって、敦煌本を含んで異本が多いが、この偈にはその異同を見なかった。(13)

ただし、本文〔IV〕のこの偈は、原由は『大智度論』巻一の類までさかのぼり得るであろうが、『大智度論』の文脈は本文〔IV〕のそれと必ずしも同じくはない。また、この偈自体にも、東大本甲（紅梅文庫旧蔵）に諸本の「当後度衆生」を「当復度衆生」として「復」に異本「後」を傍書するのによれば、(14)このすがたは『大智度論』のそれと同じいことがあたらしく知られるが、しかし、なお「解脱」と「漏尽」との間の異同がある。この異同はやはり、本文〔IV〕が『大智度論』巻一の類に直接したということを、ためらわせるであろう。『今昔』が一般に『大智度論』に直接した場合の数えにくいことと合わせてである。(15)『法華玄賛』その他との関係においても、それはやはり同様であろうと考えられる。本文〔IV〕の我生胎分尽偈ははるかには『大智度論』に由り、ただし、それには直接せず、そのヴァリアントが院政期教団・貴族知識階級の間につたえられたそれを録した、と想像することがおそらく許されるであろう。そのヴァリアントを生じた理由は不明であるが、ここには、いくつかの、わけて特には「諸仏弟子衆。曾供養諸仏。一切漏已尽。住是最後身」（『法華経』巻一、九、5c）、ないし「仏音甚希有。能除衆生悩。我已得漏尽。聞亦除憂悩」（同巻二、九、10c）の類のいわば類型表現が散見するから、押韻の上からも「我已得解脱」と「我已得漏尽」との交換はあり得ないことではないであろう。鎌倉時代の東密の書に、

> 仏本行性経（ママ）云。（中略）（菩薩）生已。无人扶持即行四方。面各七歩。挙足出大蓮花。相観四方。目未曾瞬。口自唱言。我生胎分尽。云々
>
> （『覚禅鈔』釈迦下、初生事、日仏全同鈔第一、240b）

> 菩薩生已。無人扶持。即行四方。面各七歩。（中略）依自句偈。正語正言。世間之中。我為最勝。我従今日。生分已尽。（中略）菩薩生已口自唱言。我於世間。最為殊勝。（中略）菩薩生已口自唱言。我断生死。是最後辺。
>
> （『仏本行集経』巻八、三、687b）

あきらかに『仏本行集経』を取意し、その唱言に「我生胎分尽」偈を代置してその後続句を省略するのは、あきらかにその著名を示す。この時、この偈が『大智度論』巻一の類と『今昔』本文〔IV〕類とそのいずれに同じいか、ないし特に近いかは断じ得る限りでないが、そのいずれを問わず、原典の偈言に代えるに我生胎分尽偈を以てするのは、『今昔』も『覚禅鈔』も同じいのである。『今昔』本文〔IV〕が、院政期教団・貴族知識階級の間につたえられ、おそらくみずからも親近し、その偈頌を置いた、と想像することは許されるかと思われる。

(12)　小稿「敦煌資料と今昔物語集との異同に関する考察III」（奈良女子大学文学会『研究年報』X、一九六七）→本書所収。なお、「有羅漢比丘　諸漏已永尽　以最後辺身　能言有吾我」（『大智度論』巻一、二十五、64a）類を追補する。

（13）本田義英「敦煌本智度論と現行蔵経本との本文異同対校」（『仏典の内相と外相』所収）
（14）大系本の校異には洩れているが、その東大本甲（紅梅文庫旧蔵）は、この偈を小書二行とし、「当復〈後イ〉度衆生」とする。本文に「復」を立てるべきであろう。
（15）『大智度論』に『今昔』が直接した確実な証拠は無い。巻一⑾は『注好選』巻中⑾に類する、また、巻三⑶は、『注好選』中㉔に、より『大智度論』語彙を含みながら類する、いずれも現存『注好選』自身とは断じ得ない、和文化資料に依る。巻三⑷は『注好選』巻中⒄に近い。巻一㉘・巻四㉞も、『大智度論』『法苑珠林』等の直接書承による変改とは考え難い。なお、このように訂した上、注（12）小稿注⑺参照。

もっとも、親近と言っても、『今昔』はしばしば原典の偈頌を省略し、あるいは散文の間に解体する傾向があり、これを記載する場合にも粗雑な誤りなり不備なりをのこすことが一二にとどまらず、偈頌や詩句・和歌に「心オノヅカラウゴキテ、ナミダ袖ヲウルホス」（『三宝絵』下⒁）境地では到底あり得なかったはずではあるが、ともかく、そのいわば親近したであろうそれは、或る程度これをのこしたらしいあとがあった。たとえば、

汝当求出離　於仏教勤精〈修〉　能降生死軍〈中〉　如象推〈摧〉草舎
於此法律中　常〈當〉修〈為〉不放逸　能竭煩悩海　当尽苦辺際　（巻一㉓、『三宝感応要略録』上⑵、五十一、８２８ａ）

仏像を画いてその像の下に三帰・五戒・十二縁生の流転還滅を書き、その像の上に二行の頌を書くというこの偈は、『有部毘奈耶』巻三十四・四十五（二十三、８１１ｂ・８７４ｂ）に大同して見えるのをはじめ、『有部毘奈耶薬事』巻二・七・八、『有部毘奈耶雑事』巻二十六など律部その他に散見し、特に『有部毘奈耶』やこれを引く『釈氏要覧』巻下（五十四、３０４ａ）にあきらかなように、かのネパールやチベットの主としてラマ教寺院にのこる掛幅絵（タンカ）の一つ、五趣生死輪図にもかかわるべき「二伽他（ガーター）」、二つの歌なのであった。寺院の門や壁に画き、壁に掛け、また、唱導師が縁日や祭礼の日の石だたみのバザールを追っては、五趣ないし六道に生死流転する人生のカレンダーをひろげて「十二縁生生滅之相」の因縁譬喩を絵解きしつつ、ついには「涅槃円浄」に至るべき

ことをすすめた、その図像学にかかわる歌なのであった。『毘奈耶雑事』巻十七、「……文於一面画作五趣生死之輪。……并画少多地獄変、……」（二十四、283b）、敦煌変文のさまざまのように、地獄その他を画いてはその画に即して法を説くのであった。図像的にはかのエローラ石窟近いアジャンタ第十七窟に起ってひろがり、中国では六朝代には知られていたらしく、日本では「十二因縁絵様」（『七大寺日記』、一一〇七）と言い、「十二縁起之図」（『諸寺縁起集』、南都興福院中門図像）と記す類にあたる。偈はおそらくこの図にもかかわって知られていたのではないか、と想像される。

処世界如虚空　如蓮華不着水　心清浄超於彼　稽首礼无上尊

（巻六(5)、『法華伝記』巻一(3)、五十一、51a―b）

鳩摩羅琰（クマーラヤーナ）・鳩摩羅什（クマーラジーヴァ）物語に見えるこの偈は、『法華伝記』巻一相当のその物語場面に見える前行二句を、『今昔』が全句補完して独自に導入したはずであった。[16]『超日明三昧経』巻上の讃仏偈から分立したこの処世界偈は、隋唐の間に三階教や天台・浄土教などの儀式を飾り、『入唐求法巡礼行記』巻二には、中唐天台寺院におけるその相をつたえて、「音声頗似本国」とも記している（赤山法華院講経儀式条）。日本の儀式としては、特に天台の法華懺法や例時作法等における後唄として用いられた外、凝然の「優婆離唄」（東大寺図書館蔵）、あるいは『二中歴』（第三）のような簡便な類聚書の類にも、後唄として見え、あるいは点譜されていた。『今昔』巻六(5)が『打聞集』(8)と共通母胎に立つべき原拠を概しては用いながら、鳩摩羅琰と王女との場面においては、それに代えて、この処世界偈を含む『法華伝記』相当をあえて導いて改めたのは、『今昔』の人間の行為に関する烈しい想像力とその鮮やかな表現力との緊張の間によるものではあるが、同時に、この偈が、おそらく法華懺法や例時作法などを通じて、その親近するところでもあったであろうからである。

若人欲了知　三世一切仏　応当如是観　心造諸如来（巻六(33)、『三宝感応要略録』巻中(6)、五十一、838b）

華厳に今も誦する如心偈、この偈は、六十『華厳経』巻十「……若人欲求知　三世一切仏　応当如是観　心造諸如来」如心偈（「若人欲了知　三世一切仏　応観法界性　一切唯心造」、八十『華厳経』巻十九）から分立して『三宝感応要略録』に存するものをそのまま用いる。この偈が平安時代に親しく知られたことは、『往生要集』下之本・『観心略要集』・『本覚讃』・『栄華物語』玉のうてな、あるいは造像銘（京都浄土院阿弥陀如来像銘、『平安遺文』金石文篇、№148）、さらに『阿婆縛抄』明匠等略伝上、『地蔵菩薩霊験絵詞』その他、後代にも、旧訳の外、新訳をも合わせて頻出することから見てあきらかであった。『今昔』巻六(33)がこの偈を用いたのは、もとより省き難い意味をもつからにはちがいないが、また、その知悉するところでもあったであろうからである。

(16)　小稿「和文クマーラヤーナ・クマーラジーヴァ物語の研究」（奈良女子大学文学会「研究年報」VI、一九六三）
→本書所収

いくばくかにとどまるが、[17]いま、『今昔』巻一(2)本文〔IV〕の我生胎分尽偈は、要するに、はるかには『大智度論』に由りながら、直接には何らかの抄物に依るのか、その親近したであろうこれを、『仏本行集経』の類の唱言に代置したのであった。

本文〔IV〕につづく「行ズル事ノ……」「蓮花ノ……」二文は、敬語表現を欠くことから見ても、あきらかに注釈的挿入部であった。前半、七歩七覚支[18]のことは、『因果経』巻一を所引しながら、『大善権経』巻上の分注「……応七覚意」（十二・160c）にそえて「応七覚意歟」とする、十巻本『釈迦譜』に刺激されたか否か、これに類するものは仏伝関係に限らず散見し、別に聖数としての七が七覚と結ぶ「口伝」の存在も知られるから、この七歩七覚についての口伝もまた、当然、教団・貴族知識階級の間に育っていたことであろう。後半、地母神蓮華のこともまた口伝的にもその間に育ち得たはずであった。「（菩薩摩訶薩）満地神願故遊行七歩。（中略）現七覚宝相故遊行七歩」（六十『華厳経』巻四十三、九、667b）、「七覚之華弥鮮」（『本朝文粋』巻十四）などとも言っている。「於是地神持七宝瓶。満中蓮花従地踊出」（『因果経』巻三、三、640b）。地母神的な蓮花女性神話を思うことも可能であろう。「菩薩生時。於摩耶夫人前地金剛輪中。生大蓮華」（『華厳経』巻五十五、九、753b）に、「金剛地輪生大蓮花以承菩薩。（中略）古徳云。見大蓮華従地出者。是所詮法界名大蓮花。如従心顕名地涌出」（『華厳経探玄記』巻二十、三十五、482a―484a）のような、いわば華厳化された解釈もまた育ち得るであろう。このことは措き、七歩七覚の口伝的世界が抄物化していたのに依ったのか否か、ともかく、この注釈的挿入部は本文〔IV〕自身のえらぶところであったであろう。いま、敦煌写本を検すれば、

是時夫人誕生太子已了。無人扶接。・・・・（其此太子）東西南北各行七歩。蓮花捧足。其太子便乃一手指天。一手指地。口云道。天上天下唯我独尊。（「悉達太子修道因縁」、龍大図書館蔵・「太子成道経」、P. 2999・S. 548）

太子既生之下。（中略）挙左手而指天。垂右辟（臂）而於地。（中略）又道。

指天々上我為尊　指地々中最勝仁　我生胎分今朝尽　是降菩薩最後身（「八相変」雲字二十四号）

あえて挿めば、「尓時老召鬚髪晧白。登即能行。歩生蓮花。（中略）左手指天。右手指地。而告人曰。天上天下唯我独尊。……生有老容。故号為老子」（『老子化胡経』、八十四、1266b、鳴沙石室佚書）などとものこる。敦煌変文がしばしばそうであるように、あるいは、これらも散文と韻文とを交用し、歌唱もしながら誘俗に資したが、ガンダーラやマトゥラになく、西域に始まるらしい誕生仏の手のすがたが、固定しないながらも、たとえばここにあらわれ、たとえば『今昔』にはあらわれない。『今昔』が誕生仏を知らなかったはずはないが、いま、敦煌変文のようには、自由な変改や創作をこころみなかったのであろう。

(17)　外に、無常偈（巻二十(1)）はもとより、「面如浄満月」偈（巻四(1)、仏典結集物語）の類も、『今昔』の知るところであろう（注10小稿）。『法華験記』の偈は多く承けられ、普門品偈「蚖蛇及蝮蠍……」（巻十六(16)、『法華験記』巻下123）などその一例、ついでに未指摘を注すれば、巻十二(38)原拠未詳部分の「是人之功徳」偈はその神力品

の偈（九、52b）である。偈ではないが、「於此命終即往安楽世界……」文（『法華経』巻七、薬王品、九、54c）が誤りを含みながらも再三見える（巻十七(40)・巻三十一(7)）のは、あるいは「女の殊に持たむは　薬王品に如くはなし……」（『梁塵秘抄』No.153）とも謡われた品であり、特に誦された文でもある（『古今著聞集』巻二(49)）こととかかわるであろう。「経ノ文」として「一経其耳。衆病悉除」文が結文部に独自に補われる（巻六(46)、『三宝感応要略録』巻中(32)欠）のは、『薬師本願功徳経』の薬師第七願の文（十四、405b）によるが、『薬師経』類が親近され、『梁塵秘抄』No.31・32にも謡われたばかりでなく、「二三返ばかりうたひて聞かせしを経よりもめでいりて」（同口伝集巻十）などともつたえるように、特に著名であったからであろう。『日本霊異記』巻下(11)に依った『今昔』巻十二(19)は、「我レ伝ヘ聞ク、薬師ハ、一度ビ御名ヲ聞ク人、諸ノ病ヲ除ク、……」と意改していた。

(18)「七覚意。七菩提分の古訳、覚意は6・dhiの古訳、七覚文即ち七菩提分」（宇井伯寿『訳経史研究』四六一頁）。

今昔物語集巻一(2)	過去現在因果経巻一・十巻本釈迦譜巻一(4)
〔Ⅴ〕其ノ時ニ、四天王、天ノ繒ヲ以テ太子ヲ接奉テ宝ノ机ノ上ニ置奉ル。帝釈ハ宝蓋ヲ取リ、梵王ハ白払ヲ取テ左右ニ候フ。難陀・跋難陀ノ竜王ハ、虚空ノ中ニシテ清浄ノ水ヲ吐テ太子ノ御身ニ浴シ奉ル、一度ハ温ニ、一度ハ涼シ。御身ハ金ノ色ニシテ、三十二ノ相在マス、大ニ光明ヲ放テ普ク三千大千世界ヲ照シ給フ。天竜八部ハ、虚空ノ中ニシテ天楽ヲ成ス。天ヨリ天衣及ビ瓔珞乱レ落ル事、雨ノ如シ。（Ⅰ、54・12—16）	〔Ⅴ′〕時四天王。即以天繒接太子身。置宝机(几)上。釈提桓因手執宝蓋。大梵天王又持白払。侍立左右。難陀竜王優波難陀竜王。於虚空中吐清浄水。一温一涼灌太子身。身黄金色有三十二相(・)。放大光明。普照三千大千世界。天竜八部亦於空(虚空)中作天伎(妓)楽歌唄讃頌。焼衆名香散諸妙花(華)。又雨天衣及以瓔珞。繽紛乱墜不可称数。（三、625a—b、五十、96a—bト校ス）

王権神話、即位時の灌頂儀式（『渓嵐拾葉集』巻一〇一）を思い出させもする灌仏の物語、本文〔V〕はふたたび『因果経』に由る。『仏本行集経』巻八の同類の煩瑣を避けたか否かは知らない。「（天龍八部ハ）虚空ノ中ニシテ」は、『因果経』を所引する十巻本『釈迦譜』の「於虚空」にも近いが、これはかすかな類同というにとどめる。「天ヨリ天衣及ビ瓔珞乱レ落ル事、雨ノ如シ」は、漢訳仏典の訳語類型としての原語「繽紛乱墜」がかつて点本に「繽紛（マガ）へ乱（まが）へ堕シテ」と訓読された的確さ(19)と異なって点本的訓読にとどまらない翻訳に苦闘したことは措き、このような「雨ノ如シ」に『今昔』自身の表現類型を感じることは自然であろう。(20)

(19)　春日政治『西大寺本金光明最勝王経の国語学的研究　研究篇』八七頁。

(20)　この類の「雨ノ如シ」は、「空ヨリ様々ノ花ヲ降ス事、雨ノ如シ」（巻二十(3)、『宇治拾遺物語』(32)欠）・「空ヨリ様々ノ花降ル事、雨ノ如シ」（巻二十(12)、「さま〴〵の花をふらし」『宇治拾遺物語』169）、『今昔』の表現類型の一つである。「天ヨリ細ナル花降ル」（巻六(42)、「天雨細花」『三宝感応要略録』巻中(30)）。別に、公卿日記類の「落涙如雨」、「句句ニシタガヒ数行ノナミダハ雨ノゴトクフラム」「遊行スルコトヲハリテハナミダハ雨ノゴトクフラム」（「浄業和讃」）型も『今昔』に見える。

今昔物語集巻一(2)	仏本行集経巻八
〔VI〕其ノ時ニ、大臣有、摩訶那摩ト云フ、大王ノ御許ニ参テ太子生レ給ヘル事ヲ奏聞シ、又種々ノ希有ノ事ヲ啓ス。大王驚乍ラ彼薗ニ行幸シ給フ。時ニ一人ノ女有テ、大王ノ来リ給ヘルヲ見テ、薗ノ内ニ入テ太子ヲ懐奉テ大王ノ御許ニ将奉云ク、太子、今、父ノ王ヲ敬礼シ給フベシ、ト。王ノ宣ハク、先ヅ我ガ	〔VI′〕爾時有一大臣国師。姓婆私吒。名摩訶那摩。（中略）爾時大臣摩訶那摩。聞此語已。即自思惟。（中略）我今応当自往浄飯大王之所。奏聞如是希有之事。（中略）時彼大臣。復報王言。……我見是等希有之事。（中略）時浄飯王説是語已。漸漸至彼嵐毘尼園。（中略）時有女人。見浄飯王已入園内。抱持菩薩将

師ノ婆羅門ヲ礼シテ後ニ我ヲ見ヨ、ト。其ノ時ニ、女人、太子ヲ懐テ婆羅門ノ許ニ将奉ル。婆羅門、太子ヲ見奉テ大王ニ申サク、此ノ太子ハ必ズ転輪聖王ト成給ベシ、ト。 （I、54、16―55・5）	詣王所作如是言。童子。今可敬礼父王。王言。不然。先遣礼我師婆羅門。然後見我。是時女人抱持菩薩。先将往詣婆羅門所。是時国師婆羅門等見菩薩已。白浄飯王。（中略）大王。此子必当得作転輪聖王。 （I、688b―690b）

本文〔VI〕は、返ってふたたび、前半、『仏本行集経』巻八巻頭からの長文を簡略し、後半、その一部をほぼ直訳する。前半、原典は、浄飯王と摩訶那摩（マハーナーマ）、嵐毘尼園の女人その他の会話を交錯して、シッダールタ誕生の情景の「希有之事」を反覆しながら、それにまつわる王の歓喜や一抹の不安などを物語って行くが、本文〔VI〕前半は、記すまでもなく、

爾時有一大臣国師……名摩訶那摩。
爾時大臣摩訶那摩……奏聞如是希有之事。　…時浄飯王…
時彼大臣。復報王言。……我見是等希有之事。

これらを類似統合して要約を計ったのである。もとより文字資料に即したあとであり、かつ、もとより、唱導のための映像の反覆の効果などは数えられていない。そして、やはり「時……」にアクセントを求めて始まる後半は、「（女有テ）大王ノ来リ給ヘルヲ見テ薗ノ内ニ入テ」の誤訳を含めて、ほとんど直訳に近く、原典に多くの仏伝仏典と同じく複雑な転輪聖王の映像は、簡素である。

今昔物語集巻一(2)

〔VII〕大王、太子ヲ具シ奉リテ迦毗羅城ニ入給フ。其ノ城ヲ去ル事不遠ズシテ一ノ天神有リ、名ヲバ増長ト云フ。其ノ社ニハ諸ノ釈種常ニ詣デ礼拝シテ、心ニ称ハム事ヲ乞願フ社也。大王、太子ヲ彼ノ天神ノ社ニ将詣給テ諸ノ大臣ニ告テ宣ハク、我レ、今、太子ニ此ノ天神ヲ礼シムベシ、ト。乳母、太子ヲ懐奉テ天神ノ前ニ詣ヅル時ニ、一ノ女天神有リ、名ヲバ无畏ト云フ、其ノ堂ヨリ下テ太子ヲ迎奉テ、掌ヲ合セ恭敬シテ太子ノ御足ヲ頂礼シテ乳母ニ語テ云ク、此ノ太子ハ人ニ勝レ給ヘリ、努々軽(かろ)メ奉ル事无カレ。又、太子ニ我ヲ礼セ奉ツル事无カレ。我レ、太子ヲ礼シ奉ルベシ、ト。其ノ後、大王并太子・夫人、城ニ返入給ヒヌ。

（I、55・6―12、一部訂）

仏本行集経巻八

〔VII′〕爾時一切釈種眷属将四種兵。（中略）従菩薩行。充塞遍満迦毘羅城。其浄飯王（中略）娯楽菩薩。導引将入毘羅城。時迦毘羅去城不遠。有一天祠(寺)。神名増長。彼神舎辺。常有無量諸釈種族。童男童女跪拝乞願。恒得称心。時浄飯王。将菩薩還。至彼天舎告諸臣言。今我童子。可令礼拝是大天神。爾時乳母抱持菩薩。詣彼天祠(寺)。時更別有一女天神。名曰無畏。彼女天像。従其自堂下迎菩薩。合掌恭敬。頭面頂礼於菩薩足。語乳母言。是勝衆生。莫生侵毀。（中略）不応令彼跪拝於我。我応礼彼。何以故。彼所礼者能令於人頭破七分。

（三、691c―692a）

仏本行集経巻九

時浄飯王（中略）将於菩薩。（中略）然後始将入於自宮。

（三、692a）

原典には、讃歌が起り、迦毘羅城へ向かう華やかな行列、『今昔』の除くところのその幻想表現が「爾時……」に始まり、さまざまの行列が「復……」の層を重ね、その最後にこの「爾時……」に始まる釈迦族の兵士等や王の音楽隊の行列が出て来て、いわば、前後の「爾時……」句がその間の「復……」句群を枠づけている。本文〔VII〕がこの最後の「爾時……」を感じるらしいことは、前文〔VI〕の婆羅門への礼敬とその予言とにつづいて天神ないし女神の礼敬を点出するのに、もっとも要を得た簡略の方法なのであった。古伝と見える伝文には増長釈迦夜叉が見え、女神無畏は見えない（『有部毘奈耶破僧事』巻三・同『雑事』巻二十）。いま、ほとんど直訳的な訳文の中に、「其ノ社ニハ、……心ニ称ハム事ヲ乞願フ社也」というのが誤訳であることは、「霊験掲焉ニシテ、凡ソ所求有ル者ハ、此ノ像ニ祈請スルニ、願ヒニ随テ満足スル事ヲ得」（巻六(28)、「凡有所求皆得満足」『三宝感応要略録』巻上(29)・「実ニ霊験新タニシテ、国ノ人皆ナ首ヲ傾ケ詣テ、、求メ願フ事ヲ祈リ請フニ、一ツトシテ不叶ズト云フ事无シ」（巻十七(16)・「心ニ思ヒ願フ事ヲ祈リ請フニ、一トシテ不叶ズト云フ事无シ」（巻十七(50)）などに徴するまでもないであろう。

『今昔』には、一般に仏法に対して神観念は低い。訳語に限っても、「気高ク止事无キ人」（巻七(19)、「神」前田家本『冥報記』中(1)・巻二十四(28)、「天神」『江談抄』巻四(66)・「貴ク気高キ僧」「止事无キ俗」（巻十三(24)、「賢聖」「天神」『法華験記』巻中(68)）などを見よう。また、「彼国ハ既ニ神国ニシテ未曾仏法ノ名字ヲ不見聞ズ」（巻三(26)、「其ノ国ニ本ヨリ神ヲノミ信ジテ仏法ヲ不信ズ」（巻四(12)、「大神ニ帰セムヨリハ、仏陀ノ加護ノ憑マムニハ不如ジト思給テ」（巻六(27)、「邪見深クシテ神道ニ仕ヘテ三宝ヲ不信ズ」（巻七(3)、「此レハ天狗ヲ祭テ三宝ヲ欺クニコソ有メレ」（巻二十(10)）等々の類をも見るであろう。いまはこれらと全くは同じくないが、すでに原文に女天神像がその堂から下りて太子を迎えたという古い類型(21)は含まれている。なお、この女天神像の乳母に対することば、「侵毀」を訳する「(努々)軽メ」には、「若有侵毀此法師者。則為侵毀是諸仏已」（『法華経』巻八、九、59a）、ないし「軽毀罵言」（同巻七、九、51b）・「若有人軽毀之言」（同巻八、九、62a）・「軽毀涅槃経」（南本『大般涅槃経』巻十六、十二、710b）など、「侵毀」と「軽毀」との類語関係を思い出すことも可能であった。

「軽メ」の訓、カロメ・カロシメの中、カロムは『源氏物語』など仮名文字の用語かともされる（大系本補注）が、『日本霊異記』巻上(19)「軽咲呰」を『三宝絵』中(9)は「カロミ……」と承け、『法華玄賛』（淳祐古点）巻三「軽ミ侮ルゾ」、同巻六「軽ミ嫌（ふ）ゾ」、興福寺本『慈恩伝』巻五「人ヲ軽ミ」その他、カロムは訓点語にも見える。『法華経単字』譬喩品にも「軽（カロミ）」とある。『南海寄帰内法伝』巻一に「軽（カロム事）」とする（『西域求法高僧伝集』二四〇頁）。いま、カロムと訓む。ただし、「軽シム」（巻十三(40)）も共存する。なお、『源氏物語』は訓点語をもこなすであろう。

(21)　シッダールタ入天祠の時、「日月諸天（中略）各捨本位尋時来下。五体投地礼菩薩足」（『普曜経』巻三、三、４９７ｂ）・「所有天像皆従座起。迎逆菩薩恭敬礼拝」（『方広大荘厳経』巻四、三、５５８ｂ、『ラリタ・ヴィスタラ』第八章）・「梵天形像皆従座起。礼太子足」（『因果経』巻一、三、６２６ａ）、「浧神趍走太子舉前。一歩一礼。乞罪乞罪」（敦煌本「太子成道変文」S. 428）、ないし、「我既生已。父母将我入天祠中。（中略）摩醯首羅即見我時。合掌恭敬立在一面。我已久於無量劫中捨離如是入天祠法。為欲随順世間法故。示現如是」（『大般涅槃経』巻四、十二、６２８ｃ）の類がある。

今昔物語集巻一(2)	仏本行集経巻十一
〔Ⅷ〕摩耶夫人ハ、太子生レ給テ後、七日有テ失給ヒニケリ。然レバ大王ヨリ始メ国挙テ嘆キ合ヘル事无限シ。太子未ダ幼稚ニ御マス間ニテ、誰カ養ヒ奉ラム、ト大王思ヒ歎ク。夫人ノ父、善覚長者、八人ノ娘有、其第八ノ娘摩迦波闍ト云フ。其人ヲ以テ太子ヲ養ヒ給フ、実ノ母ニ不異ズ。太子ノ御夷母ニ御ス。太子	〔Ⅷ′〕爾時太子既以誕生。適満七日。其太子母摩耶夫人。（中略）遂便命終。（中略）命終之後。即便往生忉利天上。（中略）時浄飯王。（中略）而告之言。（中略）今是童子嬰孩失母。乳哺之寄。将付嘱誰。（中略）即将太子。不嘱姨母摩訶波闍波提。以是太子親姨母故。……（三、７０１ａ—ｃ）

> ノ御名ヲバ悉駄ト申ス。摩耶夫人ハ失給テ忉利天ニ生レ給ヒニケリトナム語リ伝ヘタルトヤ。
> （I、55・12—16）

迦毘羅還城の後は、『今昔』には、『仏本行集経』や『因果経』などにのこる宮廷婆羅門相師阿私陀（アシダ）のことが全く省かれた後、生母命終、姨母の養育を梗概要領する、この本文〔Ⅷ〕がつづいている。原始仏典『ブッダチャリタ』（第二章No.18）には、摩耶昇天の太子生後七日のことにはふれず、同じく原始仏典『長老の詩（テーラガーター）』篇「十ずつの詩句の集成」No.535にも、そのゴータミー、ゴータマ姓の女人が、歿後、天上の神々に囲まれて五つの欲楽を享しむとして、その太子生後七日のことはまだ見えないようであるが、やがてこの類が生れ始めるようである（パーリ古伝『中部未曾有法経』・『因縁物語（ニダーナ・カター）』、南伝『自説経』第五〇一二・二十三、等）。

Māyā はあるいは幻影（māyā）でもあり得るか、美しく智慧深い摩耶（マーヤー）姉妹はあるいは「幻化」「大幻化」とも意訳され（『有部毘奈耶破僧事』巻二）、あるいは「幻化所成」のようにすぐれた「摩耶」「摩賀摩耶」とも音訳される（『衆許摩訶帝経』巻二）であろう。[22] 摩耶は何故に七日にして命終しなくてはならぬかを理想化した古伝もいくつかあるが、ここには、ただ一つの類音さえ神話（ミュト）をつくる（P・ヴァレリィ）であろう、神話論的な想像力のひろがりもまたかかわり得べきか、「母なき子」（『源氏物語』紅葉賀）「女親なき子」（同、葵）の神話論的なそれとともに、一抹の夢想を久しくとどめ得ない。

摩耶逝き[23]、人びとは嘆きあう。「大王ヨリ始メ国挙テ……」一文は『今昔』に始まるか否か[24]、ともかく『今昔』は悲嘆をとる。彼女の死を現世的人間の間の別れとして、あるいはいくばくかは部分的に『仏本行集経』にかかわるかもしれないが、現世的な悲嘆を通る。

善覚の第八女のことは『仏本行集経』巻五（三、676a）にみえ、その養育も知られる（『三宝絵』下(7)・『法華百座聞書抄』七月九日人記品条）が、「有ル文ニ云、浄飯大王ノ貴妃摩耶夫人ハ善学(ママ)長老ノ女也。長者ニ有八女子。……」（『観経序分義他筆鈔』巻四）などともあった。「実ノ母ニ不異ズ。太子ノ御老母ニ御ス」、『因果経』巻一には「太子姨母摩訶波闍波提乳養太子。如母無異」（三、627c）とある。「姨、ハハカタノヲハ、母之姉妹也、従母同」（前田家本『色葉字類抄』）、言をまたない。

「太子ノ御名ヲバ悉駄ト申ス」、『今昔』全篇中、「シッダ」とのみするのはただ二例、ともに表記「悉駄」（巻一(2)・巻二(2)）のみ、他にこの表記の例は「シッダ太子」と熟する数例のうち「悉駄太子」（巻一(10)）一例のみ、そして、今は、『今昔』補入の一文に属すべきであった。Siddhārta、漢字表記はふつうもとより「悉達多」、Siddha、もと、このことば通りでは、魔力に満ちる、超自然的な力、神通力を有する、あるいは、完全にする等々の意、そして、Great Buddha の意にもなるという[25]。

(22) Māyā にはなお、赤江智善『印度仏教固有名詞辞典』参照。小稿原文「今昔物語集仏伝の研究」（一九八五）以後、『ブッダチャリタ』第一章2にシッダールタの母が「マハーマーヤー（大いなる幻）と呼ばれた」とあり、「窮極的実在が現象のすがたを取るときの力の女神化。世界の多様性や世界性がこの女神の本質であり、人の心をひきつける」と注される（一九八五・一二）のを知る。

(23) 『仏本行集経』巻十一は、神々の威力を得ないで彼女は命終したとした。ただし、諸仏常伝などの異伝の存することをもそえた後に、彼女の昇天を語っていた。彼女の死について、『因果経』を引きながら十巻本『釈迦譜』の来証する仏典類のいくつかに、過去世のもろもろの仏陀の母たちもまたみなそうであったというような、永遠の諸仏常伝の伝説ないし信仰のインド的類型へ神話化修飾化する方向をとらない。

(24) 『今昔』に「国挙テ営ム事先限シ」文の補われるような場合もある（巻一(23)、『三宝感応要略録』巻上(2)）。

(25) Momier《A Sanskrit-English Dictionary》、B・ウォーカー『神話・伝承事典』。

『今昔物語集』巻一(2)は、要するに、まず、基本的に『仏本行集経』巻七に由って『因果経』巻一を少しく交えた在り方をのこし、ついで、『大般涅槃経』巻四相当その他の異資料を『今昔』自身あるいは注釈的に癒着ないし増広し、ないし偈頌を代置した。本文〔VII〕従園還城のことは『今昔』自身『仏本行集経』巻八に直接依拠して展開したか、と想像される。その間に、『大般涅槃経』相当その他の導入など、それが注釈的であり、また、それが『今昔』としての一種の理想化のこころみではあったとしても、その異質性からも見られるように、内面的要求の必然は考え難い。一種、集成的反省的模索的と言うか、その苦心の間にのこる夾雑は、さまざまの要素の混在した時代のおもかげを生（なま）にいくばくか反映した素朴さと言うことになるかもしれない。具体的に、それらが、抄物の検索とか、ないし、古書に見られるように、抄出を含む上欄の書きこみとか、朱書とか、貼紙とかと如何にかかわるかは、これらの癒着・集成が一人によるか、編集の場の複数構成による、一種アレクサンドリア学派的な合成によるか、という問題とも相関し得べき疑問である。

巻一　悉達太子在城受楽語第三

『過去現在因果経』巻二ないし十巻本『釈迦譜』巻二(4)はシッダールタの少年時代を記し、その生涯の原体験となるべき閻浮樹（ジャンブ・ムーレー）下の蔭の思索にふれた後、その婚礼の話に入る。『今昔物語集』巻一(3)悉達太子在城受楽語第三はその婚姻のことから始まって、基本的には『因果経』に由る在り方をのこし、現世的王法の立場における父王の苦悩とシッダールタの内省の深化との相剋を語る。題名と内容とは合致しない。『法苑珠林』が全体としては出典になり得ないことはすでに言うまでもない。

今昔物語集巻一(3)　悉達太子在城受楽語

今昔、浄飯王ノ御子、悉達太子、年十七ニ成給ヌレバ、父ノ大王、諸ノ大臣ヲ集メテ共ニ議シテ宣ハク、太子、年已ニ長大ニ成給ヌ。今ハ妃ヲ奉ベシ。但シ、思ノ如ナラム妃、誰人カ可有キ、ト宣フ。時ニ大臣答テ云ク、一人ノ釈種ノ婆羅門有リ、名ヲバ摩訶那摩ト云フ。娘有リ、耶輸陀羅ト云フ。形、人ニ勝レテ心ニ悟有(あり)ナリ。太子ノ妃ニ為ムニ足レリ、ト。大王此ノ事ヲ聞給テ、大キニ喜ビ給テ、彼ノ父ノ婆羅門ノ許ニ使ヲ遣テ宣ハク、太子已ニ長大ニ成テ妃ヲ求ニ、汝ガ娘ニ当レリ、ト。父謹テ大王ノ仰ヲ奉ハル。

然バ、大王、諸ノ大臣ト吉日ヲ撰ビ定メテ、車万両ヲ遣テ迎ヘ給テ、既ニ宮ニ入ケレバ、太子、世ノ人ノ妻夫ノ有様ヲフルマヒ給ヒヌ。又、諸ノ目出タク厳シキ女ヲ撰テ具セシメテ夜ル昼ル楽シビ遊バシメ給フ事无限シ。然ハ有レドモ、太子、妃ト常ニ相共ナル事无シ。始メ物ノ心吉ク知給ザリケル時ヨリ、夜ハ静ニ心ヲ鎮メテ思ヲ不乱シテ聖ノ道ヲ観ジ給ケリ。大王ハ日

過去現在因果経巻二・十巻本釈迦譜巻二(4)

爾時太子至年十七。王集諸臣而共議言。太子今者年已長大。宜応為其訪索婚所。諸臣答言。有一釈種婆羅門。名摩訶那摩。其人有女。名耶輸陀羅。顔容端正。聡明智慧。賢才過人。礼儀備挙。有如是徳。堪太子妃。王即答言。若如卿語。便為納之。王還宮内。即勅宮中聡明有智旧宿女人。汝可往至摩訶那摩長者之家。瞻看其女。容儀礼行。為何如耶。可停於彼至満七日。受王勅已。即便往彼長者之家。於七日中具観此女。還答王言。我観此女。容貌端正。威儀進止。無与等者。王聞其言。極大歓喜。即便遣人語摩訶那摩言。太子年長欲為納妃。諸臣並言。汝女淑令。宜堪此挙。今欲相屈。時摩訶那摩答王使言。謹奉勅旨。王即令諸臣択採吉日。遣車万乗而往迎之。既至宮已。具足太子婚姻之礼。又復更増諸妓女衆。昼夜娯楽。爾時太子。恒与其妃行住坐臥未曾不倶。初自無有世俗之意。於静夜中但修禅観。時王日日問諸婇女。太子与妃相接近

々ニ諸ノ采女ニ問給フ、太子ハ妃ト陸ビ給ヤ、ト。采女共ノ申ス様、太子、妃ト陸ツビ給フ事、未ダ不見ズ、ト。大王、此ノ事ヲ聞給テ、大キニ嘆キ給テ、弥ヨ目出タキ女ノ舞ヒ歌ヒ遊ブヲ加テ嗳メ給フ。然ハ有レドモ、猶、妃ニ陸ビ給フ事无シ。然レバ大王弥ヨ恐レ歎キ給フ。（Ｉ、５６・４―16）	不。婇女答言。不見太子有夫婦道。王聞此語愁憂不楽。更増妓女而娯楽之。如是経時猶不接近。時王深疑恐不能男。（三、６２９ｂ―ｃ・五十、２０ｂ―ｃ）

本文は基本的に『因果経』（非聖語蔵系）に由り、

（耶輸陀羅）顔容端正。聡明智慧。……堪太子妃。王即答言。

（　同　）容貌端正。威儀進止。無与等者。……王聞其言。極大歓喜。

これを類似統合することもあきらかである。古いインドの王侯貴族社会のことを知らなくても、その後宮の老婦人の役割とか、そこに交わされる会話とかを通じて原典のつたえる情調は、この簡略によって失われるが、本文が原典に即して動いていることは確実である。もし言えば、『因果経』巻一巻頭の前生の耶輸陀羅（ヤショーダラー）との蓮華をめぐる所縁の思い出も、敦煌本「太子成道経」（P. 2999 等）がその金の指輪をめぐるそれを思い出すようには、思い出されない。何より立ち止まらせるのは、本文の和語性の和らぎの間歇、というより、『今昔』にせめぐ漢語性と和語性との闘い、ないし、『今昔』に至って鋭く意識化されると言うべきそれであろう。本文が、『因果経』類自身に直接して翻訳したというよりは、『因果経』類に由る、本文以前の和文化資料に直接しながら自己の表現を見出して来たか、という問題をも含んで、畢竟するところ『今昔』自身の表現責任において、それは感じられるのである。

（大王）宣ハク、……今ハ妃ヲ奉ベシ。但シ、思ノ如ナラム妃、誰人カ可有キ、ト宣フ。時ニ大臣答テ云ク、……（耶輸陀羅）形、人ニ勝レテ心ニ悟有ナリ。太子ノ妃ニ為ムニ足レリ、ト。

「……ニ足レリ」が「堪太子妃」にあたることはすでに言うまでもない（巻一(1)本文）が、その前文いくつかの意訳表現自体がどこまで『今昔』自身が見出したか以前に由るかということは、少しく微妙であろう。ただし、「誰女有徳堪為其妃」（『方広大荘厳経』巻四、三、561a）、「誰釈女堪与我太子悉達為妃」（『仏本行集経』巻十二、三、707c）、「誰人カ瞋恚ヲ不発ザル者ハ有ルベキ」（巻二(4)）など表現類型のあることは確かであり、また、「形、人ニ勝レテ心ニ悟有ナリ」表現がともかく「顔容端正」「賢才過人」など『因果経』類の数句によるべきことは、巻一(17)の「太子、才芸、人ニ勝レ給ヘル故也」表現がともかく特には十巻本『釈迦譜』巻七(13)の「釈迦太子才芸過人」（五十、62a）によるべきことと類推し合える。敦煌写本にも「王問百官。誰有女堪為妃后。……（大夫）曰。……之女。年登二八。美麗過人」（『伍子胥変文』、P.3213）などとあるような、同類の表現類型が、『因果経』に由る本文に和語的の一種の変化をおくったことは確実に言い得る。「既ニ宮ニ入ケレバ、太子、世ノ人ノ妻夫ノ有様ヲフルマヒ給ヒヌ。……始メ物ノ心吉ク知給ザリケル時ヨリ、夜ハ静ニ心ヲ鎮メテ思ヲ不乱ズシテ聖ノ道ヲ観ジ給ケリ」[1]、『今昔』に散見する和語「物ノ心」「者ノ心」は、『源氏物語』諸巻にもみえて「もののあはれ」よりはるかに多く、かつ、その微妙ににおうか、『今昔』のこれらの文に仮名書自立語（圏点部）の存在すること、また、原文を離れるのではないものの、原文に特に即する訳文とも言い得ないことからすれば、これらを通じて、『今昔』本文は、やはり本文以前に育っていた漢字片仮名交り和文化資料に直接する、と見るべきをおだやかとする、と考えられるであろう。

物語はつづいて四門遊観の条に入る。

いわゆる四門出遊型（老病死・沙門、『修行本起経』巻上・『瑞応本起経』巻上『普曜経』巻三・『方広大荘厳経』巻五・

『因果経』巻二・『仏本行集経』巻十五、等）以前に、おそらく原型的な前世界があり、

比丘達。予も亦正覚以前、（中略）自生法にして生活を求め、自老伝にして老法を求め、自病法にして病法を求め、自死法にして死法を求め、……。（中略）比丘達、是の如き予に是の念生ぜり。……無上安隠涅槃を求めん、と。

（巴利中部『聖求経（アリア・パリエーサナ・スッタ）』、干潟龍祥訳、南伝第九巻）

老病死の三無常の苦を超えるべき問いがあった（巴利増支部三集、四、天使部、三八(2)〈南伝第235〜6〉、『中阿含』柔軟経・羅摩経、『増一阿含経』巻十二(8)、等）。

『四分律』巻三十一に、シッダールタ顔容端正、後園に在る時、某天「即往化作四人」、すなわち老病死および「出家作沙門」、時に菩薩これを見て世苦を厭患したと言い（二十三、783c）、『五分律』巻十五には、三門遊観、車を還して出家人に逢い、ついで欲愛を歌う女人の歌ごえに逆に泥洹（ニルヴァーナ）（涅槃）の安穏を聞く（二十二、101b〜102a）と発達する。これは、『瑞応本起経』巻上に、三門遊観の後に結婚を経て北門に沙門に逢うなどに、通じるとも言えば通じた。『仏本行集経』巻十四〜十五には、三門遊観の後、父王の意のままに五欲に歓楽するが、北門に出家之人に逢い、宮内に女人の歌ごえを聞くなどする、とあった。四門遊観の前条の動きであった。(2)

『今昔』は、すでに潤色を加えすぎるほどに加えた『因果経』巻二（三、629c―632a、十巻本『釈迦譜』巻二(4)、五十、21b―23c）に由りながら、これを簡略した在り方をのこす。その簡略の方法としては、

今昔物語集巻一(3)	過去現在因果経巻二
〈東門老人〉太子、又問給ハク、只此ノ人ノミ老タルカ、万ノ人皆此ク有ル事カ、ト。答テ云ク、万ノ	太子又問。唯此人老。一切皆然。従者答言。一切皆悉。応当如此。爾時太子聞是語已。生大苦悩。而自

人皆此ク有ル也ト。太子、車ヲ廻シテ宮ニ返給ヌ。

（Ⅰ、57・10—11）


〈南門病人〉太子、慈悲ノ心ヲ以テ彼病人ノ為メニ自ラ悲ヲ成シテ又問給フ。（中略）答テ云ク、一切ノ人、貴賤ヲ不択ズ皆此ノ病有リ、ト。太子、車ヲ廻シテ宮ニ返テ自ラ此ノ事ヲ悲テ弥ヨ楽ブ事无シ。

（Ⅰ、58・5—7）


〈西門死人〉太子、此ヲ聞給テ大ニ恐レ給テ、憂陀夷ニ問給ハク、（中略）答テ云ク、人皆此ク有也、ト。太子、車ヲ廻テ宮ニ返給ヌ。

（Ⅰ、59・12—14）


〈北門比丘〉（比丘）此ク云畢テ神通ヲ現ジテ虚空ニ昇テ去ヌ。太子、此ヲ見給テ馬ニ乗テ宮ニ返給ヌ。

（Ⅰ、60・15—16）


念言。（中略）老至如電。身安足恃。（中略）太子従本以来不楽処世。又聞此事。益生厭離。即廻車還。愁思不楽。

（三、629c、五十、21b～c）


爾時太子。以慈悲心。看彼病人。自生愁憂。又復問言。（中略）答曰。一切人民無有貴賤同有此病。太子聞已。心自念言。如此病苦。普応嬰之。云何世人耽楽不畏。（中略）即便廻車。還入王宮。坐自思惟。愁憂不楽。

（三、630a—b、五十、21c～22a）


太子聞已。心大戦怖。又問優（憂）陀夷言。（中略）即復答言。一切世人皆応如此。……（太子）既聞此語。不能自安。即以微声。語優（憂）陀夷。……太子仍勅厳駕還宮。（中略）太子到宮。惻愴倍常。

（三、631a—b、五十、22c～23a）


（比丘）作此言已。於太子前。現神通力。騰虚而去。…（太子）便自唱言。善哉善哉。（中略）作此語已。即便索馬。還帰宮城。於時太子心生欣慶。而自念言。（中略）即自思惟方便。求覓出家因縁。

（三、631c、五十、23b）

このように各場面においてシッダールタの心内語的な「心自念言」の類は省略され、各場面は概して廻車還宮の類のリズムを反覆する。すなわち、みずからの内へ立ちかえる内思の心、もとよりそれは出家因縁の思惟を方向するが、それを省いて、その行為・行動の事を叙する、と概して言い得る。これに対して、各場面において、王については、

今昔物語集巻一(3)	過去現在因果経巻二
(太子)大王ニ申シ給フ。(中略)暫ク出テ遊バムト欲フト。大王、此レヲ聞給テ喜ビ給フ。……〈東門出遊〉太子、先ヅ父ノ王ノ御許ニ行テ王ヲ拝シ給テ出テ行キ給フ。(中略)太子、車ヲ廻シテ宮ニ返給ヌ。(I、57・2—11)	(太子)往白王言。(中略)楽欲暫出園林遊戯。王聞此語。心生歓喜而自念言。……太子即便往至王所。頭面礼足。辞出而去。(中略)即廻車還。愁思不楽。時王聞已心懐煎憂。恐其学道。更増妓女以娯楽之。(三、629c—630a)
〈南門出遊〉(太子)出テ遊バム事ヲ申シ給フ。王、此ノ事ヲ聞給テ歎キ思ス様、(中略、……太子還宮)王、此ノ事ヲ聞給テ大ニ歎キ給テ、今ヨリハ城ヲ出給フ事ヲ恐レ給テ、弥ヨ嗳メ給フ。(I、57・12—58・10)	爾時太子(中略)啓王出遊。王聞此言。心生憂慮而自念言。(中略、……太子還宮)王聞此語。心大愁憂。慮其出家。(中略)生猶予心。恐其学道。更増妓女而悦其意。(三、630a—b)
〈西門出遊〉(太子)出テ遊バムト申シ給フ。王思ス様、……世間ヲ厭ヒ出家ヲ好ム事ハ留ヌラム。然バ、出給ハム事ヲ許シ給ヒツ。(中略、……太子還宮)王、	爾時太子(中略)啓王出遊。王聞此語。心自念言。……無復厭俗楽出家心。作是念已。即便聴許。(中略、……太子還宮)王聞此語。神意豁然。而自念言。

此ノ事ヲ聞給テ思ス様、……阿私陀ノ云シニ違フ事无ト思シテ、大ニ嘆キ悲ビ給テ、（中略）心ノ内ニ願ジテ宣ハク、太子若シ城ノ門ヲ出バ、願クハ諸天、不吉祥ノ事ヲ現ジテ太子ノ心ニ憂ヘ悩マス事ナカレト。（I、58・15—60・7）

〈北門出遊〉太子、又王ニ出テ遊バム事ヲ申シ給フ。（中略、……太子還宮）王、此ヲ聞給テ、何ナル瑞相[3]ト云フ事ヲ不知給ズ、只、太子ハ家ヲ出テ聖ノ道ヲ学ビ給ベシト疑テ、王、弥ヨ恐レ歎キ給フ事无限カギリナカリケリトナム……（I、60・8—61・6）

……必定当如阿私陀言。作此念已心大苦悩。復増妓女。以娯楽之。（中略）時王又復心自願言。太子若出城北門時。唯願諸天。勿復現於不吉祥事復令我子心生憂悩。（三、630c—631c）

是時太子啓王出遊。（中略、……太子還宮）時白浄王既聞此語。心生狐疑。亦復不知是何瑞相。深懐懊悩。而自念言。太子決定捨家学道。（中略）時王復増諸妙妓女。以娯楽之。（三、631c—632a）

このように王の行為・行動や命令の類が概して省略され、そして、最初の東門出遊の場面における王の楽観の場合は別として、つづく各場面は王の「而自念言」「心自念言」の心内の動揺にふれる。原典にあるいは主として諸臣・従者ないし婆羅門の子憂陀夷（ウダーイン）等との重複を伴っても交錯する会話は、ほとんどとりあげられず、シッダールタと王とを対比する緊張へ人間関係の単純化を計るかのようであったが、シッダールタの還宮のたびの憂愁に妓女等の婉雅をもって王が慰誘するリズムは、『今昔』本文には、全く、ないし、ほとんど無い。

本文が『因果経』に由るあとをのこすことは、シッダールタが遊観を欲する「欲」字が同経（十巻本『釈迦譜』巻二[4]も同じいが）にも見える、細部の対応からも想像できる。「(憂陀夷) 弁才有リ」（「極有才弁」『因果経』・「極有弁才」十巻本『釈迦譜』巻二(4)、五十、22a）など、断片的には『釈迦譜』に同じい細部ものこるが、決定的なものは無い。ただし、『因果経』に由ると言う時、ここにも以前と自身とに関する問題はある。

此ノ人、昔ハ若ク盛ナリキ、今ハ齢積テ形衰ヘタルヲ老タル人ト云フ也。（I、57・9—10）

此人昔日曾経嬰児童子少年。遷謝不住。遂至根熟。形変色衰。飲食不消気力虚微。坐起苦極余命無幾。故謂為老。（『因果経』巻二、三、629c）

類句「若ク盛ナリシ時ハ」（巻十三(1)、「若壮年齢」『法華験記』巻上(11)）を含む、和語性の略改はしばらく措く。

（病人）身羸レ腹大キニフクレテ喘キ吟フ。（中略）此レ病ヒスル人也ト。（中略）病人ト云ハ、耆ニ依テ飲食スレドモ愈ル事无ク、四大不調ズシテ弥ヨ変ジテ、百節皆苦シビ痛ム。気力虚微シテ、……（I、58・1—4）

身痩腹大。喘息呻吟。骨消肉竭。顔貌痿黄。（中略）此病人也。（中略）夫謂病者。皆由嗜欲飲食無度。四大不調。転変成病。百節苦痛。気力虚微。……（『因果経』巻二、三、630a）

東大本甲（紅梅文庫旧蔵）に、大系本校異に洩れるが、「飯（飲イ）食」とあり、原典に徴すれば「飲食」をとるべきであろう。『今昔』が特に「飯食」を主張するとは考え難い。「耆」は「嗜欲」の「嗜」の仮借によろう（「耆欲」『礼記』月令）。原語「無度」を「愈ル事无ク」とするのは、「度」を度する、救うと見た、おそらくその意訳であった。なお、「四大」の語が、後出、北門死人条にも「……神識身ヲ去テ、四大ノ諸根又知ル事无シ」（I、59・9—10、「……神識去矣。四体諸根無所復知」『因果経』巻二、三、631a）と見え、これは原語「四体」と異なるが、無条件に錯誤しているわけではない。「死者尽也。風先火次諸根壊敗。……」（『長阿含経』巻一、四門遊観条、一、6c）・「所謂死。（中略）風逝火滅水消土散。各在異処」（『出曜経』巻二、四、620a）。「四大」は単にいわゆる物質的元素たちにとどまらず、感覚的直観的なもの一般の四つの領域として、地性（堅性）・水性

（湿性）・火性（煖性）と風性（動性）と、これらをさし得るが[4]、ここまで見なくても、「四大」はまた身体をも意味し得た。

ここには仮名書自立語（圏点部）が存在し、誤訳が介在する。「身羸レ腹大キニフクレテ」は「身羸腹大」（『長阿含経』大本経、一、6c）型の訳語ではあるが、ともかく基本的には前後『因果経』に由る在り方をのこし、「耆ニ依テ飲食スレドモ愈ル事无ク」は不可解ではあるが、やはりともかく『因果経』に由るべき誤解が誤解を合理化しようとしたあとをのこすであろう。畢竟『今昔』の表現責任であるべき中に、どこまでが以前に属し、どこまでが直接自身によるか、誤解の合理化が『今昔』全般に通じ得るということの外は、この問を問いとして保つ外すべを知らない。

（色ニ）不目出ズ、声ニ不驚ズ、香ニヲ（オ）モネラズ、味ニ不耽ズ、触ニ不随ズ、法ニ不迷ズ、永ク无為ヲ得テ解脱ノ岸ニ至レリト。（I、60・14―15）

不著色声香味触法。永得無為到解脱岸。（『因果経』巻二、631c）

前後、あきらかに『因果経』に由る在り方をのこす間に、仮名書自立語を含む数句一文がなかばは直訳的でない形をして挿まれる。「仏ハ色ヲモヨロコビ給ハズ、香ニモメデ給ハネドモ、功徳ノスグレタルヲス、メ、信力ノフカキニオモブキ給也」（『三宝絵』下(6)）、「菩薩ハ色ニモ現ゼズ、心ニモ離レ、目ニモ不見エズ、香ニモ聞エ不給ズト云ヘドモ、……」（『今昔』巻十六(12)）、「三宝之非色非心、雖不見目、……」『日本霊異記』巻中(37)、「止事无聖人也ト云フトモ、色ニメデズ、音ニ不耽ヌ者ハ不有ジ」（『今昔』巻五(4)）、これらの類型から見れば、共通感覚的な色（ルーパ）を中心とすべき微妙の悦楽、時には「男女色声香味触」（『大宝積経』巻百十）などとも言うそれを展いた、身体論的に基本的なカテゴリーとしての眼耳鼻舌身意の六処と、それを根拠として生まれる色声香味触法の六境と、および両者の関係と、いわば存在するものが感覚的直観的たることを法として存在することを[5]めぐる観念が、いつか和語性の類型表現を成すに至っていて、『今昔』はこれを用いた在り方をともかくものこすのであった。「法ニ不送ズ」とは、この場合、六境の一つとしての、心意が対象としてとらえるものにとらわれず、というような意であろう。すべて、少なくともこの部分において、和語性の表現がえらばれた結果になる。

なお、シッダールタの遊観を憂うる王が「阿私陀ノ云シニ違フ事无」と思うと言う（I、60・2）のは、『今昔』仏伝にはこの仙人の予言のことは訳出していないから、これは不注意と言えば言い得る表現であった。もとより、阿私陀(アシタ)は、『今昔』巻一(1)本文〔II〕にシッダールタ托胎の夢想を相した善相婆羅門（大系本頭注）ではなく、要するにシッダールタ誕生の瑞相を見た、『スッタニパータ』三―一一ナーラカ序以来の仙人であって、シッダールタが転輪聖王になるか、正覚を成ずるか、必ず決定して正覚を成ずべきを知って、みずからはすでに年老いてその法を聞き得ないことを悲泣して去った（『因果経』巻一・『仏本行集経』巻九・十、等）。王がために愁憂して、婚姻の前、聡明のシッダールタにそれを思い出し、いままたそれを思い起こすというのは、インドに限らない、『源氏物語』に限らない、物語における予言というものの一般構造であったが、『今昔』においては阿私陀はここに初出し、そして、ここのみに終っている。

（1）「聖ノ道」はいま「但修禅観」に由り、別に、「学道」（巻一(3)・「聖道」（巻一(17)、十巻本『釈迦譜』巻七(13)）等を訳し、「聖ノ所」（巻一(4)）が「閑静処」（『因果経』巻二）を訳する。ヒジリはもと霊通者（「物知人」龍田祭祝詞）・暦師・日者（「日知」『萬葉』巻一）ないし「仙衆」・「真人」(ひじり)（推古記）」などの意、『日本霊異記』以降、『今昔』では持経者・修行者などの方向も強まって、かなり多義的である。「フルマフ」仮名書は唯一例、他は本朝部に集中して「翔（マ）フ」「振舞」などとある。

（2）小稿「釈尊伝」（『仏教文学講座』第六巻、勉誠社、一九九五）→本書所収

（3）かつて、「この「瑞相」は『因果経』を承け、（中略）仏教の側から見た吉相の意がある。単に前兆の意ではない。」「『因果経』巻二の「出家之瑞」のそれは前兆の意ではあるが、『今昔』巻十三(19)の「瑞」はやはり吉兆を方向しよう」と注した（旧稿「今昔物語集仏伝の研究」、一九八五）が、いま、この「瑞相」は大系本既注のように、

巻一(32)のそれと同じく、「前兆・しるし」の意であるべきであろう。改める。「世の乱るる瑞相」（『方丈記』）。

（4）和辻哲郎『原始仏教の実践哲学』一八一―一八四頁。

（5）同、注（4）前掲書、一八一頁。

巻一　悉達太子出城入山語第四

『今昔物語集』巻一(4)悉達太子出城入山語第四は、まずは、『過去現在因果経』巻二（既注）に依って始めると見られるが、その間に、十巻本『釈迦譜』巻二(4)に直接依るとは断じ得なくても、単に偶合とか口がたりによる落着とかではなくて、何らかの方法において書承的にこれを通る在り方をのこす、と見るのをもっとも素直とすべきであろう一部分を有する。つづいて、『因果経』巻二に依るか、あるいは、『因果経』が披かれていないのではないにしても、これに由る在り方をのこすか、いずれか判断に苦しみ得べき一部の後、唐突に、ただし書承的にではあるが、注釈的のものを挿み、さらにつづいて、『因果経』とは異なる『仏本行集経』巻十六（既注）相当の小部分を用いるなど、その間の構成は不安定という外なく、素材は素材的にとどまっている。その後は、『因果経』巻二に依って展開すると見られ、ここには内的に燃焼する緊張がある。

今昔物語集巻一(4)　悉達太子出城入山語	十巻本釈迦譜巻二(4)（出因果経）
〔I〕今昔、浄飯王ノ御子悉達太子、年十九ニ成給フニ、心ノ内ニ深ク出家スベキ事ヲ思シテ父ノ王ノ御許ニ行給フ。（中略）王、此レヲ聞給テ憂ノ中ニ喜ビ給フ事无限シ。	〔I′〕爾時太子年至十九。心自思惟。我今正是出家之時。而便往至於父王所。（中略）王聞此言憂喜交集。太子既至（見王）頭面作礼。爾時父王即便抱之。而勅令坐。太子坐已白父王言。恩愛集会必有別離。唯願聴我出家学道。一切衆生愛別離苦。皆使解脱。

太子、王ニ向テ首ヲ傾テ礼シ給フ。王、此ヲ抱テ座セシメ給フ。太子、座ニ居テ王ニ申テ宣ハク、恩愛ハ必ズ別離有リ、唯シ願ハ我ガ出家・学道ヲ聴シ給へ、一切衆生ノ愛別離苦ヲ皆解脱セシメムカ、ト。王、此ヲ聞給テ心大ニ苦シビ痛ミ給事、尚シ金剛ノ山ヲ摧破スルガ如シ。身挙テ居給ヘル座不安ズ。（中略）太子、王ノ涙ヲ流シテ不聴給ザル事ヲ見給テ、恐レテ返給ヒヌ。只出家ヲノミ思テ、楽ブ心不御ズ。王、此ノ心ヲ見テ、大臣ニ仰セテ固ク城ノ四ノ門ヲ守ラシム。戸ヲ開キ閇ルニ、其ノ声四十里ニ聞ユ。（Ⅰ、61・10―62・2）

願必垂許。不見留難。時白浄王聞太子語。心大苦痛。猶如金剛摧破於山。挙身顫掉不安本座。（中略）爾時太子既見父王流涙不許。還帰所止。思惟出家愁憂不楽。爾時迦毘羅施(旆)兜国。諸大相師並知。太子若不出家。過七日後得転輪王位。（中略）往白王言。釈迦種姓於此方興。王聞是語心生歓喜。即勅諸臣并釈種子。汝聞相師如此言不。皆応日夜侍衛太子。可於(於城)四門。門各千人。周匝城外一踰闍那内。羅置人衆而防護之。普耀経云。明日即勅五百諸釈勇多力者宿衛菩薩。令城四門開閉之声聞四十里。復勅耶輸陀羅并諸内宮。倍加警戒。（中略）爾時太子心自念言。我年已至十九。今又是二月。復是七日。宜応方便思求出家。所以者何。今正是時。（中略）然父王勅内外官属。厳見防衛。欲去無従。諸天白言。我等自当設諸方便。令太子出。使無知者。諸天即便以其神力。令諸官属悉皆熟臥。（五十、23c―24a・三、632a―c）

「インドには幾つか異様な反響がある」。some exquisite echoes（『インドへの道』(ア・パッセージ・トゥ・インディア)、一九二四）。

本文〔Ⅰ〕は『因果経』巻二にまずほぼ対応する。これに対応しない結末、城門の声四十里に及ぶ部分は、『因果経』巻二を基礎として『普曜経』その他を交えて構成する十巻本『釈迦譜』巻二(4)が、ここに『普耀経』(ママ)を引くというそれを通るべきはずであった[1]。すなわち、『普曜経』巻三原文、「父王白浄（中略）畏之出家。宿夜将護。（中略）更立城門。開閉之声聞四十里。（中略）於時父王明旦即起。（中略）勅五百釈勇多力者。（中略）宿衛菩薩」

(三、503b—504a)を要約して、すでにさきに『普曜経』を基礎として構成する五巻本『釈迦譜』巻一(4)の該当部分に「明旦即勅五百釈勇多力者宿衛菩薩。四門城開閉声聞四十里」(五十、7a)とあったそれを、十巻本『釈迦譜』に承けたところのものである。これは、『普曜経』によることを明記して仏伝を極略所収する『経律異相』巻四(2)にもほぼ同じく見える。『経律異相』巻四に「(王)即勅五百釈子多勇力者。宿衛四門。城門開閉声聞四十里」(五十三、16b)とあり、これに「出普耀(ママ)経第三巻又出第四巻」とあるのは五巻本『釈迦譜』によるのであって、これは別に「又出釈迦譜第一巻」(五十三、15c)とすることからも知られる。『経律異相』自身、五巻本『釈迦譜』を撰した僧祐律師の門流に立つ。ゆえにほぼ同じく見えるという。これは、五巻本『釈迦譜』を『経律異相』の仏伝も十巻本『釈迦譜』もそれぞれ参考したという関係にあったからである。そして、『今昔』仏伝は五巻本『釈迦譜』に直接せず、また、一般に『今昔』が『経律異相』に直接したということも積極的には言い難く、ましていま、『経律異相』巻四(2)はもともと『普曜経』を主として極略するから、本文〔I〕がこれにかかわるはずはない。本文〔I〕は十巻本『釈迦譜』に直接したか、ないし、これを断じ得なくても、これに由った在り方をのこすべきであった。細言すれば、『釈迦譜』ないし『因果経』の「思惟出家愁憂不楽」につづく、あるいは王法的に現実的な、あるいは神話化された出来事が省かれるであろう。すなわち、相師たちの予言に歓喜して、父王は国嗣のない絶俗を認めない。シッダールタは父王の意を知り、それを満たすために、妃の腹を左手で指さし、彼女は身ごもることを知る。光明の中に時は熟した。ただし、父王は勅して守りは厳重である。シッダールタのことばにこたえて、神々が方便して王宮を眠らせるであろう。これらの間に、

A即勅諸臣并釈種子。……皆応日夜侍衛太子。可於(於城)四門。門各千人。……

B(明日)即勅五百諸釈勇多力者宿衛菩薩。令城四門開閉之声聞四十里。

C然父王勅内外官属。厳見防衛。……

この類似統合がこころみられていたはずであった。省略の間を「王、此ノ心ヲ見テ」とつなぐのであるが、その間には、シッダールタの出城を特定のその日とし、ないし「今夜」（『方広大荘厳経』巻六）・「是夜」「其夜」（『仏本行集経』巻十六）とするような限定は失われていた。

（1）小稿「今昔物語集仏伝資料に関する覚書」（「仏教文学研究」第九集、一九七〇）→本書所収。ただし、この場合、簡明に直接書承とのみ見てよいか、現在、少しく存疑する。なお、城門の声については、「……即於劫比羅城。（中略）皆安鉄門。一一門上尽挂鳴鈴。若有開閉。其鈴声聞四面廻各四十里」（『有部毘奈耶破僧事』巻三）・「……城安鉄門。於門上下遍置鈴鐸。若開門時鈴声振響一由旬外」（『衆許摩訶帝経』巻四）などの表現を見出す。『今昔』はつづける。

今昔物語集巻一(4)	過去現在因果経巻二・十巻本釈迦譜巻二(4)
〔II〕然ルニ、太子ノ御妻、耶輸陀羅、寝タル間ニ三ノ夢ヲ見ル。一ニハ月地ニ堕ヌ、二ニハ牙歯落ヌ、三ニハ右ノ臂ヲ失ヒツ、ト。夢覚テ太子ニ此ノ三ノ夢ヲ語テ、此レ何ナル相ゾ、ト。太子ノ宣ハク、月ハ猶、天ニ有リ、歯ハ又不落ズ、臂、尚、身ニ付リ。此ノ三ノ夢、虚クシテ実ニ非。汝ヂ不可恐ズ、ト。 （I、62・3―6）	〔II′〕爾時耶輸陀羅。眠臥之中得三大夢。一者夢月堕地。二者夢牙歯落。三者夢失右臂。得此夢已。眠中驚覚。心大恐懼白太子言。我於眠中得三悪夢。太子問言。汝夢何等。耶輸陀羅即便具説所夢之事。太子語言。月猶在天。歯又不落。臂復尚在。当知諸夢虚仮非実。汝今不応横生怖畏。耶輸陀羅又語太子。如我自忖所夢之事。必是太子出家之瑞。太子又答。汝但安眠。勿生此慮。要不令汝有不祥事。耶輸陀羅聞此語已。即便還眠。 （三、632c・五十、24a1b）

前文〔I〕にその限定を欠くから、接続詞「然ルニ」は『因果経』の「爾時」のようには決まらないが、ともかく、本文〔II〕はほぼこのように近似する。ただし、「太子ノ御妻」ということばは『因果経』なり『釈迦譜』なりの該当部分には見えない。かつ、前章、巻一(3)、シッダールタ婚姻の条には、その和語性の間歇にもかかわらず、耶輸陀羅は『因果経』に由る在り方をのこして「(太子ノ)妃」と表現されたが、いまは「御妻」という和語がえらばれている。巻一(17)に「(仏、太子ト御シ時、)我レニ娶テ御妻タリキ」とある表現は、十巻本『釈迦譜』巻七(13)の漢文「娶我為妻」(五十、61c、後出)に由るべきであり、巻三(13)に「(仏、悉達太子ト申シ時ニ)三人ヲ妻御シテ」、かの巻四(4)、西域の物語に「(クナーラ太子)妻許ヲ具シテ」、「一人ノ盲人有テ琴ヲ引ク、妻ヲ具セリ」など「妻」とある表現は何らかの和文化資料に依るはずであるのを見れば、いまここに「太子ノ御妻」とするのは、『因果経』なり『釈迦譜』なりに本文〔II〕自身が直接しながら補ったと言うよりは、『因果経』に由る本文〔II〕以前の和文化資料に存したであろうそのことばに即したか、と見るべきもののようでもあるが、なお決着しかねる。

仏伝における耶輸陀羅との別離において、かのヤージュニャヴルキヤが聡明なマイトレーイー夫人との告別に自我(アートマン)の愛を語った、かの『ウパニシャッド』の別れ(『ブリハッド・アーラヌヤカ・ウパニシャッド』二―四・四―五)を思いだす。このようには、シッダールタは何ごとも語らない。夢におののく耶輸陀羅はふたたび眠りに落ちる。『今昔』には彼女のこのことは表現されない。出来事として表現されてあるのが自然であるが、かりに『今昔』以前の和文化資料を想定する場合にそれに如何にあったかは知らず、ともかく、この不徹底は畢竟『今昔』自身の表現責任に属する。

今昔物語集巻一(4)	十巻本釈迦譜巻六(7)	法苑珠林巻十
〔III〕太子ニ三人ノ妻有リ。一ヲバ瞿夷ト云フ、二ヲバ耶輸ト云フ、三ヲバ鹿野ト云フ。宮ノ内ニ三ノ殿ヲ造テ、各二万ノ采女ヲ具セシム。（I、62・7―8）	〔III′〕菩薩婦家姓瞿曇氏。（中略）瞿夷是太子第一夫人出十二遊経。太子第二夫人。生羅云者名耶惟檀。其父名移施長者。（中略）第三夫人名鹿野。其父名釈長者。以有三婦故。父王為立三時殿。殿有二万婇女。（中略）故三殿置六万婇女出十二遊経。（五十、10b、十二遊経、四、146c、法苑珠林巻九、五十三、345c、経律異相巻四、五十三、16a、小異）	〔III′〕又五夢経云。太子有三妃。第一妃姓瞿曇氏。（中略）瞿夷。（中略）第二妃生羅雲。名耶檀。亦名耶輸。（中略）第三妃名鹿野。（中略）太子以三妃。故白浄王為立三時殿。（中略）殿別有二万婇女。以娯楽太子。……（五十三、357a）

シッダールタの、事実と伝説との間にあるべき三妃に関する、敬語表現をもたない、一種の注釈的挿入部である。南伝パーリ「羅睺羅（ラーフラ）の母」（『因縁物語（ニダーナカター）』）、『大智度論』巻十七のシッダールタ二妃（瞿毘耶・耶輸陀羅）の伝えに耶輸陀羅を羅睺羅の母とし（二十五、182b）、『今昔』本文〔III〕に或る程度近い十巻本『釈迦譜』巻六(7)釈迦内外族姓名譜とか、『法苑珠林』巻九・十とかにも同じく彼女をその母とし、ないし、異伝によって瞿夷（ゴーピー）をその母とすべき判断を示す（五十、10b、前出中略部）など、この伝えは、羅睺羅の生母をめぐる異伝をも含んで、口承的にもおのずから関心される可能性をはらんでいた。たとえば、『法華経』巻一序品の「羅睺羅母耶輸陀羅比丘尼」（九、2a）について、あるいは「十二遊経出三夫人。第一瞿夷。二耶輸。三鹿野。未曾有及瑞応。皆

云羅睺是瞿夷子。涅槃及法華。皆云是耶輸子。（中略）故知定是耶輸子也」（『法華文句』巻二上、三十四、19c）と言い、これをめぐってまた『未曾有経』の前世の売華女の物語を引いて「昔時瞿夷是今日耶輸」（『法華文句記』巻二上、三十四、178c）などとも釈くに至る。その他、諸説があり、あるいは『源氏物語』匂宮巻の「せんけうたいし」（青表紙本）・「くいたいし」（河内本）もこれにからむであろう。冬夏春の「三時殿」と妓女の群れ、特には「二万婇女」と結ぶのは、インド宮廷の歓楽表現類型（一例、『四分律』巻三十一）である。この本文〔III〕は、『今昔』の依った前文〔II〕の原拠、あるいは和文化資料かもしれないそれの上欄にでもたとえば勘物的に朱書でもされていたか、貼紙でもされていたか、それとも、全く別資料から『今昔』自身が癒着したのか、いずれにしても、ともかく安定を欠く。

今昔物語集巻一(4)	仏本行集経巻十六
〔IV〕其ノ時ニ、法行天子、宮ノ内ニ来テ神通ヲ以テ諸ノ婇女ノ身躰・服飾ヲ縦横ニ成テ不令端メズ。或ハ衣裳ヲ弃テ目ヲ張テ眠ル者有リ、死タル屍ノ如也。或ハ仰ギ臥テ手足ヲ展テ口ヲ張テ眠ル者有リ。或ハ身ノ諸ノ瓔珞ノ具ヲ脱捨テ、或ハ大小ノ便利ノ不浄ヲ出シテ眠ル者有リ。太子、手ニ燈ヲ取テ此ノ様々ノ㒵ヲ見給テ思ス様、女人ノ形、不浄ニ見悪キ事顕也。何ノ故ニカ此ニ貪ボル事有ラム、ト思ス。	〔IV′〕爾時色界浄居諸天下来。至於迦毘羅城。（中略）浄飯王身并諸左右。及太子厩。当馬諸臣。宮人婇女。皆悉迷惑。疲之重眠。是時衆中有一天子。名曰法行。来至宮内。以神通力令諸婇女身体服飾縦横不正。（中略）或有脱身諸瓔珞具。或有擲却諸雑華鬘。或棄衣裳張目而眠。猶如死屍。（中略）或有仰臥。長展手脚張口而眠。（中略）或有失於大小便利不浄而眠。爾時太子忽然而寤。覩其宮内。蠟燭及燈（中略）顕爀朗耀極甚光明。見諸宮人如是睡臥。（中略）見如是等種種相貌。見已太子作是思惟。婦人形

容正如是耳。不浄悪露有何可貪。（三、728c―729a）

（I、62・9―13）

本文〔IV〕は『仏本行集経』巻十六の一部の改略にあたり、そこにおいてはやはり耶輸陀羅がふたたび眠りに落ちたあとである。十巻本『釈迦譜』巻二(4)が五巻本を承けて挿む『普耀経』所引部に、『方広大荘厳経』巻六（『ラリタ・ヴィスタラ』第十五章）と同じく、天上遙から法行（ダルマチャーリン）天子が時のすでに至ったことをシッダールタに告げるとあるが、これに刺激されてか、『今昔』自身が『仏本行集経』のこれを求めたというようなことではなくて、おそらくは前文〔II〕ないし〔II〕〔III〕と何らかのかかわりをもちながら、断片的いわば抄物的に、基本的には既存したのであろう。ただし、『仏本行集経』自身においては、漏刻のひとが時を告げ、王宮の夜が沈み、人も馬も眠り、物語的構想から見れば、その夜の深さが、天上からの神通の力のもとに、『因果経』よりも饒舌に重ねられるインドの婦女たちのねむりの、かのアジャンタの壁画の幽婉ではないが、絢爛とした懶惰を浮かべ出させる。本文〔IV〕にはその夜の深さはなく、また、その映像も減り、配置も異なる。その選択なり配列なりがどこまで『今昔』自身によるかは不明である。その女人のねむりと死屍と、まず死屍の比喩を置くのに、映像を対比的に鮮烈に結合する、かがやかしい形而上詩的文学方法を思い出す必要もないであろう。「太子、手ニ燈ヲ取テ……」という行為[2]、ふと古日本のかのよみのくにを思い出させる意改なり、「女人ノ形、不浄ニ見悪キ事顕也」、『仏本行集経』に「不浄悪露」という、あきらかに悪露観（アスパ・パーヴァナー）（不浄観）[3]と見るべきものの誤訳なり、これらがどこまで『今昔』自身によるかもまた不明である。ともかく、『今昔』は、『因果経』の女人たち、すなわち、妓女やふたたび眠りに落ちた耶輸陀羅らを取らず、この『仏本行集経』相当を用いた。『注好選』的な漢字片仮名交り和文化の形であったかとも想像されないでもない。

（2）小稿、巻一(2)〔II〕論述部分参照。

（3）「彼身何有。唯盛悪露諸不浄種」（『四十二章経』、十七、723b）、「道人自観内体悪露、都為不浄」（『六度集経』）巻七（三、41a）、「智者見諸姝麗美色。了知穢悪。唯是肉段。筋骨膿血。（中略）大小便利。薄皮裹之。不浄汚露」（『大宝積経』巻百十、十一、613b）の類、挙げるまでもない。『方広大荘厳経』巻六は、もろもろの女人の形体の変壊するのに、此処の怖るべきこと、死因の都市に詣るが如くである、と古い歌を重ねるであろう。なお、大系本補注は不可解である。

今昔物語集巻一(4)	過去現在因果経巻二・十巻本釈迦譜巻二(4)
〔V〕後夜ニ浄居天及ビ欲界ノ諸ノ天、虚空ニ充満テ、共ニ声ヲ同シテ太子ニ白テ言サク、内外眷属、皆悉ク眠リ臥タリ、只今此レ、出家ノ時也、ト。太子、此ヲ聞給テ自ラ車匿ガ所ニ御シテ、我ヲ乗セムガ為ニ揵陟ニ鞍置テ可将来シ、ト。車匿、天ノ力ニ依テ不寝ズシテ有リ、太子ノ御言ヲ聞テ身挙リ心戦テ云事无。暫ク有テ涙ヲ流シテ申サク、我レ太子ノ御心ニ不違ジト思フ、又大王ノ勅命ヲ不背ト怖ル。又只今遊ニ可出給キ時ニ非ズ、又怨敵ヲ可降伏給キ日ニ非ズ。何ゾ後夜ノ中ニ馬ヲ召ゾヤ。何ノ所ヘ行ムト思食ゾ、ト。太子ノ宣ハク、我今、一切衆生ノ為ニ煩悩結使ノ賊ヲ降伏セムト思フ。汝ヂ我ガ心ニ不可違ズ、ト。車匿、涙ヲ流ス事、雨ノ如シ。再三拒ミ申	〔V′〕爾時太子思如是已。至於後夜。浄居天王及欲界諸天。充満虚空。即共同声白太子言。内外眷属皆悉惛(昏)臥。今者正是出家之時。爾時太子。即便自往至車匿所。以天力故車匿自覚。而語之言。汝可為我被揵陟来。爾時車匿聞此言已。挙身戦怖心懐猶予。一者不欲違太子命(令)。二者畏王勅旨厳峻。思惟良久流涙而言。大王慈勅。如是之厳。且又令者非遊観時。又非降伏怨敵之日。云何於此後夜之中。而忽索馬。欲何所之。太子又復語車匿言。我今欲為一切衆生降伏煩悩結使賊故。汝今不応違我此意。爾時車匿挙声号泣。欲令耶輸陀羅及諸眷属皆悉覚知太子当去。以天

スト云ヘドモ、遂ニ馬ヲ牽テ来ル。太子漸ク進ムデ車匿・揵陟ニ語ヒ給フ、恩愛ハ会ト云ヘドモ離ル。世間ノ无常必ズ可畏シ、出家ノ因縁ハ必ズ遂難シ、ト。車匿、此ヲ聞テ云フ事无、又揵陟嘶エ鳴ク事无シ。其時キニ太子、御身ヨリ光明ヲ放テ十方ヲ照シ給フ、過去ノ諸仏ノ出家ノ法、我レ今又然也、ト。諸天、馬ノ四足ヲ捧ゲ、車匿ヲ接ヒ、帝釈ハ蓋ヲ取リ、諸天皆随ヘリ。城ノ北ノ門ヲ自然ラ開シム、其ノ声音无シ。太子門ヨリ出給フニ、虚空ノ諸天讃歎シ奉ル事无限シ。太子、誓ヲ発テ宣ハク、我レ若シ生老病死・憂悲苦悩ヲ不断ズハ、終ニ宮ニ不返ジ。我レ菩提ヲ不得、又法輪ヲ不転ズハ、返テ父ノ王ト不相見ジ。我レ若シ恩愛ノ心ヲ不尽ズハ、返テ摩訶波闍及ビ耶輸陀羅ヲ不見ジ、ト誓ヒテ、天暁ニ至テ、行ユク所ノ道ノ程三由旬也。諸天、太子随テ其ノ所ニ至テ忽ニ不見ズ。（I、62・14―63・13）

神力惛（昏）臥如故。車匿即便牽馬而来。太子徐前。而語車匿及以揵陟。一切恩愛会当別離。世間之事易可果遂。出家因縁甚難成就。車匿聞已黙然無言。於是揵陟不復噴鳴。爾時太子見明相出。放身光明徹照十方。師子吼言。過去諸仏出家之法。我今亦然。於是諸天捧馬四足。并接車匿。釈提桓因執蓋随従。諸天即便令城北門自然而開。不使有声。……（中略）太子於是従門而出。虚空諸天讃歎随従。爾時太子又師子吼。我若不断生老病死憂悲苦悩。終不還宮。我若不得阿耨多羅三藐三菩提。又復不能転於法輪。要不還与父王相見。若当不尽恩愛之情。終不還見摩訶波闍波提及耶輸陀羅。当於太子説此誓時。虚空諸天讃言。善哉。斯言必果。至于天暁。所行道路。已三踰闍那。時諸天衆既従太子。至此処已。所為事畢。忽然不現。

（三、632c―633a・五十、24c―25a）

本文〔V〕は、若干の変化や誤訳はあるが、『因果経』に即して訳出される。[4]「只今此レ、出家ノ時也」、この「出家」は、『因果経』のそれと同じく、家を出る（踰城）abhinikkhamana の意、出家修行者になることと同意ではない。「出家ノ因縁ハ必ズ遂難シ」「過去ノ諸仏ノ出家ノ法、我レ今又然也」、これらのそれも同じいと見られるであろう。「時」のディスクール。仏とは何か、これをあたらしい翻訳表現の緊張と相関して問う『今昔』体験が、シッダールタの出離を急調させるであろう。(5)

（4）『因果経』を基礎とする十巻本『釈迦譜』は、その『因果経』の「諸天即便令城北門然而開。不使有声。太子於是。従門而出。……」の「太子於是」句の前に、「車匿重悲。門閉下鑰。誰当開者。時諸鬼神阿須倫等自然開門」文を挿む。これは『普曜経』巻四の一部を五巻本から承けるものであるが、『今昔』にこれに対応するものは全く無い。

なお、「（車匿）不寝ズシテ有リ」、「世間ノ無常必ズ可畏シ」などは意改ではなくて誤訳であろう。「身挙リ心戦テ」（「挙身戦怖。心壊猶予」）も一種の誤訳にちがいないが、これは、本文〔I〕、「（王）身挙テ居給ヘル座不安ズ」（「挙身顫掉。不安本座」）と同類であり（大系本補注）、ともに書承による翻訳であることを示すであろう。

（5）小稿「今昔物語集仏伝の翻訳表現（断簡）」→本書所収。

今昔物語集巻一(4)
〔VI〕馬ノ駿キ事ト金翅鳥ノ如シ、車匿不離ズシテ御共ニ有リ。太子、跋伽仙人ノ苦行林ノ中ニ至リ給ヌ。馬ヨリ下リ給テ馬ノ背ヲ撫テ宣ク、我レヲ爰ニ将来レリ、喜ビ思フ事无限シ。又、車匿ニ宣ハク、（中略）我レ国ヲ捨テ此ノ山ニ来レリ。汝ヂ一人ノミ我ニ随ヘリ、甚ダ難有シ。我レ聖ノ所ニ来

過去現在因果経巻二・十巻本釈迦譜巻二(4)
〔VI′〕爾時太子次行至彼跋伽仙人苦行林中。太子見此園林。寂静無諸諠閙。心生歓喜諸根悦予。即便下馬撫背而言。所難為事。汝作已畢。又語車匿。馬行駿疾如金翅鳥王。汝恒随従不離我側。（中略）我既捨国来此林中。唯汝一人独能随我。甚為希有。我今既已至閑静処。汝便可与犍陟倶還宮也。（中略）車匿答言。（中略）我今云何而捨太子。独還宮即耶(也)。太子便答車匿言。世間之法。独生独死。豈復有伴。又有生老病死諸苦。

レリ。汝、速ニ揵陟ヲ具シテ宮ニ返ネ、ト。(中略)車匿申テ云ク、(中略)我レ何トシテカ太子ヲ捨奉テ宮ニ返ラム、ト。太子ノ宣ハク、世間ノ法ハ、一人死ス、一人生レヌ。永ク副フ事有ラムヤ、ト宣テ、車匿ニ向テ誓テ宣ハク、過去ノ諸仏モ菩提ヲ成ムガ為メニ餝ヲ弃テ髪ヲ剃給フ、今、我モ又可然ト、宣テ、(1)宝冠ノ髻ノ中ノ明珠ヲ抜テ車匿ニ与テ、此ノ宝冠・明珠ヲバ父ノ王ニ可奉シ。(2)身ノ瓔珞ヲ脱テ、此ヲ摩訶波闍ニ可奉シ。(3)身ノ上ノ荘厳ノ具ヲバ耶輸陀羅ニ可与シ。汝ヂ永ク我ヲ恋フル心ロ无カレ、揵陟ヲ具シテ速ニ宮ニ返ネ、ト宣ヘドモ、更ニ不返ズシテ哭悲ム。其時ニ、太子自カラ釼ヲ以テ髪ヲ剃給ヒツ。(中略)其時ニ浄居天、太子ノ御前ニシテ猟師ト成テ袈裟ヲ着タリ。(中略)太子、車匿ニ宣ハク、汝ヂ速カニ宮ニ返テ我ガ事ヲ可申シ、ト。然レバ、車匿ハ蹄ヒ渧ビ、揵陟ハ悲ビ泣テ、

我当云何与此作侶。吾今為欲断諸苦故而来至此。苦若断時。然後当与一切衆生而作伴侶。(中略)取七宝剣而師子吼。過去諸仏。為成就阿耨多羅三藐三菩提故。捨棄飾好。剃除鬚髪。我今亦当依諸仏法。作此言已。(1)便脱宝冠髻中明珠。以与車匿而語之曰。以此宝冠及以明珠。致王足下。汝可為我上白大王。我今不為生天楽故。(中略)我今出家。亦復如是。(中略)勿使於我横生憂悩。(2)太子又復脱身瓔珞。以授車匿而語之言。汝可為我持此瓔珞奉摩訶波闍波提道。我今為断諸苦本故出宮城。求満(大)此願。勿復於我反更生苦。(3)又脱身上余荘厳具。以与耶輸陀羅。亦復語言。人生於世。愛別離苦。我今為欲断此諸苦出家学道。勿以我故恒生愁憂。(中略)汝今不応作如此(是)語。世皆離別。豈常集聚。(中略)汝勿於我偏生恋慕。可与犍陟倶還宮也。如是再勅。猶不肯去。爾時太子。便以利剣自剃鬚髪。(中略)時浄居天。於太子前。化作猟師身被(服)袈裟。(中略)爾時太子而語之言。汝今宜応捨此悲愁。便還宮城。具宣我意。太子於是即徐前行。車匿歔欷。頭面作礼。乃至遠望不見太子。(中略)即牽犍陟。執持宝冠厳身之具。車匿号咷揵陟悲鳴。縁路而還。

(三、633b—634b・五十、25a—26a)

道ノマヽニ皈リヌ。宮ニ返テ具ニ事ノ有様ヲ申スニ、大王ヲ始奉テ若干ノ人、哭悲ミ騒ギ合ル事无限シ。此ノ揵陟ハ太子ノ御馬也、車匿ハ舎人也ケリトナム語リ伝ヘタルトヤ。（Ｉ、６３・14―６５・６）	
過去現在因果経巻二・十巻本釈迦譜巻三(4)	（前略〈王宮不知太子所在〉）爾時車匿牽揵陟及荘厳具。悲泣嗚咽。随路而還。（中略）於是車匿前入宮城。……（三、６３５ａ・五十、２６ｃ）

シッダールタの出離が、「国」ないし王「宮」の論理と「山」（「林中」）ないし「聖ノ所」（「閑静処」）の論理とを、まず鋭く矛盾させる。この時、本文〔VI〕冒頭「馬ノ駿キ事ト……御共ニ有リ」、これは、原典に平叙する「心生歓喜諸根悦予」句を会話に改めた方向とは逆に、原典の会話部を平叙して、物語の登場人物としてのシッダールタと馭者車匿（チャンダカ）との関係内部から、物語の場面・局面に動的に機能することになった。その比喩は回想なり結果なりとしての喜びのままには収束されず、出離の矛盾を超えるシッダールタの決意を方向して展いて、もとより出離の急迫を告げた。これは、表現の媒体・素材としての原典との出会の緊張が、『今昔』の表現の潜勢力、その衝迫とも言うべきものを自己の形として見出して来たのであり、それはやはり『今昔』内部の求法と呼ぶべきものにかかわっていて、その意味において『今昔』は自己の希いを表現したのであり、ここには『今昔』の托したものがあったと言える。原典、シッダールタが車匿に語る会話部の、人間の孤独とその出会の意味とは、本文〔VI〕にはただ「世間ノ法ハ、一人死ス、一人生レヌ、永ク副フ事有ラムヤ」とのみ訳出されるが、この意味は、既注されるところとは異なり、ひとりひとり別々に生死するという存在の理に通って、「人在世間愛欲之中。独生独死独去独来」（『無量寿経』巻下、十二、２７４ｃ）、「一身独生歿。電影是無常」（『性霊集』巻一「遊山慕仙詩」）、「独生而独死、自作而自受」（『三代実録』巻二、貞観元年）ないし、まさしく仏伝のこの部分にあたる、「生ル時モ

独生レ、死ル時モ独去。何ゾ中間ニ必シモ人ト伴ム。我、無上道ヲ成ジテバ、一切衆生ヲ以テ伴トスベシ」（『沙石集』巻三(1)の類にあきらかであろう。助動詞「ヌ」は、「色はにほへどちりぬるを」、「を」のなげき、深みをみちびくべき常法、恒常の真意をいい、「十月は小春の天気、草も青くなり、梅もつぼみぬ」（『徒然草』第百五十五段）、もとより単に「つぼみをつけてしまう」ではないこと同じい。「六道輪廻の間には、ともなふ人もなかりけり、独むまれて独死す、生死の道こそかなしけれ」（『一遍上人語録』百利口語）なども同じい。「ひとりが死すると一方においてひとり生れるものだ」という既注の類は、誤りである。

原典は、過去諸仏所行の法式と重ねた後、シッダールタが王宮の恩情あった人びとへの告別を車匿に托する、同型の類似表現を鼎立して進行するが、本文〔VI〕は、その同型表現の間から、連鎖する行動の映像を簡明な命令表現に托して運んで行く。愛別離苦などの諸苦を断つべき解脱の希いがすべて省かれるのは、前文〔V〕に訳出したところとの重複を避けたのであろう。シッダールタを鼎聞表現した中の「我今……」「勿……」型は、またシッダールタの車匿への「汝今……」「勿……」表現にもわたり、本文〔VI〕「汝ヂ永ク我ヲ恋フル心ロ无カレ」へわたる簡略は、おそらく原典のその調子をも知るであろう。「永ク」は『今昔』の好んだ語であった。

Es ist Zeit. シッダールタ出家。鬚髪を剃り、身に袈裟をつける。「我今始名真出家也」（『方広大荘厳経』巻六、三、576c・『仏本行集経』巻十八、三、738a）、すなわち出家修行者となること、その出家 Pravrajyā（pabbajjā）の意である。もと字義としては遊行・迎遊の意、必ず家を捨てて遊行生活に入ることをさすという[6]。袈裟 kashāya、赤褐色ないし赤濁色を本制とし、青・黒（泥）・木蘭（『四分律』巻十六）ないし青・泥・茜（『十誦律』巻十五）など、もとより、もと質朴を旨とした。インドの暑い地方では身に襯着したという。『五分律』巻十五は「我今已為出家。自然具戒」（二十二、102b）と言っていた[7]。『今昔』も『今昔』として、ここに真の出家を観る。次章冒頭に「苦行林ノ中ニシテ出家シ給テ」と補う所以であった。二十九歳であったという。

そして、古い仏伝には見えないが、求道者・出家者と猟師と鹿の出会うのは、仏教説話の類型である。(8) 末尾、車匿が「宮ニ返テ具ニ事ノ有様ヲ申スニ」という要領摘出は、後記すべきように、『今昔』が次章巻一(5)本文〔II〕との関係を細心に検討した上の補充であった。車匿・揵陟（カンタカ）が、たとえば『梁塵秘抄』No.(207)にも謡われたことは言うまでもない。「太子の御幸には　こんでい駒に乗りたまひ　車匿舎人に口とらせ　檀特山（だんどくせん）にぞ入りたまふ」。(9)

（6）宇井伯寿「根本仏教に於ける僧伽の意義」（『印度哲学研究』（第四）、二二一―二六頁）。論は、仏教以前からの、いわゆる学生期・家住期・林住期・遁世（遊行）期の四時期にふれなどもする。

（7）平川彰『律蔵の研究』五三六―五三七頁。

（8）「もと清らかな天界のひとがその気持を知り、鹿狩りびとの姿になって、黄褐色の衣（袈裟）をまとって近づいてきた。その人にシャーキャ族の王子は言った」（『ブッダチャリタ』六―20）。なお、新潮日本古典集成『今昔物語集　本朝世俗部　四』付録、三四八頁（川端善明）。

（9）檀特山は、ガンダーラ、かのタフティ・バハイ東方のメハサンダの地と推定される著名の霊山。仏伝本来には見えない説伝である。『大唐西域記』巻二に特に詳しい。

ちなみに、日本山陽新幹線、姫路西方に檀特山トンネルがあり、その西にすぐ北方（太子町）に斑鳩寺がなつかしい。

巻一　悉達太子於山苦行語第五

インドのはるかな道。あたらしい原理を索めて、シッダールタは犀の角のようにひとり行った。物語は『過去現在因果経』巻二なり十巻本『釈迦譜』巻二(4)なりにおいては巻を分かたずにつづき、『今昔物語集』は章をくぎって巻一(5)悉達太子於山苦行語第五を立て、王宮を去ったシッダールタが苦行者跋伽仙（バッガヴァ）仙人を訪う出来事を冒頭する。もとより、その出離を鋭く意識するゆえである。原典の所伝に従い、誤訳か意改かを交えながら、『今

昔』は全体として簡略し、ただし、その核心は、これを、

今昔物語集巻一(5)	過去現在因果経巻二・十巻本釈迦譜巻二(4)
〔I〕太子、此ノ事ヲ思スニ、（跋伽等）苦行ヲ修ト云ヘドモ、皆、仏ノ道ヲ願フニ非ズ、我レ爰ニ不可住ズ、ト思シテ……（I・65・14―15）	〔I′〕（太子）復更思推。此諸仙人雖修苦行。皆非解脱真正之道。我今不応止住於此。……（三、634c・五十、26b）

と訳出する。シッダールタは跋伽の教える阿羅邏迦蘭（アーラーラ・カーラーマ）のもとへ去るであろう。つづいて、原典は、『因果経』はなお多くそのまま巻をつぎ、『釈迦譜』は巻を分かって、王宮の驚愕・悲歎と、そこへ還った車匿の弁明と、その王宮の場面へ移る。

今昔物語集巻一(5)	過去現在因果経巻二・十巻本釈迦譜巻三(4)
〔II〕（A）サテ車匿ハ揵陟ヲ曳テ宮ニ返ヌ。(1)宮ノ諸ノ人、摩訶波闍及ビ耶輸陀羅ニ申テ云ク、車匿・揵陟、爰ニ還来レリ、ト。(2)波提、此ヲ聞テ泣々王ニ申ス。（B）又、(3)王、此ヲ聞テ悶絶躃地シテ、暫ク在テ醒悟テ、（C）諸ノ臣ニ勅シテ四方ニ太子ヲ尋ネ求メ奉テ、（D）大王、車千	〔II′〕爾時太子既出宮已。至於天暁。耶輸陀羅及諸婇女従眠而覚。不見太子悲号啼泣。即便往啓摩訶波闍波提。今旦忽失太子所在。(1)摩訶波闍波提聞是語已。迷悶躃地。如是展転乃至達王。(3)王聞此言。屹然無声。失其精魄（魂）若喪四体。（中略〈諸大臣追求太子〉）爾時車匿歩牽犍陟及荘厳具。悲泣嗚咽随路而還。（中略）(1)外諸官属白摩訶波闍波提及耶輸陀羅言。車匿唯与犍陟倶還。聞此言已宛転于地。（中略〈車匿弁明〉）時摩訶波闍波提及

ニ多ノ資粮ヲ積テ、太子ノ御許ニ送テ、時ニ随テ供養シ奉テ乏キ事有セ不奉ジト。(E)車匿、太子ノ御許ニ詣テ此資粮ヲ奉ルニ、太子敢テ不受給ズ。然レバ、車匿一人留テ千ノ車ヲバ王ノ御許ヘ返シ送ツ。車匿ハ太子ニ付奉テ朝暮ニ不離ズ。

（I、66・2―7）

耶輸陀羅。既聞車匿説此事已。心小醒悟。黙念無声。[3]爾時白浄王悶絶始醒。勅喚車匿而語之言。（中略）時白浄王愛念情深。語車匿言。我今当往尋求太子。（中略）於是王師大臣即便辞出。追尋太子。

（三、634c～636b・五十、26c～28a）

過去現在因果経巻三・十巻本釈迦譜巻三(4)

爾時白浄王発遣王師及大臣已。（中略〈太子修行、王師大臣尋求太子報告〉）爾時白浄王聞王師大臣説彼使人如此語已。心大悲悩。（中略）時白浄王即便厳駕五百乗車。摩訶波闍波提及耶輸陀羅。亦復相与弁五百乗。一切資生皆悉具足。即喚車匿而語之言。（中略）今復令汝領此千乗。載致資糧送与太子。随時供養勿使乏少。尽更来請。車匿受勅。即領千乗。疾速而去。至太子所。（中略〈見太子苦行相〉）銜涙而言。大王憶念太子不捨日夜。今故遣我。領此千乗載資生具。以餉太子。（中略）爾時車匿聞此語已。心自思惟。太子今者既不肯受如此(是)資供。我当別覓一人。領此千乗。還帰王所。我住於此奉事太子。（中略）於是車匿密侍太子不離晨昏(昏晨)。

（三、636b―639a・五十、28a―31a）

原典に、シッダールタ出城の「爾夕」（三、635b・五十、27a）をめぐって車匿の弁明する内容は、『今昔』がすでに前章巻一(4)にその原典に即して訳出した出来事と多く重複した。『今昔』は、その重複を避ける意味において、同じくその前章の結末に、還城した車匿が「具ニ事ノ有様ヲ申スニ」と要領摘出して、あらかじめ処理を計っておいたであろう。いま、その処理とも相関して、本文〔II〕が極めて簡略して訳出された。この簡略には無理があるが、また単に無条件に任意なのではない。一種の整合感覚に立つ原典理会の方法のひそむことが検出されるであろう。

まず、本文（A）は、「サテ車匿ハ揵陟ヲ曳テ……爰ニ還来レリ、ト」、これに「波提、此ヲ聞テ泣々王ニ申ス」とつづく。「サテ」は仮名書自立語であるが、いま、あえてかかわらない。これは、車匿らが王宮に還り、摩訶波闍波提（マハーパジャーパテイー）や耶輸陀羅（ヤショーダラー）がただ車匿らのみ還る「此言」を「聞」いた、その後出原文を先行させ、これに、先行原文、すなわち、車匿らの還る以前にシッダールタの不在を知った王宮において、「摩訶波闍波提聞是語已。迷悶躃地。（中略）達王」とある、それをつづけたことがあきらかであった。[1] もとより、この原語「是語」はもとシッダールタの不在をのみ意味したが、いまは先行する「此言」に意味的に包摂されていて、訳語「此ヲ聞テ」はその包摂された意味をひろげる。「泣々」は、もとより『今昔』がほぼその全巻を通じてしばしば補入した和語性の類型語であった。

（1）本文「波提、此ヲ聞テ泣々王ニ申ス」、これは、原典に車匿への詰問と車匿の報告とを詳しく述べるあたりにあたる（大系本頭注）のではない。

つづいて、本文（B）「又、王、此ヲ聞テ悶絶躃地シテ、暫ク在テ醒悟テ」というこれは、まず、同じく原典につづく「王聞此言。屹然無声……」、この王の失神の句を通じて、やはりまた「此ヲ聞テ」とその意味をひろげている。そして、原典によれば、その王の失神の間に、摩訶波闍波提と耶輸陀羅とは、車匿から「此事」すなわちシッダールタ出城の仔細を聞いて「心小醒悟。默念無声」し、「爾時」、その時に王は失神「悶絶」から始めて「醒」めるであろう。この間、『因果経』には、王の失神の間に諸大臣がシッダールタの出城を検し、勅してあとを追って行方を知らなかったことを「大王」に報告する（「白大王言」）が、十巻本『釈迦譜』の宋本・宮本にはこれを「大臣」とし（「白大臣言」）て、諸大臣への追手らの情報と見ている。この時、『因果経』の漢訳自体少しくまどわしいとしても、出来事としてはこの『釈迦譜』をとるべきか、前後のコンテキストから見て、『釈迦譜』は「大王」はまだ失神していると見ているらしい。『今昔』本文にはこの部分は省略されて直接表現されないが、簡略してつづく本文が「暫ク在テ醒悟テ」とする前後の理会には、これに通じるものがあると考えられる。

ともかく、本文（A）（B）は、要約すれば、原典のこの間を、女人の「聞此言已。宛転于地」した意を先行させ、

摩訶波闍波提聞是語已。迷悶躃地。（中略）達王。王聞此言。屹然無声。……
時摩訶波闍波提及耶輸陀羅。既聞車匿説此事已。心小醒悟。默念無声。……
爾時白浄王悶絶始醒。……

これらの類似統合、ないしその前後の消去による転換を計りながら、簡略したのであった。そえて言えば、「（王）悶絶躃地シテ……醒悟テ」の用字は、原典、彼女ないし彼女たちの「迷悶躃地」ないし「心小醒悟」の句を感じるところからする、表現の限定のかげでもあったか。すべて、必ずしも原典の示す出来事には沿わず、また一種の形式性は免れないが、分析的にはたらく構成感覚が、連鎖する行為関係の骨格を鋭く筋立てている、と言うことはできるのである。

本文（C）は、さらにはなはだしく簡略された。原典、始めて醒めた王は勅して車匿を喚び、その弁明を聞き、やがてシッダールタのあとを尋ね求めることを王師大臣らに命じるであろう。原典のその方向を、既出の出城の

出来事との重複部分、ないし、車匿の弁明の中に耶輸陀羅の懐妊にふれさせて王に王統の継承の可能性を感じさせなどする、若干の曲折部分を除いて抽出すれば、それは、

A　爾時白浄王悶絶始醒。勅喚車匿而語之言。……

B　時白浄王愛念情深。語車匿言。我今当往尋求太子。……

C　王聞此語。心自念言。（中略）今当試令師及（与）大臣更一尋（求）也。（中略）爾時白浄王発遣王師及大臣已。

（三、636a—b・五十、27c—28a）

……

となる。この間に、物語は、対告の対象においては車匿から王師大臣へ移り、内容においてはシッダールタの出城から王の尋求太子の方向へ展かれて、そして、受勅して王師大臣らが王宮を出るであろう。現世恩愛の情のもつれのままにシッダールタを追い尋ねる父王と、解脱の道を求めて別れ去る子シッダールタと、聖俗の主題がからみ合った。それが、カピラヴァストゥ王宮、苦行者たちの山林や、そして、都市の成立を背景として六師外道など、さまざまの自由思想家たちもゆききした、華やかなマガダ王都王舎城（ラージャグリハ）、ガヤ城西南の迦闍山（ガヤーシールサ）やウルヴェーラー尼連禅河（ナイランジャナー）などの間、『今昔』本文（C）に「四方」と取意されたその空間に展開し、跋伽・阿羅邏迦蘭仙人やマガダ頻毘娑羅王（ビンビサーラ）、また迦闍山苦行林中の阿若憍陳如（アジュナータカウンディニャ）から五人などを配置して、なつかしいはるかなインドの道の物語が設定されていた。その経過は、憍陳如からの情報に接した王師大臣から、まとめて父王に報告された。シッダールタの志意を察した父王は、

D　爾時白浄王聞王師大臣説彼使人如此語已。心大悲悩。（中略）即喚車匿而語之言。……

車匿を喚んで、シッダールタにせめて千乗の資糧を送ろうとする。シッダールタの出離・求道と王の尋求太子と、二つの主題と構造とを知る『今昔』は、まず本文〔I〕にその求道を置き、いまこの尋求太子を追いながら、このあたらしい展開に目をとめるであろう。いま、本文（C）、「諸ノ臣ニ勅シテ四方ニ太子ヲ尋ネ求メ奉テ」、これは、

原典に連立する類似表現ABCの交感、会話的と心内語的といずれにも通じ得べきそれを、王勅という形はのこして交感させ、その対象は一元化し「諸ノ臣」として重ね合わせ、その内容は表現BCの方向へ向かわせて、かつ、ここに至る長い物語の、尋求太子にかかわるすべてを「四方」ということばに包んで簡略してしまったのである。この極略のままに、本文（C）にその文のままに本文（D）がつづくのであるが、これは、前出原典類似表現ABCと、それから遠く離れてはいるものの、この原典Dの類似表現との間にあたらしく交感関係をめざめさせて、その関係の間から、表現Dの方向するあたらしい展開へ就こうとしたものであった。

ただし、本文（B）（C）から（D）冒頭に至る、この統合簡略ないし屈折は、接続助詞「テ」の頻用をやむなくし、あわせて、本文（D）「……乏キ事有セ不奉ジト」とある会話部の上限を不明瞭にすることをも結果した。本文（C）は、前記のように、王勅の対象を「諸ノ臣ニ勅シテ」と簡略して尋求太子の主題を急いだが、いま、原典表現Dはその対象をふたたび車匿へ移していて、本文（D）の問題の会話部、その上限部は措いて少なくともその下限部は、原典においてはあきらかに車匿への王勅に属する。しかし、本文（D）においては、原典にその車匿へ移るその方向はまだあらわれず、それは、この会話部の終結に直接する後文、本文（E）「車匿、太子ノ御許ニ詣テ……」にはじめて具体するであろう。あきらかにここには、原典表現ABCDの統合を中心とした訳出の上の苦渋がのこり、無理があると言わなくてはならない。ただし、また同時に、その訳出簡略が任意ではなくて、自身の方法と論理とを基本的に固持すると言うこともできる。もし推すならば、本文（A）〜（E）の間には、「王」ということばが、「王ニ申ス」（原典「達王」）、「又、王、此ヲ聞テ」（「王聞此言」等）、「王ノ御許」（「王所」）と、原典に即しながら三たび、そして、「大王」ということばが一つ見えるであろう。『今昔』において表現上のこの種の差異がどの程度まで意識の深度にかかわるかは必ずしも厳密を期しがたいとしても、いましこれを問えば、この「大王」ということばは原典にまさしく対応すべきを見ないものの、ただし、原典、千乗

の資糧をめぐる車匿への王勅とシッダールタへの車匿のその復誦と、

Ｅ　（白浄王）即喚車匿而語之言。（中略）今復令汝領此千乗。載致資糧。送与太子。……

Ｆ　（車匿）銜涙而言。大王憶念。太子不捨日夜。今故遣我。領此千乗。載資生具。以餉太子。

この類似表現ＥＦの間に「大王」の語が見え、これは車匿から王への敬意を含む。本文（Ｄ）の「大王」はこの原語を感じるか、とあるいは考えられるであろう。すなわち、この「大王」は、前記のように、本文（Ｃ）（Ｄ）において、原典表現ＡＢＣＤ関連の間から出て表現Ｄの方向するあたらしい展開が、表現Ｄ～ＤＥに即して展開しながら、その類似表現Ｆからその原語をとりこんだか、と考えられるであろう。ただし、また前記のように、本文（Ｄ）には車匿は原典表現Ｄ～ＤＥのようにはまだ再登場せず、すべてなお「諸ノ臣」に包摂されているから、その会話主体は原典表現Ｆのようには車匿としてあらわれないが、これは極略のはてとしてやむを得ない。平叙部の「王」三たびと異なる唯一の「大王」表現は、やはり原典表現Ｆにシッダールタへの会話内自体に存したように、本文（Ｃ）（Ｄ）においてもおそらく同じく会話内の人間関係の意味として会話部に含まれ、千乗を送る王勅の心をその王に敬意をはらいながらシッダールタにつたえようとする、そのような伝言関係の役割を果す方向にかかわるべきであろう。問題の会話部は、その不明瞭は免れないながら、本文（Ｄ）「大王、車千ニ……」を上限とすべきかと考えられるのである。つづく本文（Ｅ）「車匿、太子ノ御許ニ詣テ、此資粮ヲ奉ルニ」、前記のように原典においては車匿への王勅に属した本文（Ｄ）下限部につづいて、ここにはじめて車匿が再登場する。本文（Ｃ）（Ｄ）からの接続は、問題の会話部が「諸ノ臣」を通して果された伝言自体ではなく、その伝言関係を方向するにとどまったとしても、やはり安定を欠くが、もとよりこれも本文〔II〕が極端な簡略を続けた結果であった。

これに由ってこれを観れば、『今昔』本文〔II〕は、原典の主題、まずその尋求太子について統合簡略し、そのはなはだしい簡略は形式性は免れないとしても、基本的には、あくまで原典に即いてその細部をもみつめ、それとしての構成性整合性は方法的にめざめてはいるのである。(2) 自己模索の息をひそめて緊張するその構成感覚は、もとよりまた、『今昔』がその一篇一篇を編み上げるメカニズムとも照らしあうべきものであった。

(2) この統合簡略に関して、大系本は、『因果経』巻二に父王が悶絶躃地し、醒めて諸臣を太子捜索に遣わしたのは『今昔』にもそのまま受け取られるが、実は悶絶躃地して「暫ク在テ」起きたのは、『因果経』巻三に、太子の苦行相を見た車匿であるとして、『今昔』は「ここに悶絶躃地という共通句を契機にして非常に大きな統合を行なった」と補注する(一〇八)。これは誤りである。『今昔』は、その『因果経』巻三の車匿「悶絶於地。良久乃起」前後の若干句は、問題の「大王」の外は、あきらかにこれを直接訳出せず、省略している。『今昔』が『因果経』「巻二のあとに巻三の中程の説話を、原典の順序を超えて持って来た」ということ自体は正しいが、『今昔』の統合はより方法的であった、というべきである。

もとより、『今昔』の欲したところは、シッダールタの求道の遂行、その解脱の成就であった。その主題が、跋伽仙人との物語につづいて、ふたたび帰ることになる。

今昔物語集巻一(5)	過去現在因果経巻三・十巻本釈迦譜巻三(4)
〔Ⅲ〕太子ハ阿羅邏仙人ノ所ニ至リ給ヌ。(中略)仙人、天ノ告ヲ聞テ出テ太子ヲ見奉ルニ、形端正ナル事无限シ。即チ迎へ奉テ請ジ居奉ツ。仙人ノ申サク、昔ノ諸ノ王ハ、盛ノ時、恣ニ五欲ヲ受クト云ヘドモ、国ヲ捨テ出家シテ道ヲ求ムル事ハ无シ。今、太子ハ盛ニシテ五欲ヲ捨テ爰	〔Ⅲ′〕爾時太子即便前至(行向)・彼阿羅邏仙人・・(所住)之所(処)。(中略)時彼仙人既聞天語心大歓喜。俄爾之頃遙見太子。即出奉迎讃言。善来。倶還所住。請太子坐。是時仙人既見太子。顔貌端正相好具足(是)。諸根恬静。深生愛敬即問太子。(中略)古昔諸王。盛年之時。恣受五欲。至於根熟。然後方捨国邑楽具。出家学道。此未足奇。太子今者於(捨)此壮年

ニ来給ヘリ。実ニ希有也。太子ノ宣ク、汝ガ云フ事ヲ聞クニ、我レ喜ブ。汝、我為ニ生老病死ヲ断ズル法ヲ可説シ、ト。仙人ノ云ク、（中略〈四禅等〉）如此キ生老病死・憂悲苦悩ニ流転ス。（中略）（太子）我レ、此ニ勝タラム位ヲ求メムト思シテ、座ヨリ立テ仙人ニ別給フ。二人ノ仙人、太子ノ去給フヲ見テ思ハク、太子ノ智恵、甚ダ深クシテ難量シ、ト思テ、掌ヲ合セテ送リ奉ル。

（I、66・8—67・7）

能棄五欲。遠至此間（来至此）。真為殊特。（中略）太子聞已即答之曰。我聞汝言極為歓喜。汝可為我説断生老病死之法。我今楽聞。（中略〈四禅等〉）於是流転生老病死憂非苦悩。（中略）（太子）即問之曰。非想非非想處。為有我耶（也）、為無我耶（也）。（中略）于時太子為求勝法。即従座起与仙人別。（中略）次至迦蘭所住之処。論議問答亦復如是。太子即便前路而去。時二仙人見太子去。各心念言。太子智慧深妙奇特。乃爾難測。合掌奉送。絶視方還。

（三、637c—638b・五十、29c—30b）

『今昔』の求める主題からして、原典、シッダールタの、阿羅邏迦蘭をすすめる跋伽との別れから、この本文〔III〕、阿羅邏迦蘭との物語が当然つづくべきではあったが、遠く隔てて物語られるこれを誘いやすくした形として、シッダールタの、その跋伽との別れの部分と、その阿羅邏迦蘭を求めるゆえの、王舎城に引きとどめる頻毘娑羅王との別れの部分との、表現の類似があるいは数えられるかもしれない。すなわち、

……於是太子即便北行。（跋伽等）諸仙人衆見太子去。心懐懊悩合掌随送。極望絶視然後乃還。

（『過去現在因果経』巻二、三、634c・十巻本『釈迦譜』巻二、五十、26b）

時頻毘娑羅王見太子去。深大惆悵合掌流涙。（中略）太子於是辞別而去。時王奉送。次於路側極目瞻（観）矚不見乃返（還）。

（同巻三、三、637c・同巻三、五十、29a）

いずれも『今昔』本文には訳出されないのではあるが、この頻毘娑羅王との別れの後、原典〔III′〕が、『因果経』で

は直接し、『釈迦譜』ではこれにつづく『瑞応本起経』所引部（三、476b—c）を隔てた後にただちに接して、始まるのである。[3]

縁（えにし）あってその名のこる阿羅邏迦蘭 Ālāra-kārāma、その名は賢者カーラーに古祖とする一族に生れたアラーダの意という（『ブッダチャリタ』12—2）、すなわち頻陀山（ヴィンディアーコーシュク）の聖者阿羅藍（アーラーラ）（『仏所行讃（ブッダチャリタ）』巻二、四、14a。『大品』一—六—一～四〈南伝三〉、中部『聖求経』・『薩遮伽大経（サッチャカ・スッタ）』〈同九〉）、「名阿羅邏、姓迦蘭氏」（『仏本行集経』巻二十一、三、751c）といい、またべつに「諸道七、一名為阿蘭、二名為迦蘭」（『修行本起経』巻下）、「二仙人」「阿羅邏・迦蘭」（『因果経』巻三637c、等）ともいう。阿羅邏迦蘭に次いでのこる優陀羅羅摩子（ウッダカラーマプッタ）（『仏本行集経』巻二十二、757、等）は、『因果経』には見えない。『中阿含経』羅摩経には「盛年年二十九、（中略）我剃除鬚髪著袈裟衣。至信捨家無家学道。（中略）往阿羅羅伽羅摩所。（中略）往詣鬱陀羅羅摩子」と言っている（一、776b～c）。

原典の教理的部分を多く省くのは『今昔』の常法であるが、いまも、原典、「生老病死ヲ断ズル法」を問うシッダールタと阿羅邏仙人との対論については、彼の説く「冥初（プラクリティ）」（原質）の理に始まる「生老病死を流転して憂悲苦悩す」る外は、四禅・四無色定、たとえば無所有処とか非想非非想処とかに関する形而上学的理論を省く。彼の修定主義[4]を真実の解脱ではないとしてシッダールタは別れる。その時、本文がまた原典を類似統合し、原典「次至迦蘭所住之処……」を省きながら、原語「二仙人」をそのまま「二人ノ仙人」と訳したことは既にあきらかであろう。もとより阿羅邏迦蘭はもと一人の名であるが、『因果経』巻三、阿羅邏・迦蘭「二仙人」（三、637c等、十巻本『釈迦譜』巻三、同）のような異伝も生じ、いまもその場合である。原典に「次至迦蘭所往之処」とある、その迦蘭にはふれず、「二人ノ仙人」とした訳文を不注意と見るのはやさしいが、あえて言えば、本文は阿羅邏・迦蘭仙人をほぼ間近に所住するという理会の在り方でとらえたか、とも考えられないではない。[5]

なお、この「二仙人」との別れもまた前記と表現を類似するであろう。

（3）文章中の仙人の言「昔ノ諸ノ王ハ、盛ノ時、……无シ」は、原典と「文意正に逆」（大系本補注）なのではない。もとより、「盛ノ時」は「恣ニ……无シ」全句にかかり、文意は、特には原意に背かない」と旧注した（旧稿『今昔物語集仏伝の研究』、一九八五）。『今昔』の表現が少しく錯覚を誘いやすいのであろう。

（4）宇井伯寿『印度哲学研究（二）』二一三～二一八頁、『同（三）』一五一～一五六頁。

（5）大系本校異によれば、異本には「……別給フ二仙人……」の類とある由であるが、原本はやはり「別給フ二人ノ……」とあったであろう。いま、原典「二仙人」を不注意にのこしたと見るのがもっとも妥当かもしれない。ただし、『因果経』等にはまた、「彼有大仙。阿羅邏加蘭（ママ）（三、634c、『今昔』巻一(5)「彼コニ大仙有リ、名ヲバ阿羅邏迦蘭ト云フ」Ⅰ、65・16）、「彼仙人阿羅邏迦蘭」（三、636b）、「阿羅邏迦蘭仙人」（三、637a）等の表現もあった。「彼有大仙。……」の場合、原典後文からは二仙人の意であるはずであるが、いささかまどわしくもあろう。もし、これを『今昔』が後文のように二仙人として受け、その理会のもとに、その二仙人をほぼ間近に所住すると考えて、いまも「迦蘭」は省きながら、その二仙人と見たか、とも考えられなくはない。なお、仏陀成道の時、『因果経』巻三等には空中声が「阿羅邏」「迦蘭」二仙人それぞれの名を告げ、『今昔』巻一(7)もこれに従っている。

今昔物語集巻一(5)	過去現在因果経巻三・十巻本釈迦譜巻三(4)
〔Ⅳ〕太子、又、迦蘭仙ノ苦行ノ所ニ至給フ、憍陳如等ノ五人ノ栖也。其ヨリ尼連禅河ノ側ニ至給テ、坐禅修習シテ苦行シ給フ。或日ハ一麻ヲ食シ、或日ハ一米ヲ食シ、或ハ一日乃至七日ニ一ノ麻米ヲ食ス。憍陳如等、又苦行ヲ修シ、太子ヲ供養シ奉テ其ノ側ヲ不離ズ。	〔Ⅳ′〕爾時太子調伏阿羅邏迦蘭二仙人已。即便前進迦闍（伽）山苦行林中。是憍陳如等五人所止住処。即於尼連禅河側。静坐思惟。観・（察）衆生根。宜応六年苦行而以度之。思惟是已。便修苦行。於是諸天奉献麻米。太子為求正真道故。浄心守戒。日食一麻一米。（中略）爾時憍陳如等五人。既見太子端坐思惟修於苦行。或日食一麻。或日食一米。

或復二日乃至七日食一麻米。時憍陳如等亦修苦行。供奉太子不離其側。（三、638b—c・五十、30b）

まず、「迦蘭仙」（東大本甲、草冠後筆）・「迦闌仙」（内閣文庫本B）・「迦闍仙」（東北大本・野村本、等）等、本文の異同（大系本校異）が問われるであろう。原典からすれば、あきらかに「迦闍山」でなくてはならない。すなわち、かの砂ひろい水辺の美わしのウルヴェーラー、その北部、ガヤ城西南、かの燃焼経（熾然品）の伽耶山（ガヤーシールサ）（「伽闍山」『仏所行讃』巻三・四）である。(6) 諸本の中、「迦闍山」には「闍」に「蘭」類を朱傍するものもあるという。いずれも「仙」とあって、「山」とはない。『今昔』訳者には、原典前出「迦蘭（仙）」の残像と原典「迦闍（伽）山」との間に何らかの錯覚なり混乱なりがあったらしく、『今昔』原本の相はただちには決めがたいが、諸本の一部に「迦闍仙」とあり、別本に「蘭」字に草冠なく、一本に草冠が後筆してあるから、『今昔』原本には少なくとも「迦闍仙」とあったか、と考えることは許されるであろう。いま、「太子、又、……ノ苦行ノ所ニ至給フ」句の「苦行ノ所」は、原典「迦闍山苦行林中」の訳語であるが、この時、前章、巻一(4)本文〔VI〕「太子、跋伽仙人ノ苦行林ノ中ニ至リ給ヌ」（原典「爾時太子次行至跋伽仙人苦行林中」）、「（太子）彼ノ仙人ノ栖ニ至リ給フ」（巻一(5)、I、65・10、「爾時太子即便前至跋伽仙人所住之処」、三、634b等）の直訳とは異なって、あえて訳語「苦行ノ所」をえらんだのは、本文の用いた副詞「又」の意とあいまって、前文〔III〕の冒頭、「太子ハ阿羅邏仙人ノ所ニ至リ給ヌ」文に対する並立を意識したか、と考えられる。前文〔III〕には、例の原典「次至迦蘭所住之処……」にはふれず、原語訳「二人ノ仙人」を残し、また、いま原典には直前に「阿羅邏迦蘭二仙人」のもとをシッダールタが去ったとあった。『今昔』原本は、原語「迦闍山」の「山」を「仙」と錯覚し、「阿羅邏迦蘭」という、またこれに問題がないわけではないが、ともかく「二仙人」とは別に「迦闍仙」という一仙人を感じて、「又、迦闍仙ノ苦行ノ所ニ……」と誤訳したにちがいない。原典に後に「伽闍(ママ)山苦行林中」は再出する（三、639a等）が、訳文はその部分を略していて、錯覚を訂するには至らなかったと想像される。この誤訳のままでは、つづく「憍陳如等ノ五人ノ栖也」文との接続関係が安定しないとしても、おそらくそれが原本のすがたであって、「迦蘭仙」の類はそれをさらに『今昔』写本が誤写しながら不安を感じていた結果であったのであろう。つづいて、本文は類似統合をくり返して行き、その間の「或日ハ……食ス」、原典では憍陳如らからの視覚であるが、「食(じき)ス」と訓むかぎり敬語を見ないのは、あるいは原典とは別に注釈的をでも意識したのか、その理由を知らない。ともかく、本文は、錯覚なり混乱なりを交えながら、原典に即すると言うことはできる。

（6）本稿「まえがき」参照。「伽耶尸梨沙山」（『仏本行集経』巻二十四）・「伽耶山」（『方広大荘厳経』巻七・『大唐西域記』巻八・日本康和二年成道和讃・『梁塵秘抄』No.228等）・「象頭山」（『四分律』巻三十三、等）。「悉達太子於山苦行語」という題名にもそうことになる（小峯和明「今昔物語集天竺部の形成と構造II」徳島大学教養部紀要—人文・社会科学—第十六巻）。

注意すべきは、本文末尾の「……不離ズ」の句である。原典には、つづいて、阿若憍陳如らの情報に接した王師大臣からの王への報告、王の悲悩、やがて王のシッダールタへの車匿派遣による資糧補給のこころみのことなど、長い物語の細部があった。これらはすでに、『今昔』本文〔II〕（C）（D）の底に没し、（E）にあらわれて、尋求太子の主題を追ったところであった。その〔II〕（E）の末尾に「車匿ハ太子ニ付奉テ朝暮ニ不離ズ」とあったことが思い出されるであろう。ここに、あきらかにつぎの交感関係が成立する。

G　車匿ハ太子ニ付奉テ朝暮ニ不離ズ。

G′　於是車匿密侍太子不離晨昏。爾時太子心自念言。我今日食一麻一米。乃至七日食一麻米。身形消瘦有若枯木。修於苦行垂満六年。……

（三、639a・五十、31a）

H　（憍陳如等）太子ヲ供養シ奉テ其ノ側ヲ不離ズ。
　太子思様、我レ苦行ヲ修シテ既ニ六年ニ満ヌ。
　……

H′　（太子）或日食一麻……食一麻米。時憍陳如等
　亦修苦行。供奉太子不離其側。
　（三、638c・五十、30b）

　本文〔IV〕H・〔II〕Gの、それぞれ原典「供奉太子不離其側」と「密侍太子不離晨昏」とはもとより類似表現であり、かつ、それぞれその前後に同類の一麻一米のことにかかわるそれでもあるが、『今昔』はいわばこの逆相似の表現の幾何学の類比と対比とにめざめ、〔IV〕の末尾H「……ヲ不離ズ」に直接して、H「太子思様……」、すなわち原典G′「不離晨昏」に直接する「爾時太子心自念言……」をつづけるであろう。原典の類似表現はそれぞれ自体の意味を果しながら、それらの述語機能をあたらしい緊張関係に置いて、透明なからくりの作為的な配置がひそかな関係性を交感する。ひそかに細心の分析にめざめて、簡略展開が計られたのである。原典から見れば、H′は時間的にG′に先行する。しかし、『今昔』はこの簡略と転換とを方法的にあえてした。[7]「迦闍山」の場合のような錯覚なり混乱なりもあれば、また、緊張した読みの意識が、交感の体系、そのメカニズムを奥行きとしてひそめてもいるのである。整理すれば、原典と『今昔』との関係、『今昔』の読みは、つぎのようになるであろう。

〈尋求太子〉
　本文〔II〕　サテ車匿ハ揵陟ヲ曳テ宮ニ返ヌ。（中略）又、王、此ヲ聞テ（中略）諸ノ臣ニ勅シテ四方ニ太子ヲ尋ネ求メ奉テ、（中略）車匿ハ太子ニ付奉テ朝暮ニ不離ズ（密侍太子不離晨昏）。

〈太子別去〉
　本文〔III〕～〔IV〕　太子ハ阿羅邏仙人ノ所ニ至リ給ヌ。（中略）太子、又、迦闍仙ノ苦行ノ所ニ至給フ、憍陳如等ノ五人ノ栖也。（中略、憍陳如等）太子ヲ供養シ奉テ其ノ側ヲ不離ズ（供奉太子不離其側）。

〈太子求道深化〉
　太子思様（爾時太子心自念言）、……

原典に重複と変化とを重ねて尋求太子の主題とシッダールタの出離・求道の主題とを深めた長い物語は、ついにすべてシッダールタの決定的な求道の深化へぬけて行くが、これを簡略する時、『今昔』の構造力学はこのような方法性をもって整えようとしたのである。

（7）小稿「今昔物語集における原資料処置の特殊例若干」（奈良女子大学文学部「研究年報」第28号、一九八四）→本書所収。

今昔物語集巻一(5)

〔V〕(A) 太子思様、我レ苦行ヲ修シテ既ニ六年ニ満ヌ、未ダ道ヲ不得ズ。若シ此ノ苦行ニ身羸レテ命ヲ亡シテ道ヲ不得ハ、諸ノ外道ハ、餓死タルト云ベシ。然レバ只食ヲ受テ道ヲ可成、ト思シテ、座ヨリ立テ尼連禅河ニ至リ給フ。水ニ入テ洗浴シ給フ。洗浴畢テ身羸レ瘠給テ、陸ニ不登得給ズ。天神来テ樹ノ枝ニ乗セ奉テ登セ奉リツ。(B) 其河ニ大ナル樹有リ、額離那ト云フ。其ノ樹ニ神有リ、柯倶婆ト名ヅク。神、瓔珞荘厳セル臂ヲ以テ太子ヲ引迎ヘ奉ル。太子、樹神ノ手ヲ取テ河ヲ渡給ヌ。太子、彼ノ麻米ヲ食給ヒ、畢テ、金ノ鉢ヲ河ノ中ニ投入レテ、菩

過去現在因果経巻三・十巻本釈迦譜巻三(4)

〔V′〕(A′) 爾時太子心自念言。我今日食一麻一米。（中略）今我修於苦行垂満六年。不得解脱。故知非道。若復以此羸身而取道者。彼諸外道。当言自餓是般涅槃因。我今雖復節節有那羅延力。亦不以此而取道果。我当受食然後成道。作是念已即従座起。至尼連禅河。入水洗浴。洗浴既畢。身体羸瘠不能自出。天神来下。為按（捺）樹枝。得攀出池。

（三、639a―b・五十、31a）

仏本行集経巻二十五

(B′) 爾時彼河有一大樹。名額誰那。彼樹之神名柯倶婆。住依彼樹。時彼樹神以諸瓔珞荘厳之臂引向菩薩。是時菩薩執樹神手得渡彼河。（中略）爾時菩薩食彼糜訖。以金

提樹ニ向給ヒヌ。
（I、67・10―16、一部訂）

鉢器棄擲河中。（中略）爾時菩薩食糜已訖。従坐而起。
安痒漸漸向菩提樹。
（三、772a―b）

前言したように、本文〔V〕の冒頭は、原典においては「(車匿)不離晨昏」につづくところを、本文〔IV〕の末尾「(憍陳如等)其ノ側ヲ不離ズ」につづけて訳出された。一麻一米のことが重複を避けて省かれたことは、すでに言をまたない。このような形式感覚の緊張にかかわらず、しかしまた、ここには意改というよりは誤訳と見るべきところがあろう。すなわち、苦行を超越する高貴透明(アーリヤ)の認識の方向について、本文〔V〕は解脱・得道の意であるべき原語「般涅槃」を死と誤解し、ゆえに、「而取道者」を「道ヲ不得ハ」と曲解して、いわば合理化した。原典自体すでに古伝ではないが、ともかくそれが、羸身のまま成道すれば自餓の苦行こそ解脱の因であるとされる、その誤解を避けたい、という意であることは言うまでもない。『因果経』の所伝自体すでに煩瑣であるが、『普曜経』巻五に、「今吾以是羸瘦之体。往詣仏樹。将無後世辺地諸国有譏者乎。謂餓得道。吾身寧可服柔軟食。平復其体。使有勢力。然後乃往至其樹下。能成仏道」(三、511c)とある類に通じるであろう。この部分は、古伝には、ウルヴェーラーの聚落に坐して、このように極度に痩せた身体では、かの安楽は得がたい。乳糜を摂ろう、としたと回想された(中部『薩遮迦大経(マハー・サッチャカ・スッタ)』等)。『仏本行集経』巻二十五・『方広大荘厳経』巻七その他に相類するが、またもとより『今昔』の関するところではない。そして、ただし、原典の「那羅延力」、ヴィシュヌ神のような金剛力を以て成道する方法もとらないというような観念の過剰は、本文〔V〕はこれを捨てていたのである。「仏法唯以智慧為本。而従苦為先」(『大智度論』巻六十八、二十五、538b)であろうか。

本文(B)は『仏本行集経』巻二十五を原典として癒着した(既注)あとをのこす。突如として、いくばくか重複の感を冒しながらあえて同経のわずかを導入した関係の仔細は不明である。渡河という行為の宗教的な意味とか、樹神信仰とかに関心したとも考えられない。原語「額誰那」（「阿斯那」『方広大荘厳経』巻七、三、583b）が「額離那」と誤られる。たとえば、原典「空中有神。名曰負多」（『因果経』巻三、三、640c、後出）を『今昔』巻一(6)に「員多」（I、70・13）とし、原典「毘舎離国離車民衆」（十巻本『釈迦譜』巻九、五十、74c、後出）を、『今昔』巻三(35)に「毗舎利国ノ離多民衆」（I、262・10）とする類に通じて、おそらく『今昔』原本作成の場における何らかの理由による誤記であろう。また、原語「彼糜」は、原典の前文に、ウルヴェーラーの春にシッダールタが善生女（スジャーター）から金の鉢に盛った蜜を和した牝牛の乳の粥（パーヤサ）を受けた、と物語られるそれであったが、『今昔』ではその由は知られず、「彼ノ麻米」とあった。前文〔IV〕に訳出した「麻米」を受けてこの「彼糜」に意識的に変えたか、癒着にあたって「彼糜」を無意識に訳したか、『今昔』においては女人から乳の類を受けるのははじめて次文に見えるから、それとの関係からすれば前者なのか、いずれにしても不透徹に過ぎる。あるいはまた、「金ノ鉢」とあるのも原典ではその娘のささげたそれであったが、『今昔』では突然に過ぎてその関係も分明しない。『仏本行集経』には、『ラリタ・ヴィスタラ』系の『方広大荘厳経』巻七ないし『普曜経』巻五にも異同しながら見えるように、シッダールタ水浴の時に、尼連禅河の水に神々が天上の香花を降らせ、畢ってその香水を天上に収めたとか、シッダールタが河の竜女のささげる漁具に坐して娘のささげた金の鉢の乳糜を食したとかいう物語があり、その金の器を河中に捨てた時にも竜王が歓喜してこれを受けとり、インドラがこれを得て天宮に飾ったとかいうような物語があった。『今昔』はこれらの幽玄で微妙な神話的宇宙論的な幻想にはかかわらず、金の器を投げこむということの意味をもひろげないままに、いわば極めて即物的に扱ったのである。修辞を拒んだのである。尼連禅河をはさむ、かの前正覚山（プラーグボディ）（『大唐西域記』巻八）とブッダガヤとの間の物語であった。

今昔物語集巻一(5)	過去現在因果経巻三・十巻本釈迦譜巻三(4)
〔VI〕彼ノ林ノ中ニ壱人ノ牧牛ノ女有リ、難陀波羅ト云フ。浄居天来テ勧メテ云ク、太子、此ノ林ノ中ニ来給ヌ。汝ヂ供養シ奉ベシ、ト。女、此ヲ聞テ喜ブ。其時ニ池ノ中ニ自然ラ千葉ノ蓮花生タリ、其ノ上ニ乳ノ麻米有リ。女、此ヲ見テ奇特也ト思テ、即チ此ノ麻米ヲ取テ、太子ノ所ニ至テ礼拝シテ此ヲ奉ル。太子、女ノ施ヲ受給テ、身ノ光リ、気力満給ヌ。五人ノ比丘、此ヲ見テ驚キ怪テ、我等ハ此ノ施ヲ受テハ苦行退転シナムト云テ、各本所ニ返。太子一人ハ其ヨリ畢波羅樹下ニ趣キ給ヒニケリトナム語リ伝ヘタルトヤ。（I、68・1—6）	〔VI′〕時彼林外有一牧牛女人。名難陀波羅。時浄居天来下勧言。太子今者在於林中。汝可供養。女人聞已心大歓喜。于時地中自然而生千葉蓮花（華）。上有乳糜。女人見此生奇特心。即取乳糜至太子所。頭面礼足而以奉上。太子即便受彼女施而呪願之。（中略）我為成熟一切衆生故受此食。呪願訖已即受食之。身体光悦気力充足。堪受菩提。爾時五人既見此事驚而怪之。謂為退転各還所住。菩薩独行趣畢波羅樹。……（三、639b・五十、31a）

原典はもとにかえる。牧牛の女人、難陀波羅 Namdabaia はもとより『因果経』による。またあるいは、ウルヴェーラ聚落主の女（むすめ）善生女 Sujātā、「須闍陀」（『五分律』巻十五）・「須闍多」（『方広大荘厳経』巻七・『仏本行集経』巻二十四）の名もなつかしい。ないし、「難陀婆羅闍」（『仏所行讃』巻三）、「難陀・難陀波羅二牧牛女」（『大般涅槃経』巻二、十二、372b）などともあった。そして、前言したように、『仏本行集経』に拠った前文との間には少しく前後の錯雑と重複とがあり、前文〔V〕の「菩提樹」と本文〔VI〕の「畢波羅（ピッパラ）樹」とはそれぞれ原典のままをのこ

す（「菩提樹者即畢鉢羅之樹也」『大唐西域記』巻八）。原語「乳糜」が前文に類してやはり「乳ノ麻米」と誤訳された。インド的類想の地母神的な地中蓮華が「池ノ中」と表現されるのは、単純な意改か、誤記ないし誤写かのいずれかであろう。「自然ニ蓮華出来テ……」（巻十五(51)）、「此ノ世ノ花ト不見エヌ」それであった。太子の気力満ちるのを見て、五比丘らが「我等ハ此ノ施ヲ受テハ苦行退転シナム」というのは誤訳である。なお、『因果経』には「菩薩」に転じるが、〔VI〕に「太子」をのこすのはおそらく意識的なのであろう。そして、『今昔』は『今昔』がしばしばそうであるように偈頌を省き、章を改めて、やはり原典を書承する翻訳をつづけるのである。それは、敦煌本八相変（雲字二十四号）などの方法と全く異なっていた。(8)

（8）本章巻一(4)〔V〕注(5)小稿参照。

巻一　天魔擬妨菩薩成道語第六

『今昔物語集』巻一(6)天魔擬妨菩薩成道語第六は、『因果経』巻三に確実に直接する（既注）。「今昔、菩薩、菩提樹下ニシテ思給ニ……」（「於是菩薩則自思惟。……」『因果経』巻三、三、639c・十巻本『釈迦譜』巻三(4)、五十、31b）、『今昔』が「太子」に代えて「菩薩」と称し始めるのは原典にそい、「菩提樹」は、前章、巻一(5)本文〔V〕のそれを用いる。十巻本『釈迦譜』巻三(4)該当部分は『因果経』を基礎として諸経を引いて複雑に構成した。

今昔物語集巻一(6)	過去現在因果経巻三・十巻本釋迦譜巻三(4)
今昔、菩薩、菩提樹下ニシテ思給ニ、過去ノ諸仏、何ヲ	於是菩薩則自思惟。過去諸仏。以何為座。

以テカ座トシテ无上道ヲ成結ケムト思スニ、草ヲ以テ座トス可為ト知給ヌ。其ノ時ニ、帝釈、化シテ人ト成テ清ク軟カナル草ヲ取テ来レリ。菩薩、問テ宣ハク、……

（I、68—10—12、一部訂）

成無上道。即便自知以草爲座。釋提桓因化為凡人。執浄軟草。菩薩問言。……

（三、639c・五十、71b）

吉祥とみずから名のる帝釈が草を菩薩に授けて発願し、菩薩はその草に端坐して、正覚を成ずべきをみずから誓う。諸天が讃める。（『方広大荘厳経』巻八・『仏本行集経』巻二十六、等）ヴェーダの祭このかた尊ばれた吉祥草Kuśa、今もインドに群落するスキ状の霊草、「倶尸者、此云小茅」「㸴尸草、此云長茅」（『多羅葉記』巻中、八十四、606a～b）があたるか否か。敦煌本『太子成道経』（P.2999, S.548他）に「取吉祥草座爲道場」といい、古日本でも「敷草為神座」（『播磨国風土記、宍禾郡』）などと言った。

魔王の子が菩薩をたたえ、父を戒める。魔王に三女がある。天上から下る三魔女の末妹の名「可愛楽（ラガー）」（『因果経』三、640a、「可楽」『釈迦譜』巻三、五十、32b）、菩薩には無い「怨ノ思」（「怨恨想」『因果経』、三、640c—641a、「恐怖想」『釈迦譜』、五十、33c）等のことばが、『今昔』の『因果経』に依るべきを簡明に示す。かつ、『今昔』における形「人天」は、『因果経』宋本系に同じい。悔いて魔衆の帰った「本ノ天宮」（「天宮」『因果経』三、641a、「本宮」『釈迦譜』、五十、34a）ということばも、『釈迦譜』の干渉を特には明証しないであろう。そして、

（三魔女）三ヲバ可愛楽ト云フ。三人ノ女、共ニ菩薩ノ御許ニ詣テ申シテ云ク、公、徳至リ給テ、人天ニ被敬給フ事无限シ。……

（I、69・10—11）

三名可愛楽。三女倶前白其父言。不審今者何故憂愁。（中略）時三天女白菩薩言。仁者至徳。天人（人天）所敬。……

（『因果経』巻三、三、640a）

或ハ猪ノ頭、或竜頭、此様ノ怖シキ形ノ類ヒ若干有。又魔ノ姉妹有リ、一ヲバ弥伽ト云フ、二ヲバ伽利ト云フ。

（Ⅰ、70・10—11）

或猪魚驢馬師子竜頭。（中略）有如是等諸悪類形不可称数。囲繞菩薩。（中略）諸悪類形欲毀菩薩不能得動。魔有姉妹。一名弥伽。二名伽利。……

（同、三、640b—c）

〔負多神言〕此ノ諸ノ魔衆、毒心ヲ発シテ横サマニ怨心ヲ成ス事无カレ、ト。魔、空ノ中ノ音ヲ聞テ、……

（Ⅰ、70・14—15）

〔神言〕是諸魔衆起於毒心。於無怨処而横生忿。（中略）今日宜応捨恚害心。（中略）汝今宜応生欣慶心息憍慢意。修知識想而奉事之。是時魔王聞空中声。……

（同、三、641a）

これらは類似統合して簡略され、さまざまの、あるいは図像的に古層の、悪霊たちとの戦いは多く省き去られる。それは、変画や唱詞を用いて誇張しながら唱導に資した、敦煌本「破魔変文」（P.2187, S.3491）の想像力の展開とはその方向を異にした。

『今昔』の訳文に問題がないわけではない。魔王の心内に「沙門瞿曇、樹下ニ在シテ……」と思う敬語が、瞿曇（ゴータマ）の意の不分明もあったか、訳者の菩薩に対する尊敬と混淆することの外、

又、魔王、三人ノ女有リ、形チ端正ニシテ天女ノ中勝タリ。

（Ⅰ、69・9）

魔王三女。形容儀貌極為端正。妖冶巧媚善能惑人。於天女中最為第一。

（『因果経』巻三、三、639c—640a）

若シ汝ヂ人間ノ受楽ヲ不欣給ズハ、我等ヲ天宮ニ登スベシ。

（Ⅰ、69・16）

汝若不楽人間受楽。今者便可上昇天宮。

（同、三、640b）

……菩薩ノ宣ハク、我ガ果報ヲバ天地ノ知レル也、ト。此ク説給フ時ニ、天地六種ニ震動、地神七宝ノ瓶ヲ以テ其ノ中ニ蓮花ヲ満テ地ヨリ出シテ、……
（I、70・3―5）

……菩薩答言。我之果報唯此地知。説此語已。于時大地六種震動。於是地神持七宝瓶。満中蓮花。従地踊出。……
（同、三、640b）

これらは、あるいは意改かもしれないが原意を充たすに如かず、あるいは誤り、あるいははなはだしく曖昧である。[1]「……天地六種ニ震動、……地ヨリ出シテ……」句において、もとより、「大地六種震動」「従地踊出」はともに類型句、「踊出」は自動詞である。「爾時地神形体微妙。以種種真珠瓔珞荘厳其身。於菩薩前従地踊出。曲躬恭敬捧七宝瓶。盛満香花。以用供養」（『方広大荘厳経』巻九）。別に、『法華経』巻五従地涌出品の類もある。

魔王ノ思様、今ハ我レ此瞿曇ノ心ヲ悩乱セサスル事非ジ、只方便ヲ儲ケム。……
（I、70・8）

爾時魔王即自思惟。（中略）兼以方便和言誘之。不能壊乱此瞿曇心。今当更設諸種方便。……
（『因果経』巻三、三、640b）

この本文の副詞「只」には、原典の「更」に徴すれば、「亦」があり得るかもしれない。原典の「更」の意味は、前出、魔王が武力や三女を以てする外に、「他余方便」を作して「軟語」を以て誘ったこと、すなわち、省みて「兼以方便和言誘之」したと言うことの上に、さらに更めて方便を用いよう、と言うことである。『今昔』は前出部分に、「方便」ということば自体こそ訳出していないとしても、「軟ナル語ニテ菩薩ヲ誘ヘテ申サク」とその意をとらえている。ゆえに、いまは「更」をあらわすのが自然であろう。「只」と「亦」とは誤られることがある。[2]

空ノ中ニ神有リ、名ヲ員多ト云ク。身ヲ隠シテ云ク、……
（I、70・13）

空中有神。名曰負多。隠身而言。……
（『因果経』巻三、三、640c）

この「員多」は、『仏所行讃（ブッダチャリタ）』巻三に「空中負多神。隠身出音声」（四、26b）と歌われたbhūtagaṇa, 天上の部多宮の精霊たちの、明瞭な誤りであった。「部多宮。部多。此云自生。謂此類従母生者名夜叉。化生者名部多也」（『一切経音義』巻二十三・『枳橘易土集』）、化生した鬼神の一類を言う場合もあるが、いま、天上の精霊である。「員多」のまま、「もと雷神の名」とインドラ神らしく注するのは誤りであった。三人の女。人は、あるいは思うであろう、「花ざかり」「喜び」「かがやくひと」、ギリシアの三女神（『東方紀行』、一八五一・『火の娘たち』、一八五四）のことを。

ともかく、仏伝の中で戯曲的に成長して、あるいは八相の一つにも数えられる（『四教義』巻七、等）降魔の物語であった。『今昔』にも数えこまれていたかもしれない。

（1）魔王のことば、「人間ノ愛楽ヲ不欣給ズハ、我等ヲ天宮ニ発スベシ」、大系本補注は「人間（ニンゲン）」訓をとり、人間界、世の中の意として、敷衍して有益であるが、いま、やはり「ジンカン」では如何。菩薩のことば、「我ガ果報ヲバ天地ノ知ル也」は、原典「此地」である。

（2）小稿「クマーラヤーナ・クマーラジーヴァ物語の研究」（奈良女子大学文学会「研究年報」Ⅵ、一九六三）→本書所収。

巻一　菩薩樹下成道語第七

……かくして吾れは如何なるものにてもすべて善なるものを求め、無上絶妙の寂静の道を求めて、マガダ国において転々遊行して、ウルヴェーラーのセーナー聚落に入りぬ。そこに吾れは、愛すべき地域、美はしの林叢、及び、水清く澄み、つつみよく築かれて、まことに愛すべき河の流れ、四囲ゆたかなる村落を見たり。その時、吾れはこの念をなしぬ。……まことに是れ、精勤を欲する善男子の精勤に適する地なり。かくて吾れはそこに坐しぬ。まことに是れ、精勤に適す、と（パーリ中部『聖求経（アリヤパリエーサナ・スッタ）』・『薩遮迦大経（マハー・サッチャカ・スッタ）』、『中阿含経』羅摩経、等)。

今昔物語集巻一(7)　菩薩樹下成道語
〔Ⅰ〕今昔、天魔、種々ノ方便ヲ儲テ菩薩ノ成道ヲ妨ゲ奉ラムト為ト云ヘドモ、菩薩、芥子許モ犯サレ給フ事无シ。慈悲ノ力ヲ以テ端正ノ天女ノ形ヲモ破リ刀釼ノ謀ヲモ遁テ、弐月七日ノ夜ヲ以テ如此キ魔ヲ降伏シ畢テ大ニ光明ヲ放テ定ニ入テ真諦ヲ思惟シ給フ。又中夜ニ至テ天眼ヲ得給ツ。又第三夜ニ至テ无明ヲ破シ智恵ノ光ヲ得給テ永ク煩悩ヲ断ジテ一切種智ヲ成ジ給フ。此ヨリ釈迦ト称シ奉ル。 (Ⅰ、71・4—8)

過去現在因果経巻三・十巻本釈迦譜巻四(4)
〔Ⅰ′〕爾時菩薩。以慈悲(心)力。於二月七日夜。降伏魔已放大光明。即便入定思惟真諦。(中略)即於衆生起大悲心而自念言。(中略)作是思惟至初夜(中)尽。・・(中略)爾時菩薩既至中夜。即得天眼観察世間。(中略)菩薩以天眼力観察五道。起大悲心而自思惟。三界之中。無有一楽。如是思惟至中夜尽。爾時菩薩至第三夜観衆生性。以何因縁而有老死。(中略)如是逆順観十二因縁。第三夜分破於無明。明相出時得智慧光。断於習障成一切種智。爾時如来心自思惟。八正聖道。是三世諸仏之所履行。趣般涅槃路。我今已践。智慧通達無所罣礙。…… (三、641b—642b・五十、34c—36a)

『今昔物語集』巻一(7)菩薩樹下成道語第七は、『過去現在因果経』巻三に、前章、巻一(6)の主題を組み合わせて始められる。「芥子許モ……无シ」句に「露許」「塵許」などの和語を用いないのはあるいは厳粛を呈すべきを欲したか、もとより、これは、特には『法華経』巻五提婆達多品に知られる「如芥子許」(九、35b)、たとえば『三宝絵』上序にも「(尺迦大師)三千大千(世)界ノ中ニ芥子許[1]モ身ヲ捨テ給ハヌ所无シ」と言うような、著名の漢訳仏典語を用いたまでのことである。そして、本文〔Ⅰ〕は、詳しく示すまでもないが、

A　爾時菩薩。以慈悲力。……即於衆生起大悲心而自念言。（中略）作是思惟至初夜尽。

B　爾時菩薩。既至中夜。
即得天眼観察世間。…

見地獄中考治衆生。（中略）菩薩既見如此事已。而心思惟。…
爾時菩薩復観畜生。（中略）菩薩既見生大悲心。即自思惟。…
爾時菩薩次観餓鬼。（中略）菩薩既見受如是等種種諸苦。起大悲心而自思惟。
…爾時菩薩次復観人。（中略）菩薩見已。起大悲心。而自思惟。…
爾時菩薩次観諸天。（中略）菩薩既見彼諸天子有如是事。起大悲心而自思惟。…

菩薩以天眼力観察五道。起大悲心而自思惟。（中略）如是思惟。至中夜尽。

C　爾時菩薩至第三夜。観衆生性。（中略）如是逆順観十二因縁。第三夜分破於無明。明相出時得智慧光。…

このように、時間を深めて整合的な構成をもつ原典のリズムにそって類似統合され、簡略部分には接続詞「又」が補足された。原始仏教の実践哲学の内観、十二因縁の順逆両観とか八正聖道とか、これらは、『今昔』が多く教理的内容を省くとしても、いまそのことば自体も省かれている。[2]

「十二因縁」、十二縁起。うつし世のすべては因と縁と相依って成る。それを成すべき十二の要素が「此れ有るとき彼れ有り、此れ生ずるとき彼に生ず、……」、この相依相対関係にある。この十二縁起説の表わす意味のほぼ教義的な組織が「四諦」（諦、Satya, sacca、四つの限りなき真実）、すなわち苦集滅道である。そして、「縁起」pratītyasamutpāda、paṭiccasamuppāda、因縁生起。うつし世のこと・ものすべては因と縁との直接間接の原因がはたらいて生じる。この相関関係がいわば一つの波が他の波によって成るとでもいうような世界関係にあるのであろう。この「縁起」、これは、仏教の根本的なことばとして、その歴史を通じて複雑に展開したが、『今昔』には全巻を通じてただ一度、それも「毗盧舎那ノ仏」の「縁記」(マヽ)(由縁の意) 表記に見えるのみである。「えにし」ということばも、本朝部にも見えない。また、「八正道」、八聖道、聖なる八種の実践の道。「正見（見ること、lar-sāna)・正思（正見とともに四諦の理を観じる)・正語・正業・正命・正精進・正念・正定」と数えられるであろう。

「智恵ノ光ヲ得給テ」句には、原句「明相出時」が、巻一(4)本文〔V〕、シッダールタ出城の夜と同じく省かれるのみならず、題名には「樹下」とあるにかかわらず、一章に「菩提樹」もあらわれない。もとより、インドの神樹(チャイテイヤ)篇、もとヴェーダの「神々の住居」でもあったアシュヴァッタ樹であったが、この宇宙樹の神話論的な象徴性が、『今昔』に樹下の映像は少なくないのに、いま風景をなさない。[3]「此ヨリ釈迦ト称シ奉ル」という一文は、『因果経』に初出する「如来」という語を感じてか成された一種の注釈らしい。釈迦（Śākya, Śākya）はもとより本来釈迦(シャーキャ)族の意であるが、すでに一種の俗用があったのであろう。

（1）小稿「Sarṣapa・芥子・なたねに関する言語史的分析」(『仏教学研究』十八・十九号、一九六一)→本書所収。

（2）もとより、仏伝が文学的ないし教理的にその伝承を展開して行く間の、教理伝承の古層・新層に関する問題（宇井伯寿「八聖道の原意及び其変遷」「阿含に現はれたる梵天」『印度哲学研究（第三）』・和辻哲郎『原始仏教の実践哲学』一一六―一二〇頁・中村元『ゴーダマ・ブッダ』第四章二・第五章五、等）は、いま別である。いま、「省かれている」というのは、『因果経』との比較における『今昔』本文〔II〕の在り方のみに関する言及である。

（3）小稿「「辺境」説話の説」参照→本書所収。

今昔物語集巻一(7)	過去現在因果経巻三・十巻本釈迦譜巻四(4)
〔II〕釈迦牟尼如来、黙然トシテ座シ給ヘリ。其ノ	〔II´〕爾時如来。於七日中一心思惟。観於樹王而自念言。

時ニ大梵天王来テ、一切衆生ノ為ニ法ヲ説給ヘト申シ給フ。仏眼ヲ以テ諸ノ衆生ヲ上中下根及ビ菩薩ノ下中上根ヲ観ジ給フニ、二七日ヲ経タリ。世尊又思給ハク、我レ、甘露ノ法門ヲ開テ彼阿羅邏仙ヲ先ヅ度セム、ト。空ニ音有テ云ク、阿羅邏仙ハ昨日ノ夜、命終ニキ、ト。仏ノ宣ハク、我レ、彼仙、昨日ノ夜、命終タリト知レリ、ト。又思給ハク、迦蘭仙、利根明了也。先ヅ彼ヲ可度ト。又空ニ音有テ、迦蘭仙、昨日ノ夜、命終ニキ、ト。仏ノ宣ハク、迦蘭仙、昨日ノ夜、命終タリ、ト宣ケリトナム語リ伝ヘタルトヤ。

（I、71・9—15）

（中略）我所得法。甚深難解。唯仏与仏乃能知之。一切衆生（中略）無有智慧。云何能解我所得法。（中略）我寧黙然入般涅槃。（中略）爾時如来。作此（是）念已。大梵天王。見於如来聖果已成。黙然而住。不転法輪。心懐憂悩。（中略）而白伝言。（中略）云何黙然而不説法。（中略）爾時世尊答大梵天及釈提桓因等言。我亦欲為一切衆生転於法輪。但所得法。微妙甚深難解難知。（中略）我今為此故黙然耳。時梵天王等乃至三請。爾時如来。至満七日黙然受之。（中略）爾時世尊受梵王等請已。又於七日。而以仏眼観諸衆生上中下根及諸煩悩亦下中上。満二七日。爾時世尊又復思惟。我今当開甘露法門。誰応在先而得聞者。阿羅邏仙人聡慧易悟。又先発願道成度我。作是念時空中有言。阿羅邏仙人昨夜命終。爾時世尊。即便答彼空中声言。我亦知其昨夜命終。又自思惟。迦蘭仙人利根明了。亦応先聞。空中又言。迦蘭仙人昨夜命終。爾時世尊即復（以）答言。我亦知其昨夜命終。

（三、642c—643a・五十、36b—38a）

「釈迦牟尼如来」、『今昔』は、威儀を、たたずまいを正したかったのであろうか。

めざめたものの冥想の静謐の時間の流れのままに、仏陀（ブッダ）がその法（ダルマ）を説くことを躊躇したとして構想された梵天(ブラフマン)の勧請(すすめ)の物語があった。『中阿含』羅摩経にはみえないが、(4) 説法躊躇と梵天勧請と、はやくパーリ仏伝（律蔵『大　品(マハー・ヴァッガ)』一―一―五・中部『聖求経』・長部『大　本　経(マハーパダーナ・スッタンタ)』三―一―七・相応部梵天相応(ブラフマ・サムユッタ)六・一―一、等）にも見えて文学的戯曲的潤色として知られるこれは、仏伝の神話化ではあった。『今昔』本文〔II〕に荘重を意識して始まり、説法躊躇と梵天勧請とをめぐって『因果経』のくり反す「黙念」の語を合わせて簡略して行くが、宿命智のことその外も省かれ、それは極略に過ぎて、聖黙から聖説に至る変化に欠ける。偈頌はもとより省かれた。

（4）中村元『ゴータマ・ブッダ』一九二頁。

辟支仏(パッチエーカ・ブッダ)（縁覚）は知らず、その正覚(ボーディ)（智慧）がすなわち慈悲である構造において、いかに衆生を度すべきかを常に思念するのは仏陀の問題である。梵天の勧請を受けて、仏陀は「諸衆生上中下根……」（『因果経』・『釈迦譜』、『方広大荘厳経』巻十三、６０４ｃ）を観察する。「上中下」類、もとより「一切世界皆有三種人。下中上」（『大智度論』巻九）の類である。仏陀の法は普遍妥当すべきであるが、ただし、衆生の「根(インドゥリア)」、機関・機能、各々の在り場所なり能力なりに応じて、方便して随宜に密意を説くべきであろう。それは、『因果経』等においては「諸煩悩亦下中上」、さまざまの煩悩(クレーシャ)・煩惑のそれを観察して、それに応じて説く、とつづいて行く。『方広大荘厳経』巻十には、仏陀が「諸衆生上中下根」を観て「邪定・正定・不定」の三聚（「三聚衆生」『大智度論』巻八十四）に衆生を分けたとする思想が見える（三、６０４ｃ）。邪定聚は説くも空しく、正定聚は説くに及ばず、不定聚の衆生には悲心を起して説くべきである、として、仏陀は梵天の勧請を受けた、という。しかるに、これに対して、本文〔II〕には「菩薩ノ下中上根」とあって、これに諸本の異同は無い。これは看過し得ない文献的事実である。しばらく、これを検しなくてはならない。パーリ・漢訳本にあるいは言う。

時に世尊は梵天の勧請を知り、有情を哀愍するによりて、仏眼を以て世間を観察したまへり。世尊、仏眼を以て世間を観察したまふに、有情にして塵垢少なき者、塵垢多き者、利根の者、鈍根の者、性行善き者、性行悪しき者、導きやすき者、導き難き者、あるいはまた来世と罪過とへの怖畏を知りて住する者を見たまへり。……

（律蔵大品、一―一―五・一〇）

爾時世尊。受梵天勧請已。即以仏眼観察世間衆生。世間生世間長。有少垢有多垢。利根鈍根。有易度有難度。畏後世罪。能滅不善法。成就善法。……

（『四分律』巻三十二、二十二、787a）

爾時世尊。聞是請已。便作是念。我以仏眼観彼衆生性差別不。作是念已。即以仏眼観見有情。或生或老。然其根性有上中下。利鈍不同。形相端厳性行調順少諸煩惑。亦少煩惑種類。由不聴正法故。所解狭劣。……

（『有部毘奈耶破僧事』巻六、二十四、126c）

これらをはじめ、仏伝該当部の仏典に、『因果経』の「(諸)煩悩」ということばに対応的に類するものはあっても、「菩薩」にあたるべきそれは見えない。『長阿含経』大本経（一、8c）・『普曜経』巻七（三、528c―529a）・『仏本行集経』巻三十三（三、806c）・『衆許摩訶帝経』巻七（三、953c）・『仏所行讃』巻三（四、28b）その他の所伝の該当部に、『因果経』の「諸煩悩」がほぼ対応して類し、「菩薩」の語は見えない。もとより、当然である。のみならず、一般的にも、

……若有衆生来至我所。我以仏眼観其信等諸根(indriya)利鈍。随所応度。……（中略）見諸衆生楽於小法徳薄垢(kleśa)重者。為是人説。……

（『法華経』巻六、九、42c）

慧眼無障礙　善解一切生　（中略）　善解衆生根　煩悩及習気　（中略）　菩薩摩訶薩　先知衆生心　随彼所応度　慧者為説法……

（六十『華厳経』巻九、九、455c）

如来得三種示現能調衆生。因知根力了知衆生下中上根。以知根故随根説法。（中略）知衆生界故。随根随心其煩悩而為説法。……

（『菩薩善戒経』巻九、三十、1011c）

などと説かれ、「説法者知前人心利鈍煩悩軽重。今入(人)好済安穏得度」（『大智度論』巻二）などと説かれるであろう。

たとえば、「一惑軽根利。二惑重根利。三惑軽根鈍。四惑重根鈍」（『法華文句』巻四上、三十四、46c）というような諸関係を観て法を説く謂である。『今昔』本文〔II〕も、その本来の形に即する限り、ここは「諸煩悩」でなくてはならない。「（諸）煩悩」の「下中上」ではもとより、智慧のそれと同じように、そこにも諸相がある意であった。『今昔』巻一(5)に「貪欲瞋恚等ノ諸ノ煩悩」「貪欲瞋恚等諸煩悩」（『因果経』巻三、三、638a）の語句が見える。煩悩の諸相については、たとえば、「煩悩有九種。上中下各有三品。智慧亦有九種。……上上是菩薩」（『大智度論』巻八十四、二十五、650b）、その他、煩悩の三品・三種下中上・上中下（『瑜伽師地論』巻五十八・慧遠『大乗義章』五本）、「九種。下中上。下下下。中下上……上上」（『成実論』巻十二）等々。特には倶舎・唯識の心作用学の領域などに知られるであろう。しかるに、本文〔II〕には、ここに「菩薩」とあった。

たしかに、『今昔』は、この本文〔II〕において「如来」「世尊」ないし「仏」の語を用い始める。しかし、前章巻一(6)には成道以前のシッダールタに『因果経』に即して題名および本文に「菩薩」の語をあて、本章巻一(7)自身においても、同じく、すでに本章内容を統べ得ないことばではあるが、題名にこの語をあて、かつ、本文〔I〕にもはじめなおこの語を用いるから、ここに同語をあきらかに概念を異にして用いるのは、その概念内容になお検すべきをのこすとしても、これを不可解と見、一種の混乱と見るべきがまず普通であろう。もし言えば、本文〔II〕の「諸ノ衆生」と「菩薩」と二語の関係において、あえてたとえば「……諸余衆生類（sattva）無有能得解　除諸菩薩衆（bodhisattva）信力堅固者」（『法華経』巻一、方便品、九、5c）とある偈頌のように、説かれた法を理解する「衆生」は信順する「菩薩」たちを除いては存しない、というような場合はあるにしても、本文〔II〕の表現の不安定な在り方から見ても、このような意識がここに深い錘を下ろしているとは到底考えられず、いまおそらく単に「衆生」と「菩薩」との二語は並立関係にすぎないのであって、いたずらに不明瞭はのこるのである。

何故に然るのであるか。まず考えられることは、書写の間に生じた誤写ないし誤解によろうということである。

言うまでもなく、教団・貴族知識階級の間に、「煩悩」とか「菩薩」とかをはじめ、頻出する文字には省文を用いる習慣があった。菩薩を「卉」とする省文はつとに正倉院文書天平勝宝八歳七月二日図書寮経目録・同経散帳その他や敦煌写本（『八相変』雲字二十四号、等）にも見え、もっともありふれた例に属するが、これらは主として相伝によって必ずしも厳密には一定しないとしても、この「菩薩」と「煩悩」の省文は相似し、錯覚ないし誤訳を生じる可能性は十分に存する。たとえば、『今昔』巻三(18)の「卉」（I、233・8）には「𦬇」（紅梅文庫旧蔵東大本甲・同乙）・「芹」（野村本）・「菩薩」（内閣文庫本ABC、Bは薩に提ィと朱傍）のような、巻十六(27)の「卉」（III、478・14）には「𦬇」（紅梅文庫旧蔵東大本甲・野村本等・「并」（内閣文庫本B）・「菩薩」（同AC）のような異同があり、その他、いくつかの例が検出される（大系本校異）。「煩悩」もまたたとえば□〔煩悩〕のように省文し、「卉」や「𦬇」（菩提）に限らず、「炎」「卌」（涅槃）・「忄忄」（懺悔）・「女女」（娑婆）等の省文の類とも混同される可能性もあるものである。なお、現存『今昔』に「煩悩」が省文されてある例は見当らない（大系本校異）ようではあるが、省文してすなわち、「煩悩」は「菩薩」と誤られ得べきではあったのである。誤られ得べきであったとすれば、それは『今昔』の現存『今昔』に至るいずれの場面に具体したか、『今昔』写本が原本の「（諸）煩悩」の省文を「菩薩」とおこし誤ったのか、とまずは考えられるかもしれない。あるいは、本文〔II〕自体が草稿の「煩悩」の省文を浄書に誤記したか、それとも、別に根拠はないが、本文〔II〕以前の何らかの漢字片仮名交り和文化資料に依って、すでにそこに誤るそれを襲ったか、そこに省文する「煩悩」を「菩薩」とおこし誤ったか、などとも思われないでもないかもしれない。本文〔I〕の「煩悩」は原語「習障」の類語をとり、これは誤られていない、という事実との関係が判然しないところもある。

しかるに、この本文〔II〕はさらに少しく不可解であった。われわれはさらに、『因果経』に「諸煩悩亦下中上」とあるそれが、ここには「菩薩ノ下中上根」とあるのに立ち止まる。ここにも諸本の異同は無い。『因果経』と本文〔II〕との相違が『今昔』原本と写本とそのいずれにおいて生じたか、もし写本においてはじめて生じたのであれば、もとより『今昔』原本の責任ではないが、ともかく、もしあえて強いて問うとすれば、この相違には文字のみにはとどまらない問題が含まれるか、という問いがともかくもひろがって来ないでもないのである。それは、いくばくかは教理的な内容にも関すべき問題である。

仏教思想史的に、いわゆる三乗、声聞（シュラーヴァカ）・縁覚（辟支仏）・菩薩の間に、菩薩概念の在り方ないしその位置づけが複雑に展開したであろう。もとより、菩薩は狭義には声聞・縁覚に相対した。「……復次三種道皆是菩提。一者仏道。二者声聞道。三者辟支仏道。辟支仏道声聞道。雖得菩提。而不称為菩提。仏功徳中菩提称為菩提。是名菩提薩埵」（『大智度論』巻四、二十五、86a—b）その他、注するまでもない。もし「上中下」ということばに即しても言えば、『法華経』巻三に「……随上中下（yathā-balaṃ yathā-viṣayam）各有所受。（中略）如来于時観是衆生諸根（indriya）利鈍精進懈怠。随其所堪而為説法。（中略）（衆生）而不自知上中下性（hīnotkṛṣṭa madhya）。如来知是一相一味之法」（九、19b—c）とある文に関し、少なくとも同類の比喩をもつ文に関して、『大智度論』巻十九に、仏陀の「大慈」のゆえに、衆生の所願・因縁ないし諸根の利鈍にしたがって各々「声聞道」「辟支仏道」を得る、と説く（二十五、197c）のは、まず声聞・縁覚・菩薩の三乗それぞれの機根に応じる方法を言うのであり、三乗の問題において菩薩を上根とすることは、「……菩薩為上根。縁覚中根。声聞下根」（『法華文句』巻四上、『法華玄賛』巻二末同類）、「……謂下中上。下者声聞。中者縁覚。上者（諸）仏也」（『優婆塞戒経』巻一）などをあげるまでもない。『今昔』に即して言えば、

比丘、機ニ随テ法ヲ説ク。或ハ阿羅漢ヲ得、或ハ大乗ニ趣ク。（巻一(23)、I、99・16）――尊者随機説法。或得羅漢。乃至発趣大乗。（『三宝感応要略録』巻上(2)、五十一、828b）

これは、因位の声聞がその果位として阿羅漢（アルハン）の境地に至り、因位の菩薩がその果位を仏陀とすべきにおいて

大乗におもむくというのであって、すなわち、それぞれ「三乗ノ道果」を得る（巻四(39)、「三乗道果」『三宝感応要略録』巻下(11)）という意であった。これらの限りにおいて、『今昔』本文〔II〕に「菩薩ノ下中上根」とあるのは、ほとんど意味をなさないであろう。

しかしまた、菩薩思想の展開の間には、三乗の中の声聞・縁覚もまたそれぞれ菩提（覚智）を求める意においては求道する「菩薩」に異ならないとして、三乗の中の菩薩を特には摩訶薩埵（摩訶薩）と呼ぶなどとともに、彼らをも菩薩と呼ぶようにもなり、さらにはまた、三乗をつつみ超えるべき一乗ないし仏乗の立場から、菩薩を考える場合へも至るであろう。『法華経』巻一方便品は、その長行と、仏陀成道後の聖黙と聖説とをめぐる思い出をも含んで構成されたその比丘偈とを通じて、諸仏出世の本懐がただ一乗の法を以て「但教化菩薩」するためのゆえであることを説いた（九、7b―10b）。この章に限らず、そこには「菩薩のための教え」（「教菩薩法」）としての在り方がしばしば説かれて行き、ないし、つづく数章について、声聞の機根の上中下に対する法華三周説法（法説・譬説・因縁説）の説に関した理会の在り方の相通は、中国天台・三論・法相を問わない。たとえば、声聞の上根である舎利弗、「上根舎利弗」と『梁塵秘抄』No.75にも謡われた彼れに呼びかけ、かつて彼れが菩薩としての智を求めねがったことを憶念させようとして、「菩薩のための教え」を説く（『法華経』巻二、九、11b）などもする。それは、畢竟、「是故諸菩薩　作声聞縁覚…内秘菩薩行　外現是声聞」（同巻四、九、28a）、声聞も縁覚も方便としてのそれであり、真実には彼らもまた菩薩なのであって、菩薩の行を行じている、と考えるであろう。菩薩はすでに狭義でないというよりは、「指三乗人。名為菩薩」（『法華義疏』巻四、三十四、510b）というように、すべて菩薩なのであって、これは、「諸仏・菩薩・声聞・縁覚。無有差別」（『大般涅槃経』巻九、十二、663c）という思想に相いわたる。べつに菩薩にはその悟解・修行の深浅による階位の差が説かれてもいた（『十地経』、等）が、菩薩思想の展開の間には、「極鈍菩薩」（『摩訶止観』巻六下、四十六、79b）・「利根菩薩。（中略）鈍根菩薩及二乗人」（『法華玄義』巻二上、三十三、696b、『法華玄義釈籤』巻六、三十三、856c—857a）とか、「三根菩薩」（「三周義私記」）とか、あるいは二乗とゆききしもして、菩薩の解釈の上にその自覚の不同を問う在り方があり得たであろう。とすれば、少なくとも「菩薩ノ下中上根」ということば自体は十分成立し、また、『今昔』が、「菩薩ノ行」、「順遺無尽菩薩道」を重んじたことは確かである。[5]しかし、『今昔』本文〔II〕のこの「根」字の存在について、『法華経』の菩薩観などの何らかの刺激のあとを強いて想像するとしても、それは、前出「諸ノ衆生……」句との関係の不安定とか、一章の中の「菩薩」概念の混乱とかから見て、また、原語「諸煩悩」の消去理由の不明とかから見ても、『今昔』原本における意改というには、全く調熟を得ないのである。

やはり、この不可解は「煩悩」と「菩薩」との省文に何らかの場面で媒介された、と見るのがもっとも端的ではあろう。もし本文〔II〕以前との何らかの関係に由るのでなければ、本文〔II〕原本は原語「諸煩悩」を用いたにかかわらず、それを省文したために「菩薩」と誤って書写され、あるいは菩薩三根の知識により、ないしは「諸ノ衆生ヲ上中下根」（ママ）の無意識的な干渉によって「根」字を加えるに至ったか、と見るのが簡明であるのかもしれない。それにしても、本文〔I〕は原語「習障」の類語「煩悩」をのこしているのであり、透徹を欠くことはなはだしく、「諸ノ衆生ヲ」とある一種の不安ともあいまって、なお不可解というべきである。

聖默から聖説に至る聖数「七日」「二七日」などの出入については、また、関連仏典の教説内容を史的事実と見た立場からの、「華厳時」をはじめ、教判論にも関すべき解釈が仏教教学的に複雑にあった。本文〔II〕の「二七日」の、これらの間における意識の如何、ないし有無は、次章巻一(8)へわたる間の原典が訳出されていないこともかかわって、不明である。

仏陀は、まず誰がために法を説くべきか、誰がこの法に堪え得べきかを思い、まず、かのアーラーラ・カーラーマ、『因果経』に即すれば阿羅邏と迦蘭とになるが、彼こそこれに堪えると考えるであろう。律蔵『大品』一―一―六・一～四、中部『聖求経』・『中阿含経』羅摩経には、天性すぐれたアーラーラ・カーラーマ等ふたりの命終を知って、仏陀はもし法を聞けば速かにそれを解したであろうことを惜しみ、『四分律』巻三十二の類にもそれを嘆いている。『因果経』にほぼ同じい本文〔II〕の意は、『因果経』のそれと同じく的確には解し難い。「空ニ音有テ云ク」は、『仏本行集経』巻三十三には、「時有一天。在於空中。隠身不現。来向仏所而出声言」とあった。『阿毘達磨大毘婆沙論』巻百八十二には、仏陀は彼らの命過を知って「傷歎」したと言い、なお、何故にその教化の時を失ったかという問いに対する、いくつかの解釈をとどめている。

（5）小稿「今昔物語集の誕生」参照→本書所収。

巻一　釈迦為五人比丘説法語第八

簡浄のベナレス・サールナート博物館蔵仏陀初転法輪坐像、カルカッタ博物館蔵初転法輪相石板、等々。仏陀（ブッダ）のウルヴェーラー・ブッダガヤから波羅捺国鹿野苑（バーラーナシームリガダーヴァ）への道に、パーリ本その他の古伝、『過去現在因果経』巻三などにも、隊商のふたり、あるいは、かの外道アージーヴィカ教徒優波伽（ウパカ）と会することなどが見えるが、『今昔物語集』はそれらをすべて欠いて、八相成道の固有部分である初転法輪の物語に入る。『今昔物語集』巻一(8)釈迦為五人比丘説法語第八は『過去現在因果経』巻三におそらく直接して簡略した後、これに『法華玄賛』巻四末相当のおそらく抄物の一部を癒着した、と推定される。（1）

（1）小稿「今昔物語集仏伝における大般涅槃所引部について」（『甲南大学文学会論集』第32号、一九六六）・「今昔物語集仏伝資料に関する覚書」（『仏教文学研究』第九集、一九七〇）→本書所収。

今昔物語集巻一(8)　釈迦為五人比丘説法語

〔I〕今昔、釈迦如来、波羅奈国ニ行給テ、憍陳如等ノ五人ノ比丘ノ住所ニ至リ給フ。彼ノ五人、遙ニ如来ノ来リ給ヲ見テ、相共語テ云ク、沙門瞿曇、苦行ヲ退シテ、飲(ママ)食ヲ受ムガ為ニ爰ニ来給ヘリ。我等不煩ハサズシテ彼ヲ迎ヘ奉ベシ、ト。如来、既ニ来給ヌレバ、五人、各座ヨリ起テ礼拝シテ迎ヘ奉ル。其ノ時ニ如来、五人ニ語テ宣ハク、汝等、少キ智ヲ以、我ガ道ノ成ジ不成ゼザル事ヲ軽メ疑フ事无カレ。其ノ故何トナレバ、苦行ヲ修スレバ心悩乱ス、楽ヲ受レバ心ニ楽着ス。此ノ故ニ、我レ、苦楽ノ二道ヲ離レテ中道ノ行ニ随テ、今、菩提ヲ成ズル事ヲ得タリ、ト説給テ、如来、五人ノ為ニ苦・集・滅・道ノ四諦ヲ説給フ。五人、此ヲ聞テ遠塵離苦シテ法眼浄ヲ得ツ。

(I、72・3—10)

過去現在因果経巻三・十巻本釈迦譜巻四(4)

〔I´〕爾時世尊即復前行往(・)波羅㮈(奈)国。至憍陳如摩訶那摩跋波阿捨婆闍跋陀羅闍所止住処。時彼五人遙見仏来。共相謂言。沙門瞿曇棄捨苦行而還。退受飯食之楽。無復道心。今既来此。我等不煩(須)起迎之也。亦勿作礼敬問所須為敷坐処。若欲坐者。自随其意。作此語竟而各黙然。爾時世尊来既(既来)至已。五人不覚各従坐(座)起。礼拝奉迎。(中略)爾時世尊語憍陳如言。汝等共約見我不起。今者何故違先所誓。而即驚起為我執事。(中略)爾時世尊。語五人言。汝等云何於無上尊。而以高情。称喚姓也。(中略)爾時世尊語憍陳如言。汝等莫以小智軽量我道成与不成。何以故。形在苦者心則悩乱。身在楽者情則楽著。是以苦楽両非道因。(中略)今者若能棄捨苦楽。行於中道。心則寂定。堪能修彼八正聖道。離於生老病死之患。我已随順中道之行。得成阿耨多羅三藐三菩提。時彼五人既聞如来如此之言。心大歓喜踊躍無量。瞻仰尊顔目不暫捨。爾時世尊。観五人根堪任受道而語之言。(中略)若人不知四聖諦者。当知是人不得解脱。四聖諦者是真是実。(・)(是)苦実是苦。習(集)実是習(集)。滅実是滅。道実是道。(中略)当仏三転四諦十二行法輪時。

阿若憍陳如。於諸法中。遠塵離垢得法眼浄。（中略）爾時世尊知四人念。即便重為広説四諦。于時四人。於諸法中。亦離塵垢得法眼浄。（三、644a―c、五十・39a―40a）

古典的場面の物語である。まず、本文〔I〕の「不煩ハサズシテ」において、『因果経』を用いる十巻本『釈迦譜』巻四(4)には「不須」とあり（五十、39a）、『因果経』宋本および正倉院聖語蔵本には「不煩」とある。聖語蔵本系を『今昔』仏伝の原典とするのは他の場合から見て適当と考えられない(2)から、本文〔I〕は、おそらく『因果経』の宋本系に依ったのであろう。しかし、本文〔I〕はその原典の古典的場面をとらえることができなかった。かの女人の乳の粥の柔かい意味を「飲食之楽」の奢侈とのみしたはずの、五人の苦行者が最初からつつしんで仏陀を迎えることとあいまって、本文〔I〕は、仏陀と五人との間の挙動や対話を動かす劇的な波動を失い、仏陀のことばもまたその具体的（リアル）な意味を失っている。著名の伝説内容は棄てられるのみならず、いくつかの誤読・誤訳が交錯して、「即趣波羅奈」の概を欠き品格を欠くのである。

(2)「既ニ宮ニ入ケレバ」（巻一(3)、I、56・10、「既至宮已」『過去現在因果経』巻二、「既」、聖「即」ニ作ル、三、629c、ただし、『今昔』以前の和文化資料に依ると見られる）、「慈悲ノ力ヲ以テ」（巻一(7)、I、71・5、「以慈悲力」『因果経』巻三、三、641b、「悲」、聖「心」ニ作ル）、等。

たとえば、遙かに仏陀の来るのを見て五人のささやく「沙門瞿曇、……爰ニ来給ヘリ」、もとより、「瞿曇」は尊敬語ではない。一般に婆羅門の側から刹帝利（クシャトリヤ）出身の仏陀を含む釈迦族全体の姓Gotamaを呼ぶ意である。初転法輪物語に、五比丘が「賢者瞿曇」と呼び、「沙門瞿曇」と言う。それを仏陀は「汝等莫称我本姓字。亦莫卿我」と制する（『中阿含経』羅摩経、一、777b―c、大品一―一―六・一二・聖求経）。『今昔』に、婆羅門ないし外道の言辞として、「拘曇比丘ト云フ者ノ……物ヲ乞ヒ食フ事有リ」（巻一⑾）・「……悪人来レリ。若此レ狗曇沙門カ」（巻一⒀）・「狗曇、王宮ノ門ニ有」（巻三⒆）などがある。魔王の言辞として、「沙門瞿曇、樹下ニ在シテ」（巻一⑹、「沙門瞿曇今在樹下」『因果経』巻三、前出）、これは漢訳仏典を直接和訳した場合の誤りである。『注好選』中⑾は『今昔』巻一⑾に通じるが、これに「瞿曇比丘」を外道の言辞として無敬語で使う外、地の文にも無敬語での例があった。「苦行ヲ退シテ、飲食（「飲」光緒十年刊本・十巻本『釈迦譜』巻四）ヲ受ムガ為ニ爰ニ来給ヘリ」、「苦行ヲ退シテ」としながら同時に敬語をもつこの表現を本文〔I〕がみずから如何に感じていたか、おそらく自身においても曖昧であったか、と想像される。またたとえば、宋本系『因果経』の「不煩」に依るべき「（我等）不煩ハサズシテ……」句は、「不須」とあるそれとの差異によって文意が逆になるとも言い得ないではないが、ただし、原典がその異同によって文意を逆にするのではない。「不須」「不煩」いずれでも、原典の意は「（彼処に来るは沙門瞿曇なり。彼れは奢侈にして精勤を捨て、奢侈におもむきぬ。）彼れに礼をなす勿れ、起ちて迎ふる勿れ。……」（『大品』一―一―六・一〇、『聖求経』）と同意である。大系本補注は、原意「不煩」と「不須」とは全く逆と見るようにとれるという見方は、不可解である。逆になったのは、「不煩」に依った『今昔』の結果にすぎない。「何ゾ悪ヲ作リ咎ヲ招カム」（巻一⑹、I、69・8―9、「不須造悪自招禍咎」『因果経』巻三、三、639c、「須」、宋・聖「煩」ニ作ル）、これも原典「不須」「不煩」同意である。いま、原典の意味する方向は、律蔵『大品（マハーヴァッガ）』一―一―六・一〇、中部『聖求経（アリヤパリエーサナ・スッタ）』などと同じく、要するに同じいのであって、本文〔I〕が原語「不煩」に依ってその方向を異にするのとは異なっている。五人の苦行者たちが苦行時代のシッダールタを離れず供奉したという（巻一⑸）物語の先入観念もはたらくのか、誤読して、かつ相関してここにも「迎へ奉ベシ」と敬語を用いる、本文〔I〕のみが文意を逆にするのである。五人が仏陀に対して礼敬をなさないことを約したそれを省くのは、誤読から生まれた疑問を合理化しようとするらしい。約したにかかわらず、しかし、五人は思わず礼拝する、これが本文〔I〕には出ない。つづいて、本文〔I〕が「其ノ時ニ、如来、五人ニ語テ宣ハク、……」と綴るのは、あきらかに、

爾時世尊。語憍陳如言。汝等……

爾時世尊。語五人言。汝等云何。……

爾時世尊。語憍陳如言。汝等莫以小智軽量我道成与不成。……

この類似統合によるが、[3] 原典にはその間に、仏陀のたしなめとか、五人の慚愧とか、仏陀と五人との間の対話が移って、「小智」が照らし出される。そして、仏陀は中道・八正聖道を説き、彼らは歓喜して目しばらくも捨てず、ゆえに仏陀はその機根を見て四聖諦を説く、とつづくであろう。本文〔I〕はこれらの古典的情景をほとんどすべて省き去ったあとを示す。仏陀が批判した「小智」とは、要するに苦行主義・修定主義などの我見に執する固定観念の類をさすが、本文〔I〕の「少キ智」は、その訳語であるにかかわらず、統合簡略の間に必ずしも分明しない。展開はその具体的な意味を失っているのである。これらはすべて、『今昔』以前のではなく、『今昔』自身の、それももとより意改ではなくて誤訳によって、誤りが誘い合われる間に合理化しようとしたそのあとと言う外ないであろう。

本文〔I〕は統合して「中道ノ行」を生かし、簡略して「八正聖道」を消す。「四聖諦」についても触れるに過ぎず、古伝には存しないとしても、[4] 仏教史伝承的には原理的にも唱導的にも重いであろうこの類を極略して、その三転十二行相[5]のことも省かれる。この時、後代の仏教教学一般において、四諦はいわゆる小乗の大綱とされ、その理にめざめるのは小乗教団の声聞（シュラーヴァカ）の法とされたが、ともかくも「四諦」に触れた本文〔I〕が、三乗の機根と説法の方便との関係に関する仏教教学的な観念を、たとえば『梁塵秘抄』No.(47)に『阿含経』に関して「諦縁乗」と謡うようなその観念を感じていたか、いたとすれば如何に感じていたか、これらは不明である。たとえば、『法

華経』巻一、「為求声聞者。説応四諦法。（中略）為求辟支仏者。説応十二因縁法。為諸菩薩説応六波羅蜜。令得阿耨多羅三藐三菩提成一切種智」（九、3c）、南本『大般涅槃経』巻十三、「是諸大衆復有二種。一者求小乗。二者求大乗。我於昔日波羅奈城為諸声聞転於法輪。今始於此拘尸那城為諸菩薩転大法輪。（中略）復有二人。中根上根。為中根人。於波羅㮈転於法輪。為上根人。（中略）今於此間拘尸那城転大法輪。（中略）極下根者……」（十二、689c）、あるいは『解深密経』巻二、「世尊初於一時在婆羅痆斯（バーラーナシー）。（中略）惟為発趣声聞乗者。以四諦相転正法輪。……」（十六、697a）等々。教判論にもかかわるのであった。

原典においては、まず阿若憍陳如（アジュナータカウンディニャ）が得法し、摩訶那摩（マハーナーマ）ら四人が目しばらくも捨てないので、さらに仏陀が四諦を説く、とつづく。本文〔I〕は統合簡略に主としてよって、五人の同時得道となる。たまたま『中本起経』巻上かこの場面（四、148c―149a）の類と同じいが、もとより偶合である。加えて、原語「遠塵離垢」は、もとより、仏語「離苦」とは別に、塵垢を遠離する意であり、「垢」（mala）すなわち煩悩は「苦」（duḥkha）ではないから、誤記ないし誤写である。おそらく原本において同書を誤記したのであろう。

こうして、この本文〔I〕は、あるいははなはだしい誤読、あるいは類似統合によって、この場面の古典的性格を誤り、原理的至要性を簡略した。それは原典の心を深く理解したのでもなく、強く表現したものでもないのである。

(3)「其ノ時ニ」をめぐる大系本補注は的確を欠く。「少キ智」のそれはほぼ可である。なお、「軽メ」の訓については、巻一(2)注（20）参照。

(4)『聖求経』には中道・八正道・四諦は見えず、『中阿含経』羅摩経には「中道・八正道」が見える。『大品』一―一―六・一八～二八、『転法輪経』等には三者が見える。中村元『ゴータマ・ブッダ』選集版二三九頁参照。

(5) 四諦の修行の展開過程に関する実践哲学の教え。四諦を示しあかす示転、その実践をすすめる勧転、実践のはてに正覚する証転、この三転を四諦それぞれにあてる計十二種の行相を言う、という。

原典を誤解・簡略した『今昔』は、つづいて、原典には存しない簡単な物語、五人の過去世を思うそれを癒着する。

今昔物語集巻一(8)釈迦為五人比丘説法語	法華玄賛巻四末	法華義疏（吉蔵）巻四	法華文句巻一上
〔II〕五人ト云ハ、一ヲバ憍陳如、二ヲバ摩訶迦葉、三ヲバ額鞞、四ヲバ跋提、五ヲバ摩男拘利ト云フ。何ノ故ニカ此ノ人五人ナルト尋ヌレバ、昔迦葉仏ノ世ニ同学ノ人九人有キ。四人ハ利根ニシテ先ニ既道ヲ得タリ、五人ハ鈍根ニシテ□□始命始テ覚ヲ開ク。釈迦如来ノ出世成道ノ時ニ会ハムト願ゼルガ故也トナム語リ伝ヘタルトヤ。	〔II′〕相伝解云。言五人者。一陳如。二十力迦葉。三額鞞。有云。即馬勝比丘。四跋提。五摩訶男拘利。応勘婆沙。何故唯五人。有云。迦葉仏時同学九人。四人利根已前得道。五人鈍根故今始悟。願逢釈迦仏出成道故。（三十四、730c）	言五人者。一陳如。二十力迦葉。三額鞞。四跋提。五摩男拘利。（中略）問。何故前為五人説法耶。答。経出不同。一云。迦葉仏時有同学九人。四人利根前得道。五人鈍根自誓釈迦出世要先得道。（三十四、509c―510a）	又迦葉仏時九人学道五人未得果。誓於釈迦法中最先開悟。本願所牽前得無生故。名阿若。（中略）（五人）所謂拘隣。額鞞亦云湿鞞。亦阿説示。亦馬星。跋提。亦摩訶男。十力迦葉。拘利太子。（三十四、8a―b）

（I、72・10—13）

本文〔II〕は一種の注釈部的な形を示し、原拠は、既見資料においてはこのように検出される。これらはそれぞれ法相・三論・天台教学に属する『法華経』の注疏であり、いずれも法華史を飾る古典であった。特に、いまこの部分は、初転法輪の思い出を含む『法華経』方便品の注疏にあたり、『法華玄賛』のこれは『大乗法相宗名目』六下に、『法華義疏』のこれは、『三論名教抄』巻十・『三論玄義検幽集』巻三、あるいは東密の『覚禅鈔』釈迦下等にも引用された。天台の『法華釈籤』巻十三・『止観輔行伝弘決』巻六三一等は異なるが、法相の仲算の『法華釈文』中巻には『義疏』のと同名を簡単に列挙する。ひろく用いられていたことが想像される。これらの中、本文〔II〕にもっとも近く対応するのは法相の『法華玄賛』であって、本文〔II〕は、その直接書承を言うことは躊躇しても、これ相当の抄物の類を書承したそのあとのはずであった。朱の書きこみなどを含んで想像することも許されるかもしれない。そして、本文〔II〕の伝える五人の名は、これらの注疏の中、特に『法華玄賛』と『法華義疏』とのそれに近いが、本文〔II〕に摩訶迦葉（Mahā-kāśyapa, Mahākassapa）とあるのは、これら注疏のすべてには十力迦葉（Daśabalakāśyapa, Dasabalakassapa）とあるのを、その名の類するところから不注意に同一人と見た誤りであって[6]、これは『今昔』が依ったその抄物の類似の資料にすでにそうあったか、『今昔』本文〔II〕自身が語ったかのいずれかであり、おそらく本文〔II〕自身の誤ったところであったのであろう。いずれにしても、これらの注疏、特には『法華玄賛』巻四末相当との、類似ないし対応を否定することはできない。『今昔』は本文〔I〕に対応すべき『因果経』に見える五人の名は阿若憍陳如の外は省いたが、いま、この本文〔II〕には、本文〔I〕に省いた『因果経』の物語的事実としてのそれらにかかわらず、これらの注疏、特には『法華玄賛』相当に依った、と考えられるであろう。「昔……有キ」の形は漢文訓読の場合の古例にそう。「一（には）云（はく）、迦葉仏の同学九人有（り）き。四人は利根にして前づ道（を）得、五人は鈍根にして自（ら）誓（ひ）て釈迦の出世に要ず先づ道を得む（と）イヒキトイへリ。」（石山寺蔵『法華義疏』長保四年点）。[7]「□始命始テ覚ヲ聞ク」句において、「命」は「今」を誤記ないし誤写したことが確実であった。[8]

そして、『法華玄賛』巻四末によれば、この所伝は古く口承的相伝に属したようであるが、『今昔』巻一(8)が、その前半、本文〔I〕において原典を誤読し、かつ簡略しながら、その後半本文〔II〕において前半の原典の物語的事実を否定してまでこのような所伝を書承的に癒着したのは、このような所伝に共感する何ものか、もしこれを説話的傾向と言えば言えないでもないが、それがその背後にはたらいたことを示すとしても、もとより、これは、この『今昔』本文〔II〕が民衆社会の口承要素自体を用いこんだというようなことではない。

それならば、これらの法華史を飾る古典の所伝が何故に用いられたのであるか。その理由は、おそらくこうである。これらの部分はいずれも『法華経』方便品の注疏であり、特にはその比丘偈の一部に関している。天台四要品の一つとして『今昔』にも見える（巻十三(27)(38)）のように、この章は著名であり、その比丘偈の名もまた知られていた（『今昔』巻十四(12)・巻十五(42)、『法華百座聞書抄』天仁三年三月一日、譬喩品条、等）。『今昔』全篇の背後の仏教世界は学派的に南都・北京（特には法相・天台）にわたり、その間に対立・交流があって、別に天台に限らないが、『今昔』はいま巻一(7)(8)を成しながら、これらが『法華経』方便品に重なり、その比丘偈に通じるべきことを感じたか、と想像することができるであろう。たとえば、『源氏物語』賢木巻に、「六十巻といふふみ読みたまひ、おぼつかなきところどころとかせなどしておはしますを、……」とあるのは、もとより、平安摂関貴族制華やいだ日の男子知識階級が、天台関係の仏書六十巻（『法華玄義』『法華文句』『摩訶止観』各十巻、『法華玄義釈籤』『法華文句記』『止観輔行伝弘決』各十巻）を読み、かつ聴いた事実を映すが、ともかくもこれらを承ける院政期の知識階級が、著名の『法華経』方便品、ないしその比丘偈を思うということは、ことさらに想像を強

いるほどのことではないのである。そして、

過去現在因果経巻三

爾時如来。於七日中一心思惟。観於樹王而自念言。（中略）我所得法甚深難解。唯仏与仏乃能知之。（中略）我寧黙念入般涅槃。爾時如来以偈頌曰。

聖道甚難登　知慧果難得
我於此難中　皆悉已能弁
我所得智慧　微妙最第一
衆生諸根鈍　著楽癡所盲
順於生死流　不能反其源
如斯之等類　云何而何度

爾時如来作此念已。大梵天王。（中略）而白仏言。（中略）転妙法輪。釈提桓因乃至他化自在天。亦復如是。

（三、642c—643a）

妙法蓮華経巻一方便品

爾時世尊従三昧安詳而起。告舎利弗。諸仏智慧甚深無量。其智慧門難解難入。一切声聞辟支仏所不能知。（中略）仏所成就第一希有難解之法。唯仏与仏乃能究尽諸法実相。（中略）仏所得法甚深難解。有所言説意趣難知。（中略）諸仏世尊唯以一大事因縁故出現於世。（中略）爾時世尊欲重宣此義而説偈言。

……………………

我始坐道場　観樹亦経行　於三七日中　思惟如是事
我所得智慧　微妙最第一　衆生諸根鈍　著楽癡所盲
如斯之等類　云何而可度　爾時諸梵王　及諸天帝釈
護世四天王　及大自在天　幷余諸天衆　眷属百千万
恭敬合掌礼　請我転法輪　我即自思惟　若但讃仏乗
衆生没在苦　不能信是法　破法不信故　墜於三悪道
我寧不説法　疾入於涅槃　……………………
復作如是念　我出濁悪世　如諸仏所説　我亦随順行
思惟是事已　即趣波羅奈　諸法寂滅相　不可以言宣
以方便力故　為五比丘説　……………………

われわれは、『因果経』の長行部と『法華経』方便品の長行部ないし比丘偈とが部分的に類似し、『因果経』の偈ないし長行部が方便品比丘偈に部分的に一致するのを見出す。『因果経』の漢訳（四四四―四五三年間）は『法華経』の羅什訳（四〇六年）に後れること約五十年弱であるが、ともかく、中国訳経史の上に、訳場においてあるいは先行の訳文を書承的に継承し、あるいは記憶によって利用して、しばしば同類の訳文の現われる現象をここにも見ることができるであろう。『因果経』のこの初転法輪物語の漢訳に『法華経』方便品のそれの通じる知識を介して、その注疏類ないしそれ相当の思い合わせられる過程があった、と見ることは許されるかと考えられる。本文〔Ⅱ〕は、おそらくこのような過程を経てここに癒着されるに至ったのであろう。

（九、5b―10a）

『今昔』巻五(29)五人切大魚肉食語に見える五比丘本生物語の異伝を合わせ考えるべきかもしれない。類似資料群の在り方からすれば、これは相伝的口承的にも知られていたであろう。[9]日本において、これは、『注好選』中(6)との間に、五比丘の名とその順序、拘隣比丘・馬勝（比丘）・摩訶男・十力迦葉・拘利太子が一致するが、他の多くの諸篇における両者の対応度ほどの対応の高さはなく、共通母胎の存在を想像させるような相通度にとどまる。ともかくいずれにしても、巻五(29)の五比丘の名は巻一(8)本文〔Ⅱ〕のそれとは一致しない。『今昔』は、巻一(8)本文〔Ⅱ〕と巻五(29)と、後者の原拠はなお保留するとしても、それぞれ原拠に依ったにすぎないのであって、その間の異同は意識したではあろうが、これを統一することはなかった。それほど原拠に即する面があった、と言えば言い得るであろう。そして、いくつかの五比丘本生物語の中、巻一(8)にこの本文〔Ⅱ〕の物語がえらばれたのは、巻一(8)の五比丘のひとりに『因果経』によって阿若憍陳如の名を明記する関係と、特には、これがまさしく仏陀の出世成道の時にあう内容を核心とする関係とによるであろう。すでに言をまたないことかもしれない。本文〔Ⅱ〕

が南都法相の『法華玄賛』巻四末の一部相当にあたるべきことが、『今昔』において如何なる意味をもつか、ないし、もたないか、これは、なお複雑な関連の場で考えるべきことなのであろう。

『今昔』巻頭、仏伝八章、これが中国に起ったであろう八相成道（下天・託胎・降誕・出家・降魔・成道・転法輪、そして涅槃〈入滅〉）を意識したか否かは知らない。

（6）同一人と見る（大系本、巻五(29)頭注）のは誤りである。

（7）中田祝夫『古点本の国語学的研究　訳文篇』。

（8）国史大系本を底本とする、流布本系の押小路家本。大系本I解説によれば、押小路家本は合理的解釈にもとづく改変を施した内閣文庫本cの系統に属するようである、とされる。巻一(38)の「命」（I、120・1）は、内閣文庫B本傍書「今」、『今昔物語集攷証』・国史大系本等は「今」とする。諸本すべて「命」に作る（大系本頭注）。

（9）出典論的に、『賢愚経』巻七(33)は原語的類話にとどまる。『法華文句』巻一上・吉蔵『法華義疏』巻四・『法華玄賛』巻四末等の注疏には、『今昔』巻一(8)本文〔II〕の五比丘本生物語の類とか、別伝の稲華供養の物語とかともに、極略されて見え、また、敦煌本『梵網経述記』（P.2286）にも極略されて見えるのによれば、相伝的口伝的に知られていたのであろう。日本においても、『注好選』中(6)、降って『鷲林拾葉鈔』巻一に見える。

II　仏陀の法の婆羅門の都にひろがる物語

『今昔物語集』巻一(9)から巻一(16)に至る一連は、初転法輪後の仏陀の或る日々を中心として、婆羅門等、「六師外道」（巻一(15)）はじめ外道たちの迫害とその聞法への道とを語る。それは、巻一(9)舎利弗（シャーリプトラ）物語の、「（舎利弗…）其ノ時ニ、仏ノ御弟子馬勝比丘ノ、四諦ノ法ヲ説ヲ聞テ、始テ外道ノ門徒ヲ背テ釈迦ノ御弟子ト成テ初果ヲ得タリ。其後、仏許ニ参テ七日……」、ないし、「舎利弗勝チ給ヌレバ、釈迦ノ面目・法力ノ貴ク勇猛ナル事、此ヨリ弥ヨ五天竺ニ風聞シヌ」、これは、『注好選』（東寺観智院本）よりも『注好撰』（天野山金剛寺本）中(16)に近い類に通じながら、「四諦ノ法ヲ説ヲ問テ」とか「五天竺ニ」とかいう語句の加わったものであるが、[1]その文脈によって、前章とつながり後章へ展く。仏陀の受難とその克服とを語る巻一(10)提婆達多（デーヴァダッタ）物語の、「悉駄太子、仏ニ成リ給テ後ハ……」の文脈もそれを感じるでもあろう。霊鷲山、象頭山すなわちかの伽耶山がつづく。そして、その仏陀の或る日々は、巻一(4)、仏陀が婆羅門の城（みやこ）に食（じき）を乞う、その佳篇にも物語られる。『大智度論』巻八（二十五、115a～b）の外、同論に簡明に散見し、類書にも及び、『大智度論』の「空鉢而出」類句は、類話ではあるが、『五分律』巻二十一（二十二、71a）にものこっている。日本では、「貧女腐汁」（『東大寺諷誦文稿』165行）とあるのはこの物語にちがいなく、『今昔』は、『注好選』・『注好撰』中(11)に、『大智度論』やこれら二書にみえる阿難はみえないにしても、通じている。さらに、巻一(13)の須達（スダッタ）の女（むすめ）もかかわる物語などを経て、巻一(16)鴦掘魔羅（アングリマーラ）物語に至る。花ひらく都市に仏陀の理想主義が展かれて行くであろう。

古編古訳の『十二遊経』（「仏以二十九出家。以三十五得道。……於鹿野園中為阿若拘隣等説法」、（四、146c—147a））・『歴代三宝紀』巻一等は、初転法輪の後、年次的に、舎利弗・目連（モッガッラーナ）の得果、須達（スダッタ）の祇園精舎造立、鴦掘魔羅への説法等々を説き、ついで、出城十二年の後、仏陀は父王の都に還って釈迦族のために法を説いた、と言う。[2]『歴代三宝紀』は仏陀の帰国に『十二遊経』説を用い、かつ、『普曜経』巻八を引いて、父王が優陀耶（ウダーイー）を遣わして仏陀を迎えたことを併記する。この『普曜経』部は、十巻本『釈迦譜』巻四・巻五が、『過去現在因果経』巻四を引いて耶舎（ヤサ）はじめ、舎利弗・目連・迦葉（カーシャパ）等が阿羅漢果を得、仏陀がかの過去因縁の神話（ミュトス）的な前生に蓮華を売った女人はいまの耶輸陀羅（ヤショーダラー）であると言い、そこで『因果経』畢てその所引を終えて後、継いで引く『普曜経』巻八のそれに等しい。そして、『釈迦譜』は『普曜経』を引きつづけて、難陀（ナンダ）の得果を語り、母瞿夷（ゴーピー）に連れられた七歳の羅云（ラーフラ）が仏陀を父として印信環を贈る条に至って、その巻五を閉じている。時代ははるかに降りながら、宋代天台、『仏祖統紀』巻三下が、諸説の出入する間に、耶輸陀羅に連れられた羅睺羅（ラーフラ）が仏陀を父として信環をささげ、提婆達多のこと、『鴦掘魔羅経』の説かれることなどのあった後、仏陀が九歳の羅睺羅を度するというのも、やはり仏伝知識にかかわる伝承事業をのこすべきではあろう。『今昔』は、巻一(16)鴦掘魔羅物語につづいて、巻一(17)に羅睺羅出家の物語を置くが、これらを通じて、その類聚配列の苦心には、その仏教史的伝承事実としての紀年意識にかかわるべきものがあったはずである。この時、十巻本『釈迦譜』は、前記したように、その巻五を羅云の物語で収めた後、巻六を釈迦族出家物語で始めている。おそらく、これは単に偶合ではないであろう。後論するように、十巻本『釈迦譜』は、『今昔』巻一(17)以降の釈迦族出家物語に深く、ないしは直接にかかわってもいるのである。

(1)　いま特に注する要はないが、一言する。巻一(9)は『注好選』中(16)に通じるが、舎利弗が長爪梵志に学び、やがて馬勝比丘(アッサジ)から「四諦ノ法」を聞いたこととか、その果位のこととかは、現存『注好選』のそれには見えない。『法華文句』巻一下に、長爪梵志の名が見え、また、「……一聞即得須陀洹果。来至仏所。七日遍達仏法渕海。又云。十五日後得阿羅漢」などとつたえる（三十四、12a―b）。『注好選』中(16)と『今昔』巻一(9)との関係について、一つの問いを保留する。

(2)　律蔵『大品(マハーヴァッガ)』にも、一―二―七、耶舎に四諦が説かれた後、大品を通じて同類が見え、一―八―四一、鴦掘魔羅の出家に至るような例がある。

III　釈迦族出家物語

巻一　仏迎羅睺羅令出家給語第十七

『今昔物語集』巻一(17)から巻一(28)に至る一連は、ひろくは仏陀教化の世界に属すべきさまざまの出家物語であって、それは、巻一(17)から巻一(21)（同(20)欠話）に至る、基本的には釈迦族の出家と、巻一(22)から巻一(28)に至る一般のそれとに分かち得る。

巻一(17)仏迎羅睺羅令出家給語第十七は、『未曾有因縁経』巻上・巻下（十七、575b－576b、584b－585a）を簡略所引した、十巻本『釈迦譜』巻七(13)釈迦子羅云出家縁記を背後に感じる。これを直接にはおそらく基礎原典とはしないが、これに由ってこれを内に含むべき在り方をのこす、漢字片仮名交り和文化資料に基本的に依るか、と推定される。その和文化資料の一部は、『法華百座聞書抄』の一部と通じるところがあったか、とも想像される。

羅睺羅（Rāhula）出家の物語について、律蔵『大品（マハー・ヴァッガ）』一―九―五四は、故国迦毘羅衛（カピラヴァストゥ）の都に帰った仏陀が舎利弗（シャーリプトラ）に命じて羅睺羅を出家させた時、浄飯（シュッドウダナ）王が難陀（ナンダ）につづくこの出家を悲しんで、父母の許さない人の子の出家は認めないことを仏陀にねがい、以後、この制が立てられた、と語り、『四分律』巻三十四・『五分律』巻十七・『善見律毘婆沙』巻十七などの一部もそれに類する。十巻本『釈迦譜』は、『未曾有因縁経』を中心として引いた後、『普曜経』の、羅雲（ラーフラ）の母の貞潔と羅雲が仏の真の子であることのしるしに関する物語を、ついで『弥沙塞律』すなわち『五分律』の『大品』同類を引いて、『未曾有因縁経』と『五分律』との所説の大異することを、自身もすでに記している。『仏本行集経』巻五十五等は歓喜丸イメージのはたらく異伝を並べた。(1)『今昔』巻一(17)は、『普曜経』はもとより、この『五分律』を用いない。巻一(17)は『釈迦譜』所引の『未曾有因縁経』所引部をその全文にわたって直接翻訳するわけではないが、『釈迦譜』に引く『五分律』などをも見ていたとすれば、『今昔』において、少なくとも『釈迦譜』の『未曾有因縁経』を通ったと見るべき和文化資料が、意識的に基本的にえらばれた、と、その選択の意志を推定することが可能であろう。

（1）小稿「釈尊伝」（『仏教文学講座』第六巻、一九九五）→本書所収。

今昔物語集巻一⒄　仏迎羅睺羅令出家給語

〔I〕今昔、仏、羅睺羅ヲ迎ヘテ出家セシメムト思シテ、目連ヲ以テ使トシテ迎ヘニ遣サムト為ル程ニ、羅睺羅ノ母耶輸陀羅、此ノ事ヲ聞テ高楼ニ登テ門ヲ閉テ、守門ノ者ニ仰セテ云ク、努力、門ヲ開ク事无カレ、ト。仏、目連ヲ羅睺羅迎ヘニ遣ハスニ宣ハク、女、愚癡ニ依テ子ヲ愛スル事ハ暫ノ間也。死テ地獄ニ堕ヌレバ母ト子ト各相知ル事无シテ、永ク離レテ苦ヲ受ル事无隟シ。後ニ悔ルニ甲斐无シ。羅睺羅、道ヲ得テハ還テ母ヲ度シテ、永ク生老病死ノ根本ヲ断テ、羅漢ニ成ル事ヲ得テ我ガ如クナラム。然レバ羅睺羅、既ニ年九歳ニ成ヌ、今ハ出家セシメテ聖ノ道ヲ習シメム、ト。

目連、此ノ事ヲ承ハリテ耶輸陀羅ノ許ニ至ル。耶輸陀羅、高キ楼ニ登テ門ヲ閉

十巻本釈迦譜巻七⒀　釈迦子羅云出家縁記

〔I′〕爾時世尊告目犍連。（中略）因復慰喩羅睺羅母耶輸陀羅。令割恩愛。放羅睺羅令作沙弥。修習聖道。所以者何。母子恩愛。歓楽須臾。死堕地獄。母之与子各不相知。窈窈冥冥永相離別。受苦万端後悔無及。羅睺得道。当還度母。永絶生老病死根本。得至羅漢如我今也。目連受命。屈伸臂頃。到迦毘羅浄飯王所。（中略）時耶輸陀羅聞仏遣使。来至王所未知意趣。即遣青衣令参消息。青衣還白。世尊遣使。取羅睺羅度為沙弥。耶輸陀羅聞是消息。将羅睺羅登上高楼。約勅監官関閉門閣。悉令堅牢。時大目連既到宮門。不能得入。又無人通。即以神力飛上高楼。至耶輸陀羅座前而立。耶輸陀羅見目連来。憂喜交集迫不得已。（中略）目連白日。太子羅睺以年已（以）九歳。応令出家修学聖道。所以者何。母子恩愛少時如意。一旦命終堕三悪道。恩愛離別窈窈冥冥。母不知子。子不知母。羅睺得道当還度母。永度生老病死憂患。得至涅槃如仏今也。耶輸陀羅答目連曰。釈迦如来為太子時。娶我為妻。奉事太子如事天神曾無一失。共為夫婦未満三年。捨五欲楽。騰越宮城逃至王田。王身往迎違戻不従。（中略）勤苦六年得仏還国。都不見親。忽忘恩旧劇於路人。使我母子守

テ心静ニ有ル程ニ、目連空ヨリ飛来ヌ。仏ノ仰セヲ一事ニ令伝ム。耶輸陀羅返申シテ云ク、仏、太子ト御シ時、我レニ娶テ御妻タリキ。太子ニ仕ル事、天神ニ仕ルガ如シ。未ダ三年ニ不満ルニ我レヲ捨テ宮ヲ出給ニキ。其ノ後、国ニ返給フ事无ク、我レニ不見給ズ。我レモ寡ニ成レル今、我ガ子ヲ取放給ムヤ。君、仏ニ成給フ事ハ、慈悲ニ依テ衆生ヲ安楽セシメムト也。而ニ今、母子ノ中ヲ離別セシメ給ハム事、慈悲无キ事ニ非ズヤ、ト云テ哭ク事无限シ。

（I、86・3—14）

孤抱窮。今復遣使欲求我子。為其眷属。何酷如之。太子成道。自言慈悲。慈悲之道応安楽衆生。今反離別人之母子。苦中之甚。莫若恩愛離別之苦。以是推之。今別人母子。何慈之有。白目連曰。還向世尊宣我所陳。

（五十、61b—c）

経律異相巻七(6)　羅睺出家

仏告目連。汝往迦毘羅城。問訊我父母我叔及我夷母。慰喩羅睺羅母。令割恩愛。放羅睺羅使作沙弥。母子恩愛歓楽須臾。死堕地獄各不相知。羅睺得道当還渡母。永絶生死如我今也。目連至国具陳仏意。耶輸陀羅聞仏遣使来。取羅睺将登高楼。約勅監官好閉門閤。悉令堅牢。目連飛上。耶輸陀羅不得已作礼。問曰。世尊無恙。遣上人来欲何所為。目連曰。太子羅睺年已九歳。応令出家修学聖道。具陳仏意。答曰。釈迦如来為太子時娶我為妻。奉事太子如事天神。未満三年。捨五欲楽。騰越宮城逃至王田。自約得道。誓願当帰。得道還国。都不見親。忘勿恩旧。劇於路人。使我守孤抱窮。今奪我子。為其眷属。何酷如之。太子成道。自言慈悲。今別母子何慈之有。還向世尊説我所陳。

（五十三、34b）

法華百座聞書抄　天仁三年三月七日人記品条

〔I〕仏カヘリ給テ、目連ヲツカヒトシテ、ヤスダラ女ノ御許ニラゴラヲコヒニ遣ト聞テ、仏ノ口使ニアハジトテ、タカキ楼ロゥニノボリヌ。目連、神通ニ（ヨリ）テ、ヤスダラ女ノ前ニイタリテ、ラゴラ渡シタテマツリ給ベキヨシヲ云（ニ）、ヤスダラ女ノタマフ様、仏サラニ此太子ヲメスベカラズ。仏ヲバウラメシトコソオモヒタテマツレ、宮ヲイデ、出家シタマヒシニモ、カクナムトツ（ゲ）給コトモナカリキ。又十二年ノ間ヲ（オ）コナヒタマフトモ、ナドカヒトタビノ御ヲ（オ）トヅレハナカラム。此太子ヲダニグシ申テアラムトオモフナリ、トノタ（マ）フモコトハ（ワ）リニテ、……

羅睺羅の母、耶輪陀羅には人の子の母の論理があった。本文〔I〕において、十巻本『釈迦譜』にもとづく『未曾有因縁経』巻上は『釈迦譜』より少しく密であり、同じく『未曾有因縁経』巻上にもとづく『経律異相』巻七(6)ははなはだしく簡である。『法華百座聞書抄』天仁三（一一一〇）年三月七日人記品条、すなわち『法華経』巻四授学無学人記品の講説は天台「山王院ノ大師」（智証円珍、三月二日条）系の香雲房阿闍梨の講じたところであるが、人記品において授記される阿難（アーナンダ）・羅睺羅の、特に羅睺羅にふれる場合でこれはある。これは、たとえば、その「タカキ楼」において『未曾有因縁経』ないし『釈迦譜』・『経律異相』の、たとえばその「目連、神通ニ

（ヨリ）テ」において『未曾有因縁経』ないし『釈迦譜』のあとをのこしながらも、和語の口がたりの想像力に育てられて成り、本文〔I〕冒頭との相似からすれば、おそらく、その口がたりを通った類似の和文化資料のひとつを背後にもつと考えられるべきであった。

本文〔I〕は和文化資料を感じて始まるべきはずであった。「守門ノ者」は、『観無量寿経』（十二、341a）に発すべき、かの阿闍世王（アジャータシャトル）と韋提希（ヴァイデーヒー）夫人との物語に、原典「守門人」「守門者」にそれぞれ由るべくある「守門ノ者」「門守ノ者」がかよっている。また、これと同じく、『今昔』以前の和文化資料に立つと見られる場合（巻二(12)(38)）、そして、和化漢文原典に依るべき場合（巻二十(16)、「守門人」『日本霊異記』巻上(30)）いずれにも見えるであろう。

つづいて、本文〔I〕は、仏陀が目連に告げ、目連が耶輸陀羅につたえたという仏意の類似表現、

（世尊告目揵連）……令割恩愛。放羅睺羅令作沙弥。修習聖道。所以者何。母子恩愛歓楽須臾。（中略）羅睺得道。当還度母。永絶生老病死根本。得至羅漢如我今也。（『釈迦譜』）

（目連白曰）太子羅睺年已九歳。応令出家修学聖道。所以者何。母子恩愛少時如意。（中略）羅睺得道当還度母。永度生老病死憂患。得至涅槃如仏今也。（『同』）

苦の根元（duḥkha-mūla）としての、満たされることを求めて飽きない愛（tṛṣṇā, taṇhā）、「其ノ母、阿那律ヲ愛シテ……」「其ノ母、又、跋提ヲ愛シテ出家ヲ不許ズ」（巻一(21)）の類と同じく、それを超えるべきを説くこれを、目連が耶輸陀羅につたえるべき仏陀のことばとして統合して、接続詞「然レバ」を以て接続する。[2] この類似統合において、「母ト子ト各相知ル事无シテ、永ク離レテ、……永ク生老病死ノ根本ヲ断テ」との対応部は『未曾有経』ないし『釈迦譜』のみに存し、従来出典とされた『経律異相』には存しない。また「羅漢ニ成ル事ヲ得テ」のそれは、『未曾有経』には「得至涅槃。（如我今也）」（十七、575b）、そのふたたびを見ても「得死涅槃。（如

仏今也)」(同、575c)、とあり、『経律異相』には全く存せず、『釈迦譜』のみに「得至羅漢」とあって、この一致は偶然とは考え難い。『法華経』巻四人記品においては、『法華経』の展開する授記思想の構想から、いわゆる声聞(シュラーヴァカ)の羅睺羅は内に菩薩(ボーディサットヴァ)の行を秘めるものとして紅の蓮の花をふみ歩むべき如来(タターガタ)(tathāgata)を授記されるが、いまは声聞の果位としての羅漢(アルハン)を表現されているのであり、これは語彙的に『釈迦譜』を通るべきであった。とすれば、『釈迦譜』を通るべきこの部分、すなわち仏陀の目連へのことばの部分は、本文〔I〕冒頭の、前記、『法華百座聞書抄』該当部にも通じる或る和文化資料を感じるべき部分と如何にかかわるか、そのかかわりは、すでに本文〔I〕以前に存して本文〔I〕はそのすべて既存したそれに依るか、それとも、はじめて本文〔I〕自身においてみずから生じたか、この問いがなおのこるであろう。この時、本文〔I〕冒頭、「仏、羅睺羅ヲ迎ヘテ出家セシメムト思シテ、目連ヲ以テ使トシテ迎ヘニ遣サムト為ル程ニ、……此ノ事ヲ聞テ高楼ニ登テ」と、『法華百座聞書抄』該当部、「仏カヘリ給テ、目連ヲツカヒトシテ、……ラゴラヲコヒニ遣ト聞テ、……タカキ楼(ロウ)ニノボリヌ」との背後にその存在の感じられる或る和文化資料は、それとしての出来事における人間関係とその意味とを表現的に簡明に充たしながら、「目連、神通ニヨリテ……」類の表現へ展いたか、と想像される。しかるに、本文〔I〕においては、その或る和文化資料においては『法華百座聞書抄』におけるように簡明に果されたであろう「タカキ楼」のトポス的な役割が、和文化資料においては、

A　……耶輸陀羅、此ノ事ヲ聞テ高楼ニ登テ門ヲ閉テ、……

B　仏、目連ヲ羅睺羅迎ヘニ遣ハスニ宣ハク、女、愚癡ニ依テ子ヲ愛スル事ハ……(『釈迦譜』対応部)

C　目連、此ノ事ヲ承ハリテ(「目連受命」『釈迦譜』対応部)、耶輸陀羅ノ許ニ至ル。

D　耶輸陀羅、高キ楼ニ登テ門ヲ閉テ心静ニ有ル程ニ、目連空ヨリ飛来ヌ。仏ノ仰セヲ一事ニ令伝ム。耶輸陀羅……

このようにAD二回に分割される。『未曾有経』ないし『釈迦譜』にも「高楼」は再度あらわれるが、その表現の役割が、もとより、この表現ABCDにおけるADのそれの意味と異なることはあきらかである。ADの間に『釈迦譜』対応部BCがあるが、本文〔I〕以前の或る和文化資料の立場から見れば、これは異資料『釈迦譜』BCの挿入のためにADに分割させられたのである。[3] あきらかなように、このB「仏、目連ヲ羅睺羅迎ヘニ遣ハスニ……」とAに包まれる「仏、……目連ヲ以テ使トシテ迎ヘニ遣サムト……」との一種の重複、C「耶輸陀羅ノ許ニ至ル」とD「空ヨリ飛来ヌ」との一種の重複、この間に煩瑣の印象を避け得ないのは、ここに『釈迦譜』による類似統合を経たその挿入のあとさきであるゆえであった。この時、この『釈迦譜』対応部、仏陀の目連へのことばは、漢語のとり方をはじめ、かなり直訳的に『釈迦譜』に近く、これは『今昔』本文〔I〕自身が直接対応すると見ても違和感はなく見えるから、本文〔I〕は、冒頭、或る和文化資料に依り、つづいて自身ここに『釈迦譜』をかかわらせた、とも見られないではない。ただし、この巻一(17)一章の全篇において、後文に、やはり確実に『釈迦譜』に由る在り方はのこしながらその直接は断じ難い部分とか、『釈迦譜』に直接して少なくとも或る程度正確に翻訳する場合には考えられない部分とかがあらわれるのを見ても、この一章がどの程度まで『釈迦譜』に直接するか、また、少しく簡単ではないであろう。いま、この部分において本文〔I〕自身の『釈迦譜』直接を断じるのは、そして、本分〔I〕において和文化資料と漢文原典との間に立つこころみを考えるのは、その意味においてなお保留の明かるみに位置づけておくべきか、と考えられる。この場合、本文〔I〕における仏陀の目連へのことば、「女、愚癡ニ依テ子ヲ愛スル事ハ」は直訳的ではないが、『釈迦譜』に後出する「女人愚癡」句を感じるか否か、これはまた本文〔I〕自身の『釈迦譜』直接の如何にかかわり得べき条件に数えも得ようが、「女、愚癡ニ依テ」一句の類は、ともかく一般に意味空間を埋める補入説明として『今昔』自身の補う類に通じてはいた、と附言することは許されるであろう。

本文〔I〕は、ふたたび「高キ楼ニ登テ門ヲ閉テ（心静ニ）有ル」と表現される耶輸陀羅のもとへ、「目連空ヨリ飛来ヌ、仏ノ仰セヲ一事ニ令伝ム」と言う。「心静ニ」は『釈迦譜』の「憂喜交集迫不得已」句との対比を意識するか否か、ともかく『法華百座聞書抄』に通ずべき或る和文化資料には存しなかったであろう。また、『釈迦譜』に「神力」と言い、『法華百座聞書抄』に「神通」というそれがここに「空ヨリ飛来ヌ」とあるのは、『法華百座聞書抄』と異同するその和文化資料に依るのか否か、ともかく、『法華文句』巻二上に「仏索令出家。父王不許。耶輸将上高楼。目連飛空来故。仏度出家」（三十四、18c—19a）とある類に由るような口がたりを通って形成されてきたか、とは考えられる。「仏ノ仰セヲ一事ニ令伝ム」(4)は、前出『釈迦譜』対応部と言い得るそれの補入と相関すべき補入であろう。対する耶輸陀羅のことば、「仏、太子ト御シ時、……慈悲无キ事ニ非ズヤ」が『釈迦譜』を通るべき在り方をのこすことは確かであるが、「我レモ寡ニ成レル今、我ガ子ヲ取放給ムヤ」など、単に漢文の意訳ないし略改と見るには和らぎを帯びた言句が、やはり以前の和文性、『法華百座聞書抄』のそれとその心を通じながら表現を異同する或る和文化資料の媒介を感じさせるであろう。「捨五欲楽」がいわば端的に「我レヲ捨テ」となるのをはじめ、くり返す「我レ」ということばにも彼女の愛別離苦の急迫が訴えられる。

（2）接続詞「然レバ」の意味は、大系本補注が指摘する。ただし、出典を『経律異相』と見るのは誤りである。

（3）『今昔』巻十二(33)、原典『法華験記』巻下(82)の「乃至去叡山衆処。厭花洛。尋多武峰。閉跡籠居……」を、「此ノ山ヲ去テ多武ノ峰ト云フ所ニ行テ籠居テ静ニ……」および同類に再度に分けて表現し、その間に異資料を挿入する例がある（小稿「今昔物語集における原資料処置の特殊例若干」奈良女子大学文学部「研究年報」28、一九八四）→本書所収。

（4）これは、たまたま『経律異相』に言う「具陳仏意」のような意か。ヒトツコト、同じ事などの意か。「具ニ我ガ事ヲ可申シ」（巻一(4)、I、65・3、「具宣我意」『因果経』巻二、三、634c）。「一事ヲ不違リツ」（巻十一

（1）、III、57・1―2）。

今昔物語集巻一（17）

〔II〕爰ニ目連、又云フ事无シテ、浄飯王ノ御許ニ詣テ具ニ此ノ事ヲ申ス。大王、此ノ事ヲ聞テ、夫人、波闍波提ヲ喚テ宣ハク、我ガ子、仏、目連ヲ使トシテ羅睺羅ヲ迎ヘテ道ニ入トシ給フニ、其ノ母愚癡ニシテ愛心ニ迷テ子ヲ放ツ事无シ。汝ヂ彼ノ所ニ行テ云ヒ喚曖メテ其ノ心ヲ令得ヨ、ト。夫人、王ノ仰ヲ承ハリテ、耶輸陀羅ノ許ニ行テ、王ノ御詞ヲ示シ語ル。耶輸陀羅答テ云ク、我レ家ニ在シ時、八国ノ諸ノ王、競ヒ来テ父母ニ我レヲ乞ヒキ。父母不許シテ、太子ヲ聟トシテ会スル事畢ニキ。太子、才芸、人ニ勝レ給ヘル故也。而ニ、太子、世ヲ猒テ出家シ給ニキ。然レバ此ノ羅睺羅ヲ以テ国ヲ嗣シムベキ也。此ヲ出家セシメテハ又何ガセ

十巻本釈迦譜巻七（13）

〔II′〕時大目連。更以方便。種種諫喩暁耶輸陀羅。而耶輸陀羅絶無聴意。辞退還到浄飯王所。具宣上事。王聞是已。即告夫人波闍波提。我子悉達遣目連来。迎取羅云欲令入道修学聖法。耶輸陀羅女人愚癡。未解法要。心堅意固。纏著恩愛情無縦捨。卿可往彼重陳諫之。令其心悟。時太夫人即便将従五百青衣。至其宮中。随宜諫喩。反覆再三。耶輸陀羅猶故不聴白夫人曰。我在家時。八国諸王競来見求。父母不許。所以者何。釈迦太子才藝過人。是故父母以我配之。太子爾時知不住世出家学道。何故慇懃苦求我耶。夫人取婦正為恩好。聚集歓楽万世相承。子孫相続紹継宗嗣世之正礼。太子既去。復求羅睺欲令出家。永絶国嗣有何義哉。爾時夫人聞是語已。黙然無言不知所云。

（五十、61c―62a）

経律異相巻七（6）

目連辞退。還浄飯王所具陳上事。王聞是語。即告夫人波闍波提。我子悉達。遣迎羅云。修学聖法。其母女人愚癡。纏著愛無縦捨。

ム、トテ、其ノ後、云フ事无シテ涙ニヲ(オ)ホヽレテ哭事无限シ。夫人、此ノ事ヲ聞テ答ル事无シ。

（I、86・15―87・6）

卿可往諫令其心悟。夫人反覆再三。耶輸陀羅猶故不聴。白夫人曰。我在家時。八国諸王。競来見求。父母不許。以太子才藝過人。是故父母以我与之。太子欲不住世。何故慇懃苦求我耶。夫人取婦。正為恩好。子孫相続世之正礼。太子既去。復索羅睺。永絶国嗣。有何義哉。夫人聞是黙然無言。（五十三、34b）

法華百座聞書抄　天仁三年三月七日人記品条

目連、シバシバ、世間ハ无常ナリ、タダ仏ニシタガヒタマハムコ（ソ）吉キ事ナレナムドノタマヒシカドモ、更ニタテマツラムトモナカリケルニ、……

『法華百座聞書抄』のこの部分は、本文〔II〕の冒頭部よりも『未曾有経』ないし『釈迦譜』の該当部の心を得るが、その部分はここから転じる。「愛心」は音読の場合『今昔』唯一語、「愛ノ心」（巻四(1)）の語はある。そして、本文〔II〕が全体としては基本的に少なくとも『釈迦譜』に由るべき在り方をのこすことは確かであろう。「太子、才芸、人ニ勝レ給ヘル故也」、『今昔』に所見する唯一の語の「才藝」は、『未曾有経』ないし『釈迦譜』、および『経律異相』にも見えるが、「……故也」を十分に充たすのは『未曾有経』ないし『釈迦譜』の口語「所以者何」であって、これは『経律異相』には省かれている。ただし、漢文原典の直接和訳というには、「(汝ヂ彼ノ所ニ行テ)云ヒ喚曖メテ」、「王ノ仰ヲ承ハリテ、耶輸陀羅ノ許ニ行テ、王ノ御詞ヲ示シ語ル」、「太子ヲ聟トシテ会スル事」などの和らぎを帯びた略改や、「而ニ、太子、世ヲ猒テ出家シ給ニキ。……国ヲ嗣シムベキ也」の少しく意改を帯びた略改が、「其ノ後、云フ事无シテ涙ニヲホ(オ)、レテ哭事无限シ」句の仮名書自立語の存在とともに、立ち止まらせるであろう。この特に「涙ニ……无限シ」句は、『経律異相』はもとより、『未曾有経』ないし『釈迦譜』にも見えないが、この類の句を先有した『今昔』以前の或る和文化資料の存在を考えるのが、或る和文化資料に依った『今昔』自身の補入と考えるより、おだやかであろう。ともかく、国位の継承と女人の恩愛と、耶輸陀羅の論理であった。

今昔物語集巻一(17)

〔II〕其ノ時ニ、仏、惜ム心ヲ空ニ知給テ、重テ目連ヲ遣ハス。目連、空ヨリ飛来テ仏ノ仰ヲ耶輸陀羅ニ語ル。耶輸陀羅ノ云ク、羅睺羅ヲ出家セシメテ、国ノ位ヲ継グ事、永ク絶ヌベシト。目連ノ云ク、仏ノ宣ハク、我レ、昔、燃灯仏ノ世ニ菩薩ノ道ヲ行ゼシ時、五百ノ金ノ銭ヲ以テ五茎ノ蓮花ヲ買テ仏ニ奉リキ。汝又二茎ノ花ヲ以テ副テ奉レリ、ト。其ノ時ニ相互ニ誓テ云ク、世々ニ常ニ汝ト我レ夫妻ト成テ汝ガ心ニ違フ事非ジ、ト云ヒキ。其ノ誓ヒニ依テ契リ深クシテ今日夫妻ト成

十巻本釈迦譜巻七(13)

経律異相巻七(6)

〔II´〕爾時世尊即起化人。空中告言。耶輸陀羅。汝頗憶念往古世時誓願事不。我当爾時為菩薩道。以五百金銭。従汝買得五茎蓮華。上定光仏。時汝求我世世所生共為夫妻。我不欲受。即語汝言。我為菩薩累劫行願。一切布施不逆人意。汝能爾者聴為我妻。汝立誓言。世世所生。国城妻子及与我身。随君施与。誓無悔心。而今何故愛惜羅睺。不令出家学聖道也。耶輸陀羅聞是語已。霍然還識宿業因縁。事事明了如昨所見。愛子之情自然消歇。遣喚目連。懺悔辞謝。捉羅睺手付嘱目連。与子離別涕涙交流。爾時羅睺見母愁苦。長跪合掌前白母言。願母莫愁。羅睺今往。定省世尊。尋爾当還与母相見。

（五十、62a）

レリキ。而ニ、今、愚癡ニ依テ羅睺羅ヲ惜ム事无カレ。出家セシメテ聖ノ道ヲ学シメム、ト。耶輸陀羅、此ノ事ヲ聞クニ、昔ノ事今日見ルガ如クニ思エテ、敢テ云フ事无シテ、羅睺羅ヲ目連ニ与フ。目連、羅睺羅ヲ将去ル時ニ、耶輸陀羅、羅睺羅ガ手ヲ取テ涙ヲ流ス事、雨ノ如シ。羅睺羅、母ニ申テ云ク、我レ仏ヲ朝暮ニ見奉ルベケレバ、歎キ給フ事无カレ。今返テ王宮ニ来テ見奉ルベシ、ト。

（I、87・7―15）

仏遣化人。空中言曰。汝憶往古誓不。我為菩薩。以五百銀銭。従汝買五茎華。上定光仏。汝求寄ニ華乞。世世生処常為君妻。我語汝言。我為菩薩。一切布施。汝即立誓。世世所生。国城妻子乃至自身。随君施与。何故今日愛惜羅睺。耶輸陀羅霍然還悟如昨所見。愛子稍歇。遣喚目連追相懺謝。捉羅睺手、慇懃付嘱。泣涙而別。羅睺啓母。定省世尊。願母莫愁。尋還奉覲。

（五十三、34b―c）

法華百座聞書抄　天仁三年三月七日人記品条

ソラ（ニ）声アリテ燃灯仏ノイニシヘ九十一劫ガサキヨリ世々生々仏法ニオキテハヒトコトモタガヘジトチギリシコトハイクソバクゾトイフニ、サルコトアリカキト思ヒ出テ、太子ヲワタシ給ヒツ。……

本文〔III〕の中心に語られる物語、それは、燃灯仏（ディーパンカラ・タターガタ）授記にかかわる七宝蓮華、すなわち、前世の仏陀が「五茎ノ蓮華」を、華売る女人耶輸陀羅が「二茎ノ花」をともに燃灯仏に供養して、その授記を得たという本生物語（ジャータカ）的な物語であった。パーリや『五文律』の古い仏伝にはまだ見えないが、これを過去現在因果の華としてその冒頭と結末とを枠づけた『過去現在因果経』をはじめ、さまざまの漢訳仏典・中国仏書その他、ひいてはガンダーラ彫刻でも知られ、『東大寺諷誦文稿』はじめ日本の諸書、下っては中世『釈迦如来八相次第』などにも編みこまれた、著名の物語であった(5)。平安時代に、口がたりの想像力を通じた和文化資料が、おそらくいくつか存在したことが想像される。

この物語において、前世仏の漢訳名には、燃灯仏系・定光仏（旧名、『大智度論』巻九・『法華文句』巻三上）系その他があり(6)、前世の仏陀と耶輸陀羅も訳名をのこす場合があった(7)。その前世仏に前世の仏陀と耶輸陀羅もしくは瞿夷（ゴーピー）とが供養する蓮華を、それぞれ五茎ないし五花一茎と二茎ないし二花一茎とに分かつ場合と分かたない場合とがあり、また、五百金銭と五百銀銭との場合があった。伝承の間にこれらの離合することがなかったとすれば不思議であろう。日本においてこれを見ても、

麻納仙人修道時ニハ七（五）茎之蓮華ヲ奉燃灯仏……。

（『東大寺諷誦文稿』38行、訂送仮名）

（悉達多）前生時曾為摩納仙人。将金銭於婦人辺買花。供養燃灯仏。約為夫婦。幷坦不忘仏道。後生共為夫婦。其摩納仙人者（仏也。婦人者）即羅睺羅母耶輸陀羅是也。……金谷園記。

（『明文抄』巻二、『年中行事秘抄』四月八日灌仏事条、大同）

これらは、平安初期以来の教団・貴族知識階級の間の、また、その間への、あるいはさらにひろがるべき口承と、それを通じもした書承とを十分に想像させ得べきものであった(8)。『法華百座聞書抄』も、蓮華のことは見えないが、あきらかにその一つであり、『今昔』本文〔Ⅲ〕もまたその一つの在り方であった。燃灯仏、五茎・二茎の「蓮花」の見える本文〔Ⅲ〕は、定光仏、五茎蓮華のみの『釈迦譜』とは異なってもとよりこれに依らず、本文〔Ⅲ〕以前の和文化資料に依ったはずであった。もとより、その「二茎ノ花」は、たとえば『経律異相』には見えても、それはこれから自身が引いたのではなくて、以前のその和文化資料に既存したのである。本文〔Ⅲ〕において前世のふたりの誓いの具体は必ずしも明瞭でないが、それは、要するに、前世の華売る彼女が五茎の蓮華を前世仏に献じようとする彼れに生々世々常に妻であることをねがい、菩薩道を行じるねがいのゆえにそれを受けない彼れにそれ

を礙げないことをも告げて、あるいは二花を寄せて、そしてともに前世仏に供養して永遠のねがいを誓った、というような心である。もとよりほぼ『釈迦譜』類にも通じるが、本文〔III〕の場合、それは、「其ノ時ニ相互ニ誓テ云ク、……汝ト我レ……汝ガ心ニ……ト云ヒキ」とあり、この「誓ヒ」自体に動く論理は、出来事の論理の流れとしては必ずしも明瞭でないものをのこすであろう。

『未曾有経』ないし『釈迦譜』・『経律異相』、あるいは『法華文句記』巻二上等の類に通じて、本文〔III〕冒頭にあたるべきところには、仏陀が化人に空唱・空声させる伝えがあった。この類を通った口承に育てられて、たとえば『法華百座聞書抄』に「ソラ（ニ）声アリテ」と露頭するような背後のひろがりがあり、そのひろがりに立つ和文化資料のヴァリアントがあったであろう。本文〔III〕冒頭にこれはなく、それは、「（仏）重テ目連ヲ遣ハス」、とこれを特定する。「化人ノ所作」（巻十五⒅、III、370・12）の類は『今昔』の知るところであるが、いまそれは用いられていない。「……心ヲ空ニ知給テ」類の句は、「空ニ」を補い、あるいはこの句全体を補う場合をも含んで『今昔』の常套句であり得る[9]にしても、いま、空唱・空声の文脈との関係の有無を知らない。『三国伝記』巻六(28)儒童事（明五茎契云事也）条に、燃灯仏・儒童（悉達太子）・瞿夷女（耶輸多羅女）の五茎・二茎の華の契りを述べた後、「御子羅睺羅令出家給シ時、御母惜テ出奉ラザリケル時、仏重テ目連尊者ヲ御使ニテ、過去燃灯仏ノ時、五茎ノ契ヲ成ニ、仏道妨グベカラズト約束アリシハ忘レ給ヘルニヤト言ケレバ、……」とあり、『今昔』に直接しないにかかわらず、「仏重テ……」と本文〔III〕と同様に目連を特定するのは、やはりこの句の類をもった和文化資料を『今昔』以前に存在させ得るであろう。この時、本文〔III〕に耶輸陀羅が目連に国位の永絶にふれて言うのは、前文〔II〕末尾にやはり彼女が国嗣を欲して言うのが由るべき、「復求羅睺。欲令出家。永絶国嗣。……」（『釈迦譜』）をここにも感じるかのようであるが、これは『三国伝記』巻六(28)には該当部を見出さない。あるいは『今昔』の書きこむところであったか、とも考えられる。ともかく、『未曾有経』ないし『釈迦譜』・『経律異相』には、化人の空唱を聞いて前生を想起した耶輸陀羅が遣使して目連を呼んで懺悔し、羅睺羅の「手」を捉えて目連に付嘱するであろう。彼女が最深の追憶を想起するそれ以後は、本文〔III〕はほぼ『釈迦譜』類に近いのである。

（5）干潟龍祥『本生経類の思想史的研究』七八頁。敦煌本「太子讃」に「……買花□□□　瓶内湧出五枝蓮（中略）買花設誓捨金銭　願得宿因縁　将花供養仏……」とある（矢吹慶輝『鳴沙余韻解説』第二部二二六―二二七頁）のは、『因果経』巻一に「感其蓮花。踊出瓶外」とある（三、621c）類からも、あきらかに同類の往因を叙するであろう。この物語が、ガンダーラ彫刻にものこる布髪掩泥の物語を伴う場合もあった（『四分律』巻三十一・『増一阿含経』巻十一・『修行本起経』巻上・『瑞応本起経』巻上・『因果経』巻一・『仏本行集経』巻三、巻）ことは、言うまでもないが、ただし、パーリや『五分律』の仏伝には見えない。『五分律』にはまだこれだけ発達した仏陀観は示されていない（平川彰『律蔵の研究』五三九―五四〇頁）。

なお、香花供養・散花供養の類型は、たとえば、『撰集百縁経』巻一(1)(6)・巻三(22)その他に散見する。

（6）燃灯仏系（『仏本行集経』巻三・『大宝積経』巻百七・『大智度論』巻四・三十・三十五、『天台八教大意』、『東大寺諷誦文稿』、等）、定光仏系（『四分律』巻三十一・『増一阿含経』巻十一・『修行本起経』巻上・『瑞応本起経』巻上・『六度集経』巻八・『釈迦譜』巻七・『経律異相』巻七・一行『大日経疏』巻十八・『法華文句記』巻二上・『止観輔行伝弘決』巻一之一・『仏祖統紀』巻三下、等）。外に、普光如来（『因果経』巻一）・光明如来（『菩薩処胎経』巻七）・放光如来（『大宝積経』巻五十四）、音訳の提和竭羅仏（『太子須大拏経』〈『法苑珠林』巻八十〉・『異出菩薩本起経』）等がある。

（7）前世の仏陀の名には弥却（摩納）系・儒童系その他、善慧仙人（『因果経』巻一・四）等がある。

（8）後代には、たとえば、『宝物集』三巻本巻下・七巻本巻五・『三国伝記』巻六(28)・『鷲林拾葉抄』巻十八等に見える。

（9）「天帝釈、仏ノ下リ給ハムト為ヲ空ニ知シテ」（巻二(2)、「天帝釈知仏当下」　十巻本『釈迦譜』巻七(16)）、「聖人、空ニ我ガ心ヲ知テ」（巻四(25)、「上人、空に御心をしりて」『宇治拾遺物語』134）・「(大師達磨)弟子耶舎ガ震旦ニシテ死タル事ヲ空ニ知給テ」（巻六(3)、「達磨大師知弟子無常」『内証仏法相承血脈譜』）・「菩薩、空ニ其ノ心ヲ知テ」（巻十一(2)、「菩薩遙見知意」『往来極楽記』(2)・「暗ニソノ心ヲシリテ」『三宝絵』中(3)）・「羅刹女、空ニ良賢ガ心ヲ知テ聖人ニ告テ宣ハク」（巻十三(4)、「羅刹女白聖人言」『法華験記』巻中(59)）、「……ト空ニ人知ヌ」（巻十五(51)、補入)、「空ニ知ヌ、此ハ弟ノ虎ヲ悲テ身ヲ投ツルナリ」(『三宝絵』上(11))等。

今昔物語集巻一(17)

〔IV〕其ノ時ニ、浄飯王、耶輸陀羅ノ歎ク心ヲ息メムガ為ニ、国ノ内ノ高族ヲ集テ告テ宣ハク、我ガ孫、羅睺羅、今、仏ノ御許ニ行テ出家シテ聖ノ道ニ趣カムトス。此レニ依テ、町々ノ人ノ子各一人ヲ令出テ我ガ孫ニ令具給テ、各令出家給フ。阿難ヲ使トシテ羅睺羅等ノ五十人ノ子共ノ頭ヲ剃ル。舎利弗和上タリ、目連教授トシテ各戒ヲ授ケツ。サテ、仏、五十人ノ沙弥ノ為ニ扇提羅ガ宿世ノ罪報ヲ説給フ。沙弥等、此ノ事ヲ聞テ大ニ歎テ仏ニ白シテ言サク、和上舎利弗ハ大智・福徳在マシテ、国ノ中ニ供養ヲ受給フニ最モ吉シ、小児等ハ愚癡ニシテ福徳无シ。飲食ヲ受テ後ノ世ニ苦ヲ受ケム事、扇提羅ガ如クナラム。此ノ故ニ我等、憂ヲ懐ケリ。願クハ仏、哀ヲ垂給テ、我等ガ道ヲ

十巻本釈迦譜巻七(13)

〔IV′〕時浄飯王。為欲安慰耶輸陀羅令其喜故。即集国中豪族而告之言。金輪王子。今当往彼舎婆提国。従仏出家学道。願卿人人各遣一子。随従我孫咸皆奉命。即時合集有五十人。随従羅睺往到仏所。頭面作礼。仏使阿難剃羅睺頭。及其五十諸公王子。悉令出家。命舎利弗為其和尚。大目揵連作阿闍梨。授十戒法便為沙弥。爾時仏子羅云等五十沙弥。聞仏説彼扇提羅等罪報因縁(扇提羅等昔為比丘宿縁罪報文繁不載)甚大憂懼。即各頭面礼仏白言。世尊。今聞説此扇提羅等。甚懐怖懼。所以者何。和尚舎利弗大智福徳。国中供養最上甘珍。小児愚癡無有福徳。食人如是妙好飲食。後世当受苦果如扇提羅。是故我等実懐憂慮。願仏垂哀。賜聴我属捨道還家。冀免罪咎。爾時世尊告羅睺羅。汝今畏罪還家。求離苦者。是事不然。何以故。譬如二人乞食饑餓。忽遇主人為設種種肥濃美味。其人饑餓。貪食過飽。然此二人。一者有智。一者愚癡。有智之人自知食過。身体沈重頻伸欠呿。即詣明医。請除苦患。良医即賜摩檀提薬。令其服之。吐宿食已。令近暖火禁節消息。得免禍患終保年寿。其無智者不知食過。

捨テ家ニ返ラム罪ヲ許シ給ヘ、ト。仏、此ノ事ヲ聞給テ譬ヲ以テ説テ沙弥等ニ令聞給フ。譬ヘバ、二人ノ人忽ニ食ニ遇ヌ、共ニ食過テ飽ヌ。此ノ二ノ人、一人ハ智慧有テ、食過ヌト知テ医師ニ会テ、薬ヲ服シテ食ヲ消テ失ナハシメテ、身ノ内ノ苦シビ免レテ能ク命ヲ令持ム。一人ハ愚癡ニシテ、食過ヌト云事ヲ不知ズシテ薬ヲ服スル事无シ、生有ル物ヲ殺シテ鬼魅ニ祭ヲ備ヘテ命ヲ済ハムト思フ。腹中ノ宿食、風ト成テ心痛ムデ、遂ニ死テ地獄ニ堕ヌ。今、汝ヂ、罪ヲ恐レテ家ニ返ラム事、彼ノ愚癡ノ人ノ如キ也。汝ヂ善根ノ因縁有テ我ニ相フ、彼ノ医師ニ遇テ苦ビヲ済テ不死ザル事ヲ得タル人ノ如也、ト。羅ゴラ此ノ事ヲ聞テ心開ケ悟リニケリトナム語リ伝ヘタルトヤ。

（I、87・16―88・13、一部訂）

謂是鬼魅。殺生祠祭。欲求済命。腹中宿食。遂成生風。絞切心痛。因是死亡。生地獄中。仏告羅睺羅。汝畏罪還家如彼無知愚癡人也。汝先有善根因縁遭値我。時如彼明医能済苦患而得不死。（中略）羅睺羅等聞仏説已心開意解。

（五十、62a―b）

経律異相巻七(6)

浄飯王告諸豪族。卿等各遣一子。随従我孫。即有五十人。随従往到仏所。頭面作礼。仏使阿難剃羅睺頭及五十公子悉令出家。命舎利弗為和上。大目連作闍梨。授其十戒。仏為五十沙弥。説扇提羅等宿世罪報（文多不載）皆大憂愁。咸白仏言。和上大智徳受最上供養。小児愚而無徳。食人好施。後世受苦如扇提羅。是故我等実懐憂慮。願仏垂愍。聴我捨道。冀免罪咎。仏言。譬如二人飢餓。忽遇主人設美飲食貪瞰過飽。一人有智。医服吐薬。禁節消息。得免禍患。終保年寿。一人無智。殺生祭祠以求済命。宿食絞切心痛死已。生地獄中。畏罪還家。是無智人。汝有善因。遭値於我。服薬済苦必得不死。羅睺聞之。心開意解。

（五十三、34c）

律蔵『大品』一―九―五四・一～六、『四分律』巻三十四・『五分律』巻十七・『毘尼母経』巻三の類は、羅睺羅の出家に対する浄飯王の懊悩を述べた。『今昔』は、かの摩耶（マーヤー）夫人の死を悲しんだ（巻一(2)）ようには、ここでは三の懊悩にふれず、したがって仏法と王法との矛盾にはふれない。本文〔IV〕はともかく『釈迦譜』にもっとも近い。幼い羅睺羅は、「仏ノ御許」、憍薩羅（コーサラ）国の都舎婆提（サーヴァッティー）、かの舎衛（シュラーヴァスティ）城へ行くのであった。この時、本文、「町々ノ人ノ子」は『釈迦譜』類と大異するが、これは、もと要するにその原語の訓、「羣卿マチキミタチ（『憲法十七条』四、図書寮本永治点）・マチキムタチ（同、北野本院政期点）、「卿等マチキムタチ」（『類聚名義抄』）、「蘇我卿マチキミ」（『釈日本紀』十八）、ないし「臣、マチキミ」（北野本『舒明即位前紀』院政期点・『釈日本紀』十七・廿）、「内命婦ヒメマチキミ」（『釈日本紀』二十一）、また「数大夫、マチキムタチ」（岩崎本「皇極二年紀」平安中期点）、あるいは「まうち君たち」（『源氏物語』行幸）・「まうちきんだち」（同、若菜上）、「猿丸大夫（まうちきみ）」（『方丈記』）など、さまざまの在り方において見える此のマチキミ、この意味と音声との間に聴覚映像が誘った誤りである。この誤りには、古代律令解体期の平安京に動きつつあったあたらしい都市感覚、すなわち、「町」が、律令制の都の一区画としてのそれから、町通り、さらには町通りに向かいあう繁華な都市区画全体を意識し始めつつあった、[10]そのことばの感覚も映るのか否か、ともかく、いわば根拠はある誤りである。聴覚映像の関与する誤りは『今昔』自身の経験として有り得るのではあった。たとえば「道士」（巻六(2)、II、56・1、「唐人」『打聞集』(22)・「丁酉」（巻六(45)、II、114・3、「丁憂」『三宝感応要略録』巻中(31)・「王遁」（巻七(16)、II、139・14、「王道真」『弘賛法華伝』巻六(7)・「小六沙門」（巻十一(9)、III、76・4、「小国沙門」『大師御行状集記』等）その他、『今昔』に散見することは言うまでもない。巻六(5)「能尊王」（II、63・6）のように、かの西域天山北路、亀茲（きゅうじ）（庫車（クチャ）東方）国の王族白氏「白純王」を北涼の「蒙遜王」と混同した、亀茲国「蒙遜王」誤伝をさらに誤聞ないし錯覚した場合[11]もあった。「疑翻訳時隋声筆受」（『大宋僧史略』巻上、五十四、236b）のような観点と相関させることも可能であろう。いま、本文［Ⅳ］は「卿」字の視覚を経験しながら聴覚映像的には誤りをのこしたあとであるが、ともかく『釈迦譜』を通るべき誤りではあった。そして、『大品』一―九―五四・一～六『四分律』巻三十四等の古伝の類は、羅睺羅が三帰依し、ないし沙弥戒を受けたというところへ簡朴につづき、この旧族の子らのことは見えない。(12)当然であろう。

「舎利弗和上タリ、目連教授トシテ各戒ヲ授ケツ」。「和上（和尚・和闍）」、upādhyāya, upajjhāya、現教師、師。直接には、かの天山南路の崑崙の玉の名邑、干闐（khotan）の語といわれ、インド語が干闐語で訛って和尚の如き発音になって、支那に音訳されたものという。(13)「云何、沙弥沙弥尼、出家受戒法、白衣来欲求出家。応求二師。一和上、(14)一阿闍梨」（『大智度論』巻十三、二十五、161b）。和上は直接の師、阿闍梨はその外の師。『沙弥十戒法并威儀』に「仏語舎利弗、汝去度羅睺羅出家」以下、不殺生・不盗・不邪淫・不妄語・不飲酒をいい、後、「我某甲因和上某甲」の句が見え（二十四、926b）、『沙弥威儀』に「和上・阿闍梨教戒不」とか「沙弥事和上有十事」とかの句が見える（同、932c）。日本では、法相・律など南都で真言をも含めて和上、天台で和尚、禅・浄土等で和尚と概していうようである。南都の授戒にもとより「和上」が見える（『朝野群載』巻十六）が、戒牒の時、天台でも和尚のみならず、「伝戒和上」という語をも用いていた（同、延暦寺戒壇院戒牒、天仁二年・保安五年）。「大和上」と称えられる鑑真が「鑑真和尚」と見える場合（『今昔』巻十一(8)）もあった。いま、本文［Ⅳ］の「和上」が『今昔』以前からか『今昔』においてなのかを知らず、また、『釈迦譜』には「和尚」とするが、「和上」が『今昔』編集の場に如何にかかわるか、かかわり得べきかを知らない。「教授」は、名詞としては『今昔』唯一例、もとより『釈迦譜』Ācārya、教え育てる師である。「沙弥」はSamenera、二十歳以下、十戒を持して、二十歳、具足戒を受けて比丘bhikṣu、比丘尼bhikṣuṇīとなること、言をまたない。仏教特有の称であり、四住期で言えば梵付期に相当するのである。『四分律』巻三十四にも「沙弥十戒」を示し、不殺生等々を述べるであろう。

(10)「町、未知、田区也」(『和名抄』巻一)・「店家、俗云、東西町是也。坐売物舎也」(同巻十)。「ひつじさるの町」「中宮の御時」(『源氏物語』少女、六条院造営)「町」(『今昔』巻二十六⒀・巻二十九⑾)・「町ニ魚ヲ買ニ遣ツ」(巻十二㉟)・「蔵町」(巻二㉔)・「市町」(巻三十一㉜)、等。

(11) 小稿「和文クマーラヤーナ・クマーラジーヴァ物語の研究」奈良女子大学文学会「研究年報」IV、一九六三)→本書所収。

(12) 律蔵大品一―二―七・『因果経』巻四・『四分律』巻三十二・『五分律』巻十五その他に、バーラーナシーの長者の子耶舎(ヤサ)とその友五十人が出家する物語がある。一種の類型であろう。

(13)(14) 宇井伯寿『仏教汎論』一〇九〇・一〇八一頁。

「サテ、仏、……扇提羅ガ宿世ノ罪報ヲ説給フ」、仮名書自立語に始まるとしても、ともかく概して『釈迦譜』に近く、和語性が高くあるわけではない。「扇提羅」は、既注の旃陀羅(caṇḍāla)ではない。訓おそらくセンダイラ、『未曾有経』巻上に「扇提羅者。漢言石女。無男女根。故名石女」と夾註される(十七、581a)それ、saṇḍha(?)、無根・半根の謂である。[15] 最澄『願文』に「未曾有因縁経云。施者生天。受者入獄。提韋女人四事之供。表末利夫人福。貪著利養五衆之果。顕石女担輿罪」(七十四、135a)と言うのは、『摩訶止観』巻一上(四十六、4a)がふれ、『止観輔行伝弘決』巻一之三(同、161a―b)がこれをとらえて『未曾有経』を引いた類を承けるかと見えるが、これは、仏陀が、波斯匿王(プラセーナジット)妃末利(マツリカー)夫人、そこに羅睺羅も呼ばれていたことになっている場で、彼女にその前世譚を語ったという、『未曾有経』巻上〜下のそれに関する。寡婦の彼女が聖者と偽る五比丘に真心に供養して天に生まれ、やがて王妃となり、地獄に堕ちた彼らは彼女の担輦や除糞の五石女に生まれ変わった、という、その往因を説いて業報を明かそうとした、それは物語であった。善悪の因果のあきらかであり、これを畏れないのを、仏陀は、「闡提(イッチャンティカ)」(断善根・信不具足)、因果を思わず、出離を求めない有情とした、と『願文』はつづけている。根機を得ない謂である。『願文』のこれは『叡山大師伝』（仁忠）・『法華験記』巻上(3)等にも引かれ、「扇提羅」の意にみならず、この物語自体も著名であったかもしれない。ただし、いま、本文〔IV〕において、『未曾有経』のそれを『釈迦譜』のままに「不載」し、ないし、そうした在り方をのこして、「扇提羅ガ如クナラム」と訳出すればそれで通じたのか否か、この間の消息は不明である。『今昔』において、「旃陀（茶）羅（女）」（巻二(4)・巻三(19)・巻四(4)・巻四(40)）とあるすべてはcaṇḍalaをさすであろう。「扇提羅」は唯一である。『今昔』自身如何に考えていたか、これはもはや明らむべくもないとしても、ともかくこの表記自体は歴然としてもと『釈迦譜』に立つべき書承のあとをのこすのである。

（15）「扇提羅。此云石女。無男女根故」（『翻訳名義集』巻二、五十四、１０８３ａ、「旃陀羅」別出）。『勝鬘宝窟』巻上本に「依外国語。四名相濫。一名旃提羅 Ṣaṇḍila 此云奄人。二名扇提羅 Ṣaṇḍhilā 此云石女。三名旃陀羅 Caṇḍāla 此云授狗（ママ）人。四名旃荼羅 Candra 此名為月」（三十七、１１ｂ）とあり（織田得能『仏教大辞典』）、さらに、「未曾有経云。旃提羅翻為応作。王宮内有四石女。此則一人。古注旃提羅内監也。……」とつづける。「旃陀羅子無根二根及不定根。身根不具」（『大般涅槃経』巻七、十二、４０６ａ）は、文字を混同するであろう。なお、『壒嚢抄』巻十一(34)五種不男事、等、参照。

「仏、此ノ事ヲ聞給テ、譬ヲ以テ説テ沙弥等ニ令聞給フ」、これは本文〔IV〕の配慮に立つ補入であるか否か、『釈迦譜』の「世尊告羅睺羅」に代わるが、その発言の中の単数「汝ヂ」は『釈迦譜』の在り方のままをのこし、書承に由ることをあきらかにするとともに、少しく不用意のあとをものこす。「沙弥」Śrāmaṇera はもとより具足戒以前の男子得度者、「羅ゴラ」表記（東大本甲、紅梅文庫旧蔵本、等）は『今昔』以前のなごりであろうが、ともかく本文〔IV〕のこの結末は十巻本『釈迦譜』の『未曾有経』所引部の結末に同じい。『経律異相』はこの後になお若干をつづけるが、それは、『釈迦譜』が『未曾有経』所引部のあとに改めて引く『普耀経』該当部を極略して引き、同じく『釈迦譜』が改めて引く『五分律』該当部を極略して夾註するものであった。

る。

本文〔IV〕は『釈迦譜』を通る在り方をのこす。そして、いずれも煩瑣は免れない。帰りたがる幼い沙弥らに単に「扇提羅ガ宿世ノ罪報ヲヤ説給フ」とのみあるのも、説明にすぎず、最後の比喩も動かない。しかし、ともかく『今昔』はこれをえらんだのである。[16]『法華百座聞書抄』は、前出「……太子ヲワタシ給ヒツ」の後、「スナハチ出家セシメタテマツリテ、仏ノ御弟子トマシ〳〵(ママ)ス。コレヨリ後ニモ仏ノ御弟子トシテナム……」として畢わる。

(16)　どのような羅睺羅物語によるかを知らないが、「……羅睺羅得度のこと、或は本生譚説話のあまりに肉を蔑視したこと（中略）を怪訝な心持で読む。（中略）少くともそれ（「仏陀の自内証」本田注）を伝へたものがその教へを拘束し更に信仰のあまり荒誕にしたと思ふ」（村上華岳「仏像雑感」『画論』）、書きとめておく。

目連といえば、思うのは、かの敦煌本『大目乾連冥間救母変文并図』（大英博物館蔵S. 2614）である。貞明七辛巳（921）、浄土寺僧写本。「天堂啓戸。地獄門開」（八十五、1307b）、『神曲』ではないが、「盂蘭盆」の日々に画像して唱導に資したその変文、長行と偈頌といくたびか交えて語りつがれたアーキヤーナ形式の長い長い物語である。短い『盂蘭盆経』や『報恩奉盆経』にもみえ、『源氏物語』鈴虫にも、光源氏の追想の間に「目連が仏にちかきひじりの身にてたちまちにすくひけむためしにも」と語られるほど身近であったのであろう。知識階級の間に身近であったにちがいないが、それは『今昔』にはあらわれない。『枕草子』の背後に動いていた敦煌本「雑抄」とかその十列形式とか、いわゆる李義山（李商隠）の「雑纂」とか、これらの世界が[17]『今昔』を如何に刺戟したか、しなかったか、これらも漠としてある。

(17)　川口久雄「唐代民間文学と枕草子の形式」（『平安期日本漢文学史の研究 下』）。

『今昔』には、また違う羅睺羅がある。『萬葉』の羅睺羅もともに、また違うであろう。

巻一　仏教化難陀令出家給語第十八

釈迦族の美しき難陀（Nanda）の愛執にまつわるいくつかの物語、『今昔物語集』巻一⒅仏教化難陀令出家給語十八は、誤訳・誤解の多い、かつ、それが不可解にも及ぶ一篇であるが、推せば、『出曜経』巻二十四（四、739b―740b）[1]・『雑宝蔵経』巻八(96)（四、485c―486c）による、十巻本『釈迦譜』巻六⑿釈迦従弟孫陀羅難陀出家縁記第十二を基礎原典として通る、ないし、通るべき在り方をのこす。『出曜経』による『経律異相』巻七⑻は簡に過ぎ、『雑宝蔵経』による『法苑珠林』巻二十二該当部は『経律異相』ほどにも対応を示さない。

（1）煩言すれば、十巻本『釈迦譜』が用いるという『普曜経』は、『出三蔵記集』巻十二「釈迦譜（五巻本）目録序」には、「釈迦従弟孫陀羅難陀出家縁記第十二出出耀経」（五十五、87c）とある。五巻本にはこの物語は欠け、十巻本には存して、ただし、対応するのは、『普曜経』巻八の難陀物語（三、536b―c）ではなく、『出曜経』巻二十四のそれであって、十巻本（寛文十二年刊京大本・縮刷蔵経本、致一、五十一ウ・正蔵本）に言う『普曜経』は、『出曜経』の誤りである。ちなみに、『経律異相』巻七⑻が別に引く『童子問仏乞食経』は現存しないが、『経律異相』巻七⑻の在り方から見て、同経が『釈迦譜』巻六⑿より『今昔』本文に近いとは考え難い。

今昔物語集巻一⒅　仏教化難陀令出家給語	十巻本釈迦譜巻六⑿　釈迦従弟孫陀羅難陀出家縁記
〔Ⅰ〕今昔、仏ノ御弟ニ難陀ト云フ人有リ。始メ在家ノ時、五天竺ノ中ニ形チ勝レテ端正无限キ女ヲ妻トシテ、其ノ愛欲ニ着シテ仏法ヲモ不信ゼズ、仏ノ呵嘖ニモ不随ハズ。其ノ時ニ、仏、尼拘類薗ニ在マシテ難陀ヲ教化セムガ為	〔Ⅰ′〕仏在迦維羅竭国尼拘類園。将侍者阿難入城乞食。童子難陀在高楼上遙見。即下来至仏所。作礼白言。如来之姓転輪聖王。何謂自辱持鉢乞食。自取仏鉢入家。内盛甘美飲食。仏即還

メニ阿難ト共ニ難陀ガ家ニ行給フ。難陀、高キ楼ニ昇テ遙ニ見ルニ、仏、鉢ヲ以乞食シ給フ。難陀、此ヲ見テ高楼ヨリ忩下テ仏ノ御許ニ至テ白シテ言サク、君ハ姓、転輪聖王也。何ゾ自ラ辱ヲ捨テ鉢ヲ持テ乞食シ給ヘルゾ、ト云テ、自ラ鉢ヲ取テ家ノ内ニ入テ甘美ノ飲食ヲ盛テ仏ノ御許ニ詣ルニ、仏、鉢ヲ不受取給ズシテ尼拘類薗ニ返給フ。難陀ニ宣ハク、若、汝、出家セラバ鉢ヲ受ケム、ト。難陀、此ノ事ヲ聞テ仏語ニ随ヒテ鉢ヲ奉ル。其ノ時ニ妻出テ、速ニ返ネ、ト云フ。難陀、出家ヲ思フ故ニ、仏ノ御許ニ至テ鉢ヲ授奉テ云ク、願クハ此ヲ受給ヘ、ト。仏、難陀ニ告テ宣ク、汝ヂ既ニ此ニ来レリ。今ハ頭ヲ剃テ法衣ヲ服ヨ、返ラムト思フ事无カレ、ト。仏、威神ノ力ヲ以テ難陀ヲ迫テ、阿難ヲ以テ令出家給ツ。然レバ、難陀、静室ニ居テ、仏漸ク誘ヘ直シ給フニ、難陀歓喜ス。

（I、89・1—11）

尼拘類園。即語侍者。難陀若出勿復（自）取鉢。勅語難陀躬自送来。難陀受教従後送鉢。婦出語言。速還。勿久須還。乃食前進。未久重更遺信。時還勿停。所以鄭重恐出家故。難陀至仏所。手自授（奉）鉢。唯願時受。今欲還家。仏告難陀。卿已至此。今宜剃除鬚髪。服三法衣。何為欲還。是時如来以威神力。逼迫難陀度令出家。閉在静室。久久之後。次第当直。難陀歓喜。

（五十、59c、出曜経引用部）

まず『釈迦譜』の『出曜経』所引部は本文〔I〕に或る程度対応し、それは従来出典とされた『経律異相』巻七(8)・『法苑珠林』巻二十二の比ではない。浄飯王（シュッドウダナ）と、摩耶夫人（マーヤー）亡き後にシッダールタの母に代った摩訶波闍波提（マハープラジャーパティー）との子、孫陀羅難陀（スンダラナンダ）は美女孫陀利（スンダリー）を妻とした。あるいはその結婚の日に出家を求められたともいうが、いま、本文〔I〕の総叙的前提部を特に問うほどのことはない。仏陀が乞食して「難陀ガ家ニ行給フ」とか、難陀のささげる

「鉢ヲ不受取給ズ」とかに、『釈迦譜』所引の『雑宝蔵経』部の「到難陀舎」（五十、60a）とか、「仏不為取」（同、60b）とかを見るべきか否かは措く。「自ラ辱ヲ捨テ鉢ヲ持テ」という訳文の『竹取物語』めくあそびは世諺的な何かのなごりか否か、「家ノ内ニ入テ」が四六駢儷体を誤読することとともに、ともかく『釈迦譜』の『出曜経』所引部に依るか、ないし、それに由る在り方をのこすべきことが確かであろう。「難陀ニ宣ハク、若、汝、出家セラバ鉢ヲ受ケム、ト」、これは、『釈迦譜』の同じく『出曜経』所引部の侍者阿難への仏陀の言を難陀へのそれと誤読したらしく、つづいて「難陀若出」の「出」を「出家」と誤解し、その誤解の論理から、「勿復取鉢」の「勿」をあえて捨てたであろう誤訳をつくり出している。『出曜経』巻二十四該当部には「仏見難陀入舎之後。告阿難曰。……難陀出者勿復取鉢。汝語難陀。躬自送鉢還于如来」とあって、その意は明瞭であろう。難陀の出家はまだ表面化していない。「難陀、此ノ事ヲ聞テ仏語ニ随ヒテ鉢ヲ奉ル」、これはその誤解の方向をさらに強め、婦が難陀を呼びかえすことばとその心の「恐出家故」を、婦のそれに相反して「難陀、出家ヲ思フ故ニ」と方向づける。「（難陀）鉢ヲ授奉テ云ク、願クハ此ヲ受給ヘト」、「授」が『釈迦譜』宋本・宮内庁本系に通じることは措き、ゆえに、彼れが鉢をささげて、家に還ろうと欲することは省かれ、さらにそれゆえに、仏陀のことば「何為欲還」の原意は生きず、ないし、これを受ける「返ラムト思フ事无カレ」はその前文との呼応を失う。仏陀が彼れの出家を迫めて「阿難ヲ以テ（令出家給フ）」というのは、あるいは前半の阿難を意識するのか、とすれば一種の注意ははたらいているとも言えないではないが、要するに不要である。つづく一文はその意を十分に汲み難い。「仏漸ク誘ヘ直シ給フニ」、巧みに誘い直す意とすれば、本文〔I〕のとって来た方向からは不可解であろう。おそらく原語「久久之後。次第」を「漸ク」とし、「当直」[2]の字面を苦しく用いて「誘ヘ直」すとした程度を出ないであろう。こうして、本文〔I〕は、原典の誤読とそれの起す合理化への曲解を、もし基本的な錯覚でなければ、つづけるのであって、最後の一句「難陀歓喜ス」にしても、その婦のもとへ帰る機を得ると思うその歓びの意とはとられていない。次文〔II〕冒頭の接続詞「而」との関係から見ても、あきらかであろう。誤訳・誤解、そのための合理化がさらにかさねるそれ、これはまた『今昔』の苦闘と言えば苦闘のあとでしばしばあるが、いま、この本文〔II〕の場合、自身『釈迦譜』の『出曜経』所引部に依るのか、以前の和文化資料の誤った在り方をのこすのか、とにかく、人間交渉のとらえ方に欠けるところがこれらの誤りの間に在る。

（2）巻七(38)「王、僧ヲ見テ立向テ宣ハク、師、直ニ当テ来レルカト。僧答テ云ク、未ダ直ノ次ニ非ザルニ、……」（II、180・8―9、「王起迎僧曰、師当直来耶。答曰。未当次直。……」前田家本『冥報記』巻下(24)、高山寺本(23)）のような例がある。

今昔物語集巻一(18)	十巻本釈迦譜巻六(12)
〔II〕（A）而、難陀、尚、妻ノ許ヘ行ムト思フ心有テ、仏ノ外ニ御座タル間ニ、行ムト為ルニ、出ムト為ル戸、忽ニ閉ラレヌ、又、他ノ戸ハ開ヌ。然レバ、其ノ開タル戸ヨリ出ムトスレバ、其ノ戸ハ閉テ他ノ戸ハ開ヌ。如此シテ更ニ出ラレヌ程ニ、仏返給ヌレバ、出ル事不能ズ。（B）又、仏ノ速ニ出給ヘカシ。其ノ間ニ、妻ノ許ヘ行ム、ト思フ程ニ、仏、外ヘ御マストテ、難陀ニ箒ヲ与ヘ給テ、此ヲ可掃シ、トテ出給ヌレバ、疾ク掃畢ムトテ急ギ掃クニ、自然ニ風出来テ塵ヲ吹返シテ不払畢得ル程ニ、仏、返給ヌ。（C）又、仏ノ外ニ御シタル程ニ、難陀、僧房ニ（ママ）出テ思フ様、我レ、此ノ間ニ妻ノ許ヘ	〔II′〕難陀後於一日次守房舎。而自歓喜。今真得便可還家去。待仏衆僧都去之後。我当還家。仏入城後作是念言。当為汲水令満澡瓶。然後還帰。尋時汲水。一瓶適満一瓶復翻。如是経時不能満瓶。便作是言。倶不可満。使諸比丘来還自汲。我今但著瓶屋中而棄之去。即閉房門。適一扇閉一扇復開。適閉一戸一戸復開。便作（更）是念。倶不可閉。就置而去。（中略）即出僧房而自思惟。仏必従此来。我則従彼異道而去。仏知其意亦異道

行ム、仏ハ必ズ本ノ道ヨリゾ返給ハム、我レハ他ノ道ヨリ行ム、ト思テ行ク程ニ、仏、空ニ其ノ心ヲ知給テ、其ノ難陀ガ行ク道ヨリ返リ給フ程ニ、難陀、遙ニ仏ノ来給フヲ見奉テ、大ナル樹ノ有ル本ニ立隠ル。其ノ時ニ、樹神、忽ニ樹ヲ挙ゲテ虚空ニ有シム。其ノ時、難陀顕レヌ。仏、難陀ヲ見給テ精舎ニ将返給ヒヌ。如此クシテ妻ノ許ヘ行ク事ヲ不得ズ。

（I、89・12―90―5）

来。遙見仏来大樹後蔵。樹神挙樹在虚空中。露地而立。仏見難陀。将還精舎。

（五十、60b、雑宝蔵経引用部）

本文〔II〕（A）冒頭の接続詞「而」は、その意の軽重に幅はあり得ようとしても、やはり、前文〔I〕末尾の「歓喜ス」の心の方向を修正するであろう。『今昔』の翻訳における意改なり補改なりの問題は個々について微妙であるが、いま、本文〔II〕（A）は『今昔』自身が意改したか、以前からのそれに依ったか、ともかく部分的には『釈迦譜』の『雑宝蔵経』所引部、いくばくかは『出曜経』所引部にも通じるであろう。本文〔II〕（B）の「箒」のことはこれらには見えず、『毘奈耶雑事』巻十一難陀因縁の該当部（二十四、251c）、これに大同する『大宝積経』巻五十六の該当部（十一、327a）にいくばくか類し、『仏本行集経』巻五十六難陀出家因縁品の該当部「……執持掃箒。往掃彼房。其掃一辺。風来還吹」（三、913c）によりいくばくか類するとは言い得る。これらの間から成長したか、敦煌本「難陀出家縁起」（P. 2324）にも「掃地風吹掃不得」のような類は見える。これらの間から『今昔』唯一の語「箒」をのこさせる何らかの以前が在り得たであろう。(3) 本文〔II〕（C）は『釈迦譜』の『雑宝蔵経』所引部にほぼ対応する。ただし、この対応はあるが、本文〔II〕（A）（B）の『釈迦譜』との対応の不安定ないし欠如は、〔II〕（C）をも含んで、本文〔II〕全文が、『今昔』以前の和文化資料に依るかとも考えさせ、また、本文〔II〕（C）の冒頭の接続詞「又」は『釈迦譜』をその以前につなぐ自身かとも思わせるところがある。そして、『釈迦譜』にあっては明確に、その婦を念い、相見ることを欲する難陀に、仏陀が対して、次文〔III〕へ入る。

（3）　本文〔II〕（A）、戸の開閉の表現の類は、巻三⒆（I、２３４・８―14）・巻九(24)（II、２２０・３―６、『冥報記』巻下⑻・巻十二⒇（III、１５８・２）・巻二十四⑸（VI、２８１・17―２８２・４）等に通じる。『雑宝蔵経』部では、水瓶を満たし得ぬ不条理に困惑した難陀が瓶を棄てて去ろうとする時に、門の開閉のことがあり、それは時間的に連鎖し、『出曜経』部ではそれは単に並列されるようであるが、本文〔II〕（A）には水瓶なり汲水なりの表現はあらわれない。戸の開閉する類話的なものの展開したあとは確かである。本文〔II〕（B）、『仏本行集経』巻五十七、「……作是念已。執持掃箒。往掃彼房。其掃一辺。風来還吹。土草満地。更須報掃。……」（三、９１３ｃ）など、いくばくか類する。

今昔物語集巻一⒅

〔III〕仏、[A]難陀ニ告給ハク、汝ヂ道ヲ学セヨ。後世ヲ不顧ザル、極テ愚ナル事也。我レ汝ヲ天上ニ将行テ令見ム、ト宣テ、[B]忉利天ニ将昇給ヌ。諸天ノ宮殿共ヲ見セ給フニ、諸ノ天子、天女ト共ニ娯楽スル事无限シ。[C]一ノ宮殿ノ中ヲ見ルニ、衆宝荘厳、不可称計ズ。[D]其ノ中ニ、五百ノ天女ハ有テ、天子ハ无シ。[E]難陀、此レヲ見テ仏ニ問ヒ奉ル、[F]何レバ此ノ宮殿ニハ天女ノミ有テ天子ハ无

十巻本釈迦譜巻六⑿（出曜経引用部）

〔III′〕仏[A′]告難陀。夫人学道。貪著欲心不顧後世焼身之禍。我今将汝天上遊観。宣自専心勿懐恐怖。仏以神力接至天上。[C′]見一宮殿衆宝荘厳。玉女営従不可称計。唯無夫主。[E′]難陀問仏。此何天宮。種種娯楽快楽昔所未見。而無夫主。唯願説之。仏告難陀。汝可自問。難陀奉教自往問之。[G′]天女答曰。汝不知乎。迦維羅竭国釈迦文仏並父弟難陀。後当生此。為我夫主。[I′]難陀聞[K′]之密自歓喜。還至仏所具以白仏。仏告難陀。快修梵行。如是不久。当来至此受福自然。　（五十、60ａ）

キゾ、ト。仏、天女ニ問給フニ、天女答テ申サク、閻浮提ニ仏ノ弟、難陀ト云フ人有リ、近来出家セリ。其ノ功徳ニ依テ命終テ此天ノ宮ニ可生シ。其ノ人ヲ以テ天子ト可為ガ故ニ天子无也、ト。難陀、此レヲ聞テ、我ガ身、此也、ト思フ。仏、難陀ニ宣ハク、汝ガ妻ノ端正ナル事、此ノ天女ト何ニ、ト。難陀ノ云ク、我ガ妻ヲ此ノ天女ニ思ヒ競レバ、彼ハ獼猴ヲ見ルガ如シ。然レバ我ガ身モ又如然也ト。難陀、此ノ天女ヲ見ツル、妻ノ事忽ニ忘レテ、持戒ノ者ト成テ此ニ生ムト思フ心出来ヌ。

（I、90・6—15）

同（雑宝蔵経引用部）

〔III′〕（仏）即将難陀。向阿那波山上。又問。難陀。汝婦端正不。答言端正。山中有一老瞎獼猴。又復問言。汝婦孫陀利面首端正。何如此獼猴也。難陀懊悩便作念言。我婦端正人中少雙。仏今何故以我之婦比瞎獼猴。仏復将至忉利天上。遍諸天宮而共観看。見諸天子与諸天女共相娯楽。見一宮中有五百天女。無有天子。尋来問仏。仏言。汝自往問。難陀往問言。諸宮殿中尽有天子。此中何以独無天子。諸女答言。閻浮提内仏弟難陀。仏逼使出家。以出家因縁。命終当生於此天宮。為我天子。難陀答言。即我身是。便欲即住。天女語言。我等是天汝今是人。還捨人寿更生此間。便可得住。便還仏所以如上事具白世尊。仏語難陀。汝婦端正。何如天女。難陀答言。比彼天女。如瞎獼猴比於我婦。仏将難陀還閻浮提。難陀為欲生天故。勤加持戒。阿難……

（五十、60b—c）

他界遍歴譚。天女たち在る忉利天宮（トラーヤストウリンシャ）の物語。諸天宮ないしその女人たちの類は、巻三(24)（I、244・3—11）・巻五(3)（I、346・9—13）など、「天ニ可生」き類型をも共有する。巻十一(2)（III、60・6—7）・巻二十(17)（VI、177・10—12）などは黄金の宮殿に「可生キ」類型を通じる。天女ある天宮と地獄との対比が、梵天国と羅刹国との対比ともなる類（御伽草子『梵天国』等）は、言うまでもない。本文〔III〕は、基本的に、『釈迦譜』が所引並列する『出曜経』部・『雑宝蔵経』部それぞれから、いわば句々交互に組み合わせて全体を構成した。そのいずれにも属さない「仏、天女ニ問給フニ」句は、その理由をあきらかにしない変改である。[4] ここに見られる交互構成の方法は、『今昔』において、漢文資料の間にとどまらず、漢文資料と和文資料との間にも見られるのであるが、[5] この構成感覚は、あるいは諸要素の配置と秩序とにもつメカニズムの鋭さにおいて、あるいは形式にとらえられる硬さにおいて、『今昔』諸篇の配列構成の感覚の在り方にも通じるであろう。なお、この時、本文〔III〕Lは、『雑宝蔵経』部L′を少しく意改して、難陀にその妻をいわば「猿ノ様」（巻二十八(1)）と言わせる。これは特に突然というわけではないにしても、『雑宝蔵経』部L′がもと前出L″「……何故。以我之婦。比瞎獮猴」と思う難陀の懊悩の類と呼応することは、『出曜経』部を以て始まる本文〔III〕のLにおいてはかえりみられていない。Lは、もとL′から前出L″との呼応を去った破片である。[6] なお、何らかの誤読があったか、L末に補われる「然レバ我ガ身モ又如然也」は、不要の補いであった。「此ノ天女ヲ見ツル、妻ノ事忽ニ忘レテ」が補われ、つづく阿難（アーナンダ）の歌は省かれた。

本文〔III〕が『釈迦譜』の『出曜経』・『雑宝蔵経』各所引部を交互に合成して成ることは、もとより、『釈迦譜』に直接依ると見るべきが実際的である。また、本文〔III〕のような交互構成感覚がきわめて『今昔』的であることは疑い得ない。

（4）後に「併、天人ニ問ハシム。難陀、天女ニ故ヲ問フ」（『沙石集』、拾遺23）などを見る。

（5）小稿「敦煌資料と今昔物語集との異同に関する一考察I」（奈良女子大学文学会「研究年報」VII、一九六四）・「今昔物語集仏伝資料に関する覚書」（「仏教文学研究」第九集、一九七〇）・「今昔物語集における原資料処置の特殊例若干」（奈良女子大学文学部「研究年報」28、一九八四）→全て本書所収。

（6）大系本頭注に「漸層法的」と言う。ただし、それは、大系本の立場でも『法苑珠林』のみにあたり、『経律異相』にはあたらない。何かの誤解であろう。ここの頭注には、外にも混乱がある。
つづいて、かの和泉式部や西行の地獄の歌の心のたけとは異なるが、ひとつの地獄めぐりが展開する。

今昔物語集巻一(18)

〔IV〕(A)又、仏、難陀ヲ地獄へ将御マス。其ノ道ニ鉄囲山ヲ経テ山ノ外ニ獼猴女ト云フ者有リ、端正美麗ナル事无並シ。其ノ中ニ孫陀利ト云フ者有リ。難陀、此レヲ見ル。仏、難陀ニ問給フ、汝ガ妻、此孫陀利ト何ニゾ。此獼猴ノ如也ヤ、ト。難陀ノ云ク、百千倍ニ及トモ不可類ズ、ト。仏ノ宣ハク、又、孫陀利ヲ以テ天女ニ比ルニ何ニゾ、ト。難陀云ク、又、百千万倍ニモ不可類ズ、ト。
(B)仏、難陀ヲ地獄ニ将至リ給ヌ。諸ノ鑊共ヲ見セ給フニ、湯、盛ニ涌テ人ヲ煮ル。難陀、此レヲ見テ恐怖ル、事无限シ。但シ、一ノ鑊ヲ見ルニ、湯ノミ沸テ煮ル人无シ。難陀、此レヲ見テ獄率ニ問テ云ク、何ゾ此鑊ニ入人无ゾ、ト。獄率ノ云ク、閻浮提ニ有ル仏ノ弟、難陀、出家ノ功徳ヲ以テ忉利天ニ生レテ、天ノ命尽テ終ニ此ノ地獄ニ堕ムトス。此ノ故ニ我レ今鑊ヲ吹テ彼ノ難陀ヲ待

十巻本釈迦譜巻六(12)　(出曜経引用部)

〔IV′〕(A′)是時世尊。復以神力接引難陀将至地獄。路経鉄囲山表。見瞎獼猴。仏問難陀。汝婦孫陀利何如瞎獼猴。難陀白仏。止止勿復説。此孫陀利者。女中英妙。百千万倍豈得類乎。仏言。以孫陀利比諸天女。亦億千万倍不可為比。(於是世尊復接難陀。遍至地獄見種種苦痛。有一大鑊獄卒囲繞。湯沸火熾不見罪人。難陀白仏。是何人獄不見罪人。仏言。汝自問之。難陀往問獄卒。報言。……)　(五十、60a)

同　(雑宝蔵経所引部)

〔IV′〕(B′)仏将難陀復至地獄。見諸鑊湯悉皆煮人。唯見一鑊。吹沸空停。怪其所以而来問仏。仏告之言。汝自往問。難陀即往問獄卒言。諸鑊尽皆

也、ト。難陀、此事ヲ聞テ怖ル、事无限シテ、仏ニ申サク、願ハ我レヲ速ニ閻浮提ニ将返リ給テ擁護シ給へ、ト。仏、難陀ニ宣ハク、汝、戒ヲ持テ天ノ福ヲ修セヨ、ト。難陀ノ申サク、我レ今ハ天ニ生レム事ヲ不願ハズ。只、我ヲ此ノ地獄ニ落シ給フ事无カレ、ト。

仏、難陀ト共ニ閻浮提ニ返リ給テ、難陀ノ為ニ一七日ノ内ニ法ヲ説テ阿羅漢果ヲ令証メ給テケリトナム語リ伝ヘタルトヤ。

（I、90・16—91・12）

煮治罪人。此鑊何故空無所煮。答言。閻浮堤内有如来弟。名為難陀。以出家功徳当得生天。以欲罷道因縁之故。天寿命終堕此地獄。是故我今吹鑊而待難陀。難陀恐怖畏獄卒留。即作是言。南無仏陀南無仏陀。唯願将我擁護還至閻浮提内。仏語難陀。汝勤持戒修汝天福。難陀答言。不用生天。今唯願我不堕比獄。仏為説法。一七日中成阿羅漢。……

（五十、60c）

本文〔IV〕（A）は基本的に『釈迦譜』の『出曜経』所引部（A′）に、〔IV〕（B）は類似句を以て移ってその『雑宝蔵経』所引部（B′）に依り、すべて事実上、二部を並列する『釈迦譜』による、と推定される。『出曜経』部は、難陀の妻、美しき孫陀利を軸として著名の cosmic mountain、鉄囲山（チヤクラヴァーダ・パルヴァタ）[7]のほとりの瞎目の獮猴と天女とに比する。「此獮猴ノ如也ヤ」であって「此、獮猴ノ如也ヤ」（大系本）ではない。その『出曜経』部による本文〔IV〕（A）は、前文〔III〕において交互構成して用いた『雑宝蔵経』部による〔III〕（L）と少しく重複するのみならず、その『出曜経』部を誤訳する。地獄への路に「瞎獮猴」を見て仏陀が難陀に「汝婦孫陀利」の美しさを比べさせるのを、本文〔IV〕（A）は、難陀が答える「此孫陀利」の「此」の指示方向を誤ってその眼前の「瞎獮猴」にあて、それは「女中英妙」であるゆえに、改めて合理化して「獮猴女」らを起して、彼女らに「英妙」句に代えるに『今昔』の類型句「端正美麗ナル女」（巻二(16)等）を以てし、「瞎獮猴」ならぬその「獮猴女」らの中の「此」の「孫陀利」と彼れの妻と、すなわち仏陀の言う「汝婦孫陀利」とを比べさせる。彼れの妻は「此孫陀利」に及ばず、この「孫陀利」は天女に及ばない、と解いて行く。そして、前文〔III〕末尾に、難陀は美しい天女たちの在る天上に生まれることをねがったが、しかしいま、本文〔IV〕（B）末尾において、仏陀が難陀に持戒して天上に生まれるような福を修することをすすめても、「我レ今ハ天ニ生レム事ヲ不願ハズ」、かの見たその「孫陀利」より、それほどはるかに美しい天女たちの在るその天上にさえ生まれることを欲しない、ただ地獄に堕ちることを怖れて持戒へ向かう、というような、論理と言えば論理を、本文〔IV〕（A）（B）は立てるのであろう。[8]『経律異相』巻七(8)には、「一瞎獼猴」を見て「仏問難陀。汝婦孫陀利如何獼猴。答曰。孫陀利。女中妙絶。豈得比此」（五十三、35b）とあり、これは『釈迦譜』と、要するに同意ではあるが、「此孫陀利」表現の語気・文勢を異にする。[9]『今昔』本文〔IV〕の誤訳は『釈迦譜』に依るゆえにこそ生じ得たはずであったのである。なお、本文〔IV〕（B）、「鑊ヲ吹テ」は原語「吹鑊」、『釈迦譜』宮本に「吹」、宋本・高麗本等には「炊」とする。『法苑珠林』巻二十二にもこれは「吹鑊」（五十三、451c）とはあるが、たとえば、下文「天ノ福ヲ修セヨ」には「修汝天福不」とあって、その対応度は『釈迦譜』に及ばない。なお、『経律異相』巻七(8)には、これらの語句は全く無い。『起世経』巻二～四（地獄篇）に、地獄の戦きわななさを縷々と述べる間に、「諸守獄卒取後衆生。擲置熾燃熱鉄鑊中。頭皆向下脚皆向上」（一、326c）とある類を見るであろう。

（7）伊藤義教『ペルシア文化渡来考』一二七頁等に、あたらしい比較学的立論がある。

（8）本文〔VI〕（A）のこの混乱は、難陀の妻の名、孫陀利を正確にとらえ得ていないからである（小峯和明「今昔物語集天竺部の形成と構造II」、徳島大学教養部紀要――人文・社会科学――第十六巻、等）と言えなくもないが、「此孫陀利……」の語気・文勢がそれを誘ったのであろう。巻五⒅本生物語の「孫陀利」（I、378・10）を『今昔』が如何に解していたかは不明であるが、Sundari, Sundara の固有名詞が一般的で別に難陀の妻の名のみに限らないことを、無意識的にも感じ得るところがあったとすれば、同名の孫陀利を「獼猴女」を誤って立ててそれに宛てるという誤謬は、それとして冒し得ることにもなろう。

（9）『釈迦譜』の『出曜経』所引部、「此孫陀利者。女中英妙」は、『出曜経』巻二十四には、「豈当以此方之彼人。孫陀利者女中英妙」（四、740a）とある。

空海『三教指帰』の絢爛とした地獄は措いても、『日本霊異記』から源為憲の『三宝絵』を経て『今昔物語集』に至る過程には、地獄のイメージもさまざまであるが、その間に、われわれは和泉式部の歌に逢う。

地獄絵につるぎのえだに人のつらぬかれたるを見て

あさましや劔の枝のたわむまでこは何の身のなるにかあるらむ

『今昔』より後ではあるが、西行の歌を思い出す。

地獄絵を見て

見るも憂しいかにかすべき我が心かかるむくいの罪やありける

くろき火群のなかに男女もえけるところを

なべてなきくろき火群のくるしみは夜の思ひのむくいなるべし

あはれみし乳房のことも忘れけり我がかなしみの苦のみおぼえて

たらちをのゆくへをわれも知らぬかなおなじ炎にむせぶらめども

心をおこす縁たらば、阿鼻の炎のなかにても、と申すことを思ひいでて

ひまもなき炎群のなかのくるしみも心おこせばさとりにぞなる

かくて地獄にまかりつきて、地獄の門ひらかむとて、罪人をまへにすゑて、くろがねの苔をなげやりて、罪人にむかいて、極卒つまはじきをしかけていはく、……

ここぞとてあくる扉の音ききていかばかりかはをののかるらん

巻一　仏夷母憍曇弥出家語第十九

『今昔物語集』巻一⒆仏夷母憍曇弥出家語第十九は、『中本起経』巻下瞿曇弥来作比丘尼品（四、158a―159b）を引いて『五分律』巻二十九（二十二、185b―186b）・『報恩経』巻五（三、153b―154b）等を注する、十巻本『釈迦譜』巻七⒁釈迦姨母（大愛道）出家縁記第十四を基礎原典とする。『報恩経』巻五の名をあげる、『三宝絵』下⑺西院阿難悔過の和文性の物語は、ここに用いられていない。

瞿曇（ゴータマ）氏の女性、憍曇弥（摩訶波闍波提）Mahāprajāpatī, Mahāpajāpatī、『釈迦譜』本文（『中本起経』所引部）の「大愛道瞿曇弥」は、夾註の『大方便経』（『報恩経』）所引部には「仏姨母憍曇弥」とある。『報恩経』等に由る『三宝絵』下⑺や『法華百座聞書抄』閏七月九日人記品条の同類の物語にも、『今昔』と同じく、「憍曇弥」とあり、この呼称が或る程度用いられていたのであろう。彼女のこの物語は、パーリ律蔵『小品（チュッラ・ヴァッガ）』一〇―一―一、増支部八―六―五一瞿曇弥品、これにほぼ対応する『中阿含経』瞿曇弥経、『四分律』巻四十八、『瞿曇弥記果経』・『大愛道比丘尼経』巻上該当部などにも通じ、これらはあるいは釈迦族の女人たちの物語へとつづいている。

今昔物語集巻一⒆　仏夷母憍曇弥出家語	十巻本釈迦譜巻七⒁　釈迦姨母（大愛道）出家縁記
〔Ｉ〕今昔、憍曇弥ト云ハ釈迦仏ノ夷母也、摩耶夫人ノ弟也。仏、迦維羅衛国ニ在マス時、憍曇弥、仏ニ白テ言ク、我レ聞ク、女人精進ナレバ沙門ノ四果ヲ可得シ、ト。願クハ我レ、仏ノ法律ヲ受ケ出家セムト思フ、ト。仏ノ宣ク、汝、	〔Ｉ′〕仏還迦維羅衛国。大愛道瞿曇弥稽首作礼白仏言。我聞。女人精進。可得沙門四道。願得受仏法律。我以居家有信。欲出家為道。仏言。且止。無楽以女人入我法律。（中略）如是至

更ニ出家ヲ願フ事无カレ、ト。憍曇弥、如此ク三度申スニ、
仏更ニ不許給ズ。憍曇弥、此ヲ聞テ歎キ悲テ去ヌ。
　其ノ後、又、仏、迦維羅衛国ニ在マス時、憍曇弥、如前
ノ出家セムト申スニ、仏、又、不許給ズ。仏、諸ノ比丘ト
共ニ此国ニ在マス事三月、終ニ国ヲ出テ去給フ時、憍曇弥、
諸ノ老タル女ト共ニ尚(ホ)ヲ出家ノ事ヲ申サムトテ仏ヲ追テ行
クニ、仏、俄ニ留リ給ヒヌ。憍曇弥、如前ク出家セムト申
スニ、仏、又、不許給ネバ、憍曇弥出テ門ノ外カニ居テ、
垢穢ノ衣ヲ着テ顔皃甚ダ衰ヘテ啼泣ス。阿難、此ヲ見テ問
テ云ク、汝ヂ何ノ故ニ如此ク有ゾ、ト。憍曇弥答テ云ク、
我レ女人ナルガ故ニ出家ヲ不得ズシテ歎キ悲ム也、ト。阿
難ノ云ク、汝ヂ暫ラク待給ヘ。我レ仏ニ申サム、ト云テ入
ヌ。阿難、仏ニ白シテ言サク、我レ仏ニ随ヒ奉テ聞クニ、
女人モ精進ナレバ、沙門ノ四果ヲ可得シ。今、憍曇弥ハ至
レル心ヲ以テ出家ヲ求メ、法律ヲ受ケムト思ヘリ。願クハ
仏、此ヲ許シ給ヘ、ト。仏ノ宣ハク、此ノ事、願フ事无カ
レ。女人ハ我ガ法ノ中ニシテ沙門ト成ル事无カルベシ。其
ノ故ハ女人出家シテ清浄ニ梵行ヲ修セバ、仏法ヲシテ久ク
世ニ住セム事非ジ。譬バ人ノ家ニ多少ノ男子ヲ生ゼルハ、

三。仏不聴許。作礼而退。仏於後時更遊迦維
羅衛。瞿曇弥如前求出家。仏亦不許。仏又与
諸比丘留止是国。避雨三月。竟出国而去。大
愛道与諸老母等倶行追仏。頓止河上。大愛道
便前作礼。復求出家。仏言。止止。如前不許。
便前作礼繞仏而退。住於門外。被弊敗衣。徒
跣而立。顔面垢穢。衣服塵汚(汚塵)。嘘唏而啼。阿
難見之即問。何以如是。答言。今我以(用)女人故
不得出家。自悲傷耳。阿難言。止止。且自寛
意。待我白仏。阿難即入稽首白言。我従仏聞。
女人精進可得四道。今大愛道以至心欲受法律。
願仏聴之。仏言。止止。無楽欲使女人入我法
律為沙門也。所以者何。譬如人家生子多女少
男。当知是家以為衰弱。若聴女人出家。乃
令仏法清浄梵行不得久住。譬如稲田莠雑禾
稼。則令善穀傷敗。若使女人入我法律。必令
清浄大道不久興盛。　（五十、52b）

此レヲ以テ家ノ栄トス。此ノ男子ニ仏法ヲ修行セシメテ世ニ仏法ヲ久ク持タシムベキ也。其ソレニ、女人ニ出家ヲ許セラバ、女人、男子ヲ生ズル事絶ヌベキガ故ニ、出家ヲ不許ル也、ト。
（I、91・16―92・15）

インドの雨期に関した表現を省くなど多少を改略する。「四果」の語は『今昔』に本話のみに見える。本文〔I〕は『釈迦譜』に即して訳出される。『中本起経』巻下該当部の類は『釈迦譜』より密であって、すべてかかわらない。「沙門ノ四果」は、『釈迦譜』類に「沙門四道」、『経律異相』には該当部には見えず、後文に「四果」とのみ見える。「第四沙門果」（『中阿含経』瞿曇弥経）・「四沙門果」（『瞿曇弥記果経』）・「沙門四道果」（『五分律』巻二十九）等、パーリ本にもあきらかなように、いわゆる声聞の四果、その四種の修行証果をさす。「四道」（涅槃・解説への四種の道程）とは厳密には別語であるが、「道果」の語もあり、涅槃は菩提の道に由って証される。いま、「四果」の語がその仏教知識からえらばれたのであろう。憍曇弥が「門ノ外カニ」啼泣するのは、『報恩経』巻五に由る『三宝絵』下(7)などにも補われているが、これは、パーリ本・『中阿含経』瞿弥経など以来の古伝のおもかげでもあった。本文〔I〕後半も『釈迦譜』に即すること自体は同じく、それが隔って見えるのは、本文〔I〕が原典の誤読にもとづく論理の模索に苦しんでいるからである。すなわち、『釈迦譜』も本文〔I〕も仏法久住の問題には関しながら、古伝の類にもあきらかであるが、『釈迦譜』はいわば原始仏教の女人観を主旨としよう。たとえば、『中阿含経』瞿曇弥経に「……若使女人得於此正法律中至信捨家無家学道者。令此梵行便不得久住」（一、605c）、『釈迦譜』の依る『中本起経』巻下に「今使女人入我法律者。必令仏清浄梵行不得久住」（四、158c）とある。『中阿含経』を引く敦煌本『梵網経述記』巻一（P. 2286、八十五、728c）の類も、存意するところは同様である。なお『三宝絵』下(7)・『法華百座聞書抄』閏七月九日条には該当部は存しない。『釈迦譜』はこうなのであるが、本文〔I〕は、これと異なって、女人の出家による潜在出家人口としての男子出生率の低下を説いて、女人の出産機能の自然に論理を立て、一種合理的にいわば即物的に誤解を来たした。原文「若聴女人出家。……」を仮定の形に訓むべきを「女人出家シテ」と訓んで下句の半ばを含んで仮定の形とし、前後の文の位置関係、ないし二つの譬喩を含む意味関係を誤った。本文〔I〕「……女人出家シテ……、仏法ヲシテ……」は、『釈迦譜』宋本・宮本等に「……聴女人出家。乃令仏法……」とあり、高麗本には「……聴出家。令仏……」とある。ただしまた、次文〔II〕「汝、今ハ歎ゲキ悲シム事无カレ」は、同宋本・宮本等には「何忽憂愁」とあり、高麗本には「何勿憂愁」とある。譬喩の一つは、原文の意訳と言えば言い得るとしても、その位置を原典とは異なって被譬喩部より後置し、後置した譬喩のこれにつづいて「此ノ男子ニ仏法ヲ修行セシメテ世ニ仏法ヲ久ク持タシムベキ也」と補入・変改する。意識的な意改のこころみではなくて、「若聴女人出家」句の誤読にもとづくべき不正確である。その間に、譬喩の一つはこれを用いない。自己の論理に合致しないからである。ともかく、こうしてここに誤解が一種の合理化を求めたのではあるが、ここに独自の論理のあろうはずのないことは、次文〔III〕との意味関係自体もあきらかにするところであろう。

今昔物語集巻一(19)	十巻本釈迦譜巻七(14)
〔II〕阿難、又申ク、憍曇弥ハ多ク善ノ心有リ。先ヅ、仏ヲ、始テ生レ給フ時ハ受取テ養育シ奉テ、既ニ長大ニ至シ奉レリ。仏ノ言ハク、憍曇弥、実ニ善ノ心多シ、又、我レニ恩有リ。今我レ仏ト成テハ、又我レ彼ニ恩多シ。彼ハ	〔II′〕阿難復言。大愛道多有善意。仏初生時。乃自育養至于長大。仏言。如是。大愛道信多善意。於我有恩。今我成仏。於大愛道亦多有恩。大愛道但由我故。得帰依三宝。不疑四諦立信五根受

偏ヘニ我ガ徳ニ依ルガ故ニ、三宝ニ皈依シ、四諦ヲ信ジ、五戒ヲ持テリ。但シ、女人、沙門ト成ムト思ハヾ、八敬ノ法ヲ学ビ行フベシ。譬バ水ヲ防ニハ堤ヲ強ク築テ漏シメザル也。若、法律ニ入ムト思ハヾ、能ク精進セヨ、ト。阿難、明ラカニ仏ノ語ヲ受テ礼シテ門ノ外ニ出テ、憍曇弥ニ伝シム、汝、今ハ歎ゲキ悲シム事无カレ。仏、汝ガ出家ヲ許給フベシ、ト。憍曇弥、此レヲ聞テ大歓喜シテ、即、出家シテ戒ヲ受テ比丘尼ト成リ、法律ヲ受ケ羅漢果ヲ得ツ。

　女人ノ出家スル事、此レニ始レリ。憍曇弥、又ハ大愛道トモ云ヒ、又波闍波提トモ云ケリトナム語リ伝ヘタルトヤ。

（Ⅰ、92・16―93・9）

持五戒。（中略）仏告阿難。仮使女人欲作沙門者。八敬之法不得踰越。当尽寿学行之。譬如防水善治堤塘勿令漏失。其能如是。可入律法。阿難諦受作礼而出。報大愛道言。瞿曇弥。何忽（勿）憂愁。即為再・説仏之言教。若能如是可得出家。大愛道即歓喜而言。唯諾。（中略）爾時大愛道便得出家。尋受大戒為比丘尼。奉行法律遂得応真。（中略）仏言。（中略）我之正法当千歳興盛。以度女人故。至五百歳而漸衰微。

（五十、52b―c）

パーリ『小品』・増支部等の物語には、阿難が仏陀に瞿曇弥の乳哺のことを語るのは見えるが、仏陀の言には見えず、まして仏陀みずからがみずからの恩徳を語るようなことは見えない。もとより、それが古形であった。漢訳には『中阿含経』瞿曇弥経をはじめ見え、『釈迦譜』は『中本起経』巻下を引くが、これに依る『今昔』本文〔II〕はほぼ原文に即して訳するのみである。そして、前文〔I〕末尾に男子出生の減少の自然を説き、いま女人憍曇弥の「善ノ心」[1]多く云々を言うのは論理の齟齬をまぬかれず、前文〔I〕末尾は意改ではなくて誤読による合理化のあとを出なかった。つづいて、許された彼女が阿難に告げるよろこびに、花香のアクセサリを身に飾るように八敬の法を受けるというようなインドの幽婉は省かれる。最後に、正法千年のはずが女人出家のゆえに五百年にとどまるという仏陀のことば、パーリ本以来のそれも省かれている。結文、仏教史的常識によるこれが、『三宝絵』下(7)西院阿難悔過や『法華百座聞書抄』閏七月九日人記品条などと異なって、阿難への報恩にふれないのは、これらのそれぞれが皇女である女人に対したものであることと関連しよう。道安の『増一阿含経』序に、「……中本起康孟祥出。出大愛道品。乃不知禁経。比丘尼堪(甚)法慊直切(真)割而去之。此乃是大鄙可痛恨者也」（二、549b）とあった。「禁経」は、「インドの習慣と仏教の例とを合して」、「少なくとも比丘尼に対して、禁律を示して居る経の意味か」と注される。[2]「（一切女人）貪淫所対の境となりぬべしとて、いむことあらば、一切男子もまたいむべきか」（『正法眼蔵』礼拝得髄）、附言しておく。

（1）　著名の恵心僧都物語に「但シ、母ト申セドモ極タル善人ニコソ御マシケレ」（巻十五(39)、III、397・12—13）とある。「母」、女人という理解なのであろう。「女ノ身ニ御マスト云ヘドモ、……」（巻十一(18)、III、97・14）の類もある。それにしても、男とは女とは、善とは悪とは、「悪人」とは邪人とは……。

（2）　宇井伯寿『釈道安研究』一七四頁。

巻一　仏耶輸陀羅令出家給語第二十

つづく『今昔物語集』巻一(20)仏耶輸多羅令出家語第二十は、題名のみのこる欠文である。『今昔』諸本いずれにも欠け、最初から欠けていたのである。十巻本『釈迦譜』にも存しない。『釈迦譜』を参考しもして釈種の出家を類聚し、女人摩訶波闍波提につづいて耶輸陀羅のことを並列する意図をもちながら、素材を見出し得ずに過ぎたのであろう。『法華経』巻一序品に「羅睺羅母耶輸陀羅比丘尼」（九、二a、『阿羅漢具徳経』等同類）とあり、「出家為尼衆之主。位居無学」（『法華文句』巻二上、三十四、19c）とも注される。つとに、『有部毘奈耶破僧事』巻十二に、阿羅漢果を証して仏陀から「最具慚愧」と言われた（二十四、162a）という彼女の物語が見え、それは、羅怙羅（ラーフラ）六年懐胎の物語の外は、たとえば一角仙人とか緊那羅夫婦とかにかかわる本生物語（『今昔』としては巻五(4)(5)にあるいは類する）であって、それはこの巻一(20)を充たすわけではなかった。

巻一　阿那律跋提出家語第廿一

『今昔物語集』巻一(21)阿那律・跋提出家語第廿一は、『四分律』巻四（二十二、590b—591c）を簡略所引する、十巻本『釈迦譜』巻六(11)釈迦従弟阿那律跋提出家縁記第十一を基礎原典とする。すなわち、出典は従来それとされた『四分律』巻四ではなく、また、『四分律』その他を極略して二篇を分ける『経律異相』巻七(10)(11)でもない。物語は、やはり律蔵『大品（マハー・ヴァッガ）』一—九—五四・四〜六に、父母の許可なくしては出家し得ない制を設けることを、浄飯王（シュッドーダナ）が仏陀に請うて認められた、このような歴史情況を背景とする。

今昔物語集巻一(26)　阿那律跋提出家語	十巻本釈迦譜巻六(11)　釈迦従弟阿那律跋提出家縁記
〔I〕今昔、釈迦仏ノ父、浄飯王ノ弟ニ斛飯王ト云フ人有リ。其ノ子ニ兄弟二人有リ、兄ヲバ摩訶男ト云フ、弟ヲバ阿那律ト云フ。其ノ母、阿那律ヲ愛シテ暫クモ前ヲ放ツ事无シ。三時殿ヲ造テ阿那律ニ与ヘテ采女ト娯楽セサスル事无限シ。兄ノ摩訶男、弟ノ阿那律ニ云ク、諸ノ釈種多ク出家セリ。而ニ、我ガ一門ニ出家セル者、独モ无クシテ家業ヲノミ営メリ。汝ヂ出家（マヽ）ベシ。若	〔I′〕釈種兄弟二人。一名摩訶男。一名阿那律。阿那律者。其母愛念常不離目前。与作三時殿。婇女娯楽。摩訶男言。諸釈多出家。而我一門独無。兄営家業弟当出家。若不能者。弟営家業兄当出家。那律以家事煩砕。遂欲出家。往白其母乞求出家。

シ汝ヂ不出家ハ、汝ハ家業ヲ営メ、我レ出家スベシ、ト。阿那律、答テ云ク、我レ朝暮ニ家業ヲ営ムニ煩ヒ多シ。不如ジ、出家シテ道ヲ得ム、ト思テ、母ノ所ニ行テ出家セム、暇ヲ乞フニ、母、更ニ不許ズ。如此ク三度乞ニ、母、愛ニ依テ悲テ不許ズシテ、種々ノ方便ヲ以テ出家ヲ止ム。

其ノ時ニ、其ノ斛飯王ノ弟ニ甘露飯王ト云フ人ノ子、亦、兄弟二人有リ、兄ヲバ婆婆ト云フ、弟ヲバ跋提ト云フ。其ノ母、又、跋提ヲ愛シテ出家ヲ不許ズ。阿那律ノ母ノ云ク、我レ汝ガ出家ヲ不許ズ。但シ、若シ跋提出家セラバ、我モ汝ガ出家ヲ許サム、ト。此ニ依テ、阿那律、跋提ニ会テ出家ヲ勧メテ云ク、我ガ出家セムト事ハ汝ガ出家ニ可依シ。跋提、此ノ事ヲ聞テ、阿那律ノ云フ事ニ随テ母ニ出家ヲ乞ニ、其ノ母、又、不許ズ。母、方便ヲ設テ云ク、阿那律ノ母、子ノ出家ヲ許サバ、我レモ汝ガ出家ヲ許サム。如此ク互ニ云テ子ノ出家ヲ惜ムト云ドモ、遂ニ二人ノ母、各、子ノ出家ヲ許シツ。跋提ノ云ク、我レ母ノ許ヲ得タリト云ドモ、暫ク七年、五欲ノ楽ヲ受テ、其後出家セム、ト。阿那律ノ云ク、汝ガ云フ事不当ズ、人ノ命チ定メ无シ。何ゾ七年ヲ待ムヤ、只七日ヲ許サム、ト。

（Ｉ、93・15―94・14）

乃至三反。母不聴許。種種方便断之。以釈種有跋提。其母愛重。必不聴出家。便言。若跋提出家者当聴汝耳。那律便求跋提。跋提不許。復種種方便云。我今出家一由汝耳。跋提遂許。還求其母。其母亦不許。復作方便言。若阿那律母許児者当聴汝耳。遂両彼許。跋提言。且当七年受五欲楽。然後出家。那律言。人命無常難可得保。不宜淹留。更求一年乃至七日。那律許之。

（五十、59b）

十巻本釈迦譜巻一(7)　釈迦内外族姓名譜

釈種尸休羅王有四子。一名浄飯。二名白飯。三名斛飯。四名甘露飯。（中略）斛飯有二子。一名摩訶男。二名阿那律。甘露飯有二子。一名婆婆。二名抜提。……

（五十、10a、略出）

仏陀の従弟たちAmiruddha（Amuruddha）, Bhadrika kāligodhāputrika（Bhaddiya kāligodhāputta）。『四分律』巻四は、登場人物の関係が種々の反復表現をも伴って多少変化に富むなど、内容的に密であり、かつ、『五分律』巻三の類話と同じく、摩訶男（マハーナーマ）・阿那律（アヌルッダ）兄弟の順が逆である。『経律異相』巻七⑽⑾は簡に過ぎる。本文〔I〕が、「愛」（tanhā tṛṣṇā）はすでに見た（巻一⒄）が、「母、愛ニ依テ悲テ不許ズシテ」[1]・「如此ク互ニ云テ子ノ出家ヲ惜ムト云ドモ」・「我レ母ノ許ヲ得タリト云ドモ」[2]等の、意味空間の論理関係を埋める説明的な補入とか、原文「便言」の「（阿那律ノ母ノ）云ク、（我レ汝ガ出家ヲ不許ズ。但シ）……」の敷衍とか、原文「跋提不許。復種種方便云」の改略とか、これらの異同をも含んで、『釈迦譜』に依るべきことは否定し難いであろう。釈迦族王統譜の導入は『釈迦譜』巻一に依るか否か。なお、「五欲ノ楽ヲ受テ其後出家」するというのは、インド上級社会の論理であった。「古昔諸王。及今現在。皆悉受於五欲之楽。然後出家」（『過去現在因果経』巻二、三、631b）・「古昔諸王。盛年之時。恣受五欲。至於根熟。然後方捨国邑楽具。出家学道」（同巻三、三、637c、『今昔』巻一⑸、I、66・11）、「時有六群比丘尼。見諸釈女年時幼稚美色端正。今云何能捨此難捨而共出家。我等当為説世間五欲快楽。待年限過。然後出家。不亦快乎」（『報恩経』巻五、三、152b—c）、等々、さまざまである。

（1）「……深ク愛欲ノ心ヲ発シテ」（巻十四⑶、III、277・9、道成寺物語、『法華験記』巻下129欠）、「因果ヲ信ジテ」（巻十四㉛、III、320・7、『日本霊異記』巻中⒆欠）、これらの補入の類は注するまでもない。

（2）「幼キ心也ト云ヘドモ」（巻十六⒃、III、453・16—17、蟹満寺物語、『法華験記』巻下123欠）の類の補入など、『今昔』の自意識の力学についてまた注するまでもない。

今昔物語集巻一(21)	十巻本釈迦譜巻六(11)
〔II〕跋提、阿那律ノ云フニ随テ七日ヲ過テ、釈種八人及ビ優婆離ノ弟、皆一ツ心ニシテ出家セムト思テ、各善キ衣服ヲ着、象馬ニ乗ジテ、迦毗羅国ノ境ヲ出テ、宝ノ衣ヲ脱ギ象馬等ヲ以テ優婆離ニ付テ、各本家(もとのいへ)へ返ス。語テ云ク、汝、常ニ我等九人ニ依テ世ニ有ツル人也。今ハ我等出家シテムトス。此ノ宝衣・象馬ヲ以テ汝ニ与フ、身ノ貯ト可為也、ト云テ、九人ト別レヌ。優婆離、宝衣・象馬等ヲ得テ家ニ返ル程ニ、自ラ思ク、我ガ家ニ返テ家業ヲ営ヨリハ此ノ九人ト共ニ出家シテム、ト思フ心、忽ニ付ヌ。宝衣ヲ樹ノ上ニ係ケ、象馬ヲ木ノ本ニ繋テ、此ニ来ラム人有ラバ、此等ヲ与ヘムト思ニ、来ル人忽ニ无ケレバ、捨テ、玖人ヲ追テ行ク。既ニ追付テ、我モ共ニ出家セム、ト云フ。然バ共ニ仏ノ御許ニ詣テ、阿那律・跋提、白テ言ク、我ガ父母、既ニ出家ヲ許タリ。願クハ仏、我ニ出家ヲ許シ給、ト。仏、先ヅ、優婆離ヲ度セムト思ス、其ノ故ハ憍慢ノ心ヲ除ケルガ故也、ト。先ヅ優婆離ヲ度給フ。次ニ阿那律、次ニ跋提、次ニ難提、次金毗羅、次難陀等ノ六人也。優婆離ノ、前ニ戒ヲ受テ、上座ト為ケリトナム語リ伝ヘタルトヤ。　（I、94・15—95・9）	〔II′〕過七日已。釈子等八人及優波離第九。各好荘厳乗宝象馬。出迦毘羅衛。斉至其界。脱其宝衣。以象馬付優波離。令還語言。汝常依我等以自存活。今者出家。以此宝衣大象相遺。与自資生。遂便前去。優婆離思惟。亦欲随出家。便即以宝衣等懸著樹上。念言。其有来取之者与之。於是便共至仏所。求索出家言。我父母已許。願聴出家。乞先度優波離。何以故。以除我等憍慢心故。爾時世尊先度優波離。次度那律。次度跋提。次更度難提。次度金毘羅。次度難陀等六人。優波離受大戒。最為上座。……　（五十、59b）

釈迦族の王子ら青年「八人」が「優波離剃髪師」（『四分律』巻四）を「密（ひそか）」（『五分律』巻三、二十二、17ａ）に伴って、迦毗羅衛（カピラヴァストゥ）の都を出る。本文「迦毗羅国ノ境ヲ出テ」は、『釈迦譜』宮本「出迦毘羅衛・・・（斉至其）界」に、ともかくもっとも近い。「迦毗羅衛国」「迦毘羅国」（『今昔』巻一(1)・巻二(1)(28)等）。北インドのネパール国境、ないし、かのネパールである。『釈迦譜』原文、「各好荘厳」、洗浴して瓔珞を飾りなど（『四分律』巻四）した。『釈迦譜』原文、「優波離第九」は、この間に、「優波離ノ弟」と誤読され、また、優波離（ウパリ）以外の「我等九人」という錯覚を誘うことにもなった。[3]『今昔』自身の誤訳である。

本文〔II〕は、その誤訳の間に、優波離の心事・行為を説明的些事的に補入しながら進む。特には彼が「玖人ヲ追」う補入は、『五分律』巻三に「(優波離) 於是疾行。須臾相及」（二十二、17ｂ）とある、その直接ではないとしても、その類に由る口がたりのなごりを感じるかとも疑われないではないが、ともかく「玖人」の数の誤りとともに『今昔』自身の補入であろう。これを接続詞「然バ」と論理立てて受ける本文〔II〕に、阿那律・跋提が仏陀に発言して「我ガ父母、……」と並称するのは、前文〔I〕に「母」を単称するのとあいまって、『今昔』自身はその混淆におそらく無意識であろうにしても、そして、『四分律』巻四にもまたその混淆は見られるとしても、いまやはり、それぞれ『釈迦譜』に依ったあとと考えられる。[4]そして、その仏陀への発言主体を『四分律』巻四には「諸釈子及優波離」とし、『五分律』巻三に特定せず、『釈迦譜』もまた特定しないのに、本文〔II〕は「阿那律・跋提、白テ言ク」と特定する。これには、煩瑣をいとわず言えば、その発言内容の、その「母」なり「父母」なりが許した事実と、同じくその発言内容において『釈迦譜』に「乞先度優波離」とつづく関係とを意識したこまかさを、ひとまずは言い得るではあろう。ただし、本文〔II〕においては、その「乞先度優波離」は、後文「爾時世尊先度優波離」と類似統合して包まれて、その発言内容としての「乞」を失い、つづく「何以故。……故」句とともに、その発言からは外される。そして、外されたこの「何以故」句は、本文〔II〕においては「其ノ故ハ憍慢ノ心ヲ除ケルガ故也ト」とあって、この助詞「ト」は、文脈関係の間に、本文〔II〕訳者の、仏陀のいわば透視的な内意と解くらしいとでも見る外ないような解釈の方向と、やはりもと『釈迦譜』において発言部が終るべきことをなかば意識するような解釈の残像と、二様の表現意識の混淆による未統一の不安をのこすように感じとられる。畢竟、本文〔II〕は『釈迦譜』を基礎とはするが、その単なる直訳とのみは言いにくい条件をからませる。なかんずく、「汝、常ニ我等九人ニ依テ世ニ有ツル人也」と「汝常依我等以自在活」との関係と、「併、先ヅ、優婆離ヲ度セムト思ス、其ノ故ハ驕慢ノ心ヲ除ケルガ故也、ト」と。『釈迦譜』文との関係においてである。『釈迦譜』も簡素ではあるが、本文〔II〕においてこの句の意味は曖昧であることを避け得ないであろう。十分には、下層出身とされた優波離、「以自存活」、「世ニ有ツル」理を浴びせられた、彼れを先ず度した意味は表現されるに至っていないであろう。(5)

（3）大系本頭注の方向が正しい。ただし、出典は『四分律』巻四や『経律異相』巻七(10)ではない。

（4）仏典に母の単称と父母の並称との混在することがある（本田義英「カダリック出土法華経梵本三種五品の断簡に就て」『仏典の内相と外相』所収）。

（5）優波離につづく釈迦族の子ら五人、計「六人」以下、『釈迦譜』は、『四分律』巻四を簡略して、なお人名をつづける。本文〔II〕がこれを省いたのは、仏陀が阿那律・跋提を度した、要するにそれで足りたのか。なお、本文〔II〕最末尾、「上座ト為ケリ」の主格を大系本頭注に仏とするのは、敬語のないことからも、原文からも疑問である。上座（テーラ）は、いま、上位に坐する比丘（ビック）という程度の素朴の意であろう。

巻一(21)とこれにつづく巻一(22)鞞羅羨（ヴィーラセーナ）王子出家語第廿二とは「二話一類様式」をとる。ただし、巻一(21)は釈迦族の物語としては巻一(17)(18)・(19)(20)に結ぶ。鞞羅羨は『釈迦譜』には見えない。

阿那律は天眼第一。優波離は、敦煌本『維摩経疏』巻三にも「持律第一」と見え（八十五、３９３ａ）、『維摩経疏菴羅記』（東大寺、凝念）巻十九にも「独誦律藏。結集（中略）毘奈耶藏」と見える（日仏全、３６１ａ）。Vinaya、すなわち律。第一結集に律を誦習したという。巴里、フランス国民図書館蔵P.2049にもその名にあるであろう。

Ⅳ　仏陀父母に法を説いて永別する物語

巻二　仏御父浄飯王死給時語第一

『今昔物語集』巻二諸篇は、すべて仏伝八相の固有部分に属さないが、仏陀が「四十余年ノ間、種々ノ法ヲ説」いた（巻二⑵）、その在世の日々の物語を編む。冒頭、巻二⑴仏御父浄飯王死給時語第一と巻二⑵とは、「二話一類」に、仏陀の父母であり、王と王妃とつたえられるそのふたりの死にかかわる物語であった。巻二⑴は、少なくとも、『浄飯王泥洹経』に出るという十巻本『釈迦譜』巻七⒂釈迦父浄飯王泥洹記第十五、及びやはり同経に出るという『経律異相』巻七⑵浄飯王死捨寿に由る在り方をのこした、漢字片仮名交り和文化資料に依る、と推定される。

今昔物語集巻二⑴　仏御父浄飯王死給時語	十巻本釈迦譜巻七⒂　釈迦父浄飯王泥洹記
〔Ⅰ〕今昔、仏ノ御父、迦毗羅国ノ浄飯大王、老ニ臨テ、病ヲ受テ日来ヲ経ル間、重ク悩乱シ給フ事无限シ。身ヲ迫ル事、油ヲ押スガ如シ。今ハ限リト思シテ、御子ノ釈迦仏・難陀、孫ノ羅睺羅、甥ノ阿難等ヲ不見ズシテ死ナム事ヲ歎キ給ヘリ。此ノ由ヲ仏ノ御許ニ告奉ラムト為ルニ、仏ノ在マス所ハ舎衛国也、迦毗羅	〔Ⅰ′〕舎夷国王名曰浄飯。（中略）時被重病。（中略）時浄飯王語声輒出告諸王曰。我命雖断不以為苦。但恨不見我子悉達。又恨不見次子難陀。（中略）復恨不見斛飯王子阿難陀者。（中略）又恨不見孫子羅云。（中略）吾設得見是諸子等。我病雖篤未離生死。不以為苦。諸在王辺聞如是語。莫不啼泣涙下如雨。時白飯王言。我聞世尊在王舎城耆闍崛山中。去此懸遠五十由旬。王今転羸設遣使者。道路懸邈遅晩無益。

衛国ヨリ五十由旬ノ間ナレバ、使ノ行カム程ニ浄飯王ハ死給ヌベシ。然レバ后・大臣等、此ノ事ヲ思悩ブ程ニ、仏ハ霊鷲山ニ在ジテ、空ニ、父ノ大王ノ病ニ沈テ、諸ノ人、此ノ事ヲ歎キ合ヘル事ヲ知給テ、難陀・阿難・羅睺羅等引将テ、浄飯王ノ宮ニ行キ給フ。而ル程ニ、浄飯王ノ宮、俄ニ朝日ノ光ノ差入タルガ如ク金ノ光リ隟无ク照耀ク。

其ノ時ニ、浄飯王ヲ始テ若干ノ人、驚キ怪シム事无限シ。大王モ此ノ光ニ照サレテ、病ノ苦ビ忽チニ除テ、身ノ楽ビ无限シ。暫ク在テ、仏、虚空ヨリ難陀・阿難・羅睺羅等ヲ引将テ来リ給ヘリ。先ヅ大王、仏ヲ見奉テ、涙ヲ流シ給フ事雨ノ如シ、合掌シテ喜給フ事无限シ。仏、父ノ王ノ御傍ニ在シテ本□経ヲ説給フニ、大王即チ阿那含果ヲ得給ツ。大王、仏ノ御手ヲ取テ我ガ御胷ニ曳寄セ給フ時ニ、阿羅漢果ヲ得給ヌ。其ノ後暫ク有テ、大王ノ御命、絶畢給ヒヌ。（I、124・4—16）

唯願大王。莫大愁悒懸念諸子。（中略）爾時世尊在霊鷲山。天耳遙聞迦維羅衛大城之中。父王悒遅及諸王言。即以天眼。遙見父王病臥著床羸困憔悴命欲向終。知父渇仰欲見諸子。爾時世尊告難陀曰。（中略）難陀受教。（中略）阿難合掌前白仏言。（中略）羅云復前而白仏言。（中略）於時世尊即以神足。（中略）忽然而現。在維羅衛放大光明。（中略）其光照耀内外通達。周遍国界光照王身。患得安息。王遂怪言。是何光耶。（中略）世尊已来。将諸弟子阿難羅云等。乗空来至。王宜歓喜。（中略）須臾之頃仏便入宮。王見仏到。（中略）時浄飯王一心合掌。讃嘆世尊徳。（中略）歓喜踊躍不能自勝。即以自手捉於仏手著其心上。王於臥処。合掌心礼世尊足下。時仏手掌故在王心上。無常対至。命尽気絶忽就後世。（五十、53a—54a）

経律異相巻七(2)　浄飯王捨寿

〔I′〕浄飯王遇疾。（中略）王曰。恨不見悉達及難陀阿難陀羅睺等。除我貧望涙下如雨。時仏在王舎城。相去五十由旬。王今転羸恐不相及。仏知父心。即勅難陀羅睺等。即以神力踊身虚空。忽現維羅衛放大光明。（中略）仏光照耀内外通達以照王身。王曰。此何光也。既触我身。患苦得息。（中略）仏阿難羅云等乗空而来。（中略）王一心合掌。（中略）王乃歓喜。仏為説量摩（曇）波羅本生経。王得阿那含道。捉仏手捧置心上。仏又説法。得阿羅漢果。命尽気絶。
（五十三、32b―c）

「……病ヲ受テ日来ヲ経ル間」「今ハ限リト思シテ……」「朝日ノ光ノ……」等の和文性、類型語「无限シ」の頻用その他、和文化資料の存在を想像させる。「身ヲ迫ル事、油ヲ押スガ如シ」「如殺父母罪　亦如壓油殃……」（『法華経』巻七、陀羅尼品偈、九、59b）、「亦如壓油」（『大智度論』巻十六、二十五、196c）、「譬如押（壓）油。一一麻〈胡麻〉中皆生諸蟲。以押油輪而押取之。即便得油」（『十輪経』巻四、十三、699c）、「如圧油殃」（敦煌本『普賢菩薩説証明経』、八十五、1364a～b）その他、この語はよく知られたはずであった。『釈迦譜』『経律異相』等にも類句が後出するが、それを『今昔』が今はやく前出させたのではない。先行和文化資料を襲ったのである。なお、「大王モ此ノ光ニ照サレテ……」句には、かの韋提希夫人の物語の「仏ノ御光、……阿闍世王ノ身ヲ指ヲ照ス」（巻三(27)）それが思い出されるでもあろう。

『釈迦譜』五巻本巻二・十巻本七(15)及び『経律異相』巻七(2)がそれぞれ引く『浄飯王泥洹経』は、いま、『経律異相』所引部の末尾、「……本生経」前後以下の部分が大異する。おそらく、これは所依原典の異同をのこすであろう。『歴代三宝紀』巻六その他に見える『浄飯王般泥洹経』一巻（法炬訳）は現存せず、『釈迦譜』巻二・七(15)にいう『浄飯王泥洹経』は現存する『浄飯王般涅槃経』一巻（沮渠京声訳）にあたる如くであって、『経律異相』巻七(2)にいう『浄飯王泥洹経』は現存しない同経であるらしい。[1]『経律異相』はしばしば五巻本『釈迦譜』を襲ってこれを簡略するが、いまも、その巻二(15)にいう『浄飯王泥洹経』からまさしくその名の漢訳を簡略所引したのであろう。両訳は大同し、その「……本生経」前後以下の一部を異にしたようである。

本文〔I〕は、少なくとも、『釈迦譜』と『経律異相』とを合わせた在り方をのこすであろう。仏陀の在る所を「舎衛国」とするのは、もとより摩竭陀国（マガダ）「王舎城」の誤りである。「霊鷲山」Gṛdhrakūṭa、それは、かの王舎城の上、「閑静処」・「最勝」、「精舎近城而山難上。以是故雑人不来。近城故乞食不疲。以是故仏多在耆闍崛山中不在余処」、「法浮鮮潔」の場所（『大智度論』巻三、二十五、786～796）、天上の大気。「仏ハ霊鷲山ニ在シテ」相当句は、現存『浄飯王般涅槃経』の外、『釈迦譜』巻二・七(15)、『法苑珠林』巻九十七・『諸経要集』巻十九の『浄飯王泥洹経』所引部等に見え、「本□経」及び「阿那含果」「阿羅漢果」相当語は、『経律異相』巻七(2)、『法苑珠林』『諸経要集』等に見えるが、『浄飯王般涅槃経』は密に過ぎ、『法苑珠林』『諸経要集』は、『経律異相』巻七(2)の本文〔I′〕相当句「悉達及難陀阿難陀羅睺等」のような相当を欠くなど、細部のいくばくかから見て、本文〔I〕以前の成立にあずかったとは考え難い。「空ニ……知給テ」句は、「天耳遙聞」の具象の遙けさに如かない。「本□経」相当語は『経律異相』巻七(2)に「曇摩波羅本生経」（縮蔵雨二、九十四オ、同）とあり、『法苑珠林』『諸経要集』には「摩訶波羅本生経」（五十三、999c・五十四、179a）とあるが、『善見律毘婆沙』巻十七の物語に、迦維羅衛城（カピラヴァストゥ）に帰って仏陀が乞食するのを、羅睺羅（ラーフラ）の母耶輸陀羅（ヤショーダラー）から聞いていぶかった輸頭檀那（シュッドーダナ）王（浄飯王）に、仏陀が偈を説き、ついで、

……（世尊）復為王説曇摩波羅本生経。王聞已得阿那含道。王臨命終。仏為説法。於白傘下。得羅漢果。即入涅槃。時大王……　（二十四、791b）

とつづけるところが見出されるであろう。すなわち、仏陀は《Dhammapālajataka》(Fausböll's Edition, No. 447,《Mahā-Dhammapālajātaka》を王に説いた。それは、不信の王がはじめて迦毗羅城へ旅して、仏陀の説い

た、護法童子(ダンマパーラ)、すなわち前世の仏陀の物語を聴いてふたたび欲界には生まれない阿那含果を得た、という本生物語であった。「阿那含朱・阿羅漢果」、いわゆる小乗の聖者の修行階位は、初果（須陀洹果）・二果（斯陀含果）・三果（阿那含果）・四果（阿羅漢果）があった。『今昔』本文〔I〕以前ないし本文〔I〕自体において「本□経」と表現されるそれの正確な呼称は、この「曇摩波羅本生経」（「摩訶波羅本生経」）であるべきであった。『善見律毘婆沙』の物語が王の命終にふれて少しく挿む(2)のも、いま本文〔I〕の文脈にかかわるべき意味を通じるであろう。そして、この本文〔I〕に「本□経」と欠字するのは、本文〔I〕が「……本生経」の語をもつ漢文原典に直接せず、なおいくつかの徴証とともに、本文〔I〕以前の和文化資料の既存を確かめるであろう。「舎衛国」の誤りは知らず、重病の王の仏陀の慈悲への信頼に対する仏陀の来宮というような、『釈迦譜』類の内容が本文〔I〕に見えないのは、その本文〔I〕以前においてすでに存しなかったと考えられる。

『因縁物語(ニダーナカター)』（南伝二十八）に王統・併統をいい、臨終、王の二果を得たことをいうが、短章の別話である。

（1）『浄飯王般泥洹経』の名は、『出三蔵記集』巻四・『歴代三宝記』巻六・『大唐内典録』巻二・『開元釈教録』巻二・『貞元釈教録』巻四その他、『浄飯王（般）涅槃経』の名は、『歴代三宝紀』巻十・『内典録』巻四・『開元録』巻五・『貞元録』巻八その他に見える。第一訳・第二訳である。この中、『出三蔵記集』の『浄飯王般泥洹経』は『浄飯王般涅槃経』であるという（常盤大定『後漢より宋斉に至る訳経総録』九七二―七三頁）が、五巻本『釈迦譜』巻二(15)にいう『浄飯王泥洹経』が『経律異相』巻七(2)にいう同経と異なることからも首肯される。

（2）『善見律』は上座部律蔵の注釈書、その巻十七所掲本文は羅睺羅(ラーフラ)出家（『今昔』巻一(17)参照）に関し、律蔵『大品(マハーヴァッガ)』一―九―五四の注にあたるべきである（長井真琴「善見律毘婆沙と『サマンタパーサーディカー』との対照研究」『根本仏典の研究』所収）。ただし、もとより、『大品』は浄飯王の命終にはふれない。これは《Dhammapada Atthakatha》V. にふれられる（『印度仏教固有名詞辞典』六四五頁）。この類の古云が散佚『浄飯王般泥洹経』相当部の基礎となり、やがて『経律異相』等にのこるに至ったのであろう。附言すれば、大系本補注の「量摩波羅本生経」は、もと「曇摩……」の正蔵自体の誤植である。

今昔物語集巻二(1)

〔II〕其ノ時ニ、城ノ内、上下ノ人、皆哭キ悲ム事無限シ。其ノ音、城ヲ響カス。其ノ後、忽七宝ノ棺ヲ作テ、大王ノ御身ニハ香湯ヲ塗テ錦ノ衣ヲ着セ奉リテ、棺ニ入レ奉レリ。失セ給フ間ニハ、御枕上ニ仏・難陀二人在シマス、御跡ノ方ニハ阿難・羅睺羅二人候ヒ給フ。カクテ葬送ノ時ニ、仏、末世ノ衆生ノ父母ノ養育ノ恩ヲ不報ザラム事ヲ誡シメ給ハムガ為メニ、父ノ御棺ヲ荷ハムト為給フ時ニ、大地震動シ、世界不安ズ。然レバ、諸ノ衆生皆俄ニ踊リ騒グ、水ノ上ニ有ル船ノ波ニ値ヘルガ如シ。

其ノ時ニ、四天王、仏ニ申シ請テ、棺ヲ荷ヒ奉ル。仏此レヲ許テ荷ハシメ給フ。仏ハ香炉ヲ取テ大王ノ前ニ歩ミ給フ。(其)墓所ハ霊鷲山ノ上也。霊鷲山ニ入ムト為ル時ニ、羅漢来テ、海ノ辺リニ流レ寄タル栴檀ノ木ヲ拾ヒ集メテ、大王ノ御身ヲ焼キ奉ル。空ヲ響カス。其ノ時ニ、

十巻本釈迦譜巻七(15)

〔II´〕於是諸釈号叫啼哭。(中略)時諸釈子以衆香汁洗浴王身。纒以劫貝帛(帛)氎及諸繒綿。而以棺斂於師子座。七宝荘校。真珠羅網垂繞其傍。挙棺置於師子座上。散花焼香。仏共難陀在喪頭前粛恭而立。阿難・羅云住在喪足。(中略)爾時世尊念当来世人(皆)凶暴不報父母育養之恩。為是当来不孝衆生。設化法故。如来躬欲担於父王之棺。即時三千大千世界六種震動。一切衆生巓峨踊没。如水上船。(中略)時四天王(中略)倶白仏言。(中略)我曹宜担父王之棺。仏聴四天王担父王棺。(中略)如来躬自手執香炉。在前行出詣(柊)墓所。霊鷲山上有千阿羅漢。以神足力乗虚来至。(中略)時仏便告諸羅漢(等)。汝等疾往大海渚上。取牛頭栴檀種種香木。即受教勅如弾指頃。各到大海共取香薪。屈伸臂頃便已来到。仏与大衆共積香薪。挙棺置上以火焚之。一切大衆見火盛然。(中略)仏告四衆曰。世間無常苦空非身。無有堅固如幻如化。如熱時炎如水中月。命不久居。(中略)時火焚焼大王身已。爾時諸王。各各皆持五百瓶乳以用滅火。火滅之後競共収

仏、无常ノ文ヲ説給フ。焼キ畢奉リツレバ、舎利ヲ拾ヒ集メテ、金ノ箱ニ入レテ塔ヲ立テ置キ奉ケリトナム語リ伝ヘタルトヤ。（I、125、1—11）

骨盛置金函。即於其上便共起塔。懸繒幡蓋供養塔廟。（五十、54a—b）

本文〔II〕、王の葬送の物語において、「上下ノ人」（「上中下人」巻一(9)）、「城ヲ響カス」（其ノ声、世界ヲ響カス」巻三(34)、仏陀荼毘）は類句、「香湯」は「香油」の誤りか宛字か、「錦ノ衣」は帝王の死ゆえの装飾か、「（御）枕上」は、訳語にも用いられる（巻十五(16)）が、もとより、和文色が濃い（巻十四(35)・巻二十二(7)・巻二十九(18)等）。「（御）跡」も同じく。「枕・足（あと）」の対比は山上憶良「貧窮（びんぐう）問答歌」にも見えた。「カクテ」はもとより仮名書自立語である。『栄華物語』（「つるのはやし」）に、「浄飯王入滅度の朝、悉達太子、銀の棺をになひ、……不生不滅の仏そらなほ愛別離苦・去音无来を離れ給はず」とするのは、前半、その根拠を知らず、平安貴族社会に異伝するところでもあったのか、ともかく不可解がのこる。「父母ノ養育ノ恩」相当句は『釈迦譜』に見え、『経律異相』に見えず、「諸ノ衆生皆俄ニ踊リ騒グ」相当句も『釈迦譜』に見え、『経律異相』『法苑珠林』等には見えない。右文〔II〕が『釈迦譜』に由る在り方をのこすことは確実である。「（其）墓所ハ霊鷲山ノ上也」、この一文が、『釈迦譜』ないし『経律異相』（到於墓所。霊鷲山千阿羅漢……」）、特には前者の誤訳であって、この意味においても本文〔II〕がまたここを通るべきことも確実であろう。これは「一種の注釈[3]」ではない。誤訳である。この誤訳がまた「霊鷲山ニ入ムト為ル時ニ」補入句の誤りをかさねるのである。誤読に立つこの一種の合理化は『今昔』自身によるかのようにさえ見えるが、何故ならばそれは『今昔』のおりおりになすところであるからであるが、今ただし断定し難い。ともかく、いくばくかの漢語性・和語性の在り方などから、『釈迦譜』には由ったあとをのこす和文化資料を『今昔』自身がさらにいくばくか限定して本文〔II〕は成立した、と概言することが許されるであろう。

（3）「一種の注釈」（大系本頭注）でなく、誤読に由る誤りである。本文〔I〕の「霊鷲山」との関係など、要するに『今昔』の表現責任において純全でない。なお、紅梅文庫旧蔵東大本甲に「其」字・「ノ」字は無い。

原意とは異なるが、一つの死が山と海との対比を生んだ。原語「渚」は失われ、渚という美しいことばは『今昔』にないが、ともかく、海のかなたから流れ寄る梅檀（candana）の香木の燃える火が神話(ミュートス)的永遠に通うのである。「梅檀ノ火」などの火葬の儀式は、巻三(31)仏陀涅槃物語にも後出するが、いま特には、「……置金棺中。盛満香油。覆以金蓋積梅檀木及海岸諸香。以火焚燎。後将牛乳澆火令滅。有余舎利。盛以金瓶。……」（『毘奈那雑事』巻三十八、二十四、400b、仏陀闍維物語）、転輪聖王焚華の物語に通じるべきこれを思い出させるであろう。「海此岸梅檀之香」（『法華経』巻六、九、53b）、「梅檀沈水牛頭梅檀天木香等」（『大般涅槃経』巻一、十二、366c・606a）、「如伊蘭中牛頭梅檀、如苦種中甘善美果」（『大智度論』巻三、二十五、66b）その他、特には、南インドのはて、秣羅単吒(マライコッタ)図の演心の秣剌耶(マラヤ)山の「白檀香樹・梅檀称婆樹(チャンダネーヴァ)」（『大唐西域記』巻十）の類が牛頭梅檀(ゴーシルサチャンダナ)として知られる、(4)と言った。つとに、『エリュトゥラー海航海記』、西暦一世紀、埃及(エジプト)アレクサンドリアだとかの周航の書にも記されて、ペルシアへ「銅や白檀材や角や胡麻樹や黒檀を積んだ大型の船が送られ」（『エリュトゥラー海航海記』第三十六節）の「白檀材」に注し、「南部印度の乾燥地方（中略）等に自生し、北部印度で栽培されて居る矮性常緑樹。この幹を割つて乾燥させたものを取引したが幹の中心や根に近い部分程香りが高い。また木片、木屑から芳香の油が採れた。木材は焼けば燻香となり、樹脂は香油として使はれる」ともあった。(5)海やまのあいだに、かの陸奥下北のはての海近い霊山、恐山は言わず、永遠の母なる海のかなたから流れ寄るタブ(6)は言わないが、『梁塵秘抄』No.(202)にも謡われる。「まれい山に生ふといふ　牛頭や梅檀えてしがな……」。『釈迦譜』などのこの葬法にはあるいはヒンドゥの古式が横たわり、「海ノ辺リニ流レ寄タル」と表現される本文〔II〕には、何か邪気をはらう集団的無意識とでも呼ぶべき世界がひろびろと奥まるのであるか。

「空ヲ響カス」、前出する「城ヲ響カス」は群衆の啼哭であったが、いま、これは、訳出されなかった原語「一切大衆」の「悲哭」なのか、彼らのその悲痛のとらえた、燃え熾る炎の響なのか。[7] その時に、仏陀は「无常ノ文」を説いた。『釈迦譜』のこの物語を引く『聖徳太子伝拾遺記』巻二には、これを「離生死法」と言った。パーリ『大般涅槃経（マハーパリニッバーナ・スッタンタ）』、『長阿含経』遊行経（一、２６ｂ―ｃ）などにその初期的な形を見出し得、あるいはいわゆる十喩の類にもまとめられ得る、その内容を概念化して呼ぶのである。『今昔』巻六(5)、クマーラヤーナ・クマーラジーヴァ物語という「无常ノ文」は『超日明三昧経』巻上の偈から出たが、[8] この偈は、いま『釈迦譜』にいう無常の映像のいくばくかを含んでもいる。この類の散文ないし韻文が「无常ノ文」と呼ばれることがあったのであろう。一般民衆への唱導に重きを置くとすれば、この種のことばは『釈迦譜』の原形のようにひらかれて弁論に資すべきであろうが、本文〔II〕は、この文面の限りにおいては、一般民衆を誘う形では、必ずしも無い。

（４）『覚禅鈔』観音部十一面上「白栴檀」条（日仏全、同鈔三、九七一～九七三頁）、高桑駒吉『大唐西域記に記せる東南印度諸国の研究』（三七四～三八四頁）。

（５）村川堅太郎訳注『エリュトゥラー海案内記』、一八一頁）。

（６）折口信夫『古代研究』第二・三巻（民俗学篇）口絵。

（７）「琴笛の音にも雲井をひびかし」（『源氏物語』桐壺）・「楽のこゑ、鼓の音、世をひびかす」（同、紅葉賀）・「世のひびくばかりせさせ給ひつ」（同、葵）「をさめたてまつるにも世の中ひびきてかなしと思はぬ人なし」（同、薄雲）・「かねてよりひびく」（同、若菜上）、「其ノ音、世界ヲ響カス」（『今昔』巻三(34)、I、２６０・９、「声震三千」『大般涅槃経後分』巻下、後出）・「阿弥陀経ヲ読ム事、山ヲ響カス」（巻十二(24)、III、１６４・16、「……山ひびくばかり也」『古本説話集』(70)）・「鳴リ合タル事、空ヲ響カス」（巻十九(8)、IV、７８・６）・「……猫ノ鳴合タル音、耳ヲ響カス」（巻二十八(31)、V、１０５・２）、「おめきさけぶ声、山をひゞかし」（『平家物語』巻

九、坂落）等々。ともかく「空ヲ響カス」表現自体は本文〔II〕以前からか本文〔II〕自身のものか、またともかく、悲哭か、悲哭の知る炎の響かである。竄入説（大系本頭注）は不可である。

（8）小稿「和文クマーラヤーナ・クマーラジーヴァ物語の研究」（奈良女子大学文学会「研究年報」VI、一九六三）→本書所収。その偈に「……観法本無所有　如野馬水月形　影響幻化（化幻）芭蕉　暁三界亦如是」（十五、532a）とある。「……諸法皆妄見。如夢如炎如水中月如鏡中像」（『維摩経』巻上）等、なお、『続性霊集補闕抄』巻十「詠十喩詩」等々。

前出「父母ノ養育ノ恩」、『釈迦譜』に由ると見られるこの語句の前に、『今昔』として初見する「末世ノ衆生」ということばがある。「末世ノ衆生」（巻三(2)・巻四(1)(2)）、「五濁悪世ノ衆生」（巻三(30)）、「末代」「末代悪世」「末ノ世」ないし「近代」等々。「末世ノ衆生」が本文〔II〕以前に由るか、自身のつくるところかは措き、少なくとも『今昔』の表現責任において意味をもつべく、これは在る。原語「当来」は仏典語、来るべき世の意、いま強調して「末世ノ」としたのであろう。院政後期の末世末法意識にかかわるべき「今」の意識であろう。末世の読み手は、言い得るならば聴き手も、意識されていたはずであった。「仏ノ御坐シ世ト近来トヲ思ヒ比ブルニ、……」（優婆崛多、会波斯匿王妹語、巻四(7)、この認識の沈む宗教意識であり、歴史意識でもあった。

巻二　仏為摩耶夫人昇忉利天給語第二

『今昔物語集』巻二(2)仏為摩耶夫人昇忉利天給語第二は、『仏昇忉利天為母説法経』（釈曇景訳）すなわち『摩訶摩耶経』、その巻上を簡略所引する、十巻本『釈迦譜』巻七(16)釈迦母摩訶摩耶夫人記第十六に基本的に依る、ないし、少なくとも、基本的にこれに由る在り方をのこす。従来出典とされた『経律異相』巻七(3)摩耶生忉利天は簡に過ぎ、『摩訶摩耶経』は偈をも交えて密に過ぎる。

今昔物語集巻二(2)　仏為摩耶夫人昇忉利天給語

〔Ⅰ〕今昔、仏ノ御母摩耶夫人ハ仏ヲ生奉テ後七日ニ失セ給ヒヌ。其後、太子、城ヲ出テ山ニ入テ、六年、苦行ヲ修シテ仏ニ成リ給ヒヌ。四十余年ノ間、種々ノ法ヲ説テ衆生ヲ教化シ給フニ、摩耶夫人ハ失セ給テ忉利天ニ生レ給ヌ。

然レバ、仏、母ヲ教化セムガ為ニ忉利天ニ昇リ給テ、歓喜園ノ中ニ波利質多羅樹ノ本ニ在シマシテ、文珠ヲ使トシテ摩耶夫人ノ御許ヘ奉リ給テ宣ハク、摩耶夫人、願ハ今、我ガ所ニ来リ給ヒテ、我ヲ見、法ヲ聞キ、三宝ヲ敬礼シ給へ、ト。文殊、仏ノ教勅ヲ受テ摩耶夫人ノ所ニ行キ給テ、仏ノ御言ヲ伝シメ給フニ、摩耶夫人、仏ノ御言ヲ聞キ給フ時ニ、我ガ乳ノ汁、自然ラ出ヅ。摩耶ノ宣ハク、若シ我ガ閻浮提ニシテ生ゼシ所ノ悉駄ニ御マサバ、此ノ乳ノ汁、其ノ口ニ自然ラ可至シ、ト宣テ、二ノ乳ヲ搆リ給フニ、其ノ汁、遙ニ至テ仏ノ御口ノ中ニ入ヌ。摩耶、此ヲ見テ喜ビ給フ事无限シ。其ノ時ニ世界大ニ震動ス。摩耶、文殊ト共ニ仏ノ御許ニ至リ給ヒヌ。仏ノ、母ノ来リ給フヲ見給フテ、又喜ビ給フ事无限シ。母ニ向テ申シ給ハク、永ク涅槃ヲ修シテ世間ノ楽苦ヲ離レ給ヘ、ト、摩耶ノ為メニ法ヲ説キ給フ。

十巻本釈迦譜巻七(16)　釈迦母摩訶摩耶夫人記

〔Ⅰ′〕仏在忉利天歓喜園中波利質多羅樹下。三月安居。（中略）仏告文殊。汝詣母所道我在此。願母暫屈礼敬三宝。文殊即往宣白摩耶。摩耶聞已乳自流出。而作此言。若審我所生悉達多者。当令乳汁直(置)至於(其)口。作此語已。両乳湩出猶白蓮花。而便入於如来口中。時摩耶見已踊躍怡悦如花開栄。大千世界普皆震動。諸妙花果非時敷熟。即語文殊。我従与仏為母子来。未曾如今日也。即与文殊倶趣仏所。世尊遙見母来。如須弥山鼓動之相。便以梵音而白母言。身所経処与苦楽倶。当修涅槃永離苦楽。摩耶一心五体投地。専精正念結使消伏。仏為説法摩耶聞已。即識宿命善根純熟。破八十億熾然之結得須陀洹果。即白仏言。生死牢獄已証解脱。時会大衆聞此語已。異口同音而作是言。願一切衆

摩耶ノ、法ヲ聞テ宿命（シュクミャウ）ヲ悟テ、八十億ノ煩悩ヲ断ジテ忽ニ須陀洹果ヲ得給ツ。摩耶、仏ニ白シテ言サク、我レ既ニ生死ヲ離レテ解脱ヲ得タリ、ト。時ニ其ノ座ノ大衆、此ノ事ヲ聞テ皆異口同音ニシテ、仏ニ白テ言サク、願ハ仏、一切衆生ヲ皆如此ク解脱ヲ得シメ給へ、ト。仏、又、一切衆生ノ為ニ法ヲ説給フ。如此クシテ三月、忉利天ニ在マス。

（I、125・15—126・14）

生皆得解脱。爾時世尊於忉利天。為衆広説大有利益。至三月尽将欲還下。

（五十、54b—c）

本文〔I〕はまず概括し、仏陀の教化にふれて、つづく「母ヲ教化セムガ為ニ」句の補入を誘う。罪なき身のみ昇り得る忉利天（トウラーヤストウリンシャ）上の幻想は、『釈迦譜』巻七⒃においては、深紅色の花が咲き、珊瑚のように見えるという宇宙樹波利質多羅樹（パーリジャータ）や光明の中の蓮花がインド的に華やぎ、蓮花は感性的に思想を感じさせもする。本文〔I〕はこれらの天上の幽雅をほとんど省き去るが、自身『釈迦譜』に直接するか、以前に直接した在り方をのこすか、これは疑い得ないであろう。「願ハ今、……我ヲ見、法ヲ聞キ、三宝ヲ敬礼シ給へ」句は、『経律異相』巻七⑶や『法苑珠林』巻五十（五十三、664a）に見えず、『釈迦譜』には存する句を通じて、その「三宝」を開こうとした意識が半ばにして流れたのであろう。「文殊、仏ノ教勅ヲ受テ……」句は、『摩訶摩耶経』の「爾時文殊師利童子。受仏教勅。即便往至摩訶摩耶所」（十二、1005b）と偶合するが、抄物か何らかの夾入の在り方でこれを通った残片をとどめるか、いま保留する。つづく摩耶の言、「我ガ閻浮提ニシテ生ゼシ所ノ」句の「閻浮提ニシテ」は、前後に省かれ補われる中の補われる一つであるが、この「閻浮提」（gambudvīpa、須弥山（スメール）（妙高山））の南の中心に閻浮茂るわれわれ人間の住み処（か）がある。そして、「乳ノ汁」、かの古日本語「母乳汁（おものちしる）」（『古事記』神代）のうけひがある。このうけひにおいて、乳汁・乳房のふしぎは、「祖子ノ悲ミ深キ」（巻四(1)）、「母子ノ道」（巻二十(31)）の表現類型であって、

（般沙羅王后）云ク、汝等五百人ハ此レ皆我ガ子也。……汝等若シ此ノ事ヲ不信ズハ、各口ヲ開テ我ニ可向シ。我ガ乳ヲ按ムニ、其ノ乳自然ラ汝等ガ毎口ニ可入シ、ト誓テ乳ヲ按ニ、……毎口ニ各同時ニ入ヌ。

（巻五(6)、I、357・2―6）

これは用語も共通する同型である。『雑宝蔵経』巻一(9)・『法顕伝』（五十一、861c〜862a）・『大唐西域記』巻七（同、909a）等に通じ、『八幡愚童訓』上その他にも見えるであろう。トルコの片田舎で、放牧の後、仔羊が必ずその母羊の乳房にかえる、と牧人の語るのを耳にしたこともあった。ないし、また、竜王夫婦が、金翅鳥（ガルダ）に取られて死んで閻浮提中に生まれて太子となったその子と会し、

……竜（王婦）有神通。知是其子。両乳（汁）流出。命之令坐而問之言。汝是我子。捨我命終。生存何処。菩薩亦自識宿命。知是父母而答母言。我生閻浮提上。為大国王太子。……

（『大智度論』巻十二、二十五、151c）

と展開するのと基本的に通じるであろう。たまたまこの類話にのこる「閻浮提」の話が、平安教団・貴族知識階級の複雑な伝えの間から、本文〔I〕のその補いに無意識的に顕われたであろう微妙は措いて、三島大明神の物語、すなわち、長谷観音の申し子、鷲にさらわれた子とその母との乳房の物語（『神道集』巻六(1)）のふしぎも同様であった。西域、天山南路、かの和田（コータン）の古き都の、毘沙門天の「乳」とその子との「鼠墓」（「鼠壌墳」）の物語（『大唐西域記』巻十二・『分考』巻五(17)）、コータン東方ダンダン・ウィリク出土の聖鼠伝説やかの桑蚕西漸伝説の板絵とともに偲ばれるそれと、ひろくはまた通じるべきであろう。南方熊楠もつとにかの「十二支考」などに思った物語で、それはあった。別に、「（母后）三ツノ夢ヲ見ル。二ツノ乳房割ケテ血流レ出ヅ。……二ツノ乳宇津々仁

流レタリ。怪ビ歎ク間ニ、……」（『三宝絵』上⑾、薩陲太子物語、「……夫人両乳忽然流出。念此必有変怪之事」『金光明最勝王経』巻十）の類は、乳房の変を通じて失子の想を生じる。方向は異なっても、「感激乳流」（『同経疏』巻六）、母子の「感激」においては同じい。

「乳ノ汁」が現世をあかしした。摩耶は花咲み（はなえみ）に咲み栄えた。仏陀におもむいた。そして、法（ダルマ）は血より濃い。仏陀は彼女に法を説き、乳のあかしした母子の血を、まのあたり法がつつみ超える。「宿命」は『今昔』唯一の語、シュクミヤウと訓むべきか、仏典語として、前世からの深い生命・生活というような意なのであろう。「経〈『大般若経』〉、是諸天人。自識宿命。皆大歓喜」（『大智度論』巻八、二十五、118a）。特に「大乗」は説法を乞い、仏陀は「為衆広説」した。本文〔I〕に「一切衆生ノ為ニ」とするそれは、『摩訶摩耶経』に「於忉利天。為諸八部及以四衆。種種説法」（十二、1008b）、『経律異相』巻七⑶には「広化天人」（五十三、33a）とまとめる。「一切衆生ノ為ニ」とは訳しすぎるであろう。そのためにこそ、仏陀は、「将欲還下」、閻浮提へ下ろうとするからである。

（1）『大智度論』のこの物語を、「鷲の捨子」型の遠い源流の、仏教化したヴァリエイションに数え得る。なお、新潮日本古典集成『今昔物語集　本朝世俗部　二』付録「鷲の捨子」（川端善明・本田義憲）参照。

今昔物語集巻二⑵	十巻本釈迦譜巻七⒃
〔II〕仏、鳩摩羅ニ告テ宣ハク、汝ヂ閻浮提ニ下テ可語シ、我レハ不久ズシテ涅槃シナムトス、ト。鳩摩羅、仏ノ教ヘニ随テ閻浮ニ（ママ）下テ仏ノ御言ヲ語ルニ、衆生皆、此ヲ聞テ愁ヘ歎ク事无限シテ云ク、我等、未ダ仏ノ在マス所ヲ不知リツ、今、忉利天ニ	〔II′〕命鳩摩羅。汝今可下至閻浮提語言。如来不久当入涅槃。于時衆生聞是語已。極大愁悩作如是言。我等頃来不知大師所在。今者乃在忉利天上。又不久復欲入涅槃。

在ト聞ク。喜ビ思フ所ニ、不久シテ涅槃ニ入リ給ヒナムト為ナリ。願ハ衆生ヲ哀ミ給ハムガ為ニ、速ク閻浮提ニ下リ給へ、ト。鳩摩羅、忉利天ニ返リ昇テ衆生ノ言ヲ仏ニ申ス。仏、此ノ言バヲ聞キ給テ閻浮提ニ下ナムト思ス。

爰ニ、天帝釈、仏ノ下リ給ハムト為ヲ空ニ知(しら)シテ、鬼神ヲ以テ忉利天ヨリ閻浮提ニ三ノ道ヲ造ラシム。中ノ道ハ閻浮檀金、左ノ道ハ瑠璃、右ノ道ハ馬脳、此等ヲ以テ各厳レリ。其ノ時ニ、仏、摩耶ニ申シ給ハク、生死ハ必ズ別離有リ。我、閻浮提ニ下テ不久シテ涅槃ニ可入シ。相ヒ見ミム事、只今許也、ト。摩耶、此ヲ聞テ涙ヲ流シ給フ事无限シ。仏、母ト別レ給テ、此ノ宝ノ階ヲ歩テ若干ノ菩薩・声聞大衆ヲ引将テ下リ給フニ、梵天・帝釈・四大天王、皆左右ニ随ヘリ。其ノ儀式可思遣シ。

閻浮提ニハ、波斯匿王ヲ始テ若干ノ人、仏ノ階ヨリ下リ給フヲ喜テ、階ノ本ニ皆並居タリ。仏ハ階ヨリ下リ給ヌレバ、祇薗精舎ニ返リ給ヒニケリトナム語リ伝ヘタルトヤ。

（I、126・15―127・11）

何其苦哉世眼将滅。我等罪身天人殊絶。無由昇天恭敬勧請。唯願仁者為宣啓請。唯願愍念閻浮提人。時速還下。時鳩摩羅還至仏所具以白仏。爾時世尊聞此語已。放五色光明照耀顕赫。時天帝釈知仏当下。即使鬼神作三道宝階。中央閻浮檀金。左用瑠璃。右用馬瑙。欄楯彫鏤。極為厳麗。仏語摩耶。生死之法会必有離。我今応下還閻浮提。不久亦当入於涅槃。摩耶垂涙説偈。爾時世尊与母辞別下躡宝階。梵天執蓋乃四天王侍立左右。四部大衆歌唄讃嘆。天作妓楽充塞虚空。散花焼香導従来下。閻浮提王波斯匿等一切大衆集在宝階稽首奉迎。仏還祇洹処師子座。四衆囲繞歓喜踊躍。

（五十、54c―55a）

本文〔II〕は基本的に『釈迦譜』巻七[16]に由るか、それに由る在り方をのこすか、要するに、『釈迦譜』を通して展開している。ただし、「鳩摩羅、仏ノ教ヘニ随テ閻浮ニ下テ仏ノ御言ヲ語ルニ」句は『釈迦譜』に見えず、『摩訶摩耶経』巻上に「時鳩摩羅。受仏勅已下閻浮提。周遍宣示一切諸図。并説如来所授之偈」（十二、1008b）とあって、偶合にしては細部が近い。前文、本文〔I〕の「文殊、仏ノ教勅ヲ受テ」句などとともに『摩訶摩耶経』巻上をなごりし得ることにふれて、いま保留する。そして、その鳩摩羅は『摩訶摩耶経』巻上に「王舎城中大臣之子、名鳩摩羅」（十二、1008b）とする。これを「童子の義。弁才第一」の仏弟子と注する（大系本頭注）のは誤り、「拘摩羅迦葉（童子迦葉、『増一阿含経』巻三・『阿羅漢具徳経』、kumāra-kassapa, kumāra-kaśyapa）は「舎衛国人」（『一切経音義』巻二十六）であって、マガダ国人ではない。マガダ国の都したのが、かの「王舎城（ラージャグリハ）」（現ラージギル附近、ビハール州都パトナ東南）である。「汝らよ、この人を見よ」、托鉢するシッダールタを見て、国王頻婆娑羅（ビンビサーラ）が臣下らにこう語ったという、その都である。

原意、天上の出会尽きて、仏陀は還り下ろうとする。仏陀の所在は知ったが、罪あるゆえに天上に昇り得ない人びとがその還下を乞うのを聞いて、仏陀は光明を放つであろう。本文〔II〕に「仏、此ノ言バヲ聞キ給テ閻浮提ニ下ナムト思ス」と、仏意をはじめて、かつ光明の幻想を欠いて表現したのは、原意に及ばない。「天帝釈……空ニ知シテ」、「知シテ」は敬語表現シラシテであろう。「天帝釈来テ……去給ヌ」（巻一(4)、I、64―11）、「大梵天王来テ……申シ給フ」（同(7)、I、71―9―10）のような場合もあった。帝釈が鬼神に命じて三道の宝階を造らせる。「閻浮檀金（えんぶだごん）」、「……洲上有此樹（閻浮樹）林。林中有河。底有金沙。名為閻浮提金」（『大智度論』巻三十五、二十五、320a）、「……閻浮提金の日の沈み行く」（与謝野晶子）、そして「瑠璃」vaiḍūrya、「瞻部洲空似吠瑠璃色」（『倶舎論』巻十一、二十九、57b）、紺瑠璃・紺青色、「瑠璃の地と人も見つべし……」（和泉式部）、そして『鳥脳』、瑠璃、美しい赤褐色・白色などの縞文様ある宝石。「相ヒ見ミム事、只今許也」、これは本文〔II〕自身の補入した強調か、「后ノ云ク、我レ師ニ会奉テ見奉ラム事、只今許也」（巻三(25)）、「(仏宣ハク）汝ヂ我レヲ見ム事、只今也」（巻三(30)、『打聞集』(12)欠）、和文性の補入であった。

仏陀は近く涅槃に入るべきを告げて、母と別れてその階を下り、本文〔II〕は、仏陀を迎える人びとのよろこびを訳出して終る。仏陀の所生への報恩と、かねて一切衆生への慇念と、『摩訶摩耶経』は、その天上の別離の、仏陀の死をめぐる母子の歌につづいて、このことにふれるであろう。『今昔』の場合、天上から下る行列は華やがず、(2)「其ノ儀式(3)可思遣シ」文は、原典を拙く簡略してその具象を失った。仏陀は祇園精舎に還ったと物語られる。

（2）行列の表現において、『釈迦譜』の「四部大衆」は、『今昔』が別に「四部ノ衆有リ、比丘・比丘尼・優婆塞・優婆夷也」（巻四(1)）と言う如くである。いま、本文〔II〕、「若干ノ菩薩・声聞大衆ヲ……、梵天・帝釈・四大天王、皆左右ニ随ヘリ」とするのは、巻一(13)（I、82・1—2）などに類する。『大智度論』巻四には、四衆を声聞道とし、菩薩摩訶薩を菩提薩埵道とする。

（3）仏陀の「巍々」とした「儀式・作法」（巻一(13)）、南都・北京等の「厳重」の諸「儀式・作法・舞楽ノ興」の類も散見する（巻十二(3)(6)(9)(10)(14)(24)等）。古は三千の威儀が行われたのであろうか。「……三世諸仏の説法の儀式もかくやと歓喜の涙とどめがたし。……いとおもひやられて、……」（旧三条西家本『栄華物語』音楽）・「儀式ありさまこまかならねど、思やりてありぬべし」（同、楚王のゆめ）、「御湯殿の儀式有様、……書きつづけずとも思やるべし」（『狭衣物語』巻四）等々、貴族社会の常套の類型でもあった。

別に『仏昇忉利天上為母説法経』（竺法護訳）があり、全く内容を異にする。仏陀の死とも結ばない。同じくこれと結ばない、忉利天上の摩耶への説法の比較的簡素な形が、『雑阿含経』巻十九(506)・『撰集百縁経』巻九(86)・『雑宝蔵経』巻一(5)等に見え、『百縁経』は三道宝梯を併有する。なお、この階梯は、別に「金・銀・水精ノ三ノ階」（『今昔』巻六(5)）というように、優塡王（ウダヤナ）瑞像伝説を分かち、奇しくも鳩摩羅什（クマーラジーヴァ）父子伝説(4)とも結ぶ。ちなみに、「鬼神」による架橋は古日本の著名の伝承にもあった。

（4）小稿「和文クマーラヤーナ・クマーラジーヴァ物語の研究」（奈良女子大学文学会「研究年報」VI、一九六三）→本書所収。

為仏作三道宝階、還閻浮提。もとより、伝承複合しながら理想化された物語であった。この物語は、巻三(33)仏入涅槃給後摩耶夫人下給語第卅三と交感する。

V　釈迦族滅亡物語

巻二　流離王殺釈種語第廿八

『今昔物語集』巻二(28)流離王殺釈種語第廿八は、釈迦族(シャーキャ)仏陀の故国（都、迦毘羅衛城(カピラヴァストゥ)）が、中インドの大国、拘薩羅国(コーサラー)（都、舎衛城(シュラーヴァスティ)）の波斯匿王(プラセーナジト)、「我今自啼於仏法……」（『中阿含経』巻五十九、『法荘厳経』巻六十一、『愛生経』）、篤信とされるこの王の、庶腹の子毘琉璃王(ヴィドウーダバ)に滅ぼされた歴史的事実を負う。仏陀晩年のことであった。『今昔』巻二(28)本文は、かなり複雑な口がたりを通った漢字片仮名交り和文化資料に加えて、原拠『長阿含経』という、事実は『増一阿含経』巻二十六(2)（二、６９０ａ～６９３ｃ）と見るべき漢訳を引く、十巻本『釈迦譜』巻七(18)釈迦種滅宿業縁記第十八に基本的にその大部分を依る、ないし、それに由る在り方をのこす。従来出典とされた『経律異相』第七(12)琉璃王滅釈種は五巻本『釈迦譜』巻二(18)を簡略したものであるが、これは出典とは認められない。巻二(28)本文の中には文意少しく明瞭を欠く幾箇所かもあるが、これらも、これらが十巻本『釈迦譜』に依る、ないし由る在り方をのこすべき理由のみにおいて解かれるのである。

『今昔』において、また、十巻本『釈迦譜』において、その限りにおいてはそうである。ただし、ここには、さらには、これらより詳しい類話が先行していたのであった。すなわち、『根本説一切有部毘奈耶雑事』巻八・九が綏々としてつづる、悪生太子（悪生王・『今昔』流離王）の「誅滅釈種」（二十四、３３９ｂ）のそれである。対応はしないが、類同の若干を見出す。

今昔物語集巻二(28)　琉離王殺釈種語

〔I〕今昔、天竺ノ迦毗羅衛国ハ仏ノ生レ給ヘル国也。仏ノ御類皆ナ其ノ国ニ有リ。此ヲバ釈種ト名ケテ、其ノ国ニ人ニ勝レテ家高キ人ト為ル、此レ也。惣テ五天竺ノ中ニハ迦毗羅国ノ釈種ヲ以テ止事无キ人トス。其ノ中ニ釈摩男ト云フ人有リ、国ノ長者トシテ智恵明了ナル事无限シ。然レバ、此ノ人ヲ以テ国ノ師トシテ、諸ノ人、物ヲ習フ。

　其ノ時ニ、舎衛国ノ波斯匿王、数ノ后有リト云ヘドモ、迦毗羅衛国ノ釈種ヲ以テ后ト為ムト思テ、迦毗羅衛国ノ王ノ許ニ使ヲ遣テ云ク、此ノ国ニ数ノ后有リト云ヘドモ皆下劣ノ輩也。釈種一人ヲ給ハリテ后ト為ム、ト。迦毗羅衛国ノ王、此ノ事ヲ聞テ諸ノ大臣及ビ賢キ人ヲ集メテ議シテ云ク、舎衛国ノ波斯匿王、迦毗羅国ノ釈種ヲ得テ后ト為ムト申タリ。彼ノ国ハ此ノ国ヨリハ下劣ノ国也。譬ヒ后ニ為ムト云フトモ何デカ其ノ国ヘ遣ラム。然レドモ不遣ズハ、彼国威勢有ル所ナレバ来テ責ムニ、更ニ可堪キニ非ズ、ト議シ、定メ煩フ程ニ、一人ノ賢キ大臣ノ云ク、釈摩男ノ家ノ奴婢某丸ガ娘形貌端正也。其ヲ釈種ト名付テ遣サムニ何ゾ、ト。大王ヨリ始メ諸ノ大臣、此レ吉キ事也、ト定ツ。

十巻本釈迦譜巻七(18)　釈迦種滅宿業縁記

〔I′〕爾時波斯匿王。新紹王位便作是念。我今新紹王位。先応取釈種家女。即告一臣曰。往迦毘羅衛。（中略）又語彼釈種。欲取釈種女。設与我者抱徳無已。若見違者当以力相逼。大臣受教。往告迦毘羅衛国。爾時釈種五百人集在一処。是時大臣至釈種所具宣王言。釈種聞已極懐瞋恚。吾等大姓。何縁当与婢子結親。其衆中或言当与。或言不可与。爾時摩訶男語衆人言。（中略）我今躬自当往。与（共）相見説此事情。時摩訶男家中婢生一女。面貌端正世之希有。沐浴此女与著好衣載羽葆車。送与波斯匿王言。此是我女。可共成親。時波斯匿王。得此女（己）極懐歓喜。即立此女為第一夫人。（未続）時此夫人到此数日而身懐妊。後生一男児。端正無雙世之殊特。（中略）名曰流離。時波斯匿王愛此

仍テ彼ノ奴婢ノ娘ヲ荘リ立テヽ、此レ釈種、ト云テ遣シツ。舎衛国ノ波斯匿王、此ヲ受ケ取テ見ルニ、端正美麗ナル事无限シ。其ノ国ノ数ノ后ヲ校ブルニ、此ハ可当キニ非ズ。然レバ、王、此ヲ傅ク事无限シ。名ヲバ末利夫人ト云フ。

カヽル程ニ二人ノ子ヲ生ズ。其ノ子、八歳ニ成ルニ、心聡敏ナレバ、迦毗羅衛国ハ母后ノ本ノ国ナレバ睦シ、又、智恵モ他国ニ勝レタリ。其ノ中ニ釈摩男ト云フ者有ナリ、智恵明了ニシテ福徳殊勝也。聞ケバ、瓦石モ彼レガ手ニ入レバ金銀ト成ルナリ。然レバ国王ノ大長者ト成シ、又、国ノ師トシテ、諸ノ釈種此レニ随テ物ヲ習フ。此国ニハ彼レト等シキ者无シ。又、汝モ同ジ釈種ナレバ、行テ彼レニ可習キ也、ト云テ、出シ立テ遣ル。大臣ノ子ノ同程ナルヲ副ヘテ遣ス。彼ノ国ニ行キ至テ見バ、城ノ中ニ一ノ新ク大ナル堂有リ、其ノ内ニ釈摩男ガ座、横サマニ高ク立タリ。其ノ向ヒニ諸ノ釈種ノ物習フ座ヲ立タリ。其ヨリ去テ釈種ニ非ヌ諸ノ人ノ物習フ座ヲ立並ベタリ。

其ノ時ニ、波斯匿王ノ子、名ヲバ流離太子ト云フ、釈種ノ座ニ、我レモ釈種也、ト思テ登ヌ。諸ノ人、此ヲ見テ云ク、彼ノ座ハ、諸ノ、釈種ノ、大師釈摩男ニ向テ物習ヒ給フ座也。君ハ波斯匿王ノ太子也ト云ヘドモ、此ノ国ノ奴婢ノ娘ノ子也。何デ

琉璃（流離）太子未曾去前。年向八歳。王告之曰。汝今已大。可詣迦毘羅衛学諸射術。是時波斯匿王給諸使人（使諸）。乗（白）大象。往詣釈家（種）至摩訶男言。波斯匿王使我至此学諸射術。唯願祖父母。事事教授。時摩訶男報言。欲学術者善可習之。是時摩訶男釈種。集五百童子使共学術。時琉璃太子共学射術。爾時迦毘羅城中新起一講堂。（中略）是時釈種（時諸）即於堂上。（中略）是時琉璃太子往至講堂。即昇師子之座。時諸釈種見之。極懐瞋恚。即前捉臂逐出門外。各共罵之。此婢生物敢入・座（中座）。撲之著地。是時琉璃太子即従地起。長歎息而視（柊）後。是時有梵志子。名曰好苦。琉璃太子語好苦梵志子曰。此諸釈種罵（捉）我毀辱。乃至於斯。我後紹王位時。汝当告我此事。是時好苦梵志子報曰。如教。是時波斯匿王命終。便立琉璃太子為王。時好苦梵志（往）至王所而作是説。王当憶本

カ忝ク此ノ座ヲ穢スベキ、ト云テ、追ヒ下シツ。流離太子、此レ極タル耻也、ト思ヒ歎テ、此ノ具シタル大臣ノ子ニ語テ云ク、此ノ座ヨリ追ヒ下サレヌル事、本ノ国ニ更ニ不可令聞ズ。我レ若シ本国ノ王ト成ム時、此ノ諸ノ釈種ヲ可罸也。其ノ前ニ、此ノ事、口ノ外ニ不可出ズ、ト契リ固メテ、本国ニ返リヌ。

其ノ後、波斯匿王死ヌ、流離太子、国ノ王ニ即ヌ。此ノ具タリシ大臣ノ子、大臣ニ成ヌ、名ヲバ好苦ト云フ。流離王、好苦ニ相語テ云ク、昔シ迦毗羅衛国ニシテ語ヒシ所ノ事ノ今ニ不□ズ。今釈種ヲ罸チニ、彼ノ国ヘ可行向キ也、ト云テ、国ノ兵数不知ズ発シテ、迦毗羅衛国ニ行向フ。

（Ⅰ、170・3―171・16）

（諸）釈所毀辱（不）。時琉璃王報曰。我憶本事。時琉璃王興起瞋恚。勅諸群臣。汝等速厳駕集四部兵。吾欲往征釈種。諸臣即受王教。令即雲集四種之兵往至迦毘羅越。

（五十、56a―c）

本文〔Ⅰ〕は、『増一阿含経』巻二十六(2)・『釈迦譜』巻二・七(18)、『経律異相』巻七(12)等をはじめ、既見の一切に直接対応しない。少しくあらわな和文的和語的要素からも、仮名書自立語「カカル」の存在などからも、口がたりの想像力を通った先行和文化資料が予想さるべきであろう。その口がたりは上記の仏典仏書も基礎的に培ったと考えられるであろうが、かなり多様な変化を経験していた。釈種のひとり、「釈摩男」と後出「釈訶男」とは、『増一阿含経』巻二十六(2)にはすべて「摩呵男（釈）」、『釈迦譜』にはすべて「摩訶男（釈）」とあって、「釈摩男」は見えない。しかし、「釈摩南」（『五分律』巻二十一、二十二、141a）をはじめ、「釈摩男(南)」（『六度集経』巻五、三、31a）・「釈摩男」（『義足経』巻下、四、188c）、また、「貴族釈摩男」（『琉璃王経』、十四、784

a）が見え、[1] 阿那律（アヌルダ）と兄弟である。ただし、また、「甘露飯王有二子、摩訶男・阿泥盧豆」（『大智度論』巻三、二十五、83c）などともあった。この間、少しくわからない。

（1）赤沼智善『印度仏教固有名詞辞典』、一部訂。大系本、「釈摩男」頭注に「下文に『摩訶男』と見える。同名異人については……」とあるが、判然としない。

ついで、末利（マリカー）夫人をめぐる伝えは複雑にのこり、[2] いま、たとえば、『琉璃王経』に父母を波斯匿王・后末利とする（十四、783c）ような伝えの流れを容れたのであろう。「二人ノ子」、口がたりを通ってのこることば見られるが、祇陀（ジェータ）・琉璃（「太子祇陀・祇弟瑠璃」『法句譬喩経』巻一、四、583a、等）ふたりをいうであろう。祇陀は、須達とともに、祇園精舎建立ゆかりのひと（『今昔』巻一(31)）、のち、瑠璃王に殺される。「（聞ケバ）瓦石モ彼レガ手ニ入レバ金銀ト成ルナリ」、この助動詞「ナリ」はもとより確定ではなくて伝聞のこころであるが、この世諺めくものが釈摩男と結ぶのには、特に「如大経中釈摩男執諸瓦礫皆悉成宝」（『止観輔行伝弘決』巻九之三、四十六、422a）のような伝えが、口がたられていたにちがいない。「神通人能変瓦石皆使為金」（『大智度論』巻三十二、二十五、298b・『往生要集』巻上大文第四）、「執諸瓦石変成金銀」（『摩訶止観』巻九之上、四十六、124a）、「昔執小典為極。如執瓦石為金宝。今翫法華待真金色」（『法華伝記』巻六、五十一、76b）、「能令瓦礫変成金」（『当麻曼荼羅供式』・『女院聞書』巻上）、「変沙石為金銭」（『傀儡子記』）、ないし「能令人畜代形瓦礫為金銀」（『酉陽雑俎』巻下、十二ウ）の類の如くであろう。[3]

「波斯匿王ノ子、名ヲバ流離太子ト云フ」、この名の初出する位置が大臣好苦（「好苦」『増一阿含経』巻二十六・『釈迦譜』）、「（好）苦行」（『経律異相』）のそれとともに不安定なのは、口がたりのなごりと書記性との間に齟齬をのこしたのであろう。彼れが「耻」ぢて本国には秘すべきを語ったのも、口がたりの間の変化のなごりであった。やがて、「国ノ兵……迦毗羅衛国ニ行向フ」、巻十(31)「彼ノ国ニ向ハムヨリハ……」（II、318・10）・「員不知ズ軍ヲ引将テ行向テ」（II、319・14）、巻二十五(1)「多ノ兵ヲ具シテ行向ニ、……」（VI、365・9）、等。軍記物語を思わせる表現にも出会うのである。

（2）鞞留羅(ヴィドゥーダバ)は波斯匿王・末利皇后の間の子と言い（『中阿含経』巻六十、愛生経）、波斯匿王妃勝鬘(マリカー)夫人（末利）は悪生(ヴィドゥーダバ)の母と言う（『毘奈耶雑事』巻七、二十四、234a—236b）。《Dhammapada Atthakatha》I.には、琉璃王の母を摩訶那摩とその下婢との間に生まれた行雨とし（『印度仏教固有名詞辞典』）、《Jātaka》No. 465序分にも同じい、複雑な伝えがあった。『毘奈耶雑事』にも、勝鬘が、「大名（釈子）駆使之人」か「大名女」か、その実を問われて「女乃黙念」とある。「有人言。末利。是釈摩男家庶女也」（『勝鬘宝窟』巻上本、三十七、10b）とも言い、「波斯匿王及末利夫人」をめぐって「勝鬘夫人。是我之女」とも語られる（『勝鬘経』、十二、217a）。なお、「末利夫人」は『今昔』巻三(14)(19)にも見える。

（3）特に摩訶男と結んで、日蓮遺文にも散見する（『昭和定本』No.26・185・234・338・1653等）。

つづく本文〔II〕。

今昔物語集巻二(28)	十巻本釈迦譜巻七(18)
〔II〕其ノ時ニ、目連、此ノ事ヲ聞テ仏ノ御許ニ参テ言サク、舎衛国ノ流離王、釈種ヲ殺セムガ為ニ数不知ヌ兵ヲ具シテ此ノ国ニ超(ママ)ヘ来ル。多ノ釈種ハ皆被殺ナムトス、ト。仏ノ宣ハク、可被殺キ果報ヲバ何ガ為ム、我レ力不及ズ、トテ、仏、流離王ノ来ラムト為ル路辺ニ行向ヒ給テ、枯タル樹ノ下ニ坐給ヘリ。流離王、軍ヲ引将テ迦毗羅城	〔II′〕爾時衆多比丘聞琉璃王往征釈種。具白世尊。是時世尊聞此語已。即往逆琉璃王。便在一枯樹下無有枝葉。於中結(ママ)加趺坐。時琉璃王遥見世尊。即下車礼足在一面立。爾時琉璃王白世尊言。更有好樹樹(枝葉)枝繁茂。何故在此枯樹下坐。世尊告曰。親族之蔭故勝外人。是時琉璃王便作是念。今日世尊故為親族。吾不応往征。宜可斉此還帰本土。（五十、56b—c）

ニ入ラムト為ルニ、遙ニ仏ノ独リ坐給ヘルゾ見奉テ、車ヨリ忩ギ下テ礼シテ仏ニ白テ言サク、仏、何ノ故ニ枯タル樹ノ下ニ坐給ヘルゾ、ト。仏ノ宣ハク、釈種ノ可亡ケレバ其ニ依テカカル枯タル樹ノ下ニ坐スル也、ト。流離王、仏ノ如此ク宣フニ憚テ、軍ヲ引テ本国ニ返ヌ。仏モ霊鷲山ニ返リ給ヌ。

其ノ後、程ヲ経テ、好苦梵志、流離王ニ申サク、尚此ノ釈種ヲ可被罸也、ト。王、此ノ事ヲ聞テ更ニ兵ヲ集メテ本ノ如ク迦毗羅城ニ趣ク。其ノ時ニ、目連、仏ノ御許ニ詣テ言サク、流離王ノ軍又可来シ。我レ今、流離及ビ四種ノ兵ヲ他方世界ニ擲ゲ着ム、ト。仏ノ宣ハク汝ヂ釈種ノ宿世ノ報ヲバ豈ニ他方世界ニ擲ゲ着ムヤ、ト。目連ノ云ク、実ニ宿世ノ報ヲバ他方世界ニ擲ムニ不堪ズ、ト。目連、又、仏ニ白テ言サク、我レ今、此迦毗羅城ヲ移シテ虚空ノ中ニ着ム、ト。仏ノ宣ハク、釈種ノ宿世ノ報ヲバ虚空ノ中ニ着ムヤ、ト。目連ノ云ク、宿世ノ報ヲバ虚空ニ着ムニ不堪ズ、ト。又言サク、

毘奈那雑事巻八

〔II′〕(悪生王)誅滅釈種。(中略)世尊大師無不知見。知諸釈子必定喪亡。於両国界大路之側。在小樹下、無多枝葉、端身而坐。時悪生王遥見世尊、即詣其所自言。(中略)此樹少葉少蔭云何可住。仏言。大王、親族陰涼樹何足顧。(中略)是時悪生親領四兵。於劫比羅城不遠而住。具壽大目連詣世尊所。(中略)自仏言。世尊。我聞癡人悪生巌集四兵来誅釈種。(中略)復以神力変城為鉄。以大鉄網遍覆其上。(中略)仏言。我亦知汝有神通力所作皆辨。然由釈種前生業衆、今応受報業若成熟。(中略)仏告大目連。故知世間皆由業力而受其報。(中略)一切衆生皆随業力。善悪須受。于時目連不果所願礼仏去。(二十四、239b—240a)

十巻本釈迦譜巻七(18)

〔II′〕是時好苦梵志復白王曰。王当憶本釈種所辱。王聞此語已。復更集兵復詣迦毘羅越。大目揵連聞琉璃王往征釈種。白世尊言。今日琉璃王往攻釈種。我今堪任。使

我レ鉄ノ籠ヲ以テ迦毗羅城ノ上ニ覆ハム、ト。仏ノ宣ハク、□ノ報、豈ニ鉄ノ籠ニ被覆レムヤ、ト。目連ノ申サク、宿世ノ報ハ□ニ不堪ズ。又申サク、我レ釈種ヲ取テ鉢ニ乗セテ虚空ニ隠サムニ何ゾ、ト。仏ノ宣ハク、宿世ノ報ヲバ虚空ニ隠ストモ難遁カラム、トテ、御頭ノ痛ムデ臥給ヘリ。

（I、172・1—173・1）

琉璃王及四部兵擲著他方世界。世尊告曰。汝豈能取釈種宿縁著他方世界乎。時目連白仏言。実不堪任使宿縁著他方世界。爾時世尊語目連曰。汝還就座。目連復白仏言。我今堪任移此迦毘羅越著虚空中。世尊告曰。汝今堪能移釈種宿縁著虚空中乎。目連報言。世尊我不堪任（不也世尊・）。仏告目連。汝今還就本位。目連復白仏言。唯願聴許。能以鉄籠覆迦毘羅越城上。世尊告曰。云何目連。能以鉄籠覆釈種宿縁乎。目連白仏。不也世尊。仏告目連。釈種今日宿縁已熟。今当受報。

（五十、56c）

『今昔』本文〔II〕の「目連」は『毘奈那雑事』巻八にあらわれ、十巻本『釈迦譜』にはあらわれない。「仏モ霊鷲山ニ返リ給ヌ」文は、読見のすべてに見出し得ず、もとより、霊鷲山（グリドラクータ）は、前記、マガダ国の首都、王舎城（ラージャグリハ）址北東の小高い山であって、この物語の地理と大異する。仏陀がしばしばそこに常在し説法したことを知る故の、『今昔』の誤りと見るべきである。

「好苦梵志」条は、『増一阿含経』巻二十六(2)、特にはこれを簡略所引する『釈迦譜』に細部的にきわめて近づく。冒頭をはじめ、「更ニ」「実ニ」「此迦毘羅城」など、『増一阿含経』、特には『釈迦譜』宋本系に十分近いであろう。目連が計り、しかし仏陀が遁るべくもない宿報を告げる「鉢（パードラ）」のことは、『釈迦譜』本文には仏陀がその宿縁のすでに熟したことを目連に告げたとのみある。もしかりに言えば、その夾註には、『法句譬喩経』巻

二（四、591a）を引いて、

……仏告目連。雖知汝有（是）[ママ]智徳。(4)不能安処舎夷国人。（中略）意雖欲避不得（能）自在。（中略）（目連）[ママ]即取舎夷国人知識檀越四五千人。盛著鉢中。挙著虚空星宿之際。　（五十、58b）

とあり、これは、細部を波すればこの条の末尾に通じ得た。なお、空欄箇所は、一は『毘奈那雑事』の「前出葉累……」にあたり、通じては大系本頭注の如くであろう。

「御頭ノ痛ムデ臥給ヘリ」、これは仏陀生身の苦痛である。後に、この因果が語られる。

（4）「不」字は『法句譬喩経』およびこの『釈迦譜』の所引部に見えないが、『経律異相』に見える。意を以て補う。

今昔物語集巻二(28)

〔III〕流離王及ビ四種ノ兵、迦毗羅城ニ入ル時ニ、諸ノ釈種、城ヲ固メテ弓箭ヲ以テ流離王ノ軍ヲ射ル。流離王ノ軍、釈種ノ箭ニ不当ズト云フ事无シ、皆倒臥シヌ。然レドモ死ヌル事ハ无シ。此ニ依テ、流離王ノ軍、惲ヲ成シテ責メ寄ル事无シ。時ニ、好苦梵志、流離王ニ申サク、釈種ハ皆兵ノ道ニ極タリト云ヘドモ、戒ヲ持テル者ナレバ虫ヲソラ不害ズ、況ヤ、人ヲ殺ス事ヲヤ。然レバ実ニハ不射ザル也。仍テ不惲ズ可責シ、ト。軍、此ノ語ヲ聞テ不惲ズ責メ寄ル時ニ、釈種、防グ事无クシテ皆引テ城ノ内ニ入ル。其ノ時ニ、流離王、城ノ外ニ在（あり）テ云ク、汝等、

十巻本釈迦譜巻七(18)

〔III′〕是時琉璃王往詣迦毘羅越。時諸釈種・集（復）四部之衆。一由旬中往逆琉璃王。是時諸釈一由旬内遙射琉璃王。（中略）或壊幢麾不害其人。是時琉璃王見此事已。便懐恐怖告群臣曰。（中略）是時好苦梵志前白王言。大王勿懼。此諸釈種皆共持戒虫尚不害。況害人乎。今宜前進必壊釈種。是時琉璃王漸漸前進向彼釈種。是時諸釈退入城中。時琉璃王在城外住（・）而告之曰。汝等速開城門。若不爾者尽当殺汝（之）。時迦毘羅越城有釈童子年向十五名曰奢摩。聞琉璃王今在城外（門）。即著鎧持仗

速ニ城ノ門ヲ開ケ。若不開ズ□数ヲ尽シテ可殺シ、ト。

　時ニ、迦毗羅城ノ中ニ一人ノ釈種ノ童子有リ、年十五也、名ヲバ奢摩ト云フ。流離王ノ、城ノ外ニ在(アル)ヲ聞テ、鎧ヲ着、弓箭ヲ持テ城ノ上ニ至テ、独リ流離王ト戦フ。童子、多ノ人ヲ殺シテ、皆、馳散シテ迯ヌ。王恐ル、事无限シ。諸ノ釈種ハ此ヲ聞テ奢摩ヲ呼テ云ク、汝ヂ年少シ、何ノ故ニ我等ガ門徒ニ背ゾ。不知ズヤ、釈種ハ善法ヲ修行シテ一ノ虫ヲダニ不殺ズ、何况ヤ、人ヲヤ。此故ニ汝ヂ速ニ出去ネ、ト。此ニ依テ、奢摩、即チ城ヲ出テ去ヌ。流離王ハ尚、門ノ中ニ在(アリ)テ、速ニ可開シト、云フ。

（Ⅰ、173・2―173・14）


往至城上。独与琉璃往共闘。是時奢(舎)摩童子多殺害人衆(衆人)。各各馳散。（中略）是時琉璃王便懐恐怖。即入地孔避之。時釈種等聞(・)壊琉璃王衆。是時諸釈即呼奢摩童子而告之曰。汝年幼小(年幼小児)。何故辱我等門戸。豈不知諸釈修行善法乎。我等尚不能害(・)一虫(・)蟻(・)命。况復人(命)・耶。（中略）汝速出(・)去不須住此。是時奢摩童子即出国去。是時琉璃王復至門中。速開城門不須稽留。是時諸釈自相謂言。可与開門為不可乎。

（五十、56c―57a）

補入「兵ノ道ニ堪タリト云ヘドモ」は、やはり流離王関係の物語の「釈種皆、弓箭・兵杖ノ道ヲ堪タリト云ヘドモ、……人ヲ殺ス事无シ」（巻三(16)、215）にかよう。「汝ヂ年少シ」など、細部的に『増一阿含経』ないし『釈迦譜』宋本・宮本のそれぞれと同じく、「城ノ外」において『釈迦譜』宋本・宮本系（『増一阿含経』、『釈迦譜』高麗本「門外」）のそれと同じいのみならず、出来事の上から意味を通じない「尚、門ノ中ニ在テ……ト云フ」文も、『増一阿含経』ないし特には『釈迦譜』の「復至門中……」を誤ったはずである。ゆえに、末文「尚門ノ中ニ在テ……ト云フ」を訂するとすれば、「門外」（大系本頭注）ではなくて、まず「在」を「至」に改めるべきであった。なお、「我等ガ門徒」は、『釈迦譜』等の「門戸」（一族、家柄）の意訳か錯覚かであろう。「門徒」

の語ははやく寛平元年七月廿五日太政官符などに仏教語として見え、『今昔』では、他のすべて、外道・仏道いずれかの徒の意に用いられる。そして、本文〔III〕「汝ヂ年少シ」の類はすべて『経律異相』巻七⑿には見出せない。少なくともこれら個々の細部すべてに十分なのは宋本系の『釈迦譜』であって、本文〔II〕の多くが少なくとも『釈迦譜』を経験して成るべきことは確かであった。なお、流離王の「在」三箇所の訓は、敬語（『大系本』）ではなくて、それぞれ「アリ」「アル」「アリ」であるべきである。

今昔物語集巻二⑱	十巻本釈迦譜巻七⒅
〔IV〕(A)其ノ時ニ一ノ魔有□、釈種ノ形ト成テ云ク、汝等釈種、速ニ城門ヲ開ケ、戦フ事无カレ、ト。然レバ、釈種、城門ヲ開ク時ニ、流離王ノ云ク、此ノ釈種極テ多シ。刀釼ヲ以テ害セムニ不能ズ。象ヲ以テ可令蹈殺シ、ト。群臣ニ仰セテ蹈殺サセツ。王、又、群臣ニ云ク、面貌端正ナラム釈種ノ女五百人ヲ撰テ可将来シ、ト。群臣、王ノ仰ニ依テ端正ノ五百ノ女人ヲ王ノ所ニ将詣タリ。王、釈女ニ云ク、汝等、恐レ歎ク事无カレ。我レハ此レ、汝等ガ夫也。汝等ハ此レ、我ガ妻也、ト云テ、一人ノ端正ノ釈女ニ向テ拌ル時ニ、女ノ云ク、大王、此レ何事ニ依テゾ、ト。王ノ云ク、汝ト通ゼムト欲フ、ト。女ノ云ク、我レ	〔IV′〕〔A′〕爾時弊魔波旬作一釈形告諸釈言。汝等速開城門。勿共受困。是時諸釈即開城門。時琉璃王告群臣曰。今此釈衆人民極多。非刀剣所能害尽。悉取埋脚地中。然後使暴象踏殺。爾時群臣受王教勅。即以象踏殺之。時琉璃王勅群臣曰。汝等速選面手釈女取五百人。時諸臣等受王教令。即選五百端正女人将詣王所。〔B′〕是時摩訶男釈至琉璃王所而作是説。当従我願。琉璃王言。欲何等願。摩訶男曰。我今没在水底。随我遅疾。使諸釈種並得逃走。若我出水随意殺之。琉璃王曰。此事大佳。是時摩訶男釈即入水底。以頭髪繋樹根而取命終。是時城中諸釈。従東門出復従(西)南門入。(・)或従南門出還(従)・北門入。是時琉璃王告群臣曰。

今、何ノ故ニカ、釈種トシテ、奴婢ノ生ゼル王ト通ゼム、ト。時ニ、王、大ニ瞋恚ヲ発シテ群臣ニ仰セテ、此ノ女ノ手足ヲ切テ、深キ坑ノ中ニ着ツ。又、五百ノ釈女、皆、王ヲ罵テ云ク、誰カ奴婢ノ生ゼル王ト交通セムヤ、ト。王、弥ヨ瞋テ悉ク五百ノ釈女ノ手足ヲ切テ深キ坑ノ中ニ着ツ。

(B)其時ニ、摩訶男、王ニ向テ云ク、我ガ願ニ随ヒ給ヘ、ト。王ノ云ク、何事ヲ思フゾ、ト。摩訶男ノ云ク、我レ水ノ底ニ没マム。我ガ遅疾ニ随テ諸ノ釈種ヲ放テ逃シ給ヘ、ト。王ノ云ク、願ヒニ可随シ、ト。釈摩男、水ノ底ニ入テ頭ノ髪ヲ樹ノ繋テ死ヌ。其ノ時ニ、城ノ中ノ諸ノ釈種、或ハ東門ヨリ出テ南門ヨリ入ル、或ハ南門ヨリ出テ北門ヨリ入ル。時ニ、王、群臣ニ云ク、何ノ故ニ、摩訶男、水ノ中ニ有テ不出ザルゾ、ト。群臣ノ云ク、摩訶男ハ水ノ中ニシテ死タリ、ト。王、摩訶男ノ死タルヲ見テ悔ル心有テ云ク、我ガ祖父既ニ死タリ、皆親族ヲ愛スル故也、ト。流離王ノ為ニ被殺ル、釈種、九千九百九十九人也。或ハ土ノ中ニ埋ミ、或ハ象ノ為ニ蹈ミ殺ス。其

摩訶男父何故隠在水中如今不出。爾時諸臣聞王教令。即入水中出之。摩訶男已取命終。爾時琉璃王以見摩訶男命終。王方生悔心。我今祖父已取命終。皆由愛親族故。設当知者。終不来攻伐此釈種。是時琉璃王殺九千九百九十万人。流血成河。繞（焼）迦毘羅衛（越）城。往詣尼拘留園中。

〔A″〕是時琉璃王語五百釈女言。汝等慎莫愁憂。我是汝夫。汝是我婦。要当相接。時琉璃王捉一釈女而欲弄之。時女曰。大王欲何所為。時王報言。欲与汝情通。女曰。我今何故与婢生種情通。是時琉璃王甚懐瞋恚。勅群臣曰。速取此女。刖其手足著深坑中。諸臣受教。刖其手足。擲著坑中。及五百女人。皆罵王言。誰持此身与婢生種共交通耶。時王瞋恚。尽取五百釈女。刖其手足著深坑中。是琉璃王壊迦毘羅越已還詣舎衛城。（中略）爾時世尊以天耳清徹聞諸釈女称怨向仏。将諸比丘往至迦毘羅越。時五百釈女遙見世尊将諸比丘来到其辺。皆懐慚愧。（中略）世尊漸与諸女説微妙法。（中略）爾時諸女。塵垢即尽得法眼浄。各於其所而取命終。皆生天上。爾時世尊詣城東門。見城

ノ血流レテ池ト成レリ。城ノ宮殿ヲバ皆悉ク焼失ヒツ。其ノ後、流離王、軍ヲ引テ本国ニ返ヌ。
(C)目連ノ、鉢ニ乗セテ虚空ニ隠シ釈種ヲ取下シテ見レバ、鉢ノ内ニ皆死テ一人生タル者无シ。仏ノ、果報也、可免キ事ニ非ズ、ト宣シ、違フ事无シ。
(D)仏ノ宣ハク、流離王及ビ兵衆、今七日有テ皆死ナムトス、ト。王、此ノ事ヲ聞テ恐怖テ兵衆ニ告グ。好苦梵志、王ニ申サク、大王、恐レ給フ事无カレ。外境ニ忽ニ難无シ。又、灾不発ズ、ト。王、此ノ事ヲ喛メムガ為ニ、阿脂羅河ノ側ニ行テ、群臣・婇女ノ引具シテ娯楽遊戯スル間、俄ニ大ニ雷震・暴風・疾雨出来テ、王ヨリ始テ若干ノ人、皆、水ニ湮テ死ヌ。悉ク阿鼻地獄ニ入ヌ。又、天ヨリ火出来テ城内ノ宮殿皆焼ヌ。被殺ヌル釈種ハ皆天ニ生レヌ、戒ヲ持テルニ依テ也。　（I、173・15―175・8）

中煙火洞然。爾時世尊往詣尼拘留園中坐。告諸比丘。我昔在中与諸比丘説法。如今空虚無有人民。自今已後。如来皆更不復至此。従座起去往舎衛祇樹給孤独園。告諸比丘。今琉璃王及此兵衆。却後七日尽当磨滅。是時琉璃王聞世尊記。聞已恐怖告群臣曰。（中略）如来語言無有二。爾時好苦梵志尋白王言。大王勿生恐懼。今外境無難亦無災変。今日大王快自娯楽。琉璃王言。梵志当知仏言無異。時琉璃王。使人数日至七日頭。王大歓喜踊躍不能自勝。将諸兵衆及諸婇女。往阿脂羅河側而自娯楽。即於彼処卒大雷震非時雲起暴風疾雨。時琉璃王及諸兵衆。（尽）・為水所漂。皆悉消滅。身壊命終入阿鼻地獄。復有天火焼城内宮殿。(D′)爾時世尊以天眼観見琉璃王及四兵衆悉皆命終入地獄中。　（五十、57a―58a）

本文〔IV〕も、B以降、索漠を免れないが、宋本系『釈迦譜』にもっとも近い。

A、釈迦族の女人たちの惨害は、Aに「五百端正女人」「五百釈女」等をもって、一種類に統合されてむしろ安定するが、その「女」各表現は『釈迦譜』をいずれの時いずれの場かにおいて通るべきである。

B、「我ガ祖父」摩訶男（「我今祖父」『増一阿含経』巻二十六(2)・『釈迦譜』）、これは前文〔I〕に彼れの母を「釈摩男ノ家ノ奴婢某丸ガ娘」とするのと齟齬し、これは前文〔I〕の由るところその問題ともかかわっている。ただし、彼れの母、波斯匿王妃すなわちあるいは末利夫人には前記のように複雑な異伝があり、『増一阿含経』・『釈迦譜』にも「摩訶男家中婢生一女」（前文〔I′〕、『経律異相』巻七(12)「家中」ナシ）とあって、その表現自体、「祖父」表現との間に揺れを来たす可能性をすでに十分にもつ、とも言えた。ただし、『今昔』において両表現の間についての意識の在り方は不明である。

「我ガ祖父既ニ死タリ、皆親族ヲ愛スル故也」、祖父の「愛」は、もとより、愛着・執着（大系本頭注）、すなわち渇愛（taṇhā, tṛṣṇā）の類を方向せず、血縁愛（piya）を方向すべきであった。また、鈴鹿本、前後すべて「摩訶男」とあるところにただ一箇所「釈摩男（水ノ底ニ入テ……）」とあるが、『釈迦譜』相当部には「摩訶男釈即入水底……」（五十、57b）とあり、かつ、前後すべて「摩訶男」であって、『今昔』は錯覚したのであろう（大系本不注）。ともかく、この摩訶男がみずからの死をもって釈迦族の逃亡をねがう時、彼らが城門を「或ハ……出テ……入ル」と出入する表現は、『増一阿含経』にはより密に『経律異相』には異なり、『釈迦譜』のみに相当すべきであって、すなわち確かにこれを通るのであった。そして、この城門出入のことは『四分律』巻四十一・『五分律』巻二十一の該当部に見えず、さほど古伝とも見えないが、ともかく、このことの意味は、業（karman, 行為）の果報のゆえにあるいは逃亡できないことを原意とすべきでなくてはならない。釈迦族の惨害の時、『四分律』巻四十一に、「摩訶男釈子」すなわち「琉璃（王）外祖父」が釈迦族にその「昔日業報因縁」をいま受くべきを語ってその救済をねがった（二十二、861c）とあり、また、『有部毘奈那雑事』巻九に、その釈種大名の命過の間に、

……時諸釈種於過去時不同業者。出城而去。（中略）若於昔時同悪業者。雖出東門。南門還入。南門出西門

入。西門出北門入。北門出東門入。諸臣見已而自王曰。今時釈種皆自焼煮。以何得知。諸門出者悉皆還入。

（二十四、241a—b）

とある、このことによってあきらかであろう。この原意が『今昔』において、あるいは『増一阿含経』・『釈迦譜』においてさえ、正確に意識されていたか否かは不明であり、『経律異相』巻七(12)が、『釈迦譜』巻二(18)を通じたはずではあるが、これを「……四門競走」と簡略したのは、あきらかにこの含意を逸していた。もとより、『今昔』が『経律異相』のこの解釈によるべき必然は、無い。そして、「可被殺キ果報」（前文〔II〕）のもとの釈迦族「九千九百九十九人」が殺害された。『釈迦譜』等には「九千九百九十万人」、『日本霊異記』巻下(2)にも「毗瑠璃王報過去怨而殺釈衆九千九百九十万人、以怨報怨」とある。これらの数字が、『今昔』において、誤られたのではなくて改められたのであろう。『今昔』には数字表現が目立ち、(5) それは、『今昔』が数字の宇宙論的象徴性とか神秘性とかを感じえたというよりは、一種の事実性への関心に発したと言うべきであるが、いま、正確には数え得べくもないような状況の下にこの数字が数えられるのは、『今昔』がその単位を改めて、現実的に黙示録的壊滅を表現すべく欲したか、とも想像される。なお言えば、『今昔』には、〝口承文芸〟の数字のカーニバル的世界感覚、「数字のカーニバル的利用」(6) というような方向は無いであろう。「古代、中世の文学は、数字の象徴的、形而上学的、神秘的利用を知っている」(7)、「ラブレーの数字のグロテスクな構造」(8)、ないし「カーニバル的民間伝承と密接している」(9)、「カーニバル的世界感覚」(10) というような方向は無いであろう。ないし、無いに近いであろう。つづいて、「其ノ血流レテ池ト成レリ」、『釈迦譜』「流血成河」、『大唐西域記』巻六、同じく琉璃王物語の「流血成池」（五十一、901b～c）に同じいのは、何らかの口伝を経た偶合であろう。「城ノ宮殿ヲバ皆悉ク焼失ヒツ」、『増一阿含経』巻二十六にも、宋本系「繞」、高麗本系「焼」の異同を見るが、『釈迦譜』宋本・宮本系に「繞……」、すなわち流血河をなして都域をめぐったとあるのを誤ったか、高麗本系に「焼……」とあるのに由って生れたか、このいずれかによるのであった。

C、流離王が本国に還って後、前文〔ⅡA〕末尾に挿まれた目連の「鉢」のことの結末が語られる。前文〔ⅡA〕末尾にその意を通じた、『釈迦譜』の夾註『法句譬喩経』巻二所引部には、つづいて、

> ……仏告目連。汝為往看鉢中人不。（中略）目連以道力下鉢。見鉢中人皆死。（中略）仏告目連。業熟受報。（有業定也。）不可免也。……　（五十、５８ｂ）

とあり、『経律異相』巻七⑿には、所殺九千九百九十万人、流血成河、城を「繞」り、琉璃の軍去って後、『釈迦譜』のこの夾註を引いたにちがいないが、「……目連下鉢。人皆已死」（五十三、３６ｃ）とあって、王の還国はなお後れるとしても、『今昔』本文〔ⅢB〕末尾とCとの連接関係にともかくほぼ類する。これらは、Cが突如『経律異相』に依って挿み、かつ補うというのではない。C自身が『釈迦譜』のこの夾註をここに転位挿入した、と言うことは留保しても、本文〔Ⅲ〕以前に、あるいは『経律異相』をも併せたか否か、『釈迦譜』を確かに通るべき時と場とのあったその在り方をのこす、と言うことを示すようである。もとより、これは前文〔ⅡA〕末尾の「鉢」のことと呼応して、仏陀の直観における業報の問題への関心によると見るべきであった。

迦毘羅衛城の劫火をのぞみ、ふたたびはここに復らないであろうことを告げて、仏陀は舎衛国の祇園精舎へ去る。本文〔ⅢD〕はこれらを省く。流離王に殺されて三十三天に生れた祇陀太子のこと、天衣を以て覆われて法を聞いて命終した釈迦族の女人らの上天のことをも省く[11]。そして仏陀が流離王およびその兵衆の全滅を免れないことを予言する物語をつづけて、釈迦族の「果報」（C）、流離王の悪報（D）に方向を置き、これらを直観する仏陀の言に誤りのないことを結ぶ[12]。その意味においては、D′に仏陀が流離王らの堕地獄を天眼を以て観見するという結着を訳出するのがより安定するかとも思われるが、Dは「阿鼻地獄」類似表現から「悉」をのこしてそれを省略した。そして、前に省いた釈迦族の女人らの上天を少しく唐突に補入した、と想像される。「戒ヲ持テルニ依

テ也」、持戒とは、もとより本文〔IIBC〕のそれを承けた。これらの補入を除いて、『釈迦譜』の近いことはあきらかであろう。

(5) 数えあげるまでもないが、『今昔』にはインド十進法に立つ千人に対して「九百九十九人」という数が見え(巻四(1)・巻五(23))、中には、原話「七万余人」(『法華験記』巻下(110))に直接せず、千人に対するその数が見える場合もある(巻十二(28))。なお、『今昔』には、抽象的ないし感性的な形容詞が少なく、数詞が多い(大系本第二巻補注四三四頁)とも注される。

(6)(7)(8) ミハイル・バフチン『フランソワ＝ラブレーの作品と中世・ルネッサンスの民衆文化』(川端香男里訳)四〇六―七頁。

(9)(10) バフチン『ドストエフスキイ論』(新谷敬三郎訳)一六〇頁。(6)〜(10)の「カーニバル」とは、「此日本には男は十九億九万四千八百二十八人、女は二十九億九万四千八百三十人也」(日蓮遺文『昭和定本』327等、文学作品ではないが)とある類を言うのであろう。

(11) なお、釈迦族の傷残多く、女人らの屍は天衣を以て包まれ(『琉璃王経』)、その死処になお語るものがあり(『義足経』巻下)、童女なお残命した(『毘奈那雑事』巻九)、と言う。諸釈女ら妙三十三天に生れた(『大毘婆沙論』巻八十三)、とも言う。あるいはまた、多くの釈種の女人らは、仏陀が薬水を以て復して受戒し(南本『大般涅槃経』巻十四)、ないし、大迦葉(マハーカーシャパ)が白蓮花を取って聖水をそそいで上天した(『大日経疏』巻十五・『阿娑縛抄』巻三十八・『私聚百因縁集』巻三(25)等)、とも言う。

(12) D文、「今七日有テ皆死ナムトス」、これは、七日を限る死と、それゆえの娯楽ないし精進と、七日目の延命などに関する類型(『雑阿含経』巻二十三(604)、二、164a―b・『阿育王経』巻一、五十、134a、『出曜経』巻六、四、641b・『釈迦譜』巻三・八(25)所引『出離牢獄経』、『尊勝陀羅尼経』、十九、350a―352b・『往生要集』巻下大文第十、等)、一般的には、「却後七日。(中略)七日期満」(『賢愚経』巻十(48)、四、420a)の類型である。

「今七日有テ」は、「今七日許……今二日許将有」(『萬葉』巻十三、三三一八)以来の和語である。「イマ七日アリテ必ズシヌベシ」(『三宝絵』下(9))。「王、此ノ事ヲ噯メムガ為ニ」が「而自(快)娯楽」に少なくとも由るであろうことは、巻一(3)「弥ヨ目出タキ女ノ舞ヒ歌ヒ遊ブヲ加テ噯メ給フ」(I、56・15)が「更増妓女。而娯楽之」(『過去現在因果経』巻二）を少なくとも通るべきをのこすことに通う。なお「天ヨリ火出来テ」の天上の火、原語「天火」（漢籍・仏典語）はかの古歌の「天の火」に通う。

「此三災起各経幾時。刀兵災起極唯七日。疾疫災起七月七日。飢饉七年七月七日」（『倶舎論』巻十三、二十九、66a）。また、かの『大唐西域記』巻十二に、かの和田（コータン）東北方曷労落迦（ローラカ）城（楼蘭）の伝承を録して、「却後七日当雨沙土、填満此城。……第七日夜宵分之後、雨沙土満城中」とある（五十一、745b）。あるいは、「……於第七日、於此城中見雨塵土。知是業力不可救済」（『有部毘奈那』巻四十六、二十三、880c）という。「西域ロルカ城民に災厄起り、今から七日間に却城は砂に埋もれる。第一に……、第七日には土砂の雨が降るであろう。しかし、汝らは……逃れよ」と教えられた（羽渓了諦「西域仏教美術序説」、『西域文化研究』第五『中央アジア仏教美術』、20頁）、等々。

今昔物語集巻二(28)
〔V〕其ノ時ニ、諸ノ仏弟子ノ比丘、仏ニ白テ言サク、此ノ諸ノ釈種、何ナル業有テ、流離王ノ為ニ被殺ルゾ、ト。仏ノ宣ハク、昔、羅閲城ノ中ニ魚ヲ捕ル村有キ。世飢渇セリキ。彼ノ村ノ中ニ大ナル池有リ。城ノ人民、池ノ中ニ至テ魚ヲ捕テ食ス。水ノ中ニ二ノ魚有リ。一ヲバ拘璅ト云フ、二ヲバ多舌ト云フ。二ノ魚、相語テ云ク、我等、此ノ人民ノ為ニ前世ニ咎无シト云ヘドモ、忽ニ此ノ人民ノ為ニ被食ナムトス。我等、前世ニ少ノ福有ラズハ必ズ此ノ怨ヲ報ズベシ、ト。其ノ時ニ、村ノ中ニ一ノ小児有リ、年八歳也、其ノ魚ヲバ不捕ズ、魚、岸ノ上ニ有ルヲ

十巻本釈迦譜巻七(18)
〔V′〕爾時（諸）・比丘白世尊言。琉璃王及四部兵。今已命終為生何処。世尊告曰。琉璃王者今入阿鼻・（地）獄中。諸比丘白言。今此諸釈（釈種）。（・）昔日作何因縁。今為琉璃王所害。爾時世尊告諸比丘。昔日之時。此羅閲城中有捕魚村。時世飢倹。（中略）彼村中有大池水。又復饒魚。時羅閲城中人民之類。往至池中捕魚食之。当於爾時水中有二種魚。一名拘璅（鉤鎖）。二名多舌。是時二魚各・（各）相謂言。我等於此衆中（人）先無過失。（中略）此人民之類皆来食噉我等。設前世時。少有福徳者。其当報怨。爾

見テ興ジキ。当ニ可知シ、其ノ時ノ羅閲城ノ人民ハ今ノ釈種、此レ也。其ノ時ノ拘璅魚ハ、今ノ流離王、此レ也。多舌魚ハ、好苦梵志、此レ也。小児ノ魚ヲ見テ咲シハ、今我ガ身、此レ也。魚ノ頭ヲ打タリシニ依テ、今、我レ、此ノ時ニ頭ヲ痛也。釈種、魚ヲ捕シ罪ニ依テ无数劫ノ中ニ地獄ニ堕テ苦ヲ受ク。適マ人ト生レテ我レニ値フト云ヘドモ、其ノ報ヲ感ズル事、如此シ。流離王及ビ好苦兵衆、若干ノ釈種ヲ殺セルニ依テ阿鼻地獄ニ堕ヌ、ト説給ケリトナム語リ伝ヘタルトヤ。

（I、175・9―176・3）

時村中有一(・)小児。年向八歳。亦不捕魚。復非害命。然復収魚在(・)於岸上。小児見已極懐歓喜。比丘当知。爾時羅閲城中人民之類。豈異人乎。今釈種是也。(爾)・時拘瑣魚者今瑠璃王是。両舌魚者今好苦梵志是。小児見魚笑者今我身是。爾時釈種坐取魚食。無数劫中。受地獄苦。今受此対。我爾(・)時坐見而笑之。今患頭痛。如似石圧。

（五十・58a）

本文〔V〕の羅閲城(ラージャグリハ)（王舎城）の本生物語の大部分も、やはり、宋本系『釈迦譜』に依ると言わなくても、これに由る在り方をのこすと言うことができる。「物言ふ魚」[13]、古い霊魚による救いとか罰の怖れとかのかかわるヴァリエイションか否かは知らない。われわれは思い起す。[14]

仏告舎利弗。過去久遠世。於羅閲祈大城中。時穀貴飢饉。（中略）爾時羅閲祇有大村数百家。（中略）有池。（中略）時捕魚人。採(探)魚著岸上。在陸而跳。我爾時為小児年適四歳。見魚跳而喜。・・・・(以杖打頭)。時池中有両種魚。一種名麬。一種名多舌。此自相語曰。我等不犯人。横被見食(苦)。我等後世要当報此。仏語舎利弗。汝識。爾時。（中略）男女大小不。則今迦毘羅越国諸釈種是。爾時小児者我身是。爾時麬魚者毘楼勒王是。爾時多舌魚者今毘楼勒王相師婆羅門名悪舌者是。爾時魚跳。我以小杖打魚頭。以是因縁堕地獄中。無数千歳。我今雖得阿惟三仏。由是残縁故。毘楼勒王伐釈種時。我得頭痛。……

（『興起行経』巻上(3)仏説頭痛宿縁経、四、166c）

……乃往古昔。於一河辺有五百漁人依止而住。時有二大魚従海入河泝流而上。彼見二魚情生喜悦。共張大網捕得其魚。（中略）即共分割。魚受楚苦発大叫声。是時漁人之中有一童子。見如斯事生歓喜心。時二大魚而作是念。我実無辜横加劇苦。当来之世。此等生処。我亦生彼。雖無罪犯。我苦殺之。（中略）彼二魚者即悪生苦母是。五百漁人者即五百釈子是。（中略）其漁人中一童子者即我身是。由見殺魚心生歓喜遂成其業。由彼業故。我雖証得無上菩提。然猶受此頭痛之苦。……

（『毘奈耶雑事』巻九、二十四、242a～b）

……由於往昔当殺魚時我心暢適。由斯業故。（中略）当患頭痛。余残業報。成正覚後誅釈種時。我頭苦痛。

（『毘奈耶薬事』巻十八、二十四、96c）

諸書にのこるのは、業論がインドの心に沁みたのか。

本文〔V〕、「前世ニ少ノ福有ラズハ……」は、『経律異相』巻七(12)には然るべき原句を見ず、これは『釈迦譜』の「設前世時。少有福徳者……」によるべくあって、おそらく因果時間の構造を誤る。時間構造として、「過去久遠世」における因と、そこから見ての「後世」「当来之世」、すなわち現在から見ての「今」としての果とがある。『今昔』本文〔V〕は、問題の前文、『増一阿含経』『釈迦譜』の「先無過失」を「前世ニ咎无シト云ヘドモ」と訳した。ないし、これに似て訳された以前をみずからえらんだ。「設前世時。少有福徳者。……」に誘われた誤りであろうが、この原文は、もしかりに後世への因としてのこの「前世時」に少しく福あらば、後世の果として必ず怨を報ずべきの意であろうものを、「先」によるべき「前世」もこの「前世」も、いずれも「前世時」の因としてのさらに「前世」の意にとるらしい。すなわち、その「前世」に少福なくて、いま苦しめられ食されるならば、後世に「怨ヲ報ズベシ」として、因果時間の構造を誤るらしい。「魚ノ頭ヲ打タリシニ依テ」句は前出「魚ヲ見テ咲シハ」句を生かさず、『釈迦譜』類にも対応しないが、それは『興起行経』にも現われていた。『興起行経』のここは『経律異相』に簡単ながら校せられ（五十三、37a）、『法苑珠林』巻五十九に引かれる（同、729c—730a）が、本文〔V〕が『経律異相』を通じて『興起行経』に、もしくは独自に『法苑珠林』のそれに接したとは考え難い。同類はともかく散見するから、それらを負う口がたりの想像力のひろがりを予想することもでき、いまも何らかの書承的ないし口承的の想像力の間から顕われた、と想像されるのである。この仏陀の頭痛の問題は、部派仏教的有部的に異色の『興起行経』において特にそうであるが、仏陀の背痛（『今昔』巻三(28)、後出）の類と同じく、因果律的に業因果によって生まれてきた生身、現世の実身を実本的に重んじる一面をもつ。同時に、別に、仏陀の「二種身」（法性身・父母生身）において、密意を含んで衆生を度するための方便(ウパーヤ)としての生身の諸罪報を数える中に、「毘楼璃王興兵殺諸釈子仏時頭痛」のあげられる（『大智度論』巻九・『毘奈那雑事』巻九・『法華玄義釈籤』巻九、等）一面をも持つであろう。(15) いま、本文〔V〕にその理由を別に補ってまでふれられるその頭痛は、本文〔IIA〕末尾のそれ、『増一阿含経』『釈迦譜』『経律異相』等には見えないのを別に補って表現されたそれと呼応するが、「御頭ノ痛ムデ臥給ヘリ」、それは生身的のままに覚めて慈(いつく)しむ在り方であった。

琉璃王物語に関する仏陀の頭痛の問題は、さらに『六度集経』巻五(54)釈家畢罪経・『仏五百弟子自説本起経』第三十偈等の外、『大宝積経』巻一百八・『大善権経』巻下等、かの「枯樹」の下のその頭痛を語って如来の「方便」とした。日本では、『八幡愚童訓』巻下をはじめ、『沙石集』巻一(7)・『太平記』巻三十五、「神力モ業力ニ勝ズ」「因果ノ所熟、仏力ニモ叵転」など相通じ、『壒嚢鈔』巻十五(40)等もふれるであろう。(16)

誠三時決定ノ業報ハ可レ遁(ル)事ナケレバ、瑠璃王ノ、釈迦如来ノ御一族ヲ亡サントセシ時、五百ノ尺子達、強弓精兵ニテ、六十里八十里乃至（一）由旬儘(まで)及ベリ。瑠璃王、此弓勢ニ恐テ引退ク時、大臣告テ云ク、「五百ノ尺(子)氏ハ乍(サナガラ)皆五戒ヲ持給ヘバ、討殺給事ハヨモアラジ、只責給ヘ」ト勧シカバ、直破ニ寄タリ。釈氏（子）達ハ、「無レ力。縦命ハ終共、殺生戒ヲバ破ジ」ト各く謂テ、敵ヲ無ニ討殺事一。瑠璃王如レ思打入テ、五百ノ釈氏（子）ヲ失ケリ。目連是ヲ悲テ、一人ヲ取テ鉢ノ中押籠ヌ。梵天ニ隠シ被レ居カバ、敵ノ手ニハ懸ラネ共鉢中ニテ頸切ヌ。瑠璃王過去ニ大魚ノ身トアリシヲ、五百ノ童子共打殺シ畢ヌ。此五百人ノ童子ハ今ノ五百ノ釈子也。酬因感果ノ故ナレバ、目連ノ神通モ助ケズ、不レ及レ力事也。教王尺尊モ、五百ノ童子ノ内ニテ首ヲ少シ打給フ。其業忽至リテ御頭響痛ニキ。二種生死離タル三界慈父ノ仏ダニ、往因ヲバ不レ免。迷惑無慙ノ賊軍、必死ノ病ニ被レ責、寿命尽果テ、善根ノ無レ種者ヲ（哀ミテ）、悪心ヲ摧破シ邪見ヲ対治シ給ヘリ。寿限イマダ尽ヌハ命奪事ナシ。（『八幡愚童訓』巻下）

幸田露伴は、『プラクリチ』に、「……波斯匿王と末利夫人との間に出来た瑠璃太子は、婢女の出であると釈氏等から卑しめられたのに起って、終に釈迦氏一族に対する大虐殺という大事を仕出かし、流石の釈迦をも、（中略）大苦悩に突落すのである。が、それは今こゝに記さぬ。記したいことでもない」と書いている（昭和七年五月、『竹頭』）。

(13)　柳田國男「物言ふ魚」（『一目小僧その他』所収。定本第五巻）。
(14)　小稿「今昔物語集仏伝資料に関する覚書」（『仏教大学研究』第九集、一九七〇）→本書所収。
(15)　別に、宇井伯寿「阿含に現はれたる仏陀観」五（『印度哲学研究（第四）』二三一―二四五頁・同『仏教汎論』三一―三五頁、等が業生・願生に関説する。
(16)　なお、前世因果としての頭痛一般には、『鬼問目連経』・敦煌本同版（P.2087, 本田義英『仏典の内相と外相』五六九頁・小稿「今昔物語集仏伝資料に関する覚書」『仏教文学研究』第九集→本書所収）・『餓鬼報応経』等がふれるであろう。

VI　仏陀般涅槃物語

巻三　仏入涅槃告衆会給語第廿八

アーナンダよ、ある時、吾れは王舎城(ラージャガハ)の霊鷲山(ギジハクータ)に在りき。アーナンダよ、そこにても吾れは汝に語りき。アーナンダよ、王舎城はうるはし、霊鷲山はうるはし、と。……アーナンダよ、ある時、吾れは毘舎離市(ヴェーサーリー)のウデーナ聖林(チェーティヤ)に在りき。アーナンダよ、そこにても吾れは汝に語りき。アーナンダよ、毘舎離市はうるはし、ウデーナ聖林はうるはし、と。……

（パーリ長部『大般涅槃経(マハーパリニッバーナ・スッタンタ)』三―四一・四五）

大いなる入滅（mahāparinibbāna）、仏陀(ブッダ)の死に関する物語は仏伝最後の固有部分である。それはインドにおいてさまざまにつたえられ、さまざまに編まれた。[1]『今昔物語集』巻三は、王法と仏法との間から仏法を得るに至ったと表現される国王の物語(25)〜(27)の末に、「阿闍世王殺父王語第廿七」、かの韋提希(ヴァイデーヒー)を阿闍世王(アジャータシャトル)の物語を置いて、「……仏、鳩尸那城、跋提河辺リ、沙羅林ノ中ニ在マシテ大涅槃ノ教法ヲ説給フ」、「仏ハ一子ノ悲ビ在マス」と語り、鎖りして、この(28)「沙羅林ノ雙樹ノ間」の、仏陀入滅の物語八章(28)〜(35)をつらねている。主要原典、十巻本『釈迦譜』はその抄出集成するそれぞれの原拠を明示し、仏教史学的立場からいわゆる大乗小乗などその立場の異同を分別して、その意味において思想的立場を統一するが、『今昔』は、思想的立場ないし傾向をあるいは異にする物語素材個々をそれぞれ選択し、かつ、あるいは合成もして、配列構成するであろう。[2]そこにのこる混淆は、一連の入滅物語としては燃焼の純化を欠くことを否定し得ない。ただし、また同時に、模索したそのあとをもいくばくか否定し得ないではあろう。

（1）宇井伯寿「阿含の成立に関する考察」（『印度哲学研究（第三）』）、和辻哲郎『原始仏教の実践哲学』八六―一三一頁、（ただし、「入滅の決意の前に自然と人生とに対する仏陀の悦ばしい心持を描くのが原形であったかどうかは断言し得られぬ。諸本にほぼ一致の見られるのは、右について描かれる入滅の決意である」〈同、九一頁〉、この前半は如何であるか）、等。

（2）小稿「今昔物語集仏伝資料に関する覚書」（『仏教文学研究』第九集、一九七〇）→本書所収。

『今昔』巻三(28)仏入涅槃告衆会給語第廿八の大部分は、推定すれば、南本『大般涅槃経』を中心として『長阿含経』遊行経を簡略抄出する、十巻本『釈迦譜』巻九(27)釈迦雙樹般涅槃記第二十七前半にもとづいて構成される。

今昔物語集巻三(28)　仏入涅槃告衆会給語

今昔、釈迦如来、四十余年ノ間、天上・人中ニシテ一切衆生ノ為ニ種〻ノ法ヲ説テ教化シ給テ、年既ニ八十ニ至リ給テ、毗舎離国ニシテ阿難ニ告テ宣ハク、我レ、今、身躰皆痛ミ、今三月有テ涅槃ニ可入キ也、ト。阿難、仏ニ白シテ言サク、仏ハ既ニ一切ノ病ヲ遁レ給ヘリ。何ノ故ニ今痛ミ給ヘルゾ、ト。其ノ時ニ、仏起キ給テ大ニ光ヲ放テ世界ヲ照シ給フ、結跏趺坐シ給ヘリ。此ノ光ニ値ヘル諸ノ衆生、皆、苦ヲ免レ楽ヲ受ク。

十巻本釈迦譜巻九(27)　釈迦雙樹般涅槃記

A長阿含経云。仏於毘耶離与阿難独留（坐）。於後夏安居中。仏身疾生挙体（躯）皆痛。仏告阿難。諸有修四神足。多修習行。（中略）可得不死一劫有余。（中略）爾時阿難默念不対。（中略）阿難承旨礼仏而去。其間未久。時魔波旬来白仏。意無欲可（・）般涅槃。仏告波旬。且止且止。我自知時。如来今者未取涅槃。（中略）仏言。止止波旬。仏自知時。不久住也。是後三月。於本生処拘尸那竭娑羅園雙樹間。当取滅度。（中略）当此之時地大震（振）動。（中略）賢者阿難。心驚毛竪。疾行詣仏。頭面礼足白（仏）・言。怪哉地動。是何因縁。（中略）爾時世尊告阿難。倶詣香塔。現在比丘普勅令集。如来不久。是後三月当般泥洹。（中略）仏告諸比丘。（中略）天地人物無生不終。欲使有為不変易者。無有是処。天魔波

其ノ後、毗舎離国ヨリ拘尸那城ニ至リ給テ、沙羅林ノ雙樹ノ間ニ、師子ノ床ニ臥シ給ヒヌ。阿難ニ告テ宣ハク、汝ヂ当ニ知ベシ、我、今、涅槃ニ入トス。盛ナル者ハ必ズ衰フ、生ヌル者ハ定メテ死ヌル事也。亦、文殊ニ告テ宣ハク、我ガ背ヲ痛ム事ハ、今大衆ノ為ニ説カム。二ノ因縁有テ病ハ无也。一ニハ一切衆生ヲ哀ビ、二ニハ病スル人ニ薬ヲ施ス也。而ルニ、昔シ、无量劫ノ中、菩薩ノ道ヲ修シテ、常ニ衆生ヲ利益シテ不苦悩ザリキ。病ヒ有ル者ニハ種々ノ薬ヲ施シキ。何ニ依テカ我レ病ヒ可有キ。但シ、我レ昔シ鹿ノ背ヲ打タリシニ依テ、今、涅槃ノ時ニ臨テ其ノ果報ヲ感ズル事ヲ顕ス也、ト。

（I、252・3―14）

句向来請我。我言。是後三月当般涅槃。爾時賢者阿難。右膝著地。叉手白仏言。惟(唯)願世尊。留住一劫勿取滅度。爾時世尊黙然不対。……

（五十、68b―c、『長阿含経』遊行経・一、15a―17bヲ簡略ス）

B爾時世尊於晨朝時。従其面門放種種光。遍照三千大千仏之世界。乃至十方六趣衆生。遇斯光者。罪垢煩悩一切消除。……

（五十、68c、南本『大般涅槃経』巻一、十二、605aヲ簡略ス）

C長阿含経云。爾時世尊入拘尸城。向本生処末羅雙樹間。告阿難曰。汝為如来於雙樹間敷置床座。……

（五十、71a、『長阿含経』遊行経、一、21a）

D爾時迦葉菩薩白仏言。世尊。如来已免一切諸病。苦患悉除無復怖畏。（中略）如是種種身心諸病。諸仏世尊悉無復有。今日如来何縁顧命文殊師利而作是言。我今背痛。汝等当為大衆説法。有二因縁。則無病苦。何等為二。一者憐愍一切衆生。二者給施病者医薬。如来往昔已於無量万億劫中。修菩薩道。常(当)行愛語。利益衆生不令苦悩。施疾病者種種医薬。何縁於今自言有病。（中略）何故如来黙然而臥。（中略）世尊。実無有病。云何黙然右脇而臥。……

（五十、71a—b、南本『大般涅槃経』巻十、十二、669c—670a）

E爾時世尊大悲熏心。知諸衆生各各所念。将欲随順。畢竟利益。即従臥起結跏趺坐。顔貌煕怡如融金聚。放大光明充遍虚空。（中略）遇斯光已。如是等苦悉滅無余。是光明中。言諸衆生皆有仏性。（中略）遇斯光已飢渇即除。（中略）遇斯光已恚心悉滅。（中略）如来今於娑羅（雙）・樹間。示現倚臥師子之床欲入涅槃。

（五十、71b—c、南本『大般涅槃経』巻十、十二、671a—b、同巻二十、十二、737c）

F(1)雙巻大般泥洹経云。仏語阿難。……

(2)是故比丘。無為放逸。我以不放逸故自致正覚。（中略）一切万物。無常存者。此是如来末後所説。

（五十、72a、(1)『般泥洹経』巻下、一、188b・(2)『長阿含経』遊行経、一、26b）

『今昔』本文と宋本系『釈迦譜』巻九(27)集成との間には、前後する、ないし簡略するところはなはだしいものの、いくつかの相当が数えられるであろう。一言すれば、『釈迦譜』は五巻本十巻本とも『長阿含経』を用いたとする。阿含の名は『今昔』にも見えはする（巻三(17)・巻六(36)）ものの、「小乗」世界と見られていたことがそここにもあきらかであった。南方仏教圏の南伝は措き、北伝では、中国六朝時代から教判論が盛行した後には、阿含諸経はほとんどかえりみられなくなったであろう。āgamaとは伝承された教えの意であるが、近代ヨーロッパ東洋学の阿含研究に刺戟されて、日本では明治以降に経蔵の阿含や律蔵の研究がめざめたのである。もとより、此の現存の経律は、インドでの相伝の間に幾多の変遷を経たものではあった。

　インドの夏、雨期、「於後夏安居中夏、仏身疾生。挙躯(体)皆痛」(『長阿含経』巻二、遊行経、一、15a)、「於夏安居中、……」(『釈迦譜』巻九)。「四十余年ノ間」の説法[3]の後、年すでに「八十」、仏陀の身は痛んでいる。「……我が齢、八十となれり。譬へば、阿難よ、古き車が華組の助に依りて行く如く、是の如く、阿難よ、惟子に如来の身体は華組の助に依りて行くなり」(パーリ中部『大般涅槃経(マハー・パリ・ニッバーナスッタンタ)』二―二五、『南伝』七。『長阿含経』遊行経・『仏般泥洹経』巻上・『般泥洹経』巻上・『毘奈耶雑事』巻三十六、二十四、387b、同類)、この年齢は『釈迦譜』には見えず、平安時代の教団・貴族知識階級の伝えの間から、『今昔』のみずからえらぶところであったのであろう[4]。

「毘舎離(国)[5]」Vaiśālī Vesālī、すなわち、『釈迦譜』の「毘耶離」。王舎城Rājagṛhaやマガダ国首都、「花の都」パータリプトラPāṭaliputra(「華子城」、現パトナ西北、ガンジス下流)とともに忘れえぬその名、毗舎離。仏陀時代の此の華麗な商業都市の、篤信の美女アンバパーリーの園にしばし在った仏陀は、やがてその園と別れた。そして、かえりみた。「世尊廻殿」(法顕訳『大般涅槃経』巻上)、「廻身」・「是吾之最後　遊観維耶離」(失訳[6]『般泥洹経』巻上)、「廻身視城。(中略)仏言。我今日寿竟。不復入是城。故遺顧耳」(白浩祖訳『仏般泥洹経』巻上)、「(仏)曰。此広厳城物産華麗。……(仏)全身右顧望広厳城。……(告)。不復重来。所以廻顧望此城邑」(『毘奈耶雑事』巻三十六、二十四、387c～388c)とのこるであろう。おおよそ、仏教は、吠陀(ヴェーダ)、婆羅門の教えとは異なって、都市に映えた。仏陀はそのような都市との別れを惜しんだのである。これらの物語は『釈迦譜』に見えず、『今昔』も語らない。

　物語は、仏陀入滅の決意[7]をめぐって、パーリ『大般涅槃経』・『長阿含経』遊行経はじめ涅槃関係の前出諸経、また、『毘奈耶雑事』巻三十六等を通じて異同するが、それは、『今昔』本文には極略されて、その本来の意味(こころ)を失っていた。『長阿含経』遊行経を中心に言えば、老年八十、挙躯苦痛を忍ぶ仏陀が阿難に告げて、みずから熾燃して「法(ダルマ)」に熾燃し帰依して内身外身を観ずべきを説く。以後は『釈迦譜』にも簡略されて見え、仏陀がみずから死を暗示して、「四神足(じん)」（神通力を得べき実践原理四種）を成ざるものは、欲すれば一劫有余、一劫の尽きるまで不死であり得べきを告げる時、阿難は黙念としてこれを解し得ない。このこと再三の後、阿難を去らせて坐する仏陀に、魔波旬(マーラ・パーピマン)が現われて涅槃をすすめる。「我自知時」、Es ist Zeit. みずから「時」を知る仏陀は、「是後三月」「当取滅度」、滅度すべきを告げる。性命(いのち)（āya-saṃkhāra）は捨てられた。地大いに震え動く。かけつけた阿難はじめ比丘等に、仏陀は、生あるものの終らざること無きを説き、「是後三月」涅槃すべきを告げる。阿難がとどめるが、仏陀は黙念としてひるがえさない。もとより理想化されて展いた劇的な物語であるが、『今昔』は、仏陀が阿難に涅槃すべきを告げることの外は、悪魔のかかわることをはじめ、これら一切を削り去る。もと物語において仏陀は「律」に依り「法」に依るべきを説き、世間無常を説いた。[8]「律」に依り「法」に依るべきを説くことはすでに『釈迦譜』に省かれているとしても、通じて『今昔』は、極略して、仏陀観においてただ生身のみを強く意識する表現をとどめたのである。しばしばふれたように、これは基本的に『今昔』的立場である。この極略が、『今昔』自身によると断定しきれないところはのこるとしても、[9]要するに『今昔』的にいわば合理的であり、いわば現世的である。

　『今昔』本文、つづいて、阿難が仏陀に「白」すそれは、『釈迦譜』Aにおいてつづいて阿難が仏陀にその不死をねがって「白」すそれに代えるのに、Dの、迦葉(カーシャパ)が仏陀に何に縁(よ)っていまみずから病むと言うかと「白」す、その問いを以てしたのであろう。それはさらに「其ノ時ニ、仏起」って光明を放つ、とつづいて行くが、ここには『釈迦譜』において、

A（阿難）白仏言。（中略）爾時世尊黙然不対。……

B爾時世尊（中略）放種種光。遍照三千大千仏之世界。……遇斯光者。罪垢煩悩一切消除。

D迦葉菩薩白仏言。（中略）何縁於今自言有病。……何故如来黙然而臥。……云何黙然右脇而臥。……

E爾時世尊……即従臥起結跏趺坐。……放大光明充遍虚空。……遇斯光已。如是等苦悉滅無余。是光明中。言諸衆生皆有仏性。……

このように、Aの阿難のねがいのあとの仏陀の「黙然」と、Dの迦葉の問いのはてのその「黙然」と、具体的意味的には別に、形式的にはいわばその関係を等しくして位置すべきこの同語類句につづいて、それぞれBの仏陀の放光とEのそれとがまたやはり同語類句的に展くその関係がとらえられている。そのAD「白仏言。……」を類似統合し、このBE「爾時世尊。……」をさらに類似統合してつづけたのであった。そして、このようにABDE間に存する形態的相似をとらえるのは、実際的には、『釈迦譜』集成を通ることのみが可能にしたはずであろう。もとより、Bは南本『大般涅槃経』冒頭部の拘尸（那）城での物語であるが、『今昔』本文がAの『長阿含経』遊行経の毘舎離での物語のままであるのは、類似統合が原典の集成する言語事実をかえりみなかったのである。[10]

（3）「四十余年ノ間」の説法のことは巻二(2)に補われ、巻六(1)には『打聞集』(2)・『宇治拾遺物語』(195)との共通母胎に立って梗概要領して補われる。

（4）「八十」は、本文掲出の外、『金光明最勝王経』巻一・吉蔵『法華義疏』巻十・『法華玄賛』巻九末・『大唐西域記』巻六・『慈恩伝』巻三等、日本では『本朝文粋』巻十四・『三論玄義検幽集』巻二・恵心僧都『十夜讃』・『栄華物語』つるのはやし等にのこり、「七十九」は、『仏般泥洹経』巻下（一、172c）。『歴代三宝紀』巻一・『法苑

珠林』巻一百等にのこる。外に年二十九出家、今已五十（余）年の類（パーリ本五―二七・『長阿含経』遊行経、一、25b・『雑阿含経』巻三十五・『毘奈耶雑事』巻三十八、等）等がある。

なお、中村元訳『ブッダ最後の旅―大パリニッバーナ経―』五―二七、二十九歳出家、以後「五十年余」の注に、「失訳本によると、十二年出家し、五十年教えを説いた……」（初版、二九一頁）とある「十二年出家し」は、『般泥洹経』巻下、「昔我出家、十有二年、道成得仏。開説教法。（経）但五十載」（一、1870c）の瑕である。

（5）「毘舎離」（『長阿含経』遊行経）・「毘耶離」（什訳『維摩経』巻上）その他の表記があるが、『今昔』には、「毗舎利国」（巻三(35)、「毘舎離国」『釈迦譜』巻九(28)、後出）等の例もある。「維耶離楽。……閻浮提地。（如）五色畫。人生於世。以寿為楽」（『般泥洹経』巻上、一、180b）、「この世界は美しいものだし、人間のいのちは甘美なものだ」と仏陀は語ったという（中村元『ゴータマ・ブッダ、釈尊の生涯』四四五頁）。

（6）『般泥洹経』（失訳）は、宇井伯寿『訳経史研究』五一七―五二三・五三二頁のように、支謙訳と見るべきであろう。ただし、『釈迦譜』にも言及して、その正蔵五十、七二上十八行―中二十三行をこの『般泥洹経』巻下によるとするのは、『長阿含経』遊行経（一、26b―27b）の簡略によると訂されるべきである。

（7）入滅の決意をめぐって、和辻哲郎『原始仏教の実践哲学』は自法祖本・失訳本ののこす形に諸本の原形を見ようとする（九一―九四頁）。

（8）宇井伯寿『印度哲学研究（第四）』一九一―二〇〇頁、和辻哲郎『原始仏教の実践哲学』九〇―一〇五頁。

（9）はじめ仏陀が、欲すれば不死であり得べきを告げた時、阿難が再三それを解し得なかったことに関して、『今昔』には、別に巻四(1)にその内容にあたるべき部分があらわれる（I、268・11―13）。その直接出典は未詳和文化資料と見られるが、『今昔』のそれは、その在るべき在り方から見て、ともかく不可解をのこす。いま、「可得不死一劫有余」、不死の可能性を告げるこの部分が『今昔』に全く存しないのは、『今昔』自身によるか否か、『今昔』が理解した上で省いたとすれば、巻四(1)のそれにあたるべき部分が不可解をのこすとは、少なくとも常識的には考え難い。

（10）小稿「『今昔物語集』における原資料処置の特殊例若干」（奈良女子大学文学部「研究年報」28、一九八四）参照→本書所収。なお、『今昔』に見えず『釈迦譜』には見える「香塔」は、もと『長阿含経』遊行経「遮婆羅塔」（Cāpāla-cetiya）、法顕訳『大般涅槃経』巻上「遮婆羅支提」である。「香塗れる塔」を思い出す（「……万葉を読む者は第十六巻を読むことを忘るべからず」〈正岡子規〉）。

毘舎離から「拘尸那城」kuśinagarā, kusinārā（現カシア付近）[11]へ、仏陀最後の道は『釈迦譜』CとE末尾とを類似統合して意識され、ふかい沙羅（シャーラ）の林の「師子ノ床（ユカ）」も原語「師子之床」以来の訳語であった。Cは、阿難が、仏陀が拘尸城のような荒毀磽确の小邑で滅度せず、迦維羅衛（カピラヴァストゥ）や波羅奈（パーラーナシー）のような大都市に行くことを乞うたのに対して、仏陀が、拘尸城は大善見王（ラージャ・マハースダルシャナ）がかつて在り、転輪聖王（チャクラヴァルティ・ラージャ）信仰にもゆかりがあって、滅度するにふさわしいと説いた、とつづけるであろう。潤色された古伝の一つである。『今昔』本文は全くこれを欠くが、『釈迦譜』CとE末尾とを合わせて由ってきた在り方をのこすべきは確かであった。そして、盛者必衰にふれる本文が、そのE末尾の後にF(1)(2)をとらえた在り方をのこすべきも、おそらくまた疑い得ないであろう。F(1)(2)、無常を観ずべきことと精進を成すべきことと、仏陀最後のことばとつたえられるこれは、本文に鮮麗は欠くとしても、それは簡略の在り方にすぎない。そして、この表現に鮮麗を欠きながら、本文は、改めて「亦、文殊ニ告テ宣ハク、……」と奇異につづける。もとより、これは、『釈迦譜』Dの南本『大般涅槃経』において、仏陀に問う迦葉の問いの間のことばをかえりみさせるであろう。すなわち、『釈迦譜』のいま依る背痛の仏陀が文殊師利（マンジュシュリー）に遺命して、四部大衆に法を説くべきことを付嘱し、身に病いを現じて臥した時（十二、669c）、迦葉がそれをいぶかって、病苦の無いにかかわらず、何ゆえにいまみずから病い有ると言うか、と仏陀に問うた。仏陀は、我今背痛、文殊師利に付嘱したが、正覚（大涅槃）を成じては病苦あることは無い、と非滅の滅を迦葉に説く（同、672bc）であろう。この『釈迦譜』Dのこれを、必ずしもその全容を引くのではないにしても、『今昔』本文は通るべきであった。ただし、Aの阿難の名において包んで用いた迦葉の問いはそれとしては用い得ず、それは消して、その問いの間のことばはのこそうとした在り方のために、ほとんど癒着的に接続詞「亦」とつないで転じなくてはならなかったのである。文殊師利を点じるなど、南本すなわち大乗系の『大般涅槃経』を用いたのはいわゆる大小乗の混乱であり、また、はじめ「我レ、今、身体皆痛ミ」と言い、いま「我ガ背ヲ痛ム……」というのは少しく突然を免れないが、これらは、実際上、『釈迦譜』集成に由るべき明確な徴証であった、と言い得る。

この時、『今昔』本文、「我ガ背ヲ痛ム事ハ、今大衆ノ為ニ説カム。……」、これは、『釈迦譜』Dから見れば、あきらかに誤訳であり、これにつづく発言の相対関係も誤っているが、誤りの意識の有無は知らず、そこにみずからの論理を本文は立てるのである。Dにおいて、仏陀は文殊師利に遺命して「我今背痛。汝等当為大衆説法」と語り、これは『大般涅槃経』に前後にも見えた（十二、６６９ｃ・五十、７１ａ、十二、６７２ｃ）。二因縁有って病苦が無いというのは、その因位の仏陀の「菩薩ノ道」において、あたかも、

〔妙憧菩薩思惟〕如仏所説。有二因縁。得寿命長。云何為二。一者不害生命。二者施他飲食。然釈迦牟尼如来曾於無量……無数大劫。不害生命行十善道。常以飲食恵施一切飢餓衆生。……

（『金光明最勝王経』巻一、十六、４０４ｃ）

このゆえに仏寿無量であるにかかわらず、衆生のために密意方便して寿命短促唯八十年を示現する、とあるのに通じて、病苦の無いにかかわらず、何ゆえにいま病い有ると言うか、と方向するであろう。『今昔』本文も「何ニ依テカ我レ病ヒ可有キ」とするが、然るに、『釈迦譜』Dの類に見えない背痛因縁に、特には突如として「鹿ノ背ヲ打タリシ」それに、その方向を転じるのである。この根拠は不明である。『今昔』自身によるか、以前に依るか、とにかく『今昔』自身の表現責任においてある、と言う外ない。もとより、生身の仏陀の背痛をその過去世の業因として、かの『興起行経』巻上(5)背痛宿縁経・『毘奈耶薬事』巻十八（二十四、９６ｃ－９７ａ）その他は、「頭痛」（『今昔』巻二(28)）の類と同じく、往昔、大節日聚会の相撲の時、賄賂に応じなくなった、ないし、賄賂の女人を与えなかったことに対する瞋恚を以て、婆羅門力士の背を挫折して死に至らせた刹帝利(クシャトリヤ)力士が前生の仏陀である、という類の本生物語をのこしていた。しかし、いま、これではない。もしあるいは、鹿群を救い

済ためにその背を痛めた鹿王が前生の仏陀である、という本生物語の類（『撰集百縁経』巻四(37)・『毘奈耶雑事』巻三十八、等）が、前者と伝承複合して生じた口承でもあったのか、不明である。後に、かの頭痛と相混じて背痛宿縁にもふれて、「摩竭魚ノ頭背ヲ以石打給ヒシ故也」というような伝承はあった（『壒嚢鈔』巻十(40)・『塵添壒嚢鈔』巻十五(40)）。次元は低いが、関係者には切実であったのであろう。ともかく、『今昔』本文は、生身の業報の問題に[12]観念的にも物語的にもかかわったのである。

（11）中村元訳『ブッダ最後の旅―大パリニッバーナ経―』訳注、二七三―二七四頁に詳しい。

（12）仏陀の頭痛・背痛「九羅報」（『大智度論』巻九、二十五、１２１ｃ）その頭痛・背痛「九悩」（『法華玄義釈籤』巻九、三十三、８８１ｃ）。また、仏陀の背痛・頭痛（『大宝積経』巻一百八、十一、６０６ｃ・６０７ａ）、腰背痛・頭痛（『大善権経』巻下、十二、１６５ａ・ｂ）をともに密意方便の意に転じもする。本稿巻二(28)論述部分及び注(16)参照。

其ノ時ニ、迦葉菩薩、耆婆大臣ヲ召テ仏ノ御病ノ相ヲ問ヒ給フ。大臣申テ云ク、仏、当ニ涅槃シ給ヒナムトス。諸ノ薬ヲ不可用ズ、ト。迦葉菩薩及ビ諸ノ大衆、大臣ノ言ヲ聞テ歎キ悲ム事无限シ。大臣モ亦、同ク悲歎ク事不愚ズ。凡ソ人天・大衆、仏ノ涅槃シ給ヒナムト為ルヲ見テ誰レカハ不歎ザルベキトナム語リ伝ヘタルトヤ。

（Ｉ、２５２・15―２５３・２）

名医耆婆（ジーヴァカ）。アンバパーリーの子。父、頻婆娑羅（ビンビサーラ）王とも、父無し子などともいうが、この名が前章巻三(27)と連鎖することは措き、彼が仏陀の「御病ノ相」を見るこの条は、『釈迦譜』など諸書には見えず、ともかく『今昔』の表現責任に属する。[13]偉大な聖者の死の如何ともできないことを告げる悲嘆であるとは言い得ようが、ただし、仏陀生身の業因によせて、あるいは耆域の薬治にふれ、あるいは、疼痛無量、諸漏すでに尽きても、「行業果報。難可得離」であるとする類（『菩薩処胎経』巻七、十二、１０５６ｂ）[14]を見れば、『今昔』本文のここにも、「所労もし定業たらば、医療を加ふるとも益なからんか」「かの耆婆が医術およばず……」、その「定業」（『平家物語』巻三、医師問答）[15]の類の方向がひそむようにも想像される。

畢竟、本章の大部分は、十巻本『釈迦譜』に直接するとは断定し難いとしても、これを確実に通る在り方をのこすであろう。ただし、いわば種々の切りつぎを行って、想像力の内面的統一はこれを欠く。大乗系『大般涅槃経』を引く『釈迦譜』Ｅに由る「其ノ時ニ、仏起キ給テ……」の「起」の意味的世界と、生身の業因「果報」の意味的世界と、たとえば、統一を欠くのである。ただし、統一を欠く間には、懸命の模索がひそまなかった、とも言い難い。ともかく、十二世紀のアジアの辺境がみずから仏陀の生と死とについて見出した、仏陀入滅の物語の一異伝ではあった。

(13)　強いて言えば、南本『大般涅槃経』巻十七・十八に、耆婆に阿闍世王が言う間に、「我今病重。……一切良医妙薬呪術……所不能治」、耆婆の言に「如是之人一切良医乃至瞻病所不能治……在拘尸（即）城娑羅雙樹間……演種種法」（十二、７２０ｂ～７２１ａ）、「爾時世尊在雙樹間。……迦葉菩薩白仏言、……」（十二、７２３ｃ）とある類に、固有名詞その他の相通の若干を見るが、畢竟おぼつかない。

(14)　『大乗造像功徳経』巻下に、「若有人作仏像者、所有業障皆得消滅」（十六、７９５ａ）などとある類である。

(15)　「……これすなはち定業のやまひ癒えざることを示さんがため也。……定業、医療にかかはるべくんば、あに釈尊入滅有らんや。……」『平家物語』巻三、医師問答)。

巻三　仏入涅槃給時受純陀供養給語第廿九

かくの如く我聞けり。鍛冶工チュンダのささぐる食を食して、賢者はついには死に至る烈しき病を得たり。

梅檀樹耳を食しませるによりて、師には烈しき病起れり。
血痢しつつも師は言いき、クシナーラの町に我は行かむ、と。

（パーリ『大般涅槃経』四―二〇、『ウダーナ』八―五、南伝二十三）

『今昔物語集』巻三(29)仏入涅槃給時受仏純陀供養給語第廿九は、推定すれば、十巻本『釈迦譜』巻九(27)釈迦雙樹般涅槃記第二十七が南本『大般涅槃経』巻二・十（十二、611b―615b・665a―b）を簡略所引して包む純陀(チュンダ)物語を一篇として抽出した。『釈迦譜』には同時に『長阿含経』遊行経。『雙巻大般泥洹経』（『般泥洹経』）から引いたその物語も並記されるが、『今昔』はみずから『釈迦譜』のこれをえらんだのである。「仏陀の弟子なり後の人なりが記憶の為に作ったもの[1]」という、パーリ本などの類、また、そのゆかりは、『釈迦譜』にも『今昔』にもあらわれない。

（1）宇井伯寿「阿含の成立に関する考察」（『印度哲学研究（第三）』三六五―三六七頁）。

今昔物語集巻三(29)　仏入涅槃給時受純陀供養給語	十巻本釈迦譜巻九(27)　釈迦雙樹般涅槃記
今昔、仏、涅槃ニ入給ハムト為ル時ニ、其ノ座ニ一人ノ優婆塞有ケリ、名ヲバ純陀ト云リ。此レ、拘尸那城ノ工巧ノ子也。其ノ同類十五人ト共ニ座ヲ起テ、仏ノ御許ニ進ミ参テ、仏ニ向ヒ奉テ掌ヲ合セテ涙ヲ流シ悲ムデ礼拝シ奉テ、仏及ビ大衆ニ白シテ言サク、願クハ仏、我等ヲ哀ミ(ビ)給テ我等ガ最後ノ供養ヲ受給ヘ。仏、涅槃ニ入給ヒナム後ハ、我等ヲ更ニ哀テ助ケ済フ人不有ジ。我等、貧窮ニシテ飢ヘ(ママ)困マム事難	爾時会中有優婆塞。是拘尸城工巧之子。名曰純陀。与其同類十五人倶。従座而起。偏袒右肩(臂)右膝著地。合掌向仏悲感流涙。頂礼仏足白仏言。唯願世尊及比丘僧。哀受我等最後供養。我等従今無主無親。無救無護貧窮飢困。欲従如来求将来食。唯願哀受我等微供然後涅槃。爾時世尊一切種智告純陀曰。

堪カルベシ。此ニ依テ、我等、仏ニ随ヒ奉テ将来ノ食ヲ求メムト思フ。願クハ我等ヲ哀ビ給テ、少供養ヲ受給テ後、涅槃ニ入給ヘ、ト。

其ノ時ニ、仏、純陀ニ告テ宣ハク、善哉、我レ汝ガ為ニ貧窮ヲ除テ、汝ガ身ニ无上ノ法ヲ雨シテ、法力ヲ令生メテ、汝ニ檀波羅蜜ヲ令具足メム、ト。其ノ時ニ、御弟子ノ比丘等、此ヲ聞テ皆歓喜シテ音ヲ同クシテ讃テ云ク、善哉々々、純陀。仏、既ニ汝ガ最後ノ供養ヲ受給ヘリ。汝ハ此レ実ノ仏子也、ト。亦、仏、純陀ニ告テ宣ハク、汝ヂ、我レ及ビ比丘等ニ供養ヲ施シ奉ル事、当ニ只此ノ時也。我レ只今、涅槃ニ入ナムトス、ト。如此ク三度宣フ。

其ノ時ニ、純陀、仏ノ御言ヲ聞畢テ音ヲ挙テ叫テ、亦、大衆ニ申サク、大衆、今、諸ノ人、相共ニ五体ヲ地ニ投テ音ヲ同クシテ、仏、涅槃ニ入給フ事无カレト勧メ給ヘ、ト。其時ニ、仏、純陀ニ告テ宣ハク、汝、叫ビ哭ク事无カレ。自然ラ其ノ心乱ル。我レ、汝及ビ一切衆生ヲ哀バムガ為ニ今日涅槃ニ入ナムトス。一切ノ法ハ、不久ズシテ、皆、滅有リ、ト宣テ、仏、眉間ヨリ青・黄・赤・白・紅・紫等ノ光ヲ放テ純陀ガ身ヲ照シ給フ。純陀、此ノ光ニ値ヒ畢テ、諸ノ餚饍ヲ持テ

善哉善哉。我今為汝除断貧窮。無上法雨雨汝身田。令生法芽(牙)。乃令汝具足檀波羅蜜。爾時大衆歓喜踊躍同声讃言。善哉善哉。希有純陀。仏已受汝最後供養。汝今純陀真是仏子。仏告純陀。汝所奉施仏及大衆。今正是時。如来正爾当般涅槃。第二第三亦復如是。爾時純陀聞仏語已。挙声号哭復白大衆。我等今者一切当共五体投地。同声勧仏。莫般涅槃。仏告純陀。莫大啼哭自乱其心。我以哀愍汝及一切。是故今日欲入涅槃。何以故。諸仏法爾有為亦然。速弁所施不宜久停。爾時世尊。従其面門放種種色。青黄赤白紅紫光明。照純陀身。純陀遇已。与諸眷属持諸餚饌疾往仏所。憂悲悵快重白仏言。唯願如来。猶見哀愍。住寿一劫(若滅一劫)。仏告純陀。汝欲令我久住世者。宜当速奉最後具足檀波羅蜜。爾時一切菩薩天人雑類。異口同音唱言。奇哉純陀成大福徳。我等無福。所設供具則為唐捐。爾時世尊。欲令一

仏ノ御許ニ近付キ参テ、泣キ悲テ白シテ言サク、願クハ、仏、猶、我等ヲ哀ビ給ハムガ故ニ命ヲ一劫ニ住シ給ヘ、ト。仏、答テ宣ハク、汝、我レヲ世ニ久ク有ラセムト思ハムヨリハ、速ニ最後ニ檀婆羅蜜ヲ可行シ、ト。

其ノ時ニ、一切ノ菩薩・天人、諸ノ異類ノ衆会、同音ニ唱ヘテ云ク、純陀ハ大福ヲ成セリ、我等ハ福无シテ、儲クル所ノ供具、皆空シ、ト。其ノ時ニ、仏、此ノ異類ノ衆会ノ願ヲ満給ハムガ為ニ、一々ノ毛孔ヨリ无量ノ仏出給ヘリ。其ノ一々ノ仏ニ各无量ノ比丘僧有テ、此ノ異類ノ衆会ノ供養ヲ受ク。但シ、仏ハ、自、御手ヲ指シ延テ純陀ガ奉ル所ノ供養ヲ受給テケリ。

其ノ供養物員八石ニ成テ摩竭国ニ満テリ。仏ノ神力ヲ以テノ故ニ皆諸ノ衆会ノ大衆ニ充ツルニ皆足ニケリトナム語リ伝ヘタルトヤ。

（I、253・6―254・14）

切衆望満足。於自身上一一毛孔有(化)無量仏。一一諸仏。各有無量諸比丘僧。悉皆示現受其供養。釈迦如来自受純陀所奉設者。爾時純陀所持粳糧成熟之食。摩迦陀国満足八斛。以仏神力。皆悉充足一切大会。

（五十、70a―b）

『今昔』本文の宋本系『釈迦譜』との対応度はきわめて高い。従来出典とされた『経律異相』巻四(5)現般涅槃の純陀物語は簡に過ぎる。そして、仏陀のうつしみの疲れは、語られない。

『大般涅槃経』を引く『釈迦譜』には、これにつづいて『長阿含経』遊行経を引いて、波婆(パーヴァー)城の周那(チュンダ)が仏陀の法を聞いて仏陀らに食をささげ、別に仏陀には奇珍の「梅檀樹耳」sūkara-maddava の[2]食を献じた、という。やがて道なかば、仏陀は阿難に背痛を告げて樹下に坐した。阿難が周那の食にふれると、仏陀は、周那に大利あり、仏陀成道の時の施食と臨滅度の時のこれと、この二つの功徳は異ならない、と喩している。さらにつづいて『双巻大般泥洹経』を引いて、淳（チュンダ）が仏陀に美味を調えて漿を致し、法を聞いて歓喜して去った後、仏陀は、拘夷邑（クシナーラー）への道なかば、阿難に背痛を告げて樹下に坐し、今坐滅度すべきを語って、あわせて淳をほめた、とある。これらは、もと仏陀とチュンダとの問答の古偈（『スッタニパータ』一―五、チュンダ・スッタ）とか、仏陀がかのsūkara-maddavaを食して劇しい痢痛を得たという古偈（パーリ『大般涅槃経』四―二〇）とかに通じる偈文ないし散文の類とかをも含む。そして、『釈迦譜』は、これら二経と『大般涅槃経』との間には多く不同があり、「大小乗経現化」の各異なることを説きそえていた（五十、７００）。『今昔』巻三(29)がいま南本『大般涅槃経』をえらんだのは、『今昔』は、前述のように中国六朝以降の教判論の盛行のもとに阿含類をかえりみないながら、いわゆる大乗を小乗より重んじる物語（巻四(26)・巻六(31)）の外に、小乗を大乗への道とする物語（巻六(36)）をもえらぶとしても、いまともかく、その大乗系の名によるか、それともその物語内容自体によるか、いずれにもよるか、『今昔』本文の存意するであろうところとも相関して、少しく決し難い。

古偈を通じてつたわる波婆城の工師（カルマーラ）・鍛師の子の最後供養を、『今昔』本文に、『釈迦譜』に従って、「拘尸那城ノ工巧ノ子」「優婆塞」のそれとする。「大唐西域記」巻六にも拘尸那掲羅（クシナガラ）国の『准陀之故宅』という一説をつたえた（五十一、９０３ｂ）[3]。「工巧」、『今昔』唯一のこのことばは、まずは「工匠、巧人也」（『和名抄』巻二）であろう[4]。『日本霊異記』巻中(6)の「工巧人」は画を作り、「細工」とも言い換えられる（東寺本『三宝絵』中(10)・『法華験記』巻中(105)・『今昔』巻十二(26)）。「鍛冶たくみ」（『竹取物語』）、「工・巧・タクミ」（『名義抄』）、「工（たくみ）」（『今昔』巻四(12)等）、あるいはまた、「その工も絵師も」「細工ども」（『源氏物語』宿木）とか、「鍛冶・鋳物師并銀・金細工」（『新猿楽記』）とかの類も思いえよう。ともかく、工師・鍛師の類を感じえよう。「工巧及諸技術」（『毘奈耶』巻二十六、二十三、766b)、「往鉄師種……工巧」(同、766c)などともあった。そして、鉄師工巧が常に貧窮であったとは限らないであろうが、『マヌ法典』などに照らしても、その蔑視されるところはあったようである。『マヌ法典』Ⅳ・215には、禁制の食に鍛師・金師らの与えるそれが数えられるであろう。(5) この類に対して批判的に、大乗系『大般涅槃経』は在ったのである。

(2) 中村元訳『ブッダ最後の旅―大パリニッバーナ経―』訳注、二五九―二六二頁に詳しい。

(3) 日本では、『梁塵秘抄』No.(172)・『沙石集』巻五本(5)・巻十末(1)等、「拘尸那城」ないし「沙羅林」中のこととする。

(4) 「工巧鉄師」の女(むすめ)を欲して針売りの唄を歌って売りあるいたという、前生の仏陀とその耶輸陀羅(ヤショーダラー)ないし羅睺羅(ラーフラ)の母との本生物語がある。そこには、あるいは、はじめその長者の子は父母から彼女は「我門」を「汚辱」するとされ、ついで彼女は「飢寒辛苦・不豊衣食」、飢え寒(こ)いてゆたかならぬのをいとわず求められた云々、というのがあり(『仏本行集経』巻十三)、あるいは、ふたりが貧富の関係を逆にするのもある(「縫針本生物語(スーチ・ジャータカ)」、No.387)から、鉄師工巧が常に貧窮であるとは限らなかったであろうし、また、純陀自身も、「波笱(パーヴァー)素姓有諸華氏。(中略)有華氏子淳」(『般泥洹経』巻上)、「其人有園、極為閑静。……」(法顕訳『大般涅槃経』巻中)など、また、前記『大唐西域記』巻六のことばなど、事実としては富裕であったらしい。

(5) 別にM・エリアーデ『鍛冶師と錬金術師』第九章、村上英之助「古代東方の鉄冶金」・田村克己「鍛冶屋と鉄の文化」(『日本古代文化の探究　鉄』)等、参照。

阿含部・律部仏典類その他を消化しながらその意味を改めて、理論的立場に立つ大乗系たとえば南本『大般涅槃経』、その巻二は、そのカースト社会の「工巧之子」(十二、611b)純陀らの最後供養の意味(こころ)を構想した。それは、同経巻一に複雑にかさねられ、『釈迦譜』に簡略され、『今昔』には全く省略されているが、さまざまの存在たちが仏陀にその最後供養を受けられることをねがったのに、仏陀はいずれからも黙念として受けなかった、そのはてのことであった。すなわち、純陀らをして発言させる。

唯願世尊及比丘僧。喜受我等最後供養。（為度無量諸衆生故）。世尊。我等従今無主無親。無救無護（無帰無趣）貧窮飢国……。（巻二、十二、611b、『釈迦譜』括弧部省略）

彼らの白す最後供養の意味は、『釈迦譜』に見えず『今昔』にも見えないが、それはこのように一切衆生を度するための故であって、この経典に至ってはじめて現われるという[6]、一切衆生悉有仏性の思想の展く心ざしとがあきらかである。この時、この「貧窮」とは、同経巻一巻頭の仏陀の言、「等視衆生。如羅睺羅」、その羅睺羅の得たような「法財」を未だ得ない我れを仏は捨てる意（『大般涅槃経集解』巻二、三十七、385b）とか、三宝に遠離して善法を失う意（『大般涅槃経疏』巻三、三十八、55a—b）とか注される類であろう。ここには、その悉有仏性の思念から、カースト社会においてあるいは物供的に貧窮でもあった「工巧」を蔑視する、固定観念を内的につつみ超えるべき意味と方法とが、おそらく存したのであった。同経巻二には、『釈迦譜』には省かれるが、微供をささげようとする彼らは、

……貧四姓者即我身是。貧於無上法之財宝。唯願哀愍(憫)除断我等貧窮困苦。拯及無量苦悩衆生。我今所供雖復微少。冀得充足如来大衆。我今無主無親無帰。願垂矜愍(憫)如羅睺羅。（十二、611b）

と告げている。

仏陀は応えた。仏陀は告げる。「我今受汝最後供養。令汝具足檀波羅蜜」、いずれからも黙念として受けなかった最後の食を、はじめて受ける。その「時」、大衆は歓喜する。この「我今受汝最後供養」句は『釈迦譜』に省かれ『今昔』本文にも無いが、これは、大衆の歓喜することば、「……仏已受汝最後供養。令汝具足檀波羅蜜」（十二、612a）、この「令汝具足檀波羅蜜」句が『釈迦譜』に省かれ、『今昔』本文にも無いのに通う。我今受汝最後供養と令汝具足檀波羅蜜(ダーナ・パーラミター)と、いずれもそれぞれ有るべきが「時」の現成をかがやかす。のみならず、『今昔』に即すれば、『釈迦譜』にこのそれぞれの省かれることが、この二つの行為の相即関係の成ずる意味を

『今昔』に諦視させていないであろう。すなわち、仏陀の放つ光明[7]が涅槃の近づくのを知らせ、純陀が最後供養をささげようとしてなお仏陀のうつせみの長寿をねがう時、仏陀は「汝欲令我久住世者。宜当速奉最後具足檀波羅蜜」と告げる。これを『今昔』本文は「汝、我レヲ世ニ久ク有ラセムト思ハムヨリハ、速ニ最後ニ檀婆羅蜜ヲ可行シ」と訳出した。もとより、原意は、法ないし法身の常を欲するならば、最後供養を成す、すなわち檀波羅蜜を行ずべきを言う。『今昔』本文は生身の永生を乞うよりは檀波羅蜜を行ずべきを言って、原意から見れば誤訳ないし曖昧である。いくたびかふれたように、『今昔』は生身を強く意識しはした。さらにたとえば、『日本霊異記』巻中⒄の結文「如涅槃経説。雖仏滅後法華常在」と、これを出典とする、『今昔』巻十六⒀の結文は全く異なって、「人ノ心ニ随」う「霊験」を説く。『霊異記』巻中㊱の結文部「理智法身。常在非无……」、『今昔』巻十六⑾は「菩薩ノ御身ハ常住ニシテ滅スル事无レ」と受けとめる。『霊異記』巻中㉓の「夫理法身仏非血肉身。何有所痛。唯所以示常住不変也」、『今昔』巻十七㉟の結文部は「卉ハ血肉ヲ具シ不給ハズ。豈ニ痛ミ給フ所有ランヤ……」。『今昔』はここにも「法身」の語を襲わず、「常住不変」に代えて経験的即物的な批評をつづるであろう。もし言えば、『今昔』に「三身」すなわち「応身・報身・法身」各語の見えるのは、『三宝絵』下⒄大安寺大般若会の「三身」条を書承する場合の各一例ずつあるのみである。このように生身を強く意識するのは『今昔』的ではあるとしても、もしいま意改とすれば、この一篇はその意味世界を結像しないであろう。すでに『今昔』本文は「我レ、汝及ビ一切衆生ヲ哀バムガ為ニ今日涅槃ニ入ナムトス」と仏陀のことばを訳出しているが、この非滅現滅の方便示現の意を『今昔』がとらえているか、相関して少しく疑わしくもあるのである。「一切ノ法ハ、不久ズシテ皆、滅有リ」、『今昔』のこの「法」はひろく「もの」（nissatta）の意に用いるのであろう。[8] 原意、法性（ダルマター）、生ずべく生じ存すべく存し滅すべく滅する法（ダルマ）本来のすがた、「有為之法性」（『大般泥洹経』巻一、長者純陀品、十二、860c）のすがた、仏陀の体験し自証したそれを言い、過ぎ行く存在（もの）に対してこの法（ダルマ）の普遍して不易であることを言うはずである。「有為之法　其性無常　生已不住　寂滅為楽」（『大般涅槃経』巻二、十二、614c）であろう。『今昔』はともかく無常にふれる意においては通じるとしても、畢竟、要するに『今昔』のここにおいて仏陀の生身が意識されるのであって、かの純陀の「貧窮」も『今昔』においては素朴に見られている、と想像される。

（6）平川彰『インド仏教史』上巻三八一―三八二頁。「一切衆生にことごとく仏性（Buddha-dhātu）あり」。

（7）仏陀の放光、『今昔』本文「……ト宣テ、仏、眉間ヨリ……」とつづく句は『釈迦譜』を簡略するが、『釈迦譜』自体、原典『大般涅槃経』巻二から数巻を削って、巻十巻頭の放光へ直接つづけている。
ついでに言えば、『今昔』前行本文「……汝ハ此レ実ノ仏子也、ト。亦、仏、純陀ニ告テ宣ハク」とつづくのも『釈迦譜』に依って、「亦」とつなぐが、この『釈迦譜』自体、『大般涅槃経』巻二の長文を省いてつづけている。

（8）宇井伯寿『印度哲学研究（第四）』一三二―一四〇頁、和辻哲郎『原始仏教の実践哲学』一六九―一七三頁・二五二―二六五頁等が思い出されるであろう。

『今昔』本文終節、「一切ノ菩薩・天人、諸ノ異類ノ衆会、……」とは、はじめに『今昔』に全く省略された、最後供養を許されなかったその存在たちであり、「異類」とは「様々ノ異類ノ形ナル鬼神」（巻十三(1)）などを含む[9]からである。無量の光明の現成するように、無量の仏及び比丘僧らが現成し、一切の大会が一切歓喜を成して、仏陀は純陀の供養を受ける。「仏ハ、自、御手ヲ指シ延テ……」句、原典における仏陀のいくつかの称呼は『今昔』本文に多く一様に「仏」と訳され、いま、「釈迦如来」と特称される原語もまた一様に訳される。原文においては、その「釈迦如来」がみずから最後供養を受けて檀波羅蜜も全うされ、法身常住と悉有仏性とが相即して成る。「摩伽陀国」は突如であるが、微供の功徳が最強大の王国をあまねく満たす心であろう。[10]『今昔』本文に「自、御手ヲ指シ延テ」を補訳するのは巻一(2)にもふれたが、いま慈心の直接を具象するとも言え、また、「貧窮」の「少供養[11]」がかなえられて世界を満たした意味は方向される。しかし、誤訳ないし曖昧のゆえに、法身常住は成らず、ないし極めて不確かであり、悉有仏性も全うされない。はじめ、「貧窮」、仏に随って「将来ノ食ヲ求メ」、供養の後の入涅槃をねがい、後、あらためて生身の長寿一劫を乞うのは原典も同じいとしても、原典に「求将来食」というのは、もし檀度（ダーナ・パーラミター）が必成すれば、是れすなわち将来法身を長養する[12]（『大般涅槃経集解』巻四）とか、法身慧命を長養する（『大般涅槃経疏』巻三）とか、「仏果常住法食」（『集解』巻四）の理に関する方向をとるべきであるから、『今昔』が法身観にかかわらない意改をこころみたとすれば、この「将来ノ食」表現とその意改表現との関係なども透徹を欠くに至るであろう。畢竟、原意の、絵画的を超えて、無量の仏たち、比丘僧団たちの一切歓喜する光明の香気は充たされなかった。誤訳もしくは部分的な意改が、大乗的仏陀観に立ってそれを表現の諸関係の間にひそませる、『大般涅槃経』の論理体系の緊張の均衡を破綻させているのである。『釈迦譜』を通じてとしても、この素材から、生身とか素朴な「貧窮」とかはえらべなかった。ただし、それをえらんだ破綻には、切実な誤解があるのかも知れなかった。なお、「八石」は『今昔』唯一の語、数字に感じやすい一。原語「八斛」には、『一切経音義』巻二十五に説があった。

『今昔』本文の訳語、「无上ノ法ヲ雨シテ」の「法」は「法雨」を可とし、純陀が大衆に「仏、涅槃ニ入給フ事无カレ、ト勧メ給ヘ」と呼びかけるのは、仏が純陀に「……自然ラ其ノ心乱ル」と告げることとともに、誤訳である。「汝、我レヲ世ニ久ク有ラセムト思ハムヨリハ」の「思ハムヨリハ」も錯覚であろう[13]。

（9）「異類衆形鬼神禽獣」（『法華験記』上⑾・「異類異形の者共」（『栂尾明恵上人伝記』巻下）・「異類ノ鬼神」（『沙石集』巻五本⑷）等。

（10）「純陀一鉢ノ飯ヲ仏ニ供養セシ志、法界ノ衆生ノタメナリシカバ」、「十二由句ノ大会ニ供養セシニナヲ（ホ）アマレリトイヘリ」（『沙石集』巻五本⑸・巻十末⑴）。

（11）「貧女腐汁奉縁」（『東大寺諷誦文稿』１６５行、「釈迦本縁」）、かの『今昔』巻一⑾「空鉢而還（出）」物語（『大智度論』巻五・八、二十五、１１５ａ・１２１ｃ、他）、同⒇、また、巻二⑹、⑻⒀その他、「貧窮」布施の功徳を語る。

(12)「長養無量諸善法」（六十『華厳経』巻四十一）・「長養於母乳」（『仏所行讃』巻一）・「是父是母能長養我身」（『大智度論』巻四）・「梵行亦能長養」（『倶舎論』巻二）・「至夏盛陽当助長養」（『淮南子』巻五）・「長養此六賊、輪廻得三界」（『三代実録』巻二、貞観元年四月記）・「法身かならず長養して菩提を成就するなり」（『正法眼蔵』八十八、帰依三宝）等。

(13)「……仏、眉間ヨリ……」という放光は、『今昔』の訳語の限りでは、眉間の光（巻一(13)・巻十一(15)等）と見る外ないが、原語「面門」は、「門以通為義。故以口為面門也」（『大般涅槃経集解』巻二）・「面門、口也」（『大般涅槃経疏』巻一）と注される。また、同経巻一「爾時如来面門所出五色光明。其光明曜（中略）所応作已。遺従口入。（中略）如来光明。出已還入」（十二、611a・『釈迦譜』五十、70a）等においても、「面門」は「是口也」と注される（『一切経音義』巻二十五）。「爾時世尊不起于座。熙怡微笑。従其面門放大光明」（『大般若経』巻一）、「令一切衆生得端正面門」（六十『華厳経』巻十七）、「爾時世尊放眉間光。……即便微笑有五色光従仏口出……」（『観無量寿経』）、仏口からの放光と微笑とは結びやすく（『毘奈耶薬事』巻二・『毘奈耶雑事』巻二等）、「仏便微笑。従其面門出五色光遍照世界」。（『撰集百縁経』巻一(1)(2)等の「其面」は、同じく「此児生時。……従其面門。出優鉢羅華香。（中略）身口常香。受天快楽」（同巻七(62)）からしても、口の意か、「眉如月初生　色如金精黒。……面門方円好　妙声吐和音　……　歯高次第利　二牙光面門」（『大薩遮尼乾子所説経』巻六）・「爾時世尊従其面門出長広舌」（『大乗方広総持経』）・『毘奈耶薬事』巻八の「面門」は、『薬事』巻九のそれと同じく、口の意であるべきである。「面門之称何限口耶」（『悉曇要訳』巻三）、「面門者口なり」（『報恩鈔』）。ただし、『正法華経』巻一「……放演光明　甚大威曜　出于面門　神変遍照」（九、64a）のこれは、什訳『妙法蓮華経』巻一「……眉間（bhramuka）白毫　大光普照」（九、2c）にあたるべきからすれば、眉間の意かと考えられる。六十『華厳経』巻二の「爾時世尊。……即於面門及一一歯間。各経仏世界塵数光明」（九、405a）の「面門」について、『華厳経探玄記』巻三に、口、面の正客、鼻下口上中間の三釈をあげて、「称面及口并門、悉名目佉（mukha）」、これを「面門」と翻すと注し（三十五、151b）、『阿娑縛抄』巻百十六にも「世人云、面門、口也」として『探玄記』を抄する。『日本霊異記』巻下(18)の「弱脊自淫面門」のこれは、かの意である（『四分律』巻五十五・『五分律』巻二十二・『梵網経古迹記文集』会本巻二）。なお、『今昔』に、「経ヲ読誦ス、口ヨリ光ヲ出ス」（巻十四(18)、「誦経、光従口出」（『日本霊異記』巻上(14)）等の類もあることを附記する。

初めに記したように、インド仏典には仏陀やチュンダをめぐる歌があった。仏陀のうつせみの疲れ、耐える生の物語があった。道に疲れた仏陀の傍を、五百の車が通りすぎた、ともいう。前記の『釈迦譜』に依る『今昔』は、これらの現(うつつ)にはかかわらず、ただ讃仏に終始した。その表現の在りかたにおいて、ついには索漠を免れ得ないであろう。

巻三　仏入涅槃給時遇羅睺羅語第三十

「仏子」、羅睺羅 Rāhula（巻三(29)）、「等視衆生如羅睺羅」。われわれは思い出す。在唐七〇二～七〇四、長安体験もある平城知識人の、生き悩む現世の肉声を。

釈迦如来金口正説。等思(ママ)衆生如羅睺羅。又説。愛無過子。至極大聖尚有愛子之心。況乎世間蒼生誰不愛子乎。（『萬葉集』巻五、802―803、山上憶良「思子等一首并序」）

「瓜食(は)めば子ども（複数）思ほゆ……」。「金口」、仏語、かのスペインの天才、ゴヤのことばとは意を異にする。「愛無過子」は、「天子而説偈言、所愛無過子」（『雑阿含経』巻三十六、二、263c）、「人於親族中、愛深無過子」（『仏所行讃』巻一、四、3a）、「愛深莫踰子」（同巻一、四、10b）等の類を、憶良が何らかの経過の間にとり誤ったあとであり、「至極大聖……」以下も同じい。すなわち、「耶輸陀羅語羅睺羅。誰是汝父。往到其辺。時羅睺羅礼仏已訖。正在如来左(右)足辺立。如来即以……手、摩羅睺羅頂。時諸釈等咸作是念。仏今猶有愛私(私愛)之心。仏知……、即説偈言。……無有偏愛心　但以乎摩頂　……　此亦尚出家　重為我法子　……」（『雑法蔵経』巻十(117)羅睺羅因縁、四―497b）、これは血を分けた子への私の偏愛のゆえではない。子において猶預(たゆたい)を生じるのではない。この子も亦まさに出家すべく、重く我が法(ダルマ)の子であるゆえである。この物語、たまたま敦煌本『維摩経疏』巻三（フランスパリ国立図書館蔵、ペリオP.2049）の一部に多少の類話もある（八十五、３９５ａ）のを知るが、この物語をとり誤ったあとであった。(1)

「仏子」、羅睺羅、『今昔物語集』巻三(30)仏入涅槃給時遇羅睺羅語第三十は、『釈迦譜』に見えず、主要仏伝仏典にも見えない。既注のように、『打聞集』(12)羅睺羅事との共通母胎からえらばれたのである。師父仏陀の入滅にあうに堪えず、他方二仏の世界に避けた羅睺羅が仏陀の待つことをさとされて仏陀のもとに還り、仏陀から法のゆえにただ「解脱」を求むべきを遺告される、という『大悲経』巻二羅睺羅品（十二、９５２ａ～ｂ）を原話とし、さらに、『方等般泥洹経』巻下（同、９２２ｃ）・『四童子三昧経』巻下（同、９４１ｃ）などに、入滅近い仏陀が阿難（アーナンダ）・羅睺羅の「手」を執って諸仏の手の中に与えて遺囑し、諸仏はふたりに如来の「法身」なるべきを説く、という、ほぼ同方向の物語の類をも合わせたか、悲しむ彼らにそれを超えさせようとする、ともかくめずらしい物語を通じて、平安時代の教団・貴族知識社会に、その口がたりの想像力が成長し、和文化資料へ定着しても来た。『今昔』巻三(30)と『打聞集』(12)との共通母胎がそれであり、それを『今昔』はみずからえらび、編んだのであって、もとより、これ自体『今昔』の正負の意味である。

今昔物語集巻三(30)　仏入涅槃給時遇羅睺羅語	打聞集(12)
……羅睺羅、泣々ク参リ寄タルニ、仏、羅睺羅ヲ見給テ宣ハク、我レハ只今滅度ヲ取ルベシ、永ク此ノ界ヲ隔テ、ムトス。汝ヂ我レヲ見ム事只今也、近ク来レ、ト宣ヘバ、羅睺羅、涙ニ溺レテ参リタルニ、仏、羅睺羅ノ手、ヲ捕ヘ給テ宣ハク、此ノ羅睺羅ハ此レ我ガ子也。十方ノ	……ハ参ヘリ(ママ)。仏、羅睺羅ノ臂取給テ、羅睺羅ハ我子也、十方ノ仏　愍（アハレニシ）給、ト契給テ絶入□ヌ。

仏、此レヲ哀愍シ給ヘ、ト契リ給テ、滅度シ給ヒヌ。此レ最後ノ言也。（I、255・13—16）

羅睺羅の年齢を、その出家後の年月を、どのように考えているのであろう。一篇冒頭の、仏陀の入滅にあう「カヽル悲ビ」ということばが『打聞集』(12)に同じく、かつ、仮名書自立語を含むことからも、その共通母胎のすがたが想像されるが、おそらく『打聞集』(12)がそれに近く、いま、『今昔』本文あるいは補い、あるいは改めて、巻一(2)に見えたように、「手」を表現するなどしたであろう。[2]「此レ、最後ノ言也」、これも『今昔』の補入し限定したところにちがいなく、すべて、つづく結文の評語を強調しようとするのである。

今昔物語集巻三(30)	打聞集(12)
然レバ此レヲ以テ思フニ、清浄ノ身ニ在マス仏ソラ父子ノ間ハ他ノ御弟子等ニハ異也。何況ヤ、五濁悪世ノ衆生ノ、子ノ思ヒニ迷ハムハ理也カシ。仏モ其レヲ表シ給フニコソハトナム語リ伝ヘタルトヤ。（I、256・1—2）	此ゾ仏ダニ子ヲ思給フ道ハ他人ニハ異也。倍テ我ラ衆生ハ子思ニ迷ム事、理也。

仏陀涅槃の物語はもとより、仏伝八相のいわば固有部分の物語にはすべてこのような形の結文を見ない。共通母胎既存のそれに『今昔』が自己の「此レヲ以テ思フニ」類型表現をあてる。この結文評語「コレヲ（以テ）思フニ……」型は、原拠を襲う（巻二十四(23)等）外、多く『今昔』が独自に評し、ないし評し改める場合に目立つ。

特には、「亦」「而ルニ」「然レバ」「然レドモ」「但シ」などの副詞・接続詞、ないし接続助詞を順逆に点滅して、自意識のひしめく力学を鋭くする場合もある。巻十五(20)(51)はじめ、「認識することへの烈しい意志」が「様々ニ此ノ事ヲ思フニ難心得シ」（巻十九(44)）まで問いつめて評語するのも、[3]この型が多い。「委ク不知ズ」（巻十九(31)）その他、独自ないし独自と見るべき変化もあろう（若干例、巻十四(26)、巻二十七(28)(45)、巻三十一(9)等）。そして、この類型に「……スラ（ソラ）……何況ヤ……」類型がしばしば相伴うが、さらにいま、「清浄ノ身ニ在マス」句を補って仏陀を、『今昔』唯一の「五濁悪世ノ」句を補って衆生をとらえ、末代意識をもそえて、いくばくかではあるが、自己模索を具体する。「仏ノ御弟子達モ如此ノ挑事ヲシ給フ也ケリ。増シテ末代ノ僧ノ智恵・験ヲ挑マムハ、尤裁リ也カシ……」（巻三(5)）、同型の、独自の結文評語である。「仏モ其レヲ表シ給フニコソハ……」と加えるのは、『打聞集』(12)がおそらく共通母胎と同じく単に現象としてのみとらえるのとは異なって、少なくともその現象の意味を意味として問う意識を、いくばくかの奥行きとしてはもつであろう。「末世ノ衆生ニ祖子ノ悲ミ深キ事ヲ令知ガ為也」（巻四(1)、I・268・16）、少しく情況は異なるが、摩耶と仏陀との関係についてその方便示現にふれるような、この表現ほどには方向を確かにはしないとしても、単にその現象としてのみにとどまらないことも確かであろう。それにしても、『今昔』は、「（平等）一子ノ悲」（巻一(38)・巻三(27)）という限りにおいては一子地の思想をとられているが、しかし、「人ノ子ヲ思フ事ハ、仏モ一子ノ慈悲トコソ譬ヘ説キ給ヘレ」（巻九(1)、II、188・12―13）、これは前後から見て誤用であり、[4]敦煌本『捜神記』・同『孝子伝』などをも含む類話の間に、この比喩を見ないのをもし『今昔』の補入とすれば、これは『今昔』自身の冒した誤用であって、この誤用された在り方における「一子ノ慈悲」は、いま本章巻三(30)における「子ノ思ヒニ迷」う在り方に通じるのである。『打聞集』(12)との共通母胎の論理を受容してこの物語を人生の情景として点じるのは、『今昔』には別に抵抗のない切実な選択であった、と想像されるのである。呻吟する民心[5]をいたわるというよりは常識性を免れ難い稚い物語ではあるが、漢文世界と結ぶ「正統」仏教の権威の固定観念によらないこの選択は、平安末期、ともかくも、それとしての意味はもった、とは言い得るのであろう。

……生者必滅は穢土のならひ、老少不定は人間のつねのことなり。しかりといへども、親となり子となることは、前世の契り浅からず。釈尊すでに御子羅睺羅尊者をかなしび結ふ。応身の権化なほもってかくのごとし、いはんや底下薄地の凡夫においてをや。

（百二十句本『平家物語』巻九、一の谷）

これは『今昔』本章・『打聞集』⑿共通母胎の流れに立つであろう。世阿弥の謡曲「百万」に「忝くもこのお仏も羅睺為長子と説き給へば」と謡うのは、『法華経』巻四人記品の「我為太子時　羅睺為長子　我今成仏道　受法為法子」（九、30a）によった。子を失った襤褸の狂女が、その恩愛の呻きのゆえに、「心ならずも逆縁ながら」、仏の教えに背くことをわきまえながらもねがったそのはてに、「衆生のための父」（「衆生之父」『法華経』巻二・三）のもとに、ついにその子とめぐりあう。[6] うつつは、順逆無尽菩薩道、その無尽をあらわしつつむ法の悲しみの鮮やかな現成であった。

（1）小稿「釈尊伝」（『仏教文学講座』第六巻、勉誠社、一九九五↓本書所収）に略記する。
（2）その補いと見られる部分に、附属語「ベシ」の片仮名大書きの変則のあることは措き、「涙ニ溺レテ」の「溺」の漢字表記が見える。これは巻一⒄本文〔Ⅲ〕の「涙ニオボホレテ」表記の問題を思い出させる。
（3）森正人「内部矛盾から説話形成へ―今昔物語集の統一的把握をめざして―」「愛知県立大学文学論集」第二十八号）
（4）「人ノ、他人ヨリハ子ヲ哀ト思フ如クニ、仏モ、誰ヲモ憫シト不思サネドモ、御弟子ニ成タルヲバ今少シ思ヒ給フ也」（巻十九⒁、Ⅳ、93・16―17）、一子地の誤用ではないが、部分的に通う。
（5）「人のおやの心は闇にあらねども子を思ふ道にまどひぬるかな」（『後撰和歌集』巻十五）、「白玉ト思ツル我ガ子」（『今昔』巻十九㉗）・「人ノ財ニ為物、子ニ増ル物无」（巻二十六⑺）。特には、「わが子は十余（二十）になりぬらん……」『梁塵秘抄』No.㊿364㊿365など、思い出されよう。

（6）それは、かの嵯峨釈迦堂、すなわち、源融の楼霞観のあと、栴檀の釈迦如来瑞像（小稿「和文クマーラヤーナ・クマーラジーヴァ物語の研究」、奈良女子大学文学会『研究学報』VI、一九六三→本書所収）で知られる清涼寺で、弘安二（一二七九）年の、大念仏会に演じられた女物狂いの劇に始まるという。

巻三　仏入涅槃給後入棺語第卅一

クシナーラ（クシナガラ）びとスバッダSubhadda（skt. Subhadra）が途上はじめて逢ったとき、仏陀はあるいはかく語った。「……スバッダよ、わたしは二十九で何か善を求めて出家した。スバッダよ、わたしは出家してから五十余年になった……[1]」と。彼はあらたに仏陀の法（ダルマ）に感じ、帰依して、仏陀生前最後の弟子になった、という。

（1）パーリ『大般涅槃経』五―二七。本稿巻三(28)注（4）参照。

この間、このパーリ本には見えないが、『ブッダチャリタ』には、「顕現しているのはこの不変の自我（アートマン）であり、身体とは別のものであると彼は前に考えていたが、牟尼のお言葉を得た後は、世間（のもの）は自我（アートマン）を持たず、自我（アートマン）として作られたものを持たないと知った」（第二六章「大般涅槃」一七）などと挿まれるのを見る。

ātman、それは原義、おそらく呼吸〝転じて〟インドの哲学に、生気・霊魂・自我、すべてのものに内在する霊妙な力、宇宙の原因となる根本原理、等々の意があるという。そして、この存在を認めるか認めないか、二つの流れが岐れたという。かの婆羅門教、吠陀（ヴェーダ）の最終部、「ヴェーダーンタ」Vedāntaの『ウパニシャッドUpaniṣad』（奥義書）、この古章の昔なつかしい『ブリハッド・アーラニヤカ・ウパニシャッド』に、ヤージュナヴルキヤが美しい妻マイトレーイーに別れを告げていう。「ああ、げに良人を愛するが故に良人を愛するに非ず、自我(アートマン)を愛するが故に良人を愛するなり。妻を愛するが故に妻を愛するに非ず、自我(アートマン)を愛するが故に妻を愛するなり。げに……」（第二篇第四章(5)、『ウパニシャッド全書』二）、一九三九年、遠い夏の日に『ウパニシャッド』を語った先考が、のち、日本の無条件降伏に徐々に近づく冬の日に、食もなく飢えがちにうずくまっている家猫に、ふと「猫にもアートマンがある」とつぶやいた、そのアートマンである。

仏陀、そして仏教はこの自我(アートマン)を否定した。その存在を認めず、縁起Pratītyasamutpāda説の立場から無我説を立てるであろう。一つの波は他の波に縁(よ)って成るであろう。無我anātman、空śūnyaの説である。そして、『ウパニシャッド』のいう「輪廻」saṃsāra、その原因としての「業(ごう)」karmanの思想、その輪廻からの解脱を仏教は索めるのであろう。

仏陀生前最後の弟子との物語は『釈迦譜』に見えず、『今昔』にものこらない。

仏陀滅度。涅槃、nibbāna（skt. nirvāṇa）の音訳であるこの語は、もと、吹き消された、命の火が吹き消された、すなわち死を意味し、仏陀の死をも意味したが、転じて、煩悩の火を滅して菩提の智を全うする境をいうに至った、という。いまは、世間(よのなか)の人としての仏陀釈尊の最期をいうこと、すでに言うまでもない。

『今昔物語集』巻三(31)仏入涅槃給後入棺語第卅一前半は、阿難(アーナンダ)問葬の転輪聖王(チャクラヴァルティ・ラージャ)葬法のことを中心とする。もっとも高く対応するのは、対応すると言うにとどめるが、高麗本系『大般涅槃経後分』巻上の一部である。

今昔物語集巻三(31)　仏入涅槃給後入棺語	大般涅槃経後分巻上
[I]今昔、仏、涅槃ニ入給ハムト為ル時ニ阿難ニ告テ宣ハク、我レ涅槃ニ入ナム後ニハ、転輪聖王ノ如ク七日留メ	[I′]仏告阿難。（中略）我入涅槃。如転輪王。経停七日乃入鉄(金)棺。以妙香油注満棺中蜜蓋棺門。

テ、鉄ノ棺ニ入レテ香油ヲ以テ棺ノ中ニ灑キ満テヨ。其ノ棺ノ四面ヲバ七宝ヲ以テ可荘厳シ。亦、一切ノ宝幢・香花ヲ以テ供養シテ七日ヲ経テ後、鉄棺ヨリ出シテ、諸ノ香水ヲ以テ我ガ身ニ浴シテ、上妙ノ兜羅綿ヲ以テ身ニ纏ヘ、微妙ノ白畳ヲ以テ綿ノ上ニ覆テ、皆鉄棺ニ入レテ微妙ノ香油ヲ以テ棺ノ内ニ満テ閉テ、妙ナル牛頭栴檀・沈水香ヲ以テ七宝ノ車ニ入テ、諸ノ宝ヲ以テ荘厳シテ棺ヲ乗スベシ、ト。如此ク宣ヒ置キ、既ニ滅度シ給ヌ。

（I、256・6—11）

其棺四面応以七宝間雑荘厳。一切宝幢香花供養。経七日已復出鉄(金)棺。既出棺已応以一切衆妙香水。灌洗沐浴如来之身。既灌洗已以上妙兜羅綿遍体纏身。次以微妙無価白氎千張。復於綿上。纏如来身又入鉄(金)棺。復以微妙香油盛満棺中閉棺令密。爾乃純以微妙牛頭栴檀沈水一切香木。盛(成)七宝車。一切衆宝以為荘厳。載以宝棺。至荼毘所。……

（十二、902a—c）

パーリ『大般涅槃経』五—一一、六—一七・『長阿含経』遊行経（一、20a—b・28b）等にもはやく見える、神話化された伝出である。『大般涅槃経後分』巻上に酷似することを見出すであろう。『今昔』後章、巻二(34)が『後分』と対応することはすでに知られ、特には高麗本系に近い。そして、いま、後章、巻三(32)は『釈迦譜』巻九(27)の一部（五十、73a）に直接するが、その『釈迦譜』は直前に転輪聖王葬法をしばし述べる（五十、72c）。『今昔』本章は、これとかかわって、「転輪（聖）王」を含む儀式表現として整うと見た『後分』巻上をつづけたか、とも想像される。ただし、これにつづく『今昔』巻三(32)後半は、『後分』とほとんど関しない『今昔』のみの補塡部である。前半は『後分』一部自体を直接書承したか、この場合、直接としてはあまりに部分的に突如の感を免れないから、あるいはその抄物にでも依って用いたか、とにかく『後分』巻上のそれ相当であることは確かであった。

そして、『今昔』本文は、その冒頭「阿難ニ告テ言ハク」が、前章巻三(30)の「最後ノ言」と齟齬することにはこだわっていない。また、いずれ後代に先達したものにちがいない遺経の類を省いて、儀式的世界への関心が顕著なのか、本文は儀式のみを述べる。その、「七日」は類型語。「鉄（ノ）棺」は、宋本・宮本にはすべて「金棺」とある。法顕訳『大般涅槃経』巻中には、転輪聖王供養の法によって、「細氎」などを身にまとい、「金棺」に、さらに銀棺・銅棺・鉄棺の内に納め……とある（一、199c－200a）。「後代になるほど空想的に誇張された[2]」のであろう。「白畳」、「畳」を「氎」の省文と見てシロカタビラと訓む（大系本補注）のには、事実、『後分』に「白畳」が原語「白氈」に対するのを知るであろう。「白畳」「白氎」の異同する場合もあった（『長阿含経』遊行経、一、24c・『四分律』巻五十四、二十二、966c、本稿二四六頁巻三(32)論述部分等）。「夫氈胡之所産者也」（『捜神記』）。「白氎、毛布也。草花布也」（『一切経音義』巻十四）といい、「劫貝、可以為布。高昌名氎。是衣名……」（同巻五十九）という。「劫貝」karpāsaは木綿。高昌は、西域、かのトルファン（新疆ウイグル自治区東部）の北方である。「国尚楽音、人好歌舞。少服毛褐氈裘。多衣絁紬白氈」（『大唐西域記』巻十二「瞿薩旦那国」、五十一、943c）、瞿薩旦那、これは崑崙の北、東方から入れたという桑蚕の伝説でも知られる養蚕地、いまも絨毯や絹糸を出す、かの崑崙の玉（ぎょく）の于闐（コータン）[3]旧域はこのオアシス都市の西ヨトカンである。夢つきぬ西域である。「諸比丘処処乞羊毛作氈衣」（『摩訶僧祇律』巻九、二十二、306c）、「将五百妙氎、奉施衆僧」（『有部毘奈耶』巻二十四、二十三、737b）、「白畳千張及白畳袈」（『毘奈耶雑事』巻三十八、二十四、401b）、「白氎」（『法顕伝』、パータリプトラ条）、また、「西方俗侶官人貴勝所著衣服、唯有白氎一雙、……氈裘是務、少有劫貝[4]」（『南海寄帰内法伝』巻二、五十四、214b）・「……内令諸妓女奏其音楽。塗以磨香灌以香水。……以浄白氎而揩拭之」（同巻四）、『釈迦譜』巻九にも「欲使諸人以千端氎裹朴其身」（五十、71b）、「八大国王皆持五百張白氎」などとあった。正倉院宝物にのこる花氈を思い出しもしよう。新羅僧慧超の敦煌本『往五天竺国伝』も、「王官屋裏及富有考。若氎一雙。自□一隻」（五十一、975c）その他、しばしば「衣著氎布」にふれる。七二七年、長安への帰途に安西都護府（亀茲）に寄ったが、その間、「胡国」、中央アジア、かのサマルカンドの都あたりの「愛著白氎帽子」の習俗をも記していた。「食唯愛餅」、餅とはナン（naan）であろうか。ガンダーラ、バーミヤーン……。そして、八四〇年、日本天台の円仁も、五台山に詣でて、「勅使別送……花毯・白氎」と花模様の絨毯や西方からの綿布のことを記している（『入唐求法巡礼行記』巻三）。なお、「兜羅綿」tālaの綿は軽い微妙の綿ないし綿布の類、「眉間白毫相軟白兜羅綿」（『大智度論』巻八十八、二十五、681a）、「六群比丘以草木兜羅綿貯臥具」（『十誦律』巻十八、二十三、127c）、また「……如柳絮也」（『翻訳名義集』巻七）などからも思い得よう。(5)

ともかく本文は儀式のみを述べる。ただし、ゆえに古朴がかえるわけではない。「如来之身」に「我が身」となるのが、身近といえば言えるかもしれない。仏陀最後のことばとつたえる「勿復懈怠散心放逸」（『大般涅槃経後分』巻上、十二、904a―b、等）をも省き去る。「牛頭栴檀」の類は、巻二(1)IIの海のほとりのそれに見えた。『エリュトラー海案内記』第三十六節にも見えるところであった。

(2) 中村元『ブッダ最後の旅―大パリニッバーナ経―』訳注、二八七頁。

(3) 寺本婉雅『于闐国史』。

(4) 水谷眞成『大唐西域記』巻二、六一頁注に『寄帰伝』を引き、「氎裘」を「けおり・かわごろも」と訓む。

(5) 「白氎」「兜羅綿」等には、藤田豊八「綿花綿布に関する古代支那人の知識」（『東西交渉史の研究 南海篇』所収）・桑原隲蔵「アラブ人の記録に見えたる支那」（全集第二巻所収）等に、あるいは『後分』にもふれて図説される。

松本信広「木綿の古名について」（『日本民族文化の起源』第二巻所収）にも、「劫貝」「白畳、白氎」「兜羅」その他にふれ、あるいは昔なつかしいラウフェルの『シノ・イラニカ』にもふれる精密な論がある。

柳田國男『木綿以前の事』等には、これらにふれるところがない。

本章後半は、仏陀入滅後の悲歎をつづり合わせて入植する。『今昔』自身の梗概要領するところであろう。

[II]其ノ時ニ、阿難ノ(ママ)諸ノ大弟子ノ羅漢等、音ヲ挙テ泣キ悲ム事无限シ。菩薩・天人・天龍八部、若干ノ衆会、異類ノ輩、皆各、不歎ズト云フ事无シ。金剛力士ハ五躰ヲ地ニ投テ悲ム、十六ノ諸王ハ音ヲ挙テ叫ブ。其ノ時ニ、大地・諸山・大海・江河、皆悉ク震動ス。雙樹ノ色モ変ジ、心无キ草木、皆、悲ビノ色有リ。如此ク天地挙テ歎キ合ヘリト云ヘドモ、更ニ力无クテ止ヌ。其後、仏ノ教ヘ置キ給ヒシガ如ク、七日ヲ経テ鉄棺ニ入レ奉テケリトナム語リ伝ヘタルトヤ。　（I、256・12―257・1）

冒頭、「阿難ノ」は鮮明を欠くが、『法華経』巻三に「摩訶迦葉及諸大弟子」とある（九、19a）のなどから推せば、「阿難及……」とあるべき誤りであろう。これで徹る。同じく羅什訳の『維摩経』巻中の「諸菩薩大弟子衆及諸天人」（十四、544b）は、玄奘訳『説無垢称経』巻三には「諸菩薩及大弟子釈梵護世諸天子等」とあり、この「大弟子」は聖護蔵本には「大声聞」とあって（十四、567c）、すなわち、菩薩(ボーディサットバ)に比して結習未尽とされる声聞(シュラーヴァカ)をいうらしい。「異類ノ輩」は、『後分』巻上の「如是異類殊音」（十二、905c）を承けるかもしれず、「金剛力士」は涅槃時の「執金剛神・密迹力士」の「悶絶躄地」（『大唐西域記』巻六、五十一、904a）の類の伝えをほのかにするところがあるか。「十六」は、吠陀(ヴェーダ)、『ウパニシャッド』以来の聖数のなごりでもあり得るが、いまは、「十六ノ諸王」には、「十六大国王」（『心地観経』巻七、三、324b）、阿踰陀国(アユダー)・憍賞弥国(コーシャンビー)・室羅伐悉底国(シラーヴァスティー)（旧訳、舎衛国）など「十六ノ大国」（『今昔』巻一(9)・巻三(14)・巻五(4)）の王、ないし「十六大国ノ王」（七巻本『宝物集』巻二、涅槃物語）の類を思うべきなのであろう。「其ノ時ニ、大地・……皆悉ク震動ス」には、『後分』の「爾時（中略）一切大地皆大震動」、「一切諸山、一切大海、一切江河、一切草木、一切諸天」も「悉皆」悲歎・震動の意（十二、905a―b）を感じ得るか。「東西南北、四維上下、六種ニ震動ス。天ヨリ曼陀羅花・摩訶曼陀羅花等ノ四種ノ花雨(ふ)リ、栴檀・沈水ノ香、法界ニ充満シ、希有ノ瑞相ヲ現ズ」（巻一(13)）、これは、仏陀在りし日の光であった。「沙羅林sāla (śāla)-vanaノ雙樹ノ間」（巻三(28)、『釈迦譜』巻九(37)、「娑羅国雙樹間」）、「其樹類槲而皮青白、葉甚光潤」（『大唐西域記』巻六）、三、四十メートルの喬木もあると。『翻訳名義集』巻三には、「娑羅、此云堅固。……後分云。（中略）入涅槃已。其樹惨然皆悉変白」（五十四、1100b—c）という。白く変じたので沙羅林を鶴林ともいう由、播磨加古（かこ）の名刹、本堂・太子堂等ゆかしい鶴林寺（天台）の名の由来でもあるか。「心无キ草木」は、かの「心ノナキ木ダニ」（『三宝絵』下(8)、山階寺涅槃会）、「心无キ草木ソラ」（『今昔』巻十二(6)、同）に通う。もっとも、これら苦心の梗概要領は、所詮、索漠を免れない。

ガンダーラ彫刻・大和法隆寺五重塔塑像群、また、いくつかの涅槃図の世界があった。『今昔』の頃の涅槃会ともあいまって、「昔ノ沙羅林ノ儀式ヲ思フニ……」（巻十二(6)、山階寺涅槃会）・「昔ノ沙羅林ノ儀式思出テ、悲キ事无限シ」（巻十二(24)、『古本説話集』(70)欠）・「昔ノ沙羅林ノ人ノ泣キケムモ……」（巻十四(39)）等々の行文も思いあわされるであろう。

巻三　仏涅槃後迦葉来語第卅二

『今昔物語集』巻三(32)仏涅槃後迦葉来語第卅二は、『長阿含経』遊行経該当部（一、28b—29b）を簡略所引する十巻本『釈迦譜』巻九(27)釈迦雙樹涅槃記第二十七に依る。(1) 従来出典とされた『経律異相』巻四(5)現般涅槃には依らない。

（1）　小稿「今昔物語集仏伝資料に関する覚書」（「仏教文学研究」第九集、一九七〇→本書所収）。

今昔物語集巻三(32)　仏涅槃後迦葉来語

今昔、仏ノ涅槃シ給ヘル事ヲ聞テ、摩訶迦葉、狼跡山ヨリ出デ、来ル道ニ、一ノ尼乾子(にけんし)遇タリ。手ニ文陀羅花ヲ取レリ。迦葉、尼乾子ニ問テ云ク、汝ヂ、我ガ師ノ事ヲ聞クヤ否ヤ、ト。尼乾子答テ云ク、汝ガ師ハ涅槃ニ入給テ既ニ七日ヲ経タリ。迦葉、此ノ事ヲ聞テ泣キ悲ム事无限シ。亦、相ヒ具セル所ノ五百ノ比丘モ同ク此レヲ聞テ皆叫ビ悲ム。

迦葉、拘尸那城ヲ指テ行キ給フニ、尼連禅河ヲ渡テ天冠寺ニ至テ、阿難ノ所ニ行テ阿難ニ語テ云ク、我レ、仏ヲ未ダ葬シ不奉ザルヲ、今一度見奉ト思フ、ト。阿難答テ云ク、未ダ葬シ不奉ズト云ヘドモ、仏ノ遺言ニ依テ、五百ノ張疊ヲ以テ身ニ纏ヒ奉テ、金ノ棺ニ隠シ奉テ鉄棺ノ中ニ置キ奉レリ。更ニ可見奉キ事難シ。迦葉、如此ク三度ビ見奉ラムト乞フト云ヘドモ、阿難、前ノ如ク答テ不許ズ。

其ノ時ニ、迦葉、棺ノ所ニ向フニ、金ノ棺ノ中ヨリ仏ノ二ノ御足ヲ指出給ヘリ。迦葉、此レヲ見奉ルニ、御足

十巻本釈迦譜巻九(27)　釈迦雙樹涅槃記

……末羅大臣。名曰路幾。親執炬火。欲燃仏積而火不燃。又諸(大)・末羅次前燃積。火又不燃。時阿那律語末羅言。止止諸賢。非汝所能火滅不燃。是諸天意。以大迦葉将五百弟子。従波波国来欲見仏身。天知其意使火不燃。爾時大迦葉。従波波国遇一尼乾子。手執文陀羅花。問言。汝知我師在乎。答曰。滅度已来已経七日。迦葉聞之悵然不悦。五百比丘宛転号咷不能自勝迦葉詣拘尸城。渡尼連禅河到天冠寺。至阿難所語阿難言。我等欲一面覲舎利。及未闍維寧可見不。阿難答言。雖未闍維。以劫貝五百張氎。次如纏之。蔵於金棺置鉄槨中。以為仏身難復可覩。迦葉三請。阿難答之如初。時大迦葉適向香積。於時仏身従重棺内雙出両足。足有異色。迦葉見已怏問阿難。仏身金色。是(足)何故異。阿難報曰。向(さきに)有一老母悲哀而前。涙堕其上故色異耳。迦葉即向香積礼仏舎利。時四部衆及上諸天同時倶礼。於是仏足

ノ、金色ニハ无クテ異ナル色也、迦葉、此ヲ見テ奇ムデ阿難ニ問テ云ク、仏ノ御身ハ金色也、此レ何ノ故ニカ異色ナル、ト。阿難答テ云ク、一ノ老母有テ仏ノ涅槃ニ入給フヲ見テ、泣キ悲ムデ涙ヲ其ノ上ニ落ス。此ノ故ニ仏ノ御身異色ナル也、ト。其ノ時ニ、迦葉、棺ニ向テ泣〻ク礼拝ス。亦、四部ノ衆・天人、共ニ礼シ奉ル。其ノ後、仏ノ御足、忽ニ不見ズ成ニケリ。

然レバ、迦葉、仏ノ専ノ弟子ニ在スト云ヘドモ、仏ノ滅度ニ不値給ザル人也トナム語リ伝ヘタルトヤ。

（I、257・5—258・4）

忽然不現。時大迦葉遶積三匝而作偈頌。時彼仏積不焼自燃。……

（五十、73a）

パーリ『大般涅槃経』六—十九〜二十二をはじめ、『長阿含経』遊行経（一、28b—29b）など阿含部、『毘奈耶雑事』巻三十八（二十四、401a—c）、『善見律毘婆沙』巻一（同、673b—674a）・『毘尼母経』巻三（同、817b—818a）など律部仏伝類その他、そして、『釈迦譜』、簡略はなはだしい『経律異相』巻四(5)においてさえそうであるが、これらはほぼ大同して、仏陀命道の後に、末羅（マッラー）教、すなわちヴァーセッタの長老たちが悲哭して点す荼毘の火の燃えないのを、大伽葉Mahākassapa（skt. Mahākāśyapa）が弟子らを率いて「天冠寺」（Makuṭa-bandhana）に到るのを待つ神々の意によるとし、そして、迦葉らが到って仏陀の香積を三たびめぐると、その火はおのずから燃えた、とつたえる。『今昔』本文は前後を神話化して枠づけるこの火の不燃と自燃との枠を外し、いわば内枠のみに一つの世界を結像して、また別種の人間的境涯を創り出した。冒頭に

「仏ノ涅槃シ給ヘル事ヲ聞テ」とあるのは、前章巻三(31)からの調子に無意識に牽制されたのか否か、自身の、もとより不用意の補入であった。ふれるとしても、たとえば「逢聞如来……欲般涅槃」（法顕訳『大般涅槃経』巻下、一、２０６ｃ）とか、内外の異常に感じて「即知如来已入涅槃」（『大般涅槃経後分』巻下、十二、９０８ｂ）とか、夢あわせして「仏将般泥洹」を感じた（『迦葉赴仏般涅槃経』十二、１１１５ｂ）とか、ないし、異常に感じて「以天眼観見……入般涅槃」（『大唐西域記』巻九、五十一、９２２ｂ）とか言う在り方をとるのが当然であろうからである。

迦葉出立の場所として、「波婆国（パーヴァー）」Pāvā、すなわち毘舎離より北上して、クシナガラに至る中間(2)あたりの類（パーリ『大般涅槃経』六―一九・『長阿含経』遊行経・『四分律』巻三十・『四分律』巻五十四・『十誦律』巻六十・『毘奈耶雑事』巻三十八・『善見律毘婆沙』巻一・『毘尼母経』巻三・『釈迦譜』、等）を多くつたえ、あるいは「耆闍崛山（グリドラクータ）」（『摩訶僧祇律』巻三十二・『大般涅槃経後分』巻下・『付法蔵因縁伝』巻一、等）などともつたえるのに、いま『今昔』本文に「狼跡山（クルクタパタ・ギリ）」とするのは、『釈迦譜』後出の『摩訶摩耶経』所引部にも「摩訶迦葉於狼跡山入滅尽定」（五十、７４ａ）とあるような、平安教団・貴族社会の何らかの仏教史的知識のもとに、本文自身がその翻訳の場で誤って改めたものであろう。「狼跡山、此唐云鶏足山。又云尊足山。今迦葉居中者……」（『一切経音義』巻三十二）。「雞足山」は「摩訶迦葉跪奉付囑之衣」と結び（『本朝文粋』巻十四）、謡われ（『梁塵秘抄』No.(182)(183)(184)(278)）、「迦葉は鶏足山に籠り給ひたり」（『釈迦の本地』）ともつたえられて、親しまれた名でもあったであろうからである。「狼跡山ヨリ出デ、来ル道ニ」、これは『釈迦譜』の原典『長阿含経』遊行経に「従波婆国来。在道而行」とある類をまつまでもない。インドの古い遥かな道の一つがあった。「一ノ尼乾子遇タリ」、『伊勢物語』なつかしい語法であるが、そして、「手ニ文陀羅花ヲ取レリ」、行きずりの不易のうつつであるが、裸形のジャイナ教徒が天上から降りそそぐ曼陀羅華（マーンダラヴァ）を手にしていたのは、瞿曇（ゴータマ）の死に対する神々や人間の供養のためであった、とあるいは言い（『十誦律』巻六十・『善見律毘婆沙』巻一、等）、『今昔』がこれを如何に見ていたかは知らない。
「迦葉、……行キ給フニ」、この訳文と補入の結文とに見える彼れへの敬語はふと洩れた敬愛か、「尼連禅河ヲ渡テ天冠寺ニ至」るという、この「尼連禅河（ナイランジャナー）」は「熙連禅河（ヒラニヤヴァティー）」の原典以来の誤りを襲ったまでである。くりかえせば、『今昔』の場合、「狼跡山」は「尼連禅河」に遠くないはずであるが、『今昔』が両者の歴史地理を承知していたとは考えられない。それぞれその理由をもつ誤りをのこすべきであって、「尼連禅河」はその所依原典に従ったまでなのであった。さらに言えば、『釈迦譜』にはここに先行して「渡熙連禅河」（五十、72c）とし、ここではこれを『長阿含経』遊行経の誤りのままに「渡尼連禅河」とする（正蔵、「波」は「渡」の誤植）。「熙連河」（『摩訶僧祇律』巻三十二・『仏所行讃』巻五）・「希連（禅）河」（『法顕伝』・『水経注』巻一）、Hiraṇyavatī河（パーリ『大般涅槃経』五―一）であり、敦煌本「八相変」（雲字二十四章）等に「尼連河」を「熙連河」とするのは、いわば逆に誤る。ちなみに、同本『太子成道経』P. 2999の「尼連河」を『敦煌変文集』に「凞連河」と改めるのは誤りである。また、『大唐西域記』巻六（五十一、903b）に、婆羅林近く、「阿恃多伐底河」（旧名「阿利羅跋提河」〈北本『大般涅槃経』巻一、「阿夷羅跋提河」、南本同、十二、605b〉を「尸頼拏伐底河」と同じいとするのは、同じ河川の場所による異称か（『印度仏教固有名詞辞典』）、異なる河か、すでに『大般涅槃経疏』巻二に、「熙連者相伝云、只跋提是熙連。今言不爾。跋提大熙連小。……跋提在城南相去百里。仏居其間涅槃。……」（三十八、51a）とあって、両河を同じいとする相伝とその批判とをのこしていた。「抜提河」（『和漢朗詠集』巻下、No.(592)）・「遇於凞連河之苦行一年。禅定水静。先於沙羅林之涅槃三日。応化月空」（『円融院四十九日御願文」、『本朝文粋』巻十四）・『梁塵秘抄』No.(172)・「抜提双樹」（恵心僧都「中衣讃」）・「跋提河ノ波ノ音」（源空「涅槃和讃」）などと、日本でも偲ばれたであろう。

つづいて、本文は迦葉と阿難との出会に移る。本文は「仏ノ遺言ニ依テ」を補い、「金ノ棺」「鉄棺」の金棺のことが前章巻三(31)には「鉄棺」とのみあったのと異なるのも、それぞれ所依の原典において異なるのに従ったまでのことであった。これは『今昔』の不注意ではなくて、もとより各篇の関連を意識しないでもないであろうが、それぞれ基本的には出典に従ってそれぞれ一篇をなすということを意識するゆえと考えられる。「五百ノ張疊」は原語「劫貝（カルパーサ）五百張氎」に対して誤訳であろう。いくばくかすでにふれたが、「即作金棺七宝荘厳。即弁微妙無価白氎千張。無数細軟妙兜羅綿」（『大般涅槃経後分』巻下、十二、906c、本稿巻三(31)論述部分参照）、「以千張白疊。周匝纏身」（『毘奈耶雑事』巻三十八、二十四、401b）、「一張妙氎直千万銭」（『雑宝蔵経』巻三、四、460c）、「金縷織成氎両張。以散仏上」（『摩訶般若波羅蜜経』巻十八、八、349b）、「合繍仏像参張」（「大安寺伽藍縁起流記資財張」）、あきらかに「張」は紙帛等を数える単位である。「氎張（テント）」（『洛陽伽藍記』巻五、五十一、1019b）、また、「御張の帷」（『源氏物語』鈴虫）、「(御)張ノ帷」（『今昔』巻五(2)・巻十六(30)）等の類と、『今昔』が一種混乱したとも思いにくい。

(2) 平川彰『律蔵の研究』六八九—九〇頁。

伝説は成長する。迦葉が遺体から足の覆いを外し（パーリ『大般涅槃経』六—二二）、ないし、金棺を啓き綿絮を解いて（『毘奈耶雑事』巻三十八）尊足・尊容に頭面礼拝したというような古伝から、おそらくまずは仏陀の「雙出両足」（『長阿含経』遊行経、一、28c・白法祖訳『仏般泥洹経』巻下、一、174a）の神話化を経て、その神話化がさらに「仏身金色」とか「老母」のこととかに至ったその物語を、『今昔』は承けたのである。「女人」（法顕訳『大般涅槃経』巻下・『四分律』巻三十四）・「老母」（『長阿含経』遊行経・失訳『般泥洹経』巻下）等の見えるのは、もとより神話化の諸過程である。パーリ『大般涅槃経』や『ブッダチャリタ』はつたえない。『大唐西域記』巻六は、「人天」の「衆涙」をのべて、女人はつたえない。また、『長阿含経』遊行経には彼女の接近を許した阿難への迦葉の不悦が述べられるが、これは『釈迦譜』には省かれ、『今昔』本文もこれに従ったまでであった。

『今昔』の補う結文が『梁塵秘抄』No.(173)にも謡われる。「釈迦牟尼ほとけの滅期には　迦葉尊者もあはざりき　歩みをはこびて来しかども　十六羅漢にもおくれにき」。

迦葉の不悦に関しては『今昔』巻四(1)にも見えるが、この場面にはかかわらない。「舎利弗目連　迦葉迦栴延　此四大声聞」(『摩訶摩耶経』巻上)とも謡われた迦葉であった。「仏ノ涅槃ニ入給テ後、迦葉尊者ヲ以テ上座トシテ……大小乗ノ経ヲ結集シ給フ」。(『今昔』巻四(1))。

巻三　仏入涅槃給後摩耶夫人下給語卅三

『長阿含経』遊行経・『雑阿含経』巻二十五(640)等に、仏陀涅槃の時に仏母摩耶(マーヤー)が忉利天(トウラーヤストウリンシャ)から下って歌う、と信仰の上から編まれ（一、27a・二、179b）、やがて、彼女の来下を主題に理想化されて長い歌々を織りなす彩としたアーキヤーナ形式の物語が育った。仏陀が天上の彼女のために昇天して告別した、『摩訶摩耶経』（十二、1005a—1015a）巻上（『今昔』巻二(2)）につづく同経巻下である。マリヤやピエタではないが、仏陀の追慕や信仰に幻想的構図をもって母子の情緒を織るからか、ひろく東アジアで鍾愛されたことは、敦煌本『仏母経』(S.2084)、同『浄土五会念仏誦経観行儀』巻中（法照撰、P.2066）の涅槃讃[1]等でも知られ、日本では特にはかの釈迦金棺出現図に飾られたことでも知られる。この名画から少しく後れるか、『今昔』巻三(33)仏入涅槃給後摩耶夫人下給語第卅三は、『摩訶摩耶経』巻下（十二、1012a—1013b）を簡略所引する十巻本『釈迦譜』巻九(27)該当部に依る。[2]従来出典とされた『摩訶摩耶経』自身には依らない。『釈迦譜』に従えば、「仏般涅槃」、天人五衰を現じて忉利天上の花が萎え、おののく夢にめざめた摩耶は、昔、白浄王宮の白昼夢にみごもったことを憶い、いま、この夢がその子の死を告ぐべきであろうことを畏れる。その時、天眼第一の阿那律（アニルッダ）が昇って来てその仏陀の涅槃を告げる。『今昔』本文はここから始まる。

（1）塚本善隆『唐中期の浄土教』二九四―二九七頁参照。
（2）小稿「今昔物語集仏伝資料に関する覚書」（「仏教文学研究」第九集、一九七〇）→本書所収。

今昔物語集巻三(33)　仏入涅槃給後摩耶夫人下給語

〔I〕今昔、仏、涅槃ニ入給ヌレバ、阿難、仏ノ御身ヲ殯奉テ、即チ忉利天ニ昇テ、摩耶夫人ニ、仏、既ニ涅槃ニ入給ヌ、ト告グ。摩耶夫人、阿難ノ言ヲ聞テ泣キ悲ムデ地ニ倒レヌ。良久ク有テ、諸ノ眷属ヲ引将テ忉利天ヨリ沙羅雙樹ノ本ニ下リ至リ給ヒヌ。仏ノ棺ヲ見奉テ、亦、悶絶シテ地ニ倒レ臥シヌ。水ヲ以テ面ニ灑クニ、即チ蘇テ、棺ノ所ニ行テ泣々ク礼ヲ成テ此ノ言ヲ成サク、我レ、過去ノ无量劫ヨリ以来、仏ト母子ト成テ未曾テ離レ奉ル事无カリツ。而ニ今既ニ滅度シ給ヒヌレバ、相ヒ見奉ラム事、永ク絶ヌ。悲哉、ト。諸ノ天人ハ、微妙ノ花ヲ以テ棺ノ上ニ散シ奉リ、亦、摩耶夫人、仏ノ僧伽利衣及ビ錫杖ヲ右手ニ取テ地ニ投ルニ、其ノ音、大山ノ崩ル、ガ如

十巻本釈迦譜巻九(27)　釈迦雙樹涅槃記

〔I′〕摩耶経云。仏般涅槃。（中略）爾時阿那律。棺殯如来身已。即昇忉利天。偈告摩耶。摩耶聞已悶絶躄地。良久之蘇。（中略）即与諸眷属従空来下。趣雙樹間遙見仏棺。即便悶絶不能自勝。以水灑面然後方蘇。前至棺所頂礼悲泣而作是言。共於過去無量劫来。長為母子未曾捨離。一旦於今相見無期。嗚呼苦哉。衆生福尽。即以種種天花布散棺上。摩耶夫人顧見如来僧伽梨衣及（並）鉢・錫杖。右手執之。挙身投地如大山崩。悲号慟絶而作是言。我子執者（著）。福度天人。今此諸物空無有主。嗚呼痛哉。四衆悲感涙下如雨。

（五十、73b—c）

シ。亦、摩耶夫人宣ハク、願クハ、我ガ子、仏、此ノ諸ノ物ヲ空ク主ル事无クシテ、幸ニ天人ヲ度シ給へ、ト。

（I、258・8―16）


『摩訶摩耶経』の歌のかずかずは『釈迦譜』自身すでに無い。わずかに「偈告」をのみのこす。『今昔』本文〔I〕は『釈迦譜』にそう。冒頭「阿難（アーナンダ）」は、阿那律の、翻訳の場の類字もしくは類音の錯覚による、『今昔』自身の誤りである。敦煌本『仏母経』も、これに潤色したらしい亡母追福写経の敦煌本『摩耶夫人経』（P.2055、本田義英手写本）も、仏陀涅槃の時に天上の母を呼ぶために遣わされるのを、それぞれ憂波梨（ウパーリ）とし憂波離とするが、これは口承の間に代えられたのであろう。かの『今昔』巻一(31)須達（スダッタ）七富七貧・祇園精舎物語に「阿難」（I、112・2）があらわれるのも、もと阿那律（『雑宝蔵経』巻二(23)・『法苑珠林』巻五十六）とあったはずなのを、この場合は日本においておそらく口承の間に生じた錯誤としての「阿難」（『注好選』中(12)）を承けた誤りであった。

「良久ク有テ……」句は、原典「良久乃蘇」のあと、悪夢の思いあたりを省き、「乃蘇」と「即……」とを直接させる。「水ヲ以テ面ニ灑クニ、即チ蘇テ」句は仏典の類型表現である（『金光明最勝王経』巻十・『三宝絵』上(11)等）が、いまそのそそぐ主格の見えないのは『釈迦譜』に依ったゆえであり、『摩訶摩耶経』には「諸天女等」とあった(3)。つづいて、献花するものが「諸ノ天人ハ」と補われるが、『摩訶摩耶経』をまつまでもなく、これは棺上に散花する摩耶夫人自身でなくてはならない。本文〔I〕は『釈迦譜』の「摩耶夫人」の語を意識して、ここに「天人」を立て、接続詞「亦」を補って「摩耶夫人」とつづけたのであろう。この「亦」につづく「摩耶夫人……地ニ投ルニ」文は、仏鉢の脱落は措いても、「挙身投地」を誤訳した。仏陀のしかじかを彼女が地に投げる意では、もとよりないからである。「……嘷エ叫ムデ身ヲ地ニ投グ。其ノ音、大山ノ崩ル、ガ如トシ」（巻二(37)、

I、195・3—4)、「嗶哭投地。如大山崩」(『法苑珠林』巻七十六、五十三、854b相当)、これは正しい類型表現であった。「……亦如慈母初喪初愛之子。泣涕盈目不能自勝。五体投地如太山崩」(敦煌本『仏性海蔵経』巻一、S. 2169. 八十五、1391a)、「如太山崩」はあきらかに偽経[4]のくずれである。そして、行文に『今昔』らしくさすがに神経ははたらいていて、やはり不安がなかったわけではなくて、ゆえに、ふたたび接続詞「亦」を意識的に補って、或る不協和音をのこさざるを得なかったのかもしれない。さらに、この「亦」に始まる本文の摩耶夫人の言の意は、『摩訶摩耶経』に「我子昔日執著此等。広福世間利益天人。今此諸物空無有主」とあるのをまつまでもないであろう。敦煌本『仏母経』(S. 2084)にも「爾時仏母手携此物。而作是言。此是我子生存在日持用此物。化導衆生。此物今無主也……」(八十五、1463b)などとあった。「主ル」、これは興福寺本『日本霊異記』巻上(31)「令主家財也」に「主、加止良之女」と訓注し、これを書承する『今昔』巻十六(14)には意改するが、また、石山寺蔵長寛元(一一六三)年点『大唐西域記』巻五には「主」カトルとあって[5]、いまもカトルとも訓み得よう。『日本書紀』継体二十一年紀に古訓「制(カトル)」があった。処(か)・取(と)る、である。なお、本文に「願クハ」句を補ってこれを仏陀へのねがいとしたのは一連の誤訳であった。次文〔II〕への展開に関連して一つの解釈を与えようとして、蘇って、これらの物を空しくはなく執りもって、「幸ニ天人ヲ度シ給ヘ」という論理を、誤訳の間に立てているらしい。

(3) 些事ながら、大系本頭注は『摩訶摩耶経』を本文の出典とするが、頭注の示す「諸天女等。……良久乃蘇」は当らず、「……然後方蘇」が当るべきである。

(4) 矢吹慶輝『鳴沙余韻解説』第二部、二五九頁。

(5) 中田祝夫『古点本の国語学的研究 訳文篇』。

今昔物語集巻三(33)

〔II〕其ノ時ニ、仏、神力ヲ以テ故ニ、棺ノ蓋ヲ自然ニ令開テ棺ノ中ヨリ起キ出給テ、掌ヲ合セテ摩耶夫人ニ向ヒ給フ。御身ノ毛ノ孔ヨリ千ノ光明ヲ放チ給フ。其光ノ中ニ千ノ化仏坐シ給フ。仏、梵声ヲ出シテ母ニ問テ宣ハク、諸ノ行ハ皆如此シ。願クハ我ガ滅度シヌル事ヲ歎キ悲テ泣啼シ給フ事无カレ、ト。

其ノ時ニ、阿難、仏ノ如此ク棺ヨリ起キ出給ヘルヲ見テ、仏ニ白シテ言サク、若シ後世ノ衆生有テ、仏、涅槃ニ入給時ハ何事ヲカ説キ給ヒシト問フ事有ラバ、何ガ可答キ、ト。仏、阿難ニ告テ宣ハク、汝ガ可答キ様ハ、仏、涅槃ニ入給ヒシ時、摩耶夫人、忉利天ヨリ下リ奉リ給ヒシニ、仏、金ノ棺ヨリ起キ出給テ、掌ヲ合セテ母ニ向テ、母ノ為及ビ後世ノ衆生ノ為ニ偈ヲ説キ宣ヒテ、ト可語シ。此レヲ仏臨母子相見経ト名付ク。此ノ事ヲ説畢リ給テ後、母子別レ給ヒニケリ。其ノ時ニ、棺ノ蓋、本ノ如ク被覆ニケリトナム語リ伝ヘタルトヤ。

（I、259・1—10）

十巻本釈迦譜巻九(27)

〔II′〕爾時世尊以神力故。令諸棺蓋皆自開発。便従棺中合掌而起。如師子王初出窟已。奮迅之勢。身毛孔中放千光明。一一光明有千化仏。悉皆合掌向於摩耶。以梵軟音問訊母言。遠屈来下此閻浮提。諸行法爾。願勿啼泣。爾時阿難見仏起已又聞説偈垂涙嗚咽。強自抑忍即便白仏。後世衆生必当問我。仏臨滅度復何所説。云何答之。仏告阿難。汝当答言。世尊已入涅槃。摩耶夫人来下。如来為後不孝諸衆生故。従金棺出合掌問訊。并説上諸偈故。此経名為仏臨涅槃母子相見経。如是受持。説此語已。与母辞別即便闔棺。三千世界普皆震動。八部大衆悲号懊悩声動天地。

（五十、73c—74a）

仏陀が「起」つ。世界が起る。起時唯法起。その合掌の光明と、光明の中の千の化仏たちの合掌と、その間に仏陀は諸行の無常を語る。『摩訶摩耶経』によれば、三世仏法僧の宝を生んだ身を歓喜して歎じ、三宝の「常住」を歌った。まず、「仏、神力ヲ以テ故ニ」句は諸本に異同を見ないが、もとより、「神力ヲ以テ故ニ(コトサラ)」（大系本）ではなく、「神力ヲ以テノ故(ゆゑ)ニ」とあるべきが自然である。「仏ノ神力ヲ以テノ故ニ」（巻三(29)、I、254・13、「以仏神力」、前出）、「慈悲ヲ以テノ故ニ」（巻四(41)、I、333—16）の類である。[6]「母ニ問テ」の「問」は、文意通じがたいとも注されるが、十分には意をつくさないかもしれないにしても、あきらかに仏典語その他の「問訊」、すなわち、作礼して安否を問う、ないし、ねんごろに挨拶するの意の訳語である。「（諸子）遙見其父皆大歓喜。拝跪問訊。善安穏帰。（中略）願見救療更賜寿命」（『法華経』巻六、九、43a）、「世人問訊、仏亦問訊」（『大智度論』巻十、二十五、131a）、かの敦煌本『大目乾連冥間救母変文并図』（S. 2614）にも「起居問訊已了」（『敦煌変文集』・同『新書』改。正義、は「問信」、八十五、1308a）、「天竺致敬之式、芸儀有九。一、發言問訊。……」（『釈氏要覧』巻中、礼数、五十四、277b）、そして、「礼拝問訊」（『唐大和上東征伝』、五十一、993c）、「（太子）従輦下、倶語之問訊」（『日本霊異記』巻上(4)）、「不可……致問訊」（『日本往生極楽記』(14)）、ないし「……諸ノ事ヲ問ヒ聞カスル事无カレ」（『今昔』巻十五(8)、III、357—14—15）の類もなお「問訊」のこの意をのこし得るであろう。またそして、夢のうつつの間から、古語のひびきをなつかしむ。「……阡陌交通。鶏犬相聞。……村中聞有此人。咸来問訊」（『桃花源記』、『陶淵明集』巻五）、これらすべてが、いま『今昔』のこの「問」である。

仏陀の歌を省くなど、本文〔II〕はその『釈迦譜』の簡略に従い、かつ、それをより簡略した。その歌を聞いて嗚咽みずから耐えて問う阿難に、仏陀は、その時に仏陀がかずかずの歌を説いたことを答うべきを告げる。そして、この経を名づけてこれを受持すべきを説き畢える。「母ノ為及ビ後世ノ衆生ノ為ニ」と「母ノ為」を補う。「……

偈ヲ説キ宣ヒテ、ト可語シ」、この類の助詞「テ」は、「須達、令、仏ニ申シテ、ト答テ」（Ⅰ、79・13）、「比丘ノ名ヲ不聞又事ヲ得テ」（Ⅰ、233・16）、「既ニ極楽ニ往生スル事ヲ得テキト宣ヒテ、然レバ……」（Ⅳ、406・2）、「我コソ老年ニ子ヲバ鷲ニ被取テ、ト思出テ（Ⅳ、409・3）、「然許不開マジト云シ箱ヲ由无ク開テ見テ、トテ……」（Ⅳ、507・1―2）等のそれらにも通じるであろう。[7] そして、「此レヲ仏臨母子相見経ト名付ク」、この一文の経名自体『釈迦譜』から見て粗略なことはともかく措いて、これが仏陀の言に入るか入らないか、この一文と前後との関係が少しく安定しないのは、『摩訶摩耶経』を簡略した『釈迦譜』〔Ⅱ′〕対応部の前後との情況関係に生じた不安が、ともかく「……説キ宣ヒテ」の形をとりながら、「……ト可語シ」の形をつづけたからであって、『釈迦譜』に「説此語已」に先行してあるほどには確かではないが、この一文はやはり仏陀の言に入ると認めるべきであろう。[8]「説此語已」、古代日本語では「言・語・事」いずれもkötöであったが、いま、これが「此ノ事」とあるのに立ちどまる。そして、『釈迦譜』には省かれるが、『摩訶摩耶経』では、仏陀がかの我生胎分尽偈（『今昔』巻一(2)）に通じる漏尽智偈と無常偈とをつづけて歌って母を慰めて、すなわち棺が閉じられた、とつたえている。摩耶はやがて仏棺を礼して右遶七匝して天上へ還るであろう。[9]

(6)「コトサラニ」の場合、「故ニ」（巻十四(28)、Ⅲ、314・2）、「故」（『霊異記』巻上(19)）は正しく、「女ノ故」（巻十四(31)、Ⅲ、320・17、「猶故」『霊異記』巻中(19)）は誤り、別に「故ニ」が補われる（巻十二(29)、Ⅲ、174・8、巻十三(10)、Ⅲ、226・16等）。

(7) 大系本『今昔物語集』一、補注一七九参照。

(8) 大系本は「……可語し」で切る。別に、なお、『摩訶摩耶経』には、仏陀が摩耶に偈を説いたことを答うべきを阿難に告げ、阿難がまた「此経」の名を問い、如何に奉持すべきかを問うのに、「仏告阿難。……（汝）次第演説此経。名曰……経。如是奉持」と告げて、「爾時世尊説此語已。与母辞別」（十二、1013b）と詳しい。

(9)『今昔』巻四(1)、迦葉の不悦に関して、「迦葉問テ云ク、仏ノ涅槃シ給ヒシ時、摩耶夫人、遥ニ忉利天ヨリ手ヲ延ベテ仏ノ御足ヲ取テ涙ヲ流シ給ヒキ。（中略）女人ノ手ヲ仏ノ御身ニ令触タル、其ノ過如何、ト。阿難答テ云ク、末世ノ衆生ニ祖子ノ悲ミ深キ事ヲ令知ガ為也。此レ、恩ヲ知テ徳ヲ報ズル也、ト。然レバ、阿難ノ答フル所一ミニ過ガ无ケレバ、迦葉、亦、問フ事无クシテ止リ給ヒヌ」とあり、前半別伝である。

巻三　荼毗仏御身語第卅四

パーリ『大般涅槃経』には、クシナーラーの首長たちが「天冠寺」で仏陀荼毘の火を点いる時、大迦葉らが着いて礼し終えたその時に、火はおのずから燃えた、とあった（二六―一三〜二二）。これは、質朴な古法であった。パーリ語「荼毘」とは、Jhāpetiの音字という。『今昔物語集』巻三(34)荼毘仏御身語第卅四は、この古法にはかかわらない。また、『釈迦譜』にもかかわらない。既注、そして特にその宋本系『大般涅槃経後分』巻下（十二、909c―910a）に依ると推定される。『後分』のこれは煩項であるが、『今昔』はこれに依ったのである。

『後分』のこれは、火と水とにかかわっていた。つとに、古昔インドにあるいは言うであろう。「火を供養せんと欲せしも薪を析（さ）くこと能はざりき」（『律義』大品（マハー・ヴァッ）、一―二〇―一二）、「火を供養せんと欲せしも火を燃やすこと能はざりき」（同、同一三）、「已に火を供養し畢れるに火を滅すること能はざりき」（同、同一四）。また、言うであろう。「多くの人々ここにありて欲すれども、水によりては清浄ならず。何人にも真実と法（ダルマ）とだにあらば、後は清浄なり、婆羅門なり」（『自説経（ウダーナ）』一―九、『南法』二十三）、と。「事火」、火に事（つか）えるヴェーダ以来の婆羅門の祭りのなごり、火と水との信仰、その歴史、その宇宙論的な映像のひろがりと対比とをもってかさねられてきた物語、これを『後分』は容れるのであろう。

「三界ノ火」はもとより、天上の浄火によっても燃えない仏陀荼毘の火は、仏陀自身の「大悲ノ力ヲ以テ」はじめて燃えた。という。それは、『今昔』が「諸ノ人、此ヲ見テ希有ノ思ヲ成ス」と補った（I、260・10）その火であった。

今昔物語集巻三㉞	大般涅槃経後分巻下
其ノ時ニ、四天王、各思給ハク、我等、香水ヲ以テ此ノ火ニ灑テ令滅メテ舎利ヲ取テ供養セム、ト思給テ、即、七宝ノ瓶ニ香水ヲ盛リ満テ、亦、須弥山ヨリ四ノ樹ヲ下(1)セリ。其ノ樹、各千囲也、高キ事、百由旬、…… （I、260―13―15）	爾時四天王各作是念。我以香水注火令滅。急収舎利天上供養。作是念已。即持七宝金瓶盛満香水。復将須弥四埵四大香潔出甘乳樹。樹各千囲、高百由旬。…… （十二、909c―910a）

「四天王」それは、かの南都東大寺戒壇院・法華堂（三月堂）に拝するような、持国（東）・増長（南）・多聞（北）・広目（西）、護法の四天、(2)「思給ハク、……ト思給テ」の形は、既出、漢文訓読の常法である。

（1）パーリ『大般涅槃経』における古朴から、『長阿含経』遊行経・『仏般泥洹経』巻下・『般泥洹経』・法顕訳『大般涅槃経』等々を経たが、また、『毘奈耶雑事』巻三十八に「時拘尸那城諸壮子等。欲以牛乳注火令滅。未瀉之頃。其火積中忽生四樹。一金色乳樹。二赤色乳樹。三菩提樹。四烏曇跋樹。於此樹中乳自流出。令火皆滅」（二十四、401b）とあるが、この題は、『後分』・『今昔』巻三㉞四天王条の「須弥四埵……出甘乳樹」・「四ノ樹」へ至る初期形態かとも考えられる。

（2）ちなみに、『太平記』巻八「谷堂炎上事」、謡曲「舎利」等には、仏陀入滅をめぐる、おそらく日本中世以降の訛伝の類がそれぞれ短くのこるであろう。

今昔物語集巻三(34)	大般涅槃経後分巻下
其ノ時ニ、楼逗、四天王及ビ龍神等ニ語テ云ク、……汝等、大ニ貪ル心有リ。汝等ハ天上ニ有リ。舎利、汝等ニ随テ天上ニ在サバ、下地ノ人、何ニヲカ行テ供養スル事ヲ得ム、ト。……四天王ハ各懺悔ヲ至シテ天上ニ還リ給ヒヌ。……（Ⅰ、261・5―11）	爾時楼逗(諸)語四天王及海神等。……汝大貪心。汝居天上。舎利随汝若在天宮。地居之人如向得往而供養耶。……爾時四天王即皆懺悔。悔已各還天宮。……（十二、910a）

はじめて燃えて、天上や大海の香水でも滅しないその火は、舎利を、それを「貪ル心」ある神々や四天王の懺悔のうちに、「下地ノ人」この地の人にとどめることの成って後、はじめて滅する。一牙の舎利は天上に起塔供養された、と言った。

その燃える火の火中(ほ)に神々に語る「楼逗」は、訂すれば、Rudraではない。「楼駄。阿泥律陀」（『一切経音義』巻二十七、五十四、482b）、すなわち阿那律Aniruddha（P. anuruddha）、『後分』自体に言う「阿泥楼逗」・「楼逗」でなくてはならない。「甘露飯王有二子。摩訶男・阿泥盧豆」（『大智度論』巻三、二十五、83c）「爾時長老阿泥盧豆語阿難（同巻二、二十五、66b等、涅槃物語）、「阿㝹楼駄者、亦云阿泥盧豆、亦言阿㝹楼陀、此云如意。……甘露飯王之子」（『阿弥陀経疏』三十七、317c）。ガンダーラ彫刻にものこる、「阿難（中略）問阿泥楼逗。仏已涅槃。為未涅槃。阿泥楼逗（中略）皆答阿難。仏未涅槃。（中略）（阿難）復問楼逗、仏涅槃耶。楼逗答言。大覚世尊已入涅槃。爾時阿難聞是語已。悶絶躄地猶如死人。（中略）爾時楼逗以清冷水灑阿難面。扶之令起」（『後分』巻上、十二、904c―905b）、この場面の「楼逗」でもある。「是時阿難問阿那律。世尊已般涅槃耶。阿那律言。未也。阿難。」（長阿含経』遊行経、一、26b）、「時阿難陀問尊者阿尼盧陀曰、今我大師為入涅槃、為未入耶。答曰。仏未涅槃。……」（『毘奈耶雑事』巻三十八、二十四、399b）、これとの対応からもあきらかであろう。「吠陀以来の暴風の神」（大系本頭注）というのはルドラのことであろうが、誤りである。大迦葉の来るのを待つ天意によって葬り火の燃えないのを知るともつたえられた、天眼第一の阿那律であって、『今昔』本章に二度前出するその「迦葉」と同じく、仏弟子の深切のひとりであった。パーリ『大般涅槃経』（六―二一）にもアヌルッダが見えるのを見る。

火と水と、さまざまの群像との物語。仏陀は昇天しない。火をくぐった白珠の舎利が地上の子らにのこるであろう。「七日ノ間、泣キ悲ム事不絶ズシテ各供養シ奉ル」（『今昔』）とあった。「……仏ハキヨクムナシキ御カタチ也。ホネノトヾマレルモアルベカラネドモ、カクレ給事ハ機縁ニ随ヒ、ノコシ給ヘル事ハ慈悲ニヨレリ。末ノヨノ衆生ニ善根ヲウヱシメ給ハムタメニ、大悲方便ノ力ヲモテ、金剛不壊ノ身ヲクダキ給ヘル也……」（『三宝絵』下⒃比叡舎利会）とも、すでに見えたであろう。なお、「今昔」は、『釈迦譜』のこの章が最終的に言する「法身」（五十、74c）、インド後代に成立した思想であるが、これについては全くふれなかった。

巻三　八国王分仏舎利語第卅五

『今昔物語集』仏陀般涅槃物語の終章、巻三㉟八国王分仏舎利第卅五は、十巻本『釈迦譜』巻九㉘釈迦八国分舎利記第二十八が出典として一つのみその名を示す『雙巻泥洹経』ではなくて、その名を示さない、『長阿含経』遊行経終末部（一、29b―30b）の簡略部分の全文に依る。それは、かの火の熾（さかん）に燃えたあと、舎利に香花を散らしたことにつづくであろう。

今昔物語集巻三(35)　八国王分仏舎利語

〔I〕今昔、仏滅度シ給ヒヌト聞テ、波々国ノ末羅民衆ト云フ輩有テ皆相ヒ議シテ云ク、我等、拘尸那城ニ行テ仏舎利ヲ乞テ塔ヲ起テ供養セム、ト云テ、四種ノ兵ヲ率シテ拘尸那城ニ至テ使ヲ遣テ云ク、仏、此ノ土ニシテ滅度シ給ヘリ。仏、我等ガ師ニ在マシキ。然レバ、専ニ敬フ心深シ。舎利ヲ得テ本国ニ帰テ塔ヲ起テ供養セムト思フ、ト。拘尸那国ノ王、答ヘテ云ク、如此ク云フ事可然シ。但、仏、此ノ土ニシテ滅度シ給ヘリ。然レバ、国ノ内ノ人、皆自ラ供養セムト思ヘリ。隣国ヨリ来ラム人、舎利ヲ不可得ズ、ト。

　其ノ時ニ亦、遮羅婆国ノ跋利民衆、羅摩国ノ拘利民衆、毘留提国ノ婆羅門衆、迦毘羅衛国ノ釈衆、毘舎利国ノ離多民衆、及ビ摩竭提国ノ阿闍世王等、仏ノ拘尸那城沙羅雙樹ノ間ニ在マシテ滅度シ給ヒヌト聞テ、皆各云ハク、我等行テ仏舎利ヲ得ム、ト云テ、各四種ノ兵ヲ率シテ恒伽河ヲ渡テ来ル。即チ、拘尸那城ノ辺ニ至テ香姓婆羅門ト云フ人ニ会テ勅シテ云ク、汝ヂ、我等ガ名ヲ聞キ持テ、

十巻本釈迦譜巻九(28)　釈迦八国分舎利記

〔I′〕時波波国末羅民衆。聞仏於雙樹滅度。皆自念言。今我宜往求舎利分起塔供養。時波波国諸末羅等。即下国中厳四種兵。象兵馬兵車兵歩兵。到拘尸城遣使者言。聞仏衆祐止此滅度。彼亦我師。敬慕之心。来請骨分。当於本国起塔供養。拘尸王答。如是如是。誠如君言。但世尊垂降此土。於茲滅度。国内士民当自供養。遠労諸君分舎利分。恐不可得。時遮羅頗国諸跋離民衆。及羅摩伽国拘利民衆。毘留提国婆羅門衆。迦維衛国釈種民衆。毘舎離国離車民衆。及摩竭国(王)阿闍世王。聞於如来在(於)拘尸那城娑羅雙樹間而取滅度。皆自念言。今我宜往取(求)舎利分。時諸国王阿闍世等。即下国中厳四種兵。進度(渡)恒水。即勅婆羅門香姓。汝持我名入拘尸城。致問諸末羅等。起居軽利遊歩強耶。吾於諸賢毎相宗敬。隣国義和曾無諍訟。我聞如来於君国内而取滅度。唯無上尊実我所天。故従遠来求請(諸)骨分。欲還本

拘尸那城ニ入リ、諸ノ末羅民衆ニ問テ可云シ。我等、隣国ト和順シテ諍フ心不有ジ。仏、此ノ国ニシテ滅度シ給フ、ト聞ク。仏ハ我等ガ貴ビ仰ギ奉リシ所也。此ノ故ニ、遠来テ舎利ヲ得テ各本国ニ還テ塔ヲ起テ、供養セムト思。然レバ、舎利ヲ我等ニ令得メタラバ、国挙テ重キ宝トシテ共ニ供養セム、ト、香姓婆羅門、此ノ教ヘヲ得テ彼ノ城ニ至テ、諸ノ末羅民衆ニ此ノ由ヲ語ル。

其ノ時ニ、諸ノ末羅民衆答テ云ク、実ニ此レ君ノ言ノ如キ也。但シ、仏、此ノ土ニシテ滅度シ給ヘリ。国ノ内ノ人、専ニ供養シ可奉シ。遠国ノ人ニ舎利ヲ不可分ズ、ト。其ノ時ニ、諸国ノ王、此レヲ聞、各群臣ヲ議シ集メテ云ク、我等、遠クヨリ来テ舎利ヲ得ムト乞フニ、若シ不令得ズハ四兵ト共ニ此ノ所ニ有テ身命ヲ不惜ズシテ力ヲ以テ取ラム、ト。其ノ時ニ、拘尸那国ノ群臣、此ノ事ヲ聞テ共ニ議シテ云ク、遠国ノ諸ノ群臣来テ舎利ヲ得ムト乞ニ不許ズ、彼等、既ニ四兵ヲ率シテ力ヲ以テ取トス。此ノ事、極メテ恐レ可有シ、ト。

（I、262・3―263・7）

土起塔供養。設与我者。挙国重宝与君共之。時香姓婆羅門受王教已。即詣彼城語諸末羅。時諸末羅報香姓曰。誠如君言。但為世尊垂降此土於茲滅度。国内士民自当供養。遠労諸君分舎利分。定不可得。時諸国王即集群臣。衆共立議。作頌告曰。

吾等和議　遠来拝首　遜言求分　如不見与
四兵在此　不惜身命　義而弗獲　当以力取
時拘尸国即集群臣。衆共立議以偈答曰。
遠労諸君　屈辱拝首　如来遺形　不敢相許
彼欲挙兵　吾斯亦有　畢命相抵　未之有畏

（五十、74c―75a）

本文〔I〕にもっとも近く対応するのは、従来出典とされた『摩訶摩耶経』巻下・『長阿含経』遊行経自体よりは、『釈迦譜』、特に宋本系のそれであるべきであった。

「塔ヲ起テ供養セム」、「起塔供養」。この漢訳「塔」Stūpa（P. thūpa）、これは、もとより「卒塔婆」等の訛略、仏陀の遺骨を納めた建築である。仏教以前からの墳墓に起るとか、特には仏教にさかえ、はじめ土製、やがて前三世紀半ば、造塔伝説でも知られるアショーカ Aśoka（P. Asoka）王時代には煉瓦、下っては石材が用いられた、という。かのサンチーの丘、インド菩提樹の葉がそよぎ、そこには一世紀初期という覆鉢型半球形のStūpa、古典的な第一塔がのこっていた。聖域の基壇のめぐりに欄楯 vedikā（玉垣）、表裏とも仏陀らを多く浮彫したそれをめぐらせて飾って、四方に門をひらく。その欄楯の内側の小径をめぐって塔を拝するのであった。[1] バールフト、サンチー第二塔、ブッダガヤ等にのこるStūpaは、前二～後三世紀のそれらという。仏陀のすがた、すなわち仏像のつくりいとなまれるまでは、このStūpaが荘厳され礼拝されたのであった。やがては、ヘレニズムを通じて、一世紀後半以降五世紀頃までのガンダーラ様式へ移るであろう。「師よ、既に谷間の円廊現はる。朱塔聳えたちて火焔のうちより、抜けたる如し」、かの『神曲』地獄篇第八歌のこの「塔」（上田敏訳）は如何なる塔であったか。『今昔』本章は、塔の歴史のはじめ、仏滅後、八つの地方にその遺骨を分かち祀って各々Stūpaを造立したのに始まる、そのことにかかわる物語であった。

（1）インドの欄楯の一基を、私事ながら茅屋に拝する。なお、佐原六郎「舎利八塔と阿育王塔」「サーンチの塔婆」「ガンダーラの仏塔」（『世界の古塔』所収）。濱田青陵（耕作）の名著『橋と塔』、および、イタリアびいきの旧版『百済観音』（一九二六、イデア書院）を書きそえよう。

波々国（パーヴァ）の末羅族（マッラー）の言、「仏、我等ガ師ニ在マシキ。……心深シ」、これには、登場人物の口を通じる、いわば第三の声（ザ・サード・ヴォイス）として、無意識的にも『今昔』の内なる声がこもるかとも考えられるであろう。「迦毗羅衛国」

Kapilavastu は、もとより、釈迦族の国、「天竺迦維羅衛国」（梁武帝長子、昭明太子編『文選』巻三十「頭陀寺碑文」李善・六臣注）であって、『今昔』にも巻一（1）をはじめ散見する。(2)「毗舎利国ノ離多民衆」は、かのヴェーサーリー、その外れにかのアンバパーリー女の国もあった、この商業都市の「離車（リッチャヴィー）」族が、『今昔』の文字書承の間に何らかの視覚映像ないし聴覚映像の錯覚された誤りであった。「遮羅婆国」は、『釈迦諸』宋本・宮本に近く、「仏ノ拘尸那城沙羅雙樹ノ間ニ在マシテ」はその宋本集系にもっとも近い。

物語は展き、仏陀に帰依した香姓（ドーナ）（P. Doṇa, Droṇa）婆羅門、すなわち、パーリ『大般涅槃経』（六—二五）・『ブッダチャリタ』（二八—一六・五〇）、また、西域キジール千仏洞壁画でも知られるその彼れが拘尸那城（クシナガラ）の末羅族に「問テ可云」きことになる。この「問」は、原語「致問」、すなわち、かの「問訊」の類語であるが、(3)いま原語本来の役割を果しきれるか否か、致礼先言する意には少しく不充分であろう、また、その「勅」の中の「国挙テ重キ宝トシテ共ニ供養セム」とは如何であるか。『釈迦譜』の「設与レ我者、挙ニ国重宝一与レ君共レ之」は、『長阿含経』遊行経のそれ（一、29b）と同じく、その『長阿含経』遊行経を引くべき、唐の天台の湛然の『止観輔行伝弘決』巻一之一相当部には、「設与我者、当贈重宝」とする（四十六、145b）ところであった。つづいて、問答体の偈が散文化されているが、あらためて言うまでもなく、偈を省略し、ないし散文化するのは『今昔』一般の傾向であって、(4)あやしむに足りない。この時、原句「未之有畏」を「此ノ事、極メテ恐レ可有シ」とするのは、誤訳か、不要の意改かであった。

（2）本稿巻一(1)注（4）参照。

（3）「……持我名字。礼世尊足。問訊世尊。起居軽利。遊歩強耶。（中略）稽首仏足。敬問慇懃。起居軽利。遊歩強耶」（『長阿含遊行経』、一、11a）。「……為我致問。少病少悩。起居軽利。安楽行不」（『金光明最勝王経』巻一、十六、405c）、このような意味の原文を省くから、「問」は原意を十分には果さない。なお、本稿巻三(33)論述部分参照。

（4）小稿「和文クマーラヤーナ・クマーラジーヴァ物語の研究」（奈良女子大学文学会「研究年報」VI、一九六三）→本書所収。巻七(24)等にも散文化される（大系本頭注）。

今昔物語集巻三(35)

〔II〕其時ニ、香姓婆羅門、衆人ニ語テ云ク、諸ノ聖ハ仏ノ教ヲ受ケテ口ニ法ヲ唱ヘテ一切衆生ヲ令安楽メムト誓ヘリ。而ルニ今、仏舎利ヲ諍ガ故ニ仏ノ遺形ヲ相ヒ害セムヤ。然レバ、速ニ彼ノ諸国ノ王ニ舎利ヲ可分宛(充)シ、ト。衆人皆、此ヲ、善哉、ト云フ。然レバ、此ノ由ヲ諸国ノ王ニ告グ。諸国ノ王、舎利ノ所ニ来集ヌ。亦、議シテ云ク、舎利ヲ分タムニ誰レカ足レル人、ト。衆人ノ云ク、香姓婆羅門、心正直ニシテ智有リ。其ノ人、舎利ヲ分タムニ足レリ、ト。

其ノ時ニ、諸ノ国ノ王、香姓婆羅門ニ云ク、汝ヂ、我等ガ為ニ仏ノ舎利ヲ分タム事、等クシテ八分ニ可成シ、ト。香姓婆羅門、即チ舎利ノ所ニ詣デヽ、礼拝シテ、先ヅ上ノ牙ヲ取テ別ニ一面ニ置テ、阿闍世王ニ与フ。次々ニ皆舎利ヲ分ツ。明星ノ出ル時ニ舎利ヲ分チ畢ヌ。香姓婆羅門、一ノ瓶ヲ持テ其レニ石ヲ入テ舎利ヲ量テ、等クシテ八分ニ分ツ。舎利ヲ分チ畢テ衆人ニ告テ云ク、人皆、此ノ瓶ヲ可見シ、ト。自ラモ此ノ瓶ヲ家ニ持

十巻本釈迦譜巻九(28)

〔II′〕時香姓婆羅門暁衆人曰。諸賢。長夜受仏教戒。口誦法言。一切衆生常念欲安。寧可諍仏舎利共相残害。如来遺形欲以広益。舎利現在但当分耳。衆咸称善。尋復議言。誰堪分者。皆曰。香姓婆羅門。仁智平均可使分也。時諸国王即命香姓。汝為我等分仏舎利、均作八分。於時香姓即詣舎利所頭面礼畢。徐前取仏上牙。別置一面。尋遣使者。賫仏上牙詣阿闍世所。（中略）明星出時分舎利訖。当自奉送。爾時香姓。以一瓶受一石許。即分舎利均為八分已。告衆人言。願以此瓶衆議見与。自欲於舎起塔供養。皆言智哉。是為知時。即共聴与。時有畢鉢村人白衆人言。乞地燋炭起塔供養。皆言与之。爾時拘尸国人。

行テ塔ヲ起テ、供養セム、ト。 其ノ時ニ、亦、畢婆羅樹ノ人有テ、衆人ニ申サク、地ノ焦レタル灰ヲ得テ、塔ヲ起タテ、供養セム、ト云。皆人、此レヲ与ヘツ。亦、拘尸那国ノ人、舎利ヲ分チ得テ其ノ土ニ塔ヲ起テ、供養ス。婆〻国・遮羅国・羅摩伽国・毗留提国・迦毗羅衛国・毗舎離国、摩竭提国ノ阿闍王(ママ)等、皆舎利ヲ分チ得テ各本国ニ還テ塔ヲ起テ、供養ス。香姓婆羅門ハ瓶ヲ以テ塔ヲ起テ、供養ス。畢鉢羅樹ノ人ハ地ノ焦レタル灰ヲ取テ塔ヲ起テ、供養ス。 然レバ舎利ヲ以テ八ノ塔ヲ起タリ。第九ニハ瓶ノ塔、第十ニハ灰ノ塔、第十一ニハ仏ノ生身ノ時ノ髪ノ塔也。 （I、263・8―264・8）
得舎利分。即於其土起塔供養。波波国。遮羅国。羅摩伽国。毘留提国。迦維衛国。毘舎離(羅)国。摩竭国阿闍世王等。得舎利分各帰其国起塔供養。香姓婆羅門持瓶帰起塔。畢鉢村人。持地燋炭帰起塔。当於爾時。如来舎利起於八塔。第九瓶塔。第十炭塔。第十一生時髪塔。 （五十、75a―b）

パーリ『大般涅槃経』六―二五の偈に、ドーナが人びとに呼びかけ、吾等の仏陀は忍辱を説く人なりき、最上のひとの舎利を分かつに諍うは善からず……と歌って、舎利が八等分されることになる。[5]このドーナに帰せられている偈にもとづいて諸本の散文が展開し[6]、この漢訳該当部もそれを散文で承け、これをまた『今昔』本文〔II〕が承けた。ただし、本文〔II〕「諸ノ聖ハ……」はパーリ本以来の呼格かもしれないを誤った。日本の王朝末院政期社会における『今昔』の「聖」観のいくばくかが映るとも言い得る「諸賢」だが、誤訳はあきらかである。原句「如来遺形」も目的格ではないが、いま措く。本文〔II〕はつづいて「然レバ、速ニ彼ノ諸国ノ王ニ……」句を補い、「然レバ、此ノ由ヲ諸国ノ王ニ告グ。諸国ノ王、舎利ノ所ニ来集ヌ」文を補うであろう。「ニ足ル」形は前出した

（巻一⑴）。『釈迦譜』では舎利の配分に賛した衆人がそのためにドーナをえらび、「諸国王」が彼れにその等分を命じる。彼れは「舎利所」に至って上牙を取り、阿闍世王に遣使して、「明星出時」に舎利を分かち訖え、まさに送り奉るべきことを告げさせる。本文〔II〕は諸国王登場の位置づけに不安を意識したのか、衆人の賛した後に補って論理を立て、そして、その補った「諸国ノ王」が「亦、議シテ云ク」とあるらしく、それを受けて衆人がドーナをほめるはこびであるらしい。そのドーナは「舎利ノ所」で「諸国ノ王」と相会することになるから、遣使の要なく上牙を「与」え、「次々ニ皆舎利ヲ分ツ」と補って、「明星ノ出ル時ニ舎利ヲ分チ畢ヌ」と、事実として平叙されることになった。ただし、つづいて等分するその行為を述べるのは、注釈的挿入部とでも見なければ、破綻を来たすであろう。「以一瓶受一石許」の「一石」を宋本類および宮本にはあきらかに「一石」とし、『長阿含経』遊行経自体では高麗本に「一石」とする。『三宝絵』（下）下⒃に香姓婆羅門が「ツボノウチニ蜜ヲヌリテ……」とあるのは、『般泥洹経編』巻下系等の伝えによるのであろう。ともかく、分かち畢えた彼れが衆人にその瓶を「与」えられることを欲する。本文〔II〕が「此ノ瓶ヲ可見シ」と訳するのは、もとより誤りであった。「畢(鉢)婆羅樹ノ人」もまた同じい。『長阿含経』遊行経にも「畢鉢村人」と再度見える（一、30ａ）であろう。第十の「炭塔」を「灰ノ塔」とするのは、灰にはちがいなくて、「灰炭」（『拾遺往生伝』巻上（３））・「炭灰」（『法華験記』巻上㉖）などということばもあった。

（５）宇井伯寿「大般涅槃経に於ける舎利八分造塔供養は歴史的事実に基いて述べられて居るものと考へる」（「阿含に現はれる仏陀観」『印度哲学研究（第四）』二〇四頁）。

（６）宇井伯寿「阿含の成立に関する考察」（『印度哲学研究（第三）』三七三～三七六頁）。

今昔物語集巻三(35)	十巻本釈迦譜巻九(28)
〔III〕仏ハ星ノ出ル時ニ生ジ給フ。星ノ出ル時ニ出家シ給フ。星ノ出ル時ニ成道シ給フ。亦、八日ニ生レ給フ。八日、出家シ給フ。八日、成道シ給フ。八日ニ滅度シ給フ。亦、二月ニ生給フ。二月ニ出家シ給フ。二月ニ成道シ給フ。二月ニ滅度シ給也ケリ、トナム語リ伝ヘタルトヤ。（I、264・8—11）	〔III′〕何等時仏生。沸星出時生。沸星出出家。沸星出成道。沸星出滅度。八日如来生。八日仏出家。八日成菩提。八日取滅度。二月如来生。二月仏出家。二月成菩提。二月取涅槃。（五十、75b）

インドの底しれず透る夜空の星、星々。原語「沸星」は『佩文韻府』にも見えず、湧きすわれる、おぎろなき星を思うべきか。本文〔III〕に直接対応するのは、『長阿含経』遊行経該当部を簡略した『釈迦譜』、特に「八日如来生」一文を欠かない宋本類および宮本のみである。列挙の間に原文「沸星出滅度」が見えないのは、『今昔』原本以来脱落したのであろう。あるいは二月八日（『菩薩処胎経』巻七）、あるいは四月八日（『般泥洹経』巻下・『仏般泥洹経』巻下）・四月八日夜半（『灌仏経』）等の示されることもある。中国南北朝末、かの天台慧思、智顗(ちぎ)らの師であるが、その『南嶽立誓願文』（558年頃）には、「我聞如是。（中略）併従癸丑年七月七日入胎。至甲寅年四月八日生。至壬申年年十九、二月八日出家。至癸未年年三十、是臘月月八日得成道。至癸酉年年八十、二月十五日方便入涅槃」とあった（四十六、788b～c）。ちなみに、この書は、正法五百年、像法千年、末法万年の三時説を末法思想のもとにうち立てた最初とされる。のち、「仏以二月八日沸(弗)星現時、初成等正覚。亦以二月八日沸(弗)星出時生。以八月八日沸(弗)星出時転法輪。以八月八日沸(弗)星生出時取般涅槃」（『薩婆多毘尼毘婆沙』巻二、二十

三、510b)、さらに後、『法苑珠林』巻十二には、仏陀涅槃二月について述べ、さらに、その初生・出家・成道・転妙法輪すべて「八日」、涅槃のみ独り十五日なのは「月無虧盈」のように大涅槃はある、と述べる（五十三、372b)。仏陀涅槃に『今昔』がここに「二月八日」説を用い、別には「二月（ノ）十五日」説（巻十二(6)・『三宝絵』下(8)、巻十三(8)・『法華験記』巻上(35)をとるのは、それぞれの原拠に従ったのである。『今昔物語集』における仏陀在世・涅槃の日々が畢わる。『今昔』において、仏伝これらは、かくの如く昔かつてあり、今もあるのである。

VII　補説

一

仏伝は次第に神話化した。神話化は、まず、パーリ中部『希有来営有法経』、これは仏陀の生誕について、それに対応すべき漢訳『未曾有法経』（『中阿含経』巻八、未曾有法経、一、469c—471c）は生誕から成道に至るまでをまとめて述べた。「これこそまとまった仏伝への動きであり、後代の諸仏伝の一つの原型と見なさるべきであろう」という。(1)

（1）　中村元『ゴータマ・ブッダ—釈尊の生涯—』（選集第十一巻、六〇頁）

二

……釈迦が、烈しい内省から導いた、かういふ哲学的直観〈「世界は、自然も精神も、色学想行識の五蘊、五つの言はばカテゴリイの相互依存関係に帰する」、「この五蘊の運動は、ただもう無常であり、そこには何ら実体的なものも、常住なものもない、さう考へる考へ自体さへ、この運動から離れた格別なものではない」〉は、現代の唯物論よりはるかに徹底したものだと言へませう。彼は、彼の全人格を賭けて、さういふ風に直覚したのであって、彼の性格の要請によって、さやうな世界理解に関する図式が現れたのではない。縁起の法は、因果の理法と呼ぶより無我の法と言ふべきものであつて、およそ眞理といふものは「我」を立てるところに現れる、人間的條件に順じて、様々な眞理があるに過ぎない、と釈迦は考へた。最も人間臭くない因果律といふ眞理も、悟性といふ人間的條件に固執するからあるのである。因果律は眞理であらう、しかし眞如ではない、truthであらうが、realityではない。大切なことは、眞理に頼って現実を限定することではない、在るがままの現実体験の純化である。見るところを、考へることによって抽象化するのではない、見ることが考へることと同じになるまで、視力を純化するのが問題なのである」（小林秀雄「私の人生観」）

三

一言にした（巻三(28)［I］）が、まとめて記す。

諸行無常　是生滅法　生滅滅已　寂滅為楽

爾時如来説此偈已、告諸比丘。汝等当知。一切諸行皆悉無常。……汝等宜応勤行精進。速求離此生死火坑。

此則是我最後教也。……
（法顕訳『大般涅槃経』巻下、一、２０４ｃ）

爾時世尊（中略）而説偈言。（中略）是故比丘。無為放逸。我以不放逸故自致正覚。無量衆善亦由不教逸得。一切萬物無常在者。此是如来末後所説。（『長阿含経』遊行経、巻四、一、２６６・『釈迦譜』巻九、五十、２２ａ）

……遵承仏教。以精進受。黙惟道行。是為最後仏之遺令。必共順之。（『般泥洹経』巻下、一、１８８ｂ）

是故当知。世皆無常。会必有難。勿懐憂悩（也）。世相如是。当勤精進。早求解脱。……汝等比丘。常当一心勤求出道。是我最後之所教誨。（『仏遺教経』、十二、１１１２ｂ）

さあ、修行者たちよ、お前たちに告げよう、「もろもろの事象は過ぎ去るものである。怠ることなく修行を完成なさい」と。（中村元訳『ブッダ最後の旅（マハーパリ・ニッバーナ・スッタンタ）』六—七）

Ⅷ〈附〉

『今昔物語集』の仏伝の主要部は十巻本『釈迦譜』に依るとか、これに由る在り方をのこすとかする多くを有した。この間に、またはその後に、『今昔』と十巻本『釈迦譜』との間にほぼ共通する標題をもち、ないし異同する内容をもっていて、『釈迦譜』からはえらばれない数篇がある。これについて略記する。

巻一(31)須達長者造祇薗精舎語は、『賢愚経』巻十(48)を用いる『釈迦譜』巻八(20)釈迦祇洹精舎縁記に依らず、『注好選』巻中(12)須達詣市売升・同(14)須達金敷地二篇を接続詞「而ル間」でつないだ在り方をとる。[1]『釈迦譜』には『今昔』本文の前半に見える須達（スダッタ）七貧の物語は見えず、須達は巨富で布施を喜ぶ人としてある。『今昔』はこれを棄て、それを採った。その和文化資料に就いて、貧窮の人の布施供養、[2]ひいてはその致富と祇園精舎（ジエータヴァナ・ヴィハーラ）の発願とに意味を求めて再構成した上、これを一連の貧窮布施物語に配列したのである。『釈迦譜』巻八(19)にはこの祇園精舎縁起の直前に最初の仏教寺院をめぐる釈迦竹園精舎縁記があり、『今昔』のいわゆる二話一類様式に示唆した一つであることが十分考えられるのみならず、事実そのまま並列し得るのでもあるが、しかし、『今昔』は竹林精舎（ヴェールヴァナ・ヴィハーラ）縁起を欠き、祇園精舎縁起は『釈迦譜』によらないのである。

アフガニスタン・ジェラーラーバード南部、巻三(8)瞿婆羅竜語は、『観仏三昧経』巻七を用いる『釈迦譜』巻八(26)釈迦留影在石室記に依らない。『大唐西域記』巻二那偈羅曷（ナガラハル）国条の一物語（五十一、８７９ａ）と、文の順を一部異にはするが、語彙的にきわめて多く通じる和文化資料によったか、と想像される。結文に、玄奘が天竺に見聞して「記」すと、『今昔』には珍らしく記される。

仏陀入滅後の『今昔』巻四、それは仏典結集に始まり、阿王育（アショーカ）をめぐり、優婆崛多（ウパグプタ）をつづける。『釈迦譜』をまつまでもない付法伝の史的知識かもしれないが、『釈迦譜』巻十が『今昔』の採択・配列・展開の軸にあずかり得なかったという理由はないであろう。この時、巻四(3)阿育王殺后立八万四千塔語は、『釈迦譜』巻十(31)阿育王造八万四千塔記の『大阿育王経』所引部（五十、７８ｃ―７９ａ）には依らず、『釈迦譜』のこれとその巻九(30)釈迦竜宮仏髭塔記の『阿育王経』所引部（五十、７６ａ―ｂ）とを結合した、ある和文化資料に依るべきであって[3]、すなわち、『釈迦譜』自身ではなく、それを通った漢字片仮名交り和文化資料がえらばれている。ついで、巻四(4)拘拏羅太子扶眼依法力得眼語、かのクナーラ太子の物語も、『釈迦譜』巻十(31)『法益経』所引部（五十、８１ｂ―８２ａ）には依らない。いくつかの仏典の間から口がたりの想像力を通して形成され、その結末部には『大唐西域記』巻三呾叉始羅（タクシャシラー）国条該当部相当（五十一、８８５ｂ）が含まれたであろうところの[4]、やはり和文化資料がえらばれている。巻四(5)阿育王造地獄堕罪人語も、『増阿含経』巻二十三(604)を簡略して用いる『釈迦譜』巻十(31)の一物語（五十、７７ｃ―７８ｂ）が、従来出典かともされる『大唐西域記』巻八摩掲陀（マガダ）国波吒釐子（パータリプトラ）城条の一物語（五十一、９１１ｂ）よりも相対的にむしろ近いが、これもやはり口がたりを通った和文化資料がえらばれているであろう。(5) そして、巻四(7)優婆崛多会波斯匿王妹語は、巻四(6)の優婆崛多物語が『宇治拾遺物語』(174)と共通母胎に立つ和文性の高い資料からえらばれた後につづくが、この波斯匿王(プラセーナジト)の妹のことは、『釈迦譜』には巻十(31)に、優婆崛多ともかかわりなく、阿育王が仏陀(ブッダ)在りし日を知るという彼女に会って仏陀を問う、と簡単につたえられるに過ぎない。巻四(7)は、平安時代の貴族・教団知識階級の間にかなりのヴァラエティをもってひろがった口がたり(6)を通して形成された、やはり和文性の高い資料からえらばれているのである。

これらは『今昔物語集』自己の表現をこころみたのである。その時代社会に動くさまざまのことば、特には三つの言語の境界の緊張の間に模索して、みずからえらび、こころみ、位置づけようとしたのであった。

そして、仏伝に即すれば、いま仏後「百年」が過ぎて、『釈迦譜』はここに閉じる。僧祐律師は「祐定以方等固知三宝常住。常住之法理無興滅。興滅之来乃世縁業耳。……」と閉じるであろう。「仏ノ御坐シ世ト近来トヲ思ヒ比ブルニ……」(巻四(7))、この構造は単に時間的のみに限らない。この問いを、末代の意識において、三国にわたって『今昔物語集』は問うことになるのである。

(1) 小稿「敦煌資料と今昔物語集との異同に関する考察(II)」(奈良女子大学文学会「研究年報」IX、一九六六↓本書所収)注(15)参照。この場合、現在では共通母胎に配慮する要はないであろう。
(2) 本稿巻三(29)論述部分参照。
(3) 阿育王八万四千塔には数伝があり(『釈迦譜』巻五・十(31)(32)、『今昔』では巻二(14)もその一つである。いま、巻四(3)において、従来出典かとされた『法苑珠林』巻三十七の『大阿育王経』所引部(五十三、578c—579a)のみでは『今昔』本文終末部を満たし得ず、もし、『珠林』に求めるとすれば、これを隔たる巻四十の一部(五十三、599b—c)においてでなくてはならない。『釈迦譜』がまさるべきは言をまたないであろう。
(4) 新潮日本古典集成『今昔物語集　本朝世俗部一』解説(一九七八)参照↓本書所収。ただし、『今昔』自身の癒着というよりは、すでに以前に含まれていたかと考えるべきかもしれない。
(5) 阿育王の地獄物語は、『阿育王伝』巻一・『阿育王経』巻一等、従来指摘される外に、『法顕伝』(五十一、86

3b―c)・『分別功徳論』巻三(二十五・39a―c)の類があり、『阿育王伝』の類よりもともかく『今昔』巻四(5)に類する。『三宝感応要略録』巻下(3)では文珠信仰と結び、『法華伝記』巻五(19)・『法華百座聞書抄』三月四日条では法華信仰と結ぶ別話としてではあるが、ともかく類する。

(6) 優婆崛多物語は、「或ハ戒律ヲマモリテ、鉢ノ油ヲカタブケズ」(『三宝絵』下序)というような類型表現を生むなど、よく知られていた。『付法蔵因縁伝』巻三類はじめ、『往生要集』巻中、大文五―三、『栄華物語』鳥の舞、あるいは『注好選』巻中(10)勝鬘夫人の金釵物語など、相通じ相異なって、インド以来の口がたりのひろがりを感じさせる。

III　今昔物語集仏伝の世界

仏伝（釈尊伝）の展開

仏陀釈尊の教えにもとづいて、法（ダルマ）（教説）と律（ヴィナヤ）（教団の規律規定）とに関する原始的伝承が記憶口誦された。それはやがて、法を主として九分教十二分教に分類して言えば、経（スッタ）（散文の梗概要領）・祇夜（ゲーヤ）（重頌、散文・韻文の混成）・伽陀（ガーター）（偈頌、韻文）・自説（ウダーナ）（感興偈とその因縁（いわれ）を説く散文）ないし本生（ジャータカ）の類に因縁（ニダーナ）・教訓譬喩例証（アヴァダーナ）の類を加えて大略整えられた。これらは経蔵・律蔵となり、経蔵は四部五部ないし四阿含にまとめられた。漢訳を合わせ、現形の経律は、幾代もの間の伝持・制作・取捨・編集などを経て、新旧さまざまに複雑である（宇井伯寿「原始仏教資料論」「阿含の成立に関する考察」）。広義の仏伝ないし仏伝文学は、その間から、大概すれば、原始的部派的伝承が律蔵を経て独立した類と、その伝承を直接展開して仏伝作家の信仰礼讃の中にとりあげられた類と、その綜合の類とに分れるであろう。

一

パーリ律蔵大品（マハーヴァッガ）の最初に位する大犍度（マハーカンダカ）、その冒頭の仏伝部は、マガダ国ウルヴェーラーの観十二因縁による成道、自体パーリ小部の仏伝的断片であるウダーナとの前後を問うこともできる成道に始まり、初転法輪から、ベナレスの富商の子耶舎（ヤサ）の帰仏をはじめ、ウルヴェーラーの神変、「火の説教」、王舎城（ラージャガハ）のビンビサーラ王の帰依などを経て、六師外道サンジャヤの徒の舎利弗（サーリプッタ）・目犍連（モッガラーナ）の帰仏を以て、原始教団成立過程の最初期を畢える（一—一〜二四）。この仏伝部は、仏陀の経歴伝記を直接意識しないが、教団入団の許可に関する本篇に対しておのずから序章を成し（M. Winternitz: Geschichte der Indischen Litteratur, II, Leipzig, 1920, S. 21）、教団現在の受戒規定の成立した因縁を仏陀の事蹟に求めている。律蔵の四分律受戒犍度篇や五分律受戒法篇も同じくそれぞれ仏伝を前提するが、それぞれ大品の型に成道以前を増広して発達展開したものであった（和辻哲郎『原始仏教の実践哲学』）。四分律は三明による解脱（類型表現、長部沙門果経・中部怖駭経・サッチャカ大経、増一阿含経巻二十三(1)等）を語り、大品に同じい二商人の最初の二帰依（仏・法への）、これ自体三帰依より古いが、これから燃燈仏（ディーパンカラ）授記の物語を挿んで語って行く。五分律は三明による解脱と観十二因縁によるそれとを語って異資料を癒着合成している。三明の源ともいうべき八聖道とか四諦とか観十二因縁とか、教理的に根本的な諸問題をも含めて、一般に、原始的部派的な伝承群が新古さまざまの層をつつみ育てて、断片的に個々に流動していたことが想像されるであろう。

五分律は、仏陀の自然具戒を出家の時と見る立場からその出家を重視した（平川彰『律蔵の研究』）。出家の原語 pabbajā, pravrajyā の類は、前へ行く、遊行する意である。パーリ小部スッタニパータ第三聚の出家経・精勤経、あるいはナーラカ経（まだ白象のいない托胎・誕生、婆羅門アシタの占相予言等）の古偈などがおのずから仏伝的を断片して、シッダールタは、出家、王舎城へ行ってビンビサーラ王に対した時に、釈迦族を名のり、そこから出たことを告げた、という。

諸々の欲望には患（うれ）いのあることを見て、また出離こそ安穏であると見て、つとめはげむために進みましょう。
わたくしの心はこれを楽しんでいるのです。　（三—一、№424　中村元訳）

その若き日の回想をつたえて、三時（春、夏=雨季、冬）の宮殿に妓女らの楽の絶えぬ間に老病死の三法の苦を観じて、涅槃（ニルヴァーナ）の安穏を希ったといい（増支部三―三八～三九・増一阿含経巻十二⑻）、宮殿に男子なく女妓のみあって、「園観」を欲すれば華やかにかなう間にもその三法を観じたともいう（中阿含柔軟経・羅摩経、ブッダチャリタ五―八～一五等）。大品に成道以前を増広した四分律は、閑静処での生老病死（生を加えるのは後代的）の苦観の後に、盛年、父母の愁嘆を超えて自ら剃髪出家した、と言った。どこまで古いかは知らず、単純な、ただし奥行きのある類型表現（中部聖求経・サッチャカ大経、中阿含羅摩経等）であった。五分律は、若き日の苦観をめぐって「園観」を展くべき出門遊観に三門出遊（老病死）を語り、これは四門遊観類型（修行本起経・異出菩薩本起経・過去現在因果経巻二・普曜経巻三・ラリタヴィスタラ14・方広大荘厳経巻五・仏本行集経巻十四・十五等）以前であるが、その最後の還宮の道に出家人に逢わせる。三門遊観の後に結婚を経て北門の沙門に逢わせる（瑞応本起経）などに通じると言えば通じるであろう。その道に女人が顕（た）った。

一女人有り、菩薩を遙見して欲愛の心を起し、即ち偈を説いて言はく、

母有此子楽　其父亦甚歓　女人有此婿　楽過於泥洹

歓愛の楽しみは泥洹（ニルヴァーナ）に過ぎる。しかし、この「泥洹」の声を聞いて、シッダールタは、その最高の喜びを得るにはまだ生老病死の法を離れてないと思う。やがて、父王の付けた妓女らと在った後、ふとめざめた夜、その婦女たちの情景、宮殿の死相を厭って出城を決意する。人間存在の奥底の渇愛（タンハー）は苦多く悩み多く、無常の対象に誘われてはならないから、この情景の構想は不自然ではないが、出城して馭者に老病死の怨みを語る時、それは三門遊観とともに五分律の出城の基調でなくてはならない。老病死法を観ずる型にいわば教理的には立ちながら、五分律は、女人を誘惑の原理として捉えていわば文学的に強調したか、と想像される。長部大本経（長阿含大本経）に、釈迦仏伝を法の普遍性から一般化して、過去仏の毘婆尸（ヴィパッシン）仏が王子時代に出遊して老病死法を観じ、沙門に逢ってそのまま還らず出家する時、その夜の婦女たちの情景はそこにはない。この情景はもとより四分律にも

なく、五分律がともかく古いようである。

長部大本経を知る後代的の仏伝、因縁物語（ニダーナカター）に、遊観（老病死、沙門）の後の夕べに羅睺羅（ラーフラ）（繋縛）の誕生を聞き、還宮の時、王族の女（むすめ）キサー・ゴータミー（Kisāgotamī）がその高雅に打たれて喜んで歌ったという偈があった。

げに幸なるかな彼の母、げに幸なるかな彼の父、斯る夫を有（も）てる婦は、げに幸なるかな。　（立花俊道訳）

この幸いということばに、涅槃、真実の幸いの意味を思ったシッダールタは、真珠の頸飾りを外して彼女に贈って謝した、という。この時、幸いということばに涅槃を感じるというのは、nibbāna, nirvāṇa をめぐる言葉あそびを含み、彼女は nir—√vṛ（楽しむ）、nirvṛta（幸福な）の意で言ったのに、それが、nir—√vā（消す）から出た名詞、すなわち煩悩の火の消される涅槃の意にとられたのである（立花俊道注）。

アシュヴァゴーシャ（馬鳴）のブッダチャリタ（仏所行讃）に、遊観、老病死を観じ、沙門に接して還宮する王子を見て、ある王族の女（むすめ）が合掌して叫ぶ場面がある。

「切れ長の目をもつお方、この世でこのような夫を持たれた女の人はほんとうにたのしくて幸せ」と……

（五—二四　立川武蔵訳）

すなわち般涅槃（パリニルヴァーナ）に至る方法を思ったという（五—二五）のは、やはり涅槃が nir—√vṛ から出た名詞ととられているのである。ブッダチャリタには、別にも「あの方の奥様は幸せ」ということばを女たちの他意のない純なつぶやきと受けとめる場面がある（三—二三）が、これらはおそらくブッダチャリタが伝承素材を素直に自己の美文的宮廷詩（カーヴィヤ）の構成要素として、あたらしい緊張関係の間に消化した方法と見るべきであろう。とすれば、この時この場に女人が登場してこの種のほめ歌を歌うのが、いつの日かからの伝承の古形として断片的に存在したかもしれない。五分律の漢訳は梵本を欠くが、この漢訳が厚意の類音のあそびを訳出し得ずにその含みを失ったというよりは、原文自体があえて欲愛の心に転じてその「泥洹」ということばを相対したか、と想像されるのである。

仏本行集経巻十五に、太子四門遊観、出家人を拝して還る宮内に、一婦人鹿女があり、遙見、「欲心」を起して「浄飯大王受快楽　摩訶波闍無憂愁　宮内婇女極姝妍　誰能当此聖子処」と歌い、太子は涅槃の処を楽(ねが)ったという場面がある。諸部派の異伝を綜合したこの仏伝経典が巻末の跋文にあげる書の中に「大事」があり、鹿女とはこの Mahāvastu, II (P. 157) の Mṛgī の名に同じい。五分律の無名とも、ニダーナカターの Kisāgotamī とも異なるが、場面的には通じ、ただし、Mahāvastu に mātā, pitā, nārī (母、父、女人) などとあるのに、固有名詞の目立つのは仏本行集経自身の変改であろう。欲心というのも、五分律ほどには明瞭ではないが、やはり同経の変改かと想像される。

根本説一切有部毘奈耶破僧事巻三に、その時その場に一釈種の女(むすめ)鹿王が遙見して「讃歎」して頌めたという偈が見える。

安楽乳母生　安楽父能養　彼女極安楽　当与汝為妻

シッダールタは「涅槃」の声を聞いて歓ぶ。漢訳は梵本を欠くが、この漢訳には類音のあそびが意識されているのかもしれない。シッダールタが頸飾りを脱して空中に擲つと、彼女の頸の上に落ちる。彼女は、太子から金の指環を贈られてかねて妃となっていた耶輸陀羅(ヤショーダラー)らとともに三妃のひとりとなる。これはこれとして、倶夷(ゴーピー)（修行本起経・ラリタヴィスタラ12・普曜経巻三）なり耶輸陀羅（破僧事巻三・方広大荘厳経巻四等）なりに指環なり頸飾りなりを贈り、ないし提婆達多(デーヴァダッタ)との試芸に勝って妃を得るとか、出家の夜に妃が悪夢を見るとか、それぞれ異同しながら後代化して説話モチーフを細かく用いる型である。この間に、仏伝経典、衆許摩訶帝経巻四が特に破僧事に近く、釈迦族の女蜜里誐惹(ミリガジャー)がやはり「讃歎」して歌い、真珠の頸飾りを受けて三妃のひとりとなるとするであろうが、ただし、その偈が増広して涅槃をほめて観念化されているのは、二世紀のカシュミール論師の集大成した阿毘達磨大毘婆沙論巻百一に鹿釈女が「讃涅槃頌」を歌うなどとともに、古意と見るべきを遠く離れていた。[1]

これに由ってこれを観れば、五分律のこの偈の場面自体は伝承展開の或る古形をのこしながら、漢訳以前の失われた原文において、女人の偈はその古形を離れて欲愛の心に改められた。それが出家の夜の婦女たちの情景の構想と方法的に通じることは明白であった。

この時、律蔵大品を論じて、後代の仏伝は、ベナレスの富商の子耶舎の出家の物語を、シッダールタ、後の仏陀自身について物語る、とする説と出会う（M. Winternitz, ibid. S. 21）。理由は記されないが、おそらくそうであろう。[2]

この物語はふたりに通じ、特に五分律は、婦女たちの情景のみならず、出門に至る経過においてまで、その漢訳表現を酷似する。五分律は二つの夜の相においてその共通する最初の表現責任をもつのである。五分律にシッダールタの妃の名は見えないが、耶輸陀羅 Yaśodharā, Yaśodharā の名が知られていたとすれば、それは耶舎 Yasa, Yaśa に通じて、ただ一つの類音さえ神話（ミュト）をつくることができるであろう。シッダールタ出家のこの夜は、仏伝経典に一切所有如幻とか不浄とかも潤色されながら定着し、ブッダチャリタもこの流れを承けた。

王舎城へ行ってビンビサーラ王に対した時、四分律は長い偈にスッタニパータ出家経の古偈を素材とした（同類、Mahāvastu II, p. 198, 破僧事巻四等）。五分律の散文は四分律と趣意を通じ、シッダールタはまだ乞食する鉢がなくて蓮の葉を持ち（類型、破僧事巻四・衆許摩訶帝経巻五）、王は王法と仏法との間のかねての五つの願いのいくばくを果した（類型、仏本行集経巻二十三）と、リアルの影をのこし、ないし理想化のあとをつたえる。ウルヴェーラーに修定主義を方法的に生かして苦行主義を捨てたシッダールタは、善生女（スジャーター）ないし難陀破羅（ナンダバラ）らのささげる柔かい乳の粥(パーヤーサ)を受けてうるおうであろう。

二

もと律蔵のマハーヴァストゥの仏伝部がやがて仏伝自体への関心によって増広独立したことが知られるように、律蔵を経た仏伝の多いことは確かであるが、また、仏とは何か、法(ダルマ)の顕現としての仏陀をめぐる仏陀観なり仏身論なりが、その前生の修行の本生譚(ジャータカ)を思索させて仏伝への道を展いたことも確かである。スッタニパータのトゥシタ天(四一一六)以降、阿含では兜率天(トウシタ)(中部希有未曽有法経、最初の仏誕散文)以前の仏陀の生はまだ不明確であった(宇井伯寿「阿含に現はれたる仏陀観」)が、やがて、菩薩(ボーディサットヴァ)思想の発展とともに、燃燈仏授記の大乗神話的なジャータカが小部ジャータカを超えて最初の授記思想をもってあらわれる(干潟龍祥『本生経類の思想史的研究』)。その仏のために五茎の花を一女人から買ってささげ、自らの髪を解いて泥土に覆い布いてその仏を渡した前世の物語であった。はじめに記した律蔵四分律の仏伝部の二商人の帰依の条にアンバランスなまでに挿まれるのは、もと律蔵とは別の仏陀礼讃に立つ仏伝作家の想像力の間から成ったこれが増広された、と想像されるであろう。

西暦紀元前後からの梵文仏伝文学の展開をおのずからつたえるか、後漢建安年間の古訳仏伝経典群、修行本起経・中本起経ないし興起行経、つづく瑞応本起経などは、あるいは願生(願力所生)的に燃燈仏神話にもふれながら宿命無数劫時以来の「凡人」の求道、その本起本行(修行)を、あるいは、律蔵(十誦律、根本有部律類)にのこる仏伝にも通じるが、業生(業力所生)的に仏陀の生身の業因の果報を思索した。過去現在因果経は燃燈仏神話に始まり、仏陀と耶輸陀羅との現在、舎利弗目犍連の現在を過現の因果から解釈して結ぶが、要するにこれは本生譚的の型と舎利弗目犍連の帰仏で畢わる律蔵大品の型とをかさねて構造したのである。その枠の中の修行時代は降魔を含めてブッダチャリタに通じるが、成道以後、ウルヴェーラーの神変にたとえば三つの果実をモチーフするのは大品型であり、その四分律五分律に通じる偈に因果輪転を増広するのはジャータカ的である。最後に律蔵大品の枠を出てつけ加えた大迦葉（マハーカーサッパ）の帰仏には、往昔の善根を言いながらも本生譚を伴わないであろう。梵文ラリタヴィスタラ・方広大荘厳経は願生を複雑にして仏陀を礼讃していた。

降神入胎から神話的また歴史的に仏陀の生涯にわたる、いわば統一ある仏伝として最初のブッダチャリタや僧伽羅刹所集経が成ったのは、カニシュカ王時代である。これらは、やはり仏陀の一代を讃める仏本行経とは異なって、阿育王（アショーカ）塔にまで及び、わけてブッダチャリタは仏伝文学の華となった。

つとに仏陀の死を思索した阿含経典に、誕生・成道・初転法輪・般涅槃の四大聖地（長部大般涅槃経（マハーパリニッバーナ・スッタンタ）五—八・法顕訳大般涅槃経）、成道・般涅槃の二時（同四—三七・長阿含遊行経・法顕訳同経）をあげている。阿育王も巡礼した。ガンダーラには本生譚の霊跡さえも生まれた。ヘレニズム・ガンダーラ彫刻は、神話的または現世的に、燃燈仏授記本生、太子受楽と出城前夜その他はもとより、塔（ストゥパ）の周囲に仏伝を年代記的にセットしもした。そして、仏伝は成仏成道を中心として八相成道的を方向するようになって、成仏未久の魔縁の制止（相応部有偈篇四・雑阿含経巻三十九、大品一—一一等）が成道直前の「降魔」（大乗起信論には無い）の観念化のかげに隠れるなど、初転法輪から入滅に至る間のさまざまは統一的にはまとまらなかった。

仏伝ないし仏伝文学は、論蔵に発達した教理とともに、大乗の勃興を刺激した。大乗仏典の仏陀観には、経蔵律蔵の仏伝素材が内的意味的に生きているのを見出すであろう。

注

（1）衆許摩訶帝経偈「父得解脱楽　母身亦復然　生此悉達多　願与我為夫　当成二足尊　円証涅槃法　名聞遍十方　我今帰命礼」。毘婆沙論偈「不久汝当得　安楽以為母　無憂以為父　寂滅以為妻」。

（2）耶舎に三時殿あり、男子を交えず彼女らに囲まれ、疲れて眠り、めざめて婦女たちを見て厭離し、黄金の履をはいて出門して（大品一―七・一～三）、仏陀の教えにあう。シッダールタ若き日の回想にも通じる型である。四分律巻三十二にも金履の耶輸陀として大同する外、仏伝経典に散見し、大智度論巻二十四には、「出家を好むこと耶舎等の如し」という。なお、後を追えば彼の脱ぎ捨てた履のみあったというのが『梁塵秘抄』209を思い出させることを一言する。

釈尊伝

一　本起・本行、「仏起」

西国ニ大王在キ、浄飯王ト申シキ。一人ノ太子在マシキ、悉達太子ト申シキ。其ノ太子世ヲ厭テ、家ヲ出デ、山ニ入テ、六年苦行ヲ修シテ、無上道ヲ得給ヘリキ。其レヲ釈迦牟尼仏ト申ス。四十余年ノ間、一切衆（マヽ）ノ為ニ種々ノ法ヲ説給ヘリキ。衆生機ニ随テ教化ヲ蒙テ、遂ニ八十ニシテ入涅槃シ給ヒニキト云ヘドモ、滅後、四部ノ弟子□一ツ也。

（『今昔物語集』巻六(1)）

釈迦牟尼仏の童名は　悉達太子と申しけり　父をば浄飯王といひ　母これ善覚長者の女摩耶夫人

（『梁塵秘抄』279）

仏陀釈尊（釈迦牟尼仏、釈迦族出身の聖者である、めざめた人）の面影。仏伝ないし仏伝文学は、法の顕われ現る人としての仏を問い、讃め、そのあとを慕う心を通して展けて来た。すでに、仏陀の教えとそれを保った僧団の規律の因縁や教訓譬喩例証の類とに関して、久しく記憶口誦された断片群が経蔵とを整えて来ていたが、これらの間からとりなし、前生の本生譚の類をあわせても骨組みし、神話化説話化しながら展けて来たのであろう。その成道・涅槃という二つの時（巴利長部『大般涅槃経』四―三七、漢訳『長阿含』遊行経、等）、その誕生・成道・初転法輪（最初の説法）・涅槃という四つの処（巴利同経五―八、『毘奈耶雑事』巻三十八、等）、その霊地霊廟ないし霊塔への巡礼もつとにおこり、阿育王も巡り、仏伝ないし本生譚は図像学的な世界とも交感し（バールフト・サーンチー・アジャンター古層・希臘風ヘレニズム、ガンダーラ・マトゥラ、等）て、やがてはいわゆる八相成道（成道を中心とする八相）の諸説がその方向を見出しもしよう。これらのあとは、古東洋のいくつかの言語・藝術にわたる万華鏡をあやなした。近代、西欧のインド学にめざめるまで、日本の仏伝もそのあやにあった。

漢魏の間に起った梵文仏典の漢訳は、『修行本起経』（建安二年、一九七）・『中本起経』・『瑞応本起経』その他、古訳の仏伝経典をのこす。仏は何故に出現したか、もと「凡人（夫）」であったが、如何にして仏に成ったか、清浄の仏智を求めて菩薩（求道者）の道を行じた所行（行為）は如何であったか、その本願・本行を問い、讃め、その成仏の「本起」を説くのであった。古訳の仏伝経典『十二遊経』、この経は二十九出家、三十五得道の立場をとる（巴利『大般涅槃経』五―二七・『長阿含』遊行経・『中阿含』羅摩経、等）が、これにも、仏陀生涯の遊化説法をのべる間に、「本起」を説くという。諸部派の伝承を綜合したいわばアレクサンドリア学派的な仏伝経典『仏本行集経』も、跋して諸部派の律蔵資料の名を『大事』・『仏生因縁（往）』ないし『釈迦牟尼仏本行』などとあげている。これらの経典の多くには、その本起・本行にかかわって燃燈仏神話もあらわれて、前世の修行者が燃燈仏に蓮の花を女人からもとめてともにささげ、仏に成る誓願を起して、燃燈仏からその授記（予言）を得た、という。仏伝経典『過去現在因果経』も、これを、その仏伝の過現の因果の花として、その冒頭と末尾とに構造的に枠づけたものであった。

西域を経て中国に仏教の初伝した頃、仏は漢訳語彙に「覚」と思索された（『後漢紀』巻十・『後漢書』楚王英伝注）。梁の僧祐律師（四四五～五一八）は、その仏教史学的見識から諸経典を渉獵して、中国最初の組織的仏伝である『釈迦譜』五巻を成したが、たとえばシッダールタの托胎を、仏伝経典『普曜経』（一名、方等本起）を底本として諸経をも引いていう。

菩薩、兜率天より化して白象となり、口に六牙有り、……現に日光に従ひて母胎に降神して右脇に趣く。……瑞応本起に云ふ、菩薩、初め下りて化して白象に乗じ、日の精を冠す。修行本起に云ふ、夫人の夢に空中に白象に乗ずる有り、光明、天下を照らす。……　（巻一(4)）

菩薩初下化乗二白象一冠二日之精一。因二母昼寝一而示レ夢焉。従二右脇一入。夫人夢寤。自知二身重一。……
（『瑞応本起経』巻上）

後人が増広して流布した十巻本『釈迦譜』にも、またこれに準じていう。同じい僧祐の『弘明集』は、概して言えば仏教・道教の間に儒教をも含んで論争を編むが、その巻頭に引く「牟子理惑論」（三世紀前半？）という論には、やはり仏を問うてその施行を宿世から考え、そして、「形」を現世の母に「仮」りて、その昼寝の夢の懐胎から、四月八日誕生[2]云々とつづけるのである。

その中国のこなたに然るべく海を隔てて漢字漢語文化圏に包まれることになる日本は、もと言語的には異質の、いわば国際古典文章語としての漢文、漢訳仏典語をも含むその強烈な衝撃のもとに、世界を触媒とするめざめや悩み、それをはじめて内的にうらわかくめざめ悩んだであろう。漢和を交織する時間に自己をみがき始めたであろう。『元興寺伽藍縁起并流記資財帳』（天平十九年以降、奈良晩期）に、その欽明七年戊午（五三八）のいわゆる仏教公伝に関していう。

百済国聖明王の時、太子像并びに灌仏の器一具、及び仏起を説く書巻一篋を度して言さく、「当に聞く、仏法は既に是れ世間無上の法、其の国〈日本〉も亦修行すべきなり」と……。

ここに「仏起」を説くというのを仏が仏と成った由縁の所行についていうと注すべきことは、修行のすすめに帰する文意から見ても自然であろう。梵本には直接せず、漢訳を通じてではあるが、日本の仏法はまず端的に仏伝に啓かれ、日本の仏伝はまず真直に本起を学んだのである。いまは朝鮮を通じて、遠くインド・西域、中国を受けとめる、日本の知識社会の世界の意味もすでに存したのである。太子像は灌仏にかかわる誕生仏か、ないし半跏の思惟像か、周知のように、別には聖明王が釈迦仏金銅像一軀等をもたらし（『日本書紀』欽明十三年条、五五二）、ないし欽明戊午年、仏像経教ならびに僧等を度す云々とつたえる（『上宮聖徳法王帝説』）ところであった。後に「我朝ノ釈尊」（『正法輪蔵』巻一）といわれる上宮太子が、「金人」を夢み、仏典の不通の義を解して師につたえたなどという（『法王帝説』）のは、幼き日のシッダールタの伝え（『瑞応本起経』巻上・『因果経』巻一、等）と交感し、また、「金人」は中国仏法初伝史譚の後漢明帝の夢にも通う金銅の聖像、ないしは黄金の仏陀であったか。この間に、苦悩の劇を負う以レ和為レ貴（『憲法十七条』一）のねがいがあり、仏とは何かを問う問いを、共に是れ凡夫なるのみ（同十）、生死に流転する俗人の自覚から問うた。問うことができ始めていたのである。成仏の本起を問うて六波羅蜜（布施・持戒・忍辱・精進・禅定・智慧）の類の本生譚もはやく説かれたが、飛鳥仏教藝術の華、法隆寺玉虫厨子の台座に知られる薩埵太子捨身飼虎（『金光明経』巻四・十六、等）、雪山童子施身問偈（南本『大般涅槃経』巻十三）の朱漆の本生図、これが、平安盛期の、女人のための和文の仏教説話集の絵がたりのことばをかりれば、

> 我が釈迦大師（昔）凡夫にい坐せし時に、三大阿僧祇の間に衆生の為に心を発し、三千大千界の間に芥子ばかりも身を捨て給はぬ所無し。
> （源為憲『三宝絵』上序、上⑽・⑾）

という所以のものであったことは言うまでもない。

なお、シッダールタは、刹帝利、ただし、まだ世襲王制でない貴族制のそのもとに生まれた、というが、インドでも発達して王子（太子）とつたえるのが普通であった。

二　降誕、三門遊観・四門出遊

止利(とり)仏師が飛鳥寺の金堂の戸をこぼたずに納め入れたといういわゆる飛鳥大仏は、推古十三年（六〇五）四月八日発願造、十七年同日安置した、とつたえられる（『元興寺縁起』所引「丈六光銘」、『日本書紀』推古十三・十四年条）。この日が仏誕を意識すべきことは、『元興寺縁起』に灌仏の器の見えたことからもあきらかであろう。もとより仏誕には、「四月八日」（『修行本起経』宋本巻上・『瑞応本起経』巻上・『因果経』宋本巻一・『十二遊経』・『灌仏像経』、『文選(もんぜん)』巻五十九「頭陀(づだ)寺碑文」李善注、等）の外、「二月八日」（『長阿含』遊行経・『因果経』高麗本巻一・『仏本行集経』巻七「春初……」、『歴代三宝紀』巻一「仲春……」、等）など異伝も多い。J・ネルーが「仏教文献には、ヴァイシャーカ月（五～六月）の満月の日に生まれたといわれ、……」という[1]のは南伝系に立つのであるが、vaiśākha-māsa は「春分中毘舎佉月」（『方広大荘厳経』巻二）・仲春「吠舎佉月」（『大唐西域記』巻二、等）、インド暦第二月といい、中国暦法の新旧も不同して、漢訳には異同も生じたのであろう。「四月八日灌仏（浴）」（『灌洗仏経』・『高僧伝』巻九、仏図澄伝・『宋書』劉敬宣伝）、すでに仏伝経典『仏所行讃』巻一も梵文『ブッダチャリタ』一―九とは異なって、漢訳にこの日をあてている。西域・中国の都市は多く四月八日に華やぎ（『洛陽伽藍記』巻三・『魏書』釈老志）、『弘明集』高麗本などもこの日をとった、きらきらしい異国的な法会(え)が飛鳥をも飾っていたであろう。百済を通じた江南仏教の、仏舎利(ぶっしゃり)の不毀にかよう伝えも生まれ（『書紀』敏達十五年条）、やがて法隆寺五重塔の初層に涅槃や分(ぶん)舎利の伝えも塑像される。近畿大和の風土において、仏伝の輪郭はすでにほぼ印象づけられていたのである。

仏誕。かの金銅小像の摩耶夫人と天女たちと、南都東大寺の誕生仏と灌仏盤と、ないし古(こ)誕生仏の幾軀たち。周知の「天上天下唯我独尊」の句は、『大唐西域記』（六四六）巻六に「天上天下唯我独尊、今茲而往生分已尽」

（天にも地にも我独り、今より後、わが生得の生はすべて尽き、輪廻転生はくり返さない）とあるのに始まるらしい。生きるねがいの歌である。希望の歌である。『大唐西域記』は天平七年（七三五）に南都に将来されたらしい。花まつりにものこる誕生仏の手のすがたは、「挙レ手」（『長阿含』大本経）・「挙二右手一住」（『瑞応本起経』巻上）・「手指上下」（『毘奈耶雑事』巻二十）の類をおいては、仏伝経典やガンダーラなどになく、敦煌写本に、

是時夫人誕二生太子一已了。無二人扶接一。（其此太子）・・・・東西南北各行二七歩一。蓮花捧レ足。其太子便乃一手指レ天。一手指レ地。口云道。天上天下唯我独尊。

（龍谷大学図書館蔵『悉達太子修道因縁』・『太子成道経』ペリオ本P. 2999, スタイン本S. 548・北京8436〈潜八十〉）

などと見えるのにあたる。絵解きして、ないし歌唱もしながら唱導して誘俗に資した台本であるが、推せば、この手のすがたは西域で始まったか、意識的に定まったかしたのであろう。玄奘が「独尊」句を独創したか、すでに西域で行われていたかもしれないものを用いたかは措く。日本の中世仏伝に、

太子、金ノ床ノ上ニ立テ、東ニ向テ一ノ手ハ天ヲ指シ、一ノ手ハ地ヲサシテ、天上天下唯我独尊ト初言シタマフ。二ノ手ニ天地ヲサスコトハ上求菩提、下化衆生ノ四弘誓願ヲ表ハス。文ノ心ハ、天ノ上、地ノ下ニ（ママ）タダ我レ独リ尊シト也。……

（真福寺蔵『釈迦如来八相次第』上巻11丁）(3)

とある類は、『仏本行集経』巻八(6)下の仏誕の「金床」を感じながら、敦煌写本に通じる口がたりのなごりをとどめ、少しく注釈をこころみたものであった。敦煌写本に、吐蕃支配下の敦煌で釈迦牟尼一代の行化を仏殿に壁画して供養した、「本行集変」をいう断簡（スタイン本S. 1686, 八二一年）があり、仏伝を綜合した『仏本行集経』をさらに誘俗的に展いた変文の存したことが確かであるが、(4) この類のひろがりをもあるいは考えるべきであるかもしれない。

南都で画かれた「絵因果経」（正倉院文書、天平勝宝八歳類収「図書寮経目録」）諸本の現存はいうまでもない。『文選』「頭陀寺碑文」には、あるいは絢爛の諸経の外に、仏伝経典として多く『瑞応本起経』が注される。初唐の中国類書、内典部には「頭陀寺碑文」などを抄しもする『藝文類聚』の類も、身近に必見されたであろう。西の京薬師寺の東西両塔の内に「八相成道之相(形)」が塑像されていたこと（『薬師寺縁起』、長和四年、一〇一五・大江親通『七大寺日記』、嘉承元年、一一〇六）は、「東塔、安二入胎・受生〈誕生〉・受楽・苦行之相一。西塔、安二成道・転法輪・涅槃・分舎利□(之)相一。右両塔之内、八相之様不可思議也」（同『七大寺巡礼日記』、保延六年、一一四〇）、この再巡礼の時に、西塔の内の菩薩像の馬瑙の枕すでに以て紛失、などとも記される通りであろう。「釈迦牟尼仏跡図」についてインド摩掲陀国・北ガンダーラ烏仗那国、天山南路丘慈国（クチャ）などのそれにふれる「仏足石記」（天平勝宝五年、七五三、薬師寺蔵）、後にも「石ノ上」の足跡（『三宝絵』上序）とか、「蘇婆河」の辺の遺跡（『明恵上人伝記』巻上、「蘇婆石」『漢文行状』巻中）とか慕われるその伝聞、ないし仏足石歌碑もまた知られる通りであろう。

この南都仏教の蓄蔵した仏伝は、平安初期のいわゆる『東大寺諷誦文稿』にいくつかの断片をのこしている。諷誦というか、ともかくひろく言教のために「然ルベキ因縁・譬喩」（『今昔物語集』巻二十㊱を覚書して、南都仏教の仏陀観の一面を整えながら、日本の仏伝の初期形態を初めてあらわすのである。本生譚としては、施身聞偈や捨身飼虎とともに、燃燈仏神話も見える。「釈迦本縁」条には浄飯・摩耶の名をあげ、「護明云、白象云、右脇云、七歩云、大仙人令レ相〈占相〉云哭云……」といい、「読レ書問二博士一不レ通、太子教」といい、「四門云」といい、「中夜出城云……六年〈苦行〉云」、「成二仏道一」、「霊山浄云」というなど、著名の仏伝語彙の断片をつらね、その奥行きと、これを唱導の対象の機に応じて随宜に説き分けるはたらきとを包んでいる。「護明」は兜率天での前生の菩薩時代の仏陀の名、『仏本行集経』巻五・六その他に見える。「霊山浄云」は法華堂曼荼羅の霊山説法図（ボストン美術館蔵）などを思い出させもさせるであろう。

下って、東大寺図書館蔵『釈迦如来尺(釈)』（長承三年写、一一三四）は、釈迦牟尼如来の名義から始めて、諸経を略出して多く仏伝を語り、あえて言えば、日本仏伝（文学）史上、現存最古の単行仏伝とも言える書であるが、その幼少から出家に至る部分にいう。

因果経云、太子七歳(本行経云、八才)索二学書一。至二十歳一妙才益(或云、至十二才。種々伎通達事)。至二年十四一、啓レ王遊欲レ観レ世。出二東城門一、天帝化二作病人一。太子見之、生二哀愍心一、発二厭離想一、還レ宮。大王増二五百妓女一。経二数年一出二南門一、復作二老人一。見之、念二盛必衰一、還レ宮。西門作二死人一、男女持レ播(マヽ)随レ車啼哭。太子見之、観二生死無常一悲泣、還。後増二五百伎女一娯二楽之一。至二年十七一〇納妃。出二北門一作二沙門一。見之、観喜発二道心一。年十九、四月八日夜、出城出家云々。生年十七時妙才益顕、常念二出家一云々。　（十六ウ～十七オ）

『因果経』とあるが、少しく『仏本行集経』巻十二[12]によって旁書・夾注し『修行本起経』によって書き足す外は、多く『瑞応本起経』巻上を要領して出門遊観をのべる。三門（病老死）遊観、国嗣を欲する父王が妓女を増して逸楽を求めさせても、その三つの無常の苦の有るのを愍(あわ)れみ、結婚の後、北門に沙門に逢って、「一心」を決意した、という。心にわいた解き難い苦患、生への問い。少なくとも三門遊観はいわゆる四門出遊型（納妃後でもある）以前の古形であろう。[5] はやく『諷誦文稿』に見えた「四門云」の細部はわからない。また、はやく平安盛期に画かれた「八相成道」、特に法成寺金堂扉の「八相成道変」に「四方の園林」に「浄居天(じやうごてん)変じて生老病死を現じて見」せたという一場面（『栄花物語』巻十七、音楽）も、いわゆる八相成道に四門出遊は数えられないことは措いて、細部はよくわからない。[6] 年老いた母が入唐する子との別れを嘆いて釈迦仏の出家のことに及び、「〈子の〉生(う)まるる祈りの〈母の〉くるしさ」をかえりみて、

……むかし太子花園(はなぞの)に遊(あそ)び出(い)でたまふには、四面(めん)の門(かど)に生(むま)るるものを見しとて帰(かへ)りて、いま一(ひと)つの門におは

するに、老いてゆゆしげなるものを見る。……のちに夜出でておはしけれ。……（『成尋阿闍梨母集』）

と書いたのは、敦煌写本の四門の「生」に通じるが、(7) ただし、その絵解きに生まれることを産むことと混じて劇化した口がたりには「浄居天」は一切あらわれず、『栄花物語』にいう生老病死の「生」がその類にあたるとは限らない。『今昔物語集』巻一(3)は、いわゆる四門出遊型をとる。

……既ニ七歳ニナリ玉ヘリ。大王、……学文ススメント思食シテ、大学堂ヲ立テ勧学院ヲ構ヘテ、……毘沙波蜜多羅ト云物ヲ請ジテ大学ノ頭トシテ、太子、五百ノ童子ト共ニ羊ノ車ニ乗ツレテ勧学院ニ入玉フ。……或経ニハ、八歳ノ時ヨリ学文シ玉フト説ク。太子八歳ヨリシテ書論学シ極ルコト二年ノ間也。……返テ師ノ毘沙波密多羅ニ教玉フ。……〈浄飯王〉忍夫（マヽ）〈天〉ヲ請ジテ師匠トシテ諸ノ能ヲ習ハス。纔ニ二年ノ内ニ十九種ノ伎芸ヲ習極ム。……ワヅカニ御年十二歳ノ時ニ、太子ハ大臣ト共ニ東門ヨリ出テ遊ビタマフ。……、

（『釈迦如来八相次第』上巻17～18丁）

この中世仏伝のこの部分は、王が然るべく造った「三時殿」（『仏本行集経』巻十二13上）でさまざまに「三十二人ノ采女ニカシヅカレ」（『方広大荘厳経』巻三）、「七歳」（『瑞応本起経』巻上・『普曜経』巻三・『因果経』巻一、等）、「大学堂」（『因果経』巻一）に「羊ノ車ニ乗ツレテ」詣る（『瑞応本起経』巻上・『普曜経』巻三）、という形に諸仏伝経典を合糅して構成し、「毘沙波密多羅に就く云々」、「或経ニハ八歳云々」以下は『仏本行集経』巻十一(11)・十二(12)を追うが、その「経歴四年至十二時」に至ってただちに四門出遊に転じ、『仏本行集経』とは逆に、これを先んじて後に、父王の意のままにことごとしく術くらべして三妃と婚し、「愛シキ妃」も「イツマデカハ若クアルベキ」と「イヨイヨ無常ノ理」を思い知った、と展いて、それとしてともかくも心にわいた苦患、生への問いの論理を徹している。(8) そして、その四門出遊は、『仏本行集経』とは異なって、いわゆる四門出遊（老病死・沙門）型のみであり、かつ、その「生老病死ノ四ノ苦」は成句的類型である。『八相次第』が諸経典を合成するに

は『釈迦譜』などにうながされるところがあったのか否か、四苦をいうには『瑞応本起経』などの「三苦」を知りながら成句に就いたのか否か、たとえばこれらは不明である。ともかく、この生への問いは、それとして、自由思想の勃興期に苦を超えて涅槃（解説）の寂静を求めようとしたというインドの古伝をうつしてはいよう。苦観の底に、インド・ヴァルナ（カースト）社会の諸矛盾の間の、小国の刹帝利の、母亡き子の光学が、真にかがやかしい生とは何かを問うた。いま、女身たちの匂わしさが流転のうつつにうつる。

三　出城・出家、ベナレス行

御年十九、壬申の歳二月八日夜中に出で給ひて、出家せさせ給ひて[9]……

（『栄花物語』巻十七、法成寺金堂扉絵）

後夜ニ浄居天及ビ欲界ノ諸ノ天、……太子ニ白テ言サク、「……只今此レ出家ノ時也」ト。……〈太子〉車匿ニ宣ハク、「……我レ国ヲ捨テ此ノ山ニ来レリ。……」……ト宣ヘドモ、更ニ不返ズシテ哭悲ム。其ノ時ニ太子自ラ釼ヲ以テ髪ヲ剃給ヒツ。……〈浄居天の化せる〉猟師ノ袈裟ヲ取テ着給ヒツ。

（『今昔物語集』巻一(4)　悉達太子出城入山語）

これ釈迦如来そのかみ太子のとき、夜半に踰城し、日たけて山にいたりて、みづから頭髪を断じまします。ときに浄居天きたりて頭髪を剃除したてまつり、袈裟をさづけたてまつれり。……

（『正法眼蔵』出家功徳）

出城、出家。出家の原語pabbajjā, pravrajyāは、原意、前へ行く、遊行する意、家を捨てて家なき遊行生活に入る意であるという。時代を隔て性格を異にするそれぞれであるが、場面としてはこれらは、たとえば「太子」が最後在家の身の飾りを解いて「菩薩」（求道者）としてのねがいを遂げて「我今始名二真出家一也」と誓言する場面（『仏本行集経』巻十八(22)下、等）であった。眞出家とは、この場面かの婆羅門の『ウパニシャッド』の、真の自我を求めて妻マイトレーイーと別れるヤージニャヴァルキヤではないが、pabbajā の意である。もし言えば、後、日本中世天台の流れに、七歳、三門ないし四門出遊、伝教最澄の戒壇にゆかり深い『梵網経』の「七歳出家」を引いて「是ヲ理ノ出家ト曰フ」（『三国伝記』巻一(1)・「人師、心ノ出家ト釈セリ」（『法華経直談鈔』巻二本）といい、いわば事の出家に対し、また、中世ないし近世初期仏伝に、亡き母の菩薩のためにと特記して、七歳みずから「道心」を発した（『釈迦出世本懐伝記』・『釈迦の本地』・『釈迦物語』）という類は、この「真出家」のかげのそれぞれでもあり得よう。

中世仏伝『八相次第』上巻29～31丁は、古伝（『仏本行集経』巻十四(15)・十六(21)、等）をいくばくかおもかげに太子の「最後」の妃の「床」にふれ、別に「夫婦ノ契」をあわれんで燃燈仏神話をはさみ、仏伝経典（『瑞応本起経』巻上・『因果経』巻二、等）その他に知られる指腹懐胎モチーフをまで加えて雑然と合成してから、出城させた。妃も御供申さむとねがう（『本懐伝記』・『釈迦の本地』・『釈迦物語』）のが、彼女がみごもり太子城を出た律蔵『毘奈耶破僧事』巻四や仏伝経典『衆許摩訶帝経』巻五のその夜のことに通じるのは偶合か、と言えば、『破僧事』の出城に多声の偈を諸関係の複雑が交わし、『本懐伝記』では太子と妃とが通俗の和歌を交わす。

「入山」（『修行本起経』巻下・『因果経』巻二・三、『仏本行集経』巻十九、等）という。

摩掲陀国の王の子に　おはせし悉達太子こそ　檀特山の中山に　六年行ひたまひしか

（後白河院撰『梁塵秘抄』219）

『梁塵秘抄』。白拍子もあるいは「仏神の本縁を歌」っていた（『徒然草』二二五段）。もとより、仏陀は迦毘羅衛国、ひろくは憍薩羅国（『スッタニパータ』三―一・422～424・『大智度論』巻三、等）の生まれであるが、マガダ国ともとられないではない問答がつとに隋代にあり（『法華文句《もんぐ》』巻一上・『法華文句記』巻一中）、後に誤られ（『翻訳名義集』巻三）、日本でも久しくつたわる誤伝であった（『太平記』巻十八・三十五、『三国伝記』巻一(1)・『壒《あい》嚢鈔《のうしょう》』巻十九(2)・『法華経直談鈔』巻一(3)）。法身仏《ほっしんぶつ》生国と分別したこともあった（『鷲林拾葉鈔《じゅりんしゅうようしょう》』巻一）。

そして、『梁塵秘抄』は、太子は檀特山に入るという。ガンダーラ、かのタフト・イ・バハイ僧院の東方、檀波羅蜜（布施）で知られる須太拏《スダーナ》太子らの配流の地とつたえ（『六度集経』巻二(14)・『洛陽伽藍記』巻五・『大唐西域記』巻二、『宇津保物語』俊蔭・『三宝絵』上(12)、等）、もと仏伝とかかわらないが、漢訳「檀」音を通じる故もあるか、中国でつとに太子出家、檀特山入りの誤りがあらわれて、日本にも入ったようである。[10]『今昔物語集』や『正法眼蔵』の「山」は「入山」の意にとどめてよいであろう。もとより、山は他界であった。

遊行《ゆぎょう》してマガダの都王舎城《ラージャガハ》（ラージギル）に至り瓶沙《ビンビサーラ》王に対した時、太子はまだ乞食する鉢がなくて蓮の葉を手にしていたともいう（『五分律《ごぶんりつ》』巻十五・『仏本行集経』巻二十三27中、等）。そして、苦行「六年」（『因果経』巻三・『仏本行集経』巻二十五(30)上、『今昔物語集』巻一(5)・二2・六1、『八相次第』上巻39丁、等）、内面の烈しい戦い、その間、太子の決意は固いが、

……魔王、形ヲ変ジテ王宮ニ披露スルヤウハ、「悉達太子ハ苦行ニ疲レテ早ク命終リ玉ヒヌ」ト。王宮ニコノ事ヲ聞付《ききつけ》テヲメキサケブ事限ナシ。……（『八相次第』上巻41丁）

とはさむのは、仏伝にはめづらしい。その苦行に「諸天」（神々）が悉達太子今忽命終なのを案じて王所につたえたという伝え（『仏本行集経』巻二十五(29)下）と、「魔王」が太子に、カピラ城では提婆達多が王位を奪って宮内に入り、ことごとく汝の妃后を納め受け、汝の父王を牢獄につないだ云々、と偽作の書を擲《な》げて脅かしたという伝え（同巻二十七(30)下）とを混じているのである。[11]

苦行の空しさを知り、幼少、閻浮樹《ジャンブ・ムーレー》の下の蔭に沈思したことを想起して、起《た》って尼連禅河《ネーランジャラー》に身を洗い、牧牛

の女人からあたたかい乳粥の供養を受けたという、「身ノ光リ気力満」ちたという（『因果経』巻三・『仏本行集経』巻二十五(30)上、等）、この時、日本の仏伝には、この中道の直観の無限の原点、原風景の木蔭はつたえないく。（『今昔』巻一(5)）ようである。聖樹。そして、成道。そして、思惟。法を説くべく都市波羅奈（ベナレス）へ趣く。「作ニ是思惟一時、十方仏皆現なり、……思ニ惟是事一已、即趣ニ波羅奈一なり」、『法華経』方便品比丘偈、これは仏伝に外道を破する仏陀の法を、一切の声聞・辟支仏（縁覚）・菩薩の乗、この三乗を一乗に帰すべき次元にとらえて用いるであろうが、これを引いて『正法眼蔵』（菩提分法）はこう思索している。そのブッダガヤからベナレスへ、インドの古い道に、アージーヴァカ教徒の優波迦が通りかかって問い、仏陀は歌をもって答える。ウパカは、そうかもしれない、と言って頭を振りふり別路をとった（律蔵『大品』一―六・六～九、中部『聖求経』・『中阿含』羅摩経・『方広大荘厳経』巻十一・『仏本行集経』巻三十三(37)上、等）。このような画面をも日本の仏伝はつたえなかったようである。

四　『今昔物語集』、遊行

院政中期、『釈迦如来尺（釈）』写本より少しく溯って成るか、『今昔物語集』は日本ではじめて仏伝を組織的に集成して含む。その仏陀生涯の骨格は、後漢明帝の代の仏法初伝史譚に『今昔』独自に要領してはさむところであった（巻六(1)、前出）が、これは、すでに敦煌写本『歴代法宝記』（S. 516, P.2125）・『法王本記東流伝録』（P.3376）の類にその初伝の伝えに関して諸書を引き、あるいは問仏生滅品を立てなどして仏陀の事歴を問うた、その方法ともおのづから通じていた。いうまでもなく『今昔』は「天竺」部仏伝に始まり、「震旦」「本朝」三国の仏法史的説話を軸に、仏法の創始・伝来ないし弘通を語って世界を編み、好奇の関心を世俗にもひろげて、これをも包みこもうとした。あたらしく仏伝を編むことはあたらしく仏を問うことであり、これはすなわち人間を問い直すことでもあった。『今昔』は仏を思い、凡夫を見た。あらためて自覚や不覚のさまざまを見た。それは、漢訳仏典語を含む国際文章語としての漢文の類を脱してすべて漢字片仮名交りの和文をとった、あたらしい文体の方法とも相関した。転換期の自身の現代の意識であった。

その仏伝は、巻一(1)「人界」現世の入胎から始まり、八相成道を意識するのであろう、巻一(7)・(8)に成道・初転法輪を置き、以後、転法輪（遊化）のさまざまを語りつづけ（若干の非仏伝はあるが）て、巻三末の涅槃・分舎利に至って、巻四仏後へつづく。まず唱導・説法を意図したはずではあるが、敦煌写本のようには誘俗をあふらず、一般に原拠としての文字資料に基本的には即する。仏伝の場合、これを特に基本的に枠づけるのは、『因果経』その他仏伝経典を多く用いる十巻本『釈迦譜』であり、これにもとづく形であるが、しかし、それは、前世を語らないのでは決してないにしても、『因果経』を枠づける燃燈仏の過去因縁の神話的な想起に特に関心するわけではなく、また、『釈迦譜』が「法身無形」（五巻本巻一(4)・十巻本巻五(4)）を説く仏身論に依拠するわけでもなくて、「生身ノ釈迦」（巻十二(15)）を直截に烈しく意識する。多く超人化された資料には依りながら、現世的此岸的立場に立つのである。知られた結文がある。

……此レヲ思フニ、釈迦如来ハ、涅槃ニ入給テ後ハ、如此ク衆生ノ前ニ浄土ヲ建立シテ可在シトモ不思ヌニ、此レハ法花読誦ノ力ヲ助ケムガ為ニ霊鷲山ヲ見セ給フニヤ。……

（巻十三(36)、女人、法花経を誦じて浄土を見たる語）

至心の女人が法華浄土の如来の身を見、その声を聞いたという物語の結文の部分であるが、『今昔』は、その依った資料に即しながら、ここに至る間に彼女が「若クヨリ仏ノ道ヲ心ニ懸テ」功徳を修したという見解を独自にさしはさみ、また、独自に批評してこの結文を加えるのである。「乃至霊山法華会、ミルコト在世ノゴトクセム」（恵心僧都和讃「中夜讃」）、「仏は常に我が心にい坐す、遥に去り給へりと不可思ず」（『三宝絵』上序）、それぞれその通りであるべきこれらに比して、『今昔』は驚くべく理づめに理を立てて問いつめて、実存の信の機の間の感応の度を問う。『今昔』自身のことばで言えば、「心ヲ一ニシテ」至す（巻一(3)、等）一心の感応をねがうのであろう。ここには『今昔』の末法意識の鋭く刺すところがあるのである。

「仏ノ御坐シ世ト近来ト」（巻四(7)）、この認識の方向する宗教的意識であり歴史的意識でもあり得るものが、ここにはたらくであろう。『今昔』に散見する「末代ノ衆生」ということばには単に後代のという場合もあり得ようが、「末代悪世」（巻十一(15)）といい「娑婆濁世ノ愚癡無識ノ衆生」（巻六(15)）という。すでに「今、像法之時」（『東大寺諷誦文稿』）は過ぎて末法の時代に入っていた（永承七年、一〇五二、『扶桑略記』等）が、「五濁悪世ノ衆生」（巻三(30)）と独自に自身のことばを補う時、それは院政貴族の末法表現の固定観念にとどまらない。『今昔』自身「近来」の娑婆苦に在って、その衆生、「凡夫」の生を問い、ねがうところがあるのである。(12)

初転法輪の後、祇園精舎縁起（巻一(31)）など、「四十余年」の遊化（巻二(2)・三(28)・(61)）のさまざまのすがたを配しつづけて仏陀を讃めるのは『今昔』仏伝の特徴であるが、その方法は『今昔』自身の問いやねがいの自己確認であったとも言える。

今昔、仏、婆羅門城ニ入テ乞食シ給ハムトス。其ノ時ニ彼ノ城ノ外道共、皆心ヲ一ニシテ云ク、「此比拘曇比丘ト云フ者ノ、人ノ家毎ニ行テ物ヲ乞ヒ食フ事有リ、憾ク無愛也。……」、……〈仏〉如此キシテ日高ク成ルマデ供養ヲ不受給ハズ、鉢ヲ空クシテ胸ニ充給テ疲極ジ給ヘル気色ニテ返リ給ヲ、或家ヨリ女、米ヲ洗タル汁ノ日来ニ成テ菸タルヲ棄トテ外ニ出タルニ、仏ノ、供養モ不受給デ返リ給ヲ見奉テ、悲ノ心ヲ発シテ何ヲ供養シ奉マシト思ニ、身貧クシテ更ニ可供養奉キ物無シ。何ニ為ムト思ヒテ目涙ヲ浮テ立ル気色ヲ仏見給テ、……　（巻一(11)）

ある日の午前、「空鉢而還(帰)」類（『五分律』巻十・『大智度論』巻八・九、等）の類型のように、乞食して得ない。故国のカピラヴァスツの都に帰った時、仏陀は権門の家ばかりをめぐらず、端から順次に乞食した、という（『ニダーナ・カターー』「近き因縁物語」等）。その乞食のすがたを父王が恥じた時、仏陀は王統でない仏統を語ったというのは措いても、いま「人ノ家毎ニ」ということの意味は、幸田露伴『プラクリチ』（一九三二）でないが、このように注されるであろう。類型から生まれた原話（『大智度論』巻八・『経律異相』巻四十一⑾、等）をもち、つとに『東大寺諷誦文稿』に「貧女腐汁奉縁云」と覚書されるのもこの類にちがいない。『今昔』のこれは、説話集『注好選(撰)』巻中⑾話に類して異なる、漢字片仮名交りの原資料に依り、その和語と漢語との間を鋭くした文体において、はるかに超えてきたひとの美しく満ちた端的を形づくる。

遊行（ゆぎやう）スルコト終（をは）リテハ　ナミダハ雨ノゴトク降ラム　アルヒハ国界（こくかい）コトゴトク　白銀（びやくごん）ヒカリサカリナリ……

（恵心僧都「日没讃」補接）

転法輪といっても、かの伽耶（がや）山上の「火の説教」、貪りと瞋（いか）りと癡（おろ）かさとの熾（も）えるのを戒めるそれ、聖アウグスティヌスの告白のカルタゴの肉の却火をかさねて西欧近代詩（一九二二）の用いたそれ（『大品』一―二一・一～三、『四分律』巻三十三・『五分律』巻十六、『仏所行讃』巻四、等）、中勘助『提婆達多（でーばだつた）』（一九二一）も引いたこれが、『今昔』など日本の古い仏伝にあらわれないのは致し方ないかもしれない。水の説教（『ウダーナ』一―九、等）が入っておれば、水きよく谿声幽（かす）かな日本はいかに容（い）れたか。「転法輪の嶽（たけ）と申す所にて、釈迦の説法の座の石（いし）と申す所拝みて……」（西行『山家集』一一一九）、これは、奥吉野大峯（おおみね）熊野の道遠く修験習合の心をとらえていた。

仏も昔は人なりき　われらも終（つゐ）には仏なり　三身仏性（さんじんぶつしやうぐ）具せる身と　知らざりけるこそあはれなれ

（『梁塵秘抄』232）

「声わざの悲しきことは……」と言い「歌をこそ経よりもめでしか」ともいわれた、俗間の束の間の音曲にうつる仏である。「仏も昔は凡夫なり……」、祇王の歌。安芸厳島の釈迦という名の巫女は、唐装束をして髪にかんざしを挿してめでたくはなやかに舞ったという。忉利という女芸人もいたという（『梁塵秘抄口伝集』巻十）。「江口は観音が祖を為せり」（『遊女記』）。一角仙人を幻惑した女人商多は、漢訳「寂定」（『仏本行集経』巻十六）・「寂静」（『毘奈耶破僧事』巻十二）と言った。『梁塵秘抄』のこの歌の世界は、たとえば破戒無慚にも直面する『今昔』に通じるところがあるが、三身法性にふれること（巻四⑽）などはあっても、『今昔』にこのあはれは無い。

五　羅睺羅、母と子・父と子

ある皇女の発願した南都大安寺の法会に、結縁の講座三百座が講じられた。『法華百座聞書抄』（天仁三年、一一一〇）は、その聞書の一部である。この中に、シッダールタの子羅睺羅をめぐる伝えが見える。太子出城のゆえにかねてその懐胎や出産をあやしまれていた母子のまことをあかしする父子相見譚と、その後の羅睺羅出家譚と、この二話が組み合わせられる。

又、羅睺羅ハ、仏七太々子〈悉達〉トシテ宮ノ内ニ御シ時、耶輸陀羅女ノ夫人〔ノ〕ハラミ給ヘル御子ナリ。仏出家シ給テノ後、久ク生レタマハザリケレバ、「大〈太〉子ノ御子ニハアラヌニヤアラム」ト世ノ人ノ疑ヒケルニ、仏ノ、仏ニナリ給テ、父ノ上〈浄〉飯王ノ宮ニ御時、「今日コソハ此羅睺羅ヲ仏ノ御子ナリトモ、又サモアラザリケリトモ知ラメ」ト国王ヨリ〔ハジ〕メテ大事ニオボシケルニ、仏、五百羅漢ト形ヲ同ジクシテ居並ミ給ヒタ〔ル〕ニ、耶輸陀羅女ハコノ羅睺羅ノ五ツ六ツ許リナルヲ簾ノ内ヨリ押シ出ダシテ、「我が親ト思ヒ奉ラムトコロヘ参レ」ト宣ヒケレバ、羅睺羅ヨロズノ人ヲカキワケテ仏ノ御膝ノ上ニ居タマヘリケレバ、見ル人〳〵アハレガリカナシビテ、「実ニ太子ノ御子ナリ」トナム信ジケル。……仏カヘリ給テ、目連ヲ使トシテ耶輸陀羅女ノ御許ニ羅睺羅ヲ請ヒニ遣ト聞テ、……

（三月七日、『法華経』人記品条、導師、園城寺香雲房阿闍梨）

二話は、まず、天台智顗『法華文句』巻二上を釈して湛然『法華文句記』巻二上に略抄する仏典仏書群のうち、

耶輸陀羅は羅睺羅の母なり。……菩薩出家の夜を以て自ら妊身を覚ゆ。菩薩出家、六年苦行し、耶輸陀羅も亦六年懐妊して産まず。諸釈これを詰る。……〈仏〉初成仏時、其の夜羅睺羅を生む。……仏、成道し已へて迦毘羅婆に還り、……時に浄飯王及び耶輸陀羅、常に仏を請じて宮に入りて食せしむ。是時、耶輸陀羅、一鉢の百味歓喜丸を持して羅睺羅に与へて、仏に持して上らしむ。是時、仏、神力を以て五百阿羅漢を変じて皆仏身の如くして別異あること無からしむ。羅睺羅七歳の身を以て、歓喜丸を持して徑に仏前に至りて世尊に奉進す。是時、……

（『大智度論』巻十七、「羅睺羅母本生経」中説、『経律異相』巻七5略引）

仏初めて出家の夜、仏子羅睺羅、始めて胎に入る。悉達菩薩六年苦行、……初めて成道の夜に、羅睺羅を生む。宮を挙げて婇女みな慚恥す。……六年を満たし已へて、……〈仏〉本国に還帰して釈宮に来到し、仏、千二百五十比丘を変じて皆仏身の如くして、光相異なること無し。耶輸陀羅、羅睺羅に語るらく、「誰か是れ汝が父、往きて其の辺に到れ」と。時に羅睺羅、仏を礼すること已に訖りて正に如来の左(右)足辺に在りて立ちぬ。……

（『雑宝蔵経』巻十117、羅睺羅因縁）

尓時世尊告二目犍連一、……因復慰二喩羅睺羅母耶輸陀羅一、令下割二恩愛一放中羅睺羅上。……

（『未曽有因縁経』巻上）

このようにその原典を通じて感じる場所から感じ、ついで、あわせて、

〈羅睺羅〉仏出家後、六年方生。（国人及釈種族皆疑……）仏成道已還宮之時。羅睺羅始年五六歳許。如来将

レ至(寺)・。変ニ千比丘ニ悉如ニ己形(仏)ー。羅睺直尓往至ニ仏所(辺)ー。仏・(以)手摩レ頂(頭)。将レ還ニ精舎ー。勅(告)ニ・舎利弗・目連ー度之。……（慧遠『維摩義記』巻二末・敦煌写本『維摩経義』北京1320（呂九十六）、同『維摩経疏』巻三P. 2049）

等、『維摩経』注釈の類を感じ交えていることも察せられる。要は、国外の民間文藝的な展開を容れているのである。羅睺羅の出家を求められて、母耶輸陀羅が仏陀に愛別離苦をうらむのに、

「仏サラニ此太子ヲメスベカラズ。……宮ヲ出デ、出家シ給ヒシニモ斯クナムト告ゲ給コトモ無カリキ。又、十二年ノ間行ヒ給フトモ何ドカ一タビノ御オトヅレハ無カラム、……」ト宣フモ理ニテ、……

と『聞書抄』がうなづくのには、『今昔』巻一⒄、同類の場面に「目連又云フ事無クシテ」と目連の窮する場面があったが、ここに十二年というのには、『雑宝蔵経』羅睺羅因縁・『維摩義記』巻二末その他にのこる伝えがともかく裏づけるであろう。[13]『聞書抄』の父子相見の伝えは、敦煌に及び平城平安に入っていた、インド仏典や中国の注釈に由る口がたりの組み合わせを負うのである。

ただし、羅睺羅の出家のことは、もと律蔵では、母にすすめられて父に余財（遺産、王位？）をもとめるその子を仏陀が法の遺産として出家させたが、祖父浄飯王のいたみから、父母の許さない子の出家はこれを認めないということを仏陀がみとめた、という立制の因縁を語るのであった（『大品』一―五四・一～六、『五分律』巻十七、等）。中国の十巻本『釈迦譜』も、まず母子のまことをあかしするのに『普曜経』巻八の指輪モチーフを引くことは別として、羅睺羅の出家のことについては、その律蔵の説と『未曽有経』の説との大異をあげて、その両伝を存している（巻七⒀）。日本の伝えは、愛別離苦のいたみを訴え、そのおのづからのあはれの深みにうなづくが、ただし、その立制の客観については『維摩経』注釈の類と同じく語らなかった。

この時、父子相見の場に、『大智度論』巻十七羅睺羅母本生経では、羅睺羅は、歓喜丸というものをはじめて

逢う父なる仏陀にあやまたずにささげていた。仏陀はこれを食して去った。この歓喜丸とは、昔、シッダールタの幼時、父王が釈迦族の童子らと飲食して純金の鉢に盛ったというその類（『仏本行集経』巻十一[10]）であろう。胡麻歓喜丸・石蜜歓喜丸・蜜歓喜丸（『十誦律(じゅうじゅりつ)』巻三十四）、僧団の正食として粥法・菜法・麨法などとともに数えられる餅法に、麥餅・米餅・豆餅・油餅などとともに見える「歓喜丸」餅（『摩訶(まか)僧祇律』巻二十九・『十誦律』巻十七）の類でもあろう。[14] 童子羅睺羅はこの類の菓子を父にささげたのである。そのあと、去った仏陀を惜しみ、失われた初めの肉の歓びを求めて、と『大智度論』はつづけるが、耶輸陀羅は婆羅門の呪法をもって薬草を和した「歓喜丸（薬歓喜丸）」を仏陀におくる。この歓喜丸とは、異伝『毘奈耶破僧事』巻十二に彼女が宮中の外道(げどう)の女に作らせたという「一相愛薬丸」、チベット訳「男を女の支配にもたらす薬丸」にあたるべき類であろう。仏陀はこれを食して去って、身心異なるところがない。夕べのながめは空しかった。いぶかる人々に仏陀は彼女の本生因縁(ジャータカ)を説く。かの一角仙人と彼を歓喜丸で誘った扇陀(シャンター)と、その仙人はいまの我が身、その女人はいまの耶輸陀羅である、と

一角仙人と女人とのことは、仏伝経典『仏本行集経』巻十六[20]下や『仏所行讃』巻一（『ブッダチャリタ』四―一九）にも見えるのであった。太子若き或る日、女人の惑(まど)いにおののかせるために、父王に命じられた宮廷婆羅門僧の子が、その因縁などを語って宮女たちをそそのかす。彼女たちは誘い、ついに日没に至り、『仏本行集経』は、太子は宮中に入って彼女たちと快楽「歓喜」し、耶輸陀羅はその夜すなわち有娠をおぼえ、眠り、夢み、その夜、太子は出城出家した、という。そして、六年の後に彼女の生んだ羅睺羅は、仏陀帰国の時、六歳、晨朝、母の作った一枚大歓喜丸を持してあやまたずに父に直往した、と『仏本行集経』巻五十五[55]下には言うのであった。『毘奈耶破僧事』の耶輸陀羅みごもり太子城を出た夜のこと（巻四）、父子相見の後に彼女が誘った一相愛薬丸のこと（巻十二）も思い出せるが、『仏本行集経』において、宮廷婆羅門僧の子が一角仙人と女人となどを語

った日の、その日没の夜の「歓喜」有娠、太子出城のこと（巻十六）と、この日在東方の晨朝の父子相見の場の「歓喜丸」のこと（巻五十五）とは、文学テキストとして構造的にはるかに交感しあっているはずであって、この構造性を誘うべき一つ、その一角仙人の故事が『大智度論』巻十七に羅睺羅母本生経中の説として引かれるそれなのである。

真言東密の図像学の書『覚禅鈔』（十二・三世紀？）聖天、図事条にのこる奇異の訛伝は、日本でのこの種の伝えの曖昧の間に生まれていたのであろう。

　釈尊、太子ノ時、為ニ修道一企ニ玉フ出城一ヲ時、妻子等以ニ諸香味一ヲ造リ歓喜丸一ニ備レ之。暫ク止リ給。云々可レ尋
（日仏全、六）

口がたりの間に、また、ここに録される時に、この歓喜丸がいかに理会されていたかは知らない。

なお、『聞書抄』に父子相見に歓喜丸のモチーフが存しないのは、その存しない伝えによったのであって、『聞書抄』が、皇女を意識するなど、さかしらにこれを作為してひかえたのでないことは、すでに言うまでもない。

中世室町仏伝に、父子相見、和らいで、

　〈耶輸陀羅〉爰ニ百味ノ飯食ノ菓子（ママ）ヲ金ノ鉢ニ入、三歳ニ成ル羅睺羅に持セ進テ、……簾ノ外へ押出シ給ヘバ、……羅睺羅ハ五百人ノ羅漢ノ中ヲ分給テ、正ニ仏ノ御ヒザニ居給テ、是ヲ父ニ進ヨト母御前ノ仰候トテ進ジタリケレバ、……
（『釈迦出世本懐伝記』）

　やしゆだら女の、御思ひのあまりに、くはんぎまるといふものをこがねの手ばこのふたに入て、三歳のらごらにもたせ奉りて、……とて仏の御ひざに居給ふ。……
（『釈迦の本地』）

とあるこれらがそれぞれに由るべきに由ることも、またすでに言うまでもないのである。(15)

父子相見して仏陀が羅睺羅の頭を撫でた時、釈迦族の子らが疑った。仏陀が歌う。

〈羅睺羅〉如来の左足辺に在りて立ちぬ。如来即ち……手を以ちて羅睺羅の頂を摩でたまふ。時に諸釈等みな是の念をなす、仏今猶有二愛私之心一と。仏、諸釈の心の所念を知らしめして即ち偈を説いて言はく、……（『雑宝蔵経』巻十(117)）

無レ有二偏愛心一。これは血を分けた子への私の偏愛のゆえではない。子において猶預を生じるのではない。この子も亦まさに出家すべく、重く我が法の子であるゆえである。日本では、例の、「釈迦如来金口正説、等思二衆生一如二羅睺羅一。又説、愛無レ過レ子。至極大聖尚有二愛レ子之心一。況乎……」（『萬葉集』巻五、山上憶良「思二子等一歌一首并序」）と生き悩む現世の肉声あり、仏陀がその最期に「仏、羅睺羅ノ手ヲ捕ヘ給テ宣ハク、此ノ羅睺羅ハ此レ我ガ子也。十方ノ仏此レヲ哀愍シ給ヘ、ト契リ給テ、滅度シ給ヒヌ」と訛伝し、「仏ソラ父子ノ間ハ他ノ御弟子等ニハ異也。何況ヤ……」と結文する（『今昔』巻三(30)・『打聞集』(12)ほぼ共通）類の説話が流れた（『平家物語』百二十句本巻九、一の谷、熊谷発心、等）。嵯峨清凉寺釈迦堂の「赤栴檀の尊容」をおもかげに、『法華経』人記品の偈「我為二太子一時　羅睺為二長子一　我今成二仏道一　受レ法為二法子一」を引いて、「忝なくもこのお仏も羅睺為長子と説き給へば」と謡う、子を失った女物狂の襤褸の呻吟（謡曲『百万』）にも及ぶ。「かの御本尊はもとよりも衆生のための父なれば、母もろともに廻り逢ふ法の力ぞ有難き」、これはすでに民心の嘆息と欣求との間をいたわる無尽の法の限りであろう。ロシアのキリスト、聖画像ならぬ、日本の底辺の仏であった。

六　日天子・穆王伝説

中古天台は、釈迦如来出世の本意を、中国の五行思想などをもあわせて習合して、日吉山王信仰と結んだ（『耀天記』、『太平記』巻十八、等）。やがて口伝・伝授を沈めて、仏伝をめぐる神秘主義的な想像力が中古天台の

『渓嵐拾葉集』（一三一八年自序、後醍醐即位年）などにいう。

問　馬頭観音の相貌如何。示云、釈尊十九踰城の時、金泥駒に乗りて壇徳山に入り給へり。報恩の為に馬頭を戴き給へり。其の縁起よりす云々。……又云、日天子は八馬に乗る。此の馬、即ち是れ天子天の三形(さんぎやう)なり。所以に日天子は観音の垂迹(すいじやく)なり。馬は午なり。南方不二方主なり。……（『渓嵐拾葉集』巻二十六）

定図に云。肉色。左右手に蓮花を持ち、八馬の車に乗り、天衣を着る。馬の色は赤。またもと白馬。日天子乗八馬。（『阿娑縛抄(あさばしょう)』日天、日仏全、六）

かの奥アフガニスタン・バーミヤーン石窟No.155の仏龕(ぶつがん)の天頂部にくすんでのこる朱塗の絵のように、イラン系の日の神(スーリヤ)は四頭立ての馬車に乗り、ないし希臘(ギリシア)の日の神(ヘーリオス)も四頭の駿馬の引く戦車を馭した。この馬は、天上にかがやく目に見えぬ内証の本誓(ほんぜい)が目に見えて現象するしるし（三昧耶形(さまやぎよう)）であり、また尊形(そんぎよう)となる。また馬は午(うま)、日天子南中する正午でもある。かつ、『リグ・ヴェーダ』の馬頭、ヴィシュヌ神にかかわる馬は、仏教的に観音と深くかかわりもした(16)。『渓嵐拾葉集』は、衆生を度(ど)すべき結縁の機は無量にあるが、畜生道にあっては馬頭がこれを引接(いんじよう)し給う、とみちびいて、その本覚の照り顕(あら)われる妙理を説こうとするのである。

八馬は、思い出させる。周の穆王が西方に仏有りと聞いて、八駿の馬に乗じて西行して仏を求めた（『破邪論』巻下・『広弘明集(こうぐみようしゆう)』巻十一所引『周書異記』）。『渓嵐拾葉集』に『法華経』四要品（方便・安楽行・寿量・普門）を数え、普門品（観音経）について言う。

一義云。周穆王八疋の馬に乗りて天竺霊山(りやうぜん)に詣(いた)りし時に、観音品の説時なり。釈尊、護国の秘法を授け給へり。御即位の法とて、今大嘗会(だいじやうゑ)の時、国王に授け奉る事是れなり。……普門なり。即位の時の如きは灌(くわん)頂(ぢやう)儀式なり。是れ則ち今受戒の方法なり。……梵網の法門と観音経の二句偈の法門と引合はせて、王位と仏法とに亙(わた)りて甚深(じんじん)の習事在りて、……（巻百一）

インド仏伝を中国で穆王伝説に附会して後、日本も容れたそれであるが、仏陀の晩年は史実的に穆王の代とされて[17]、その穆王八駿の乗のペガソス伝説（『穆天子伝』巻一・四、『列子』周穆王・『白氏文集』巻四「八駿図」、等）がエデン崑崙山と霊鷲山とを結び、その時、五時八教教判的に仏陀が『法華経』普門品を説いていたとするのである。その仏伝から、略言すれば、そこに普門の意を説き、仏法王法の相依すべきに本中世の論理をとらえようとするのであろう。

昔、周の穆王の時、……八匹の天馬きたれり。穆王これに乗りて、……中天竺の舎衛国に至りたまふ。時に釈尊、霊鷲山にして法華を説きたまふ。穆王馬より下りて、……その時、仏、漢語を以って四要品の中の八句の偈を穆王に授けたまふ。……穆王震旦に帰って後、深く心底に秘して世に伝へられず。この時、慈童といひける童子を穆王寵愛したまふによって、……

（『太平記』巻十三、龍馬進奏の事、『三国伝記』巻一⒁・『壒嚢鈔』巻一⑴、類文）

七　忉利天上から

語り物の相を帯びて伝記しようとする中世仏伝『釈迦出世本懐伝記』・『釈迦の本地』及び近世初期の『釈迦物語』は、いずれも、母なき子、七歳、小鳥の巣の親鳥の子育てを見て、亡き母の菩提をねがって「道心」を発す。『釈迦物語』は、「まづ」母のため、ないし「又は」一切衆生のための大慈大悲とつけ加える。出家の後、『釈迦の本地』は特に「あし仙人」に仕えた苦行に『法華経』提婆品をふむが[18]、またいずれも、難行苦行十二年、成道、神通を得て忉利天に亡き母の在るのを知るという形から、忉利天上の摩耶夫人と仏陀との母子相見、為母説法を物語る。

忉利天上のこのことはインドでつとに造型された。日本でもはやく優塡檀像（『日本霊異記』巻中(39)）とともに覚書され（『東大寺諷誦文稿』）、平安貴族社会には奝然の伝えとともに熟知されて法成寺金堂の扉絵にも画かれたはずであり（『栄花物語』巻十七[19]）、やがて『今昔物語集』には、

摩耶ノ宣ハク、「若シ我ガ閻浮提〈人間世界〉ニシテ生ゼシ所ノ悉駄(達)ニ御マサバ、此ノ乳ノ汁、其ノ口ニ自然ラ可至シ」ト宣テ、二ノ乳ヲ搆リ給フニ、其ノ汁遥ニ至リテ仏ノ御口ノ中ニ入ヌ。摩耶此ヲ見テ喜ビ給フ事無限シ。……　（巻二(2)）

と見えた。この神話的な母の乳汁のことは、牛、ないしトルコなどで母羊の群と分かって牧される仔羊の群が夕べ合して哺乳される時、その母子が互いに誤たない（迷える仔羊が牧人に導かれることはあるにしても）、というような牧畜社会の現実体験を昇華したものであろう。母子を直接する類型表現である。これを、いま、昇天の同行多くて、

〈摩耶〉いづれがわが子の釈尊ともさらに見知り給はず、……羅漢たちの中へむかひて御乳をしぼり給ひしかば、……其の中に釈迦仏の御口へ入けるをもって、まことの御子としろしめしける。……

（『釈迦の本地』、『釈迦物語』類文）

というのは、あきらかに仏陀帰国の時に母子のまことをあかしした父子相見の場と対していた。事実、『釈迦の本地』はこの後にその父子相見の場をみちびき、歓喜丸をモチーフし、その母子相見と父子相見とを直接対比しもして、人間の「恩愛」や「恩徳」の所縁をとらえようとする。

『釈迦の本地』のみは、父子相見して去った仏陀が途に卒塔婆（塔）を拝した、その本生譚を物語った。大王重篤、医師のいう、生まれて未だ少しも腹立てぬ人に十三歳のその太子あり、「孝養」のために母后の涙にもそむき、みずからの眼をぬいて薬として、父王の平安を致した。父母これをいたんで起塔供養した。この塔の功徳

によって正覚を得たので、「恩徳」を思って拝するのである。この本生譚は先に『今昔物語集』巻二(4)・『私聚百因縁集』巻一(14)・『三国伝記』巻三(10)などに見えるが、もと『大方便仏報恩経』巻三に発して、敦煌写本『諸経略出因縁巻』(P.3000)第12話[20]にも引かれる忍辱太子の物語であった。これらが『今昔』などに直接しない[21]ことは措く。この『報恩経』巻三が、忉利天上の母摩耶のために仏陀が昇天説法する幻の母子相見から始めるのであった。その下天を迎える人びとの前に、七宝の塔が地から踊出して空中に住まった。不思議がる人びとにその因縁の説かれたのが、すなわち忍辱太子の物語であった。太子を火葬し、七宝を以て起塔供養した、と。そして、その大王はいま我が父、母は我が母摩耶、太子はいま我が身である、と。『釈迦の本地』は『報恩経』や敦煌写本に直接しないが、それは、忉利天上の母子相見と忍辱太子本生譚との間に羅睺羅母子の父子相見をさしはさむ形に組み合せている。これは『釈迦の本地』の方法性のもたらした単なる偶合であるか、インド・西域、中国の伝承世界の奥行きを触媒とする何ものかであるか、ともかく、これを単に日本化ということは許さないであろう。『報恩経』が、太子や父や妃を捨てたと責める批判に対して、衆生を父母とし衆生の父母となって悲心をもって行じることこそ真実の報恩である、という至難の方便の問いを追うことには、『釈迦の本地』はふれなかったとしても。ともかくもさまざまに板をかさねたテキストであった。

仏昇忉利天上の時、すでに仏陀の涅槃が近づいていた(『摩訶摩耶経』・『今昔物語集』巻二(2))。『釈迦の本地』も、五時八教教判の知識[22]を含みながら、「御年八十」、その涅槃へ移って行く。

八　入涅槃

拘尸那城には西北方　跋提河の西の岸　娑羅や双樹の間には　純陀が供養を受けたまふ

（『梁塵秘抄』涅槃歌172）

三十五成道、八十入涅槃（『栄花物語』巻三十、鶴の林）。クシナガラへの道すがら、仏陀が王舎城など現し世のゆかりのあまねく充ちた甘美をたたえたことも、今は旅路の果てに「古ぼけた車」にみづからを喩えたことも、咽喉が渇いて水を欲したことも、ないし、隊商の五百の車が轍をのこし水を濁して通り過ぎたことも、日本の仏伝には存しない。また、波波邑で純陀がささげたという栴檀樹耳（巴利『大般涅槃経』四―一八・『長阿含』遊行経、等）。『今昔物語集』巻三(29)には十巻本『釈迦譜』巻九(27)にもとづく形で純陀を語るが、その引く大乗『大般涅槃経』のそれが、その悉有仏性の理念から、工巧貧窮の子を蔑視するカースト社会の固定観念を内的につつみ超えるべき意味と方法とを存した、その大乗性を十分にとらえ得なかったことなどは措く。[23] 釈迦金棺出現図、西行の歌、建礼門院「建久二年如月の中旬」臨終（『平家物語』灌頂巻）の虚構のあはれ、鐘のこえ、「捷疾鬼」（『太平記』巻八）のことなども措く。日本の涅槃図に、やがて猫も画かれる。過客のしんがりに。猫の仔も聴くか、諸行無常、法のままにつとめよ、と。

釈迦牟尼仏の滅期には　迦葉尊者も会はざりき　歩みを運びて来しかども　十六羅漢もおくれにき[24]

（『梁塵秘抄』涅槃歌173）

注

（1）『インドの発見』上（辻直四郎他訳、岩波書店）、一五二頁。ヴァイシャーカ月（四～五月）の満月の日にセイロンはじめ南方仏教で仏誕・成道・涅槃を同日として盛んに祭るwesāk祭（中村元選集『ゴータマ・ブッダ』五〇頁、春秋社、等）が、中世後期以来、日本、洛北鞍馬の五月満月祭の密儀に入っているという（『鞍馬山』一五頁、鞍馬寺出版部）のは、毘沙門本地譚の成長にかかわるであろう。

（2）木村泰賢・平等通昭『梵文仏伝文学の研究』（岩波書店）所収「仏誕生偈の成立過程に就いて」。インド仏典の漢訳としては、義浄訳『毘奈耶雑事』巻二十に「此即是我最後生身。天上天下唯我独尊」とあるのが古いかと思われる。なお、この句の類は、中国では『老子化胡経』類にも訛伝されるに至るが、日本ではこのような展開は見出し難い。

(3) 小峯和明「真福寺蔵『釈迦如来八相次第』・翻刻」(『国文学研究資料館紀要』第十八号、平成四年三月)」・「真福寺蔵『釈迦如来八相次第』について」(同第十七号、平成三年三月)。

(4) 竺沙雅章「敦煌の僧官制度」(『東方学報』京都　第三十一冊、昭和三十六年三月、所収)・芳村修基「牧民の仏教美術(『中央アジア仏教美術、西域文化研究第五』法蔵館、所収)。

(5) いわゆる四門出遊類型(迎妃後、老病死・沙門、『修行本起経』巻上・『普曜経』巻三・『方広大荘厳経』巻五・『因果経』巻二、等)以前に、原型は、老病死の三無常の苦を超えようとする問いに在り(巴利(パーリ)増支部三・三八〜三九、『中阿含』柔軟経・『増一阿含経』巻十二(8)、巴利中部『聖求経(しょうぐ)』・『中阿含』羅摩経〈盛年二十九出家〉)、生老病死を観ずるともなる(『四分律』巻三十一)。『五分律』巻十五には、釈迦族を系譜して菩薩の子に羅睺羅があるとし、出家の志ある菩薩を父王が五欲を以て娯楽させようとしたとして、至年十四、三門遊観(老病死)、車を還して出家人に逢い、ついで欲愛を歌う女人の歌ごえに逆に涅槃(ニルヴァーナ)の安穏を聞く、と発達する。これは、『瑞応本起経』に「三門遊観の後に結婚を経て北門の沙門に逢わせるなどに通じると言えば通じる」(小稿「仏伝(釈尊伝)の展開」、『国文学解釈と鑑賞』693、昭和六十一年九月→本書所収)。『異出菩薩本起経』では、四門出遊(病・熱病・老・死)が十歳に始まり、沙門は無く、二十、結婚、出離に至るが、『瑞応本起経』と妃の名Gopī(瞿夷(くい)・倶夷)を通じ、出離への決意もまた通じる。

女人の歌ごえに涅槃を聞く型では、『仏本行集経』巻十二〜十五に、十九歳、三妃と結婚、三門遊観(老病死)、アシタ仙人の予言を憂うる父王の意のままに五欲に歓楽するが、北門に沙門に、さらに宮内に彼女に逢う。『ブッダチャリタ』では、耶輸陀羅との間に羅睺羅が生まれて、後、遊観、老病死の三に接し、宮廷僧の子のすすめる歓楽を拒んで後、比丘に逢い、さらに彼女に逢う(『仏所行讃』巻一では、彼女は鮮かでない)。『毘奈耶破僧事』巻三・『衆許摩訶帝経』巻四では、二妃と結婚、出遊、老病死・沙門の四に接し、さらに城内に彼女に逢って真珠瓔珞を贈り、王の意のままに入妃する。『ニダーナ・カター』「遠からざる因縁物語」には、羅睺羅母と結婚、出遊、老病死・沙門の四に接し、羅睺羅誕生の後、彼女と逢って真珠の首飾りを贈り、帰宮、油燈の火かげの羅睺羅母子を起さず出城する、となる。

（6）　貞観寺柱絵『吏部王記』逸文、延長九年、九三一）・法成寺金堂扉絵（『法成寺金堂供養記』願文、治安二年、一〇二二）・同寺塔内絵（『中右記』長承元年二月廿八日、一一三二）等。川口慧海によれば、チベットの「十二相」には四門出遊・昇忉利天為母説法をも加えるという（逸見梅栄『中国喇嘛教美術大観』七一一〜七一二頁、東京美術）。

（7）　敦煌本『太子成道経』・『八相変』に、四門、生老病死の「生」に産婦の産みの苦しみに人が奔走する（黒部通善『日本仏伝文学の研究』一三七頁、等、和泉書院）。附言すれば、龍大図書館蔵『悉達太子修道因縁』・北京8436（潜八十）・8438（乃九十一）等も同じい。すべて結婚後、また、四門の後、出城の路上で師僧に逢う。なお、別に、「生老病死」が成句的類型をなす例も、インド以来、少なくない。

（8）　『八相次第』の「四門出遊と結婚の順序が逆にな」る展開は日本中世仏伝の特色である（小峯和明、前出稿）、と概言できよう。ただし、『八相次第』の場合、四門出遊を先んじると言っても、これは「悟」りではなくて、問いであるべきところに意味がある。まただし、この展開の「原拠」が『釈迦如来尺』も引く『瑞応本起経』にあるか、これはやはり疑問である。まず、『瑞応本起経』は「四門出遊の後に耶輸陀羅と結婚する」のではない。『釈迦出世本懐伝記』・『釈迦の本地』には、御伽草子風に四方に四季を配して出遊、後に婚する。『釈迦物語』に、少しくそれをともかく配して後、年十四、三門遊観（老病死）、年十七、北門に沙門に逢い、後、婚する、とするのが『瑞応本起経』を意識すべきことは、年十九、卯月八日の夜の出家などにもあきらかである。なお、「四方に四季の色を顕す」型がはやく日蓮『聖愚問答鈔』巻下に見えるかに見えるが、これには偽書説が有力であり、おそらくそうであろう。

（9）　「至壬申年年十九、二月八日出家」（『南岳慧思願文』）、特に、『周書異記』を引く「壬申之歳二月八日夜踰城出家」（最澄『内証仏法相承血脈譜』）によろう。『釈迦如来尺』十八オにも見える。

（10）　檀特山は寺塔華麗（『魏書』西域伝烏萇国条）、老子伝説もあり（『広弘明集』巻九）、詣でた唐使王玄策に寺主は此寺即諸仏成道処と言った、という（『法苑珠林』巻三十九所引『西域志』逸文）。『景徳伝燈録』巻一等に悉達太子の踰城入山をいうのは誤りである（望月『仏教大辞典』）が、この誤伝は、はやく『宝林伝』巻一に見え、日本では『沙弥戒導師教化』（寛和二年、九八六）に初見するという（黒部前出書、一七三頁等）。『平家物語』百二十句本巻十維盛入水、巻十二大原御幸・『沙石集』巻三(1)・『帝王編年記』巻二その他、中世の伝えに頻出する。播磨揖保の檀徳山（斑鳩寺附近）は、聖徳太子行道の旧跡という（望月大辞典）。

(11) 附言すれば、中勘助『提婆達多（でーばだった）』に、彼は耶輸陀羅と通じる（彼女は仏陀帰国の時に自害する）。

(12) 『今昔』巻一(2)は、誕生偈に『大智度論』巻一に発すべき「我生胎分尽……当三復（後）度二衆生一」偈をあえてえらんでいる。中世天台の仏伝『教児伝』にも見える（後藤昭雄「教児伝」、『叡山の和歌と説話』世界思想社、所収）が、頻出しない。

(13) 「十二年還二父王国一」（『十二遊経』）、羅睺羅、「如来出家六年已後」誕生、如来還国の日「年始六歳」（『仏本行集経』巻五十五）、ないし、耶輸陀羅に、仏苦行六年、成覚の後さらに六年、「満十二歳」にしてここに還ると言わせる（『毘奈耶破僧事』巻十二）類がある。

(14) 「摩呼茶迦」（mahoṭikā）、漢訳「観喜丸」とある（『仏本行集経』巻五十九）。僧団の五種の正食に飯・麨（むぎこ）・餅（䴵）〈糒〉・魚・肉（『四分律』巻十四・『十誦律』巻八・十三）などがあり、餅（䴵）とは、麦粉などをこねて蒸し、ないし焼いたもろもろの清浄之餅（『十誦律』巻十三）であった。あるいは今日の胡餅（ナン）などにも通じるか。胡麻餅（『五分律』巻二十四）・胡麻歓喜丸は、胡麻のその類である。『摩訶僧祇律』巻二十四「油熬（ごう）魚子」に注して、巴利律に tiasaṃguḷikā（sesame cake）即ち胡麻菓とあるもの、今のフライの如きものなるべし、という（『国訳一切経』注）。いまギリシアの田舎などの胡麻を蜂蜜でかためて揚げた菓子、ないし奄美（あまみ）・琉球沖縄の黒糖などでつくねた胡麻菓、木曽の胡麻棒の類に通じるかもしれない。

婆羅門の呪法の「（薬）歓喜丸」は、『破僧事』巻十二「一相愛薬丸」に注して、チベット訳「支配にもってくる薬丸」の意とある（『国訳一切経』注）類に通じよう。歓喜天に供える菓子の古意。大英博物館蔵パールヴァティー女神像の脇侍の歓喜天（ガネーシャ）も左手にその団子を盛った鉢をとる。

『和名抄』飯餅類に「歓喜団、一名団喜」とある。なお、南本『大般涅槃経』巻三十五、『覚禅鈔』聖天、団事条、等、参照。

(15) モチーフとしては、仏伝経典『普曜経』巻八・『方広大荘厳経』巻十二に婚時の形見の指輪（これが古形であろう）、中世仏伝『教児伝』・『法華経直談鈔』巻一末(37)に歓喜丸、近世仏伝『釈迦八相物語』巻七に花見小袖ならぬ形見の「御衣の御袖、御まもり」がありなどする。

(16) 干潟龍祥『本生経類の思想史的研究』（東洋文庫刊）一六〇～一六六頁。日本では、『今昔』巻五(1)・『宇治拾遺物語』(41)、『今昔』巻十九(11)・『古本説話集』(69)・『宇治拾遺』(89)等、特に知られる。

(17) 隋唐の交の偽書『周書異記』が六朝以来の古説（『歴代三宝紀』巻一、等）を改めて、仏誕「周昭王即位二十四年甲寅年四月八日」、入涅槃「周穆王即位五十三（二）年壬申歳〈前九四九年〉二月十五日」説を立て、偽書『漢法本内伝』もこれによる（『破邪論』巻上・『広弘明集』巻一・十一、『続集古今仏道論衡』）。仏伝を穆王伝説に附会したのである。『南岳慧思願文』に仏誕「甲寅年四月八日」、入涅槃「癸酉年、年八十、二月十五日」、日本では『内証仏法相承血脈譜』が『周書異記』により、『三宝絵』序等も同じい。地方民間にも、「釈迦大師壬申歳入寂……」（鳥取県倭文神社経筒銘、『平安遺文』金石文編No.163）等があった（高木豊『平安時代法華仏教史研究』一一三頁、平楽寺書店）。『愚管抄』巻一皇帝年代記はじめ、中世を通じ、『壒嚢鈔（あいのう）』巻一(5)・十一(2)等にものこる。

(18)　法華讃歎「法花経を我が得しことは薪こり菜つみ水汲み仕へてぞ得し」（『三宝絵』中(18)・『拾遺集』巻二十哀傷）が提婆品を帯び、『私聚百因縁集』巻一(3)等にも用いられる。

(19)　小稿「和文クマーラヤーナ・クマーラジーヴァ物語の研究」（奈良女子大学文学会「研究年報」VI、一九六三年三月）→本書所収。『三宝絵』上序・「為仁康上人修五時講願文」（『本朝文粋』巻十三、『和漢朗詠集』巻下仏事）・『江談抄』巻六その他、『栄花物語』巻十七には「……摩耶を孝（けう）じ奉り給ふ」とある。『帝王編年記』巻二に仏陀「在世経行処」に忉利天宮を数えるのは、インド以来の古伝（『僧伽羅刹所集経』・『八大霊塔名号経』・『心地観経』巻一、『毘奈耶雑事』巻三十八、等）である。注6。

(20)　那波利貞「俗講と変文（中）」（『仏教史学』第三号、昭和二十五年六月）

(21)　『今昔』巻五(5)の鹿母夫人説話は、既注『雑宝蔵経』巻一(8)にではなく、この『報恩経』巻三にもとづくべきであるが、ただし、これも、『今昔』自身、『報恩経』自身には直接しないであろう。

(22)　天台の五時八教教判のあとは『本懐伝記』・『釈迦の本地』にのこり、『釈迦物語』に濃い。『釈迦物語』にいう『摩耶経』・『観仏三昧経』・『法華経』の関係は、おそらく日蓮『撰時抄』により、また、「重華」はじめ散見する人名も『開目抄』その他日蓮遺文に多く依るであろう。

(23)　小稿「今昔物語集仏伝の研究」（奈良女子大学国文研究室「叙説」第一〇号、昭和六十年三月）→改稿して本書所収。

(24)　別に「釈迦牟尼仏（ミクルベ）」類の姓がある（『節用集』数本）。折口信夫「山越しの阿弥陀像の画因」参照。

和文クマーラヤーナ・クマーラジーヴァ物語の研究

西城天山南路の要衝に位した古国亀茲の栄華のあとは、A・グリュンウェーデルの《Alt-Kutscha》、A・フーシェの《L'Art grecobouddhique du Gandhâra》、あるいは西城文化研究会編「中央アジア仏教美術」等に収める亀茲壁画の類や、若干の中国仏語がその音訳とせられる亀茲語、すなわちいわゆるトカラB語の存在などによってこれをしのぶことができる。中国梁代僧祐津師の出三蔵記集巻十四その他のつたえるところによれば、インドからパミールをこえてその亀茲の王国に入った、名門の子鳩摩羅炎（Kumārayāna）は、妙齢の王妹耆姿（Jīva）に欲せられてついに一子を成した。すなわち鳩摩羅什（Kumārajīva）である。鳩摩羅什は、五胡十六国の戦塵の間に、壮年、前秦苻堅の将軍呂光に捕えられて亀茲を発ち、晩年、後秦姚興に迎えられて長安の都に着いた。時に、中国の都城にはインド・西城を背後とする中国的仏教的な文化が徐々に生れつつあったが、その中国にはじめて大乗の論をつたえてその気運を濃くした大翻訳家鳩摩羅什には、やがてかずかずの伝説が発生した。

古いインドに起こり、仏陀とその母摩耶（Māyā）との忉利天上の物語にかかわった。憍賞弥国（Kauśāmbī, Kosambī）優塡王（Udayana, Udena）の栴檀瑞像の伝説が、西城・中国に入って、羅炎と羅什とに結んだのもその一つであった。それは、羅炎が優塡王像を亀茲王国にもたらし、羅什がこれを震旦に将来したという伝説であった。はじめて大乗の論を入れた大翻訳家羅什への尊敬と、伝来最古ともつたえられたこの像への信仰とは、おのずから結びやすかったのである。これに加えて、羅什父子の言行に関するさまざまの伝説がひろく中国に流れ、やがてその周辺にも流れて行った。

　これらの伝説は日本にも入り、平安中期には清凉寺釈迦像将来伝説を軸としてようやくひろく行われるようになった。そして、それは、現存資料によれば、平安末期の転換期という特定の時代にはじめて和文の物語を生むに至っている。

　小稿は、和文の羅什父子の物語について、現存最古とみるべき今昔物語集を中心として、若干の敦煌文書をふくむ中国資料と日本資料との間から、従来不明の諸原型を検出し、書承とそのかげに仄見する口承の痕跡を追跡して、伝承過程におけるこれらの性格とその変化を分析するものである。小稿は、別稿「今昔物語集仏伝資料とその翻訳とについての研究」（本書所収）と相関し、今昔物語集の翻訳翻案の方法に関する原理的な諸問題とその諸用例とをこれにゆずるほか、別稿「今昔物語集と敦煌資料との異同に関する考察（I-III）」（本書所収）その他同類の一連の個別研究と相補する。

一

　インドから西域をわたって中国の華麗の都に入る聖なるものの幻影は、民族の夢をこまやかにした。中国古伝の仏像物語もその一つであるが、これらの中で、優塡仏像ないし伝来に関する伝承は、すでに六朝には行われ、隋唐にかけてかずかずの異伝を生じていた。阿育王塔における如く、優塡王像においてあったのである。[1]羅什父子のこれに関する伝説も、おそくとも隋末初唐には存在し、五代宋代にかけてはひろく知られるところであった。

　すなわち、初唐の仏教学および仏教史学の巨匠として知られる南山律師道宣は、漢魏以来の諸種の神異志怪の典籍や漢訳仏典ないし中国仏書を渉猟した。その数多い撰録はかずかずの書承と口承との跡をのこしているが、これらによれば、道宣の周囲には優塡王像に関する多くの異伝がもつれあい、その中には羅什父子に関するものも存していた。その壮年の日に撰した四分律行事鈔（武徳九年（六二六）、貞観四年（六三〇））は、巻下三に、この瑞像伝説にふれて、

世尊命曰（中略）其諸相好如是造立是仏像体此像中国僧将来漢地。諸国不許各愛護之不令出境。王令依本写留之。今後伝者乃至四写。彼本今在楊州長楽寺。亦云龍光瑞像云云。（四十、133b－c）

と述べ、一種の伝承の存在を提示している。さらにその晩年に撰した感通録（麟徳元年（六六四））ないし律相感通伝（乾封二年（六六七））は、中国の諸寺諸像諸僧等にわたる一種神秘的な伝承とその解釈とを天人との問答体で記したものであるが、同じくこの伝説にふれて、

又問。江表龍光瑞像。人伝羅什将来。就扶南所得如何。答。非羅什也。斯乃宋孝武征扶南獲之。（中略）何得云什師背負而来耶。（四十五、876c－877a、五十二、437c）

とあって、羅什将来伝説の存在を明示している。[2] この問題が唐宋を通じて一部の関心のみに限らなかったことは、法苑珠林巻十四にこの道宣律師感通記を引用してこれにふれ（五十三、395c－396a）、また、太平広記巻九十三の宣律師条にさらにこの法苑珠林を引用する如きによって明瞭であり、さらにまた、四分律行事鈔を注する宋の元照（一〇四八－一一一六）の資持記巻下三に、

注中国僧者即鳩摩羅琰従西天負像欲来此方。路経四国皆被留本図写注云今後伝者即知第四写本非優塡造者至亀茲国王抑令返道以妹妻之。後生羅什。齎至姚秦。後南宋孝武破秦。躬迎此像還于江左止龍光寺故号龍光瑞像至隋朝於楊州置長楽寺。有僧奏請瑞像帰寺今在帝京此拠龍光壁記所載若感通伝天神云非羅什将来未詳孰是。（四十、397c）

をある如きによって明瞭である。

かくしてこれらの文献の背後にはかなりひろく伝承の横たわることが想像せられるが、五代および宋初には特にこの伝承を詳記するに至った文献が存在する。それはすなわちいわゆる優塡王所造栴檀釈迦瑞像歴記の類であ

って、後周顕徳五年（九五八）記の略讃と、呉太和四年（後唐長興三年（九三二））記・宋太平興国九年（九八四）追記の歴記とがあり、雍熙二年（九八五）入宋奝然の弟子盛算の写し取ったところとして知られている。[3] これらはいずれも特定寺院に関する羅什父子の優塡瑞像将来伝説を記し、特に歴記は数種の漢訳仏典中国仏書による物語をも列挙して全体として詳しいが、これらによれば、瑞像の経歴したとつたえる寺院の将来縁起を中心として、この附会伝説が五代には確立するところであったことが推知せられるのである。[4]

この伝説は中国後代に流れ、のちにウイグルからチベットにもつたえられた。[5] 日本に波及したのはその早期に属する一環であった。

二

中国およびその周辺に流伝した羅什父子の優塡瑞像将来伝説は、日本の漢文を以てする古文献にはほとんどこれを見出すことができない。もとより道宣律師の撰録の如きはつとには奈良時代に将来せられていた。[6] また、平安初期の日本霊異記は優塡王像を「伝聞」し（巻中㊴）、入唐求法巡礼行記は開元寺の瑞像別伝を録する（巻一、承和五年十一月七日・十八日条）から、あるいはこの種の初期の伝承も口承的には伝えられることがあったかもしれない。瑞像歴記が永延元年（九八七）に宋版蜀本大蔵経や奝然伝説を伴った伝優塡瑞像とともに平安の都に入り、清凉寺釈迦堂の成ってからは、この種の伝承が知られたことは確実であろう。後宮女流文学を中心とする王朝仮名文学の類ないし歌学書の類にも多くは口承を通してであろう仏教関係の伝説があらわれるから、摂関貴族はなやかの日の教養に、この種の伝承も徐々に沈みつつあったであろう。事実、瑞像の信仰はその模刻をさえやがて盛にしたのである（中右記、元永二年九月卅日条）。しかし、この種の伝承は、既見日本漢文資料には、後記すべき、この伝説をあるいは含んだかもしれない奝然記逸文を除けば、和化漢文をまじえる日本霊異記の若干の伝説が漢文正史にあらわれがたい如く、あらわれがたい。この世界の羅什伝記文献は中国においていわば正統的かつ一般的に権威をもった出三蔵記集巻十四(1)・梁高僧伝巻二(2)の系統ないし多少の異伝をつたえる三論正統のそれなどに概してよったものの如くである。(7)

ただ、三論祖師伝集巻中（現存本第一奥書建仁四年）の羅什伝に父子の伝説を述べ瑞像の由来にふれる部分がある。この部分は瑞像歴記の一部に同じいから、おそらくこれを用いたのであろう。しかし、この部分は他の三論列伝に比してはなはだしく異質であるから、彼の増広のように想像せられるのであって、この部分の成立ははやくとも鎌倉中期を溯りえず、あるいははるかに下るであろうと考えられる。(8) 故に特に論ずるに足りない。

かくして、羅什父子のこの種の伝説は、その口承の存在がおそらく確実と思われるようになってからも、摂関貴族政権とその外護した教権との栄光が正伝と漢文との権威をつつんでいた間は文献化しがたかった如くであって、院政期に入って、転換期のより耐えうべき原理の追求と文体の観念を変革すべき要求とが説話的興趣の上に相かさなった日に、それを感じた担当層によって、はじめて確実に、しかも和文として、文献の上にあらわれた如くである。そして、日本民衆に即した和文の羅什物語はこの訛伝を中軸とした。今昔物語集や打聞集にみえるものがその初期の現存資料である。

三

今昔物語集巻六第五は中国への仏教渡来史に関する物語の一つであって、鳩摩羅焰奉盗仏伝震旦語と題している。これは、前記の如く、羅什父子の優塡瑞像将来伝説を中心として、まず造像のことを前提し、つづいて羅炎のことを詳記し、羅什のことを簡叙して終っている。まず、冒頭に前提する造像物語はつぎの如くである。

（Ⅰ）今昔、天竺ニ、仏、母、摩耶夫人ヲ教化セムガ為ニ忉利天ニ昇リ給テ、九十日ガ間在マシケル間ニ、優塡王、仏ヲ恋ヒ奉テ赤栴檀ノ木ヲ以テ毗首羯摩天ヲ以テ工トシテ造リ奉レル仏在マス。而ル間、仏、九十日畢テ忉利天ヨリ閻浮提ニ下リ給フニ、金・銀・水精ノ三ノ階有リ、仏、其レヨリ下リ給フヲ、此ノ栴檀ノ仏、階ノ許ニ進ミ迎ヒ合給テ、実ノ仏ヲ敬ヒ給テ胥ヲ曲メ給ヒケレバ、世ノ人、此レヲ見テ尊ビ奉ル事无限シ。何況ヤ、仏涅槃ニ入給テ後ハ、此ノ栴檀ノ像ヲ世挙テ恭敬供養シ奉ル。

（日本古典文学大系本II、62・8―13）

昔、天竺ニ、仏ノ忉利天ニ昇給ル程、優顛王ノ恋奉リテ栴檀ノ木ヲ以テ造奉リ給ル仏オハシマス。シカルヲ、仏、卌ニ入給テ後ニ、此栴檀之仏ヲ世コゾリテ貴テ仕ツル程ニ、鳩广羅ト云聖、此ヲ盗テヰテタテマツル。

（打聞集(8)）

今昔本文（Ⅰ）は著名の原型をもつが[9]、それらの説くところは必ずしも同じくない[10]。また、その同類のいずれもこの本文（Ⅰ）とそれぞれ異同があって、直接書承の原典とするには足りない。ただ、この内容が平安時代知識階級に著名であったらしいこと[11]、ほぼ全篇の対応する打聞集(8)のこの部分のそれに比して詳密であることを記して、後記との関連をまつべきである。

物語はつづいて羅炎が瑞像を持して亀茲王国に入ったことに移る。この部分はつぎの如く対比せられるであろう。

(II)A　而ル間、摩羅焰ト申ス聖人在マス。心ノ内ニ思フ様、天竺ニハ、仏出給ヘル所ナレバ、此ノ栴檀ノ仏不在ズト云フトモ、教法多クシテ、衆生、利益ヲ蒙ラム事不少ジ。此レヨリ東ニ震旦国有リ。其国ニハ未ダ仏法无クシテ衆生皆暗ニ値ヘルガ如シ。然レバ、此ノ仏ヲ盗ミ奉テ彼ノ震旦ニ渡シ奉テ普ク衆生ヲ利益セムト也。既ニ此レヲ盗ミ奉テ将渡リ奉ル。人ヤ追来テ止メムト為ラムト思ヘバ、夜ル昼ル不止ズシテ、難堪ク嶮キ道ヲ身命ヲモ不惜ズシテ盗ミ奉テ行ク也ケリ。仏、此レヲ哀テ、昼ハ、鳩摩羅焰、仏ヲ負ヒ奉リ、夜ハ、仏、鳩摩羅焰ヲ負給テ行キ給フ。而ル間、亀茲国ト云フ国有リ。此ノ国ハ天竺ト震旦トノ間各遥ニ離レタル国也。来リシ方モ去リ、今行ク末モ未ダ遠シ。然レバ、今ハ追テ来ラム人モ難有シ、暫ク此ノ国ニ息マムト思テ、其ノ国ノ王ノ許ニ至ヌ。能尊王、此ノ鳩摩羅焰ニ値テ事ノ趣キヲ問ヒ給フ。聖人、意趣ヲ具ニ語リ給フ。王、此ノ事ヲ聞、貴ビ給フ事无限シ。　(II、６２・14―６３・７)

B　後鳩摩羅琰法師背負其像来自中天。昼即僧負像。夜乃像負僧。遠渉艱難。無労嶮岨。至于亀茲国。

(瑞像略讃)

後有梵鳩摩羅琰。漢言童寿。持此瑞像。東之震旦。行至亀茲国。国王白純王留住此像。於内供養。西蕃二十余国化之。無不帰敬。

鳩摩羅什。斉(秦)言童寿。天竺人也。家世国相。什祖父達多。倜儻不群。名重於国。父鳩摩炎(琰)。聰明有懿節。将嗣相位乃辞避出家。東度葱嶺。亀茲王聞其棄栄。甚敬慕之。自出郊迎請為国師

(出三蔵記集巻十四(1)、五十五、１００a。梁高僧伝巻二(1)、五十、３３０a・晋書巻九十五・法苑珠林巻二十五、五十三、４７２c・開元録巻四、五十五、５１３c・弘賛法華伝巻二、五十一、１５a・法華伝記巻一(3)、五十一、５１a大同)

C　(前略)鳩广羅ト云聖、此ヲ盗テキテタマツル。人ヤ追テトラフルト思ケレバ、夜ル昼ヒル留ルコトナク、

イラナウタヘガタク嶮キ道ヲ往ク。天竺ニハ、仏出給ヘル国ナレバ、此仏オハセズトモ止事ナキ物共アリ、唐ニハカカル止事无仏モオハセジ、止事无仏ヲ渡奉テ遍ヨロヅノ人ヲ導カムト思バ、カウ寿モヲシマズ盜タテマツリテ往。心ノ内ヲ仏アハレト思食テ、昼ハ、鳩广羅、仏ヲ負タテマツリ、夜ハ、鳩广羅ヲ仏負給テ往。□（亀茲）ウジ国ノ王ノ御モトニ来ルニ、此ノ国ニハ天竺ト唐ノ間各々玄（亀茲）ニノキタル国ナリ。去方モ□ニ往末モ遠。サレバ、イマハ人追テコジト思テ、此国ニヤスム間、国王此大師ニアヒテ事ノ心ヲ問給。思心ヲ申ケレバ、聞テ泣給事限リ无シ。　（打聞集(8)）

今昔本文（II）は打聞集(8)と大同し、原型は分権的にはかくまさしく五代の瑞像略讃である。出三蔵記集およびその系統、いわば中国仏教正統の一般的な伝記には、すべてみえない。しかし、今昔物語集は、一般に原典の直接書承の翻訳において、しばしば会話部ないし心話部を創作し、あるいはかなり変化をこころみることがあるにしても、ほぼ直訳ないしそれに近い意訳をとることを原則とする。(12) また瑞像略讃をふくめて既見資料のすべてに亀茲国王「能尊王」の名はみえない。しかるに、瑞像略讃の該当部分の内容は、すでに道宣律師の感通録ないし律相感通伝に仄見する如き、中国の口承に負うところがあるべきであった。打聞集(8)との大同をあわせて観れば、今昔本文（II）のこの変改にはかなり深い口承がかげっているのであった。

亀茲(13)国王は白（帛）をその姓とした。(14) 出三蔵記集巻十四(1)その他の羅什父子伝記はもとより、瑞像歴記に至るまで、しばしばあらわれる「白純王」もそれであって、これは「能尊王」ではない。独特の異伝や誤謬を蔵する敦煌文書の羅什伝記にも白姓はその痕跡をとどめている。(15)

しかるに、中国の羅什父子伝記その他には、匈奴系の北涼の沮渠蒙遜が天山南路に入り、あるいは胡本仏典を翻訳せしめ、あるいは仏像に感応したことなどが頻出する。(16) 故に亀茲国「白純王」と北涼「蒙遜王」とを混同した伝承の発生する可能性がある。

事実、この誤伝は生じたのであった。既見中国資料にはみえないから、おそらく日本で生じたに相違ない。今昔本文（II）はかくして成立した亀茲国「蒙遜王」の誤伝をさらに誤聞ないし錯覚したところによって「能尊王」と記したものと考えられる。今昔物語集が固有名詞あるいは特殊術語などの表記において犯す誤謬の群は興味ある諸種の条件を想像させるのであるが、この場合もまたその一例でありうるであろう。その誤聞ないし錯覚に属することは、あたかも、今昔物語集巻一(25)に「頼吒和羅」（Raṣṭrāpāla, Raṣṭhapāla. 中阿含経巻三十一(132)・頼吒和羅経・護国経）を「和羅多」とし、今昔物語集巻六(4)の「建初寺」（出三蔵記集巻十三(4)・梁高僧伝巻一(6)・歴代三宝紀巻五・大唐内典録巻二）を打聞集(3)に「五者寺」とし、また、かの信貴山縁起の「命れん」「命れむ」（命蓮）[17]を、梅沢本古本説話集(65)に「まうれん」とし、宇治拾遺物語(101)に「まうれん」「もうれん」とする如きを類推しうるであろう。そして、今昔本文（II）の「能尊王」はおそらくみずから「蒙遜」誤伝をさらに誤って記録したのでないかと考えられるのである。

この誤伝がおそらく日本において生じ、また、今昔本文（II）がさらにそれをみずから誤ったであろうことは、つぎの如く、多くの日本資料にこの亀茲国王とこれをめぐる国王との名が交錯し、また、その交錯の中に「能尊王」の名がみえないことによって、少しく分明でありうる。

A （天竺）仏舎密多ト申悪王、国中ノ仏法ヲホロボシ失シ時、鳩摩羅琰ト云シ人ノ、カバカリ目出度御座ス仏ヲ奉亡事ヲ悲テ、東天竺ノ東ニ亀茲国ト云国ヘ奉渡程ニ、昼ハ仏ヲ背ニ負奉リ、夜ハ仏ニ奉負ハレケルトゾ申ケル。亀茲国ノ白純王ノアナガチニ喜テ供養恭敬シ給ヒケル程ニ、唐ノ蒙遜王此事ヲ聞給テ兵ヲツカハシテ奪イ取テ崇シテ行給ケルヲ……

（宝物集続群書類従片仮名三巻本上、三十二下、223b、大日本仏教全書七巻本巻一、一四七、310a大同）

（大同部前略）丘慈国のもうそん王あながちによろこびてくやうくぎうし給ひける程に、唐のはくそん王此事をききて普闕といふ将軍を遺して奪取てあがめをこない給ひけるを……

（宝物集・古典文庫上野図書館蔵三巻本巻一13—14）

（鳩摩羅炎）亀茲国へ移リシホドニ蒙遜王ノ御妹ニ押合セラレテ羅什三蔵ヲ設給事也。

（宝物集・大日本仏教全書七巻本巻四、一四七、385a）

B　阿育王ノ孫ノ弗舎密多ト云悪王、仏法ヲ亡シ（中略）シカバ、一人ノ大臣出家遁世シ、サシモノ霊仏ヲ失ハシ事ヲ悲ミテ、此ノ仏ヲ取テ亀（丘音）茲国へ渡リ給ニ、昼ハ仏ヲ負給ト云へ共、夜ハ仏ニ負レ奉給トナン。鳩摩羅焰三蔵是也。然ニ、亀茲国ノ蒙遜王崇メ給ヘルヲ、无雙ノ霊像ナル由ヲ聞テ、唐ノ白純王此ノ仏ヲ乞給ニ、无左右渡サレザリシカバ、普闕ト曰将軍ヲ遣テ奪ヒ取リテ貴寵シケリ。

（壒嚢鈔巻十二⑽・塵添壒嚢鈔巻十七⑽三如来事）

此ノ三蔵、天竺ヨリ優塡王ノ栴檀ノ像ヲ負テ漢土へ渡シ奉リ給ヒケルニ、亀茲国王、聖ノ種ヲ継ガセントテ、王ノ女ヲ押合セテ什公ヲ生ゼリ。

（壒嚢鈔巻十三⑹、塵添壒嚢鈔巻十八⑹）

C　（式部大夫成憲（盛）、内外典に付心得たりける間、かきくどき申けるは）倶摩羅衍（鳩）（什）と申し人、彼仏をとり奉て逃さって、昼は仏を負たてまつり、夜は仏に負れ奉、東天竺の傍、亀茲国と云所へ入給ひぬ。其後、震旦にわたりて多く衆生を利し給ひしに、……

（金刀比羅宮本保元物語中、左府御最後付けたり大相国御歎きの事）

D　爰に国王あり、弗舎蜜多と名づく。仏法を破滅して、此霊像をも失ひ奉らんと擬す。時に梵士あり、姓は鳩摩、名は羅琰といふ。閻浮提第一の霊像すでに滅し給はむことを悲て、たちまちに出家遁世して、此瑞像を持して東の方震旦にゆかんと欲す。昼はすなはち羅琰法師瑞像を負奉る。夜は又霊像羅琰をおひ給ふ。故に道険難を経といへどもさらに恐るゝ処なし。すでに、東天竺の東、真舟の堺なる亀茲国に将来す。この国の主白純王大に喜て霊像ならびに羅琰を請じ、留て宮の内にをきて供養し給ふ。加之、西蕃廿余国を化する

に帰敬し奉らずといふことなし。　　（清凉寺縁起第三[18]）

（前秦）苻堅のいはく、朕きく、西域に羅什法師と云聖人あり、と。（中略）即呂光将軍に十万の兵を付て亀茲を伐て霊像幷什公を奪とりて……　　（同第四）

E　そのすがたをげんじやうぼさつさんざうぬすみとりて、わがてうにわたりたまひしに、ひるはさんぼう（ママ）におはれ、よるは三蔵をゐて、このくにゝわたり、おほくのしゆじやうをさいどしたまふ。いまのさがのしやかこれなり。　　（万法寺本曾我物語巻六[19]）

これらの資料はこの伝説が盛行したことを示し、これが説話評論・軍記物語・寺院縁起絵巻等の類にわたって種々に利用せられていることもまたそのことを示している。もとより、これらの間には伝承間の諸変化があり取捨増広のあとがあった[20]。そして、これらを通じて、特に亀茲国王とそれをめぐる国王との名の諸種の異同は、今昔本文（II）の「能尊王」と対比して興味ある変化を呈しているが、これらは、いずれも今昔本文（II）によるのではなく、これらとしての、誤伝誤聞をふくめての伝承の上に立つと考えられるべきであろう。

すなわち、この伝説は、単に中国資料を書承したのではなくて、貴族ないし民間に接することの多い僧等およびこれによってそれらの特に内典外典に通じたものの間に口承せられた複雑な背後を想像させるのであるが、これらにおいておそくとも今昔物語集成立の時期にはすでに亀茲国王を「蒙遜王」とする誤伝が存在し、今昔本文（II）はその誤伝をさらに「能尊王」と誤るところにより、特におそらくはみずから誤るところによって、ここにこれを記録したとみることが可能であろう。換言すれば、今昔本文（II）の「能尊王」は全く虚構に属するものではなくて、中国の史実を負った歴史知識にともかくその因由をもつべきものであったのである。

ここにおいて、打聞集(8)を検すれば、その内容は今昔本文（II）と大同し、かなり細部にわたって相似対応する。しかし、一般に、打聞集の諸篇は今昔物語集のそれに共通するものが多いにしても、両者の間の直接関係はまずみとめがたいであろう。[21] 打聞集(8)も今昔物語集巻六(5)を簡略したものとは考えがたい。このとき、両者の大同は、両者に共通する、同一ないし同類の、或る程度口承的習熟をともなった和文先行資料の存在を想定せざるをえなくする。それが古本宇治大納言物語の如きであったか否かは知りがたく、また、それがいかなる表記であったかもただちに決めがたいにしても、この大同の中に打聞集(8)を検すれば、これは今昔本文（II）に比してやわらかく、また、亀茲国王の名を存しない。これに対して、今昔本文（II）は和漢混淆文体をととのえ、また、誤謬ながら固有名詞の意識を鋭くしている。両者はともに共通する伝承母胎に立ちながら、それぞれその方法を異にするのである。すなわち、今昔本文（II）は、すでに著名の国有区域[22]をもちながらも流動している伝承の痕跡をのこすのみならず、それを基礎とした「歴史説話[23]」ともいうべき物語の構想を告げるであろう。それ自体充足したであろう打聞集(8)に近い伝承は、今昔物語集の震旦仏法伝来史篇としての世界に、まず、かく変化して記録せられたのである。

物語は、つづいて、「能尊王」の娘、端麗の亀茲王女と羅炎との結婚と、羅什の出生とをめぐる部分に移る。この部分はつぎの如く対比せられるであろう。

(III)A　而ルニ、王ノ思給ハク、此ノ聖人ヲ見ニ、年極テ老タリ。来リシ道ノ難堪サニ身羸レ力衰ヘタラム、亦、行ク末ノ道遙ニ遠シ。願フ所ハ貴ケレドモ、本意ノ如ク此ノ仏ヲ震旦ニ渡シ着ケ奉ラム事極テ難有シ。然レバ、王思得給ヘル様、此聖人ニ我ガ娘ヲ合セ取テ子ヲ令生メテ、其ノ子有ラバ、父ノ聖人ノ思ノ如ク、此ノ仏ヲバ震旦ニ伝ヘテムト思給テ、聖人ニ此ノ由ヲ語給フニ、聖人ノ云ク、王ノ仰セ可然シト云ヘドモ、我レ永ク心ニ不思ザル事也ト云テ、此レヲ不受ズ。其ノ時ニ、王泣々ク聖人宣ハク、聖人ハ願フ所貴シト云ヘドモ、極テ愚癡ニ在マシケリ。設ヒ戒ヲ破テ地獄ニ堕ル事ハ有リトモ、仏法ノ遙ニ伝ハラム事コソ菩薩ノ行ニハ有レ、我ガ身一ヲ思フ事ハ菩薩ノ行ニハ非ズト宣テ、強ニ勧メ給ヘバ、聖人、王ノ言、実也トヤ思給ヒケム、此ノ事ヲ給ヒツ。王、娘亦[24]一人有リ、形端正美麗ナリ事天女ノ如シ。此レヲ悲ビ愛スル事譬ヒ无シ。雖然モ、仏法ヲ伝ヘム志深クシテ泣々ク此ノ聖人ニ合セツ。

聖人既ニ娶テ後、懐妊スル事ヲ待ツト云ヘドモ、懐妊スル事无シ。王怪テ蜜ニ娘ニ問テ宣ハク、聖人娶グ時何ナル事カ有ルト。娘答テ云、口誦スル事有リト。王此レヲ聞テ宣ハク、此レヨリ後、聖人ノ口ヲ塞テ令誦ル事无カレト。然レバ、娘ノ、王ノ言ニ随テ、娶グ時、聖人ノ誦セムト為ル口ヲ塞テ不令誦ズ。其ノ後壊(ママ)任シヌ。聖人ハ幾ノ程ヲ不経ズシテ死給ヒヌ。此ノ聖人、王ノ言実ナレバ娶グト云ヘドモ、本心不失ズシテ无常ノ文ヲ誦シ給ケル也。其ノ文ニ云ク、

処世界如虚空　如蓮華不著水

心情浄超於彼　稽首礼无上尊云々

此レニ依テ不懐任ザリケルヲ、口ヲ被レ塞テ不誦ズシテ、懐任シニケリ。既ニ男子ヲ生ゼリ。

（II、63・8―64・9）

B

（更依僧伝及別伝経録等略叙什譜。本是天竺人也。累世国相。父鳩摩羅炎。聰明有懿節。将嗣相位。乃辞出家。東度葱嶺。亀茲王聞其棄栄。甚敬慕之為国師）王有妹。年始二十才。悟明敏過自必能。一聞則誦。且体有赤黶。法生智子。諸国娉之並不許。及見羅炎。心欲当之。乃逼以妻焉。良久不懐。王親問妹。汝夫何術。答云。行欲之時誦一偈云。処世界如虚空。加蓮華不著水。若是此偈力歟。王曰。汝宜妖情。既而懐什。（什在胎。其母慧解倍常。有阿羅漢達磨瞿沙曰。此必懐智子。為他説舎利弗在胎之証。及什生之後。還忘前言）。

（法華伝記巻一(3)、五十一、51a―b）

王有妹。年始二十。才悟明敏。過目必能。一聞則誦。且体有赤黶。法生智子。諸国娉之並不行。及見炎(琰)心欲当之。王聞大喜。逼炎(琰)為妻。遂生什。（什之在胎。其母慧解倍常。住雀梨大寺聴経。衆成歎異。有羅漢達摩瞿沙

曰。此必懐智子。為説舎利弗在胎之証。既而生什。岐山疑如神。什生之後還忘前語)。

(出三蔵記集巻十四(1)・梁高僧伝巻二(1)・晉書巻九十五・法苑珠林巻二十五、五十三、472c―473a・開元録巻四、五十五、513c、弘賛法華伝巻二、五十一、15a大同)

C　コ、ニ王ノオボス様、我ムスメタヾ一人アリ、形、天女ノゴトシ。カナシマル、事限リ无シ。シカルニ此聖イミジク止事无キ貴キ聖ナリ。コノムスメアハセテタネヲトラム。聖貴ケレド年イタク老タリ。往来ノ道ハルカニ玄シ。スギニシ道ノタヘガタサニイタクツカレ老ニタリ。本意ノ如ク此仏ヲ唐ニ渡タテマツラムコトカタシ。今生タラム子ハ聖ノ思ノゴトク伝ヘサセムトオボシテ、ナク〳〵聖人ニアハセタテマツルニ、聖リイミジキ事ドモヲ申テスマヒ申。王ノ、タマハク、聖ハ戒ヲ破テ地獄ニ落トモ、ユク末ノ仏法ノハルカニ伝ハラムコソ丼ノ行ニハアラメ、ワガミ一人思テアラムハ本意无キ事ニコソト王泣〳〵ノタマヒケレバ、此御ムスメニタヾ一夜ネニケリ。聖、其後イクバクナクテウセニケリ。王ノムスメハラムデ男子生テケリ。イハルユ(マヽ)羅什三蔵也。(打聞集(8))

今昔本文(Ⅲ)は概して打聞集(8)と共通するが、この大異する部分、すなわち処世界如虚空偈をふくむ部分の原型は、既見資料においては、かくの如く、唐代僧詳の法華伝記(唐法華伝)巻一(3)の羅什父子伝説のみにある。法華伝説は弘賛法華伝の後を承けたかとみられているが、その羅什伝記にはこの部分は存しない。法華伝記が何に由ってこれを録したかは不明である。この諸は旧記のみならず口伝をも集録するから、[25]この物語も父子伝説の流伝過程の一として少くとも口承的には存在したのを記録したのであろう。

ただし、法華伝記にかかる原型が存するとしても、今昔本文(Ⅲ)がこれを直接書承して変改したとは必ずしも言いがたい。

法華伝記はおそくとも平安末期には書写せられていた。[26]しかし、今昔物語集を検すれば、その震旦部巻六・巻七・巻九等には法華伝記に類話をもつ二十篇前後を数えるにしても、これらは三宝感応要略録・冥報記その他を原典とすることが多く、法華伝説のみに原型をもつ一篇もその直接書承を断言しがたいのであって[27]、この事実は本文（Ⅲ）を法華伝記巻一(3)の直接書承による変改とみるべきことを弱くする。しかし、これをただちに否定しうるわけではない。

さらに、ここには、特に羅什父子伝説において、法華伝記にみえるその内容が平安資料にのこる若干の羅什訛伝になお少しく関連するところをもつという、微妙な問題がかかわっている。すなわち、わずかに残る平安資料「奝然記」[28]の逸文に、つぎの如く、羅什の訛伝が仄見する。

奝然記云。清涼寺常住院壁上書羅什三蔵。訳法花経時。従筆頭出白光。々中現文珠像云々。（覚禅鈔法花法諸流、大日本仏教全書、四十六、639b）

この類話が、法華伝記巻一(3)の羅什伝説に、

相伝云。什師是文珠化形。昔霊山為起（衆）。今日訳経。若執筆時。従筆放光。光中或時現文珠形。或現仏身。四王加護。於中多聞随身云云。（五十一、52b）

の如くみえ、これは既見資料では法華伝記のみにみえる訛伝である。法華伝記巻一(3)がべつに引照する如く、感通伝に羅什訳経の時に文珠の指授したことがみえる（四十五、877a）から、かかる伝承が成長したのであろう。加うるに、原法華聞書（天仁三年（一一一〇））を抄したという法隆寺蔵法華聞書抄に、これに類して、羅什訳経の時に筆端から光を放ち、これをよろこんだ国王が端夢をみたという物語がある（天仁三年三月廿六日条）が、この類話がやはり法華伝記巻七書写救苦(1)秦姚興文皇帝伝にみえていて、これもまた既見資料ではこれのみにみえる訛伝である。これらは法華伝記の直接書承をもとより断定しうるものではなく、法華伝記を原型とする口承ないし何らかの伝承によったともみられるのであり、また、法華伝記の母胎になった伝承がべつの経路をと

って法華伝記を通ることなくこれらの文献にあらわれたともみられないではないのであるが、ただ少くとも、法華伝記の羅什伝説が平安時代の羅什訛伝の断片にその原型ないし類型の若干を含有する意味において関連することは明瞭な事実である。問題はかかる意味をふくんで微妙であるが、いま、今昔本文（III）の該当部分は、法華伝記巻一(3)ないしこれに程近い法華伝記型に類するとまず概言しうるであろう。

つづいて、これを打聞集(8)と対照すれば、さらに、微妙な限定が求められるべきである。すなわち、法華伝記によれば、羅炎を欲した亀茲の女子は「王妹」であるが、今昔本文（III）や打聞集(8)においては、王が「我ガ娘」すなわちそのかなしむただひとりの美しい王女を羅炎にあわすべく欲している。今昔物語集は原資料登場人物の親族関係を変改することがあるから、[29] 本文（III）もまたその独自の変改のようにも見えないでもないが、打聞集(8)と関連して、この小さい相違はべつに考慮すべき問題をもつのである。

いま、出三蔵記集巻十四(1)・梁高僧伝巻二(1)等をはじめとする一般の羅什伝記によれば、部分的にはほぼ法華伝記と同じく、亀茲の女子は「王妹」ジーヴァであり、妙齢の匂う聡明の彼女が羅炎を見てみずからこれを欲し、王が大喜して彼にせまって妻としたとある。大英博物館蔵敦煌出土スタイン本断簡（S. 381）の独特の羅什伝説においてさえ、やはり「王妹」の流沙の恋をつたえている。[30]

しかるに、唐代、おそらく貞観末期から開元以前の間、大唐はなやかの日に成った古今訳経図紀巻三には、

沙門鳩摩羅什婆。此言童寿。本印度人。父以聡敏見称。亀茲王聞以女妻之。而生於什。

（五十五、358c）

とある。訳経図紀はもと長安の都の大慈恩寺翻経院に古今翻訳図変を壁画してその壁画に撰題したことに始まり、これを縮写して訳経目録とその事歴とを題した訳経目録絵巻であった（続古今訳経図紀序・開元録巻十・慈恩伝巻七）。唐代の寺壁には多く仏経変画が画かれた（寺塔記・歴代名画記巻三）が、その壁画に花幡や伎楽を飾って講

説法師の講唱の行われたことは人あって夜の夢にあらわれるほどであったともいう（慈恩伝巻十）。この訳経図紀の一部第二巻が、かの大目乾蓮冥間救母変文幷図（S. 2614; P. 2319）などとともに、敦煌にも出土したことはまた故なしとしないのである。たまたま、その敦煌に出土した敦煌本金剛暎巻上に、羅什伝記が諸書に大意相似し広略殊あることを述べ、しばらく費長房三宝紀（歴代三宝紀）巻八説によるとして、

沙門鳩摩羅什婆。此云童寿。公明聡愍見称。亀茲王聞以女妻之。而生於什 晋書及伝云。父鳩摩羅炎。聡恵有大志節。将嗣相位乃辞避出家。東度葱嶺。亀茲王帛純聞其名郊迎之請為国師。王有妹年二十。方悟明敏。体有赤黶。後生智子。諸国交嫂並不許之。及見炎心欲当之。王乃逼而妻焉。余文大同也。 （八十五、55b）

とある部分がある。この本文は、歴代三宝紀の羅什伝記にみえないから、おそらくこの書がべつに用いる古今訳経図紀の誤であって、それはこれの崩れた形であろう。これらに「女」とするのは王女であるか後宮の女子であるか、疑えば疑いえないではないが、もとより王女の意にとりうることもまた疑いえないであろう。これらの王妹に代える王女を以てする異伝は、いずれも王女にはちがいない事情にもよって、べつに羅什が「亀茲王女」を強いられた伝説[31]との混淆をまつまでもなく、おのずから生れえたものと思われる。

ここにおいて、五代に成った瑞像略讃および瑞像歴記を検すれば、

王納為駙馬而有遺体子。即鳩摩羅什也。 （瑞像略讃）

白純王見羅琰聰明秀異。乃以長公主強而妻之。（中略）然後琰卒了。羅什生。 （瑞像歴記）

の如くみえる。駙馬は駙馬都尉すなわち女婿をいうから、婚したのは娘すなわち王女であり、長公主は、漢代には帝女を公主と言い、帝の姉妹を長公主と言ったが、後には帝女を尊んで長公主とも言ったというから、王妹あるいは王女のいずれともとれる。王がその娘をあるいは強いてあわせたとする「王女」異伝は「王妹」の説とともにひろく流れていたのであった。

古今訳経図紀および敦煌本金剛暎と同類とみられるものの全巻は、日本にもつとに将来せられていた。[32] 瑞像伝

説を伴った瑞像略讃や瑞像歴記の類が永延元年に平安の都に入ったであろうことは、すでに記した如くである。もとより、これらの書承のみならず、没し去った口承もあったであろう。これらの間から平安時代に育ちつつあったその羅什父子の伝承の中では、亀茲の女子はおそらく多く王女とつたえられ、王が王女すなわちその娘を羅炎にすすめたように考えられるのである。今昔本文（III）に王の「娘」とあり、王がその娘を強いてあわせたとあって、今昔本文（III）に共通する部分の多い打聞集(8)もまたこれに同じくする背後には、かかる伝承が横たわっていたのであって、単に今昔本文（III）の変改とは考えられない。この事情は同類の後代の資料[33]をあげるまでもなく自然である。

かくして、今昔本文（III）と打聞集(8)とに大同する王女異伝の内容は、中国に生じて日本に入った伝承をやわらかく潤色したものに由ることが明瞭になった。これは、今昔本文（III）が法華伝記に接したことを絶対には否定しえないにしても、絶対にそれによらないことを意味する。しかるに、その王女と羅炎との婚する部分は、今昔本文（III）は打聞集(8)と大異する。すなわち、打聞集(8)が、中国伝承[34]ないし特におそらくは日本古代伝承の類型[35]を無意識に投影した類に由る伝承をうけたかと思われるが、単に「此御ムスメニタヾ一夜ネニケリ。」とするのみであるのに対して、今昔本文（III）は法華伝記巻一(3)に類し、しかも法華伝記とことなって口をふさぐという具体的内容をもっている[36]。これもまた法華伝記の直接書承による変改とはただちに言えず、あるいは法華伝記を原型とする何らかの資料によったかもしれないが、この中、少くともこの口ふさぐ変改はあるいは今昔独自のものかとも考えられる。いずれにしても、今昔本文（III）のこの部分の内容は法華伝記型の消化によるのであって、また、これは大陸の法華伝記に比して可憐であり、打聞集(8)に比して複雑である。おそらく、今昔本文（III）は、打聞集(8)に近く流れる、或る程度日本の潤色の習熟をともなった素材と発想とにあきたらず、これを自由区域のカデンツァとみて、あらたに、王がそのかなしむ美しい王女を喜んで遣る愛憐をきわだたせ、さらにこれをかかる夜夜のことにつないだのである。それは、東方の死生観の歴史において絢爛たる緋色のかげにまつわる「無常」の深みにふれることをおそらく感じ、破戒と正見とをめぐる順逆無尽の行為の論理にふれることをあきらかに欲し、すべて伝道の重くはるかなことに統べることを求めたであろう。いわば、法華伝記型の伝説は、今昔物語集の、現世の神秘なかつ具体的なすがたをめぐる関心を刺戟して、これを具体化するに適した媒体であったのであり、換言すれば、今昔物語集の表現の潜勢力の苦悩や争闘が、かかる興趣を鋭く内容をえらばせたのであった。かくして、それ自体充足したであろう打聞集(8)に近い伝承は、ここに、次元を異にして人間の行為と伝道の歴史とに意識的にふれる構想のもとに、書かれる言葉の模索と必然的に関連して、和漢混淆文体の文章語的表現においてととのえられた。今昔本文(Ⅲ)は、旧伝承を法華伝記型を通してあたらしく変改しながら、みずからの欲する内容と構成とに就いたのである。

この想像は一般に今昔物語集に散見する色調によって支えうるのであるが、特にこれをその震旦仏法伝来史篇にかぎってみても、今昔物語集は打聞集と共通する伝承に立ちながら、あるいはあきらかにべつの原典を直接書承して癒着し、あるいはべつの素材をいわゆる「抄物」(愚管抄附録)をも含んでの直接書承か程近い伝承資料かを通して代置し補入する傾向をもっている。[37] この事実は今昔本文(Ⅲ)に法華伝記型を用いた方法を類推するに資するであろう。

今昔本文(Ⅲ)が法華伝記型に関心したのは、かくの如く、転換期のあたらしい人間観にもとづくあたらしい興趣や仏法史の充実した構成の要求により、また、もとよりそれに関するものの、単に、口承ないしそれに近い旧伝承、たとえば打聞集(8)の如き音色のみにはとどまりがたい、あたらしい日本散文の方法の模索にもよったであろう。しかし、それはそれらのみにはとどまらない。それはこの法華伝記巻一(3)にみえる処世界如虚空偈の問題にもよるのであった。

今昔物語集は一般に多く原典の偈頌あるいは詩歌を省き、時にはそれを散文化することを原則とする。これは、インド古典文学ないしサンスクリット・パーリ仏典の類において韻文と散文とを交える形式、すなわちいわゆるākhyāna（akkhāna）、同じくそれに由る漢訳仏典や、かの変画をあわせて唱導に資した敦煌変文の同類の形式とは、あきらかにその方法を異にする。そして、今昔物語集がなお原典の偈を存し、また、稀に、あるいは原点に略記するそれをととのえ、あるいは原典に存しないそれを補充する場合には、その偈は概してその親近したものであろうことの多い傾向がある。[38] 処世界偈もまたその知るところであったのであって、その理由はつぎの如くである。

讃仏の偈頌はすでにインドに起り、その梵唄は西城・中国に伝えられた。この偈の歴史を検すれば、まず、その極似する形が西晋の代に漢訳せられた超日明三昧経巻上の讃仏偈に存するのを知る。

大慈哀愍群黎（生）　為陰蓋盲冥者　開無目使視瞻　化未聞以道明
処世間如虚空　若蓮花不著水　心清浄超於彼　稽首礼無上聖（尊）
観法本無所有　如野馬水月形　影響幻化（化幻）芭蕉　暁三界亦如是
従無量難計劫　積功徳不可数　慈心等定広化　衆生類皆被荷
了三界其若夢　覚悉滅無適莫　生死吾（五）之本末　斯恍惚無所有
仏光明靡不照　威相好難計量　道巍巍無等倫　故稽首礼十方

（十五、532a）

この偈ないしこの一部は、古い魏書の伝説（梁高僧伝巻十三、経師(2)・唄讃論）にのこるをはじめ、梁代に重んじられ（出三蔵記集巻十二(6)）、[39][40][41] 隋唐宋の間には、著名の讃仏懺悔偈として、亡び去った三階教の勧行式や天台・浄土教などの儀式を染めていた。故にこそ処世界偈は法華伝記の物語に入ったのである。

中国が薫染した処世界偈はやがて日本にも入った。平安初期の入唐求法巡礼行記の類は仏教音楽が盛行した中唐社会をつたえているが、その荘厳が日本にも入ったのである。この偈の用いられたのもその一つであって、そのもっとも著名の場はかの法華懺法である。すなわち、天台大師智顗の法華三昧懺儀に删加してつたえたという法華懺法は、法華経安楽行品の第一長行部と第一偈頌部[42]とを唐音を以て誦して後、散花し、三宝を称し、つづいて後唄に入る。

後唄　（調声衆僧住立同音後各復座蹲踞）

処世界如虚空　如蓮華不著水

心清浄超於彼　稽首礼無上尊

（妙法院本、七十七、２６８ｂ）

すなわち、特に菩薩の戒行を説く安楽行品を誦して後、この讃仏懺悔の後唄をやはり唐音を以て誦するのであった。

この偈は単に法華懺法のみにとどまらなかった。これは、やはりすでに平安初期に行われた天台の例時作法（七十七、２７１ｃ）ないし院政初期には成立していた天台の魚山声明集（八十四、８１５ｂ）の類にも、あるいは二中歴（第三）の如き簡便な類聚書の類にも、後唄としてみえ、あるいは点譜せられている。すなわち、この偈は、単に教団の内部にとどまらず、その哀雅の旋律の美しさをもって、かずかずの偈とともに、儀式・学芸・唱導などの座を通じておのずから涙うるおす（三宝絵巻下⑶⒁・私聚百因縁集巻九⒁）ほど僧俗に薫習せられていたのであった[43]。

かくして、今昔本文（Ⅲ）は、その知悉してあるいは法華懺法や法華四要品（今昔巻十三(27)(38)）の一である安楽行品をさえ感じえたかもしれないこの偈が法華伝記またはこれに程近い羅什父子伝説の中に存するのを知って、これを採録したのであろう[44]。そして、その採録者の知る偈は長安音を遺響する法華懺法後唄の如く唐音であったであろうから、これは唐音をもってよむことを可とすると考えられるのである[45]。

今昔本文（III）はこの偈を「无常ノ文」と呼ぶ。今昔物語集における同類の語を検すれば、

其ノ時ニ仏、无常ノ文ヲ説給フ

（巻二(1)、I、125・9―10）

仏告四衆曰(言)。世間無常。苦空非身(無常)。無有堅固。如幻(猶如幻)如化。如熱時炎。如水中月。命(鏡像)不久居……

（十巻本釈迦譜巻七(15)、五十、54b、経律異相巻七(2)、五十三、33aト校ス[46]）

大山府君ノ廟堂ニ行キ宿シテ新訳ノ仁王経ノ四无常ノ偈ヲ誦ス

（巻七(12)、II、135・7）

宿太山府君廟堂。誦新訳経四無常偈

（三宝感応要略録巻中(60)旧訳仁王経感応、五十一、846b）

それはかくの如くあり、特に巻二(1)はその直接書承原典の内容を「无常ノ文」と言いかえている。巻七(12)の「四无常偈」すなわち劫火洞然偈の内容は、巻二(1)に「无常ノ文」と言いかえられた内容に近い。これらはいわゆる六喩・十喩の類をもつ類型であって、いずれも超日明経讃仏偈の一節にもあった。すなわち、超日明経の偈は処世界(間)偈と今昔物語集にいわゆる「无常ノ文」の類との密接な関係を示している。そして、六喩・十喩の類は厳密には単に「無常」を説くのではなくて「空」を説くというが[47]、一般的には「無常」を説く如く考えられやすいから、「空」を歎ずる処世界偈もまた「无常ノ文」と呼ばれたことがあったであろう。今昔本文（III）はそれに従ってこれを用いたのであろうと考えられる[48]。

畢竟して、今昔本文（III）は旧伝承をふくみつつ異途に出た。このとき、「菩薩ノ行」を説く王の論理は、打聞集(8)にみえるから、べつに独自の思想ではないが、この変改の方法により、今昔物語集にこの「菩薩の行」ないし「菩薩ノ道」の語やこれに関連する内容の散見するのによれば、また今昔物語集の色調が一般に示すところによれば、この人間の行為における順逆無尽の問題は、なお深い宗教性を得るには至らないとしても模索されて

いたのである。(49)

(Ⅳ) 其ノ男子、漸ク勢長ジテ、名ヲバ鳩摩羅什ト云。父ノ本意ヲ聞テ此ノ仏ヲ震旦ニ渡シ奉リツ。震旦ノ国王、亦、此ノ仏ヲ受ケ取テ恭敬供養シ給フ。惣テ国挙テ此ノ仏ヲ崇メ奉ル事无限シ。

(Ⅴ) 鳩摩羅什ヲバ世々羅什三蔵ト申ス。心聡明ニシテ智恵明ナル事、仏ノ如シ。父ノ本意ノ如クニ此ノ仏ヲ震旦ニ渡シ奉リ給テ多ノ衆生ヲ利益シ、亦、法華経ヲ結集シ、加之、多経論ヲ訳シテ世ニ伝ヘ給フ事ハ、此ノ三蔵也。

(Ⅵ) 然バ、正教ヲ末世マデ学スル事ハ偏ニ此ノ三蔵ノ御徳也トナム語リ伝ヘタルトヤ。

(Ⅱ、64・9—15)

(王ノムスメハラムデ男子生テケリ)イハルユ(ママ)羅什三蔵也。如法唐ニ此仏ヲ渡付給テオホクノ衆生ヲ利益シ、法花経ヲ渡。コレノミナラズ、多ノ経論ヲカキイダシ、此ノ国マデ仏法ノ伝ル事モタヾ此三蔵ノトクナリ。サテ、此仏ヲバ唐ニ渡タテマツレルヲ、又ウツシ造タテマツリテ此国ニ、渡シタテマツルナリ。清岸寺(ママ)ニイマニヲハスル仏也。

(打聞集(8))

今昔本文(Ⅳ)と(Ⅴ)とに瑞像将来のことが重複するのは、口承的重複ではなくて、本文(Ⅳ)が(Ⅲ)をうけて説明した後に、(Ⅴ)がやはりそのことにふれる打聞集(8)に近い資料を導入したためである。これは一種の未整理であるが、これによれば、法華伝記巻一(3)を原型として今昔本文(Ⅲ)の打聞集(8)とは大異する部分の直接資料となったその断片がこの(Ⅳ)にあたる部分をもふくみ、本文(Ⅳ)は(Ⅲ)につづいてそれによったかと考えられないではない。ただし、その資料が存したとしても、その(Ⅲ)にあたる部分に口ふさぐ変化があったか否かは知るべくもない。いずれにしても、その資料に(Ⅳ)と(Ⅴ)とにあたる重複があったとは考えがたいから、今昔本文（Ⅴ）は、その（Ⅲ）（Ⅳ）の変化をえらんだ後に、打聞集(8)に近い資料にかえっているのであって、このことは、また、今昔物語集のこの全篇がもとその（Ⅲ）の大異と（Ⅳ）とを含まない伝承の上に立つことを明瞭にする。このとき、打聞集(8)の「唐ニ此仏ヲ渡付給テ」と本文（Ⅴ）の「此ノ仏ヲ震旦ニ渡シ奉リ給テ」とに存する敬語表現の異同は、本文（Ⅴ）が打聞集(8)に近い資料に存する敬語をあるいはそのまま残しあるいはあらたにととのえたものとみるべきであろう。この事情は、今昔物語集のこの全篇が敬語表現をその立場として或る程度ととのえながら、なおかつその密度のあらい点に、打聞集(8)に近い資料における、さらにあるいは本文（Ⅲ）の打聞集(8)と大異する部分およびあるいは（Ⅳ）をもふくむ部分にあたる資料にもおける、敬語表現の限定をうけるとみるべきであろうことと相関し、さらに、一般に、今昔物語集が漢文原典を直接書承するとみられる場合には、敬語表現はその場の相対性をもふくんで或る程度厳密に行われる傾向がある[50]のに対し、何らかの口承ないし和文先行資料によるとみられる場合には、敬語表現はその資料におけるよりも原則としてあるいはととのいあるいは一定の立場をもって省き去られながら、なおその限定をうけて微妙に有りまた無い傾向[51]があるとみるべきであろうこととも相関している。換言すれば、かかる意味において、今昔物語集にはその敬語表現の体験を通じて自己の拠った資料の性格や自己自身の意識的無意識的な心の波動をつたえうる文体面があるのである。そして、この今昔本文（Ⅴ）があるいは誤用ながら「結集」という漢訳仏典語を用い、あるいは「仏ノ如シ[52]」という独自の語句を用いるのは、もとよりその先行資料の限定との戦であった。

今昔本文（Ⅳ）と（Ⅴ）との未整理というべき重複にかかわらず、一面、（Ⅴ）と（Ⅳ）とには、打聞集(8)に近い資料によりながら、羅什について整理して全篇の構成を果す感覚ははたらいている。この一篇のいわば内部における構成の感覚は今昔物語集諸篇のいわば外部における配列構成のそれに関連するということもできるであろう。清涼寺釈迦像のことは、今昔物語集は知らなかったのではないであろうし、その接した資料にもおそらくそれは存したであろうが、みずからはいま震旦仏法伝来史篇を成しつつあるのであるから、それを省くのは当然である。

かくして、今昔物語集巻六(5)は、漢訳仏典ないし中国仏書あるいはこれらによる訛伝を背後とし、打聞集(8)と共通する通俗的な物語を基礎として、あるいは、誤謬による知識をもつてその立場として一種の歴史感覚にふれ、あるいは、著名の偈頌をふくんだ物語を人間についてのかなり烈しい想像力をひそめた興趣をもって癒着し構成しつつ、自己の編集の場の中で整理した。ここには、漢文や王朝仮名文学の世界および口承の世界にとどまらない発想と文体とが相関した。これはすなわち日本の民族的な転換期のいのちを反映したのである。

四

中世に羅什父子伝説が盛行し和文として多く記録せられたことはすでにその一部を記した今昔物語集以後の諸資料によっても明瞭である。これは説話評論・軍記物語・寺院縁起絵巻ないし羅什三蔵絵の如き特殊の絵巻などにもわたり、このことはこの伝説が諸種の立場から受容せられたことを示していた。同時に、伝承の深まりは伝説自体に種々の変化をもたらすのであって、鎌倉・南北朝・室町時代を通じてみれば、清凉寺釈迦像将来伝説(宝物集諸本・沙石集巻四下(3)・法然上人行状絵図巻四・西琳寺流記(漢文)・壒嚢鈔巻十二(10)・金刀比羅宮本保元物語中・清凉寺縁起・塵添壒嚢鈔巻十七(10)等)[53]と羅什父子女犯伝説(宝物集諸本・沙石集巻四下(3)・同巻六上(7)・三国伝記巻六(26)・壒嚢鈔巻十三(6)・塵添壒嚢鈔巻十八(6)等)との二つの主題がさまざまに変化しつつ相合し相離れて行われていたのである。

これらの中で興味のある一つはまず鎌倉中期(弘安六年(一二八三))に成った無住の沙石集であろう。彼は、中世街道にも近い地方寺院に住して、その自己とその里に住む民衆と、そしてさまざまの僧等との間に立ちながら、生涯或る鬱情をもって自覚と「自由」（雑談集巻三、愚老述懐）との問題を反芻したが、沙石集はその彼が民衆のために記した（巻二(5)・聖財集奥書）という。その羅什に関する所論は、巻四下(3)上人子持事に、正見と破戒という主題において、信濃の上人が三子を持ったという「当時ノ事」、「近代ノ事」「見聞ノ世間ノ事」（巻十下(7)）の先蹤として述べられている。その大要はつぎの如くである。

（I）天竺ノ鳩摩羅炎三蔵、優塡王ノ栴檀ノ像ヲ負テ漢土ヘ渡シ奉ル。亀茲国等ノ四ノ国ヲ経ルニ、彼ノ国ノ王像ヲトゞメ、又聖ノ種嗣ガントテ、王ノ女ヲ、シ合テ羅什三蔵ヲ生リ。鳩摩羅炎ハカノ国ニシテ入滅ス。

（II）什公幼少ノ時、羅漢ノ聖者相シテ云、コノ子漢土ヘ行カバ三十余ノ年世ニ堕ツベキ相アリトイフ。成長ノ後、先師ノ本意ヲ遂ゲントシテカノ像ヲ漢土ヘ渡サントス。母、羅漢ノ語ヲ憶シテ子ヲイサムトイヘドモ、ワガ身ハ縦ヒ犯戒シ塗炭ニ堕共、衆生ノ利益有ルベクハイタムベキニアラズトテ、像ヲ漢土ヘ渡シ奉ル。今ノ嵯峨ノ釈迦コレナリ。

（III）嵯峨ノ釈迦ノ事、律ノ中ニハ、亀茲国等ノ四

（I′）前出。

（II′）至年十二。其母携還亀茲。（中略）時什母将什至月氏北山。有一羅漢。見而異之。謂其母曰。常当守護。此沙弥若至（年）三十五不破戒者。当大興仏法度無数人。与優波掘多無異。若戒不全無能為也。正可才明携詣（儁芸）法師而已。（中略）什母臨去謂什曰。方等深教応大闡真舟。伝之東土唯爾之力。但於自身無利。其可如何。什曰。大士之道利彼忘軀。若必使大化流伝。能洗悟曚俗。雖復身当爐鑊苦而無恨（梁高僧伝巻二(1)・古今訳経図紀巻三・開元録巻四・肇論疏巻中・貞元録巻六・法苑珠林巻二十五・法華伝記巻一(3)・敦煌本浄名経関中釈抄上・維摩経疏菴羅記一等。出三藏記集ハ前半ノミ）

国ノ王、次第ニ本仏ヲ留テ写テ是ヲ渡シ奉ル。第四伝ト見エタリ。奝然法橋盗ミテ唐ノ本仏ヲ渡セリトイヘリ。嵯峨ニハ第二伝ト申トカヤ。実ニコレヲ知ラズ。

(Ⅳ) 呉王后ヲ二人オシ合テ聖ノ種ヲツガントス。遂ニ生肇融叡ノ四人ノ弟子ヲマウク。生肇等ハ羅什ノ子ト常ニ申ナレタリ。但一説ニハ只ノ弟子ト云リ。事実知リガタシ。

(Ⅴ) (中略) 南山ノ感通伝ニ大師天人ニ問テ云ク、羅什乱行ノ聞アリ、実カ不ヤ。答テ云、三賢ノ菩薩也。不可沙汰云云。私推云、末代ハ持戒ノ人希也。然ドモ正法ヲ弘通セバ可有益。其跡ヲ示シ給ニヤ。又問テ云、法華ハ前後有四品。何唯什公訳天下ニ翫之。答、什公ハ七仏ノ出世ノ毎度翻訳ノ三蔵ナリ。十輪経ニ、正見僧ト云ハ犯戒ナレ共正法ヲ説ク、可為師トイヘリ。

(Ⅵ) (中略) 犯戒ノ後ハ縵衣ヲカケテ寺ノ外ニ居シ、寺ニ入テ説法ノ時ハ、度ゴトニ、我身ハ淤泥ノ如シ、所説ノ法ハ蓮華ノ如シトイヘリ。

(Ⅲ′) 鳩摩羅琰従西天負像欲来此方。路経四国皆被留本図写(四分律行事鈔資持記巻下三)、瑞像歴記後記類。

(Ⅳ′) 若入王宮有十種過。呉王同輩一代為栄。秦王譲妻千齢受恥(法華玄賛巻九本、釈安楽行品、三十四、820c)[54]、羅什弟子有生肇融叡。時号関中四聖[55](仏祖統紀巻三十六、四十九、342a)

(Ⅴ′) 余問。什師一代所翻之経至今若新受持転盛何耶。答曰。其人聡明善解大乗。(中略)故其所訳以悟達為先。得仏遺寄之意也。又従毘婆尸仏以来訳経。又問曰。俗中常論以淪陥戒検為言。答。此不須評。非悠悠者所議。什師今位階三賢。所在通化。然其訳経刪補繁闕。(中略)及文殊指授令其刪定。(中略)殊不足渉言也(律相感通伝、四十五、877a・感通録、法華伝記感一(3)

(Ⅳ′) 姚主嘗謂什曰。大師聡明超悟天下莫二。若一旦後世。何可使法種無嗣。遂以妓女十人逼令受之。自爾以来不住僧房。別立廨舎供給豊盈。自至講説常先自説。譬如臭泥中生蓮華。但採蓮華

(VII) サテ、法華翻訳ノ庭ニ四人ノ弟子ト共ニ訳セリ。富楼那ノ授記ノ文人天交接両得相見ハ肇公ノ訳ノ語也。古訳ニハ人見天々見人ト訳セラレケルヲ、聞ニク、候トテ釈シナホサル。仍時ノ人コレヲホメテ、マサル肇公トイヘリ。一説ニハ叡公ト云云。

（カヽルタメシモアレドモ、カノ上代ノ聖人ハ智行徳タケ、和光ノ方便利益ノ因縁誠ニ測リガタシ。サレバ、ソノ子モ智恵有リ、利益広シ。（中略）凡ソ代下リ人拙クシテ、智恵モ有リ徳行モ有ル上人年逐ヒテ希也）。

勿取臭泥也（出三蔵記集巻十四(1)、梁高僧伝巻二(1)・晋書巻九十五・太平広記巻八十九・南宋法華経顕応録巻上・阿婆縛鈔明匠等略伝上等）

(VII′) 什所訳経叡並参正。昔竺法護出正法華。受決品云。天見人人見天。此語与西域義乃同。但在言過質。叡応声曰。将非人天交接両得相見呼。什大喜曰。実然。而叡与什共相開発。皆此類也。（歴代三宝紀巻八、四十九、79a・大唐内典録巻三・法苑珠林巻五十三、五十三、684c・開元録巻四・貞元録巻八・法華伝記巻一(3)・同巻二第七之一(1)）

沙石集（貞享三年本）の羅什父子に関する伝説の導入とその所論の大要とはかくの如くである。沙石集には広略諸本があり[56]、広本沙石集（米沢図書館蔵古鈔十二帖本）巻四(3)の如きはこの本文（I）（IV）（VII）を極簡した形にすぎないから、単に無条件にはふれえないにしても、しかし、この本文のすべてが直接書承によるとはほとんど言いえないことが明瞭であり、また、中国仏書の知識や伝承が、無住の時代と彼の記憶とにかなり深く沈みながら変化を生んでいたも[57]、これを疑うべき理由をもたない。この和漢混淆の文体は飾りなく、この素材も、また、彼の日常交游の間に羅什父子の「聖」をめぐって興じた諧謔を親しくさしはさむなど[58]、変化に富んでいる。そして、それはほとんど随想の方法で「近代」を衝いた。羅什父子をめぐる知識はあきらかに主題のための譬喩因縁に用いられたが、ここに存する問題は今昔物語集巻六(5)や打聞集(8)における「菩薩ノ行」のそれの中にすでに含まれたのであって、沙石集は、そこに含まれた批評の問題を、その雑然としてしかも一種透明な秩序の中にあらわにした。しかも、それは宝物集（三巻本下・七巻本巻四等の）類想に比して深くとらえたところがある。ここにおける羅什父子の知識とその利用とは一種微妙に肉化していたのであった。

沙石集につづいて興味のある一つは室町中期（永享三年（一四三一）序）に成った玄棟の三国伝記であった。これは、日明交通を背景として、前代文献における寺院参籠の時の対話形式の類（大鏡・三巻本七巻本宝物集・帰命本願鈔・西要鈔）を承け、また、おそらく講経唱導の座にその譬喩因縁を三国にわかって説きもしたであろう形式をうけて、三国の伝説を交互に語らしめるという特異の構成をとるのみならず、その伝説の内容はさまざまに新しい。これをみれば、この巻二(4)（釈尊為母説法事）に三宝感応要略録巻上(1)（優塡王波斯匿王釈迦金木像感応）による文を録するのとはべつに、巻六(26)羅什三蔵事に、同(25)の仏像変相と同(27)の志賀寺聖人の玉の緒の物語と一連をなして、羅什に関する文を収めている。

（I）漢言。晉ノ代羅什三蔵ハ七仏ヨリ以来経訳ノ三蔵也。梵網経ノ戒品ヲバ最後ニ訳出シテ仏弟子ニ授給テ今為ス長夜ノ炬ヒト。然ルニ、秦王姚公、此ノ三蔵ノ法種絶ン事ヲ歎テ、金帳ノ内ニ秘ニ養艶、而六行六礼ヲ護リ玉簾ノ外ニ不漏声、而四徳四教ヲ治メタル宮女十人撰テ給仕ニ宛給フ。四人ノ公ヲ儲タリ。

（II）仏陀耶舎ト云フ梵僧、是ヲ聞テ、和カナル綿ヲ著テ藪ノ中ニ入ルニヤト歎キ給ケリ。

（I′）沙石集巻四下(3)（IV）（V）（VI′）。

天竺法師鳩摩羅什（中略）唯梵網経最後誦出（梵網経序。出三蔵記集巻十一(9)・梵網経菩薩戒本疏巻一・梵網経古迹記上、大同）

（II′）（羅什之師仏陀耶舎）行達姑蔵。而什已入長安。聞姚興逼以妾媵勧為非法。乃歎曰。羅什加好綿。何可使入棘乎（出三蔵記集巻十四(2)仏陀耶舎伝・梁高僧伝巻二(5)・歴代三宝紀巻八・仏祖歴代通載巻七）

（III）諸ノ僧共モ、師既ニ欲事ヲ行ズ、弟子盍学ト云ケレバ、三蔵大ナル鉢ニ針ヲ一ハタ入レ満テ、自半バ計リ搔キ食テ、若我ガマネヲスベクバ、此ノ針ヲ食フベシトテ、僧共ニ与ヘラル。針ヲバ争カ可食ナレバ、皆是ヲイナミケルトカヤ。其時、何ゾ我ハ学バン哉ト言ケレバ、諸僧恥テ去リヌ。豈ニ是ヲ犯戒ノ人ト云ベケンヤ。此レ伝戒ノ和尚也。処世界如虚空蓮花不着水ノ理リ還テ可貴也。

（III′）（遂以好女十逼令受之。爾後不住僧房。別立廨舎）諸生多效之。什乃聚針盈鉢。引諸僧謂之曰。若能見效食此者。乃可畜室耳。因挙七進針。与常食不別。諸僧愧服。乃止

（晉書巻九十五・仏祖歴代通載巻七）

三国伝記における羅什伝説の導入とその所論とはかくの如くであって、この本文（I）に四六駢儷体に類する文節のみえることはべつとしても、概して従来の日本資料におけるその型とことなっている。そして、これには、本文（II）（III）に対照する如く、中国資料の投影がその直接書承とは必ずしも言いがたいとしてもきわめて濃く、多少の日本化をともないながら多くそれに即している。この時、この本文（II）（III）の内容が和文資料としてはじめてあらわれることは、これが日本の伝承の歴史に存しなかったということでは必ずしもないにしても、中国元代の仏祖歴代通載（至正元年（一三四一））が出三蔵記集や晉書などの古資料以来既見資料では絶えて久しい同類の逸話ないし訛伝をちりばめていることと比較して少しく興味があるのであって、あるいは、明初における羅什伝説の影響がこの本文（II）（III）の選択に関連したかとも考えられるのである。

ただし、三国伝記の羅什の事は概して新しいにしても、これはその初出を無条件に言いうるわけではない。すなわち、本文（III）に導入せられた方術的要素を交えるかの如き伝説[59]は、その類語とみるべきものがすでに三論

興縁(6)に仄見する。

秦時羅什師乃有四迹。時人皆言聖也。一者員鏡入瓶。二者敷坐具而度大海。三者親食如本吐出。四者呑針如唾置。世人普称無相仏也。

（七十、835b）

これは三論教学の一権威と目される聖守（一二一九―一二九一）の漢文資料としてのみならず、一般的にもめずらしい内容をもつものである。この原拠は不明であるが、敦煌本羅什伝説（S.381）にはまたこの一部に通う部分があるから、これが中国における訛伝によることは確実であろう。[60]それが、ここに漢文をもって録されたのである。しかし、この訛伝が後代にどの程度知られたかは不明であって、[61]かりに或る程度の口承は流れたかもしれないにしても、三国伝記本文（Ⅲ）が、これと無関係に、より説話的な内容をもつ新しい資料によったと考うべきは明瞭であろう。この時、それは、仏祖歴代通載の如きもの直接ではないかもしれないにしても、中国元代ないし明初における羅什伝説の動向を反映しないとは言いえないであろう。そして、これが迎えられたことは、やがて、壒嚢鈔巻十三(6)・塵添壒嚢鈔巻十八(6)が、沙石集巻四下(3)からその多くを承けながら、特にこれと大同するものを挿話することによっても知りうるのである。

注意すべきは三国伝記本文（Ⅲ）の結文にあたる所論の中にかの処世界讃仏偈のあらわれることである。かかる結文は偶然ではなくて、やはり羅什父子伝説において必然したのであろう。一般にすでに中国において羅什父子に伝説の相似するところがあったことは前記した諸資料に明瞭であったが、あるいは、法華伝記巻一(3)のかの羅炎伝説も羅什蓮華伝説を投影しこれと混淆して、蓮華をふくむ著名の処世界偈を結んだところによるのかもしれない。いずれにしても、三国伝記本文（Ⅲ）の処世界懺悔偈が羅什父子伝説に必然してあらわれたことは確実であり、また、これは法華伝記巻一(3)に類する今昔物語集巻六(5)本文（Ⅲ）では羅炎の誦する偈であったのに、三国伝記ではむしろ羅什の説とあるいは考えているらしいのである。このことは、茫漠とした中国伝承の動きをはるかに映して動いている日本伝承の数多い影によるかとも考えられるであろう。概して室町時代に流れこんだ伝承はすでに古くなりつつあって、軍記物語の如きへ展開した面はべつとして、いわゆる説話文学自体としては、そこにもう一度興味あるものとする必要があったが、この三国伝記の如きも、中国資料、特に元末明初のその伝承の空気を反映するであろう新しい素材を用いつつ、処世界偈をめぐる旧伝承を調和して、一つの批評をこころみたのである。三国伝記の構成とさまざまにあたらしい素材と知識階級の共通の文体であった漢文を強く背後とした和漢混淆文体とにあきらかな知性は、室町時代という複雑な日において、一面その限界をもったとみることも不可能ではないが、一面かなり高度のものでもあったと考えられるであろう。

中世を通じて羅什父子伝説は逸書や口承の中にもさまざまに生滅したであろうが、特に沙石集と三国伝記とにおけるそれは各の意味において特色をもつものであったのである。

五

一般に、鎌倉から室町を通して特に室町時代において、物語ないし説話の類は、その管理層唱導層の位相的関連や信仰の薫習や無智の沈殿などさまざまの理由によって多様の変化を示し、あるいは仏教臭の強い、あるいは荒唐無稽のいろどりを、欣求と嘆息との中に雑えた。羅什父子伝説もまた、あるいは別種の伝説を派生し、あるいははなはだしい謬伝に変化したあとをのこしている。すなわち、瑞像将来伝説は、清凉寺釈迦像・善光寺阿弥陀像および因幡堂薬師像（阿娑縛抄諸寺略記上・諸寺略記・一遍聖絵巻四・壒嚢鈔巻十二(4)・塵添壒嚢鈔巻十七(4)等）のいわゆる三如来の信仰（壒嚢鈔巻十二(10)・塵添壒嚢鈔巻十七(10)）に関連して、日本の古代伝説と結合した善光寺如来像将来伝説（平家物語巻二善光寺炎上・善光寺縁起巻三・ぜんくはうじほんぢ下・壒嚢鈔類）を派生し、また、東国伝説と結合してそれを成長させた（木下川薬師仏像縁起）。これらの多くはもとより文芸を意図しないが、かかる結合ないし変化は、日本民間の信仰のかげにかくれた未分化の文芸技能をつつんでいる。この結合はあたかもかの優塡王像造像物語が地蔵信仰と結合した（桂川地蔵記下・観智院本地蔵菩薩霊験絵詞）如きにいくばくか類するところがあるであろう。あるいはまた、特に羅炎ないし羅什に代えるに玄奘の名を以てする（万法寺本・流布本曾我物語巻六）如きは、かの蟻通明神物語が玄奘伝説の一部（慈恩伝巻一・今昔巻六(6)・打聞集(9)・玄奘三蔵絵・三国伝記巻二(23)）の伝承と結合する（神道集東洋文庫本巻七(38)・河野本巻七(37)）如きと同じく、この場合、下級僧家や仏教を混ずる神人層における般若心経信仰が介在すべき、明瞭な口承の崩れであった。混沌とした時代精神に色どられ、しばしば絵解きをふくんで語られた民間唱導の荒唐は、時代特有の痛切な体験なのであって、そこに羅什父子伝説はかくの如く溶解したのであった。

六

室町中期以後、羅什父子伝説は三国伝記や壒嚢鈔とほぼ時を同じくする西琳寺流記（文安三年（一四四六））もこれを記録した。これは律宗寺院の漢文縁起であって、清凉寺釈迦像の将来について、かの道宣律師の四分律行事鈔および元照の資持記等を引用している。つづいて、清凉寺縁起（永正十二年（一五一五））は、美しい絵巻をのべ、ほぼかの優塡王所造栴檀釈迦瑞像歴記により、さらにその後のことを継いだ和文をもって、みずからの縁起を語った。中国から日本に入り、平安の都はなやかの日に清凉寺の成った頃から特に成長しはじめてさまざまの伝承を歴した羅炎と羅什の伝説は、ここにこの縁起に飾られて或る意味でおちついたとも言うことができる。それは仏教唱導の歴史の栄光が他の諸ジャンルのかげにようやく没しようとする日のことでもあった。

後記

小稿は和文のクマーラヤーナ・クマーラジーヴァ物語の内相と外相とを考察した。これらは宗教文学としてすぐれた品位をもつとは言いえないであろうにしても、もっとも日本に、その仏教建築や仏教美術の如き世界を類推しうる、高度の仏教文学が数多く存在したか否かは疑わしいが、それにしても、この和文の物語は、三国、特に中国と日本とにわたり、あるいは教団・貴族と諸種の民間とにわたる、かなり複雑な書承と口承との間を生きながら、諸種の領域に和文としての独自の世界をひらいていた。それは、この伝説内容のもつ限定にもよって、豊饒で自由な想像力は乏しかったが、若干の興味ある内容をちりばめていた。そして、それは、一つの民族の、近代以前の、仏教伝説ひいては仏教の消化における、また、東方の偉大な文明を背後としたみずからの言語と文体との鍛錬における、智能と方法との一面を示している。もとより、小稿は既見現存資料を出ない。ついに失われた資料の夢は、亀茲壁画のかげに匂う西域の貴女のおもかげの如きものであろう。

注

（1）　松本文三郎「清凉寺釈迦像」（『仏教芸術とその人物』所収）、塚本善隆「支那仏教史研究」375、三八四頁。

（2）　この資料とその解釈上の問題とは前掲論文「清凉寺釈迦像」にすでに示されている。なお、同論に説かれる如く、同じく道宣の続高僧伝巻二十四(2)釈慧乗伝に亀茲国檀像（優塡王像と言われたか否かは不明）を羅什が将来した伝説があるから、隋唐の間に羅什将来の伝説は少なくとも二つ存したのである。

（3）　略讃（栴檀釈迦文仏像略讃）は、「金陵長光精舎」「楚南述」とあり、「顕徳五年」「蓂生八葉記之」とある。歴記は「江都開元寺」（旧長楽寺）僧「十明上」とあり、盛算の識語がある。

（4）　前掲「清凉寺釈迦像」。

（5）　前掲「清凉寺釈迦像」所引寺本婉雅説。

（6）道宣の撰録は多く日本に入った。すなわち、四分律行事鈔は奈良朝現在一切経疏目録2253・唐大和上東征伝、智証大師請来目録・東域伝燈目録・新編高麗蔵目録等にみえ、これを注する資持記も新編高麗蔵目録にみえる。感通伝は承和五年入唐求法目録・慈覚大師在唐送進録・入唐新求聖教目録等にみえ、広弘明集も正倉院文書にみえる（奈良朝経疏目録2824に録する）。

（7）たとえば、伝教大師最澄の内証仏法相承血脈譜（弘仁十年（八一九））の羅什伝は開元録による。玄叡の大乗三論大義鈔（天長年間（八二四―八三四））巻一の羅什の事は梁高僧伝巻六(13)僧肇伝の一部を用いた三論玄義によるらしい。下って、宗性の名僧伝抄（文暦二年（一二三五））に抄する名僧伝巻二羅什伝は、逸書である名僧伝の面影をつたえるが、もとより出三蔵記集の類と大異はない。聖守の三論興縁は、後記する如く、特異の羅什伝説にふれるが、瑞像伝説はふくまない。阿娑縛抄（一二四二―一二八一）明匠等略伝上の羅什伝は梁高僧伝系統を主とする。疑念（一二四〇―一三二一）の三国仏法伝通縁起巻上の羅什訳経伝および維摩経疏菴羅記巻一の羅什伝の類もやはり出三蔵記集・梁高僧伝の系統によっている。

（8）羅什伝の百論序疏・三論興縁の引用を明記する冒頭部を除いて、大部分は瑞像歴記によるとみられる。後にふれる如く、暦記引用部などは後人の増広であろう。

（9）たとえば、瑞像歴記は増一阿含経巻二十八(5)・観仏三昧経巻六・造像功徳経巻上・雙観（ママ）優填王経・仏遊天竺記を列挙し、大唐西域記巻四（劫比他国）を検して、阿含の説に拠っている。漢訳仏典では、べつに、雑阿含経巻十九(586)・報恩経巻三等にもみえる。

（10）本文（Ｉ）に類しうる今昔巻二(2)仏為摩耶夫人昇忉利天給語は摩訶摩耶経巻上による十巻本釈迦譜巻七(16)にもとづき、経律異相巻七(3)の簡略を参考している（小稿「今昔物語集仏伝資料とその翻訳とについての研究」）。十巻本釈迦譜巻八（高麗本巻三）(23)(24)には優填王・波斯匿王の造像のことがみえ、経律異相巻六(1)(2)(3)(4)もまたそれに類するが、これらのいずれも本文（Ｉ）には直接対応しない。法顕伝、大唐西域記巻五・巻六、慈恩伝巻二・巻三、往五天竺国伝のいずれもまた同様である。三宝感応要略録巻上(1)も、特に要略録が今昔震旦部の出典と組織とを深く支えている（国東文麿「今昔物語集の構成」〈『今昔物語集成立考』所収〉）にしても、また、この巻上(1)が本文（Ｉ）の作者に読まれたことは疑いえないにしても、これを「いわば前提的話柄として引用した」とは簡単には考えられない。なお、仏祖統紀は南宋末期（咸淳五年（一二六九）序）の成立であるから問題にならない。

（11）本朝文粋巻十三・江談抄巻十三・江談抄第六、大江匡衡、為仁康上人修五時講願文「昔忉利天之安居九十日、刻赤栴檀而摸尊容」、新猿楽記「昔毗首羯摩之斧声聴三十三天之上」、栄華物語音楽巻等。

(12) 小稿「今昔物語集仏伝資料とその翻訳とについての研究」→本書所収。

(13) 出三蔵記集巻十一(11)「丘慈国」(五十五、８０ｃ)、水経注巻二「亀茲城音丘茨也」、名義抄に亀茲国名に「音丘」と注し、打聞集「□ウシ国」の左に「亀茲」とみるべき小字がある。

(14) 魏書巻一百二西城伝に「亀茲国(中略)其王姓白」とあるほか諸種散見する(羽溪了諦「西城の仏教」三五一―三五四頁)。亀茲のみならず、白姓には胡族出自のものが多く、蕃姓とせられる(桑原隲蔵「隋唐時代に支那に来住した西城人に就いて」〈『内藤博士還暦祝賀支那学論叢』所収〉)

(15) 敦煌出土フランス国民図書館蔵ペリオ本(P.2149)および英京ロンドン大英博物館蔵スタイン本(S. 1347)の維摩疏釈前小序抄の羅什伝説に「伝云(中略)亀茲白純」(八十五、４３５ｃ)とあり、また、浄名経関中釈抄巻上(P. 2580, 2079; S. 2584)には「高僧伝云(中略)亀茲王妹白純」(八十五、５０９ｃ)と同じくそのS. 2739には「亀茲王妹白脣」(八十五、５０９ｃ)とある。関中釈抄に所引する高僧伝は梁高僧伝巻二(1)とみるほかなく、その原文はこれと同じくない。王が「白純」であることは梁高僧伝の後文によって知られるが、王妹は「白純」ではなく、もとより「白脣」ではない。これらは敦煌本独得と言うべき興味ふかい現象であるが、いずれにしても白姓はその跡をのこしている。

(16) 出三蔵記集巻十四(1)・梁高僧伝巻二(1)(7)・魏書巻百十四釈老志・歴代三宝紀巻九(四十九、８４ｃ)・隋書巻三十五経籍志・大唐内典録巻三(五十五、２５５ｂ)・集神州三宝感通録巻中(15)(16)(五十二、４１７ｃ―４１８ａ)・法苑珠林巻十三(五十三、３８７ａ―ｂ)・法華伝記巻七(6)。前掲「西城の仏教」三一七―三一九・四〇五―四〇八頁、望月仏教大辞典「高昌」参照。

(17) 信貴山資財宝物帳・扶桑略記延長八年八月十九日「命蓮」、今昔巻十一(36)「明練」、阿娑縛抄諸寺略記上・諸寺略記「明蓮」(亀田孜「信貴山縁起虚実雑考」仏教芸術第二七号、一九五六年三月、参照)。

(18) 清凉寺縁起はほぼ瑞像歴記によっている。これと部分的に共通する羅什三蔵絵は父子略伝をえがき、和文詞書一段に漢文略伝一段を附し、また、羅炎が瑞像を負って亀茲国に至る絵や、羅什訳経の場の絵などがある。和文と漢文との並立が注意せられるが、その内容に特に異色はない。(京都国立博物館「日本の説話画」展目録 No. 56)。

(19) 流布本曾我物語巻六「嵯峨の釈迦作り奉りし事」でも玄奘三蔵に崩れている(昼夜のことはみえない)。大山寺本には存しない(荒木良雄「大山寺本曾我物語」解説)。なお、沙石集巻四下(3)・同広本巻四(3)等にも羅炎のこの物語がみえるが、きわめて簡であって、王名もみえない。

(20) たとえば、「仏舎密多」「弗舎蜜多」は「沸沙蜜多羅」(雑阿含経巻二十五(641)、二、181b・阿育王経巻五、五十、149a)「弗舎密(蜜)哆」(阿育王伝巻三、五十、111a)等とみえるPuṣyamitra (Phussamutta) 王にあたるべきであって、これは瑞像歴記類にもみえないから、伝承の間にべつに苦心して結びつけられたのである(前掲「清涼寺釈迦像」参照)。

(21) 橋本進吉、古典保存会複製本打聞集解説。柳田国男のたとえば「昔話と文学」の諸篇の如きももとよりこの推定に資する。

(22) ここには歴史的につみかさねられた形象や説話的なモチーフや伝道の苦難が含まれるから、重いあこがれをもってふれるところがあったであろう。今昔物語集成立の時期にかかる部分の絵様が存したか否かは不明であるにしても、のにち、羅什三蔵絵などにおける如く、この部分の美しい絵様が生れ、また、のちに、ほぼ慈恩伝による玄奘三蔵絵にやはり西域の難路を行く絵図が生れたことなども思いあわすことができる。ここに含まれるそれらの要素を略記すれば、それはつぎの如くであろう。

西域等から聖なるものを負い来る例―「漢明帝夢金神(人)。(中略)金神号曰仏。遣使向西城求之。乃得経像焉。時白馬負(経)而来。因以為名」(洛陽伽藍記巻四、白馬寺。魏書釈老志・釈迦方志巻下)、「(婆羅門)乗駝負書(遠渉)来入長安」(梁高僧伝巻六(9)・歴代三宝紀巻八・開元録巻四・貞元録巻六)、「(梁武帝夢檀像入国)郝騫等負第二像行数万里。備歴艱関難以具聞」(集神州三宝感通録巻中(28)・法苑珠林巻十四・瑞像歴記)。担いかわる(負いかわると全くは同じではないが)例―「(南陽宋定伯夜行逢鬼。鬼言)可共遞相担如何云々」(二十巻本捜神記巻十六・法苑珠林巻六)。かかる観念における昼夜の例―「此像毎夜業遶其坐」(洛陽伽藍記巻四)・「像出夜行」(大唐西城記巻二)・「像(遇)夜起行道」(仏祖統紀巻三十七・五十三)、是墓者。日也人作夜也神作」(崇神紀十年)〈これらは夜霊の神話(ミュートス)観念に由る。もとよりこの変化の例は多い。〉今昔本文(II)の昼夜は遠路の困難にも関する(巻十二(34)・巻十六(20)・巻二十七(36)・巻三十(8)その他)。今昔には遠路艱難の求法伝道も散見する(巻一(23)・巻四(25)・巻六(10)その他)。「負フ」という語も種々の味わいをもつ(巻五動物説話類・巻五(22)・巻九(1)・巻十(34)・巻十六(39)〈盗像〉・巻十九(1)・巻二十三(19)・巻二十七(44)・巻三十(8)その他)。なお、昼夜瑞像と負いかわして艱難を行く類型は、かの平家物語巻二善光寺炎上・善光寺縁起巻三・ぜんくはうじほんぢ下(室町時代物語集No. 83)等にもみえ、壒嚢鈔巻十二(10)・塵添壒嚢鈔巻十七(10)にはこの変化がみえる。

(23) 柳田国男「口承文芸史考」一四四頁。

(24) この「亦」は「只」の誤写であろう。両者の草体は相似るからである。打聞集(8)には「タ、」とある。今昔には「亦」「只」が頻出するが、その若干は書写上の混乱を生じていると考えられる。(a)「只」を「亦」と誤る場合「亦仏ノ道ヲ修行シ給フ人也」(巻卅一(13)、攷証本本朝部下609・5)、「亦此ノ児ヲ儲テヨリ後ハ事ニ触レテ思フ様也」(巻卅一(33)、同下641・12〈ただし、「亦」とみられるかもしれない〉)、IV、166・4等。(b)「亦」を「只」と誤る場合「只、方便ヲ儲ケム」(巻一(6)、I、70・8、十巻本釈迦譜巻三、過去現在因果経巻三「今当更設諸種方便」〈小稿「今昔物語集仏伝資料とその翻訳とについての研究」→本書所収〉、単独では「只」でも通じる。原典や前後からみれば誤訳とも誤写ともとれる)、「今生ニ栄花ヲ可楽身ニモ非ズ、只、仏ノ道ヲ願テ(中略)仏ノ教ヘニハ不叶ズ」(巻十五(28)、III、384・12〈「我レ、戒ヲ破ニモ非ズ、又、仏ニ不仕ジト思ニモ非ズ」(巻一(26)、I、104・6—7)〉)、「只思ヒ可放キ人ニモ非ズ」(巻十六(7)、III、436・7、宇治拾遺物語(108)「又思ひはなつべきやうもなき人にてあるなり」〈「只」でも通じるが、大系本が宇治拾遺物語と比較する如く、注意を要する〉)、II、290・7、IV、63・15、69・6、215・6、347・5、417・12V、252・7等(本文を示さないのは大系本が種種注するものである)。「只ヒトリ」の類は、I、79・9、164・9、189・12、323・15、387・2、II、56・2、129・14、229・12、III、216・4、483・10、553・16、IV、428・8・11、433・7、445・9、449・5、攷証本本朝部下474・15、479・5、554・15、572・10その他に頻出する。

(25) 後記に「上来已依西城伝記。此土賢聖見聞撰集。梗概而記。其中或有相伝無文。或見親聞自新録之。雖恐本記虚実。意在勧後信矣」(五十一、96c)とある。羅什父子伝説にも「依僧伝及別伝経録等」とある。

(26) 法華伝記の古写本に東大寺図書館蔵文永二年宗性外題五冊本(第三・五冊奥書に各大治五年「書写」・「書留」とある)・真福寺蔵建長八年乗忍書写三冊零本等がある(片寄正義「今昔物語集の研究」五〇一—五〇二頁)。

(27) たとえば、巻六(26)は伝記巻五(12)によらず前田家本冥報記中(2)(高山寺本(3))によるとみるべく、巻六(45)は確実に伝記巻八(7)によらず要録略中(31)により、巻七(3)も伝記巻(7)によらず要略録中(48)により、巻七(16)も伝記巻四(7)によらず弘賛法華伝巻六(7)による。巻七(19)は冥報記中(1)(2)・法苑珠林巻十八・伝記巻八(12)その他にみえて各大同小異するが、特に伝記によるべき確証はない。巻七(31)は伝記巻八(14)にも近いが、大系本に注する如く、冥報記下(4)(5)によるとみるべきである。巻七(32)は伝記巻八(1)のほかいまだ近接資料を見出しがたいが、たとえば伝記にはみえない固有名詞が明記せられていて、伝記の直接書承を必ずしも言いがたい。

(28) これは「奝然日記四巻」(参天台五台山記第四・第五等)にあたる。あるいは羅什父子の瑞像将来伝記にふれていたかと思われないでもないが、その全巻は散佚してつたわらない。なお、同じ逸文が鎌倉時代書写東寺蔵法華験記零本にも存するという(入唐書家伝第六)。

(29) たとえば、巻五(8)「幼子ノ母ヲ見ガ如シ」(I、359・11)は経律異相巻二十五(3)「如子見父」(五十三、137a)を書承しつつ変改する。巻五(32)の棄老国物語も、雑宝蔵経巻一(4)・法苑珠林巻四十九の類、枕草子二四四段蟻通明神物語・奥義抄・大鏡裏書巻六(12)の類、あるいは敦煌本雑抄(川口久雄「唐代民間文学と枕草子の形成」〈「平安朝日本漢文学史の研究下」所収〉)の類が交錯するが、その老人が今昔では「老タル母」(打聞集(7)「老母」)になっているのが特徴である(柳田国男「親棄山」〈「母の手毬歌」所収〉参照)。なお、巻九(17)に「妹・女・娘」が同一人に用いられるが、これは、「妹・女」は冥報記(16)(15)の書承であり、「娘」はその「女」の変字法であるにすぎない。

(30) 「後秦鳩摩羅什法師者其父罽賓国輔相之/子鳩摩羅炎猒世栄華志求出俗辞主東/邁至亀茲国王妹体有赤黶法生智子諸国駛(?)/之悉皆不許一見炎至遂(ママ)印妻之炎乃問辞事/免而納不逾歳月便覚有胎異夢呈駛(?)母加聴/弁後生什已(其弁還亡)…………」(本田義英手写本)

(31) 「光遂破亀茲殺純獲什。光性疎慢。未測什智量。見其年尚少。乃凡人戯之。強妻以亀茲王女。什拒(距)而不受。辞甚苦到。光曰。道士之操不踰先父。何所苦辞。乃飲以淳酒同閉密室。什被既至。遂虧其節」(出三蔵記集巻十四(1)・梁高僧伝巻二(1)・晋書巻九十五・敦煌本金剛暎巻上裏書・法華伝記巻一(3)・太平広記巻八十九)

(32) 訳経図紀は奈良朝現在一切経疏目録2856にみえ、唐招提寺蔵戒律伝来記(天長七年(八三〇))にもみえる。金剛暎は敦煌本に「京地清発道場沙門宝達集」とあるが、智証大師将来目録に「金剛経暎(義暎)三巻　宝達」(五十五、1105c)、東城伝燈目録般若部金剛経条に「同経暎三巻宝達」(日仏全、一、39、五十五、1147c、南都本不載を注する)とあって同類とみられる。

(33) 「王ノ女」は沙石集巻四下(3)・同広本巻四(3)・壒嚢鈔巻十三(6)・塵添壒嚢鈔巻十八(6)、「王妹」は宝物集続群書類従三巻本下・七巻本巻四(ただし、前者にはその直前に「王女」〈後者は「玉女」〉ともある)等にみえる。

(34) 敦煌本「不逾歳月便覚有胎」(注(30))。晋書巻九十五「(羅什)嘗講于草堂寺。興及朝臣大徳沙門千有余人粛容観聴。羅什忽下高坐。謂興曰。有二小児。登吾肩慾鄣須婦人。興乃召宮女進之。一交而生二子焉」(この羅什伝説

を羅炎伝説と混同した伝承の存在を仮定できないこともないであろう)。

(35) 神代記「一宿為婚（中略）一宿哉妊」・神代記「一夜而有娠」「一夜有身」、崇神記「共婚供住之間未経幾時。其美人妊身」、雄略紀元年「与一夜而脤。遂生女子」、常陸国風土記那賀郡茨城里条「遂成夫婦一夕懐妊」（神の嫁としてのをとめ〈折口信夫「古代生活に見えた恋愛」、「古代研究」所収〉の類型を連想しうる)。

(36) 今昔巻十四(4)に「一夜懐抱」（III、280・12）、「只一夜寝給タリ」（283・2）のような例はある。もとよりこれはこれである。

(37) 小稿「今昔物語集と敦煌資料の異同に関する一考察」（本書所収)。

(38) 小稿「今昔物語集仏伝資料とその翻訳とについての研究」（本書所収)。

(39) 敦煌本七階仏名（S. 59）・礼讃一本（S. 320）・信行禅師撰昼夜六時発願法（礼仏懺悔文、S. 2574. 矢吹慶輝「鳴沙余韻」、図版101III）その他数本に梵唄文「処世界　如虚空　如蓮華不著水心清浄　超於彼　稽首礼　无上尊」（図版101IIIには「処世間」となる）としてみえる。すなわち、この偈は三階教勤行式に用いられた（矢吹慶輝「三階教之研究」五一二—五三六頁、同別篇一七七—一八八頁、「鳴沙余韻解説」第一部二九八—二九九頁)。

(40) 法苑珠林巻三十六・諸経要集巻四には著名の唄讃の一として「処世界如虚空両行偈出超日明経(云)」とあり、大慈哀愍偈と処世界偈（「猶蓮華」）とを示す（五十三、575c、五十四、32c)。〈ちなみに、今昔巻一(25)は法苑珠林巻三十六唄讃篇によるとみられる〉。またさらに、この偈は、集諸経礼懺儀巻上（四十七、457b・465a、「如蓮華」。この巻上は唐代浄土教の善導の日中礼讃と三階教の七階仏名とを類聚したものと言う〈「三階教之研究」「鳴沙余韻解説」同上〉）や唐代浄土教に関連するらしい敦煌本特斎念仏懺悔礼文（S. 2143）（八十五、1267b）にもみえて、その盛行が知られる。特に、入唐求法巡礼行記巻二の赤山法華院講経儀式に「（前略）論義了。入文談経。講訖。大衆同音長音讃嘆。々々語中。有廻向詞。講師下座。一僧唱処世界如虚空偈。音勢頗似本国（後略）」とある如きは、日本高僧の入唐記録としての意味をもふくめて、貴重な資料というべきであろう。

(41) 釈氏要覧巻上、中食、梵音条に、四分律優波離唄などとともに、「処世界如蓮華乃至稽首礼無上尊　出超日経。京師僧斎畢嚫後。亦如講散。再焚香唱此偈了。僧方起。極生人善。」（五十四、276a）とある。

(42) たとえば、「又菩薩摩訶薩。不応於女人身取能生欲想相而為説法。亦不楽見。若入他家。不与少女処女寡女等共語。（中略）若有因縁須独入時。但一心念仏。若為女人説法不露歯笑。不現胸臆。乃至為法猶不親厚。況復余事。（中略）復次菩薩摩訶薩。観一切法空。如実相。不顛倒不動不退く不転。如虚空無所有性。一切語言道断。不生不

出不起。無名無相実無所有。無量無辺無礙無障」（九、37b）の如く、「亦不分別是男是女。不得諸法。不知不見。是則名為菩薩行処」（九、37c）の如くある。

(43) なお、この偈は凝然の優婆離唄および高野山金剛三昧院二十五三昧式の一本に後唄としてみえる由である（宮坂宥勝「クマーラヤーナの呪文」〈大系本II附録月報36〉。ただし、この論は他に集諸経礼懺儀をあげるにすぎず、全体としても正確を欠くところがある）。

(44) 今昔に「法花ノ懺法」（III、384・8）、「六時ノ懺法」（III、199・15）、「懺法」（III、235・5）、「例時」（III、162・6）その他同類が散見し、伝康頼自筆本宝物集に「法花教ノ安楽行品ニ（女人ニ）チカヅクマジキ相ヲオシヘ給ヘルニモ……」とある。偈の内容は「譬如虚空不受塵垢。猶如蓮華不為水著。我離八法其事安爾」（大荘厳論経巻十三(67)、四、332b）、「世尊甚清浄。無量如虚空。不染於世法。如蓮華在水」（六十華厳巻二十五、九、555c）、「猶如虚空。於一切有無所著故。猶如蓮華。於諸世間無染汚故」（無量寿経巻下、十二、274a）、「実語真語及浄語。身心清浄如虚空。世法不染如蓮華花。是故我礼無上尊」（大集経巻十、十三、66c）「心行平等如虚空。孰聞人宝不敬承。（中略）不著世間如蓮華。常善入於空寂行。達諸法相無罣礙。稽首如空無所依」（什訳維摩経巻上、十四、537c—538a。玄奘の異訳に「猶如蓮花不着水」〈十四、559a〉の如き句がある）等のほか、「不染世間法。如蓮華在水」（法華経巻五、九、42a等）、「菩薩於愛欲中生如蓮華」（菩薩内戒経、二十四、1031c）など、類型がきわめて多い（本田義英「法華経論」二四—九六頁、前掲「クマーラーヤーナの呪文」等参照）。

(45) 「処世界如虚空。如蓮華不著水。心清浄超於彼。稽首礼無上尊」（京大図書館蔵元禄十一年刊浄家諸回向宝鑑巻一、後唄）、「処世界如虚空。如蓮華不著水。心清浄超於彼。稽首礼無上尊」（同巻二、斎仏儀後唄）等からも逆推しうる。（ただし、「処世界如虚空。如蓮華不著水。心清浄超於彼。稽首礼無上尊」〈永禄九年諸回向清規式巻五、後唄、八十一、684b〉の如き、後代の禅宗に用いられた例もある）。今日においても、法華懺法後唄を以てし、特に天台では略儀の法華懺法および例時作法に後唄として同じく唐音を以て常用する。

(46) 小稿「今昔物語集仏伝資料とその翻訳とについての研究」→本書所収。

(47) 大智度論巻六・注維摩詰経巻二・金剛般若経疏巻四等。六喩・十喩を論じつつ、虚空の論も頻出する。なお、同類の譬喩を用いるかの伎楽頼吒啝羅は清雅哀婉の調をもって「苦空無我之法」を説いたという（付法蔵因縁伝巻五）。

(48)「其ノ文ニ云ク」の形は今昔巻一(23)・巻六(33)にもあり、それぞれ要略録巻上(2)・巻中(6)の「頌曰」・「其文曰」を書承する。

(49) 今昔における「菩薩ノ行」の類の語ないしこれに関連するものは、たとえば巻四(17)・巻五(13)・巻六(19)・巻十六(20)・巻十九(26)や巻十一(21)・巻十四(40)その他にある。また、今昔において「聖人」は多くははなやかな「名僧」ではない（巻十五(39)。なお、「菩薩行」は「蓮華行」とも解かれることがあった（菩薩内戒経・法華玄義巻七下）（本田義英「法華経論」六八頁、注(44)参照）。物語は最後に羅什のことにふれる。

(50) たとえば、この傾向に反する場合、絶対敬語をもつ今昔仏伝の中、全く敬語を存しない巻一(2)の一部（I、５４・５—９）は、ここのみ四十巻・三十六巻大般涅槃経巻四（十二、３８８ｃ、６２８ｃ）〈これはあらたに原典を示す〉相当の直訳を癒着する〈これは、原典とその翻訳文体との関係、翻訳翻案の場の人的構成の性格、あるいは増広の問題など、重大な意味をもつであろう〉。漢文原典の直接書承と考えがたい巻三(30)の敬語表現は打聞集(12)のそれと微妙に異同する（小稿「今昔物語集仏伝資料とその翻訳とについての研究」→本書所収）。またたとえば、巻六(6)の玄奘物語は打聞集(9)に近い伝承を基礎としてあたらしい素材を癒着するが、その打聞集(9)に類する部分の敬語表現は、慈恩伝巻三（五十、２３６ｃ—２３７ａ）ないしこれによる三宝感応要略録巻下(17)およびべつに慈恩伝巻三（五十、２３３ｃ—２３４ｂ）〈これは従来の謬説を正す〉という漢文原典を直接書承した癒着部分のそれに比して、厳密の度において及ばない。

(51) たとえば、打聞集(13)・古本説話集(65)・宇治拾遺物語(101)の敬語表現はそれぞれほぼこまかく対応し、同一ないし同類の母胎による十分条件として耐えうるが、この前者のそれに今昔巻四(24)のそれがやはりほぼこまかく対応する。また、今昔巻十九(5)は、古本説話集(28)に近いであろう王朝仮名文学歌物語系の敬語が地の文に省かれながらなお微妙に残る。今昔巻二十四(26)は和化漢文に万葉仮名と片仮名とを交えた江談抄第五(58)に近く、その敬語はまた微妙に異同する。

(52) たとえば、巻三(14)「(女)形貌端正ナル事仏ノ如ク也」（I、２２３・13）の原文を撰集百縁経巻八(79)「女見仏身。益増歓喜。身体端厳。猶如天女」（四、２４３ａ）とすれば、この「仏ノ如ク也」は、その前文が原典前文を誤訳したことによる意改であり、巻三(14)を注好選中(29)・私聚百因縁集巻三(14)と共通母胎に立つかとみれば（小稿「今昔物語と注好選集」）、これは独自の補充である。I、１６４・７、１６６・10、２７５・12、II、１４７・３—４、III、５９・13など、すべて原典の意改ないし補充である。IV、６９・17も同様であろう。巻四(6)に優婆崛多を「仏ニ不異ズ」（Ⅰ、279・11）とし、いま羅什を「仏ノ如シ」とするのは、たとえば出三蔵記集巻十四(1)羅什伝記の羅漢の言に「与漚渡掬多無異」の句がみえて興味があるが、これは偶然一致したのであろう。

(53) 清凉寺釈迦像が深いあこがれをもってみられたことは、その模刻の盛行したことや、三巻本七巻本宝物集・西要鈔が清凉寺参籠の時の対話形式をとることのみによっても知られ、他に古事談巻五・古今著聞集巻八・増鏡序・真如堂縁起その他史書類などによっても知られる。

(54) 本文（Ⅵ）の中略部にこの誤伝を記す。なお、(Ⅳ)は広本沙石集巻四(3)には「(漢土ノ）王ノ后（ニ）ヲトサレテ……」とある。

(55) 日本資料では八宗綱要下・二中歴第三祖師歴・拾芥抄下諸僧部第十二等にみえる。常識とみるべきであろう。

(56) 渡辺綱也「校訂広本沙石集諸本解題」参照。

(57) 沙石集巻十下(7)述懐事に「田舎ノ山里ノ柴ノ庵ニシテ書籍モ身ニソヘ侍ラズ、手ニマカセテソノ意バカリヤハラゲテ書列侍レバ、僻事モ侍ラメドモ、其趣キ仏法ノ大意ニタガハズバ利益空シカラジト思侍計也」とある如きを参考することもできる。たとえば、律学をも歴した（雑談集巻三、愚老述懐）彼は道宣律師の語を頻用するが、本文（Ⅴ）の感通伝引用はほぼその取意的な「ヤハラゲ」であり、巻六上(7)に本文（Ⅵ）を重説した後、「天人南山大師ニ語リテ、破戒ノ人ヲマボラズバ誰カ仏法ヲ弘メムトイヘリ」とするのは、それとみるほかない感通伝類にみえないから、おそらく記憶の誤であろう。無住妻鏡にやはり道宣によって女人七科を説くのは、道宣の浄心誡観法巻上(11)に女人十悪を説く箇所の如きと大同小異である。

(58) 「上人ノ子ハイカニモ智者ニテヒジリナリト申セバ、或人難ジテ云、父ニ似テ聖ルベカラズト云。サラバ、一生不犯ノ聖ノユヱ、父ニ似テ聖ランズラント答テ此興云云」（本文（Ⅴ）中略部）。

(59) かの以針投鉢の伝説（大唐西域記巻十・慈恩伝巻四・仏法伝来次第・今昔巻四(25)・宇治拾遺物語(138)）に比して、これが方術性を交えることは疑いえないと思う。何らかの説話が結合したのであろう。

(60) 敦煌本に、「(羅什）後因訳維摩経不思議品聞芥子納須弥秦／主懐疑什将証信以鏡納於瓶内大小无傷什／謂帝曰羅什凡僧尚納鏡於瓶内況維摩大／士芥子納須弥而不得者乎帝乃深信頂／謝希奇」（注(30)後文）の如く、芥子（小稿「Sarṣapa・芥子・なたねに関する言語史的分析」、仏教学研究第十八・十九号→本書所収）の譬喩をふくんだ物語のあるのは、三論興縁四迹の第一に類する。

(61) 既見資料ではこれは多くみることができない。ただ、その原型は鎌倉中期に成ったかもしれない三論祖師伝集巻中（第一奥書建仁四年）が三論興縁を引用することにすでにふれた（注（8））が、それはこの部分にあたっている。しかし、現行本巻中の第二奥書によれば聖守が正嘉二年に書写せしめてその謬誤を正したとあるが、この巻中に引かれた三論興縁にはかなり混乱があって彼自身の増広や批正を経たとは考えがたく、また彼が自撰した書を「三論興縁之云」という形で引用するとも考えにくい。故に、巻中におけるこの引用部分は、あるいはその第三奥書の享保十年か、巻下奥書の天和元年かの増広に属するかもしれない。そして、この想像が可能ならば、同じく巻中のこの引用部分の直後につづく瑞像歴記引用部分もまたかかる後代の増広に属するかと考えられることにもなる（注(8)参照）。

今昔物語集仏伝における大般涅槃経所引部について

今昔物語集天竺部仏伝物語は現在知られるかぎり日本文による最古の組織的仏伝である。それは五巻本釈迦譜（梁、僧祐律師）に増益しておそくとも唐代には成立していた十巻本釈迦譜を基礎原典とし（別稿「今昔物語集仏伝資料とその翻訳とに関する研究」↓本書所収）、これにその十巻本釈迦譜の主要原拠の一である過去現在因果経その他諸種の原拠を用いて成立しているが、なおその中には少しく細部の検討を要するものも存している。一方、この出典研究の間には、それは漢訳仏典のみを典拠とするのではなくて、中国敦煌変文がしばしばそうであったように、日本民衆社会の伝承を経た口承要素が介入する、などとみられるようにもなっていた。しかし、方法（method）とは道にしたがうことでなければならない。それは、出典の検出に沈静を欠くのみならず、機械的な出典研究を排するあまりに出典研究と文体研究との関連性を意識せず、当然、日本書紀以来の伝統的方法や今昔物語集独自の方法を含んだその翻訳翻案の諸類型の特徴を分析せず、さらに、民衆社会の口承に偏向して知識階級の問題をかえりみないものである。もとより、今昔物語集が生滅する人間のさまざまの情熱ないし情念の形に関心していわゆる和漢混淆の散文文体を開拓したこと自体に、国際的には大唐帝国の解体にともなうアジア情勢の変化の一環として、国内的には王朝摂関貴族制の退化にかかわる転換期の一環として、その時代の知識階級に干渉する民衆社会の意味は十分予想しなければならない。一般に、いわゆる説話文学の考察に口承の問題を媒介することは場合によってはゆとりをもたらし、場合によっては必要でもあり、敦煌変文の類推もまた十分意味があるべきである。しかし、厳密な根拠なしに主張せられる今昔仏伝の像はひろく今昔物語集批評の根拠をも失うであろう。これを深めるにはできるかぎり飽くなき厳密を必要とする。

小稿は、このような問題の一つの場合として、今昔物語集巻一(2)シッダールタ誕生伝説の一部において、従来不明とせられ、民衆社会の伝承を交えるなどともせられた、その直接原拠を検出し、同じく今昔物語集仏伝全般の細部においてもあたらしくその直接原拠を推定してこれを傍証し、これを通じてその仏伝の在り方の一部を考察するものである。小稿は「和文クマーラヤーナ・クマーラジーヴァ物語の研究」・「敦煌資料と今昔物語集との異同に関する考察I―III」（全て本書所収）その他、一連の分析と相関する。

一

それはしだれる緑葉に紅の花満ちるアショーカの下で誕生したシッダールタが七歩をあゆむという有名な物語であった。しだれる緑葉に神霊の降ることは古代諸民族共通の観念であり、聖なる七歩をあゆむこともインドではヴェーダ以来の信仰であって、そこには深い黄金伝説の夢が托されていた。シッダールタを王子とすること自体すでに古い伝承にみられた仏陀の理想化神話化であるが、過去現在因果経や仏本行集経も、神話化理想化せられたある段階の仏伝の文学的表現として、それぞれその伝説を語って行った。そして、今昔物語集天竺部巻一(2)釈迦如来人界生給語第二は、まず、その仏本行集経巻七・八と過去現在因果経巻一ないしこれを基礎原典として所引する十巻本釈迦譜巻一(4)とを原拠とし、これをほぼ交互に交用して始まるが、[1]それはつづいてつぎのような部分に入るのである。

今昔物語集巻一　(2)	大般涅槃経　巻四
南ニ七歩行テハ無量ノ衆生ノ為メニ上福田ト成ル事ヲ示シ、西ニ七歩行テハ生ヲ尽シテ永ク老死ヲ断ツ最後ノ身ヲ示ス。北ニ七歩行テハ諸ノ生死ヲ渡ル事ヲ示ス。東ニ七歩行テハ衆生ヲ導ク首ト成ル事ヲ示ス。四ノ維ニ七歩行テハ種々ノ煩悩ヲ断ジテ仏ト成ル事ヲ示ス。上ニ七歩行テハ不浄ノ者ノ為ニ不穢ザル事ヲ示ス。下ニ七歩行テハ法ノ雨ヲ降シテ地獄ノ火ヲ滅シテ彼ノ衆生ニ安穏ノ楽ヲ令受ル事ヲ示ス。 （日本古典文学大系本Ⅰ、54・5—9）	（此閻浮提林微尼園。示現従母摩耶而生。生已即能東行七歩。……如是身者即是法身。……随順世間衆生法故。示為嬰児）。南行七歩示現欲為無量衆生作上福田。西行七歩示現生尽永断老死是最後身。北行七歩示現已度諸有生死。東行七歩示為衆生而作導首。四維七歩示現断滅種種煩悩四魔種性成於如来応供正遍知。上行七歩示現不為不浄之物之所染汚猶如虚空。下行七歩示現法雨滅地獄火令彼衆生受安隠楽。毀禁戒者示作霜雹。 （三十六巻本、大正蔵、十二、628c・四十巻本、同、388b—c）

この今昔本文は今昔物語集巻一(2)が概して拠る仏本行集経巻七・八・九にも過去現在因果経巻一の類にもこれに対応する原拠を見出さない。この原拠は従来不明とせられ、あるいは、衆許摩訶帝経巻三の一部に近いとせられ、要するに今昔物語集巻一(2)は「伝承説話」をしるしとどめながら部分部分において諸仏典を参照したのであって、畢竟、今昔仏伝は、中国の敦煌変文がそうであったように、日本社会において変容し成長した「生きた民衆社会の『口がたり』」を通じて形成せられた[2]などとも言われていた。これは、すでに単なる書承口承の問題にとどまらず、われわれのえがく今昔仏伝の像に影響し、ひいては今昔物語集批評そのものにも相関する。しか

し、これは厳密でありうるか。

いま、少しくこれを検すれば、この今昔本文に類するものは、この大般涅槃経巻四のみならず、大般涅槃経前十巻にほぼ相当する六巻泥洹すなわち大般泥洹経巻三のほか、梵文ラリタヴィスタラ（Lalitavistara）に通じる仏伝として知られる方広大荘厳経巻三（三、５５３ａ—ｂ）、優婆夷浄行経巻下（十四、９６２ｂ）、あるいは衆許摩訶帝経巻三に類すべき一切有部毘奈耶破僧事巻二等、諸部漢訳仏典にこれを見出すことができるであろう。仏陀降誕の問題は仏陀観の発展にしたがって種々の意味をもって考えられたから、これは当然でもなければならない。その若干を示せば、それはつぎのようである。

大般泥洹経　巻三

法身示現而為童子随順世間。南行七歩現為一切無上福田。西行七歩現究竟断生老病死。於一切衆生為最後辺。東行七歩現為一切衆生前導。向於四維行七歩者。現断衆邪煩悩魔行。自在天子皆悉降伏。当成応供等正覚道。上方躡虚行七歩者。現如虚空無能染（著）者。又向下方行七歩者。現滅一切泥犁盛火。興大法雲霔大法雨安楽衆生。雨大法雹破諸悪戒。（十二、８７１ａ）

衆許摩訶帝経　巻三

於其四方各行七歩。東方表涅槃最上。南方表利楽群生。西方表解脱生死。北方表永断輪廻。（三、９３９ｂ）

一切有部毘奈耶破僧事　巻二

生已在地。無人扶持而行七歩。観察四方。便作是言。此是東方。我是一切衆生最上。此是南方。我堪衆生之所供養。此是西方。我今決定不受後生。此是北方。我今已出生死大海。（二十四、１０８ａ）

そして、いま今昔本文は大般涅槃経巻四の一部にもっとも近く対応することが明瞭であろう。天台は主として四十巻本（北本）を修正した三十六巻本（南本）に所依したが、いずれにしても、今昔本文が大般涅槃経巻四の一部ないしそれ相当に対応することは確実である。そして、今昔本文の「生ヲ尽シテ永ク老死ヲ断ツ最後ノ身ヲ示ス」が清浄の法身ゆえに無量の生死すでにことごとく尽きる意の不十分な訳出であり、その「諸ノ生死ヲ渡ル事」が救度する意の誤訳であろうなどあるにはしても、ともかくそれが全文直訳を意とすることにかわりはない。すなわち、この今昔本文は大般涅槃巻四の一部に対応した。ただし、これは必ずしもそれがその漢訳原典自体に直接したということではない。平安時代に大般涅槃経は親敬せられ、たとえばこれに原話をもつ諸行無常偈など譬喩因縁の物語が知識階級の間に読まれ語られたことも事実であった（三宝絵巻上⑽・宇津保物語 吹上下・源氏物語 総角・栄花物語 つるのはやし等）が、しかし、尨大な大般涅槃経の、しかも固有の仏伝ではなくてその一部を理論的に解釈したその部分から、今昔本文の訳者がみずから直接して抄訳した、と断じることはむつかしい。すでに奈良時代においても芸文類聚その他の類書による間接引用は行われていた。日本霊異記に「涅槃経」所引を明記するものも、おそらくその抄録によるところが多いであろうし、[3] 和名抄の資料に「内典云」「内典抄云」などとある中には大般涅槃経を用いるものも存する（箋注）が、内典抄などいう語を示すようにやはり抄録や音義の類によるべく、「涅槃経」所引を明記するものもまた同様であろう。大般涅槃経の抄物が少しく誤解せられた口承知識もあったようである（大鏡巻一・四裏書(51)等）。巻一(2)のこの今昔本文もあるいはこの抄物に依拠したかと想像せられるであろう。今昔物語集において一篇全体としても一篇の一部としてもともかく大般涅槃経に関連すべき諸篇を検すれば、それらは、それぞれ大般涅槃経に原話ないしその類はあったであろうにしても、おそらくはこれらそれぞれ自体に直接したのではなくて、すでにみずからに先行する日本資料に直接してこれに若干の潤色を加えた、とみるべきものが多いように考えられる。[4] 換言すれば、これらの間には、その大般涅槃経自体とすでに日本化せられたであろうそれらとの関係、および両者が当時の日本の文明の傾向に対してもった関係というような条件を媒介しなければならなくて、今昔物語集のこれらはそれらの先行資料との関係の上で考えなければならないように思われるのである。今昔物語集のこれらが大般涅槃経原典に直接してこれに独自の説話形成力を及ぼしたとするほど、大般涅槃経の直接原拠性は確実ではない。巻一(2)の問題の今昔本文を大般涅槃経巻四の直接抄出とすることは、これを全く否定することはできないにしても、またこれを無条件に肯定することもむつかしいのであって、おそらくこれはその抄物を通じたと想像せられるのである。ただし、大般涅槃経原典であるにしても抄物であるにしても、問題の今昔本文が大般涅槃経巻四の一部ないしそれ相当の翻訳であることにかわりはなかった。

今昔物語集巻一(2)は、こうして得たこの問題の本文を、過去現在因果経巻一ないし十巻本釈迦譜巻一(4)と仏本行集経巻七・八とを交用したその前文に癒着したのである。しかるに、過去現在因果経や仏本行集経は、もとよりそれぞれの成立した時処における思想・教理を仏伝物語の素材として用いるものの、畢竟いわば文学的傾向に属し、大般涅槃経は、これが本来そうであるように、ここでも仏陀降誕伝説を用いて、法身常住の仏陀いわば永遠の仏陀が世間世俗の法のためにこれにしたがって嬰児として示現したとする思想的理論的立場に立っている。[5]今昔物語集巻一(2)はそれぞれの仏陀観に立って制作の動機を異にするこれらの原拠を外面的に結合したのであった。今昔物語集仏伝自身の本来の立場はひろくはもとより過去現在因果経などの類に属するが、しかしまた、たとえば過去現在因果経をしてそれならしめる過去世天上の物語の大部分を省きなどして、必ずしもそれらそのままのものではない。それは過去現在因果経などの色調にしたがってもとより理想化神話化せられたものであり、また、理想化神秘化せられた仏陀への帰依感情をもともとより含むであろうとしても、そこには、なお歴史的な仏陀を求める、すなわち現世に生れた人間が修行してある自覚をひらくに至るというその情熱を求める、そのような傾向が存するように思われる。それは、今昔物語集が、さまざまの人間の自覚と不覚、情熱もしくは情念のさまざまの形をしるしあつめて行ったこととも関わるであろう。シッダールタの母の死は仏伝のインド的類型としては理想化せられ、漢訳仏典のかずかずもまたこれに同じいが、これに一抹の悲愁の色を帯びさせたのもまたほかならぬ今昔物語集である（巻一(2)）。このように今昔物語集仏伝の立場は必ずしも過去現在因果経などの類と全く同じくはないのであるが、しかし、それが本来ひろくはこの類に属することにかわりはなくて、いまもそれらの美しい夢を織る神話化にそってきたのであり、これは久遠の仏陀が示現するという教理的立場に立つものではない。今昔本文はそれにこの大般涅槃経巻四の一部ないしそれ相当を外面的部分的に癒着したのであった。要するに、いわば文学的伝承的と教理的思想的とを混淆したのである。その癒着のあとは、今昔前文とこの本文との間に、前文にはシッダールタが「四方」に七歩行じたとあるにかかわらず、この本文には十方を数え、また、この本文は前後の文と異なって敬語表現をもたない、という外形的ないちがいとしてもあらわれているであろう。すなわち、今昔本文はその前後と思想的にも文体的にも異質であって、この事実はこの本文がその前後とその原拠を異にするという事実と対応しなければならないのである。もっとも、この今昔本文のこの事情は、たとえば、つぎのように、

然ルニ、太子ノ御妻耶輸陀羅寝タル間ニ三ノ夢ヲ見ル（A）。……太子ニ三人ノ妻有リ。一ヲバ瞿夷ト云フ、二ヲバ耶輸ト云フ、三ヲバ鹿野ト云フ。宮ノ内ニ三ノ殿ヲ造テ各二万ノ采女ヲ具セシム（B）。

（巻一(4)、I、62・3—8）

爾時耶輸陀羅眠臥之中得三大夢。

（過去現在因果経巻二、三、632c・十巻本釈迦譜巻二(4)、五十、24a・法苑珠林巻十、五十三、361b）

又五夢経云。太子有三妃。第一（菩薩母）妃姓瞿曇氏。（中略）即是太子第一妃也。第二妃生羅雲。名耶檀。亦名耶輸。（中略）第三妃名鹿野。（中略）太子以三妃。故

白浄王為立三時殿。（中略）殿別有二万婇女。
（法苑珠林巻十、五十三、357a）

菩薩婦家瞿曇氏。（中略）瞿夷是太子第一夫人出十二遊経。太子第二夫人。生羅云者。名耶惟檀。（中略）第三夫人名鹿野（中略）以有三婦故。父王為立三時殿。殿有二万婇女。（中略）出十二遊経。
（五巻本釈迦譜巻一(7)・十巻本釈迦譜巻六(7)、五十、10b・十二遊経、四、146c・法苑珠林巻九、五十三、345c等）

この（B）部が（A）部と異なって敬語表現を欠き、かつこれが（A）（B）それぞれの原拠を異にすべき事実に対応するのと同じいが、これが注釈的挿入部、いわばいわゆるアッタカター（Aṭṭhakathā; Atthakathā）[6]であるらしいのによれば、巻一(2)の問題の本文もまた同じく注釈的挿入部とみるべきであるかもしれない。それにしても、しかし、今昔前文とこの本文とがそれぞれ書承的であることにかわりはなくて、このようにこの本文として大般涅槃経巻四の一部ないしそれ相当の直訳性を知り、またその前文への癒着としてのその異質性をみることのできるものが、日本民衆社会に口承せられた「伝承説話」をしるしとどめながら部分部分において衆許摩訶帝経など諸仏典を参照して成立したなどとは到底考えがたいであろう。今昔本文のこの言葉の背後に、日本民衆社会に日本語の熟した口承として語られた声の音色とか、ある典拠をその口承にからませた独自の想像力の流れとかのありえようはずはない。もとより、大般涅槃経巻四のこの部分に類する著名の観念が日本にもその類型を生んだことは同じく今昔物語集本朝部にもみえている。[7] しかし、またもとよりこれは今昔物語集天竺部巻一(2)のこの本文自体が日本民衆社会の口承に伝えられたというようなことではないのである。問題のこの本文は初期院政知識階級の訳者ないし訳者たちが外国漢文資料ないしそれ相当を直接書承して翻訳したものであった。

二

今昔物語集巻一(2)の問題の本文は知識階級による外国漢文資料ないしそれ相当の翻訳によって成立したが、この類はひとりこれのみにとどまらない。今昔仏伝を通じてみても、従来原拠不明とせられ、あるいは口承によるなどとせられるものについて、ある程度それを見出し、これを訂することができるであろう。[8] たとえば、その巻一(4)シッダールタ出門の条に、

今昔物語集　巻一(4)　悉達太子出城入山語	十巻本釈迦譜　巻二(4)　出因果経
(太子)只出家ヲノミ思テ楽ブ心不御ズ。王此ノ心ヲ見テ大臣ニ仰セテ固ク城ノ四ノ門ヲ守ラシム。戸ヲ開キ閇ルニ其ノ声四十里ニ聞ユ。(I、62・1—2)	爾時太子(中略)思惟出家愁憂不楽。爾時迦毘羅旆兜国諸大相師並知。(中略)王聞此語心生歓喜。即勅諸臣幷釈種子。汝聞相師如此言不。皆応日夜侍衛太子。可於(於城)四門。門各千人。周匝城外一踰闍那内。羅置人衆而防護之。普耀経云。明日即勅五百諸釈勇多力者宿衛菩薩。令城四門開閉之声聞四十里。(五十、23c—24a)

とある、特にこの「戸ヲ開キ閇ルニ其ノ声四十里ニ聞ユ」の部分が、過去現在因果経では別の条にあるにかかわ

らず、ここではおのずから前後してこのようにおちつくべきところにおちついているのは、特定の仏典に拠ったのではなくて「生きた民衆社会の『口がたり』」を経過したからであるなどという、これは詭弁にすぎない。何故ならば、この部分に対応するものは過去現在因果経巻二のその条にはみえないが、この過去現在因果経巻二を基礎としてさらに普曜経その他の仏伝仏典を抄録して構成している十巻本釈迦譜巻二(4)の該当部には、このように「令城四門開閉之声聞四十里」の句があきらかに存するのを見出すであろう。この句は普曜経（巻三）自体にはみえないが、普曜経所引を明記して五巻本釈迦譜によるらしい経律異相巻四(2)に存し、特にこの十巻本釈迦譜巻二(4)に存する事実にかわりはない。すなわち、今昔物語集巻一(4)のこの一文は十巻本釈迦譜巻二(4)を直接書承したのであって、そこに存するものがここにも存するにすぎないのである。この十巻本釈迦譜と過去現在因果経自体と、この二本は確実に併用した今昔仏伝がここで過去現在因果経巻二には存せず十巻本釈迦譜巻二(4)には存するこれを採択したのはひとつの意味であって、それはおそらく具体的に聴覚的想像力に訴えるこれにいわば説話的興趣を誘われたからではあろうが、しかし、これは、要するに初期院政知識階級の漢文書承による選択であって、民衆社会の口承要素が介入しているのではないのである。また、同じくその巻一(8)初転法輪物語における五比丘について、

今昔物語集巻一(8)釈迦為五人比丘説法語	法華玄賛巻四末	法華義疏（吉蔵）巻四	法華文句巻一上
五人ト云ハ、一ヲバ憍陳如、二ヲバ摩訶迦葉、三ヲバ頞鞞、四ヲバ跋提、五ヲバ摩男拘利ト云フ。何ノ故ニカ此ノ人五人ナルト尋ヌレ	相伝解云。言五人者。一陳如。二十力迦葉。三頞鞞。有云即馬勝比丘。四跋提。五摩訶男	言五人者。一陳如。二十力迦葉。三頞鞞。四跋提。五摩男拘利。（中略）問。何故前為	又迦葉仏時九人学道五人未得果。誓於釈迦法中最先開悟。本願所牽前得無生故。名阿若。

バ、昔迦葉仏ノ世ニ同学ノ人九人有キ。四人ハ利根ニシテ先ニ既道ヲ得タリ、五人ハ鈍根ニシテ□始命始テ覚ヲ開ク。釈迦如来ノ出世成道ノ時ニ会ハムト願ゼルガ故也トナム語リ伝ヘタルトヤ。（I、72・10—13）	拘利。応勘婆沙。何故唯五人。有云。迦葉仏時同学九人。四人利根已前得道。五人鈍根故今始悟。願逢釈迦仏出成道故。（三十四、730c）	五人説法耶。答。経出不同。一云。迦葉仏時有同学九人。四人利根前得道。五人鈍根自誓釈迦出世要先得道。（三十四、509c—510a）	（中略）〔五人〕所謂拘隣。頞鞞。亦云湿鞞。亦阿説示。亦馬星。跋提。亦摩訶男。十力迦葉。拘利太子。（三十四、8a—b）

巻一(8)が所拠簡略する過去現在因果経巻三にはみえないために従来不明とせられ、あるいは口承によるなどと想像せられたこの部分の原拠ないしそれ相当の類は、既見資料によれば、このように検出することができるであろう。これらはそれぞれ法相・三論・天台教学に属する法華経の注疏であり、それぞれ法華史を飾る古典であったが、特にこの部分はいずれも法華経方便品の注疏に属する。今昔物語集全篇の背後の仏教的教養は単に天台に限られないが、法華経方便品は天台四要品の一でもあった。今昔物語集の訳者ないし訳者たちはこの巻一(8)の翻訳を通じて初転法輪にふれる法華経方便品比丘偈を連想し、それを通じてこれらの注疏の類にふれたのではないかと想像することが許されるであろう。今昔本文にもっとも近く対応する法華玄賛巻四末をはじめ、すべてに十力迦葉（Daśabalakāśyapa; Dasabalakassapa）とあるのを摩訶迦葉（Mahākāśyapa; Mahākassapa）としたのは、両者は同一人（大系本巻五(29)頭注）ではないから、それは今昔本文の所拠した資料にすでにそうあったか、今昔本文が誤まったかのいずれかであるが、これはおそらく摩訶迦葉の名に親近するところから不注意に同一人とみた今昔本文の誤りであるべきであろう。そして、法華玄賛巻四末によればこの種の所伝は古く口承相伝に属した

ようであるが、巻一(8)が、その後半において、その前半に所拠した過去現在因果経巻三にはみえないこの本文を癒着したのは、このような口承所伝的のものに共感する説話的傾向ともいうべき何ものかがその背後に存したことを示すにしても、しかし、これはもとよりこの今昔本文が民衆社会の口承要素を用いたということではない。この今昔本文は法華玄賛巻四末の類ないしそれ相当の抄物を書承したはずなのである。あるいはまた、同じく今昔物語集巻一(1)冒頭の「今昔釈迦如来未ダ仏ニ不成給ザリケル時ハ釈迦菩薩ト申テ兜率天ノ内院ト云所ニゾ住給ケル」の文は、後出する「癸丑ノ歳ノ七月八日摩耶夫人ノ胎ニ宿リ給フ」の文などと同じく、いずれも過去現在因果経巻一にみえず、また十巻本釈迦譜巻一(4)にもみえないが、しかしこれらもまた民衆社会の口承などではない。これは、この巻一(1)が、これらの原拠を直接書承するに際して、「内院」(中天竺舎衛国祇洹寺図経等)、「癸丑之歳七月十五日」(法苑珠林巻一百等)、あるいは室町小説にわずかにのこる「七月八日のひる」(釈迦物語)などから平安末期にもその存在を推定しうるかもしれない入胎月日など、いずれも、知識階級としての今昔訳者ないし訳者たちの仏教史的常識をもって、あるいは梗概要領して簡略し、あるいは補充したものなのである。同じくその巻一(1)に、

今昔物語集　巻一(1)　釈迦如来人界宿給語	過去現在因果経　巻一・十巻本釈迦譜　巻一(4)
此テ、菩薩、閻浮提ノ中ニ生レムニ、誰ヲカ父トシ誰ヲカ母トセムト思シテ見給フニ、迦毗羅衛国ノ浄飯王ヲ父トシ摩耶夫人ヲ母トセムニ足レリ、ト思ヒ定給ツ。(I、52・12—13)	(A) 爾時善慧菩薩(中略)期運将至当下作仏。即観五事。(中略)五者観過去因縁誰最真正応為父母。…… (B) 即自思惟。(中略)此閻浮提迦毘羅旆兜国最為処中。諸族種姓釈迦第一甘蔗苗裔聖王之後。観白浄王過去因縁。夫妻真正堪為父母。……

(C) 我応下生閻浮提中迦毘羅旆兜国甘蔗苗裔釈姓種族白浄王家。（三、623a—c・五十、13c—14b）

とあるのは、一見過去現在因果経巻一の一部を要約したようにはみえないから、「口がたり」などいう何か他の要素が加わっているなどと見られもするのであるが、これもまた過去現在因果経巻一ないし十巻本釈迦譜巻一(4)を直接書承して意識的に簡略したのであった。何故ならば、これは、この(A)(B)(C)の間に、まずいずれを現世の父母とすべきを観じ、つづいて清浄の法を受けるに堪える浄飯王家の王と王妃とがそれにふさわしいことを思惟し、さらにつづいてそれを夫人たちに告げて天上の告別を果すという形をもって、類似語句が連立しながらその方向を凝縮している。今昔本文はこの方向にそってその類似語句を意識的に消去し統合したのであった。今昔物語集全般の翻訳翻案における簡略の場合、単一原拠ないし複合原拠の類似語句を統合簡略するとか、複合原拠の部分部分を交互にからませて統合するとか、少くとも若干の類型にわたる意識的な簡略の法則が、あるいは、中国においては漢訳仏典そのもののほか経律異相や法苑珠林など仏教的類書の類、日本においては日本書紀以来の出典利用の伝統的方法として、あるいは今昔物語集独自の方法として特徴づけられるであろう。(9) いまもまたその簡略化の法則の一つを意思的に用いたのである。この細部をみても、「……ヲ父トシ……ヲ母トセムニ足レリ」が「夫妻真正堪為父母」(B)の訳文にあたることは、

太子年已ニ長大ニ成給ヌ。今ハ妃ヲ奉ベシ。但シ、思ノ如ナラム妃、誰人カ可有キ。（中略）娘有リ、耶輸陀羅ト云フ。形人ニ勝レテ心ニ悟有ナリ。太子ノ妃ニ為ムニ足レリト。（中略）太子已ニ長大ニ成

太子今者年已長大。宜応為其訪索婚所。（中略）有女。名耶輸陀羅。顔容端正。聰明智慧。賢才過人。礼儀備挙。有如是徳。堪太子妃。（中略）太子年長。欲為納妃。諸臣並言。汝女淑令。宜堪此挙。

テ妃ヲ求ニ汝ガ娘ニ当レリト。

（巻一(3)、Ⅰ、56・5―9）

誰女堪与太子為妃。（中略）我女堪為作妃。

（過去現在因果経巻二、三、629b・十巻本釈迦譜巻二(4)、五十、20b―c）

亦議シテ云ク、舎利ヲ分タムニ誰レカ足レル人ト。（中略）其ノ人舎利ヲ分タムニ足レリト。

（巻三(35)、Ⅰ、263・11―12）

尋復議言。誰(能)・堪(為)・分(舎利)・・者。（中略）可使分(之)也。

（法苑珠林巻十、五十三、355c）

（十巻本釈迦譜巻九(28)、五十、75a・摩訶摩耶経巻下、十二、1014c）

たとえばこれらの原語と訳語との関係において、「足ル」が「堪」の訳語であり、「当ル」がその重複を避ける避板法としてのその訳語であり、また、

心武クシテ性戦ノ道ニ堪タリ。

（巻一(23)、Ⅰ、97・11―12）

性行勇猛。躬為征戦。

（三宝感応要略録巻上(2)、五十一、828b）

心武クシテ兵ノ道ニ足レリ。

（巻五(6)、Ⅰ、356・11）

〔有大力士之力。竪五百力士幢。

（雑宝蔵経巻一(8)、四、452a）〕

其道ニ堪タラム者ヲバ可召シト云フ事有リ。

（巻二十三(21)、Ⅳ、263・15―16）

〔そのみちにたへたらんはといふことあれば……

（宇治拾遺物語(31)）〕

我レ亦防キ戦ハムニ足レリ。

（巻二十五(13)、Ⅳ、396・5）

吾衆是拒戦未以為憂。縦戦不利。吾儕死不亦可哉。

（陸奥話記）

たとえばこれらの類型表現の類義関係において、「足ル」と「堪フ」とが意味的に等値であるべきであることからもあきらかであって、その訳文は今昔物語集のいわば自己の言葉でさえあったのである。「……ニ生レムニ、

……ト思シテ見給フニ」という接続助詞の重用もまた、この場合、(A)(B)(C)を統合する間に生じた陰影の屈折でなければならないであろう。巻一(1)のこの今昔本文は過去現在因果経巻一ないし十巻本釈迦譜巻一(4)を直接書承してみずからの言葉をもって意識的に簡略したものであって、これ以外の何か他の要素、まして「口がたり」などが介入しているのではないのである。もとより一般に口承の問題を配慮することはいわゆる説話文学の考察にゆとりをもたらす。しかし、それはまたもとよりその場合場合によるべきであった。

これによってこれを観れば、今昔物語集巻一(2)の問題の本文も大般涅槃経巻四の一部ないしそれ相当に拠ったことがより明瞭になりうるであろう。これもまた確実に知識階級の訳者ないし訳者たちによる書承翻訳であったのである。たしかにこれとこの前文とはその原拠を異にし、単に単一仏典による機械的な翻訳ではない。また、今昔物語集がいわゆる和漢混淆の散文文体を開拓したこと自体、あたらしい翻訳文体への苦心であったのみならず、またこれと相関して転換期における民衆社会の何らかの干渉を予想しなければならないであろう。しかし、このことはこの今昔本文が日本民衆社会の欣求をはらんで成長した伝承としての口承を交えることを意味しはしない。これにそのような日本民衆社会のいわばある感情的現実性（emotional actuality）のこもる口承要素を想像し、またそのゆえをもってこれに敦煌変文の俗講演変の場のようなものの媒介を直接類推することは、そのかぎりにおいて、今昔物語集のためにも敦煌変文のためにも危険であろう。

三

今昔物語集巻一(2)の問題の本文は大般涅槃経巻四の一部ないしそれ相当を直接書承して翻訳し、これを前文に癒着したものであった。この部分がたとい注釈的挿入部であったとしても、それはそれぞれ制作の動機の異なる原拠を外面的に結合したのである。釈迦譜はその所依原典の名を明記して仏伝を整理し、異伝異説の存する場合には聖言と俗説とを分条してこれを批評することがあり、法苑珠林などもまたその所依原拠の名を明記して類聚し、その原拠個々の間の異伝異説による遊離はこれを数えなかった。しかし、今昔物語集は、みずから説話様式をとるからでもあって、これらと異なってその原拠の名を示さず、異伝異説に接する場合には時としてその統合をこころみるのであって、それは統一を果す場合もあれば、単に癒着に終る場合もあった。いまもまた、その燃焼は高度の統一を得るに至らず、いわば裸形の資料を露呈したのである。ここには、仏典漢訳のかずかずの場や欽定英訳聖書翻訳の場がそうであったように、今昔物語集の翻訳ないし編集の場の人員が複数で構成せられていたことも想像せられ、またいわばアレクサンドリア学派のように、その場ではさまざまに外面的な癒着結合なり削除増広なりの努力がつづけられたことも想像せられないではないであろう。いまも、それは、いくつかの資料に接し、これをひとりの仏陀の在り方として解釈すべきに至り、そこにいわば文学的説話的と理論的教理的との混淆を生じて、このように外面的な結合をきたしたのであろうと考えられる。

しかし、この癒着結合はまた同時に別の意味をも帯びていたことを考えなければならない。それは今昔物語集仏伝がとにかくシッダールタの誕生を重視したということである。それは当然ここにその翻訳・構成の努力を傾けさせようとした。今昔前文に過去現在因果経巻一の類と仏本行集経巻七・八とを交用したのもひとつはそのためであったであろう。特に、大般涅槃経巻四の一部ないしそれ相当は、世間法にしたがって衆生に示すとあったように、その立場から見た仏陀と衆生との関係にふれている。仏陀の誕生の聖なる意味にふれるこの思想はおそらく今昔物語集の訳者ないし訳者たちの想像力を刺戟した。問題の本文はこうして訳出結合せられたのであろう。この本文につづいて、

今昔物語集　巻一(2)	〔大智度論巻一・法華玄賛巻一本・金光明最勝王経玄枢巻二〕
太子各七歩ヲ行ジ畢テ頌ヲ説テ宣ハク、 我生胎分尽　是最末後身 我已得漏尽　当後度衆生 行ズル事ノ七歩ナル事ハ七覚ノ心ヲ表ス。蓮花ノ地ヨリ生ズル事ハ地神ノ化スル所也。 （Ⅰ、54・9―11）	〔行至七歩。四顧観察。作師子吼而説偈言。 我生胎分尽　是最末後身 我已得解脱　当復度衆生 作是誓已。身漸長大。 （二十五、58a・三十四、652a・五十六、483c）〕

漏尽智の歌のうたわれるこの部分も、なお巻一(2)の基礎原典である過去現在因果経の類や仏本行集経を離れているが、これもまた同じく今昔物語集仏伝がシッダールタの誕生に重きをおいたための潤色であるべきであろう。ただし、それはまた混淆や煩瑣を生じたのである。[10] こうして、今昔物語集巻一(2)のこれらの部分は、すべて過去現在因果経巻一ないし十巻本釈迦譜巻一(4)および仏本行集経巻七・八による程度のより単純な内容をもってまず構成せられていた上に、このような変改・増広を生じた、と想像することがあるいは許されるであろう。

注

（1）別稿「今昔物語集仏伝資料とその翻訳とに関する研究」→本書所収。
（2）川口久雄「八相成道変文と今昔物語集仏伝説話」（金沢大学法文学部論集文学篇4）。以下、一々注しない。
（3）禿氏祐祥「日本霊異記に引用せる経巻に就て」（仏教研究第一巻、第二号）。
（4）今昔諸篇と大般涅槃経との関係を検すれば、まず第一(14)はその原拠を大般涅槃経三十六巻十四（十二、699

c―700a）ないし四十巻本巻十六（十二、457c―458a）――以下三十六巻本のみを示す――の盧至長者物語に擬せられているが、巻一(14)はその固有名詞の類および行文を大異するところがあるから、これに直接して直訳ないし潤色したとは簡単に言いえない。つづいて、巻一(15)は大般涅槃経巻二十八（十二、788b―789a）その他に類し、巻一(38)は大般涅槃経巻十四（十二、700c）その他に類するが、これらもまた固有名詞ないし行文にへだたりがある。これらはおそらくすべて大般涅槃経を原話ないしその類とする流れの中で日本化せられた先行資料によるべきであろう。この中、巻一(15)は注好選巻中(26)に酷似し、注好選は今昔諸篇と共通母胎に立つべき物語をかなり含むようである（小稿「敦煌資料と今昔物語集との異同に関する考察II」→本書所収）から、巻一(15)はその共通母胎的先行資料におそらく拠ったのであろう。巻一(14)と三国伝記巻八(9)、巻一(38)と私聚百因縁集巻(16)との類話関係は、それぞれ前者から後者へ直接したのか、各々いずれも共通母胎的先行資料によったのか、なお断じえないとしても、おそらく巻一(14)(38)も、巻一(15)と同じく、何らかの日本資料によって若干の潤色を加えたのであろう。また、かの巻三(27)の有名な物語は、その原拠を、前半は観無量寿仏経に、後半は大般涅槃経巻十八（十二、723c―728c）に擬せられているが、少くともその後半全体が大般涅槃経の長文に直接してこれを簡略したか否か、三国伝記巻七(6)などとの類話関係とともになお考うべきものかと思われる。さらに仏陀涅槃の物語に属する巻三(28)(29)は十巻本釈迦譜巻九(27)を直接書承してこれに多少の変改を加えたものであり（別稿「今昔物語集仏伝資料とその翻訳とに関する研究」→本書所収）、巻三(34)は大般涅槃経後分巻下によるが、これは大般涅槃経そのものではない。最後に、巻四(31)は既注せられるものよりも近似した類話を大般涅槃経巻二（十二、617c―618b）に見出しうるが、これは類話というを出ない。これもやはり大般涅槃経巻二などの物語が日本化した先行資料によると考えられる。これらを通じて、今昔物語集が大般涅槃経原典に直接したという積極資料は見出されない。なおここでは所論上必要とする以外の諸問題にはふれていない。

（5）　いまここにいう「文学的」「理論的」「教理的」などの語は和辻哲郎「原始仏教の実践哲学」に「文学的傾向」「教理を説く傾向」を分別するその意（一二八頁）による。

（6）　宇井伯寿「印度哲学研究（第三）」（一九二六年版三八二―三八四頁）。

（7）

今昔物語集　巻十一(15)　聖武天皇始造元興寺語	元興寺伽藍縁起幷流記資財帳
（前略）中ニ二階ノ堂ヲ起テ此ノ仏ヲ安置シテ、	（前略）堂塔建立。但堂地東西二町。南北四町。

東西二町ニ外閣ヲ廻ス事ハ菩提涅槃ノ二果ヲ証スル事ヲ表ス。南北四町ナル事ハ生老病死ノ四苦ヲ離レム事ヲ表ス。（Ⅲ、92・3—4）	二町者菩（廿）提涅槃（炎）観行。四町者無常生老病死之四相智也。（日仏全寺誌叢書、Ⅱ、146a・元興寺編年史料上巻17）

この今昔本文の直接原拠は従来不明であるが、この「東西……表ス」はともかくこのようにあらたに見出される。これは大般涅槃経巻四すくなくともその類の類型の消化にもとづくであろう。

（8）詳細は前掲別稿にゆずる。

（9）詳細は前掲別稿にゆずる。特に日本書紀の出典利用の諸方法については小島憲之「上代日本文学と中国文学上」（一二六—一三二・三二二—四七九頁）などに所説がある。

（10）小稿「敦煌資料と今昔物語集との異同に関する考察Ⅲ」→本書所収。

今昔物語集仏伝資料に関する覚書

今昔物語集仏伝の主要部が直接書承した基礎原典は十巻本釈迦譜であった。中国仏教史を飾る梁代の僧祐律師の五巻本釈迦譜（出三蔵記集巻十二(3)(4)）に増広せられたそれは、おそくとも唐代には存し（大唐内典録巻四・開元録巻六）、日本にも奈良時代には五巻本とともに入っていた（正倉院文書、天平勝宝三年九月二十日写書布施勘定帳）。やがて、平安摂関貴族栄華の日に、蜀版にはじまる宋版蔵経が将来せられ始めたが、その収蔵のもとに、今昔物語集の訳者や編者たちが、中国における仏伝の権威であった十巻本釈迦譜をかえりみなかったとは考えられない。今昔物語集成立前後の時点でいえば、康和三年（一一〇一）写長承三年（一一三四）校点入の零本が現存することのみによっても、それは十分想像することができるのである。

今昔物語集仏伝の主要部二十余篇は、この十巻本釈迦譜を少くとも直接基礎原典として成立した。小稿はこの若干を覚書するものである。(1)

一

今昔物語集巻一(1)釈迦如来人界宿給語	過去現在因果経巻一・十巻本釈迦譜巻一(4)出因果経
今昔、釈迦如来、未ダ仏ニ不成給ザリケル時ハ、釈迦菩薩ト申テ、兜率天ノ内院ト云所ニゾ住給ケル。而ニ、閻浮提ニ下生シナムト思シケル時ニ、五衰ヲ現ハシ給フ。其五衰ト云ハ、一ニハ天人ハ眼瞬ク事無キニ眼瞬ロク。二ニハ天人ノ頭ノ上ノ花鬘ハ萎事無ニ萎ヌ。三ニハ天人ノ衣ニハ塵居ル事無ニ塵垢ヲ受ツ。四ニハ天人ハ汗アユル事無ニ脇下ヨリ汗出キヌ。五ニハ天人ハ我ガ本ノ座ヲ不替ザルニ本ノ座ヲ不求（マヽ）シテ当ル所ニ居ヌ。其ノ時ニ、諸ノ天人、菩薩此相ヲ現ジ給ヲ見テ怪テ菩薩ニ申シテ云ク、我等、今日此ノ相ヲ現ジ給ヲ見テ身動キ心迷。願クハ我等ガ為ニ此ノ故ヲ宣ベ給ヘト。菩薩、諸天ニ答テ宣ハク、当ニ知ベシ、諸ノ行ハ皆不常ズト云事ヲ。我今不久シテ此ノ天ノ宮ヲ捨テ閻浮提ニ生	(A)爾時善慧菩薩（中略）期運将至当下作仏。即観五事。一者（中略）五者……。 (B)仍於天宮現五種相。令諸天子皆悉覚知菩薩期運応下作仏。一者菩薩眼見瞬動。二者頭上華萎。三者衣受塵垢。四者腋下汗出。五者不楽本座……。(C)爾時菩薩又現五瑞。一者（中略）五者……。 (D)（(B)五者不楽本座）時諸天衆忽見菩薩有此異相。心大驚怖。 (E)（(C)五者……）是兜率諸天見菩薩身已有五相（中略）白言。尊者。我等今日見此諸相挙身震動。不能自安。唯願為我釈此因縁。 (F)菩薩即便答諸天言。善男子当知。諸行皆悉無常。我今不久捨此天宮。生閻浮提。于時諸天聞此語已。悲号涕泣心大憂悩。…… (G)汝等当知。今是度脱衆生之時。我応下生閻浮提中

ナムトス。此ヲ聞テ諸ノ天人歎ク事不愚ズ。此テ、菩薩、閻浮提ノ中ニ生レムニ、誰ヲカ父トシ、誰ヲカ母トセムト思シテ見給フニ、迦毗羅衛国ノ浄飯王ヲ父トシ、摩耶夫人ヲ母トセムニ足レリト思ヒ定給ツ。癸丑ノ歳ノ七月八日、摩耶夫人ノ胎ニ宿リ給フ。

（日本古典文学大系本I、52・4―14）

……。

(H)（(A)即観五事……五者）観過去因縁誰最真正応為父母。

(I)（(H)応為父母。観五事已。）即自思惟。（中略）此閻浮提迦毘羅旆兜国最為処中。諸族種姓釈迦第一。甘蔗苗裔聖王之後。観白浄王過去因縁。夫妻真正堪為父母。

(J)（(G)我応下生閻浮提中）迦毗羅旆兜国甘蔗苗裔釈姓種族白浄王家。

(K)爾時菩薩観降胎時至。（中略）以四月八日明星出時降神母胎。

（大正蔵三、623a―624a・五十、136―15a）

過去現在因果経はまず仏陀の過去因縁をめぐる神話（ミュートス）を説いてこの生兜率天下生託胎の物語につづき、ここから五巻本（高麗本）と分かれる十巻本釈迦譜巻一(4)釈迦降生釈種成仏縁譜は、この過去現在因果経巻一後半を中心として増広することから始まっている。そして、今昔物語集巻一(1)のこの冒頭もまたこれとほぼ同じく始まっているのであるが、このことは、今昔物語集巻一(1)が十巻本釈迦譜巻一(4)を原拠とすることをもとより十分に意味しないにしても、今昔物語集が過去現在因果経に加えた限定には、単にその独自のもののみによるのではなくて、十巻本釈迦譜がその過去現在因果経に加えた限定の方法がかげっていることを想像することを許している。

過去現在因果経巻一ないし十巻本釈迦譜巻一(4)と今昔物語集巻一(1)のこの本文とを検すれば、前者は、散文と韻文とを結んだアーキヤーナ（ākhyānā; akkhāna）形式をとり、過去と現在とを重ねあい映しあう神話的方法(ミシック・メソード)において、仏陀の道が過去諸仏の所行の法式であることにふれながら、絢爛たる沈痛を帯びた天上告別の物語をすすめていて、部分的に対応する語句を含むほかは後者とはなはだしくことなってみえる。しかし、こまかく検すれば、前者は、(A)(B)(C)、(D)(E)、(F)(G)、(H)(I)(J)などそれぞれを通じて、重複し類似する語句を連立しながら、天上の告別を果して人間の世界に生まれるためにその清浄の父母をもとめるという方向に収斂し、後者は、この方向にそって、前者における教義もしくは理論に関するといわば言いうる部分、および、韻文の偈頌の部分を省略し、かつ、それらに重複し類似する部分を消去し統合して展開することによって、その簡略をこころみていることが知られるであろう。これらはすべて、ここにかぎらず、原典の性格の如何を問わず、今昔物語集の翻訳翻案の全般に通じる基本的な特徴の一つなのである。

少しく具体的に言えば、今昔物語集巻一(1)のこの本文の展開部[2]は、まず原典の類似部分(A)(B)(C)を統合して、天上に花飾り萎えるなど視覚的映像にも富む、この間に交錯する(I)などの「閻浮提」の語をも用いながら、仏教常識、(B)の天上五衰にあつめ、その(B)の流れる(D)を、また(D)と相似する(E)と統合してから、その(E)につづく(F)へ移って行き、そして、原典の意味するところに即しながら、「……歎ク事不愚ズ。此テ」のように簡略してつないでいることが知られる。迦毗羅衛（Kapilavastu; Kapilavatthu）の国の父母のことも、一見その直接の対応を見出しがたいとしても、これもまた(H)(I)(J)の間に凝縮してゆく思惟の類句を通じて簡略をこころみたことが知られるであろう。「……ヲ父トシ……ヲ母トセムニ足レリ」は、これらを重ねながら、(I)の「(夫妻) 真正堪為父母」を中心としてみちびいた和訳なのである。何故ならば、たとえば、

太子年已ニ長大ニ成給ヌ。今ハ妃ヲ奉ベシ。但シ、 ― 太子今者年已長大。宜応為其訪索婚所。(中略) 有

思ノ如ナラム妃、誰人カ可有キ。（中略）娘有リ、耶輪陀羅ト云フ、（中略）太子ノ妃ニ為ムニ足レリト。（中略）汝ガ娘ニ当レリト。

（巻一(3)、Ⅰ、56・5—9）

亦議シテ云ク、舎利ヲ分タムニ誰レカ足レル人ト。（中略）其ノ人舎利ヲ分タムニ足レリト。

（巻三(35)、Ⅰ、263・11—12）

女。名耶輸陀羅。（中略）堪太子妃。（中略）汝女淑令。宜堪此挙。

（過去現在因果経巻二、三、629b・十巻本釈迦譜巻二(4)、五十、20b—c）

誰女堪与太子為妃。（中略）我女堪為作妃。

（法苑珠林巻十、五十三、355c）

尋復議言。誰・（能）堪・（為）分・・（舎利）者。（中略）可使分也。

（十巻本釈迦譜巻九(28)、五十、75a、摩訶摩耶経巻下、十二、1014c）

この原語と訳語との関係において、和語「足ル」が漢語「堪」の訳語であり、さらにたとえば、

心武クシテ性戦ノ道ニ堪タリ。

（巻一(23)、Ⅰ、97・11—12）

后ト被立ムニ足レリ　（巻二(16)、Ⅰ、149・12）

心武クシテ兵ノ道ニ足レリ。

（巻五(6)、Ⅰ、356・11）

公ノ云ク、然ラバ誰カ文章ニ足レル者ト。嘉運ノ云ク、陳ノ子良ト云フ者有リ、文章□悟レリト。

（巻九(30)、Ⅱ、230・14—15）

……ト云フ人有ケリ。和歌ノ道ニ足レリ。亦極タル

性行雄猛。躬為征戦。

（三宝感応要略録巻上(2)、五十一、828a）

〔——（経律異相巻三十六(12)、五十三、196c）〕

〔有大力士之力。豎五百力士幢。

（雑宝蔵経巻一(8)、四、452a）〕

公曰。誰有文章者。嘉運曰。有陳子良者解文章。

（前田家本冥報記巻下(15)）

〈……といふ歌よみは手をよくかきければ、

能書ニテゾ有ケル。

（巻十四(29)、III、314・14—15）

其道ニ堪タラム者ヲバ可召シト云フ事有リ。

（巻二十三(21)、IV、263・15—16）

我レ亦防キ戦ハムニ足レリ。

（巻二十五(13)、IV、396・5）

真言ヲ極メ内外ノ文道ニ足レリ、亦芸無極カリケル。

（巻三十一(3)、V、250・16—17）

我レ仏ノ御為ニ伽藍ヲ建立セムト思フニ、此ノ地足レリ。

（巻一(31)、I、112・15—16）

其ノ所樹木多ク茂テ盛也、僧徹ガ栖ト為ルニ皆堪ヘタリ。

（巻七(25)、II、152・5）

……（宇治拾遺物語(102)）〉

〈そのみちにたへたらんはといふことあれば、

……（宇治拾遺物語(31)）〉

吾衆是拒戦未以為憂。縦戦不利吾儕死。不亦不哉。

（陸奥話記）

〔高名行功者也。

（玉葉巻二、仁安三年三月十四日）〕

〈————（注好撰巻中(14)）〉

多樹林木頗得山居形勝。

（前田家本冥報記巻上(3)）

この類型の類義関係において、「足ル」と「堪フ」とが類意することからも明瞭であって、その訳文は今昔物語集の自己の言葉でさえあったのである。この訳文が(I)にそって(H)(J)を吸収したことはあきらかであろう。「……ニ生レムニ、……ト思シテ見給フニ」と接続助詞を重出して屈折する文体も、この場合、その統合簡略の間に生じた陰影でなければならない。このような統合簡略の方法は、漢訳仏典にもみられるほか、経律異相・法苑珠林など中国仏教類書の類、また日本書紀以来の伝統であるが、今昔物語集のこれにはまた特異の鋭さがあるように思われる。そして、一篇内部にみられるこの特異の鋭さは、また、全巻各巻における「二話一類様式」の、同類を連立し異類を連鎖する配列において、さらには三国各部がそれぞれいわば対位法的に三国全体として多声部の世界をつくり出してゆくその構成において、やはり等しく畢竟するのであって、今昔物語集にはこの相似と対比との感覚が鋭く光っているように思われる。そして、内外諸部分の方法は他の諸部分の方法と照らしあっているのであり、この形式的な整合性は同時に今昔物語集の限界の一面とも言えるのであるが、いまそれは措き、そこに、統一しがたい時代における今昔物語集の世界の秩序がひそんでいるとも言えるのである。

こうして、今昔物語集巻一(1)のこの本文は、過去現在因果経巻一ないし十巻本釈迦譜巻一(4)を直接書承して意識的に簡略したものであった。法成寺金堂仏伝壁画にふれた「壬申の年（二月八日）」（栄花物語、音楽、シッダールタ出家条）の在り方にもかよう「癸丑之歳（七月十五日）」（法苑珠林巻一百等）の干支、また、今昔写本の誤まりでないならば、室町小説にわずかにのこる「七月八日のひる」（釈迦物語）などから平安末期にもその存在を推定できるかもしれない入胎月日などは、いずれも、教団・貴族知識階級の間の仏教史的知識をもって、あるいは補い、あるいは改めたものであるが、原則として、この本文は、中国における文章としての仏伝の権威には従っているのである。すなわち、これらは、「生きた民衆社会の「口がたり」」を交えているもの[3]ではない。出典研究は当然文体研究ないし用語研究と関連すべきであり、また翻訳翻案の独自の方法の分析と関連しなければならない。このとき、今昔物語集仏伝の基礎原典として、まず過去現在因果経との関連の間に、十巻本釈迦譜を置く必要があると考えられるのである。

二

今昔物語集巻一(4)悉達太子出城入山語	十巻本釈迦譜巻二(4)出因果経
(太子)只、出家ヲノミ思テ楽ブ心不御ズ。王此ノ心ヲ見テ、大臣ニ仰セテ固ク城ノ四ノ門ヲ守ラシム。戸ヲ開キ閉ルニ、其ノ声四十里ニ聞ユ。 (I、62・1—2)	(太子)思惟出家愁憂不楽。爾時迦毘羅旆兜国諸大相師並知。(中略)王聞是語心生歓喜。即勅諸臣幷釈種子。汝聞相師如此言不。皆応日夜侍衛太子。可於(於城)四門。門各千人。周匝城外一踰闍那内。羅置人衆而防護之。普耀経云。明日即勅五百諸釈勇多力者宿衛菩薩。令城四門開閉之声聞四十里。復勅耶輪羅幷諸内宮倍加警戒。 (五十、23c—24a、過去現在因果経巻二、三、632a—bト校ス)

ここにおいて、今昔物語集巻一(4)のこの本文が、過去現在因果経巻二に普耀経その他の仏伝を交用して成る、十巻本釈迦譜巻二(4)に直接すべきことはあきらかであろう。

シッダールタの憂愁にふれた今昔本文は、迦毘羅衛の国の諸相師の転輪聖王をめぐる予言のことを省略し、その予言に王が心に歓喜する字面を用いながら、王がその憂愁の心をみるという方向に転換し、そして、類似を統合して、過去現在因果経巻二のここにはみえないが、十巻本釈迦譜巻二(4)にはみえる城門の響の重さを導入した。今昔本文は、これにつづいてさらに類似を統合して、沈々たる城内の、夢におののく耶輸陀羅(Yaśodharā;

Yasodharā）を照らそうとする。

この部分において城門の響四十里に及ぶという映像は、普曜経（巻三）自体にはみえないが、これは、すでにさきに普曜経を基礎原典とする五巻本釈迦譜巻一(4)の該当部分に「明旦即勅五百釈勇多力者宿衛菩薩。四門城開閉声聞四十里」とあり（五十、7a）、十巻本釈迦譜巻二(4)はこれを用いたとみることができる。普曜経によることを明記して仏伝を極略所収する経律異相巻四(2)に「即勅五百釈子多勇力者宿衛四門。城門開閉声聞四十里」とある（五十三、16b）のも、やはり同じいであろう。経律異相巻四(2)に別に「釈迦譜第一巻」とある（五十三、15c）ことからも、また経律異相そのものが五巻本釈迦譜を成した僧祐律師の流れをひいて撰せられたことからみても明瞭である。そして、五巻本釈迦譜自体は今昔物語集仏伝に直接かかわったとは考えにくく、また、経律異相巻四(2)は、異相が今昔物語集に取材せられることはあるにしても、かつ、この該当部分は今昔本文に近いにしても、もともと普曜経を主として極略した仏伝であるから、今昔本文がこれを直接用いたとする条件は十分ではない。今昔本文全文の直接原典としてもっとも妥当するのは十巻本釈迦譜巻二(4)のみであるべきである。ただし、また、このことは、今昔本文が過去現在因果経巻二を直接みていないということではない。この今昔本文の直接原典としての必要十分条件は十巻本釈迦譜巻二(4)にのみことごとくそなわっているということである。

この城門の響四十里に聞えることが、過去現在因果経では別の条にある（巻一、三、627c・巻二、三、635b）にかかわらず、ここではおのずから前後しておちつくべきところにおちついてあるのは、あたかも敦煌変文のように、「生きた民衆社会の『口がたり』」を通ったからである、などとするのは詭弁にすぎない。

三

今昔物語集巻一(8)釈迦為五人比丘説法語
今昔、釈迦如来、波羅奈国ニ行給テ、憍陳如等ノ五人ノ比丘ノ住所ニ至リ給フ。彼ノ五人、遙ニ如来ノ来リ給ヲ見テ、相共語テ云ク、沙門瞿曇、苦行ヲ退シテ飲食ヲ受ムガ為ニ、爰ニ来給ヘリ。我等不煩ハサズシテ立テ彼ヲ迎ヘ奉ベシト。如来既ニ来給ヌレバ、五人各座ヨリ起テ礼拝シテ迎ヘ奉ル。其ノ時ニ如来、五人ニ語テ宣ハク、汝等、少キ智ヲ以、我ガ道ノ成ジ不成ゼザル事ヲ軽メ疑フ事無カレ。其ノ故何トナレバ、苦行ヲ修スレバ心悩乱ス、楽ヲ受レバ心ニ楽着ス。此ノ故ニ、我レ、苦楽ノ二道ヲ離レテ中道ノ行ニ随テ、今、菩提ヲ成ズル事ヲ得タリト説給テ、如来、五人ノ為ニ、苦集滅道ノ四諦ヲ説給フ。五人、此ヲ聞テ遠塵

過去現在因果経巻三・十巻本釈迦譜巻四(4)
爾時世尊復前行(・)往波羅捺(奈)国。至憍陳如（中略）所止住処。時彼五人遙見仏来。共相謂言。沙門瞿曇棄捨苦行。而還退受飲食之楽。無復道心。今既来此。我等不煩(須)起迎之也。亦勿作礼敬問所須為敷坐処。若欲坐者。自随其意。作此語竟而各黙念。爾時世尊来既(既来)至已。五人不覚各従坐(座)起。礼拝奉迎互為執事。（中略）(A)爾時世尊語憍陳如言。汝等共約見我不起。今者何故違先所誓而即驚起為我執事。（中略）(B)爾時世尊語五人言。汝等云何。（中略）(C)爾時世尊語憍陳如言。汝等莫以小智軽量我道成与不成。何以故。形在苦者心則悩乱。身在楽者情則楽著。是以苦楽両非道因。（中略）今者若能棄捨苦楽。行於中道心則寂定。堪能修彼八正聖道。離於生老病死之患。我已随順中道之行。得成阿耨多羅三藐三菩提。時彼五人既聞如来如此之言。心大歓喜。踊躍無量。瞻仰尊顔目不暫捨。(D)爾時世尊観五人根。堪任受道。而語之言。（中略）我以(已)知苦。以(已)断習(集)。以(已)証滅。以修道故。得阿耨多羅三藐三菩提。

離苦(マヽ)シテ法眼浄ヲ得ツ。（I、72・3—10）

是故汝今応当知苦断習(集)証滅修道。若人不知四聖諦者。当知是人不得解脱。四聖諦者。是真是実。(・)(是)苦実是苦。習(集)実是習(集)。滅実是滅。道実是道。（中略）当仏(・)三転四諦十二行法輪時。阿若憍陳如於諸法中遠塵離垢得法眼浄。（中略）爾(E)時世尊知四人念。即便重為広説四諦。于時四人於諸法中亦離塵垢得法眼浄。（三、644a—c・五十、39a—40a）

かの波羅奈（Bāraṇasī）鹿野苑の古典的な物語である。今昔物語集巻一(8)のこの本文は、その「不煩ハサズシテ」において、十巻本釈迦譜巻四(4)には「不須」、過去現在因果経宋本および正倉院聖語蔵本には「不煩」とあり、かつ聖語蔵本系を今昔物語集仏伝の原典とするのは他の場合からみて適当でないから、おそらく、その宋本系のものによったのであろう。十巻本釈迦譜を基礎原典としながら、同時に過去現在因果経にも直接している有力な徴証である。

しかし、今昔物語集は原典の初転法輪のかがやかしい古典的場面をとらえることができなかった。遙かに仏陀の来るのを見て、起って迎えることに心を労さず（「不煩」）、ないし、それをもちいず（「不須」）とささやきあった五人の苦行者たちが、いまは歓喜して目しばらくも捨てずある、そして、仏陀は、「四聖諦」、「中道」の実践哲学を静かに説く、この群像のリアリティをとらえることができなかった。今昔本文は、まず、「不煩」とある本によって「不煩起迎之也」を誤読した。のみならず、今昔物語集には、王朝教団・貴族知識階級における習熟を通じて和らげられて「沙門瞿曇」（Gotama）をパーリ仏典以来の用法と同じく用いている日本先行資料[4]をそのまま用いた場合がある（巻一(11)・(13)・(14)等）にもかかわらず、今昔物語集自身がみずから漢文を翻訳するいま、

「沙門瞿曇棄捨苦行而還退受飲食之楽」を誤読した。この苦行者たちが苦行時代のシッダールタを離れず供養した（巻一(5)）というその先入観もおそらくははたらいて、いわば歴史離れを来したのであろう。乞食伝道する仏陀の疲れやよろこびの日をさまざまにのこしている今昔物語集の在り方からみても、漢文原典に直接して和訳するこの場合、これは誤読と誤読とがさそいあったというほかないであろう。畢竟、苦行に執著してめざめない固定観念としての「小智」が、「中道」の寂けさから照破せられているのをとらえ得ていないのである。

太子思様、我レ苦行ヲ修シテ既ニ六年ニ満ヌ、未ダ道ヲ不得ズ。若シ此ノ苦行ニ身羸レテ命ヲ亡シテ道ヲ不得ハ、諸ノ外道ハ、餓テ死タルト云ベシ。然レバ只食ヲ受テ道ヲ可成ト思シテ、座ヨリ立テ、尼連禅河ニ至リ給フ。水ニ入テ洗浴シ給フ。

（巻一(5)、Ⅰ、67・10―13）

爾時太子心自念言。（中略）修於苦行垂満六年。不得解脱。故知非道。不如昔在閻浮樹下所思惟法。離欲寂静。是最真正。今我若復以此羸身而取道者。彼諸外道当言。自餓是般涅槃因。（中略）我当受食然後成道。作是念已即従座起。至尼連禅河入水洗浴。

（過去現在因果経巻三、639a―b・十巻本釈迦譜巻三、五十、31a）

原典においては「般涅槃」が解脱の寂静の意味であるのに、今昔本文巻一(5)の訳者ないし訳者たちはこれを死と誤解し、したがって、「而取道者」を「（命ヲ亡シテ）道ヲ不得ハ」と曲解した。もとより、原典の意味するところは、苦行に疲れたシッダールタがその疲れをこえ、中道の自然のめざめを希って、すなわち起つということである。今昔本文巻一(5)のこれも、意識的変改ではなくて、内面的な理解を欠いた誤訳というほかないであろう。

女人ハ我ガ法ノ中ニシテ沙門ト成ル事無カルベシ。其ノ故ハ、女人出家シテ清浄ニ梵行ヲ修セバ、仏法ヲシテ久ク世ニ住セム事非ジ。譬バ人ノ家ニ多少ノ

無楽（欲）使女人入我法律為沙門也。所以者何。譬如人家生子多女少男。当知是家以為衰弱。若聴（女人）出家。（乃）令仏（法）清浄梵行不得久住。

男子ヲ生ゼルハ此レヲ以テ家ノ栄トス。此ノ男子ニ
仏法ヲ修行セシメテ世ニ仏法ヲ久ク持タシムベキ也。
其ソレニ女人ニ出家ヲ許セラバ、女人、男子ヲ生ズ
ル事絶ヌベキガ故ニ、出家ヲ不許ル也。
（巻一⑲、I、92・12—15）

譬（又）如稲田莠雑禾稼。則令善穀傷敗。若使女人
入我法律。（亦復如是）必令清浄大道不久興盛。
（十巻本釈迦譜巻七⑭、五十、52b、経律異
相巻七⑷、五十三、33bト校ス）

摩耶（Māyā）の妹、摩訶波闍波提、（憍曇弥、Mahāprajāpatī; Mahāpajāpatī Gotamī）の出家をめぐる今昔物語集巻一⑲もまた、従来原拠とせられる経律異相巻七⑷にはよらず、十巻本釈迦譜による一つであるが、仏陀が女人の出家を許さないこの部分は、また、その誤訳とみるべきである。たまたまこの部分のみのつくり出す論理にはいわば無心のフモールがあるとしても、それは、これにつづいて訳出せられる「憍曇弥ハ多ク善ノ心有リ、……」以下、彼女をはじめ、釈迦族の女達が出家を許される論理と齟齬するから、到底意識的変改とは考えられない。今昔本文巻一⑻の場合も同様である。

初転法輪の五比丘の名およびその得道順については古来諸説があった。今昔本文がⒶⒷⒸを統合してⒹⒺへつづけた類似統合によって、その得道の順序も原典とことなる同時得道となったが、ここにはつづいて原典にない所伝が癒着せられる。

五人ト云ハ、一ヲバ憍陳如、二ヲバ摩訶迦葉、三ヲバ頞髀、四ヲバ跋提、五ヲバ摩男拘利ト云フ。何ノ故ニカ此ノ人五人ナルト尋ヌレバ、昔迦葉仏ノ世ニ同学ノ人九人有キ。四人ハ利根ニシテ先ニ既道ヲ得タリ、五人ハ鈍根ニシテ□始命（マヽ）始テ覚ヲ開ク。釈

相伝解云。言五人者。一陳如。二十力迦葉。三頞髀。四跋提。五摩訶男拘利。応勘婆沙。有云即馬勝比丘。何故唯五人。有云。迦葉仏時同学九人。四人利根已前得道。五人鈍根故今始悟。願逢釈迦仏出成道故。
（法華玄賛巻四末、三十四、730c）

迦如来ノ出世成道ノ時ニ会ハムト願ゼルガ故也トナ
ム語リ伝ヘタルトヤ。

（巻一(8)、I、72・10―13）

これは一種の注釈部の形を示すが、従来未詳のこの原拠は、既見資料においては、この法華玄賛巻四末がもっとも近く、おそらく、この類ないしこれ相当の抄物を書承したはずである。この書は、同種の所伝をもつ法華義疏（吉蔵、巻四）・法華文句（巻一上）等と同じく法華史を飾る古典であるが、これらのこの部分は同じく初転法輪にふれる長行と比丘偈とをもつ法華経方便品の注疏に属する。そして、これらのすべてに十力迦葉（Daśabala-kāśyapa; Dasabalakassapa）とあるのが今昔本文には摩訶迦葉（Mahākāśyapa; Mahākassapa）となっているのは、今昔本文のよった同類の資料にすでにそうあったというよりは、摩訶迦葉の名に親近するところから不注意に同一人とみた今昔本文の誤まりであろう。そしてまた、法華玄賛巻四末によれば、その所伝は古く口承に属したようであるが、今昔本文巻一(8)がその前半において原典を誤読し、かつ簡略しながら、その後半にこのような所伝を癒着したのは、このような口承系の所伝に共感する何ものかがその背後にあったからではあるにしても、もとよりこれはこの今昔本文自体が民衆社会の口承自体を用いたというようなことではない。それは、同じく今昔物語集巻一(2)のシッダールタ誕生七歩に関する注釈部、それはそこのみ敬語を欠く文体からみてもあきらかに挿入部であるが、それが、「口がたり」などではなくて、大般涅槃経巻四の一部相当の直接書承であること[5]と通じている。

四

今昔物語集巻一(18)仏教化難陀令出家語	[A]仏、難陀ニ告給ハク、汝ヂ道ヲ学セヨ。後世ヲ不顧ザル、極テ愚ナル事也。我レ汝ヲ天上ニ将行テ令見ムト宣テ、[B]忉利天ニ将昇給ヌ。諸天ノ宮殿共ヲ見セ給フニ、諸ノ天子、天女ト共ニ娯楽スル事無限シ。[c]一ノ宮殿ノ中ヲ見ルニ、衆宝荘厳、不可称計ズ。[D]其ノ中ニ、五百ノ天女ハ有テ、天子ハ無シ。[E]難陀、此レヲ見テ仏ニ問ヒ奉ル、[F]何レバ此ノ宮殿ニハ天女ノミ有テ天子ハ無キゾト。仏、天女ニ問給フニ、[G]天女答テ申サク、[H]閻浮提ニ、仏ノ弟、難陀ト云フ人有リ。近来出家セリ。其ノ功徳ニ依テ、命終
十巻本釈迦譜巻六(12)出耀経部	[A]仏告難陀。夫人学道。貪著欲心不顧焼身之禍。我今将汝天上遊観。宣自専心勿懐恐怖。仏以神力接至天上。[c][C]見一宮殿衆宝荘厳。玉女営従不可称計。唯無夫主。[E]難陀問仏。此何天宮。種種娯楽快楽昔所未見。而無夫主。唯願説之。仏告難陀。汝可自問。難陀奉教自往。問之。[G]天女答曰。汝不知乎。迦維羅竭国釈迦文仏並父弟難陀後当生此。為我夫主。[I]難陀聞之[K]密自歓喜。（五十、60a）
十巻本釈迦譜巻六(12)雑宝蔵経部	[B]仏復将至忉利天上。遍諸天宮而共観看。見諸天子与諸天女共相娯楽。[D]見一宮中有五百天女。無有天子。尋来問仏。仏言。汝自往問。難陀往問言。[F]諸宮殿中尽有天子。此中何以独無天子。諸女答言。[H]閻浮提内仏弟難陀。仏逼使出家。以出家因縁。命終当生於此天宮為我天子。難陀答言。[J]即我身是。（五十、60b—c）

テ此天ノ宮ニ可生シ。其ノ人ヲ以テ天子ト可為ガ故ニ天子無也ト。
難陀此レヲ聞テ、我ガ身此也ト思フ。（I、90・6―12）

この歓喜する難陀（Nanda）の物語も、従来原拠とせられる経律異相巻七(8)・法苑珠林巻二十二その他によったのではなくて、十巻本釈迦譜巻六(12)に直接よったのである。しかも、それは、十巻本釈迦譜巻六(12)のよる出曜経（巻二十四）と雑宝蔵経（巻八(96)）との二資料を交互に断ち交互につないで構成せられたものである。ただ一箇所、そのいずれにも属しない「仏、天女ニ問給フニ」の句は、その理由をあきらかにしないにしても、もとより今昔本文の変改である。このような交互構成の方法は、また、漢文の硬質と口がたりの色ののこる和文の柔軟とをもつれさせるときにもみえるであろう[6]。このような構成感覚が諸要素の配置と秩序とにもつ鋭さは、また、本朝世俗部数巻の、地方と中央とをブロックごとに交錯させた、その配列構成の感覚を思い出させるものがあるとも言えるであろう。

今昔物語集巻一(18)のこの本文はこうしてあきらかに書承によって成っているが、敦煌本難陀変文（P. 2324）をみれば、それはおそらく中晩唐代に親近せられた雑宝蔵経ないし法苑珠林などによってははなはだしく潤色し、散文と韻文とを交錯させたアーキヤーナ形式をとるのみならず、そこには白・断・吟などの標記もつけられていて、あきらかに唱導の場で、その散文の箇所の譚説にあわせて、その歌の箇所を、十二宮調断金調の優雅な音楽を伴奏して歌唱するなり、楽器を止め、もしくはかすかにして吟詠するなり、(7)いわば抒情的な合唱間奏曲（コラール・インタールード）を用いながら誘俗した、と考えられるものである。今昔物語集は概して原典に即しながら、その世界をつくって行くのであって、少くとも第一次的には多くの伝説説話蒐集において唱導資料の蒐集と整理とを目的としたであろうとしても、また、さりげない説話様式につつんだとしても、あらたに和漢混淆の文章語体の散文を切りひらきながら再構成する苦心を通じて、確乎とした散文の世界をつくる意志とよろこびとは少なくともひそかにはめざめていたはずである。(8)

五

今昔物語集巻三(28)仏入涅槃告衆会給語	十巻本釈迦譜巻九(27)出大般涅槃経
（釈迦如来）年既ニ八十ニ至リ給テ、毗舎離国ニシテ阿難ニ告テ宣ハク、我レ、今、身躰皆病ミ、今三月有テ涅槃ニ可入キ也ト。阿難、仏ニ白シテ言サク、仏ハ既ニ一切ノ病ヲ遁レ給ヘリ。何ノ故ニ今痛ミ給ヘルゾト。其ノ時ニ、仏起キ給テ大ニ光ヲ放テ世界ヲ照シ給フ。結跏趺坐シ給ヘリ。此ノ光ニ値ヘル諸ノ衆生、皆、苦ヲ免レ楽ヲ受ク。	(A)長阿含経云。仏於毘耶離。与阿難独留。於後夏安居中。仏身疾生挙体皆痛。仏告阿難（中略）爾時世尊告阿難。倶詣香塔。現在比丘普勅令集。如来不久是後三月当般泥洹。（中略）我言。是後三月当般涅槃。爾時賢者阿難。右膝著地叉手白仏言。唯願世尊。留住一劫勿取滅度。爾時世尊黙然不対。（下略） （五十、68b—c、長阿含遊行経巻二・三、一、15a—17bヲ簡略ス）

其ノ後、毗舎離国ヨリ拘尸那城ニ至リ給テ、沙羅林ノ雙樹ノ間ニ、師子ノ床ニ臥シ給ヒヌ。阿難ニ告テ宣ハク、汝ヂ当ニ知ベシ、我、今、涅槃ニ入トス。盛ナル者ハ必ズ衰フ、生ヌル者ハ定メテ死ヌル事也。亦、文殊ニ告テ宣ハク、我ガ背ヲ痛ム事ハ、今大衆ノ為ニ説カム。二ノ因縁有テ病ハ無也。一ニハ一切衆生ヲ哀ビ、二ニハ病スル人ニ薬ヲ施ス也。而ルニ、昔シ、無量劫ノ中、菩薩ノ道ヲ修シテ、常ニ衆生ヲ利益シテ不苦悩ザリキ。病ヒ有ル者ニハ種々ノ薬ヲ施シキ。何ニ依テカ我レ病ヒ可有キ。但シ、我レ昔シ鹿ノ背ヲ打タリシニ依テ、今、涅槃ノ時ニ臨テ其ノ果報ヲ感ズル事ヲ顕ス也ト。

（Ⅰ、２５２・４—14）

(B)爾時世尊於晨朝時。従其面門放種種光。遍照三千大千仏之世界。乃至十方六趣衆生。遇斯光者。罪垢煩悩一切消除。（五十、６８ｃ、三十六巻本大般涅槃経巻一、十二、６０５ａヲ簡略ス）即従臥起結跏趺坐。顔貌熙怡如融金聚。放大光明充遍虚空。（中略）遇斯光已。如是等苦悉滅無余。

（五十、７１ｂ—ｃ、同本大般涅槃経巻十、十二、６７１ａ—ｂヲ簡略ス）

(C)長阿含経云。爾時世尊入拘尸城。向本生処末羅雙樹間。告阿難曰。汝為如来於雙樹間敷置床座。（五十、７１ａ、遊行経巻三、一、２１ａ）如来今於娑羅（雙）樹間示現倚臥師子之床。欲入涅槃。

（五十、７１ｃ、同本大般涅槃経巻二十、十二、７３７ｃヲ簡略ス）

(D)爾時迦葉菩薩白仏言。世尊。如来已免一切諸病。（中略）如是種種心身諸病。諸仏世尊悉無復有。今日如来何縁。顧命文殊師利而作是言。我今背痛。汝等当為大衆説法。有二因縁則無病苦。何等為二。一者憐愍一切衆生。二者給施病者医薬。如来往昔已於無量万億劫中修菩薩道当(常)行愛語。利益衆生不令苦悩。施疾病者種種医薬。何縁於今自言有病。（中略）何故如来黙念而臥。（中略）世尊実無有病。云何黙念右脇而臥。（中略）爾時世尊（中略）(B)後半部）。

（五十、71a—b、同本大般涅槃経巻十、十二、669c—670a）

従来原拠未詳の今昔物語集巻三(28)のこの本文もまた、概して十巻本釈迦譜巻九(27)によるとみることが許される。十巻本釈迦譜巻九(27)のこの該当部分は長阿含遊行経を大般涅槃経（三十六、四十巻本）の上に鈔出するが、これと今昔本文とのかずかずの一致は、今昔本文にははなはだしく前後するところはあるものの、おそらく偶然ではないであろう。

暑いインドの夏、偉大な聖者のたそがれが近づいて、その身体はすべて痛んでいる。まず、その入滅の年齢を八十とするのは、十巻本釈迦譜巻九(27)にはみえず、長阿含遊行経には、古き仏伝文学、パーリ本マハーパリニッバーナ・スッタ第五誦品(27)に八十と数えられるのと同様に、それ以前に「吾已老矣年且(粗)八十」とみえている（一、15b）。しかし、中国六朝時代から教判論が盛行して後は、阿含部はほとんどかえりみられなくなったから、今昔本文のよったのもそれではなくて、「八十」（金光明最勝王経巻一等）「七十九」（法苑珠林巻一百等）などいう伝承の中から、八十という教団・貴族知識階級の口伝知識をえらんだのであろう。そして、十巻本釈迦譜巻九(27)における仏陀と阿難（Ānanda）との対話の類似を簡略した今昔本文は、(A)の阿難のねがいに代えて、その阿難をして(D)の迦葉の問を問わしめた後、(A)のその阿難のねがいのあと(B)と(D)のその迦葉の問のあととにいわば等しく位置するもの、すなわちその仏陀の「黙然」の後の光明を、また類似をもって統合したのであるが、このことは十巻本釈迦譜巻九(27)によることによってのみ在りえたのであった。しかし、そのために、すでに阿難の名において用いた迦葉の問は消さざるをえず、その名を消去して、ほとんど癒着的に「亦」とつないで転じなければならなかったのは、その無理を意識したためにみずから盛者必衰生者必滅の類型を導入してその連接を和らげようとしたのではあろうが、やはり少しく無理であった。文殊師利（Mañ Juśrī）を点じたのはもとよりいわゆる大小乗の混乱であるが、十巻本釈迦譜巻九(27)によった明確な徴証としていいであろう。ただし、これは原拠を明記してそれぞれの立場の異同を分別するが、それはその統一を失っている。簡略をはかる形式面の鋭さはあっても、その内面のゆたかな統一は失われたのであった。

ただ、この今昔本文の最後にみえる背痛因縁は、背痛にはふれる十巻本釈迦譜巻九(27)にも、またこれが所拠したものにもみえない。まして、その鹿のモチーフはみえないのである。ただ、背痛宿縁そのもののことは、往昔、大節日聚会の相撲のとき、賄賂の偽りを知って応じなくなった、ないし、賄賂の女人を与えなかった貪恚をもって、婆羅門力士の背を挫折して死に至らしめた刹帝利力士が仏自身の本生である（興起行経巻上(5)背痛宿縁、四、167c・五百弟子自説本縁経(30)、四、202a・一切有部毘奈耶楽事巻十八、二十四、96c―97a）というなど、酷烈な本生宿縁譚の中に残っていた。敦煌本仏説鬼問目連経（P. 2087）などにもかずかずの宿縁が残されている。

一鬼問言。我一生以来恒患頭痛。何罪所致。目連答曰。汝為人時好以杖打衆生頭。今受業報。果入地獄。

（本田義英手写本）

そして、今昔物語集自身の中にも、

昔、羅閲城ノ中ニ魚ヲ捕ル村有キ。世飢渇セリキ。	昔日之時。此羅閲城中有捕魚村。時世飢倹。（中略）
彼ノ村ノ中ニ大ナル池有リ。城ノ人民、池ノ中ニ至	彼村中有大池水。又復饒魚。時羅関城中人民之類

テ魚ヲ捕テ食ス。水ノ中ニ二ノ魚有リ。（中略）其ノ時ニ村ノ中ニ一ノ小児有リ、年八歳也。其ノ魚ヲバ不捕ズ、魚、岸ノ上ニ有ルヲ見テ興ジキ。当ニ可知シ、（中略）小児ノ魚ヲ見テ咲シハ、今我ガ身此レ也。魚ノ頭ヲ打タリシニ依テ、今我レ此ノ時ニ頭ヲ痛ム也。

（巻二、(28)、II、175・10―176・1）

往至池中捕魚食之。当於爾時。水中有二種魚。（中略）爾時村中有一小児年向八歳。亦不捕魚。復非害命。然復収魚在於岸上。小児見已極懐歓喜。（中略）小児見魚笑者今我身是。（中略）我爾時坐見而笑之。今患頭痛如似石圧。

（十巻本釈迦譜巻七(18)、五十、58a）

という頭痛宿縁が残っている。同様のものは「爾時魚跳。我以小杖打魚頭」（興起行経巻上(3)頭痛宿縁、四、166c―167a）という在り方でもみえるから、今昔物語集は、おそらく中国から教団もしくは貴族知識階級の間に入っていた伝承をもって加えたのであろう。背痛宿縁にも「摩竭魚ノ頭背ヲ以石打給ヒシ故也」という伝承はあった（塵添壒嚢鈔巻十五）。いま、森かげの鹿を打つモチーフはあるいは今昔本文のつくり出したものであるかもしれない。「因果応報」に観念的にも物語的にもひかれていたのであろう。いずれにしても、たとえば興起行経は小乗的有部的[9]にその立場を統一しているが、今昔本文のこの場合は、思想的に混乱して、外面的に癒着している。ただし、また、これは今昔物語集編集の厖大な仕事を駆った或る力にもなるのであろう。

六

今昔物語集巻三(32)仏涅槃後迦葉来語	十巻本釈迦譜巻九(27)
今昔、仏ノ涅槃シ給ヘル事ヲ聞テ、摩訶迦葉、狼跡山ヨリ出デヽ来ル道ニ、一ノ尼乾子遇タリ。手ニ文陁羅花ヲ取レリ。迦葉、尼乾子ニ問テ云ク、汝ヂ、我ガ師ノ事ヲ聞クヤ否ヤト。尼乾子答テ云ク、汝ガ師ハ涅槃ニ入給テ既ニ七日ヲ経タリ。迦葉、此ノ事ヲ聞テ泣キ悲ム事無限シ。亦、相ヒ具セル所ノ五百ノ比丘モ同ク此レヲ聞テ皆叫ビ悲ム。（I、257・5—8）	爾時大迦葉従波波国遇一尼乾子。手執文陀（曼）羅花（華）。問言（曰）。汝知我師在（不）乎。答曰。滅度已来已経七日。（我従彼）迦葉聞之悵然不悦。（得比華）五百比丘（弟子）婉転号咷不能自勝。（五十、73a、経律異相巻四(5)、五十三、19aト校ス）

悲愁を沈めた古勁な群像名画を思わせるこの物語も、またあきらかに、長阿含遊行経を簡略する十巻本釈迦譜巻九(27)によるものであって、従来原拠とせられる経律異相巻四(5)によるものではない。原典「波波国」を「狼跡山」とするのは、マハーパリニッバーナ・スッタ第六誦品(19)などの古伝以来のPāvā 邑を、伽葉が狼跡山(Kurkuṭapada giri・Kukkuṭapada giri) で寂したという、教団の仏教史的知識にもとづいて、今昔物語集巻三(32)の訳者ないし訳者たちがその翻訳の場で誤まって改めたものであろう。

七

今昔物語集巻三(33)仏入涅槃給後摩耶夫人下給語

今昔、仏、涅槃ニ入給ヌレバ、阿難、仏ノ御身ヲ殯奉テ、即チ忉利天ニ昇テ、摩耶夫人ニ仏既ニ涅槃ニ入給ヌト告グ。摩耶夫人、阿難ノ言ヲ聞テ泣キ悲ムデ地ニ倒レヌ。[c] 良久ク有テ、諸ノ眷属ヲ引将テ忉利天ヨリ沙羅雙樹ノ本ニ下リ至リ給ヒヌ。仏ノ棺ヲ見奉テ、亦悶絶シテ地ニ倒レ臥シヌ。水ヲ以テ面ニ灑クニ、即チ蘇テ棺ノ所ニ行テ泣々ク礼ヲ成テ、此ノ言ヲ成サク、我レ、過去ノ無量劫ヨリ以来、仏ト母子ト成テ未曾テ離レ奉ル事無カリツ。而ニ今既ニ滅度シ給ヒヌレバ、相ヒ見奉ラム事永ク絶ヌ。悲哉ト。諸ノ天人ハ微妙ノ花ヲ以テ棺ノ上ニ散シ奉リ、亦、摩耶夫人、仏ノ僧伽利衣及ビ錫杖ヲ右手ニ取テ地ニ投ルニ、其ノ音、大山ノ崩ル、ガ如シ。亦、摩耶夫人宣ハク、願クハ、我ガ子、仏、此

十巻本釈迦譜巻九(27)

摩耶経云。仏般涅槃(爾時)。摩耶夫人(即於)天上(見)・五衰相現。(・)(中略)爾時(尊者)・阿那律(既見)・棺殯如来身已。即(便)・昇(於)・忉利天(上)・。(往摩訶)・偈告摩耶。(所而説是偈)・・・・。((中略))(時阿那律説此偈已即便還下如来棺所爾時摩訶)・・・・・・・・・・・・摩耶聞(阿那律説此偈)・・・・・已。悶絶躄地。(諸天女等以冷水灑)・・・・・・・良久乃蘇。自抜頭髪(絶荘厳具)・・・悲泣(垂涙)・・而(作此)・・言。(我於)・・昨夜得(五悪)・・夢。(決定当)・・・知有怪(仏入涅槃今者)異・。・仏果(見阿那律来云已)・・・・・・滅度。(在雙樹間)・・・。不久便(何其疾哉人天福尽)・・・・・・・・・(応而)当即就闍維。何其苦哉。世間眼滅。(中略)(摩訶摩耶説此偈已涕泣懊悩不能自勝)・・・・・・・・・・・・・・・即与(於無量)・・・諸(天女等)・・・眷属(囲遶作妙妓楽焼香散花歌頌讃歎)・・・・・・・・・・・・・・・従空来下趣雙樹間。(所到婆羅林中已)・・・・・遙見仏棺。便即(・)(大)・悶絶不能自勝。(諸天女等)・・・以水灑面。然後方蘇。前至棺所。(頭)・頂(作)・礼(垂涙)・・悲泣(悩)而作是言(此)。共於過去無量劫来長為母子未曾捨(方当昏迷)・・・離。一旦於今相見無期(無相見)。嗚呼苦哉。衆生福尽。(誰為開導)・・・・。即以・種種天花(天曼陀羅)(摩訶曼陀羅花曼殊沙花摩訶曼)・・・・・・・・・・・

ノ諸ノ物ヲ空ク主ル事無クシテ、幸ニ天人ヲ度シ給ヘト。

其ノ時ニ、仏、神力ヲ以テ故(マヽ)ニ、棺ノ蓋ヲ自然ニ令開テ棺ノ中ヨリ起キ出給テ、掌ヲ合セテ摩耶夫人ニ向ヒ給フ。御身ノ毛ノ孔ヨリ千ノ光明ヲ於チ給フ。其光ノ中ニ千ノ化仏坐シ給フ。仏、梵声ヲ出シテ母ニ問テ宣ハク、諸ノ行ハ皆如此シ。願クハ我ガ滅度シヌル事ヲ歎キ悲テ泣啼シ給フ事無カレト。

其ノ時ニ、阿難、仏ノ如此ク棺ヨリ起キ出給ヘルヲ見テ、仏ニ白シテ言サク、若シ後世ノ衆生有テ、仏、涅槃ニ入給時ハ何事ヲカ説キ給ヒシ、ト問フ事有ラバ、何ガ可答キト。仏、阿難ニ告テ宣ハク、汝ガ可答キ様ハ、仏、涅槃ニ入給ヒシ時、摩耶夫人、忉利天ヨリ下リ奉リ給ヒシニ、仏、金ノ棺ヨリ起キ出給テ、掌ヲ合セテ母ニ向テ、母ノ為及ビ後世ノ衆生ノ為ニ偈ヲ説キ宣ヒテ、ト可語シ。此レヲ仏臨(マヽ)母子相見経ト名付ク。此ノ事ヲ説畢リ給テ後、母子別レ給ヒ

（殊沙花用）・・・布散棺上。（而説偈言）（中略）（爾時摩訶）・・・・・・・・摩耶夫人・・（説[illegible]）
夫人（・・説此偈已）・・・顧見如来僧伽梨衣及鉢・（多羅）〔並〕（以）・錫杖。右手執之（左手拍頭）・・・・。挙身投地如大（太）山崩。悲号慟絶而作是言。我子（昔日）・・執著（此等広）・・・福（世間利益）・・・度天人。今此諸物空無有主。嗚呼痛（苦）哉。（痛不可言時諸八部及以）・・・・・・・・四衆（見摩訶摩耶憂悩如是倍更）・・・・・・・・悲感涙下如雨。帝釈力故変成河流。爾時世尊以神力故令諸棺蓋皆自開発。便従棺中合掌而起。如師子王初出窟已（時）奮迅之勢。身毛孔中放千光明。一一光明有千化仏。悉皆合掌向於（摩訶）・摩耶。以梵軟音問訊母言。遠屈来下此閻浮提。諸行法爾。願勿啼泣。

（即便為母而説偈言）・・・・・・・。

（一・切・福・田・中・　仏・福・田・為・最）
（一・切・諸・女・中・　玉・女・宝・為・最）
（今・我・所・生・母・　超・勝・無・倫・比）
（能・生・於・三・世・　仏・法・僧・之・宝）
（故・我・従・棺・起・　合・掌・歓・喜・讃）
（用・報・所・生・思・　示・我・孝・恋・情）
（諸・仏・雖・滅・度・　法・僧・宝・常・住）
（願・母・莫・憂・愁・　諦・観・無・常・行）

ニケリ。其ノ時ニ、棺ノ蓋、本ノ如ク被覆ニケリトナム語リ伝ヘタルトヤ。

（I、258・8―259・10）

（爾時世尊説比偈已摩訶摩耶小自安慰顔色暫悦如蓮花敷）。（于）爾時阿難見仏起已又聞説偈。垂涙嗚咽強自抑忍。即便（合掌而）白仏（言）。後世衆生必当問我。仏（世尊）臨（欲般涅槃時）滅度復何所説。云何答之。仏告阿難。汝当答言。世尊已入（般）涅槃（後）。（摩訶）摩耶夫人（従天）来下。（至金棺所爾時）如来為後不孝諸衆生故。従金棺出（如師子王奮迅之勢身毛孔中放千光明一一光明有千化仏悉皆）合掌問訊（向摩訶摩耶）。幷（又）説（於如）上諸偈。（阿難又言当何名此経云何奉持仏告阿難我於昔忉利天上為母説法及摩訶摩耶夫人自有所説今復在此母子相見汝可為後（世）衆生等次第演説）故此経（名曰摩訶摩耶経亦名仏昇忉利天為母説法経又）名為仏臨（般）涅槃母子相見経。如是受持（奉）。（爾時世尊）説此語已。与母辞別（而説梵言）。

（我生分已尽　梵行久已立
所作皆已弁　不受於後有
願母自安慰　不須苦憂悩
一切行無常　信是生滅法
生滅既滅已　寂滅為最楽）

（爾時世尊説此語已）即便闔棺。三千（大千）世界普皆震動（摩訶摩耶及衆）八部大衆（・・）悲（泣）号懊悩。（不能自勝）声動天地。……

（五十、７３ｂ—７４ａ、摩訶摩耶経巻下、十二、１０１２ａ—１０１３ｂト校ス）

マハーパリニッバーナ・スッタにほぼ相当する長阿含遊行経に、仏陀入滅の悲しみの歌われるとき、仏母摩耶もまた天上から下って歌ったという歌がみえ始め、やがて、仏陀の追慕や信仰に母子の情緒を織り、かずかずの長い歌を織りなす彩とした摩訶摩耶経の物語が生まれてきた。日本ではつとに東大寺諷誦文稿に覚書せられ、王朝の教団・貴族を通って後には、かの幽麗の釈迦金棺出現図にも飾られた、美しい幻影、摩耶(マーヤー)の物語であった。

今昔物語集巻三(33)のこの本文も十巻本釈迦譜を基礎として成立した。悲しみの花を散らして歌われる母子の歌のかずかずはことごとく省かれているが、今昔物語集は一般に多くの歌を省いたし、またこの場合、それらはすでに十巻本釈迦譜巻九(27)においても省かれていたのである。摩耶が「摩耶」「摩訶摩耶」でなくて、すべて「摩耶夫人」とあるのもこれによった徴証であり、それは、同じく十巻本釈迦譜巻七(16)釈迦母摩訶摩耶夫人記を原典とすべき今昔物語集巻二(2)仏為摩耶夫人昇忉利天給語における、その在り方のかずかずと比較しても明瞭である。(10)

ただ、今昔本文においては、摩耶に仏陀の入滅を告げたのが、十巻本釈迦譜巻九(27)の阿那律（Aniruddha; Anuruddha）ではなくて、阿難である。しかし、これは、阿那律を阿難と錯覚したことによる今昔本文の誤記であった。敦煌本仏母経（S. 2084）も、これをさらに潤色したらしい、亡母追福写経の敦煌本摩耶夫人経（P. 2055本田義英手写本）も、仏陀入滅に際して天上の慈母を呼ぶということになっていて、遣わされてその仏陀の入滅を告げることになったのを、それぞれ憂波梨とし憂波離とした。すなわちUpāliであって、憂婆夷か何かの誤りにもとづいた口承知識によるものであろう。今昔本文の「阿難」はそうではなくて、これは原典「阿那律」書承の間に生じた誤まりである。今昔物語集の訳者ないし編者たちは阿那律の名を知らなかったのではない

（巻一(21)・巻二(19)）。翻訳のときの類字もしくは類音の錯覚による誤まりである。今昔物語集の翻訳翻案ないし編集の仕事は、仏典漢訳の場や欽定英訳聖書の場がそうであったように、おそらくは複数をもって構成せられていたはずであるが、このような場における訳出者の言を類音から誤まって筆受したのかもしれない。いずれにしても、若干の誤訳、ないし誤字かともみられるものとともに、十巻本釈迦譜巻九(27)を基礎原典とすることを疑わしめるものではないのである。

ようやく深まろうとする末法意識の中で、仏伝を今昔物語集はみずから新しく見直そうとした。その基礎の書が十巻本釈迦譜であったのである。

注

（1）　小稿は別稿「和文クマーラヤーナ・クマーラジーヴァ物語の研究」、「敦煌資料と今昔物語集との異同に関する考察（I―III）」、「今昔物語集仏伝における大般涅槃経所引部について」等、すでに釈迦譜にも関説する一連の個別研究と相関する（全て本書所収）。以下、これらと部分的に重複する場合もあるが、特別の場合のほかは一々注しない。

（2）　今昔物語集諸篇には、冒頭の導入部にまず総叙的に序し、接続詞「而ニ」「而ル間」などに始まる具体的な展開部から原典に直接するという方法をとることが少なくない。いま、この巻I(1)においてもそうである。「釈迦菩薩」（ガンダーラ彫刻金石文等）・「内院」（中天竺国舎衛国祇洹寺図経等）の語などを含むその導入部の一文は、教団ないし貴族知識階級の間の仏教史的知識をもって序されたのであって、原典に直接対応しなくてよいのである。

（3）　川口久雄「八相成道変文と今昔物語集仏伝説話」（金沢大学法文学部論集文学篇4、一九五六）

（4）　たとえば、今昔物語集巻一(11)は、大智度論巻八の物語を独自に和訳したものではない。注好選巻中(11)に類する、すでに和らげられた日本資料によるのであって、それは文体・用語も証明している。（小稿「敦煌資料と今昔物語との異同に関する考察（III）」→本書所収）。ここにみえるゴータマは、仏弟子ないし帰依者以外の諸外道などが仏陀の姓を呼んだその用法であることは言うまでもない。今昔物語集巻一(6)などに、「沙門瞿曇」に敬語を付するのも、やはり今昔の誤まりである。

(5)　小稿「今昔物語集仏伝における大般涅槃経所引部について」→本書所収。

(6)　小稿「敦煌資料と今昔物語集との異同に関する考察（I）」→本書所収。

(7)　那波利貞「中晩唐五代の仏教寺院の俗講の座に於ける変文の演出方法に就きて」（甲南大学文学会論集第2号、一九五五）。

(8)　注(6)小稿。

(9)　干潟竜祥「本生経類の思想史的研究」一二四頁。

(10)　文意通じがたいという（大系本頭注）「(仏、母ニ）問テ宣ハク」にしても、十巻本釈迦譜巻七(16)には「問訊」とある。今昔本文はこれによって、その仏典類型語としての意（大智度論巻十）を用いずに和訳したのである。今昔物語集の「問フ」には、原典の質疑の意ないし安否を問う意を省略し、ないし脱落して、単なる平叙に用いられた場合（巻三(35)、I、262・13／十巻本釈迦譜巻九(28)「致問」、五十、74c、巻六(6)、II、67、5・10／三宝感応要略録巻下17「来問」「問」、五十一、851c等）のほか、あきらかに、古代語的に「ものを言う」平叙に用いられた場合（巻五(1)、I、338・9／宇治拾遺物語(91)共通母胎「とう」等）もある。いま、今昔本文もその意に用いたのであろう。なお、後出する「掌ヲ合セテ母ニ向テ」は原典の「合掌問訊」に相当する。

今昔物語集仏伝の翻訳表現（断簡）

「ようやく深まろうとする末法意識の中で、仏伝を今昔物語集はみずから新しく見直そうとした」[1]。もとより、「あたらしく仏を思うことは、あたらしく人間を思うことであった」[2]。「和漢混淆の文章表現」、そこには、「さりげない説話様式につつんで、書くこと語ることの同時共存をもってする間に、うつろいやすい何ものかに対して、確乎とした散文作品をつくることへの意志がめざめつつあった」[3]。これはいま意を尽さない旧表現であるが、小稿は、『今昔物語集』仏伝の一部によって、『今昔物語集』の書承翻訳表現を中心に考察するものである。

一

〔I〕…太子漸ク進ムデ車匿・揵陟ニ語ヒ給フ、恩愛ハ会ト言ヘドモ離ル、世間ノ无常必ズ可畏シ。出家ノ因縁ハ必ズ遂難シト。車匿、此ヲ聞テ云フ事无、又、揵陟嘶ヱ鳴ク事无シ。其時キニ、太子、御身ヨリ光明ヲ放テ十方ヲ照シ給フ、過去ノ諸仏ノ出家ノ法、我レ今又然也ト。諸天、馬ノ四足ヲ捧ゲ、車匿ヲ接ヒ、帝釈ハ蓋ヲ取リ、諸天皆随ヘリ。城ノ北ノ門ヲ自然ラ開シム、其ノ声音无シ。太子、門ヨリ出給フニ、虚空ノ諸天讃歎シ奉ル事无限シ。太子、誓ヲ発テ宣ハク、我レ若シ生老病死・憂悲苦悩ヲ不断ズハ、終ニ宮ニ不返ジ。我レ菩提ヲ不得、又法輪ヲ不転ズハ、返テ父ノ王ト不相見ジ。我レ若シ恩愛ノ心ヲ不尽ズハ、返テ摩訶波闍及ビ耶輸陀羅ヲ不見ジト誓ヒテ、天暁ニ至テ、行ユク所ノ道ノ程三由旬也。諸天、太子随テ其ノ所ニ至テ忽ニ不見ズ。

（日本古典大学大系本I、63・5—13）

シッダールタの出城。『今昔物語集』本文〔I〕は、『過去現在因果経』巻二を基礎として構成する十巻本『釈迦譜』巻二、ないしその『因果経』自体に直接して、これらの原典に即して訳出する。仏とは何か、これをあたらしい表現と相関して問う『今昔』体験が、シッダールタの出離を急調させる。「過去ノ諸仏ノ出家ノ法、我レ今又然也」（原典「過去諸仏出家之法、我今亦然」）、『因果経』は天上の過去因縁をめぐる神話的想起ともいうべき主題をみちびき、仏陀（ブッダ）の道は過去諸仏の所行の法式であり、彼もまたかくの如く行き我もかくの如く行くという構造を示すから、特にこの表現の比重は重いが、『今昔』は、釈迦族の偉大な聖者、それはすでに王子の物語となっていたとはしても、その聖者、現世における人間としてのゴータマの、仏陀、めざめたるひとへの道という主題を仏陀に抱く。仏陀論・仏身論の複雑な展開の間に、すでに深く神話化され理想化された原典に従いながら、『今昔』は基本的に人としての覚者を求め、感じようとするのである。(4)

今昔物語集巻一(4)	過去現在因果経巻二・十巻本釈迦譜巻二
〔II〕馬ノ駿キ事ト金翅鳥ノ如シ、車匿不離ズシテ御共ニ有リ。太子、跋伽仙人ノ苦行林ノ中ニ至リ給ヌ。馬ヨリ下リ給テ馬ノ背ヲ撫テ宣ク、我レヲ爰ニ将来レリ、喜ビ思フ事无限シ。又、車匿ニ宣ハク、（中略）我レ国ヲ捨テ此ノ山ニ来レリ。汝ヂ一人ノミ我ニ随ヘリ、甚	〔II′〕爾時太子次行至彼跋伽仙人苦行林中。太子見此園林、寂静無諸諠閙。心生歓喜諸根悦予。即便下馬撫背而言、所難為事、汝作已畢。又語車匿、馬行駿疾如金翅鳥王。汝恒随従不離我側。（中略）我既捨国、来此林中。唯汝一人独能随我。甚為希有。我今既已至閑静処。汝便可与揵陟倶還宮也。（中略）車匿答言。（中略）我今何而捨太子、独還宮耶（也）。

ダ難有シ。我レ聖ノ所ニ来レリ。汝、速ニ揵陟ヲ具シテ宮ニ返ネト。（中略）車匿申テ云ク、（中略）我レ何トシテカ太子ヲ捨奉テ宮ニ返ラムト。太子ノ宣ハク、世間ノ法ハ、一人死ス、一人生レヌ。永ク副フ事有ラムヤト宣テ、車匿ニ向テ誓テ宣ハク、過去ノ諸仏モ菩提ヲ成ムガ為メニ餝ヲ弃テ髪ヲ剃給フ、今、我モ又可然ト宣テ、(1)宝冠ノ髻ノ中ノ明珠ヲ抜テ車匿ニ与テ、此ノ宝冠・明珠ヲバ父ノ王ニ可奉シ。(2)身ノ瓔珞ヲ脱テ、此ヲ摩訶波闍ニ可奉シ。(3)身ノ上ノ荘厳ノ具ヲバ耶輸陀羅ニ可与シ。汝ヂ永ク我ヲ恋フル心ロ无カレ、揵陟ヲ具シテ速ニ宮ニ返ネト宣ヘドモ、更ニ不返ズシテ哭悲ム。（中略）太子、車匿ニ宣ハク、汝ヂ速カニ宮ニ返テ具ニ我ガ事ヲ可申シト。然レバ車匿ハ踠ヒ渧ビ、揵陟ハ悲ビ泣テ道ノマヽニ皈リヌ。宮ニ返テ具ニ事ノ有様ヲ申スニ、大王ヲ始奉テ若干ノ人哭悲ミ騒ギ合ル事无限シ。此ノ揵陟ハ太子ノ御馬也、車匿ハ舎

太子即便答車匿言、世間之法、独生独死、豈復有伴。又有生老病死諸苦。我当云何与此作侶。吾今為欲断諸苦故而来至此。苦若断時、然後当一切衆生而作伴侶。（中略）于時太子即就車匿取七宝劍而師子吼、過去諸仏為成就阿耨多羅三藐三菩提故、捨棄飾好剃除鬚髪、我今亦当依諸仏法。作此言已、(1)便脱宝冠髻中明珠、以与車匿而語之曰、以此宝冠及以明珠致王足下。汝可為我上白大王。我今不為生天楽故。（中略）我今出家亦復如是。（中略）勿使於我横生憂悩。(2)太子又復脱身瓔珞、以授車匿而語之言、汝可為我持此瓔珞奉摩訶波闍波提。我今為断諸苦本故出宮城。求満此願。勿復於我反更生苦。(3)又脱身上余荘厳具、以与耶輸陀羅。亦復語言、人生於世愛別離苦。我今為欲断此諸苦出家学道。勿以我故恒生愁憂。（中略）太子答言。汝今不応作如此語。世皆離別、豈常集聚。（中略）汝勿於我偏生恋慕。可与揵陟倶還宮也。如是再勅、猶不肯去。（中略）爾時太子而語之言、汝今宜応捨此悲愁。便還宮城、具宣我意。太子於是即徐前行。車匿歔欷、頭面作礼。乃至遠望、不見太子。（中略）即牽揵陟、執持宝冠厳身之具。車匿号咷、揵陟悲鳴、縁路而帰（還）。

人也ケリトナム、語リ伝ヘタルトヤ。
（I、63・14―65・6）

（大正蔵、三、633b―634b・五十、25a―26a）

過去現在因果経巻二・十巻本釈迦譜巻三

（前略〈王宮不知太子所在〉）爾時車匿歩牽揵陟及荘厳具、悲泣嗚咽随路而還。（中略）於是車匿前入宮城。……
（三、635a・五十、26c）

シッダールタの出離が、「国」ないし王「宮」の論理と「山」（「林中」）ないし「聖ノ所」（「閑静処」）の論理とを、まず鋭く矛盾させる。この時、本文〔II〕冒頭、「馬ノ駿キ事ト……御共ニ有リ」、これは、原典に平叙する「心生歓喜諸根悦予」句を会話に改めた方向とは逆に、原典の会話部を平叙して、物語の登場人物としてのシッダールタと馭車車匿との関係内部から、物語の場面・局面に動的に機能することになった。その比喩は回想なり結果なりとしての喜びのままには収束されず、出離の矛盾を超えるシッダールタの決意を方向して展いた。もとより出離の急迫を告げるが、これは、表現の媒体・素材としての原典との出会の緊張が、『今昔』の表現の潜勢力、その衝迫とも言うべきものを自己の形として見出して来たのであり、それはやはり『今昔』内部の求法と呼ぶべきものにかかわっていて、その意味において『今昔』は自己の希いを表現したのであり、ここには『今昔』の托したものがあったと言える。原典、シッダールタが車匿に語る会話部の、人間の孤独とその出会の意味とは、本文〔II〕にはただ「世間ノ法ハ、一人死ス、一人生レヌ、永ク副フ事有ラムヤ」とのみ訳出されるが、この意味は、既注されるところとは異なり、ひとりひとり別々に生死するという存在の習いの窈冥の理に通って、「人在世間愛欲之中、独生独死独去独来」（『無量寿経』巻下、十二、274c）、「一身独生歿、電影是無常」（『性霊集』巻一「遊山慕仙詩」）、ないし、まさしく仏伝のこの部分にあたる、「生ル時モ独生レ、死ル時モ独去。何ゾ中間ニ必シモ人ト伴ム。我、無上道ヲ成ジテバ、一切衆生ヲ以テ伴トスベシ」（『沙石集』巻三(1)）の類にあきらかであろう。(5) 原典は、過去諸仏所行の法式と重ねた後、シッダールタが王宮の恩情あった人びとへの告別を車匿に托する、同型の類似表現を鼎立して進行するが、本文〔II〕は、その同型表現の間から、連鎖する行動の映像を簡明な命令表現に托して運んで行く。愛別離苦などの諸苦を断つべき解脱の希いがすべて省かれるのは、前文〔I〕に訳出したところとの重複を避けたのであろう。シッダールタを鼎文表現した中の「我今……」「勿……」型は、またシッダールタの車匿への「汝今……」「勿……」表現にもわたり、本文〔II〕「汝ヂ永ク我ヲ恋フル心ロ无カレ」へわたる簡略は、おそらく原典のその調子をも知るであろう。末尾、車匿が「宮ニ返テ具ニ事ノ有様ヲ申スニ」という要領摘出は、後記すべきように、『今昔』が次章本文〔IV〕との関係を細心に検討した上の補充であった。車匿・揵陟のことが、たとえば『梁塵秘抄』207にも謡われたように、時代の常識であったことは言うまでもない。

二

物語は原典においては巻を分かたずにつづき、『今昔物語集』は章をくぎって巻一(5)悉達太子於山苦行語を立て、王宮を去ったシッダールタが苦行者跋伽（バッガヴァ）仙人を訪う出来事を冒頭する。もとより、その出離を鋭く意識するゆえである。原典の所伝に従い、誤訳か意改かを交えながら、『今昔』は全体として簡略し、ただし、その思惟の核心は、これを、

今昔物語集巻一(5)	過去現在因果経巻二・十巻本迦迦譜巻二
〔III〕（跋伽等）苦行ヲ修ト云ヘドモ、皆、仏ノ道	〔III′〕此諸仙人難修苦行、皆非解脱真正之道。我今不応止住

ヲ願フニ非ズ。我レ爰ニ不可住ズ。（I・65・14―15）	於此。（三、634c・五十、26b）

と訳出する。シッダールタは跋伽の教へる阿羅邏迦蘭（アーラーラカーラーマ）のもとへ去るであろう。つづいて、原典は、『因果経』はなお多くそのまま巻をつぎ、『釈迦譜』は巻を分かって、王宮の驚愕・悲歎と、そこへ還った車匿の弁明と、その王宮の場面へ移る。

今昔物語集巻一(5)	過去現在因果経巻二・十巻本釈迦譜巻三
〔IV〕（A）サテ車匿ハ揵陟ヲ曳テ宮ニ返ヌ。(1)宮ノ諸ノ人、摩訶波闍及ビ耶輸陀羅ニ申テ云ク、車匿・揵陟、爰ニ還来レリト。(2)波提、此ヲ聞テ泣〻王ニ申ス。（B）又、(3)王、此ヲ聞テ悶絶壢地シテ、暫ク在テ醒悟テ、（C）諸ノ臣ニ勅シテ四方ニ太子ヲ尋ネ求メ奉テ、（D）大王、車千ニ多ノ資粮ヲ積テ、太子ノ御許ニ送テ、時ニ随テ供養シ奉テ乏キ事有セ不奉ジト。（E）車匿、太子ノ御許ニ詣テ、此資粮ヲ奉ルニ、太子敢テ不受給ズ。然レバ、車匿一人留テ千ノ車ヲバ王ノ御許ヘ返シ送ツ。車	〔IV′〕爾時太子既出宮已、至於天暁、耶輸陀羅及諸婇女従眠而覚、不見太子非号啼泣。即便往啓魔訶波闍波提、今且忽失太子所在。(2)摩訶波闍波提聞是語已迷悶躃地、如是展転、乃至達王。(3)王聞此言屹然無声。失其精魄若喪四体。（中略〈諸大臣追求太子〉）爾時車匿歩牽揵陟及荘厳具、悲泣嗚咽随路而還。（中略）(1)外諸官属白摩訶波闍波提及耶輸陀羅言、車匿唯与揵陟倶還。聞此言已、宛転于地。（中略〈車匿弁明〉）時摩訶波闍波提及耶輸陀羅既聞車匿説此事已、心小醒悟黙念無声。(3)′爾時白浄王悶絶始醒、勅喚車匿而語之言、（中略）時白浄王愛念情深語車匿言、我今当往尋求太子。（中略）於是王師大臣即便辞出、追尋太子。

匿ハ太子ニ付奉テ朝暮ニ不離ズ。（I、66・2―7）

（三、634c～636b・五十、26c～28a）

過去現在因果経巻三・十巻本釈迦譜巻三

爾時白浄王発遣王師及大臣已、（中略〈太子修行、王師大臣尋求太子報告〉）爾時白浄王聞王師大臣説彼使人如此語已、心大悲悩。（中略）時白浄王即便厳駕五百乗車。摩訶波闍波提及耶輸陀羅亦復相与弁五百乗。一切資生皆悉具足。即喚車匿而語之言、（中略）今復令汝領此千乗、載致資糧送与太子。随時供養勿使乏少。尽更来請。車匿受勅、即領千乗、疾速而去至太子所。（中略〈見太子苦行相〉）銜涙而言、大王憶念太子不捨日夜、今故遣我、領此千乗載資生具、以餉太子。（中略）爾時車匿聞此語已、心自思惟、太子今者既不肯受如此（是）資供。我当別覓一人、領此千乗還帰王所、我住於此奉事太子。（中略）於是車匿密侍太子不離晨昏（昏晨）。

（三、636b―639a・五十、28a―31a）

原典に、シッダールタ出城の「爾夕」（三、635b・五十、27a）をめぐって車匿の弁明する内容は、『今昔』がすでに前章巻一(4)においてその原典に即して訳出した出来事と多く重複した。『今昔』は、その重複を避ける意味において、同じくその前章の結末に、還城した車匿が「具ニ事ノ有様ヲ申スニ」と要領摘出して、あらかじめ処理を計っておいたであろう。いま、その処理とも相関して、本文〔IV〕が極めて簡略して訳出された。この簡略には無理があるが、また単に任意なのではない。一種の整合感覚に立つ原典理会の方法のひそむことが検出されるであろう。

まず、本文（A）は、「サテ車匿ハ揵陟ヲ曳テ……爰ニ還来レリト」、これに「波提、此ヲ聞テ泣〻王ニ申ス」とつづく。これは、車匿らが王宮に還り、摩訶波闍波提（マハーパジャーパティー）や耶輸陀羅（ヤショーダラー）がただ車匿らのみ還る「此言」を「聞」いた、その後出原文を先行させ、これに、先行原文、すなわち、まず車匿らの還る以前にシッダールタの不在を知った王宮において、「摩訶波闍波提聞是語已迷悶躃地、（中略）達王」とある、それをつづけたことがあきらかであった。(6) もとより、この原語「是語」はもとシッダールタの不在をのみ意味したが、いまは先行する「此言」に意味的に包摂されていて、訳語「此ヲ聞テ」は、その包摂された意味をひろげる。「泣〻」は、『今昔』がほぼその全巻を通じてしばしば補入した和文性の類型語であった。つづいて、本文（B）「又、王、此ヲ聞テ悶絶壀地シテ、暫ク在テ醒悟テ」というこれは、まず、同じく原典につづく「王聞此言、屹然無声……」、この王の失神の句を通じて、やはりまた「此ヲ聞テ」とその意味をひろげている。そして、原典によれば、その王の失神の間に、摩訶波闍波提と耶輸陀羅とは、車匿から「此事」すなわちシッダールタ出城の仔細を聞いて「心小醒悟、黙念無声」し、「爾時」、その時に王は失神「悶絶」から始めて「醒」めるであろう。この間、『因果経』には、王の失神の間に諸大臣がシッダールタの出城を検し、勅してあとを追って行方を知らなかったことを「大王」に報告する（「白大王言」）が十巻本『釈迦譜』の宋本・宮本にはこれを「大臣」とし（「白大臣言」）て、諸大臣への追手らの情報と見ている。『因果経』の漢訳自体少しくまどわしいとしても、出来事としてはこの『釈迦譜』をとるべきか、前後のコンテキストから見て、『釈迦譜』は「大王」はまだ失神していると見ているらしい。『今昔』本文にはこの部分は省略されて直接表現されないが、簡略してつづく本文が「暫ク在テ醒悟テ」とする前後の理会には、宋本系十巻本『釈迦譜』のコンテキストによる安らいがあるいはひそむかとも考えられる。ともかく、本文

（A）（B）は、要約すれば、原典のこの間を、女人の「聞此言已、宛転于地」した意を先行させ、

摩訶波闍波提聞是語已迷悶躃地、（中略）達王。王聞此言屹然無声。……
時摩訶波闍波提及耶輸陀羅既聞車匿説此事已、心小醒悟黙念無声。……
爾時白浄王悶絶始醒、……

これらの連立する類似表現による統合、ないしその前後の消去による転換を計りながら、緊縮・簡略したのであった。そえて言えば、「（王）悶絶躃地シテ……醒悟テ」の用字は、原典、彼女ないし彼女たちの「迷悶躃地」ないし「心小醒悟」の句を感じるところからする、表現の限定のかげでもあったであろう。すべて、必ずしも原典の示す出来事には沿わず、また一種の形式性は免れないが、分析的にはたらく構成感覚が、連鎖する行為関係の骨格を鋭く筋立てている、と言うことはできるのである。

本文（C）は、さらにはなはだしく簡略された。原典、始めて醒めた王は勅して車匿を喚び、その弁明を聞き、やがてシッダールタのあとを尋ね求めることを王師大臣らに命じるであろう。原典のその方向を、既出の出城の出来事との重複部分、ないし、車匿の弁明の中に耶輸陀羅の懐妊にふれさせて王に王統の継承の可能を感じさせなどする、若干の曲折部分を除いて抽出すれば、それは、

A　爾時白浄王悶絶始醒、勅喚車匿而語之言、……
B　時白浄王愛念情深、語車匿言、我今当往尋求太子。……
C　王聞此語、心自念言、（中略）今当試令師及（与）大臣更一尋（求）也。（中略）爾時白浄王発遣王師及大臣已、……
（三、636a—b・五十、27c—28a）

となる。この間に、物語は、対告の対象においては車匿から王師大臣へ移り、内容においてはシッダールタの出城から王の尋求太子の方向へ展かれて、そして、受勅して王師大臣らが王宮を出るであろう。現世恩愛の情のも

つれのままにシッダールタを追い尋ねる父王と、解脱の道を求めて別れ去る子シッダールタと、聖俗の主題がからみ合って、カピラヴァストゥ王宮、苦行者たちの山林やマガダ王都王舎城（ラージャグリハ）、ガヤ城の南迦闍山（ガヤーシールサ）やウルヴェーラ尼連禅河（ナイランジャナー）などの間、『今昔』本文（C）に「四方」と取意されたその空間に展開し、跋伽・阿羅邏迦蘭仙人や頻毘婆羅王（ビンビサーラ）、また迦闍山苦行林中の阿若憍陳如（アジュナータカウンディニャ）ら五人などを配置して、長い物語が設定されていた。その経過は、憍陳如らからの情報に接した王師大臣から、まとめて父王に報告された。シッダールタの志意を察した王は、

　D　爾時白浄王聞王師大臣説彼使人如此語已、心大悲悩。（中略）即喚車匿而語之言、……

車匿を喚んで、シッダールタにせめて千乗の資糧を送ろうとする。シッダールタの出離・求道と王の尋求太子と、二つの主題と構造とを知る『今昔』は、まず本文〔III〕にその求道を置き、いまこの尋求太子を追いながら、このあたらしい展開に目をとめるであろう。いま、本文（C）、「諸ノ臣ニ勅シテ四方ニ太子ヲ尋ネ求メ奉テ」、これは、原典に連立するＡＢＣ類似表現の交感、会話的と心内語的といずれにも通じるべきそれを、王勅という形はのこして交感させ、その対象は一元化して「諸ノ臣」として重ね合わせ、その内容はＢＣ表現の方向へ向かわせて、かつ、ここに至る長い物語の、尋求太子にかかわるすべてを「四方」ということばに包んで簡略してしまったのである。この極端な簡略のままに、本文（C）にその文のままに本文（D）がつづくのであるが、これは、前出原典ＡＢＣ類似表現と、それから遠く離れてはいるものの、この原典Ｄの類似表現との間にあたらしく交感関係をめざめさせて、この関係の間から、Ｄ表現の方向するあたらしい展開へ就こうとしたものであった。

　ただし、本文（B）（C）から（D）冒頭に至る、この統合簡略ないし屈折は、あたかも同じ場合に、たとえば接続助詞「ニ」の頻用を来たしたことがあるように[7]、接続助詞「テ」の頻用をやむなくし、あわせて、本文（D）「……乏キ事有セ不奉ジト」とある会話部の上限を不明瞭にすることをも結果した。本文（C）は、前記の

ように、王勅の対象を「諸ノ臣ニ勅シテ」と簡略して尋求太子の主題を急いだが、いま、原典D表現はその対象をふたたび車匿へ移していて、本文（D）の問題の会話部、その上限は措いて少なくともその下限部は、原典においてはあきらかに車匿への王勅に属する。しかし、本文（D）においては、原典にその車匿へ移るその方向は、まだあらわれず、それは、この会話部の終結に直接する後文、本文（E）「車匿、太子ノ御許ニ詣テ……」にはじめて具体するであろう。あきらかにここには、原典ABCD表現の統合を中心とした訳出の上の苦渋がのこり無理があると言わなくてはならない。ただしまた同時に、その訳出簡略が任意なのではなく、自身の方法と論理とを基本的に固持すると言うこともできる。もし推すならば、本文（A）～（E）の間には、「王」ということばが、「王ニ申ス」（原典「達王」）、「又、王、此ヲ聞テ」（「王聞此言」等）、「王ノ御許」（「王所」）と、原典に即しながら三たび、「大王」ということばが一つ見えるであろう。『今昔』において表現上のこの種の差異がどの程度まで意識の深度にかかわるかは必ずしも厳密を期しがたいとしても、いまもしこれを問えば、この「大王」ということばは原典にまさしく対応すべきを見ないものの、ただし、原典、千乗の資糧をめぐる車匿への王勅とシッダールタへの車匿のその復誦と、

E（白浄王）即喚車匿而語之言、（中略）今復令汝領此千乗、載致資糧送与太子。……
F（車匿）銜涙而言、大王憶念太子不捨日夜、今故遣我、領此千乗載資生具、以餉太子。

このEF類似表現の間に「大王」の語が見え、これは車匿から王への敬意を含む。本文（D）の「大王」はこの原語を感じるか、とあるいは考えられるであろう。すなわち、この「大王」は、前記のように、本文（C）（D）において、原典ABCD表現連関の間から出てD表現の方向するあたらしい展開が、D～DE表現に即して展開しながら、その類似表現Fからその原語をとりこんだか、と考えられるであろう。ただし、また前記のように、本文（D）には車匿は原典D～DE表現のようにはまだ再登場せず、すべてなお「諸ノ臣」に包摂されているか

ら、その会話主体は原典F表現のようには車匿としてあらわれないが、これは極端な簡略のはてとしてやむを得ない。平叙部の「王」三たびと異なる唯一の「大王」表現は、やはり原典F表現にシッダールタへの会話内自体に存したように、本文（C）（D）においてもおそらく同じく会話内の人間関係の意味として会話部に含まれ、千乗にふれる王勅の心をその王に敬意をはらいながらシッダールタに伝えようとする、そのような伝言関係の役割を果す方向にかかわるべきであろう。問題の会話部は、その不明瞭は免れないながら、本文（D）「大王、車千ニ……」を上限とすべきかと考えられるのである。[8] つづく本文（E）「車匿、太子ノ御許ニ詣テ、此資粮ヲ奉ルニ」、前記のように原典においては車匿への王勅に属した本文（D）下限部につづいて、ここにはじめて車匿が再登場する。本文（C）（D）からの接続は、問題の会話部が、「諸ノ臣」を通して果された伝言自体ではなく、その伝言関係を方向するにとどまったとしても、やはり安定を欠くが、もとよりこれも『今昔』が極端な簡略をつづけた結果であった。

これに由ってこれを観れば、『今昔』本文〔IV〕は、原典の主題、まずその尋求太子について統合簡略し、そのはなはだしい簡略は形式性は免れないとしても、基本的には、あくまで原典に即いてその細部をもみつめ、それとしての構成性整合性は方法的にめざめてはいるのである。[9] 自己模索の息をひそめて緊張するその構成感覚は、もとよりまた、『今昔』がその一篇一篇を編み上げるメカニズムとも照らしあうべきものであった。

もとより、『今昔』の欲したところは、シッダールタの求道の遂行、その解脱の成就であった。その主題が、跋伽仙人との物語につづいて、ふたたび帰ることになる。

今昔物語集巻一(5)	過去現在因果経巻三・十巻本釈迦譜巻三
〔V〕太子ハ阿羅邏仙人ノ所ニ至リ給ヌ。（中略）	〔V′〕爾時太子即便前至（行向）・彼阿羅邏仙人・（所住）・之所（処）。（中略）

仙人、天ノ告ヲ聞テ出テ太子ヲ見奉ルニ、形端正ナル事无限シ。即チ迎ヘ奉テ請ジ居奉ツ。仙人ノ申サク、昔ノ諸ノ王ハ、盛ノ時、恣ニ五欲ヲ受クト云ヘドモ、国ヲ捨テ出家シテ道ヲ求ムル事ハ无シ。今、太子ハ盛ニシテ五欲ヲ捨テ爰ニ来給ヘリ、実ニ希有也。太子ノ宣ク、汝ガ云フ事ヲ聞クニ、我レ喜ブ。汝、我為ニ生老病死ヲ断ズル法ヲ可説シト。（中略〈四禅等〉）〔太子〕我レ、此ニ勝タラム位ヲ求メムト思シテ、座ヨリ立テ仙人ニ別給フ。二人ノ仙人、太子ノ去給フヲ見テ思ハク、太子ノ知恵、甚ダ深クシテ難量シト思テ、掌ヲ合セテ送リ奉ル。

（I、66・8―67・7）

時彼仙人既聞天語心大歓喜。俄爾之頃、遙見太子、即出奉迎。讃言、善来。倶還所住、請太子坐。是時仙人既見太子、顔貌端正相好具足、諸根恬静、深生愛敬。即問太子。（中略）古昔諸王、盛年之時恣受五欲、至於根熟、然後方捨国邑楽具出家学道。此未足奇。太子今者於(捨)此壮年能棄五欲、遠来至此。真為殊特。（中略）太子聞已即答之曰、我聞汝言、極為歓喜。汝可為我説断生老病死之法。我今楽聞。（中略〈四禅等〉）于時太子為求勝法、即従座起与仙人別。（中略）次至迦蘭所住之処、論議問答、亦復如是。太子即便前路而去。時二仙人見太子去、各心念言、太子智慧深妙奇特、乃爾難測。合掌奉送、絶視方還。

（三、637c―638a・五十、29c―30b）

『今昔』の求める主題からして、原典、シッダールタの、阿羅邏迦蘭をすすめる跋伽との別れから、この本文〔V〕、阿羅邏迦蘭との物語が当然つづくべきではあったが、遠く隔てて物語られるこれを誘いやすくした形として、シッダールタの、その跋伽との別れの部分と、その阿羅邏迦蘭を求めるゆえの、引きとどめる頻毘婆羅王との別れの部分との、表現の類似があるいは数えられるかもしれない。すなわち、

「……於是太子即便北行。（跋伽等）諸仙人衆見太子去、心懐懊悩合掌随送、極望絶視、然後乃還。

（『過去現在因果経』巻二、三、６３４ｃ・十巻本『釈迦譜』巻二、五十、２６ｂ）[10]

時頻毘婆羅王見太子去、深大惆悵合掌流涙。（中略）太子於是辞別而去。時王奉送、次於路側極目瞻（観）矚不見乃返（還）。

（同巻三、三、６３７ｃ・同巻三、五十、２９ａ）

いずれも『今昔』本文には訳出されないのではあるが、この頻毘婆羅王との別れの後、原典〔Ｖ′〕が、『因果経』では直接し、『釈迦譜』ではこれにつづく『瑞応本起経』所引部（三、４７６ｂ～ｃ）を隔てた後にただちに接して、始まるのである。

本文〔Ｖ〕は、冒頭「至リ給ヌ」において、また、「盛ニシテ五欲ヲ捨テ」において[11]、出典論的には十巻本『釈迦譜』よりも『因果経』に近い。原典の教理的部分を多く省くのは『今昔』の常法であるが、いまも、原典、「生老病死ヲ断ズル法」を問うシッダールタと阿羅邏仙人との対論については、彼の説く「冥初（プラクリティ）」（原質）の理に始まる「生老病死・憂悲苦悩」の流転にふれる外は、四禅・四無色定、たとえば無所有処とか非想非非想処とかに関する形而上学的理論を省く。彼の修定主義を真実の解脱ではないとしてシッダールタは別れるが、その時、本文がまた原典を類似統合し、原典「次至迦蘭所住之処……」を省きながら、原語「二仙人」をそのまま「二人ノ仙人」と訳したことは既にあきらかであろう。もとより阿羅邏迦蘭はもと一人の名であるが、『因果経』巻三、阿羅邏・迦蘭「二仙人」（三、６３７ｃ・６３８ｂ・６４３ａ、十巻本『釈迦譜』巻三、同）のような異伝も生じ、いまもその場合であるから、その迦蘭を省きながら「二人ノ仙人」とした訳文を不注意と見るのはやさしいが、漢訳自体にすでにまどわしさもあることからすれば、敢えて言えば、本文は阿羅邏・迦蘭二仙人をほぼ間近に所住するという理会の在り方でとらえたか、とも考えられないではない[12]。なお、この「二仙人」との別れもまた前記と表現を類似するであろう。

今昔物語集巻一(5)	過去現在因果経巻三・十巻本釈迦譜巻三
〔VI〕太子、又、迦闍仙ノ苦行ノ所ニ至給フ、憍陳如等ノ五人ノ栖也。其ヨリ尼連禅河ノ側ニ至給テ、坐禅修習シテ苦行シ給フ。或日ハ一麻ヲ食シ、或日ハ一米ヲ食シ、或ハ一日乃至七日ニ一ノ麻米ヲ食ス。憍陳如等、又苦行ヲ修シ、太子ヲ供養シ奉テ其ノ側ヲ不離ズ。（I、67・8—10、一部訂）	〔VI′〕爾時太子調伏阿羅邏迦蘭二仙人已、即便前進迦(伽)闍山苦行林中。是憍陳如等五人所止住処。即於尼連禅河側静坐思惟観(察)・衆生根。宜応六年苦行而以度之。思惟是已、便修苦行。於是諸天奉献麻米、太子為求正真道故。浄心守戒、日食一麻一米。（中略）爾時憍陳如等五人、既見太子端坐思惟修於苦行、或日食一麻、或日食一米、或復二日乃至七日食一麻米。時憍陳如等亦修苦行、供奉太子不離其側。（三、638b—c・五十・30b）

まず、「迦蘭仙」（東大本甲、草冠は後筆か）・「迦闌仙」（内閣文庫本B）・「迦闍仙」（東北大本・野村本、等）等、本文の異同（大系本校異）が問われるであろう。原典からすれば、あきらかに「迦闍山」でなくてはならない。すなわち、かの美わしのウルヴェーラの北部、ガヤ城南の伽耶山（ガヤーシールサ）（「伽闍山」『仏所行讃』巻三・四）である。[13] 諸本の中、「迦闍仙」には「闍」に「蘭」類を朱傍するものもあるという。いずれも「仙」とあって、「山」とはない。『今昔』訳者には、原典前出「迦蘭（仙）」の残像と原典「迦(伽)闍山」との間に何らかの錯覚なり混乱なりがあったらしく、『今昔』原本の相はただちには決めがたいが、諸本の一部に「迦闍仙」とあり、別本に「蘭」字に草冠なく、一本にその草冠が後筆の如くあるとすれば、『今昔』原本には少なくとも「迦闍仙」とあったか、と考えることも許されるであろう。いま、「太子、又、……ノ苦行ノ所ニ至給フ」句の「苦行ノ所」は、原典「迦

闍山苦行林中」の訳語であるが、この時、前出本文〔II〕「太子、跋伽仙人ノ苦行林ノ中ニ至リ給ヌ」（巻一(4)、原典「爾時太子次行至跋伽仙人苦行林中」）、「（太子）彼ノ仙人ノ栖ニ至リ給フ」（巻一(5)、I、65・10、「爾時太子即便前至跋伽仙人所住之処」、三、634b等）の直訳とは異なって、敢えて訳語「苦行ノ所」をえらんだのは、副詞「又」の意とあいまって、前文〔V〕の冒頭、「太子ハ阿羅邏仙人ノ所ニ至リ給ヌ」文に対する並立を意識したか、と考えられる。前文〔V〕には、例の原典「次至迦蘭所住之処……」を省きながら、原語訳「二人ノ仙人」を残し、また、いま原典には直前に「阿羅邏迦蘭二仙人」のもとをシッダールタが去ったとあった。『今昔』原本は、原語「迦闍山」の「山」を「仙」と錯覚し、「阿羅邏迦蘭」という、またこれに問題がないわけではないが、ともかく「二仙人」とは別に「迦闍仙」という一仙人を感じて、「又、迦闍仙ノ苦行ノ所ニ……」と誤訳したにちがいない。原典に後に「伽（ママ）闍山苦行林中」は再出する（三、639a等）が、『今昔』はその部分を省略していて、錯覚を訂するには至らなかったと想像される。その誤訳のままでは、つづく「憍陳如等ノ五人ノ栖也」との接続関係が安定しないとしても、おそらくそれが原本のすがたであって、「迦蘭仙」の類はそれをさらに『今昔』写本が誤写しながら不安を感じていた結果であったのであろう。つづいて、本文は類似統合をくり返して行き、その間の「或日ハ……食ス」、原典では憍陳如からの視覚であるが、食ス（じき）と訓むかぎり敬語を見ないのは、あるいは原典とは別に注釈的をでも意識したのか、その理由を知らない。ともかく、本文は、錯覚を交えながら、原典に即すると言うことはできる。

注意すべきは、本文末尾の「……不離ズ」の句である。原典には、つづいて、阿若憍陳如らの情報に接した王師大臣からの王への報告、王の悲悩、やがて王のシッダールタへの車匿派遣による資糧補給のこころみのことなど、長い物語の細部があった。これらはすでに、『今昔』本文〔IV〕（C）（D）の底に没し、（E）にあらわれて、尋求太子の主題を追ったところであった。その〔IV〕（E）の末尾に「車匿ハ太子ニ付奉テ朝暮ニ不離ズ」とあったことが思い出されるであろう。ここに、あきらかにつぎの交感関係が成立する。

G　車匿ハ太子ニ付奉テ朝暮ニ不離ズ。

H　（憍陳如等）太子ヲ供養シ奉テ其ノ側ヲ不離ズ。太子思様、我レ苦行ヲ修シテ既ニ六年ニ満ヌ、……

G′　於是車匿密侍太子不離晨昏。爾時太子心自念言、我今日食一麻一米。乃至七日食一麻米。身形消痩有若枯木。修於苦行垂満六年、……（三、639a・五十、31a）

H′　（太子）或日食一麻……食一麻米。時憍陳如等亦修苦行、供奉太子不離其側。（三、638c・五十、30b）

本文〔VI〕H・〔IV〕Gの、それぞれ原典「供奉太子不離其側」と「密侍太子不離晨昏」とはもとより類似表現であり、かつ、それぞれその前後に同類の一麻一米のことにかかわるそれでもあるが、『今昔』はいわばこの逆相似の表現の幾何学の類比と対比とにめざめ、〔VI〕の末尾H「……ヲ不離ズ」に直接して、H「太子思様……」、すなわち原典G′「不離晨昏」に直接する「爾時太子心自念言……」をつづけるであろう。原典の類似表現はそれぞれ自体の意味を果しながら、それらの述語機能をあたらしい緊張関係に置いて、透明なからくりの作為的な配置がひそかな関係性を交感する。ひそかに細心の分析にめざめて、簡略展開が計られたのである。原典から見れば、H′は時間的にG′に先行する。しかし、『今昔』はこの簡略と転換とを方法的に敢えてした。「迦闍山」の場合のような錯覚もあれば、また、緊張した読みの意識が、交感の体系、そのメカニズムを奥行きとしてひそめてもいるのである。整理すれば、原典と『今昔』との関係、『今昔』の読みは、つぎのようになるであろう。

〈尋求太子〉

本文〔IV〕サテ車匿ハ揵陟ヲ曳テ宮ニ返ヌ。（中略）又、王、此ヲ聞テ（中略）諸ノ臣ニ勅シテ四方ニ太子ヲ尋ネ求メ奉テ、（中略）車匿ハ太子ニ付奉テ朝暮ニ不離ズ（密侍太子不離晨昏）。

〈太子別去〉

本文〔Ⅴ〕〜〔Ⅵ〕　太子ハ阿羅邏仙人ノ所ニ至リ給ヌ。（中略）太子、又、迦闍仙ノ苦行ノ所ニ至給フ、憍陳如等ノ五人ノ栖也。（中略、憍陳如等）太子ヲ供養シ奉テ其ノ側ヲ不離ズ（供奉太子不離其側）。

〈太子求道深化〉　太子思様（爾時太子心自念言）、……

原典に重複と変化とを重ねて尋求太子の主題とシッダールタの出離・求道の主題とを深めた長い物語は、ついにすべてシッダールタの決定的な求道の深化へぬけて行くが、これを簡略する時、『今昔』の構造力学はこのような方法性をもって整えようとしたのである。

今昔物語集巻一(5)	過去現在因果経巻三・十巻本釈迦譜巻三
〔Ⅶ〕（A）太子思様、我レ苦行ヲ修シテ既ニ六年ニ満ヌ、未ダ道ヲ不得ズ。若シ此ノ苦行ニ身羸レテ命ヲ亡シテ道ヲ不得ハ、諸ノ外道ハ、餓テ死タルト云ベシ。然レバ只食ヲ受テ道ヲ可成ト思シテ、座ヨリ立テ尼連禅河ニ至リ給フ。水ニ入テ洗浴シ給フ。洗浴畢テ身羸レ瘠給テ、陸ニ不登得給ズ。天神来テ樹ノ枝ニ乗セ奉テ登セ奉	〔Ⅶ′〕（A′）爾時太子心自念言、我今日食一麻一米、（中略）修於苦行垂満六年。不得解脱故知非道。（中略）今我若復以此羸身而取道者、彼諸外道、当言自餓是般涅槃因。我今雖復節節有那羅延力、亦不以比而取道果。我当受食然後成道。作是念已、即従座起、至尼連禅河、入水洗浴。洗浴既畢、身体羸瘠、不能自出。天神来下、為按（捺）樹枝、得攀出池。（三、639a—b・五十、31a）

リッ。(B) 其河ニ大ナル樹有リ、額離那ト云フ。其ノ樹ニ神有リ、柯倶婆ト名ヅク。神、瓔珞荘厳セル臂ヲ以テ太子ヲ引迎ヘ奉ル。太子、樹神ノ手ヲ取テ河ヲ渡給ヌ。太子、彼ノ麻米ヲ食給ヒ、畢テ、金ノ鉢ヲ河ノ中ニ投入レテ、菩提樹ニ向給ヒヌ。

(I、67・10—16、一部訂)

仏本行集経巻二十五

(B′)爾時彼河有一大樹、名額誰那。彼樹之神名柯倶婆、往依彼樹。時彼樹神以諸瓔珞荘厳之臂引向菩薩。是時菩薩執樹神手得渡彼河。(中略)爾時菩薩食彼糜訖、以金鉢器棄擲河中。(中略)爾時菩薩食糜已訖、従坐而起、安庠(詳)漸漸向菩提樹。

(三、772a—b)

前言したように、本文〔Ⅶ〕の冒頭は、原典においては「(車匿)不離晨昏」につづくところを、本文〔Ⅵ〕の末尾「(憍陳如等)其ノ側ヲ不離ズ」につづけて訳出された。一麻一米のことが重複を避けて省かれたことは、すでに言うをまたない。このような形式感覚の緊張にかかわらず、しかしまた、ここには意改というよりは誤訳と見るべきところがある。すなわち、苦行を超越する中道の高貴の認識の方向について、『今昔』は解脱・得道の意であるべき原語「般涅槃」を死と誤解し、ゆえに、「而取道者」を「道ヲ不得ハ」と曲解していわば合理化した。原典自体すでに古伝ではないが、ともかくそれが、羸身のまま成道すれば自餓の苦行こそ解脱の因であるとされる、その誤解を避けたい、という意であることは言うまでもない。[14] ただし、原典の「那羅延力」、ヴィシュヌ神のような金剛力を以て成道する方法もとらないというような観念の過剰は、『今昔』はこれを捨てたのである。

本文(B)は『仏本行集経』巻二十五を原典として癒着した。突如として、いくばくか重複の感を冒しながら、あえて同経のわずかを導入した関係の仔細は不明である。[15] 渡河という行為の宗教的な意味とか、樹神信仰とかに関心したとも考えられない。原語「額誰那」(「阿斯那」『方広大荘厳経』巻七、三、583b)が「額離那」と誤まれる。たとえば、原典「空中有神、名曰負多」（『因果経』巻三、三、640c・十巻本『釈迦譜』巻三、五十、33c）とある「空中負多神」（『仏所行讃』巻三、四、26b）を、『今昔』巻一(6)に「員多」（I、70・13）とし、[16] 原典「毘舎離国離車民衆」（十巻本『釈迦譜』巻九、五十、74c）を、『今昔』巻三(35)に「毗舎利国ノ離多民衆」（I、262・10）とする類に通じて、おそらく『今昔』原本形成の場における何らかの理由による誤記であろう。

また、原語「彼糜」は、原典の前文に、ウルヴェーラの春にシッダールタが善生女（スジャーター）から金の鉢に盛った蜜を和した牝牛の乳の粥（パーヤーサ）を受けた、と物語られるそれであったが、『今昔』ではその由は知られず、また「彼ノ麻米」とあった。前文〔VI〕に訳出した「麻米」を受けてこの「彼糜」に意識的に変えたか、癒着にあたって「彼糜」を無意識に訳したか、『今昔』においては女人から乳の類を受けるのははじめて次文に見えるから、それとの関係からすれば前者なのか、いずれにしても不透徹に過ぎる。あるいはまた、「金ノ鉢」とあるのも、原典ではその娘のささげたそれであったが、『今昔』ではその関係も分明しない。『仏本行集経』には、『ラリタヴィスタラ』[18]や『方広大荘厳経』巻七にも見えるような、シッダールタ水浴の時、尼連禅河の水に神々が天上の香花を降らせ、畢ってその香水を天上に収めたとか、シッダールタが河の竜女のささげる漁具に坐して娘のささげた金の鉢の乳糜を食したとかいう物語があり、その金の器を河中に捨てた時にも、竜王が歓喜してこれを受けとり、インドラがこれを得て天宮に飾ったというような物語があったが、『今昔』はこれらの幽玄で微妙な宇宙論的な幻想にはかかわらず、金の器を投げこむということの意味をもひろげないままに、いわば極めて即物的に扱ったのである。

今昔物語集巻一(5)	過去現在因果経巻三・十巻本釈迦譜巻三
〔VIII〕彼ノ林ノ中ニ壱人ノ牧牛ノ女有リ、難陀波羅ト云フ。浄居天来テ勧メテ云ク、太子、此ノ林ノ中ニ来	〔VIII′〕時彼林外有一牧牛女人、名難陀波羅。時浄居天来下勧言、太子今者在於林中。汝可供養。女人聞已大

給ヌ。汝ヂ供養シ奉ベシト。女、此ヲ聞テ喜ブ。其時ニ池ノ中ニ自然ラ千葉ノ蓮花生タリ。其ノ上ニ乳ノ麻米有リ。女、此ヲ見テ奇特也ト思テ、即チ此ノ麻米ヲ取テ太子ノ所ニ至テ礼拝シテ此ヲ奉ル。太子、女ノ施ヲ受給テ、身ノ光リ、気力満給ヌ。五人ノ比丘、此ヲ見テ驚キ怪テ、我等ハ此ノ施ヲ受テハ苦行退転シナムト云テ、各本所ニ返。太子一人ハ其ヨリ畢波羅樹ノ下ニ趣キ給ヒニケリトナム、語リ伝ヘタルトヤ。

（I、68・1―6）

歓喜。于時地中自然而生千葉蓮花（華）。上有乳糜。女人見此生奇特心、即取乳糜至太子所、頭面礼足而以奉上。太子即便受彼女施而呪願之、（中略）我為也熟一切衆生故受此食。呪願訖已即受食之。身体光悦気力充足、堪受菩提。爾時五人既見此事、驚而怪之、謂為退転、各還所住。菩薩独行趣畢波羅樹。……

（三、639b・五十、31a）

原典はもとにかえり、『仏本行集経』に拠った前文との間には少しく前後の錯雑と重複とがあり、「菩提樹」と「畢波羅樹」とはそれぞれ原典のままを残す。原語「乳糜」が前文に類してやはり「乳ノ麻米」と誤訳された。インド的類想の地母神的な地中蓮華[17]が「池ノ中」と表現されるのは、単純な意改か、誤記ないし誤写かのいずれかであろう。ついで『今昔』は『今昔』がしばしばそうであるように偈頌（うた）を省き、章を改めて魔怖菩薩の次章へ入り、「菩薩」が帝釈の化したという草刈りびと吉祥（ソーッティヤ）から草を得てそれに坐するところから、やはり原典を書承する翻訳をつづけるのである。

三

敦煌本八相変　（雲字24号）

……太子一従道、行満六年。当臘月八日之時、下山於熙連河沐浴。為久専懇行、身力全無、唯残骨筋、体尤困頓。河中洗濯、浣膩潔清、既欲出来、不能攀岸。感文珠而垂手、接臂虚空、承我仏於河灘、達於彼岸。遂逢吉祥長者、鋪香草以慇懃、紫磨厳身、金黄備体。云々

六年苦行志殷(慇)懃　四智倶円感覚身
下向熙連河沐浴　上登草座勧黎民
紫金満覆於其体　白豪(毫)光相素如銀
文珠(吉祥)長者説願厚　供養如来大世尊

我如来既登草座、観心未円、忽逢姉妹二人、一時迎前拝礼、口称名号、是阿難陀。田中牧牛、常遊野陌、毎将乳粥、供養樹神。偶見世尊、廻将献倖(奉)。又感四天王掌鉢、来奉於前、併四鉢納一盂中、可集三斗六升。三斗者降(除三)其毒、六升者

敦煌本観心論　（S. 2595）

……無明之心、（中略）皆由三毒以為根本。其三毒者即貪瞋癡也。（中略）唯除三毒、即名解脱。（中略）波羅蜜者即是梵言、漢言達彼岸。以六根清浄不染世塵、即出煩悩可至菩提岸也。故名六波羅蜜。（中略）六波羅蜜喩如船筏能運載衆生達於彼岸。故名六度。又問、所説釈迦如来為菩薩時、曾飲三斗六升乳糜方成仏道。即是先因食乳、後証仏果。豈唯観心得解脱也。答曰、（中略）仏言食乳、乳有二種。仏所食者非世間不浄之乳、乃是真如清浄法乳。三斗者即是三聚浄戒、六升者即是六波羅蜜。成仏道時食如是。法乳方証仏果。……

（八十五、1270c—1271c）

則六波羅蜜因是也。既備功円、便能至聖。遂往金剛座上、独称三界之尊、鷲嶺峯前、化誘十方情識。降天魔而戦摂（懾）、伏外道以魂驚。顕正摧邪、帰従釈教。云々

自登草座覩難陀　廻将乳粥献釈迦
四王掌鉢除三毒　功円浄行六波羅
金剛座中厳霊相　鷲嶺峯前定天魔
八十随形皆願備　三十二相現娑婆

（『敦煌変文集』巻四、一部訂）

簡単に附言すれば、これは、散文と韻文とを組むアーキヤーナ形式をとり、変画や唱詞を用いて民間唱導に資したであろう、敦煌本八相変の末尾近い部分である。仏伝の基本類型にはほぼ沿う梗概要領であり、かつ、古禅『少室六門』破相論の異本とされる問答篇、禅浄を調和するという敦煌本『観心論』（北宗禅祖神秀？）[18]の、六波羅蜜・乳糜をめぐる所論の部分に類した化俗内容を重ねるところがある。[19] 牧牛女「阿難陀」が二女を「難陀・婆羅」姉妹とする所伝（『仏本行集経』巻二十五、三、770b）を誤ったであろうことは、『今昔』が或る場合の阿那律（アニルッダ）（十巻本『釈迦譜』巻四、五十、73c）を「阿難（アーナンダ）」と誤った（巻三(33)、I、258・8）類であるが、前者は口承の間に誤り、後者は書承の間に誤ったのである。『今昔物語集』は基本的に原典に即してその造型の緊張を持続して行ったのであった。

注

（1）小稿「今昔物語集仏伝資料に関する覚書」（一九七〇）→本書所収。本稿はもとこの小稿に先行してその根拠となった未発表の旧稿「今昔物語集仏伝の研究」（一九六二、一九六四補訂）（改稿して本書所収）の一部に、若干の刪訂を加えたものである。

（2）小稿「今昔物語集の誕生」（新潮日本古典集成『今昔物語集　本朝世俗部　一』解説、一九七八）→本書所収。

（3）小稿「敦煌資料と今昔物語集との異同に関する一考察Ⅰ」（一九六四）→本書所収。

（4）「此レヲ思フニ、釈迦如来ハ、涅槃ニ入給テ後ハ、如此ク衆生ノ前ニ浄土ヲ建立シテ可在シトモ不思ヌニ、此レハ法花読誦ノ力ヲ助ケムガ為ニ霊鷲山ヲ見セ給フニヤ。（中略）仏ノ教ヘ既ニ如此シ」（巻十三(36)）。『法華験記』巻下118を翻訳した後に、『今昔』は、その結文部に独自にこのような評語を書き加える。「昔ノ霊山ノ生身ノ釈迦ト相好一モ不替給ズト化人ノ示シ給フ所也」（巻十二(15)）、『日本霊異記』巻中(28)翻訳の間の、独自の附加もあった。「仏も昔は人なりき、われらもつひには仏なり……」（『梁塵秘抄』232）。

（5）「六道輪廻の間には、ともなふ人もなかりけり、独むまれて独死す、生死の道こそかなしけれ」（『一遍上人語録』百利口語）なども同じい。「ひとりが死すると一方においてひとり生れるものだ」という（大系本補注）の類は、「ヌ」（常法・慣例）の用法を措いては、誤りである。

（6）本文「波提、此ヲ聞テ泣々王ニ申ス」、これは、原典に車匿への詰問と車匿の報告とを詳しく述べるあたりにあたる（大系本頭注）のではない。

（7）前出、注（1）。

（8）車匿のシッダールタへの言上に、「大王、太子ヲ失ヒ奉リ給テ定テ悲ビ迷ヒ給フラム」（巻一(4)、Ⅰ、64・4―5）のような敬語関係の例もある。

（9）この統合簡略に関して、大系本は、『因果経』巻二に父王が悶絶躃地し、醒めて諸臣を太子捜索に遣わしたのは『今昔』にもそのまま受け取られるが、実は悶絶躃地して「暫ク在テ」起きた（ママ）のは、『因果経』巻三に太子の苦行相を見た車匿であるとして、『今昔』は「ここに悶絶躃地という共通句を契機にして非常に大きな統合を行なった」と補注する（一〇八）。これは誤りである。『今昔』は、その『因果経』巻三の車匿「悶絶於地、良久乃起」前後の若干句は、問題の「大王」の外は、あきらかにこれを直接訳出せず、省略している。『今昔』が『因果経』「巻二のあとに巻三の中程の説話を、原典の順序を超えて持って来た」ということ自体は正しいが、『今昔』の統合は、より方法的であった。

(10)　つづいて原典〔IV'〕（王宮の驚愕、等）が、『因果経』は巻を改めず、『釈迦譜』は改めてつづく。『釈迦譜』では、ここは巻末になる。

(11)　この句に先行する「昔ノ諸ノ王ハ、盛ノ時、……无シ」は、原典と「文意正に逆」（大系補注）なのではない。もとより、「盛ノ時」は「恣ニ……无シ」全句にかかり、文意は、特には原意に背かない。

(12)　大系本校異によれば、異本には「……別給フニ仙人……」の類とある由であるが、原本はやはり「別給フ二人ノ……」とあったであろう。いま、原典「二仙人」を不注意に残したという見方はもっとも妥当かもしれない。ただし、『因果経』等にはまた、「彼有大仙、阿羅邏（ママ）加蘭」（三、６３４ｃ、『今昔』巻一(5)「彼コニ大仙有リ、名ヲバ阿羅邏迦蘭ト云フ」I、６５・16）、「彼仙人阿羅邏迦蘭」（三、６３６ｂ）、「阿羅邏迦蘭仙人」（三、６３７ａ）等の表現もあった。「彼有大仙、……」の場合、原典後文からは二仙人の意であるはずであるが、いささかまどわしくもあろう。もし、これを『今昔』が後文のように二仙人として受け、その理会のもとに、その二仙人をほぼ間近に所住すると考えて、いまも「迦蘭」は省きながら、その二仙人と見たか、とも考えられなくはない。なお、仏陀成道の時、『因果経』巻三等には、空中声が「阿羅邏」「迦蘭」二仙人それぞれの名を告げ、『今昔』巻一(7)もこれに従っている。ちなみに、跋伽仙人が見えず、アーラーラ・カーラーマ、ついでウッダカ・ラーマプッタ（欝陀羅羅摩子・欝頭藍子）二仙人のあらわれる古伝があるが、『因果経』とは別伝であって、もとより『今昔』に関しない。

(13)　「伽耶尺梨沙山」（『仏本行集経』巻二十四）・「伽耶山」（『方広大荘厳経』巻七・『大唐西域記』巻八・日本康和二年成道和讃・『梁塵秘抄』228等）・「象頭山」（『四分律』巻三十三、等）。かの『燃焼経』でも知られるであろう。

(14)　『因果経』自体すでに煩瑣であるが、『普曜経』巻五に、「今吾以是羸痩之体、往詣仏樹、将無後世辺地諸国有識者乎。謂餓得道。吾身寧可服柔軟食、平復其体、使有勢力。然後乃往至其樹下、能成仏道」（三、５１１ｃ）とある類に通じるであろう。この部分は、古伝には、ウルヴェーラの聚落に坐して、このように極度に痩せた身体では、かの安楽は得がたい。乳糜を摂ろう、としたと回想された（中部(36)、『マハー・サッチャカ・スッタ』等）。『仏本行集経』巻二十五・『方広大荘厳経』巻七その他に相類するが、またもとより『今昔』の関するところではない。

(15)　この部分の出典は、片寄正義『今昔物語集の研究　上』が指摘する。なお、『今昔』仏伝は、その巻一(2)の大部分を同経巻七・八により、巻一(4)の法行天子条を突如として同経巻十六から採っている。

(16) 一言すれば、負多（bhūta）、天上、部多宮の聖霊たちを言う。大系本、「員多」のままインドラ神らしく頭注するのは誤りである。

(17)「地神化花」(三十六巻本『大般涅槃経』巻十九、十二、731a)、「蓮花ノ地ヨリ生ズル事ハ地神ノ化スル所也」(『今昔』巻一(2)、I、54・11)、「地神、七宝ノ瓶ヲ以テ其ノ中ニ蓮花ヲ満テ地ヨリ出シテ(ママ)……」(同巻一(6)、I、70・5—6、『因果経』巻三、等)、その他。

(18) 矢吹慶輝『鳴沙余韻解説』第二部。

(19) この小見に至る機縁を与えられた本学松尾良樹助教授に感謝する。なお、「八相変」本文中、「三斗者除三毒」と改めたのは徐震堮『敦煌変文集校記补正』による。常用漢字を用いることに、いまこだわらなかった。

今昔物語集における原資料処置の特殊例若干〈附　出典存疑〉

『今昔物語集』各篇が原資料に依拠し、それを通じて和漢混淆の散文語体をあらたに切りひらきながら、自己を表現し、配置する緊張関係の間には、その多角的な交感が複雑な全体を形成している。小稿は、『今昔物語集』が原資料に対する方法のうち、いくばくか特殊とも言い得るような場合を中心として、『今昔物語集』の表現の構成感覚を考察する。

小稿は、近く発表予定の別稿「今昔物語集仏伝の研究」（改稿して本書所収）において、原資料処置の例証のために、もと注されたものであった。多分に形式的な側面からの特殊例を中心とする程度を出ないが、いま、これに一定の限度の中から若干の解説を加えて、独立稿としての形をいくばくか整えられようとしたものであり、また、それを出ないものである。その別稿にはおおむね重載しない。

なお、別に、従来通説とされ、出典未詳とされた一二について、出典存疑を附記する。

一

今昔物語集巻一(5)悉達太子於山苦行語	過去現在因果経巻三
……車匿ハ太子ニ付奉テ朝暮ニ不離ズ。（中略）〔太子〕其ヨリ尼連禅河ノ側ニ至給テ、坐禅修習シテ苦行シ給フ。或日ハ一麻ヲ食シ、或日ハ一米ヲ食シ、或ハ一日乃至七日ニ一ノ麻米ヲ食ス。憍陳如等、又苦行ヲ修シ、太子ヲ供養シ奉テ其ノ側ヲ不離ズ。太子思様、我レ苦行ヲ修シテ既ニ六年ニ満ヌ、未ダ道ヲ不得ズ。…… （日本古典文学大系本Ⅰ、66・6―67・11）	〔A〕〔太子〕即於尼連禅河側。静坐思惟。（中略）思惟是已。便修苦行。（中略）日食一麻一米。（中略）爾時憍陳如等五人。既見太子。端坐思惟。修於苦行。或日食一麻。或日食一米。或復二日乃至七日食一麻米。時憍陳如等。亦修苦行。供奉太子。不離其側。（下略）…… （大正蔵三、638b―c） 〔B〕……（前略）爾時車匿。聞此語已。心自思惟。（中略）我住於此。奉事太子。（中略）於是車匿密侍太子。不離晨昏。爾時太子。心自念言。我今日食一麻一米。乃至七日食一麻米。（中略）修於苦行。垂満六年。不得解脱。…… （三、639a）

原典『過去現在因果経』巻三は、煩言すれば、二つの主題、すなわち、シッダールタの出離・求道のそれと、王族のシッダールタ尋求のそれとを、重複と変化とをかさねて深め、いま、原典Aは前者に、B前半は後者の方向の果てにあたり、B後半は求道の決定(けつじょう)へぬけて行く。A（下略）とB（前略）との間には、シッダールタの情

報、それはつとに先行する複雑な経過をまとめるが、それを得て悲悩する王族がシッダールタのもとへ馭者車匿（チャンダカ）を派する経過があった。『今昔物語集』巻一(5)はこれらを簡略する。すでに『今昔』は、掲出本文直前まで、王族のシッダールタ尋求を没細部的に極略してまとめたあとをのこしているが、いま、本文がそれにつづき、原典B前半をあらわにして「車匿ハ……不離ズ」と訳出する。そして、原典につとに先行する複雑な経過から、シッダールタの遍歴を挿んだ（本文中略部）後、本文、尼連禅河（ナイランジャナー）のほとりのその苦行を、原典Aの類似表現を統合簡略して訳出するのである。この時、「……其ノ側ヲ不離ズ」句につづく「太子思様……」が、Bの「(不離晨昏）爾時太子心自念言……」に対応することは、あきらかであろう。すなわち、本文は、原典ABの「……不離……」句の類似表現、それぞれ前後に同類の一麻一米の表現を逆相似的にもちもするそれを鋭く意識して、「……ヲ不離ズ」同一表現のメカニズムに、ひそかな関係性をめざめさせ、交感させる。原典から見れば、B前半は時間的にAに後行するなど、事実関係は同じくしないが、本文は、これを先行させて一つの主題をまとめておいて、そして、この「……ヲ不離ズ」同一表現の交感にメカニズムの奥行きをひそませるこころみにおいて、簡略と転換との人工をあえて作為したのであった。その分析と作為との緊張のうちに、本文は、真の主題、シッダールタ決定の方向へ、一気に超えて行くのである（小稿「『今昔物語集』仏伝の翻訳表現」→本書所収）。『今昔』の表現感覚の構成性の一つであった。

二

類似表現を統合して簡略する方法は、もとより『今昔物語集』の独創ではないが、今昔がこれを頻用することは確かである。

今昔物語集巻七⒀恵表比丘无量義経渡震旦語	三宝感応要略録巻中⑹無量義経伝弘感応
今昔、震旦ノ代ニ武当山ト云フ所ニ、恵表比丘ト云フ比丘住ケリ。懃ニ仏ノ道ヲ求メムガ為ニ、（中略）中天竺ヨリ渡レル沙門曇摩伽陀耶舎ニ値テ无量義経ヲ伝ヘムト思フ。（中略）其後、永明三年ト云フ年ノ九月ノ十八日ニ、恵表此ノ経ヲ頂テ山ヲ出デ、世ニ弘メムトス。山ノ中ニ宿セルニ、初夜ノ程ニ、忽ニ一ノ天人、恵表ノ所ニ来レリ。（中略）其ノ後、此ノ経ヲ世ニ弘ム。而ル間、一人ノ人有テ此レヲ不信ズシテ云ク、此ノ経何ゾ必ズ法花経ノ可序キ。（中略）夢覚テ後、其ノ人、過ヲ悔テ謝シケリトナム語リ伝ヘタルトヤ。（II、135・16―136・16）	……忽有武当山恵表。勤苦求道。（中略）過中天沙門曇摩伽陀耶舎。（中略）欲伝此経。（中略）以今永明三年九月十八日。頂戴出山。見投弘通。奉覲真文。欣敬兼誠。（中略）時有一人。生不信云。此経何必法花序耶。（中略）即覚悔謝矣。（五十一、846b―c） 同巻中⑹聞無量義経功徳感応 昔恵表比丘。武当山誦無量義経。後頂戴出山。投宿山中。初夜分有天来至。（中略）経功徳如斯。歓喜見投弘通矣。（五十一、846c）

同一人物をめぐる二篇が類似表現を通じて一篇に統合され、これは普通の方法に立っている。その間には、接続詞が頻用される。

今昔物語集巻十四㉘山城国高麗寺栄常謗法花得現報語	日本霊異記巻中⒅呰読法花経僧而現口喎斜得悪死報縁
今昔、山城ノ国相楽ノ郡ニ高麗寺ト云フ寺有リ。	……山背国相楽郡部内、有一白衣。（中略）同郡高麗寺

其ノ寺ニ一ノ僧有リ、名ヲバ栄常ト云フ。（中略）而ルニ、俗、高麗寺ニ至テ、（中略）栄常ト向テ碁ヲ打ツ。其ノ時ニ乞食ノ僧其ノ所ニ来テ法花経ノ□品ヲ誦シテ食ヲ乞フ。栄常此ノ乞食ノ誦スル経ノ音ヲ聞テ咲フ。故ニ口ヲ喎メテ音ヲ横ナハシテ乞食ノ音ヲ学ブ。（中略）其ノ時ニ栄常忽ニ居乍ラ口喎ヌ。然レバ驚キ騒テ医師ヲ呼テ令見メテ、医師ノ云フニ随テ医ヲ以テ療治スト云ヘドモ、遂ニ直ル事无シ。此レヲ見聞ク人、此レ偏ニ法花経ヲ誦スル乞食ヲ軽メ咲テ音ヲ学ベル故也ト呰謗リ憹ミケリ。（中略）此レヲ思フニ、世ノ人此レヲ聞テ、乞食也ト云フトモ、法花経ヲ誦セム者ヲ戯レテモ努々不軽咲ズシテ可礼敬シトナム語リ伝ヘタルトヤ。

（III、313・16—314・10）

僧栄常。常誦持法花経。彼白衣与僧居其寺。暫間作碁。（中略）白衣呰僧。故戻己口。（中略）爰奄然白衣口喎斜。……

同巻上(19)呰読法花経品之人而現口喎斜得悪報縁

昔山背国有一自度。（中略）沙弥与白衣倶作碁。時乞者来。読法花経品而乞物。沙弥聞之軽咲呰。故戻己口。訛音効読。（中略）於是即坐沙弥口喎斜。令薬治療終不直。（中略）而与持経者不可誹謗。……

三宝絵中(9)山城国囲碁沙弥（観智院本）

昔山城国ニ一人ノ沙弥アリ。俗ト共ニ囲碁ヲウツホドニ乞者来テ法華経一(の)品ヲヨミテ食ヲコフ。沙弥是ヲキ、テカロミワラヒソシル。コトサラニ口ヲユガメ、音ヲ(こゑを)ナマラカシテ(よこたへて)マネミ読。（中略）即乍居口ユガミヌ。医師ヲヨビテ薬ヲモチテツクロヘド、ツヒニナホラズ。……

法華験記巻下(96)軽咲持経者沙弥

昔山城国有人、与沙弥共打囲碁。持経者来。誦法花経乞食。時沙弥聞之。軽咲誹謗。即沙弥忽口喎失声。成不用人。見聞人々大恐怖驚。皆作是言。誹謗軽咲持経者故。……

或る古い日のまひるまの類話群の類似表現の間から、既注のように、『霊異記』巻中(18)の場所・人物を用いて、『霊異記』巻上(19)・『三宝絵』中(9)、さらには『法華験記』巻下(96)の事件具体をつづる。もとより一般に、『今昔』は固有名詞に鋭く、いわゆる実録的にそれを記しこむとか、それを意識的に欠字として表現するとかいう傾向をもつであろう。ただし、いま、原拠群における聖と乞食との間の意味、およびその細部表現はとどめながらも、類似統合の間に、原拠の一つに具体した場所・人物の説話的事実性は否定され、『今昔』の表現する場所、特に人物は、原拠のそれとその役割なり意味なりの正負を逆にする。古言をかりれば、『霊異記』の場合は、言わば伝録の舛訛であって、いまだ必ずしも幻説の語ではなかった類であろう。『霊異記』巻中(18)、高麗寺の法華誦経者栄常はその境に在った。しかしいま、彼の関知せず、責任をとり得ないところに、『今昔』の彼は在る。この意味において、『今昔』のここには、原拠に依りながら、しかも原拠とは異なる、別箇の言語世界というものがあきらかに作られているのである（森正人「説話文学の文体」、『国文学解釈と鑑賞』一九八四・九に言及される）。類似統合が、原話群の意味するところを意味的にはえらびながらも、説話事実的には破り去って容赦しない一つであった。

類似統合の感覚は、逆方向に、原拠の文脈（コンテキスト）・語句を分解して再度表現する方法、分解の感覚と通じる。

今昔物語集巻二十(18) 讃岐国女行冥途其魂還付他身語	日本霊異記巻中(25)
……其時ニ、女、具ニ冥途シテ閻魔王宣シ所ノ言ヲ語ルニ、〔讃岐国鵜足郡ノ〕父母、此ヲ聞テ泣キ悲テ、生タリシ時ノ事共ヲ問聞ク。答フル所一事トシテ違事无シ。然バ、躰ニハ非ト云トモ、魂現ニ其ナレバ、父母喜テ此ヲ哀養フ事无限シ。又、彼山田郡ノ父母、此ヲ聞テ来テ見ルニ、正シク我子ノ躰ナレバ、魂非ズト云ヘドモ、形ヲ見テ悲ビ愛スル事无限。然レバ、共ニ此ヲ信テ同ジク養ニ、二家ノ財ヲ領シテゾ有ケル。此以、此ノ女独ニ付嘱シテ、現ニ四人ノ父母ヲ持テ、遂ニ二家ノ財ヲ領シテ有ケル。 （Ⅳ、179・8—13）	……於此衣女、具陳閻羅王詔状。時彼二郡父母聞之。諸信。以二家財許可付嘱。故現在衣女得四父母。得二家宝矣。

シャーマニズム的宗教体験を背後にひろげる冥界往還譚、生死の境界にもっとも活動するという霊魂観念をも含んだそれの結末である。煩言すれば、重病、疫神に賂して同姓同名の女を身代りに立てた某女が、露顕して閻羅王に召される。身代りの女の霊魂は、閻羅王に訴えて、すでに火葬された自身の代りに、まだ火葬されない某女の身をかりて蘇生する。そこには、現世と冥界、生死の境界領域における、かつ、そこにおいて諸条件の交錯のもとにある二人の女それぞれの、また互の霊魂と肉体、そして、その彼女たちそれぞれの現世の父母というよ

うに、複雑に対立・交錯する緊張関係が全体として結末へ動いて行く。その結末において、『今昔』は、その動いてくる関係の個々を、原拠の語句を個々に分解する技法をとってとらえ、原拠にひそむ意味空間のことわりを表現としてあらわし、緊張関係の骨格をあきらかに骨立たせて、論理的に確かに構成するのである。接続助詞、特にはバ・トモ・ドモの類のひしひしと点滅する流転の底には、『今昔』の自意識の力学がせめぎひしめくのを、われわれは聞くのである。

　この本文の結文部（非掲出）に、原拠を受けるものの外に、独自に、「又、人死タリト云フモ、葬スル事不可忩ズ。万ガ一ニモ自然ラ此ル事有也トナム語リ伝ヘタルトヤ」という評言が意識されることを、やはり書きとめる誘惑を禁じ得ない。

三

今昔物語集巻十二(33)多武峰増賀聖人語	法華験記巻下(82)多武峰増賀上人
今昔、多武ノ峰ニ増賀聖人ト云フ人有ケリ、俗姓ハ□氏、京ノ人也。（中略）児、年十歳シテ遂ニ比叡ノ山ニ登テ、天台座主ノ横川ノ慈恵大僧正ノ弟子ニ成テ、出家シテ名ヲ増賀ト云フ。（中略）而ル間ニ、道心堅固ニ発ニケレバ、現世ノ名聞利養ヲ永ク弃テ、偏ニ後世菩提ノ事ヲノミ思ケル間ニ、カク止事无キ学生ナル聞エ高ク成	増賀聖。平安宮人也。（中略）年及十歳。登比叡山。作天台座主慈恵大僧正弟子畢矣。（中略）顕密行法甚巨多矣。厭出仮利生。背名聞利養。遁世隠居為其志耳。冷泉先皇請為護持僧。口唱狂言。身作狂事。更以出去。国母女院敬請為師。於女房中発禁忌麁言。然又罷出。如此背世方便

テ、召シ仕ハムト為レドモ、強ニ辞シテ不出立ズシテ思ハク、[a1]我レ此ノ山ヲ去テ多武ノ峰ト云フ所ニ行テ、籠居テ静ニ行テ、後世ヲ祈ラムト思テ、[b]師ノ座主ニ暇ヲ請フニ、座主モ免サル、事无シ。(中略) 思ヒ歎テ心ニ狂気ヲ翔フ。(中略) 如此ク常ニ翔ヒケレバ、(中略) 座主モ如然ク成リナム者ヲバ今ハ何カハ為ムト云ヒケルヲ聞テ、増賀思ヒノ如ク叶ヌト思テ、[a2]山ヲ出デ、多武ノ峰ニ行テ、籠居テ静ニ[c]法花経ヲ誦シ、念仏ヲ唱テ有リ。(中略) 亦、心ヲ至シテ三七日ノ間、三時ニ懺法ヲ行フニ、夢ニ南岳・天台ノ二人ノ大師来テ告テ宣ク、善哉仏子、善根ヲ修セリシ(ト)見ケリ。其ノ後ハ弥ヨ行ヒ怠ル事无シ。而ル間、貴キ聖人也ト云フ事世ニ高ク聞エテ、冷泉院請ジテ御持僧トセムト為ルニ、召ニ随テ参テハ様〻ノ物狂ハシキ事共ヲ申シテ迯テ去ニケリ。[d]如此ク事ニ触レテ狂フ事ノミ有ケレドモ、其レニ付テ貴キ思エハ弥ヨ増リケリ。既ニ年八十ニ余テ、……

(III、181・6—183・12)

甚多。乃至[a′]去比叡山衆処。厭花洛。尋多武峰。閉跡籠居。不傾油鉢。不許浮嚢。送多年序。四季別修三七日懺法。夢南岳大師天台大師等摩頂告言。善哉仏子。能勤修行。諸仏影向。普賢来護。夢覚弥発道心。倍増修行。(中略) 後臨命終期。(中略) 入滅。年八十余矣。

『今昔物語集』巻十二(33)は、源信・性空その他、多く天台法華持経者譚を類聚し、特には顕密体制イデオロギーにはとどまり得ないひとびとを配列する間に位置する。

今昔物語集巻十九⒅三条大皇大后宮出家語

今昔、三条ノ大皇大后宮、（中略）出家セムト思シテ、故ニ、多武ノ峯ニ籠リ居ル増賀聖人ヲ以テ御髪ヲ令狭ムト被仰テ、態ト召ニ遣シタレバ、（中略）〔増賀〕カクテ三条ノ宮ニ参テ、参レル由ヲ令申ム。宮喜バセ給ヒテ、今日吉日也トテ御出家有リ。（中略）挾リ畢奉テ、聖人居去カムト為ル時ニ、聖人音ヲ高クシテ云ク、増賀ヲシモ召テカク令挾メ給フハ何ナル事ゾ。（中略）ト云フ音極テ高シ。簾ノ内近ク候フ女房達、奇異ニ目口ハダカリテ思ユル事无限シ。（中略）聖人出ヌレバ、[e]長ナル僧俗ハ、カヽル物狂ヲ召タル事ヲバ極テ謗リ申ケレドモ、甲斐无クテ止ニケリ。宮ハ出家ノ後、懃ニ行テゾ御ケル。

　亦、此ノ后ハ、……

（Ⅳ、99・12―100・17、一部訂）

宇治拾遺物語(143)僧(ママ)賀上人参三条宮振舞事

むかし多武峯に僧賀上人とて貴き聖おはしけり。（中略）ひとへに名利をいとひて頗物くるはしくなん、わざと振舞給けり。三条大きさいの宮、尼にならせ給はんとて、戒師のためにめしにつかはされければ、（中略）かくて宮に参たるよし申しければ、悦てめし入給て、尼になり給に、（中略）はさみはてゝ出なんとする時、上人高声にいふやう、僧賀をしもあながちにめすは何事ぞ。（中略）と云に、御簾の内近く候女房たち、外には公卿・殿上人・僧たちこれを聞に、あさましく、目口はだかりておぼゆ。（中略）[e']僧たちは、かゝる物狂をめしたる事と謗申けり。[d']加様に事にふれて物狂に態とふるまひけれど、それにつけても貴き覚は弥まさりけり。

（陽明文庫巻下⑽）

『今昔』巻十九⒅は、出家機縁譚を類聚して王族の女人のそれを配列する間に位置する。

『法華験記』巻下(82)を直接基礎原拠とする『今昔』巻十二(33)本文は、原拠の冷泉院などのことを後行させ、聖（ひじり）の多武峯入りを先行させて、その時、原拠a′を分解してa1・a2と再度表現する。bの「心ニ狂気ヲ翔フ」という。佯狂の具体（中略部）を中心とする、原拠未詳の別の物語を挿む要求からか、と想像される。a1、聖ののぞみを心内語化し、a2、その方向をふたたびの心内語から展き、意識的に分解された再度の「……籠居テ（静ニ）」句は、『今昔』の山の聖の表現類型でもあるが、それが心内から行為へ出る。そして、原拠に見えないcから、接続詞「亦」を置いて原拠にかえった後、接続詞「而ル間」を置いて変化して、さきに後行させた花洛の冷泉院などのことに及ぶのである。

この時、注意すべきは、『今昔』巻十二(33)本文dが『宇治拾遺物語』(143)僧賀上人参三條宮振舞事の結末d′に酷似することである。これが偶然ではなくて、『今昔』巻十九(18)前半と『宇治拾遺』(143)との対応関係のもとにあるべき先行共通母胎、すなわち、やがて『今昔』巻十九(18)前半の中心原拠となるべき資料のそのdd′相当を、もとより、『今昔』巻十二(33)本文にはもと文脈的にかかわらないそれを、『今昔』巻十二(33)本文が、いま、ここに導いて合成していることの、あきらかであろうことである。dに先行する冷泉院条の「様々ノ物狂ハシキ事共ヲ申シテ……」などの句は、原拠『法華験記』の冷泉院のもとでの「狂事」、さらには女院のもとでの「麁言」などにも通じるが、このdd′酷似は、その共通母胎におけるdd′相当がそれぞれ確実にとりこまれていることでなくてはならない。dd′酷似を比較すれば、『宇治拾遺』(143)d′においては、「加様に事ふれて……」句に、その華やかな後宮に対して聖の在る在り方、王朝様式に黒髪をはさみ切ったあとの聖のふるまいを受けとめる必然が実質的に安定し、一話の結末の総括的な評言としても客観的に全篇を抑えていて、それはその共通母胎dd′相当においてもそれとして安定していたであろうことに対して、『今昔』本文dにおいては、「如此ク事ニ触レテ……」と言っても、この句は自体を充たすべき具体的実質を十分充足せず、「貴キ思エ」の語もまた少しく不用意を免れ得ないであろう。すなわち、それは、本文dが、別個の物語であった先行共通母胎から、文脈にかかわらず、dd′相当をいわば擬制的にとりこんだしるしでもあったのである。それは形式的にとどまってしまった。

言うまでもなく、その先行共通母胎は聖の佯狂を内容とすべきであったから、『今昔』はいま、この巻十二(33)にもそれを用い得るはずであり、ないし、ここにこそ用いるべきであったにかかわらず、ここにはdd′相当からこのdをとりこんだにとどまった。その取捨が、巻十九の出家機縁譚類聚の終りに王家の女人のそれを「二話一類様式」的に編むという、『今昔』の配列構成の意識・方法にかかわっていたことは、また、言うまでもない。その巻十九(18)において、『今昔』は、その共通母胎ee′相当から本文eを立て、巻十二(33)d「……ケレドモ」・『宇治拾遺』(143)d′「……けれど」の共通母胎dd′相当の接続詞にもおそらく立ちどまって、本文eを「……ケレドモ」へと方向を転じ、「(……申ケレドモ)甲斐无クテ……」と造語して屈折して行った。王后出家の主題を意識するその要求が、共通母胎がそれとして有した物語的安定なり興趣なりを歪め、そのことがさらに一文を不安定に創作補入させ、その苦しみの底から、癒着の接続詞「亦」を以て、『大鏡』頼忠伝に類する別資料を癒着して、後半へつないで行くのである（国東文麿「今昔物語集の『亦』の語について」―体系本月報No.64、小稿「敦煌資料と今昔物語集との異同に関する一考察I」、一九六四→本書所収）。

附言すれば、『今昔』巻十二(33)は、『法華験記』と異なって冷泉院などのことを後行させた。年代的には『今昔』が正しいのであるが、これは、『今昔』にその歴史知識があったか、ないし、その知識にもかかわり、あるいはかかわりなく、原拠に対した『今昔』の資料処理の方法意識がはたらいたか、とも想像されないではないのである。

四

『今昔物語集』が二原拠に依る時、その散文の技法として、いずれも漢文資料である場合（巻一18、天竺部）、漢文資料と広義の和文資料とである場合（巻六3、震旦部）、いずれの場合にも検出されるのであるが、原拠それぞれを句的に交互に抽出して合成してゆく、いわば交互法ともいうべき構成方法を、意識的にとることがあった（小稿「敦煌資料と今昔物語集との異同に関する一考察I」、前出）。この方法はまた、本朝部においてもこれを検出することができるであろう。

今昔物語集巻十一(25)弘法大師始建高野山語	金剛峯寺建立修行縁起	打聞集(6)大師投五牯給事
今昔、弘法大師、真言教諸ノ所ニ弘メ置給テ、年漸ク老ニ臨給フ程ニ[a]、数ノ弟子ニ皆所々ノ寺々ヲ譲リ給テ後、我ガ唐ニシテ擲ゲシ所ノ三鈷落タラム所ヲ尋ムト思テ、弘仁七年ト云フ年ノ六月ニ、王城ヲ出テ尋ヌルニ、大和国宇智ノ郡ニ至テ一人ノ猟ノ人ニ会ヌ。其形、面赤クシテ長八尺許也。（中略）即チ、此人大師ヲ見テ、過ギ通ルニ云ク、何ゾノ聖人ノ行キ給フゾト。大師ノ宣	（弘法大師）漸厭世問（間）囂塵。竊尋禅定霊崛。以弘仁七年孟夏之比。出城外。経暦（歴）矣。大和国宇智郡逢一人猟者。其形深赤長八尺許。（中略）則見和尚過通問不審。和尚踟蹰問訊子細。臈（獦）者云。我是南山犬飼。所知山地万許町。於其中有幽平原。霊瑞至多。和尚来住自以助成矣。	（弘法大師）東寺真言宗弘メナド持テ年漸々老給程ニ、我投五古□（之）落タラム所尋ト思テ所々ノ山ニ見給ド无。紀伊国ノ伊都郷タカノヽ山ニヲハシタレバ、年老ヲキナ（中略）鷹ヲツカヒ往テ犬養具タリ。此鷹養、大師ヲ問奉ル。ナゾノ聖人ノカクテハ往給ゾト云バ、唐ニテ入定スベキ所ニ此

ハク、我レ唐ニシテ三鈷ヲ擲テ、禅定ノ霊崛ニ落ヨト誓ヒキ。今其所ヲ求メ行ク也ト。猟者ノ云ク、我レハ是、南山ノ犬飼也。我レ其所ヲ知レリ、速ニ可教奉シト云テ、犬ヲ放テ令走ル間、犬失ヌ。大師、其ヨリ紀伊ノ国ノ堺、大河ノ辺ニ宿シヌ。此ニ一人ノ山人ニ会ヌ。大師、此事ヲ問給フニ、此ヨリ南ニ平原ノ沢有リ、是、其所也。明ル朝ニ、山人、大師ニ相具シテ行ク間、蜜ニ語テ云ク、我レ此山ノ王也。速ニ此ノ領地ヲ可奉シト。山ノ中ニ百町許入ヌ。山ノ中ハ直シク鉢ヲ臥タル如クニテ、廻ニ峰ハ立テ登レリ。（中略）此ノ三鈷被打立タリ。是ヲ見ルニ、喜ビ悲ブ事无限シ。是、禅定ノ霊崛也ト知ヌ。此ノ山人ハ誰人ゾト問給ヘバ、丹生ノ明神トナム申ス。今ノ天野ノ宮、是也。[b]犬飼ヲバ高野ノ明神トナム申ス

追放犬令走之間。即失云々。大師案内心點(黙)然而過。臨紀伊国堺大河辺而留宿。於此有一人山民。談子細之処。申云。従是南方有平々原沢。（中略）則明旦件山人随身。咫尺之間至件原。（中略）密語大師云。吾是此山山王也。則献之領。地増威福。（中略）彼登城路辺。有十許町沢。山王丹生大明神社也。今云天野宮是也。（中略）彼於唐所扱(投)三古儼然。而弥増歓喜。

……

五古ハ落トテ投シ所求往ナリトイラヘ給。鷹養ノ云ク、其所ハヲノレコソ知タレト。（中略）ヲシヘタイマツラムト云バ、イトウレシキ事ナリト云テ、馬尻ニ立テ往。山中ニ百丁許入ヌ。山中ノ中ハ平クタ(ヘ)チヲ臥タル様ニテ、メグリニ峯タチノボレリ。（中略）五古ウチ立テタリ。喜悲事限无。此ヲ定ノ所トハ知ヌ。（中略）大師鷹養（ノ）ヲキナニ、ソコハタレトカ申スト問給バ、ニフノ明神ト□(ナ)ム申スト云テ、二人ナガラカイケツヤウニ失。

……

ト云テ、失ヌ。……（III、105・16―106・13）

伝承の古型がシンクレティックにも交錯する密教伝説、『今昔』本文は、このように、「金剛峯寺建立修行縁起」ないしそれ相当と、『今昔』本文と『打聞集』(6)との共通母胎と、この二つの原拠を合わせ、かつ、この二つの原拠それぞれから交互に抽出して合成されるであろう。aは本文独自の補いであって、いまはともかく補いの事実を言えば足りる。bは、『打聞集』(6)との共通母胎に「二人ナガラ」（鷹養・犬養）相当の語句があったのを受けて、「吾等是此山領主、丹生・高野祖子両神也」（『平安遺文』四三六、寛弘元年九月廿五日太政官符案）などに類した伝えを書きこんだのか、これもいましばらく、その補いの事実を言えば足りるであろう。「禅定ノ霊崛」の語は、『今昔』が『縁起』ないしそれ相当の漢語を用いたにすぎない。こうして、日本漢文資料と広義和文資料とが、漢文の硬質と和文の和らぎとを特にコントラストするという程でもないが、交互につないで統合された。それぞれの原拠には即しながら、同時にそれは解体されて、それぞれがそれぞれ有したそれとしての世界とは別の物語世界が成立するのである。

この、交互法ともいうべき一定の意識的方法が、またあるいは、『今昔』巻五(31)の一部（I、398・11―15）に、『慈恩伝』巻四（五十、240b）と『打聞集』(20)との間に見られ、『今昔』は『慈恩伝』と『今昔』巻五(31)・『打聞集』(20)共通母胎との間にこれをこころみたと推定されるところからすれば、巻十一(25)の場合も、この方法は、『今昔』自身によるそれと見られるであろう。ただし、また別にたとえば、『今昔』巻一(2)の一部（I、53・13―54・3）、シッダールタ誕生の条に、少なくとも二種の漢訳仏典、『過去現在因果経』巻一と『仏本行集経』巻七とが、広義においてではあるにしても、それぞれ交互に抽出合成されているのであるが、この場合、ここには仮名書自立語の意味という問題（山口佳紀「今昔物語集の形成と文体―仮名書自立語の意味するもの―」―「国語と国文学」昭和四十三年八月号）が介在する。すなわち、この場合のそのいわば交互文体性が、『今昔』自身によるか、それとも『今昔』以前のそれに立つか、という問いは、『今昔』天竺部の表記の問題とからんでのこるのである。

ともかく、交互法ともいうべき一定の意識的方法が『今昔』にはあった。一篇の形成に諸要素の関係を鋭くとらえる構成感覚は、また、巻々を配列構成する秩序感覚にも通じている（小稿「今昔物語集仏伝資料に関する覚書」、一九七〇→本書所収）。なお、この構成方法が天竺・震旦・本朝三部を通じて検出されるということには、いくばくかの意味が展くかもしれない。

〈附　出典存疑〉

今昔物語集巻三(2)文殊生給人界語	三宝感応要略録巻下(1)文殊師利菩薩感応
今昔、文殊ハ中天竺舎衛国ノ多羅聚落ノ梵徳婆羅門ト云フ人ノ子也。（中略）生レ給フ時ニハ、其ノ家及ビ門皆蓮花ト成ヌ。（中略）庭ノ中ニ十種ノ吉祥ヲ現ズ。一ハ天降テ覆ヘリ。（中略）十、牙象現ル。（中略）文殊ハ釈迦仏ニハ九代ノ師ニ在ス。……（I、205・8―15）	文殊師利。（中略）生舎衛国多羅聚洛梵徳婆羅門家。其生之時。家内屋宅。凡如蓮花。（中略）具有十種感応事。故名妙吉祥。一天降甘露。（中略）十六牙象現。……（五十一、849a）

従来『三宝感応要略録』を原典として疑われない『今昔物語集』巻三(2)は、誤解は除いて、『要略録』と小異し、掲出本文「文殊ハ釈迦仏ニハ……」文以下、『要略録』に全く見えない。その小異の中、本文「十種ノ吉祥」と「十牙象現ル」とは、毘沙門堂本『阿娑縛抄』巻九十九、文殊五字条に、「薬師経疏云。生時有十種吉祥事。一天降甘露。（中略）十牙象現」（大正蔵図像篇第九、238）とある類に、より近く対応する。もとより、ここに『薬師経疏』と呼ばれるものが直接原拠ではなく、また「十六牙象現」が正しくはあろうが、ともかく、この存在はまた、『薬師経疏』該当部以外にも、『要略録』巻下(1)大同小異のヴァリエテがあり得たであろうことを想像させるに足りる。すなわち、巻三(2)は、『要略録』に通じる別の或る資料によるかと判断されてくるのであって、いま『要略録』に全く存しない前記中略部以降対応も、『今昔』がさらに別の資料を癒着したというよりは、おそらくその別の或る資料が本来合わせもったか、と考えられる。それは、『法華経』巻一序品（九、4a—5b）に発したという、「妙光（文殊）釈迦九世祖師」（『法華文句』巻三上、三十四、35a）とか、「文殊是釈迦九世之祖師也。（中略）而文殊今遂為釈迦弟子」（吉蔵『法華義疏』巻二、三十四、481b）とかの観念が、『文殊師利般涅槃経』の一部（十四、480c）その他と結んで形成されてきたものらしい。ともかくいま、『要略録』が直接原典であるか否か、立ちどまることはできる。『今昔』巻四(28)天竺白檀観音現身語の直接原典が、やはり、従来それとされる『要略録』の巻下(16)よりは、『慈恩伝』巻三該当部（五十、239c）ないしそれ相当であるべき細部をより多くもつこととあいまって、『今昔』天竺部における『要略録』依拠の度が低くなり得るであろう。この書はやはり震旦部に至要であった。

今昔物語集巻十七(38)律師清範知文殊化身語

今昔、律師清範ト云フ学生有ケリ、山階寺ノ僧也。清水ノ別当ニテゾ有。（中略）而ルニ、其ノ時ニ入道寂照ト云フ人有リ、俗ニテハ大江ノ定基ト云ヒケリ。（中略）而ルニ、此ノ入道寂照、彼清範律師ト俗ノ時ヨリ得意トシテ互ニ隔ツル心无クシテ過ケルニ、清範律師ノ持タリケル念珠ヲ入道寂照ニ与テケリ。其ノ後、清算律師死テ四五年ヲ経ケル間ニ、入道寂照ハ震旦ニ渡ニケリ。彼清範律師ノ与ヘタリシ念珠ヲ持テ、寂照、震旦ノ天皇ノ御許ニ参タリケルニ、四五歳許ナル皇子走リ出タリ。寂照ヲ打見テ宣ハク、其ノ念珠ハ未ダ不失ハズシテ持タリケリナ、ト此ノ国ノ言ニテ有リ。寂照此レヲ聞テ、奇異也ト思テ答テ云ク、此ハ何ニ仰セ給フ事ゾト。御子ノ宣ハク、有テ其ノ持タル念珠ハ、自ラガ奉リシ念珠ゾカシト。其ノ時ニ、寂照ガ思ハク、我ガ此ク持タル念珠ハ、清範律師ノ令得タリシ念珠ゾカシ。此ノ御子ハ、然バ、其ノ律師ノ生レ給フト心得テ、此ハ何ニ此クテハ御マシケルゾト問ヒケレバ、御子ノ宣ハク、此ノ国ニテ可利益キ者共ノ有レバ、此ク詣来タル也ト許答テ、

天台霞標三編之二、文殊霊験文珠霊験集

京兆清水寺沙門清範。播州人也。強記優弁。僉曰。文殊応化也。範素与寂昭善。嘗餽昭数珠一串。後範死経数歳。昭入宋域。一日謁帝。在乎便殿。時皇子可四五歳。徑来昭前。視手中数珠。作和語謂昭曰。師尚不遺而能持乎。昭茫然不知何似。皇子曰。其数珠曽吾所贈也。昭驚異以為。皇子是範師再生也。即復曰。何由来此乎。皇子曰。為此国有応度者也耳。言訖趨而入矣。……

走リ返リ入給ヒニケリ。其ノ時ニ、寂照思ハク、彼ノ律師ヲバ、皆人、文殊ノ化身ニ在スト云ヒシ。説教ヲ微妙ニシテ、人ニ道心ヲ令発レバ云フナメリト思ヒシニ、然バ、実ノ文殊ノ化身ニコソ在マシケレ、思ニ、哀レニ悲クテ涙ヲ流シテゾ、御子ノ入給ヒヌル方ニ向テゾ礼ミケル。実ニ此レコソ聞ニ貴ク悲シキ事ノ有レ。……

（III、558・16―559・16）

従来原拠未詳のこの一篇は、『天台霞標』三編之二、円通寂昭上人条に、『文珠霊験集』を引く「文珠霊験」前半に酷似し、これに類する或る資料に直接した、と想像される。この後半は、『今昔』巻十九(2)参河守大江定基出家語の、従来原拠未詳とされる第八段（III、60・2―9）の、五台山文殊化身の類話である。

今昔物語集仏伝外伝の出典論的考察

小稿は、『今昔物語集』天竺部仏伝の中のいわば仏伝外伝、仏陀の周辺の伝承という程度の意味であるが、この数篇を、主として出典論的関心から考察する。この数篇は、或る意図された統一的な観点からえらばれているのではないが、平城平安、ないしその背後の古東洋が伝承と表現との間に蓄積した、特には書承と口承との間の諸問題のいくつかを、これら『今昔』テクストの表現世界においてとらえて、その位置と意味とを考え、これを通じてその諸問題の奥行きを見ようとするものである。

巻二　阿那律得天眼語第十九

一

仏陀十大弟子の一人、阿那律 Anuruddha, *Skt*, Aniruddha が天眼第一と称せられるに至った因縁を、『今昔物語集』巻二⒆阿那律得天眼語は物語る。かつては、初唐の『法苑珠林』巻三十五の一篇がその直接出典に擬せられていたものであった。いま、展開の中心が『注好選』巻中⒅阿那律比丘得天眼に多く対応すべきことは、すでに言うまでもない。ただし、

今昔物語集巻二⑲	〔I〕今昔、仏ノ御弟子ニ阿那律ト申ス比丘有リ、仏ノ御父方ノ従父也。此ノ人ハ天眼第一ノ御弟子也、三千大千世界ヲ見ル事、掌ヲ見ルガ如シ。〔II〕其ノ時ニ、阿難、仏ニ白テ言サク、阿那律、前世ニ何ナル業有テ天眼第一ナルゾ、ト。仏ノ宣ハク、阿那律、昔、過去ノ九十一劫ノ時、毘婆尸仏ノ涅槃後、〔III〕盗人トシテ身甚ダ貧カリシニ、宝ヲ納置タル一ノ塔有リ、心ノ内ニ思フ様、夜ル蜜ニ此ノ塔ニ入
注好撰巻中⑱（金剛寺本）	〔III′〕昔此比丘甚貧也。即納財(宝)有寺。・(時)心中思様、・(臨)夜竊入此寺盗寺(・・)中宝貨易生活。即夜持弓箭至彼寺、
三宝絵巻下⒂薬師寺万燈会	〔II′〕又譬喩経ニ云、阿難、仏ニ申サク、阿那律、昔イカナルユヘアリテカ、今天眼明ニスグレタル、ト。仏ノ、給ハク、昔、毘婆尸仏涅槃ニ入給テノチ、〔III′〕此人ソノ時ニヌス人トナレリキ。堂ノ中ニ入テ堂ノ物ヲヌスマムトスル時ニ、仏ノマヘノ燈キエ
法苑珠林巻三十五 諸経要集巻四	〔I′〕譬喩経云。昔仏在世時。諸弟子中徳各不同。……如阿那律天眼第一。能見三千大千世界。乃至微細無幽不覩。〔II′〕阿難見已而白仏言。此阿那律宿有何業。天眼乃尓。仏告阿難。乃往過去九十一劫。毘婆尸仏入涅槃後。〔III′〕此人尓時身行劫賊。入仏塔中欲盗塔物。時仏塔中仏前然燈。其燈欲滅。賊即以箭正燈使明。見仏

テ納置ケル宝ヲ盗取テ売テ命ヲ継ギ世ヲ渡ラムト思ヒ得テ、夜ル弓箭ヲ持テ彼ノ塔ニ行テ相構テ戸ヲ開テ入ヌ。見レバ仏ノ御前ニ御燈明有リ、既ニ消ヌベシ。明カニ宝ヲ見テ盗ムガ為ニ箭ノ彇ヲ以テ燈明ヲ挑グ。時ニ仏ノ御形、金色ニシテ塔ノ内ニ耀キ満タリ。然レバ廻リ見テ返テ仏ノ御前ニ居テ掌ヲ合セテ観ズル様、何ナル人ノ宝ヲ投テ仏ヲ造リ塔ヲ起ルゾ。我レモ同ジ人也、仏ノ物ヲ盗取ラムヤ。又此ノ報ヲ感ジテ後ノ世ニ貧窮モ可増也ト思テ、不取シテ返ヌ。

相構開其戸□入内見、仏前在燈乃擬滅。即明為見宝以矢頭挑御明也。時仏像金色堂内英満。仍廻返仏前合掌作観。何人投宝□造仏立堂。吾(我)又同人也。以何心盗之哉。又感此報後々生々貧報尤可倍(往・)也。故不取返了。其燈挑故、

ナムトス。火ヲアカシテ物ヲトラムトテ、矢ヲモチテ燈ヲカヽゲタルニ、仏ノ御カタチノ明カニミユルニオヂテ、出テ思ハク、コト人ハ物ヲツクシテダニコソ功徳ヲツクレ、我モ又同人也、ヌスミトル事ハヅカシキカナ、ト思テ、ステオキテサリニキ。燈ヲカヽゲテシ功徳ニヨリテ、

威光。歓然毛豎。即自念言。他人尚能捨物求福。我云何盗。便捨而去。縁正燈炷福徳因縁。

其ノ燈明ヲ挑タル故ニ、〔IV〕九十一劫ノ間、善処ニ生レテ遂ニ我レニ値テ出家シテ果ヲ証シテ天眼ヲ得タル也、ト説給ケリ。
〔V〕カヽレバ、心ヲ発シテ仏ニ燈明ヲ不奉ラズト云ヘドモ、盗ヲセムガ為ニ燈明ヲ挑タル功徳如此シ。
〔VI〕況ヤ、心ヲ発シテ奉リタラム功徳可思遣シトナム語リ伝ヘタルトヤ。

〔IV′〕得天眼作観故、作(成)仏弟子也云々。〈東寺観智院本ト校ス。傍訓・返点・送仮名等省略、以下オオムネ同〉

〔IV′〕ソレヨリノチ九十一劫ツネニヨキ所ニ生ル。今我ニアヒテ出家シテ阿羅漢ヲエタリ。天眼第一ナル也、トノ給ヘリ。

〔V′〕一ノ燈ノ光スラ仏ニナル、況ヤ万燈ヲヤ。ヌス人ノカヽゲシダニ道ヲエタリ、況ヤ沙門ノカヽグルヲヤ。……


〔IV′〕従是以来九十一劫常生善処。漸捨諸悪福祐日増。今得値我出家修道得阿羅漢。於衆人中天眼徹視最為第一。

〔VI′〕何況有人至心割捨。然燈仏前所獲福徳難可称量。（大正蔵五十三、566c〜567a・五十四、37b）

『今昔』全篇が、〔III〕〔IV〕部分以外、『注好選』に対応しない部分をのこすことも、また、〔I〕〔II〕〔IV〕〔VI〕部分が、『譬喩経』を引く『法苑珠林』の表現に或る程度相同しながら、細部的には対応し得ないこともあきらかである。『譬喩経』

は現存しないが、(1)『今昔』本文〔I〕の導入部、「……三千大千世界ヲ見ル事、掌ヲ見ルガ如シ」、この比喩は『法苑珠林』の引く『譬喩経』には存しない。『今昔』がこの表現を得る意味の奥行きが索められるであろう。

二

まず、ここには、より根元的に、羅什訳『維摩経』の表現が注意されるべきである。

仏告長老阿那律。汝行詣維摩詰問疾。阿那律白仏言。我不堪任詣彼問疾。所以者何。憶念我昔於他処経行。見有梵天。（中略）問我言。幾何阿那律天眼所見。我答言。仁者。吾視三千大千仏国。如於掌中観宝冠耳。……

（支謙訳『維摩詰経』巻上、十四、522c～523a）

仏告阿那律。汝行詣維摩詰問疾。阿那律白仏言。世尊。我不堪任詣彼問疾。所以者何。憶念我昔於一処経行。時有梵王。（中略）問我言。幾何阿那律天眼所見。我即答言。仁者。吾見此釈迦牟尼仏土三千大千世界。如観掌中菴摩勒果。……

（羅什訳『維摩詰所説経』巻上、同、541a）

尓時世尊告大無滅。汝応往詣無垢称所問安其疾。時大無滅白言。世尊。我不堪任詣彼問疾。所以者何。憶念我昔（中略）一処経行。時有梵王。（中略）而問我言。尊者無滅。所得天眼能見幾何。時我答言。大仙当知。我能見此釈迦牟尼三千大千仏之世界。如観掌中阿摩洛果。……

（玄奘訳『説無垢称経』巻二、同、563a～b）

阿那律は、仏陀が毘耶離（ヴァイシャーリー）に病む維摩を問わせようとした一人であった。『維摩経』の梵本はつたわらず、漢訳三本の間には、旧訳の「如於掌中観宝冠耳」と、什訳「如観掌中菴摩勒果」ないし新訳の「如観掌中阿摩洛果」との異同があるが、蔵本には菴摩勒果が見える。(2) この異同の間には、言語表現の意味の微妙（あや）がひそむであろう。

阿那律が天眼を得るに至った由縁にはわたらないとしても、その天眼に関する物語自体は、つとに在った。その一類が、中部(32)牛角林大経（マハーゴーシンガ・スッタ）・『中阿含経』巻四十八(184)牛角娑羅林経や、『増一阿含経』巻二十九(3)に見える。抜耆國（バールガー）の園林に会して、舎利弗・目連・迦葉・離越・阿難、阿那律らの諸声聞が、その園林の悦楽の義、はなはだ愛楽すべきその義を語りあう。舎利弗の問いに、阿那律は、清浄の天眼を逮得し天眼を成就し、天眼を以て諸世界千世界を観じるべきその快楽を答える。彼等は仏陀に詣り、その語り合ったところを語り、仏陀は、阿那律には、

阿那律比丘天眼第一。彼以天眼観三千世界。猶如有眼之人掌中観珠。阿那律比丘亦復如是。彼以天眼観此三千大千世界而無疑難。　（『増一阿含経』巻二十九(3)、二、711b）

と讃めた、という[3]。また一類が『増一阿含経』巻七(9)にも見える。阿那律が天眼を問う梵志に答える。もし天眼を得ればすなわち、釈梵四天王及び五百天人ならびに二十八大鬼神王らを見るであろう。彼はつづける。

阿那律報曰。（中略）此天眼者何足為奇。有梵天王。名曰千眼。彼見此千世界。如有眼之士自於（手）掌中観其宝冠。此梵天亦如是。見此千世界無有罣礙。　（二、581a）

彼は仏陀の所に到り、仏陀は諸比丘に阿那律を天眼第一と讃めた、という。

これらによれば、阿那律の天眼に関する物語があるいは掌中宝珠ないし宝冠の比喩と結んでいたことが知られる。想像が許されるならば、おそらく、『維摩経』が、旧訳の梵本の掌中宝冠の比喩を、羅什の依拠した梵本においては、掌中菴摩勒果の比喩に転じていたのである。

如是我聞。一時仏在毘耶離菴羅樹園。……　（什訳『維摩経』巻一、十四、537a）

毘耶離、ヴェーサーリーには、巴利本『大般涅槃経（マハーパリニッバーナ・スッタンタ）』二―一一～二〇でも知られるアンバパーリー女の園、彼女が仏陀に奉ったその園があった。すなわち「菴羅樹園」、『維摩経』の説処としてある、梵名 āmra の園であ

る。そして、菴摩勒果は梵名 āmra, amra, 巴利名 amba の菓である。[4] すなわち声音相通じるその類音性が、おそらく掌中菴摩勒果の比喩を結んだのであった。ただ一つ類音さえ神話（la mythe）をつくるであろう。菴羅樹園を説処とする『維摩経』は、ある日、その掌中比喩の当体を類音において転じたのである。そして、阿那律天眼物語の語彙核として、「三千大千世界」とか「如観掌中菴摩勒果」とかの類が定著した。[5]

『大智度論』巻三十九に『摩訶般若波羅蜜経』巻二の五眼（肉眼天眼慧眼法眼仏眼）を論じて、

……答曰。（中略）菩薩肉眼最勝見三千大千世界。問曰。（中略）若能得見何用天眼。若不能見。此中云何説見三千大千世界。答曰。不以障礙故見。若無障礙得見三千世界如観掌無異。（二十五、347a）

というところがある。『大智度論』の漢訳は『維摩詰所説経』のそれに先行したとしても、[6]『維摩経』梵本の阿那律の天眼に関する掌中菴摩勒果の比喩が、ここに意識されていたことは想像に難くない。その理会において、その句が簡略されているべきであった。

三

阿那律が天眼を得た由縁は、『仏本行集経』巻五十九・六十両巻がつとに類聚的に語っていた。諸部派の異伝を綜合したこの仏伝経典は、巻末の跋文に『大事（Mahāvastu）』などをあげるように、かなり古伝を含む。いまもまた古伝に属すべきであろう。あるいは、仏陀説法の場に仮睡して「汝起莫睡」と戒められた彼が以後多く眠らず、その肉眼を壊して、ただ天眼を以て世間色を観じた、と語っている。あるいは、彼が前生にいかなる善業を種えていま出家得果したかと諸比丘に問われた仏陀が、前生、富豪の子の彼が盗人になって仏塔の燈火を箭鏃を以て挑げ出した時、燈燭かえって明熾して、浄心を得て発願、いま声聞弟子中に天眼第一を得たと告げた、とも語っている（三、927a〜928a）。類聚はこれらに限らないが、ともかく、一つは睡眠不覚による自省の精進により、二つは前生の仏塔の燃燈をめぐる心浄の発願によって得た、阿那律天眼の由縁を語るのであった。前者は、『増一阿含経』巻三十一(5)、後に時に引用されることにもなるこれにも見える。仏陀説法の場に衆中に眠った阿那律を見て、仏陀は「受(愛)法快睡眠　意無有錯乱……」十二句偈を説き、そして問う。以後、彼は眠らず、眼根を損なう。仏陀は耆域(ジーヴァカ)に治療を求め、彼には、「眼者以眠為食」、眼は眠りを以て食となすべきを告げる。しかし彼は眠るに堪えず、その眼は敗壊し、しかし天眼を得て瑕穢なかった、という（二、718〜719b）。阿那律天眼の由縁には、主としてこれら二伝が育った。

阿那律天眼の由縁の主として二伝の中、睡眠不覚精進譚の展開は、これを主として『維摩経』の注釈史にたどることができる。その展開を見れば、隋京浄影寺の慧遠（五二三〜五九二）の『維摩義記』巻二本にいう。

此阿那律（中略）此云無滅。八万劫前曾供辟支。所得善根于今不滅。故云無滅。是仏堂弟。……

（三十八、455c・敦煌本『維摩経義』、北京1320〈呂96〉）

これは、まず、阿那律の名の義がa-niruddhaすなわち「無滅」であることを説いて、無滅の由縁の前生譚(7)を簡約訳する。いわば一種の人名説話である。つづいて、彼が仏陀の父方の従弟である釈迦族諸王子の系譜を展き、そして、

其阿那律天眼第一。得眼因縁如経中説。彼阿那律於一時中仏辺聴法。坐下眼睡。如来呵責。咄咄(胡)故為寐。蝩(蠖)螺蚌蝎類。其阿那律被呵慚愧。多日不眠遂便失眼。造詣者婆求欲治之。（中略）耆婆対曰。睡是眼食。（中略）那律聞之遂修天眼。半頭見物徹見三千大千世界。……那律具答。吾見釈迦三千世界如観掌中菴摩勒果小乗所見。局在一界。……

（三十八、455c〜456a・敦煌本『維摩経義』）

と、その天眼の由縁を述べる。睡眠不覚による自省の精進によったのである。この時、これらは仏陀の呵嘖において、おそらく『増一阿含経』の十二句偈を改めるにみずからを閉ざす螺蚌類の偈を以てした。慧遠は敦煌びと

である(『続高僧伝』巻八)。あるいは敦煌などで講経に用いられていたのによったか、彼自身改めて用いたか、いずれとも考えられるが、ともかく口承要素の何らかの干渉はあったであろう。[8] のみならず、これらは、『維摩経』の阿那律にかかわる「徹見三千大千世界」「如観掌中菴摩勒果」句をもあらたに用いた。

嘉祥吉蔵(五四九〜六二三)の『維摩経義疏』巻三も、やはり阿那律の名の義にふれて一種人名説話的に同様の供養辟支仏前生譚を説き、[9]「仏之従弟」として後、その天眼の由縁については、仏陀の呵嘖を「咄哉云何如螺蜯子」、耆婆の言を「眠是眼食」として、ほぼ『維摩義記』に同じい出来事を述べ、「如観掌中菴摩勒果」について注するところもあった(三十八、944a〜b)。天台智顗(五三八〜五九七)もまた、什訳『法華経』を釈く立場からであるが、『法華文句』巻一下に、阿那律の名の義にふれてその前生譚を説き、[10]「世尊之堂弟」として後、その天眼の由縁を述べていた。被呵にはふれず、精進から始めている。

阿那律精進。七日七夜眼睫不交。眠是眼食。既七日不眠。眼則喪睛失肉眼已。仏令求天眼。繫念在縁四大浄色半頭而発。徹障内外明闇悉覩。対梵王曰。吾見釈迦大千世界如覩掌果。増一云。我仏法中。天眼徹視者阿那律比丘第一。

(三十四、15c)

「掌果」など、『維摩経』の文脈の導入されていることもあきらかであろう。下って、荊渓湛然(七一一〜七八二)が、智顗の『維摩経文疏』を去取縮略した『維摩経略疏』巻五に、やはり阿那律の天眼にふれている。

仏告阿那律。(中略)此云如意。或云無貧。過去一食施辟支仏。九十一劫天上人中受如意楽。故名如意。尓来無所乏短。故名無貧。仏之従弟。初入道時多睡為人所呵。因是不寝。遂致失眼。白仏具説。仏云。眠是眼食。如人七日不食則便失命。七日不寝眼命則断難可治之。当修天眼用見世事。因是修禅得四大淨色。半頭而見。観大千界猶如掌菓。若三蔵仏全頭天眼徹見無礙。雖不及仏於声聞中最為第一。

(三十八、626c〜627a)

この「……猶如掌果」は、『文疏』巻十四自体には「……如菴摩勒果」とあった（卍続一）。阿那律天眼の由縁として、睡眠不覚に始まる一伝であった。われわれは、ここに、比喩表現「如観掌中菴摩勒果」類型のまつわることを確認する。(11)

四

阿那律天眼の由縁の別伝として、古くは『仏本行集経』に見えた、仏塔の燃燈の明熾をめぐる前生譚は、慈恩窺基（六三二〜六八二）の『説無垢称経疏』巻三末、敦煌本『維摩経疏巻三』（P. 2049）の類、ないし同じく敦煌本『維摩経解』（北京1321背面）の類が、それぞれ二伝いずれをも併せつたえる中に見えるであろう。『法苑珠林』巻三十五等が用い、いずれ『三宝絵』巻下(15)、『注好選』巻中(18)、ないし『今昔物語集』巻二(19)がえらぶことになるのも、この類である。

説無垢称経疏巻三末	敦煌本維摩経疏巻三
梵云阿泥律陀。此云無滅。相伝釈云。八万劫前曾為供養一辟支仏。所得善根于今不滅。故名無滅。又譬喩経云。毘婆尸仏入涅槃後。阿泥律陀曾入仏堂。以為劫賊見燈将滅。遂抽一箭挑燈便(使)明。見仏威光面色。毛竪念言。他尚施物求福。我云何盗。遂捨而去。以此善根九十一劫常生善処。今得値我得是天眼。所獲福果曾無滅尽。	仏告阿那律者。亦名阿泥楼駄。（中略）此云無滅。亦云如意。且言無滅者。由八万劫前曾供辟支仏。所得善根至今不滅。譬喩経云。毘婆尸仏入涅槃後。阿那律曾入仏堂。以為劫賊見燈将滅。遂抽一箭挑燈更明。見仏威光色相。毛竪念言。他尚施物求福。我云何盗。遂捨而去。以此善根九十一劫常生善処。今値仏出家修道得羅漢果。天眼第一。称其願心云如意也。所獲福徳曾無滅尽。故云無滅増

故言無滅。是仏當(堂)弟。又伝経云。世尊父叔総有四人。(中略)此之八子皆悉出家。彼阿泥律陀仙(仏)処聴法。坐下睡眠。如来呵責。咄咄何為睡眠。螺(蜂)蚌之類。無滅慚愧聞法悲涙。多日不睡(眠)遂便喪眼。後問耆婆。(中略)耆婆答言。眼是眼食。多時不睡(眠)眼便餓死求差甚難。遂修天眼得見大千。

(三十八、1050c〜1051a)

益。阿含経云。是仏堂弟。如来父叔合有四人。(中略)前諸釈子並皆出家。其那律初生之時周匝其舎宝蔵自出。後従仏出家。仏辺聴法不覚眠睡。如来説偈呵之。

咄咄乎為寐　螺螽蚌蛤類
一壽百千年　輪転無窮已

那律被呵心懐慚愧。立誓不睡遂使失眼。後詣耆婆求療。(中略)耆婆対曰。睡是眼食。少時不睡眼便餓死永不可治。那律聞之遂勤修天眼。半頭見物徹見三千世界。如観掌中菴摩勒果。……

(八十五、390b〜c、偈改行ハP.2049ニヨル)

これらの前半は、前出『法苑珠林』も引いた『譬喩経』をも含んで大同小異する。[12] 後半も相通じるが、敦煌本は『維摩義記』類の偈を含む四句偈をとどめ、かつ、掌中菴摩勒果の比喩をとどめる。やはり、あきらかに睡眠不覚の物語においてである。[13]

いま、『説無垢称経疏』、敦煌本『維摩経疏』及び『法苑珠林』、これらと、『今昔物語集』巻二(19)とを対比する。まず、『今昔』〔I II〕は、前言したように、『法苑珠林』〔I′II′〕と、そしてこれのみと、「掌ヲ見ルガ如シ」の比喩においては対応しないが、ほぼ相同する。『今昔』〔III〕、『譬喩経』相通のそれは、やはりもと『法苑珠林』所引の『譬喩経』を通るべきであろう『注好選』巻中(18)〔III′〕に細部まで近い。『今昔』〔IV〕は、『注好選』〔IV′〕とは異なって、『法苑珠林』所引の『譬喩経』に近く、ないし「善処ニ生レテ遂ニ我レニ値テ出家シテ……」と直接する形は敦煌本にともかく通じる、とも言えるであろう。あえて言えば、この敦煌本類の表現が、何かに媒介されて、『今昔』巻二(19)の直接原拠となる文学資料へ至るべき口承に痕跡した、とも想像できないではないが、いまこだわらない。最後に、『今昔』の結文〔V〕特に〔VI〕は、『法苑珠林』所引の『譬喩経』に遇合したとは考え難く、仮名書自立語「カ、レバ」の性格から推しても、同類の句を含んだ和文原拠資料の存在が想定されるであろう。

　ここにおいて想像すれば、『今昔』巻二(19)は、その〔II〕〔IV〕に『法苑珠林』相当を、その〔III〕に『注好選』巻中(18)相当を含んだ、広義の和文資料、すなわち、比喩「掌ヲ見ルガ如シ」を含むべき〔I〕～〔VI〕を、おそらく直接原拠としたであろう。それは、現存『注好選』東寺本・金剛寺本、続群書類従本『注好選集』と〔III〕においては相当しつつ、それをも包みこみ、かつ、これら三本いずれにも無い、比喩「掌ヲ見ルガ如シ」を含むべき文字資料であった、と想像される。

　平安時代の阿那律天眼の伝えの有り方に書承と口承とがもつれていて、『注好選』にせよ『今昔』にせよ、そのもつれの間を泛かべる一つ二つであった。と想像されるのである。これらを泛かべさせる底のものは、少しく時処を隔てて後に、また異なるその在り方をも泛かべさせるであろう。すなわち、

……故諸功徳中以光明最為勝也。……又阿那律於説法座睡眠。仏種種彈呵。阿那律即発慚恥心。永断睡眠。経七日後失明。問之医師。医曰。人以食為命。眼以睡為食。若人七日不食命豈不尽乎。命尽非医療之所及。眼亦如是。時仏哀之。教天眼法。因修其法即得天眼。洞視三千大千世界如見掌中菴摩羅果。此人過去ニヲイテ欲盗仏物因入塔中。燈火欲滅。及以箭正燈炷。自見仏相端厳殊勝。忽生悔心而発無上道心。従是以来生生世世得無量福。今遇釈迦如来出世之時遂得解脱。亦獲天眼第一也。

（『黒谷上人語燈録』巻七漢語燈七、八十三、１４５ｂ～ｃ）

法然源空の撰んだ遺文を了恵が揖(あつ)めたという法語録である。この語録には漢文と漢字片仮名交りの和文とがあ

り、方法としての漢語燈と和語燈と、あたかも『愚管抄』巻二の「偏ニ仮名ニ書ツクル事ハ、是モ道理ヲ思ヒテ書ル也」ということばを意識させもするのであるが、いま、漢語燈ではあっても、厳密に書承的ではない、一種口承性の安らぎを交える気息を漂わせるであろう。もとより黒谷は天台西塔の別所であり、さきに「黒谷とかいふ方よりありく法師のあとのみまれまれには見ゆるを……」と言い（『源氏物語』手習）、後に「凡此谷為体、女人ノ陰形也」という（『渓嵐拾葉集』巻九十二）、幽邃窈窕の深処であるが、語録のこれは、あるいは、特には西塔ないし横川の口承の気息を交え得べきものであるかもしれない。

いま、この語録は、さまざまの功徳の中に光明をもって最勝とするという光明功徳について、燈明供養の験を例する場合である。阿那律に及ぶ直前には、法蔵・燈指・梵摩比丘等の光明因縁前生譚がそれぞれに簡明に述べられる。ついで、この阿那律に及ぶのであるが、阿那律には、光明の験に直接かかわらない、その慚恥不眠精進譚をまず録して後に、その燈燭因縁前生譚が録される。『説無垢称経疏』や敦煌本『維摩経疏』の場合とその順序は逆であるが、あきらかに二伝を含んでいる。これは、これらが口承過程を経て、一連の伝承として成立していたからこそであって、でなければ、光明功徳に阿那律を引例するには、燈燭因縁譚だけで十分であり、慚恥不眠譚に及ぶ必要のないことは明らかすぎる。

この時、「洞視三千大千世界如見掌中菴摩等果」句は、慚恥不眠精進譚の結末に在る。類句は、『維摩義記』巻二本・敦煌本『維摩経義』、『維摩経義疏』巻三、及び『維摩経略疏』巻五、さらに『法華文句』巻一下等においても、慚愧精進潭の結末に在った。『黒谷語燈録』においても、この句は、その精進譚の結びの意であるはずであった。ただし、阿那律天眼の由縁の二伝がこの語録と同じ順序に並んで接合する時、この句は、たとえば「此人過去……」とつづいて始まるべき、燈燭因縁前生譚の冒頭ともとられかねない余地がある。

『今昔物語集』巻二(19)が〔I〕にまず「此ノ人ハ……掌ヲ見ルガ如シ」と導入して、つづいて展開部〔II〕へ入るのは、結果として、慚恥精進譚の結びで本来あるべき同句をちぎって、つづく燈燭因縁譚の始めに繋いだ形から始めていることになるのである。これは『今昔』の恣意ではなくて、その二伝の文字伝承、すなわち口承を経て『黒谷語燈録』と大同小異して文字化していた伝承から、この接合部の類句を燈燭因縁譚の導入部にとりこんだ一資料に直接依拠したからなのであった。『注好選』類三本の燈燭因縁譚が、その出来事自体においては『今昔』展開部と酷似するにかかわらず、『今昔』〔I〕相当の比喩を持たないのは、燈燭因縁前生譚本来の形をのこしているのである。

『今昔物語集』巻二⒆〔I〕の比喩、「(阿那律)三千大千世界ヲ見ル事、掌ヲ見ルガ如シ」は、こうして、その二菴伝の接合部の前譚の結末が後譚の冒頭に組みこまれるという結果から生じたが、この「掌」は、もと「如観掌中摩勒果(掌果)」に由るべき意であったのを、前出『大智度論』巻三十九に「如観掌無異」としたような、その類の資料に直接拠ったのである。この「掌」を『今昔』が掌果と理会したか、これは疑わしい。

驚テ見ニ、上ハ欲界六天ノ様々ノ勝妙ノ楽ヲ掌ノ内ニ見ルガ如シ。下ハ……鏡懸タルガ如シ。……
(『今昔』巻四⒇)

覚テニ見、上ハ欲界六天ノ様々ノ勝妙楽如ト見ニ掌中ヲ一見徹也。下ハ……如トレ見ニ掌中物一……
(名大本『百因縁集』四十七)

『今昔』のこれは名大本『百因縁集』の類に由るであろう。[14] 掌果とかかわらない。

……一人ノ相師有リ、人ノ命ノ長短ヲ知ル事、掌ヲ指スガ如シ。……
(『今昔』巻六⒅)

聞声知長短寿
(『三宝感応要略録』巻中(37))

これは『今昔』が独自に補ったと見られる。『論語』八佾・『礼記』中庸に由る著名の句を用いるのであろう。[15] 同じく掌果にかかわらない。

注意しておくべきは、『維摩経』の諸注疏、あるいは相伝釈とか『譬喩経』とかをも用いるそれが、Anuruddha, Aniruddha ということばに所縁すべき意味の世界を、口承的想像力のひろがりを蔵して、人名説話的に、たとえば無滅、たとえば如意など、多くこもらせていたことである。古く『仏本行集経』巻五十九・六十の由縁譚に潜在していたか否かは措いて、ともかく、阿那律伝承の展開する方向がその名の義と由縁譚との関係を顕在させて来たことは確かであった。

『法苑珠林』は異なっていた。少なくともそこに選択された表現面による限り、阿那律天眼の出来事はその名の義とかかわらず、これを由縁譚の枠とせず、奇異殊勝の前生譚として、然燈篇引証部の一つに述意されている。これは、『三宝絵』巻下(15)、『注好選』巻中(18)、ないし『今昔物語集』巻二(19)においても同じい。その意味においては、これらは『維摩経』の諸注疏の類の曲尽を棄てているのである。あるいは出来事自体を鮮やかにするとも言えるが、その名の由来譚としての面白味はこれを棄て、ないし、失っているのである。

『今昔物語集』は、これを、前生の一瞬の合掌浄心がいま出家して仏果を得させる、という説話類型に連鎖させて配列した。天眼に関して同類の結文を持つ巻四(22)をその類型をもって並列しなかったのは、天竺仏法史的な配慮であった。[16]

巻二　薄拘羅得善報語第二十

一

阿育王(アショーカ)が薄拘羅塔の功徳を聞く物語が『付法蔵因縁伝』巻三にある。すなわち、過去九十一劫、毘婆尸(ヴィパッシイ)仏滅度の後の前生に、貧苦、呵梨勒(ハリータキー)果を施楽した所縁から、未曾有病、最後に婆羅門の子として生まれた童子薄拘羅(Bākula, Bakkula, *Skt*, Dvākula) は、後母に、餅炉に熾(も)える鏊(なべ)の上に置かれて焼けず、湯の沸く釜に投げこまれて爛れず、河の中に捨てられて溺れず、魚腹に入って消えず、魚市に衒し売られ、日暮、魚の臰ろうとする直前に父に買われて、その魚腹から傷つかず抱き出される。長じて出家得果し、

年百六十未曾有病。乃至無有身熱頭痛。少欲知足常楽閑静。未曾教人一四句偈。（五十、３０８b）

であった。王は「一銭」を布施して塔神の少欲に感じた、という。『法苑珠林』巻四十二がこれを引き、ただし、薄拘羅塔のことを欠き、少欲知足のことを除き、前生の呵梨勒果のゆえの現世の無病長寿、及び五処不死について述べた。半ばこれに類しながら、『経律異相』巻三十七薄拘羅持一戒得五不死報(8)は『譬喩経』を引いて、呵梨勒果施薬の前生を欠き、後母の折檻に始まる同類の五処不死を経て「此児先受不殺一戒。今得五種不死」と結んで、その無病などには一切ふれない。五種不死譚としては、前生譚の無いこの形が古型かもしれない。

『今昔物語集』巻二(20)が『法苑珠林』に近いことは周知である。結文、

今昔物語集巻二(20)	法苑珠林巻四十二（付法蔵経）
……其ノ後漸ク長大シテ仏ノ御許ニ詣デ、出家シテ羅漢果ヲ得テ三明六通ヲ具セリ、御弟子ト有リ。年百六十二至ルニ、身ニ病有ル事无シ。此レ皆前生ニ薬（呵梨勒果）ヲ施タル故也トゾ、仏説給ケルトナム……	……年漸長大求佛出家阿羅漢果。従生至老年百六十未曾有病。乃至無有身熱頭痛。由施薬故得是長寿。……（五十三、６１５c）

『今昔』一篇が、『法苑珠林』系の和文化資料に直接することは確かである。

『注好選』巻中(22)薄拘羅終無病は、『注好選』相当の諸篇が『今昔』に多く選録されるにかかわらず、いま部分

的に相通するにとどまって、一篇は対応しない。これは、平安時代の薄拘羅説話の諸相、説話要素の離合集散を含むその動きを考えさせる。

注好選巻中(22)（東寺本）	〔I〕此比丘昔毘婆尸仏滅後極貧人也。傭作生活即従・(人)手得一、(丸)、、・呵梨勒丸。時思惟是第一薬(・)也。尋求病僧施之。因茲九十一劫不堕悪道。趣天上人中受福殊勝也。 〔II〕今生又至于八十不識(・)頭病(痛)。況余病乎。目不視女人面。・(為)不説一句法。遂不入尼寺。依此等善・(根)。今日成等正覚也・・・・(証果聖人授仏成記)・・(云々)。〈金剛寺本ト校ス〉
法華義疏巻一	〔I′〕薄拘羅者此云善容。 〔I′〕持一不殺戒得五不死報。 …… 〔II′〕経伝。出家以来八十歳。眼不視女人面不入尼寺。亦不為女人説於一偈。阿育王歴諸塔供養多有布施。至薄拘羅塔聞其在世少欲知足不為女人説一偈。 〔III〕乃以一銭施之塔遂不受。阿育王言。是真少欲乃至不受一銭也。 （三十四、460a）
法華玄賛巻一末	〔I′〕梵云薄矩羅此云善容 ……毘婆尸仏入涅槃後。有一比丘甚患頭痛。美容時作貧人。持一、、、呵梨勒施病比丘。比丘服訖病即除癒。由施薬故九十一劫天上人中受福快楽。 〔I′〕今生婆羅門家。其母早亡。遂遇後母方便殺之経五不死。 〔II′〕後求出家得阿羅漢。出家八十曾不患頭痛。目不視女人面。亦不入尼寺。不為女人説一句法。 〔III〕後無憂王巡塔布施。知
大智度論巻二十二	(薄拘羅比丘) 鞞婆尸仏時以一、、、呵梨勒果供養衆僧。九十一劫天上人中受福楽果常無疾病。今値釈迦牟尼仏出家漏尽得阿羅漢。 （二十五、223c～224a）
大智度論巻二十九	(薄拘羅阿羅漢) 以一訶、、、梨勒果薬布施。九十一劫不堕悪道。受天人福楽身常不(無)病。末後身得阿羅漢道。 （二十五、271b）

其少欲但施一銭。……如付法蔵伝説此因縁。
（三十四、670c〜671a）

『注好選』巻中(22)はやはり呵梨勒果前生譚から始まるが、五処不死は無く、また、その「目不視女人面……」句の類は『今昔』には全く存しない。

『注好選』巻中(22)〔ⅠⅡ〕は、慈恩窺基（六三二〜六八二）の『法華玄賛』巻一末〔Ⅰ′Ⅱ′〕に或る程度近い。『玄賛』は『付法蔵因縁伝』の名を示す。この名は『法苑珠林』類話の引用と同じいが、『玄賛』〔Ⅱ′〕の「目不視女人面……」句は『法苑珠林』に見えず、もと『付法蔵因縁伝』巻三の原話にも存しない。[17]ただし、同類の言句が他の書に見えることもある。[18]

「目不視女人面……」類句は、古く『中阿含経』巻八などから出るか、中部（124）薄拘羅経（バックラ・スッタ）にも通じる古伝であるが、仏滅後久しからず、薄拘羅が一異学の問いに答える。

我於此正法律中学道已来八十年。……未曾視女人面。未曾憶入比丘尼房（房）中。未曾憶与比丘尼共相問訊。乃至道路亦不共語。……未曾憶為白衣説法。乃至四句頌亦不為説。……未曾有病乃至弾指頃頭痛者。未曾憶服薬乃至一片訶梨勒。……
（『中阿含経』巻八(34)薄拘羅経、一、475a〜c）

かく語り、ないし阿含には別に、薄拘羅塔の異伝の一つとして、

（薄拘羅）彼無病第一。乃至不為人説一句法。寂然（黙）無言。……
（『雑阿含経』巻二十三(604)、二、168a）

というような言句もあった。[19]薄拘羅の因われについては、いま問わない。この『中阿含経』の訶梨勒果が後に薄

拘羅の前生譚のそれへ組みこまれたか、とも考えられる。五種不死譚は、もとより無い。阿梨勒果前生譚自体としても、五種不死の無い形が古型であったであろう。その結合以前、それぞれ別箇であったはずである。そして、嘉祥吉蔵（五四九〜六二三）の『法華義疏』、呵梨勒果なく、得五不死報につづく、〔II′〕の「経云」は、必ずしも厳密ではないが、おそらくその『中阿含経』をさすべきであろう。これらの間から推せば、薄拘羅伝承の背後の、書承や口承の奥行きが測られもするのである。(20)

ともあれ、『注好選』巻中(22)は薄拘羅の一呵梨果前生譚から現世の無病を語り、目不視女人面を語って、その証果に至る。『今昔』巻二(20)は、同じい前生譚から始めて婆羅門の子と生まれての現世の無病長寿に閉じる間に、『今昔』の承知すべきであろう『注好選』類の目不視如人面は語らず、継母の折檻に始まる五種不死、それは曽持一不殺戒のゆえの五不死報という因果の枠の意味においてではないが、それを、えらんで挿む。『法苑珠林』系の和文化資料に拠るのである。継母譚につづいて、この現実の転変する奇異に誘われたかと考えられる。そして、

……即チ市ニ持行テ売ルニ、買人无シテ、暮ニ至テ魚臰ナムトス。其ノ時ニ薄拘羅ガ父来会テ、此魚ヲ見テ買取テ、……

〈……詣市売之。索価既多。人無買者。至暮欲臭。薄拘羅父見即随買。……
（『法苑珠林』巻四十二、五十三、615c）〉

ここに、目不視女人面などではない、『今昔』の「市」がある。都市空間の意味の一つとしての、その一つがある。『法苑珠林』所依の『付法蔵伝』巻三には「持来詣市而衒売之」とあり、この「衒売」が、かの『日本霊異記』巻中(19)憶持心経女現至閻羅王闕示奇表縁の、諸楽の京の東の市に経を「衒売」するのに同じいのもおもしろく、また同じく巻下(6)禅師将食魚化作法花経覆俗誹縁の、鯔八隻、魚の汁垂れて臭い小櫃を開いたのが大和の内の市であったことも思い出される。(21) そして、『今昔』は結文に「三明六通ヲ具セリ、御弟子ト有リ」と、『法苑珠林』にも『付法蔵伝』にも見えない句を挿むが、挿まれるこの句は『注好選』にも見えない。『今昔』の直接し

た和文化資料にはおそらく存したのであろう。

二

この薄拘羅の五種不死の一、魚呑不消に通じて、『今昔』巻二(26)前生持不殺生戒人生二国王語がある。仮名書自立語を大書して和文化資料を原拠とする。国王の申し子として生まれ、過って河に落されて魚呑不死した童子が、やがて、やはり申し子した別の国王にかしづかれることになる。二国王がその子をめぐって諍うのを隣国の大王が判じて、二国の境に都城を造ってこの子を据え、後に彼は二国を領知することになる。

既注、『賢愚経』巻五(29)重姓品、及び、これを簡略する『経律異相』巻十八(1)重姓魚呑不死出家悟道に、長者の申し子が魚呑不死して見出され、魚腹から彼を得た別の長者との間に、王のとりもちで共養された。長じて出家して、重姓（Bākula, 両家）という。[22] 仏陀は、重姓比丘の得果に、過去世、毘婆尸仏に従った受三自帰、及び受不殺戒、また毘婆尸仏に施した布施一銭、これらの前生因果を語った、という。あるいはまた、『経律異相』巻四十四(10)耕夫施僧一訶梨勒果後生為両国太子に、前生譚に、人あって乞食道人に一訶梨勒果また一銭を与え、道人が五戒を授けようとするのに、弟子在俗五戒難全、但受不殺、と答えた。彼は命尽して国王の家に生まれる。過って水中に落されて魚呑不死を得、「市」で交易されて、別の国王に見出される。二国王がその子をめぐって諍うのを大国の大王が判じて、二国の中間に宮殿を作ってこの子を安んじ、両国太子と名づける。仏陀は彼の一果一銭の前生因果を語った、という。

すなわち、インドにおいて、すでに説話の離合重層があった。それが遠く『今昔』巻二(26)の依拠した和文化資料にも及んでいる。『今昔』巻二(26)は、結びに、仏陀の言として、

此ノ人、前ノ世ニ人ト生レテ有シ時キ、五戒ヲ持タムト思ヒキ。然而五戒ヲバ不持ズシテ只不殺生ノ一戒ヲ

持テルニ依テ、今中天ニ不値ズシテ命ヲ持ツ事ヲ得テ、遂ニ二ノ國ノ王ト成テ、……

と語った、と結んでいる。

巻三　文殊生給人界語第二

一

『今昔物語集』巻三(1)天竺毘舎離城浄名居士語が維摩を軸に文殊（Mañjuśrī）を点じる。文殊の問いに維摩が言う、「我ガ病ハ此レ一切ノ諸ノ衆生ノ煩悩ヲ病也、我レ更ニ他ノ病无シ」と。其子得病父母亦病。その維摩が老いて、仏陀のもとに四十里を歩ミヲ運ぶ[23]。つづいて、『今昔』巻三(2)が文殊を語る。

今昔物語集巻三(2)	三宝感応要略録巻下(1)
〔I〕今昔、文殊ハ中天竺舎衛国ノ多羅聚落ノ梵徳婆羅門ト云フ人ノ子也。其ノ母ノ右脇ヨリゾ生レ給ヒケル。生レ給フ時ニハ、其ノ家及ビ門、皆蓮花ト成ヌ。身ノ色ハ金色ニシテ天ノ童子ノ如ク也。七宝ノ蓋ヲ覆ヘリ。庭ノ中ニ十種ノ吉祥ヲ現ズ。一ハ天降テ覆ヘリ。二ハ地ヨリ伏蔵ヲ上グ。三ハ金変テ粟ト成ル。四ハ庭ニ蓮花生ゼリ。五ハ光リ家ノ内ニ満タリ。六ハ鶏、鸞鳳ヲ生ズ。七、馬、麒麟ヲ生ズ。八ハ牛、	〔I′〕文殊師利……此菩薩有大慈悲。生舎衛国多羅聚落梵徳婆羅門家。其生之時。家内屋宅凡如蓮花。従母右脇而生。身紫金色。堕地能語如天童子。有七宝蓋随覆其上。具有十種感応事。故名妙吉祥。一天降甘露。二地涌伏蔵。三倉変金粟。四庭生金蓮。五光明満室。六鶏生鸞鳳。七馬産騏驎。八牛生白犳。九猪誕龍豚。十六牙象現。所以菩薩因瑞彰名。……由菩薩身。普摂一切法界等如来身一切如来智恵等及一切

白犲生ズ。九ハ猪、豚ヲ生ズ。十、牙象現ル。如此ノ瑞相ニ依テ、名ヲ文殊ト申ス。釈迦仏ノ御弟子ト成テ、普ク一切法界等ノ如来ノ力、一切如来ノ智恵及ビ一切如来ノ神変遊戯ヲ摂シ給フ。

〔II〕文殊ハ、釈迦仏ニハ九代ノ師ニ在ス。雖然モ仏、世ニ出給ヘリ。世ニ二仏並ブ事无ケレバ、菩薩ト現ジ給テ、无数ノ衆生ヲ教化シ給フ也。仏ケ末世ノ衆生ノ為ニ宿曜経ヲ説キ給テ、文殊ニ付属シ給フ。文殊是ヲ聞テ、仏涅槃ニ入給テ百五十年ニ高山ノ頂ニ在マシテ、其ノ所ノ仙人ノ為ニ説キ聞シメ給フ。

……

如来神変遊戯已。由極妙吉祥故。名妙吉祥也。

（五十一、849a）

本願薬師経鈔

〔II〕菩薩処胎経云。文殊言。本為能仁師。今為其弟子。二尊不並出故。我為菩薩。文殊般涅槃経云。仏言。我滅度四百五十年。文殊従雪山出。趣本生処舎衛国多羅聚落。……若人念文殊者、……若至心者七日必現所欲得。従香山有八鬼神。移置香山頂上供養云々。

（日本蔵方等部章疏三、8b）

『三宝感応要略録』巻下(1)文殊師利菩薩感応はほとんど、山西五台山を録する初唐の『古清涼伝』に増広した、宋の『広清涼伝』巻上から引く。

『広清涼伝』巻上は、第一、菩薩生地見聞功徳に文殊の生誕因縁等を説く。その真俗の生誕に関し、まず真諦の生処について、八十『華厳経』巻七十九（六十『華厳経』巻六十）の「十種生処」をあげて、菩提心とか深心（正直心）とか十種を示し、ついで世諦の示現の生処について、『文殊師利般涅槃経』に拠って、「……（文殊師利）生於舎衛国多羅聚落……。有七宝蓋随覆其上」文を示した。そして、文殊の妙吉祥の名の由縁について、まず世俗的にはその生時の「有十種吉祥事」の故と言い、ついで真諦的には、『金剛頂経』説に拠るとして、「由菩薩身。普摂一切法界等如来身。……神変遊戯已」、妙吉祥を極めるのに由って、と言った（五十一、1102a～b）。『金剛頂経』はもとより密教の中心経典の一つであるが、『広清涼伝』の拠るそれはその金剛智訳をさし、(24)その巻二「……出現一切世界等如来身。……神変遊戯已……」文（十八、231b）を、「由菩薩身。普摂一切法界等如来身……」と補改して引用すると見える。『三宝感応要略録』巻下(1)は、この『広清涼伝』から、世諦示現生処としての多羅聚落云々を引いて後、妙吉祥の名の由縁について、世俗的と真諦的とを引いてまとめようとしたものであった。もと素材的に仏典的立場の異なるものを外面的に併せ、かつ、中国の土着要素を交えるべき十種事をも含むのであった。

……以菩薩生時。有十種吉祥事故。所以菩薩名妙吉祥也。何為十種吉祥之事。一天降甘露。二地涌伏蔵。三倉変金粟。四庭生金蓮。五光明満室。六鶏生鸞鳳。七馬産麒麟。八牛生白牝。九猪誕龍豚。十六牙象現。所以菩薩因瑞障名也。……
（五十一、1102b）

すでに記したように、(25)従来『要略録』に拠るとされる『今昔』巻三(2)〔I〕は、あきらかに誤訳と見るべきは除いて、『要略録』と小異する。あるいは『広清涼伝』の「有十種吉祥之事」により近く対応し、あるいは毘沙門堂本『阿娑縛抄』巻九十九文殊五字条所引の『薬師経疏』に「(生)時有十種吉祥事。一天降甘露。……十牙象現」（大正蔵図像篇第九、238a）とある類に、より近く対応する。(26)もとより『広清涼伝』や『薬師経疏』が〔I〕の直接拠ではないが、ともかく、これらの異同の存在は、また、これら以外にも『要略録』〔I´〕大同小異の異伝があり得たであろうことを想像させるに足りる。たとえば、慈恩窺基（六三二～六八二）の『阿弥陀経通賛疏』巻上に、

梵云曼珠師利此云妙吉祥。生時有十種吉祥事故。一光明満室。二甘露盈庭。三地涌七珍。四神開伏蔵。五鶏生鳳子。六猪孩龍肫。七馬産騏驎。八牛生白駅。九倉変金粟。十象具六牙。故云妙吉祥也。
（三十七、337a）

またたとえば、敦煌本『十吉祥講経文』（ロシア蔵F223、原巻無題）に、「（文殊師利）何以名為妙吉祥。此菩薩当生之時。有十種吉祥之事。准文殊吉祥経云々」とあり、これを、

第一光明満室。第二甘露垂庭。第三地勇（湧）七珍。第四倉変金粟。第五象具六牙。第六猪誕龍豚。第七鶏生鳳子。第八馬生騏驎。第九神開伏蔵。第十牛生白罣（沢）。（潘重規『敦煌変文集新書（上）』・同（下）付録図版）

と列挙して、それぞれを説いて結んでいる。(27)『文殊吉祥経』は諸目録に見えず、あきらかに中国偽経である。

つづいて〔I〕に「（文殊）釈迦仏ノ御弟子ト成テ……」という句がある。『広清涼伝』が『金剛頂経』説に拠るとして「由菩薩身。普摂……」と補改引用し、これをさらに『要略録』が所引したそれに直接するのか否か。原典『金剛頂経』自体では、世尊毘盧遮那仏が金剛界三十七尊各々の密語（真言）を説き、各尊も世尊の仏心に住して、金剛名を得、灌頂を受けて、偈頌を唱える。文殊もそのひとりとして動いているのであった。いま、『広清涼伝』及び『要略録』に「由菩薩身。……」という意は充分に知り得ないが、ともかく『今昔』本文〔I〕においては、ここに「釈迦仏ノ御弟子ト成テ……」と表現された。『今昔』の解釈か、『要略録』〔I′〕大同小異の異伝資料に拠ったのか、ともかくこれは、本文〔II〕に「（文殊）菩薩ト現ジ給テ」とあるのとも照応している。

二

『今昔物語集』巻三(2)本文〔I〕は、『三宝感応要略録』に酷似する別の或る資料に拠るかとも判断されてくるのであるが、いま『要略録』に全く存しない〔II〕部分も、〔I〕の『要略録』直接につづいて別の或る資料を癒着したというよりは、その〔I〕〔II〕を併せもつものに拠ったか、と想像される。

〔II〕、「文殊ハ、釈迦仏ニハ九代ノ師ニ在ス」、これは、『法華経』巻一序品の系譜神話に発したという、「妙光（文殊）釈迦九世祖師」（智顗『法華文句』巻三上、三十四、35a）とか、「文殊是釈迦九世之祖師也。……而文殊

今遂為釈迦弟子」（吉蔵『法華義疏』巻二、同、481b）とかの意である。[28]〔II〕の原拠としては、南都秋篠善珠（七二四〜七九七）の『本願薬師経鈔』巻上、すなわち『菩薩処胎経』『文殊般涅槃経』等を引く、この類を通過すべき唱導資料が考えられるであろう。[29]「仏涅槃ニ入給テ百五十年ニ高山ノ頂ニ在マシテ」句の異同も、「百五十年」は「四百五十年」の、「高山」は「香山」の、何らかの誤りかと想像することもできる。〔II〕に『宿曜経』が点じられるのには、『文殊師利菩薩及諸仙所説吉凶時日善悪宿曜経』という長い名の密教経典が介在するか否か。ともかく、『今昔』は、「末世ノ衆生ニ善悪ノ報ヲ令知」しめる文殊の智恵と悲心とを、「如来ノ力」（「如来身」「要略録」）、「智恵」「摂神変遊戯」と理会しようとするのであろう。[30]

『今昔』本文〔I〕の文殊の誕生に、「天ノ童子ノ如ク」とあった。〔I〕〔II〕の表現はこもるものに乏しく、『今昔』が如何に感触していたかを知らないが、文殊をあるいは法王子ともいう。文殊の内外の中、いま、少しく誘われるのは、神話的な（ミュートス）「童子」信仰と「仏母」信仰とである。

第三　目連為聞仏御音行他世界語第三

一

『今昔物語集』巻三(3)はもとより『注好選』巻中(24)目連難窮仏声に大同し、あるいは金剛寺本に近く、あるいは東寺本及びこれに酷似する続群書類従本『注好選集』に近くある。そして、一篇の最終部に、『注好選』類においてもそうであるが、『今昔』は『今昔』の表現として、少しく不可解をのこすところがある。

今昔物語集巻三(3)

今昔、仏ノ御弟子目連尊者ハ神通第一ノ御弟子也。諸ノ御弟子ノ比丘等ニ語テ云ク、我等、仏ノ御音ヲ所々ニシテ聞クニ、常ニ同シテ、只側ニシテ聞ガ如シ。然レバ我レ神通ノ力ヲ以テ遥遠ク行テ、仏ノ音ノ高ク下ナルヲ聞ムト思フ、ト云テ、三千大千世界ヲ飛過テ、其ヨリ西方ニ亦无量无辺不可思議那由他恒河沙ノ国土ヲ過行テ聞クニ、仏ノ御音、猶同クシテ只側ニシテ聞ツルガ如シ。

其ノ時ニ、目連、飛ビ弱テ落ヌ。其ノ所、仏ノ世界也。仏ノ弟子ノ比丘有テ、座ニ居テ施ヲ受ル時、目連、其ノ鉢ノ縁ニ飛ビ居テ暫ク息ム程ニ、仏弟子ノ比丘等、目連ヲ見テ云ク、此ノ鉢ノ縁ニ沙門ニ似タル虫居タリ、何ナル衣ノ虫ノ落来タルゾ、ト云テ、集会シテ此ヲ興ズ。

其ノ時ニ、其ノ世界ノ能化ノ仏、此ヲ見テ、御弟子ノ比丘等ニ告テ宣ハク、汝ヂ等愚癡ナルガ故ニ不知ザル也。此ノ鉢ノ縁ニ居タルハ、虫シニハ非ズ、此ヨリ東方ニ无量无辺ノ仏土ヲ過テ世界有リ、娑婆世界ト云フ、其ノ国ニ仏出給ヘリ、釈迦牟尼仏ト号ス、其ノ仏ノ神通第一ノ

注好撰巻中(24)（金剛寺本）

目連語大衆言、吾等処々而聞仏声、常有側如聞。吾以神通力遙遠行去聞御声高下。時飛過三千大千世界、従此西方過行无量无辺不可思議那由他(恒)・河沙仏国土、九十恒沙仏土至光明幡世界、聞之在側如聞无異。時目連疲極、僧居座受施居鉢縁而息。僧等見之云、比以沙門虫也。何(衣)・虫着□門衣落来耶云至慢目連長一丈三尺(也)・時彼土能化仏言、是尺迦神通第一弟子也。為窮仏音声遠近於此来也。爰目連神通尽不知返事。仍泣。其声聞此。是以知。仏声不可思議也。仍仏神(通)・力、目連還至弥信(欤)・声第一云々。

〈東寺本ト校ス〉

弟子也、名ヲバ目連ト云フ、師釈迦如来ノ音ヲ聞クニ、遠ク近シト云ヘドモ音同クシテ高下无シ、此ヲ疑テ、遥ニ无量无辺ノ世界ヲ過テ此土ニ来ル也、ト説給ケリ。御弟子等、此ヲ聞テ各歓喜ス。目連此ヲ聞テ歓喜シテ本土ニ返ヌ。仏ノ御音ノ不思議ナル事ヲ弥ヨ信仰シテ頂礼シ奉ケリトナム語リ伝ヘタルトヤ。

まさしく少しく不可解である。まず言えば、少なくとも物語の原意としては、仏陀の神力を示すべき梵音の無量、その如何を惻識し分別しようとしたために迷いこんだ、いわば小乗神通の目連が、その分別ゆえに「疲極」し「飛ビ弱リテ」大人国に「落」ちたのであったが、それをたしなめられて、還到するところ、還るべき本土へ通じるところを知った、というべき心であったはずなのである。

西方仏土を過ぎて目連の至った仏界が、東寺本において「長一丈三尺也」、ガリヴァーならぬ大人国であるはずであり、金剛寺本も続群書類従本も、金剛寺本が「目連長(カタケハ)一丈三尺(ナリ)」とあきらかに誤読することは別として、文字面としては東寺本とともかく大異しない(31)。その大人国であることがこの目連物語のその仏界の説話核を簡明に理会させるであろう。にもかかわらず、『今昔』はこれを書きとどめない。のみならず、『注好選』類と『今昔』との間には若干の異同がある。これらの異同関係は、もとより『注好選』段階でのこの物語の伝承細部の出入を考えさせるのである。

この類の物語は、目連が彼土(かのくに)と「忍界」(娑婆世界)との間を往還する『増一阿含経』巻二十九(2)の一部を古伝とするか。すなわち、神足第一のはずの目連が舎利弗に及かず、ために諸比丘に軽しめられる。仏陀のすすめのままに、彼はその神力を現じようとして、「東方」奇光如来の彼土にあらわれる。このように動機は梵声には関しないが、彼土の展開はつぎのようになる。

是時目連以凡常之服往詣彼土。在鉢盂縁上行。又彼土人民形体極大。是時諸比丘見目連已。自相謂言。汝等視此虫。正似沙門。是時諸比丘復持示彼仏。唯然世尊。今有一虫正似沙門。（二、710a）

奇光如来は、それを「西方」釈迦如来の神足第一の弟子と比丘等に説き、彼にその神足を示すことを求め、彼はそれを示して偈する。やがては彼は彼土から此の忍界に還り、仏陀はその神足第一であることを告げる。神足を示した目連の偈の「音響」から転じたのか否か、この類の物語が「如来音響」への目連の関心を動機として、『大宝積経』巻十密迹金剛力士会第三之三の一部（十一、56c〜57c）に見え、『経律異相』巻十四、既注、『法苑珠林』巻二十五が『密迹金剛力士経』を略引するだけでない。既注を含み、若干の展開があった。

大智度論巻十

是時目連心念。欲知仏声近遠。即時以己神足力。（去）至無量千万億仏世界而息。聞仏音声如近不異。所息世界其仏与大衆方食。彼土人大。目連立其鉢縁。彼仏弟子問其仏言。此人頭虫従何所来。著沙門被

法華文句巻一下

如来梵声深遠。遠聴如仏辺不異。目連欲知仏声遠近。極去遠遠猶如近間。仍用神力飛過西方恒河沙土。聞釈師子声。如本不異。去去不已神力尽身疲。正値他方大衆共食。仍息鉢縁上経行。彼人驚怪此

止観輔行伝弘決巻一之四（黒谷上人語燈録巻八）

目連不窮其声者。仏在霊鷲。目連自念。欲知仏声所至近遠。即従座起往須弥頂。聞如来声如在目前。……仏念目連欲試我清浄音場。吾今欲現。時目連承仏力。去至西方界分十九恒沙仏土。土名光明旛。仏号光明王。至彼故聞猶如対面。彼仏身長四十里。菩薩身長二十里。菩薩食鉢高一里。目連於彼鉢縁上行。彼菩薩白仏。此是何虫。著沙門服在鉢上行。仏言。莫軽此賢。此賢名大目連。釈尊第一神足弟子。彼仏

服而行。其仏報言。勿軽此人。此是東方過無量仏土（界）。有仏名釈迦牟尼。此是彼仏神足弟子。彼仏問目度伽略子（伽路子度）。汝何以来此。目連答言。我尋仏音声故来至此。彼仏告目連。汝尋仏声。過無量億劫。不能得其辺際。……

（二十五、127c～128a）

人頭虫従何処来。彼仏言。此是東方無量仏土有仏名釈尊。神足第一弟子。尋声極此非虫也。

（三十四、14a）

告目連。此土菩薩及声聞衆見卿身小生軽慢心。当現神力承釈尊力。……諸菩薩等怪未曾有。白仏言。目連何故至此。仏言。欲試彼仏声遠近故。仏告目連。仁不宜試仏声遠近。卿大誤也。仮使過於恒沙劫行亦不能知。目連投彼仏足悔過。仏告目連。汝到此者是釈尊之力。若欲還彼。仮使卿身一劫不至能仁已滅。目連曰。我今迷惑不知所去。彼仏曰。在東方。目連叉手自帰説偈。……願顕其國土。今欲還本土。……仏〈釈迦仏〉言。目連在彼光明播世界。仏為放光明照之。乗光還到到已懺悔。……

（四十六、167c～168a）

この時、『注好選』金剛寺本には「九十恒沙仏土ニ至テ、光明幡世界ニ」[32]の記述があった。この類の句は、東寺本・続群書類従本には無い。『大智度論』『法華文句』にも無い。『経律異相』『法苑珠林』にはそれぞれ「西方有一世界名光明幡」とのみあり、その原本『密迹金剛力士経』には、

……（時大目連承仏聖旨蒙己神足）西方界分去是懸遠。然過九十九江（ママ）河沙等諸仏国土。有仏世界名光明幡。（又其土仏名光明王）……

（十一、56c）

とあって、これは『止観輔行伝弘決』[33]にも近く、『注好撰』金剛寺本にも通じる。『止観輔行』は後の『黒谷上人語燈録』巻八にも大同小異して見えるのであるが、これらの異同を通して、金剛寺本の一行の奥行きがひろがり、

これが平安時代のこの伝承の奥行きでもある。『今昔』本文にこの句が見えないのは、『今昔』があえてこれのみを省き去るとは思い難いから、この部分は『注好選』東寺本・続群書従本系に類するものを用いた故か、ともかく『注好選』類の諸相の一つによる、いわば『注好選』類前（ぜん）『今昔』本によるべきであった(34)。

『今昔』本文に「其ノ世界ノ能化ノ仏」が諸比丘等に宣うたというのは、『注好選』金剛寺本類の相を呈するのに沿ったのであるが、その発言の内容、特には「此ヨリ東方ニ无量无辺ノ仏土ヲ過テ世界有リ、娑婆世界ト云フ、其ノ国ニ仏出給ヘリ、釈迦牟尼仏ト号ス」というのは、『注好選』いずれにも見当らない。ただし、これは『今昔』独自の補入ではなく、『今昔』の依ったその『注好選』類前『今昔』本の相を帯びるべきなのであろう。たまたま『大智度論』巻十にかなり近く、『法華文句』巻一下にもある程度近い言句が見える。『注好選』類前『今昔』本にも、より『今昔』に近い類同の句が存したのであろう。『大智度論』などには見当らない「娑婆世界ト云フ」という句もまた、そこには存したかと想像される。この類句は遠く前出『増一阿含経』巻二十九(2)の類話にもすでに「忍界」とひそかに存したが、いま、『今昔』の表現に即して言えば、

天女答テ云ク、此ハ娑婆世界ノ釈迦牟尼如来ノ御弟子目連尊者ノ弟ノ……（『今昔』巻三(24)）	女人（玉女）答云、此娑婆世界釈迦仏（牟尼如来神足第一）・・・・・御弟子目連尊者（申人）・・弟……（名大本『百因縁集』十、『私聚百因縁集』巻二(5)ト校ス）

これは『今昔』巻三(24)の依拠した資料の相がそれに通じて依拠した『私聚百因縁集』巻二(5)にも反映すべきであり、それには当然「娑婆世界」の語が存して、それがはやく『今昔』に反映していたのであった。

仏ノ宣ハク、我レハ此レ、汝ガ造レル所ノ阿弥陀ノ像也。釈迦ハ父ノ如シ、我レハ母ノ如シ。娑婆世界ノ衆生ハ赤子ノ如シ也。……尺迦仏ハ娑婆濁世ノ愚	（仏）復曰。汝所造阿弥陀像是也。釈迦如父我如母。娑婆世界衆生如赤子。……釈迦教化娑婆濁悪愚癡衆生為開避引導。……

癡无識ノ衆生ヲ教化シテ導カムガ為ニ、……

（『今昔』巻六⒂）

（『三宝感応要略録』巻上、五十一、829c）

これはあきらかに依拠資料を反映している。『今昔』に「我レハ娑婆世界ノ釈迦牟尼仏ノ御弟子也」と重出する場合（巻四⒇）なども、やはりその依拠資料を反映すべきであったであろう。いまもまたおそらく同じい。たとえば、「娑婆世界釈迦牟尼仏所」（『妙法蓮華経』巻四）、「過此無量無辺百千万億阿僧祇世界。有国名娑婆。是中有仏。名釈迦牟尼」（同巻六）などの認識は、『注好選』類前『今昔』本のおそらく表現するところであったのである。この場合、たとえば、「西方度如恒河沙等諸国世界。有世界名娑婆。是中有仏。号釈迦牟尼」（『摩訶般若波羅蜜経』巻一・『大智度論』巻十）、「西方有世界名娑婆。是中有仏。名釈迦牟尼」（同巻二・同巻四十）などの類もないわけではない。『今昔』はもとより、依拠資料の「東方」の「娑婆世界」に従ったまでである。そして、その資料は、『注好撰』金剛寺本のように、「為窮仏音声遠近於此来也……」相当を、これにつづけていたであろう。

二

『注好撰』金剛寺本は、「爰目連神通尽キテ不知返ラ事ヲ」とつづける。これは東寺本・続群書類従本には見えず、これらはその意を得ない。金剛寺本も少しくその意を全うしないが、これは、然るべき、いわばより大きい文脈に含まれて存すべき意を、その文脈を離れて、かつ形骸的にとどめている故であった。すなわち、『大智度論』巻十の彼仏と目連との問答に、仏声を尋ねて来至したという目連に、彼仏が無量億劫を過ぎるとも其の辺際を得る能わずと告げる類、同じく『止観輔行』にこの要約を『密迹金剛力士経』の存意をもあわせて展開して、彼仏が目連の大過をたしなめて、たとい恒沙劫を過ぎて行くともまた知る能わずと言い、目連「悔過」して「我今迷惑不知所去」と言って「今欲還本土」を偈した、それに仏陀が光明を放って、目連は還到でき「懺悔」した、と述べる類、此の類の文脈の中に在るものとして存した我今迷惑不知所去の意の句を、『注好撰』金剛寺本は、その文脈を離れて、かつ残しているのであった。すなわち、その「爰目連神通不知返事。仍泣」であり、つづく「其声聞此」すなわち、その声が、「此」、仏陀の在る処、『密迹金剛力士経』や『止観輔行』に従えば「本土」の霊鷲山に聞えたのであり、そして、仏の「神力」[35]をもって彼は「還至」するであろう。これが『注好選』金剛寺本の全うすべき意であったはずなのである。

『今昔』本文は、彼土の能化仏の所説について「御弟子等、此ヲ聞テ各歓喜ス」として、正確にはその意をとらえ難いところをのこし、つづけて「目連、此ヲ聞テ歓喜シテ本土ニ返ヌ」として、この意は不分明である。『今昔』に表現される目連の「歓喜」は、迷惑して行方を知らない彼が「本土」還去を知って懺悔歓喜した、とは取り難い。『注好選』類前の『今昔』本のこの部分の相はわからないが、ともかくそれが干渉した、と考えられるであろう。『今昔』の合理化の意思が、その前『今昔』本の行文を解釈しておそらく「御弟子等、此ヲ聞テ各歓喜ス」を補い、相関して「目連、此ヲ聞テ歓喜シテ本土ニ返ヌ」と改めたか、とも推測される。「本土」ということばは『密迹金剛力士経』や『止観輔行』に見えたが、このことばは、『今昔』が、その解釈の苦心の間に、前『今昔』本の相の一つを痕跡すべきであるかもしれない。

『今昔物語集』巻三(3)を通じて、『注好選』類前『今昔』本の、諸本相重なり相分かれるそのかなたの相が、そこへ流れこむべき書承口承の諸要素のいくつかを背後にしながら点滅する、と言えるであろう。

『止観輔行伝弘決』巻一之四が『摩訶止観』巻一下の「梵天不見其頂。目連不窮其声」について述べる二つの物語は、同じく二つの物語として、ともに大同して『黒谷上人語燈録』巻八にも用いられている。仏神力、仏功徳の惻識し難いことについて、不但釈迦一仏と添える（八十三、１４９ａ）ことは措き、小乗神通の目連は本土に還到懺悔する。出典は示されないが、この場合、若干の異同を措いて、要するに書承性が高い。ただし、これは、この物語が書承においてのみ在ったということでは、もとより無い。おそらく『止観輔行』巻一之四に得に関係深い、その口承の文字化過程の諸相が『注好選』諸本にあらわれ、これを経て『今昔物語集』巻三(3)にあらわれるのである。後、『阿娑縛抄』巻二百八胎曼釈下が、『法華疏』(『法華文句』巻一下)及び『止観輔行』から、この物語を引いている。

巻三　波斯匿王娘金剛醜女語第十四

一

中インド、コーサラ国の波斯匿(プラセーナジト)王と末利(マツリカー)夫人との間に生まれ、多く金剛(ヴアジラ・クマーリ)女と呼ばれた王女は、時に、その醜陋のゆえに醜(ヴィルーパー)と名づけられた、とつたえ、王は貧人を大臣として彼女を嫁がせたが、後、彼女は仏を念じて端麗を得た、とつたえる。この古伝を『今昔物語集』巻三(144)は遠く承ける。多くの王たちに求婚されながら、醜陋のゆえに閉じこめられていたその王女、金剛醜女は、父王の「法会」にも参れなかったが、その法会の時、仏陀に願ってその相好に接し、「歓喜」して端正を得た。かねて王から大臣の位と彼女の聟とを強いられていた夫の大臣は、まのあたりに美麗の女人が名のるのに驚く。いぶかしむ父王に、仏陀は、王と彼女との前世の間から彼女の懺悔がいま端正を致した、とその前生譚を語った。この『今昔』巻三(14)が基本的に『注好選』巻中(29)金剛醜女変美麗の類によることはすでに知られる。

この場合、『注好選』との間に、『今昔』金剛醜女の「太キ髪」、王が彼女を人に逢わせないための「更ニ不令出入ズ」などが、東寺本・続群書類従本の「右髪」「更令出入」でなく、金剛寺本に同じいことはもとより、求婚する王たちの「各、后ニ為ムト乞フ」が金剛寺本「各ノ相ヒ訪ラフ」に通じることも言をまたない。東寺本・続群書類従本の「各々(各)相妨」は『私聚百因縁集』巻三⑭金剛醜女事の「各相妨ク」に反映するが、その間に、『今昔』は、『注好選』類前『今昔』本の、金剛寺本に同じいであろう相に拠ったのである。同じく、その相に拠って、父王の「法会」があった。原話的の『撰集百縁経』巻八(79)波斯匿王女子醜縁に「邑会」（『法苑珠林』巻七十六、同）、『賢愚経』巻二⑻波斯匿王女金剛縁品に「讌会」（『経律異相』巻三十四、同）、『雑宝蔵経』巻二⒇波斯匿王醜女頼提縁に「醮会」などと言い、諸豪族が夫妻たち同席して歓娯する雅宴であったが、要するに、この種のパーティに夫は彼女を同席させず、彼女は愧じ悲しんだ、とあった。敦煌本『金剛醜女因縁一本』（S. 4511）・『醜女縁起』（P. 3048）になると、廻りもちの「会筵」、それは各その妻女が周旋歓酒するのであるが、それの廻って来たのを憂いて、夫は彼女に告げる。彼女は仏を思い、「雨涙焚香思法会。遥告霊山大法王」と歌った、とあった。『注好選』の大王の「法会」は、敦煌を通った口承のなごりに由ったのである。

その法会に、人々が不参の彼女をあやしんで、

今昔物語集巻三⑭

（諸ノ大臣）奇ビ疑テ構フル様、酒ヲ以テ此ノ聟ノ大臣ニ令呑テ善ク酔ヌル時ニ、大臣ノ腰ニ指タル匙ヲ竊ニ取テ、下官ノ人ヲ以テ有様ヲ見セムガ為ニ彼ノ室へ遣ル時ニ、……

注好撰巻中(29)（金剛寺本）

仍諸大臣奇疑、以酒令酔聟大臣、取テ腰ニ指鈍(匙)キヲ以下官令見善悪之遣。時……

〈東寺本・続群書類従本ト校ス〉

私聚百因縁集巻三⑭

仍諸大臣奇シミ疑フ。以レ酒令レ酔ニ聟大臣ニ取ニ腰ニ指シタル鎰ヲ。以ニ下

官㆒令㆑見㆓善悪㆒之遺時……　（日仏全）

下官に、眠る聟の大臣の腰から「匙（かぎ）」を取らせてその様子をうかがわせるが、その匙は東寺本に「匙（カキ）」、続群書類従本に「匙」とあり、これは、『今昔』は、『注好選』類前『今昔』本の、東寺本などに同じいであるであろう相に拠ったと考えられる。(36)この消息は、『今昔』巻四(1)の第一結集物語に、

其ノ時ニ阿難、匙ノ穴ヨリ入テ衆ノ中ニ有リ。……

時阿難入㆓匙穴（テノヨリアリ）㆒在㆓大衆中（ノニ）㆒……
（『注好撰』金剛寺本巻中41阿難入匙穴）

と見えて、『今昔』がやはり同じくあるべき『注好選』類前『今昔』本の相に拠ったのにも通じた。『今昔』の「匙」字はこの二例のみである。『今昔』にその「匙ヲ蜜ニ取テ」という「蜜ニ」などは、もとより、たとえば「速ニ」などがしばしばそうであるように、『今昔』がみずからえらんで補った表現であって、いま本文が東寺本類の相に拠ったことを疑わせない。敦煌本『金剛醜女因縁一本』・『醜女縁起』にはこの下官の類は登場せず、匙モチーフなどもあらわれない。

場面は、やがてその聟の大臣を目ざませる。彼は彼女のもとに行く。

今昔物語集巻三(14)	注好選巻中(29)（東寺本・続群書類従本）	私聚百因縁集巻三(14)
……聟ノ大臣ハ悟メ起テ室ニ行テ見レバ、見モ不知ズ美麗ナル女人居タリ。近モ不寄デ疑テ云ク、……	……時聟臣ノ腰（要）ニ差ッ匙ヲ、臣起至室退立不近（云）、疑云、……〈金剛寺本ト校ス〉	

……時ニ聟ノ臣起テ至レリテ室ニ退立不ニ近付一、疑云、……　（日仏全）

『注好選』類は、まずかいまみてその美麗に驚いた下官がさきの匙を差し返したとして、さきの行動に呼応させた。少しく喜劇的な媒介者の役割を演じさせたのである。原話的の『撰集百縁経』巻八(79)（『法苑珠林』巻七十六）、『賢愚経』巻二(8)（『経律異相』巻三十四）でも戸鈎なり門鑰なりを本処・本帯に返しつなぎ、『雑宝蔵経』巻二(20)では、「（諸長者子）便還閉門詣於本処。尓時其夫猶故未悟。還以鑰匙繫著腰下」として、そして夫が醒悟して家に至る、とあった、この類を、それは反映するであろう。『今昔』は、この『注好選』類とは異なった。呼応すべき「匙」は表現されず、その意味では場面として生きない。ただし、これが『今昔』の誤解や恣意的な変改でないことは、『今昔』本文と同じく「匙」の表現されない『私聚百因縁集』巻三(14)該当部との相似関係が、それぞれの拠った『注好選』類の相を、別途に、それぞれ相似て反映すべきであろうことから、あきらかである。[37]

この二つの場面の間に、金剛女が仏陀に願ってその相好に接し、「歓喜」して美麗を得る場面があった。「金剛醜女、仏ノ相好ヲ見奉テ歓（歎）喜ス」、『注好選』三本にはすべて「随喜」とあるが、『私聚百因縁集』巻三(14)には「歓喜」とあり、『注好選』類前『今昔』本には「歓喜」とあったはずである。原話的の『撰集百縁経』巻八(79)、『賢愚経』巻二(8)ないし『雑宝蔵経』巻二(20)など、すべて「歓喜」とあり、敦煌本「醜女縁起」にも、「醜女見仏現身歓喜倍常。遂讃嘆如来。願我身仏無異」とある。[38]『今昔』巻二(11)舎衛城宝比丘語に、

……父母此レヲ歓喜スル事无限シ。此ニ依テ此ノ児ノ名ヲ宝手ト付タリ。……祇洹精舎ニ詣デヽ仏ノ相好ヲ見テ心ニ歓喜ヲ懐テ、……。其ノ時ニ一人ノ長者有リキ、王ノ此塔ヲ起ルヲ見テ、心随喜ヲ成シテ、

〈……父母歓喜。因為立字名曰宝手。……前到祇洹見仏相好心懐歓喜。……時有長者見竪等廟。心生随喜。……

（『法苑珠林』巻三十七、五十三、582a）〉

……

という表現がある。『法苑珠林』による和文化資料に直接して、それぞれそれに由る「歓喜」「随喜」をのこし、後者は起塔随喜心をいう。『今昔』巻二(36)天竺遮羅長者子闍婆羅語に、

……闍婆羅、仏ヲ見奉テ歓喜シテ五躰ヲ地ニ投テ出家ヲ求ム。……

〈……時嚪婆羅見仏世尊……心懐歓喜五体投地。白仏言。……（聖語蔵本[39]『撰集百縁経』巻五(50)、四、227b）〉

という表現がある。既注に『法苑珠林』巻七十六ではなく、その原拠『撰集百縁経』巻五(50)によるべき和文化資料に直接すると見て解かれ、この場合、『百縁経』に由る「歓喜」をのこすのである。また、『今昔』巻一(31)須達長者造祇薗精舎語の、貧窮の須達（スダツタ）の妻が、乞食する仏陀に思わず供養する場面に、

妻、サコソ云ツレドモ、仏ノ来リ給ヘルヲ見奉テ、随喜ノ涙ヲ拭テ礼拝シテ皆供養シ奉リツ。

妻促（ノコフ）随喜之涙（ヲ）礼拝供養了（コト）。（『注好撰』金剛寺本巻中(12)）

妻拭ニ随喜之涙ヲ礼拝供養已畢。（『私聚百因縁集』巻三(3)）

という表現があり、『今昔』は『注好選』類前『今昔』本の「随喜」をのこし、これは布施随喜心をいうのであった。これらの「歓喜」「随喜」は、それぞれ原拠によると見られるのである。

二

さて、金剛女の美麗を知って、王宮びとが動いた。その美麗を『今昔』に「大王・后・宮ニ聞キ驚テ」とするのは、『注好選』類前『今昔』本の、「王后官々（宮?）」を誤読したか、踏襲して合理化したかであり、「即チ娘ヲ迎テ

宮ニ将来ヌ。願ヒノ如ク法会ニ会ヌレバ」とするのは、前『今昔』本の「迎娘将来善庭会了」を承けた。「善庭」は作善の庭か前庭か、『今昔』は「宮ニ」「法会ニ」と意通したであろう。結果として、原話的の「(王)速往将来。即荘(時)厳車迎女人宮」(『百縁経』巻八(79)・『賢愚経』巻二(8))になかば通じることにもなった。ともに仏所に詣り、仏陀が彼女の前生を語る。「……大王、娘ヲ具シテ仏ノ御許ニ将参テ此事ヲ一々ニ問奉ル。仏ノ宣ハク、……」、あるいは仏陀はその善来善問をほめるのか、

今昔物語集巻三(14)	注好撰巻中(29)(金剛寺本)	私聚百因縁集巻三(14)
仏ノ宣ハク、善ク、此ノ女人ハ昔汝ガ家ノ御炊也。汝ガ家ニ一人ノ聖人来テ施ヲ受ク。汝ヂ善願有テ一表ノ米ヲ置テ家ノ諸ノ上下ノ人ニ此米ヲ令搏テ僧ヲ令供養キ。其ノ中ニ此ノ女供養シナガラ僧ノ形ノ醜キ事ヲ謗リキ。……	仏言、此女昔汝家御炊也。然汝殿一聖人来受施、汝有普願置一俵米、至于牧童令搏令供養僧。其中此女乍(・)供養僧。後謗形醜……	仏言。此女昔汝家御炊ナリ。然殿一聖人来受施。汝有普願置一俵米。至牛牧童マテ令伝令供養僧。後謗形醜。……(日仏全)

人の国から来て、神的にみすぼらしい聖が乞食する。施食したゆえに深宮に生まれ、毀呰したゆえに醜悪を得たというのは、遠くは『雑宝蔵経』巻二(20)に特に通じるが、『今昔』本文には、「善ク」(40)にしても「上下ノ人ニ……」(41)にしても、少しく不可解をのこす。『今昔』の誤りでなければ、『注好選』類などの別本の出現をまつ外ないであろう。

三

原話類と前後異同する間に、彼女は一度は「鬼・鬼身・鬼形身」（『注好選』類）なり「鬼ノ如」「鬼ノ形」（『今昔』）なりを得た、と表現するのは、日本での変改であろう。『今昔物語集』通巻最初の和語の「鬼」である。いま、「形貌ノ醜キ事、鬼神ニ不異ズ」（『今昔』巻三⒂）、漢語「鬼神」と同じく、ともに「醜」字の文字映像とも意識しあうかもしれない。

彼女は、日本では後に『神道集』諸本に諏訪大明神縁起にとり入れられる。波斯匿王の娘、美女「金剛女ノ宮」が過去の罪重のゆえに「鬼王ノ御形」と成って「身ニ鱗多ク出来……」、やがて仏陀の放光を浴びて端厳に赫やき、祇陀大臣を聟とした、という。身の鱗は、この場合、たまたま原話的の『撰集百縁経』巻八⑺に彼女を「身体麤悪。猶如蛇皮」というのに遠く通じると言えば通じるが、ともかくいまは神性を失った鱗介部的蛇属類をいうのであろう。縁起は、諏訪二所の上宮は昔の祇陀大臣、本地普賢菩薩、下宮は昔の金剛女宮、本地千手観音である、とつたえている（巻四⒅、諏訪大明神五月会事）。

巻四　天竺大天五第廿三

一

『今昔物語集』巻四㉓は仏滅後の物語に属し、仏伝外伝とは言い難いが、外伝的に類話の介在すべき意味を含んで論注する。

これは、あるいは東洋のオイディプウスともいうべきか、大天（摩訶提婆、Mahādeva）の物語である。大天という名の存在は、「有部の虚構した架空人物」であって、歴史的には「信ずるに足らぬ伝説」である。[42] 有部の

『阿毘達磨大毘婆沙論』巻九十九に、商業都市マトゥラを首都とする末止羅国の船主の子、犯母、殺父（第一無間業）、殺阿羅漢（第二無間業）、殺母（第三無間業）の後、滅罪をねがって出家し、五事を創唱して和合僧団(サンガ)を破った云々、とつたえられ、『異部宗輪論』には大天の五事が明言される。五事とは阿羅漢のさとりを低く見る説である。しかし、「此の如き伝記は全く虚構のものに過ぎ」ず、「大天によって根本二部が分裂したとなすことも捏造説である」(43)。たしかに、上座部南伝(テーラヴァーダ)の『論事』に、五事は見えても、大天の名は見えない(44)。

ただしともかく、伝承的には大天「説話」は存し、和文のそれを『今昔』はのこす。『今昔』のこれは中断して尽き、また、『今昔』の説話配列の在り方において、「二話一類様式」の原則を外れて「ただ独り孤立しているかに見え」、「大天出家の事蹟に因んで」一群の「先頭に置かれた」と想像されている(45)。

『今昔』大天訛伝の直接出典は不明である。ただし、『今昔』と、伝教最澄の『顕戒論』巻上(46)に引く『慈和四分鈔記』巻一(47)の類を基礎とすべき伝承と、この間の関係の奥に少しく問うべき意味はひそむかのように考えられる。

『慈和四分鈔記』巻一、それは、反逆罪をなした大天が、王宮に入って王妃を犯す。

今昔物語集巻四(23)	慈和四分鈔記巻一	三論玄義検幽集巻五
今昔、天竺ニ仏涅槃ニ入給テ四百年ニ、末度羅国ト云フ国ニ大天ト云人有リ。其ノ父、商ノ為ニ大海ニ浮テ他国へ行ヌ。其ノ間、大天、此ノ世ニ端正美麗勝レタラム女ヲ以テ妻ト為ム、ト思テ求ニ、不求得ズシテ家ニ帰タルニ、其ノ母端正美麗ニシテ、世ニ此レニ勝	謹案。慈和四分鈔記第一巻云。比丘名為大天。犯三逆罪。未出家前与母私通。遂殺其父。恥人所知将母逃走。隠之波吒梨城。遇逢本国供養羅漢。恐復彰露。因遂殺	……然此大天未出家前是商主児。名摩訶提婆。此翻大天。姓拘尸柯。其父博易往向余国。留児在家年至二十。其児端正。母懐愛染。密為方便与児私通。遂経六年不

タル女无カリケリト見テ、母ニ娶テ妻ト為リ。月来相ヒ棲ム程ニ、父、数ノ月ヲ経テ海ヨリ還リ来テ岸ニ着ク程ニ、大天思フ様、我レ母ヲ妻ト為ルニ依テ、父還リ来ナバ、定メテ我レヲ善シト不思ジ、ト思テ、未ダ陸ニ不上ザル前ニ行キ向テ父ヲ殺シツ。其ノ後思フ事无クシテ棲ム程ニ、大天、白地ニ外ニ行タル間、母、隣ニ行テ暫ク有ルヲ、大天還テ、此ヲ、蜜ニ隣ニ行テ他ノ男ニ娶スルゾ、ト思ヒテ、大瞋ヲ成テ捕ヘテ打殺シツ。既ニ父母ヲ殺シツ。大天、此ノ事ヲ恥ヂ恐レテ本ノ栖ヲ去テ、遥カニ遠キ所ニ行キ住ム程ニ、此ノ本ノ国ニ有シ一人ノ羅漢ノ比丘有ケリ、其ノ羅漢、大天ガ今住ム所ニ来リ有ケルヲ、其ノ時ニ、大天、此ノ羅漢ヲ見テ思フ様、我レ本ノ栖ニシテ父母ヲ殺テキ。此ノ事ヲ耻ヂ恐ル、ニ依テ此ノ所ニ来リ住ム。爰ニシテ父母ヲ殺セリシ事ヲ深隠ス。而ニ此ノ羅漢、此ニ来レリ。定メテ入ニ語ラムトス。然レバ□如ジ、此ノ羅

之。後見其母与余人私通。復殺其母。造三逆罪深生憂悔。欲求滅罪因即出家。未久便能読誦三蔵。王聞遂請入宮供養。又与王妃私通。然彼復称我是羅漢。……

（七十四、599b）

覚是母。後雖発覚愛心不捨。其父従他国還。大得財物将欲至舎。母聞夫還恐知此事。即取毒薬令児殺。大天持薬逆路殺之。将財物還与母共活。通母既久恥人所知。将母逃隠波吒梨国。遇逢本国曽所供養羅漢苾芻。復恐彰露因遂殺之。復見其母与余私通復害其母。造三逆罪深生憂悔。欲求滅罪因即出家。衆僧既知是悪人。悉不度之。仍自出家聴習三蔵。其既聡明。未久便能誦持三蔵有愚迷者就其受学。遂有徒衆。自称已得阿羅漢果。阿育王聞数請人宮恭敬供養。王妃遂与大天私通。既称羅漢久説経律。非犯謂犯犯謂非犯。

漢ヲ失テム、ト思テ、羅漢ヲ殺シツ。然レバ既ニ三逆罪ヲ犯ツ。其ノ後、大天〔以下欠〕……（七十、455b）

『大毘婆沙論』は、説一切有部、その『阿毘達磨発智論』を注釈する論書である。その大天原話は、『発智論』巻七の句「諸起此見。有阿羅漢。天魔所嬈漏失不浄……」（二十六、956b）に注する所論に属する。すなわち注して、三無間業の後、滅罪をねがう大天が、アショーカ王都パータリプトラの鶏園寺僧園の前に一比丘が滅罪法の偈を誦行するのを見、歓喜として出家を欲し、検問を審らかにしないまま許される。聡慧、三蔵に通じ、帰仰されて、しばしば王の「内宮」にも入る。鶏園に在って阿羅漢を称するが、夢に不浄を失し、ために僧団に異見を生じて諍い止まず、ついに上座・大衆二部に分かれた、とした。いわゆる根本分裂である。『説一切有部毘奈耶出家事』巻四に、自由商業都市間の生態の動きも含めて、同類の偈をもつ半ば類話があった。殺母者が除罪法の偈を聞き、出家を乞うて僧団に許されたが、仏陀に越法罪を以て擯棄されて、ついには辺境に死んだ、という。そして、殺母のみならず、殺父もこれに准じて犯逆であり、殺阿羅漢、破僧伽等もまた同じく滅擯される、と述べついで行く[48]。ここには大天の名は無く、根本分裂のことも見えないが、あきらかに、律蔵の伝承が有部的に大天の存在と役割とを否定的に虚構し得べき方向があった[49]。そして、その虚構に大天の名のえらばれた根拠としては、別に後に、いわゆる枝末分裂に五事を唱えてかかわった、実在の摩訶提婆（マハーデーヴァ）（賊住大天）があったらしいのである[50]。

二

『今昔物語集』の大天は、仏陀涅槃の後「四百年」に末度羅国に在った。『今昔』は仏教史的に阿育王を仏滅後

「一百年」（巻二⒁・巻四⑶）、優婆崛多（ウパグプタ）を同じく「百年許」（巻四⑹・⑺）などとするが、いま、「四百年」の所伝は他に見えず、その所縁は不明である。何らかの口承を通るにはちがいない。部派仏教史を説く、説一切有部の世友（ヴァスミトラ）の『異部宗輪論』（玄奘訳、真諦異訳『十八部論』『部執異論』）をはじめ、嘉祥吉蔵（五四九〜六二三）の『三論玄義』などを通じて、実在の大天と虚構の大天と、いわばふたりの大天の事実と伝説とをめぐって、口承的に錯雑を生じやすい条件はあったであろうし、また、部派分裂史の諸年代自体の行文にも同じくまぎれを生じやすい面がなかったとは言えない。[51] さらに慈恩窺基（六三二〜六八二）の『異部宗輪論述記』巻上には、巻頭に、「異部宗輪論者。仏円寂後四百許年。説一切有部世友菩薩之所作也。……」とある。もし言えば、この仏滅後四百許年を大天の存在時期と混じる口承の揺れが、あるいは憶測されないでもないであろう。

三

さて、『今昔物語集』の大天の三逆罪、『今昔』の運びはここでとだえるのであるが、その三逆罪およびその後のことは、原話的の『大毘婆沙論』、ほぼ同文を引く『異部宗輪論述記』等も細叙するところであった。ひとり窺基の『瑜伽師地論略纂』巻一が、時俗、大天を嫉んで謗るに造三逆を以てし、加うるに増五事を以てしたという（四十三、①b）のは、いわゆる大乗教学の立場からか、よくその理由を知らない。おおむねの大天説話の流れを通じて数少ないのは、『顕戒論』巻上所引の『慈和四分鈔記』巻一とか、時代は下るが、『三論玄義』を注した『三論玄義検幽集』（中歓澄禅、弘安三、一二八〇）巻五とかにふれる、大天と王妃との私通である。[52] それは『大毘婆沙論』と大同小異する間に見え、はやく母子相姦について、『慈和四分鈔記』は単に与母私通としてこの方向は『今昔』に通じ、『検幽集』は、継母の邪恋の型のように親母に負性を負わせて始めさせて、そしていずれも、三逆罪の後に大天出家、三蔵に通じて王宮にも入り、要するに、王妃と私通した、とある。[53] この挿話の背後には、つとに王妃遺聞にかかわる口承[54]が孕まれていたらしく、その口がたりは十分に底流し得たはずであった。王妃私通のことは、書承と口承、いずれも日本に入ったと想像される。[55]

『今昔物語集』巻四は、この天竺大天語(23)につづいて、龍樹(24)、龍樹・提婆(25)、無著・世親(26)（仏滅後「九百年」）、護法・清弁菩薩(27)とつづき、インド仏教史・伝法史をめぐる伝説説話を配列する。大天のことも、もとよりこの仏教史的関心から捉えられているべきであるが、さらに具体的には、これをここに選択し配列させたものは、この大天の王妃私通に関心するところがあったか、と想像される。三論・法相、ないし特には『顕戒論』など天台のいずれかを知らず、講説唱導を場とする口がたりの流れを通じて、これを意識的無意識的に感じ得る位置にあったか、と想像される。前話(22)波羅奈国人扶妻眼語の霊験譚とは、その「邪見ニシテ仏法ヲ不信ズ」、「端正美麗ナル女」などと鎖り、次話(24)龍樹俗時作隠形薬語とは、その、

……而ルニ、此ノ三人ノ俗……国王ノ宮ニ入テ諸ノ后妃ヲ犯ス。……

……此三人ノ俗……王宮ニ参ヌ。諸ノキサキ達ヲ犯。……
（『打聞集』(13)）

と鎖るべき意ではなかったか、と想像されるのである。この龍樹説話のモチーフが、あるいはドルイドの古宗教に、あるいは日本ないし東洋の古神話古伝承にも通じることは措き、これに、『今昔』は、内蔵する大天王妃私通の口がたりを以て、「一話一類様式」と言われる類の充足を計った。しかし、『今昔』の直接依拠した和文化資料は、それを満たさなかった。それは、王妃私通の口承を経た和文化資料ではなかった。すなわち、『今昔』巻四23の選択主体ないし配列主体は、自らの内蔵することばと文字との出会を果し得なかったのではないか、と想像されるのである。『今昔』の直接したその原拠がどこまで展開していたかは、不明である。ともかく、自己の要求の満たされないことを知り、すなわち、自己に意識的無意識的に動く伝承知識と文字資料の表現世界との間の乖離を知って、『今昔』は、おそらく文字資料の限定するところに従った。[56]おそらく、故に、『今昔』は後略し

た。憶測を出ないが、許されるか否か。配列の上に一見される「孤立」は『今昔』の欲するところではなかったが、ただし、その配列は、単に仏教史伝法史にとどまらず、その口がたりを内にひそめて、希いに耐えるかのように在るのである。

注

（1）『法苑珠林』所引の『譬喩経』の詳細は不明である。『法苑珠林』では、たとえば巻三十五、この物語の直前にも、巻三十三にも「譬喩経云」とある。『出三蔵記集』巻二に、「譬喩経十巻（旧録云正譬喩経十巻）右一部凡十巻晋成帝時沙門康法邃抄集衆経撰此一部」（五十五、１０ａ）、「譬喩経（中略）（康法邃出譬喩経十巻）」（同、１４ｃ）とある。同巻四に「譬喩経一巻」（同、３１ａ）などとある類ではなく、この十巻本であろう。『往生要集』巻中、大文第五第三に「譬喩経第三」と引くのも、おそらく同じい（『往生要集義記』巻五の同経注は誤りである）。

（2）長尾雅人『維摩経』。

（3）これらはもとより「後世の作」であろうが、「これ等大弟子等、各自のいふ所が各人の特色を示すものがある」（宇井伯寿「阿含の成立に関する考察」『印度哲学研究（第三）』三四四～三四六頁）。

（4）「菴羅樹園」について、僧肇はつとに「什曰。菴羅樹其果似桃而非桃也。肇曰。菴羅果樹名也。其果似桃而非桃。先言奈氏」といい（『注維摩詰経』巻一）、「……如観掌中菴摩勒果」に注して、「肇曰。菴摩勒果形似檳榔。食之除風冷。時手執此果。故即以為喩也」という（同巻三）。

（5）この類型は、阿那律に関しない他経には、什訳『弥勒大成仏経』に「如来明見如観掌中菴摩勒果」（十四、４２９ａ）、『楞伽経』巻四に「如来者現前境界。猶如掌中視阿摩勒果」（十六、５１０ｃ）等を管見する。なお、什訳『維摩経』巻中には、「住不可思議解脱菩薩。断取三千大千世界。如陶家輪著右掌中」（十四、５４６ｃ）のような、陶工の轆轤の比喩が見えるが、阿那律にも天眼にも関しない。

（6）宇井伯寿『釈道安研究』附羅什年譜、等。

（7）『仏本行集経』巻六十、布施辟支仏一食果報の前生譚である。波羅奈城の一貧人として辟支仏に稗飯を供養する。後、一白骨に逢い、白骨が悉く金に成る。釈迦族に生まれた日、地下から五百伏蔵が自然に現出するなどの福徳を得た。云々。『賢愚経』巻十二(57)・『雑宝蔵経』巻四(50)に、類話、白骨でなくて兎に逢う施食辟支仏遇兎果報の前生譚がある。

(8) 後、湛然の『止観輔行伝弘決』巻四之四に、『摩訶止観』巻四下の調五事に関して「眠是眠食」句を説き、阿那律天眼の由縁を引いて、

眠是眠食等者。増一云。仏在給孤独園為多人説法。阿那律於中眠睡。仏説偈曰。咄咄何為睡。螺螄蚌蛤類。問曰。……　(四十六、274c)

とある。あきらかに『増一阿含経』巻三十一(5)をさすべきであるが、ただし、その十二句偈はこの二句偈では全く無い。やはり口承要素が干渉しよう。同じく『止観輔行』巻四之四に、『止観』巻四下の棄五蓋に関し、睡眠について釈して、『譬喩経』を引くところがある。

又如譬喩経云。有一比丘飽食入房睡。仏知過七日当死。仏至其房弾指寤之。説偈警之。寤已礼仏。仏言。汝維衛仏時作沙門貪利不習経教。飽食却睡不惟非常。命終堕於鰌虫蚌虫螺虫中。(中略)今為沙門。云何更睡不知厭足。比丘聞自悔自責。五蓋即除成第四果。此乃聖者知機警睡之方。　(四十六、272a)

一比丘が、前生、維衛（ヴィパッシィ）仏の代に惰眠して蚌螺のように戸を閉ざす虫になった。いま沙門になり、警められて自責し証果した、という。この類話的別話の無名の比丘が阿那律と結んで、阿那律に螺蚌類の偈が口承的にとりこまれたか、ともあるいは考えられるかもしれない。

敦煌本『十弟子讃』(S. 5706)の短章に、阿那律天眼第一をほめて、「終身不眠弃捨五蓋（中略）全半清浄徹見三千」とあり、『止観』的と『維摩義記』的とを兼ねた。短章に螺蚌偈はないが、口承的にはあるいは感じていたかとも憶測される。

(9) 吉蔵は、阿那律の名の義について如意・無貧・不滅猶一義耳とし、前生譚から不滅につづいて「果報称心為如意」とも併せ説く。『一切経音義』巻三十二などもほぼ同じい（五十四、522c）。ni-√rudh による過去受動分詞形 niruddha: closed, checked, removed, suppressed など、漢訳、滅・断・離の類であり、a-niruddha: unobstructed, ungovernable, self-willed, また阿那律である。

(10) 智顗は、阿那律の名の義について無貧・如意・無猟をあげ、贈辟支仏稗名前生の果報の無貧にふれ、系譜して後、改めて彼の前生譚（施食辟支仏遇兎果報縁）を再説する。

(11) 仏典的立場は異なるが、別に、

阿那律陀即従座起。頂礼仏足而白仏言。我初出家常楽睡眠。如来訶我為畜生類。我聞仏訶啼泣自責。七日不眠失其双目。世尊示我楽見照明金剛三昧。我不因眼観見十万。精真洞然如観掌果。如来印我成阿羅漢。……

（『首楞厳経』巻五、十九、126a～b）

等が管見される。般剌蜜帝訳（七〇五）、儀経説もある。

(12)『説無垢称経疏』に「相伝釈」というのは、たとえば同じく窺基の『法華玄賛』巻四末に「相伝解」という（三十四、730c）類である（小稿「今昔物語集仏伝資料に関する覚書」『仏教文学研究』九所収（本書所収）・「今昔物語集仏伝の研究」『叙説』第一〇号（改稿して本書所収））。たとえば、敦煌本『維摩経疏』（S. 6381）にも阿那律の天眼に関して「相伝解云。菓（菴摩勒果）形似檳榔……」などと言う類である。

『説無垢称経疏』に「云経云」とし、敦煌本『維摩経疏』に「阿含経云」として、まず系譜関係を述べるその系譜は、阿含関係には見えないようである。ただし、系譜につづく物語部分には、前出『増一阿含経』巻三十一(5)はもとより、あるいは同巻二十(1)の部（二、647b）もかかわり得るであろう。

(13) 窺基の『阿弥陀経通賛疏』巻上に、過去世、「猟人」阿泥律陀が毫珠を盗もうとして箭を以て挑燈、発心した、と言い、あわせて、睡眠を呵せられて寝食せず、すなわち天眼を得た、という（三十七、336c）。敦煌本『維摩経解』（北京1321背面）は、過去世時、阿那律が猟師になって一鹿を古塔中に逐いこみ、一燈を箭を以て剔して、その鹿が仏の足下に臥すのを見、その三十二相を見て、獣さえ投仏、況我人と、一切を棄捨し、三宝に帰依して天眼を得た、と言い、あわせて、貪著睡眠を呵せられて七日不眠、ついには天眼を得た、と言う。いずれにも「掌果」は見えない。

(14)「掌ノ中ノ印ノ所」（『今昔』巻七(48)、「掌中所印之処文」『冥報記』前田家本巻下(24)、「開タル掌ノ中ニ仏ノ舎利二粒有リ」（『今昔』巻十二(2)、「瞻掌有舎利二粒」『日本霊異記』巻中(31)、「掌ノ中ニ小サキ浄土ヲ現ジ給フ」（『今昔』巻十五(1)、「掌中現小浄土」『日本往生極楽記』(11)）等、注するに及ばない。

(15)『論語』八佾「……指其掌」、注「……於天下之事如指示以掌中之物、言其易了也」、『礼記』中庸「……治国其如示諸掌乎」、注「……治国其如指諸掌而已乎」。なお、『白氏文集』巻四には「四海安危居掌内、百王治乱懸心中」（新楽府、百錬鏡）のような例（古典大系本『今昔』巻四(22)補注参照）もある。

(16)『今昔』巻二(19)には関しないが、後、凝然（一二四〇～一三二一）の『維摩経疏菴羅記』巻十八第七阿那律章が、まず湛然の『維摩経略疏』巻五を引き、略系譜、如意楽文につづいて、「眠是眼食」から「観大千界猶如掌菓」

とする。これに「天台云」とあるのは、荆渓ないし妙楽の誤りであろう。

附言すれば、『三国伝記』巻八(18)阿那律尊者得天眼事は、系譜して斛飯王次子（『五分律』巻十五・『釈迦譜』巻一・『法華文句』巻一下）とし、『維摩経略疏』巻五の如意楽文をつづけ、『略疏』『文句』、ないし『止観輔行』巻四之四によるのか、口承知識なのか、著名の蚌蛤類の偈など、いずれともつかず、つづける。ともかく天台法華系の直談を介するであろう（小林直樹「『三国伝記』の成立基盤―法華直談の世界との交渉」『国語国文』第五十八巻第四号一九八九年）。

最後に、『鷲林拾葉鈔』巻二、阿菟楼駄事につづく天眼第一因縁事には、「仏於説法座睡眠玉ヘリ。時仏呵之云。那律眠如蛤。……」とある。また「疏云。……吾見釈迦大千世界如観掌菓」（『法華文句』巻一下）とある。『黒谷語燈録』巻七に、一種口承性の気息を漂わせながら、「又阿那律於説法座睡眠。仏種種弾呵。……」とあった、その遠いこだまもかえるのか。『法華経直談鈔』巻一末(26)阿㝹楼駄之事の「……是即於仏説法之座睡眠シ玉ヘリ。……」については、言を要しない。

(17)　『付宝蔵伝』巻三には、前出「……少欲知足常楽閑静。未曾教人一四句偈」という文はある。この文は、同伝を略引する『法苑珠林』には無い。なお、『付宝蔵伝』に類して、薄拘羅塔供養をめぐって、『阿育王伝』巻二に「如来所記無諸衰病少欲第一。未曾教人一四句偈」（五十、１０４ｂ）、『阿育王経』巻二に「……不曾為人説一二句法」（同、１３８ｃ）の類はある。

(18)　薄拘羅者。此云善容。謂好容儀。過去曾持一不殺戒。今得五不死報。……五百弟子自説本起経云。我昔曾施病僧薬及施沙門一呵梨勒。九十劫以来不堕悪道。今年一百六十未曾有病。亦分別功徳論云。薄拘羅者……即施一呵梨勒果。比丘服已得差。由是九十一劫未曾有患。……合一百六十年。中阿含経云。……未曾従一大家乞食。未曾視女人面及入比丘尼房。又不共語。……雑阿含云。……

（『阿弥陀経疏』三十七、３１７ｂ〜ｃ）

（薄矩羅）毘婆戸仏入涅槃後。……持一呵梨勒施病比丘。……亦因往昔曾作比丘。発願不視女子面。不受女子所施衣。不受女子手中飯。……

（『阿弥陀経通賛疏』巻上、三十七、３３６ｃ）

『阿弥陀経疏』の引く『五百弟子自説本起経』はもと偈文であり、『分別功徳論』は巻四にあたる。

(19)　阿含には別に、「此尊者婆拘盧已成阿羅漢。諸縛已解。長寿無量。……不著世事。亦復不与他人説法。寂黙自修如外道異学。……」（『増一阿含経』巻十三(2)、二、６１１ｃ）の類もある。

(20)　『法華文句』巻二上には、「（薄拘羅）年一百六十歳無病無夭。有五不死報。後母置熬槃釜中。水中魚食刀破皆不死。昔持不殺戒故。九十一劫命不中夭。昔施僧一訶梨勒果故。身常無病。……身楽寂静常処閑居不楽衆中。……舌不曾為人説一両句語。意常在禅定不散乱。……」とある（三十四、17a）。

(21) 『旧雑譬喩経』巻上(27)に、母の金環が魚腹に入り、市で買われて見出される物語もある。投げこまれた指輪が魚の腹から見出される伝承類型（S・トンプソン『民間説話』荒木博之他訳（上）三八八頁）の一つである。

(22) 『長老偈（テーラガーター）』のバークラ長老偈225〜227の注に、ヤムナー河上河下河の両婦人共有の子となってBākula（重姓・両家）と呼ばれた物語があるという。比較的素朴な同音ミュートスである。

(23) 仏告跋陀和。若有菩薩守是三昧者疾逮得仏。跋陀和。若有菩薩在四十里外。聞有持是三昧者。菩薩聞之便当行求往到其所。但（得）聞知有是三昧常当求之。何況乃得聞学者。若去百里者……

（『般舟三昧経』巻下、十三、918a〜b）

仏告颰陀和。何人聞是三昧。不助歓喜学持守誦為人説者也。仏言。若有守是三昧者疾逮得仏。但聞其功徳不可計。何況学持者……

（『般舟三昧経』、十三902b）

「摩詰即（すなはち）病ノ床ヨリオキテ文殊ト、モニ仏所ニ詣給キ」（『三宝絵』巻下(28)山階寺維摩会）。

(24) 『金剛頂経』数類の中、『広清涼伝』のそれは、唐不空訳『教王経』三巻、宋施護訳『大教王経』三十巻ではなく、唐金剛智訳『金剛頂瑜伽中略出念誦経』四巻をさすべきである。

(25) 小稿「今昔物語集における原資料処置の特殊例若干〈附　出典存疑〉」（奈良女子大学文学部研究年報第28号）↓本書所収。

(26) 大正蔵本同条所引の『薬師経疏』には「三食変金粟。……七馬産麒麟。八牛白牜它（無角牛也）」とあり、これは日仏全本同条同疏においても同じい。なお、大正蔵本『要略録』の「十六牙象現」は同前田家本（寿永三年写）には「十牙象現」とある由（小峯和明『今昔物語集の形成と構造』二五頁）、とすれば、『薬師経疏』及び『今昔』も同じくて、『今昔』はともかく「十牙象現」に拠るかと考えられるが、ただし、本来は「十六牙象現」を正確とすべきであろう。

(27) 後、『法華経直談鈔』巻七本(14)文殊生時十不思議之事に、「……誕生時十種吉祥。故吉祥菩薩云也。一満光明室。二甘露天下。三地七宝涌出。四開伏蔵。五生鶏鳳凰。六猪生龍。七生馬騏驎。八牛生水牛。九反粟成金。十象具六牙。如此種種喜瑞有之也」とある。

(28) 吉蔵の『維摩経義疏』巻四、湛然の『法華文句記』巻三中・『法華玄義釈籤』巻十五等も言及する。『一髻文殊師利童子陀羅尼念誦儀軌』大正蔵本（康和三年（一一〇一）写東寺密蔵本）の跋文にも特記される。なお、『梁塵秘抄』281「文殊の次をば何とかや　をい〱たうしが子なりけり　眉間白毫照らすには　十二の菩薩ぞ出でたまふ」、これには『法華経』序品の系譜神話が関するか。なお未詳であるが、「をいをいたうし」は、日月燈明仏の「八王子」、有意・宝意・法意（九、④a）などがかかわらないか、同296「ほとをと」が「ほとほと」のハ行転呼音表記であるように、第二の「をい」は宝意・法意などではないか、「たうし」は「わうし」（王子）ではないか。あえて記す。この前後には「眉間白毫」句も散見する。

(29)『菩薩処胎経』巻七文殊身変化品に、文殊師利の偈頌として「……本為能仁師　今乃為弟子……或欲見仏身二存不並立……」（十二、1050a）とあり、窺基の『阿弥陀経疏』、『広清涼伝』等もこれを引く。『文殊般涅槃経』には「……仏涅槃後四百五十歳。当至雪山。為五百仙人宣暢敷演十二部経。教化成熟五百仙人。令得不退転」（十四、480c）とあって、『今昔』〔II〕の「其ノ所ノ仙人ノ為ニ説キ聞シメ給フ」にも通じ、また、「仏告跋陀波羅。香山（中）有八大鬼神。自当擎去置香山中金剛山頂上。無量諸天龍神夜叉常来供養。……」（同、481b）とあって、〔II〕の「高山ノ頂」云々にも通じる。なお、二仏並座が別に『法華経』巻四に見えることは、言うまでもない。

(30)降って、中古天台にも、文殊を「釈尊九代ノ師範」（『渓嵐拾葉集』巻三十一）、「文殊者三世覚母諸師範故ニ釈迦ニハ九代祖師也。……」（同巻四十四）という。後、『法華経直談鈔』巻二本⒁・二末㊾等にも見える。

(31)東寺本は「……何ノ衣ノ虫ノ落チ来タル歟ト云ヒテ、慢ヲ目連ニ至ス。長一丈三尺也」と読むのであろう（『東寺観智院蔵注好選』釈文の「耶」は「歟」、「共」は「至」かと見られるが、基本的に釈文の意味であろう）。これは金剛寺本の釈く意味と異なる。

(32)後藤昭雄編『金剛寺蔵注好撰』は「光明憣」と翻刻する。おそらく「光明幡」であろう。

(33)掲出『止観輔行』文の初に「目連不窮其声者」とあるのは、『摩訶止観』巻一下に「(如来)一一相好凡聖不得其辺。梵天不見其頂。目連不窮其声」とある、その一つを承ける。『注好選』に「目連難窮仏声」とあるのにも通じる。

(34)今野達「東寺観智院本『注好選』管見―今昔研究の視覚から」（『国語国文』第五十二巻第二号、昭和五十八年）なども参照される。

(35)『注好撰』金剛寺本の「仏神力」は、東寺本・続群書類従本に「仏神通力」とする。この物語全体が、『密迹金剛力士経』では、目連のいわば小乗神力を知った仏陀がみずからその神足を発現して彼を大人圏に派した、という枠を持っている。いわば仏陀理想化の円をひろげているのである。この枠は、『注好選』や『今昔』には存しない。ただし、『注好撰』にのこる表現「仏神（通）力」は、その間の消息をあるいはいくばくかのこすか、とも考えられないではない。としても、もとより、『注好選』がそれを意識するわけではない。

(36) 『注好撰』金剛寺本のカギ「鈍（?）キヲ」は「鈍」字を意識するのではないであろうが、不明、後出して「匙」と見える。日仏全本『私聚百因縁集』に「劔」とあるのは、「鈎俗 鉤正」（『龍龕手鑑』巻二）の類の誤であろう。

(37) 『阿毘達磨大毘婆沙論』巻百十四、勝軍（波斯匿）王女の類話に、「関鑰」して彼女を見せなかった夫を酔わせて、朋類がその「戸鑰」を竊んだが、彼女の端厳を嘆じ、彼に謝した、という。カギを返しつなぐことは見えない。

(38) この句は『醜女縁起』のみに見え、『金剛醜女因縁一本』にはみえない。王重氏『敦煌変文集』下・潘重規『敦煌変文集新書（下）』いずれにも、この異同を注しない。なお、翻刻はいずれも正確を欠く。

(39) 『今昔』巻二(25)波羅奈国大臣願子語は和文化資料に直接すべきであるが、その「(我レ生々世々ニ福徳長命殊勝ニシテ)世々ニ広ク衆生ヲ度セム事、仏ノ如クナラム」文（古典大系本一、166・9~10）は、原話的の『撰集百縁経』巻十(98)・『賢愚経』巻一(6)の諸本の異同の中、多本の「……令我智徳相与共等」に代えるに「……度衆生如仏無異」を以てする、聖語蔵本『百縁経』を媒介しなくては解けない。『今昔』にともかく投影する同経には、聖語蔵本系の場合がいくばくか有る。

(40) 「善ク」は、『注好選』類前『今昔』本にも前出したであろう「善庭」の「善」ないし「善ノ」字と、もしくは、同じく後出したであろう「普願」の「普」、ないしその見せ消ちなどの「善」字と、何らかのかかわりをもち、おそらく、何らかの錯覚による竄入であろう。その「普願」も『今昔』には「善願」とあり、この語は『今昔』に他にもやはり前生譚に同じく善果をのぞむ願いとして見える（巻二(15)）にしても、いま、あるいは何らかの錯覚がもつれているか。としても、ともかく「善ク」の存するのは、『百縁経』巻八(79)のこの場面の「善聴」句には直接しないながら、結果として同様に意識しようとしたか、意識下に一種発語的のものと理会しようとしたか、ともかく不明である。

(41) 「上下ノ人ニ……」は、『私聚百因縁集』にのこる「至牛」字から推しても、『注好選』類前『今昔』本の「至于」ないし類似の字を、『今昔』が「上下」と誤ったかと考えられるが、『今昔』に「牧童」の語など見えないことも、『注好選』に突如この語の見えることなどとともに、不審をのこす。

(42)(43)　宇井伯寿「仏滅年代論」『印度哲学研究（第二）』八七～八九頁。
(44)　平川彰『インド仏教史』上巻一一二～一一三頁。
(45)　古典大系本『今昔物語集一』解説、一五頁。
(46)　『顕戒論』巻上「開示叡山不類大天明拠十一」は、最澄の『四条式』を大天が部派分裂を招いたのに擬する南都の批判に反論して、大天の五事は恣意から出たが、叡山の四条は聖典に拠る円戒である、とする。
(47)　『慈和四分鈔記』については詳らかにしない。「奈良朝現在一切経疏目録」に、２２６１『四分律抄記』・２２７２『四分鈔記』・２２７３『四分律鈔記』・２２７８『四分律鈔私記』など見え、別に、『四分律鈔記一十九巻』（『伝経大師将来台州録』、五十五、１０５７ｃ）、『四分律鈔記六巻』（『新編諸宗教蔵総録』巻二、同、１１７３ｂ～ｃ）などの名も見える。
(48)　『大毘婆沙論』巻九十九の大天原話に、「若人造重罪　修善以滅除　彼能照世間　如月出雲翳」の滅罪の偈があり、『出家事』巻四の一偈と酷似する。『出家事』に、シュラーヴァスティの都に長者あり、一子を成して後、外国に興易して没して還らず、その子は長大して、ある少女との事を妨げた自身の親母を殺す。逝多林（ジェータヴァナ）にその偈を比丘の誦するのを聞き、出家を乞うて許されて三蔵に通じるが、殺母を知った仏陀に越法罪を以て擯される。辺境で長者の信教を得て一寺を成し、多く阿羅漢果を証したが、病死、無間地獄に堕ちた。……とある（二十三、１０３８ｃ～１０４０ｃ）。
(49)　前注、滅罪の偈は、つとに『長老偈（テーラガーター）』のアングリマーラ長老偈No.871～872『法句経（ダンマパダ）』No.172～173等に見え、また、やはり単独に、仏陀の説く偈として『鴦掘摩羅経』巻四に異訳が見える。この偈を含む長い偈が、兇賊アングリマーラの滅罪法悦の偈頌として、南伝中部(86)『アングリマーラ・スッタ』・『雑阿含経』巻三十八1077・『増一阿含経』巻三十一(6)・『鴦掘摩経』・『鴦崛髻経』等に、あるいは殺母に関し、あるいは関せず、表われる（Dhp. A, III では、類似の偈を歌って涅槃する）。すなわち、もと単独の偈を中心として、いわば仏伝外伝とも言えるアングリマーラ説話が、その偈を膨張させもしながら展開した。『大毘婆沙論』等では、これが大天と結んでいるのである。
敦煌偽経の『大方広華厳十悪品経』（S. 1320等）に鴦崛摩羅（アングリマーラ）について、「飲酒酔乱。婬匿其母殺戮其父。其母復与外人共通持刀害之」（八十五、１３６０ａ）と言い、敦煌本『薬師経疏』（S. 2551）に、「飲酒荒乱淫匿其母。其母復与外人交通持刀殺之」（同、３２６ｂ）というのも、あきらかにアングリマーラと大天とを混じている。
(50)　宇井伯寿『印度哲学研究（第二）』、「仏滅年代論」八一～九一頁）・平川彰『インド仏教史』上巻一二〇頁、等。

(51)　『異部宗輪論』は、仏滅後百有余年、アショーカ王代に大天の五事を議して根本分裂が起った、とした。古訳の異訳二本は仏滅後百十六年の根本分裂をいうが、大天の名は見えない。ついで、これら三本は、要するに仏滅後第二百年満時ないし二百年中に、もと外道の摩訶提婆（大天）が五事を唱えて枝末分裂が起った、とし、さらに仏滅後「四百年初」ないし「四百年中」に説一切有部がまた分派した、する。『三論玄義』は、仏滅後百十六年に舶主児摩訶提婆が三逆罪を作して後、仏法に入り、諍いを起して根本分裂を生じた、とし、その五事にもふれた。そして、二百年満に、外道大天（賊住主）が出家受戒して、枝末また分派するもととなった、……とする。『顕戒論』巻上は『宗輪論』等を引いて第二百年満の大天にもふれ、『戒律伝来記』上巻（豊安、天長七、八三〇）は同じく引くが、この大天にはふれない。

なお、『今昔』の仏滅後「四百年」大天説の口承の背後は、漢訳『大毘婆沙論』の玄奘跋語に、これを「仏涅槃後四百年」カニシカ王代のカシュミールの論蔵とすることまではかかわらないであろう。煩瑣ながら附言する。

(52)　日本南都では、秋篠善珠（七二四〜七九七）の『成唯識論了義燈蔵明記（唯識義燈増明記）』巻一（六十五、329b〜c）とか、安澄の三論学書『中論疏記』（八〇二〜八〇六）巻二末（同、52a〜b）とかも大天を述べ、あるいはアショーカ王宮に入ったことにもふれる。

(53)　親母に負性を負わせて後、『三論玄義鈔』巻中は『検幽集』巻五と同じく「王妃遂与大天私通」（七十、517c）、『部執略記』は「遂与王妃私通」（日本蔵、三論章疏之余、734）とする。遥かに下って、『異部宗輪論述記目論』巻二にも、大天にふれて、「……謂彼不浄従ニ煩悩ニ生（麟記与妃通。云々）而説天魔所嬈」（同、599）などがある。

(54)　『大毘婆沙論』と真諦の『部執異論疏』と、大天のことは少々不同（『検幽集』巻五）らしいが、後者十巻は現存しない。ただし、『検幽集』巻五の引くその逸文には、大天と阿羅漢たちとが諍い、大天が王妃に訴え、王妃は阿羅漢たちをガンジスへ送るが、後に深く悔いた、と見える。『大毘婆沙論』には、分裂を聞いた王は反大天派をガンジスへ送るが、後に深く悔いた、とあった。すなわち、その大天逸文は王に代る王妃遺聞であった。私通伝承を孕む気配はあらわであろう。

(55)　犯后については、南方熊楠「今昔物語の研究」が『今昔』巻十(34)「聖人犯后……」・巻二十(7)「染殿后……」などにもふれて言及する（全集2）。あるいは女帝「寵幸」（「宝亀三年紀」道鏡伝）譚をも刺激しよう。なお、『宝物集』巻下「舎衛国ニ一人ノ梵志アリキ。……五逆罪ノ中ニ四逆ヲ既ニ犯シツ。去トモ仏ハ此罪ヲ哀テ救ヒ給タル事侍ル也」と浄土教的に転じても言い、この梵志を七巻本『宝物集』巻七に「此梵士(ママ)ト云ハ大天ガ事歟」という、その所行に王妃私通のことは見えない。『三国伝記』巻三⑵摩訶提婆悪行事にも、このことはみえない。

(56)　一般に、『今昔』がその依拠資料をしばしば独自に変改すること、また、依拠資料に即しながら口承を挿むこと（例、「其レヲ亦天人ノ降テ造タルトモ云フ」巻十九㉛宇治橋説話）など、言うまでもない。いま、あえて憶測する。

今昔物語集震旦部仏来史譚資料に関する一二の問題

天竺・西域・震旦にわたる漢和の交織を背後にして、『今昔物語集』震旦部の仏法伝来史譚類聚十篇がある。いま、資料論的関心からのみ、その数篇をあらためて分析して、『今昔物語集』成立前後との関係の間にとらえる。

巻六　震旦秦始皇時天竺僧渡語第一

仏来震旦史譚の一篇として編まれる『今昔物語集』震旦部巻六1は、受難の間の霊験譚を中心として、周知のように、『打聞集』(2)尺迦如来験事・『宇治拾遺物語』195秦始皇自天竺来僧禁獄事それぞれと共通母胎に立つべき部分と、『今昔』独自の部分とから成る。いま、あらたに北宋賛寧『大宋僧史略』（九七八〜九九九）を検する。

今昔物語集巻六(1)	打聞集(2)	宇治拾遺物語(195)	大宋僧史略巻上 僧入震旦
今昔、震旦ノ秦ノ始皇ノ時ニ天竺ヨリ僧渡レリ、名ヲ釈ノ利房ト云フ。十八人ノ賢者ヲ具セリ、亦、法文・聖教ヲ持テ来	昔唐ニ晋ノ史弘之時天竺ヨリ僧渡リ。王アヤシヒ給テ、	今は昔、もろこしの秦始皇の代に天竺より僧渡れり。	五運図云。周世聖教霊迹。及阿育王造塔置于此土。合

レリ。国王此レヲ見テ問給ハク、……（国王）獄ニ被禁レヌ。……夜ニ至テ、釈迦如来丈六ノ姿ニ紫磨黄金ノ光ヲ放、虚空ヨリ飛ビ来リ給テ、此ノ獄門ヲ踏ミ壊テ入給テ、利房ヲ取テ去給ヒヌ、十八人ノ賢者同ク逃去ヌ……（国王）ヂ怖レ給ヒケリ。

　此レニ依テ、其ノ時ニ天竺ヨリ渡ラムトシケル仏法止テ不渡ズ成ニケリ。其ノ後、々漢ノ明帝ノ時ニ渡ル也。昔シ周ノ世ニ正教此ノ土ニ渡ル、亦、阿育王ノ造レル所ノ塔此ノ土ニ有リ。秦ノ始皇諸ノ書ヲ焼クニ、正教モ皆被焼ケリ。此ナム語リ伝ヘタルトヤ。

（日本古典文学大系本、以下同）

……獄ニ賜ツ。……尺迦仏丈六ノ躰紫广黄金之光ヲ放テヲホソラヨリ飛来給テ、此獄門ヲフミ破給入テ取テ去ヒヌ。……王怖畏サハキ給ケリ。其時ニ渡トシケル仏法絶テ不渡ナリヌ。サテクダリテ後、漢ニハ渡也ケリ。

御門あやしみ給て、……人屋にすへられぬ。……尺迦仏丈六の御姿にて紫磨黄金の光をはなちて空より飛きたり給て、この獄門を踏やぶりて、此僧をとりてさり給ぬ。……御門いみじくおぢおそり給けりとなん。其時にわたらんとしける仏法、世くだりての漢にはわたりけるなり。

有伝記。良以秦始皇焚書。此亦随爇。故今無処追尋。案始皇時有沙門釈利房等十八賢者齎経来化。始皇弗信遂禁錮之。夜有神人破獄出之。……至後漢第二主明帝永平七年……今以為始也。（正蔵五十四、236b）

『今昔』本文は、共通母胎の上に独自に、冒頭に固有名詞等を書きこみ、中半に仏伝を要領してはさみ、結文には別伝を癒着して、すべて仏来震旦史譚を『今昔』として史実的に語ろうとする。この時、『大宋僧史略』巻上僧入震旦条が、その補充と癒着とをともかく充たすべきを見出す。

秦始皇時と題しながら、『今昔』は結文に秦漢以前「周世」の初伝にも言及する。周穆王をめぐる所伝などを意識するところがあったか否か、少なくとも『今昔』が、所引『五運図』を含む『僧史略』類相当を通じることは確実であろう。[1] 冒頭の書きこみも、また、そうであろう。「釈利房等十八賢者」と「……ヲ具セリ」とはその意を等しくせず、また一般に、『今昔』の固有名詞の表記には時として錯誤が冒されるとしても、いま、『僧史略』のみ「釈利房」の表記をのこす。「釈利防」(『朱子行録』・『歴代三宝紀』巻一・『破邪論』巻下〈非高麗本〉・『広弘明集』巻十一・『釈迦方志』巻下・『法苑珠林』巻十二、等)ではない。『今昔』は後にも再三「利房」と書くであろう。

秦始皇とそのあやしむ天竺僧との対話の間は、「衣服非恒」(『出三蔵記集』巻十三康僧会伝・『高僧伝』巻一同伝、等)などとあやしむ型を帯びる、口がたりを経て文字化されていた共通母胎に立つが、かつ、その間に『今昔』が、始皇に「汝ハ此レ何ナル者ノ何レノ国ヨリ来レルゾ……」などと問わせ、僧に仏伝を要領して答えさせるのは、『今昔』自身の世界としては、あるいはその天竺部仏伝と関連し、あるいは本朝部仏法弘通史譚の一章の間に「国王、僧ヲ召シテ、汝ハ何者ノ何ノ国ヨリ来レルゾ、ト問フ」(巻十一(15))と問わせる表現と交感する。すでに言うまでもない。始皇は僧等を獄禁する。共通母胎の間から『今昔』が「鏁」(巻五(1)、等)とすべきを逸し、「数」(巻十七(33)・巻二十九(1)、等)を誤読したことも、すでに言うまでもないであろう。時に、「仏法伝ニ悪王ニ相テカク悲キ目ヲ見ル」(『打聞』)・「悪王に逢てかくかなしき目をみる」(『宇治拾遺』)、少しく出入はありながら、推して、口がたりの柔かさをのこすべき共通母胎に「悪王」を僧がなげく時、これを『今昔』は「悪王有テ仏法ヲ未ダ不知ザルガ故ニ、……」とあらわした。『今昔』の「悪王」表現(巻三(27)・巻十一(15)、全例)の感度から見て、いま『今昔』が、その「悪王」批評意識、たとえば『大般涅槃経』に悪主悪王悪国を怒る(南本巻二十六)

類を鋭くしているわけではないが、ともかく、特に「遥ニ」来た西方の人にそれとしては「悪王」を強調させたのである。そして、獄が破られる。それは、「夜有金剛丈六人来破獄出之」（『朱子行録』・『歴代三宝紀』巻一・『破邪論』巻下・『広弘明集』巻十一、等）と、「（仏）飛行虚空」（『弘明集』巻一）・「金人飛空而至」（『高僧伝』巻一、等）の光明の型とをかさね、紫磨黄金はインドの閻浮提金にあたり、視覚的また聴覚的に幻想（ヴィジョン）を、われわれの見失った、「夢の鍛えられた見方」（T・S・エリオット）としてのそれを成した。受罪の人みな遁れ得た（『今昔』巻六33）。その無碍光明の「尺迦如来験事」を「秦始皇時」の聖俗の意味の世界として編み直したのが、『今昔』の「仏法」震旦初伝史的体験の方法である。(2)

そして、『今昔』は結文した。その見た仏法史的事実性に執して、それをことわりたかったのである。

巻六　震旦後漢明帝時仏法渡語第二

『今昔物語集』巻六(2)は、洛陽白馬寺の伝えを含む、後漢帝国明帝（五八〜七五）の感夢求法に始まり、道仏の方術くらべを展く。全篇が『打聞集』(22)麼等聖弘仏法事と共通母胎に立つべきことは、すでに周知である。

今昔物語集巻六(2)	打聞集(22)
今昔、震旦ノ後漢ノ明帝ノ時ニ、天皇夢ニ見給ハク、金色ノ人ノ長一丈余許ナル来ル、ト。夢覚テ後、智リ有ル大臣ヲ召シテ、此ノ夢ノ相ヲ問給フ。大臣申シテ云ク、他国ヨリ止事無キ聖人可来キ相也、ト。天皇此ヲ聞給テヨリ心ニ係テ待給	(後)漢明帝ノ御時、帝王夢金人来見、夢覚了□大臣問給。大臣申云、他国ヨリ止(事)無キ人来相也申。其後帝王御心懸待給間、天竺ヨリ僧来レリ、名ハ麼等・竹法

フ間、天竺ヨリ僧来レリ、名ヲバ摩騰迦・竺法蘭ト云フ。仏舎利及ビ正教多具奉タリ、即チ天皇ニ奉ル。……其ノ時ニ、此ノ事ヲ不受ヌ大臣公卿多カリ。何況ヤ、五岳ノ道士ト云フ者、……

蘭ト云。(仏)舎利・経法門多シテ帝王ニ奉ル。……此事ヲ承引ヌ大臣公卿多。何況(?)漢唐人云物ハ……

海彼の高度文化圏への遠距離緊張はあるべきながら、「小国」(巻十一(1)・(4)、二十(2))・「大国」(巻十二(3)・二十(2))意識に執したくないのか、『今昔』の震旦「天皇」表現の稚さは措く。[3] ともかく、「夢」、聖床のそれであるべきそれ(天竺部巻一(1)・本朝部巻十一(1))があり、そこから世界が展く。はやく「牟子理惑論」(『弘明集』巻一所収・『世説新語』文学篇注略出・『文選』巻五十九「頭陀寺碑文」李善注略出)・「四十二章経序」(『出三蔵記集』巻六所収)に明帝の感夢遣使求法の型が見え始め、『打聞』に共通母胎をのこすべき感夢「金人」の語は、『後漢紀(袁宏漢紀)』(東晋袁宏、三二八～七六)巻十・『後漢書』西域伝天竺国条等に見え始めて、やがて二僧の名とも結ぶに至る(『高僧伝』巻一・『魏書』釈老志、等)。「金人」の語は古くは『史記』匈奴伝等に塞外の祭天の天神をさすべきであったであろうが、『打聞』のこの場合は、あきらかに金銅の仏像ないし「金色ナル僧」(『今昔』巻十一(1))としての仏陀の意である。『今昔』はこの偶像を「金色ノ人ノ長一丈余許ナル」と表現している。

明帝感夢金人の後、『今昔』『打聞』は共通母胎を容れて明帝の遺使をつたえない。「牟子理惑論」「四十二章経序」をはじめ、古伝は多く遣使を型とし、ひとり『後漢紀』巻十のみはそれをつたえないかに見えるが、同書も別引には遣使して見えた(『後漢書』楚王英伝注所引『袁宏漢記(ママ)』・『仏祖統紀』巻三十五所引『袁氏漢紀』)。これらの間に、敦煌本『金剛暎』巻上には、

後漢明帝……至永平五年夜夢丈六金人。至十年丁卯之歳為〈有〉西域僧迦葉摩騰遊化至于漢地。又至十一年歳次戊

辰。後〈復〉有比丘竺法蘭来至此土也。

（八十五、55a、以『戒律伝来記』訂）

と見える。同類とみるべき全巻が日本にもつとに将来せられていて(4)、南都招提豊安『戒律伝来記』（天長七年、八三〇）巻上にもほぼ同文、あきらかに遺使をつたえない。ほぼ同時期に、佚書『東宮切韻』所引の伝えもまた同じい(5)。『今昔』『打聞』共通母胎は、その遺使のない口がたりを文字に映していたのである。

『今昔』本文は、つづいて「其ノ時ニ此事ヲ不受ヌ大臣公卿多カリ……」と展く。共通母胎「大臣公卿」「五岳ノ道士ト云フ者」、もとより『打聞』の「唐人云物」は誤りに過ぎないが、このあらそいの伝えは、南北朝末の偽書『漢法本内伝』に初見した(6)。その伝えを展く前に、共通母胎は白馬寺の縁起をはさむ。

今昔物語集巻六(2)	打聞集(22)	大宋僧史略巻上 創造伽藍	法苑珠林巻十二
雖然モ、天皇此ノ摩騰法師ヲ懃ニ崇テ帰依シ給テ、俄ニ別ノ寺ヲ起給フ。其ノ寺ノ名ヲバ白馬寺□付レタル也。	サレド王ト此麼等ヲイミジキ物ニ思シテ、別寺ヲ俄ニ立テラル。名ヲバ白縁寺ト付ラル。	騰蘭二人角力既勝。明帝忻悦。初於鴻臚寺延礼之。鴻臚寺者本礼四夷遠国之邸舎也。尋令別択洛陽西雍門外蓋一精舎。以白馬駄経夾故。用白馬為題也。……僧寺之名始於此也。（五十四、236c）	〈明帝遺使〉遇見摩騰。及邀還漢地。……明帝甚加賞接。於城西門外別立精舎以処之。漢地有沙門之始也。又漢明帝遠召摩騰法師来至雒陽。於城西雍門外立白馬寺。是漢地伽藍之始也。……（五十三、379b）

共通母胎に存すべき「別寺」所伝は少しく漠としてあるが、これは、『法苑珠林』が『高僧伝』巻一摂摩騰伝

をほぼ受けながら「別立」を特記し、『大宋僧史略』が鴻臚寺とは「別」に精舎を択んで由縁あって白馬寺と号したと細記した類の伝えを、ともかく通ったあとであった。鴻臚寺、「寺、廷也」(『説文』)、「寺者司也」(『広韻』)、すなわち、これが賓客を礼する、その他の政務を司って鴻臚館に通ずべきであったことは言うまでもない。[7] こうしてともかくも典拠を持ち得べき共通母胎が、ただし、これらの所伝に直接し得ないことは、立寺と道仏釈老の優劣のあらそいと、出来事の流れる順序が特に『僧史略』において前後を逆にすることからもあきらかであって、それは、その前後、何らかの口がたりのくぐもりを、型として例すれば、「漢法内伝云(マヽ)。明帝既弘仏法立寺度僧。五岳山館諸道士等請求捔試釈老優劣。……」(『法苑珠林』巻四十)の類を通るべきそれを経験しているのである。そして、この「別寺」を共通母胎及び『打聞』が如何に理会したかは知らず、おそらくそこに存すべきその認識の曖昧から、『今昔』は、「別ノ寺」と確かに露呈した翻訳表現のその意味での確かさのゆえに、よりその不分明の方向を確かめた、とあるいは言えるかもしれない。そして、白馬寺、『洛陽伽藍記』にもなつかしいこの寺に『今昔』諸写本が空白をのこすのは、あるいは、共通母胎を出てその名の由縁に関心した時、その関心がとまどったあとか、とも想像せられる。[8]

『漢法本内伝』、それは、周武帝権下に宮殿に「百僚道士沙門」「公卿道俗」等を集めて三教ことには釈老を討論させ、ないし仏道二教を断じた(『周書』武帝紀上)、おそらくその間から、仏教の側から仮托した、史書というより短篇小説であった。西域の幻人の華やかな異端奇術のカーニヴァル、宮廷の雑伎の目くるめき、都市のまひるまの群集のあこがれやおののきを秘めた夢華録でもあった。盛唐の『続集古今仏道論衡』所引に特に詳しい。おそらく、この類の伝えの間から、その虚無自然・智恵涅槃をめぐる道仏論争を除き、その方術の霊験くらべへの関心のみを要領した口がたりを経て、『今昔』『打聞』共通母胎は基本的には成っていた。

今昔物語集巻六(2)	打聞集(22)	漢法本内伝(続集古今仏道論衡)
摩騰法師答テ云ク、我ガ持ツ所ノ法ハ、古ヨリ術競ヲシテ人ニ被崇ル、事也、……ト申シテ……。天皇モ此レヲ聞テ亦喜ビ思ス。日ヲ定テ速……術競可有キ由宣旨ヲ□。其ノ日ニ成テ、……東ノ方ニハ……道士二千人許並居タリ、……亦、大臣公卿孫子百官皆道士ノ方ニ寄レリ。……摩騰法師ノ方ニハ只大臣一人寄レリ。……亦、西ノ方……其ノ内ニ摩騰法師一人大臣一人居タリ。其レニモ瑠璃ノ壷ニ仏舎利ヲ入レ奉レリ、亦、……正教ヲ入レ奉レリ、……。	广等申云、我持所ノ法ハ昔ヨリ術競ヘヲシテ人ニアカメラル、物也、……ト申セバ、帝王モイミジウ、レシト思食テ、速ニ術競ブベキ由ノ宣旨下ヌ。……東ノ方ニハ……唐人共二千人許ナミ居タリ、……有ト々人大臣公卿率百官皆唐人ノ方ニヨレリ。……此麼等ガ方ニハ只大臣一人方ヨレリ。……广等方ニハ琉璃房ニ仏舎利ヲ入奉レリ、……経共ヲ入タリ、……。	法師曰。……所持正法亦是法王金口所説。所在教化亦無畏懼。若法行処。一切諸天魔鬼莫不奉教。道士小恵何足消伏。帝聞法師一言転加意大。即辞法師入城。勅有司令辦供設斎。并勅五品已上文武内外官人。仰十五日平旦悉集白馬寺。……道東裏東西置三壇。……西壇置太上霊宝天尊経……。中壇置……東壇置……。在白馬寺南門道西(百)歩置仏舎利及仏経像。(五十二、400b〜c)

ただし、輪廓はほぼ相通じながら、特には、共通母胎に存すべき「瑠璃ノ壺」の仏舎利イメージは『本内伝』自体には存しない。仏舎利信仰にもとづいて、これを瑠璃や金の瓶に納め、さらに金、銀、金銅ないし石製の器に入れ子式にして護ったインドの古制が、中国や朝鮮新羅また日本にもつたわって、それらの瑠璃の遺宝をのこ

すことはもとより、『広弘明集』巻十七には『舎利感通記』をはじめその諸霊験を録して金瓶や瑠璃瓶のことも見え、『今昔』の「瑠璃ノ壷」（巻一(1)）がまたこのように仏舎利を納める（巻六(2)・(4)・十一(1)）ことは、「納舎利青瑠璃壷」（『朝野群載』巻十七）の如くであった。『本内伝』の類の異伝も育って、共通母胎の瑠璃は、西方の遠い世界につながって美しい瑠璃の光をつたえた、そのいわば『本内伝』異伝を容れて、日本の口がたりの間に守られたあとか、とも想像せられる。そして、『今昔』の「大臣公卿孫子（そんし）百官」は、『打聞』から推して、共通母胎、和化漢文度のさほど高くない漢字反読交り片仮名文の「率百官」、百官を率いる意の「率」を訓じた、サ変動詞ソツシ片仮名表記を誤って漢字化したあとであろう。

今昔物語集巻六(2)	打聞集(22)	漢法本内伝（続集古今仏道論衡）
而ル間、摩騰法師ノ方ノ仏舎利、光ヲ放テ空ニ昇リ給フ、聖教モ同ク仏舎利ニ具シテ空ニ昇給テ虚空ニ在マス。……道士ノ方ノ法文ハ一時ニ皆ナ焼畢テ灰ト成ヌ。其ノ時ニ、諸ノ道士……	广等方ノ仏舎利、放光ヲ空ニ上。経論モ同ク仏舎利ニ具シテ空登。……唐人法門一時火成ヌ。其時唐人共……	……即便放火焼経。経随火化悉作灰燼。道士等見火焚経心大驚愕。……尓時仏舎利光明五色出。直上空中旋環如蓋。遍覆大衆映蔽日輪。……（五十二、400c~401a）

この白馬寺をめぐる方術くらべは、かの、祇園精舎をめぐる仏弟子舎利弗と六師外道の徒とのその類（『賢愚経』巻十(48)、等）の伝えを型として帯びるであろう。[9] かつ、はやく漢人としてはじめて西域天山南路の于闐（コータン）国に求法して梵本『放光般若経』を洛陽に送った朱士行の、王の前で火を以て焼いても経は不焼であったという伝え（『出三蔵記集』巻十三・『高僧伝』巻四、等）の類をも思うべきであるかもしれない。

巻六　康僧会三蔵至胡国行出仏舎利語第四

『今昔物語集』巻六(4)は、その「胡国」の如何は知らず、三国時代の呉国仏法初伝の建初寺縁起である。多く『打聞集』(3)仏舎利事と共通母胎に立つべき部分と、『今昔』独自の部分とから成る。いま、あらためてこれを検する。

今昔物語集巻六(4)	打聞集(3)	呉書（続集古今仏道論衡）
（康僧会）仏法ヲ植ヘムガ為ニ震旦ヘ渡リケルニ、胡国ト云フ所ニ行ヌ。其ノ国ノ王三蔵ヲ見テ、未ダ三宝ヲ不知ザリケレバ、怪テ、何人ゾト問フニ、三蔵答テ宜ハク、……	昔、好恵三蔵ト云聖人、天竺ヨリ唐ヘ渡、護国ト云所ニ行ヌ。件国王アヤシビテ、是ハ何人ゾト問給。……	案呉書。……（康僧会）志弘大道遊化諸国。初達呉地。……呉人初見謂是妖異。有司奏聞。呉主……即召僧会問之曰。仏有何神験也。僧会対曰。……（五十二、４０２ａ）

この『呉書』は、『出三蔵記集』巻十三・『高僧伝』巻一康僧会伝を脱化した、隋唐の交の偽書である。やはり仏舎利霊験譚であるが、共通母胎は、この『呉書』類相当に由る口がたりをつつむであろう。『呉書』には、三蔵は、唯有舎利、至心に求めればその必ず現ずべきことを答えた、とある。

今昔物語集巻六(4)	打聞集(3)	呉書（続集古今仏道論衡）
王ノ宜ハク、汝ヂ若シ舎利ヲ不祈出ズ	王、舎利出テ御坐セズハ	呉主曰。若得舎利当為起塔。如其虚

ハ何ニ、ト。三蔵ノ答ヘ給ハク、舎利ヲ不祈出奉ズハ、此ノ身ノ頸ヲ可被取キ也、ト。然ラバ、今日ヨリ始メテ七日ヲ限テ可祈キ由、王ノ仰セニ依テ始ム。	何ニ。三蔵申ク、舎利祈出シタテマツラズハ、此頸ヲ取ヘキ也、ト申時ニ、王サハ今日ヨリ祈トテ、七日ヲ限テ祈ラル。	妄。国有常刑。僧会対曰。舎利慈愍求即顕降。若無感者当以死期。何仮王憲。乃請至七日。（五十二、４０２ａ）

至心なお感応がなければ、誓って死を以てする。王刑が死生の命を制し善悪の源を決するのではない。この至心の論理は『出三蔵記集』『高僧伝』の康僧会伝においても見えるが、それは文脈関係を異にする場面においてであって、その意味で、共通母胎へ至るべき口がたりを導いたのは、その表現の通俗化は措き、ともかく此の『呉書』類相当と言うことができる。そして、『呉書』のこれは『続集古今仏道論衡』所引の外には見えないから、またその意味で、その口がたりはこの所引相当をもととして成立したそれとして、おそらく必要十分であろう。(10)この段以下、同書所引の『呉書』は極略せられる。

今昔物語集巻六(4)（打聞集(3)大同）	出三蔵記集巻十三・高僧伝巻一
三蔵、紺瑠璃ノ壺ヲ机ノ上ニ置テ、花ヲ散シ香ヲ焼テ祈リ申シ給フニ、七日過ヌ。……其ノ時ニ、三蔵誠ノ心ヲ発シテ……祈リ給フ程、六日ト云フ暁ニ瑠璃ノ壺ノ内ニ大キナル舎利一粒現ジ給ヘリ、壷ノ内ヨリ光ヲ放ツ。……実瑠璃	……乃共潔斎静室。以銅瓶加几焼香礼請。七日期畢寂然無応。……三七日暮。……既入五更。忽聞瓶中鎗然有声。会自往視。果獲舎利。……五色光焰(炎)照耀瓶上。

ノ壺ノ内ニ丸ナル白キ玉有リ、壺ノ内ヨリ白キ光ヲ放ツ。

（五十五、96b・五十、325b）

仏舎利を宝瓶に置いて香花をつくす型（『魏書』釈老志）とか、至心・至誠、「僧会至念虔誠」（『宝林伝』巻六）などと生きるモチーフとかを、共通母胎はのこす。「瑠璃ノ壺」に現じた舎利の、「丸ナル白キ玉」「白キ光」などは、中国に類型する「五色」からすれば、あるいは和化の簡素清浄であるかもしれない。(11)

今昔物語集巻六(4)	打聞集(3)	高僧伝巻一康僧会伝
国王此ヲ見テ宣ハク、汝ガ祈リ出セル所ノ舎利、実否ヲ難知シ。何ヲ以テカ実ノ舎利ト可知キ、ト。康僧会ノ宣ハク、実ノ仏舎利ハ劫焼ノ火ニモ不被焼ズ、金剛ノ杵ニモ不被砕ズ、ト。国王ノ宣ハク、然ラバ舎利ヲ可試シ、何ニ、ト。康僧会、速ニ可被試シ、ト宣テ、舎利ニ向テ誓テ云ク、我ガ大師釈迦如来、涅槃ニ入給テ久ク成ヌレド、滅後ノ衆生ヲ利益セムト誓ヒ置キ給ヘリ。願クハ威力ヲ施シテ広ク霊験ヲ示シ給ヘ、ト。其ノ時ニ、国王、舎利ヲ瑠璃ノ壺ノ中ヨリ取出シテ鉄砧ノ上ニ置テ、力有ル人ヲ撰テ鎚ヲ以テ令打ム。而ルニ、砧鎚共陥ムト云ヘドモ、舎利塵許モ損ジ給フ事無シ。其	王ト拝ミ貴ガリ給テ、三蔵ノ申ニ随テ速ニ塔ヲ造給テ、此舎利ヲ安持（ママ）シ奉リ給ヘリ。其寺ノ名ハ五者寺ト付ラル、造リ	（五色光炎照耀瓶上）権自手執瓶瀉于銅盤。舎利所衝盤即破砕。権大粛然驚起而曰。希有之瑞也。会進而言曰。舎利威神豈直光相而已。乃劫焼之火不能焚。金剛之杵不能砕。権命令試之。会更誓曰。法雲方被蒼生仰沢。願更垂神迹以広示威霊。乃置舎利於鉄砧鎚上。使力者撃之。於是砧鎚倶陥。舎

時ニ国王此ヲ見テ大キニ信伏シテ、礼拝恭敬シ給フ事無限シ。……三蔵ノ申シ給フニ随テ、忽ニ寺ヲ造テ舎利ヲ安置シ奉リ給フ。其寺ノ名ヲバ建初寺ト付タリ、其ノ国始メテ造レル寺ナレバカク付タル也。……	始ムル寺ト名付也。	利無損。権大歎服。即為建塔。以始有仏寺故。号建初寺。（五十、325b〜c）

『今昔』本文は、『打聞』と共通すべき母胎に立って結文するが、この主要部は共通母胎を出て独自に癒着する。そのあとをのこすというよりは、独自に癒着したのであろう。癒着が、『高僧伝』直接とは断じにくいにしても、『高僧伝』類相当にほぼもとづくべきことは、その「康僧会」の名の対応において、その「誓テ云ク」句の共通において、ないし、いくつかの表現の相通においてあきらかであった。『今昔』に舎利を「瑠璃ノ壺ノ中ヨリ取出シテ」という、いわば『今昔』的に視覚的な想像力を明晰に印象するこのことばは、その行為主格の異同は措いて『高僧伝』には見えず、『今昔』に発行した「瑠璃ノ壺ノ内ニ……」ということばとの相関をあわせて、資料論的に如何に位置づけるべきか、いま『高僧伝』異伝と言っておく。

『今昔』に通じる『高僧伝』康僧会伝「会更誓曰」は、その多く拠る『出三蔵記集』同伝にはその前後若干を存しない。試みて火を以て経を焼こうとする王の前で、かの朱士行が「誓曰。若大法応流漢地者。経当不焼。若其無応命也……」（『出三蔵記集』巻十三・『高僧伝』巻四、等）と誓ったそれを、『高僧伝』はあるいは感じて補ったのか、それは至心の霊験を鋭くした。『今昔』は、『高僧伝』にも『打聞』にものこらない数行をのこして、そこに、国王も「速ニ心ヲ至シテ……」と言った、と表現している。

巻六　不空三蔵誦仁王呪現験語第九

『今昔物語集』巻六(9)は、巻六(7)・(8)両界曼陀羅渡震旦語につづき、密教の不空（七〇五～七七四）にかかわる毘沙門天王の霊験譚をつたえる。あらためてこれを検すれば、この導入部は空海『真言付法伝』にほぼ類すべき典拠に依り、展開部は、既注、『三宝感応要略録』巻中(58)にではなく、『大宋僧史略』巻下城闍天王条に対応度が高い。

今昔物語集巻六(9)	真言付法伝
今昔、不空三蔵ハ南天竺国ノ人也、幼少ノ時、金剛智ニ随テ天竺ヨリ震旦渡テ、震旦ニシテ出家シテ、金剛智ニ瑜伽無上秘蜜ノ教ヲ受テ世ニ弘メ、衆生ヲ利益ス。其ノ時ノ震旦ノ国王玄宗皇帝、不空ヲ敬テ国ノ師トス。	……不空三蔵和尚者南天竺国人也。……故南天竺阿闍梨金剛智之法化也。昔毘盧遮那仏以瑜伽無上秘密（最）大乗教伝於金剛薩陲。……金剛智振錫東来伝於和尚。……和尚童孺出家。……天宝初帰至上都。玄宗深敬遇之。遂為三代国師。出入禁闥。聖上毎延至内殿。（日仏全一〇六、26a～b）

「震旦ニシテ出家シテ」の不審は已むを得まい。不空は宮廷内部に国師として入り、王仏相関する。

今昔物語集巻六(9)	大宋僧史略巻下	要略録巻中(58)
而ル間、天宝元年ト云フ壬子ノ年、西蕃ノ大石康ノ	唐天宝元年壬子歳。西蕃	唐天宝元年壬子西蕃太

五国ノ軍来テ安西城ヲ責ム。其ノ年ノ二月十一日ニ彼ノ城ヨリ□云ク、大石康ノ五国軍、此城ニ責メ来ル。然バ軍ヲ給ハリテ彼レヲ可禦シ、ト。玄宗此レヲ聞キ、驚テ、宣旨ヲ下シテ軍ヲ発ス。其ノ数二万余人有リ。軍、日来ヲ経テ安西城ニ至リ近付ク。其ノ時ニ一人ノ大臣有テ王ニ申サク、暫ク、詔シテ此ノ事ヲ不空三蔵ニ問ヒ奉リ可給シ、ト。此レニ依テ、玄宗三蔵ヲ宮ノ内ニ請ジ入レ給テ、玄宗自ラ香炉ヲ取テ持念シテ三蔵ニ申シ給ハク、願ハクハ、大師、毗沙門天ヲ請ジ奉リ給テ、此ノ難ヲ救ヒ給ヘ、ト。其時ニ、三蔵、仁王護国経ノ陀羅尼二七遍ヲ誦シ給フ。其ノ後、玄宗常ニ気高ク器量キ人ヲ見給フ。其数五百人許也。甲ヲ着、鉾ヲ捧テ殿ノ前ニ有リ。玄宗此ヲ見テ驚キ怪ムデ不空ニ問テ宣ハク、我ガ見ル所、此レ誰人等ゾヤ、ト。不空答テ宣ハク、此レ毗沙門天ノ第二ノ子独健、数ノ兵ヲ随テ来テ陛下ニ副ヘル也。亦、彼ノ安西城ニ行テ、其ノ難ヲ救ハムガ故ニ来レル也。王、速ニ食ヲ儲テ供シ可給シ、ト。

大石康居五国来寇安西。其年二月十一日奏請兵解援。玄宗詔発師。計一万余里。累月方到。時近臣言。且可詔問不空三蔵。帝依奏詔。入内持念請天王為救。帝秉香罏。不空誦仁王護国経陀羅尼二七遍。帝忽見神人可五百員。帯甲荷戈在殿前。帝驚疑問不空。対曰。此毘沙門第二子独健領兵。是必副陛下意。往救安西。故来辞耳。請設食発遣。

（五十四、254a～b）

石康五国来侵安西国。其年二月十一日奏請兵。玄宗詔発兵師。計一万余里。累月方到豈頓救之。大臣白言。且可詔不空三蔵。帝依奏詔。請天王為救。帝秉香炉。不空誦仁王護国経陀羅尼二七遍。帝忽神人可五百員。帯甲冑荷戈楯在殿前。帝驚異問三蔵。答曰。此是毘沙門第二太子触健[12]領兵制陛下意。往救安城[13]。故来辞也。

（五十一、846a）

四天王の一、毘沙門天王は閻浮提の北を守り宇宙の山（スメール）の北に在って、富饒または軍陣の利をねがわれたインドの古神であった。有神論的に仏教化せられて、その信仰は、インドから西域へ、バクトリアに栄え（『大唐西域記』巻一）、特には天山南路の于闐（コータン）を中心としてひろがり、(14) 一群の毘沙門天呪類をのこしていた。呪、すなわち陀羅尼ないし真言、その声音を以て見えざるものを魅惑（シャルム）する呪文（シャルム）である。

『大宋僧史略』のこの伝えは『不空三蔵行状』には見えず、『宋高僧伝』巻一不空伝には追記の間に在る。「天宝元年」（七四二）に史書はこの史実をつたえない（『旧唐書』玄宗本紀下・『唐書』玄宗本紀）。『僧史略』『今昔』本文等の『仁王護国経』陀羅尼は、鳩摩羅什の旧訳には見えず、永泰元年（七六五）不空の新訳（『不空表制集』巻一・『続開元釈教録』巻上・『貞元釈教録』巻十五・十六）には見え、不空がセイロンから上都還京したのは天宝五年でもあって、天宝元年はその年代を錯誤する。かつ、この陀羅尼は、仏陀が波斯匿王に告げて、金剛手等五方の諸菩薩があるいは国界の衆難を永く避けるために説いたとし、まず、すなわち天帝釈ならびに眷属、四天王天の加護を得るとは説かれた（不空訳『仁王般若陀羅尼釈』・良賁撰『仁王経疏』巻下三）ものの、毘沙門天王とは切にはかかわらない。かかわっては、不空訳『毘沙門天王経』・『北方毘沙門天王随軍護法真言』、『毘沙門儀軌』ないしこれの附記する雑録、これらが数種の呪文をつたえ、あるいは互いに相通じ、毘沙門天王心真言・請召真言においてほぼ相同じく、一群の毘沙門天呪類を成すのであるが、その『毘沙門儀軌』の雑録の初めに、『僧史略』城闍天王条に類して不空を讃める毘沙門天王霊験譚がのこるのである。すなわち「唐天宝元載壬午歳、大石康（五）国囲安西城……」、ここには、「安西去京一万二千里、兵程八箇月……」とあるが、毘沙門天王の神兵の応援を帝に一行（六八三～七二七）がすすめて、不空が喚ばれる。

大広智〈不空〉曰。陛下執香炉入道場。与陛下請北方天王神兵救。急入道場請〈誦?〉真言未二七遍。聖人〈帝〉忽見有神人二三百人。帯甲於道場前立。聖人問僧曰。此是何人。大広智曰。此是北方毘沙門天王第二子独健領天兵救援安西

故来辞。……　（二十一、228b）

この「真言」は毘沙門天王呪類でこそあるべきであろう。『北方毘沙門天王随軍護法真言』には巻頭にその呪類の一つをあげて、儀軌や修法をのべた後、

又法若欲降伏諸国兵賊衆者。……真心誦念天王真言十万遍。天王領天兵来助。他国兵敵自退散。……天王使太子独健領天兵千人衛護不離其側。所求如意応念随心。皆得成就。　（二十一、227a〜b）

とあった。すなわち、切に毘沙門天を請ずべきインドの呪類、「天王真言」を軸として、インド伝来の宇宙論的な北方毘沙門天信仰を、大唐の辺境にうづく歴史の苦悩の現実の内に具象しながら、おそらく『毘沙門儀軌』雑録の訛伝は形成せられたのであり、この類を説話形成の中間形態として過程しながら、おそらく、その説話過程は、毘沙門天呪類に代えるに新訳『仁王経』陀羅尼の威を以てする方向へ、その歴史離れをすすめたのである。(15)『仁王経』新訳の年、入寇相ついで長安戒厳し、資聖・西明両寺に新訳を講じ、香花飲食鼓楽絃歌、入寇をしりぞけて解厳したという（『続開元釈教録』巻上・『貞元釈教録』巻十六・『旧唐書』代宗本紀、『今昔』巻七(11)、等）、その緊張裡の都市体験の意味、また、国家王権の中枢に特進せられるに至った不空の宗教の意味も、その契機として干渉したであろう。『大宋僧史略』城閣天王条はその歴史離れの方向するところを結果し、『今昔』はそれ相当に直接したあとをのこすべきであった。『毘沙門儀軌』雑録では不空が入内して帝にともに毘沙門天を請うべきを言い、『宋高僧伝』では不空が香炉を秉って呪して突如神兵のあらわれるのを帝が見る。『僧史略』では不空持念して天王を請うべきであろう。『今昔』に王が持念して不空に天王を請うべきを願うのは、翻読に苦しんだのか、出来事の論理としてはその内的必然を逸した。

天宝元「壬子」年とあった。同年春正月「壬子」に整えた十節度使の中、「安西節度撫寧西域。統亀玆(クチャ)・焉耆(カラシャール)・于闐(コータン)・疎勒(カシュガル)四鎮。治亀玆城兵二万四千」（『資治通鑑』巻二一五）という、その「壬子」史実のあるいは

なごりであるか。『今昔』「大石康」、『僧史略』「大石康居」、『要略録』「太石康」、これらそれぞれは、もし言えば、「大」はかの『史記』大宛伝以来の大宛、「洛那国〈破落那〉、故大宛国也」（『魏書』西域伝）のフェルガナ附近、「石」は「赭時国〔唐言石国〕」（『大唐西域記』巻一）のタシュケント附近、「康」は「康国康居之後」（『魏書』『隋書』西域伝）とすでに誤られていた、薩末鞬（サマルカンド）（『唐書』西域伝）附近、白居易新楽府のかの胡旋女のソグディアナでもあるか。またもし言えば、これらには、天宝十年、「石国」はじめ諸胡が「大食（タージー）」とともに安西四鎮をねらった時の、かの怛羅斯（タラス）の戦（『唐書』同・『通鑑』巻二一六）の衝撃が及ぶべきであるかもしれない。そして、安西城は、里程は措いて、亀茲をいうか、と考えられる。

今昔物語集巻六(9)	大宋僧史略巻下	要略録巻中(58)
其ノ後、四月ニ成ヌ。安西城ヨリ奏シテ云ク、去ヌル二月ノ十一日ヨリ後、……此レニ依テ大石康等ノ五国ノ軍皆迯ゲ散ヌ。亦、諸ノ帳幕ノ内ニ金色ナル鼠俄ニ出来テ弓ノ絃ヲ食切リ反シ、器仗モ悉ク用ニ不称ズ。亦、此ノ間、城ノ楼ノ上ニ光明有リ。人怪テ此レヲ見レバ、毘沙門天形ヲ現ジ給。城ノ内ニ此レヲ不見ヌ者無シ。然バ謹ゞ敬テ天王ノ形ヲ写シテ王ニ奉ル、ト。王此レヲ聞テ喜ビ給フ事無限クシテ宣旨ヲ下シテ、道ノ辻、若ハ洲府ノ城ノ西北ノ角ニ各毘沙門天ノ□置テ令供養ム。	其年四月安西奏云。去二月十一日已後。……大右康居等五国当時奔潰。諸帳幕間有金毛鼠。齧断弓弩弦及器仗悉不堪用。斯須城楼上有光明。天王現形。無不見者。謹図天王様随表進呈。帝因勅諸道節度。所在州府於城西北隅。各置天王形像部従供養。至於仏寺。亦勅別院安置。迄今朔日州府	其年四月安奏云。二月十一日已後。……大石康等五国当時奔潰。諸帳幕間有金色毛鼠。齧断弓弩弦及器伐悉不堪用。辞顧城楼上有光明。天王現形。無不見者。謹図天王様矣。(16)（五十一、846a〜

亦、諸ノ寺ニ勅シテ、院毎ニ天王ノ像ヲ安置シ奉テ、月ノ朔日ニ至テ、洲府皆香華飲食ヲ捧ゲ歌舞ヲ調ベテ専ニ供養シ可奉シ、ト被下ル。……

上香華食饌動歌舞。謂之楽天王也。……

（五十四、254b）

b）

天山南路、崑崙の玉の于闐は、「毗沙都督府」、特に毘沙門天所縁の地であった。故城の西、黒玉河（カラーカーシュ）の沙磧の色金に類する鼠も桑蚕もまたつとに知られていた（『唐書』西域伝）。手ざわりの柔かくあたたかい絹糸である。『今昔』巻五⒄天竺国王依鼠護勝合戦語、その毘沙門族の王の夢にあらわれた金の鼠の原話、『大唐西域記』巻十二瞿薩旦那国条はその毘沙門天信仰を語り、また匈奴をしりぞけた鼠神や王妃桑蚕の伝えにふれたが、かのA・スタインのダンダーン・ウィリク出土の板絵もまたそれをえがくであろう。鼠不食蚕とも言った（『斉民要術』巻五）。いま、そのインド伝来の北方守護神信仰と、中国の十二支第一位の子（ね）、方位は北、獣は鼠とするその観念とを結んで、[17] 説話過程は在る。それは、不空の『仁王経』新訳など密教が栄え、栄耀を復した唐都で成長し、訛伝「壬子」もまた通じた。

『今昔』本文は、道の節と見たのか、節度使を失うことなどを措き、『大宋僧史略』条相当をえらぶ。『三宝感応要略録』巻中(58)をえらばない。[18] 『僧史略』条は、『覚禅鈔』毘沙門天条「安城門天王事（附軍陣）」等にも略引せられるところであった。

『今昔』巻六(9)、この不空訛伝は、玄宗との相関をあるいは意識してか、巻六(10)仏陀波利尊勝真言渡震旦語とその時代を前後するが、巻六(7)・(8)の密教伝来に前につづけ、「真言」二話一類をもって後をつづけている。長安解厳して新訳『仁王経』の福応は自仏法東流莫上於茲日也と讃められた（『続開元釈教録』巻上・『貞元釈教録』巻十六）が、これは『今昔』にかかわらない。「尊勝真言震旦ニ渡リ始ムル、……」、とその巻六(11)は閉じられる。

かの朱士行伝、『三宝感応要略録』巻中(55)「朱士行三蔵放光般若感応」にも略引せられるそれを、『今昔物語集』震旦部は、その仏来震旦史譚として、あたらしく翻訳編入することはしなかった。

注

(1) 仏法周代初伝の穆王に関する伝えが、初唐の『破邪論』巻下・『広弘明集』巻十一に偽書『周(2)異記』を引いて見え、『広弘明集』巻二十五には『列子』周穆王を用いて見える。『五運図』は未詳、その「周世聖教霊迹……」の内容は、隋の『歴代三宝紀』巻一に類文が見える。『僧史略』自身は、以永平為始也とする立場をとる。

(2) 「秦始皇時」の意味について、前田雅之「今昔物語集震旦部巻十の内的世界—「付国史」のもつ意味をめぐって」(『国文学研究』第百集)に、共通母胎に対する『宇治拾遺』(195)の方法について、荒木浩「〈次第不同〉の物語」(『説話論集』第一集)に好論がある。

(3) 『今昔』の「天皇」表現については、前田雅之「三国世界の天皇と王—今昔物語集をめぐって」(『日本文学』一九八九・三)に、別に一定の立場からの詳論がある。『唐書』高宗本紀・『宋高僧伝』巻二等の「天皇」号の問題を附記する。

(4) 小稿「和文クマーラヤーナ・クマーラジーヴァ物語の研究」注(32)(奈良女子大学文学会『研究年報』VI)↓本書所収。

(5) 仏教史学的立場から、羽渓了諦『西域の仏教』に、『浄土三部経音義集』巻一所引『東宮切韻』にふれる禿氏祐祥説をあげて、唯一の無遣使の伝えとし(一三七頁)、黒部通善「今昔物語集震旦部考(二)」(『同朋学報』第二十号、『打聞集研究と本文』所収)がこれに従い、『三国伝記』巻九(2)等の無遣使を附言する。『太平記』巻二十四にも、無遣使が見える。

(6) 『本内伝』が「道士の怪事件を付加している」(鎌田茂雄『中国仏教史』一一二頁)。『本内伝』所引は『破邪論』巻上・『広弘明集』巻一に始まり、特に『続集古今仏道論衡』に詳しく、敦煌本(P. 2125・S. 516・P. 2626背面・P. 2763背面・P.3376)にもひろがり、日本では、『続集古今仏道論衡』等の名が正倉院文書に見えることは措いて、南都法相善珠『因明論疏明燈抄』巻一本に「具如漢明帝法本内伝説」などを見出し始めるようである。

(7) 「大鴻臚」(『漢書』百官公卿表上・『後漢書』百官志二)・「鴻臚寺」(『北史』突厥伝・『隋書』百官志中、等)。

『僧史略』巻中にも再説する。後にも、明帝遣使、騰蘭謁見、「館於鴻臚寺……唐改為司賓寺……」（『仏祖統紀』巻三十五、白馬寺）、「帝大悦館于鴻臚寺、……帝於城西雍門外別立一寺、……名白馬寺」（『釈氏稽古略』巻一）などとある。『塵添壒嚢鈔』巻十六(13)・(16)等にも見える。

(8) 白馬寺は、現存文献に晋太康十年（二八九）頃に初見する（『出三蔵記集』巻七・八、塚本善隆『魏書釈老志の研究』・東洋文庫『魏書釈老志』）。『洛陽伽藍記』巻四・『水経注』巻十六穀水条・『魏書』釈老志等以下の、著名の白馬負経而来の伝説の外に、招提寺に白馬悲鳴して、外国国王が毀寺を止め、よって白馬と号したという相伝（『高僧伝』巻一・『法苑珠林』巻十二、等）があった。『今昔』巻十一(35)鞍馬寺縁起には白馬負経が思い出されている。

なお、『打聞集』(22)の「白縁寺」は、仮名表記を介在して誤った（森正人「打聞集本文の成立」『愛知県立大学文学部論集』第31号）が、ただし、その経路は白馬寺～白葉寺～ハクエフ寺～ハクエン寺とたどるべきであろう。

(9) 時代は下るが、事実、『太平記』巻二十四は、この二つの縁起をめぐる方術くらべを並べて組み合わせている。そして、「瑠璃ノ壺」の仏舎利イメージからすれば、ここには「瑠璃ノ宝瓶ニ仏舎利ヲ入テ」と見え、これは『塵添壒嚢鈔』巻十六(13)にも通じて、『今昔』に類する『本内伝』異伝的である。これに対して、白馬寺縁起のその場面に、『法華経直談鈔』三末(89)、『一遍上人絵詞伝直談鈔』巻一などは、和化の間に、あきらかに『続集古今仏道論衡』所引にあたるべき『本内伝』を用いて、いずれにも「瑠璃ノ壺」は見えない。

(10) 『呉書』所引は『破邪論』巻上・『広弘明集』巻一に始まり、特に『続集古今仏道論衡』に詳しく、敦煌本『金剛暎』等もひろがる。『太子平氏伝雑勘文』上二、砕骨舎利感応而出事も、『続集古今仏道論衡』所引の『呉書』にあたる。

(11) 『広弘明集』巻十七に、金瓶・瑠璃瓶ないしその放光のことが見え、放光は白光を時に見る外は「五色」が多く、『釈氏要覧』巻下舎利条にも「惟仏舎利五色。有神変一切物不能壊焉」とある。

(12)(13) 『要略録』前田家本には、「触健」は「獨健」、「安城」は「安西城」とある（小峯和明『今昔物語集の形成と構造』二五・二七頁）。

(14) 寺本婉雅『于闐国史』、一例、『大集経月蔵分』巻五十五（一二二頁）。

(15) たとえば、不空訳という秘密儀軌の中にはその真偽の不審がのこることを意識しながら言えば、『北方毘沙門天王随軍護法儀軌』の末尾に「昔五国大乱」に八箇月法験なく、「此法」を行じて平安を得た、とある。此れと、

『毘沙門儀軌』雑録に、安西請兵、「兵程八箇月然到其安西。……」とあるこれとは、全く無関係なのか否か、説話過程の問いとして問える。

(16)『要略録』前田家本には、「謹図天王様随表進皇帝仁王経力也」とある（小峯和明前出書、二九頁）。なお、正蔵『僧史略』「斯須城楼上……」部分は、『要略録』・『毘抄門儀軌』雑録とも対照できる。

(17) 南方熊楠『十二支考』、「猫一疋の力に憑って大富となりし人の話」（同全集第三巻）等。

(18)『今昔』には、既注『要略録』には依らない、なお若干がある。『要略録』が『今昔』を深く刺激したこと（国東文麿『今昔物語集成立考』）に変わりはない。

太子の身投げし夕暮に……

太子の身投げし夕暮に
衣は掛けてき竹の葉に
王子の宮を出でしより
履(くつ)はあれども主(ぬし)もなし

（後白河院撰『梁塵秘抄』巻二、雑法文歌、209）

古代希臘(ギリシア)の遊女(ヘタイラ)のように、臈たけた日本の女人たちは、巫女(シャーマン)めいて鼓を打って、あるいは空に澄みのぼるほどめでたく謡った。後白河院たちもまた、昼は日を夜は夜を傾けて謡った、という。それは、平安末院政期、『梁塵秘抄』（一一六九〜一一七九頃）にのこる、忘れえぬ歌々であった。『梁塵秘抄口伝集』巻十には、「歌をこそ経よりもめでしか」といい、「一心に心澄まし」ては、「今様(いまやう)うたひて示現(じげん)を被(かぶ)ること、度々(たびたび)になる」とも言っている。「声わざの悲しきこと」にすべてそれらの曲調はのこらないが、いま、この今様の歌謡もまたその知れる一つであった。鼓や笛の歌舞はなやかな白拍子たちも「仏神の本縁を歌」ったと『徒然草』（二二五段）にいう、ひろくはその類の一つであった。

『梁塵秘抄』写本には不分明が少なくない。『体源鈔』（永正九年、一五一二）音曲事には、白河院の代に「太子ノミナゲシタリシニ……ワシノミ山ヲイデシヨリ……」と謡われたことがあった、と伝えもする。片仮名書きもあったのかどうか、ともかく、現存本は、この歌謡の定着した形であった。曲調はのこらないが、ある嘆きの響きは誘うであろう。この時、この響きの映す意味には、なお謎がのこるのである。

一

歌謡は、捨身飼虎譚から始まる。このことはあきらかである。すなわち、仏陀釈尊の前世、北ガンダーラにちなむ摩訶薩埵（Mahāsatta, Mahāsattva）王子の本生物語であり、西域天山南路キジールや敦煌（№四二八窟、六世紀初、絵巻物風、等）の壁画に画かれ、日本法隆寺の玉虫厨子の台座の漆絵にも朱を沈めて画かれたそれであった。

昔、国王と末弟を薩埵王子という三人の王子とが出遊した。日本、平安盛期に或る皇女のために編まれた絵ときのことばには言う。

……大いなる竹の林に至りて一の虎の七の子を産めるを見る。飢ゑに迫られて羸れ痩せたり。……兄、何心無くして先立ちて去りぬ。薩埵王子走り返りて、林の中に入りて虎の許に至りぬ。衣を脱きすて、竹に係けて、「我れ、法子の諸の衆生の為に無上道を志し求む。当に凡夫所愛の身を捨てて智者の所樂の大慈悲を受くべし」と云ひて、虎の前に行きて身を任せて臥しぬ。……飢ゑたる虎、王子の頸の下より血の流るるを見て、血をねぶりつつ、肉を喰み骨を残せり。二人の兄……走り返りて見れば、弟の衣、竹の上に係れり。……

是の時に、母后、宮に留まりて高き楼の上に寝たり。三つの夢を見る。……怪しび歎く間に、仕女〈侍女〉走り来りて申す、「知ろしめさぬか、人々別れ散りて王子を求め奉るなるをば。いまだ見出で奉らざりけり……」。后驚き迷ひて王の許に行き向ひて「我が子をば失ひ給ひつるか」と宣ふ。王驚きて涙を落して、諸の人を引きゐて、林に交りて求め給ふに、一人の大臣来りて申す、……また大臣来りて、「王子既に身を捨て給ひけり」と申す。王も后も心を迷はし涙を流して、……共に地に倒れぬ。水を以ちて面に灑きて、久しく有りて音在り。……胸を押へ地に丸ぶ事、魚の陸に有るが如し。其の残りの骨を取りて率都婆の中に置きき。昔の薩埵王子は、今の釈迦如来なり。……

（源為憲『三宝絵』上11、東寺観智院旧蔵本、表記改）

この原拠は漢訳仏典『金光明最勝王経』巻十捨身品である。[1] 絵はつたわらない。摩訶薩埵とは大勇猛の意、「釈迦牟尼ほとけは薩埵王子……」とは、『秘抄』自身もまた別に謡うところであった（20・33）。

薩埵王子は大菩提を求めて餓虎に身を投げた。後宮の驚愕や悲嘆の出来事の間には、いくつかの人間関係が展いて行った。もとよりここに、『秘抄』のような「履」のことは全く存しない。捨身飼虎諸譚のすべてを通じても存しない。『秘抄』において、なにゆえに履は謡われるのであるか、前後二句ずつ、捨身飼虎の「太子」の衣と、「王子」の履とは如何にかかわるのであるか。

二

インド・ガンジスのほとり、ヴァーラナシー（ベナレス）の良家の富商の子、耶舎（Yasa, Yaśa、耶輸陀 Yaśoda, 等）の出離の伝えに、着履や脱履の跡の定着するモチーフがあった。さまざまの仏伝（釈尊伝）の間にのこっている。部派仏教時代の古い口承を或る程度とどめるという律蔵仏典に結果としてつたわる、いわゆる仏伝が、まず、あるいはヤサ伝を含むのである。歓楽に飽き、心奥におののきを生じて、ヤサはみずからの住居の門を出た。そして、サールナート鹿野園での初転法輪（最初の説法）の直後の仏陀釈尊に接した。たとえば、巴利(パーリ)律蔵『大品(マハーヴァッガ)』は、こうつたえている。

……彼には三つの高楼〈冬・夏・雨季〉があり、……雨季の高楼では、四ヶ月の間、女ばかりの妓楽にもてなされて、高楼から下りなかった。そこで、良家の子ヤサは五欲の対象に充ち、足り、もてなされて、先きに眠りに落ち、やがて侍女たちも眠りに落ちて、夜もすがら油火だけが燃えていた。時に、良家の子ヤサは先に眠りから覚めて、自分の侍女たちの眠っているのを見た。ある女は琵琶を脇にかかえ、ある女は小鼓を頸にあて、……眼の前に屍の捨て場を見る思いをした。見終えて、彼は厭離の心を生じた。……

(一―七・一～二)

さて、良家の子ヤサは黄金の履(サンダル)をはいて、住居の門に赴いた。……〈鹿野園の釈尊に接して〉大いに喜んで黄金の履を脱いで[2]、近づいて礼して一隅に坐した。……　(一―七・三～五)

さて、良家の子ヤサの母親は、高楼に上り、良家の子ヤサが見えなかったので、長者である家長のいるところへ近づいて、つぎのように言った。「家長よ、あなたの子ヤサが見えません」と。そこで、長者である家長は四方に馬に乗った使者を差し向けて、彼自身はイシパタナという鹿の園のあるところへ近づいた。長者である家長は、黄金の履の跡を見つけて、すなわちそれを追って行った。　(一―七・七)

『大品』一―七・三～七を漢訳律部仏典『四分律』・『五分律』等に検し、各々の間を『四分律』をもって言えば、ヤサは出門して黄金の履を脱いで婆羅河(ヴァーラナシー)を渡る。

その不在を知って一族が嘆く。

(耶輸伽)解金屐。[3]渡婆羅河。……〈一族等〉第一殿舎宮人妓女尽皆睡覚。覚已求覓耶輸伽不見。……往至其母所白言。「大家。今者耶輸伽不知所在」。時母即速疾至其父所告言。「知不。今不知児為何所在」。時父……即勅左右人言。……自出……至婆羅河所。見子金屐在河側。……即尋迹渡河。……

（『四分律』巻三十二、二十二、789b〜c）

各々の間に異同はあるが、通じてすべて、この黄金ないし琉璃などの高価の宝履がモチーフされることは変らない。すなわち、履モチーフはヤサ伝の固有部分であったのである。

ついで、意識的に仏伝自体を目的とする仏伝経典もまた、これらがヤサ伝を含む時、やはりこの履モチーフを固有している。漢訳『過去現在因果経』・『仏本行集経』などがそうであった。

（耶輪陀）従其臥床忽然而起。脚着革屣（履）。衆宝所成。……従城門出。漸漸至於波羅那河（ヴァーラナシー）。……〈仏陀のことばを聞き〉脱彼衆宝所成革屣直（あたひ）二百千。棄已歩入波羅那河。……至於彼岸到世尊所。……

時耶輪陀善男子婦睡眠既覚。於其床上。忽然不見夫耶輪陀。……即便往詣（耶）輪陀母辺。到已白言。「聖母。今知聖母愛子耶輪陀不。……」。……尓時聖母聞是語已。……急疾往詣耶輪陀父大長者辺。……言。「長者。今知仁所愛子耶輪陀不。……」。……尓時長者聞其宮中失耶輪陀。……遣使速往。……尓時長者耶輪陀父……漸漸（遊）行。見其耶輪陀革屣蹤跡。見已尋逐革屣跡行。尽其跡已。於河岸上。見二百千価値革屣。少得本心。……

（『仏本行集経』巻三十五、耶輪陀因縁品下、三、817a〜818a）[4]

『仏本行集経』などとともに日本でも古来親しまれた『因果経』（巻四）に即して、日本の古因果経の一つ、益田家旧蔵本『絵因果経』巻七には、出門したヤサが宝履をはいて行き、仏陀のもとへ渡るためにガンジスのほとりにそれを脱いだ、その置かれた一足が可憐に画かれていた。

さて、良家の子ヤサが出離を欲したのは、心奥の虚しさにめざめたからであったが、その逸楽とその厭離、そして、一族の悲嘆とその追尋との伝えは、ただちに、巴利（パーリ）経蔵や漢訳『阿含』仏典にのこるシッダールタ太子若き日の回想の伝えを、[5] ことには、仏伝に知られるシッダールタ太子自身の出離出城の夜のそれを思い出させる。

シッダールタの出離は、インドの都市的自由思想の勃興期に、あたらしい生の実感として、後期『ウパニシャッド』の輪廻の思想を超えるべき聖なる涅槃（解脱）の境を求めたのによるであろうが、巴利経律蔵ないしは『阿含』仏典など古伝的を存すべき間[6]から、仏陀の神格化を発達させた仏伝作者たちの構想は、やがてかのインドの一夜を成した。それは、死滅を誘う女人の幽婉、その窈窕豊饒の神話を死因の都とかさねて典型して深めていたのであった。

この時、後年の仏伝（die spätere Buddhalegende）はヤサ伝の物語を、王子シッダールタ、後の仏陀自身について物語る、と、あるいは仄めかされる[7]であろう。理由は記されないが、ヤサについてははやく巴利律蔵『大品』に見えた[8]。これらは、事柄として、いずれも出離を方向した。ことばとして、シッダールタの妃たちの名には諸伝があっても、シッダールタとの間の子、羅睺羅の母とされる妃の名は耶輸陀羅（Yasodharā, Yaśodharā）を一般として、これはヤサと音通した。ただ一つの変綴（F・ソシュール）、ただ一つの類音（P・ヴァレリイ）、それさえ神話を作り得る条件である。ないし、ヤサの履の跡を追った父は母や妻とともに最初の優婆塞・優婆夷（在俗信者）になり、ヤサ自身かの五比丘らについで仏弟子となったことも知られていた。『大智度論』巻二十四には、「出家を好むこと耶舎等の如し」とも言っている[9]。仏伝の成長過程の神話的文学的劇化の間に、ヤサ伝がシッダールタの出離を刺激的に飾るに至った面をもつべきことは、十分に蓋然性があり得るであろう。

やがて、仏伝のシッダールタ太子出離の伝えにあるいは履イメージの動くことがあるであろう。おそらくヤサ伝の履モチーフの刺激が組みこませたものと考えられる。

それは、漢訳律部仏典類においては、まだ全くあらわれない。漢訳仏伝経典においては、古訳の簡朴な『修行本起経』巻下・『瑞応本起経』巻上にはあらわれないが、馭者車匿（Channa, Chanda, Chandaka）が愛馬犍陟（Kanthaka）とむなしく王宮に還って、妃瞿夷（Gopi）が泣き、その泣くのを王が見て、群臣を派して太子を追い求める、という。この時、この王宮の驚愕や悲嘆の出来事の関係がヤサ伝のそれらにかなり相同するであろう。

そしてまた、かの捨身飼虎譚のそれにも通じて関係の束として型をなしているようであった。

アシュヴァゴーシャ（馬鳴）の大宮廷詩（マハーカーヴィヤ）『ブッダチャリタ』（二世紀前半頃、漢訳『仏所行讃』）や、漢訳『方広大荘厳経』・『過去現在因果経』・『仏本行集経』、これら仏伝の成長した三経にあっては、その構想として、まず、シッダールタ出離直後の段階に設定される王宮の嘆きの出来事の関係は、[10]『修行本起経』・『瑞応本起経』の車匿ら還って後の王宮のそれらと特には変らないが、ついで、車匿らの還った段階にあらたに設定されるその出来事の関係は、姨母摩訶波闍波提（マハーパジャーパティー（ゴータミー））（Mahāpajāpatī Gotamī Mahāprajāpatī Gautamī）・妃耶輸陀羅と父浄飯（スッドウダナ）（輪檀・白浄、Suddhodana）王との鼎立構造をほぼ核として、その嘆きを展く型をとった。これらの間を、『ブッダチャリタ』第八「後宮の嘆き」をもって言えば、ゴータミーが倒れ（八～二四）、ショーダラーが夫は行ってしまって二度と帰って来ないなどと車匿を責め（三一～四二）、ゴータミーが泣き叫ぶ（五一～五八）。

　王子の髪の毛は……（五二）、……たしかにこの大地は行ないの立派な無二の君主をもう持つことはないでしょう……（五四）、王子の足は、指の間にきれいな網がひろがり、柔らかで、くるぶしが隠れ、蓮の花のように美しく、足の裏の中程には輪の印がついています。そのような足がどうして固い森の大地を歩むのでしょうか（五五）。

三十二相のうちの、脚の美しい相が数えられる。その聖なる君主は失われた、と嘆く。ヤショーダラーの嘆き（六〇～七一）、王の嘆き（七二～八一）がつづく。この八・五四～五五に対して、漢訳『仏所行讃』巻二には、「世間何薄福　失斯聖地主　妙網(細)柔軟足　清浄蓮花色　土石刺棘林　云何而可蹈」とあった。『方広大荘厳経』にあっては、

　……是時車匿牽彼乾陟。并齎瓔珞及無価宝冠諸荘厳具。将入王宮。其馬嘶声聞於宮内。……摩訶波闍波提銜涙而言。「……嗚呼太子。在家之時。坐臥茵褥無非細軟。今者云何藉履荊棘。能忍受之。……」。……悲哭

懊悩。従地而起。……重復悲泣作如是言。「嗚呼太子。……踝不露現。行歩詳雅如師子王。……審其是地当有聖王。比盛（威）徳人応為其主。……」。……尓時耶輸陀羅発声哀哭。責車匿言。「……汝与乾陟倶為不善。令我無主。城邑空虚。……願与我主生生之処恒作夫妻。……我主今在何処。……」。

（『方広大荘厳経』巻六、三、577a〜c）

摩訶波闍波提は、地に倒れたまま、あるいは太子がいまは履に荊棘のおどろを藉んでいかによく耐え忍ぶかに涙し、耶輸陀羅は、いまは主無く城邑のむなしいことを責め、怨む。[11] 王はしばし気絶、醒めて追使を出す。

これらのもっとも発達した形が『仏本行集経』に見出せるであろう。諸部派の伝承群を饒舌にまで綜合潤色した、いわばアレクサンドリア学派的な仏伝経典であった。一夜、女人たちの間にめざめた太子シッダールタは、作瓶天子（天神）の声を聞く。

尓時太子聞彼作瓶天子如是語已。即自著其八千億斤金価衆宝所作革屣。串於脚已。欲起迴顧。観其所坐。……従宮中出。……以諸上妙種種瓔珞。荘厳身体。頭戴天冠。次第而行。安庠徐歩。……

（『仏本行集経』巻十六、捨宮出家品上、三、729b〜730a）

シッダールタは高価の革屣をはいた。仏伝として、きわめて特異であった。おそらく、ヤサ、特には同経巻三十五耶輸陀因縁品下に、その床から忽然起って、「脚着革屣（履）」、高価の革屣を着けたというそれと交感すべく、ヤサ伝の転用から生じたであろう場面の相通が意識的に挿入を誘った形であろう。そのヤサにあっては、やがてその革屣を「脱」し、このシッダールタにあっては、やがて狩人のすがたに身をやつす時、一切の装身の飾りを解いて王宮へ形見に返すことは呼応ないし反覆して表現されながら、挿入されたモチーフであることを証すかのように、これを脱する呼応はこれを欠く。欠くとしても、ともかく履は、ここに表情するのである。

形見の装身の飾り、この中に履は含まれないが、これらを持って車匿らが還る。摩訶波闍波提をはじめ、王宮は嘆く。

尓時摩訶波闍波提及瞿多弥。[12]既見太子髻裏明珠・傘蓋・横刀。并摩尼宝荘厳蝿払。自余瓔珞。乾陟馬王及車匿等。如是見已。心大驚怖。……（『仏本行集経』巻十九、車匿等還品中、三、７３９ｂ）

摩訶波闍波提は太子のことばをつたえ聞いて悶絶する。倒れ仆して土中に宛転すること、魚の水を出て陸地に在って跳躑苦悩するが如くであった。嗚噎して車匿に問い、少しく蘇って太子を哭く。

摩訶波闍披提流涙悶絶。少穌即便大哭太子。口唱是言。「……嗚呼我子。善生羅網。所覆長直。脚指柔軟。脚踝踹（腨）脛。猶如鹿王。掌底柔軟。如蓮華葉。二輪荘厳。分明顕著。今汝云何如是脚跡。徒跣蹋地。或有蕀（棘）針或有砂礫。……何忍東西。将此行渉」。……哭太子已。心薄穌醒。得復本念。従地而起。……復更重哭大（太）子髪髻。「嗚呼我子……今我此地無有福相。若（如）是人者……為世作主……」。（同巻十九、三、７４０ａ～ｂ）

さめやらぬ幻の夢うつつに、我が子は宮女らに囲まれて天衣に覆われ、くるぶしが鹿のように美しかったが、今は徒跣（はだし）で荒地をふむのか、などと哭く。[13]むなしい空にエロスが幻をつむいでさまよう。いわば宮廷詩（カーヴィヤ）的母胎類型を駆使するのであろう、『ブッダチャリタ』八・五二～五五などとその異同を交感しながら、仏伝作者は彼女を嘆かせるのである。

ひとり摩訶波闍波提だけではなかった。

尓時耶輸陀羅。……重語車匿作如是言。「……誰知一朝忽成孤寡以無主故。眼涙昼夜恒如水流。……我今此宮以無主故。……最上華麗。今悉空虚。……」。……悲啼号哭作如是言。「嗚呼我主。……捨我而去。……」。……狂言漫語。「彼之我夫。今何方去。彼我聖主今何処停。……」。（同巻十九、７４０ｃ～７４２ａ）

耶輸陀羅もその無主を、空虚を哭く。『仏本行集経』にあっては、鼎立の間に耶輸陀羅に附して、第二妃瞿姨、妃瞿多弥それぞれの「嗚呼我主」の嘆きをもくり返す。父王は悶絶倒地し、醒めて追使を出すであろう。

『ブッダチャリタ』及びこれら仏伝三経において、特には、シッダールタが高価の履をはいて出離した『仏本行集経』において、このように王宮びとたちは嘆いていた。梵文『ブッダチャリタ』はともかく、漢訳『仏所行讃』を含め、日本において、それぞれ親近の度は異なるにしても、漢訳仏典語の伝承世界のこれらであった。『仏本行集経』にシッダールタ太子が高価の履をはいて出離した特異は、日本の中世仏伝にも、ほぼ同経をおもかげにしてあらわれていた。

或時、太子、耶輸多羅(ママ)ノ床ニ御寝シ玉ヘリ。善知識ノ作瓶天子、床ノ上ニ現ジテ、太子ヲ驚シテ申サク、……〈太子〉「王宮ヲ出ヅベキ時コソ既ニ至ケレ」ト思食(おぼしめ)シテ、……出立玉フ。百億両ノ金ヲ用テ瑩(みが)キ作レル環(たまき)ヲ御手ニヌキ入レ、百億両ノ金ノ直(あたひ)ヲ用テ荘(かざ)レル宝ノ履ヲ御足ニハキ、万宝ヲフラス如意宝珠ヲ髻ノ中ニ納メテ、王冠ヲ戴キ、身ニハ七宝ヲ以テ荘レル瓔珞ヲ奉リ、既ニ出(いでむ)トシタマウ時、……

（真福寺蔵『釈迦如来八相次第』29、30丁）(14)

やがて太子が狩人のすがたに身をやつす時、「太子ノ御身ノ瓔珞、種々ノ御衣ヲ脱テ舎匿(マヽ)ニ与テ」など、これらを王宮へ形見に返すことは呼応ないし反覆されるが、「宝ノ履」を脱する呼応は、やはりこれを欠く。車匿の還った王宮の嘆きを展くには、摩訶波闍波提・耶輸陀羅（等）・浄飯王の鼎立構造の細部にふれず、また、「以無主故」の類の表現も存しない。しかし、ともかく太子出離の際に、ここに履ははかれている。(15)はかれるならばこれを脱し得ることは、少なくとも想像力の展く自然ではあり得よう。

「履はあれども」にあたるべき資料的明証はない。ただし、『秘抄』歌謡への誘因の一つの道は感じられるようである。

三

（悉達太子）王城の四門を歴て老病の三苦を哀しむ。乃ち自ら嗟きて曰はく、「人生此の如し。在世何ぞ堪へむ」。屣を脱して真を尋ぬること、其れ斯に於いてす。……永き夜方に深し。妓直の横屍に似たるを観、宮闈〈後宮〉の敗冢〈こわれた塚墓〉の如くなるを悟る。天王、白馬を捧げて城を踰えしめ、給使、宝冠を持して闕に詣る。

（『広弘明集』巻四、「通極論」、五十二、114b）

履を脱するということば自体は、インドないしそれに由る漢訳仏典語の世界にとどまらなかった。いま、初唐、仏教・道教論争を中心に諸論諸文を引いて仏教的立場から編む『広弘明集』（道宣律師撰、六六四）に、シッダールタ太子若き日、三時の宮殿に婦女ら麗わしく侍ったが、四門出遊して、人間の苦に生への問いにめざめ、王宮を去って、その冠などを馭者車匿に托して王宮へ持して帰らせた、という場面である。脱屣尋真、この「脱屣」は、たといもと比喩的具象から発したとしても、俗権の栄燿、所有の豪奢を去ること履を脱するが如くするという著名の古典漢籍語であった。その深層自身においては通うとしても、巴利ないし漢訳仏典語としての履モチーフの具象であるのではなかった。つとに、中国最初の組織的仏伝として知られる『釈迦譜』（梁、僧祐律師撰、四四五〜五一八）巻頭巻一序に、刹帝利釈迦族に生まれたシッダールタが、「脱屣儲宮。真観道樹。捨金輪而馭（御）大千」、惜しまず国嗣を去ること履を脱するが如く、王位を継ぐべきを避けて仏智の内観を菩提樹のもとに観じ、黄金の王権の車輪を捨てて大いなる永遠の世界を御した、というのももとより通じて、いずれもこれらは中国仏書の中に用いられた古典漢籍語なのであった。

煩説するまでもないであろう。中国古典古代の書にいう。

（孟子）曰。「舜視棄天下猶棄敝蹝也。」　（『孟子』尽心上）

（尭）挙天下而伝之舜。猶却行而脱蹝也。（『淮南子』主術訓）

舜が天下を棄てること、弊(やぶ)れた履を棄(す)てるように惜しまない。注して、これを貴いとする。尭が天下をつたえること、却行(しりぞ)いて履を脱するようにはなはだ易(やき)しいと、注するに同じい。また、史書にいう。

於是天子曰。「嗟乎。吾誠得如黄帝。吾視去妻子如脱躧耳」。（『史記』孝武本紀・封禅書）

神仙の術にあこがれる漢の武帝が青銅の古鼎を得た。側近に侍る方士が偽っておもねった時、武帝が曰う。青銅の鼎成って龍に騎(の)って上天したという黄帝のようにもしなり得れば、妻子をさえ去ること躧を脱するように易しい。『史記』封禅書によるべき『漢書』郊祀志に「……吾視去妻子如脱屣耳」とあるのも、もとより同じい。後漢、武氏祠石窟画象石の画象の履の類がこれらの履にあるいは思い出されるであろうことはともかく、総じてこの類の古典漢籍語を引き索めることは難しくないであろう。(16)

これらの古典漢籍語は『文選』にも見える。

軽脱躧於千乗……（漢書武帝曰。吾去妻子如脱躧耳。……）（李善注『文選』巻五、左大沖「呉都賦」）

芥千金而不眄、屣万乗其如脱……（淮南子曰。……猶却行而脱屣也。）（同巻四十三、孔徳璋「北山移文」）

その文詞の巧麗を知られる梁代碑文にも、仏陀釈尊の涅槃示現を表現して、

……然後払衣双樹。脱屣金沙……（左氏伝曰。叔向払衣従之。……史記武帝曰。……）（同巻五十九、王簡棲「頭陀寺碑文」）

とあった。払衣とは沙羅双樹のもとに隠に帰する、脱屣とは金沙河（抜提河）のほとりに従容として寂する、世を去る意であろう。

古漢籍のこれらに古注して、躧は跟(かかと)のない小履(サンダル)、わらぐつ、たとえば、シンデレラの靴とはいわず赤い靴ともいわず、邯鄲の都の女らの軽やかにはく跕(サンダル)の類、あるいは躧字は蹝・屣（革履・わらぐつ）などに通じるともいう。『文選』「呉都賦」李善注には「声類曰『躧、或為⿰革徙』。説文曰『⿰革徙、鞮属也』」とあった。

これらの古典漢籍語は、隋ないし唐の類書『北堂書鈔』や『芸文類聚』などの引くところでもあった[17]。
日本平城の都には、これら初唐の文華が『初学記』などとともに将来されていたばかりでない。大秦につなが
る長安の都、その渡唐体験を負って思想界に苦悩した律令都市知識官人の「令反惑(或)情歌一首并序」に、

……不顧妻子。軽於脱屣。……

……穿沓(うけぐつ)を　脱(ぬ)き棄(つ)る如く　ふみ脱きて　行くちふ人は……

（『萬葉集』巻五、八〇〇　山上憶良）

とある周知のこれも、また、正倉院文書「東大寺献物帳」にも録する『文選』「頭陀寺碑文」李善注に直接する
であろう[18]。日本の翻訳翻案史初期の、漢和の間、海彼の高度文化の衝撃を受け容れて耐える緊張、その呻吟ない
しあこがれの間の闘いのあとであった。ついで、平城末平安初期思想界の国際の混沌を超えて、若き日はやく自
己の世界の方向を確立した空海も、その『三教指帰』や『性霊集』にこの漢籍語をこなしきるのであるが[19]、やが
て、「脱屣ハ避レ位也。黄帝求二仙道一避レ位如二脱屣一云々」と『愚管抄』巻一にもいうように、この語を譲位の意に
用いる多くの場合を、われわれは見出すことになるであろう[20]。

通じて見れば、日本、平城平安ないし鎌倉知識人を通じて、古典漢籍語「脱屣」類の意味の方向はこのように
知られていた。『釈迦譜』の「脱屣儲宮」、『広弘明集』の「脱屣尋真」、これらは、その抽象性において、『梁塵
秘抄』歌謡の「履はあれども」にはたらくことは全くなかったはずである。説話的想像力は、しばしば口がたり
のひろがりのエネルギーをも包んで、その発想や表現を展き得るであろうにしても、いま、『秘抄』の履イメー
ジ、このさりげない具象は、これらの古典漢籍語の刺激するところではなかったと考えられる。

別に、「脱履」の類には、一般的には、いわゆる尸解神仙のこともある[21]。しかし、『秘抄』のいま、おそらくこ
れにふれる要をみとめない。

四

「梁塵秘抄の郢曲（えいきょく）の言葉こそ、また、あはれなる事は多かめれ」と『徒然草』（一四段）に言う。「仏典を日本語に翻して微妙に到ってゐる。七五調とそれから雑調を織り交ぜて、……和歌の潮流とは別途に……」とも言った(22)。

いま、曲調はのこらないが、捨身飼虎に始まるこの今様には、ある嘆きの響きはひびいている。たとえば、イ列音の点滅するイ列脚韻、前二句カ行音タ行音の間歇し、通三句e・i音連接の誘引する余韻。そして、「太子の身投げし夕暮に」、「……ミナゲシタリシニ」とは異なるこの「夕暮」、捨身飼虎の世界にあって時間の自然としてのこれはこの歌謡の外には見えず(23)、これは、この歌謡の見出した、それもついには現存本に定着する過程のそれの見出した意味（こころ）としてのそれであった。すなわち、日本平安後期の見出したその夕暮であった。それも古典和歌や物語の見出したそれとはまた異なって、劇的に叙事を染めながら、暮景の慕情を帯びるであろう。そして、「衣は掛けてき竹の葉に」、響きの映す意味としての竹の葉がある。ユウラシア・アジア南東部などとまでは言わず、日本の集団的無意識心性の深層にひそむとも言える竹むらの奥行きには、いま特には、平安京を外れて山城の周縁のいくつか、ことには古街道の国境のいくつかにいまものこる風景が、すなわち、その空間の緊張関係において京の内を京の内にするそれでもあるものが、その京の内から、その清浄と野生（ソウヴァージュ）とを蒼然として包んで見出されているであろう。「迦葉尊者の古道に　竹の林ぞ生ひにける　功徳願（孤独園）の園見れば　昔の庵ぞあはれなる」（『梁塵秘抄』185）。

この歌謡を捨身飼虎のみをもって通すと見たい誘いをあるいは誘うのは、この響きの映す間の、ことには「夕暮」の喚起力ないし暗指力であり、また、その包む余韻を予感する衣と余響する履との縁ののこす哀しみであろう。この時、太子はすなわち王子でもあるが、もとより、脱がれた履はもと捨身飼虎譚自身には存しなかったものである。玉虫厨子絵には、衣を掛ける時はなお履をつけ、身を投げるすがたにはその履はない。『三宝絵』の絵はつたわらないから、『秘抄』のこれが『三宝絵』の絵などに何らか触発されたのかどうか、ないし触発されたところに由ったのかどうか、これはついに不明であるが、ともかく、むなしく遺されたものとしての太子の衣が王子のその履をそえて誘った、と解すること[24]は、決して不可能ではないであろう。益田家旧蔵本『絵因果経』のヤサ伝に画かれたような、脱ぎ遺された一双の履の可憐、それは、無関心に見すごされがちなものの間から、ある不思議な時間に選ばれて見出される「もの」、ないしその名もなきもの、その無限のあはれであるが、いま、『秘抄』は、その不思議な「夕暮」にしみじみと遺るものたちを捉えた、と見ることになる。

ただし、また反芻を誘うのは、まず、シッダールタ出離の時の着履、おそらくヤサ伝から移されたであろう、『仏本行集経』巻十六・日本『釈迦如来八相次第』のそれである。ついで、その車匿らの還った王宮の嘆き、耶輪陀羅ないし耶輪陀羅らの「今我無主」（『方広大荘厳経』巻六）・「以無主故」「嗚呼我主」（『仏本行集経』巻十九）のそれである。ないしまた、あえて数えれば、幻のさまよう嘆きであったとしても、それぞれ摩訶波闍波提の「今者云何籍履荊棘。能忍受之」、「今汝云何如是脚跡。徒跣蹋地。或有蕀針或有砂礫。……」との関係における、耶輪陀羅ないし耶輪陀羅らのそれである。すなわち、その資料性原拠性、直接と限定することを要しない間接のひろがりをも含んでの、それらからの誘いである。「主もなし」、文字資料に執して想像力の展開を閉じるのではないが、しかし、これを偶合と見ることは、おそらく難しいであろう。もとより、この場合、「主」とは、同じく『秘抄』の「吾主（わぬし）は情無（な）や……」（341）、「……主は来ねども夜殿（よどの）には……」（362）のそれであり、夫ないし主（あるじ）の意である。「すでに此京は主（ぬし）なき里とぞなりにける」（『平家物語』巻八）などとも言った。日本中世仏伝に、別れかねた車匿がついに王宮に還る時、……太子ノ御命重ケレバ、主ジナキ駒ノ鞍ノ間ニ、太子ノ御衣瓔珞ヲ結付テ、泣々王宮へ返ケリ。……

（『八相次第』36丁）

をはじめ、「主ナキ馬ノ鞍ノ間ニ」をくり返す。『仏本行集経』巻十八・十九をほぼおもかげにするここに、『過去現在因果経』巻二に特に、

……尓時車匿歩牽揵陟及荘厳具。悲泣嗚咽。随路而還。……此諸人民。雖見揵陟被帯鞍勒七宝荘厳。不見太子。……

（三、635a）

とある「鞍勒」を視覚すべき要はなくて、やはり『仏本行集経』自身が底から誘うところであったのであろう。いま、「太子」と「王子」と、おそらく別人でこれらはあろう。漢語「太子」において、『菩薩投身飼餓虎起塔因縁経』に太子が鹿皮の衣を解いて身を投じたことは措く。その響きは、和語を組む句「衣は掛けてき竹の葉に」の特にはタ行音と明滅して、おそらくは鼓の打音とその嘆きを諧和するであろう。太子の身投げし……、王子の宮を……、これも相呼ぶ。歌謡は、捨身飼虎譚とシッダールタ出離譚と、たまたま、これらを通じる王宮びとの嘆きの出来事は、その関係の束として構造をほぼ相同し、語彙群的にもしばしば類型を相通したが、この二譚を対して組むように見える。宿世とその想起としての現世と、この意味においては太子と王子とは対しつつ一つであるべき、その生のねがいを通すように見える。「主もなし」、人工秩序として培養された「宮」に主も無いこの嘆きは、姨母摩訶波闍波提のそれというより、妃耶輸陀羅ないし耶輸陀羅らを中心とすべき王宮びとのそれであったが、模糊として詠嘆を包むこの「も」は、「衣は」「履は」、この対比を対比して失うところがない。衣と履と、「ある日常的に具体的な細部」[25]、身近なもののさりげない意味の深さ、これはまた、かえらぬ人のかえらぬことの意味の深さであった。敬語を用いることのないのも[26]、この場合、身近な哀しみであろう。「あはれにたふときものはあれ」、『梁塵秘抄』は折々に謡っていた。

まさしく世紀は十にわたり、さまざまに民らは過ぎた。いま、世界の間にあこがれ、耐え、みずからを索めて、和らかに形づくって来た日本のあとの一つを、古謡の一つに追った。

注

（1） 玉虫厨子の捨身飼虎図は、『菩薩投身飼餓虎起塔因縁経』（北涼、五世紀初、福徳太子譚）、『金光明経』巻四捨身品（北涼、薩埵王子・竹林譚）のいずれかに依るはずである。『金光明最勝王経』（唐、義浄訳、七〇三年）は奈良時代初期に将来された。「……尒時王子摩訶薩埵。還入林中至其虎所。脱去衣服置於竹上。……〈二兄〉即共相随還至虎所。見弟衣服在竹枝上。……」（大正蔵巻十六、451c～452a）。

なお、捨身飼虎譚は、《Jātaka-mālā》1.『賢愚経』巻一2（「太子」）・『六度集経』巻一4・『菩薩本生鬘論』巻一（薩埵王子）等に見え、『大唐西域記』巻三、僧訶補羅（シンハプラ）国条にも見える。敦煌本S.4749には、『最勝王経』捨身品のその偈の一部が二十八行のこる。日本では、平安初期のいわゆる『東大寺諷誦文稿』に、「薩埵王子は菩提の為に身を飢虎に捨てたり」（84～85行）とあるのが文献的に古い。

（2） ここにヤサが履を脱ぐというのは、敬虔の相である。『出曜経』巻十八に、ある国王が頭巾をして脚には履屣をはいたまま入衆聴法しようとして、昔、仏に制有り、と着履を制されている。なお、その「黄金の履の跡（nik-khepa）」については、漢訳『五分律』巻十五には、「（父）見其屐跡。尋跡追之。既到水辺。見琉璃屐在岸上」とあって、その関係を分明にしている。

（3） 『四分律』や『五分律』巻十五（「即脱琉璃屐。着於岸辺。渡水詣仏」）には、『大品』にヤサが「黄金の履をはく」というのに相当する箇所が見えない。見えないのが、その限りにおいて古伝かもしれない。『毘奈耶破僧事』巻六には見えている。

（4） ヤサの履モチーフは、仏伝経典『衆許摩訶帝経』巻八にも見える。また、『出曜経』巻二十九にも見え、『中本起経』巻上には、この子は琉璃屐を足につけて生まれたなどとしながら、やはり子の宝屐が水辺に脱ぎ置かれてあるのを父が見て、その足跡を尋ねた、とある。

（5） 若き日、宮苑に蓮の花が色さまざまに開き、カーシー（ベナレス）産の天衣を着、三つの宮殿があって、その雨季の四ヶ月、女妓たちだけの楽曲に囲まれて、シッダールタは宮殿から下りなかった、という（巴利増支部三―

三八、『中阿含』柔軟経・『増一阿含経』巻十二)。

(6) 巴利中部『サッチャカ大経』に、仏陀が若き日を回想して、家居は煩雑、塵労のところ、出家はひろらかなる生活なり、と思ったとして、その自分は、その後まだ年若く漆黒の髪をもち、幸福と生気とにあふれていたが、その盛年に、父母ねがわず啼哭するうちに、みずから鬚髪を剃りおとし袈裟衣を着けて出家した、善なるもの(クサラ)、寂静の道を求めた、とあり、中部『聖求経』や漢訳『四分律』巻三十一、『中阿含』羅摩経(「盛年二十九」とある)にもほぼ一致する。『マハーヴァスツ(大事)』二―一一七もこれらの系統を引くと見られる(木村泰賢・平等通昭『梵文仏伝文学の研究』五七六~五八三頁)が、また、ともに部分的に『スッタニパータ』三―一・四〇五~四〇七にも通じている。

(7) M. Winternitz: Geschichte der Indischen Litteratur, II. S. 21 (Leipzig, 1920). 中野義照訳『仏教文献』一九~二〇頁に意訳する。木村・平等前出書もこの転用のことにふれる(二二九・六七八・六八五頁)。ただし、これらの間には、これらの媒介項としての共通母胎的な先行叙事要素の刺激などをも予想すべき面はあり得るかもしれない。たとえば、インド叙事詩『ラーマーヤナ』五―一〇に、神猿の王ハヌマトが羅刹の都の王ラーヴァナをめぐる後宮の女人たちの眠りをかいま見る場面と、アシュヴァゴーシャ(馬鳴)の『ブッダチャリタ』第五(シッダールタ出城)―四八~六二(漢訳『仏所行讃』巻一)の夜の場面とが通じる(木村・平等前出書五二六~五二七頁)ような場合の問題である。もっとも、この場合は、現存『ラーマーヤナ』全篇すべてが『ブッダチャリタ』以前のものとは限らず、『ブッダチャリタ』のこれを『ラーマーヤナ』が後代に模倣して挿入したと推定される(M・ヴィンテルニッツ前出書、中野訳『叙事詩とプラーナ』四〇二頁、注46)が。

(8) シッダールタの一夜は『四分律』や『阿含』類には見えず、『五分律』巻十五に見える。『五分律』が「王子の出家」を興味の中心とし(和辻哲郎『原始仏教の実践哲学』五八頁)、『四分律』は出家を軽く扱う(平川彰『律蔵の研究』五三九頁)という、制作の動機の差にもかかわろうが、『五分律』のそれはヤサ伝に酷似する箇所をも含む。なお、『毘奈耶破僧事』巻三・四にも見える。

(9) ヤサは、その華やかな飾りがもとから知られるところであったのであろう。『ブッダチャリタ』一六―三~七では、ヤシャスはきらびやかな飾りを身につけたまま出門し、そのままの姿で仏弟子となり、漢訳『仏所行讃』巻四にほぼ相当し、『破僧事』巻六にも通じる。ヤサ長老の歌、「よく化粧し、美しい衣服をまとい、あらゆる装身具で飾られた(世俗の人であったが)、わたしは……」(『テーラガーター』一一七)。

(10) シッダールタの出離直後、『方広大荘厳経』巻六・『仏本行集経』巻十七では、王宮の侍女や耶輸陀羅がその不在を知って、王に奏する（『因果経』巻二では、彼女らが摩訶波闍波提に啓し、ないし王に達する。王は失魄する）。父王悶絶し醒悟して、群臣を派して太子を追い求める。この間に、『方広大荘厳経』巻六では、宮女らの嘆きを「如魚失水」、悶絶した王に「傍臣即以冷水灑面。良久醒悟」とし、『仏本行集経』巻十七では、悶絶した王に「傍臣手持栴檀冷水以灑其上。少時還穌。復其本心」とする。これらは、捨身飼虎譚と語彙類型群をも通じる。やがて、車匿が還る（『因果経』巻二では、車匿還り、王、始醒して、王師を出す）。

(11) 『因果経』巻二にあっては、シッダールタ出離して林中に在る時、「車匿又曰。『太子生来長於深宮。身体手足皆悉柔軟。眠臥床褥無不細滑。如何一旦履藉荊棘瓦礫泥土。止宿樹下』。太子答言。『誠如汝語。設我住宮。乃可免此荊（棘）之患。老病死苦。会自見侵』……」とあり、これは、『衆許摩訶帝経』巻五にも通じる、一つの説話的変奏である。ついで、太子は宝冠中の明珠・身の瓔珞・荘身具を脱して、父王・摩訶波闍波提・耶輸陀羅への形見として車匿に託する。車匿遷宮して仔細を語り、彼女らは心小醒悟、黙念無声であった。

(12) 太子の姨母摩訶波闍波提 Mahāpajāpati-Gotamī と別に、『仏本行集経』は「妃瞿多弥」(Gotamī, Gautamī) を立てる。

(13) 「徒跣」とは、インドにあって、たとえば「皆悉徒跣。不得著履。当如奴法」（『六度集経』巻二13）、隷属民（シュードラー）を連想させたかもしれない。彼女の「徒跣」の嘆きは、小西甚一『梁塵秘抄考』に鋭く指摘されたが、ただし、その嘆きは宮廷詩的伝統に立つ夢うつつの間の技巧であって、「脱ぎ遺された沓にむかっての痛哭」であるわけではない。なお、「脚跡」の語は、また、『仏本行集経』巻二十に、王使がカピラ城を出て、「出已尋逐菩薩脚跡」と太子を追っている。同経巻三十五には、ヤサの「革屣蹤跡」を父が見つけて、「見已尋逐革屣跡行」とあった。

(14) 小峯和明「真福寺蔵『釈迦如来八相次第』・翻刻」（国文学研究資料館紀要第十八号）。なお、『八相次第』が、この前後、『仏本行集経』をほぼもとにして、愛別離苦をめぐって雑然と合成した日本的屈折については、小稿「釈尊伝」（『仏教文学講座』第六巻→本書所収）参照。

(15) 後、日本の中世仏伝に「太子、下化衆生ノ轡ヲ食（はませ）レ駒、四門ヨリ出（いで）ントシ給ヘバ」（『釈迦出世本懐伝記』）とあり、ことに近世初期仏伝に「太子はげゝしゆじやうのくつをはき、こんでいこまにのり給ひてうち出（いで）んとし給へども……」（『釈迦の本地』中）とあるのも、この類の口がたり、伝承文脈のひそむ変奏であろう。

(16) 「燕・趙之棄斉也。猶釈敝躧」（『戦国策』燕策上）、「（崔林）曰。刺使視去此州如脱屣」（『魏志』崔林伝）、その他。

(17)『北堂書鈔』に「舜視天下若弊屣」、「尭挙天下如釈屣」、「棄妻子如脱屣」などと引き（巻一百三十六、屣八十二）、『藝文類聚』に「（仏陀）軽九鼎於褰裳、視万乗如脱屣」（巻七十六、内典上、「梁簡文帝大法頌」）、「（仏陀）脱屣双林。示表金棺」（同、「梁元帝荊州長沙寺阿育王像碑」）などと引く。九鼎とは天子の位の意、褰裳とは、払衣褰裳、裳をかかげる、決然として栄を辞する意である。日本では『箋注倭名類聚抄』巻四、履襪類などにも検出できる。

(18) 小島憲之『上代日本文学と中国文学（中）』九八三頁。

(19)「臨万乗而如脱躧」（『三教指帰』巻中）、「無畏三蔵脱躧王位」（『性霊集』巻二、「大唐神都青龍寺（中略）恵果和尚之碑」）

(20) 唐に「高祖脱屣万機。文帝摂政。時大赦天下」（『法琳別伝』巻上）といい、「脱屣、……革屣也」と注する（『一切経音義』巻八十八）。日本に、「……故得我君之歓脱屣(履)」（菅原道真『菅家文草』巻六「（寛平九年九月）九日後朝、侍朱雀院（中略）応太上天皇製并序」・『本朝文枠』巻八）をはじめ、「上皇御脱屣之後、始被修七瀬御祓」（『山槐記』治承四年三月四日条）、「寛元四年の脱屣のはじめより……」（『古今著聞集』巻十五、№五〇〇）など散見する。履は家主権の象徴でもあった（『今昔物語集』巻二十五7）。

(21) 小稿「敦煌資料と今昔物語集との異同に関する考察Ⅰ」（奈良女子大学文学会「研究年報」Ⅶ、一九六四）→本書所収・「古代伝承の世界」（朝日カルチャーブックス『古代学への招待Ⅱ』、一九八六）。

(22) 斎藤茂吉「梁塵秘抄より」（『童馬漫語』）

(23)『三宝絵』上11「空の日、光無くして諸方暗し」、『金光明経』「日無精光」、『最勝王経』「日無精明」。これらは、薩埵王子捨身の時、世界の呈した神秘力の諸現象の一つとして捉えられている。

(24)『和漢朗詠集』巻上、落葉、三二一に「杖」・衣と「履」・薬とが対しなどする。

(25) 川端善明「梁塵秘抄」（藝能史研究会編『日本芸能史』2）

(26)『梁塵秘抄』は、シッダールタ太子に多くは敬語を用いる（207・218その他）。

今昔遠近——阿就頴女そのほか——

或る成りゆきからこういうことになりました。「今昔遠近」と申しますのは、文字通り遠くなり近くなりということですが、少しく遠い今、まして鈴鹿本にはうとくて、いかがかとおそれます。

申すまでもなく、鈴鹿本は伴信友の目にふれて初め奈良本と呼ばれました。本にのこる後代の落書から、南都興福寺某院某坊とのゆかりも考証されております。

この大学（奈良女子大学）へ近鉄奈良駅から北する路、平城京の条坊制で言えば左京東六坊大路は、一乗院はじめ興福寺の北西の築地を堺しておりました。今その突きあたりの三叉路が二条大路との出あいで町の名を宿院町といい、「宿院の辻」と呼ばれたところ、「則興福寺之戌亥角ヲ号宿院辻子也」などと『大乗院寺社雑事記』にあるところです。かつてはこの記念館あたりを通ってもいた東六坊大路と二条大路との交点でありました。申すまでもなく、宿院とは、興福寺の維摩会の勅使の一行や春日詣での藤氏の人びとが宿りにあてた、『中右記』などの「宿院之饗」の場でありました。先年、この大学の西南の隅に出土した「奈良女子大学構内遺跡」の説明資料は、宿院の跡を推定しなども致しております。その辻から二条大路を東へ、すぐ北へ曲ると、大学の正門真近に、初宮社という小さいお社があります。昔、たまたま『今昔物語集』自体の編纂とそれほど時代を隔てずに始まったはずの、春日若宮のおん祭は、そこで興福寺大衆の田楽法師らの舞曲を奏するのがその事始めだったそうですが、それは、春日社を一体化しつつあった興福寺の北西の極端だったのでしょう。

宿院の辻から興福寺の北堺、悲田門のあたりなど二条大路を少しく登り気味に東へ、ないし、初宮社の角から今の鍋屋町を東へ参りますと、東京極大路、後の京街道が通じていて、二条大路に面して西大門（国分門）のあった東大寺の西堺になります。石切町などの名ものこり石屋さんがあって、冬の日だまりに遊ぶ童子童女が「古へ童子の戯れに……」と聚沙為塔のうたを思わせなども致しました。辻から西へは宿院町に坊屋敷町がつづき、前川佐美雄氏の簷(のき)深いお家があって、夜などお訪ねしますと、梁の上を走る鼠を「……鼠といへど親子づれはよき」などと歌われた、いかにもそのお家でありました。

東六坊大路を近鉄奈良駅から南して三条大路を東へ登りますと、興福寺の南大門跡を過ぎて春日社一の鳥居への中程、大湯屋から三条通を隔てて南が、『七大寺日記』に「（サルサハノ）池東ニ別所アリ、浄名院、菩提院也、浄名院ノ西ニ井アリ……」とあるあたり、三条通から坂を下ると、菩提院大御堂と、十八世紀初め享保頃の古地図二三に「十三かね」とある十三鐘地蔵尊とのおちついた境内です。二院と井とのことは、『七大寺巡礼私記』にも見えますし、下って菅家本『諸寺縁起集』には「菩提院事……、同院ノ内、浄名院」として、浄名院の西側に井有り、菩提院の東側に井有り、などとある。鈴鹿本のゆかりを考証される菩提院「南井坊」も、ふと思われないではありません。治承の南都炎上に、『玉葉』では、寺中の諸堂諸院の外、寺外、寺内四町四方外れのさきほどの宿院などはじめ、「菩提院又龍華院内堂舎諸房等、不知其数、皆以焼失了……」とあり、『山槐記』でもほぼ同じい。さきほどの近世の古地図では、大御堂・十三鐘の境内の外は、あるいはすぐ南を率(いさ)川の谷が猿沢の池へ曲り、あるいは狭い一画を置いてその川になっていますが、今その谷合いの半ばは、後にその谷を合わせて改修された荒地という池の北寄りの底になっています。龍華院は、治承の頃にはその谷を隔てて今の奈良ホテルの東あたりにあったはずでした。

奈良本が、京洛、吉田神社の社家、鈴鹿家の蔵に帰して、鈴鹿三七氏が世に紹介されたことはまた申すまでもございません。大先輩ですが、私どもの入学の歓迎会に、若王子、「哲学の道」などと観光まがいの名もなかった頃のそこにお出ましを賜わり、晩秋には、学会の講演会のあとの山端の平八での懇親会にも親しくおはこび下さいました。その頃、閑雅な社家町という外は、鈴鹿本のことは全く存じませんでしたけれども、自在で飄々として磊落な、一種俳諧味のあるお人柄が、最初から印象にのこりました。その氏がお若かった大正四年、一九一五、『藝文』第六年第十二号、「今昔物語補遺」に「今昔物語残欠本は余の家の珍襲の一で鎌倉時代の古写本である、総て九巻……」しかじかと御発表になったのが、鈴鹿本の近代の学界に紹介された最初であります。『藝文』とは自体なつかしいことばであり、また雑誌の名でもありますが、京都帝国大学文科大学内、京都文学会の刊、これですが、この号のインド学・仏教史学の松本文三郎先生、「自覚に於ける直観と反省」連載中の西田幾多郎先生をはじめ、前後、昔なつかしい方々の御名がつらなっております。

その頃、「説話」ということばはまだ一般化してはいませんでした。今世紀の初め、一九〇二、明治三十五年に森鷗外がハムレットと『西遊記』の或る人物とを比べて、伝説、「説話」ということばを使い、翌年には別に「話説」ということばを使っていました。一九一〇、明治四十三年にはあの『遠野物語』が出て、早速、泉鏡花が「遠野の奇聞」という面白い文章を書きましたが、まだ「説話」ということばは使っていません。ちなみに、その頃、明治四十二年、たまたまその五月一日に奈良女高師が授業を開始、この大学の創立記念日にもなりますが、その一九〇九、スタインとは別に、ペリオの敦煌文書の発見が清国の羅振玉たちから報ぜられて、内藤湖南、狩野直喜、錚々たる先生方を通じて日本の学界に紹介されました。翌四十三年、『藝文』第一年第四号にはペリオのことの事情が見え、先生方の大谷探検隊将来の品々の調査や北京御出向がありました。敦煌学誕生の頃でもあったことになります。

芳賀矢一氏の『攷証今昔物語集』天竺震旦部の出たのは大正二年、一九一三でありました。その年創刊の雑誌

「郷土研究」に南方熊楠も「今昔物語の研究」を載せ始めております。ふたりとも慶応三年、一八六七生まれ、期せずして正岡子規、夏目漱石、幸田露伴、こういう人びととも同じ年でした。『攷証今昔』は解説に「国文で記した最旧最大の説話集」とか「比較説話学」とかを言い、南方熊楠はやがて書簡に「民俗学または説話学」とか古話学・伝説学ないし「話説学（ストリオロジー）」とかいうことばを使いもして、それぞれヨーロッパの学的世界を通っております。そして、芥川龍之介の「羅生門」が大正四年でありました。その年の若き鈴鹿三七氏の「今昔物語補遺」には、こんな時代の気運も動いていたのでしょうか。そして、芳賀氏の『攷証今昔物語集』本朝部下末が出て全三巻の揃ったのは大正十年でありますが、そこには本文補遺を附録して「異本今昔物語（抄）」を録し、鈴鹿氏貸与の学恩に感謝してあります。

私は初め新訂増補国史大系本で『今昔』を読み始めました。逢坂の関の蟬丸の話などに文字で出会いも致しました。そして、その本の『今昔』は思い出させます。戦争というか敗戦のあとさきというか、何と言いますか、H・ティヒーというドイツの若い地質学者の奥アジアの紀行を、昭和で申せば十九年の訳書で読んだのですが、それが私を衝撃しました。ボンベイからアフガニスタンの都カブールへ単車を駆った。カブール在住のドイツ人に、アフガンが好きか、と尋ねますと、その人は、カブールをめぐるヒンドゥクシュ山脈の赤禿げて荒寥とした岩山に絶望的な眸を投げて、あの山脈が私を引きつける、と答えたのだそうです。その時、それは、私の裡に、「アドニスについて」という美しい評論に“Dans l'Orient désert…”と古典詩を引いた『ヴァリエテ』のひとが、また、「ゲーテを頌（ほ）めるディスクール」という評論に、l'Orient に誘われることほどヨーロッパ人的なことがあろうか、とも書いていた、かねて忘れがたかったそのことを、一つに結びつけました。オリエントということば、わけて今日オリエンタリズムということばには複雑な問題がありますけれども、それは措きます。今も私の国史大系本『今昔』には、戦争、敗戦のあとさきのこういう情景、その頃の日本の幾つかの都市の光景の中にある、こういう情景がひろがります。

年月がありました。昭和で申せば三十四年、岩波大系本の『今昔物語集』一が出ました。鈴鹿本すべてをも底本に用いた最初のテキスト、『今昔』研究を萬葉学のレヴェル、『萬葉代匠記』『萬葉集講義』など意識されているでしょう、そこまで高める云々などともあった。画期的なこの『今昔』が私を引きつけ、めざませました。その翌年、六〇年安保の年でしたけれども、今は亡き日本史学・民俗学の高取正男氏や河音能平氏らと『日本霊異記』輪講八年の縁を得たことも忘れ得ません。『霊異記』、これを、転換期の戦前にコギト時代の保田與重郎氏が「不安の文学」と規定したことは昭和史的に暗示的と今も思うのですが、高取氏は救世主（メシア）を求める民衆を言い、聖（ひじり）をいい、「裏街道」ということばを使い、ないし、『霊異記』から『三宝絵』を経て『今昔』へ至る、これは特に変わったことでもありませんけれども、そういうことをよく話された。私は『霊異記』に「黒い情念」ということばを思いつきなどしましたが、「黒」ですむかどうか。そんな中で、『今昔』の阿就頭女を思い始めるようにもなりました。

一言はさませていただきます。『今昔』の魅力を、ということでしたが、『今昔』遠近、何と申すべきか、何はあれ、邪心が無い、というべきか。二十年余り前に日本古典文庫に『今昔物語』が出ました。ボードレリアン福永武彦氏、岩波少年文庫に『古事記物語』もある氏の現代語訳と、吉田健一氏、御曹子ですね、その解説とを併せています。その解説は、説話を読むのに「野性というようなそれこそ後になってのこじ付け」をする、などと一言あって立ち止まらせながら、「事実性について」とか「人生の機微にふれる」とかいう見出しのもとに、『今昔』本朝世俗部「悪行」の巻、巻二十九(3)について、「悪行と呼ばれる事件が起ったその世界がその通りの形で我々の前に現われる」云々、「『何者とも知れぬ女盗賊の話』という題のでは、相手が正体が解らない女の盗賊であるからこそこの話が成立し、それが終りまで解らなくて男がその女と懇（ねんごろ）な仲になり、その女が盗みを働くのを手伝いもしているうちに女が姿を消し、その家も女に言い付けられてものを出しに行った蔵も跡形もなくなって今度は一人で盗みを始めて検非違使に摑まるというのはそうならなくてはならない感じしかせず、この世にあり得る不思議を語って芽出たい出来栄えである」云々、捕えられた男が群盗のリーダーを偲んで、「只一度ゾ」群盗の間に「差去キテ立テル者ノ、……火ノ焰影ニ見ケレバ、男ノ色トモ無ク極ク白ク厳カリケルガ、頰ツキ、面様、我ガ妻ニ似タルカナ、ト見ケルノミゾ、……」云々、まことに屈指の名篇と思います。阪倉篤義氏のもとに新潮『今昔』のお手伝いをさせていただいた時に、川端善明氏が附録「説話的世界のひろがり」にこう書かれた。「本話に語られているものはしかし、女盗賊の奇異譚ではない。それを条件とした、男と女の一つの物語である」と。私は一九二二年の或る詩から"unreal city"ということばを引きましたが、王朝の火影の女ひとのさまざまに、これは古典的自我の解体の限りの美しさでありました。ともあれ、通じて、吉田氏の読み方は、不審の箇所はあれ、さすがに自由で面白い、と今も思っております。

忘れがたい一篇一篇はありますが、少しく天竺部「仏前」巻五(22)東城国皇子善生人通阿就頭女語についてお話させていただきます。別紙資料[注]、まず、この巻五(22)は大系本解説に、「前後と遊離し」、いわゆる二話一類様式のつながりを疑ってありますが、これはそうではなくて、前話(21)とについて申せば、(21)の終り近く大弁才天とか堅牢地神とかが出て来る、もとヴェーダの女神が仏教化した形で出て来る、これが(22)の結びの天女の大吉祥菩薩とつながっているのです。あわせて大系本では、巻五(29)と(30)ともつながらない、とありました。(30)は例の帝釈天とその妻舎脂夫人との話です。帝釈が仙人の所に仏法を習いに行く。妻は女の所に行くのかとあやしむ。まさしく仏法を聴いていた帝釈が、蓮の茎で彼女を打ったのですね、そうすると彼女は帝釈にあまえて戯れた。そのあてなる声を聞いて仙人は通力を失った。「蓮ノ茎」などとインド風に面白い話なのですが、ここに仙人が出ています。この前の(29)には「山人」というのが出て来ている。つまりどちらも山人ないし仙人、人偏に谷でなくて山ですね、こうして通じて(29)と(30)とはつながっている。同様に、巻五(21)と(22)とはつながっていて、その背景には、『金光明経』系、資料II、『金光明最勝王経』で言えば四天王や女神たち、大弁才天女・大吉祥天女・堅牢地神（大地神女）・樹神（善女天）の類を思うことができる。のみならず現に、(22)話自体の背景には、大きい背景としては『最勝王経』など『金光明経』系のお経がかかわっているような気が致します。

『金光明経』系のお経は、法隆寺のあの玉虫厨子の台座の画の捨身飼虎の物語などもありますけれども、『金光明最勝王経』自体は奈良時代に日本に将来されました。大安寺の道慈律師が大宝二、七〇二年に遣唐使とともに山上憶良たちと唐に入り、憶良はまもなく帰りましたけれども、律師は養老二、七一八年に帰国、その時に七〇三年義浄の唐代新訳のそれが将来されたのです。申すまでもなく、護国の経典として重んじられるようになりました。さきほどの東大寺西大門の「金光明四天王護国之寺」の額は今に遺っております。繰り返しますけれども、さきほどの四天王やもと女神たちは、これらのお経のいわば奈良仏教的な世界のひろがりを大きい背景として負って共通理会されていたはずでありました。

本文に入ります。この物語が、唐代の疑経、偽経とも書かれますが、本来の「正統」漢訳仏典でないけれども、地方生まれのしばしば土着性口伝性をまじえて面白い、そういう疑経に媒介されて日本語化したものであるべきことは、昔書いたことがございます。初めのところ、まず東城国・西城国とある。これは別紙コピー鈴鹿本では、必ずしも鮮やかではないにしても要するに東域国・西域国とあるようですが、東城国・西城国とあるのが本来であろうと思います。資料、宋代の『仏祖統紀』巻三十二の古地図「西土五印之図」に、これは大正蔵経からのコピーですけれども、西域亀茲（キウジ）や于闐（コータン）の西南、吐蕃（チベット）の西、尼波羅（ネパール）の北に「東女国」、そして、波斯の西北、拂懍（フルム）、オリエント、シリア・パレスチナのあたり、西海に近く「西女国」というのがあります。もとになった『大唐西域記』に東女国・西女国ないし資料VI3「大西女国」、『唐書』西域伝にも東女が見えます。桑原隲蔵先生の『蒲寿

「西土五印之図」(『仏祖統紀』)

庚の事蹟』、昔なつかしいこの本にも唐代に西女国の在ったことが書かれていました。東城国と西城国とはここから生まれたにちがいない、と考えてまいりました。

つぎに、資料Ⅲa、東密真言密教の『覚禅鈔』、十二世紀末から十三世紀初めですか、この図像学(イコノロジー)の本の毘沙門天条に『大乗毘沙門経』というのを引いて「多聞持図兄弟事」という一項があります。『白宝口抄』の毘沙門天法条にも同じ経を引くほぼ同文が見えます。

「東城国普賢王太子善生。西城国……阿皺女」云々、東城国西城国があって善生があって、しかじかの事があって、物語はあきらかに『今昔』巻五22と対比することのできるものであります。二子が継母に虐げられるというような説話要素も通じております。『覚禅鈔』や『白宝口抄』のこの条には別に幾種かの同類の経の名も見え、台密の『阿娑縛抄』の毘沙門天王条には「新度大乗毘沙門経」三巻、『白宝口抄』には『大乗毘沙門功徳経』七巻また一巻というのも見えますけれども、この類が疑経であるべきこと、同類の異本の幾種かあろうことを考えて、これを「大乗毘沙門経異本ないし異伝（ヴァリエテ）」と呼んでみたこともございました。資料Ⅲｂも、Ⅲｃ、このⅢｃは牧野和夫氏によって紹介論述された真福寺本『往因類聚抄』、文明十一年、一四七九写本の由、この類話との主な異同を抄しただけですが、小異はあるものの、やはり同様の出来事の筋で、二子を双子（デイオスクーロイ）とする神話要素などをも含んでまた『今昔』に近く、ヴァリアントとしてまことに貴重でありました。

こういう類の上に、近年、あたらしいヴァリアントが見出されました。別紙資料、牧田諦亮先生の「疑経」に『今昔』巻五(22)と対比して示される『大乗毘沙門功徳経』善生品第二であります。

資料Ⅲａ

⁂ 多聞持国兄弟事

大乗毘沙門経云。東城国普賢王太子善生。西城国勝迦羅王ノ女阿皺女ト成ニ夫婦一。勝迦羅王云。我女子一人。善生過ハ二三年一必ス可レ譲レ国。爰ニ後母聞レ之。觸レ事ニ悪ミ二善生一ヲ。取レ財ヲ返レ父ニ。母病ヒ三年不レ還。阿皺女生ス二二子一ヲ○後母責テ曰ク可レ往二父国一ニ。仍出行ス。阿皺女受レ病ヲ。二子遺言メ死ス○爰ニ善生。以二財宝一ヲ還來ス。聞二二子ノ言一ヲ。捨レ身発二菩提心一ヲ。善生ハ今千手観音。阿皺女ハ吉祥天。二子ハ多聞持国。云々

（『覚禅鈔』毘沙門天、『白宝口抄』巻百二十二、毘沙門天法）

ｂ 毘沙門経意、阿皺二子、今、多聞・持国也。但、前生事歟。

（同、金剛力士、諸寺中門立二天事）

ｃ 1（東）城国、善現王、□伽羅女、善生太子　2西城国、……阿寿女　3無畏津　4釈迦仏　5二子、明流・珠流　6阿寿女―天女菩薩、善生太子―千手、明流―多門天、珠流―持国天　7継母、経名等欠

（真福寺宝生院本『往因類聚抄』一巻下「九多聞・持国因縁事」）

大乗毘沙門功徳経善生品

……………………………………………

首於東城国有一之王、名曰善現、於其之王有一后、名曰勝迦羅女、於此二人生一男子、名曰善生、此人為性具足儀果、於天下无喩、又於西城国有一之王、名曰明道、於其之王有一之后、名曰満善女、於此二人生一女人、名曰阿就頭女、此人為性具足威儀、於其国无比、

爾時二人、各令通心思惟、有因縁欲成夫婦、相恋无極、而従東城国於舎衛国中間、度七日有大海、又従舎衛国通於西城国、有廿日行道、雖有如来難処、善生持斎戒亦持女人斎戒、相恋无極、而時善生於成十二歳間、造釈迦牟尼仏像而白仏言、我於度舎衛国令无悪風如是、然後、設船梶而度舎衛国无為津而間、吹悪風則於羅刹鬼嶋吹浮行、此時善生発誓願而白仏言、我此不犯一切失常承事於仏、南无釈迦牟尼仏、護悲我身命平令至无為津、如是念誦仏名号間、釈迦牟尼仏顕大霊験、令吹順風平謁无為津、此時善生歓喜、還遣従者、只独趣往西城国、漸於廿日内至西城

今昔物語集巻第五

東城国皇子善生人、通阿就頭女語第廿二

今昔、東城国ニ王有ケリ、明顕演現王ト云フ。一人ノ皇子有リ、善生人ト云フ。其ノ皇子、勢、長ジテ妻无シ。

亦、西城国ニ王有リ。一人ノ女子有、阿就頭女ト云フ、端正美麗並ビ无シ。東城国ノ善生人、阿就頭女ノ美麗ナル由ヲ聞テ妻ト為ムト思フ心有テ、彼ノ国へ出立テ行ク。三尺ノ観音ノ像ヲ造テ、「行カム間ノ海ノ難ヲ助ケ給ヘ」ト申ス。彼ノ両国ノ中間ニ舎衛国有リ。其ノ間ニ七日渡ル大海有リ。善生人、其レニ浮テ渡リ行ク程ニ、忽ニ逆風出来テ他国へ吹キ持行ク。

其ノ時ニ、善生人、「観音、我ガ身ヲ助ケ給ヘ」ト哭キ悲ム程ニ、逆風止テ順風ヲ得タリ。喜ビ乍ラ行ク間、三日ト云フニ、无為ノ津ニ着ヌ。其ヨリ眷属ヲバ皆返シ遣セツ。善生人、只独指テ行クニ、十五日ニ西城国ノ王ノ許ニ至ヌ。門ノ辺ニ立ルニ、阿就頭女ハ善生人可来シト兼テ知テ、出デ、門ノ外ヲ

国大王門側、住立門外、此時阿就頡女自心思惟、以今日東城国善生人如至而間、於門外有住立男、竊出視其人體具威儀、於其国内无倫匹人、定知是善生人、門竊出相汝此従何方来、問則答曰、東城国善生人、爾時阿就頡女語善生人言、我此為相善生六年内常持斎、由如是報自然汝来、不令他人知、呼人己寝殿、相聚夫妻、於七日内有因縁、後父王聞如是、善生侍請、見其體具足威儀、於一朝内无倫匹……

見ルニ、端正ナル男一人立テリ。「此レ、善生人ナラム」ト思テ、「何方ヨリ来レル人ゾ」ト問ヘバ、「我レハ東城国ノ王ノ子、善生人也」ト答フ。阿就頡女喜テ竊ニ寝所ニ具シテ入ヌ、他人ヲ不具ズ。七日ト云フニ、阿就頡女ノ父ノ王、人ヲ召テ、「寝屋ニ有ルナルハ誰人ゾ」ト問給ヘバ、「東城国ノ王ノ子、善生人也」ト答フ。

（日本古典文学大系本による—上下段傍線等、本田）

この後に、阿就頡女の継母のこと、二子を懐妊すること、東城国に財宝を取りに帰った善生人が、父母の病死にあって、西城国の妻子のもとに戻れなかったことなどが続くのである。……

（岩波講座『日本文学と仏教』第六巻、一九九四）

尾張名古屋の古刹七寺（ななつでら）で見出されて七寺一切経と呼ばれる中の一つ、この一切経の影印本がいま大東出版社から刊行されつつあるのは非常にありがたいことです。この経は現在未刊ですが、去年の早春、京都国立博物館の黄昏の人気のない室で、この経の展かれているのに接しました。原本には初めてでおはずかしいことですけれども、まことに感深いことでございました。

まず、この七寺本と『今昔』巻五(22)と、これを見てみますと、こうありまして、大同と特に小異と、これらがそれぞれ面白い。『覚禅鈔』などの阿皺女は、こちらそれぞれでは同じむつかしい字になっています。見ぬ恋が通いあいます。両国の間に舎衛国があった、海があった、その海を渡って津に着いた。隔てる海、つなぐ海、そして港は始まる場所、果てる場所ですが、七寺本と『今昔』とどちらにも「無為津」とある。これは、畏れなく、「無畏」というのがあるべき本来でありましょう。『法華経』普門品（『観音経』）に能施無畏などとある無畏、資料V、梵本相当abhayaで、無為asamskṛtaではないでしょう。また無畏でも「力、無所畏」bala-vaiśāradyaの無畏（確信）ではないでしょう。『今昔』巻五(1)や『宇治拾遺物語』(91)などを思いあわすまでもありません。つまり資料IIIc、真福寺本に「無畏津」とある、これが正確な本来をつたえるべきであったのです。そして、このところで、善生人は七寺本では「釈迦仏」を念じて示験があり、『今昔』では「観音」に願います。釈迦仏のことは真福寺本にも通じ、たとえば、仏は海の船師なり、と『長阿含経』巻二などにもありました。渡し守です。『霊異記』巻下(25)では釈迦が海難を救いました。ここのところは釈迦仏と観音と、おそらく両様の展開がヴァリアントをのこしていたのでしょう。そして、こうして異同を一つ一つ見ますと、たとえば「只独（ただひとり）」という『今昔』語彙が七寺本にも見えるなどまことに面白いのですけれども、ただし、出来事の筋は通じても表現にかなりの出入がある。固有名詞にも小異が目立ち、省きますが、たとえば二子兄弟の名が逆ですし、『今昔』結文部の本生関係を顕わす固有名詞も同じくはない。いろいろありますけれども、『今昔』のこれは七寺本のこれを直接出典とはしていない。出典概念にひろがりはあり得ようとしても、少なくとも、『今昔』巻五(22)の直接原拠として、鋭くこの七寺本のこれがあるのではなくて、この七寺本に非常に近いが、しかし、こんなに小異の目立たない、まだ見出されていない『大乗毘沙門経』ヴァリエテのどれかに、『今昔』のこれは直接原拠を求めている、と私は思っております。

つぎに、このよくわからない「䪼」字のことです。別紙コピー鈴鹿本48丁表の脱字を前47丁裏の綴じ代に書きこんでもいる、この女ひとの名の字です。『覚禅鈔』などでは「阿皺女」と「皺」字になっていました。資料IV、

「蓩・荁」「皺・詖」、これらは内外の古字書や敦煌変文はじめ古写本に見え、古字書でしばしば「詖」を俗ないし通、「皺」を正とします。これは七寺本や『今昔』巻五(22)それぞれ、鈴鹿本にものこる「⿰⿱彐夕頁」字がもとで、それから「皺」字になってきたのではないか、と思います。この字のことは私にまことに長い間の疑問でありました。大正蔵経のどこかで見たような気がしないでもなく、蔵経を繰ってはもう一頁繰れば出て来るかなどと思ったこともあれば、ごくありふれて使われているのを夢に見て夢の中でがっかりしていたようなこともありました。とにかく出て来ないのです。

ただ、資料Ⅳ、『金光明最勝王経』や『不空羂索呪心経』などの「三曼頞」samanta の「頞」です。『最勝王経』巻八の陀羅尼の一部に「三曼頞　達喇（唎）設泥」、梵本相当 samanta-darśani とあり、同じ陀羅尼の中の「三曼哆・三曼多」もそれぞれ相当 samanta で、別に『金光明経』巻二などに「三曼陀」とある類にあたります。また、『最勝王経』巻四の陀羅尼句「三曼多跋姪麗」に梵本相当 Samanta-bhadre とある。Samanta-bhadra 普賢、samanta-mukha 普門、samanta は、あまねく、普遍、周の意の由、一般には「三曼多」とあるのが多いのですが、こうして「頞」の字は夕と訓める。唐訳『不空羂索呪心経』の陀羅尼に「頞（丁可切）姪他、……頞囉頞囉」とあるのは、玄奘訳では「怛姪他、……達洛多囉」とあり、怛姪他 tadyatha は入咒の初めの句ですが、「頞」はまたあきらかに夕と訓める。『玉篇』『龍龕手鑑』、『万象名義』『名義抄』等々にも通じます。台密の『行林抄』巻三に、大正蔵経で見ただけですけれども、「……頞坦（サタ）」とあるのはよくわかりません。資料Ⅳ、敦煌ペリオ本 P. 2011「切韻残巻」の「⿰县頁」らしい字、これにはいま立ち入りません。なおよく考えなくてはいけませんけれども、「多」を[illegible]・⿱彐夕とも書き、鈴鹿本に「⿰⿱彐夕頁」とも見える字体ののこるなどからしても、「⿰⿱彐夕頁」は「頞」と見て夕と訓めないでしょうか。

とすれば、この女ひとの名はアシュタ。とすれば、あしゅた女（にょ）、これは、あえて申せば、資料Ⅵ、ギリシア

Astartē、東地中海オリエント、シリア古神話のアスタルテー、バビロニアのイシュタル、たとえば『金枝篇』の一章「アドニスの神話」にいう豊饒多産の女神と通じるところがないでしょうか。『大唐西域記』は「西女国」をさきほどの佛懍(フルム)国の西南海島に有りと伝聞しましたが、彼女はキプロスを経てギリシア神話化してはアフロディーテーとかさなりもした。阿就顛女が神話論的には死と復活の女神のおもかげをやどすべきことは、昔書いたことがありました。もっとも、アドニスの祭りでは、女たちが世を去った彼のために嘆き叫んだのですけれども、彼女の古神話性は変わりません。

あわせて申せば、資料VI1西王母、安息(パルティア)の長老が遥か西海に臨む條枝(シリア)に西王母伝説にかかわるもののあるらしいことを伝聞しています。『史記』大宛列伝や『漢書』西域伝に見え、『水経注』巻二も引きました。中国神話自体をなおよくよく考えなくてはなりませんけれども、この西王母とは何でしょうか。

それから、初唐の『辯正論』巻五に或る疑経を引いて、原初、人民の嗟(なげ)きの時、西方阿弥陀仏の遣わした宝応声・宝吉祥二菩薩が原初的対偶神伏羲・女媧となり、後、命を果して西方に還帰した、とあり、資料VI2、『広弘明集』巻八・十二に略されて見え、日本では永観堂ゆかりの永観の『往生拾因』に浄土教性をとらえて見えます。西域トゥルファンのアスターナ古墓の帛絵、日本では大谷探検隊の将来した柩衣伏羲女媧図という有名な絵が龍谷大学の図書館にございますけれども、オリエント・バビロニアの相似の図柄の絵との関係の如何は別としても、疑経世界に道教仏教の習合として在る女媧と、西方神話のアスタルテーとのかかわりを思うことは許されないか、なおみずから問います。

『今昔』の本文に帰ります。『大乗毘沙門経』ヴァリエテのどれかに直接すべき結文近く、『毗盧遮那経』の名が見えます。もちろん『大日経』のことですが、ビルシャナ仏は東大寺大仏殿において華厳の華蔵世界の世界観に立つと言われ、薬師・千手観音と並ぶ唐招提寺金堂においてもまた、『大日経』将来以前でありました。この奈良仏教的な大きくて古様(こよう)の世界がやがてあるいは密教化して来ます。『華厳経』にビルシャナ仏の本願の底を尽して菩薩行を行ずると願った普賢菩薩の行願も、『大日経』巻七に訳される「普賢行願」では、由来するところを帯びながら密教化していたでしょう。『今昔』結文の「法界三昧(ほっかいざんまい)」ということばもまた、華厳的にその普賢の行願によって入ることのできる法界という法界観から、やがてあるいは密教化していたようです。言い換えれば、これらは単に密教的だけではなかったのです。

『大乗毘沙門経』ヴァリエテそのものが複雑な古文化を背後にしたはずでした。もと毘沙門天信仰にはバクトリアなど西方にひろがるイランの宗教が混じた、とも宮崎市定先生は書かれた。そして、四天王わけて毘沙門天信仰が吉祥天女崇拝とともに栄えたのは、さきほどの于闐(コータン)を中心とした西域でありました。『今昔』では巻五(17)や巻六(9)に金色の鼠の話の出て来るところ、美しい玉や柔かい絹糸の町です。ビルシャナに「毘盧遮那」をあてて八十『華厳』を漢訳したのはその于闐の三蔵沙門ですが、『華厳』の大成、成立はその西域天山南路か、さきほどのトゥルファンへかけて、『華厳経』や『金光明経』系の梵本もまたゆかり深かった、と言います。疑経、『大乗毘沙門経』ヴァリエテは、おそらくその古文化を帯びながら、唐代の西域経営の複雑の間に、密教的に成立して来たのだ、と思います。こじつけたくはありませんが、普賢の名、『最勝王経』善生王品に通う善生人の名も古色のおもかげをのこすともとれます。そして、『今昔』巻五(22)は、そのヴァリエテを負ったのだ、と思います。辺境にありのままに現前する物語の、本生(ジャータカ)の、いたみに充ちた嘆きを、『今昔』表現として頌(ほ)めたのだ、と思います。

こうして、『今昔』巻五(22)の物語の層位と申しますか、それは、私にちょうど『今昔』巻六(3)のダルマさんの話を思い出させます。あれは宋代のいわゆる禅宗の達磨さんではなくて、天台禅の基礎の上に立っています。『今昔』自身にいう「達磨宗」、藤原定家らにいわゆる「達磨歌」と同じ基礎の上に立って、唐禅であって宋禅ではありません。もちろん、この世界がやがては宋禅化して行きますけれども。

巻五(22)にしましても、このヴァリアントは、中世を通じて浄土教化してさまざまにひろがって行きます。むつかしい字の女ひと、ないし阿皺女は多く「あしゅくぶにん」などと書かれます。阿閦(あしゅく)仏と阿弥陀仏とのかかわりからか、ということも思わないではないけれども、たとえば『法華経』薬王品の梵本相当Akṣobya「阿閦婆」を、『法華経山家本裏書』に「阿閦婆(アシウ)」と訓んでいる。『悉曇要訣』巻三に「阿閦婆、阿芻婆、……二者准ニシク、可レ云ニシウ、響同故也、即芻音也……」という。なおよくわかりませんけれども、ともかく「あしく」「あしゅく」というのは浄土教化の後の変化であって、『今昔』の阿就頭女は「あしゅた女(にょ)」と訓む、と今の段階では思っております。後世のさまざまの中に、わずかに室町の『あみたの御本地』上に「あしくぶにこ、あしくぶにん、又はあしたのひめみや」とある、これを、口がたりの貴重なごりかと思います。

時間を過ごしてしまいました。これで終らせていただきます。

〈後記〉一九九八年（平成十）・一・二四、奈良女子大学記念館での講演を刪補いたしました。森正人氏から、九州大学蔵本欄外書入れに「阿就頭〇集韻典可切音哆トアリテ頞ノ字ノ畧文ナルヘシ玉篇醜皃」とある由、御書簡（三・一二付）を賜わりました。深謝申上げます。

（注）別紙資料、『今昔』巻五(22)全文は底本未収録。

Ⅳ　敦煌資料と今昔物語集

敦煌資料と今昔物語集との異同に関する考察Ⅰ

敦煌文書および敦煌美術の発見とその研究とが東洋学の上にもたらした影響は重厚である。それは、東方における流伝と残存との問題を通じて、日本の文学ないし伝承の研究の上にも微妙に関連している。小稿は、この問題の一面として、今昔物語集巻六(3)の菩提達摩伝説において、現在知られるところでは敦煌資料を最古とすべき伝承をもつその直接原拠を検出し、その翻訳翻案の特徴と構成の方法とを分析して、これを通じて、漢訳仏典ないし中国仏書と日本化せられたそれとの関係、および、両者に対して今昔物語集の位置する関係、ひいては今昔物語集がその成立前後の日本の固有の傾向ともいうべきものに対してもつ関係を考察するものである。

一

今昔物語集巻六(3)震旦梁武帝時達摩渡語第三は仏法東漸伝説としての菩提達摩（Bodhidharma）の訛伝である。概言すれば、この一篇は日本天台の入れたその唐伝の流れによって、伝教大師最澄がその四種相承をあきらかにした内証仏法相承血脈譜（弘仁十年八一九）(1)達磨大師付法相承師師血脈譜（禅法相承）に抄録する中国仏書・碑文等の中、西国仏祖代代相承伝法記（伝法記）・四行観序・付法簡子の三書、[1]ないし、それ相当を基礎とし、これに打聞集(1)達磨和尚事に類する和文資料をあわせて構成している。いま、これらに類する敦煌本歴代法宝記

（P. 2125; S. 516. 中唐大暦年間七六六—七七九、七七四前後）[2] その他を併記して対比すれば、全篇における対照はつぎのようである。

今昔物語集巻六(3)震旦梁武帝時達磨渡語	内証仏法相承血脈譜(1)達磨大師付法相承師師血脈譜	敦煌本暦代法宝記（P. 2125;S. 516）
（Ⅰ）今昔、南天竺ニ達磨和尚ト云フ聖人在マシケリ。其ノ弟子ニ仏陀耶舎ト云フ比丘有リ。達磨、仏陀耶舎ニ語テ宣ハク、汝ヂ、速ニ震旦国ニ行テ法ヲ可伝シト。耶舎、師ノ教ヘニ依テ船ニ乗テ震旦ニ渡ヌ。法ヲ伝ヘムト為ルニ、国ニ比丘数千人有テ各勤メ行フ。此ノ耶舎ノ説ク所ノ法ヲ聞テ、一人トシテ信ズル者无シ。終ニ耶舎ヲ追却、廬山ノ東林寺ト云フ所ニ追ヒ遣リツ。而ルニ、其ノ廬山ニ遠大師ト云フ止事无キ聖人有リ。其ノ人、此ノ耶舎ノ来レルヲ見テ請ジ入レテ問テ云ク、汝ヂ、西国ヨリ来レリ。何ナル仏法ヲ以テ此ノ土ニ	——菩提達磨—— （Ⅰ′）謹案。伝法記云。（中略）又伝。達磨大師謂弟子仏陀耶舎云。汝可往振旦国伝法眼看彼国信如此事否。弟子耶舎奉師付嘱。便附舶来此土。耶舎到秦中見。大徳数千余人坐禅加行精進。忽聞耶舎所説。無有一人信者。皆言。何有此事。妖訛之説。遂殯(擯)。耶舎向廬山東林寺。其時遠大師見耶舎来。遂請問。大徳従西国来。将何仏法流伝此土遂被殯(擯)耶。其時耶舎答遠大師曰。巳手	（前略）梁朝第一祖菩提達摩多羅禅師者。即南天竺国王第三子。幼而出家。早稟師氏於言下悟。闡化南天。大作仏事。是時観見漢地衆生有大乗(禅)性。乃遣弟子仏陀耶舎二人往秦地。説頓教悟法。秦中大徳乍聞孤疑。都無信受。被擯出遂於廬山東林寺。時有法師遠公。問曰。大徳将何教来。乃被擯出(也)。於是二婆羅門申手告遠公曰。手作拳。拳作手。是事疾否。遠公答曰。甚疾。二婆羅門言。此未為疾。煩悩即菩提。（此）即為疾。遠公深達。方知菩提煩悩本不異。即問曰。此法

弘メムトシテ如此ク追ル、ゾト。其ノ時ニ、耶舍、言ニ不答ズシテ、我ガ手ヲ捲テ開ク。其ノ後、此ノ事疾ヤ否ヤト云フ。遠大師、即チ、手ヲ捲ルハ煩悩也、開クハ菩提也ト悟テ、煩悩ト菩提ト一ツ也ト云フ事ヲ知ヌ。其ノ後、耶舍、其ノ所ニシテ死ヌ。其ノ時ニ、大師達磨、遥ニ天竺ニシテ、弟子、耶舍ガ震旦ニシテ死タル事ヲ空ニ知給テ、自カラ船ニ乗テ震旦ニ渡リ来ル。其ノ時、梁ノ武帝ノ代也。

（日本古典文学大系本II、57・4—14）

作拳。以拳作手。是事疾否。遠大師便悟。将知煩悩与菩提本性不二也。後時耶舍無常。達磨大師知弟子無常。遂自泛船。渡来此土。初至梁国。（武帝迎就殿内）。

（伝教大師全集旧版第二巻、516—518、日本大蔵経天台宗顕教章疏一、2b—3aト校ス）

彼国復従誰学。二婆羅門答曰。我師達摩多羅也。遠公既深信。已（還）便訳出禅門経一巻。具明大小乗禅法。西国所伝法者。亦具引禅経序上。二婆羅門訳経畢。同日滅度。葬于廬山。塔廟見在。達摩多羅聞二弟子漢地弘化無人信受。乃泛海而来至。（梁武帝出城躬迎）。

（大正蔵、五十一、180c）

概言すれば、これらの所伝はこのようにほぼ共通している。そして、この所伝の全容のみえるのは、現在知られるところでは、この三書しかない。これらはすべて訛伝であるが、現在知られるところでは、敦煌本暦代法宝記にみえるのが最古であって、七八世紀の間にあるいは蜀地に生じたものかもしれない。[3] 菩提達摩（?—五二八・五三二?）・達摩多羅（Dharmatrāta。四五世紀交）など、仏陀耶舍（Buddhayaśas, 四五世紀間）・仏陀跋陀羅

(Buddhabha-dra, 三五九―四二九) などの類名は略称とあいまって混乱を生じやすい。偶像としての菩薩達摩の理想化につれて、達摩多羅と菩提達摩とが混同せられ[4]、仏陀跋陀羅の事迹が仏陀耶舎あるいは仏陀・耶舎と混同せられる[5]のみならず、仏教史上忘れがたい東晉の慧遠（三三四―四一六）や梁の武帝（四六四―五四九）とも結んで、このような仮託の訛伝が生じたのであろう。この訛伝が生じてからは、この暦代法宝記につづいて、その流伝が或る程度しられるのであって、宝林伝（貞元十七年、八〇一）達摩伝説の散佚部分（巻七）に少くともその一部が存したはずである[6]のみならず、伝法記にも何らかの口承的な関連をさえ想像しうるかのような大同小異の伝説が存したことは、日本初期天台の内証血脈がこのようにそれを抄録することによって明瞭である。換言すれば、この菩提達摩伝説は、平安初期、敦煌本暦代法宝記におくれることわずか三四十年の間にすでに確実に日本に入っていた。そして、日本天台は伝法記・宝林伝をはじめ諸種の唐代禅書を将来した[7]が、これによってみれば、この伝説の二つの流れ、ただしこれは仏陀耶舎の数え方によって大別するにすぎないとしても、それを一人とする伝法記の型と二人とする暦代法宝記・宝林伝巻の型との二つの流れが、平安初期の承和年間（八三四―八四八）には確実に日本に入っていたのである。のみならず、伝法記や宝林伝の名はそれ以後も主として天台文献に散見する[8]から、この菩提達摩伝説の二つの流れは、すでにべつにも生じていた菩提達摩関係の伝説とともに、主として天台の僧伽ないしそれと交流した知識階級を中心として、書承的にも口承的にもいくばくかは流れつづけたであろう。今昔物語集巻六(3)本文（Ⅰ）のような和文伝説への方向はおもむろに醸成せられていたのである。

今昔本文（Ⅰ）はその流れの中にあったと考えられる。いまこれらを対照すれば、今昔本文（Ⅰ）は暦代法宝記よりも伝法記により近く対応していて、この対応度はきわめて高いから、伝法記原典または内証血脈所引のそれによるか、あるいは内証血脈のようにそれを所引した何らかの類似の「抄物」（愚管抄附録）によるかはなお保留すべきであろうにしても、少なくとも内証血脈所引の逸文相当のもの、いずれにしても要するに伝法記のこの部分を書承して和訳していることがまず想像せられるであろう。もとより、今昔本文（Ｉ）の立場は、暦代法宝記や伝法記が説話的要素をふくみながらもいずれも師資相承を明らめることを目的とするのに対して、そのような目的からは解放せられていて、禅史における菩提達摩第二十八祖説問題にふれるとか、ここにいわゆる仏陀耶舎に何らかの疑問を抱くとか、あるいは菩提達摩の年代記に関心する（参天台五台山記巻六、日仏全、遊方伝叢書三、444b—445b）とかいうことはしていない。すなわち、それは、仏法東漸史に関する興味において、天台禅書ののこす伝承に概して即しながら、聖者「達摩」というものを結像する過程にあてるにすぎないのであるが、このかぎりにおいて、今昔本文（Ｉ）は伝法記の和訳についたとまず想像せられるのであって、換言すれば、ここにみえる訛伝としての誤謬は今昔自身の冒したものではない。

本文（Ｉ）がこれ以外の未見ないし散佚資料によると仮定し、あるいは口承によると仮定することは、巻六(3)全篇にわたる漢文資料との対応度との関連、および、本文（Ｉ）の翻訳文体の色濃い和漢混淆文の性格、さらにその本文（Ｉ）と全篇の文体の性格との関連からみて、成立しうる理由がないであろう。本文（Ｉ）において一見直訳的でないかのようなものも、たとえば、「止事无キ（聖人）」のような語句は頻出する類型にすぎないのである。

止事无キ所共（巻六(6)、II、67・16）　聖跡（慈恩伝巻三、五十、233c）[9]

気高クシテ止事无キ人ノ如キ也（巻七(47)、II、176・8）　如貴人（冥報記巻中前田家本(13)・高山寺本(16)）

多ノ止事无キ僧共（巻十二(24)、III、163・12）　おほくの僧ども（古本説話集(70)）

止事无キ俗（巻十三(24)、III、241・10）　天神（法華験記巻中(68)）

止事无キ僧共、龍頭ノ船ニ乗テ来テ（巻十五(31)、III、　衆僧上龍頭舟（日本往生極楽記(27)）

389・7）

このような自由な用法は漢文書承におけるその補入を全く否定しないであろう。「追却」のような語もまた散見し、漢文書承と和文書承とを問わず用いられている。

速可追却シト云ヘドモ、只可返キニ非ズ（巻六(1)、Ⅱ、52・14—15）
只ニ返ス不可ズ（打聞集(2)たゞにかへすべからず（宇治拾遺物語(195)）

諸ノ荒神ノ悪鬼等ヲ駈テ国ノ界ヲ追却シテ（巻六(27)、Ⅱ、95・11）
駆荒神悪鬼出国界（三宝感応要略録巻上(29)、五十一、833b）

汝ヲ追却シテ日本国ノ内ニ不可令住ズ（巻十三(33)、Ⅲ、250・14）
早駈追不可令住日本国（法華験記巻中(67)）

また、中国僧等「大徳」が本文（Ⅰ）に「比丘」とあり、慧遠の仏陀耶舎の対する呼称「大徳」が「汝ヂ」とあるのも簡明な意改であって、漢文書承を全く否定するものではない。これらはすべて本文（Ⅰ）の伝法記書承を否定するものではないのである。のみならず、本文（Ⅰ）は伝法記ないしそれ相当によったからこそ、つぎのように独自の作為を得ることが可能になるべきであった。

それは本文（Ⅰ）の一つのイメージの成立に関する問題である。いま本文（Ⅰ）の細部に入って、慧遠と仏陀耶舎との対論の一部を対比すれば、

今昔巻六(3)本文（Ⅰ）	伝法記	暦代法宝記
其ノ時ニ、耶舎、言ニ不答ズシテ、我ガ手ヲ捲テ開ク。其ノ後、	其時耶舎答遠大師曰。已手作拳。以拳作手。是事疾否。	於是二婆羅門申手告遠公曰。手作拳。拳作手。是事疾否。

此ノ事疾ヤ否ヤト云フ。

それはこのようにあって、伝法記が言に対するに言を以てするのに比して、本文（Ｉ）は言にさきだつに行為を以てする。これが敦煌本暦代法宝記に「申手」として仄見するのは、特に民間唱導の色の濃いその変文のみにかぎらず、敦煌資料一般に散見するイメージであって、その方法が今昔物語集に通じるのははなはだしく興味があるとしても、いま、本文（Ｉ）が、敦煌資料ないしこれに類する中国資料、たとえば宝林伝巻七のようなものの伝承による、全く伝法記無媒介の変改であるとは考えがたいであろう。それに類する書承ないし口承がべつに存在したと想像することはできるにしても、それが本文（Ｉ）のこの内面に直接の形をもって干渉したということはできないであろう。[10] 敦煌資料に仄見するイメージが本文（Ｉ）に結晶するのは、一面、敦煌資料と今昔物語集とに少しく共通する気質があるからであり、一面、本文（Ｉ）が伝法記を自覚的に意改して独自の作為をもってイメージの自然を得ようとしたからであると思われるのである。いま少しくこれを具体的に考えなければならない。

主として視覚的想像力に、時として触覚的ないし聴覚的想像力に訴えて、人間の生活を簡潔に写実するのは、今昔物語集の好む方法であった。原典の直訳に即しつつ意改をこころみるとき、それはもっともあきらかである。

身ニ病ヲ受テ忽ニ死ヌ。而ルニ、左右ノ脇暖カ也。[11]（巻六(33)、II、101・5）

因患致死（三宝感応要略録巻中(6)、五十一、838b）

夜半許ニ、家主ノ女、竊ニ此ノ若キ僧ノ寝タル所ニ這ヒ至テ（巻十四(3)、III、277・10）

家女夜半至若僧辺（法華験記巻下(129)）

しかも、いま本文（Ｉ）の場合、「不答ズシテ……」について、中天竺ノ比丘遙ニ来テ法ヲ可伝キ由ヲ云フ。我レ其ノ答ヲ不云シテ、箱ニ水ヲ入テ与フル事ハ、水入レタル器ハ雖小モ万里ノ景ハ浮ブ事也。我ガ知恵ハ小キ箱ノ水ノ如クナレドモ、汝ガ万里ノ智恵ノ景ヲ此ノ小キ箱ニ浮べヨトテ、箱ニ水ヲ入レテ与フル也。（巻四(25)、I、310・4―7）

盲、此ヲ聞テ、其答ヘヲバ不為シテ云ク、

　世中ハトテモカクテモスゴシテムミヤモワラヤ
　　モハテシナケレバ

ト。（巻二十四(23)、IV、312・15―17(12)）

其ノ答ヘヲバ不云シテ、此ナム読懸ケル（巻二十四(52)、IV、349・13）

水をあたへつるは、わがちゑは小箱の内の水のごとし、しかるに、汝万里をしのぎて来る智恵をうかべよとて水をあたへつるなり（宇治拾遺物語(138)）

（夫水也者。随器方円逐物清濁。弥漫無間澄湛莫測。満而示之比我学之智周也。）（大唐西域記巻十、五十一、929b）

目暗詠歌云。

　ヨノナカハトテモカクテモスグシテムミヤモツカ
　　ヤモハテシナケレバ

ト詠ジテ不答。（神田本江談抄巻三）

……よみて（古本説話集(4)）

これらの対応によれば、「答ヘズ（シテ）……」のような表現は必ずしも今昔独自のものではなかったが、しかし巻四(25)はおそらく宇治拾遺物語(138)と共通するであろう和文資料の上に立って、その時代の一つの型とも言いうる方法をあたらしく用いてこのような表現をとったと想像できるのであって、しかもこの巻四(25)の内容がいま本文（I）のそれに特に類することはあわせてかえりみてよいであろう。本文（I）は漢文資料を書承する意改とみるのがもっとも素直であろうと考えられる。

のみならず、ここにはさらに伝法記の直接書承をおそらく決定的にするであろうべつの要素が存している。それは、本文（I）の「我ガ手」という表現が、伝法記の「已手作拳」の「已」、すなわち「以」と同じ意味のそれを「己」と考え、したがって「己手」と熟して考えた点を通過したのではないかと想像せられることである。これは、誤読とも錯覚とも、ないし、難読のはてとも、あるいは意識的な利用とも断言できないにしても、少くとも「已手」の字面に触発せられるものは存したであろう。この書承を通じて敦煌本「申手」に類する伝承が干渉したとはみられなくはないが、これを契機の一つとして、本文（Ⅰ）のここは伝法記のふくむ問題を形象した。いわば意改を通じて原典のまことがきらめいたのである。

こうして、今昔本文（Ⅰ）は伝法記の理をあらわすに形をもってした後、伝法記に即して「此ノ事疾ヤ否ヤ（ト云フ）」と訳出している。これはその行為を早く理解できたかという意味ではない。[13] 手を握ること開くこと、これが疾くあるか否か、即するか否か、ということである。矛盾が矛盾をこえて即一するか否か、ということである。その理由はこうである。

法華経提婆達多品につぎのような有名な部分がある。提婆品は于闐（Khotan）地方に行われていた単行の法華経の漢訳（斉永明八年、四九〇）が後に抄本に加えられたものである。

爾時龍女有一宝珠。価直三千大千世界。持以上仏。仏即受之。龍女謂智積菩薩尊者舎利弗言。我献宝珠世尊納受。是事疾不。答言。甚疾。女言。以汝神力観我成仏。復速於此。（妙法蓮華経巻四[五]、九、35c）

法華経の原典批評をめぐる複雑な問題は措き、この内容の大意はビュルヌーフの仏訳やケルンの英訳などによってもほぼ明瞭である。[14] すなわち、ここに「是事疾不」と漢訳せられた内容は「我献宝珠」と「世尊納受」とが即するか否かということであって、したがってこの全体からいわゆる修性不二なり始覚本覚不二なりの論理がみちびき出されることになるのである。いま、暦代法宝記や伝法記に「是事疾否」とあるのも、同じく、「手作拳」と「拳作手」と、あるいは「已手作拳」と「以拳作手」と、すなわち手を握ることと開くことが即するか否かを問うとみるべきであり、特に暦代法宝記のひらいて行く対論、すなわち、

□答曰。甚疾。□言。此末為疾。□。（此）即為疾。

この部分が提婆品のそれと大同する型であることをみても、このことは明瞭であるべきである。それ故に、まさに、菩提と煩悩と本不異と知り、本性不二と知った、と、論理はつづいている。「是事疾不(否)」の類は漢訳仏典や中国仏書における口語性を帯びた類型表現であったと考えられるのである。

このような意味は今昔物語集も正確に感じていたはずである。それは本文（I）がさきに端的に行為の形をもってした徴証によって十分想像することができるのみならず、べつに、今昔物語集が、特に平安時代以後さかんに画かれもした提婆品の龍女成仏について、法華八講に「龍女成仏ノ由」を聞く人が涙を流したという物語をつたえ（巻十三(43)）、また、提婆品文を省略形ながら少しく補って録したかと思われるところをのこしている（巻十五(43)）ことによっても想像でき、またさらに、今昔物語集の関心した煩悩即菩提の問題をやはり手をもって比喩した、つぎのような資料の存在によっても或る程度考えあわせることができるようである。

然知明闇共不二時。全不見二物故。但住平等寂静也。譬如仰掌時云菩提。覆時者云煩悩。得此意住寂然清浄也。仰覆只一掌也。不著仰不著覆。本自一掌也。本自只一法也。雖然仰覆寂然。迷悟分明也。不知一掌日有偏好。（中略）全改煩悩不云菩提。只此煩悩体不直。尋其体。般若甚深妙理也。煩悩体即法界故也。

（枕双紙(21)煩悩即菩提事、日仏全、三十二、117a）

恵心僧都作とつたえるこの書は、解義がつたないから、事実は後代に成ったものであろうと説かれるが、このような通俗的な解説が今昔物語集の時代にもいくばくか行われていたかもしれないということを考えさせる。今昔物語集は或る意味で煩悩と菩提との問題に満ちているが[15]、それはなおついに素朴であったとしても、それを人間の現実の形において感じたその在り方にとって、いま、伝法記を正しく解読するのみならず、そこにこもる妙味を結像することは、さして困難ではなかったであろうと想像せられるのである。

こうして今昔本文（I）は伝法記ないしそれ相当を書承したのである。それは、敦煌資料やいくばくかは存したかとも思われる同類の伝承とほぼ共通しながら、その選択とその翻訳との間に書承の限定を通じて「我ガ手」の生きるのを得て、意改するのに行為の端的をもってしたのであったのであった。煩瑣教学の歴史をくぐって、もとよりその教学は深い歴史的意味をもつものではあるが、その歴史をくぐって、それは伝法記のひそめる直観の方向を具体的にイメージでたしかめている。ここにはもとより自己の表現の潜勢力が鋭く流れているのであって、本文（I）はこの書を媒体として自己の求めるところのものを明確に結晶したのであった。

本文（I）の訛伝に即して言えば、中国仏教の巨匠慧遠にこのように頓悟の法をあきらかにしたその弟子の死を、菩提達摩は「空ニ」[16]知る。一篇の翻訳はこのように菩提達摩の聖を序奏して、仏教外護で知られた梁の武帝との対論に入るのである。

今昔物語集巻六(3)	打聞集(1)達磨和尚事	内証血脈(1)（伝法記）
（II）而ル間、武帝大ナル迦藍ヲ建立シテ、※数体ノ仏像ヲ鋳造リ、塔ヲ起テ、数部ノ経巻ヲ書写シテ、心ニ思ハク、我レ殊勝ノ功徳ヲ修セリ。此レ、智恵有ラム僧ニ令見メテ被讃レ被貴レムト。此ノ国ニ此来智恵賢ク貴キ聖人ハ誰カ有ルト被尋ルニ、人有テ申サク、近来天竺ヨリ渡レル聖	（II′）昔、唐ノ王、大堂ヲ造テ※仏ヲ種々ニ造顕タマフテ、我ハ賢キワザシタリ。有智ノ僧ニ見セテ尊トガラレムト思シテ、タレカ有智尊トキ聖ハアルト尋ラレケレバ、人〳〵奏ス。天竺ヨリ渡タル達磨和尚ト云聖人アリ。	（II′）武帝迎就殿内。問云。※朕広造寺度人写経鋳像。有何功徳。達磨大師答云。※無功徳。武帝問曰。以何無功徳。達磨大師云。此是有為之事。不是実功徳。不称帝情。遂発遣労過。 （伝教大師全集第二巻518、

人有リ、名ヲ達摩ト云フ。智恵賢ク止事无キ聖人也ト。武帝此レヲ聞テ心ニ喜テ、其ノ人ヲ召シテ、伽藍・仏経ノ有様ヲ令見メテ被讃歎レム。亦、貴キ功徳ノ由ヲ聞テ、弥ヨ殊勝ノ善根修セリト可思キ也ト思給テ、達磨和尚ヲ召シニ遣ス。和尚即チ召シニ随テ参リ給ヒヌ。※此ノ伽藍ニ迎ヘ入レテ、堂塔・仏経等ヲ令見テ、C武帝、達磨ニ向テ問テ宣ハク、※我レ、堂塔ヲ造リ、人ヲ度シ、経巻ヲ写シ、仏像ヲ鋳ル、何ナル功徳カ有ルト。達磨大師答テ宣ハク、※此レ、功徳ニ非ズト。D其ノ時ニ、武帝思給ハク、和尚、此ノ伽藍ノ有様ヲ見テ定テ讃嘆シ可貴シト思フニ、(D)気色糸冷気ニテカク云フハ頗ル不心得ズ思ヒ給テ、E亦、問テ宣ハク、然ラバ何ヲ以テカ功徳ニ非ズト可知キト。達

コレヲ召テ拝セサセム。又、尊キ功能之由モイハセム。聞テ増賢キワザシツルト思ベキ也トテ召ニ遣ス。随遣テ参ヌ。※此御寺ニ召テ所〻見セ、仏ヲ礼給テ、召テ、何カアル、貴キ事カト問ハ令メ給フ。D′達磨和尚尊キ由ヲ申モノゾト思スニ、(D)′気色スサマジゲニ思テ、F′如是堂寺造テ、賢キワザ、我ハシツト思ハ劣(ママ)ワキ功徳ニナムシ侍メル。H′実ノ功徳ハ※我心ノ内ノ本躰ノ清クイサ清ヨキ仏ニテイマスカルヲ思ヒ顕ナム実ノ功徳ニハシ侍。ソレニクラブレバ此ハ功徳ノ不数モ入ラヌJ′※事也ト申ニ、王無本意思テ、此ハイカニ

天台宗顕教章疏一（3a）

敦煌本暦代法宝記

梁（朝）武帝出城躬迎。昇殿問曰。（和上曰）和上従彼国将何教法来化衆生。達摩大師答。不将一字教来。帝又問。朕造寺度人写経鋳造。有何功徳。大師答曰。並無功徳。答曰。此乃有為之善。非真功徳。武帝凡情不暁。乃辞出国。

（五十一、180c）

宝林伝巻八

（前略）梁帝勅下詔赴京師。師取（普通八年）十月一日而赴上元。武帝親駕車輦。迎請大師。昇殿供養。（中略）爾時武帝問達摩曰。朕造寺写経

磨大師答テ云ク、[F]如此ク塔寺ヲ造リテ、我レ殊勝ノ善根ヲ修セリト思フハ、[G]此レ、有為ノ事也、実ノ功徳ニハ非ズ。[H]実ノ功徳ト云ハ、※我ガ身ノ内ニ菩提ノ種ノ清浄ノ仏ニテ在マスヲ思シ顕ヲ以テ実ノ功徳トハ為ル。其レニ比ブレバ、此レハ功徳ノ数ニモ※非ズト申シ給フニ、[I]武帝此ヲ聞キ給フニ、心ニ不叶ズ思給テ、[J]此ハ何云フ事ニカ有ラム。※我レハ並ビ无キ功徳造タリト思フニ、カク謗ルハ思フ様有テ云フ事也ケリト※悪キ様ニ心得給テ、[K]大師ヲ追却シ給ヒツ。

（II、57・15―58・15、180c）


イフ事ニカアラム。※幷無キ功徳造タリト思ニ、カク謗ハ思様アルナメリト※悪ザマニ得心給テ、トラヘテ遠国ニ流サレヌ。


及度僧尼。有何功徳。達摩答曰。無功徳。武帝曰。云何無功徳。達摩曰。此有為之善。所以無功徳。是時梁帝不晤此理。遂普通八年十月十九日貶過江北。

（宋蔵遺珍、法林伝三、二オ―三オ）

〔[H]――※……※―ハ全文B文デアルコトヲ示ス。以下準之〕

菩提達摩と武帝との対論を述べるのは、現在知られるところでは、やはり敦煌本暦代法宝記が最古である。菩提達摩の伝説の中には、洛陽伽藍記（東魏武定五年、五四七）巻一永寧寺条に、

時有西域沙門菩提達摩者波斯国胡人也。起自荒裔来遊中土。見金盤炫日光照雲表。宝鐸含風響出天外。歌詠讃歎。実是神功。自云。年一百五十歳。歴渉諸国靡不周遍。而此寺精麗閻浮所無也。極物境界亦未有此。口

唱南無。合掌連日。

（五十一、１０００ｂ）

のようなものがつとにあった。これは中唐にも一方では行われていた（開元録巻六・貞元録巻九）が、ここには武帝はみえないのみならず、この内容はいわゆるその対論とは相容れがたい。この対論は、おそらく、江南貴族仏経の華である梁の武帝と、寥廓の菩提達摩との名を用いて、唐代禅観の立場から、このような寓意なり批判なりをなしたのであろうが、(17) 暦代法宝記のほかにも敦煌本神会語録（貞元七年、七九一以前）第二残巻・宝林伝巻八あるいは伝法記等につづいてみえるのによれば、同型の訛伝が唐代古禅史の中で育ちつつあったことが知られる。

この訛伝も平安初期の日本に入って流れはじめた。いま、今昔本文（Ⅲ）をみれば、その要旨は漢文資料類に等しく、その細部は打聞集(1)に概して大同する。本文（Ⅱ）と打聞集(1)とは何らかの口承の色の濃い先行資料を共通母胎とするように(18)まず考えられるであろう。

そのいずれにも共通したであろう日本の先行資料は、現在のところでは知ることができない。しかし、つぎのようなことはあるいは想像することが許されるかとも思われる。それは特に敦煌本壇経（S.377）(34)との関連についての問題である。

使君礼拝自言。和尚説法実不思議。弟子当有少疑。欲問和尚。望意和尚。大慈大悲。為弟子説。大師言。有議即聞（問）。何須再三。使君。聞法可不不（・）是西国第一祖達摩祖師宗旨。大師言。是。弟子見説。達磨大師代（化）梁武諦（帝）。問達磨。朕一生未来（已）造寺布施供養有有（・）功徳否。達磨答言。並無功徳。武帝惆悵。遂遣達磨出境。未審此言。請和尚説。六祖言。実無功徳。使君朕（鎮）勿疑達磨大師言。武帝著邪道。不識正法。使君問。何以無功徳。和尚言。造寺布施供養只是修福。不可将福以為功徳。在法身非在於福田。自法性有功徳。平直（真）是徳。仏性外行恭敬。若軽一切人。悟我(吾)不断。即自無功徳。自性虚妄。法身無功徳。念念徳行。平等真心。徳即不軽。常行於敬。自修身即功。自修身心即徳。功徳自心作。福与功徳別。武帝不識正理。非祖大師有過。

（四十八、341a—b）

壇経はいわば六祖慧能（六三八—七一三）の遺録である。韶州刺史韋拠が、刺命を辞して韶州曹溪山宝林寺にあった慧能を、府城の大梵寺に請侍した。古本壇経はその慧能の大梵寺の説法を法海が集記したものを主として南方で成立したが、のち北地にも流行して敦煌にも蔵せられるに至ったのである。敦煌本（法海集記）は現存最古の壇経である（八一八頃）が、ここには原始分と後分とが混入すると考えられている。[19] この一節は、韋使君が六祖慧能に菩提達摩と武帝との対論における無功徳の解義を乞うたのに対する慧能の解説の部分であるが、この解釈も後代の附加に属すると推定せられている。[20] そして、壇経はつとに日本にも将来せられていて、智証大師将来目録（大中十二年・天安二年、八五八）に「曹溪能大師檀(ママ)経一巻海、」（五十五、1106b・日仏全仏経書籍目録二、94a）とあるのによれば、これは、敦煌本、おそらく現存本に類するものであったであろう。のちに東域伝燈目録（寛治八年、一〇九四）に「六祖壇経 恵能作疑恵能資恵忻作欤又下巻可恵昕（下略）」（五十五、1164c・仏経書籍目録一、82a）とあるのは恵昕本（乾徳五年、九六七）[21] が将来せられていたことを示している。恵昕本は現在知りがたいが、敦煌本の分派であり、これを古本とするのちの大乗寺本・興聖寺本二本にはかの対論の無功徳の解釈がみえ、その内容はさらにのちの宗宝本（至元二十八年、一二九一）とも大異はなく、宗宝本に「見性是功。平等是徳」と言うその内容（四十八、351c—352a）はまた敦煌本のそれとも大異はないから、畢竟、恵昕本にもその対論の解釈は存し、その内容もまた敦煌本のそれと大異はなかったであろう。要するに、菩提達摩と梁の武帝との対論とそれにおける無功徳の問題のこのような解釈との併存は敦煌本およびその流れに属する六祖壇経にみえるのであり、広義においてすべて敦煌本に類するのである。したがって、敦煌本とすればすでに遣唐使廃止（寛平六年、八九四）

以前から、恵昕本とすればかなり以後からという時間の問題はあるにしても、要するにこのような敦煌本壇経の無功徳の解釈に類する伝承が、日本天台における書承というよりは口承のいくばくかのひろがりを通じて流伝した、と想像することは許されなくはないであろう。ここにおいて、いま今昔本文（II）および打聞集(1)のこの部分にこの敦煌本の意味するところに或る程度類似する思想の存在するのをみれば、日本に流伝してその間に日本化しながら育っていたその敦煌本の解釈内容をめぐる口承が、或る時期に、それは古本宇治大納言物語を成したという隆国（一〇〇四―一〇七七）の生存時期であったかとも考えられるが、或る程度固定した形式を、すなわち今昔本文（II）と打聞集(1)のこの部分との共通母胎としてあるべき形式を、しかもおそらくは文字資料としての形式をとるに至った、と想像することもまたおのずから許されなくはないであろう。ただしもとより、敦煌本壇経に録する対論内容のみならば、それは敦煌本暦代法宝記・宝林伝巻八あるいは伝法記等にもみえるのであり、またべつに、三宝絵巻下(8)には大般涅槃経によって「一切衆生ニハミナ仏ノタネアリ、（中略）皆マサニ仏ニナルベシ」「身ノ中ノ仏ノタネヲアラハス」のような日本語の表現も存している。したがって、日本天台を中心とする伝承の間に、その類の何らかの結合ないし派生によって、その共通母胎が成立したと考えられないことはない。しかし、敦煌本ないし恵昕本壇経にはその対論とその解釈とが併存し、またこれは確実に日本天台に入り、さらにその思想は今昔本文（II）と打聞集(1)のこの部分との共通母胎のふくむ思想に或る程度類似するはずであるから、その伝承が、その伝承過程にはもとより宝林伝巻八あるいは伝法記の対論訛伝がかさなっていてもさしつかえなく、また逆にこれらの伝承過程にそれがかさなってあたらしく解釈を加えたとしてもさしつかえないが、それが、三宝絵巻下(8)にみえるような、ほぼ共通する思想をもつ日本語の表現を得て、打聞集(1)にみえる内容に近いもの、すなわち今昔本文（II）との共通母胎を定著した、と想像することは許されなくはないであろう。もしこのように想像することが許されるならば、敦煌地方ないしその他に流れた敦煌本壇経に類する対論解釈の内容は、いわば日本化せられ、ないしやわらかく通俗化せられながら、今昔物語集や打聞集の成立以前、おそらくおそくとも十一世紀後半には、これら二書のこの部分に共通する形に非常に近い形をもって定著していたと言うことができるのである。このように見ることができるならば、今昔本文（Ⅱ）と打聞集(1)のこの部分とは、敦煌本による壇経の西夏語訳が十一世紀後半（一〇七一）には存在した[22]ということにいくばくか通じて、東方における壇経的世界の波及とその民族化の問題としても逸しがたいと言うこともできるであろう。いずれにしても、今昔本文（Ⅱ）および打聞集(1)のこの部分、したがってこれらの共通母胎、これらに通じる日本の智慧は何処から由ってきたのであるか、このことはなお問題である。

さて、日本の伝承を定著した先行資料は、今昔本文（Ⅱ）と打聞集(1)のこの部分との、打聞集(1)に比較的近い口承の色をのこした、共通母胎であったとみられるが、今昔本文（Ⅱ）は、漢文資料である伝法記を和訳した前文（Ⅰ）につづいて、ここに癒着法を用いてその和文資料を癒着し、その和文資料の癒着面としての「而ル間[23]」に始まって、その和文資料と、漢文資料、すなわち前文（Ⅰ）が基礎とした伝法記の後文とを交錯ないし複合して、かなり複雑な変改を加えた。その過程は前期の対照に明瞭である。すなわち、本文（Ⅱ）Aは、前文（Ⅰ）が伝法記によった当然の結果でもあり、また今昔一般の要請でもあるが、伝法記A′によって鋭く固有名詞「武帝」を用いて、打聞集(1)a′「唐ノ王」に近かったであろう共通母胎の用語（これを打聞(1)類a′類と呼び、以下これに準ずる）に代え、本文（Ⅱ）Bは打聞(1)類B′類を漢文訓読のリズムに改めて和漢混淆文化し、当然主語を明確に示し、本文（Ⅱ）Cは打聞(1)類B′類の流れにつないで伝法記C′の和訳を代置する。本文（Ⅱ）Dはふたたび打聞(1)類D′類を採ってこれに漢文訓読のリズムを加え、つづいて、本文（Ⅱ）(D)は、打聞(1)類(D)′類をのこしながら、同時に、みずからの採った伝法記C′につながってその世界を完結すべき伝法記後文をみちびくために、打聞集(1)(D)′「（達广）気色スサマジゲニ思テ」に類したであろう打聞(1)類(D)′類の地の文を、武帝心話部として、しかも本文（Ⅱ）Cに伝法記C′を和訳して代置した中の達摩の言「此レ、功徳ニ非ズ」ないしその気色に対する武帝の批評に転じて用い、当然いくばくか補足し、そののち、本文（Ⅱ）Eにおいてその伝法記後文の一部E′を導入和訳する。さらにつづいて、本文（Ⅱ）Fは、打聞(1)類F′類を、おそらくその伝法記E′に直接つづく伝法記「此」という主語をあわせて、和漢混淆文化して採り、本文（Ⅱ）Gはかねて採るべく苦心してきたその伝法記G′を直訳する。しかも、伝法記の対論はそれで終るのに対して、本文（Ⅱ）Hは、そのあと、和文として通俗的なこまやかさにふれる打開(1)類H′類をいくばくか漢語をそえてつづけたのちに対論を終える。つづいて、本文（Ⅱ）はIに伝法記Iの和訳を用い、そして、Jに打聞(1)類J′類をもって武帝の心情をこまかく述べながら、最後に、おそらく伝法記K′ととりうる句を用いて終る。こうして、全体を通じて、今昔本文（Ⅱ）は、前文（Ⅰ）との接続については、漢文資料伝法記に、なおそれをつづけて用いながらも、打聞(1)類の和文資料を癒着し、本文（Ⅱ）内部においては、打聞(1)類の消化と伝法記の導入とによる、それらの交錯ないし複合と、それにともなうあたらしい補改とから成り、しかも、その交錯は、交互法ともいうべく、二資料を句的に交互につなぎ合わせたものである。そして、この息をひそめる構成の感覚は今昔物語集の秘密なのである。[24] こうして観れば、この本文（Ⅱ）における伝法記の直接利用はこれ単独でも疑うことができないであろうし、このことが、また、当然、前文（Ⅰ）におけるその直接利用の問題と相補することももはや明瞭であろう。また、さらに、この本文（Ⅱ）の方法からみれば、単なる口承と漢文資料とを交互法を用いてもつれさせるということは事実上考えられないから、その共通母胎の原拠資料としての性格は、べつに打聞集(1)に近い口承として流れていたことは可能性としては考えられる、文字資料であった、と確認せられるであろう。換言すれば、今昔本文（Ⅱ）は、本文（Ⅰ）の拠ったものにそのままつづく漢文資料と、和文資料と、そのいずれをも書承して変化をこころみたのである。

なお、総叙的前提的部分と別資料による展開部との癒着面にも散見する（巻六(5)、Ⅱ、62・14―前掲小稿参照

一、巻十(9)、II、289・4―注参照―等)。

今昔巻一(18)仏経化難陀令出家給語	十巻本釈迦譜巻六(12)所引出曜経部	十巻本釈迦譜巻六(12)所引雑宝蔵経部
[A]仏、難陀ニ告給ハク、汝ヂ道ヲ学セヨ。後世ヲ不顧ザル、極テ愚ナル事也。[B]我レ汝ヲ天上ニ将行テ令見ムト宣テ、忉利天ニ将昇給ヌ。諸天ノ宮殿共ヲ見セ給フニ、諸ノ天子、天女ト共ニ娯楽スル事无限シ。[C]一ノ宮殿ノ中ヲ見ルニ、衆宝荘厳、不可称計ズ。[D]其ノ中ニ、五百ノ天女ハ有テ、天子ハ无シ。[E]難陀、此レヲ見テ仏ニ問ヒ奉ル、[F]何レバ此ノ宮殿ニハ天女ノミ有テ天子ハ无キゾト。[H]仏、天女ニ問給フニ、[G]天女答テ申サク、閻浮提ニ、仏ノ弟、難陀ト云フ人有リ、近来出家セリ。其ノ功徳ニ依テ命終テ此天ノ宮ニ可生シ。其ノ人ヲ以テ天子ト可為ガ故ニ天子无也ト。[I]難陀、此レヲ聞テ、[J]我ガ身此也ト[k]思フ。 (1、90・6―12)	[A]仏告難陀。夫人学道。貪著欲心不顧後世焼身之禍。我今将汝天上遊観。宣自専心勿懐恐怖。仏以神力接至天上。[C′]見一宮殿衆宝荘厳。玉女営従不可称計。唯無夫主。[E′]難陀問仏。此何天宮。種種娯楽快楽昔所未見。而無夫主。唯願説之。仏告難陀。汝可自問。難陀奉教自往。問之。[G′]天女答曰汝不知乎。迦維羅竭国釈迦文仏並父弟難陀。後当生此。為我夫主。[I′]難陀聞之[K′]密自歓喜。 (五十、60a)	[B′]仏復将至忉利天上。遍諸天宮而共観看。見諸天子与諸天女共相娯楽。[D′]見一宮中有五百天女。無有天子。尋来問仏。仏言。汝自往問。難陀往問言。(F′)諸宮殿中尽有天子。[F′]此中何以独無天子。諸女答言。[H′]閻浮提内仏弟難陀。仏逼使出家。以出家因縁。命終当生於此天宮。為我天子。難陀答言。[J′]即我身是。 (五十、60b―c)

つぎにさらにこの内部に入れば、こうして成立した今昔本文（II）は、単に外的な変改だけではなくて、内的にもあたらしい変化をこころみていた。まず、前文（I）との結合は、伝法記によるものであるが、打聞(1)類とことなる、複雑な条件の設定である。つづいて、一面は会話を好んで登場人物の関係をいわば劇的動的にするという今昔一般の要請と、一面は内容的にも興趣あるべき伝法記の導入とあいまって、菩提達摩と武帝との会話の数を打聞(1)類よりも増加し、かつ、その間に、敬語表現の在り方を変改した。[25] すなわち、本文（II）は地の文においては帝王および聖者ないしそれらの相対には原則として敬語表現をもってする自己の方法に従っていて、打聞(1)類の敬語表現が帝王に深切であったのに対して、本文（II）は菩提達摩に対してもそれを用いようとする。すなわち本文（II）は地の文において打聞(1)類をあらためて王仏対等とする。のみならず、会話の部分においては、伝法記の漢文C′「無功徳」、漢文G′「此是有為之事。不是実功徳」は、それぞれ「此レ、功徳ニ非ズ」、「此レ、有為ノ事也、実ノ功徳ニハ非ズ」と和訳せられて敬語表現をともなわず、打聞(1)類F′類の和文に存したであろう「……シ侍メル」の類の敬語推量表現は漢文G′による訓読体をもって烈しい決断に改められる。また、本文（II）Hにおいても、ここには、一面原拠の複合交錯により、一面「清浄ノ仏ニテ在マス」の敬礼によって生じたかとみられる、そして武帝への尊敬とはみられない、敬語表現「思シ顕」の誤用をともなうにしても、やはり同じく、打聞(1)類H′類に存したであろう「……シ侍」の類の敬語表現は「為ル」に改められる。すなわち、本文（II）は会話の部分において特に打聞(1)類と次元を異にして、菩提達摩は、あたかも不伏王者ともいうべき仏法の自覚を持して、断乎として王者に対している。ここにはこうしてあきらかに硬質の漢文訓読表現の採用が関連している。すでに江談抄の類が苦闘したところをおしすすめて、漢文の条件と言わず和文の条件と言わず、そのいずれをも擁して、その間に立って、これを和漢混淆の文章語体に可能のかぎり統一して行くことは今昔物語集のえらんだ方法であった。本文（II）においても、ここには打聞(1)類がそれとして有したであろう充足は失われたとみられるし、また、漢文原典のもつ緊張、菩提達摩が一呼吸の刹那に断じ去る簡素はない。しかし、諸要素の秩序と配置とについて鋭い感覚をきらめかせながら、漢文の硬質と和文の柔軟と和文敬語表現の可能性とを生かしたこの表現の間には、もつれ和する四重奏の陰影のように、和漢の表現の、そして新旧の表現の、或る変化の陰影が生じている。それは自覚的にあたらしい像をもとめてもつれ和する陰影である。もとよりここにはなお悪戦のあとがあろう。しかし、悪戦は時代の運命である。あたらしい日本散文への戦いの間に、清涼の聖、菩提達摩は誕生した。

この結像をささえたものは何であるか、それはまた本文(Ⅱ)のあきらかにするべきところであろう。今昔物語集成立に至る時代には、摂関制はなやかであった日以来、「国王ノ氏寺」(愚管抄巻四)ともてはやされた院政初期の法勝寺以下六勝寺等、造寺造塔がさかんであった。それらへの賛嘆は摂関制末期女流の感性の濃い栄花物語にもはなやかである。それらをかえりみる大鏡は、法成寺造営にともなう労役の苦労や民衆の貧苦をいくばくか語り、また、王法と仏法との間の問題に一片の挿話をはさんでいて(巻五)、もとより栄花物語を出た院政初期男子知識階級の知性の一端を語っていた。今昔本文(Ⅱ)においても、そのすべては今昔独自ではないにしても、少くとも本文(Ⅱ)のこの選択[26]と苦心とを支える興味の背後には、院政初期知識階級の批評がはたらいているると言うことはできるであろう。ただし、今昔本文(Ⅱ)が鋭く表現することを欲したところのものは、今昔自身いつの日か「聖ノ道」と訳出した「禅観」[27]の問題であった。もとより今昔物語集は造寺供養ないし受持読誦の類の至心の功徳(guna)には率直である。

此レヲ以テ思フニ、塔ヲ修治シタル功徳量无シ。然レバ僧祇律ニ云ク、百千ノ金ヲ担ヒ持テ布施ヲ行ゼムヨリハ、不如ジ、一団ノ泥ヲ以テ心ヲ至シテ仏塔ヲ可修治シトナム語リ伝ヘタルトヤ。
(巻二(15)結文部、Ⅰ、149・3―4、賢愚経巻四(65)補改)

自ラ心ヲ至シテ香ヲ焼テ仏ヲ供養シ奉ラム功徳ヲ可思遣シトナム語リ伝ヘタルトヤ。

（巻二⒃結文部、Ⅰ、１５１・８）

然レバ仏モ其ノ志ヲ哀テ如此キ霊験ヲ施シ給フ也ケリ。功徳ハ少シト云フトモ、信ニ可依キ也。

（巻十二⒅、Ⅲ、１５４・13、霊異記巻上㉝補改部）

これらが「一念ノ菩提心」（巻五㉑、Ⅰ、３８６・６）を貴び、「一念貴シ」（巻十三㊹、Ⅲ、２８６・12）というように「一念ノ心」（巻十二㉔、Ⅲ、１６５・13）を悲しむことは明瞭である。

閻魔王在マシテ問テ宣ク、此ノ人何ナル功徳カ有ルト。王氏答テ云ク、我レ愚癡ナル故ニ善ヲ不修ズ、戒ヲ不持ズ。但シ一四句ノ偈ヲ受持セリト。

（巻六㉝、Ⅱ、１０１・13―１０２・３、三宝感応要略録巻中⑹補改）

この類型（巻七㉒・巻十四㉙等）の選択ないし補改はすべて矛盾対立を通じてきらめく「一念ノ菩提心」の功徳に関している。

本ヨリ心ニ智有テ、功徳ノ中ニ何事ヲ勝レタル事ト思ヒ廻ケルニ、仏ヲ顕シ奉リ、堂造クルコソ極タル功徳ナレト思得テ、先ヅ堂ヲ造ラムト為ルニ、……（中略）貧シサニ不堪シテ此クシ給ハヾ、我ガ此ノ知識ニ曳キ集タル物共ヲ皆其ニ進ナム。一人ノ菩提ヲ勧ムル功徳トテモ、塔寺造タラム功徳ニ可劣キニ非ズト云テ、……

（巻十九⑶、Ⅳ、６１・３―６２・５、宇治拾遺物語(140)）

この類型（巻十一㉖・巻十九㉕等）の選択もまた至心の菩提心につながると言うことができる。このような在り方からすれば、

国王、其ノ工ヲ以テ、百丈ノ石ノ卒堵婆ヲ造リ給ヒケル間ニ、（中略）我レ、此ノ石卒堵婆ヲ思ヒノ如ク造リ畢ヌ。極テ喜ブ所也。而ルニ、此ノ工、他ノ国ニモ行テ、此ノ卒堵婆ヲヤ起テムト為ラム。然レバ此ノ工

ヲ速ニ殺シテムト思ヒ得給ヒテ、……（中略）彼ノ卒堵婆造リ給ヒケム国王、功徳得給ヒケムヤ。世挙リテ此ノ事ヲ謗ケムトナム語リ伝ヘタルトヤ。（巻十(35)、II、333・1—334・2、大荘厳論経巻十五(83)類）[28]

この国王に対してこのような批評のこえのひびくのは当然である。いま、本文（II）においては、すでにあきらかなように、造寺写経を福無辺とし、福を修することに終るのみならず、それがたたえられることをねがい、さらにべつに功徳をまつという邪見を衝くのである。[29]

而ルニ、此ノ僧沢、少ノ智恵有テ、我ガ身ノ内ニ在マス仏ノ三身ゾ功徳ノ相ヲ心ニ縣テ忘ル、時无ク、昼夜ニ常ニ思フ。如此ク観ズル間、其ノ功徳自然ラ顕ハレテ、心ノ内ニ常ニ法性ヲ観ジテ、更ニ他ノ事ヲ不思ズ。（中略）心ニ随テ形ノ色鮮ニシテ、起居テ仏ヲ念ジ奉ツリ、法性ヲ観ジテ絶入ヌ。

（巻四(10)、I、286・8—13）[30]

あるいは、

我等、年来、碁ヲ打ヨリ外ノ他ノ事无シ。但シ、黒勝ツ時ニハ我ガ身ノ煩悩勝リ、白勝ツ時ニハ我ガ心ノ菩提増リ、煩悩ノ黒ヲ打チ随テ菩提ノ白ノ増ルト思フ。此ニ付テ我ガ无常ヲ観ズレバ、其ノ功徳忽ニ顕ハレテ証果ノ身トハ成レル也ト云フヲ聞クニ、涙雨ノ如ク落テ悲キ事无限シ。

（巻四(9)、I、284・4—7）[31]

年来、此事より外、他事なし。ただし、黒勝ときは我煩悩勝ぬとかなしみ、白勝時は菩提勝ぬと悦。打に随て煩悩のくろをうしなひ、菩提の白の勝ん事を思ふ。此功徳によりて証果の身となり侍也と云。

（宇治拾遺物語(137)）

本文（II）も、このような考え方のままに、菩提達摩の論旨およびその方向とするところを理解し、かつ交互法の構成においても敬語表現の問題においても自覚的に変改をこころみた。ここに生れた菩提達摩の像はもとよりすでに王侯貴族仏経一般におけるそれではなかった。この問題は打聞(1)類にも動いていたが、今昔本文（II）は表現を通じて自覚的にそれを発見したのである。これはその時代における「人間」の解放への道ともいいうるのであって、この意味において、仏法部におけるこのような聖の発見はまた世俗部における民衆の発見に対応するともいうことができるであろう。

今昔本文（II）はこのように在った。さかのぼってみれば、文献的に確実に知られるものとしては、敦煌本暦代法宝記、宝林伝巻八ないし伝法記、あるいは敦煌本恵昕本壇経等の大同する資料の中、宝林伝巻八ないし伝法記の伝承は平安初期に流れた可能性があり、それらに類した伝承、あるいはもし想像が許されるならば壇経の流れも入った伝承が、日本化しながら育っていた。それがいわば日本における第一次的な旧伝承である。やがてそれに由って和文資料が成立した。これが、今昔本文（II）と打聞集(1)のこの部分との共通母胎となった、第二次的な旧伝承である。今昔本文（II）は、その共通母胎である和文資料に、すでに平安初期に入って第一次旧伝承の醸成に何らかの関連をもったであろうところのその伝法記をあたらしく書承して導入複合した。いわば外国からの営養をあたらしく生かし、国内の旧伝承をも容れながら、あたらしい散文、あたらしい言葉において、自覚的にみずからの希いを結像して行った。それは結果として敦煌資料の類と類似しながらも、幾度かの過程を経て、古禅史の問題を出た、より変化ある世界を生んだのである。

今昔物語集巻六(3)	内証血脈(1)（伝法記）	敦煌本暦代法宝記
(III) 大師被追却レテ、錫杖ヲ杖ニ突テ□山ト云所ニ至リ給ヘリ。其ノ所ニシテ会可禅師ト云	(III′) 大師杖錫行至嵩山。逢見慧可志求勝法。遂乃付嘱仏法矣。（漢地相承。祖師六代。伝	北望有大乗気。大師来至。魏朝居嵩高山。（中略）唯可大師得我髓。時魏有菩提流支三蔵光統律師。於

フ人ニ値ヒヌ。此ノ人ニ仏法ヲ皆付嘱シ給ヒツ。其ノ後、達磨大師其ノ所ニシテ死給ヒヌ。然ニ、門徒ノ僧等、達磨ヲ棺入レテ墓ニ持行テ置ツ。
（Ⅱ、58・16—59・2）

達磨衣為信。至能大師息大伝。今現在曹溪塔所。…）
（伝教大師全集第二巻518、天台宗顕教章疏一 3a）

食中著毒餉大師。（中略）前後六度毒。大師告諸弟子。我来本為伝法。今既得人（厭）。久住何益。遂伝一領袈裟。以為法信。（中略）葬于洛州熊耳山。
（五十一、180c—181a）

今昔本文（Ⅲ）はふたたび単独に伝法記のつづきに即して訳しはじめると考えられるであろう。暦代法宝記の録する、それは宝林伝巻八（宋蔵遺珍同伝三、六オ、二十五オ—ウ）にも類似があるが、その荒唐の六過伝説は伝法記逸文にはみえない。打聞集(1)はここからべつの流れに入るから、本文（Ⅲ）は、打聞(1)類にも接したであろうにしても、全くそれを採っていない。前文（Ⅰ）（Ⅱ）の経過からみても、伝法記に即したとみるほかはないであろう。[32]「嵩山」にあたる箇所に空格をのこすのが、もし脱落と考えがたいならば、これはこの後につづく「其ノ後」以下の二文が本文（Ⅲ）の創作による補入と考えられることと相関するかと思われる。すなわち、「其ノ後」以下は伝法記にもみえず、既見資料においては何らかの文献によったとは考えがたい。聖なる菩提達磨の像をもとめて一篇を成し、古禅史の相承などをかえりみないこれにおいて、本文（Ⅲ）は、伝法記の後半が古禅史の伝衣について菩提達磨の寂後をのべる部分を転じてその入寂を補って、後文（Ⅳ）との接続を計ったもののようである。それは、この本文（Ⅲ）の「嵩山」該当箇所に空格をのこす面からみても、「其ノ後」という語の今昔一般における性格からみても想像することができるように考えられる。すなわち、今昔物語集が一般に固有名詞の感覚にかなり鋭くて、原則的に原典に即する場合でも事情のある箇所には空格をのこす場合があるのをみれば、いまも伝法記にみえる「嵩山」と伝法記にみえない菩提達摩の寂地との関係に疑問を生じたかと考えられるからであり[33]、また、「其ノ後」は今昔一般に翻訳翻案における省略・補入・癒着部等にあてられることがあるからである[34]。換言すれば、空格は本文（Ⅲ）が原典をはなれて「其ノ後……死給ヒヌ」等を創作補入した関係の上に意識的に生じたかとも考えられるのである。いずれにしても、本文（Ⅲ）の基礎が伝法記にあることは疑うことができないであろう。こうして、畢竟、今昔本文（Ⅰ）（Ⅱ）（Ⅲ）は内証血脈に所引するような伝法記に必ず接していたのである。

今昔物語集巻六(3)	打聞集(1)	内証血脈(1)（四行観序付法簡子）
（Ⅳ）其後、二七日ヲ経テ、公ノ御使トシテ、宗雲ト云フ人物ヘ行クニ、葱嶺ノ上ニシテ一人ノ胡僧ニ値ヒヌ。片足ニハ草鞋ヲ着キタリ、今片足ハ跣也。胡僧、宗雲ニ語テ云ク、汝ヂ可知シ、国ノ王、今日失セ給ヒヌト。宗雲、此レヲ聞テ紙ヲ取リ出シテ此ノ日月ヲ記シツ。宗雲、月来ヲ経テ王城ニ返リ来テ聞ケバ、帝既ニ崩ジ給ヒニキト云フ。其	其後、天竺ヨリ僧渡リ。ヤムゴトナキ物天竺ヨリ渡ヌ。イカニイヒソメニケル事ニカ有ム、国ノ内ノ上下イヒケレバ、王悦貴ガリ給テ遣テ使ヲ召シム。即チ参ヌ。王対面、渡ル志ヲ問給ニ、申様、達磨和尚止无聖人也、必結縁スベキ人也。件聖ニ為結縁罷渡ル也ト云ヲリニ、サハ我ハ止无権者造罪ト思シテ、驚テ遣使テ召返シム。使流レタル所ニ	――後魏達磨和上―― （Ⅴ′）謹案。四行観序云。法師者西域南天竺大婆羅門国王第三之子也。（中略） （Ⅳ′）又付法簡子云。達磨大師葬経二七日。後魏聘国使宗雲於葱嶺上逢一胡僧。一脚著履一脚跣足。語宗雲曰。汝漢地天子今日無常。宗雲紙筆記之日月。宗雲帰至。帝已崩。所記日月験之。宗雲与朝庭百官並達

ノ時ニ、記セシ所ノ日月ヲ思フニ違フ事无シ。彼ノ葱嶺ノ上ニ[A]シテ此ノ事ヲ告ゲシ胡僧、誰人ナラムト思フニ、達磨和尚也ケリト知テ、朝庭ノ百官ト幷ニ達磨門徒ノ僧等ト、相共ニ実否ヲ知ラムガ為ニ、彼ノ達磨ノ墓ニ行テ、棺開テ見ルニ、達磨ノ身不見給ズ、只棺ノ中履ノ片足ノミ有リ。此レヲ見テ、葱嶺ノ上(A)ノ値タリシ胡僧ハ、定メテ達磨ノ草鞋ノ片足ヲ着テ天竺へ返リ給ケル也ケリ。片足弃ル有ハ震[B]旦ノ人ニ此ク令知メムガ故也ケリト皆人知ヌ。然レバ、国挙テ、止事无キ聖人也ケリト云フ事ヲ知テ、貴ブ事无限シ。

(V) 此ノ達磨和尚ハ南天竺ノ大婆羅門国ノ国王ノ第三ノ子也ト

行テ尋所ニ、其ノ預カリノ云ク、和尚ハ早失給ニキ。葬送セムトテスル処ニ草鞋片足許アリテ真躰ハ无シ。サレバ其由ヲ啓ルベキ也□(ト)云ケレバ、使返テ其由ヲ奏時ニ、王悔イ悲給事无限。此ノ和尚ニ対ニ天竺ヨリ渡ル僧聞[A′]テ申、道ニ流砂ト云所ニ年八十許ノ老僧ノ腰枉タルガ草鞋イノ半足ヲハキテ我早□(ウ)天竺ザマニ参ハ、サハ此和尚ニコソアリケレ。ナゾノ老法師ニカ有覧ト思テ无礼ニ腰ウヤヲダニセデ過ニ[B′]ケルカナ。カウ知タラマシカバ、拝テ契リマウシテマシトテ泣事无限。イマハ候テモナニ、カハセ□。本ノ国ニ罷帰テ和尚ヲ尋ムト云テ帰ヌレバ、倍愁キ給ケリ。

磨門徒等共発墓開棺。不見師身。唯見棺中有一隻履。挙国知聖矣。(又梁武帝製達磨碑。頌云。……)

(伝教大師全集第二巻518—519、天台宗顕教章疏一3a—b)

敦煌本暦代法宝記

時魏聘国使宋雲於葱嶺逢大師。手提履一隻。(宋)雲問。大師何処去。答曰。我帰本国。汝国王今日亡。(宋)雲即書記之。(宋)雲又問(大師)。大師今去(去後)。仏法付嘱誰人。答。我(今)去後四十年。有一漢僧(道人)。可是也。宋雲帰朝。旧帝果崩。新帝已立。(宋)雲告諸朝臣説。大師手提一隻履。帰西国(去也。其)言。汝(旧)国王(今日)亡。実如所言。諸朝臣皆不信。

ナム語リ伝ヘタルトヤ。（Ⅱ、59・3―13）		遂発大師墓。唯有履一隻。（五十一、181a）

この著名の伝説は、洛陽伽藍記巻五その他にみえるかの敦煌の宋氏、宋雲西使（北魏神亀元年（五一八）前後）の史実が、中国の高僧伝説ないし志怪荒唐の民間伝説の諸要素[35]を背後とし、あるいは法顕伝説（梁高僧伝巻三(1)、五十、338a）の類も入ったかもしれない西域の幻影を背後として、「遊化為務不測於終」（続高僧伝巻十六(5)）の菩提達摩と結んで成立したことが明瞭である。敦煌本暦代法宝記は、相承を重んじるためか、本国へ帰るという菩提達摩が慧可に付嘱することにもふれるほかは付法簡子に大同し、宝林伝巻八には少しく簡単ながらほぼ同類の伝説が二度みえている（宋蔵遺珍、六ウ―七オ、十七オ―ウ）。これはこの訛伝が口承的に流伝していた結果とも考えられるであろう。日本でも、天台を通じて、このような訛伝は文献とはべつに口承的にもつたえられていた可能性はある。いくばくかは共通しながらも大異すると言うべき、原拠不明の打聞集(1)のこのような訛伝がのこっているのも、またそのヴァリエィションの一つであろう。[36]

今昔本文（Ⅳ）はやはり内証血脈に所引するような付法簡子の和訳にもとづき、本文（Ⅴ）はやはり内証血脈に所引するような四行観序の和訳であって、順序を変えたのはもとより出自にふれるこれを結文とするためである。本文（Ⅳ）は前文（Ⅲ）の伝法記直訳部につづく創作的補入部に癒着するために「其後」をもってはじめたのち、ほとんど直訳に近い[37]が、ただいくらか補入した部分には、打聞(1)類が見えかくれしているようにみえる。すなわち、本文（Ⅳ）A(A)Bの部分には打聞集(1)A′B′の類の投影を感じることができ、A(A)の呼応はA′をそれぞれにひらき、(A)内後半の「天竺」帰国のことはA′の一部を入れたと見られるのみならず、BはB′を変化しているようにみえる。すなわち、本文（Ⅳ）A(A)Bは打聞(1)類に存したであろう打聞集(1)に類するそれに誘因せられたとみることができる。本文（Ⅳ）に「草鞋」と「履」と二様の語のみえるのもおそらく二様の資料のあとなのであろう。換言すれば、打聞(1)類は、打聞集(1)と同じように、本文（Ⅱ）に対する打聞(1)類につづいてこの部分を存していたはずであって、今昔本文（Ⅳ）は漢文資料の和訳をそれに代えて行ったが、漢文資料には露呈しない説話的空間を、口承的和文資料の一種こまやかな味わいをもつれさせて充足したのであった。これらの方法はいわば分解法と移入法ともいうべく、本文（Ⅱ）の方法にかよう、かなり特異の才能である。[38]

このとき、今昔物語集は、もし内証血脈の所引における付法簡子に直接よったとすればもとより、何らかの抄物におけるそれによったとしても、やはり漢文原典の権威において、このような伝奇の採択の中に史実性実録性をみとめたであろう。[39]同時に、また、原典にそこはかとなく流れる説話的興趣を、彼みずからの好む神秘的ないし伝奇的境界の写実的表現のうちに感じたでもあろう。のみならず、このような説話的諸要素は、また日本において、あるいは日本古代伝承のヴィジョンとして、またあるいは中国から来ったそれとして存在したし、[40]今昔自身も、西域の幻影への憧憬（巻四(25)・巻六(5)(6)(10)等）をもふくんで、意識的にも無意識的にもおのずから受容しやすかったと言うこともできるであろう。荒涼としたパミール山谷瞬刻の出会と、王城にかえり来ってその言のままに聞く皇帝の死と、聖者の声なき空棺に凝乎としてある群像と、ここには、生あるものの上にうつって行く時間の風景を、或る聖なる沈黙が去来している。明確で硬質の表現を通じて、人間の震撼を造型しながら、一抹流れる幽邃は、今昔散文の開拓した世界の一つであった。

こうして、今昔物語集巻六(3)の全篇は、日本天台を通じて流れていた、敦煌資料にも類する伝承を背後として、内証仏法相承血脈譜に所引するような漢文資料を直接書承し、打聞集(1)に類する口承的和文資料を癒着し複合して成立したことが明瞭になった。そして、それは、それらの漢文資料が主として目的として重んじた師資相承の問題を仏法東漸史の場における問題に転じ、それらのイメージに即しながらも和文資料の消化を通じて、自己ののぞむ像を造型し、説話的世界を充足したが、ここに結像せられたあたらしい世界は、日本の転換期における可能性の模索と、および、日本散文の苦悩の日における日本語の想像力の可能性の追求と、これらとふかく関連していたのである。

二

今昔物語集巻六(3)の菩提達摩伝説は伝法記・付法簡子・四行観序の一部と打聞集(1)に近い資料とを用いたものである。そして、その漢文資料はすべて内証血脈に所引するところであった。したがって、今昔物語集巻六(3)の漢文資料によるところはすべて内証血脈そのものを基礎資料として直接書承したとみることが十分可能であるが、しかしこれを無条件に断定することはできない。その理由はこうである。

第一に、内証血脈に録するこれ以外の僧伝内容は今昔物語集に収めるその僧伝内容と必ずしも一致しない。今昔物語集には、或る原典からその一篇のみを採録することよりも、或る原典から或る程度まとめて収録する傾向があり、これはなお傾向と言うことを出ないが、これからみれば、内証血脈における僧伝の中、今昔物語集の採録するのはこの資料のみであって、他はこれからえらんでいない[41]という事実が、ここに内証血脈自体の直接書承に疑問をのこすのである。もとより消極的な理由にすぎないが、一つの条件としては考えることはできるのである。

第二に、内証血脈がここに所引する四行観序の大部分と付法簡子とが伝述一心戒文（承和元年、八三四）巻下にみえる[42]。伝法記はこれにみえないにしても、これらがこうしてみえる事実は、少くとも、日本初期天台における菩提達摩伝説が、内証血脈以来、これらの漢文文献によって注意せられたことを推定するのに十分である[43]。このことは、さらに下って、阿婆縛抄（一二四二―一二八一）明匠等略伝上の「達磨大師」伝が四行観序・伝法記・付法簡子および和漢年代暦を用いていることによっても明瞭であろう[44]。したがって、日本天台ないしその周辺にこれらの書写が或る程度行われていて、内証血脈ないし一心戒文から阿婆縛抄に至る過程には、すでに散佚しあるいはまだ発見せられない、これらの抄物も存在したかとも考えられる。とすれば、今昔物語集巻六(3)は必ずしも内証血脈自体に直接したのではなくて、あるいはそれぞれの写本を抄して組みあわせたのかもしれず、またあるいは、この中ではこちらに可能性があろうが、あたかも阿婆縛抄のような、この部分の抄物によって成立したものかとも考えられないことはないのである。

ただし、特に今昔本文（I）と同類の全容は、文献的には、既見資料においては、敦煌本暦代法宝記と内証血脈に所引する伝法記そのもののほかには存在しないから、少くともこのかぎりにおいては、今昔物語集巻六(3)全篇の漢文資料によるところは内証血脈自体を直接書承すると考えることは可能である。内証血脈にはすでに平安初期以来写本もあったのである。ただし、また、それは、すでに散佚した、ないしはまだ発見せられない何らかの抄物によっているかという疑問をなおのこすべきようにも感じられないでもないにしても、要するに、それが内証血脈所引ないしそれ相当の逸文の組みあわせと内容とにもとづいて選択せられ、それに忠実に即しながら変改せられたことは疑うことができない。そして、いずれにしても、今昔本文を通じてその独自の変改と推定した部分について、その推定を動揺させるべつの資料はありえないであろう。

三

こうして構成せられた今昔物語集巻六(3)の菩提達摩和文伝説は、日本天台禅、すなわち今昔自身にいう「達磨宗」（巻二十⑶、Ⅳ、197・15）の伝承を基礎とするものであって、またそれを出ないものである。換言すれば、景徳伝燈録（景徳元年、一〇〇四）巻三あるいは伝法正宗記（嘉祐六年、一〇六一）巻五等、後代禅宗の至重とした書に複雑になったその伝承はまだここでは用いられるに至っていない。鎌倉時代以後に流れるようになったその伝承は院政初期にはまだ親愛せられるに至らなかった。今昔物語集巻六⑶の拠ったものは唐伝であって宋伝ではないのである。[46]

これによってこれを観れば、或る古朴の味わいをのこすこの伝説は、また、今昔物語集の位置する仏教史的背景の一面を確実に感じさせるということもできるのである。

後記

小稿は、敦煌資料との関連の上に立って、出典研究と文体ないし形象の研究との相関面から、今昔物語集巻六⑶の菩提達摩和文伝説の成立とその位置とを考察したものである。それは、敦煌本古伝を現在最古とする日本の唐伝伝承の流れにあって、その敦煌本古伝に類する漢文資料をあたらしく翻訳しながら、独自に再構成したものであった。そして、和漢混淆の文章語体によるところのその独自の方法は、文字表現の苦心を通じてみずからの世界をつくるよろこびを知る何ものかがそこにはあった、ということを考えさせるであろう。さりげない説話様式につつんで、書く形式を語る形式の同時共存をもってする間に、うつろいやすい何ものかに対して、確乎とした散文作品をつくることへの意志がそこにはすくなくともひそかにはめざめつつあった、ということを考えさせるであろう。転換期の都市の多様な経験の集積を通じて、こうして今昔物語集はみずからの仕事をすすめたのではないであろうか。

注

(1) 四行観序はもとより略弁大乗入道四行弟子曇林序である。現存最古の原形は敦煌本楞伽師資記(S. 2054; P. 343. 開元年間、七一三—七四一)にみえ、続高僧伝巻十六(5)菩提達摩伝(貞観十九年、六四五)は主としてこれにもとづいている(矢吹慶輝「鳴沙余韻解説」第二部四九一—四九三頁、宇井伯寿「禅宗史研究」二—六)。付法簡子は最澄が入唐前に伝受した北宋系のもので、伝法記は入唐して天台山で伝受したものかと言われている(常磐大定「支那仏教の研究第二」三一三頁)。

(2) 「鳴沙余韻解説」第一部二〇七—二〇八、第二部五〇四—五二一、宇井伯寿「第二禅宗史研究」一七七。

(3) この所伝は続高僧伝巻十六(5)菩提達摩伝・敦煌本伝法宝紀(P. 2634. 開元年間、七一三—七四一)・敦煌本楞伽師資記・敦煌本神会語録(貞元七年(七九一)以前)等には存しない。この所伝を存する伝法記の成立年代は不明である。暦代法宝記にみえる法系は蜀地方に一派を形成したもののようであって、この所伝は、続高僧伝を成した道宣の寂後から暦代宝記法系の最後である無相の寂まで、すなわち六六七—七七四間に、四川省あたりで創られたとせられる(「禅宗史研究」一〇)。

(4) 混乱の一は要するに達摩多羅(出三蔵記集巻九・十二)との混同に発するらしい。暦代法宝記に菩提達摩多羅と達摩多羅とあり(べつに達摩とのみもある)、そのいずれもいわゆる菩提達摩をさすのは過渡時代の表現であろう(「支那仏教の研究第二」二八九—二九〇)。達摩多羅を菩提達摩に非ずとする(北山録巻六)解釈のあるのもその混乱のあった証拠であろう。暦代法宝記は要するに誤謬である(「鳴沙余韻解説」第二部五一一、「禅宗史研究」九、「第二禅宗史研究」二八〇、松本文三郎「達摩の研究」一四五—一五〇)。しかし、それは興味ふかい誤謬である。

(5) 仏陀耶舎(耶舎)その人は北インド出身、羅什在印時代の師、長安に入った著名の訳経僧である(出三蔵記集巻十四(2)・梁高僧伝巻二(5))。菩提達摩にも達摩多羅にも関係がない。伝法記はおそらく語音相近する仏陀跋陀羅(仏大跋陀)と混同したのであろう(「支那仏教の研究第二」三一四)。彼も北インド出身の著名の訳経僧である。禅法を学び、長安に入って羅什と知り、中国僧等に擯せられてのち、廬山に入って慧遠と知り、旧の如く語って、禅数諸経を訳出した(出三蔵記集巻十四(4)・梁高僧伝巻二(6))。暦代法宝記がこれを二人とするのが奇異であるが、略称の混乱から生じたか、西域から北魏に来って嵩山に住した仏陀禅師(跋陀、続高僧伝巻十六(4)・魏書釈老志)などとの混乱から生じたか、要するに仏陀跋陀羅の影の中にあるのであろう。

（6）　法林伝十巻の中、巻七・九・十はなお欠巻である（「支那仏教の研究第二」所収「宝林伝の研究」二〇三―三二六）。その巻七はインドにおける菩提達摩を述べるとみられるが、これにその種の訛伝の存したであろうことは、北山録巻六に「異説曰。達摩既当伝法使二弟子至漢地。被秦人擯於廬山（即跋陀也）（中略）（此所叙並宝林伝与高僧伝乖異也）」（五十二、６１１ｃ）とあることによって想像してよいであろう（「支那仏教の研究第二」二四二―二四三、二九六―二九七、三一四）。

（7）　宝林伝は、日本国承和五年入唐求法目録に「大唐部(ママ)州雙峯山曹溪宝林伝十巻巻一帙」とある（五十五、１０７５ｃ）ほか、慈覚大師在唐送進録・入唐新求聖教目録にみえる。伝法記は承和十余年恵運禅師将来教法目録に「西国仙(ママ)祖代相承伝法記」とある（五十五、１０８８ｃ）のがそれにあたるであろう。その他、六祖壇経・達摩尊者行状など多くの禅書が将来せられ（円珍入唐求法目録・智証大師将来目録等）、また、達摩和尚五更転・梁朝志公歌・傅大士歌など、中晩唐歌曲とみられるもの（「鳴沙余韻解説」第一部八一、入矢義高「徴心行路難」―「塚本博士頌寿記念仏教史学論集」所収―参照）も将来せられていた（入唐新求聖教目録・円珍入唐求法目録・智証大師将来目録）。

（8）　宝林伝は天台から南都に入った興福寺永超の東域伝燈目録（寛治八年、一〇九四）にみえる（五十五、１１６３ｃ）ほか、阿婆縛抄馬鳴条（日仏全、同抄四、１５８５ｂ）に引かれ、さらに下って、聖徳太子平氏伝下二（日仏全、聖徳太子伝叢書、２２４ｂ―２２５ａ）・上宮太子拾遺記（同、３７６ｂ）等にこれを引いて達摩伝説にふれている。伝法記が阿婆縛抄にみえることは後記するであろう。

（9）　今昔巻六(6)のこの部分の原典は慈恩伝巻三である（小稿「和文クマーラヤーナ・クマーラジーヴァ物語の研究」、奈良女子大学文学会研究年報VI→本書所収）。なお、今昔巻十九(2)に「止事无キ聖跡」（IV、５８・14、原拠未詳）のような例もある。

（10）　今昔巻十(9)の孔子伝説に敦煌本孔子項託相問書（P. 3883. 3833；S. 395・1392 etc.）の一部（敦煌変文集巻三、二三一―二三二）と同類とみるべき断片がある（II、２８９・４―13）。これは中国にひろく流伝していたが、やはり中国漢文資料を書承して簡略意改すると考うべきもののようである（小稿「敦煌資料と今昔物語との異同に関する考察II→本書所収）。

（11）　巻六(33)は要略録からみればかなり劇的に変改していて、この物語が平安時代に盛行していたことからみると何らかの別資料を複合するかとみられないこともないが、地獄蘇生の型は今昔にも頻出し、また「若クシテ死シテ其ノ身尚暖ニシテ」（巻九(14)、II、２０３・16、冥報記巻中前田家本(4)・高山寺本(5)「少時死而身暖」）、「暴ニ死ヌ。而ルニ胸猶暖ナリ」（巻九(27)、II、２２３・7、冥報記巻下同(3)同(4)「暴死。而心尚暖」）等もみえるのによれば、巻六(33)はこれらの型を利用したかとも考えられる。

(12)　これらのほかにも、たとえば、「……ヲ問フニ、泣テ不云。良久シテ語テ云」（巻六(11)、II、７５・4、要略録巻上(9)）、「……ト問ヘバ、女子泣ノミ泣テ其故ヲ不答ヘ」（巻二十六(1)、IV、４０８・15、日本霊異記巻上(9)）、「……ト問ヘ共、答フル事モ无テ……」（巻二十六(8)、IV、４３１・7―8、原拠未詳）、あるいは「孔子ノ答ヲ不聞ズシテ」（巻十(10)、II、２９２・10、宇治拾遺物語(90)類）なども、それぞれ、このような型に関連しうる意味をもつであろう。

(13)　大系本はこのように解してなお疑問をはさんでいる。大系本が注する「トシ」の例、「其ノ人、法花経ヲ読誦スル事明カ也。（中略）汝ヂ法花経ヲ一部読誦スル事吉ク利シ」（巻七(20)、II、１４５・15―１４６・2、弘賛法華伝巻六(17)「誦法華甚通利。（中略）汝誦一部経熟利如此」、五十一、２８ｃ）は「是事疾否」の「疾」ではない。

(14)　M. E. Burnouf: Le Lotus De La Bonne Loi, Nouvelle éd. Vol. I. P. 161., H. Kern: The Saddharma-Pundarikatase (Sacred Books of The East, Vol. XXI.),pp. 252-3. 正法華経巻六には「女謂舎利弗及智積曰。吾以此珠供上世尊。仏受疾不。答曰。倶疾。女曰。今我取無上正真道成最性覚。速疾於斯」（九、１０６ａ）とある。

(15)　語彙面にあらわれる煩悩と菩提との例としては、「但シ、黒勝ツ時ニハ我ガ身ノ煩悩増リ、白勝ツ時ニハ我ガ心ノ菩提増リ、（中略）此ニ付テ我ガ无常ヲ観ズレバ、其ノ功徳忽ニ顕ハレテ証果ノ身トハ成レル也」（巻四(9)陀楼摩物語、I、２８４・4―6、圏点は宇治拾遺物語(137)との相違点を示す）――既見資料においては、従来あげられる賢愚経巻十三(67)（法苑珠林巻三十四所引）よりも発展してこの説話に接近した類話が、阿育王伝巻五・阿育王経巻八・付法蔵伝巻三等にみえ、これらはさらに、巻四(9)全篇にも投影するかにみえる。憂波毱多（Upagupta）伝説が、禅観を通じて、おそらく菩提達摩とみられたらしい陀楼摩の上に移ったのであろう――のようなものがあり、煩悩即菩提に類するものとしては、「悪シキ事ト善キ事トハ差別有ル事无シ、只同ジ事也。智リ无キ者ノ善悪異也トハ弁ル也」（巻五(3)、I、３４８・6―7、圏点は打聞集(15)との相違点を示す）のようなものがある。

(16)　「空ニ」は今昔のみにかぎらないが、今昔は時としてこれを補入する。「（行基）空ニ其ノ心ヲ知テ」（巻十一(2)、III、６０・13、日本往生極楽記「遙見知意」、三宝絵巻中(3)「暗ニソノ心ヲシリテ」、霊異記巻中(7)「即以神通……」）、「空ニ我ガ心ヲ知テ」（巻四(25)、I、310・7、宇治拾遺物語(138)「空に御心をしりて」）、「爰ニ、天帝釈、仏ノ下リ給ハムト為ヲ空ニ知シテ」（巻二(2)、I、127・4、十巻本釈迦譜巻七、五十54c—55a—小稿「今昔物語集仏伝資料とその翻訳とについての研究」→本書所収）、「此ニ御シ乍ラ唐ノ事ヲ空ニ知リ給フハ、実ニ仏ノ化シ給タルニコソ有ケレ」（巻十一(12)、III、86。15—16、打聞集(16)・園城寺伝記五之六智証大師伝等に類するが、この部分に対応するものはない）、また「神通ノ力ヲ以テ遥ニ此ノ事ヲ見テ」（巻四(26)、I、311・15、大唐西域記巻五、五十一、896c意改部）のような例もみえる。この語を用いる場とその意味とがよく知られる。

(17)　梁の武帝には対論伝記ないし伝説が多くのこっている。梁高僧伝巻十(16)保誌（宝誌・誌公・志公）伝に武帝と彼の対論がみえ、敦煌本梁武問志公（S.3177）に通じている。中唐大暦（七六六—七七九）前後その頌の流行したという敦煌本梁朝傳大士頌金剛経序（S.1846・3373）には武帝も志公も登場するが、武帝と志公とが菩提達摩をめぐって対話する宝林伝巻八の伝説はこれと類型をなしている。

(18)　前掲小稿参照。

(19)　「第二禅宗史研究」所収「壇経考」（一—一七二）、「鳴沙余韻解説」第一部三〇〇—三〇五。

(20)　「第二禅宗史研究」八九、一一二、一四六—一四七。なお、所掲壇経本文は大正蔵経およびこの一四六—一四七本文注を参照して正字とみるべきものを傍注した。

(21)　前掲五八—六六、六八、一一三。

(22)　前掲五八所引川上天山説。

(23)　癒着法については前掲小稿参照。今昔における「而ル間」の用法には幾種類かあるが、その中、癒着面にあらわれるのは、たとえばつぎのようである。

其ノ後、此ノ経ヲ世ニ弘ム。而ル間、一人ノ人有テ、此レヲ不信ズシテ云ク、……（巻七(13)、II、136・11—12）

経功徳如斯。歓喜見投弘通矣。（三宝感応要略録巻中(62)五十一、846c）、時有一人。生不信云。（同巻中(61)、五十一、846c）

経ヲ読ム音甚ダ貴シ、聞ク人皆涙ヲ流ス。如此ク年来行ヒテ、後ニハ神明ニ移リ住ス。而ル間、閑院ノ太政大臣ト申ス人御ケリ、（中略）其ノ人、其

音声微妙。聞者涙涙。（況復験力掲焉。降伏恐家。除癒病悩。国王大臣貴仰聞経。）（法華験記巻中(66)神明寺法師）

むかし、閑院大臣殿、三位中将におはしける時、わらはや

ノ時ニ、若クシテ三位ノ中将ト聞エケルニ、夏比瘧病ト云フ事ヲ重ク悩ミ給ヒケレバ（巻十二㉟、Ⅲ、191・2—6）

みをおもくわづらひ給けるが、神名といふ所に…（宇治拾遺物語⒁）

なお、総叙的前提的部分と別資料による展開部との癒着面にも散見する（巻六⑸、Ⅱ、62・14—前掲小稿参照—、巻十⑼、Ⅱ、289・4—注⑽参照—等）。

(24) 漢文相互間であるが、同様の交互法による構成過程を例示する。（小稿「今昔物語集仏伝資料とその翻訳とについての研究」・「今昔物語集翻訳翻案の諸方法」参照（双方改稿改題して本書所収）。

(25) 今昔の敬語表現は、漢文原典を直接書承する場合のそれが和文資料によってその限定をうける場合のそれよりも原則としていくらか緻密になる傾向がある。これによって今昔原拠の性格を知りうる場合さえある。ただし、これは特に厳密な原則でもなく、また、文間の種々の相対条件によってもことなる（前掲小稿）。いまはその相対条件による変改である。

(26) 梁武帝の伝説がここに入るのは、外面的には、今昔震旦部の特に拠るところの多い三宝感応要略録がその巻上⑷に梁祖武帝請釈迦瑞像感応を存録する、その武帝の名に観点を得て、つぎの今昔巻六⑷と二話一類様式にするために、菩提達摩の伝説を要略録の武帝の名に結びつけたのであろう（国東文麿「今昔物語集成立考」五一—五三）か。

(27) 「始メ物ノ心吉ク知給ザリケル時ヨリ夜ハ静ニ心ヲ鎮メテ思ヲ不乱ズシテ聖ノ道ヲ観ジ給ケリ」（巻一⑶、Ⅰ、56・12—13）、過去現在因果経巻二・十巻本釈迦譜巻二「初自無有世俗之意於静夜中但修禪観」—小稿「今昔物語集仏伝資料とその翻訳とに関する研究」→本書所収。

(28) 今昔は大荘厳経巻十五(88)（干潟龍祥「本生経類の思想史的研究」附篇三九—四三参照）の類に発する和文資料によったのであろう。なお、本文「謗ケム」は攷証には「謗ケリ」とある。

(29) 今昔の行文に酷似する発想が真如観・菩提集（日仏全、三十三、65b、75a、77b—78a）にみえる（恵心僧都作とあるが偽作である）。続古事談巻一、法勝寺造営のときの白河院と永観律師との功徳問答には武帝問答の投影があろう。

(30) 原拠未詳。従来示されたもののほかには、菩提集（注㉙）の弥留越比丘の物語も同類である。宝物集巻六に「恵心僧都ノ真如観」（注㉙）などあることと合わせて、同類の説話群の流れ交わる動向が感じられるとも言える。

(31)　注⒂参照。

(32)　伝法記に慧可、本文（Ⅲ）には会可とあるが、これは今昔その他に散見する宛字である。たとえば、有名な「会昌（天子）」（三宝絵巻中序・打聞集⒅・宇治拾遺物語(170)等）は今昔に「恵正天子」（巻十一⑾、Ⅲ、80・15）―今昔が「会」を呉音で読んで宛てたらしいのが興味がある―とある。

(33)　今昔に固有名詞の空格はかなりあるが、興味ある一二を示す。「鷲ト云ハ今□此レ也」（巻五⒁、Ⅰ、370・3）は今昔が原資料に疑をはさんでしばらく決定を保留したのであろう（大系本頭注）。「□人」（巻九⒀標題）は、打聞集㉑・宇治拾遺物語(164)等と共通母胎に立つ今昔本文には「天竺」の人とするにかかわらず、またべつに今昔はこの原話とみるべきものが冥報記巻⑾ないし弘賛法華伝巻十⑸にみえる震旦説話であることを知ってこれを震旦部に収め、それゆえに標題には「天竺」とできない関係から、空格をのこしたのであろう（『今昔物語集成立考』166）。いまの「□山」（大系本校異によれば諸本約三字分の空格）は、おそらく嵩山（少室山少林寺）を寂地とするのに疑問ないし混乱を生じたための保留の空格ではないかと考えられる（事実、「乃之魏隠於嵩山少林寺遇毒而卒」――旧唐書列伝巻一百九十一、神秀伝、宋高僧伝巻八⑶神秀伝――等々もあるが、その寂地は不明である。葬地としては暦代法宝記や宝林伝巻八に「熊耳山」とする伝説がみえる）。

(34)　今昔には「其ノ後（亦）」が頻出するが、その中、省略・補入部に用いられる場合は、巻一⑵「其ノ後」（Ⅰ、55・12、前文の仏本行集経巻九直訳部分につづき、極端に梗概要領し、かつ日本化して創作した段の冒頭に位する、文脈のつなぎに用いる―小稿「今昔物語集仏伝資料とその翻訳とに関する研究」（本書所収）―）、巻二⑵「其後」（Ⅰ、125・15、このあと十巻本釈迦譜巻二⒃を直接書承する直前の梗概要領のための創作部に用いる―前掲小稿―）、巻二⑴「其ノ後」（Ⅰ、125・1、十巻本釈迦譜巻二⒂・経律異相巻七による間、誤読・省略意改の混在する部分のつなぎに用いる―前掲小稿―）、巻二⒂「其ノ後」（Ⅰ、148・6、賢愚経巻十三(58)書承間中略後に用いる―大系本頭注―）、巻十三㉓「其後」（Ⅲ、240・14、法華験記巻中(79)によったとみられる部分の直後に創作補入するそのつなぎに用いる）等であり、異資料の癒着面に用いられる場合は、巻三㉗「其ノ後」（Ⅰ、250・9、観無量寿経冒頭によったかとみられる部分と、大般涅槃経南本巻十八―北本巻十九・二十―にもとづく和文資料によったかとみられる部分との癒着面に用いる）、巻十二㉟「亦、其ノ後」（Ⅲ、193・17、原拠未詳の部分に法華験記巻中(66)後半「乃至…」に始まる部分を癒着するその面に用いる）、巻十九⑵（Ⅳ、58・14、宇治拾遺物語(59)類に原拠未詳のものを癒着するその面に用いる）等である。なお、直接資料未詳であるが、巻二十五⑴

「其後、亦」（Ⅳ、３６３・９）が将門記の「而間」にあたるなどは興味がある（注(23)参照）。

(35) 中国高僧伝説には、その死後その墳墓を発いて空しかったとするもの、その死後市中で人の見たとするものなどがかなりのこっている。梁高僧伝巻九(1)仏図澄伝、(2)単道開伝、(3)竺仏調伝、巻十(5)渉公伝、(8)杯度伝、(11)邵碩伝などすべてそうである（その一斑は「達磨の研究」３５にみえる）。また、神仙方術の類には、かの抱朴論仙篇をはじめ、特に神仙伝巻五に酷似する例（薊子訓）がみえ、西京雑記巻六、捜神記二十巻本巻十六（辛道度、敦煌本・八巻本巻一）、大平広記巻三百九十所引稽神録（武夷山）その他、かなりの例がみえる。高僧伝説にも、このような民間信仰的な神仙方術の発想を入れたものが多いのであろう。

(36) 宝林伝巻八に武帝と宝誌との対話（注(17)参照）に托した伝説がある。菩提達摩が武帝を去った後のことである。「後釈宝誌問梁帝曰。昔聞達磨至国。大王何不敬仰留住。武帝曰。未知此人志在上乗。意趣沖遠。凡情不測。因茲致謗。故不留耳。宝志曰。王雖遇而不遇也。武帝曰。何人。宝志曰。此是伝仏心大士。乃観音聖人乎。王乃良久驚恨。即発中使趙光文欲往取之。宝志曰。非論光文一人能取彼者。尽王一国之力此人不迴也」。（宋蔵遺珍、三オ―ウ）。打聞集(1)はこれと大異するが部分的にいくばくかかようところがあるとすれば、あるいはこのような伝承に発した日本の流伝過程に固有名詞「志公」を「志」と誤読したところからそれは生れはじめたのではないかとも想像せられないでもない。ただし、宝誌が、「達磨和尚・宝志和尚」（三代実録貞観六年正月、円仁伝）の列記とか、梁朝志公歌の将来とかの示すように、教団上層ではよく知られていたことは言うまでもない。

(37) 「葱嶺ノ上ニシテ」の「上」は大系本校異によれば「土」ともある。原典からみて原本には「上」とあったであろう。「失セ給ヒヌ」「崩ジ給ヒニキ」は原典にそれぞれ「無常」「崩」とあるから避板法（大系本頭注）というよりは直訳であろう。

(38) 移入法は、今昔巻五(31)が慈恩伝巻四（五十、２４０ｂ）により、かつ、それのみならず、それになく、宇治拾遺物語(171)類にない、打聞(20)類の用語「天竺ニモ不似」「渡ト渡人ニ助ベキ由ヲ云ドモ聞入ルヽ人ナシ」などを、それぞれ「天竺ニモ不似ズ」「通ル人ニ可助キ由ヲ云ヘドモ更ニ助クル人无シ」として補入して充足するのと同じである（小稿「今昔物語集翻訳翻案の諸方法」→改題して本書所収）。

(39) 本文（Ⅲ）の「□山」の空格を前記のように理会できるならば、それのみによっても明瞭である。「また初祖は西帰するといふ、これ非なりと参学するなり。宋雲が所見かならずしも実なるべからず」（正法眼蔵第四十六）なども、この所言自体の興味はべつとして、この所見を実とする見解のあったことを示している。

(40) 日本の一種の屍解伝説は、やまとたける物語・いなびのわきいらつめ物語・聖徳太子をめぐる片岡飢人伝説(注(43)参照)・天智落履帝陵伝説など、後には、今昔巻十一(32)「翁ノ履ヲ落タリ」(Ⅲ、119・11―12、清水寺縁起・清水寺建立記等)の老翁伝説、武内宿禰をめぐる御沓墓祭伝説(延喜式神名帳頭注因幡国条・惟賢比丘筆記)、楊貴妃伝説(続古事談巻六)、ことに空海西帰伝説(溪嵐拾葉集巻八十九)その他散見し、三国遺事や琉球伝説(柳田国男「海上の道」九六―九七、定本巻一、六八)などにも散見している。日月を知る伝説には、特に海中人が日本天皇の崩をあてたものが空海伝説にみえ(大師御行状記(36)・弘法大師行化記・日本高僧伝要文抄巻一)、やはり達磨伝説の脱化と考えられる。

(41) たとえば、優波毱多(今昔巻四(6)(7)(8))・龍樹(巻四(25)(26))・羅什(巻六(5))など、内証血脈を今昔は採っていない。もっとも、内証血脈のこれらには説話性はないわけであるが、善無畏(巻六(7))・金剛智(巻六(8))など、今昔の内容が説話性をもたないものも、内証血脈からはとらず、それぞれ三宝感応要略録巻上(32)(33)から採っている。もっとも、またこれは今昔が要略録を多く採ろうとしたからであるとも言える。

(42) 一心戒文所引の四行観序・付法簡子は内証血脈と同じ部分の小異したものであり、特にその付法簡子には「宗雲紙筆記之日月」がない(七十四、652b―c、伝教大師全集別巻二一二―二一三、天台宗顕教章疏二、468b)。

(43) 日本天台の菩提達摩伝説の主なものには、ほかに、一心戒文にも録する慧思と達磨との問答(七十四、645c―646a、653b―c)あるいは聖徳太子と片岡飢人との唱和(七十四、653a―b)の訛伝などもあり、また、今昔巻四(9)の伝説(注(15)参照)もこれに属するのであろう。この中、前二者は古く七代記(広島大学蔵)にみえる。特に、太子慧思後身説は唐大和上東征伝・日本高僧伝要文抄巻三所引延暦僧録・顕戒論巻上(7)・一心戒文(七十四・639c)にみえ、円仁伝(三代実録貞観六年正月)にも仄見し、片岡飢人を達摩とする伝説は本朝文粋巻十一にも用いられ、そののちも久しく流れた(今昔巻十一(1)の太子伝説には慧思はみえるが達摩はみえない)。いわば、中国における慧思と達摩と、日本における慧思後身としての太子と達摩の化した飢人と、二重のイメージのかさなった、一面は達摩伝説、一面は太子伝説があり、しかもそれは空棺のイメージ(注(40)参照)とも結んでいたのである。

(44) 「四行観序云。法師者(中略)第三之子也。伝法記云。渡来此土。初至梁国。武帝迎就殿。(中略)今現在曹溪路。付法簡子云。達磨大師葬経二七日。(中略)挙国知聖矣。和漢年代暦云。(下略)」(日仏全、同抄七、2726

b)。なお、阿婆縛抄が内証血脈をみていることは明匠等略伝上に「伝教大師血脈戴此説」等の文が散見することで知られる。

(45) 参天台五台山記巻七に「見輔教編三帖・伝法正宗記十二巻了」(熙寧六年三月二十二日、日仏全、遊方伝叢書三、463a)、「景徳伝燈録一部三十三巻」(同年四月十三日、同、477a)とあり、同年(一〇七三)、成尋は新経典を日本に送った。しかし、それらの書は院政期には熟するに至らなかった。

(46) 攷証以来、景徳伝燈録、神僧伝等を引くのは正されなくてはならない。特に神僧伝はより後代のものであって、その伝説内容は伝燈録や続高僧伝巻十六(5)等を抄録したものである。

敦煌資料と今昔物語集との異同に関する考察Ⅱ

晩唐五代の敦煌変文をはじめとする一群の孔子伝説がある。中国におけるその文献は敦煌変文集がすでに収録するところであった。しかるに、その伝承の一部は、また、日本の今昔物語集の孔子伝説の一篇、巻十(9)が翻訳し、あるいは日本中世文献が所引するところでもあって、この日中にわたり新旧にわたる伝承を検することによって、中国文献ないし日本文献それぞれ単独では知りえない、伝承間の変化と残存とを分析することの可能な場面がある。

小稿は、この伝承の比較を通じて、今昔物語集巻十(9)が原拠とした従来不明の資料をある程度復元し、これと今昔物語集巻十(9)との関係を検出して、この性格と、あわせてこの全篇の構成とを分析するものである。小稿はこの伝承内容自体にとかくの興味を感じるわけではないが、この伝承の形成とその特に日本における選択とにいくばくかの関心をよせるであろう。小稿は「敦煌資料と今昔物語集との異同に関する考察Ⅰ」（本書所収）その他一連の分析と相関する。

一

華林遍略六百巻・修文殿御覧三百六十巻・芸文類聚一百巻その他、つとには奈良時代から、おそくとも平安初期には日本で鍾愛せられた中国類書は、総じてかなりの孔子伝説を収録していたはずであり、修文殿御覧や芸文類聚などの影響下に成ったという平安初期の一大類書、秘府略一千巻（天長八年、八三一）の類も、またかなりのそれを抄録していたはずである。漢文学を中心とする官人文学の栄えた平安前期、秘府は多数の経史子集の書の中に孔子家語ないしその抄物の類をさえ蔵し（日本国見在書目録、論語家、寛平三年、八九一以前）、平安中期、摂関貴族華麗の日の世俗諺文（寛弘四年、一〇〇七）の類は、論語・荘子・列子・史記・説苑その他の孔子正伝ならびに訛伝を抄出し、平安後期、院政の日の台記も、弱冠をこえるいくばくもなく、経史雑家の書などとともに孔子家語の類を読了した（保延六年、一一四〇）ことを記録している。これらのみから推しても、後宮文学に「孔子のたふれ」（源氏物語、胡蝶）のことわざが見えはじめ、院政初期文学に「孔子と申ものしり」（大鏡巻五）の言の仮託があらわれる背後には、諸階層にわたる平安貴族知識階級ないしこれと交渉した僧等を中心として、書承的にも口承的にも、かなり複雑な伝承群が流れていたはずである。今昔物語集巻十(9)をはじめとする一群の孔子伝説もその流れの中から成立したのであって、それは、平安貴族社会の栄燿がかたむいて行き、あたらしい和漢混淆体の散文、説話が時代の前面に立って来た日のことであった。

今昔物語集巻十(9)臣下孔子道行値童子問申語第九(1)	史記巻四十七孔子世家第十七
（Ⅰ）今昔、震旦ノ周ノ代ニ魯ノ孔丘ト云フ人有ケリ。父ハ叔梁ト云フ、母ハ顔ノ氏也。此ノ孔丘ヲ世ニ孔子ト云フ、此レ也。身ノ長九尺六寸也。心賢クシテ悟リ深シ。幼稚ノ時ニハ、老子ニ随テ文籍ヲ習フニ不悟得ズト云フ事无シ。長大ノ後ニハ、身ノ才	孔子生魯昌平郷陬邑。其先宋人也。曰孔防叔。防叔生伯夏。伯夏生叔梁紇。紇与顔氏女野合而生孔子。禱於尼丘得孔子。魯襄公二十二年而孔子生。生而首上圩頂。故国名曰丘云。字仲尼。姓孔氏。（中略）孔子長九尺有六寸。人皆謂長人而異之。（中略）適

広クシテ、弟子其ノ数多シ。然レバ、公ニ仕ヘテハ政ヲ直シ、私ニ行テハ人ヲ教フ。惣ベテ事トシテ不愚ラズ。此ニ依テ国ノ人皆首ヲ傾ケ貴ブ事无限シ。（日本古典文学大系本II、288・15―289・3）	周問礼。蓋見老子云。（中略）孔子以詩書礼楽教。弟子蓋三千焉。（中略）孔子布衣伝十余世。学者宗之。自天子王侯中国言六芸者。折中於夫子。可謂至聖矣。

今昔物語集巻十(9)本文（I）は巻十に収める一群の孔子伝説(9)(10)(15)の冒頭に立ち、かつ巻十(9)一篇自体の総叙的前提部に立つものとして、孔子の輪郭を概略しようとしたものである。

平安時代に史記が必読の書であったことはもとより、その検索に資する書の存したことは、日本国見在書目録に「史記八十巻」「〃〃索隠卅巻」（正史家）とあり、二中歴に史記巻録の一類がみえる（巻十一）ことのみから推しても、想像にかたくない。特に、この孔子世家は、あるいはその孔子出自について抄せられ（世俗諺文、「野合」）、あるいはその解釈について江家その他の家家の説が存した（江吏部集巻中、述懐古調詩）ほど著名であった。しかし、今昔本文（I）が史記孔子世家を直接原典として書承簡略したという積極的な徴証はない。一般に今昔物語集は史記を直接書承した確実な徴証には乏しいのであって、本文（I）も孔子世家ないしその抄録に類する簡単な文献資料は参照したかもしれないが、今昔物語集諸篇冒頭に原則として存する総叙的前提部に多くみられるように、常識的知識によるところも多いと考えられる。[2] 情熱の絶望の章を直接書承したというには、それはあまりに空疎にすぎるであろう。

今昔物語集巻十(9)	注好選集巻上(85)孔子却車第八十五	敦煌本孔子項託相問書（p. 3883）[3]
（II）而ル間、孔子、車ニ乗テ	（II′）嘗孔子駕車行某道。有三人七	昔者夫子(孔)東遊。行至荊山之下。

道ヲ行キ給フニ、其ノ道ニ七歳許ノ童三人有テ戯レ遊ブ。其ノ中ニ一人ノ童不戯遊ズシテ、道ニ当テ土ヲ以テ城ノ形ヲ造レリ。其ノ時ニ、孔子、其ノ側ニ来リ給テ、童ニ語テ云ク、汝等、速ニ道ヲ避テ我ガ車ヲ可過シト。童咲テ云ク、未ダ不聞ズ、車ヲ避ル城ヲバ。但シ、城ヲ去ル車ヲバ聞クト。然レバ、孔子、車ヲ去テ城ノ外ヨリ過ギ給ヒヌ。

（II、289・4―7）

(III) 孔子、童ニ問テ云ク、汝ガ姓名何ゾト。童答テ云ク、姓ハ長也。我レ年八歳ナルガ故ニ字无キ也ト。孔子ノ云ク、汝ヂ知レリヤ。何レノ樹ニカ枝无キ。何レノ牛ニカ犢无キ。何レノ馬ニカ駒无キ。何レノ夫ニカ婦无

才童。作土城遊戯。時孔子来告小児云々(イナシ)。汝等迯道過吾車。小児等嘆曰。未聞迯車城。聆迯城之車。仍孔子却車。従城外過也。敢不横理。

（続群書類従三十二下、129b）

慈元抄巻上

孔子論に曰。昔孔子束荊山の麓に行玉ふ。道に三人の小児あり、土をくだきて城をなす。一人の小児は黙念として不戯。孔子曰。車の道をさくべし。我行むとするに城を作る。小児云。我聞。聖人は上天命をしり、下人情を知。古より今に至るまで車まさに城をさくべし、城何ぞ車を去むやといふ。孔子車を別て地に下て問云。二人は共戯る。汝何ぞたはぶれざる。小児云。戯は益なし。衣を破道なり。石をなげむよりは稲を舂

路逢三箇小児。二小児作喜(戯)。一小児不作戯。夫子怪而問曰。何不戯乎。小児答曰。大戯相煞。小戯相相(傷)。戯而無功。衣破裏空。二(相)随擲石。不(如)・帰春。上至父母。夏(下)及兄弟。只欲不報。恐受無礼。善思此事。是以不戯。何不怪(謂)乎。項託有相。随擁土作城。在内而座。夫子語小児曰。何不避車。小児答曰。昔問(聞)聖人有言。上知天文。下知地里。中知人情。従昔至今。只聞車避城。豈聞城避車。夫子当時無言而対。遂乃車避城下道。遣人往問。此是誰家小児。何姓何名。小児答曰。姓項名託。夫子曰。汝年須(雖)少。知事甚大（中略）夫子問小児曰。汝知。何山無石。何水無魚。何門無関。何

キ。何レノ女ニカ夫无キ。何レノ山ニカ石无キ。何レノ水ニカ魚无キ。何レノ人ニカ字无キヤト。童答テ云ク、枯木ニハ枝无シ。土牛ニハ犢无シ。木馬ニハ駒无シ。仙人ニハ婦无シ。玉女ニハ夫无シ。大山ニハ石无シ。井ノ水ニハ魚无シ。空城ニハ吏（史）无シ。小児ニハ字无シト。孔子此レヲ聞テ、此ノ童只ノ者ニハ非ザリケリ、ト思テ過ギ給ヒヌ。

（II、289・8—13）

むには不如。他と争に勝んよりは庭を掃むには不如。戯の余りは恨あり、恨のあまりは憤りあり、怒のあまりは破れあり、破の余りは亡ぶる事あり。上官司を煩はし、中父母を愁しめ、下兄弟に有耻。始は咲ひ、終は泣。隣里相恨、親族相離る。愚なり。さるに依て戯ず。徒に衣服を費す。大に成患は戯による。故に不戯といふ。孔子曰。善哉善哉。後世可恐とは是を云かといへり。

（群書類従二十七、274a—b）

車無輪。何牛無犢。何馬無駒。何刀無環。何火無煙。何人無婦。何女無夫。何日不足。何日有余。何雄無觜（雌）。何樹無枝。何城無使。何児（人）無字。小児答曰。土山無石。井水無魚。空門無関。轝車無輪。涅牛無犢。木馬無駒。斫刀無環。熒（螢）火無煙。仙人無婦。玉女無夫。冬日不足。夏日有余。孤雄無雌。枯樹無枝。空城無使。小児無字。夫子曰。善哉善哉。吾与汝共遊天下。可得已否。小児答曰。吾不遊也。（中略）夫子嘆曰。善哉善哉。方知後生実可畏也。

（下略）

（敦煌変文集巻三、231—233）

今昔本文（II）（III）は伝説を具体的に展開する。従来出典未詳とせられるこの本文（II）（III）が敦煌本相問書に大同することは、まず一見して明瞭である。また、この一部本文（II）が注好選集（平安末期―鎌倉前期、正嘉元年、一二五七以前）巻上(85)に類同し、五常内儀抄（鎌倉時代、文永二年、一二六五?）所引の孔子論にはみえないが、慈元抄（室町末期、永正七年、一五一〇）所引の同書に類するところのあることもまず同じく明瞭である。[4]またべつに、敦煌本相問書の散文は中国後代の明本歴朝故事統宗（万暦二十三年、一五九五）巻九小児論あるいは北京本新編小児難孔子に大同し、明本東園雑事もこの故事を録しているという。[5]いま、敦煌本相問書を現存最古とする一群の伝承の比較を通じて、今昔本文（II）（III）の性格はいくばくかあきらかに分析せられうるであろう。

概言すれば、敦煌本相問書の内容は、孔子と童子項託[6]との、一群づつそれぞれ断片的な素材[7]から成る、数群の相問を類記した荒唐の伝説であり、その形式はその相問を叙した散文と七言押韻の俗語体韻文とから成る変文形式である。その厳密な成立年代は不明であるが、少くともこれが晩唐五代を通じてさかんに転写せられたであろうことは、その荒唐の韻文に阿孃・登時など唐代俗語の残る多くの異本が存し、特に「天福八年癸卯歳（九四三）十一月十日浄土寺学郎張延保記[8]」の奥書をもつ一本（S. 395）の残存することからみても明瞭である。そして、この奥書を通じても知られるように、この書は、敦煌十七寺と数えられた仏教寺院の俗講に、講経説法にはさんで譚説吟詠せられた台本であった。すでに、この時期の俗講は、仏教に取材した仏教変文のみならず、漢八年楚滅漢興王陵変（P. 3627a・3867・3627b. etc.）・李陵変文（北京図書館蔵）・王昭君変文（P. 2553）・張義潮変文（P. 2962）など歴史故事その他に取材した世俗変文をも演出していたのであるが、[9]この書もまたその一類であったのである。世俗変文としてのこの書における儒教的道教的ないし非儒教的要素の混在は、晩唐五代の敦煌文書に閻羅王授記経すなわち閻羅十王生七経（書道博物館蔵、清泰三年、九三六等）[10]その他の仏教的道教的要素の混在した偽経写本が多いことからも想像せられるように、この時期の敦煌寺院の俗講の場の要請による当然の帰結であったのであろう。これはいわば一種の虚構の文学であるが、この中、その韻文は、寺院もしくは邑落で何らかの伴奏楽器ないし拍弾にのせて吟詠せられたことはあったであろうにしても、そのあまりの幼稚のゆえに徐々に淘汰せられて、その散文のみが中国後代にも大同小異して流伝していたのであった。

敦煌本相問書の少くとも一部に類する伝承は、遣唐使廃止（寛平六年、八九四）以前でなければ、おそくとも、日宋交通がようやくさかんになった十世紀後半から十一世紀後半にかけての間に日本につたえられていた。敦煌本相問書の一部と共通する「唐人説話」(11)が口承的に入ったこともあるかもしれず、また、同じくそれと共通するものが文献的にもたらされたということも考えられる。今昔本文（Ⅱ）（Ⅲ）がこの一部に大同することはまず一見して明瞭であった。

しばらくこの敦煌本相問書と今昔本文（Ⅱ）（Ⅲ）とが大同小異する間の異同を検しよう。まず本文（Ⅱ）（Ⅲ）を通じて概言すれば、敦煌本相問書では、孔子の行った道は荊山の下であり、逢った童子のひとりの姓名は項託である。本文（Ⅱ）（Ⅲ）では、荊山の名はみえず、その童子の姓は長である。今昔物語集は一般に固有名詞に対する感度が鋭くて、原典に存する固有名詞は多くこれをおそい、原典に存しないものも時として補い、あるいは空欄として残し、また、固有名詞の有る資料と無い資料とのいずれにも拠るときにはそれの有る資料によってあきらかにする傾向さえあるから(12)、いま、敦煌本相問書と本文（Ⅱ）（Ⅲ）とが大同するとはしても、荊山の地名のあらわれないのは、本文（Ⅱ）が敦煌本相問書に同じい伝承に直接したことをまず疑わせるが、しかしまた両者が大同するのによれば、本文（Ⅲ）の受容した伝承における童子の原名がやはり敦煌本相問書にみえるような項託であったであろうことは、本文（Ⅲ）の姓「長」において十分想像することができる。何故ならば、その「長」は、項託の「項」字を「頂」と誤り、さらにその「頂」音を「長」と表記する過程を通った、と推定せられるからである。そして、少くとも項託を孔子の師とする伝説は、たとえば、かの三教指帰に「非独厚彼松喬薄此項顔」（巻中）とあり、また、本朝文粋巻九にも所収する冬日陪東宮聴第一皇孫初読御注孝経応令詩一首並序（江吏部集巻中）に「孔聖之師大項槖」とあるなどによれば、教団貴族上層知識階級の間には熟知せられていたはずであった。この混乱は摂関貴族崩壊期の中下層知識階級の間に生じたはずであり、そして、それは、おそらく外ならぬこの本文（III）において生じたはずなのである。今昔物語集は一般に固有名詞に対する感度が鋭くありながら、その表記にしばしば誤謬を冒すのであるが、またそのゆえに、その表記に冒す誤謬の群は、その伝承の性格に関する、またその訳場の構成に関する、表現過程上の複雑な条件を想像させうるのであって、この場合もまたそれに属すべきであった。本文（II）（III）にまず概して漢文直訳の色が濃いことからも想像せられるように、そして後記する一々の例証によってあきらかになるべきように、この部分は漢文資料ないしそれに準ずる文字資料を書承したのであるが、この固有名詞の表記の誤謬は、本文（III）が単独の一人によって書承翻訳せられたとするならば、その単独裡に「項」字を「頂」と錯覚し、さらにこれを「長」と宛字したか、あるいは本文（III）の翻訳の場が複数の人々によって構成せられたとするならば、中国における仏典漢訳の場を類推して言えば、その場において口授者なり証義者が「項」字を「頂」と誤読したのを筆受者なり綴文者なりが「長」と宛字したか、誤謬は概してこの二種のいずれかに属する、と想像することが許されるであろう。いずれにしても、畢竟、本文（III）の童子の姓「長」は、敦煌本相問書に大同して文字資料として存した伝承における姓名「項託」を、すでにその原本の無知が誤った、と言うことができるであろう。ただし、これは、換言すれば、本文（III）の童子の姓「長」はともかく資料的に根拠があり、この誤謬は根拠のある誤謬であるということを意味するのであって、可能のかぎり正確な原拠の検出と比較とを通じるとき、今昔物語集の表現過程は、その誤謬においてさえ、ないしその誤謬においてこそ、歴史的でもあればまた心理的でもある若干の問題を含みうるのである。

つぎに敦煌本相問書と今昔本文（II）との異同をその細部について検すれば、敦煌本相問書が、孔子と童子との不作戯をめぐる相問と避車をめぐる相問と、この二段階の相問をそれぞれ複雑なモチーフ群をもってつづけるのに対して、本文（Ⅱ）はその第一段階を欠いてその第二段階に入り、かつ簡単なモチーフをもつのみである。万暦明本小児論はその二段階の相問を少しく簡単に叙し、第一段階には敦煌本相問書のそれと少しく共通するモチーフをもち、北京本小児難孔子もまたほぼ同様であるから、中国に流れた伝承は本来この二段階の相問をもち、また若干のモチーフをもつものであったのであろう。そして、日本中世文献が所引するところによればおそくとも十三世紀前半に成立していた孔子論では、場面の設定と相問の順序とは異なっているが、土の城を作って戯れる二児への孔子の言に対する、戯れざる一児の反論と、その戯れざるをめぐる相問と、やはりこの二段階の相問をもち、かつ、そのそれぞれのモチーフ群は敦煌本相問書にもっとも近い。これらを通じてみれば、この説話の晩唐五代からおそらく南宋末期へわたるゆたかな動きや、あるいは明代万暦へわたる、なお細部を失わない流れを想像することができる。しかし、今昔本文（Ⅱ）はこれらとはいま必ずしも同じくはない。それならば、この本文（Ⅱ）が敦煌本相問書の類に大同するとしても、その直接した伝承は簡であり略であったのか、緻であり密であったのか。

ここにおいて注好選集巻上(85)を検すれば、それは戯れざる一童子を特には点出しないが、今昔本文（Ⅱ）とその内容ないし行文のはなはだしく近似することを知る。たとえば、孔子と七歳（許）の童子との相問が一段階のみであり、かつそれが複雑なモチーフの群を含まない点において、また、「汝等、速ニ道ヲ避テ我ガ車ヲ可過シ」と「汝等迯道過吾車」との対応において、また、「童咲テ云ク」と「小児等嘆曰」との対比においてなど、それらははなはだしく近いことを知るのである。ここには偶然の一致ではない何らかの関連がなければならない。しかし、もしこれを今昔本文（Ⅱ）から注好選集巻上(85)へ直接したとするならば、その仮説は、たとえば、本文（Ⅱ）が特に不戯遊の一童子を点出するのに注好選集巻上(85)はこれを欠き、また、前者がすべて「童」を用いるのに後者には「童」と「小児」とが混在することなど、これらの小異を満たすべき十分な理由をもたなければならない。しかし、これを見出すことは困難である。これは、今昔本文（II）から注好選集巻上(85)へ直接したのではなくて、日本に伝えられた敦煌本相問書に類する伝承が、両者に共通する、それは必ずしも同一ということではないが、その共通母胎を形成し、両者はそれぞれに直接したとみなければならない。そして、共通母胎の問題に口承の存在を考慮することはいわゆる説話ないし説話文学の考察にゆとりをもたらすことではあるが、いま、この両者の背後に日本語の熟したゆたかな口承があったとは考えがたい。[14] その共通母胎は漢文ないしそれに準じる和化漢文の文体をもつ文字資料であったはずである。そして、このような文体をもった共通母胎としての先行資料の設定は今昔物語集の諸説話とこれに共通する注好選集の諸説話との比較を通じても支えられるであろう。[15]
換言すれば、本文（II）は敦煌本相問書に類する伝承を独自に簡略したとは考えがたい。本文（II）に頻出する「其ノ」はおそらく漢訳仏典の文体の習熟を通じてあたらしく用いられたところであろうにしても、要するに本文（II）の拠った資料はすでに簡略であったのである。

しかし、こうしてここには今昔独自の想像力がはたらいているということはできないにしても、また、いかなる素材をいかなる原拠から選択したかということがそれ自体すでに想像力に関与するとすれば、このような東方の説話の風景を翻訳の対象として見出した今昔本文（II）はやはりそれなりの意味をもつと言いうるのである。

つづいて、今昔本文（III）の孔子と童子との相問に入る。これは注好選集巻上(85)には存在しない。敦煌本相問書と本文（III）とを比較すれば、まず本文（III）では孔子が直接童子に対し、またその童子は姓のみあって名がみえず、さらに「我レ年八歳ナルガ故ニ字無キ也」という部分を含んでいる。ただし、このすべてを本文（III）の変改とすることはむつかしい。何故ならば、中国に流伝した類語の中に、「夫子勒車偏道下而問曰」（万暦明本小児論）とあり、また「小児答曰。在敝鄉賤里。姓項名託。尚未有字」（万暦明本小児論）、「小児答曰。吾居賤地。

姓項名槖。無字即是小児」（北京本小児難孔子）などとあるのによれば、この類話の中国における流伝過程の比較的早期に、今昔本文（Ⅲ）のこれにほぼ相当する部分が若干の出入をもって存在し、本文（Ⅲ）の少くとも一部は伝承過程を露呈しているかとも想像することができるからである。(16)

これにつづく本文（Ⅲ）の「孔子ノ云ク、「汝ヂ、知レリヤ。……」」の問の形は、すでに敦煌本相問書に「夫子問小児曰。汝知。……」とあり、また万暦明本小児論に「子曰。汝言。……汝知（下略）」、北京本小児難孔子に「孔子曰。你知。……」とあって、敦煌本相問書に同じい、ないし類する分脈が中国後代にもそのあとをとどめていることが知られるが、本文（Ⅲ）のこの形はあきらかにそれに相当する。そして、これは偶然の一致とは到底考えられなくて、本文（Ⅲ）は、その拠った敦煌本相問書に類する資料に「汝知」の文字のあったのを、そのまま和訳したはずであった。のみならず、また、中国後代文献が敦煌本相問書の「汝知」の形をこのようにとどめるということは、前出「尚未有字」などの形が、敦煌本相問書にはみえなくても、敦煌本相問書に類する伝承の中国における流伝過程の比較的早期にすでに生れていたことを類推させうるのであり、それは、日本の今昔本文（Ⅲ）のそれとの対比においてみれば、おそくとも十一世紀後半の中国伝承には存在していたことを想像させうるのである。換言すれば、この相問伝説に大同する中国後代文献における前代の保存度は細部についてもかなり高いということがここにも許されるはずであって、したがって敦煌本相問書から後代文献に至る伝承過程を細部についてもある程度推定することが可能であり、これは、すなわち、本文（Ⅲ）の背後に存し、本文（Ⅲ）の拠った伝承を、その細部についてもある程度復元することが可能である、ということを意味するのである。

今昔本文（Ⅲ）の「汝ヂ、知レリヤ」につづいて列挙せられる対問内容は、敦煌本相問書にもたとえば敦煌本晏子賦（P. 2564 etc.）の一部と同様に列挙せられた、「何」をもってする、いわばものづくしの問いづくしである。これも、敦煌本相問書のそれに比して簡略であり、また列挙順序に異同をもつにしても、要するにそれに大同する。そして、この敦煌本相問書と本文（III）との間の相異について、本文（III）が列挙を簡略したのか、またその順序を変更したのかということ、換言すれば、ここには本文（III）の独自の選択と配列とがあるか、ということを証するのは、現在知られるかぎりの資料をもっては困難であるが、ただし、これらの資料を通じてみれば、敦煌本相問書のみに存するモチーフは門関・車輪・刀環の三種であり、中国後代文献のみに存するそれは万暦明本小児論の君子・小人のみであり、今昔本文（III）のみに存するものは全くない。これを想像することが許されるならば、万暦明本のみに存する君子・小人のモチーフは中国の儒教的教養の伝統に沿っておそらく後代に附加せられたものであり、敦煌本相問書に類する伝承の中国における流伝過程の比較的早期にはおそらく存在しなかったのであって、今昔本文（III）の背後に存し、その拠った資料にはそれは存在しなかった、とすることができるであろう。さらに想像することが許されるならば、敦煌本相問書のみに存する数種は中国における流伝過程の比較的早期にすでに消滅していたとすることも可能でないことはないのであって、もしこれを事実とすれば、本文（III）には独自の選択はないとすることが可能である。いずれにしても、少くとも本文（III）のみが独自に附加したモチーフはないのである。

この「何」をもってするものづくしの謎の中、まず、「土牛ニハ犢無シ」は、敦煌本相問書に「涅牛無犢」とあり、万暦明本小児論に「石牛無犢」、北京本小児難孔子に「土牛無犢」とある。泥牛ないし土牛は中国古来の農業祭式に春の復活をことほいで飾り立てた春牛であり（礼記、月令等）、日本の摂関貴族もまたこれを行うところであった（御堂関白記寛弘五年十二月廿三日条等）が、本文（III）がこれを理会したか否かは措いて、本文（III）のそれが「涅牛」ことには「土牛」とある伝承によったことは自明であろう。「仙人ニハ婦無シ。玉女ニハ夫無シ」の拠ったところもまた自明であって、中国では佚書仙人玉籙[17]などにみえる道教的神仙的民間信仰に属して熟知せられていたが、本文（III）もまたいくばくかそれを感じていたのではあろう。「大山ニハ石無シ」は、敦煌本相問書以下すべての中国文献に「土山無石」とあるから、本文（Ⅲ）の拠った同類資料にも同じくあったはずであり、これは本文（Ⅲ）の独自の変改ではなくて、本文（Ⅲ）原本の誤記か伝本の誤写とみるべきであって、原典ないしそれ相当の正確な検出が本文批評に関与しうる一例である。[18] これにつづく「空城ニハ吏(史)無シ」は本文（Ⅲ）ではこの答に照応する問を欠くが、これはもとより敦煌本相問書などに「何城無使」とある類の脱落したものでなければならない。今昔物語集における列挙表現に脱落の存するのは、たとえば、

其ノ五徳ト云ハ、一ニハ熱キ時此ヲ着レバ善ク涼キ事ヲ得、二ニハ刀ヲ以テ切ルニ不立ズ、三ニハ箭ヲ以テ射ルニ不通ズ、四ニハ着ルニ善ク光リ有リ。（中略）其ノ画像ノ法ハ画像ヲ画テ其ノ像ノ下ニ三皈ヲ書クベシ。次ニ可書シ。次ニ十二縁生ノ流転還滅ヲ書ベシ。其ノ上ニ二行ノ頌ヲ可書シ。

（巻一(23)、Ⅰ、97・12―98・9）

仏ハ星ノ出ル時ニ生ジ給フ。星ノ出ル時ニ出家シ給フ。星ノ出ル時ニ成道シ給フ。亦、八日ニ生レ給フ。八日、出家シ給フ。八日、成道シ給フ。八日ニ滅度シ給フ。

（巻三(35)、Ⅰ、264・8―9）

一盛熱之時著使涼冷。二刀斫不入。三箭射不穿。四避諸毒。五能発光明。（中略）其画像法。先画像已。於其像下書三帰依。次書五学処。即五戒也。次書十二縁生流転還滅。

（三宝感応要略録巻上(2)、五十一、828a）

何等時仏生。沸星出時生。沸星出出家。沸星出成道。沸星出滅度。八日如来生。八日仏出家。八日成菩提。八日取滅度。

（十巻本釈迦譜巻九(28)[19]、五十、75b）

これらによって明瞭であるが、また特に、これらを通じて、すべてその脱落は口承間におけるそれではなくて、書承間における錯覚にもとづくことも判明する。本文（Ⅲ）におけるこの脱落もまた敦煌本相問書に類する資料

を書承しながら生じたものであるはずである。さらに、この「空城ニハ吏(史)無シ」には若干のヴァリアントがあり、鈴鹿本に「史」とあり、諸本に「夫」とあって時に「人」と朱傍するが[20]、敦煌本相問書・万暦明本小児論に「何城無使・空城無使」、北京本小児難孔子に「何城無市・皇城無市」とあるのによれば、鎌倉写本とみられる古本系統の鈴鹿本に「史」とあるのが本文（Ⅲ）原本の表現すべくあったところにもっとも近い、と推定せられるであろう。もとより、それは、この表記が、中国伝承に類する文字資料に拠って、ないし、訳場が複数の人々によって構成せられたとするならば、その訳場で口授もしくは証義せられたその資料における文字音によって、省借ないし宛字せられた。とみることができるからである。すなわち、鈴鹿本の「史」が古色を残すとみるべく、これを復元すべきであって、諸本に「夫」とし、あるいは「人」と朱傍するのは、本文（Ⅲ）原本のふれた資料を関知しないところから生じた誤写ないし合理化であり、それは本文（Ⅲ）原本の表現すべくあったところを乖離すると言わなければならない。ここにおいてもまた原拠の正確な検出が本文批評に関与することができるのである。

このようにあった今昔本文（Ⅲ）は最後に「孔子此レヲ聞テ此ノ童只ノ者ニハ非ザリケリト思テ過ギ給ヒヌ」と結んでいる。敦煌本相問書は、前言したように、一群づつそれぞれまとまった相問を時に孔子の嘆言を含んで類記し、本文（Ⅲ）に相当する一群にはこれに相当する語句を含まない。中国後代文献も当然ほぼ同様である。日本中世文献に所引する孔子論も孔子の嘆言は含むが、それに終えてそれとして十分完結している。すなわち、これらすべての中国資料は本文（Ⅲ）のこれに相当するものを含まなかったと言うことができる。加うるに、「只（ノ）者ニハ非ザリケリ」の類は、それが童子に対すると否とを問わず、今昔物語集のみならず中世へわたってひろく行われた類型句であったが、すでに習熟した和文性の類型句というものはかなり自由に用いうるはずであった[21]。これらを通じて推せば、本文（Ⅲ）の直接した原拠は、敦煌本相問書ないし同類の中国伝承と同じく、その一群全体の外形として、孔子の嘆言は含んだかもしれないが、相問の部分のみで成立していたかとも想像せられないではなくて、したがって、本文（III）は、その漢文ないしそれに準じる原拠を和訳したのち、その習熟していた和文の類型句をもって結んだかとも想像せられないではないのである。そして、今昔物語集の直接した原拠における相問の群の数は知りがたいが、おそらくこの群で終っていたと想像することができるであろう。

今昔本文（II）（III）を通じてみれば、本文（II）すなわち注好選集巻上(85)と共通母胎に立つ部分と、本文（III）とが別箇の資料であったということは考えがたいであろう。敦煌本相問書に比して、本文（II）と（III）との連接は十分ではないが、この連接部に異資料を癒着したものが敦煌本相問書に類する伝承に偶然一致したということは到底考えがたいからである。もとより本文（II）と（III）との間には文体面の特異の差もなく、その地の文にあらわれる童子もすべて「童」字でつらぬかれている。

畢竟、今昔本文（II）（III）は敦煌本相問書に類する伝承と国際的類似がいちじるしいのみならず、少くとも独自に日本的な成長を示すものではない。漢文ないしこれに準じる文字資料がその外形を限定していたあとが明瞭である。ただし、注好選集巻上(85)が断片にすぎず、また、孔子論による慈元抄の類があきらかに儒教倫理の啓蒙を目的とするのに比較すれば、本文（II）（III）には今昔物語集のいわば説話的なるものへの貪婪がある、ということを考うべきであるかもしれない。そして、特に、本文（III）が、現在知られるところでは、日本語で記された唯一の存在であり、特に本文（II）（III）が鳴沙敦煌の石室に久しく埋もれていた晩唐五代の変文と共通するものであることは記憶せられてよいであろう。ただし、敦煌変文に類する素材を選択したその着眼の意味は、敦煌変文はそれとしての想像力をもつのに対して、本文（II）（III）はそれに類するものの直訳的和訳を出ないということにおいて、あきらかに限定せらるべきである。

今昔物語集巻十(9)

(Ⅳ) 亦、孔子道ヲ行キ給フニ、七八歳許ノ二人ノ童、道ニ値ヒヌ。共子ニ問テ云ク、一人ノ童ノ云ク、日ノ始メテ出ヅル時ハ日近シ。日中ニ至テハ日遠シト。一人ノ童ノ云ク、日ノ始メテ出ヅル時ハ日遠シ。日中ニ至テハ日近シト。先ノ童亦返シテ云ク、日ノ出ル時ハ熱クシテ湯ヲ探ガ如シ。日中ニ至ヌレバ涼シト。後ノ童亦返テ云ク、日ノ出ヅル時ハ涼シ。日中ニ至リヌレバ熱クシテ湯ヲ探ルガ如シ。豈ニ、日ノ出ヅル時ハ近ク日中ヲ遠シト云ハムヤト。如此ク二人シテ諍テ問フト云ヘドモ、孔子裁リ給フ事不能。其ノ時ニ二人ノ小児咲テ云ク、孔子ハ悟リ広クシテ不

宇治拾遺物語(152)八歳童孔子問答事

(Ⅳ′) 今は昔、もろこしに、孔子道を行給に、八ばかりなる童あひぬ。孔子に問申やう、日のいる所と洛陽といづれか遠きと。こうしいらへ給やう、日の入所は遠し。らくやうはちかし。童の申やう、日の出入所は見ゆ。らくやうはまだみず。されば日の出る所はちかし、らくやうは遠しと思ふ、と申ければ、こうし、かしこき童なり、と感じ給ひける。こうしにはかく物とひかくる人もなきに、かくとひけるはただものにはあらぬなりけり、とぞ人いひける。

(日本古典文学大系本、346―347)

晋書巻六明帝紀

法苑珠林巻四列子湯問等所引部

(Ⅳ′) 列子曰。孔子東游。見両小児弁闘。問其故。一小(・)児曰。我以日始出(時)・去人近。而日中時遠(也)・。一小(・)児以為(・)日初出時(・)遠而日中時(・)近也。一児曰。日初出大如車蓋。及其(日)中(則)纔如槃(盂)蓋。此不為遠者小而近者大乎。一小(・)児曰。日初出(則)・滄滄涼涼。及其(日)・中如探湯。此不為近者熱而遠者涼乎。孔子不能決也。両小児笑曰。孰謂汝(為)多智(知)乎。

桓譚新論曰。余小時聞閭巷言。孔子東遊見両小児弁闘。問其故。一児曰。我以日始出時近。日中時遠。一

知ヌ事不在サズトコソ知リ奉ルニ、極メテ悚ニコソ在マシケレト。孔子此レヲ聞キ給テ、此ノ二人ノ童ヲ感ジテ、只者ニハ非ヌ者也ケリ、トナム讃メ給ヒケル。昔ハ小児モ如此キ賢カリケル也。

（Ⅱ、289・14―290・6）

（明帝）幼而聰哲。為元帝所寵。異年数歳。嘗坐置膝前属。長安使来。因問帝曰。汝謂日与長安孰遠。対曰。長安近。不聞人従日辺来。居然可知也。元帝異之。明日宴群僚。又問之。対曰。日近。元帝失色曰。何乃異間者之言乎。対曰。挙目則見日。不見長安。由是益奇之。

（乾隆刊本景印本）

児以日初出遠日中時近。

（下略）

（五十三、300a―b、百子全書本列子湯問ト校ス）

今昔本文（Ⅳ）に相当するものは敦煌本相問書および同類の万暦明本小児論の類および孔子論ないし注好選集巻上(85)には存しない。本文（Ⅳ）は敦煌相問書の類とは異なった資料によって前文（Ⅱ）（Ⅲ）に癒着せられた。すなわち、癒着面の接続詞「亦」[22]をもって、同類の主題をもつこの異伝承を類記する意図で癒着せられたのである。

ここに癒着せられた本文（Ⅳ）の主要内容は列子湯問篇に大同する。列子湯問篇のこれは、博物志巻八・法苑珠林巻四および太平御覧巻三・巻三百八十五などにも所引する。中国後漢にすでにこの種の巷説の行われていたことは法苑珠林巻四がべつに所引する桓譚新論によって知られ、日本の平安摂関貴族知識階級の間に親しまれていたことは世俗諺文に列子伝曰として簡略所引する（「孔子仆」）ことによっても知られる。本文（Ⅳ）の主要内容は、列子湯問篇ないしその抄物に直接したか、あるいは法苑珠林巻四に媒介せられたか、このいずれかにより、その一部の変化は無意味な改訳にすぎないであろう。

しかるに、さらに本文（IV）を検すれば、その冒頭および結末は、宇治拾遺物語(152)に細部的に類するところがある。この宇治拾遺物語(152)の主要内容は、初唐勅撰の晉書明帝紀、ないし出晉抄とする瑚玉集残巻（真福寺蔵残巻巻十二聰慧篇、晉明日近）、および佚書世説を所引する芸文類聚巻十六（儲宮）、あるいは太平御覧巻三所引劉昭幼童伝ないし世説新語夙慧篇など、多くの原書もしくは類書に大同してみえる、晉元帝と明帝（劉昭太子）との相問内容が、列子湯問篇相当の孔子と童子との相問という関係の中に転入したものである。元帝と明帝との伝説はつとに奈良時代に知られ、平安摂関貴族等にもまた親しまれたところであった。[23] 世説・晉書系の元帝明帝伝説と列子湯問篇系の孔子童子伝説と、このいずれにも習熟していた間から、はなやかな大陸の都の幻を周都洛陽の名に託した、孔子と幼智の童子との相問説話が育ちはじめたのである。そして、それは今昔物語集成立の時代には多分に口承性ののこる和文としてもすでに文字化されていたはずであった。今昔本文（IV）と宇治拾遺物語(152)との間に共通するところがあるのは、そのそれぞれがこの類の共通の伝承を母胎としているからであって、これは、同じく今昔物語集孔子伝説の美しい一篇、巻十(10)、および巻十(15)における問題に相通じる。

今昔本文（IV）は、その前後にそのような和文資料を用い、その主要内容には列子湯問篇相当の漢文資料を採った。今昔物語集がしばしばこころみたように二様の資料に拠ったのである。[24] このとき、今昔本文（IV）と宇治拾遺物語(152)との類する冒頭部分に、前者が後者と異なって童子を二人とするのは、両者の拠った伝承が異なっていたからではなくて、前者すなわち本文（IV）がみずからここに列子湯問篇相当を主要内容として導入し展開するために当然必要な措置でしかない。そして、これにつづく本文（IV）の「共子ニ問テ云ク、一人ノ童ノ云ク」の連接に少しく拮屈の感があるとすれば、それは、宇治拾遺物語(152)に類すべき共通母胎に存したであろう「孔子に問申やう」ないしこれに近似する句を「共子ニ問テ云ク」として採り、かつ、列子湯問篇相当の「一（小）児曰」を「一人ノ童ノ云ク」として採って、これらを直接癒着したからである。すなわち、ここには脱文があったりするのではなくて、和文資料と漢文資料との類似する部分を原点として和文資料である共通母胎の和漢混淆文化と漢文資料の和訳とを癒着した間を十分潤滑させなかったからである。また、本文（Ⅳ）後半に「二人ノ小児咲テ云ク」とあるのは列子湯問篇相当に「両小児笑曰」とあるのを採った痕跡であって、他のほとんどには「童」とするのにここに「小児」とあるのは、意識的ないわゆる避板法ではなく、不注意とすべきであるが、今昔物語集にはこのような二様の表現面を通じて二様の資料によった痕跡を推知できる場合もあるのである。[26]こうして漢文資料を導入代置した本文（Ⅳ）はふたたび共通母胎を感じながら終って行くが、その主要内容を漢文資料から採ったために、共通母胎としての和文資料の色は全体として顕著ではない。それ自体和らいだ情感に充足していたであろう共通母胎和文資料の世界を漢文資料を通じて破ったのは、中国漢文伝承がやはり偶像としてかえりみられたこともあれば、また特に、この列子湯問篇の比較的に動的であり、また言いうるならば構成的でもある世界にひきつけられたこともあるのであろう。しかし、ともあれ、このように漢文資料を導いても、また口承性の残る和文資料を生かそうとしていることも事実であった。この間に、今昔物語集の苦心と自矜とはあったのである。[25]

今昔本文（Ⅳ）はこうして終るが、この最後に「昔ハ小児モ如此キ賢カリケル也」という一文がある。これは宇治拾遺物語[152]には存しない。これは、その「こうし、かしこき童なりと、感じ給ひける」に類したであろう原拠は感じてもいようが、「小児」の語の露呈からみても、本文（Ⅳ）の補充に属するであろう。そして、これは、本文（Ⅱ）（Ⅲ）（Ⅳ）、すなわち「（孔子）此ノ童只ノ者ニハ非ザリケリト思テ過ギ給ヒヌ」で終る物語と、「（孔子）只者ニハ非ヌ者也ケリトナム讃メ給ヒケル」で終る物語とを、対位法的に結合しているはずである。そして、もしこの一文に一種の嘆声があるとすれば、これは本文（Ⅳ）の補充であるから、それは今昔物語集の声であった。失われた「昔」にかがやかしい黄金伝説の夢をみたのでもあろうか。

今昔物語集巻十(9)	（Ｖ）只、孔子、諸ノ弟子共ヲ引具シテ道ヲ行キ給ケルニ、道辺ナル垣ヨリ馬ノ頭ヲ指出テ有ケルヲ見給テ、孔子、此ニ牛ノ頭ヲ指出タルト宣ヒケレバ、弟子共、正シク馬ヲ牛ト宣フ、怪キ事也ト思ヒケレドモ、様有ラムト思テ、終道ヲ各ノ心得ムト思ヒケルニ、顔回ト云フ第一ノ御弟子、一里ヲ行テ心得ケル様、日読ノ午ト云フ字ヲ、頭ヲ指出シテ書タルヲ、牛ト云フ字ニテ有レバ、此ノ馬ノ頭ヲ指出タレバ、人ノ心ヲ試ムトテ牛ト宣ケル也ケリト思テ、師ニ問ヒ申シケレバ、然カ也トゾ答ヘ給ケル。次々ノ御弟子共、次第ニ十六町ヲ行ゾ心得ケル。 （II、290・7—12） （VI）然レバ、人ノ心ノ疾キ遅キ顕也。孔子ハ此ゾ智リ広ク在シケレバ、世ノ人皆首ヲ傾ケ貴ビ敬ケリトナム語リ伝ヘタルトヤ。（II、290・13—14）
俊秘抄巻下	（Ｖ′）かきこしにむまをうしとはいはねども人の心 のほどをしるかな この歌は四条中納言のこしきふのないしのもとへつかはしける歌也。歌の心は、孔子の弟子共をぐしてみちをおはしけるに、かきのひまより午のかしらをさしだしたりけるを見て、牛などの給ければ、でしどもえ心えずしてあやしとおもひて、道すがら心得んと思ひけれども、え心得ず。顔回と云ける第一のでし十六丁をゆきて心えたりけり。ひよみのむまといふもじのかしらをさしいでたるをばうしといふもじになれば、人の心をみむとてのたまひけるなり、とおもひて、とひ申ければ、しかなり、とぞこたへたまひける。つぎ〳〵の弟子どもはしだいに十六丁をゆきてぞ心得ける。さればそれらならねども人の心をばみるとよめるなり。 （内閣文庫本、歌学文庫II、90）

今昔本文（Ⅴ）は孔子と顔回たち弟子等との牛午の文字をめぐる俳諧である。これがもとより異資料を癒着したものであることは、本文（Ⅴ）冒頭の「只」、おそらく「亦」の誤謬とみられる語[29]によっても明瞭であり、俊秘抄（俊頼髄脳）（永久二年（一一一四）―同三年頃）に大同することはすでに知られるとおりである。俊秘抄には異本が多く、たとえば本文（Ⅴ）にみえる里程にも異同があるが、本文（Ⅴ）が細部にわたるまでそれに類同することは疑うことができない。いま、この牛午俳諧の伝承を検すれば、この種の説話が俊秘抄にみえる歌の生れた平安中期にすでに存在したことは事実であるが[30]、その伝承には大別して二つの流れがあった。すなわち、その一は、俊秘抄・和歌童蒙抄（久安・仁平年間、一一四五―一一五三？）巻九・色葉和難集（鎌倉中期）巻五と流れる一般歌学書の伝承であり、これはその歌の作者を四条中納言定頼とする流れである。その二は、興味あることに、萬葉集東歌「くへごしに麦はむ小馬のはつはつに相見し子らしあやにかなしも」（XIV. 3537）に注して、秘府本萬葉集抄（平安末期）・仙覚萬葉集注釈（文永六年、一二六九）・拾遺采葉抄（貞治五年、一三六六）と流れる平安中世萬葉学書の伝承であって、これは俊秘抄のその歌の作者を為紀とし、孔子の弟子の名に顔回・閔子騫・冉伯牛・仲弓をあげる流れである。十訓抄巻中に要領するのはおそらく前者に属するのであろうが、この種の伝承が口承的にも知られていたことを示している。今昔本文（Ⅴ）は徐々に流れつつあったこの種の伝承の中でおそらく俊秘抄の一本の和文に直接したのであろう[31]。次代の正当歌学が、乱世のパンセとして、仏教を通じて自覚的に、もとより説話的世界をこえて、自己を深めて行ったことがおのずから連想せられるが、いまもとよりそれとこれとは問題が別箇である。

しかるに、今昔本文（Ⅴ）の主題は、道を行く孔子と顔回たちとの善意と楽観とに和らいだ或る一日のことであって、これはあきらかに前文（Ⅱ）（Ⅲ）（Ⅳ）と統一を欠いている。結文（Ⅵ）は、本文（Ⅴ）は承けうるにしても、前文（Ⅱ）（Ⅲ）（Ⅳ）を承けてはほとんど意味をなしていない。癒着は必ずしも統一ではないのである。

もとより、前文(II)(III)および(IV)とこの本文(V)との間には、孔子道を行き、奇智ないし諧謔をもってする相問があるという点に関連がないとは言えないが、巻十(9)はこの異資料の癒着および結文の補充という自己の方法の濫用によってその主題を分裂させたのであった。想像すれば、今昔物語集巻十(9)は前文(IV)までにおいておそらく一篇を成し、それとしての課題をもち、それとしての充足を保っていたのに、俊秘抄の一本に接してこれをあらたに本文(V)として癒着し、それにしたがって本文(VI)を附加して、標題はもとのままに残ったものではないかと考えられるのである。

二

敦煌本孔子項託相問書は敦煌地方仏教寺院の俗講の場に用いられた変文であった。ここに中国古典文明のかがやく香気はないが、これは久しく中国に流伝し、やがて平安時代には日本に流入した。この小稿は、今昔物語集巻十(9)について、敦煌本相問書に類する伝承との関連を検し、あわせて一篇の成立過程を考えたものである。今昔物語集にはもとよりさまざまの読み方があるが、晩唐五代の敦煌地方に確実に行われ、後代中国にもつたえられた同類の伝承をその原拠として見出すことは、そのような伝承の歴史の背景と、原拠として選択した資料に対する方法とをある程度具体的に知りうるという意味において、そして、この一篇もまた独自の虚構ではなくて資料的根拠をもつという意味において、今昔物語集の全篇に通じる諸問題とおのずから関連するであろう。

注

(1) この標題の「臣下」二字は、孔子は魯の重臣であったにしても、衍字でなければ誤字であろう。目次にはない。

なお、この標題を「……ドウジノトヒマウスニアヘルコト」と試訓する。

(2)　今昔本文（I）の語句の多くは、今昔の、特にその諸篇の総叙的前提部における類型を出ない。また、孔老相見の訛伝は、史記（孔子世家・老荘申韓列伝等）にかぎらず、諸種の漢籍（荘子、天道・白虎通、辟雍、神仙伝、老子・孔子家語、観周等）あるいはかの道仏論争の間の敦煌本老子化胡経（五十四、１２６７ｂ）の類にもみえ、これらは平安貴族も愛読していて（日本国見在書目録・弘決外典鈔等）、したがって、日本でも一種の常識であった。まして、史記における孔老相見は孔子の「幼稚ノ時」のことではない。さらに、史記には、弟子三千（孔子世家）、特に「七十有七人」（仲尼弟子列伝）とあるが、数詞に鋭いはずの今昔（大系本II４３４）は、本文（I）ではその数を明記していない。加うるに、今昔の中でともかく史記に関連する巻十数篇の中にはあきらかに別資料を原拠とみるべきものもある（後注（15）参照）。この本文（I）が史記を参照したか否かはべつとして、これを直接書承して簡略したとは考えがたい。

(3)　敦煌本孔子項託相問書は、べつに孔子項託相詩一首と題する異本（P. 3833）の外、異本がはなはだしく多い（敦煌変文集王重民注）。いま、敦煌本相問書の必要部分を掲出して簡単に校する。

(4)　五常内儀抄（「孔子論云。戯ハ無益也。庭ヲハキイネヲツカンニハシカジト云ヘリ」）や慈元抄は儒教倫理の啓蒙のために諸種の漢籍その他とともに佚書のこれを引く。

(5)　敦煌変文集王重民注。

(6)　項託（項槖）は七歳もしくは十歳で孔子の師となったという伝承上の童子である（淮南子、修務訓・史記、甘茂伝・論衡、実知等）。高士伝（皇甫謐）は論語（子罕）の「達巷党人」をも彼とする。

(7)　たとえば、「仙人無妻。玉女無夫」は広弘明集巻十三に道仏論争に関して道教的立場に立つ書を引用して「仙人玉籙云。仙人無妻。玉女無夫。雖受女形。畢竟不産」（五十二、１７６ａ・５２５ａ）などとあるのに同じい。唐代画論に「凡画山水。意在筆先。丈山尺樹。寸馬分人。遠人無目。遠樹無枝。遠山無石。隠隠如眉。遠水無波。高与雲斉。此是訣也」（王維、山水論）などとあり、類型の習熟と変化とがある。また、「上知天文。下知地里」は「上具天文。下具地理」（史記、始皇本紀）などに類し、「方知後生実可畏也」はもとより「後生可畏」（論語、子罕）に発する。非掲出部にも荘子（徳充符）に拠った句などがある。またさらに、童子の城のモチーフはディヴィア・アヴァダーナ（Divyavadana）系統のアショーカ王（Aśoka）伝説のそれを連想させるところがある。なおまた、孔子と童子との問答は二十巻本捜神記巻八（５）（童子を道教的に「姓赤松名時喬字受紀」とする）等にもみえる類型である。
(8) 浄土寺は、かの大目乾連冥間救母変文幷図（S.2614. 貞明十七年、九二一）など著名の写本類、諸種の寺院文書類を残した敦煌寺院である。
(9) 那波利貞「俗講と変文(上)(中)(下)」（仏教史学第二・三・四号）・同「中晩唐五代の仏教寺院の俗講の座に於ける変文の演出方法に就きて」（甲南大学文学会論集2）等参照。
(10) 塚本善隆「敦煌仏教史概説」（「西域文化研究I、敦煌仏教資料」所収）・故秃氏祐祥・小川貫弌「十王生七経讃図巻の構造」（「同V、中央アジア仏教美術」所収）等参照。
(11) たとえば、平安初期天台資料、智証大師円珍の授決集（元慶八年、八八四）上(8)に「唐人説話」として記す羅什伝説は敦煌本羅什伝説断簡（S.381. 咸通十四年、八七三）のそれと大同する。現存本授決集の成立には少しく問題が残るにしても、この書には大唐の児女の俗諺俚語がふとはなやかであることから推して、おそらく円珍在唐時（仁寿三年（八五三）—天安二年（八五八））の見聞に属するであろう。このような「唐人説話」の流入は平安仏教や平安文学をゆたかにした。
(12) 小稿「和文クマーラヤーナ・クマーラジーヴァ物語の研究」（奈良女子大学文学会研究年報VI）・同「敦煌資料と今昔物語集との異同に関する一考察I」（同VII）参照（いずれも本書所収）。
(13) 今昔原本における固有名詞の誤謬の若干を例示する。「離多民衆」（巻三(35)、I、262・10）／「離車民衆」（十巻本釈迦譜巻九(28)、五十、74c）、これは漢文原典直接書承間の誤謬である。この類例は多い（別稿「今昔物語集仏伝資料とその翻訳とに関する研究」→本書所収）。亀茲国王「能尊王」（巻六(5)、II、63・6）は、打聞集(8)との共通母胎和文資料にはなかった王名を補充したのであるが、これは、中国伝説の日本における誤伝にもとづく「蒙遜王」の口承知識をさらに誤り、かつその音を宛字したものである（小稿「和文クマーラヤーナ・クマーラジーヴァ物語の研究」→本書所収）。「橘ノ敏行」（巻十四(29)、III、314・14）／「敏行」（宇治拾遺物語(102)、これは宇治拾遺物語(102)との共通母胎和文資料にただ「敏行」とあったであろう名の姓を誤記したものであり（今野達「今昔物語集の作者を廻って」、国語と国文学、一九五八年二月）、平兼盛を「源ノ兼盛」とする（巻二十八(3)、V、57・6、大系本頭注補記）のなども同類の誤りであろう。「幡磨（ママ）ノ国印南ノ郡哥見ノ浦」（巻十七(20)、III、529・13）は、明石市西方の「二見」の誤伝ないし誤聞に属するであろう、等等。
(14) 柳田国男「藁しべ長者と蜂」（「昔話と文学」所収）その他に通じるすでに古典的な見解である。

（15）簡説すればその理由はつぎのようである。

今昔巻二(19)は法苑珠林巻三十五（五十三、５６６ｃ－５６７ａ）の一部に、注好選集巻中(18)と共通母胎に立つべき資料を癒着し、ふたたび法苑珠林巻三十五（五十三、５６７ａ）を癒着して成立する。すなわち、この中半は法苑珠林巻三十五を独自に潤色変改したのではない。同時に、注好選集巻中(18)は今昔巻二(19)の中半一部のみを抽出したのではない。

今昔巻一(16)は注好選集巻中(4)と共通母胎に立つべき資料を採り、その資料の中、少しく教義的に及ぶ一部分と、別文を引用した一部分とを捨てて、説話的充足を計ったものである。注好選集巻中(4)が今昔巻一(16)を採って、これにその二部分を補入したとは到底考えられない。

今昔巻一(31)は注好選集巻中(12)と共通母胎に立つべき資料および同じく巻中(14)とのそれを連接して成立する。これを連接するのは、今昔に頻出してその用を果す癒着面の接続詞「而ル間」（Ⅰ、１１２・12）である。さらに、私聚百因縁集巻三(3)が今昔巻一(31)に大同するが、また今昔巻一(31)に大概拠ったとは考えがたい。おそらくやはり注好選集巻中(12)(14)と共通母胎に立つべきである。私聚百因縁集巻三(3)に「須達売升事付施僧並造寺事」と題するのをみれば、これは注好選集巻中(12)「須達詣市売升」に近い資料に、同じくその巻中(14)に近い資料を附加したのであって、したがって、共通母胎は、注好選集巻中(12)と(14)とが別箇に並んでいるように、もとそれぞれ別箇であったと想像せられる。当然、私聚百因縁集巻三(3)のその連接附加の箇所が、今昔巻一(31)では前出接続詞「而ル間」によって示されているのである。畢竟、今昔巻一(31)・私聚百因縁集巻三(3)および注好選集巻中(12)(14)はそれぞれ共通母胎としての或る先行資料を書承原拠とするはずであって、その原拠は、注好選集巻中(12)と(14)とが別箇であるように、もと二篇を成していた。注好選集巻中(12)(14)が今昔巻一(31)から分立したものではない。かりに私聚百因縁集巻三(3)が注好選集巻中(12)(14)によったとしても、それは今昔巻一(31)の関与するところではない。

同様に、今昔巻十(20)は注好選集巻上(73)と共通母胎に立つべき資料を採った。史記呉太伯世家に直接しない。その他、同様にみるべき例が多い。

ただし、今昔巻四(7)は大智度論巻十（二十五、１２９ｂ－ｃ）・付法蔵因縁伝巻三（五十、３０６ａ－ｂ）等に発して和文化せられていた物語を書承し、これに注好選集巻中(21)の類話を癒着している。これは共通母胎に立つのではない。この類話は往生要集巻中之本(3)・栄花物語、鳥の舞・雑談集巻九などにもそれぞれ異同してみえ、今昔巻四(7)のその部分も注好選集巻中(21)もそれぞれその類話伝承群の一々を採ったと想像せられる。このような例もある。以上簡説した（別稿「共通母胎論」参照）。

(16) この姓名の部分には「長」の誤謬が含まれるから複雑ではあるが、姓名を問われて姓のみ答えたのはあるいは名を脱落したかとも考えられる。巻九(36)「我ガ姓ハ成、名ハ置トナム云フ」（II、247・11）／「姓成名景」（前田家本冥報記巻中(15)）、これは姓名を答え、その文字を誤っている。なお、その童子の年齢を「八歳」とするのは、もとより中国伝承にはみえず、あるいはたとえば巻九(1)「六七歳」（II、188・7）が「三歳」（孝子伝・蒙求・注好選集巻上(48)等）ないし「両歳」（敦煌本捜神記）などと相異し、巻二十六(1)「十余年」「年十二三歳許」（IV、408・8・9）が、それぞれ、日本霊異記巻上(9)「八箇年」を改め、それにない年齢を補うのなどを類推しうるであろうか。

(17) 前掲注(7)参照。

(18) たとえば、巻六(5)「葱嶺ノ上ニシテ」（II、59・3）は異本に「葱嶺ノ土ニシテ」とある（大系本校異）が、その原典の検出によって「於葱嶺上」にしたがうべきことが知られる類である（小稿「敦煌資料と今昔物語集との異同に関する一考察I」参照→本書所収）。巻十五(42)「土御門」（III、402・17）は一本に「大御門」とあるが、これは「土」と「大」とを誤写した一例である。

(19) 小稿「今昔物語集仏伝資料とその翻訳とに関する研究」参照（改題して本書所収）。

(20) 大系本校異参照。

(21) たとえば今昔巻六(39)「……此レ只人ニ非ズト皆人知ヌ」（II、108・5―6）は三宝感応要略録巻中(21)にみえず、巻十(4)「此レヲ思フニ彼ノ張騫モ糸只者ニハ非ケルニヤトゾ……」（II279・8―9）は俊秘抄にはみえず、巻二十五(7)「此ノ人ノ気色ヲ見ルニ只人ニモ非ヌ者也ケリト恐ヂ怖レテ」（IV、383・16）は宇治拾遺物語(28)には「この人のけしき今はにぐともよもにがさじとおぼえければ」とある。これらはすべて今昔の補入ないし変改であろう。特に、巻四(9)はやはり路行く人であった聖僧の見聞を数群類記して構成したものであるが、その最後の一群の最後の文に「……ト云フヲ聞クニ此ノ人只人ニハ非ザリケリト思テ礼テ去ヌ」（I、285・15）という部分がある。

(22) 今昔癒着面には「亦」「其ノ後（亦）」「而ル間」の類が頻用せられる（小稿「敦煌資料と今昔物語集との異同に関する考察I」注(23)(34)参照→本書所収）。なお、国東文麿「今昔物語集の『亦』の語について」（大系本月報64）参照。

(23)　この伝説は初唐王子安集などにも用いられ、懐風藻(27)釈弁正「在唐憶本郷」の典拠でもある（小島憲之「上代日本文学と中国文学上」一四三—一四四）。世説や晉書の類は世俗諺文なども用いるところであった。

(24)　小稿「和文クマーラヤーナ・クマーラジーヴァ物語の研究」「敦煌資料と今昔物語集との異同に関する考察Ⅰ」参照（双方本書所収）。

(25)　攷証本・国史大系本はここに脱文があるかとするが、それは無い。また、大系本頭注は、二童子が論争して決しかねた「結果」を問うたので、「共子ニ問テ云ク」は「以下四行」に直接係らないとするが、この説話の興味は孔子の眼前で論争を展開するところにあるはずである。したがって、大系本本文「如此ク二人シテ諍テ、問フト云ヘドモ」の読点は除くべきであろう。

(26)　たとえば、巻六(3)に「草鞋」（Ⅱ、59・4・10）と「履」（Ⅱ、59・9）とが混在するのは二種の資料を原拠としたためである（小稿「敦煌資料と今昔物語集との異同に関する考察Ⅰ」参照→本書所収）。

(29)　小稿「和文クマーラヤーナ・クマーラジーヴァ物語の研究」注(24)参照（本書所収）。ただし、「只」（Ⅳ、215・6）・「但シ」（Ⅴ、252・12）等を「亦」と同義とみる説もある（大系本頭注）。

(30)　この説話は、あるいは、孔子、顔回に白馬を語る中国伝承（太平御覧八百十八引韓詩外伝・論衡、書虚等）などにあるいは影響せられて、文字を会釈する諧謔（大江匡衡の「蜈蚣」字の逸話—小右記寛弘九年五月十一日条—、「犬」字の逸話—江談抄巻二—等）、馬・鹿類を歌う諧謔（俊秘抄等）、あるいはへんつきなどの興じられた平安貴族の間に生れたのでもあろうか。中国後代の遯斎閒覧にみえる「牛不出頭」の逸話モチーフは同類であるが、中国ではどこまで溯りうるのであろうか。

(31)　今昔巻十(4)(5)(7)(8)(9)(29)(30)、巻二十四(57)、巻三十(13)(14)、巻三十一(27)等は俊秘抄に大同し、特に巻十(5)(7)(8)(9)はその配列も相類し、巻二十四および巻三十のそれはそれぞれの巻末に位置する。別稿参照。

敦煌資料と今昔物語集との異同に関する考察III

敦煌変文の中にはかなりヴァラエティのある諸種の仏伝がある。それは、あるいは西域仏伝壁画の若干にかようような、独自の想像力を含んでいた。その多くは、漢訳仏典の類を消化しながらも、あるいは民間土俗の濃い口承要素を容れ、あるいは、十二宮調の楽曲にあわせて歌唱吟詠したというその韻文のほか、ときには荒唐ともいいうる潤色をほどこしていた。もとよりそれは敦煌寺院のその社邑に対する唱導演変の必要によったのである。そして、日本の今昔物語集の仏伝は十巻本釈迦譜を基礎原典とするものであって、ときに説かれるようには、敦煌変文のそれを類推しうる、日本民衆社会の口承要素をゆたかにもつものなのではない（別稿「今昔物語集仏伝資料とその翻訳とに関する研究」→改題して本書所収）。しかし、なおその細部においては、その書承性口承性を問うべきものが少しく存する。小稿は、従来不明ないし不十分のその原拠を検出して、その間を問うものである。

小稿は「和文クマーラヤーナ・クマーラジーヴァ物語の研究」・「敦煌資料と今昔物語集との異同に関する考察I・II」その他一連の分析と相関し、特に「今昔物語集仏伝における大般涅槃経所引部について」に接続する（いずれも本書所収）。

一

シッダールタは誕生して聖なる七歩をあゆんだという。今昔物語集天竺部仏伝物語に属する巻一(2)釈迦如来人界生給語第二は、まず、漢訳仏本行集経巻七・八と過去現在因果経巻一ないしこれを基礎原典として所引する十巻本釈迦譜巻一(4)とをあわせて簡略し、あるいはこのそれぞれをほぼ交用して始まるが、[1]それは、つづいて、シッダールタのその聖なる七歩についてのおそらくは注釈的挿入部として、大般涅槃経巻四の一部ないしそれ相当を所引する。これを少しく要約すれば、

今昔物語集巻一(2)	大般涅槃経巻四
南ニ七歩行テハ无量ノ衆生ノ為メニ上福田ト成ル事ヲ示シ、西ニ七歩行テハ生ヲ尽シテ永ク老死ヲ断ツ最後ノ身ヲ示ス。北ニ七歩行テハ諸ノ生死ヲ渡ル事ヲ示ス。東ニ七歩行テハ衆生ヲ導ク首ト成ル事ヲ示ス。四ノ維ニ七歩行テハ種々ノ煩悩ヲ断ジテ仏ト成ス。上ニ七歩行テハ不浄ノ者ノ為ニ不穢ザル事ヲ示ス。下ニ七歩行テハ法ノ雨ヲ降シテ地獄ノ火ヲ滅シテ彼ノ衆生ニ安穏ノ楽ヲ令受ル事ヲ示ス。 （日本古典文学大系I、54・5―9）	南行七歩示現欲為無量衆生作上福田。西行七歩示現生尽永断老死是最後身。北行七歩示現已度諸有生死。東行七歩示為衆生而作導首。四維七歩示現断滅種種煩悩四魔種性成於如来応供正遍知。上行七歩示現不為不浄之物之所染汚猶如虚空。下行七歩示現法雨滅地獄火令彼衆生受安隠楽。毀禁戒者示作霜雹。 （三十六巻本、大正蔵、十二、628c・四十巻本、同、388b―c）

この今昔本文は仏本行集経巻七・八にも過去現在因果経巻一の類にもその原拠を見出さない。したがって、それは従来原拠不明とせられ、あるいは中国敦煌変文のように「生きた民衆社会の『口がたり』」を録しながら衆許摩訶帝経巻三の類を参照して形成せられた、[2] などとも言われていた。しかし、それは、このように大般涅槃経巻四の一部、おそらくはそれ相当の抄物を直接書承したものである。[3] 仏陀観の発展にともなってシッダールタ誕生の意味はさまざまに解釈せられたが、この大般涅槃経巻四の一部はこれに托していわば永遠の仏陀の理を説いた。今昔本文はこの一部ないしそれ相当をほぼ直訳したのである。そして、過去現在因果経の類や仏本行集経などの文学的な仏伝に概して拠った今昔物語集巻一(2)は、ここにこれらとその制作の動機を異にして教理的理論的な大般涅槃経の一部を導入することによって、一種の混淆をきたすことになった。それは、この今昔本文が前後の文と異なって敬語表現を欠くのはあるいは注釈的挿入部の文体であったかもしれないとしても、シッダールタの七歩を行じるのが前文には「四方」とあるのにここでは十方を数えるといううくいちがいとしてもあらわれている。もとより、今昔物語集巻一(2)が仏陀降誕の意味として衆生の救済という面を強調するこの本文を導入したのには、転換期の民衆社会の何らかの干渉があり、それにかかわる自己の問題があったに相違ない。しかし、このようにその前文との結合の異質性をまぬかれない今昔本文の背後に、日本民衆社会に口承せられて或る感情的現実性（emotional actuality）を含んだ肉声の音色とか、その口承をある典拠にからませた独自の想像力の流れとかのありえようはずはないのである。問題のこの本文は初期院政知識階級の訳者ないし訳者たちが外国漢文資料ないしそれ相当を直接書承して直訳したものであった。そして、今昔物語集巻一(2)はつぎのようにつづいている。

二

今昔物語集巻一(2)	大智度論巻一・〔法華玄賛巻一本〕・金光明最勝王経玄枢巻一	十巻本釈迦譜巻一(4)出因果経
太子各七歩ヲ行ジ畢テ頌ヲ説テ宣ハク、 　我生胎分尽　是最末後身 　我已得漏尽　当後度衆生 行ズル事ノ七歩ナル事ハ七覚ノ心ヲ表ス。蓮花ノ地ヨリ生ズル事ハ地神ノ化スル所也。 （I、54・9—I11）	菩薩初生時。放大光明。普遍十方。行至七歩。四顧(観察四方)観察。作師子吼而説偈言。 　我生胎分尽　是最末後身 　我已得解説　当復度衆生 作是誓已。身漸長大。 （二十五、58a・〔三十四、652a〕・五十六、483c）	（菩薩）無扶持者自行七歩（大善権経云。菩薩行為正志。）挙其右脇(手)而師子吼。（応地七歩亦不八歩。是七覚意耶。）我於一切天人之中。最尊最勝。無量生死於今尽矣。此生利益一切天人(人天)。（大善権経云（下略）。） （五十、16a、因果経巻一、三、625aト校ス）

「我生已尽。梵行已立。所作已弁。不受後有」（方広大荘厳経巻十一、三、607c等、Jñānadarśanaṃ me udapādi kṣiṇā me jātiruṣitaṃ brahmacaryaṃ kṛtaṃ karaṇīyaṃ nāparasmād bhavaṃ prajānāmi.）、この偈言は多く「天上天下唯我為尊。要度衆生生老病死」（長阿含経巻一(1)、一、4c等）・「此即是我最後生身。天上天下唯我独尊」（一切有部毘奈耶雑事巻二十、二十四、298a等）などとしてもとよりつとに著名であった。敦煌寺院がその誘俗唱導の場に用いた敦煌変文の類にも、それは、

敦煌本悉達太子修道因縁（龍大図書館蔵）・敦煌本太子成道経（P. 2999; S. 548 ete.）	敦煌本八相変（雲字二十四号等）
是時夫人誕生太子已了。無人扶接。・・・・（其此太子）東西南北各行七歩。蓮花捧足。其太子便乃一手指天。一手指地。口云道。天上天下唯我独尊。	太子既生之下。（中略）又道。指天天上我為尊　指地地中最勝仁　我生胎分今朝尽　是降菩薩最後身

このようにのこされている。そして、敦煌本相変の歌曲はいくばくか今昔本文の偈に類するであろう。この類の偈は過去現在因果経巻一の類ないし仏本行集経巻八等には見出されないから、ここでもまた、今昔本文のこの偈は、漢訳仏典を原拠とするのではなくて、民衆社会の口承の間に変容し成長した[4]、とみられるようにもなったのである。しばらくこれを問うべきであろう。

いま少しく漢訳仏典ないし中国・日本仏書を検すれば、今昔本文の我生胎分尽偈に酷似するものが大智度論巻一冒頭の一部に存し、また、おそらくこれによるであろう法華玄賛巻一本、および、これによることを明記する金光明最勝王経玄枢（南都元興寺願暁等、九世紀中葉）巻一等にも存することが知られるであろう。大智度論巻一の偈は仏伝を略記する部分に属している。今昔本文のこの偈もその原由はおそらく大智度論巻一の類にまでさかのぼることができるであろう。しかしまた、このことはただちに今昔本文が大智度論巻一ないし法華玄賛巻一本等を直接書承して成立したということではない。大智度論巻一その他の文脈は必ずしも今昔本文のそれと同じくはなく、また、何よりこの誕生偈自体にも、その間には、「解脱」と「漏尽」、「復」と「後」とにわたる異同がある。この後者はあるいは書写間に起りうる誤写でありえようにしても、今昔物語集諸本にこのヴァリアントはない。これらの異同は今昔本文が大智度論巻一の類に直接したと断じることをためらわせるに足りるのである。

もとより、平安仏教、特に天台教学は大智度論を尊重した。法華経妙本の大部分と同じく羅什の漢訳した大智度論が多数の仏典を引用する中で、法華経の引用は二百十有余に及ぶという[5]、この事実をもってしても、それは想像できるのである。伝教大師最澄や恵心僧都のかずかずの書もしばしば大智度論を引用し、天台教学の立場から仏法を薄倖の皇女に説いた三宝絵（永観二年、九八四）には摂関貴族官僚の偶像の書としての大智度論さえ存在した[6]。しかし、これらから推して、この問題の今昔本文が大智度論巻一に直接してこれを少しく変改した、と想像することはむつかしいであろう。一般に、今昔物語集の訳者ないし訳者たちが大智度論の少くともいくばくかにふれなかったとは言いがたいであろうにしても、またこれに直接して訳出したということも必ずしも言いがたいのである[7]。

今昔物語集における偈の採録について少しく検しよう。

今昔物語集巻四(1)阿難入法集堂語	法苑珠林巻十二（大智度論巻二）	大智度論巻三
（前略）其ノ時ニ、阿難、匙ノ穴ヨリ入テ衆ノ中ニ有リ。然レバ諸ノ衆希有ノ思ヒヲ成ス。此レニ以テ阿難ヲ以テ法集ノ長者ト定ム。然レバ阿難礼盤ニ昇テ如是我聞ト云フ。其ノ時ニ、大衆、我ガ大師釈迦如来ノ再ビ還リ在マシテ我	依智度論云。（中略）（阿難）即以神力従門鑰孔中入。礼拝僧足懺悔。（中略）是時長老大迦葉摩阿難頭言。仏嘱累汝令接法蔵。汝応報仏恩。（中略）汝今応随仏心憐愍衆生故集仏法蔵。是時阿難礼僧已坐師子床。時大迦葉説此偈言。	是阿難能令他人見者心眼歓喜。故名阿難。於是造論者讃言。 面如浄満月　眼若青蓮華 仏法大海水　流入阿難心 …………………………（二十五、84a）
		法華文句巻一上

等ガ為ニ法ヲ説キ給フカト疑テ、偈ヲ説テ同音ニ頌シテ云ク、

　面如浄満月　眼若青蓮華
　仏法大海水　流入阿難心

ト誦シテ讃歎スル事无限シ。

（I、269・10―14）

仏聖師子王　阿難是仏子

……………………

是時長老阿難一心合掌。向仏涅槃処方如是言。（中略）是千阿羅漢聞是語已。（中略）皆言。咄哉。無常力大如是。我等眼見仏説法。今乃言我聞。

（五十三、375b―376a・二十五、69a―a）

歓喜阿難。面如浄満月。眼若青蓮華。親承仏旨。如仰完器。伝以化人。如瀉異瓶。（中略）仏法大海水。流入阿難心。

（三十四、4b）

法華文句巻二上

仏滅度後在師子床。迦葉大衆讃曰。

　面如浄満月　眼若青蓮華
　仏法大海水　流入阿難心

（三十四、18b）

有名な仏典結集の物語を録する今昔物語集巻四(1)が大智度論巻二ないしこれを所引する法苑珠林巻十二の一部に直接し、さらに大智度論巻三の一部に直接してそれに癒着して成立したものか、それとも、これらにふれなかったとは必ずしも言いがたいとしても、すでにこれらを原話としていくばくか日本化した先行資料に直接して成立したものか、これはなお問うべきであろう。面如浄満月偈は大智度論巻三のそれにはるかには由るべきであるが、今昔物語集巻四(1)がこれを直接書承したという徴証は積極的にはない。この偈を含む結集の物語はたとえば法華文句巻一上・巻二上等にもみえ、この偈は敦煌本金剛般若経疏（P. 2330. 八十五、149b、「龍樹讃云。……」）・敦煌本仁王経疏（S. 2502）には「阿難比丘。面貌端正。世人見者莫不歓喜。是故字歓喜。是故経中讃歎阿難。面如月目清蓮。仏法海水阿難心」（八十五、166b）と転訛してあり、下って仏祖統紀巻五（四十九、1

70c）等にも用いられるなど、中国においてすでに著名であった。のみならず、日本においても、三宝絵に「阿難身ヲ鎰ノ穴ヨリイレリ」（巻中序）とあり、源氏物語に「ほとけのかくれ給ひにけむ御なごりには阿難が光はなちけむをふたたび出で給へるかとうたがふさかしき聖のありけるを……」（紅梅）とあるのはあきらかに阿難結集の物語に属すべきである。これらの文脈の背後にはこの物語がいくばくか日本化して摂関知識階級の間に存在したはずであり、それはあるいは面如浄満月偈を含みもしたかと想像することができるであろう。この偈が下って室町物語釈迦の本地等にもみえることなどから推しても、それは阿難結集を讃える偈として日本でもっとに知られたはずであって、今昔物語集の訳者ないし訳者たちもまたこれを熟知するところであったであろう。転換期の散文文体を模索した今昔物語集は、しばしば散文と韻文とを交用してその散文は譚説しその韻文は十二宮調の楽曲にあわせて歌唱吟詠したという[8]敦煌変文とは異なって、しばしば原典の偈頌を省略ないし散文化して抑制し、ましてみずから原典の偈頌を独自に変容したりあたらしい韻文を創作したりすることはない、というべきであるが、ただ、その親近したであろうところの偈は少くともある程度これを録したらしい痕跡がある。[9]この今昔本文の面如浄満月偈もおそらくまた然るべきであろう。そして、この今昔本文の担当者はこの偈が大智度論に存することをもあるいは知っていたかもしれないが、大智度論巻二・三ないし法苑珠林巻十二と今昔本文との異同の間を検すれば、今昔本文の担当者の既知に属すべきこの偈は、大智度論巻二ないし法苑珠林巻十二の偈に代えて大智度論巻三の偈を用いたとみるよりは、おそらくすでにそれらを原話としていくばくか日本化した先行資料に拠って、これに存したであろうこの偈をそのまま採録したか、と想像せられるのである。要するに、この偈は大智度論巻三にはるかには由るであろうが、今昔本文がこれを直接書承したという積極的徴証はないのである。

さらに少しく検しよう。

今昔物語集巻三(22)盧至長者語

(盧至長者)人モ无ク鳥獣モ不来ヌ所尋ネ得テ飲食ス。歓楽无限クレテ歌舞シテ云ク、

我今節慶際　縦酒大歓楽
踰過毗沙門　亦勝天帝釈

ト誦シテ瓶ヲ蹴テ舞ヒ喜ブ事无限シ。其ノ時ニ天帝釈仏ノ御許ヘ詣リ給フニ、……

(I、240・12―16)

法苑珠林巻七十七

盧至長者経云。(中略)至空静処。酒中著塩(薑)和麨飲之。時復噉葱。先不飲酒。即時大酔。酔已起舞揚声而歌。其歌辞曰。

我今節慶会　縦酒大歓楽
逾過毘沙門　亦勝天帝釈

時値帝釈与諸天衆欲至仏所。……

(五十三、862a)

盧至長者因縁経

至空静処。(中略)其歌辞曰。

縦令帝釈　今日歓楽
尚不及我　況毘沙門

復作是言。我今節慶際。縦酒大歓楽。踰過毘沙門。亦勝天帝釈。釈提桓因与無数天衆欲祇洹。……

(十四、822a)

古本説話集(56)

(留志長者)ひとはなれたるやまなかのきのしたしたに、とりけだ物もなく、くらふつべき物もなきに、くひいたる。たのしく心ちよくてずんずる事、今日曠野中、飲酒大安楽、猶過毗沙門、亦勝天帝釈。(中略)たいしやくきと御らんじてけり。……

宇治拾遺物語(85)

人はなれたる山の中の木の陰に鳥獣もなき所にてひとりくひゐたり。心のたのしさ物にも似ずしてずむずるやう、今曠野中、食飯(飲)酒大安楽。独過毗沙門天。勝天帝釈天。(中略)帝釈きと御らんじてけり。……

この今昔物語集巻三(22)は単に盧至長者因縁経ないし法苑珠林巻七十七の一部によるのではない。この掲出部分の散文は、古本説話集(56)・宇治拾遺物語(85)等との共通母胎として口がたりの和らぎをのこしていた或る和文資料を採ってこれを和漢混淆文化するとともに、法苑珠林巻七十七の一部を和訳して、これらを結合している。換言すれば、その原由は盧至長者因縁経ないし法苑珠林巻七十七にあった伝承が日本語の口承に和らぎながらやがて共通母胎和文を形成したが、今昔本文の散文はこれに仏教類書として知られたその法苑珠林の物語をあらためて導入複合したのであった。日本の旧伝承を容れながら、外国からの栄養をもあらためて生かそうとしたのである。しかし、その我今節慶際偈は、古本説話集(56)・宇治拾遺物語(85)にも、また、法苑珠林巻七十七のその偈に異本がなかったとすれば、それにも、そのままの形ではみえない。今昔本文の担当者は共通母胎和文資料にあったであろう今日曠野中歌にふれたはずであるが、漢訳原典として権威あるとみた盧至長者因縁経によってこの我今節盧際偈を録したとすることができるであろう。これを散文に及ぼさなかったのは法苑珠林巻七十七の簡略を重んじたからである。そして、この我今節慶際偈そのものは、法苑珠林巻七十七や古本説話集(56)・宇治拾遺物語(85)等のそのヴァリエィションからも想像せられるように、今昔物語集の訳者ないし訳者たちの親近するものではなかったであろう。しかし、これらの偈の存在はかれをさそった。そして、かれは漢訳盧至長者因縁経の偈をそのまま採録したのであろう。これによってこれを観れば、ここには、今昔物語集巻一(2)本文の我生胎分尽偈と大智度論巻一のそれとの異同に関する若干の示唆がありうるであろう。すなわち、もしかりに今昔物語集の訳者ないし訳者たちがみずからの我生胎分尽偈を熟知しなかったとするならば、それは大智度論巻一のその偈をそのまま録したかもしれず、というより大智度論にもふれなくて、過去現在因果経巻一の類ないし仏本行集経巻八に即してその偈言を録するにとどまったかもしれない。大地度論巻一偈と今昔本文の偈との間の微細の異同にはやはり意味があると想像することが許されるであろう。この事情は大智度論巻一偈と同じい偈を有する法華玄賛巻一本の類においても同様である。すなわち、今昔物語集の背後の仏教的教養は天台のみには限られない。すでにたとえば伝教大師最澄や恵心僧都の書みずから、法相唯識の立場から華厳・天台の法華解釈を批判したこの書を引き、今昔物語集自身の中にも、平安貴族が「天台法相ノ智者ノ僧ヲ請ジテ」（巻十五(35)・「季ノ御読経被行ケル時ニ山・三井寺・奈良ノ止事無キ学生共ヲ撰テ被請タリケレバ皆参タリケルニ夕座ヲ待ツ程ニ僧共居並テ或ハ経ヲ読ミ或ハ物語ナドシテナム居タリケル」（巻二十八(8)）など、平安摂関制盛期の学派的交流と、ひいては説話蒐集の場の情景とを考えさせる文脈があり、今昔物語集にひろく法華史上の古典であるこの書が用いられない特殊の理由はない。のみならず、今昔物語集巻一(8)釈迦為五人比丘説法語第八の中で、従来原拠不明とせられ、あるいは口承によるなどと想像せられる一部は、既見資料によれば、この法華玄賛の巻四末の一部にもっとも近いのである。おそらくそれはこの法華玄賛の巻四末ないしそれ相当の抄物によるのであろう。[10] 少くともこの法華玄賛の類が今昔物語集の訳者ないし訳者たちに全く読まれていなかったとは断じがたいのである。しかし、いま、この今昔物語集巻(2)の問題の本文においては、法華玄賛巻一本の原拠性は、大智度論巻一のそれと同じく、ないしよりさらに弱いと言わなければならない。金光明最勝王経玄枢巻一のそれについても、その偈はこれらに同じいから、またもとより同様であった。したがって、今昔本文のこの我生胎分尽偈は、これらすべてに直接依拠して少しく変改したのではなくて、はるかに漢訳大智度論巻一に由る誕生偈のヴァリアントが初期院政教団貴族知識階級の間につたえられたそれを録した、と想像することが許されるのではないかと思われる。この偈にそのようなヴァリアントの生じた理由は不明というほかはないが、ここには、「若羅漢比丘。自所作已作。一切漏已尽。特比最後身」（雑阿含経巻二、一、154c）・「有羅漢比丘。諸漏已永尽。於最後辺身。能言吾我不」（大智度論巻一、二十五、64a）、「諸仏弟子衆。曾供養説仏。一切漏已尽。住是最後身」（法華経巻一、九、5c）、ないし「仏音甚希有。能除衆生悩。我已得漏尽。聞亦除憂悩」（同巻二、九、10c）その他の類型表現が散見するから、「我已得解脱」と「我已得漏尽」との交換はありえないことではないであろう。

今昔物語集巻一(2)のこの我生胎分尽偈に知識階級間の口承のかげを感じることは、あるいはつぎのような資料の存在によってもある程度考えあわすことができるようである。すなわち、

仏本行性経云。（中略）（菩薩）生已。无人扶持。即行四方。面各七歩。挙足出大蓮花。相観四方。目未曾瞬。口自唱言。我生胎分尽。云々
（覚禅鈔釈迦下、初生事、日仏全同鈔第一、240b）

菩薩生已。無人扶持。即行四方。面各七歩。（中略）依自句偈。正語正言。世間之中。我為最勝。我従今日。生分已尽。（中略）菩薩生已。口自唱言。我於世間。最為殊勝。（中略）菩薩生已。口自唱言。我断生死。是最後辺。
（仏本行集経巻八、三、687b）

鎌倉時代のこの東密の書はこのように「仏本行性経」を「取意」するが、この経名は中国および日本の古今の目録にみえない。これはこの前後の内容から推して仏本行集経巻七・八の一部をさすことが明瞭である。しかるに、その仏本行集経巻七・八自体にはこの「我生胎分尽」偈そのものは存しない。これはこのような偈をもつ仏本行集経異本が存在したということではなくて、この東密の書が、この仏本行集経巻七・八を取意しながら、その諸唱言に代置するに「我生胎分尽」偈をもってした、と考うべきものである。あたかも、それは、やはり鎌倉時代の観経序分義鈔巻四に、十巻本釈迦譜巻一(4)を通じて瑞応本起経巻上等とともに引く過去現在因果経巻一のシッダールタ誕生の条の中に、過去現在因果経巻一にも十巻本釈迦譜巻一(4)にもみえない「天上天下唯我独尊」の句を用いる（日仏全同鈔第二、16a）のに類するであろう。もとよりこれもまた過去現在因果経のその部分に代置するのに著名の口伝の偈をもってしたのであった。すなわち、この東密の書が仏本行集経巻七・八を取意しながらここに「我生胎分尽」偈を代置したのは、この偈が何らかの理由によってすでに著名であったからであるべきであり、またそのゆえにこの偈の後句は省略せられたのであるべきである。このとき、この書の感じた「我

生胎分尽」偈の全容は、かの大智度論巻一等にみえる偈と同じくあったか、それともあるいはこの今昔物語集巻一(2)の偈と同じくあったか、おそらくこのいずれかでなければならない。そして、それはあるいはこの今昔本文の問題の偈と同じくあったかもしれないであろう。このことは、もとより、今昔物語集の偈頌採録の在り方の一面から推して、この今昔本文の問題の偈が今昔物語集の訳者ないし訳者たちを含む初期院政教団貴族知識階級の間にもある程度親近せられていてそのゆえにそれは過去現在因果経巻一ないし十巻本釈迦譜巻一(4)や仏本行集経巻八の偈言に置きかえられた、とみることを可能とすることと相関する。言いうるならば、この問題の本文の我生胎分尽偈はこのような性格をもっていたのであった。

今昔本文の我生胎分尽偈は、このように、大智度論巻一の偈にはるかには由りながら、これを直接書承するのではなくて、初期院政知識階級の間に仏教知識としてつたえられたものを録した、と想像することができるであろう。これはもとより「生きた民衆社会の『口がたり』」などと言われるものではない。ただし、ここにみずからの依拠した原典群の偈言に代えてその親近したであろうところのこれを置いたのはやはり一つの変化であった。しかし、それは、そのかぎりにおいて、しばしば散文と韻文とを交用し、その韻文はしばしば大胆に変改ないし創作して歌唱吟詠しながら誘俗に資した敦煌変文の比ではないであろう。今昔物語集は、もとより少くともその意識的な目的としては唱導性にかかわるであろうが、それは偈の唱導効果には重きをおかない。唱導や弁論に必要であるべき誘いの要素はその用いる偈においては乏しいのである。

三

今昔物語集巻一(2)はつづいて注釈的挿入部とみられる二文をつづけている。

まず、その部分の前半、七歩七覚支の文は過去現在因果経巻一を所引する間に大善権経巻上（十二、160c）を所引分注する十巻本釈迦譜巻一(4)をおそらく通じたであろう。同時に、これに類するものは仏伝仏典仏書にかぎらず散見し（仏本行経巻一、四、59a・僧伽羅刹所集経巻中、四、122c・釈迦氏譜、五十、89b・法苑珠林巻九、五十三、344c・払惑袖中策巻上⒂等）、また、べつに、少しく時代は下るが、「尊勝軌云。毘盧舎那乗七師子云々。又金輪乗七師子云々。口伝云。表七覚支云々」（覚禅鈔両部大日、同鈔一、13a）などとあるのにもよれば、聖数としての七が七覚支を連想する口伝の存在が知られるから、この七歩七覚のことは教団ないし貴族知識階級の伝承知識としても当然あったであろう、と考えられる。今昔本文のこの部分は、このような口伝知識にも支えられながら、十巻本釈迦譜巻一(4)の刺戟を通じて触発せられたものであろう。また、その部分の後半、地神蓮華の文は、文献的には「地神化花（華）。以承其足。四方各行。満足七歩」（三十六巻本大般涅槃経巻十九、十二、731a・付法蔵因縁伝巻一、五十、299b）などに似るが、もとより伝承知識に属したであろう。「地神七宝ノ瓶ヲ以テ其ノ中ニ蓮花ヲ満テ地ヨリ出シテ」（巻一(6)、I、70・5―6、過去現在因果経巻三、三、640b）などともあったのである。もとより、これは民衆社会の口承の問題にあえてふれうるものでもないのである。

四

こうして、今昔物語集巻一(2)の前半に属するこれらの部分を通じてみれば、それはまず仏本行集経巻七・八と過去現在因果経巻一ないし十巻本釈迦譜巻一(4)とを交用し、つづいて大般涅槃経巻四の一部ないしそれ相当を注釈的に挿入し、大智度論巻一に由って小異する、みずからの知るところであった偈を代置して、これらに簡単な注釈的説明を加えた、ということが知られるであろう。今昔本文はこれらの諸種の異資料をあたらしい翻訳文体を開拓しながらつないだのである。ここには十巻本釈迦譜巻一(4)等の仏典抄出や分注の方法が示唆をあたえたこともあるいはあったかもしれない。仏典漢訳のかずかずの場や欽定英訳聖書翻訳の場がそうであったように、今昔物語集の翻訳ないし編集の場の人員が複数で構成せられていたこともあるいは想像できるかもしれない。今昔本文のこれらの部分はもとおそらく過去現在因果経巻一ないし十巻本釈迦譜巻一(4)および仏本行集経巻七・八による程度のより簡朴な形であったかとも思われる。少くとも大般涅槃経巻四の一部ないしそれ相当による部分はおそらく増広のあとを示すであろう。大智度論に発すべき口伝知識であったかとみられる我生胎分尽偈もまた、もとはおそらくたとえば過去現在因果経等にみえる偈言を用いたものであったように想像せられないでもない。これらの今昔本文は改訂ないし増広が行われたかとあるいはみることができるのである。そして、敦煌変文が諸原典を変容するのに大胆な想像力をもってした方法と異なって、今昔本文は異資料をあわせながらなお資料への依拠度が強い。これはなお高度の燃焼を得るに至らず、やはり裸形の資料を露呈しているようである。しかし、諸種の資料によって全体を硬くしたかと思われるこれは、また、シッダールタ誕生の問題を、今昔物語集がみずからなりに重視したということにもなるであろう。さらに考えうることは、これらの行文の間の一種の夾雑は、さまざまの要素の混雑した時代のおもかげとそれに対処すべき今昔物語集自身の希いとを無意識のうちに反映するか、ということであろう。

注

（1）別稿「今昔物語集仏伝資料とその翻訳とに関する研究」（改題して本書所収）。
（2）川口久雄「八相成道変分と今昔物語集仏伝説話―我が国説話文学の演変と敦煌資料―」（金沢大学法文学部論集文学篇4）。
（3）小稿「今昔物語集仏伝における大般涅槃経所引部について」（甲南大学文学会論集第32号、荒木良雄博士喜寿記念論文集）→本書所収。

（4）　川口前掲論文。

（5）　本田義英「仏典の内相と外相」四三七—四三八。

（6）　三宝絵は、現存諸本によれば、巻上(1)(2)(3)(5)(6)（巻下(10)(29)）等の物語の存するところとして大智度論の名を明記する。しかし、これらがすべてその漢訳原典を直接和訳するとは考えがたい。たとえば、その巻上(3)は、三宝絵略注は大論巻四・十四を示す（この外、巻二十六・八十八・九十九等にもみえる）が、これは新婆沙論（大毘婆沙論巻百七十八・百八十二）の所引を明記する法苑珠林巻八十二（五十三、896a—b）ないし諸経要集巻十の一部を直接原拠として少しく変改したものであるべきである。何故ならば、三宝絵巻上(3)に「なたねのごとくちりのごとくに」（東大寺切）・「如芥子如塵」（前田本）・「芥子タ子ノ如ク塵ノ如クニ」（東寺本）とあるのに対すべき句は、大論にはいずれにもみえず、法苑珠林巻八十二の類には「如芥子許」「猶如芥子乃至微塵」の句が存するからである。おそらく法苑珠林によるのであろう。しかし、三宝絵はこの物語が大論にも存することを知っていて、そのために法苑珠林等の名をあげず、より権威あるとみた大智度論の名を記したのである（小稿「Sarṣapa・芥子・なたねに関する言語史的分析」『仏教学研究』第十八・十九）→本書所収。

（7）　今昔諸篇と大智度論との関係を検すれば、まず、巻一(10)の一部は大論巻十四（二十五、165a）にいくばくか類するが、「これに直接したという積極的徴証はない。諸仏典にもこれに類するものは多く、中には大同小異するものも多い。つづいて、巻一(11)は大論巻八ないしこれを所引する法苑珠林巻三十三、および経律異相巻四十一(11)等に類するが、また注好選集巻中(11)にも類する。注好選集は今昔諸篇と共通母胎に立つべき物語をかなり含むようである（小稿「敦煌資料と今昔物語集との異同に関する考察II」→本書所収）が、いま、その共通母胎性は積極的には言いがたいかと思われる。しかし、また今昔は大論の類を直接書承して興味ある変改を加えたとも簡単には言いがたい。おそらく大論ないし法苑珠林による何らかの和文資料が介在し、今昔はこれに変改を加えたのではないかと考えられる。巻一(28)は大論巻十三ないし法苑珠林巻二十二により、巻四(34)は大論巻二十二ないし法苑珠林巻七十七によって、いずれも少しく変改したものであるが、これらはいずれもおそらく後者によるのであろう。巻三(3)(4)はそれぞれ注好選集巻中(24)(17)と共通母胎に立つかとみられ、大論に直接していない。その他、巻三(7)・巻四(7)・巻五(10)(26)は類話を出ず、巻五(4)の一角仙人物語も、大論巻十七ないし法苑珠林巻七十一に直接せず、これらの日本化した資料を用いたとみるべきである。最後に、巻四(1)は本論で扱う。

(8) 那波利貞「中晩唐五代の仏教寺院の俗講の場に於ける変文の演出方法に就きて」(甲南大学文学会論集2)・同「龍大本悉達太子修道因縁解説」(「西域文化研究I、敦煌仏教資料」所収)。
(9) 小稿「和文クマーラヤーナ・クマーラジーヴァ物語の研究」(奈良女子大学文学会研究年報VI)→本書所収。
(10) 注(3)参照。

附篇

Sarṣapa・芥子・なたねに関する言語史的分析

インド・西域を背後とする仏教的中国的な綜合的文化の歴史は日本文化のその上に深刻にかかわっている。小稿は、その交渉に少しく関連して、芥子・なたね・からし・罌粟をめぐる日本語の表現とその歴史との問題を言語史的に分析するものであって、全く極微の考証に属するのである。

日本語史的立場からの前論としては、「国語学論考」（湯沢幸吉郎）に所収する「けし・からし（芥子）」（一八三二）、昭和校註竹取物語（一九五三）に附録する「『なたねの大さ』の論」（山田俊雄）がある。特に、後者は、竹取物語の「なたねの大きさ」という表現について、なたねは仏典語「芥子」の和訓であって、平安時代知識人のひとりであったらしい物語作者が遠く仏典を典拠としたものであろうと推定した。小稿は、これら特に後者から示唆をうけた。

一

まず、一般に、古代における種子の播殖・収蔵は古代祭式ないしその儀礼的遺制としておそらく世界的であろうと思われる。おそらくそれゆえにも、諸民族の古代文献には、量度の譬喩の表現として穀類菜類の種子や果実の類の用いられることが散見するであろう。インドにおいても、「芥子」の類の極微の譬喩としての表現は遠く

仏教以前に発している。(1)

しかし、もとより、いま考うべき問題は漢訳仏典ないし中国仏書または漢籍と日本文献とにかぎられる。また、漢訳仏典と中国仏書とはいま特にこれを区別する必要をみとめない。

いま、まず、原語と訳語との関係について漢訳仏典資料および中国日本仏書資料を整理すれば、

芥子薩利殺跛（金光明最勝王経巻七、香薬三十二味之一、大正蔵十六、435上）

或以羅邇(爾)迦、微妙共和合（大日経巻二、十八、13下）

囉爾迦此云芥子、其味辛辣、是降伏相応性類（大日経義釈巻七）

用芥子及諸毒薬二種相和（大日経疏巻九、三十九、679中）

有薬、名数沙波多那、亦名薩沙波此云白芥子（一髻文殊念誦儀軌、二十、783中）

当作火炉取薩利殺波子唐云白芥子（施餓鬼甘露味大陀羅尼経、二十一、487中）

薩利殺跛此云芥子（孔雀経音義巻上、香花三十二種香之一、六十一、767中）

等の類がある。これらには少しく翻訳上の相違があるから、いずれかを正しくいずれかを誤とする観点もありうるであろうが、また相伝上の相違が存しうるとも考えられるであろう。(2) そして、これらは漢訳仏典ないし中国仏書において、その新旧を通じてその当体の細部については解釈の出入があったかもしれないにしても、菜類ないし穀類の種子、特に辛菜のそれと考えられている。すなわち、

猶如器盛若干種子、(中略) 謂稲粟種大麦小麦大小麻豆菘菁(蔓)芥子（中阿含経巻二十、一、556上）

於壇上散七種穀子大麦小麦稲穀棊豆油麻芥子白芥子（宝楼閣経、十九、625上）

子種、謂稲麦大麦諸豆芥等、此等諸子由子故生、故名子種（根本説一切有部毘奈耶巻二十七、二十三、776中）

蔬菜則薑芥瓜瓠葷陀菜等、葱蒜雖少噉食亦希、家有食者駆令出郭、至於乳酪膏粆(沙)糖石蜜芥子油諸餅麨、常所膳也　(大唐西域記巻二、五十一、878上、前半出飜訳名義集巻三、五十四、1108下)

あるいはまた、

芥末辛気、入估客鼻、雖前自持、不能禁制、即便大嚏、欻然而起　(雑宝蔵経巻七、四、480中)

芥子加邁反、字林辛菜也　(同治本玄応音義六・十オ、法華経提婆品注)

の如くである。南海寄帰内法伝(六九一)巻一に、

諸国並多粳米、粟少黍無、有甘瓜、豊蔗芋、乏葵、足蔓菁、然子有黒白、比来訳為芥子、圧油充食、諸国咸然、其菜食之、味与神州蔓菁無別、其根堅鞕復与蔓菁不同、結実粒麁復非芥子、其猶枳橘因地遷形、在那爛陀与無行禅師共議懐疑未能的弁(辨)　(五十四、210下、「粟」原作栗、依縮致七改之)

とあるのは、大唐西域求法高僧伝巻下無行禅師伝に対応し、中国訳経史にいわゆる旧訳新訳の転機における資料として特に意義をもつと考えられるが、ここにもやはり芥子は菜類の種子をあらわしていたのである。(3)かかる芥子が諸種の仏典仏書において極微の譬喩に用いられることは論をまたない。(4)

二

日本においてこれを観れば、奈良時代の既見資料には、なたねの仮名書はみえないが、「芥子」はすでにその多きを数えている。奈良時代以前から尊重せられ奈良時代以後特に盛行した漢訳仏典およびその影響をうけた資料には、

我見釈迦如来於無量劫難行苦行積功累徳求菩提道、観三千大千世界乃至無有如芥子許非是菩薩捨身命処、為

衆生故、然後乃得成菩提道　（法華経巻五、九、35中）

婆羅門言、童子、我欲供養無上世尊、今従如来求請舎利如芥子許、何以故、我曽聞説、若善男子善女人得仏舎利如芥子許恭敬供養、是人当生三十三天而為帝釈　（金光明最勝王経巻一、十六、405上）

若菩薩住是解脱者、以須弥之高広内芥子中無所増減、（中略）唯応度者乃見須弥入芥子中、是名住不思議解脱法門　（維摩経巻中、十四、546中）

若人起卒堵（波其量下如）、阿摩洛菓、以仏駄都（如芥子許）安置其中　（甚希有経、十六、782中・783上、長谷寺蔵銅版法華説相図銘）

等、著名のものが多い。これらの中、法華経は金光明最勝王経とともに平安初期にはその訓読がすすめられているが、[5]その提婆達多品の「芥子」について、保延二年（一一三六）源実俊写の法華経単字に、

芥（アクタ カラシ）　ナタ尓　去世 ケ

とあり、[6]至徳三年（一三八六）の識語のある心空撰岩崎文庫本法華経音訓に

芥（アクタ ナタ子）

とあって、『「なたねの大さ」の論』のあげる黒川本色葉字類抄（天養・治承年間、一一四四―一一八一）の「芥子ナタ子」および東寺本三宝絵（文永十年、一二七三）の「芥子タ子」の訓とくらべれば、「芥子」が古くなたねと訓まれた可能性のあることはまず想像するに難くない。さらに、東密が成立史的にその潜勢力を背後とすべき南都古宗の興福寺の中算が慈恩大師窺基の法華経音訓を基礎として成した妙法蓮華経釈文[7]（貞元元年、九七六）巻下には、

芥（古邁反、字林云辛菜也、方言云、魏趙之郊謂蕪菁為大芥、其小者謂辛芥也）子（武玄之云実也）　（五十六、165下）

とあるから、やはり『「なたねの大さ」の論』のあげる古辞書および山家本法華経裏書（天保十一年、1840）

の類とくらべれば、「芥子」がからしなたねと考えられていることも疑いえない。すなわち、これらは中国仏教における「芥子」の意味をつたえているのであって、これらの文献資料のみによっても、仏典語「芥子」となたねとの対応はまずあきらかであろう。(8)

三

奈良時代の諸資料を検すれば、そこにはなたねの日本語はみえないが、それは必ずしもこの語が存在しなかったということではない。古代祭式ないしその擬制に関して稲米雑穀蔬菜類のみえる資料が少しく存するが、それはそのたねの神聖観を予想せしめるものである。神代記紀の農業神話におけるたねは、その祭式もとより集団生活におけるそのゆたねとしての重要性を暗指し、また、あきらかに古代祭式に関連すべきあをななどは、いなたねなどとの類推とあいまって、なの種子にあたるな(の)たねの語の存在の想像を許すかの如くである。(9)あわせて考うべきは、奈良時代前後からの稲米雑穀蔬菜類の相対的な量産化であり、律令政府によって、調庸雑物供御雑物として、また飢饉対策として、それらの栽培がすすめられていることであって、この事情もまたな(の)たねの語の存在の仮定をゆるすかの如くである。(10)かかる想像に関連して、たとえば、

進上、米五斗六升、海藻五連、滑海藻六十村、昆布一把、末醬(マヽ)三升、醬三升、酢三升、心太一升五合、芥子八合、塩二升、右依先宣進上如件、但有欠物、後追進上

(正倉院文書天平宝字四年二月十九日小波女進物啓、大日本古文書二十五、261)

米六升四合、大豆小豆各五合、油二合、醬酢末醬各一合、海藻滑海藻於期菜各三両、大凝菜芥子各一両、紫菜一合、塩一合二夕

(弘仁主税式、諸国金光明寺安居供養料物)

大豆五升、小豆四升、海藻六帖、紫苔一升、心太三升、芥子三升、海松五帖（下略）

（東大寺要録巻三、貞観三年三月十四日戊子行大会事、料物）

つづいて、時代を下って、

白米二斗、糯米四斗、小麦一斗二升、大豆小豆各一斗九升、胡麻子七升二合（中略）海藻廿三斤、芥子一升四合（中略）蒜一斗、葱二斗、蘿菔五十把、芹六斗、萵苣五斗、芸薹二斗、胡荽五升、蘭十把、蔓菁六斗、葵二斗已上十種内膳司所進（下略）

（延喜大膳式、園韓神祭雑給料）

米六合五勺（中略）大凝菜六両一分四銖汁物料滑海藻二両好物料芥子一合二勺好物料五勺茹菜料三勺汁物料四勺（中略）葵半把生菜料蘿菔生菜料一把充四口萵苣半把六葉好物料六葉生菜料半把蔓菁根漬菜料（下略）

（同式、仁王経斎会供養料）

等[11]をみれば、仏教関係のみならず神祇関係においてもほぼ類型的にあらわれる「芥子」は、からしな自体あるいはその種子をふくむようにみえるが、俗用としての訓からしのほかに、あるいはなたねの語にあてられたのも存しうるかのように考えられるのである。いずれにしても、日本に古くなたねという日本語が存在したことを文献的には証明できないが、それはその語が存在しなかったとすることにはならないであろう。この想像を想像として保留して後述の文献資料との関連をまつべきである。

四

古きアジアにおける最大の世界都市、大唐長安の都の栄華の日、美術と儀式とに密着して伝来した密教は、やがて安史の乱後の繁栄と不安との中で盛行した。古きバラモンの火祭に由るべきその護摩儀式には、芥子供・芥子加持等の修法が行われ、神秘的超越的でありながら儀軌的事相的である密部仏典仏書には、雑密純密を通じて、

香薬ないし五穀・七種穀子にもよく数えられる芥子類その他、諸種の加持相応物が頻出している。特に、

或持誦赤羯囉尾囉花、或用白芥子、或用酥蘇那花而作光顕、先用塗香塗手、以按其物、次以諸花持誦而散、次散白芥子、次焼香熏之、次後持誦香水而灑　（蘇悉地羯囉経巻中、十八、６２５中）

及以毒薬己身之血芥子油及赤芥子、四種相和而用護摩、以黒芥子油和塩遍塗其身（中略）塗黒芥油而作護摩（中略）又以毒薬及己身之血芥油塩及黒芥子、惣与相和　（同巻下、十八、６３１中—下）

坐於菖蒲席上、又取黄蔓菁子及白芥子、呪七遍已散、散著四方　（陀羅尼集経巻九、十八、８６３中）

安置五種宝（中略）五薬（中略）五香（中略）五穀（稲穀・大麦・小麦・菉豆・白芥子等）如是五宝香薬等各取少許、以小瓶子盛　（成就法華儀軌、十九、５９５上）

応以種種香花等物供養此像、此婆鑠迦木像前然火、取芸薹子一百八顆、各呪一遍擲置火中　（玄奘訳十一面神呪心経、二十、１５４下、不空訳十一面観自在儀軌巻上「芸薹子」、二十、１４２上）

白檀香、稲穀花（焼稲穀取花）白芥子（本無白字）酪蜜酥相和、呪一千八遍焼之　（観世音菩薩如意摩尼陀羅尼経、二十、２０２上）

若紫橿木燃火、白芥子、安悉香、黒芥子、塩、蔓菁油護摩　（不空羂索神変真言経巻十三、二十、２９４中）

若患鬼魅及風癇、加持黄芥子七遍打面差　（烏枢瑟摩明王経巻中、二十一、１５０中）

これらの資料によれば、護摩相応物の一類として、数種の芥子あるいは蔓菁子・芸台子[12]等の用いられることが判明する。

かかる密教の密儀は、仏教的中国的な複雑な雰囲気を背後として、もとより、日本の初期密教に、入唐高僧の唐都長安青竜寺等における求法の上からも将来文献の上からも相伝せられた。伝教大師最澄（七六七—八二二）が入唐し、弘法大師空海（七七四—八三五）が長安に入ったのは、九世紀初頭の延暦二十三年（八〇四）である。護摩における芥子が頻用せられるに至るのはそれ以後のことであって、それは台密東密の諸種の仏書文書その他

にあらわれてくるが、これらの中につぎのような資料がある。すなわち、まず、空海の建立曼荼羅次第法に、

芥子有五色、所謂白黄赤青黒是也、白色此間無之、大唐所出、黄(加良志)赤(奈太爾)青(於保奈太爾)黒(太加那太爾)相配五部用之而已

（弘法大師全集第五・日本蔵真言事相２７８）

とあり、(13)これは日本におけるなたねの文献的な初出に属するが、これは、後に、

建立曼荼羅次第法云(遍満金剛撰)芥子有五種、白黄赤青黒也、白色無此間、大唐所出、黄(加良子)赤(奈太爾)青(於保爾太爾)黒(太加奈太根)相配五部用之

（覚禅鈔第七雑部香薬抄、大日本仏教全書五十一、２６４５）

建立曼荼羅次第法云(遍照)芥子有五色、所謂白黄赤青黒是也、白色此間无之、大唐所出、黄(加良子)青(於保爾太爾)黒(太加奈太爾)相配五部用之而已

（続群書類従本香字抄裏書五種芥子）(14)

等の如く多少の異同をともなって所引せられ、また、慈覚大師円仁（七九四—八六四）撰と伝える現存本護摩観は少くとも後代の添加をふくむであろうにしても、(15)これには、

菩提心月輪儀軌云、芥子有五種、白黄赤青黒也、黄芥子(加良之)青(蘿蔔根)赤芥子(奈太爾)黒芥子(太加奈)蔓菁子小也、芥子大也

（日本蔵天台密一３３１）

の如くみえている。(16)これらにおいて、諸種の芥子はおそらくすべて菜類の種子であり、あきらかに多くたねの語をもつ複合語であって、特に類別としての赤芥子がなたねであるのみならず、ひろく種別としての芥子がなたねと呼ばれたであろうことが想像せられるのである。(17)

つづいて、空海の弟子実慧（七八六—八四七）の四種護摩口決に、

降伏法、蔓菁油入水牛蘇置契上、師云、可用加芥子(奈太爾)海潮(引生塩)人骨粉以柘榴汁染之、附子粉芥子(加良之)等及諸毒物是相応物（下略）

（日本蔵真言事相６４０）

とあり、同じくその護摩法略抄備物法に、

儲赤白芥子、此方無白芥子、其赤黒芥子随処多饒、今言芥子者非蔓菁子(ナタ子)、唯是芥子(カラシ)耳、蔓菁子小、芥子大也、取其大芥子清浄洗濯於日曝干、内於浄器置仏像前、誦辨事真言、或自所持真言加持百遍後用之

（日本蔵真言事相615）

とあるのも、芥子類になたねとからしとの両意のある事実となたねを蔓菁子とする見解のある事実とを示すものである。もとより、

智証記云、蔓（同）菁子ハ小シ、芥子ハ大也、取大芥子清浄洗濯於日曝、私云、世間所有芥子ハ小、蔓青子(ママ)ハ、大也、如何

（阿娑縛抄護摩要、大日本仏教全書三十六、693）

の如きはあるにしても、芥子も蔓菁子もいずれも極微のものであることにかわりはない。

かくして、平安初期の護摩密儀に関する台密東密資料は、いくつかの見解をもたれる芥子が日本語なたねに対応することを明瞭にする。それゆえに、この対応は、単に古辞書類のみにとどまらず、すでに古く平安初期密教に位相的に関連することが想像せられるのである。

五

かかる密教盛行にあたる平安前期は、また、宮廷・僧団において、あるいはそれらの交流において、漢文学圏の形成せられる複雑な時期でもあった。聾瞽指帰・遍照発揮性霊集等をはじめ、諸詩集諸文集の類がそれである。あるいは入唐求法巡礼行記・唐行歴記（行歴抄）、また日本霊異記・日本感霊録等の類がそれである。漢文と、東大寺諷誦文稿の如く仮名をふくみ、あるいはふくまぬ諸種の和化漢文と、次第に形成せられ始めようとする仮名和文とが混在して、日本の文体の模索と日本語の鍛錬とを経つつあった。特に、和化漢文をふくむ漢文の学芸

はその質量において深大であり、南都北京その他の寺院は、ヨーロッパの修道院がそうであったように、今日逸書とせられるものをふくむ仏書その他の典籍を蔵して、日本の学芸の根柢に関与することきわめて深刻であったのである。

いま関係資料として点じるのは、かかる仏教的漢文学、あるいはその影響をうけた資料である。すなわち、

謀窮途殫千悔千仞、石磷（ラキ） 芥（子）尽（キテ） 已増叫眺　（聾瞽指帰）

謀窮途極千悔千切（仞）、石磷（ラキ） 芥（子）尽（キテ） 已増叫眺　（三教指帰巻下）

故能磷（ヒスラケテ）石長時積六度之行、耗（ヘイテナタ子）芥永歳蘊万行之因　（遍照発揮性霊集巻七、和気夫人於法華寺奉入千燈料願文）

これらは諸種の仏典仏書に散見するいわゆる芥石劫[18]の知識にもとづいている。日本におけるこの種の資料はすでに正倉院文書などにみえ、[19]やがてこの空海の文書において、

芥城竭而還満、巨石磷而復生

（十住心論巻六、七十七、３３７上、秘蔵宝鑰巻下、七十七、３６９下、弘法大師全集巻三）

芥石竭磷、虚空可量　（秘蔵宝鑰巻下、七十七、３７１下、同全集巻三）

所冀導我於芥石之劫、喩我乎塵墨之年　（遍照発揮性霊集巻七、僧寿勢為先師入忌日料物願文）

その他の如くいくらかの頻度をみるに至る。すでにかくの如くであれば、その和訓が問題であるべきはまた当然であって、ここに、前記資料の如く、芥となたねとの対応が存するのである。

ただし、これらの資料はその附訓の時期が明確ではない。[20]もしその時期を問うとすれば、性霊集は多く読まれ、仏家のみならず博士家もその訓法を相伝しているのであるから、前記建立曼荼羅次第法の例を比考して、芥はすでに空海においてなたねと訓まれたことが想像せられないでもないのであるが、附訓の時期がたとい細密には不明であるにしても、かなり古い時期に属することは確実であろう。聾瞽指帰・三教指帰に「石磷（ラキ）」の送仮名

がみえ、性霊集和気夫人願文に「磷(ヒスラケテ)」「耗(ヘイテ)」の傍訓がみえるが、類聚名義抄に「磷(ヒスラグ)」「耗(ヘク)」とあって、「磷」の両傍訓の活用はことなるにしても、また「耗」の傍訓はイ音便であるにしても、これらの訓はいずれも古訓のおもかげをしのばしめている。そして、これらの附訓せられた時期は芥になたねの附訓せられた時期と同一であるか、ないしははなはだしくことならないはずである。西塔王院懐空僧都（寛治二年（一〇八八）寂）の教化之文章色々（日本歌謡集成巻四）に、

劫厳ハヒスラクトモ聖王ノ寂寿ハ無レ限(リ)、城ノ芥ハ尽(ク)トモ諸宮寂寿無レ量(ケムリ)（法成寺金堂修正第五夜後誓）

国母儲君ノ御宝寿ニハ、劫ノ巌ノヒスラクヲ為レ期(スト)、親王儲君ノ御宝寿ヲ城芥以テ計カリケル（円宗寺修正第六夜神分）

とあって「ヒスラク」の語がみえ、またこの前者における「芥」はなたねと訓まるべきであろう。さらに、

劫石縦(タトヒ)磷(スクナルトモ)紺殿之勢無朽（園城寺伝記七之八、長承三年造立供養願文、大日本仏教全書一二七、89）

劫石縦磷(ヒクトモ)紺殿之勢無朽（寺門伝記補録第七、同、同一二七、228）

の比較において、傍訓としては後者のそれがおそらく長承三年（一一三四）の古訓を伝えるであろう。[21] それゆえに、「芥」がなたねと訓まれたのは、かりに空海原作においてではないとしても、比較的古い時期に始まるであろう。

いずれにしても、かかる仏教文学類その他に「芥」となたねとの対応があることは事実であって、これは密教界における相伝にもとづくことを予想させるのである。かつ、訓点資料の性格からみても、仏教寺院は飜訳体的口語文体に関するところが深く、このなたねが古語的口語であろうことも想像せられうるであろう。

ただし、一見これらに類似していても、

拾青紫於地芥、瞬目可致（聾瞽指帰・三教指帰巻上）

但懟地芥難拾　（本朝文粋巻十一、大江匡衡、九日侍宴清涼殿、同賦菊是花聖賢、応製）

の類は、たとえば

士病不明経術、経術苟明、其取青紫如俛拾地芥耳　（漢書夏侯勝伝）

輜軿青紫如拾地芥　（文選文類、任昉、天監三年策秀才文）

など、漢籍によったものであろう。鎌倉時代の書といわれる塵袋巻二（永正五年十一月十五日高野山印融写）に、

一、フシテ地芥ヲヒロフト云フハナタ子ヲヒロフ歟

芥ノ字ヲハアクタトモチリトモヨム、自然ニツチニ多キモノナレハヒロフニヤスキナリ、ナタ子ハマカサランホカハ地ニモナシ（下略）

とあるのをみれば、一般に「芥」になたねの訓の存したこととともに、漢籍はその対応に直接加わっていないことが考えられるのである。[22]

嘉祥二年（八四九）三月、南都興福寺大法師等が仁明帝齢四十に満ちるのを賀して、聖像四十躯を作り金剛寿命陀羅尼経を写し、「天人不拾芥（子）天衣罷払石撃御薬倶来祗候」の像および浦嶋子・吉野女の伝承的な永生の像を作し、これに長歌を副えて奉献した。その長歌は「今至僧中頗存古語」と記され、古いよごと系統の賀詞をあたらしくしたものであるが、[23]それにつぎのような部分がある。

薫修法之、力乎広美、大悲者之、護乎厚美、万代爾、大御世成波、如八十里、城爾芥子拾布、天人波、挙手、不拾成奴、如八十里、盤根乎、毗礼衣、裾垂飛志波、払人、不払成天、皇乃、護之法乃、薬乎、擎持、来候布、

（続日本後紀巻十九・類聚国史巻二十八）

すなわち、すでに奈良時代の貴族官僚知識階級によって神仙観念をもってみられた日本の古代伝承が、それと接触しやすい、仏教における天人天女の羅衣の形象と結んで、芥石劫として用いられている。[24]形式は全くは整調

していないが、この「芥子」は音読せられたものであろう。仏典ないし仏教的漢文学における芥石劫が僧団を介して日本文学の古体のひとつである長歌に入っていることは注意してよい[25]。

六

すでにかくの如く、ほぼ九世紀を中心とする平安前期は、いわゆる三国にわたり、新旧にわたり、現世的なものと他界的なものとにわたる諸伝聞や諸知見の断片に満たされていた。竹取物語もそれらに洗われながら仮名物語として成立しはじめたと考えられる。この物語にはおそらく原始竹取物語から現存仮名竹取物語への変化がみとめられるであろうが[26]、現存物語は素材的にかなり複雑な要素をふくんでいる。それには、日本の古代伝承の諸類型のみならず、中国の神仙的伝奇物語[27]や、特に物語的戯曲的内容をもつ漢訳仏典類[28]がすでにあげられているのであるが、物語の主調は日本の古代伝承にあろうにしても、漢籍や仏典もその想像力を刺戟していること[29]は確実であって、この物語の日本語は、仏典語漢籍語ないしその訓読語が頻出する如く、かなり多様の様相を呈している。かかる外観のみによっても、この物語に、

八月十五日ばかりの月にいで居てかぐや姫いといたくなき給ふ。人めもいまはつゝみ給はずなき給ふ。これを見ておやどもゝなに事ぞととひさはぐ。かぐや姫なく〳〵いふ、さき〴〵も申さむと思ひしかども、かならず心まどいし給はん物ぞと思ひていまゝですごし侍りつるなり。さのみやはとてうちいで侍りぬるぞ。をのが身はこの国の人にもあらず、月のみやこの人なり。それを昔のちぎりありけるによりなん、このせかいにはまうできたりける。いまはかへるべきになりにければ、この月の十五日にかのもとの国よりむかへに人々まうでこんず。さらずまかりぬべければ、おぼしなげかんがかなしき事を、この春よりおもひなげき侍

る也といひていみじくなくを、翁、こは、なでう事のたまふぞ。竹の中より見つけきこえたりしかど、なたねのおほきさおはせしを、わがたけたちならぶまでやしなひたてまつりたる我子を、なに人かむかへきこえん。まさにゆるさんやといひて、われこそしなめとてなきのゝしる事いとたへがたげ也。かぐや姫のいはく、月の宮古の人にてちゝはゝあり。かた時のあひだとてかの国よりまうでこしかども、かくこのくにはあまたのとしをへぬるになん有ける。かの国のちゝ母の事もおぼえず。こゝにはかく久しくあそびきこえてならひたてまつれり。いみじからん心ちもせず、かなしくのみある。されど、をのが心ならずまかりなんとするといひて、もろともにいみじうなく。（かぐや姫の別れ）

とある、このなたねが仏典語「芥子」に対応するであろうことは想像せられる。この物語が、文体的にもと何等かの漢文様式であったと否とにかかわらず、また、文体的に「なたねのおほきさおはせしを」の句は挿入句的に屈折するから、この現存物語に同様の屈折が少しく散見することとあいまって、この句の部分が仮名物語として第一次的に存したと否とにかかわらず、これは十分想像できることであろう。

さらに、竹取物語におけるこの問題は、少しく内面的にみて、物語の内容や文体の特性に関連すると想像せられないでもない。すなわち、内容的にはあるいは天之羽衣の問題に関し、文体的にはたしかに譬喩程度表現のそれに関している。

第一に、現存物語の素材的主調をなすと思われる日本の古代伝承の類型の残像は複雑であるが、そのひとつの基本的な要素はもとより天之羽衣物語であって、これは古代白鳥問題に関連している。[30] かぐやひめという名は一般的には古代巫女の類型的な名であったと考えられ、古代伝承からみれば、丹波道主王家の系譜に属する丹波八処女の資格をもつ印象をともなっているが、これはもとより天之羽衣物語に関する白鳥問題の重要な要素になっている。[31] そして、一般に、美しい古代巫女の像は竹の神秘的呪術的機能としばしば結んでいるが、[32] 特に、竹取物語のかぐや姫の名の幻想させる丹波八処女の資格をもつ聖処女は、神名と地名とのたけの音の神話的観念連合において、しばしば竹に関連し、その場合によっては、その聖処女の資格をもってたずさわった多気宮すなわち「竹のみやこ」ともいう伊勢斎宮に関連する伝承的事実をもっている。(33) すなわち、みそぎする聖なる処にしばしば竹は生い、みそぎして天之羽衣を着れば聖なる処女になる人は竹生うる処へ去るのである。富士山記に、山上の水をめぐって猗々たるなよ竹生い白衣美女二人あって雙舞すると記す如きは、それらに神仙観念の加わったものであって、かかる神仙観念をまじえた古代巫女の心像は、現存竹取物語作者においても、漢籍の連想とともにあったであろうし、また、漢訳仏典も遠いインドにも共通しうる世界があるとしてうけ入れやすかったであろう。(34) そして、古代伝承的な天之羽衣は、仏典漢籍における、特にいまの場合仏典に頻出する天人天女の聖衣と結びうるのであって、このことはすでに僧団における興福寺大法師等の賀歌にあきらかであった。

ここにおいて、もし想像が許されるとすれば、現存竹取物語のなたねは、もとより仏典の「如芥子大」「如芥子許」の類の表現を感じているにちがいないが、同時に、古代伝承的な天之羽衣物語と仏典の芥子劫物語、すなわち天人天女下って大石を撫でるという磐石劫とならぶその物語の極微の「芥子」をも感じているように思われるのである。

いま、仏典において天人天女の関する芥石劫を、竹取物語の如き仮名物語の中に連想しうるか否かを、念のために論証すれば、平安後宮文学への展開の上に重要な位置を占める天徳四年内裏歌合(九六〇)に、

君が代は天の羽衣まれにきてなづともつきぬいはほならなむ

の歌がみえ、また拾遺集巻五賀にも、

君が代は天の羽衣まれにきてなづともつきぬいはほならなむ　よみ人しらず(二九九)
うごきなき岩ほのはても君ぞみむをとめの袖のなでつくすまで　元輔(三〇〇)

とあり、奥義抄に拾遺抄の賀歌を注して、

君が代はあまの羽ごろもまれにきてなづともつきぬいはほなるらむ

経云、方四十里の石を三年に一度梵天よりくだりて、三銖の衣にて撫を為一劫、うすくかろき衣なり、このこころをよめるなり、天人によそへて殿上人のきぬをもあまの羽衣といふ。

とあり、唱導文学に属するのではあるが、七巻本宝物集巻二にも、

劫ト申スハ四十里ノ岩ヲ梵天三銖ノ衣ヲ以テ三年ニ一度摩ンニ、彼岩皆摩尽ン事ヲ一劫トスルゾト云ル、サレバ祝ノ歌ニモカクゾ読ル、

君ガ代ハ天ノ羽衣希ニキテ摩共ツキヌ巌成ラン　大納言公任

又ノ説ニハ、四十里ノ城ニ芥子ヲ積テ三年ニ一ツヲ取テアランニ皆取尽ヲ一劫トスルトモイヘリ。

とある如くであって、[35]これらはあきらかに磐石劫にもとづき、性霊集等の賀にみえたものの和歌化であるが、これは日本の天之羽衣と類推しやすかったことによるとみられる。磐石劫がかくの如くであれば、宝物集まで下るまでもなく、芥子劫もならんで理会せられていたであろう。ただし、なたねという語は竹取物語以外の平安仮名文学にその類例をみない。これは、なたねが密教語的・男性語的・訳語的語彙であったとするよりは、それが民衆の生活語として口語的俗語的であったがゆえに、その文学の世界にはあらわれなかったとすべきものの如くである。なたねの生産はおそらくなたねの名で呼ばれてつづけられていたはずであって、それゆえにそれを知る竹取物語作者によって素朴な翁の言葉の中に用いられえたのであり、それを用いさせたのは同時に密教界で「芥子」がなたねに対応することを知る知識階級のひとりであった。そして、そこには天之羽衣物語とゆかりある芥子劫をも連想し、「芥子」をめぐる仏典の表現に従って、かぐや姫誕生の日の可憐な小ささを「なたねのおほきさ」と表現したと想像せられるのである。もしこのかすかな想像が許されるならば、竹取物語のなたねは物語の

内容にもほのかな関連をもつことになるであろう。ただしこれは考えすぎかとも思われる。
第二に、竹取物語における「芥子」となたねとの対応の想像は、その文体面に即して、つぎの如き意味においてたしかに可能である。すなわち、現存本文の、混乱は多くあるものの、概して古典的とさえ言いうる文体において、その譬喩ないし程度に関する表現を検すれば、そこには、

秋田なよたけのかぐやひめとつけつ　（かぐや姫の誕生）

の如く、厳密には純粋の譬喩ではないにしても、広義におけるそれとして、伝統的習慣的方法に従ったものが存するとともに、新奇であり古拙であって内面化していないものが散見するのを知ることができる。これは、竹取物語に限らず、ほぼ同時代と考えられる仮名物語の譬喩程度表現の特色の一つであって、それらの中には、和歌を素材とする類を少しくふくむほかに、漢籍ないし仏典仏書の語句または内容をその典拠とする類や、またその典拠を予想させる類が、それぞれの原典によるか否かはべつとしても、いくばくかふくまれているのを知ることができる。まず、簡単な例をあげれば、

あたり光りかがやくやうなる中に天女降りたるやうなる人あり　（宇津保物語、嵯峨院）

いはゆる西方浄土に生まれたるやうになん　（同、吹上上）

などはあきらかに仏教的幻想を作者読者に共通する新しい知識として譬喩に托したのであり、塗籠本伊勢物語九段に、

この山（富士）はうゐはひろくしもはせばくておほがさのやうになむありける、高さはひゑの山をはたちばかりかさねあげたらむやうになむありける。

とある前半は、既注の如く、

崑崙号曰崐峻（中略）形似偃盆、下狭上広、故名崑崙山　（十洲記）

とある類により、また新しい資料をあげれば、

須弥山凡有四頂（中略）是四頂者、上広下狭、譬如蓮芙（中略）有四由乾陀山（中略）南二頂者（中略）上広下狭、状如蓮芙　（立世阿毘曇論巻四、三十二、190中—下）

若有石山上広下狭　（四分律删繁補闕行事鈔巻上、四十、17下）

とある類なども考えあわせられるであろうし、また、土佐日記一月二十一日条に、

みな人々の船出づ、これを見れば春の海に秋の木の葉しも散れるやうにぞありける。

とあるのは、既注の如く、

白波に秋の木の葉のうかべるをあまのながせる船かとぞみる　（古今集巻五、三〇一）

の見立を連想しているのであろう。つづいて、竹取物語に即すれば、

風いとおもき人にて腹いとふくれこなたかなたの目にはすもゝをふたつつけたるやう也　（竜の頸の玉）

は、既注の如く、病源論（巣氏諸病源候論）に、

風邪寒熱毒気客経絡、使血渋不通、壅結皆成腫也、又云、心煩悶而嘔逆、気急而腹満、如此者殺人。目或如杏核大、或如酸棗之状、腫因風所発云々。

とあるのによったことがいちじるしい。「ごとし」に対して「やうなり」が私的口語的であることも注意してよい。すなわち、かかる資料からも、竹取物語の作者は、一知識人として外国の典拠を口語的表現の中に消化するという傾向をもつことが想像せられるであろう。つぎに、新しい問題をあげて推量を許されるならば、

かかる程によひうちすぎてねの時ばかりに家のあたりひるのあかさにもすぎてひかりわたり、もち月のあかさを十あはせたるばかりにてある人のけのあなさへみゆるほどなり、大ぞらより人雲にのりておりきてつちより五尺ばかりあがりたる程にたちつらねたり（中略）からうじておもひおこして弓矢をとりたてんとすれ

ども手にちからもなくなりてなえかかりたり
（かぐや姫の別れ）

とあるのは、この表現の段階では浄土変相とはいえないが、おのずから敦煌出土の変相類を連想させるのであって、源氏物語蓬生・絵合巻に竹取物語絵のことにふれ、下って中世小説岩瀬文庫蔵奈良絵本岩竹巻下に、

そらをきっと見たまへば日りん九つてらしたまふ（絵）みな〳〵これを御らんじて……

などあるのをみれば、竹取物語のこの箇所もおそらく「美しい絵様」[36]の一つであろう。そして、それは、絵巻の詞書として作られている中に女子や幼少にわかりやすい表現をとったかとする見解[37]をも一つの立場として許すであろうが、ただこれを単に作者の独創する具体的感覚的譬喩表現にただちに帰するには疑問を抱かないわけにはいかない。すなわち、

昔者、十日並出、万物皆照
（荘子斉物論）

逮至堯之時十日並出
（淮南子巻八、本経篇）

湯谷上有扶桑、十日所浴
（山海経巻九、海外東経）

の如く、古代中国の伝説的な存在であり、論語憲問篇にも射術をよくするとつたえる、有名な羿の物語[38]がおそらくとりこまれていると考えられるのであって、前記岩竹もかかる中国伝説を用いているのは、その前後の部分からみてあきらかなことである。また、仏典にも日月の数をもってする光明の譬喩が頻出し[39]、べつに毛孔光明の類型[40]も著名であるから、これらも想像力を刺激して飜案をさそっていると考えられないでもないであろう。

かぐやひめあやしがりて見るに、はちの中に文あり。ひろげてみれば、

海山の道に心をつくしはてないしのはちの涙ながれき

かぐやひめひかりやあるとみるに、ほたるばかりのひかりだになし
（天竺の仏の御鉢）

螢の光のかそけさは、すでに前代に

螢なすほのかに聞きて　…………………………　（萬葉集巻十三、三三四四）

のような例があって、ここはことさらに典拠をあげず、物語作者のおのずからの連想の流れによるものとしてこのまま素朴に読むのが美しいとも思われる。しかし、これが仏鉢の光明についての物語であるときに、螢火ばかりの光もないことを言う形象の関連の在り方には、またなお考うべき過程がのこるようにも思われる。すなわち、仏典にたとえば、

螢火之明不如燈燭之明、燈燭之明不如炬火（中略）地自在天（他化）光明不如仏光明、従螢火光至仏光明、合集爾所光明、不如苦諦光明集諦滅諦道諦光明

（長阿含経巻二十、一、132下―133上、法苑珠林巻三、五十三、291上、節略引用之）

螢火之明、則復不如燈焰光明、燈焰光明又復不如炬火之明（中略）如来光明最勝最上

（起世経、一、345上―中）

の類、またたとえば、

王笑之曰、汝等何癡、仏徳弘大、神足無礙、欲以螢大（火）与日諍光、牛跡之水与巨海比大（中略）大小之形、昭然有別、迷惑高企、何愚之劇

（賢愚経巻二、四、361中）

の類、またさらにたとえば

其実相者智如螢火、是故非実、不共実相智如日光、是故為実

（法華玄義巻八下、三十三、781上）

の類があって、仏光明または仏智の明を螢火に比する類型が散見するから[41]、竹取物語の表現に、特にむつかしい知識とも思われないかかる類の投影をただちに否定することはできないであろう。少くとも、螢火をもってする譬喩を、偶然の一致とみるべきか、その知識を予想した上でそれに執われないで読むべきかは問題にすることができるであろう。

かくして、たとい唯一の典拠をあげることは困難であるのをふくむとしても、またそれは場合によってかえって危険なのであるが、概して言えば、竹取物語およびその周辺の譬喩程度表現は、何らかの特に外来の典拠によるとみられる、新奇で口語的発想に立つ資料を少しく残しているのである。

これによってこれを観れば、これらは、直喩語を欠くにしても「なたねのおほきさ」[42]と表現せられるなたねが「芥子」に対応して極微のものを譬喩するという思考に資する。前記の如く、「芥子」はすでに奈良時代の資料に少しく散見するのであるが、それが頻用せられるに至るのは平安初期に入ってからのことと考えられ、また、文献的にではあるが、「芥子」となたねとの対応は平安初期をもって始まると推定せられるのであるから、「なたねのおほきさ」の譬喩的表現はきわめて新奇に属すると言わなければならない。これは、あたかも、続狂言記膏薬練に、

膏薬を指の腹に芥子粒ほどつけ…………

とあるのに、

かの膏薬を透頂香ほど指の腹につけ……

と応じて、すでに固定した芥子の譬喩に対して、帰化人の将来した新痰薬をもって譬喩させている表現と心理的に共通するところがあるのみならず、かぐや姫に対する素朴な翁の言葉の中にかかる用法においてなたねの語を用いているところに物語作者の素朴でない技巧があると言いうるのである。

そして、かぐや姫の誕生に「三寸ばかりなる人」とし、いま「なたねのおほきさ」とするのは、おそらく、作者の不用意や本文の新旧による混乱ではなくて、前者は地の文であり、後者はかぐや姫との別れをなげく翁の言葉であるからであって、あたかも、はじめ翁の言葉の中に「翁年七十にあまりぬ」としてかぐや姫にはやい結婚をすすめさせ、のちに彼女との別れに地の文に「翁今年は五十ばかりになりにけれども物思ひにはかた時になん

老になりにけりとみゆ」とする技巧(43)と交錯するであろう。

かくして、竹取物語におけるなたねは仏典語「芥子」に対応する。ただし、なたねはその「芥子」の和訓であるにしても、それは、ちのなみだ・とぶくるまあるいは「黄なる泉」の類と同じ層(44)ではない。これらは、当代における外来語日本化の一斑(45)として漢語を和訓してはじめて成立した日本語であるが、このなたねはれいのはちす・かなしみ・かなしびなどの如く、おそらく既存の日本語であって、すなわち口語ないし俗語としてすでに存在していたなたねの語は、密教的知識の媒介によって「芥子」の訳語として理会せられ、やがてこの物語の上にのぼったと推定せられるのである。

七

日本霊異記から今昔物語集への過程にあって、永観二年（九八四）源為憲が後宮ふかく若くして薄倖であった冷泉院二宮尊子内親王のために撰した三宝絵は、永観三年の恵心僧都源信の往生要集などとともに、仏教唱導の歴史からみても、後宮女流文学盛行の直前における意味からみても、少しく興味ある位置にある。その巻上第三に、

仙人云、何又不切給、縦切砕我身雖成如芥子如塵、我更不可為怒怨之云　（前田本）

仙人ノ云ク、何トカ又不切フス成スル、設ヒ割キ摧タカムコト芥子タ子ノ如ク塵ノ如クニ成ストモ一念モ瞋リ恨ムルコトヲ不可成ト云テ　（東寺本）

とあって、「芥子」となたねとの対応が東寺本に知られることは「『なたねの大さ』の論」の如くであるが、ここはまた東大寺切の存するところであって、それには、

仙人のいはく、なとか又きらすなりぬる、たとひ我身をさきくたかむることなたねのことくちりのことくになすとも、我つひに一念のいかりうらむる心をなすへからすといひて、……

とある。三本の書写は、東大寺切保安元年（一一二〇）、前田本寛喜二年（一二三〇）、東寺本文永十年（一二七三）であって、その成立当初の古形とはいえないが、「芥子」はたとい漢字で記されていたと仮定してもおそらくなたねと訓まれたであろうと思われる。[46]

この物語は有名な忍辱仙人本生物語であって、三宝絵は大智度論をみるべきを記している。三宝絵略注（山田孝雄）はこれによって大智度論巻十四をあげまたその巻四にも言及するが、しかし、これは主として天台教学の立場からもとより大智度論を参照するものの、三宝絵の現存諸本によるかぎり、直接の典拠としては、「如芥子如塵」の句のみえる大毘婆沙論巻百七十八、特に同じく巻百八十二、またその後者を等しく引用する法苑珠林巻八十二ないし諸経要集巻十の物語を少しく改修して用いたものとみるべきである。特に、三宝絵総序には法苑珠林を引用したとみられるところがあり、かつその六度篇は検出に便であるから、おそらく珠林を直接資料とすると推知せられるであろう。[47]

八

前田本三宝絵巻上第三にもみえる如く、「芥子」はおそらくなたねと訓まれたであろうにしても、それを確定しがたい場合も多く、また、あきらかにけしと音読せられて日本語化した資料も存する。古く、南都薬師寺の自度僧景戒の日本霊異記上巻第二十九に、

大丈夫論云、悲心施一人、功徳大如地、為己施一切、得報如芥子、救一厄難人、勝余一切施云々。

とある「芥子」は、霊異記の唱導的性格上あるいは訓読せられる場合もあったかと思われるが、訓注のない点からみれば音読とみることを可とするかと考えられる。漢訳原典によるか、あるいは法苑珠林巻七十一ないし諸経要集巻十一によるかは不明であるが、あるいは珠林によるであろう。(48)

吾釈迦大師昔有凡夫時三大僧祇間為衆生発心テ三千大世界ニ芥子許モ无不捨身之処　（前田本三宝絵巻上冒頭）

我カ尺迦大師凡夫ニ伊坐セシ時ニ三千大阿僧祇ノ間ニ衆生ノ為ニ心ヲ発シ三千大千界ノ中ニ芥子許モ身ヲ捨テ給ハヌ所无シ
（東寺本同）

この前半一部は、たとえば三宝絵が参照するところのある六度集経巻四(32)(35)巻六(55)等の類型とみてよく、この後半は、

我をこなひしことは一切衆生のくをぬかんと思ひてこそけしばかりみをすてぬ所なくはをこなひしか
（梅沢本古本説話集巻下、第五十五）

如来答曰、我三祇百大劫間修行於三界中随機利益、芥子許不惜身命
（徳治二年正月二十一日写京大本開心秘訣巻二）

等の類と同じく、法華経提婆品からの飜案であって、平安末期の成立と推定せられる梅沢本古本説話集に「けしばかり」の語がみえている。すなわち、かかる意味における「芥子」の音読は、(49)おそくとも平安末期には、僧団語ないし貴族語にとどまらず民衆化するに至っていることが推量せられるのであるが、同時に、ほぼ同期の成立に属する法華経単字などがなたねの訓をのこしていることは言うまでもない。そして、すでに「けしばかり」の日本語も成立している時代において、三宝絵巻上第三の東大寺切および東寺本になたねの語が一致するのは、おそらく相伝によるらしいことが推察せられるのであって、この推察が可能ならば、これに関連して、聾瞽指帰・性霊集等にのこるなたねの訓もやはり古く相伝すると考えうる可能性も存しないではないのである。つづいて、

往生要集巻下之末に、

従比微因遂著大果、如彼尼拘陀樹従芥子許種生枝葉遍五百両車、浅近世法猶難思議、何況出世甚深因果、唯応信仰、不可疑念。

とあるのは、

仏ノ宣ハク、汝ハ高堅樹ノ実ハ見タリヤト。外道ノ云ク、見タリト。仏ノ宣ク、何ラ許カ有ルト。外道ノ云ク、芥子ヨリモ尚少シト。仏ノ宣ハク、高堅樹ノ木ハ何許ソト。外道ノ云ク、枝ノ下ニ五百ノ車ヲ隠スニ尚木ノ影余ルト。仏ノ宣ハク、汝、其ノ譬ヲ以テ可心得シ。芥子ヨリモ少サキ種ヨリ生タル木、五百ノ車ヲ隠スニ尚影余ル。仏ニ少キ物ヲ供養スル功徳无量也。世間ノ事如此シ。何況ヤ、後世ノ事ハ此ヲ以テ知ベシト（今昔物語集巻一第十一）

布施ハ少ナレドモ無量ノ福ヲ成ス。好堅樹ト云木実ハ芥子ヨリモ小サケレドモ一夜ニ百丈生上リテ其陰ニ五百輛ノ車ヲ蔵セリ。（七巻本宝物集巻六）

の類と相似し、(50) 普曜経巻五・大智度論巻八をそれぞれ引用する経律異相巻四十一・法苑珠林巻三十三、ないし旧雑譬喩経巻上(31)を引用する法苑珠林巻三十三等を出典とすると考えられる。その他、特にいわゆる唱導説話の類を中心として、

今昔、天魔種々ノ方便ヲ儲テ菩薩ノ成道ヲ妨ゲ奉ラムト為ト云ヘドモ、菩薩芥子許モ犯サレ給フ事无シ（今昔物語集巻一第七）

妙荘厳王の二子の神変を釈するに、大身を現ずれば虚空にみち、小身を現ずれば芥子(ケシ)の中に入と（云は）世の常の事なるを、彼忠胤の説法に、大身を現ずれば虚空にせはだかり、小身を現ずれば芥子の中に所有といへりけるが、いみじき和歌の風情にて侍なり（無名抄歌似忠胤説法事・沙石集巻五第二十二連歌の事・古今集灌頂等）

苦ヲウケヌトコロ(受ザル事ハ)芥子バカリモナシ　（一巻本宝物集・七巻本宝物集巻二）

爰ニ医師アテ云、従生以来、芥子許モ不復立人ノ眼目骨髄ヲ取テ和合シテ着ケバ此病可癒ト云フニ　（三国伝記巻三第十）

復以若行者有テ我形像於造ル事芥子ノ如クモ及　（東洋文庫本神道集巻三ノ十五）

祐経をながく本所へ入れたてずして、年貢しようにおきて、けしほどものこさず押領する間、祐経身のおきどころなくして、又きやうとへかへりのぼり、ひそかに住す　（万法寺本曽我物語巻一）

等、この種の資料は散見するが、「芥子」の訓法の如何にかかわらず、もと仏教に由ることは明確である。

九

ここにおいて少しく注意せられるのは平家物語にみえる資料である。すなわち、その覚一本系龍大本巻一に、山門には（中略）七社の神輿を根本中堂にふりあげ奉り、其御前にて信読の大般若を七日ようで、関白殿を呪咀し奉る。結願の導師には、仲胤法印、其比はいまだ仲胤供奉と申しが、高座にのぼりかねうちならし、表白の詞にいはく、我等なたねの二葉よりおほしたて給ふ神だち　後二条の関白殿に鏑箭一はなちあて給へ、大八王子権現と、たからかにぞ祈誓したりける　（願立）

とあるこの表白の部分を、数種の異本に検すれば、

我等なたねの二葉よりおふし立て給ふ神達……………………………（高野本）

なたねの二葉よりおふし立て給ふ神たちと知りながら……………（八坂本）

吾等が芥子の二葉より生そ立奉る神達………………………………（平松家本）

我等がなたねの二ばよりおほしたち給ふ神達と知ながら…………（内閣文庫本）

我等が幼少菜種の二葉よりをゝし立給ふ神達と知ながら………………………………（文禄本）
われらがいうせうなたねの二葉よりおほしたてたまふかみたちとしりながら………………（中院本）
我等がなたねの二葉よりおほしたて給へる神達………………………………………………（米沢本）
我等がなたねの二葉よりおほしたて給ひし神たち……………………………………………（流布本）
我等がけしの竹馬よりおふしたてられ奉る七の社の御神たち、さをじかの耳ふり立て聞給へ……（長門本）

の如くあり、[51] これに対応する源平盛衰記巻四には、

教化の詞に云、菜種の竹馬の昔より生立たる友実と知ながら…………………………（白山神輿登山事）

とあり、また、妙法院本山王絵詞第六(27)、続群書類従本日吉山王利生記第五には、

其教化の詞に云、なたねのちく葉よりおほしたてたるを知ながら……

の如くみえる。これらの資料において、「なたねの二葉」はすべて文禄本に補うように幼少の譬喩に用いられている。平松家本の「芥子」の字面も、八坂本系が多くなたねとするのによれば、おそらくなたねと訓まれるのであろう。そして、一般に、平家物語が、平曲の要求による詞章の成長ないし変化とか、盲人伝誦の間の訛誤とか、文人の訂補とかなどによって、多くの異本をもつことはいうまでもなく、また、澄憲表白集などの表白文芸を出典としてもつことも証明せられていて、この物語は平曲と唱導との複雑な交渉をもつと考えられるのであるが、[52] いま見るこれらの資料は台密的表白に属するとともに多くの異本をのこすのであって、書承性と口承性と、これらの混在が想像せられるのである。もし記録によるとすれば、それは何らかの漢文様式において「芥子」と記されたことがあろうし、もし口承によるとすれば、平松家本の「芥子」の字面はなたねにあてられたものであろう。長門本のけしの字面は、「芥子」の字面の訓によることがおそらく確実であり、また長門本がおそらく原形をはなれた修飾を施していることも分明であって、これはこの本が原本に遠いとせられる推定と相関する。かくして、

ここにも「芥子」となたねとけしとが関係し、「芥子」となたねとの対応はやはり位相的に仏教ことにいまは神仏習合的な色調を帯びる台密的世界に関連している。そして、この「なたねの二葉」は平安後宮文学系の分脈にはあらわれないようである。(53)

十

我心なたねばかりに成にけり
人くひ犬をけしといはれて　　西音法師
（菟玖波集巻十九）

この菟玖波集（延文元年、一三五六）の俳諧連歌におけるなたねとけしとの附合はもとよりいずれも極微であるからであって、少しく後代の文献に属する狂言に、

茶屋「某が人喰ひの犬を持ってござる程に、これを御両人へけしかけませう程に、法力を以て喰はれぬやうにさせられい」

出家「いや〳〵。たださへ出家を見てはおどしたがるものでござるに、ましてや人喰ひの犬ならば、こは物でござる」（中略）

茶屋「さらば犬をけしかけまするぞ」（中略）「けし〳〵、咬め〳〵」　　（鷺流狂言犬山伏）

とある巷間風俗の誇張を背景とし、また

犬はとりわけ僧をほえけり
宇治やまのきせんくんじゅの其中に　　（犬筑波集雑）

などとある如きを背景とする諧謔である。そしてかかる理会のみで足りるのではあるが、作者の特殊の位置によ

れば、あるいは仏教において「芥子」となたねとの対応する知識も同時に前提するのが批評に耐えうるかと考えられないでもない[54]。

十一

中世小説奈良絵本鶴の草紙は、ひろく、特に東洋に分布するいわゆる天人女房ないし絵姿女房の類型に属する、民話的な内容をもった素朴な物語である。ある日、筑後国大やのひょうぶのせうがその妻の忌日の功徳とも思ってその命を救った鶴が中一日おいた夕ぐれに美しい女人になって嫁しきたり、彼女を強いて欲する地頭の若子がその夫であるひょうぶに出す求婚の難題を解いて、その神婚の幸福を全うし[55]、やがてふたたび鶴のすがたにかえって天上へとび去る。その若子の求婚の難題はな（の）たね一こくとわざはひとである。

その地とうの子、としは廿五六ばかりなりけるが、ことにこゝろをうつして、母めのとなどに、いかゞすべき、このおとこのまうけたるをんな、みめかたちこゝろばへわりなかんなる、いかゞしてみるべきと、つねになげく。ちゝもれきゝて、さらばいかにしてなりともとれといへば、この子はかりごとをめぐらして、かのおとこにさまぐ\のこと申かけたれども、つゐにかなひがたくみえければ、あるときなのたね一こく御ようなるぞ、まいらせよ、それかなはぬものならば、なんぢがめのつまをしばしめさんずるぞといふに、すこしなりともかなひがたし、いはんや一こくはいかにしてまいらすべきとおもひながら、たづねて見候はんと申てかへりぬ。さてうちなげきたるふぜひにて我やどにかへりたるをみて、女、なに事ぞととへば、べちのしさいなし、地とう殿のおほせに、わごぜをおもひかけてかゝる大事をのたまひて、さらずはわごぜをめさんとおほせあるぞかし、いかゞすべきといへば、きゝもあへず、やすきことにこそ、さらばなたねはふるきあたらしき、いづれにてもおほせにしたがはんと申たまへといふ。ひようぶうれしくおもひ、ぢとうのもとへゆきてこのやうを申せば、さてはかなはじとて、なたねはいできたり、さらばわざはひといふものゝあるをたづねてまいらせよと、又ひようぶに申たまふ。なたねは世にあるものなれば、わざはひといふものは世の中にあしきことをこそはいへ、すがたあるものにてなけれども、なしといひてもいかゞせん、たゞいづくへゆくともかなひがたし、りやうじやう申さでいゐにかゐりて又女ばうに語る（古典文庫本）

一時貧窮したひようぶのせうは鶴女房をえてふたたび乏しからずなっているのに、なたねのすこしさえかないがたいとするのは、鶴女房の智慧感応の力と生産の力[56]とを示すためとはいえ、中世小説の稚拙さである。しかし、それにしても、ここできわめて重要な意味を帯びるなたねもあきらかに菜類の極微の種子であって、胡麻・荏胡麻などとともに商品作物化しようとしていた燈油原料をそれにあたる一つと考えていいと思われる。

しかるに、この民話的な物語は、文献的にも多少の類型資料をもっている。すなわち、幸若舞曲のいわゆる判官物の一つである烏帽子折は、聖徳太子伝説の一つである筑紫豊後国の真野長者の女子の物語を挿んでいる。その女子を欲して御かどの出す難題は一日の中にとゝのえるけしのたね一万石と蜀江錦をもって織る両界曼荼羅七流とである。

御門ゐいらんましくて、其儀ならば、まの殿、けしのたねを日の内に一万石参らせよ、それがかなはぬ物ならば、姫をだいりへ参すべしとかさねてちよくしくだる。長老承つて、たとひいかていの物なりとも日かずをふらばもとむべきが、殊更けしのたねを日の内に一万石なにとしてかはもとむべきや、あ女房たゞ姫をだいりへ参せよ。長者女房（ママ）これをきゝ、なふ、まの殿、いたふなさはぎ給ひそよ、御身十八みづから十四の秋よりも長者のゐんがうかうぶりて、四方に四万のくらをたて、内の者けむぞく何に付てとぼしき事はなけれども、かゝるものは時としてくさ合にもあふやとおもひ、あのいぬゐにあたりてかやの蔵をつくらせ、年々のけしのたねをとりあつめてをいたるが、一万石はそはしらず、十万石もあるらむ。長者なのめに悦て、さらば車をかざれとて、車のかずをかざつて日の内に一万石だいりへそなへたてまつる。御門ゑいらむましく〳〵て所詮たゞまの殿は三国一の長者であり

（大頭左兵衛本）

幸若舞は室町初期から中期にかけて応永・永享・嘉吉年間（一三九四―一四四四）にはすでにめずらしくなく、その詞章もその前後には制作せられつつあった。大頭本は室町後期と推定せられる古正本であり、下って新群書類従本の舞の本は寛永十二年（一六三五）板であるが、これにもこの烏帽子折の挿話はほとんど同じくあらわれている。

いま、鶴の草紙と烏帽子折とを比較すれば[57]、竹取物語とは逆の形の類型をとる求婚の難題の中で、なたねとけしのたねとがいちじるしく類似している。これには少くとも二つの見解がありうるであろう。第一には、文献では固定しても、民間はそれを変化させるのが原則であるから、殿の難題は、罌粟が少しづつ一般化するにつれて、なたねからけしのたねへ移行したとみることである。第二には、この幸若舞曲のけしのたねはその表象に時の流れによる相違があったかとみることである。もとより単になたねと同義とすることはできない。しかし、後にふれる如く、罌子粟科の罌粟は南北朝末期には文献資料にあらわれるものの、ただちにこのけしのたねにあてることもできないように思われる。幸若舞曲笛巻に、

童子聞しめされて、汝はけしにたとへたるぞくさんこくの小僧か、唐土を越るだにも貴き事なるに、ましてやまふさん天竺をあゆみつくしてまいらんこと思ひもよらぬ事なるべし、唯かへれとぞ仰ける

（毛利家本）

どうじきこしめされて、おろかなり、なんぢはけしにたとへたるぞくさんこくの小僧か、唐土をこゆるだにもありがたき事なるに、ましててんぢくあゆみすぎりやうさむじやうどへ参らん事なか〳〵思ひもよらぬ事

也、たゞもどれとの御錠なり

（寛永板本）

とあり、室町小説牛若笛のまき物語も相似する、このけしは、近世初期の寛永開板の時の理会はべつに考える必要があろうかもしれないにしても、少くとも幸若舞曲成長期の伝承層ないし武士階級を中心とするその享受層においては、なたねを表象するとただちに言えなくてもまたあきらかに罌粟を表象すると言うこともできず、「けしほど」「けしばかり」の用法の慣習化による、いわば漠然とした無意識的記憶によって感じられていたと想像するのがおだやかなように思われる。換言すれば、芥子をもってする極微の譬喩の慣用によって芥子自体に関する意識はすりへったと考えられるのである。この想像と相関してけしのたねをみれば、同じく寛永開板の時の理会はべつに考えなければならないかもしれず、おそらくすでに罌粟の種子が表象せられていたように思われるが、舞曲成長期の伝承層や享受層にまでそれを及ぼしうるとは無条件には考えられない。ただし、大頭本の成立した室町後期には罌粟は珍貴のものであったであろうから、結婚をめぐる難題に珍貴で解決しにくいものがえらばれるという物語類型の特性において、これを罌粟の種子にあてることはできる。しかし、この物語が民話的であって、それにはそれの幻想や慰藉がともないうるにしても、この物語に即すれば、中世末期と考えられる地方村落の経済生活を何等かの形で反映しているのであって、多くの稲穀を所有する長者ではあるにしても草合せの間にくらいはあうかと思って貯蔵したその量がかくの如く多いのは、収量の多いものによってその現実性を裏づけらるべきである。それゆえ、このけしのたねが漠然としてではあってもなたねを表象した時期もあったかと考えられないでもないが、なお疑問が残る。(58) いずれにしても畢竟して時の流れはかかるけしのたねを罌粟の種子として疑わずしたであろう。

これらの資料は、鶴の草紙にしても烏帽子折にしても、仏教は用いられていても、もとより民間伝承を背後とする創作である。その鶴の草紙にな(の)たねの語がみえるのは、中世民衆の生活語であったからと考えられるのであって、また、かかる鶴女房の物語は中世説話にはほとんど見あたらないとしても、かなり古くから普及していたことが想像せられるのであるが、現在の日本の結婚をめぐる昔話にもそのモチーフの一つとして芥子が残っているのをみると、(59) なたねの生活語としての歴史は遠くさかのぼりうるように考えられるのである。種子の貯蔵が古代祭式ないしその儀礼的遺制と想像せられることを、いまこれらの物語においてその貯蔵が女子の職掌に属する印象をのこすこととともに、遠く想起せざるをえない。

十二

さて、前記の如く、建立曼荼羅次第法によれば、芥子はその種類によってなたね・からしの如く訓まれ、また、四種護摩口決・護摩法略抄等によれば、それはなたねとからしとの両意を存していた。芥子がこの両意を存することは古辞書類からも考えられるところであった。それゆえに、けし・なたね・からしの間に、さらにけしと同音であってまたいくつかの品種をもつ罌子粟科の罌粟との間には、問題はおこりうべくあるのであった。これらには条件が錯雑しやすいのである。

いま、その複雑のあとを少しくたどってみれば、おそらく「けしほど」「けしばかり」などの慣用化のためにその意識をならされた「芥子」はようやく意義転化をおこしはじめた。すなわち、中世末期から近世初期にかかる古辞書類には、

芥子(ケシ)　或云米嚢花　(黒本本節用集・伊京集・和漢通用集)

芥子(ケシ)　或云鶯粟又云米嚢、　白芥子(ヒヤツケシ)　又云米嚢花　(天正十八年本節用集)

白芥子(ヒヤクケシ)　異名云米嚢其実如細米也　(元和板下学集)

などあり、また慶長八年（一六〇三）版日葡辞書およびその補遺には、

Qexi: Dormideiras, Beiqua: Qexino fana. Flor de dormideiras,

Vǒzocu: Casoa de dormideira que serue pera/mezinha

とあって、「芥子」の字面はけしと訓まれて今日いわゆるけし（罌粟・米花・米嚢・鶯粟）をあらわしはじめる。[60]

かかる芥子と罌粟との混乱は、その種子がいずれも極微でありいずれも調味料・油料・薬用になることにおいてであろうとまず考えられる。しかしおそらくそれのみではない。それはまた白芥子と混乱し、これは後説するであろう。つづいて、インドにおいて、罌粟を意味するサンスクリット Khaskhasa はひろく東洋にひろがっていて、日本語の Kesi（罌粟）もおそらくその転訛のようにみえるとする仮説[61]は、日中交通のみならず、琉球商人の中継貿易や、やがて天文十二年（一五四三）以後は西欧人の渡米にもよる南方品物の流入を考えればただちに否定することができないのであって、日本において「罌粟」は漢字はもとはサンスクリットであるけしの音と結合することが想像せられないでもないのである。許されるならば、第一の事情を中心とするかかる三つの事情が、この混乱に関連するように考えられるのである。

既見資料によれば、罌粟は古文献にはみえず[62]、十四世紀後半に至ってはじめてあらわれるようである。すなわち、南北朝末期康暦年間（一三七九―一三八一）に成立し明徳元年（一三九〇）に補訂した宮廷医学辞書である続群書類従本康頼本草（和名伝鈔）米穀部下品に、

罌子粟　　味甘平无毒、和[63]　　衍義云其子一罌数千万粒、大小如葶藶、其色白。

とあり、同菜部上品集にはべつに蕪菁（加不良奈）・菘（太加奈）・芥（加良志）・白芥の類を分別するのをはじめ、室町中期応仁の乱直前の享徳三年（一四五四）に成立したとみられる続群書類従本撮壌集中草木部草類に、

罌粟（ママ）　　或鸎粟（ママ）

とあり、辛芥・辛菜・葶藶子・菁の類をも並列し、同五穀部稲穀類にはべつに白芥子を分別し、つづいて、やはり応仁の乱直前の康正二年（一四五六）、法橋昭慶撰延寿類要の服食用捨篇米穀部に、

罌粟　平、無毒、一名象穀、一名米嚢、一名御米、図経曰、性寒、不可多食、宋人云、微寒、無毒、即今和国所謂白芥子是也。

とあって、同菜部にはべつに蕪菁・萊菔・芥の類を分別している。すなわち、日本において罌粟はおそくとも南北朝から室町初期にかかる時期には知られていた。そして類要はその奥書[64]を考慮すればそれを「白芥子」にあてることをもっともよいとしたのであるが、この罌粟はけしの和訓をもっても訓まれえたかもしれない。

ここにおいて、しばらく、述べのこしてきた白芥子について考えておくべきであろう。

芥子と白芥子とについて、前記の如く、中国においてすでに相伝上の相違もしくは解釈上の不分明がみられた。特に密教においては、その事相が口訣相伝を重んじるから、種々の相違・訛謬を生じやすいのである。その中国密教の正統を空海は日本にもたらしたのであるが、その建立曼荼羅次第法やそれを相伝する護摩法略抄によれば、白芥子は日本になく大唐に出ずるところであった。日本密教分派のつたえるところによれば、

儲五瓶可入香水、又入五宝（中略）五薬（中略）五香（中略）五穀 称穀小麦大麦菉豆白芥子 若無白芥子用胡麻
（随要記巻上、七十五、812中）

南伝云、焼油可用芥子油子細也、但此国件物希也、仍芥子磨碓可加入油也云云
（三昧流口伝集巻下、七十七、29下）

何故以白芥子加持之乎、答、白芥子者白少而円形也、是則我等念念体也、此念念体即月輪也加持也云云
（了因決巻十八、鉄塔相承、七十七、155下）

問、芥子供事如何、答、本体可供白芥子、若不然者、只芥子ニテモアリナム、人不可見云云

光云、今武府近辺出白芥子、検其形色、最堪采用而作護摩（幸心鈔巻三、七十八、736中）

の如くあって、要するに、この白芥子が日本に稀出であること、それが白く小さくて美しいことなどがほぼ判明する。そして、建立曼荼羅次第法に黄芥子をからしと訓むのがいわゆるからしなの種子の黄色によるとすれば、その白芥子は同じくその種子の白色によると、まず想像せられるであろうが、本草和名巻十八菜部に、

芥又有莨（中略）白芥子出蘇敬注鼠芥（中略）雀芥（中略）和名加良之

とあって、この白芥子はからしなの一種をさすとみられ、また蘇敬注新修本草のみえる延喜式には地方産物として芥子はみえるが白芥子はみえないようであるから、建立曼荼羅次第法以下密部資料における白芥子は、やはり、あぶらな科からしなの一変種の白色の種子をいうと推定できるのである。(65) そして、富裕の密教寺院はそれを中国から輸入して貯蔵したように想像せられるのである。(66)

しかるに、延寿類要は日本にいわゆる白芥子を罌粟にあてている。すなわち、所伝ないし解釈の錯雑がその間に生じたのである。またそれは単に白芥子のみにとどまらない。芥子と種々の点に共通する罌粟が日本に入れば、芥子と白芥子とに関するこまかい知見がうすれつつあろうこととあいまって、けし（芥子）とけし（罌粟）との混同は徐々に容易におこりうることである。中世末期から近世にかけての資料には、その資料の性格によって条件のことなりはあるにしても、前記古辞書などの如く、その交錯のあとをのこすのが多く、中にはその錯雑について判別しがたいものも存している。(67)

近世に入れば、罌粟が芥子にかわる明確な資料はいわゆる文学の上にもあらわれてくる。

元禄五年（一六九二）の罌粟合に、

一番

左持

けし残れ菊の太夫が庵の跡　素顰

右

青雲や馬鍬やすむる昼の罌粟　丈草

右の方申云、長明がけしありや、左方陳曰、有無にはたより侍らまじき事か、（中略）左、花の半落に長明がむかしをしたふ、嵐ぞ寒き相坂の関とよめること思ひあはせられて感慨多し、若長明がけしあらば、此句第二等に落む、有無にはたより侍るまじき事也。

などとあり、また、その跋に、

罌粟畠花散ル跡ノ須弥幾ツ　其角

贈杜国士

白けしに羽もぐ蝶のかた見哉(68)　芭蕉翁

海士の顔先見らるゝやけしの花(69)　同

とあるなどがそれであって、一般化しようとしてなおめずらしい罌粟の花に素材的な興味をよせたのが多い。

つく〳〵と錦着る身のうとましく　冬文

暁ふかく提婆品よむ　荷兮

けしの花とりなをす間に散にけり　松芳（曠野員外）

別僧

ちるときの心やすさよ米嚢花（ケシノハナ）　越人

青くさき匂ひもゆかしけしの花　嵐蘭（猿簑）

読維摩

蝶とまる芥子は維摩の座敷かな　　翠紅（其袋）

けし畑や散しづまりて仏在世　　乙州（続猿蓑）

すべて、芥子の歴史を知って罌粟と結ぶ上での俳諧ではなくて、けしの音とその知識とが罌粟を表象する上でのそれである。

もとよりかかる資料がすべてではない。すなわち、

けし、罌粟ヲ云フ、芥子ノ音ヲ謬称セシナルベシ　　（倭訓栞後編）

とあるのは、芥子と罌粟との相違を意識し、

罌子(ケシ)粟幷芥子(カラシ)、凡罌粟赤白芥子胡麻之類三条四条大宮店有之　　（雍州府志巻六雑穀部）

と並記するのは、これらが極微であるからであろうが、芥子類と罌粟との相違を知られていることをまたあきらかにするであろう。(70)

諦忍律師は天明二年（一七八二）七十八歳にして上梓したその空華談叢巻二に、

問、竜猛菩薩ハ、白芥子七粒ヲ以テ南天ノ鉄塔ヲ打開テ、真言密教ヲ伝授シ、清弁論師ハ白芥子七粒ヲ以テ南印度金剛神ノ巌窟ヲ打開テ其中ニ入リ、弥勒ノ出世ヲ待事、金剛頂義訣、付法伝、西域記等ニ見タリ、不審、白芥子ニ如何ナル功能アリテカ、是ノ如キノ霊験アルヤ、又芥子ハ罌子粟カ、蔓菁子(ナタネ)カ、従来諸方ノ大徳ニ問ヘドモ分明ニ答ル人ナシ、請フ詳ニ開示セヨ。答、白芥子ハ計之(ケシ)ニ非ス、奈多禰(ナタネ)ニ非ス、加良志(カラシ)ナリ、加良志ハ其性辛ク堅クシテ、降伏ノ徳用ヲ備ヘタリ、是ヲ以テ鉄石ヲ打開クノ相応物トス。……　　（白芥子開塔）

と言っている。この全文において、芥子と白芥子とについてのこまかい意識は十分ではないが、掲出文は、この

時代にも、芥子となたねの対応をみとめる見解があり、芥子・罌粟・からしの混乱が生じていたことを示している。そして、律師は芥子がからしであることを説くためにこの後文においていくつかの典拠を引くのであるが、ここにみえる芥子の解釈が遠い平安初期の密部資料におけるすべてをつくさないのはやむをえないことと言わなければならない。ただ、律師が当時にも芥子となたねとを対応すると見解のあったことを示し、また、芥子が罌粟ではないことを明記していることにおいて足りうるのである。

十三

最後になたねについて一言しておく。これは本来菜類の種子を意味すべきだったが、延宝四年（一六七六）・貞享二年（一六八五）の両序をもつ京都叢書所収日次紀事に、

菅沖正当忌日（中略）是謂手供、又称転供、或号菜種御供、供物上挿黄菜花、故云爾、或依歳而菜花未開、即挿桜花　（二月二十五日）

此月伏見里桃花与菜花一時開、是亦堪愛　（三月）

とある如きなたねは、特に大阪を中心として畿内その他にひろがった菜種作地帯の感情である「菜種に蝶」ことわざのにおけると同じく、今日いわゆるなたね、すなわちあぶらなであつて、なたねは意義転化したのである。それゆえに、これは仏典における「芥子」とは直接関係がない。[71]

後記

以上、この小稿は、サンスクリットSarṣapaの類が、遠いインドから、古く西域を過ぎ後には直接にも中国へ入って「芥子」と訳され、やがておそらく平安初期密教に媒介せられて日本語なたねと結び、おそくとも南北朝末期に罌粟が入るに及んで、またあるいはサンスクリットによるかもしれないけしの音と芥子あるいは白芥子との混同を生じ、芥子は罌粟にとってかわられ始めたことを中心として、言語史的分析をこころみたものである。まさしく世紀は十をもって教え、幾多の民族は興亡したのであって、その間、この極微をめぐるのみにおいても、伝承・将来・飜訳・表現等のかずかずの困難と苦心とがあった。繁忙の間の極微の小論であるが、もとより、片片たる知識をもとめることのみを目的としたのではない。以てつつしんで真田教授の御還暦を賀したい。

注

（1）G. Thomson: Studies in Ancient Greek Society, new ed. p. 232, 236. によれば、種子の貯蔵は祭式ないしその遺制に関している。これは古代ギリシャに関する論であるが、インドにおいても、チャーンドギア・ウパニシャッド三・一四すなわちシャーンディリアの教理の章に穀子（米粒・麦粒・芥子粒・黍粒・黍粒の核）が並列せられていることや、ジャータカ・南伝類にもかなり穀子類のみえるのによれば、同様の考え方が可能であろう。また、古代ギリシャにおいて、エレウシース密儀祭に関する穀物女神デーメーテールが罌粟の実などと結び、その神像も柘榴や罌粟の実を手にする（ibid. p. 219, 220）など、豊饒多産の呪術に関することも注意してよい。かかる問題の類推ないし想像は、後にもふれる如く、古代日本語としてのな（の）たねを想定する消極的傍証に全くなりきらないでもないであろう。

（2）これらの原語は、サンスクリットSarṣapa, Sariṣap, Rājikā, パーリ語Sāsapoの類にあたる。サンスクリットにおける関係語彙を検すれば、M. Monier-Williams: Sanskrit-English Dictionaryによれば、Sarshapa: mustard seed, Sita-sar-shapa: white mustard, a grain of white mustard-seed, Rājikā: Sinapis Ramosa (a grain of it=1/3 sarshapa) とあり、また Siddhârtha, Siddhârthaka: white mustard, Kadambaka: Sinapis Dichotoma とある。これらによれば、要するに芥子なりからしなたねなりにあたるとみられるが、仏典資料における芥子と白芥子との出入とは同じくない。また、V.S. Apte: English-Sanskrit Dictionary は black m. に Rājikā を white m. に Siddhârtha, Siddhârthaka をあてているが、これらにも言語対応上の異同がある。翻訳名義大集には、諸穀米名目に、Sarṣapaḥ 白芥子、Rājikā 芥子、酥酪食名目に、Rājikā 芥子、Guggulaḥ 蔓菁、甘露味等薬草類名目に、Kaṭuka-tāilam 芥子油、の如くみえるが、ここにも芥子と白芥子との区別が不分明であるとは言える。これらは、ひとつは、白芥子の当体が、相伝のみならず、時代によっても相違しているらしいからでもあろう（後にふれる日本資料にも種々の解釈がみえる）。漢訳にはまだ「亭藶子」の語がたとえば悲華経巻十（大乗悲分陀利経巻八には「芥子」とある）、曇無讖訳大般涅槃経巻一、法苑珠林巻五十三等にみえ、日本語のはまたかな・はまからし等に対応している。ともかく、いずれにしても、これらは菜類、特にからしな類の種子をさすことを主とする如くである。具体的にこれをみれば、たとえば、法華経提婆品の「如芥子許」に対応しうる箇所は、ケルン・南条本には、原形としては sarṣapa-mātrā の語がみえ、その前後を、ケルンは《so small as a mustard-seed》と訳し、ビュルヌフは《ne fût-il pas plus êtendu qu'ungrain de moutarde》と訳している。

つぎに、ピクテによれば、罌粟（pavot, poppy）のサンスクリット名は Khaskhasa であって、これはひろく東洋にわたり、ペルシヤ語 chashchâsh, アルメニア語 chashchash, アラビア語はペルシヤ語と一致し、後に少しくふれるように、日本語 Kesi もおそらくこれと同系であろうとする（A. Pictet: Les Origines indo-européennes, 2 éd. Vol. I. P. 366）。カンドルによれば、ピッディングトンは罌粟のサンスクリット名として Chosa をあげている由である（『栽培植物の起源』、加茂儀一訳岩波文庫下一九八）。すなわち、罌粟は別語であって、「芥子」ではないであろう。

それゆえ、望月信亨仏教大辞典に、Sarṣapa 芥子、学名 Papaver somniferum（Var nigrum）すなわち白芥子、Rājikā 黒芥子、学名 Papaver somniferum（Var album）とするのは、この学名罌子粟科の罌粟をさすから、一つの見解であるにしても、不徹底である。

なお、植物学的究明としては、カンドルの前著が古典的であろう。

（3）漢魏叢書・竜威秘書等に所収する南方草木状巻上に「蕪菁嶺嶠以南倶無之、偶有士人因官攜種、就彼種之出地

則変為芥、亦橘種江北為枳之義也、至曲江方有菘、彼人謂之秦菘」とあり、本草綱目に、「芥有数種」「蕪菁、陸機云、葑、蕪菁也、幽州人謂之芥、（中略）揚雄方言云、蘴、蕘、蔓菁也、陳楚謂之蘴、斉魯謂之蕘、関西謂之蕪菁、趙魏謂之大芥、然則葑也、須也、蕪菁也、蔓菁也、蕵蕪也、蕘也、芥也、七者一物也」「芥子功与菜同、其味辛甚気散、故能利九竅通経路」あるいは「蕓薹、淮人謂之薹芥、即今油菜、為其子可搾油也」「白芥子粗大、白色如白粱米、甚辛美、従西戎来」の如くある。斉民要術の雑説および巻三第十八「蔓菁」・同第二十三「蜀芥・芸薹・芥子」の条も注意せられ、校訂訳注本の注（上18、一三五―一三七、一四六）および解説はすぐれている。すべて、芥には多少の出入はあるが、ほぼ仏典仏書における用法と同じい。

（4）後述の関係上、漢訳仏典中国仏書を主として整理すればつぎの如くである。(a)芥子劫類　雑阿含経巻三十四・四十八、別訳雑阿含経巻十六、増一阿含経巻二十八・三十一、大楼炭経巻二、大智度論巻五・三十六・三十八、経律異相巻一、法苑珠林巻一、大英博物館蔵敦煌本法華経馬明菩薩品等、(b)悪瘡・菓子・果核大如芥子類　増一阿含経巻十二、別訳雑阿含経巻十四、出曜経巻十、雑譬喩経巻上、大智度論巻八・十三、経律異相巻四十一、法苑珠林巻三十三等、(c)鍼芥類　出曜経巻三十、曇無讖訳大般涅槃経巻二、摩訶止観巻五等、(d)微細如芥子如麦如豆半寸一寸類　大智度論巻十二・七十等、(e)砕身如芥子許類　増一阿含経巻三十六、出曜経巻二十三、曇無讖訳大般涅槃経巻三、大毘婆沙論巻百七十八・百八十二、法苑珠林巻八十二、諸経要集巻十等、(f)如芥子許地捨身命処類　法華経巻五等、(g)仏舎利如芥子許類　摩訶般若波羅蜜経巻十、放光般若経巻七、金光明最勝王経巻一、無上依経巻上、甚希有経、諸経要集巻三等、(h)無量須弥（三千大千世界・虚空）入芥子中類　雑一阿含経巻十八、維摩経巻中、首楞厳三昧経巻上、仁王般若経巻下、仁王護国般若経巻下、月上女経巻上・下、広弘明集巻六等、(i)須弥比芥子日月比螢火類　普曜経巻三、法華玄義巻九之下、法苑珠林巻五十三等、(j)如須弥乾草投火如芥子類　旧訳法華経巻三十六等、(k)得報如芥子類　大丈夫論巻上、法苑珠林巻七十一、諸経要集巻十一等、その他。

（5）日本後紀巻十三、大同元年正月勅。

（6）単字との関係からみても平安末期の書写と推定せられる九条家本法華経音には、その不遍外声部に「芥去世反」とある。

（7）現行本はその跋文によれば中算の弟子真興がその遺稿を浄書したものである。

（8）医心方巻十九服石禁食法第七耆婆方云服石後不可食諸物十種に「芥子(ナタネ)及芥菜(カラシノミ)（中略）蔓菁(アヲナ)」（三十ウ―三十一オ）がある。医心方の芥子は多くからしと訓み、なたねはこれが唯一である。また、伴信友の動植名彙巻一・二の所引によれば、和玉篇の一本に「芥ケシナタ子菘タカナ芥ナタ子」とある由である。なお、仏典辞書や訓点資料などから、将来かかる訓読の例はかなり見出されるであろう。

(9)「阿袁那」「菘」(仁徳記)、「甘菜・辛菜」(延喜祝詞式)、ゆたね(萬葉巻-七一一〇、巻十五-三七〇三、止由気宮儀式帳等)、いなたね(神代記・神代紀一書・出雲国風土記飯石郡多祢郷・播磨国風土記揖保郡稲積山・熱田神宮縁起等)。

(10) 持統紀七年三月「令天下勧殖桑紵梨栗蕪菁(アヲナ)等草木以助五穀」、元正続紀霊亀元年十月等にかかる農業政策がみえ、また萬葉巻十六-三八二五の「蔓菁(あをな)」はそれらの反映とも言えば言える。賦役令に胡麻油・麻子油・花油・蔓椒油などみえるのは農業の副業を想像させる。また、類聚三代格太政官符養老七年八月廿八日・弘仁十一年七月九日・承知六年七月廿一日(続日本後紀巻八)・同七年五月二日・寛平八年三月四日・同十年二月廿七日等の農業政策にみえる稲米雑穀蔬菜類の名目には「芥(子)」はみえないが、当然それはふくまれているであろう。延喜主計式の中男作物には、山薑・芥子・麻子・紅花・漆・胡桃油その他が少しく地方差をもってあらわれている(調庸収取体系の歴史的分析自体については、門脇禎二「日本古代共同体の研究」二二二―二三八が興味深い)。注意すべきは、延喜内膳司式耕積園圃に「営蔓菁一段、種子八合(下略)、営薑一段、種子四石(下略)、営蘿菔一段、種子三斗(下略)、営蕓薹一段、種子一升(下略)」等の如くあることであって、むしろな(の)たねの語の存在を想像せずにはおれないであろう。

(11) その他、大日本古文書二十五271、寧楽遺文下552等。延喜式では、図書寮式仁王経写経料、大膳式正月最勝王経斎会供養料・七寺盂蘭盆供養料(以上仏教関係)、斎宮寮式月料・調庸雑物、大膳式平野夏祭雑給料・春日祭雑給料(以上神祇関係)、内膳司式供御月料等その他にみえる。式における「芥子」の用法は必ずしも厳密とは考えられず、からしな自体とか、俗用としてのからし(和名抄に「芥、賀良之」「辛菜、加良之、俗用芥子」などあるのは山田俊雄が注意している)とか、そのいずれかに一定していないようである。なお式の「芥子」に附訓するところはすべてからしとあるが、もとより後代の訓である。

(12) 芸薹は蕓薹と同意である。(3)参照。

(13) 高野山金剛峯寺蔵伝空海真蹟本聾瞽指帰にも若干の和訓を分注し、また空海には、綜芸種智院式や篆隷万象名義などをまつまでもなく、教育・言語などへの関心もあきらかであるから、建立曼荼羅次第法のかかる和訓もまた空海の自注と推定せられる。

(14) 香字抄裏書は東密系統の伝本とせられ、平安末期のものと考えられている。「御本云、貞応二年三月十八日於醍醐寺、執事寛胤、金剛仏子法眼道教本」とあり、つづいて「文永六年四月一日以覚洞院御本書写了」と奥書とする。

(15) 護摩観はしばしば慈覚大師口伝、大師在唐口決と言い、また寛平七年正月十日大師口伝などとあって、同年(895)は円仁入寂に後れる三十余年であるから、あるいは後人の偽作かとせられる(仏書解説大辞典大森真応解説)。いま所引せられる菩提心月輪儀軌については知見がない。

(16) これらの資料における異同その他について述べる。黄芥子がからしと訓れるのはおそらくからしなたねの略語であろう。からしはもとよりそれを乾燥させたものである。芥子をからしと訓むのは注(11)の如く俗用とみてよいであろうが、ここはそれに従ったのであろう。白芥子はあるいは(3)に注した如く芥子の変種であろうかもしれず、このことは後に罌粟と混乱する場合にふれるであろう。赤芥子は特になたねと訓れているが、あるいはあをななどの種子をさすかとも考えられる。おほねは古く「意富泥」(仁徳記)「於朋泥」(仁徳紀)とあり、和名抄巻十七園菜類に「葍、於保禰、俗用大根二字」、本草和名巻十八「萊菔、於保禰」、医心方巻十八に「蘿菔(オホ子)」、同巻三十に「蘿菔、於保禰」、黒川本色葉字類抄に「蘿蔔」をオホ子と訓むのをみれば、青芥子におほねたねの訓のみえるのは資料的に肯定できる。もっとも、おほな・たねあるいはおほ(大)・なたねでかりにあろうにしても、いま特にさしつかえはない。黒芥子にあてられるたかなたねはおそらく今日からしなの変種とせられるたかなの種子をさすと考えて大過ないであろう。

(17) 本草和名巻十八は爾加奈(苦菜)・奈都奈(薺)・阿乎奈(蕪菁・蔓菁・大芥・小芥)・於保禰(萊菔)・多加奈(菘)・加良之(芥)などの菜類を列挙するが、黒川本色葉字類抄の「芥子ナタ子」のなはそれらの菜類の総称であって、それゆえに「芥」の種子も蕪菁の種子もともになたねと言われることがあったろうと思われる(山田俊雄)。それよりも時代のさかのぼるいまの資料においては、芥子が菜類の種子の幾種かをあらわし、また赤芥子がなたねと訓まれることにおいて、本草和名などと比較できる。

(18) (4)(a)参照。

(19) 東大寺献物帳(寧楽遺文下433)、写経所公文天平十一年七月十日大般若経巻二百三十二跋語(同下616)、天平十六年六月三十日大般若経巻五百九十一跋語(同下619)、法隆寺蔵神護景雲元年九月五日瑜伽師地論巻十

三跋語（同下637）等。正倉院文書にもその名のみえる広弘明集巻二十九に「劫石有殫(磷)此縁無竭」（五十二、343下）などみえる。聾瞽指帰三教指帰は、内教外典の知識を交織し、敦煌変文には遠いとしても変文的要素の背景さえある（川口久雄「平安朝日本漢文学史の研究」上、六八）とみられるが、また北周武帝天和四年の笑道論三巻およびそれにつづく大中興寺道安の二教論（広弘明集巻八所収）の影響をうけているらしいことも言えるであろう。いずれにしても、空海が広弘明集を消化していることは想像にあまりある。

(20) 聾瞽指帰等三書は弘法大師全集本による。三教指帰が元禄十年開板本を原とする外は、それらの傍訓の時期はその奥書からは厳密に論じえないように思う。性霊集が真済を経て済暹によって巻八以下を拾補せられて完成した承暦三年（一〇七九）における傍訓の問題の詳細はこれを知らない。

(21) 本朝文粋巻十三、大江匡衡、為左大臣供養浄妙寺願文に、「劫石雖磷願主之印不刓、芥城縦尽不退之輪長転」とある、この「磷」もヒスラグと訓むのであろう。これは空海の奉為平安城太上天皇灌頂文（日本蔵真言事相261等）などに類想がある。

(22) 法華経単字や岩崎文庫本法華経音訓に「芥」になたねのみならずアクタの訓のみえるのは、法華経における訓としては純粋でないが、それは、編集の見解によるか、いわば正統の訓読の相伝によらないか、いくばくかの理由が存するであろう。

(23) 折口信夫全集第十巻三四三、曽沢太吉「竹取物語創作上の主義とその構想」（国語国文第六巻第五号）。

(24) 性霊集巻六に「今上陛下体練金剛寿堅石劫」（奉為桓武皇帝講太上御書金字法華達嚫）「太上天皇藐山逸楽契久桃椿、汾河般興期永芥石」（右将軍良納言為開府儀同三司左僕射設大祥斎願文）、同巻八に「洪祚永永咍芥石於猶短、玉体緊密咲金剛乎易消」（被修公家仁王講表白）などあり、三代実録貞観二年四月条に「護持宝位泰山之安、珍衛仙齢劫石之固」（仁王経斎会咒願文）などあるのも連想できる。興福寺がすでに東密を入れていることも考えてよい。

(25) 芥石劫資料についてはさらに後にもふれるが、「高サ八十里磐石ヲ、天人、天ノ羽衣ト云物ヲモテ三年ニ一度アマクタリテ、此岩ヲナテヽハ上リ、ナテヽハ上リ、皆ナテツクシタルヲ、一劫ト申也、又八十里ノ箱ニ、芥子ト申物ノ、菜夕子ヨリモチヰサキヲ、此箱ニミテタランヲ、天人三（年）ニ一度下テ、一粒ツヽトリツクセルヲ、一劫ト申也」（南都大仏供養物語―文明十七年（一四八五）―、有朋堂文庫本御伽草子大仏供養物語―享禄四年（一五三一）写―、三年原作三、依三巻本七巻本宝物集補之）は、芥子となたねとを比較する。

(26) 柳田国男「竹取翁」「竹伐爺」（「昔話と文学」所収）、遠藤嘉基博士「『竹取物語の文章と語法』序説」（国語国文第六巻第五号）等。

(27) 後漢書西南夷伝・華陽国志・文選神女賦類・捜神記・酉陽雑俎あるいはその他晋唐小説等。

(28) 㮈女祇域因縁経（経律異相巻三十一にもみえる）・奈女耆婆経などの古訳、あるいは菩提流支不空各訳宝楼閣経・月上女経等。

(29) 諸民族の伝承にはおのずから共通する要素があろうし、また竹取物語がたしかに根拠とするらしいものについてもことごとくその原典によるか否かは疑問であって、比較研究にはその一一について微妙を失すべきでない。少しく言及すれば、たとえば求婚難題における火ねずみの皮衣すなわち火浣布は、山海経・神異経・十洲記・水経注・博物志・抱朴子など漢籍のみならず、法苑珠林巻三十五・広弘明集巻十五など仏書にもみえ、空海の金剛頂瑜伽蓮華部大儀軌上巻にも「火鼠物衣」の譬喩がある（日本蔵真言事相339）。和名抄は神異記によるが、竹取物語もかかる漢籍によったものであろうにしても、漢籍仏書に頻出することは中国民衆少くとも中国知識階級の常識と想像してもよいのであり、それは入唐沙門とか、商人などもふくむ来日者とかによる平安知識階級の常識的な知見であったと考えることもできる。また、蓬萊の玉の枝の物語にしても、蓬萊は列子湯問篇・十洲記など多く漢籍にみえ、土佐日記にも湯問篇を用いたらしいところがあるから、かかる漢籍は愛読せられたにちがいなく、またこの物語の蓬萊の山の描写は少しく湯問篇に似ている。しかし、もとより蓬萊は仏書にもみえ、またその山の描写は浄土教的浄土ではなおないにしてもひろく異郷浄土として仏典の類型表現に似るのであって、優曇華の花まじることからもあきらかなように、仏教的知識とその心象とを全く無視することはできない。その海難の描写にしても、史実にもとづく伝問の予想せられることはべつとしても、文選海賦をあげるならば、当然法華経普門品偈をもあぐべきであって、日本霊異記上巻第十七や入唐求法巡礼行記巻一などにも漂流類の問に観音を念ずることがみえるから、これは自然の着想とも言えるのである。概して、かかる比較をなすためには、中国における道仏二教論争の結果した雰囲気を前提しておかなければならないであろう。また、かぐや姫が月と結ぶのは、諸民族に共通する満月の夜の古代祭式も考えられようし、また、萬葉巻十三―三二四五（石田英一郎「月と不死」―「桃太郎の母」所収―参照）や、同じく巻四―六三二の観想（大和物語七十七段に桂のみこの物語があり、竹取物語に関連する）の成長も考えられよう。また漢訳仏典には、月上女経などもあるが、一般に「月宮」や降神処胎物語があり、あるいはまた密教月輪観も考えられるであろう。「月のいはかさ」の名にしても、調氏（新撰姓氏録）・石体（三代実録貞観六年五月富士噴火条・富士山記等）・月暈（政事要略年中行事八月石清水宮放生会事・本朝世紀天慶八年志多良神童謡等）の類、また萬葉巻三－二四〇の「（月の）きぬがさ」や、仏典の月蓋長者物語（維摩経巻下・無垢称経巻六・請観世音経等、日本では善光寺縁起が有名である）なども考えあわせられるであろう。ちなみに、「みやつこまろが家は山もとちかかなり」（みかりのみゆき）にしても、「わがいほは三輪の山もと」（古今集巻十八－九八二）のような「山もと」の類型を感じずしてはその微妙を失うであろう。いずれにしても、新資料の検出とその批判とをおそるべきでない。詳細は、以下とともに、別稿「竹取物語」にゆずるであろう。

(30) 小稿「柿本人麻呂における白鳥問題の痕跡」（奈良女子大学文学会研究年報II）。

(31) これらの問題は注(30)の小稿に多く資料と関係論文とをあげたが、いま関説すれば、開化・崇神・垂仁・景行期の物語などに特に多い。かぐや姫の名を垂仁記の「迦具夜比売命」によるとするのは契沖河社に始まるようであるが、垂仁期に関する伝承的知識によっていることは推測できる。そこには現存竹取物語のいわゆる自由区域に属する「玉さかる」などのことわざの類もみえる。開化紀・垂仁記・同紀五年・十五年等等には丹波道主王家の処女の物語がある（折口信夫全集第二巻「水の女」等、高崎正秀「竹取物語の研究」－『物語文学序説』所収－等）。かぐやひめの名の幻想させる諸属性はいまべつとして、現存竹取物語のかぐや姫の名が、古代伝承的なかぐやひめの知識と仏典漢籍にみえる「（光明）赫奕」の語（山田孝雄「物語の女主人公の名」－『昭和校註竹取物語』所収）とをかさねているのであろうことは想像できる。なお、「こゝにおはするかぐや姫」・「こと所」のかぐや姫の問題や、大鏡巻一小野大臣実頼伝のかぐや姫の微妙な問題（中塩清之助「かぐや姫と竹取翁と」－国語国文第六巻第五号、高崎正秀「竹取物語の研究」）などとともに、別稿にゆずる。

(32) 竹の呪術については、「さき竹のとををとををに」（神代記・旧事本紀巻二）、「湯母竹田連・竹田川辺連・石作連」（新撰姓氏録左京皇別下）その他、多くの例がある。そして、やはりそれに関連するのであるが、(a)「（塩土老翁）則化成五百箇竹林、因取其竹、作大目麁籠、内火火出見尊於籠中」（神代紀一書・旧事本紀巻六）は、神の子の誕生、他界への転生のために、竹のよの中にこもり「籠に入れてやしなふ」（竹取物語）古いこもり・いみの類型である（折口信夫全集第二巻「若水の話」）。(b)景行紀四年・旧事本紀巻七の美濃国泳宮竹林弟媛求婚物語は、まず倭姫命世記の佐々波多（垂仁紀二十五年倭姫物語・帝王編年記巻四「莵田筱幡」）未嫁夫童女物語等と少しく比較でき、つづいて、景行紀物語と同じく古代婚姻形式をつたえる允恭紀七年衣通郎姫（藤原部）物語も、部分的にいちじるしく現存竹取物語の帝の求婚部分に相似する（小稿「柿本人麻呂に於けるかるのみこ・かるのおほいらつめ（そとほしひめ）物語歌」、前出研究年報Ⅰ）。いずれも、紀の古訓と現存竹取物語相似部分との比較さえ可能である（この比較はそれ自体として一つの方法的視界をもつ。その比較可能の部分は垂仁紀などにもある）。さらに允恭紀につづく和泉国遊猟の物語は、鳥取部鷹取部に関連し、鳥取部はもとより垂仁記紀などにつながり（現存竹取物語の勅使高野のおほくには垂仁記白鳥物語の使者山辺之大鶙にかよっている）、また壬生部・多遅比部の伝承にふれあう貴種誕生物語や養育物語につながっている（小稿「柿本人麻呂における白鳥問題の痕跡」）。(c)なよたけのかぐやひめの名は、このはなさくやひめと同じく、聖水にたずさわる高貴の巫女の代表的な名ではなかったかと想像せられる（折口信夫全集第十六巻「富士山と女性神の俤と」）。萬葉巻二217「秋山のしたへる妹なよ竹のとをよる子ら」も、垂仁記・同紀十五年（旧事本紀巻七）の丹波五女物語などと少しく類型型である。(d)節折の儀式には中臣女が列する（延喜神祇式巻一・政事要略巻二十九・江家次第巻七等）が、古くはここに天之羽衣天之羽裳の密儀を儀したと思われる。この儀式はもとよりよ（世・齢・吉・節・夜）の同音類音性に関するところが多い。現存竹取物語に「わがたけたちならぶまでやしなひたてまつりたる我子」とあるのは、もとより素朴な翁の言としてよむべきであるが、物語作者におけるかかる呪術の知識を見すごしきれないように思われる。ここにはまた五節舞姫の如きも考えてよい。

(33)　伊勢斎宮すなわち「多気宮」（倭姫命世記）はもとより多気郡竹郷にあり、すなわち「竹のみやこ」（大和物語三十六段）である。これらは、本居宣長の「さき竹の弁」、伴信友「倭姫命世記考」、栗田寛『古風土記逸文考証』、折口信夫「水の女」、高崎正秀「竹取物語の研究」、中塩清之助前掲論文等がふれるが、特に中塩論文は竹取物語の古型に野宮物語を想定している。古今集巻十八-九五八・九五九・九六〇などもきわめて暗指的である。もし特に斎宮問題を考えうるとすれば、現存竹取物語の五人の求婚者の名（その中二人の仮名設定の方法は他の三人のそれとことなりまたその理由を考うべきである）は、ほぼ大宝元年八月律令撰定の頃の有力貴族官僚の名を用いたのであろうが、その時期は斎宮司が寮に准じられる時でもあったことが考えあわせられる。

なお、附記すればもとより現存竹取物語の素材類型は竹取翁物語解が示すように簡単ではない。たとえば、新しい資料をあげれば、日本霊異記中巻第三十三の物語前半は竹取物語の部分に内容的にも語彙的にも少しく類似する。現存竹取物語には、ことなる類型の接続部分に技巧と少しき破綻とがあるとも言えるが、現存竹取物語における翁が或る意味でその作者の自画像である（友野代三「作品『竹取物語』に関する二三の考察」『国語国文』第六巻第五号）ことなどともに、これも別稿にゆずるべきである。

(34) たとえば、聖女物語は本縁部仏典その他 (28) に散見し、光明誕生物語はやはり本縁部のほか特に多く、カランダ竹林の如きも、中本起経巻上・過去現在因果経巻四その他にみえ、いずれもきわめて有名である。なお、前田恵学「インド仏教文学に現われた他世界訪問譚の性格」（「文学における彼岸表象の研究」所収）が、少しく竹取物語に言及している。

(35) この歌は是則集にもみえ、夫木抄にも同巧のものがあり、下って謡曲「吉野天人」などにも一般化している。磐石劫は今昔物語集巻十七第二十一にもみえる。仏書はあげるまでもないが、たとえば知識階級に影響をあたえた恵心僧都の三界義などに芥石劫がみえる。

(36) 柳田国男「竹伐爺」（前掲書所収）。

(37) 三谷栄一「竹取物語評解」。現存竹取物語に後世の絵詞類の加筆があるとみる考（高崎正秀「竹取物語開題」前掲書所収）も一般論として注意してよいが、ここには、浄土教的観念の多分にある「紫雲」（たとえば宇津保物語俊蔭等）の語もみえず、特に後代の加筆などとは思われない。

(38) 小川環樹「中国の楽園表象」（『文学における彼岸表象の研究』所収）。ただし、かかる発想は中国のみにかぎらず、インドにも共通する。おそらく仏教以前に発し仏教において体系化せられたであろう三災中の火災がそれである（長阿含経巻二十一・賢愚経巻一・雑心論巻十一・倶舎論巻十二・経律異相巻一・法苑珠林巻一等。日本でもたとえば恵心僧都の三界義・要法文巻下等が仏典を引用している）。なお、淮南子巻六冥覧篇には「羿請不死之薬於西王母、姮娥竊以奔月」の有名な伝説があり、多武峯延年詞章大風流（玄宗皇帝幸月宮事）・同連事（尋月桂連事）などにも用いられている（もとより不死之薬は仏教資料にもみえる）。

(39) 「赫奕猶如百千日」（金光明最勝王経巻五、十六、422下）その他、報恩経巻二、撰集百縁経巻六・七・九・十、大荘厳論経巻十一、給孤長者女得度因縁経、弥勒上生経、金光明勝王経巻六・十、正法念処経巻二十八、守護国界主陀羅尼経巻一、大智度論巻八、経律異相巻一、法苑珠林巻八、往生要集巻上之末等、「和合百千万月」（法華経巻七、九、55下）その他、大方等大集経巻四十六、金剛頂経巻上等。

(40) 「挙身毛孔皆放光明」（過去現在因果経巻一、三、624上）その他、法華経巻七、旧訳華厳経巻五十七等多数、金光明最勝王経巻三等。

(41) その他、報恩経巻二、維摩経巻上、倶舎論巻二十八、広弘明集巻八所収道安二教論、および(4)(i)等。晋書車胤伝の螢雪（懐風藻多墀真人広成述懐・聾瞽指帰・三教指帰・宇津保物語祭の使・同初秋・遍昭請処分表等）や抱朴子明本の「螢燭」の如きはべつであろう。伊勢物語三十九段の螢が法華経巻一・五・七の仏涅槃の火滅・燈滅に関連して用いられているのは注意してよい。

(42) 三条西家旧蔵本伊勢物語八十七段に「わらうだの大きさ」「小柑子・栗の大きさ」の形がある。やはり仏典・漢籍の「大如（果実）」「如（果実）大」型からくるのであろう。（「星大如柚子」、三代実録貞観十三年閏八月）。塗籠本八十三段には「わらうだばかりにて」「せう（くり）かうじばかりのおおきさにて」となっている。ちなみに、「如ハカリ」（名義抄）とあり、「如(ハカリシ)桜—桃(カハラサクラミノ)大(オホキサ)一丸」（医心方巻九）などとある。なお、竹取物語の譬喩表現「草の葉の色」は、特に典拠をもつとも思えないが、あるいは「菜色」の漢語など思いうるかもしれない（「民無菜色」、弘仁十四年二月二十一日太政官謹奏—類聚三代格巻十五・政事要略巻五十三）。

(43) 三谷栄一『竹取物語評解』一説、吉池浩「竹取翁の年齢と物語の構成」（『国語国文』第二十五巻第五号）

(44) 「血涙」（伊勢・竹取・大和物語等）、「飛車」（竹取物語・扶桑略記養老六年）、「黄泉」（宇津保物語藤原の君・嵯峨院・菊の宴・あて宮等）。昭和校註竹取物語解説にちのなみだ・とぶくるま・なたねをすべて「同じ層」とし、『なたねの大さ』の論」に『カラシ』は『芥子』の字面とはなれても独立しうる純然たる倭語であ」るとするのをみると、もし私の誤解でなければ、なたねの語は「芥子」の和訓としてはじめて生れたようにとれる。それはしかし疑問である。

(45) 「芙蓉(ハチス)」（醍醐寺本・真福寺本遊仙窟）、「蓮子(カナシミ)」（醍醐寺本同）、「蓮子(カナシヒ)」（真福寺本同）。

(46) 叡岳要記所引の伝教大師父三津首百枝本縁起の説が事実ならば、原草案は漢文で記され、仮名おそらく平仮名交り文に改めて献じたのであろう。

(47) たとえば大智度論では巻四・十四のほか巻二十六・八十八・九十九等にもみえる。これらのいずれにも、たとえば「如芥子如塵」の句はない。詳細は近稿「三宝絵詞本生物語の研究」にゆずる。

(48) 大丈夫論巻上に「功徳如大地」（三十、２５７中）とあり、群書類従本（掖斎校本）はこれによる。然るに、興福寺本に「功徳大如地」とあるのは、諸経要集巻十一の「功徳大如地」（五十四、１０７下）には「如大地」の異本があるにしても、法苑珠林巻七十一の「功徳大如地」（五十三、８２３下）には異本を見ず、誤写しやすい場合ではあっても、この珠林に一致する。珠林は承和六年入唐沙門円行請来目録にみえるが、霊異記には珠林に似る箇所がかなりあるから、おそらくすでに将来せられていたものと考えてよく、また霊異記の引用は必ずしも原典にようないこともいうまでもない。なお、故秀氏祐祥博士の「日本霊異記に引用せる経巻に就て」(『仏教研究』第一巻第二号)の引用仏典対照表のこの箇所には法苑珠林・諸経要集があげられていないから、これを補わなければならない。

(49) 護摩の芥子(けし)としては、蜻蛉日記中巻、源氏物語葵・手習ないしその古注、新猿楽記、今昔物語集巻四第二十七その他にみえる。

(50) 恵心僧都の空観に「設作一塵計布施、展芥子許供養」、また浄業和讃に「尼狗陀ノ極微ノタネヨリモ枝葉マサニ生ズレバホドナク五百ノ大車ヲモオホヒカクスガゴトクナリ」などとある。

(51) その他、屋代本は「理を非に成て我等に讎を成給ふ関白殿に(下略)」(平松家本などのその部分に似る)とあるのみで、その先行部分はみえない(この本は灌頂巻を特立しない一本である)。なお、ここにあげた異本は既見のものにとどまる。

(52) 中山太郎「平曲法師の芸能と表白文芸」(『日本盲人史』所収)、後藤丹治「平家物語出典の研究」(『戦記文学の研究』所収)。

(53) 「ふた葉のほどもうしろめたうおもふたまふるかたはなけれど」(源氏物語橋姫)、「今はひとへにゆたかなるいきほひになりて二葉の人をも思ふさまにかしづきおほしたて」(更級日記)、「ただ二葉よりつゆばかりのへだてなくおいたち給て」(狭衣物語)、「いとけなかりしは若紫のはるかに思ふゆくすゑ、初元結をむすびしは二葉よりちぎりし葵草」(宴曲集巻二)、なでしこの二葉(宇津保物語嵯峨院、女子長歌)、かきねの草の二葉(栄花物語岩蔭、女子長歌)、松の二葉(宇津保物語吹上・蔵開、源氏物語藤裏葉・松風・薄雲その他諸歌集)もろかづらの二葉(大鏡師輔伝・栄花物語花山・後拾遺集巻五・古本説話集巻上)その他、あるいは「かのなでしこのおひたつありさま聞かせまほしけれど」(源氏物語夕顔)の類もあげればあげうる。これらは、後宮文学資料のみにかぎらないが、ともかく幼少の人(又はわすれがたみ)の譬喩に用いられている。譬喩的でないものには稲の二葉(栄花物語日かげのかづら)など少しくめずらしいものもみえる。しかし、いずれにしても「なたねの二葉」は既見資料から見出されない。「なたねの二葉」は、もとよりこれらの類推はあろう(ただし、なたねは今日いわゆる菜種ではなく、菜のたねの意とみなければならない)。また「栴檀」(無量寿経巻上その他仏典類・本朝文粋)の二葉(平家物語巻一殿下乗合・古活字本保元物語巻下新院崩御事)など、仏典を背後にした諺の用法とか、「芥雛・竹馬」(寂心賦―本朝文粋巻十・和漢朗詠集巻下・天台霞標三編巻二、元三大師中堂供養願文―天台霞標三編巻二・願文集、覚禅鈔第六天等部訶利帝母表白文、私聚百因縁集巻七当麻曼陀羅事）など、漢籍を背後にした故事の用法とかの類推もあるいはあろうかと思われる。

(54) 中世において、「けしばかり」「けしほど」との連想はいうまでもなく、古く宇治拾遺物語十四に「けしけしと」の副詞がみえ、運歩色葉集に「喉(ケシケシ/メカス)」とあることなども、その用法の色調の差はあるにしても、かかる系統のけしの音が中世を通じて用いられたことを推測させるから、それも、連想しうるものにはなたねの表象を残像させえたかもしれない。けしは罌粟ではあるまい。

(55) 鶴となたねとの結合は偶然ではない。古く白鳥は穀霊である（豊後国風土記国埼郡田野・山城国風土記伊奈利社・丹後国風土記比沼山真名井・倭姫命世記等）。それは当然その種子に結びうる(9)。なたねに結ぶのも不自然ではない。すなわち、ここにはいわば集団的無意識のようなものを考えてよい。柳田国男「炭焼小五郎が事」（「海南小記」所収）、「餅白鳥に化す話」（「一目小僧その他」所収）。

(56) これも致富物語の類型であって、たとえば竹取翁もかぐや姫を得て富を致す。古代巫女の機織など注意してよい。

(57) これらはおそらく宇佐神人の物語と関係があろう。

(58) ただ北九州が油菜など蔬菜の生産地であったことはたしかである。時代は下るが宝永六年の序文をもつ筑前土産志に「油菜、国中所々に多くうふ」などあって、菜種作地帯であったことを示している。もつとも、罌粟の入りやすい地方であったともまた言える。

(59) たとえば青森県八戸の鬼聟入の「芥子の種」（日本昔話名彙三七）。

(60) 「『なたねの大さ』の論」がこれらの資料の中の多くを列挙している。

(61) A, Pictet: Les Origines indo-européennes, 2éd. Vol. I. p. 366. (2)。なお、阿片はサンスクリットでは aphêna である (ibid. Vol. I. p. 367)。

(62) 続群書類従本薬経太素巻下に「罌粟」の記述がみえるが、この所伝本は偽書である（服部敏良『平安時代医学の研究』一五二—一五九、群書解題石原明解説等）。信友の動植名彙巻一の所引によれば、大同類聚方に「介之加良」の語がみえるが、この所伝本も偽書であることは信友自身が言っている（けしからは本草綱目罌子粟に「亦可取油、其殻入薬甚多」とあり、元和二年写金瘡秘伝集などのケシノカラはこれにあたるかと思われる）。その他、たとえば、ものづくしが中国の文選両都賦・遊仙窟のそれなどから影響をうけたとみられる玉造小町子壮衰書・新猿楽記ないし枕草子・堤中納言物語よしなしごと、また尺素往来、鳥追唄など中世歌謡類その他にみえるが、そのいずれにも罌粟はあらわれない。

(63) 康頼本草はこの和訓を記さない。これは、偶然であるか、宮廷医学辞書としての性格からみてもなお和訓が存しなかったか、いずれかの理由をもつであろう。

(64) 「余以管見、探捜本草素問之至要、採摭群民諸家之善説、而毫縷緝分作五篇」。

(65) (3)参照。多識篇(寛永八年、一六三一)菜部には「白芥、今案多宇可羅志」とする。

(66) 貞観十三年八月安祥寺伽藍縁起資財帳僧房具に「白檀香一支、白芥子大三斤十四両」とある(平安遺文一六四、一、155)。

(67) 古く、香字抄裏書(14)の百和香にみえる百種和香花日記を抄すれば、

二月　スミレノハナ・ナツナノハナ

三月　イチコノハナ・アヲナノハナ

四月　白ケシノハナ・イヒツクシノハナ　ツ、シノハナ・エントウノハナ

の類がみえる。香字抄のみならず、この裏書もその全篇を密教色がおおっている。それゆえに、この「白ケシノハナ」はなお密教古伝の白芥子の花にあるいは相当するかもしれない。ただし、それならば、日本における白芥子の産出を予想しなければならず、またこの日記は「或尼公本云」とあるものであって、浄土教的観念をも混じているから、果して古伝を正しくつたえるか否かに疑問がある。なお「アヲナノハナ」は「蔓菁(アヲナ)ノ花」(医心方巻四)であろう。

中世末期の華道書をみると、

禁花の事(中略)又むくげ、山ぶき、くわんざう、けし、事によりてたつる也(仙伝抄)

祝儀可嫌草木(中略)芥子花、残花、萱草、梔花、荷葉…(池坊専応口伝)

などある。前者は巻尾に文安二年(一四四五)から天文五年(一五三六)に至る相伝次第をもち、後者は天文十一年(一五四二)に成るものの如くである。このけしの花はその音が忌まれたのであろうが、古名録巻十三は仙伝抄に注してこれを罌粟の花とする。香字抄裏書百種和香花日記の「白ケシノハナ」との関係は不明であるが、あるいは同じものをさすかもしれず、また、あるいは罌粟の花をさすかもしれない。しかし、中世華道の性格からみて、当然相伝の要請が大きいから、これを新来の罌粟の花と言いうるか否かは疑問がのこらないでもない。ただし、尤

の草紙上三十一にみえる聚楽の城の時分京わらべの小うた「あかき物のしな〴〵」に、

まうそまうそ赤い事申そ、紫野の鬼門額に妙覚寺の二王門（中略）芥子(けし)の花に雞頭花、御所柿に石榴の実……

などあるのは、おそらく赤い罌粟の花をさすであらう。

この種の問題は、中世末期から近世初期へかけての料理書にもあらわれる。しかし、それらの資料にはその成立時期を決定しがたいのが多く、文字表記にも新旧の層の共存が予想せられ、またそれに関連する面もあるが、その性質上相伝を重んじるから、室町の古格を存するにしても、相伝上の無意識的な用法も予想せられるのであって、料理にうといものをしてかなり判断に苦しませるのである。その難易をふくんでその一二をともかく挙例しておく。

美味可盛事、鯉ノウチミノ事ハ（中略）酢ハワサビズ成ベシ（中略）鯛ノ差ミノ事（中略）酢ハ生姜酢成ベシ（中略）鱒ノ差味ハ（中略）酢ハヌタズ成ベシ、若ハ実芥子ノ酢モヨシ

（四条流庖丁書、奥書長享三年（一四八九）、存疑）

包焼ノ事、鮒ノ五六寸許ナルヲ能鱗ヲフイテ腹ヲ明能洗テ、扨結昆布、串柿、クルミ、ケシ、此四色ノ外ニ粟ヲ蒸シテ可入　（同）

鮒の包やきの拵様、六七寸計のふなの腹の中へ、結昆布、串柿、芥子、焼栗を入焼也　（庖丁聞書）

野鳥はすまし味噌也（中略）焼鳥をけし胡椒山椒などを加てもする事有之也　（大草家料理書）

青鱠ノ事、先葉がらしを能すりて（中略）又からみにはみがらしをよくすりてそれにけしかつをを一ツに合すりて候てすれたる時、まへのすりたるからしの葉を一ツに合置候也　（大草殿相伝聞書）

くろにの事（中略）しぜんあへてもいだす事あり、其時はけしともちの米をいりて湯にてほとばかして、扨いかほどにもすりけしほどもかずのなきやうにすりて酒塩ばかりにてあゆる也　（同）

からしの葉、あへ物何ものあをみにつかふ芥子の葉、すさい、あへもの（料理物語第七青物之部、寛永二十年（一六四三））

花かつほ入、けしみそをいり酒すにてのべあへ候なり　（同第十鱠之部）

ただし、これらの華道書にしても料理書にしても資料的に偏倚がある。「料理といふ語は晴の食物を調製することだけを意味し、料理物語といふ類の記述は常の日の食事には触れて居ない」（柳田国男「餅と臼と擂鉢」―「木綿以前の事」所収）。

つぎに、南予宇和島の地方農業資料、清良記（永禄七年（一五六四）―寛文元年（一六六一）頃、長期にわたるのは補訂完稿に説があるからである）をみると、正月・二月・三月取て食ふ菜園野菜之事に芥子葉や菘菜があり、

四・五月種子取物之事に芥子が蕪菜・大根・菘菜・野蒜・紅花などと並んでいて、これらの芥子はからしなをさす如くである。八・九・十一・十二月植物之事に芥子が野蒜・豌豆・菘菜などとならび、十二月取食之物に芥子葉が牛蒡・芹などと並んでいるのをみても同じい。七種類并時相生草之事には、芹・薺・仏の座・蘩・萱草・人参などとともに芥子葉があり、この芥子は八月に蒔き十月より葉をとり、「いづれも種子は三月末四月初に取」るとあって、この芥子もやはりからしなをさすらしい。もとより芥子はそれのみでは種子の意味を失っている(これらの芥子はすべてからしと訓まれるはずである。もしけしと訓みうるならば、幸若舞曲烏帽子折のけしのたねを考えるよい資料であるが、その可能性はないと思う)。これらにはおそらく問題はないであろう。しかるに、つぎのような箇所がある。

一白芥子　一赤芥子　一薄色芥子　一千葉芥子
いづれも種子は四五両月に取て八月より十二月迄植、赤白の二に実多し、又八九両月に植たるは実少し、十月霜月植たるに実多しとはいへども、作り様による也、実取時三度四度五度にも取てよし、真土ごみ土吉
(芥子類之事)

これらの「芥子」類には少しく問題があろう。かつ、これには、現存本(いま日本経済大典巻三による)の補訂性による重層や地方性による相伝差の問題の予想せられることもからんでいる。からしなの変種とは無条件には言いがたい。天正十八年本節用集・元和板下学集に白芥子を罌粟とし、多識篇穀部に「麗春花、今案千葉之介志」とあってひなげしをさすらしいのをみると、ここに一括する芥子類はあるいは罌子粟科の品種をさし、白芥子などはその白花品種をさすのではないかとも考えられる。南予資料であることも注意していい。なお清良記には「目につくは梅やさか木にけしの花おさいぬるけるらんけりのかは」がある。

「自宝寿寺青海苔二百把、白芥子一袋上之、年始之礼也」(蔭涼軒日録延徳四年三月三日)の白芥子は菜類の種子であろう。

(68) 罌粟には初版本にはみえず、後刷の一本のみに出る。初蟬には「白芥子」とある。
(69) 笈の小文には「卯月中比の空も朧に残りて(中略)海人の軒ちかき芥子の花のたえ〲に見渡さる」—須磨寺あたりの描写—とあって、この句がある。
(70) けし人形・けし雛・けし本などの熟語は、多く罌粟で説かれているが、けし頭・けし坊主(おけし)などを除けば、からしなの種子から生れたものが少くないであろう(湯沢幸吉郎「けし・からし(芥子)」)

（71）壹岐方言にからしばなちらしがあり、からしはすなわちあぶらなの意である（綜合日本民俗語彙）。かかる資料も将来たがいに隔絶した地方の多数の一致を見出しうるならば興味があろう。

深草極楽寺と道元

まさに知るべし、是の処は即ち是れ道場なり、諸仏此において阿耨多羅三藐三菩提を得、諸仏此において法輪を転じ、諸仏此において般涅槃す。

（『法華経』如来神力品）

一

承久の乱（一二二一）の直後、南宋に求道（一二二三）、ついに天童山景徳禅寺で「正師」天童如浄に直接してその行解を身心骨髄に銘じた道元禅師（一二〇〇―一二五三）は四年後に帰国帰洛した。

空手還郷、ゆゑに一毫も仏法無し。

（『永平広録』巻一）

俗観に即して言えば、道元は、在洛公家貴族村上源氏、村上帝第七皇子後中書王具平親王八世の後裔であり、王城の西南久我庄（京都市伏見区久我）をその経済的基盤の中心とした、いわゆる久我（源）家の出身である。紅旗征戎うごく治承・寿永前後以来、院政派の政略家久我通親（一一四九―一二〇二）は、花山忠雅の女姉妹をそれぞれにむかえあった反平家派の藤原氏松殿関白基房（一一四四―一二三〇）と接近して、親武家派の権謀家藤原氏九条兼実（基房異母弟）と政権をあらそっていたが、その間に、寿永二年（一一八三）、倶利伽羅から王城を襲った木曽冠者義仲と政権のいけにえに結ばれた基房の「姫君」（平家物語巻八・源平盛衰記巻三十四）は、木曽がつかの間に敗死して後、この通親と結ばれることになった。鎌倉幕府成って後、黄金時代の政敵兼実をおとしいれたその通親はみずから内大臣位について後鳥羽院政をおしすすめたが、この通親とその基房の「姫君」（伊子）と、この間に道元は生まれたといわれる。正治二年、通親の書『熊野懐紙』や、後鳥羽院サロンの歌会を通親・九条良経（兼実息）らとつづけていた、九条家の家司藤原定家（一一六二―一二四一）の「駒とめて袖うちはらふかげもなし佐野のわたりの雪の夕ぐれ」（『拾遺愚草』）の歌でも知られる年であった。

栄西禅師が京洛に建仁寺を創建した建仁二年、兼実が法然上人について出家した後、通親は急死し、四年後には歌人良経も頓死した。抗争の内攻であろう。

三歳で父を失った道元がその母をも失ったのはわずかに童子八歳の冬であった。「我初メテマサニ無常ニヨリテ聊カ道心ヲ発シ」（『正法眼蔵随聞記』巻五）といい、「考妣ヲ喪セルガ如クシテ通ヲ思フ」（同巻一）とも説いた道元である。菩提心即一心、即「観無常心」（『学道用心集』）、母の死は琅玕の如く、やはり八歳で母を失い父を失った明恵上人が華厳の門へ入ったように、道元は天台の門をたたくのである。時に十三歳、母方の所縁を通じてであった。

その後、仏性が常住するとすれば何故修行が必要かという問題を中心として、燃焼し懐疑し錯迷しながら、道元は、京洛内外の善知識、おそらくは聖、すなわち一度は入った教団に満たされずにそこを離れて別所や森や岩窟で修行観法していた遁世者たちにも求法した。やがて、園城寺の師の示唆を得てか、建仁寺に入って栄西の高弟明全に出会った道元に、承久の乱は、実父道親がその外戚にあたりみずからもその縁戚にあたる後鳥羽・土御門・順徳三院の配流を、村上源氏の没落を告げたのである。

「世間ノ事ヲモ仏道ノ事ヲモ思ヘ」と道元は語り、「重病」「重苦ノカナシミ」のみならず、「鬼神ノ怨害」による「頓死」、「怨敵」による「殺害」にもふれて、無常は「真実ニ眼前ノ道理」であり、その「恩愛怨敵」もその底をあきらかにすれば、いかようにしても過ごすことができる、「欣求ノ志ノ切ナルベ」く、「只仏道ヲ思ヒテ衆生ノ楽ヲ求ムベシ」（『随聞記』巻三）と説いたという。歴史的にみれば鎌倉時代へぬけて行く社会の現実でもあったが、まさしくその転換期の中心に生まれ育った道元のみつめた痛切なもの、その歩んだ切実な道が語られている。

まのあたり先師をみる、これ人にあふなり。

（『正法眼蔵』行持下）

つねに黒い袈裟と黒衣を用いてきびしく道元をいつくしんだ天童如浄を通じて、道元は「諸仏の道現成」（『正法眼蔵』仏教）する仏教の荘厳を息づいた。「空手環郷」した「入宋伝法沙門」道元は、鎌倉の祖師たちがそれぞれの道をえらんだ中で、「只管打坐」の一事にその純粋をのぞんだのである。「弘法救生」（『弁道話』）の重荷に耐えながら、道元は、頽落した建仁寺で『普勧坐禅儀』（一二二七）を撰述した。

それはあたらしい「今」の発見である。行為のリアリティのその思索と体験とは、仏法の伝統と個人とのあたらしい関係の上にうち立てられた。

古聖すでに然り、今人盍ぞ弁ぜざる。

（『普勧坐禅儀』）

古仏の不古、それは、「只今見処ノ祖師ノ言語行履」につき、「今ノ義」について見るべきである（『随聞記』巻三）。「己見」「我見」は「旧見」であり、固定観念であって、これは滅却されなければならない。その「今」の現成とは「諸仏の道現成」するいわば永遠の現在の荘厳であろう。そのゆえに道元は諸仏出世の「一大事因縁」（方便品）を続く『法華経』の荘厳の世界を重んじた（『正法眼蔵』法華転法華・授記・帰依三宝・唯仏与仏・道心・『随聞記』巻一等）。その意味で、仏教史的にみれば、道元は、天台教学が最貴とした『法華経』を「今ノ義」についてドグマを含みながらもみがき出し、これを入宋体験による如浄の純粋禅に結んだともいえるであろう。

道元の道は旧教学の価値体系とは相容れなかった。すでにあるいは朝廷に訴えて栄西等の「達磨宗」建立の停止を求め（『百練抄』建久五年（一一九四）条）、あるいは専修念仏を排した（『明月記』承元元年（一二〇七）条）延暦寺は、藤原定家の写した兵範記紙背文書によってすでに説かれるように、寛喜年間、おそらくは寛喜三年（一二三〇）に道元を洛中から追放した。道元は洛南深草里（京都市伏見区深草）に去った。旧紀伊郡、郡境の混乱（平安遺文No. 3093）からあるいはいう「宇治郡」である。

二

「雲収山骨露、雨過四山低」（興聖寺法語、『永平広録』巻一）、「深草の里」とうたわれたその里は、小巘（けん）（分かれあった小丘）めぐって松栢茂り、超然として自得する境地であったという（『碧山日録』巻二、長禄四年（一四六〇）四月九日条永平道元禅師行状）。道元は、以後、越前国に移るまで深草在住十有三年、はじめ「極楽寺ノ別院」（『訂補建撕（けんぜい）記』）かともいわれる「安養院」（寛喜三年（一二三一）示了然道者法語跋）にあり、後、天福元年（一二三三）「深草辺極楽寺之内、初号二観音導利院一」（『勧進疏』）という観音導利院に入り、嘉禎二年（一二三六）そこに観音導利興聖宝林寺を興した。興聖・宝林はいずれも中国古禅寺の名にちなんだという。『正法眼蔵』の前期はこの深草在住時代ことに興聖禅寺時代に成ったのである。

深草極楽寺は、平安摂関貴族体制の確立期、藤原北家系の摂関太政大臣昭宣公基経（八三六―八九一）が発願した私寺であった。昌泰二年（八九九）その長子左大臣時平（八七一―九〇九）代に定額官寺に列せられることを請うている（菅原道真『菅原文草』巻九）。道真大宰府左遷二年前のことであった。政権闘争の間に、この地方の「紀伊郡」の名にもあきらかな紀氏勢力を抑え、奈良時代に行基「深長寺」（深草寺）創建時の背景となった新羅系秦（はた）氏勢力をもあわせながら、藤氏は一門の永華安穏を祈ったのであろう。同じく藤原系の深草寺院嘉祥・貞（じょう）

観寺などをもしのぎ、「延暦・横川・興福・法性・極楽五寺」などと数えられるように、外戚貴族寺院として栄えたことは、『貞信公記』（藤原忠平）・『九暦』（藤原師輔）・『御堂関白記』（藤原道長）をはじめ藤氏一族の日記ないし『大鏡』その他で知られるところである。藤氏の木幡往還には極楽寺で諷誦するのが常であった。山の桜（『源氏物語』藤裏葉）や山の紅葉（『元輔集』）の美しい寺院であった。「開基聖宝法師、本尊阿弥陀」（『山州名跡志』巻十二所引或記）「昭宣公、阿弥陀」（『拾芥抄』）といい、真言律宗とつたえる（『宝塔寺志』・『同略縁起』）が、『聖宝伝』にはみえない。極楽寺の本尊現じて堂構いまだ成らなかったという（『菅原文草』巻九）基経の時代に、その養父忠仁公良房の外護した聖宝をその開基として求めたことはあろうかと思われる。しかし、極楽寺は天台密教を中心としてはなやかな浄土信仰をあわせたであろう。すなわち昌泰～延喜初年間、極楽寺の定額官寺化にともなって官命で任補された初代の座主は、第十三代天台座主尊意の師、もと叡山に住した増全阿闍梨（八三七―九〇六）であった（『尊意増僧伝』『明匠略記』『三外往生記』）。以後、延喜初年尊意があり（『尊意贈僧正伝』『燿天記』『真言伝』巻五）、座主に尊意遺弟中の上首大僧都禅喜（八七四―九五五）があり（『尊意贈僧正伝』・『扶桑略記』天暦九年条）、明仙（園城寺長吏、『寺門伝記補録』巻十三）も「極楽寺定額僧」であったことがあり（『貞信公記』延長二年（九二四）十月二十日条）、「智証門延暦寺静観」（増命、八四三―九二七、園城寺長吏・天台座主）の弟子房算（?―九六七）も応和元年（九六一）園城寺長吏任命以前に極楽寺にあったことがある（『僧綱補任抄』・『寺門伝記補録』巻十三）。はじめ華山僧正遍昭に学んだ玄鑒阿闍梨（八六一―九二六、天台座主）も極楽寺・花山元慶寺等に修善ないし加持していた（『貞信公記』延暦十九年（九一九）条）。これらによれば、極楽寺には、天台、特には智証系台密の色が濃いのであった。以後の極楽寺についてはなお詳らかにしないが、院政末期寿永二年（一一八三）、倶利伽羅の戦の直前に、読経寺院として「貞観寺・嘉祥寺・極楽寺」などみえる（『山槐記』三月十六日条）にしても、摂関制はなやかな日も過ぎ、時平の嫡流も絶えた極楽寺は徐々に衰微しつつあったのであろう。道元自身もかつては「田園」「財宝」を領じたという（『正法眼蔵随聞記』巻四）その久我庄と、母方の里があり、父通親もその晩年に居住し（『明月記』天福二年六月二十七日条）、父亡き後は母と過したであろうその木幡の里とをゆききする道は、この深草郷極楽寺のほとりを通った。道元に嘱望した木幡の里の祖父（前関白）はこれを養子として王臣の教育を授けていたのである（『建撕記』）。

建暦二年（一二一二）、その「木幡之山庄」（『三祖行業記』）をひそかに遁れ出た十三歳の道元は、叡山のふもとにあった母の弟、天台寺門派の僧良観（行意、一一七七―一二一七、園城寺長吏）のみちびきで横川般若谷に入り、翌年、台密三昧流慈円（故九条兼実弟、『愚管抄』著者）灌頂の弟子、俗系的には母方の親戚にあたる（『僧官補任』『尊卑文脈』）、天台座主公円（一一六八―一二三五）のもとで出家した。教権の名利からむ腐敗の中でその公円が辞任して後、建保二年（一二一四）、道元は、おそらく良観のすすめによって園城寺に公胤（一一四五―一二一六、園城寺長吏再任）の門をたたくのであるが、その公胤は俗系的には村上源氏源顕房（母藤原道長女）の後裔であり（『尊卑文脈』『園城寺長吏次第』）、法系的にさかのぼれば「極楽寺定額僧」明仙―智弁（余慶）系をひく寺門派の僧であった（『園城寺伝記』五之六・『寺門伝記補録』巻十三）。去る建仁元年（一二〇一）冬十月、『熊野懐紙』「こゑたてぬあらしもふかきこころあれやみやまのもみぢみゆきまちけり」（定家『深山紅葉』）などでも知られる後鳥羽院熊野行幸には道元の父通親や定家らとともに随行し（『明月記』『後鳥羽院熊野御幸記』）、通親世を去って後、承元元年（一二〇七）初冬、また道元の母の死の直前でもあったが、通親の養女後鳥羽院妃承明門院（土御門帝母）の修した通親の年忌にはその講師をつとめている（『明月記』十月二十一日条）。この公胤が、修行に懐疑して「道心」を質した道元に、観心を重んじ密行を斥くべきことを説いたのである（『正法眼蔵随聞記』巻三）。建仁寺の栄西に参ずべきことをすすめ（『建撕記』）、入宋をすすめた（『三祖行業記』）とさえいうのは、公胤が浄土教にかたむきつつあったことを思えばなお疑問があるが、その求めるものは与えられなかったにしても、智徳すぐれたといわれる公胤との出会を通じて、道元が或るはるかなものを感得したであろうことは、道元自身の追憶から素直に想像できるのである。

後に、道元洛外追放時の天台座主は、道元の父通親の政敵、九条兼実の子、青蓮院門跡系良快であり（『天台座主記』）、園城寺長吏は、通親・定家らとともに後鳥羽院サロンにあった九条良経（兼実息）の子であり、公胤に三部大法を受けた良尊であった（『寺門伝記補録』巻十四・『園城寺長吏次第』）。兼実の孫（良経息）道家は関白に返り咲いていた。道元が深草の廃院に住した事情はなお十分あきらかでないが、道元自身「仏祖の道を流通せむ、かならずしもところをえらび、縁をまつべきにあらず」（『弁道話』）といっても、天台智証系を主としたであろう極楽寺のほとりに住したことはやはり所縁の深さということもできる。

仏祖も恩愛なきにあらず。（『正法眼蔵』行持上）

道元は栄辱の境界を出て突兀として憎愛を謝した。

三

生死憐れむべし雲変更
迷途覚路夢中行
唯（ただ）一事を留めて醒めてなほ記す
深草の閑居夜雨の声（「閑居偶作」、『永平広報』巻十）

それはある世界からある別の世界への逃避ではなかった。「閑居」、これは、いまもとより僧団の結成を意図しているのではないが、いわゆる単なる閑居ではなく、またあるいは、弘道の心を一時うちすてた逃避的な自己沈潜といわれるものでもないであろう。『正法眼蔵随聞記』にみえるかぎり、「閑居静処」（『摩訶止観』巻四下）ということばは、聖（遁世者）への批判を含みながら用いられていた。この詩偈の「閑居」には法華経の章句が沈んでいると考えられる。

三界は安きことなし、なほ火宅の如し。衆苦充満してはなはだ怖畏すべし。常に生老病死の憂患あり。かくの如きらの火熾然として息まず。如来はすでに三界の火宅を離れて寂然として閑居し、林野に安処せり。今此の三界はみな是れ我が有なり、その中の衆生はことごとく是れ吾が子なり。しかも今此の処はもろもろの患難多し、唯我一人のみよく救護をなす。　（『法華経』譬喩品）

すなわち、この詩偈の「閑居」とは、

閑ニ坐シテ道理ヲ案ジテ（中略）只須万事ヲ放下シテ一向ニ学道スベシ。　（『随聞記』巻六）

などに通じる「閑」であり、「仏道は仏道に正伝す、閑人の伝得に一任せざる也」（『正法眼蔵』伝衣）などにおける「閑」ではない。「閑居」（『方丈記』）「閑居つれづれのあまり」（『拾遺愚草』）の類のそれではなかった。道元は後に言う。

大悟をまつことなかれ、大悟は家常の茶飯なり。不悟をねがふことなかれ、不悟は髻中の宝球（珠）なり。たゞまさに家郷あらむは家郷を離れ、恩愛あらんは恩愛をはなれ、名あらんは名をのがれ、利あり人は利をのがれ、田園あらんは田園をのがれ、親族あらんは親族をはなるべし。名利等なからんも又はなるべし。すでにあるをはなる、なきをもはなるべき道理あきらかなり。それすなはち一条の行持なり。生前に名利をなげすてて一事を行持せん、仏寿長遠の行持なり。いま、この行持さだめて行持に行持せらるるなり。この行持あらん身心、みづからも愛すべし、みづからもうやまふべし。　（『正法眼蔵』行持上）

「生死可憐雲変更」、自然の無常の相はまた歴史社会の流転の相でもあろう。道元が深草に住した歳晩には、母方の祖父基房も木幡別庄に没している（『百錬抄』）。時代は大きくもつれて動いてゆき、人びとはさまざまに過ぎた。かえりみれば、はるかに捨てはるかにこえて、法は沈痛な歴史風景をそのありのままに包んでいる。この覚醒の境界において、「一事」とは、迷途覚路をつらぬく、あるいはこえるともいうべき、「非夢の真覚」、すなわちいわば絶対の「実相（リアリティ）」であるべきであろう。それは道元においては「一向ニ思ヒ切（きっ）テ留マルベ」き只管打坐（『随聞記』巻二）のすがたにおいて現成する。「脱体以来雨滴声」（『興聖禅寺語録』）のその世界であった。「雨滴声」滴々、深草の草案は「粛々たる雨夜」（『正法眼蔵』行持上）であった。

修練ありて堂閣なきは古仏の道場なり。（中略）この処在ながく結界となる。まさに一人の行持あれば、諸仏の道場につたはるなり。（中略）深夜のあめの声こけをうがつのみならんや、巌石を穿却（せんきゃく）せんちからもあるべし。（『正法眼蔵』行持下）

谿声山色、山色谿声、ともに八万四千偈をしまざるなり。（同谿声山色）

もとより、道元仏教は、貴族仏教ないし遁世者たちの「閑居」仏教とことなって新しい鎌倉である所以であるが、吾我のためにするものではない。唯一大事の因縁を以て世に出現する諸仏世尊は常に諸仏智慧を説く「一事」を真実し（『法華経』方便品）、「道場ごとに仏事を助発」（『弁道話』）する諸仏如来は只管打坐すなわち「弘法救生」を一事する。「おほよそ一化は行持なり」（『正法眼蔵』行持上）、仏寿長遠の行持とは仏陀化導の一条の古路であった。

十万現、諸仏現、これ作是思惟時なり。作是思惟時は、自己にあらず、他己をこえたりといへども、而今も、思惟是事巳、即趣波羅奈（はらない）なり。思惟の処在は波羅奈なり。（『正法眼蔵』菩薩分法）

かのパーリ律蔵（大品、一、二）の古伝承を負う、『法華経』方便品比丘偈「我始坐道場」に始まる仏陀の成道・転法輪の一節が思い出されているのである。

寛喜三年（一二三一）、「辛卯孟秋住安養院」の奥書で知られる『示了然道者法語』が参学の女流に示され、その「中秋日」には『弁道話』が遁世者を含む道心者たちに記された。『弁道話』は『普勧坐禅儀』を展開し、入宋体験に照らしながら諸宗を批判して只管打坐への入門をすすめるが、その道は、男女・貴賤・在家・出家にかかわらず「修行の真偽」によるとするなど、後年の思想と大きく差異するものをも含んでいる。時に、大飢饉、「艱難」（『随聞記』巻二）下の結縁であった。

『弁道話』の成ったその日、京洛は、暁冷え朝天陰り、以後、暑気の陽景晴れ、昏刻、雲奔り月昇って、近年ありがたい良夜となった。その月明に、老詩人藤原定家は「達摩歌」と呼ばれた異途の詩に瑰麗の苦悩をきざんだ治承・寿永の往事を思っていた（『明月記』八月十五日条）。深草から木幡の山へかけて、ススキやワレモコウの穂の色の盛んな秋の日であった（同八月十九日条）。

目に触れ縁に遇ふ悉く是れ親経行坐臥し体全真
人有つて若し箇中の意を問はば正眼蔵中一点塵
（「閑居偶作」『永平広報』巻十）

「尽十方界是一顆明珠」（『正法眼蔵』一顆明珠）の境界であった。

四

天福元年（一二三三）、道元は「極楽寺之内」の観音導利院に移り、あたらしい季節がおとずれた。宋の禅院にまなんではじめて夏安居の開かれた美しい夏の日に、仏教的認識の基礎に関する『正法眼蔵』摩訶般若波羅密（和文）をまず示衆し、「中元月」に普勧坐禅儀を浄書、中秋『正法眼蔵』現成公按を成し、翌天福二年春には『学道用心集』（漢文）を編んだ。ついで、伽藍仏教ではない「道場」のため（『正法眼蔵随聞記』巻二）に、『建撕記』（『勧進疏』）によれば、嘉禎元年（一二三五）十二月、そこに興聖寺僧堂建立の勧進を興し、翌二年十月十五日、七間・長牀（長方形の坐禅の床）の僧堂を開単、従来の観音導利院の名に加えるに興聖宝林寺の名を以てしたという。その歳晩、天台・浄土教遍歴の後、多武峯達摩宗覚晏に就き、さらに前年道元に参じた懐弉（『随聞記』編者）が興聖寺最初の首座となった。時に、道元三十七歳、懐弉三十九歳、その時に道元は説いている。

衆ノスクナキニハヾカルコト莫、身ノ初心ナルヲ顧ミルコトナカレ。（中略）人々皆道ヲ得コトハ衆縁ニヨル。人々自利ナレドモ、道ヲ行ズルコトハ衆力ヲ以テスルガ故ニ、今心ヲ一ツニシテ参究尋覓スベシ。
（『随聞記』巻四）

興聖寺原始僧団は成立し、僧団とは僧伽であった。道元は「衆ニマジハリ、師ニ随ヒテ、我見ヲ立セズ、心ヲアラタメ行」く衆縁を尊ぶ（『随聞記』巻六）。そして、「まのあたり」見聞した宋土の諸禅院はみな坐禅堂をかまえて、五六百～一二千の僧を安じていた（『弁道話』）が、特に天童如浄の「仏祖の堂奥」、あの微月杜鵑の夜四更、普説入室の儀（『正法眼蔵』諸法実相）をはじめ、宋土古禅院のさまざまの生活や儀法をあらたによみがえらせようとした。先例のもつ「道理」の規範性を重んじた時代の傾向も、幼少の日に「王臣」の故実・儀式を学んだ貴族道元の傾斜もあったかと思う。

予在宋のそのかみ、長連牀に功夫せしとき、斉肩の隣単（両隣）をみるに、開静（坐禅の座を離れる）のときごとに、袈裟をささげて頂上に安じ、合掌恭敬し一偈を黙誦す。（中略）ときに予未曽見のおもひを生じ、歓喜身にあまり、感涙ひそかにおちて衣襟をひたす。その旨趣は、そのかみ阿含経を披閲せしとき、頂戴袈裟の文をみるといへども、その儀則いまだあきらめず、いまのあたりみる、歓喜随喜し、（中略）ときにひそかに発願す、いかにしてか、われ不肖なりといふとも、仏法の嫡嗣となり、正法を正伝して、郷土の衆生をあはれむに、仏祖正伝の衣法を見聞きせしめん。かのときの発願いまむなしからず、袈裟を受持せ

る在家出家の菩薩おほし、歓喜するところなり。（『正法眼蔵』袈裟功徳・伝衣、在観音導利興聖宝林寺示衆）

『正法眼蔵』は宋土禅院見聞の儀則を精到に記している（看経・伝衣・安居・受戒その他）。仏陀在世の原始仏教時代に事実存したとは多く考えられないが、それは道元にとってまさしく仏祖の法の現成するかがやかしい形であった。『正法眼蔵』有時的にいえば、それらの儀則は、時においてありながら、時をそれを通じてリアルにするという在り方で、いま寂（しず）かに現成しているのである。一心合掌、目不暫捨のゆえに、因仏光所照、悉見彼大衆であろう。「法のうるほひ」（『弁道話』）である。

安居はあたらしきをつくりいだすにあらざれども、ふるきをさらにもちゐるにはあらざるなり。

（『正法眼蔵』安居）

茶飯の儀ひさしくつたはれ（ママ）て、而今の現成なり。

（同家常）

すなわち、「如三世諸仏説法之儀式、我今亦如是、説無分別法」（『法華経』方便品・『正法眼蔵』無情説法）の境界であろう。サンスクリット原典に「儀式」（のり・おきて）の語はないが、意味するところは同じく「如諸仏所説、我亦随順行」に畢竟する。

「吾亦汝亦の威儀」（『正法眼蔵』行仏威儀）・「亦如是の道理」（同古鏡）は道場の論理である。

菩薩道といふは、吾亦如是、汝亦如是なり。

（『正法眼蔵』見仏）

諸有（あらゆる）修功徳、柔和質直者、則皆見我身在此而説法。（中略）これを修するを、吾亦如是、汝亦如是の柔和質直者といふ。

（『法華経』如来寿量品、同）

授記はこれ、汝亦如是、吾亦如是なり。

（同授記）

秋の日ざしには木犀の花の匂う庭であった。

仏道をならふといふは自己をならふ也。自己をならふといふは自己をわするゝなり。自己をわするゝといふ

は万法に証せらるゝなり。万法に証せらるゝといふは自己の身心および他己の身心をして脱落せしむるなり。（同現成公按）

興聖寺の諸堂や清規（しんぎ）は心ふかくととのえられつつあった。嘉禎三年（一二三七）には、僧団の要職典座（てんぞ）の用心を示す『典座教訓』、『出家授戒作法』が定められ、延宝元年（一二三九）には「古仏の身心」をいう『正法眼蔵』重雲堂式二十一ケ条が示された。『典座教訓』は大宋阿育王山の老いた食事係が仏法修行の真義にめざめさせてくれた「大恩」の感謝をこめ、「重雲堂式」は、道心・和合・幽居をはじめ、「のちをあはれみていまをおもくすべ」きリゴリスムであった。後に小乗仏教「有部（うぶ）」「僧祇律（そうぎりつ）」を重んじるに至る（『正法眼蔵』供養諸仏）傾斜であろう。仁治元年（一二四〇）以降に入ると、『正法眼蔵』山水経・有時・谿声山色・法華転法華・仏性・仏教・行持・観音等の名篇をはじめ、その示衆や筆録があいつぎ、存在と時間、人間と生死、言語と沈黙、あるいは男女の問題、諸先師の言行などが、ひとすぢにさまざまに関説される。興聖寺はほぼその形をととのえたのであろう。同二年、多武峯日本達摩宗系の越前波著（はじやく）寺の懐鑒（えかん）がその弟子義介（かい）・義尹（いん）（後鳥羽院皇子、道元義姪）・義準らをひきいて投じ、翌年、紀州由良（ゆら）の覚心が戒を受けた。京洛六波羅蜜寺に波多野（はたの）義重幕下での示衆も始まっている。同年、道元の縁戚にあたる後嵯峨帝が即位したが、その前後、近衛家をはじめ在洛貴族との交流もふえたらしい。

仁治二年春、道元は、如浄門下、宋の端巌無外義遠から送られた『如浄続語録』に跋し、みずから師事したその先師との問答を書きそえた。生涯一杜鵑（とけん）、如是我聞の作礼而去（さらいにこ）、道元の追懐はさまざまであったであろう。翌三年八月に道元は宋から到来した『如浄語録』の上堂を行なっている（『建撕記』）。

半飯を喫して輓（べん）峯に坐す
鎖（さ）断す烟雲千万重

忽地（にわかに）一声霹靂を轟かす
帝郷春色杏華紅

（『如浄語録』巻上・『正法眼蔵』家常）

国王・大臣等に親近せず（『法華経』安楽行品）、「深山幽谷」（『慶宝記』）の浄行を説いたという如浄のおもかげはあらためて痛切に道元の心の崖にあったであろう。深草は王城に近く、月卿雲客・花族車馬の往来絶えず、随縁説法の大家一百余所、受菩薩戒の弟子二千有余、その間に道元は山林を求めていたという（『建撕記』）。

その仁治三年の頃、道元は『護国正法義』を奏聞した。これは、栄西の『興禅護国論』や、「牛馬巷に倒れ骸骨路に満つ」に始まる日蓮上人の『立正安国論』（一二六〇）の法華護国論と相通じ相異って興味が深い。

たまたま、寛元元年（一二四三）、宋から帰国して筑紫にあった臨済の円爾禅師（弁円）が入洛、藤氏法性寺の地に、九条良経の子、前摂政九条道家の外護を得て東福寺を創建、天台・真言をも兼修した。王宮・貴族、後に幕府にも接近、叡山などの旧仏教系とも親しかった。天台・真言の学者等が念仏・禅の檀那をへつらいおそれたという（日蓮『開目鈔』巻下）こともあったであろう。かつて興聖寺建立を正覚禅尼とともに外護した弘誓院九条教家は道家の弟であったが、東福寺文書『師範無準筆額字目録』に「東福寺　弘誓院殿」とあるのによれば、弘誓院も東福寺にかたむくところがあったのであろう。

叡山衆徒が朝廷に奏聞して道元仏教のドグマを説き、極楽寺を破却し、道元を追放した（『渓嵐拾葉集』禅宗教家同異事）のはこの年であった。おそらく事実であろうが、また、それが道元にとって深山幽谷の時節到来であったことも事実であろう。

『正法眼蔵』葛藤は、寛元元年七月七日、道元の深草興聖寺最後の示衆であった。

五

七百数十年の歳月が流れた。興聖寺建立のころ、寺院建立を「一期（いちご）ノ大事」として道元は、「祇園精舎モ礎バカリ留マ」るが、寺院後代の滅亡のことは思うべからず、建立の功徳は失せず、当面の行面の行道の功徳も莫大であろうなどと語った栄西の「心ノタケ」に思いをはせることがあったという（『正法眼蔵随聞記』巻三）。深草の道元遺跡の所在は、礎石も現存せず、厳密にはなお未詳である。

はじめ、平安盛期、藤氏建立に華やいだ極楽寺の遺跡は旧極楽寺村を中心とすると推定される。『延喜諸陵寮式』に「後深草陵」を「中宮藤原氏（清和中宮、高子）。在山城国紀伊郡深草郷。寺戸三畑。東限禅定寺・南限大墓。西限極楽寺。北限佐能谷。」とし、『貞信公記』天慶八年（九四五）九月五日条に藤原仲平を「極楽寺東」に葬送したといい、『今昔物語集』巻十五(21)（『日本往生極楽記』(21)）に「極楽寺・貞観寺、二ノ寺ノ間ニ音楽ノ音聞ユ」などといい、下っては、『山城名勝志』巻十六宝塔寺条に、その山上現地移転以前について、「土人云。此寺元在極楽寺村北与稲荷社間大門云畠。是極楽寺旧跡也」とあり、『山州名跡志』巻十二瑞光寺条に「当時ハ初極楽寺ノ境内薬師堂ノ地也」とあり、小字を「薬師堂畑」と言ったとある（『京都府紀伊郡誌』）などによれば、極楽寺の旧址はほぼ現深草極楽寺町・宝塔寺山町・野手町・大門町・坊町ないし西出町にわたり、「直違橋六丁目より十丁目に至る東」（同）の宝塔寺七面山麓台地にひろがるかと考えられる。その東方、七面山南麓地獄谷（「佐能谷」？）をへだてて起伏する「霞谷」（『古今集』巻十六、『山城名所図絵』）の赤土台地は今なお多く竹藪・叢林におおわれているが、その南から西へ嘉祥寺・貞観寺・普明寺などがならび、さらに西の直違橋六丁目附近には、奈良県宇智郡栄山寺の小野道風筆鐘銘で知られる道澄寺があったはずである。

寛喜三年の『示了然道者法語』奥書にみえる「安養院」は、道元開基をつたえる欣浄寺（ごんじょうじ）（伏見区深草墨染）に擬せられ（『山州名跡志』巻十三）、文化年間の道元深草閑居詩石碑も遺っているが、ただし、欣浄寺ははじめ深草村（極楽寺旧址興聖寺境内）にあり、天正年間に現地に移されたという所伝（『京都府紀伊郡誌』）によれば、現在の欣浄寺の地は道元自身の「安養院」の故地ではない。後の観音導利院興聖宝林寺の故地とともに不明であるが、ただ、『山城名勝志』巻十七興聖寺（宇治市）条に、『興聖寺記』を引いて、その深草興聖寺を、「土人云。深草郷道元禅師旧蹟者藤杜（ふじのもり）与谷口之間云云」というのによれば、この「旧蹟」がすなわち「安養院」にあたるかとも想像されるのである。この地は現在京都国立病院一帯にあたり、旧「極楽寺」地域からは南に外れているから「極楽寺ノ旧址」（『興聖寺僧堂勧進疏』）というには該当しないが、「極楽寺ノ別院」（『訂補建撕記』）かと推定する可能性は存しうる。この地は深草の「竹の下道」（『拾遺愚草』）が久我～木幡をつなぐ道と交わるすぐ北におそらく近接していたであろう。

『碧山日録』に、

元城南深草村、々有興聖法輪寺（ママ）天台宗日蓮之徒、喪地□之西、有法輪遺址而已。（長禄三年（一四五九）九月二十日、永平道元禅師条）

とあるのは、注記が少しく分明を欠くが、興聖寺と宝塔寺との関係を示すことは明瞭である。すなわち、永仁二年（一二九四）はじめて入洛した日蓮法孫日像上人の徳治二年（一三〇七）～延慶三年（一三一〇）前後の布教によって宝塔寺は開かれ（『龍華伝』・『山城名勝志』巻十六・『山城名跡志』巻十二・『宝塔寺志』『同略縁起』）、寺伝では、徳治二年、「真言律宗」良桂律師のあった極楽寺が法華道場にあらたまったとつたえ、像師遺跡を厳存する。像師と極楽寺との所縁が乙訓郡鶏冠井（かえで）附近の布教に始まったというのは、その地が、久我庄や農村郷民の生長による自治的郷村への変貌を始めつつあった上久世庄（『東寺百合文書』）に接し、いずれもかつて久我家の領じた時期があったことを思えば、また奇しき縁というべきかもしれない。

極楽寺・興聖寺・宝塔寺の所縁はそのようであるが、ただし、初期の宝塔寺の位置は現在地ではなかったらしい。『山城名勝志』巻十六に、「此寺従良桂至七世中絶。日堯上人弟子日銀天正年中再興為妙顕寺末寺。其時移山上云云」とある。その間、応仁二年（一四六八）、深草地方は応仁の乱で荒廃した。応仁二年八月四日「極楽寺」十三重塔が大風に倒れたという（『山城名勝志』巻十六所引或年代記）のによって、この極楽寺がイメージされることがあるが、これは鎌倉の極楽寺である（『鎌倉大日記』）。ただし、寺伝に室町中期とつたえる宝塔寺山門（重文）・多宝塔（重文）の建立年代の詳しい検討はなお今後の問題であろう。ともかく、道元の興聖寺を現在の宝塔寺山下に求めることは許されるであろう。道場の山谷なお古色を沈めるのである。

〈付〉道元自筆本『普勧坐禅儀』一巻解説

越前永平寺蔵道元自筆本『普勧坐禅儀』一巻（国宝）は奥書に「天福元年中元日書于観音導利院（花押）」とあり、一二三三年、道元三十四歳の時の書である。

『普勧坐禅儀』は、道元自撰の『普勧坐禅儀撰出述由来書』に「予先嘉禄中従宋土帰本国。因有参学請撰坐禅儀」とあるように、もと、おそらく嘉禄三年（一二二七）、宋から帰国した道元が京洛建仁寺で参学者の要請にこたえてみずから撰述したものであった。最澄の『願文』や空海の『三教指帰』をはじめ、宗教的天才たちは多くその出発の金字塔をうち建てたが、道元におけるこの書もまたそうであって、道元仏教の基礎をなすものである。一般に流布する流布本『普勧坐禅儀』とは大異するが、これが帰国当初の原文であって、流布本がその後これを道元自身修訂したものであることはすでにあきらかにされている。

帰国当初、入宋伝法の矜持と弘法救生の理想とに燃えていた道元である。『普勧坐禅儀』の所説はその入宋体験を通じた純粋坐禅（只管打坐）のすすめであって、その本質と儀則とにわたっているが、本来、平安末期〜鎌倉初期の一大転換期を、無常の宗教的超克を決意してこえてきた志気の表現であるから、もとより日本曹洞の誕生とはいえるにしても、別に宗派的分別に立つものではない。

その端坐は「古聖」の「端的之正道」をまねび学ぼうとするものであって、「自然身心脱落、本来面目現前」、結跏趺坐・半跏趺坐いずれも修証不二の仏行であることを説く。「心ヲモテ仏法ヲ計校スル間ハ、万却千生ニモ不レ可レ得」、身心一如にはちがいないが、「正ク身ヲ以テ得」ゆえに、「坐ヲ専ニスベシ」(『正法眼蔵随聞記』巻三)と説くのである。

道元は後に中国禅書の坐禅観の固定観念がその本来の純粋を欠くことを批判した(『正法眼蔵』坐禅箴)が、この『普勧坐禅儀』にもすでに「百丈之規縄」にしたがうとみえる。『由来書』によれば、中国禅院の諸規範の古典とされる『禅苑清規』(南宋徽宗崇寧二年、一一〇三)の坐禅儀は唐代百丈懐海(七二〇—八一四)の撰した『百丈清規』の古意にそいながらも少しく新意による増補があり、いま、みずからその百丈の古意にそって修訂するとあって、禅宗寺院以前ともいうべき唐代古禅を思慕し、その復活をこころみたものであることが知られる。事実、この『普勧坐禅儀』の中半は『禅苑清規』とかさなりあってそれを修訂し、前半と後半とは道元独自の坐禅観を述べたことがあきらかである。

『普勧坐禅儀』の文体は六朝貴族文学の古体である四六駢儷体を基調とする。読誦にもあてられたともいう。四六駢儷体といっても絢爛を旨とせず、体験の自信にみちた沈静の志気の格調を特徴とする。寛元元年(一二四三)に撰した、仮名の坐禅儀とも呼ばれる『正法眼蔵』坐禅儀と比較することができるが、何より、やがて道元がこの漢文から漢語・宋代口語等を駆使した『正法眼蔵』全篇の和文文体へ出てゆくところがおもしろい。

天福元年本はこの『普勧坐禅儀』を道元が浄書したものである。『普勧坐禅儀』が帰国直後の燃焼の中に撰述されたように、この自筆本は、道元が城南深草の観音導利院、後の観音導利興聖宝林寺に入って、その宗教生活の新しいエポックに立ったときに浄書されたのであった。藤原定家の日記『明月記』によれば、道元浄書の中元七月十五日、京洛は、朝薄霧、天陰り、午後一時頃から微雨、午後三時頃から風が加わり、夜は微雨が降っていたが、その曇りの明るむ明窓の下に、道元は、自己の道を思い、一字一念をたしかめたしかめてその浄書をすすめているように感じられる。その日は盂蘭盆の日でもあったが、幼少八歳の日に失った母の、出家をすすめて逝ったというおもかげも、ともに入宋してその地に寂し、みずからその遺骨を抱いて帰った法兄先師明全のおもかげも、胸底に沈んでいたことであろう。はるかな道であった。

自筆本は黄色地に松・蘭・楼閣などを文様した宋の蠟箋の長巻子本（全長一丈五寸五分、幅九寸五分）である。その楷書は簡浄沈静、質実精到、志気清新で俗気がないのは宋〜鎌倉禅の鍛錬にかかわるであろう。「心ノタケ」と言ってもいい。北宋の詩人黄山谷（庭堅）、禅学に傾倒し、「漢儀」の古格、超越絶塵の逸気を求めたというこの在家居士の字などに通じると言われるのも、いわれがあろう。墨の色を異にして「復」字に訂してあるところがそのままなのも、そこに柔かいリズムをそえている。

奥書の花押もあきらかに宋朝風であるが、道元の寛元元年自筆とみられる『正法眼蔵』嗣書（里見本）の花押とは異種である。この花押には凛乎として気をはらう概があろう。

この自筆本は大正十一年（一九二二）に東京大学史料編纂掛が史料展に出陳してから知られ、同十四年には禅苑墨華刊行会がその印影を刊行した。

日蓮遺文における引用の内相と外相――「旃陀羅」如是我聞――

依法不依人。依義不依語。依智不依識。依了義経不依不了義経。

（北本『大般涅槃経』巻六、如来性品、大正蔵十二、四〇一中、「守護国家論」、『昭和定本』九八等）

今以経論直邪正。信謗任仏説。敢無存自義。

（「守護国家論」、九〇）

雖然於末代無真知識。以法為知識有多証。摩訶止観云、或従知識或従経巻聞上所説一実菩提。

（同、一一三）

されば仏になるみちは善知識にはすぎず。わが智慧なににかせん。（中略）道理と証文とにはすぎず。又道理・証文よりも現証にはすぎず。

（「三三蔵祈雨事」、一〇六五―六六）

承久の乱（一二二一）後の天変地夭・飢饉疫癘、蒙古の震撼。その日本鎌倉後期、周縁東国で宗教改革運動を展開した日蓮（一二二二―八二）の遺文には、さまざまの内典外典の引用がある。

「自己の思想はすでに人が入りこんでいることばを見出す」（M・バフーチン『ドストエフスキイ論』）。「さまざまの意識たちの声」の間からする深い引用は、「他者のことば」との所縁を通じて自己を捨て自己を得るという構造をとり、引用の受動は能動に転換する。

小稿は、日蓮遺文における著名の「旃陀羅」（Caṇḍāla）の語についてその直接原典を検出し、その緊張関係の間に隠された意味作用の構造を考察する。「旃陀羅」の語のあらわれる現存二篇はいずれも真蹟ではない。しかし、カースト制下のインド仏典に固有の論理を有するこの語が、漢訳原典のコンテキストを通じて、日本鎌倉後期東国社会における日蓮自身の苦悩の場と方法とに残像することは、ほとんど疑いえないことのように思われる。もとより、烈しい出会の炎をくぐって造型されるその引用はほとんどその直接のあとをとどめないが、その造型自体、「旃陀羅」が日蓮のコンテキストの全体的な意味体系や論理構造の中に在るべきことを告げるのである。

一

文永八年（一二七一）九月、「龍口法難」。佐渡流罪。日蓮遺文における「旃陀羅」の話は、その流罪幽囚の相模依智と佐渡と、「佐渡御勘気鈔」（文永八・一〇・一〇）と「佐渡御書」（同九・三・二〇）とにのこされている。

佐渡御勘気鈔	北本大般涅槃経巻七　如来性品
九月十二日に御勘気を蒙て、今年十月十日佐渡へまかり候也。（中略）既に経文のごとく悪口罵詈刀杖瓦礫数数見擯出と説れてかゝるめに値候こそ法華経をよむにて候らめと、いよいよ信心もおこり、後生もたのもしく候。死して候はば、必ず各各をもたすけたてまつるべし。（中略）是皆法華経のとく、仏法のゆへなり。日蓮は日本国東夷東条安房国海辺の旃陀羅が子也。	不能親近善知識故。雖有仏性皆不能見。而為貪婬瞋恚愚癡之所覆蔽故。堕地獄畜生餓鬼阿修羅旃陀羅刹利婆羅門毘舎首陀。生如是等種種家中。因心所起種種業縁。雖受人身聾盲瘖瘂拘躄癃跛。於二十五有受諸果報。（中略）以業因縁而有刹利婆羅門（等）毘舎首陀及旃陀羅。若男若女非男非女。二十五有差別之相流転生死。 （大正蔵、十二、四〇八上―下）

いたづらにくちん身を法華経の御故に捨まいらせん事、あに石に金をかふるにあらずや。

（五一〇—一一）

佐渡御書

日蓮も又かくせめらるゝも先業なきにあらず。不軽品云、其罪畢已等云云。不軽菩薩の無量の謗法の者に罵詈打擲せられしも先業の所感なるべし。何に況や日蓮今生には貧窮下賤の者と生れ、旃陀羅が家より出たり。心こそすこし法華経を信たる様なれども、身は人身に似て畜身也。魚鳥を混丸して赤白二渧とせり、其中に識神をやどす。濁水に月のうつれるが如し。糞嚢に金をつゝめるなるべし。心は法華経を信ずる故に、梵天帝釈をも猶恐しと思はず、身は畜生の身也。色心不相応の故に愚者のあなづる道理也。心も又身に対すればこそ月・金にもたとふれ。又過去の謗法を案ずるに誰かしる。勝意比丘が魂にもや、大天が神にもや。不軽軽毀の流類歟、失

同　巻七

譬如有人善知伏蔵。即取利钁斸地直下磐石沙礫直過無難。唯至金剛不能穿徹（撤）。夫金剛者所有刀斧不能沮壊。善男子。衆生仏性亦復如是。（中略）五陰之相即是起作。起作之相喩如石沙可穿可壊。仏性者喩如金剛不可沮壊。（中略）必定当知仏法如是不可思議。

（十二、四〇八下）

同　巻三十一　師子吼品

仏十力中業力最深。善男子。有諸衆生於業縁中心軽不信。為度彼故作如是説。善男子。一切作業有軽有重。軽重二業復各有二。一者決定。二者不（決）定。善男子。或有人言悪業無果。若言悪業定有果者。云何気嘘旃陀羅而得生天。鴦掘（崛）摩羅得解脱果。（中略）一切衆生凡有二種。一者智人。二者愚癡。有智之人以智慧力能令地獄極重之業現世軽受。愚癡之人現世軽業地獄重受。（中略）善男子。往昔衆生寿百年時。恒沙衆生受地獄報。我見是已即発大願受地獄身。菩薩爾時実無悪業。為衆生故受地獄果。我於爾時在地獄中経無量歳。為諸罪人広開分別十二部経。

心の余残歟。五千上慢の眷属歟、大通第三の余流にもやあるらん。宿業はかりがたし。鉄は炎打てば剣となる。賢聖は罵詈して試みるなるべし。我今度の御勘気は世間の失一分もなし。偏に先業の重罪を今生に消して、後生の三悪を脱れんずなるべし。般泥洹経云、有当来之世仮被袈裟於我法中出家学道懶惰懈怠誹謗此等方等契経。当知此等皆是今日諸異道輩等云云。此経文を見ん者自身をはづべし。(中略)涅槃経に、仏光明を放て地の下一百三十六地獄を照し給に罪人一人もなかるべし。法華経の寿量品にして皆成仏せる故也。但し一闡提人と申て謗法の者計地獄守に留られたりき。彼等がうみひろげて今世の日本国の一切衆生となれる也。日蓮も過去の種子已に謗法の者なれば、今生に念仏者にて、数年が間、法華経の行者を見ては未有一人得者千中無一等と笑し也。今謗法の酔さめて見れば、酒に酔る者父母を打て悦しが、酔さめて後歎しが如し。歎けれども甲斐なし。此罪消が

諸人聞已壊悪果報令地獄空。除一闡提。(中略)善男子。我於賢却生屠膾家畜養雞猪牛羊摾獵羅網戯(漁)捕旃陀羅舎。作賊却盗。菩薩実無如是悪業。為度衆生令得解脱以大願力受如是身。(中略)善男子。是賢却中復生辺地。多作貪欲瞋恚愚癡習行非法。不信三宝後世果報。(中略)菩薩爾等実無是業。為令衆生得解脱故以大願力而生其中。
(十二、五四九下—五〇下)

同　巻三十一

如旃陀羅七世相継不捨其業。是故為人之所軽賎。是身種子亦復如是。種子精血究竟不浄。(中略)慧是一切善法根本。仏菩薩母之種子也。　(十二、五五二下—五三上)

同　巻三十三　迦葉品

爾時世尊取地少土置之爪上。告迦葉言。是土多耶。十方世界地土多乎。迦葉菩薩白仏言。世尊。爪上土者不比十方所有土也。善男子。有人捨身還得人身。捨三悪身得受人身。諸根完具生於中国。具足正信能修習道。修習道已能得解脱。得解脱已能入涅槃。如爪上土。捨人身已得三

たし。何況過去の謗法の心中にそみけんをや。
（六一四―一五）

悪身。捨三悪身得三悪身。諸根不具生於辺地。信邪倒見修習邪道。不得解脱常楽涅槃。如十方界所有地土。
（十二、五六三上―中）

現存遺文によれば、「旃陀羅」の語はこの二篇にのこるのみであり、これはその日蓮の危機の日の内界にかかわるべく、そして、直接にはおそらく『大般涅槃経』のコンテキストにかかわるべきであった。『大般涅槃経』、それは、もとより、鎌倉仏教、特に日蓮において『法華経』（什訳『妙法蓮華経』）とともに重んじられた漢訳仏典である。

佐渡出立直前、日蓮は幽囚の依智で言う。

　上のせめさせ給にこそ法華経を信たる色もあらわれ候へ。月はかけてみち、しをはひてみつ事疑なし。此も罰あり必徳あるべし。なにしにかなげかん。（中略）数数見擯出ととかれて、度々失にあたりて重罪をけしてこそ仏にもなり候はんずれば、我と苦行をいたす事は心ゆへなり。
（「土木殿御返事」、五〇三）

顕密体制と癒着した政治権力による重罪が日蓮を襲ったのみならず、その教えに従った人びともあるいは難にあい、あるいは多く疑いを起こして去った。思えば、すべて自己の「心ゆへ」からの罪である。日蓮の論理に従えば、受難は「法華経を信たる色」の顕現であり、その世法的重罪の孤立の受動はすなわち仏法的「重罪」の孤独の能動であった。みずからを流罪した日蓮は、永遠の相のもとに重担の「苦行」をみずからに課し、反時代的考察の宿命のもとに自己存在をラディカルに問うたのである。[1]

「重罪」[2]、それは自己自身の業縁謗法の問題であった。平安時代を通じた『法華経』ないしその持経者に対する謗法罪の問題を、鎌倉後期東国社会の現実の中でとらえた日蓮は、しばしば一闡提（Icchāntika）にふれて、五逆罪にまさる法華誹謗の「重罪」を衝いたが[3]、いま世俗重罪の極限状況の中に、その「重罪」が外ならぬ日蓮自身を照らしたのである。それは、みずからの若き日の断罪、自己の精神の遍歴時代の、あるいは天台浄土教「念仏者」（前掲「佐渡御書」）のその日の断罪を通じていた。

我等がはかなき心に推するに、仏法は唯一味なるべし、いづれもいづれも心に入て習ひ願はば生死を離るべしとこそ思て候に、仏法の中に入て悪く習候ぬれば、謗法と申す大なる穴に堕入て（中略）永地獄をいでぬ事の候けるぞ。（中略）謗法と申罪をば、我もしらず、人も失とも思はず、但仏法をならへば貴しとのみ思ひて候程に、……

（「妙法比丘尼御返事」、一五五三―五四）

顕密体制仏教ペシミスムの共同幻想によろわれながら、政治・文化社会と即目的に癒着して現実との諸関係を日常化類型化したオプティミスムは、仏教の名によって仏教を失いつつあったが、『法華経』との出会がその生を具現して来る以前の日蓮もまたそのようにあったと言い（「題目弥陀名号勝劣事」三〇一、「四条金吾殿御返事」六六三）、その間には『法華経』をめぐる懐疑や誹謗もかさねられたという（「四条金吾殿御返事」六三六、「松野殿御消息」一一四一―四二[4]）。かつて伊豆流罪の間には「輪回（ママ）」（「四恩鈔」二三七）の中にまだ意識されなかったその「謗法」が、いま、いわばオイディプウスのように、過去世重々の業縁として想起されて来たのであった。過去とても過去にあらず、それは、隠された自己の内部の影が現前する、現在の内的な行為であった。歴史の必然はあらわになりつつあった。日蓮は、流罪の死の重苦に顕現する「過去の重罪をせめいだ」すこと（「兄弟鈔」九二五）を通して、存在の血路をひらく外なかったのである。

その受難の受動と能動との間に、日蓮は、相模依智で『大般涅槃経』の転重軽受の論理（巻十六、梵行品、十二、四六二上―下、巻三十一、師子吼品、十二、五四九中―五三下、『大般泥洹経』巻四、四依品、十二、八七七下、等[5]）にあらためて沈潜し（「転重軽受法門」五〇七）、越後寺泊津では同じく『大般涅槃経』の贖命重宝の教説（巻十八、梵行品、十二、四七二中）を通過していた（「寺泊御書」五一三）。「日蓮当此経文」「日蓮読此経文」（「寺泊御書」五一四）、しばしば用いられたことばで言えば、「但日蓮一人」のみ読みこんでいたのである。[6]「旃陀羅」の語をまずのこす「佐渡御勘気鈔」はその間に記されたものであった。

十月十日に依智を立て同十月二十八日に佐渡国へ著ぬ。十一月一日に六郎左衛門が家のうしろみの家より塚原と申山野の中に、洛陽の蓮台野のやうに死人を捨る所に、一間四面なる堂の仏もなし。上はいたまあはず、四壁はあばらに、雪ふりつもりて消る事なし。かゝる所に、しきがは打しき蓑うちきて、夜をあかし日をくらす。夜は雪雹・雷電ひまなし、昼は日の光もさゝせ給はず、心細かるべきすまゐなり。（中略）今日蓮は末法に生て妙法蓮華経の五字を弘てかゝるせめにあへり。仏滅度後二千二百余年が間、恐は天台智者大師も一切世間多怨難信の経文をば行じ給はず。数数見擯出の明文は但日蓮一人也。一句一偈我皆与授記は我也。阿耨多羅三藐三菩提は疑なし。相模守殿こそ善知識よ、平左衛門こそ提婆達多よ。念仏者は瞿迦利尊者、持斎等は善星比丘。在世は今にあり、今は在世なり。法華経の肝心は諸法実相ととかれて本末究竟等とのべられて候は是也。

（「種種御振舞御書」、九七〇—七一）

心地観経云[7]、欲知過去因見其現在果。欲知未来果見其現在因等云云。

（「開目鈔」、六〇〇）

日蓮の「魂魄」ここに至ったというその佐渡（「開目鈔」五九〇）、その内界に現前する無始重業の全風景。北国の道磋跎として雪降り埋める「三昧」（「法蓮鈔」九五三、「妙法比丘尼御返事」一五六三）のほとりに、「重罪」の流人はひとり荒野の叫び声を聞いていた。

謗法の世をば守護神すてゝ去、諸天まぼるべからず。かるがゆへに正法を行ものにしるしなし、還て大難に値べし。（中略）詮ずるところは天もすて給、諸難にもあえ、身命を期とせん。

（「開目鈔」、六〇一）

但于今不蒙天加護者。一者諸天善神去此悪国故歟。二者善神不味法味故無威光勢力歟。三者大悪鬼入三類之心中梵天帝釈不及力歟等。一々証文道理追可令進候。但生涯自本思切候。于今無翻返(反)。其上又無違恨。諸悪人又善知識也。(中略)万事期霊山浄土。

(「富木殿御返事」、六一九―二〇)

失われた神々、顕密体制政治社会の癒着の惨状、そして、自己の業縁・煩悩の流転生死と、出離への未完のメタモルフォーズ。(8)

三玄と者、一者有の玄、周公等此を立。二者無の玄、老子等。三者亦有亦無等、荘子が玄これなり。玄者黒也。父母未生已前をたづぬれば、或元気而生。或貴賤苦楽是非得失等皆自然等云云。かくのごとく巧に立といえども、いまだ過去未来を一分もしらず。

(「開目鈔」、五三五―三六)

経文を見候へば、烏の黒きも鷺の白きも先業のつよくそみけるなるべし。外道は知らずして自然と云。

(「佐渡御書」、六一五)

周弘政釈三玄云。易判八卦陰陽吉凶。此約有明玄。老子虚融此約無明玄。荘子自然約有無明玄。(中略)如荘子云。貴賤苦楽是非得失皆其自然。(9)若言自然是不破果。不弁先業即是破因。(中略)行業未尽受報何疑。若計自然作悪者。謂万物自然恣意造悪終帰自然。斯乃背無欲而恣欲。違於妙而就麄。(中略)外道従邪因縁無因縁。若析若体若畢竟空。仏弟子知従愛因縁。若析若体若畢竟空。

(『摩訶止観』巻十上、四十六、一三五上―中、『止観弘決』巻十之二、同、四四〇下)

業縁をせめる日蓮には、「儒家・道家」(「開目鈔」五四〇)等の「自然」ではすまされない自己現実の急迫があったのである。

荒涼の辺境によみがえる政治都市鎌倉の叫喚を自己意識の情況としてとらえ、法門の違目・問答(「法華浄土問答鈔」「八宗違目鈔」、「種種御振舞御書」九七三―七五)にさまざまの意識たちの声を聞き分けた日蓮は、あらたに自己の太古(はじめ)のねがいの涌くところを確かめた。(10)業というならば、そのねがいもまた業の所縁であって、日蓮もこれを「過去の宿習」（「最蓮房御返事」六二一、「諸法実相鈔」七二八）と書いている。慚愧と破邪との間に、信の両義的（アムビヴァレント）な責苦をになって、日蓮の主題は複旋律的に生動するのであった。

疑云、いかにとして汝が流罪死罪等、過去の宿習としらむ。答云、銅鏡は色形を顕す。秦王験偽の鏡は現在の罪を顕す。仏法の鏡は過去の業因を現ず。般泥洹経云、善男子。過去曾作無量諸罪種種悪業。是諸罪報或被軽易。或形状醜陋。衣服不足。飲食麤疎。求財不利。生貧賤家及邪見家。或遭王難。及余種々人間苦報。現世軽受斯由護法功徳力故云云（巻四、四依品、十二、八七七下）。此の経文、日蓮が身に宛も符契のごとし。狐疑の氷とけぬ。千万難由なし。一一の句我が身にあわせん。或被軽易等云云。法華経云、軽賤憎嫉等云云（巻二、譬喩品、九、一五中）。（中略）生貧賤家。予身也。或遭王難等。此経文疑べしや。法華経云、数々見擯出。此経文云、種々等云云。斯輪護法功徳力故等者、摩訶止観第五云、散善微弱不能令動。今修止観健病不虧動生死輪云云。又云、三障四魔紛然競起等云云。（中略）生死を離時は必此重罪をけしはてゝ出離すべし。功徳は浅軽なり、此等の罪は深重なり。（中略）今ま日蓮強盛に国土の謗法を責れば此大難の来は、過去の重罪の今生の護法に招出せるなるべし。

（「開目鈔」、六〇一—〇三）[11]

法已に顕れぬ。前相先代に超過せり。日蓮粗勘之、是時の然らしむる故也。経云、有四導師一名上行云云。又云、悪世末法時能持是経者。又云、若接須弥擲置他方云云。（中略）流罪の事痛歎せ給ふべからず。勧持品云、不軽品云。命有限不可惜。遂可願者仏国也云云。

（「富木入道殿御返事」、五一六—一七）

注

（1）日蓮は、後に、その受難について、「仏の御使として世間には一分の失なき」（「神国王御書」八九二）とし、「佐渡御勘気鈔」・「佐渡御書」の「旃陀羅」の語はおそらくこの深処からひびいていた。

「別に世間の失に候はず」(「清澄寺大衆中」一一三三)として、「立正安国」の「正義」(「行敏訴状御会通」四九七)によることを強調する。「これはひとえに我が身には失なし。日本国をたすけんとをもひしゆへなり」(「国府尼御前御書」一〇六三)、「世間には一分のとがもなかりし身なれども、(中略)去文永五年に大蒙古国より日本国ををそうべきよし牒状わたりぬ。此事のあふ故に、念仏者・真言師等あだみて失はんとせしなり。……」(「中興入道御消息」一七一五―一七。「下山御消息」一三三二―三三、等)。事実、蒙古の脅威とからめた日蓮の宗教闘争を鎌倉幕府はその蒙古対策を攪乱するとして処断したのであった(高木豊「文永八年の法難」、『日蓮とその門弟』所収)。ただし、いま、「土木殿御返事」の日蓮は、龍口死難赦免・佐渡流罪決定直後の深底で自己を問うているのである。「今夜のかんずるにつけて、いよ〱我身より心くるしさ申ばかりなし」(「五人土籠御書」五〇六)。「開目鈔」は、「国土の謗法を責」めたことによる重罪の「大難」について、「過去の重罪」と「今生の護法」とのダイナミックな関連に肉薄し(六〇三)、前掲「佐渡御書」も、「世間の失一分もなし」として、ただちに「先業の重罪」を提起する。

(2)「若人不信毀謗此経。則断一切世間仏種。(中略)若得為人諸根闇鈍矬陋攣躄盲聾背傴。(中略)貧窮下賤為人所使。(中略)如是等罪横羅其殃。(中略)若得為人聾盲瘖瘂貧窮諸衰(中略)謗斯経故獲罪如是」(『法華経』巻二、譬喩品、九、一五中―一六上)。「若復見受持是経者出其過悪。若実若不実。此人現世得白癩病。若有軽笑之者当世世牙歯疎欠(中略)諸悪重病」(同巻八、勧発品、同、六二上)。

『日本霊異記』巻上(19)(『三宝絵』巻中(9)・『法華験記』巻下(96)・『今昔物語集』巻十四(28)等)・同巻中(18)(『今昔物語集』巻十四(28))・同巻下(20)等。巻上(19)は『法華経』勧発品を、巻下(20)は同譬喩品・勧発品をあるいは取意して引いている。平安貴族社会の通念でもあったことは、「そのけぢかく入りたちけん大徳〔延暦寺別院僧〕こそはあぢきなかりけれ。たゞそのつみのむくいなゝり。おし・ことどもりとぞ大乗そしりたる罪にもかずへたるかし」(『源氏物語』常夏)などからも知られるであろう。

日蓮遺文には「十法界明因果鈔」(一七六)その他に用いられ、「三沢鈔」に「世々生々の間をうし・ことどもり生上」という(一四四五)のもこれに拠る。『沙石集』巻四(1)に大乗誹謗を用いる挿話、『妻鏡』爪上少土譬喩に大乗誹謗を戒める教説、あるいは『粉河寺縁起』施音寺伝説なども、また同類である。

(3)「守護国家論」「立正安国論」「顕謗法鈔」その他。「発麁悪言誹謗正法。造是重業永不改悔心無慚愧。如是等人名為趣向一闡提道。若犯四重作五逆罪自知定犯如是重事。而心初無怖畏慚愧不肯発露……」(『大般涅槃経』巻十、一切大衆所問品、十二、四二五中)、「災難興起由来」一六一、「災難対治鈔」一七〇、「立正安国論」二二〇、その他引用。

(4) 「松野殿御消息」にみえる釈尊の「正直の金言」、多宝仏の「証明」の類、ないし「正直捨方便」(『法華経』巻一、方便品、九、一〇上) 等の句をめぐる日蓮の論理は、おそらくその遍歴と出会との深部にふれる一つであろう。「戒体即身成仏義」(一一)をはじめ、「守護国家論」九四・九八、「法門可被申様之事」四五五、「行敏訴状御会通」四九八、「開目鈔」五四三・五四七、「最蓮房御返事」六二二、「可延定業御書」八六一、「撰時抄」一〇五九、「光日房御書」一一五四、「下山御消息」一三三三、「千日尼御前御返事」一五四〇、その他、「法華証明鈔」一九一〇―一一に至るまで頻出する。日蓮が天台教学の影響を深く受けたことはいうまでもないが、その日蓮の仏典所依の論証主義的性格と鎌倉武家社会の世俗エートスとしての「正直」の観念との接触したところでもあろう。いま、『法華経』(Saddharmapuṇḍarīka) における真実と方便(ウパーヤ)との問題(本田義英『法華経論』九六―一二〇頁)は措く。

(5) 『録内啓蒙』巻二十七に、『大智度論』巻三十七「是菩薩所有重罪現世軽受。何以故。是菩薩摩訶薩用普慈加衆生故」の論「所有重罪者先世重罪応入地獄。以行般若波羅蜜故現世軽受」(二十五、三三三上)を注する。「いまだこの業報の道理あきらめざらんともがら、みだりに人天の導師と称することなかれ。かの三時の悪業報かならず感ずべしといへども、懺悔するがごときは、重を転じて軽受せしむ。また滅罪清浄ならしむるなり」(『正法眼蔵』第八十四、三時業)。「貧窮モ先世ノ業ニテ仏神ノ助モ叶ヌ事ニテコソ、(中略)諸法ノ業因不定也。定業ハ転ジ難シ。軽業ハ縁ニヨリテ転ズル事モアリ」(『沙石集』巻七(22))、「先業ノ感ズルトコロ、モシハ我ガ罪業ヲハタス事ト思ヒ、人ノ与ル事ト思ハズシテ……」(同巻十本(2))。後出。

(6) 「弥陀の五却思惟の願をよく〳〵案ずれば、ひとへに親鸞一人がためなりけり」(『歎異抄』)を思い出させる。

(7) 『心地観経』には見えず、『法苑珠林』巻五十六「(貧富貴賤並因往業。得失有無皆由昔行) 故経言。欲知過去因当観現在果。欲知未来果当観現在因」(五十三、七一三上)が、『諸経要集』巻十四の類文(五十四、一二九下)とともに知られる。『日本霊異記』巻上(18)には「善悪因果経云、欲知過去因見其現在果。欲知未来報見其現在業」とあるが、敦煌本同経には存しない。

(8) 日蓮の神々に対する感度は諸状況諸条件と関連して複雑であるが、いまは、善神捨国論(「守護国家論」一一六、「立正安国論」二〇九―一〇、「開目鈔」五四二・五五九等)から、佐渡に始まる国神「少神・小神」論(「真言諸宗違目」六四〇。「種種御振舞御書」九七六、「千日尼御前御返事」一五四〇、「八幡宮造営事」一八六八等）など、神々の再編成以前の深淵の時期にあてていう。文永十一年二月、佐渡赦免状到着直前に「あはの国御くりや」論が始まる（「弥源太殿御返事」八〇七。「新尼御前御返事」八六八、「聖人御難事」一六七二）ことは言をまたない。

（9）「貴賤苦楽是非得失、みなこれ善悪業の感ずるところなり。（中略）過去来世をあきらめざるがゆゑに、現在にくらし。いかでか仏法にひとしからん」（『正法眼蔵』第九十、四禅比丘）。日蓮の仏教的「自然」の観念が佐渡の悲境で表出される（高木豊『平安時代法華仏教史研究』、四八〇頁）とすれば、そこにはこの「先業」と「自然」との間の思索があったかと思う。

（10）「これを一言も申出すならば、父母・兄弟・師匠、国主王難必来べし。いはずば慈悲なきににたりと思惟するに、法華経・涅槃経等に此二辺を合見るに、いはずば、今生は事なくとも、後生は必無間地獄に堕べし。いうならば、三障四魔必競起るべしとしりぬ。（中略）今度強盛の菩提心をこして退転せじと願しぬ。既に二十余年が間此法門を申に、日々月々年々に難かさなる」（「開目鈔」五五六―五七）。「本願を立。日本国の位をゆづらむ。法華経をすてゝ観経等について後生をごせよ。父母の頸を刎、念仏申さずわ、なんどの種々の大難出来すとも、智者に我義やぶられずば用じとなり」（同六〇一）。

（11）類文、「呵責謗法滅罪鈔」七八〇―八一等。

二

日蓮は日本国東夷東条安房国海辺の旃陀羅が子也。いたづらにくちん身を法華経の御故に捨まいらせん事、あに石に金をかふるにあらずや。

（前掲「佐渡御勘気鈔」、五一一）

日蓮も又かくせめらるゝも先業なきにあらず。不軽品云、其罪畢已等[1]云云。不軽菩薩の無量の謗法の者に罵詈打擲せられしも先業の所感なるべし。何に況や日蓮今生には貧窮下賤の者と生れ、旃陀羅が家より出たり。心こそすこし法華経を信たる様なれども、身は人身に似て畜身也。（中略）心は法華経を信ずる故に、梵天・帝釈をも猶恐しと思はず、身は畜生の身也。（中略）我今度の御勘気は世間の失一分もなし。偏に先業の重罪を今生に消して、後生の三悪を脱れんずるなるべし。（前掲「佐渡御書」、六一四）

不能親近善知識故、雖有仏性皆不能見。（中略）堕地獄畜生餓鬼阿修羅旃陀羅刹利婆羅門毘舎首陀。生如是等種種家中。因心所起種種業縁。雖受人身聾盲瘖瘂拘躄癃跛。於二十五有受諸果報。（中略）以業因縁而有刹利婆羅門（等）毘舎首陀及旃陀羅。若男若女非男非女。二十五有差別之相流転生死。（中略）譬如有人善知伏蔵。即取利钁斸地下磐石沙礫直過無難。唯至金剛不能穿徹(撤)。（中略）起作之相喩如石沙可穿可壊。仏性者喩如金剛不可沮壊。（前掲『大般涅槃経』巻七、如来性品、十二、四〇八上―下）

若有不信是経典者。現身当為無量病苦之所悩害。多為衆人所見罵辱。命終之後人所軽賤。顔貌醜陋。資生艱難常不供足。雖復少得麁渋弊悪。生生常処貧窮下賤誹謗正法邪見之家。若臨終時或値荒乱刀兵競起。帝王暴虐怨家讎隟之所侵逼。雖有善友而不遭遇。資生所須求不能得。雖少得利常患飢渇。唯為凡下之所顧識。国王大臣悉不歯録。設復聞其有所宣説。正使是理終不信受。如是之人不至善処。（『大般涅槃経』巻六、如来性品、十二、三九九上―中、「災難対治鈔」一七〇等一部引用）

限界状況下の「無始謗法」（「顕仏未来記」七四二）の「重罪」のもとに、その二篇にあらわれる「旃陀羅」の語のコンテキストが、『大般涅槃経』のそれと、「佐渡御勘気鈔」においてかさなり、(2)「佐渡御書」において交わることは、まずほとんどあきらかであって、おそらくこれは偶然ではない。種姓「旃陀羅」は業縁に由る、と『大般涅槃経』はまず説くのであった。人間の自由と責任とについて社会的客観条件が熟しない時、人間は、人間社会の不当の不平等を解決するために、まず神々の正義の論理によって死後の懲罰の観念を立てた。しかし、神々は何故にこの莫大な人間社会の不平等の悩みを黙認するか、人間の魂の苦しみを看過するか、永遠の輪廻転生の観念は、死後の懲罰の観念の果し得なかった問題を、永遠の尺度においてあたらしく説こうとした、という

（ドッズ『ギリシア人と非理性（ジ・イラショナル）』）。インド古代思想を通じて、仏教はおそらくこれを容れた。業罪の辺境に自己を流罪した日蓮は、『大般涅槃経』のこの「道理」に「自義」を捨てたのであって、その苦悩は、『法華経』はもとより、『大般涅槃経』『大般泥洹経』の世界に深く托されていたのである。

いよいよ日蓮が先生・今生・先日の謗法おそろし。かゝりける者の弟子と成けん、かゝる国に生けん、いかになるべしとも覚えず。般泥洹経云、（中略、前出、現世軽受文）此経文は日蓮が身なくば殆ど仏の妄語となりぬべし。一或被軽易、（中略）六生貧賤家、七及邪見家、八或王難等云云。此八句は只日蓮一人が身に感ぜり。（中略）法華経の行者を過去に軽易せし故に、（中略）玉と玉とをつらねたるが如くなる御経を、或は上げ或は下て嘲哢せし故に、此八種の大難に値る也。（「佐渡御書」六一六―一七）

法華経には、如来現在猶多怨嫉況滅度後。又云、一切世間多怨難信。涅槃経云、横羅死殃。訶嘖罵辱鞭杖閉繫飢餓困苦。受如是等現世軽報不堕地獄等云云。般泥洹経云、（中略、前出、現世軽受文）経文明々たり、経文赫々たり、我身は過去に謗法の者なりける事、疑給ことなかれ。（「兄弟鈔」、九二四）

ここにおいて、われわれは、日蓮における諸引用の再構成、すなわち日蓮内部に動くメカニズムの方法を通じても、「旃陀羅」の語のあらわれる「佐渡御勘気鈔」直前に「転重軽受法門」の存する意味を思うであろう。一切業に定果はないという『大般涅槃経』の転重軽受の論理は、特に「護法」を重んずる『大般泥洹経』のその論理とともに、場合によっては「地獄重報現世軽受」の主題をしばしば遁走曲（フーガ）的に響かせながら、つぎのように展開されるのである。

是人今世悪業成就。或因貪欲瞋恚愚癡。是業必応地獄受報。是人直以修身修戒修心修慧。現世軽受不堕地獄。云何是業能得現報。懺悔発露所有諸悪。既悔之後更不敢作。慚愧成就故。供養三宝故。常自呵責故。是人以是善業因縁不堕地獄現世受報。所謂頭痛目痛腹痛背痛横羅死殃。呵責罵辱鞭杖閉繫飢餓困苦。受如是等現世軽報。是名為知。

（『大般涅槃経』巻十六、梵行品、十二、四六二中）

善男子。仏十力中業力最深。善男子。有諸衆生於業縁中心軽不信。為度彼故作如是説。善男子。一切作業有軽有重。軽重二業復各有二。一者決定。二者不（決）定。善男子。或有人言悪業無果。若言悪業定有果者。云何気嘘旃陀羅而得生天。鴦掘（崛）摩羅得解脱果。以是義故。当知作業有定得果不定得果。我為除断如是邪見。（中略）一切作業無不得果。善男子。或有重業可得作軽。或有軽業可得作重。非一切人唯有愚智。是故当知非一切業悉定得果。雖不定得亦非不得。（中略）有智之人以智慧力能令地獄極重之業現世軽受。愚癡之人現世軽業地獄重受。

（前掲、同巻三十一、師子吼品、十二、五四九下—五〇上）

ここには、このように「旃陀羅」が逆罪の鴦掘摩羅とともに提示されるのであるが、この「旃陀羅」については、また、

舎婆提国有旃陀羅。名曰気嘘。殺無量人。見仏弟子大目犍（揵）連。即時得破地獄因縁而得上生三十三天。以有如是聖弟子故。称仏如来為無上医。

（『大般涅槃経』巻十九、梵行品、阿闍世王物語、十二、四七九上）

鴦掘魔羅有重瞋恚。以見我故瞋恚即息。阿闍世王有重愚癡。以見我故癡心即滅。（中略）尸利毱多邪見熾盛。因見我故見邪即滅。因見我故断地獄因作生天縁。如気嘘旃陀羅。

（同巻二十六、徳王品、十二、五二〇上）

拘尸那城有旃陀羅。名曰歓喜。仏記是人。由一発心。当於此界千仏数中速成無上正真之道。

（同巻十、如来性品、十二、四二三中、『大般泥洹経』巻六、問菩薩品、十二、八九五中）

などともあった。業縁に由る「旃陀羅」も慚愧・発心によっては即時に成道するという、転重軽受の論理の間のこのコンテキストを、日蓮はもとより看過していなかったはずである。もとよりまた、日蓮は、

一切凡夫於未来世悉有疑心。（中略）我於過去是婆羅門姓耶。是刹利姓耶。是毘舎姓耶。是首陀（羅）姓耶。当於未来得何姓耶。我此身者過去之時是男身耶。是女身耶。畜生身耶。（中略）如是疑見無量煩悩覆衆生心。

（中略）如来永抜如是無量見漏根本。

（『大般涅槃経』巻二十二、徳王品、十二、四九五下）

インド・カースト社会の偏見に発した疑心・疑見を否定して涅槃（nirvāṇa）を説くこの存意をも看過していなかったにはちがいない。しかし、日蓮は自己の「重罪」の慚愧を「旃陀羅」の発心の構造に託したのである。のみならず、『大般涅槃経』の転重軽受の論理を中心とするコンテキストは、つぎのように、「佐渡御書」の行間に細部的にもあらわれるであろう。

菩薩摩訶薩無地獄業。為衆生故発大誓願生地獄中。善男子。往昔衆生寿百年時。恒沙衆生受地獄報。我見是已即発大願受地獄身。菩薩爾時実無是業。為衆生故受地獄果。我於爾時在地獄中経無量歳。為諸罪人広開分別十二部経。諸人聞已壊悪果報令地獄空。除一闡提。

（前掲『大般涅槃経』巻三十一、師子吼品、十二、五五〇中）

（世尊）放大光明、（中略）是諸光明皆悉遍至阿鼻地獄・想地獄（中略）乃至八種寒氷地獄。（中略）是中衆生（中略）遇斯光已如是等苦亦滅無余。（中略）是光明中亦説如来秘密之蔵。言諸衆生皆有仏性。（中略）爾時於此閻浮提界及余世界所有地獄皆悉空虚無受罪者。除一闡提。

（同巻十一、現病品、十二、四二九下―三〇上）

涅槃経に、仏光明を放て（中略）地獄を照し給に、罪人一人もなかるべし。法華経の寿量品にして皆成仏せる故也。但し一闡提人と申て謗法の者計地獄守に留られたりき。

（前掲「佐渡御書」、六一五）

善男子。如旃陀羅七世相継不捨其業。是故為人之所軽賎。是身種子亦復如是。種子精血究竟不浄。以不浄故諸仏菩薩之所軽呵。（中略）慧是一切善法根本。仏菩薩母之種子也。（中略）供養三宝敬信方等大涅槃経。如来常恒無有変易。一切衆生悉有仏性。是人能令地獄重報現世軽受。善男子。以是義故。非一切業悉有定果。亦非一切衆生定受。

（前掲『大般涅槃経』巻三十一、師子吼品、十二、五五二下―五三下）

一切衆生所作罪業凡有二種。一者軽二者重。（中略）是王如是尚得軽受不堕地獄。（中略）王本貪国逆害父王、貪狂心作云何得罪。大王。如人酒酔逆害其母。既醒寤(悟)已心生悔恨。

（同巻二十、梵行品、阿闍世王物語、十二、四八三下—八四上）

日蓮も過去の種子已に謗法の者なれば、（中略）今謗法の酔さめて見れば、酒に酔る者父母を打て悦しが、酔さめて後歎しが如し。

（同「佐渡御書」、六一五）

「十二部経」の類が「法華経の寿量品」に改められるのは久遠実成論（「開目鈔」）においてあきらかであり、「種子」は「旃陀羅」につながるそれにおいて濃密であって、それは「旃陀羅」を言う「佐渡御書」のコンテキストから見てもまた自然であろう。『大般涅槃経』のコンテキストの細部的対応関係も一つにとどまってはいないのである。

日蓮のえらんだ「旃陀羅」の語はおそらく『大般涅槃経』のその思想構造と深く関連して生きていたのであった。(3) それは、日蓮の個の現実において、無始の「重罪」の底からあらわれる永遠の生の真実(リアリティ)の見え方にかかわるのであった。その意味の流れは異なりながら、つぎのコンテキストもまたここに収斂する。

善男子、我於賢却生屠膾家畜養雞猪牛羊摑猟羅網戯捕旃陀羅舎。作賊却盗。菩薩実無如是悪業。為度衆生令得解脱以大願力受如是身。（中略）善男子。是賢却中復生辺地。多作貪欲瞋恚愚癡習行非法。不信三宝後世果報。（中略）菩薩爾時実無是業。為令衆生得解脱故以大願力而生其中。

（前掲『大般涅槃経』巻三十一、師子吼品、十二、五五〇下）

われわれは、かさねて、日蓮がしばしば引用した『大般涅槃経』の爪上少土の譬喩を思い出すであろう。(4) すなわち、その譬喩は言う。

有人捨身還得人身。捨三悪身得受人身。諸根完具生於中国。（中略）得解脱已能入涅槃。如爪上土。捨人身已得三悪身。捨三悪身得三悪身。諸根不具生於辺地。（中略）不得解脱常楽涅槃。如十方界所有地土。

（前掲『大般涅槃経』巻三十三、迦葉品[5]、十二、五六三上―中、「守護国家論」一一九―一二〇）

前世の人身ないし地獄・餓鬼・畜生の三悪趣の身から現世に「人身」を得て生まれ、仏法の栄燿の都「中国」に生まれることと、前世の人身ないし三悪身から現世に地獄・餓鬼・畜生の「三悪身」を得て生まれ、「辺地」に生まれることと、それはたまたま仏陀の爪上に取り上げられた土と取りのこされた十方の土との如くである。日蓮はつとに、

夫以偶脱(捨)十方微塵三悪身希受閻浮日本爪上生。亦捨閻浮日域爪上生受十方微塵三悪身無疑者也。（八九）

に始まる「守護国家論」において、善知識ならびに真実法にあいがたい理由をあげて、それに、人身は受けがたく仏法にはあいがたいこと、受けがたい人身を受けてあいがたい仏法にはあっても悪知識にあえば三悪道に堕すること、末代凡夫のために善知識をあきらかにすべきこと、この三を付してこれを引き、

如此文者、不信法華・涅槃作一闡提如十方土、信法華・涅槃如爪上土。見此経文弥感涙難押。（一二〇）

と結んでいた。「此の経文は予が肝に染みぬ」（「報恩鈔」一二二四）ともあった。

仏涅槃経記云、末法には正法の者爪上土、謗法者十方土とみへぬ。法滅尽経に云、謗法者恒河沙、正法者一二の小石（十二、一一一九上、取意）と記をき給。（中略）世間の罪に依て悪道に堕者爪上土、仏法によて悪道に堕者十方の土。俗より僧、女より尼多悪道に堕べし。此に日蓮案言、世すでに末代に入て二百余年、辺土に生をうく。其上下賤。其上貧道の身なり。輪回六趣の間（中略）強盛の悪縁にをとされて仏にもならず。しらず、大通結縁の第三類の在世をもたれるか、久遠五百の退転して今に来か。

（「開目鈔」、五五五―五六）

過去の謗法を案ずるに誰かしる。（中略）五千上慢の眷属歟、大通第三の余流にもやあるらん。宿業はかり

がたし。

（前掲「佐渡御書」、六一四）

「末代・辺土」[6]・貧賤の生は「輪回六趣の間」の「悪縁」「宿業」によるという。この現実の時空は、

予（日蓮）一者歎云、（中略）依何罪業不生仏在世、不値正法四依・像法中天台伝教等。亦一者喜云、何幸生後五百歳拝見此真文。在世無益也。（中略）正像又無由。……

（「顕仏未来記」、七三八）

思いひらけば、永遠の法の顕現する永遠の今の自己限定が息づいているのではあるが、しかし、

正像猶かくの如し。中国又しかなり。これは辺土なり。末法の始なり。

（「転重軽受法門」、五〇七）

在世猶をしかり。乃至像末・辺土をや。

（「開目鈔」、五五八）

この悲苦がつらぬいていることにかわりはない。この悲苦をになうべきがゆえに、他界重々のかなたから神話（ミュートス）的イマジネイションが動くのであって、それは主観的意識と言えばいうべきにはちがいないが、この意識を通じて感じられている世界には、日蓮が特に謗法の業罪と結んで摂取した、地獄・餓鬼・畜生、流転生死の現実の奥行きが沈んでいたのであった。すでに引いたところであるが、

何に況や日蓮今生には貧窮下賤の者と生れ、旃陀羅が家より出たり。心こそすこし法華経を信たる様なれども、身は人身に似て畜身也。魚鳥を混丸して赤白二渧とせり、其中に識神をやどす。（中略）心は法華経を信ずる故に、梵天・帝釈をも猶恐しと思はず、身は畜生の身也。

（前掲「佐渡御書」、六一四）

とは、おそらくあきらかにまたこの世界のコンテキストにもつながるべきであって、これは単に肉身の不浄観の観想ではない。もとより、

宿業行因縁識種子。在赤白精中住。是名身種子。（中略）是名種子不浄。

所謂是身攬他遺体吐涙赤白二渧和合。託識其中以為体質。是名種子不浄。

（『大智度論』巻十九、五種不浄論、二十五、一九九上）

（『摩訶止観』巻七上、同、四十六、九三中）

これらの不浄観、特に『摩訶止観』のそれ[7]は「佐渡御書」の行間に直接してはいるが、しかし、いまこれが愛欲などの煩悩の問題において摂取されているのでないことは、「先業」の「重罪」を追うコンテキストの意識の流れ自体すでにあきらかに告げるところである。また、すでに引いたところであるが、

善男子。如旃陀羅七世相継不捨其業。是故為人之所軽賤。是身種子亦復如是。種子精血究竟不浄。以不浄故諸仏菩薩之所軽呵。（中略）慧是一切善法根本。仏菩薩母之種子也。

（前掲『大般涅槃経』巻三十一、師子吼品、十二、五五二下―五三上）

『大般涅槃経』の転重軽受の論理の展開に用いられる不浄の論は、インド・カースト社会の不幸に由った「旃陀羅」の譬喩を用いて、業縁の「種子・精血」の不浄を説き去り説き起し、しかし、一切衆生悉有仏性、「仏菩薩母之種子」の浄妙の境をひらこうとするのであった。

日蓮も過去の種子已に謗法の者なれば……

（前掲「佐渡御書」、六一五）

「佐渡国流人僧日蓮」（「法華行者値難事」武蔵前司下状、七九八）の「現身」をつらぬくものは、平安盛期摂関貴族制はなやいだ日の否定の書、『往生要集』にいう「不浄」観、「不浄」の「厭離」の観想ではなくて、後期鎌倉の現実のただ中に、「旃陀羅」につながる「種子精血究竟不浄」の業罪の痛恨であるべきであり、「佐渡御書」の「人身」「畜身」の行間に生動するものは、その「愚癡の凡夫血肉の身」（「四恩鈔」二三九）の骨髄をあらたに刻みこんだ、無量却来の「重罪」の慚愧であるべきであった。これらのコンテキストの行間には、『法華経』はもとより、特に『大般涅槃経』に『摩訶止観』をかさねる引用の複合の奥行きを通じて、日蓮の沈痛な内界が沈められていたのである。これらの言語体験を深めながら、佐渡の日蓮は耐えたのであった。

佐渡の死の家の風景が綴られている。

今年日本国一同飢渇之上、佐渡国七月七日已下自天忽石灰虫と申虫雨に一時稲穀損失し、其上に疫々処々に遍満、方々死難難脱歟。事事紙上難尽之。

(「土木殿御返事」、文永十年七五四)

栖には、おばな・かるかやおひしげれる野中の御三昧ばらに、おちやぶれたる草堂の、上は雨もり壁は風もたまらぬ傍に、昼夜耳に聞者はまくらにさゆる風の音、朝暮に眼に遮る者は遠近の路を埋む雪也。現身に餓鬼道を経、寒地獄に堕ぬ。

(「法蓮鈔」、九五三)

「釈尊を立まいらせ」たその「内」にも粉雪は降りこんで積もっていた(「妙法比丘尼御返事」一五六三)。「餓鬼道」「寒地獄」また「八寒」(「富木入道殿御返事」五一六)、これらも単に心理的譬喩というにとどまらなかったであろう。

これに由ってこれを観ずれば、日蓮は、『大般涅槃経』の「旃陀羅」をめぐる引用ないしその複合を通じて、その「重罪」の責苦を造型したのであった。もとより、その責苦とは、顕密体質社会に対する「正法」の責苦と両義的であるべきであった。

注

(1) 無始謗法を問うて、日蓮遺文は『法華経』巻六常不軽品を頻用する。ただし、その偈部の「其罪畢已」(九、五一中)は梵本には存しない。什訳原典には、断簡ののこる中央アジア本とその祖型を同じくすべき亀茲本(『添品法華経』序)の問題があろうにしても、『正法華経』巻九常被軽慢品偈部にも什訳「其罪畢已」相当部を見ない。什訳のそれは、かの巻一方便品十如是訳文の問題その他、什訳『法華経』の性格(本田義英「十如本文に対する疑義」等諸篇、『仏典の内相と外相』所収、「什訳法華経論」、『法華経論』所収、等)にかかわるべきであろうが、とにかくその「其罪畢已」の意を明瞭にしない。岩波文庫本『法華経』坂本幸男注はいわゆる信毀果報の理会にそって、什訳『金剛般若経』文(八、七五〇下)を参考している。日蓮遺文を検すれば、「過去の誹謗正法のゆへかとみへて、其罪畢已と説て候は、不軽菩薩の難に値ゆへに過去の罪の滅かとみへはんべり」(「転重軽受法門」五〇七）、「不軽菩薩は過去に法華経を謗給ふ罪身に有ゆへに瓦石をかほるとみへたり」（「開目鈔」六〇〇）、「不軽菩薩の無量の謗法の者に罵詈打擲せられしも先業の所感なるべし」（「佐渡御書」六一四）など、その解釈に推量の幅をのこし、常不軽の過去謗法を独断決定しているわけではないが、「当世の王臣なくば日蓮が過去謗法の重罪消し難し。日蓮は過去の不軽の如く、当世の人人は彼軽毀の四衆の如し」（同、六一七）など、「不軽の因」を明示してもいて、とにかく、この方向に読む勢にあったことは確かであった。「問云。六道生因如是。抑同時持五戒受人界生、何生盲聾・瘖瘂（中略）等有無量差別耶。答云、大論云、若破衆生眼、（中略）若破正見眼言無罪福。是人死堕地獄。畢罪為人。従生而盲（下略）」（「十法界明因果鈔」一七五）、「畢罪」が前業のそれとして理会される研学もあったのである。『法華玄賛』巻十本は、常不軽品偈部を注して、「罪畢已者、悪罵・加害転重令軽。先業罪故」（三十四、八四〇下）とした。日蓮の『玄賛』批判（「開目鈔」五八〇、「報恩抄」一二二六）は措いて、「其罪畢已」の理会は相同している。

（2）「石に金をかふ」（「佐渡御勘気鈔」）という表現は、「能令瓦石変成如意（宝）珠」（『大智度論』巻三十、二十五、二八一下）、「能変瓦石皆使為金」（同巻三十二、同、二九八中）、「執諸瓦石変成金銀」（『摩訶止観』巻九下、四十六、一二四上。『止観弘決』巻九之三、同、四二二上）、ないし、「昔執小典為極。如執瓦石為金宝。今翫法華得真金也」（『法華伝記』巻六(17)、五十一、七六中）その他、漢籍「能令人畜代形瓦礫為金銀」（『酉陽雑俎』巻下）等の類型であった。基本的に十巻本『釈迦譜』巻七(18)による『今昔物語集』巻二(28)（小稿「今昔物語集仏伝資料に関する覚書」、『仏教文学研究』(九)所収、一九七〇→本書所収）に、「聞ケバ瓦石モ彼レガ手ニ入レバ金銀ト成ルナリ」とあるのも、この類型を独自に挿入したものである。「既為法華経蒙御勘気幸中幸也。以瓦礫易金銀是也」（「波木井三郎殿御返事」七四七）、「此身を法華経にかうるは、石に金をかへ、糞に米をかうるなり」（「種種御振舞御書」九六一—六二）。「佐渡御勘気鈔」もこの類型によるが、この場合、これは『大般涅槃経』巻七の喚起によることを妨げない。なお、『大般涅槃経』巻七、「旃陀羅子無根及不定根身根不具」（十二、四〇六上）を附注する。

（3）類想は、たとえば、「彼以聞慧。知此衆生貪嫉覆心。見有信人持花施仏。盗取此花売之自供。此人以是悪業因縁。身壊命終堕餓鬼中。（中略）業尽命終生於人中。堕旃陀羅家屠児魁膾担負死屍。以余業故受如斯報。（中略）見諸衆生（中略）不信正法（中略）受悪鬼身。（中略）人身難得。（中略）若生人中盲冥瘖瘂聾頑無知。（中略）貧窮下賤。以余業故受如斯報」（『正法念処経』巻十七、餓鬼品、十七、一〇二上—下）、「復有邪見。所謂有人愚癡邪見聴聞邪法。（中略）彼人以是悪業因縁。身壊命終堕於悪処。（中略）若生人中同業之処。貧窮短命諸根不具。無妻無

子常作賤人天祀奴等。是彼悪業余残果報」(同巻十、地獄品、十七、五八下—五九中)、「復有衆生𥬼(蹇)吃瘖瘂。(中略)何罪所致。仏言。以前世時坐誹謗三尊軽毀聖道。(中略)故獲斯罪」(『罪業応報経』、十七、四五一上)など、『大般涅槃経』以外にも見える。『正法念処経』『罪業応報経』類は『往生要集』巻上第一(厭離穢土)等も引き、『正法念処経』は「十法界明因果鈔」(一七二等)などにも引かれるから、これらの世界もまた日蓮の識閾にはあり得たが、コンテキストなどから見ても、いま『大般涅槃経』の直接をいうのに問題はない。

(4)「守護国家論」一一九—一二〇・一二八、「顕謗法鈔」二五二、「法門可被申様之事」四四六、「開目鈔」五四九、「真言諸宗違目」六三九、「顕仏未来記」七四〇、「報恩抄」一二二四、その他。「爪上ノ人身」(『沙石集』巻一(6)。『妻鏡』)類もある。

(5)『大般涅槃経』巻二十三徳王品に「世有六処難可値遇。(中略)一仏世難遇。二正法難聞。三怖心難生。四難生中国。五難得人身。六諸根難具」(十二、四九九上)の例のあることを附注する。

(6)日蓮前後の末代辺土観、「嗟呼、末代辺土の作法何と成り行たる事ともやらん」(『明恵上人遺訓』)、「当時而モ辺地也。如形出家ノ名アリテ随分修行スル、是莫大ノ事なり」(『興正菩薩御教誡聴聞集』)など、いうまでもない。日蓮はまた、激越に、「彼等(一闡提人)がうみひろげて今世の日本国の一切衆生となれる也」(「佐渡御書」六一五。「一谷入道御書」九九三・九九六)と言い、「いわうや日本国は月氏より十万よりをへだてゝ候辺国なる上、へびすの島、因果のことはりを弁まじき上、末法になり候ぬ。仏法をば信ずるやうにてそしる国なり」(「莚三枚御書」一九一三)などともいう。

(7)『大智度論』巻二十一、『摩訶止観』巻九上等も不浄観に関説し、『止観』巻九上(四十六、一二二上—中)は『往生要集』巻上第一(厭離穢土)の「不浄」観の論にも引用される。

三

日蓮は『大般涅槃経』の「旃陀羅」の思想構造にみずからを托したのであるが、『大般涅槃経』に散見する「旃陀羅」の語には、別に、あきらかにインド的カースト差別観念のみに終始するものが含まれる。たとえば、

彼仏世尊雖復涅槃。当知是法久住於世。善男子。我法滅時有声聞弟子。(中略)或言不聴入五種舎。何等為

五。屠児婬女酒家王宮旃陀羅舎。余舎悉聴（中略）善男子。当爾之時我諸弟子正説者少邪説者多。……

（『大般涅槃経』巻十八、梵行品、十二、四七三中―下）

有諸弟子。不為涅槃但為利養親近聴受十二部経。（中略）及以称誉親近国王及諸王子。（中略）親（近）比丘尼及諸処女。畜二沙弥。常遊屠猟酤酒之家及旃陀羅所住之処。（中略）如是之人当知即是魔之眷属非我弟子。

（同巻二十五、徳王品、十二、五一七中）

これらの一部ないし全文はそうであり、これらは、『法華経』巻五安楽行品、

菩薩摩訶薩。不親近国王王子大臣官長。（中略）又不親近旃陀羅及畜猪羊鶏狗畋猟漁捕諸悪律儀。

（九、三七上）

に相同する。中世顕密イデオロギー下の「種姓的身分制」社会にこれらの知識の用いられることがあった[1]が、日蓮がこの差別観念を排除していることはすでにあきらかであった。

ここに、われわれは、佐渡流罪の道に日蓮の数えた、外部からの日蓮批判を思い出すことができる。

或人難日蓮云、不知機立麤義値難。
或人云、如勧持品者深位菩薩義也。違安楽行品。
或人云、我存此義不言云云。
或人云、唯教門計也。

（「寺泊御書」、五一四）

受難の忍受の中に『法華経』勧持品・常不軽品を体験的に意味づけ、見宝塔品・従地涌出品等からえらんだ（「寺泊御書」五一五、「富木入道殿御返事」五一六―一七）日蓮は、もとより安楽行品についてもその思索をつづけていた。

疑云、（中略）法華経の安楽行品云、不楽説人及経典過。亦不軽慢諸余法師等云云。汝此経文に相違するゆへ

に天にすてられたるか。答云、止観云、夫仏・両説。一摂一折。如安楽行不称長短、是摂義。大経執持刀杖乃至斬首、是折義。(中略)文句云、問、大経明親附国王持弓帯箭摧伏悪人。此経遠離豪勢謙下慈善。剛柔碩乖。云何不異。答、(中略)各挙一端適時而已等云云。涅槃経疏云、(中略)昔時平而法弘。応持戒勿持杖。今時嶮而法翳。応持杖勿持戒。(中略)取捨取不可一向等云云。(中略)仏法は時によるべし。

(「開目鈔」、六〇五—九、『摩訶止観』巻十下、四十六、一三七下、『法華文句』巻八下、三十四、一一八下、『涅槃経疏』巻八、三十八、八四下)

空観に立つ『法華経』安楽行品について、動乱をくぐった天台智顗(五三八—九七)は、「安楽行是涅槃道」(『法華文句』巻八下、三十四、一一八下)と釈き、かつその「適時」を論じたが、日蓮は従って「時による」(「佐渡御書」六一一、「如説修行鈔」七三五、「法蓮鈔」九五一、「種種御振舞御書」九六〇—六一)という。受難をくぐった日蓮には危難の「剛」をえらばなくてはならない理由があったのであり、かつ、天台四要品の一ともされた安楽行品の美しさが、またそれゆえに権力社会と癒着した顕密体制仏教の擬似分別によろわれ得る固定を破斥しなくてはならない理由があったのである。

仏閣連甍経蔵竝軒。(中略)但法師諂曲而迷惑人倫。王臣不覚而無弁邪正。(「立正安国論」、二一三)

法華経云、(中略)或有阿練若。納衣在空閑。自謂行真道。軽賤人間者。(中略)涅槃経云、(中略)実非沙門現沙門像。邪見熾盛誹謗正法(『大般涅槃経』巻四、如来性品、十二、三八六中)。

(「立正安国論」、二一四、「開目鈔」、五九〇—九二)

当世の学者等は畜生の如し。智者の弱をあなづり王法の邪をおそる。(中略)悪王の正法を破るに、邪法の僧等が方人をなして智者を失はん時は、師子王の如くなる心をもてる者、必仏になるべし。

(「佐渡御書」、六一二)

夫れ仏法を学せん法は必ず先づ時をならうべし。（中略）或有阿蘭若。納衣在空閑。（中略）悪王・悪臣よりも外道・魔王よりも破戒の僧侶よりも、持戒有智の大僧の中に大謗法の人あるべし。（中略）かの人は王臣に御帰依あり、法華経の行者は貧道なるゆへに国こぞってこれをいやしみ候はん時、不軽菩薩のごとく、賢愛論師がごとく申つをらば身命に及べし。此が第一の大事なるべしとみへて候。此事は今の日蓮が身にあたれり。

（「撰時抄」、一〇〇三―六〇）

今日本国諸人、悪象・悪馬・悪牛・悪狗・毒蛇・悪刺・懸崖・暴水・悪人・悪国・悪城・悪舎・悪妻・悪子・悪所従等超過此以可恐怖百千万億倍、持戒邪見高僧等也。

（「富木殿御書」、一三七三、『大般涅槃経』巻二十二、徳王品、十二、四九七中[2]）

十悪五逆と申て日々夜々に殺生・偸盗・邪婬・妄語等をおかす人よりも、五逆罪と申て父母等を殺す悪人よりも、比丘比丘尼となりて身には二百五十戒をかたく持ち、心には八万法蔵をうかべて候やうなる智者聖人の、一生が間に一悪をもつくらず、人には仏のやうにをもはれ、我身も又さながらに悪道にはよも堕じと思程に、十悪五逆の罪人よりもつよく地獄に堕て、阿鼻大城を栖として永地獄をいでぬ事の候けるぞ。[3]

（「妙法比丘尼御返事」、一五五四）

顕密体制仏教の間から体制批判とその受難との間に思想を鍛え出して来た日蓮は、体制に定着して王臣等の帰依する「大僧・高僧」でないことはもとより、またすでに別所「聖」的山林持経者でも「聖」的遊行者でもなく（「一谷入道御書」九九〇）、政治都市鎌倉を中心として反時代的に歴史社会に強くかかわって仏教（法華）を行ずることをねがう「貧道」の孤独であった。「時」によって「事」は異なる、という（「一谷入道御書」九九〇、等）。『法華経』安楽行品は美しくても、日蓮はその観念の浄域にとどまることはできなかったのである。[4]

日蓮は何の宗の元祖にもあらず、又末葉にもあらず。持戒破戒にも闕て無戒の僧、有智無智にもはづれたる牛羊の如くなる者也。

　　　　　　　　　　　　　　　　　　　　　　　　　　　　（「妙密上人御消息」、一一六五）

日蓮は日本第一のふたうの法師、ただし法華経を信候事は一閻浮提第一の聖人也。

　　　　　　　　　　　　　　　　　　　　　　　　　　　　（「妙心尼御前御返事」、一一〇四）

法華経を一字一句も唱、又人にも語申さんものは、教主釈尊の御使也。然者、日蓮賤身なれども、教主釈尊の勅宣を頂戴して此国に来れり。

　　　　　　　　　　　　　　　　　　　　　　　　　　　　（「四条金吾殿御返事」、六六四）[5]

これらもまた顕密体制ヒエラルキー下の擬似仏教の観念の慰戯を否定する意であろう。[6] かつて古代共同体解体過程の民間に仏教を展開した『日本霊異記』の編者は、平城律令貴族仏教に対して自己を「羊僧」と呼び（巻下序）、しばしば路傍行乞の「乞食」を「聖」化したが、構造はもとより相異するにしても、心理的には相同するところがあろう。日蓮のアウト・ロウ的な決意は、その業罪意識の底から、アウト・カースト「旃陀羅」をえらんだ決意に当然相通じるべきものでなくてはならない。

すでに、われわれは、日蓮の問題が顕密体制の波及した鎌倉をめぐる鎌倉後期東国社会、[7] を深く根抵とすべきところに到達している。

日蓮は中国都の者にもあらず、辺国の将軍等が子息にもあらず、遠国の者、民が子にて候しかば、日本国七百余年に一人もいまだ唱へまいらせ候はぬ南無妙法蓮華経と唱候のみならず、……

　　　　　　　　　　　　　　　　　　　　　　　　　　　　（「中興入道御消息」、一七一四）

日蓮は、天変地夭・飢饉疫癘、蒙古の恐怖の社会不安の中で、東国社会の現実に生きなやむ諸階層の「民衆歎」（守護国家論」八九）を感じながら、体制ヒエラルキー下の人間の自己矛盾や自己喪失から、人間個々の存在と行為との意味をあらたにしたかったのである。

人間に生をうけたる人、上下につけてうれへなき人はなけれども、時にあたり人々にしたがひて、なげきしなぐ〳〵なり。

（「光日房御書」、一一五七）

世間の悪人は魚鳥鹿等を殺して世路を渡る。此等は罪なれども仏法を失ふ縁とはならず。懺悔をなさざれば三悪道にいたる。又魚鳥鹿等を殺して売買をなして、善根を修する事もあり。此等は世間には悪と思はれて遠(還)く善となる事もあり。仏教をもて仏教を失ふこそ、失ふ人も失とも思はず、只善を修すると打思て、又そばの人も善と打思てある程に、思はざる外に悪道に堕る事の出来候也。（中略）聖道の人人の御中にこそ実の謗法の人人は侍れ。

（「題目弥陀名号勝劣事」、二九九―三〇〇）

末代悪世の凡夫の一戒も持たず、一闡提のごとくに人には思たれども、経文のごとく已今当にすぐれて法華経より外は仏になる道なしと強盛に信じて、而も一分の解なからん人々は、彼等の大聖には百千万億倍のまさりなり。

（「撰時抄」、一〇五七）

法華経を一字一点もあひそむきぬれば、かならずおなじやうに無間地獄へ入候也。しかれば、いまの代の海人山人日々に魚鹿等をころし、源家平家等の兵士のとしどしに合戦をなす人々は、父母をころさねばよも無間地獄には入候はじ。便宜候はば法華経を信じてたまたま仏になる人も候らん。（中略）今の代に地獄に堕ものは悪人よりも善人、善人よりも僧尼、僧尼よりも持戒にて智慧かしこき人々の阿鼻地獄へは堕候也。

（「種種物御消息」、一五三〇）[8]

私的人間関係ではない公的階層身分体系としての種姓的階層・身分秩序と妥協し結合した顕密支配体制[9]の底には、漁撈・狩猟・商賈・武家等々、諸観念[10]の生きぬく業が悩んでいたが、日蓮は、顕密イデオロギーが排除ないし隠蔽した、その人間のネガティヴな領域、いわば限界状況的な非理性的（ジ・イラショナル）深層領域の力をポジティヴに照らし出そうとしたのである。[11] イデオロギーからいわば歴史なき歴史（ゲシヒテ・オーネ・ゲシヒテ）を強いられた人間個々、その救済を、法の普遍、すなわち日蓮の『法華経』のそれに求めたのであった。

注

(1) 『大般涅槃経』には「親近国王王子大臣及諸女人。(中略)出入遊行不浄之処。所謂沽(酤)酒婬女博奕。如是之人我今不聴在比丘中」(巻七、如来性品、十二、四〇三下)の類もみえ、また『法華経』安楽行品に類文がある。『興正菩薩御教誡聴聞集』に「入マジキ所ヲ申タルニ、王家・旃陀羅家・婬女家・屠児家ト申タルガ、一ニ王ニテアレドモ、皆請ズルニハユリタリ。能々存テ可遠也」(「出家人不応礼在家人也」文条)とあるのは、インド社会の語彙が日本中世の「種姓的身分制」下に「おおまかにはそのまま通用しえたという事実」を示す(黒田俊雄『日本中世の国家と宗教』三九一頁)が、それがこれらの仏典の知識によることはいうまでもない。

(2) 日蓮は「悪妻・悪子」を挿入し、「悪知識」を「持戒邪見高僧」と改変する。

(3) 具体的一例、「上人の云、(中略)汝早く生死を離れんと思はば、五戒・二百五十戒を持ち、(中略)良観上人の如く作道渡橋。是第一の法也。(中略)其時居士示して云、(中略)必ず人の敬ふに依て法の貴きにあらず。されば仏は依法不依人と定め給へり。……」(「聖愚問答鈔」三五二―五四)。

(4) 「煩悩具足の身をもてすでにさとりをひらくといふこと、この条もてのほかのことにさふらふ。即身成仏は真言秘教の本意、三密行業の証果なり。六根清浄はまた法花一乗の所説、四安楽の行の感徳なり。これみな難行上根のつとめ、観念成就のさとりなり。……」(「歎異抄」)などを思い出させる。

(5) 類文、「予雖下賤忝学大乗事諸経王者」(「得受職人功徳法門鈔」六二九)、「日蓮は世間には日本第一の貧者なれども、以仏法論ずれば、一閻浮提第一の富者也。是時の然らしむる也」(「四菩薩造立鈔」一六四九)。また、「日蓮は無戒の比丘なり、法華経は正直の金言なり」(「御衣竝単衣御書」一一一一―一二。「法衣書」一八五四)。また、「日蓮は愚なれども、釈迦仏の御使、法華経の行者也」(「一谷入道御書」九九六、等)の類がある。

(6) 「妙密上人御消息」の「元祖にもあらず、又末葉にもあらず」を、「もし後の否定句でなく前の否定句に注目すれば、日蓮は(中略)佐渡においても天台沙門の自覚を完全に拒絶していなかった」(戸頃重基「民の子の自覚の形成と展開」、日本思想大系本『日蓮』五〇二頁)というのは苦しい。その理由はその前後全文のコンテキストの意識の流れにあきらかであろう。もとより日蓮は三国四師観を立て(「顕仏未来記」七四三)、大師講をつづけていた(「富木殿御消息」四四〇、「金吾殿御返事」四五八、「弁殿尼御前御書」七五二、「地引御書」一八九四)。

(7) 「かゝる大悪法、年を経て漸漸に関東に落下て、諸堂の別当供僧となり連連と行之。本より教法の邪正勝劣をば知食さず。只三宝をばあがむべき事とばかりおぼしめす故に、自然として是を用ひきたれり」(「祈禱鈔」一六八三)、「今はかまくらの世さかんなるゆへに、東寺・天台・園城七寺の真言師等と並に自立をわすれたる法華経の謗法の人々関東にをちくだりて、頭をかたぶけひざをかゞめ、やう〳〵に武士の心をとりて……」(「撰時抄」、一〇四六)、「清澄寺大衆中」一一三三―三四、「下山御消息」一三二九―三〇、「妙法比丘尼御返事」一五五九―六〇、「本尊問答鈔」一五八四、等。

(8) 類文、「正像二千年国王大臣末法非人尊貴也」(「当体義鈔」七五九)、「松野殿御消息」一一三九、「弥三郎殿御返事」一三六七、等。なお、東国武家・漁撈・狩猟・農民等の現実は、律宗の「殺生禁断」のゆえにも鋭く浮かび上らざるを得なかった(高木豊『日蓮とその門弟』、七六―七七頁)。

(9) 黒田俊雄「中世の身分制と卑賤観念」(前出書所収、三七五―七六、三九二頁等)。

(10) すでに『日本霊異記』に、漁撈悪報(巻上(11)・『三宝絵』巻中(6))、狩猟悪報(巻上(16)・『今昔物語集』巻二十28)、馬酷使殺生悪報(巻上21・『今昔物語集』巻二十(29))、殺牛「殺生業」(巻中(5)・『今昔物語集』巻二十(15))、食鳥卵悪報(巻中(10)・『今昔物語集』巻二十(30))、漁撈殺生(巻下(25)・『今昔物語集』巻十二(14))などが見え、『法華験記』には「坂東地・陸奥国」漁撈・狩猟・殺生・発心(巻下(112)・『今昔物語集』巻十四(10))、「陸奥国」狩猟造罪・救苦(巻下(113)・『今昔物語集』巻十六(6))その他、『今昔物語集』にも巻十五(27)(『打聞集』(27))・同(28)・巻十九(7)(14)・巻二十九(27)その他が散見する。『梁塵秘抄』第二四〇歌が『沙石集』巻六(6)の「海人」物語と組みあわせられる(高木豊『平安時代法華仏教史研究』三一一―一二頁)ところも意味深い。なお、『今昔物語集』巻十九(7)狩猟・殺母・発心物語の結文「逆罪ヲ犯スト云ヘドモ、出家ノ縁ト成ル事如此シ」が、同巻一(38)群賊発心物語の結文「逆罪ヲ犯セル者ソラ(中略)既ニ如此シ。何況、善心有ラム者ノ心ヲ至シテ仏ヲ念ジ奉ラムニ、当ニ空シキ事有ラムヤ」の類に通じることを、『今昔物語集』の思想史的意味において附注する。

(11) 歴史的諸条件は全く異なるが、あえて言えば、問題は、「文明」と「未開」との間における、「文明」の自己批判からあらわれて来る「未開」の復権、また、「狂気」(M・フーコー『狂気の歴史』)・「道化」(J・スタロバンスキイ『道化のような芸術家の肖像』、等)などのはらむ問題につながる、野生の思考を思わせるところがあると言い得る。これはもとより「正統」(黒田俊雄、前出書、四六六頁)・「異端」論にもかかわっている。

ただし、日蓮は、「仏法は強に人の貴賤には依べからず。只経文を先とすべし。身の賤をもて其法を軽ずる事なかれ」(「聖愚問答鈔」三六二)という思想に立ち、また「海人は魚をとるにたくみなり、山人は鹿をとるにかしこし」(「日妙聖人御書」六四六)という相対化の価値発見はありながら、同時に、「山左が洛中をしらざるがごとし」

（「開目鈔」五五五）、「山人に月卿等のまじわるにことならず」（同、五七二）、「海人が皇帝に向奉がごとし」（同、五七三）と述べ、『古今集』巻九「ほのぼのと」歌の理会をめぐって、「えぞていの者はさこそとをもうべし」（「開目鈔」五八〇）、「やまがつ・海人なんどは用事もありなん」（「聖密房御書」八二二）という。すなわち、あるいは儒教的価値観があらわであり、あるいは知的優越が周縁土着との構造関係を充溢しきらないという問題はのこる。

四

大覚世尊御涅槃の時なげいてのたまはく、我涅槃すべし、但心にかゝる事は阿闍世王耳。（中略）譬如一人而有七子。是七子中一子遇病。父母之心非不平等。然於病子心則偏重等云云。（中略）人にはあまたの子あれども、父母の心は病する子にありとなり。

（「妙一尼御前御消息」九九九）

耆婆答言。譬如一人而有七子。是七子中一子遇病。父母之心非不平等。然於病子心則偏多。大王。如来亦爾。（中略）於放逸者仏則慈念。

（『大般涅槃経』巻二十、梵行品、十二、四八一上）

大涅槃経云、世有三人其病難治。一謗大乗。二五逆罪。三一闡提。（中略）大経云、爾時王舎大城阿闍世王其性弊悪。乃至害父已心生悔熱。（中略）爾時世尊大悲導師為阿闍世王入月愛三昧。入三昧已放大光明。其光清涼往照王身。身瘡即愈。

（「太田入道殿御返事」、一一一五―一一六、『大般涅槃経』巻十一、現病品、十二、四三一中、同巻十九・二十、梵行品、同四七四上―八一上、阿闍世王物語）

東国諸階層の生きぬく業をみつめた日蓮は、文永末年、「生国」安房の人の子から、「武士に身をまかせ、（中略）ちかく申かけられて候事のがれがたし」とうち明けられて、「後生」の「たすけ」を求められた。その彼の死を告げて「人をもころしたりし者なれば、いかやうなるところにか生て候らん」と悲しんだ、その老いた母に、日蓮はその亡き子の思い出を語りながらこたえていた。身延時代の「光日房御書」（建治二・三）である。鎌倉武家社会の主従の問題などにふれた後、日蓮は武家社会の矛盾のために『大般涅槃経』の物語を引用していた。それは、一闡提論の間に五逆の鴦掘摩羅や無量殺人の「旃陀羅」の滅罪をもはさんだ、阿闍世王の物語であった。

光日房御書	北本大般涅槃経巻十六　梵行品
蟻子を殺る者は地獄に入、死にかばねを切る者は悪道をまぬかれず。何況、人身をうけたる者をころせる人をや。但、（中略）小罪なれども、懺悔せざれば悪道をまぬかれず、大逆なれども、懺悔すれば罪きへぬ。……	菩薩摩訶薩乃至蟻子尚不故殺。況婆羅門。（中略）斬截死屍罵詈鞭撻。以是業縁堕地獄不。（十二、四五九下—六〇上）
	同　巻十九　梵行品
〔A〕羅摩王・抜提王・毗楼真王・那睺沙王・迦帝王・毗舎佉王・月光王・光明王・日光王・愛王・持多人王等の八万余人の諸王は、皆父を殺て位につく。善知識にあはざれば、罪きへずして阿鼻地獄に入にき。 〔B〕波羅奈城に悪人あり、其名をば阿逸多という。母をあひせしゆへに、父を殺し妻とせり。父が師の阿羅漢ありて教訓せしかば、阿らかむを殺	〔A〕（復有一臣名悉知義。即至王所作如是言。（中略））昔者有王。名曰羅摩。害其父已得紹王位。跋（抜）提大王・毗楼真王・那睺沙王・迦帝王・毘舎佉王・月光明王・日光明王・愛王・持多人王。如是等王皆害其父得紹王位。然無一王入地獄者。（中略）唯願大王勿懐愁怖。…… 〔B〕（大王。舎婆提国有旃陀羅。名曰気嘘。殺無量人。見仏弟子大目揵（犍）連。即時破地獄因縁而得上生三十三天。以有如是聖弟子故。称仏如来為無上医。非六師也。）大王。波羅捺（奈）城

す。母又他の夫にとつぎしかば、又母をも殺つ。具に三逆罪をつくりしかば、鄰里の人うとみしかば、一身たもちがたくして、祇洹精舎にゆいて出家をもとめしに、諸僧許ざりしかば、悪心強盛にして多の僧坊をやきぬ。然ども、釈尊に値奉て出家をゆるし給にき。

〔C〕北天竺に城あり、細石となづく。彼城に王あり、龍印という。父を殺てありしかども、後に此をおそれて彼国をすてて仏にまいりたりしかば、仏懺悔を許給き。　（一一五九―六〇）

有長者子。名阿逸多。婬匿其母。以是因縁殺戮其父。其母復与外人共通。子既知已便復害之。有阿羅漢是其知識。於此知識復生愧恥。即便殺之。殺已即到祇桓精舎求欲出家。時諸比丘其知此人有三逆罪。無敢聴者。以不聴故倍生瞋恚。即於其夜大放（放大）猛火。焚焼僧坊多殺無辜。然後復往王舎城中至如来所求哀出家。如来即聴為説法要。令其重罪漸漸軽微。発阿耨多羅三藐三菩提心。……

〔C〕大王。北天竺（国）有城。名曰細石。是城有王。名曰龍印。貪国重位戮害其父。害其父已心生悔恨。即捨国政来至仏所求哀出家。仏言。善来。即成比丘重罪消滅。発阿耨多羅三藐三菩提心。　（十二、四七五下―七九中）

「光日房御書」は、この後、『大般涅槃経』と同じく、提婆達多を本師とする阿闍世王の諸悪とその懺悔とを述べていて、この〔A〕〔B〕〔C〕部が『大般涅槃経』巻十九から直接引用されたことは疑うことができない。〔A〕部は原拠では闍世王が六大臣の一によって六師外道にみちびかれたということを取意し、その直接書承を疑うことはできない。これが日蓮の思索をかさねた問題であることは、日蓮がしばしば阿闍世王物語の「七子」の譬喩を引き（「観心本尊抄」七一九、「法華取要抄」八一五、「曾谷入道殿許御書」九〇三、等）、また、「佐渡御書」に、

世間の愚者の思に云、日蓮智者ならば何ぞ王難に値哉なんど申。日蓮兼ての存知也。父母を打子あり、阿闍世王なり。仏・阿羅漢を殺し血を出す者あり、提婆達多也。六臣これをほめ、瞿伽利等これを悦ぶ。

（六一三）

とあることによってもあきらかであるが、この事実はすなわちおのずから「佐渡御書」前後の日蓮に『大般涅槃経』が深く動いていたことを告げ、従ってまた、日蓮の「旃陀羅」の語が『大般涅槃経』の体験であり得ることを告げるであろう。「光日房御書」〔B〕にあたるべき『大般涅槃経』の前文には「旃陀羅」救済の物語が挿入されてもいるのである。この挿話がいまみえないことは、またあるいは「佐渡御書」前後の急迫をおのずから語りうるかもしれない。

　波羅奈城の阿逸多の物語〔B〕部が『宝物集』に「舎衛国の梵士」あるいは大天（Mahādeva）の事とするその物語と「同文関係」にあるとする説は認めることができない(1)。いわゆる説話の「同文関係」の検討は方法的に多元かつ厳密でなくてはならない(2)。〔B〕部は『宝物集』諸本のそれと一見類似するが、文体はもとより、細部も異なり、固有名詞もまた異なっている。たとえば、敦煌本『大方広華厳十悪品経』（S. 1320）にも、舎婆提国の鴦掘摩羅が飲酒酔乱して、その母を婬匿、その父を殺戮し、外人と通じた母を殺害したという物語があった（八十五、一三六〇上）(3)。諸逆罪の類話は、インドないし流沙において、あるいはその固有名詞を変えて伝えられていたのである(4)。日蓮はもとより大天のことは熟知していた(5)。「佐渡御書」にも「重罪」の慚愧の間に身近な体験としてあらわれている。〔B〕部は『宝物集』の類話と「同文関係」にはない。〔A〕〔B〕〔C〕部一連は、日蓮の持続する内的体験を通じて、漢訳『大般涅槃経』を直接引用したと見て必要十分である(6)。

　日蓮は年老いた母にその信をはげましていた。

　　されば故弥四郎殿は設悪人なりとも、うめる母、釈迦仏の御宝前にして昼夜なげきとぶらはば、争か彼人うかばざるべき。いかにいわうや、彼人は法華経を信じたりしかば、をやをみちびく身とぞなられて候らん。

（「光日房御書」、一一六〇―六一）

「重罪」を通じて「旃陀羅」に人間存在の極限をくぐった日蓮には、罪業感に生きあえいで救済を求める東国社会のさまざまの意識たちの声が沈んでいたのであった。

阿闍世王殺害父禁固母悪人也。雖然来涅槃経座、（中略）結句得無根初住仏記。提婆達多閻浮第一闡提人、捨置一代聖教奉値此経〔法華経〕授与天王如来記莂。以彼惟之、末代悪人等成仏不成仏罪不依軽重。但此経可任信不信。而貴辺武士家仁、昼夜殺生悪人也。（中略）法華経乃心（中略）不捨罪業成仏道也。天台云、他経但記善不記悪。今経皆記等云云。妙楽云、唯円教意逆即是順。……
（「波木井三郎殿御返事」、七四九）

故親父は武士なりしかども、あながちに法華経を尊給しかば、臨終正念なりけるよしうけ給き。
（「上野殿御返事」、八三六）

この上野七郎次郎は末代の凡夫、武士の家に生て悪人とは申べけれども、心は善人なり。
（「法華証明鈔」、一九一二）[7]

「光日房御書」の『大般涅槃経』引用〔A〕部が『教行信証』信巻にもすでに引用されるのを、われわれは見るであろう。阿闍世王物語の『大般涅槃経』と『観無量寿経』とにおける相通ばかりの問題ではない。その立場や発想は異なり、『大般涅槃経』の摂受の方法もまた異なるにしても、後進東国社会の諸矛盾に生きなやむ「民衆歎」をみつめたその思いは、根本的に通じるものがあったのである。[8]

これに由ってこれを観ずれば、日蓮遺文の「旃陀羅」は、東国社会の諸矛盾を沈める、『大般涅槃経』との濃密な内的関連の奥行きが、その危難の「重罪」の日に顕現した悲しみと怒りとであったのである。

注

（1）小泉弘「『宝物集』と『日蓮遺文』」（『古鈔本宝物集研究篇』所収）は、『宝物集』九巻本巻八「善知しきにあひて仏に成べし」条の梵士の物語と「同文関係」とする。これは『宝物集』片仮名三巻本巻下「舎衛国」の無名の梵士、同七巻本巻七には大天かとされる類同の物語との間においても同様となろうが、この説は誤りである。日蓮遺文が『宝物集』を用いた場合のあることは認められ、身延山久遠寺本深草瑞光寺本の所在自体その所縁を感じさせるが、しかし、その説に「同文関係」として具体的に例示されるものは、かなりの誤謬や不確実を含んでいる。たとえば、

（夫天魔は仏法をにくむ、外道は内道をきらふ）。されば、豬の金山を摺、衆流の海に入、薪の火を盛になし、風の求羅をますが如くせば、豈好事にあらずや。（「聖愚問答鈔」下、三九一）

猪、金山をすり、風、求羅をますがごとく、このみて道心をおこすべきなり。（九巻本『宝物集』巻四）

これは「同文関係」にはない。日蓮遺文には、

摩訶止観第五云、行解既勤三障四魔紛然競起文。又云、如猪揩金山、衆流入海、薪熾於火、風益求羅耳等云云。（「種種御振舞御書」、九七一―七二）

と厳存し、もとより『止観』正修止観条（四十六、四九上）を引用している。のみならず、日蓮遺文には、外にも「天台云、衆流入海、薪熾於火等云云」（「椎地四郎殿御書」二二七）、「火にたきぎを加る時はさかん也。大風吹ば求羅は倍増する也。（中略）法華経の行者は火と求羅との如し、薪と風とは大難の如し」（「四条金吾殿御返事」八九四）など、この例が多い。あきらかに日蓮が『止観』を原拠として駆使したのである。『宝物集』の類文は同一母胎『止観』から出た類同にすぎず、それも、日蓮がその苦悩の研学を通じて『止観』自体に直接したのに対して、『止観』にもとづく天台浄土教教団系のおそらくは抄物類に、顕密体制的にその唱導の要求を通じて間接したにすぎないのである。また、たとえば、

魚の子は多けれども魚となるは少なく、菴羅樹の花は多くさけども菓になるは少なし。人も又此の如し。菩提心を発す人は多けれども、退せずして実の道に入者は少し。（「松野殿御返事」、一二六九）

うをの子のかへる事すくなく、奄（ママ）羅菓のむまるゝことかたきがごとく、仏道をもとむる人、信力つよからざれば、又々かくのごとし。（九巻本『宝物集』巻四）

これもまた日蓮が『宝物集』を「摂取」したのではない。すでに『大鏡』裏書にものこる著名の句であるが、『大般涅槃経』に、

譬如魚母多有胎子成就者少。如菴羅樹花多果少。衆生発心乃有無量。及其成就少不足言。

（巻十四、聖行品、十二、四五〇上）

とある。「松野殿御返事」では日蓮の傾倒した雪山童子物語の中に綴られるが、その物語を注して「此事涅槃経に見えたり」（一二七二）とある。むしろ、『三宝絵』巻上(10)雪山童子物語に「魚ノ子ハ多カレド魚ト成ハ少シ。菴羅ノ花ハ滋ケレドモ菓子ヲ結ブハ希ナリ。人モ又如是シ。心ヲ発ス物ハ多カレド、仏ニ成ルハ希ラナリ。惣テ諸ノ菩提心ハ、（中略）炎経ニ見タリ」とある、これとの「同文関係」を考えるべきであろう。

（2）小稿「和文クマーラヤーナ・クマーラジーヴァ物語の研究」（『奈良女子大学文学会研究年報』Ⅵ、一九六三）・「敦煌資料と今昔物語集との異同に関する考察Ⅰ―Ⅲ」（同Ⅶ・Ⅸ・Ⅹ、一九六四・六六・六七）・「今昔物語集仏伝における大般涅槃経所引部について」（『甲南大学文学会論集』第32号、一九六六）・「今昔物語集仏伝資料に関する覚書」（『仏教文学研究』(九)、一九七〇）等参照（いづれも本書所収）。

（3）これは、日本にも入っている（『注好選集』巻中(4)・『今昔物語集』巻一(16)等）『鴦崛摩経』系とは異なっている。敦煌本『大方広華厳十悪品経』は『大般涅槃経』の断肉思想を受容したという（矢吹慶輝『鳴沙余韻解説』第二部、二一九頁）。『大般涅槃経』の「鴦崛魔復欲害母」（巻十九、梵行品、十二、四七八下。巻三十、師子吼品、同、五四三上）の類はインドの別話にもみえるが、この類が、『大方広華厳十悪品経』に、大天伝話などと交錯しながら展開したものであろうか。

（4）大天伝話は、日本で類同する一つ、『今昔物語集』巻四(28)「天竺大天語」には「末止羅国」の大天とある。『今昔』のこれは、既注のようには『大毘婆娑論』巻九十九に直接せず、また別に、『異部宗輪論述記』巻上や『顕戒論』所引『慈和四分鈔記』巻一にも直接しない。それは、その文体・用語から見て、もと漢文原典からすでに和化された或る文献原拠を直接書承して、欠文ながら成立しているのである。ちなみに、この或る文献原拠とは『宝物集』へ至る系統のものではない。

（5）「汝大慢法師大天」（『顕仏未来記』七四二）、「撰時抄」一〇五六、「報恩鈔」一一九七、等。

（6）『大般涅槃経』以外に存しないというのではない。たとえば、『録内啓蒙』巻二十九は〔A〕〔B〕〔C〕部に『涅槃経会疏』巻十七をあてる。しかし、『大般涅槃経』直接と見て問題はない。また注すれば、『大般涅槃経』をもって必要十分とするということは、日蓮がここに『宝物集』を全くひらいてはいないということではない。〔B〕部と『宝物集』との同文関係は全く無いが、〔A〕部終末とそれとは、場としては「善知識」にあうべきことにおいて相通している。日蓮は善知識にあうべきことを常に説いたから、『宝物集』とのこの場の相通は日蓮が『宝物集』によることを示すとは言えないが、「光日房御書」に前出する「蘇武・仲丸」の並置などが『宝物集』にもみえる（小泉弘、前出）こととあいまって、『宝物集』がひらかれていないとも断言できない。
（7）武家については、蒙古防衛のための東国武家の出郷・別離をいたむ視点も日蓮にあったこと（「富木尼御前御書」一一四八）を附注する。
（8）『教行信証』信巻には、日蓮が「妙一尼御前御消息」等に用いた『大般涅槃経』巻二十の「七子」・病子の譬喩も見える。われわれは、前節注(8)(10)をあわせて、「屠沽下類」、その「悪人」の刹那超越の問題（『教行信証』信巻・『唯心鈔文意』八十三、七〇一—二）を思い出すであろう。

五

「佐渡御勘気鈔」「佐渡御書」二篇はいずれも真蹟ではない。しかし、この二篇の「旃陀羅」は、限界状況下の日蓮自身によって『大般涅槃経』からえらばれた、とみることができる。すなわち、これは、日蓮の仏教（法華）体験、その孤独な言語体験の、歴年幾重の奥行きを秘めた。それぞれに対告衆はありながら、特に「佐渡御勘気鈔」は生国の故旧に宛てながら、二篇は限界状況下の日蓮の「重罪」をになう自己断定の響を帯びている。その「旃陀羅」の語は、対告衆に対して『法華経』の救済原理の深大を強調するための技術というようなものではないであろう。もしかりにその計量があったとすれば、この語はなおしばしば用いられたはずであろう。現存遺文による限り、この語が限界状況下の緊迫においてのみ在るということは、それが、そのときその出会を深めた『大般涅槃経』のその思想構造との関連において引用的に体験された、人間存在の極限の自己断定であったことを告げるのである。

日蓮は、事実、東国安房の海辺の「民の家」（「妙法比丘尼御返事」一五五三）から出た「民が子」（前出「中興入道御消息」一七一四）であった。その出生はえらぶことのできない所縁の実存であるが、業縁「重罪」の「旃陀羅」の世界は日蓮の仏法的真実としてえらばれたのである。えらばれた「旃陀羅が子」は、単に、えらぶことのできない世法的現実としての「民が子」ではないであろう。

而るに、日蓮は安房国東条片海の石中の賤民が子也。威徳なく有徳のものにあらず。……

（「善無畏三蔵鈔」、四六五）

国王天子・将軍家・南都北嶺ことごとく法然浄土教を制止できなかったという、このコンテキストは、もとより「民が子」の自覚の意味と同じく、後進東国社会出身層による思想運動の歴史的理由とその定位とにふれているが、この「賤民が子」も、「旃陀羅が子」の極限構造を自覚的には含んではいなかったはずである。

日蓮は（中略）安房国長狭郡東条郷片海の海人が子也。

（「本尊問答鈔」、一五八〇）

日蓮は、荘官クラスか否かは措いて、多く漁撈層出身かとされる。[1] ただし、日蓮の「旃陀羅」の語は世法職業を即自的に告白したものとは到底考えられない。[2] その「旃陀羅」の観念は、もとより東国社会における階級的身分的矛盾をその契機として沈めているにしても、当然、単に、「世俗的な階級的自覚」[3] ではない。

「旃陀羅」は『大般涅槃経』のその思想構造と関連して、日蓮の深部で生きていた。業罪の影の想起を通して重罪を「重罪」に転じた日蓮は、慚愧と破邪との間の両義的な責苦を生きて、その存在の深底を行じようとしたのである。たしかに、日蓮の世界において、儒教観念、特に「生国」にかかわるアマテラスや武家社会にかかわる八幡神など国神をめぐる神祇観念、あるいは王朝中央貴族文化系の歌学的説話的世界の摂取の姿勢等々を数えれば、[4] 鎌倉末期の複雑な問題をつつみながら、中央と周縁土着との間にわたる構造の論理は揺れていた。しかし、日蓮が、東国社会の情念の不安、存在の深層の苦悩に立って、仏教（法華）を媒介した、人間個々の発見をねがったことは論をまたない。アウト・カースト「旃陀羅」は、『大般涅槃経』におけるその重みをもって、その日蓮の「但日蓮一人」の責苦の重みとして生きたのであり、それは日蓮の法華「仏国」のための痛切な仏教（法華）的体験でこそあったのである。

優れた自画像は、その人のもって生まれた顔をいかに処理し、いかにそれにこたえたかにある、という。存在と役割という概念を用いれば、存在としての「民が子」「海人が子」は、役割としての「旃陀羅が子」に沈められたのであった。

時は流れた。弘安四年（一二八一）晩夏、蒙古は潰敗して去った。日蓮は疲れて身延に病んでいた。同五年二月、最晩年の日蓮は病む南条氏に宛てている。

いかなる過去の宿習にてかゝる身とは生らむと悦まいらせ候。（中略）謗法の罪に依て貧賤の身とは生て候へども、又此経を信ずる人となれりと見へて候。此をば天台御釈云、如人倒地還従地起等云云。地にたうれたる人はかへりて地よりをく。法華経謗法の人は三悪並に人天の地にはたうれ候へども、かへりて法華経の御手にかゝりて仏になるとことわられて候。

（「法華証明鈔」、一九一一）

注

（1） 日蓮の出自について、最近、「その系譜は漁民的なものと考えられるが、巨視的にいえば、武士に属すると見てよいと思われる」（大隅和雄「鎌倉仏教とその革新運動」、岩波講座『日本歴史』5所収）という概括もある。

（2） 日蓮が「旃陀羅の出身を率直に自称しえたのは、彼の生誕したころの家業が漁撈に従事していたからである」（戸頃重基「民の子の自覚の形成と展開」、日本思想大系本『日蓮』解説、四九一頁）の代表する見解、これは「民の子の自覚（ママ）」は「法華経の救済原理に照応させるためのいわば価値用語にすぎなかった」（同四八九頁）とする解釈を伴うが、この見解は、「旃陀羅が子」の呼称が「日蓮自身にとってさほど重要な意味を持たない」（同四九〇頁）とする立論とともに、従うことができない。日蓮が漁撈層出身であったとする場合、その「旃陀羅」の語には「我於賢却生屠膾家畜養雞猪牛羊擸猟羅網戯捕旃陀羅舎」（前掲『大般涅槃経』巻三十一、師子吼品、転重軽受論、

十二、五五〇下）のような観念が全く動いていなかったとは言えないかもしれない。しかし、その日蓮の「旃陀羅」の語はただの職業的差別観などで用いられているのではない。「現実の厳しい身分秩序を媒介にした人間の自覚」（黒田俊雄、前出書、四九四・三八九頁）の問題として、『大般涅槃経』の業縁論とつながっているのである。

（3）日蓮が「内面的な凡夫の自覚から進んで罪悪への省察に移行した」（戸頃重基、前出論文、四九四頁）という考察は肯定できるが、「賤民」の自称は措いて、その「旃陀羅」は、単に「世俗的な階級的自覚」（同頁）ではない。

（4）別稿「日蓮遺文における引用の内相と外相㈡」。

漆緑歎

天竺から震旦に仏法をつたえるために栴檀の仏像を盗んで旅立った鳩摩羅焔（クマーラーヤーナ）は、苦難の後、西域の亀茲王国に到着した。これをよろこんだ国王「能尊王」は、鳩摩羅焔の老躯を案じて「我が娘」をあわせて一子を得、その子に父の志を継がせようと考えた。鳩摩羅焔はこれを破戒として受けなかったが、王は「仏法ノ遥ニ伝ハラム事コソ菩薩ノ行ニハ有レ、我ガ身一ヲ思フ事ハ菩薩ノ行ニハ非ズ」と言って彼に娘をとつがせた。しかし彼女は懐妊しなかった。王がひそかに彼女に問えば、彼はとつぐ時に「无常ノ文」という偈を誦している。王は彼女にすすめてそのとき彼の口をふさがせた。すなわち彼女は一子を成した。それが鳩摩羅什（クマーラジーヴァ）である。彼は長じて父の志を果した。これは今昔物語集巻六第五の物語であって、清涼寺縁起に類するものとしても知られている。

父子のことは、出三蔵記集などにみえる伝記のほかに、中国でもすでに種々伝承せられていた。今昔物語集の物語のいま梗概した部分は優填王所造栴檀釈迦瑞像歴記や法華伝記巻一などに由る同類の伝承にもとづくように思われるが、今までにみた資料のすべてには亀茲王国「能尊王」はみえず、また、その多くには女は「王妹」ジーヴァであって王の「娘」ではない。そうすると、今昔物語集のこの変改はその創意のように考えられるが、ここにはまたかなり深い口承がかげっているのであった。

「能尊王」は、今昔物語集が誤伝によったか、誤聞して書いたかのいずれかである。亀茲国王は白（帛）をその姓とした。羅什の伝記にあらわれる「白純王」もそれであって、これは「能尊王」ではない。ところが、伝記には天山南路に入った北涼の沮渠「蒙遜王」のことが頻出している。だから、今昔物語集はこの蒙遜と混同した伝承をさらに誤聞したところにもとづいて書いたのであろう。この事情は、父子のことにふれる宝物集巻一に「亀慈国ノ白純王」「唐ノ蒙遜王」が同時にみえ、巻四に「(亀茲国）蒙遜王ノ御妹ニ押合セラレテ羅什三蔵ヲ設給事也」とあることなどによっても推知することができる。

「我が娘」というのも全く根拠のない変改ではなかった。一般の伝記はもとより、英京ロンドンで父が手写した敦煌出土スタイン本断簡の変文的な羅什伝記にさえ「王妹」となっているが、唐代の古今訳経図紀巻三には「沙門鳩摩羅什婆、此云童寿、本印度人、父以聰敏見称、亀茲王聞以女妻之、而生於什」とあり、敦煌本金剛暎巻上にも「公明聰慜見称」とするのをべつにして同文がある。そして、この敦煌本には「宝達集」とあり、東域伝燈目録巻上の般若部金剛経の下にも、その南都本を除いて、「同経暎三巻宝達」とあるから、おそらく同類のものが日本にもつたえられていたのであろう。今昔物語集は、直接これによったとは到底考えられないにしても、独自に改変したのではなくて、これと同類の伝承にもとづく知識によったと考えられる。羅什自身にも後に亀茲王女を強いられた伝説がないわけではないが、これと混同したとまではみなくていいであろう。宝物集巻四には「蒙遜王ノ御妹」とあったが、打聞集には今昔物語集と同じく「我ムスメ」とあり、広本沙石集巻四にも「亀茲国ノ王ノ女」となっている。

鳩摩羅焰の誦したという「无常ノ文」は「処世界如虚空、如蓮華不着水、心清浄超於彼、稽首礼无上尊」である。この偈は法華伝記巻一にはまさしく彼の誦したものとしてその上二句がみえるが、そこでは王妹とついでいるから、これを直接書承するとは言いにくい。この偈は、諸経要集や法苑珠林の唄讃篇などにもみえ、日本でも魚山声明集や二中歴第三その他にある。また、今日なお、法華懺法に後唄として用いるのみならず、特に天台宗では略式の法華懺法や例時作法に後唄として常用している。唐音でよむのは慈覚大師円仁の将来とつたえる長安音の遺響であろう。だから、今昔物語集は法華伝記巻一に程近い伝承の中にあってよく知られたこの自性清浄の偈を用いたのであって、またやはり唐音でよむべきものと思われる。これを「无常ノ文」と呼ぶのは、これはもと超日月三昧経巻上の偈の一節であって、その偈はべつにいわゆる十喩の類に托して世間無常を説く一節をもっている。そして、この十喩的な一節は仏典に頻出する類型句であるが、今昔物語集巻二第一ではその直接原典とみるべき十巻本釈迦譜巻七第十五の同類の句を「无常ノ文」と言いかえている。だから、超日明経の偈は今昔物語集にいわゆる「无常ノ文」の二種をふくみ、換言すると、その少なくとも二種の類は今昔物語集成立の時期に「无常ノ文」と呼ばれ得たことがあったのである。私はこの朱夏の父の忌日に天台学僧のKさんから古伝の後唄を聞いた。

今昔物語集は亀茲王国に「来リシ方モ去リ今行ク末モ未ダ遠シ」と書いている。仏教史によれば若き日の羅什に震旦への伝道を嘱したのは、その母、亀茲王女ジーヴァであったともつたえている。羅什は戦塵の間に壮年にして亀茲を出て、老年にして長安の都に着いた。それはたがいに出会をのぞみあった中国仏教界の巨匠道安もすでに寂した後であった。

グリュンウェーデルの《Alt Kutscha》にあつめられた亀茲壁画の類はソグド商人等の中継貿易によって栄えた王国の華やかさをつたえている。それは、肋骨を透視して描くなど、日本の心性にはやや遠い気もするが、古色の中に栄燿と幽微とは匂って、いくばくか西域の貴女のおもかげをしのばせ、道のはるけさを語っている。

Et les siècles par dix,
Et les peuples passés,
C'est un profond jadis,
Jadis jamais assez!

私は、筆をおいて、夏も逝く深緑の漆の茂みを見る。古い極東の寺院の庭は漆緑の夜に沈もうとするのである。

慶州古都

倭の東北一千里の龍城国王含達婆（ガンダルバ）、女国王女を妃として新羅脱解王を生んだと、三国遺事にいう。新羅昔氏王統始祖となり、慶州東郊にその王陵さえのこる脱解はもともちろん神話的存在として東海の龍神の子であったにちがいない。

その父王含達婆は、もとインド神話の香神・医神・楽神に発する仏法守護の楽神、八部神衆の一として特に東方を護るともいうGandharvaを習合したものであろう。アングッタラ・ニカーヤには、海中にアスラ・ナーガ（龍）あるいはガンダルヴァの大なるものがあるという。西域ではこれを呼んで楽神・俳優あるいは散楽といい、龍蜃に通じるこの楽人が城郭の蜃気楼を幻作し、幻惑して有に似るか、実の城ではない。それは乾闥婆城と呼ばれている。三国史記にいい、三品博士が疑問とされるその東海の龍の国「多婆那国」は、魏志にコータンなどと並んでみえる西域の小国らしいが、あるいは乾陀婆那などともいうガンダーラの訛伝であるかもしれない。いずれにしても、コータンを中心として西域には四天王護国信仰が盛であったが、新羅の東海は倭に対する要地であり、また蜃気楼も立つところらしいから、ネノクニ・ニルヤカナヤに通じる古い東海龍神信仰とその祭儀とに、その西域地方の仏教神話的伝承の習合される可能性はあったのであろう。檀君神話などは特に仏教・道教の混淆が濃いが、脱解神話もまた古神教の上に異教を習合したのである。そして新羅伝承に、脱解は祭官の夢に告げて東岳吐含山に移葬することを求め、東岳神として祀られて国を護るという。それは慶州吐含山石窟庵がもと東海の龍神を迎えた古神教の聖嶽の上に重層されたものであるべきことと相違しない。それは飛鳥東岳の「龍岳」多武峰の神仏習合過程における鎌足伝説の成長にも影響するはずであるが、これはいま措こう。

この脱解が新羅の処容伝承に通じることはすでに説かれている。第四十九代憲康王代、東海蔚山に仏寺を創して祀られた龍が七子をひきいて現じ、舞を献じ楽を奏でる。その一子処容は入京して王政をたすけるが、王が後にめとらせた美女を、疫神が慕ってともに寝た。処容はこれを見つけたことを新羅郷歌をもって歌舞して告げる。疫神は、今後、処容の形を図絵してあるのをみれば、その門には入らないことを誓う。三国遺事は、よって新羅人はいまもその門に処容の形を貼って辟邪進慶するのであるというが、この処容伝承は悪霊をしりぞける処容縁起にかかわって歌舞を中心とした古代演劇によるところが多いのであろう。朝鮮の児女が、日本の雛の古型のように、正月の厄払い人形とする童形の人形もまた処容と呼ばれる童神であった。すでにインドでもガンダルヴァ神王は小児・胎児を守護する神であったというが、この朝鮮児女の土俗にもあるいはまたその習合はあるのであろう。『朝鮮巫俗の研究』によれば、咸南咸鏡の老巫の物語った捨姫伝説に、王に王女のみ七人生まれ、石函に入れて水に流された末娘は龍神に救われたが、その後、姫は西域の薬水を汲んでその母を救ったといい、ソウル地方にのこるその異伝、七公主(チルコンジュ)巫但伝説に、この捨姫の夫は東海の龍子処容大監であるというのも、伝承素の複雑な網目であった。

累々とした古墳、寺院址、石造遺跡と慶州をさまよった日々、新羅始祖赫居世王神詞の李朝代からの一劃に立ちよったとき、中院に瓦苔さびた長屋あり、床下にオンドルのカマ・煙突あって、古い門がひらいていたが、そこから塼をはめこんで崩れかけた土塀やシビをつけて反った瓦ぶき・ワラぶきの民家がみえ、新羅古道の通るのがみえた。朝鮮小説「巫女図」は、慶州近郊農村でキリスト教の呪文に敗れる巫女の呪文の世界をえがき、朝鮮知識階級の意識的無意識的な儒教的伝統の合理主義や事大思想にはあえてふれない形で、朝鮮の旧約をえがいていたが、たしかに朝鮮農村は疲れ、朝鮮の語部（グランド・マザー）たちもほろびつつあろうにしても、またわたくしはそれを単に惜しむのではないにしても、古代王権神話にかかわる民間巫俗の香はその町はずれにも沈んでいた。敦煌本など中国偽経を習合した巫経や巫歌の類もいくばくか残存して、その巫歌の中で神々の本生・縁起譚など叙事性の濃いものは神話・祭儀・芸能要素とかかわっている。水甕を頭にして過ぎる白衣の婦人は幻か、慶州を去る手前、しばらくその荒れてわびしい一劃に佇んで、妄想裡に、去るのを惜しんだのである。

初出一覧

Ⅰ　今昔物語集とは何か

「説話とは何か」（『説話の講座』一、勉誠社、平成三年五月）
「今昔物語集の誕生」（『今昔物語集本朝世俗部一』新潮社、昭和五十三年一月）
「「辺境」説話の説」（『今昔物語集本朝世俗部二』新潮社、昭和五十四年八月）

Ⅱ　今昔物語集仏伝の研究

「今昔物語集仏伝の研究」（「叙説」一〇、昭和六十年三月）

Ⅲ　今昔物語集仏伝の世界

「仏伝（釈尊伝）の展開」（原題：「仏伝（釈尊伝）の展開――インド――」）（「国文学解釈と鑑賞」六六三、昭和六十一年九月）
「釈尊伝」（『仏教文学講座』六、勉誠社、平成七年八月）
「和文クマーラヤーナ・クマーラジーヴァ物語の研究」（「研究年報」Ⅵ、昭和三十八年三月）
「今昔物語集仏伝における大般涅槃経所引部について」
（『荒木良雄博士喜寿記念論集』甲南大学文学会、昭和四十一年十二月）
「今昔物語集仏伝資料に関する覚書」（「佛教文学研究」九、昭和四十五年六月）
「今昔物語集仏伝の翻訳表現（断簡）」（「叙説」八、昭和五十八年十月）

「今昔物語集における原資料処置の特殊例若干〈附　出典存疑〉」（『研究年報』二八、昭和六十年三月）
「今昔物語集仏伝外伝の出典論的考察」（『説話論集』第一集、清文堂出版、平成三年五月）
「今昔物語集震旦部仏来史譚資料に関する一二の問題」（『和漢比較文学叢書』一四、汲古書院、平成六年二月）
「太子の身投げし夕暮に……」（『無差』第三号、平成五年）
「今昔遠近」（『佛教文学』第二十三号、平成十一年三月）

Ⅳ　敦煌資料と今昔物語集

「敦煌資料と今昔物語集との異同に関する考察Ⅰ」（原題：「敦煌資料と今昔物語集との異同に関する一考察Ⅰ」）（『研究年報』Ⅶ、昭和三十九年三月）
「敦煌資料と今昔物語集との異同に関する考察Ⅱ」（『研究年報』Ⅸ、昭和四十一年二月）
「敦煌資料と今昔物語集との異同に関する考察Ⅲ」（『研究年報』Ⅹ、昭和四十二年二月）

附篇

「Sarṣapa・芥子・なたねに関する言語史的分析」（『佛教学研究』一八・一九、昭和三十六年十月）
「深草極楽寺と道元」（『墨美』二一九、昭和四十七年三月）
「日蓮遺文における引用の内相と外相」（『研究年報・日蓮とその教団』二、平楽寺書店、昭和五十二年四月）
「漆緑歎」（京大「国文学会報」一〇、昭和三十七年十月）
「慶州古都」（京大「国文学会報」一九、昭和四十六年十月）

解説

荒木 浩

一

本書は、日本文学に内在する仏教言説を中心に卓越した独創研究を積み重ねてきた、古典学者・本田義憲の学術論文集である。タイトルと同題で根幹となるⅡ部「今昔物語集仏伝の研究」の初出は、著者が長年教鞭を執った奈良女子大学の『叙説』（文学部國語國文学研究室編）第一〇号、全冊にわたって掲載された。同誌「あとがき」には「一九六一（昭和三六）年歳晩、昏刻の洛南寺院にひらき、「今昔物語集天竺部仏伝資料の研究」（一九六二・一、一五）を書き始めたのに、この稿は始まる。古く小稿「和文クマーラヤーナ・クマーラジーヴァ物語の研究」に注して、別稿「今昔物語集仏伝資料とその翻訳についての研究」とあるのは、ほぼその改稿にあたる。再三、稿を改めたが満足できず、劇忙の間に「今昔物語集仏伝資料に関する覚書」を中間的にまとめたのみに、筐底に蔵していた」（論文の掲載誌等は略して引用）とある。その「ひらき」は、本書所収では最も古い論文（附篇「Sarṣapa・芥子・なたねに関する言語史的分析」）の刊行（一九六一年十月）に連続する。

執筆の直接的経緯は、「一九八三（昭和五八）年夏、奈良女子大学文学部国文学教室の方々から、私の停年にあたって「叙説」特集の御厚情を賜わった時、御厚情のままに、この旧稿を書き改めて発表したい旨を私はおねがいした。（中略）ところが、昨年晩夏脱稿の予定であったのに、生来の遅筆の上に、旧稿を書き改めるということ自体さまざまの無理があってすすまず、かつ、『釈迦譜』の出典としての直接性間接性に関する再検討にも意外の時日を費して、遅滞はなはだしきに及ぶに至った」（同「あとがき」）という。手元の『叙説』で次頁の奥付を見ると、「一一号」と印刷された二番目の「一」が、黒字のペンで、著者手ずから「〇」となぞって上書してある。腹稿としての熟成は、想像以上の「遅滞」を招き、退官記念論集の号打ちを入れ替えかねないほどであったようだ。

同じ筆で、本文への書き込みがある。メモ書きの附箋も挿入される。それは新たな始まりであった。本書所収の新稿「今昔物語集仏伝の研究」は、「昭和六十年（一九八五）の旧稿とかさなる部分もあるが…全面的に刪補した」ものだという。比べてみると、進展に目を瞠る。「旧稿」の注は、多く書き直されて本文へと組み込み、紙面の視認性も向上した。紛れもなく文学青年であった著者の、ロマン薫る、しかし絶対的に精緻な文章は――時に難解なその構文だが、いくどか反芻して口ずさめば、必ずやそれが厳密な正鵠を求めて記述されたことに気付くだろう――格段に読みやすくなっている。

それでも著者は斧鉞の手を止めず、「現在、少しく存疑する」（同論文I巻一第四注（1））などと思索を続けていた。しかし、入稿を終えたところで逝去…。著者校の文字が朱く染められることはなかった。そして永劫の未来へ。「今昔物語集仏伝の研究」は、真実、著者のライフワークであった。

二

この深みを読み解く近道は、まずは本書の順に添い、I部三篇の示唆に満ちた論文を熟読することだろう。そもそも本書の構成は、故増尾伸一郎の提案を元に著者が熟慮を重ね、さらに数編を加えて成ったものらしい。初篇「説話とは何か」では、「説話」というキータームの歴史と汎用、そして「説話集」という文学史的範疇と作品が詳細に追尋される。『日本霊異記』を嚆矢とする説話集は、「文化衝撃としての仏教的想像力」に揺り動かされて生成し、「古代的深層的に沈む原底」で「言語伝承」が再生する、「神話的想像力」と「仏教的想像力」の相剋に育まれた。著者は「ほとんど母胎をくぐる思いを抱かせる」ような説話言語の深淵に触れる。『今昔物語集』にも言及するが、主題ではない。それ故に、ここには興味深い不在があった。仏伝である。仏伝は次篇「今昔物語集の誕生」でようやく言及される。

この不在には重要な意味がある。仏伝の確立が『今昔物語集』「誕生」の決定的要因であることを象徴的に示すからだ。「説話は、もとより仏教のみにかかわるものではない。しかし、特に仏教の布教という世界の中で、それは、人間を見る、人間の内や外を、さまざまに感じる眼を、培(つちか)った」。「説経の場の、群衆のひそけさとざわめき、そこに成立する共感を糧として」、「人間の普遍と相対と、人間は自分自身の謎に立ちかえり、人間たちの中で人間である自分を、感じたはずであった」。そして「説話的世界を媒介として人間の根元に就く『今昔』的体験は、その情熱の核心としての仏伝」を希求した。本書が繰り返し確認するように、『今昔』は、組織的に仏伝を集め、日本語の文体で、その生涯を初めて体系的に描ききった作品である。そしてついに、人間の実在を問う文学となった。

『今昔』は覚めていた。
仏とは何か、仏は何故にこの世の母に胎（やど）り、何故に生れましたか、人間は何故に生れてきたか、『今昔』の課題は、この一大事につながっていた。

（以上、Ⅰ「今昔物語集の誕生」）

説話を通じてあらゆる「人間」を凝視し、その深層を表現すること。それが、仏伝を基幹として出発した『今昔物語集』の真率な方法論であった。それはどうやら仏伝にも及ぶ。『今昔』仏伝は、基本的には、人界現世の仏陀の一生を、釈迦族の聖者釈迦牟尼（シャーキャムニ）、ゴーダマ・ブッダ（Gotama Buddha）の歴史的個人的生涯を求めようとする」。人間・仏陀を描き出し「ともかく現身のひとりとしての意味を求めようとする」。『今昔』において仏陀は、あくまで「生身すなわち現実の肉身」として「意識」されていた（Ⅱ「今昔物語集仏伝の研究」）。この観点は、出雲路修の『今昔』編纂論において、新たな視座で展開することになるだろう（『説話集の世界』岩波書店、一九八八年参照）。

三

かつて著者が「蔵していた」『今昔』仏伝の研究は、それでもいくどか「筐底」を出て、問題を絞って活字化された。Ⅲ部収録の「今昔物語集仏伝における大般涅槃経所引部について」、「今昔物語集仏伝資料に関する覚書」、「今昔物語集仏伝の翻訳表現（断簡）」がそれである。加えて「今昔物語集における原資料処置の特殊例若干〈附　出典存疑〉」は、「仏伝の研究」を補強する注として「原資料処理の例証のために」書かれ、本朝部の説話にも分析を及ぼす。これら「仏伝の研究」が刻む研究史上の意義は多岐に及ぶが、第一に特記すべきは、『今昔』仏伝出典論の全面的刷新である。本書の「仏伝の研究」で新たに付された「まえがき」に、「あたらしく言えば、

『今昔物語集』仏伝主要部は、十巻本『釈迦譜』に自身直接して依り、ないし、これを承けて和文化されていたものに由る在り方をのこすのが多い」とある。僧祐撰『釈迦譜』五巻本を『過去現在因果経』他で増益改編した十巻本『釈迦譜』を『今昔』の典拠に引き当てた分析は劃期的であった。ただし「『釈迦譜』の出典としての直接性間接性に関する再検討」(先引「旧稿」「あとがき」)は、絶対の確信を求めて最後まで続けられた。その痕跡は、本書の随所に残る。

一方著者は「旧稿」提出後、『釈迦譜』などの外側にある「仏伝中のいわば仏伝外伝、仏陀の周辺の伝承」を追い、『注好撰』(相次ぐ新出写本の発見により、一九八〇年代以降『今昔』出典論の主役の一つに躍り出た)他を用いて、Ⅲ部「今昔物語集仏伝外伝の出典論的考察」を書く。続く「今昔物語集震旦部仏来史譚資料に関する一二の問題」では、震旦部巻六の仏法伝来話(巻六第一には釈迦如来が登場する)を分析し、『大宋僧史略』という宋代資料が『今昔』の典拠である可能性を示した。これも先駆的な発見である。

さて本書版「仏伝の研究」では、「まえがき」や「Ⅳ仏陀般涅槃物語」など、いくつかの章で、パーリ文献のブッダ像を引き、冒頭を印象的に飾る。この対比により、原始仏教を透かして、あたかも『今昔物語集』の原像が浮かび上がり、世界文学としての仏伝の輝きをも描き出す。また著者の知は、インドや中国の文献ばかりでなく、トルコの片田舎の聞き伝えから、西洋の思想や文学まで、時空を超えて展開し、無限の宇宙へと拡がっていく。Ⅰ部の「「辺境」説話の説」では、説話的な地政学の中で内なる辺境を問い、都市の宗教である仏教に彩られた『今昔物語集』の地図が立体的に出現する。Ⅲ部最後の「今昔遠近」は、この「「辺境」説話の説」の考察とその後追いを軸に、『今昔』研究の近代史と鈴鹿本ゆかりの奈良の地のことなどを、著者の研究歴と併行して闊達に語る。学会講演の筆録である。その語り口に、著者の在りし姿を懐かしく思い出す読者も多いだろう。

かくして著者は、中心と周縁、過去と未来という二元論を超え、世界の時空を自在に往還して、語りや信仰の細部を鮮やかに照射する。その手際は、「今は昔」と語り出す「今昔物語集の風景」そのものだ。

「今は昔」とは、今はすなわち昔、語り手（書き手）の語る「今」は、その「昔」にかえり、その「昔」は「今」現前する、重層的かつ可逆的な時間構造を虚構した。「今は昔」に始まるのは、物語の古典的形式であるが、『今昔』は、それを方法的にとらえたのである。（Ⅰ「今昔物語集の誕生」）

しかしその知の所在は、「仏伝の研究」の形成に見たように、徹底して求心的である。著者は、核心を捉えて離さず、鋭くまた柔軟に、角度を変えてフォーカスし、文献の実相を追い求める。その本質は、鳩摩羅什説話への愛着をめぐって象徴的に示されるのだが、後述しよう。ここでは「敦煌資料」をテーマとする、Ⅳ部の三篇に触れておく。

Ⅳ（Ⅰ）は、菩提達磨の伝説を対象とする（その一端について、拙稿「『今昔物語集』成立論の環境――仏陀耶舎と慧遠の邂逅をめぐって――」〔『国語と国文学』二〇一五年五月号所載〕で追跡したことがある）。同（Ⅱ）では、敦煌本「孔子項託相問書」以下を精読して、『今昔』に描かれた特異な孔子伝承の所在を考察する（牧野和夫『中世の説話と学問』〔和泉書院、一九九一年〕に『孔子論』という資料の発見と分析があり、本田論の意義と拡がりが再確認された）。（Ⅲ）では、釈迦の誕生と七歩の歩み（Ⅲ「今昔物語集仏伝における大般涅槃経所引部について」と連関し、Ⅱ部で結実する）、阿難の仏典結集（この伝承については、東寺本と金剛寺本の『注好撰』が発見されて資料的視界が変わった。拙著『説話集の構想と意匠』第二章、勉誠出版、二〇一二年参照）、また漢訳仏典に由らずにあえて和文的資料を用いた「盧至長者物語」などが扱われる。
右は、いずれもきわめて稠密な論考だが、「敦煌資料」を俎上に論じるという共通性以外、話柄も異なる別個の文献学的考察である。しかしそれぞれの説話は、Ⅰの「説話とは何か」「今昔物語集の誕生」やⅡ「仏伝の研究」において、普遍的コンテクストに配置され、『今昔』総論の中で有機的に再生する。Ⅲ部とⅣ部は、Ⅰ部Ⅱ部で示された『今昔』論の体系を、膨大な補注として支える意義をも持つのである。

四

その外側へと越境し、また環流する二篇の論文がある。Ⅲ部の「仏伝（釈尊伝）の展開」と「釈尊伝」である。『叙説』の「旧稿」を書き終え、『今昔』の仏伝研究に区切りを付けた著者が、今度は、インド原典の中で仏伝の形成を考察する。それが「仏伝（釈尊伝）の展開」だ。サンスクリットやパーリ文献を駆使して論じる仏伝展開史は、国文学者として想像の枠外にある博識である。後に触れるように、「洛南の寺院」で仏教学の研鑽を積んだ著者にしか出来ない仕事であろう。その追跡を包摂して三国の仏伝を整理し、『今昔物語集』を経て中世仏伝へと至る道を描き出すのが「釈尊伝」である。仏伝に留まらない。そこには、今日の日本研究を領導するテーマが、的確かつ瑞々しい表現で、先進的に語られている。

その中国のこなたに然るべく海を隔てて漢字漢語文化圏に包まれることになる日本は、もと言語的には異質の、いわば国際古典文章語としての漢文、漢訳仏典語をも含むその強烈な衝撃のもとに、世界を触媒とするめざめや悩み、それをはじめて内的にうらわかくめざめ悩んだであろう。

（Ⅲ「釈尊伝」）

新たな核心が近づく。『今昔物語集』における、表現のありかと、文体の確立をめぐる問題である。『今昔』は、「漢訳仏典語を含む国際文章語としての漢文の類を脱してすべて漢字片仮名交りの和文をとった、あたらしい文体の方法とも相関した。転換期の自身の現代の意識であった」（「釈尊伝」）。国際と現代と。このきわめて斬新な『今昔』文体論は、「この時、漢文という、異質の硬質の原典を翻訳する仕事は、『今昔』の想像力の触媒として、『今昔』の内部の潜勢力をあたらしく表現させる滋養としてはたらき、その説話群に、歴史の深さと世界のひろがりとを与えた」と展開する。和文と漢文、和語と漢語。「この、混種のことばの相互作用の緊張の間から、『今昔』は、和漢混淆文というあたらしい散文文体を、具現してきていたのである」（「釈尊伝」）。

今日の文体史研究においても、「日本語書記用文体の確立した姿として」の「和漢混淆文」を代表する嚆矢的作品は『今昔物語集』である（乾善彦「「和漢混淆文」と和漢の混淆」『国語と国文学』二〇一六年七月号）。しかし著者は、言語を越え、和漢混淆の文体史から和漢混血の文化史へと論を拡げて突き進む。『今昔』は、和漢の説話の群を媒介とする自己認識、すなわち、混血することばにわたる言語の外在性と、自己表現の結晶作用との緊迫の間に、日本の転換期におけるあたらしい人間の可能性の追求と、あたらしい混血散文の想像力の可能性の追求と、その独自の、孤独な仕事をつづけた、と言える」（「釈尊伝」）。いま付け加えることは何もない。

五

その中で『今昔』は、どのように説話を受け止め、表現して伝えたのか。著者は「アジアの説話の歴史において、『今昔』の諸篇は、その全篇を通じて説話様式をとりながら、しかし、基本的に、それぞれ口承（口がたり）自体の直接の記憶から各篇全体を喚起したものでなく、和漢の群籍を出典（種本）として渉猟して成る」（I「辺境」説話の説）という。それは、特有の「孤独」な書承行為によって存立していた。

著者は、『今昔』の前史である『宇治大納言物語』の達成を「流転する口承の肉声の音色を、無文字社会と有文字社会との間に、微妙に定着しようとした」と捉え、そのように培われた「口がたり」が『今昔』に揺曳する魅力をしばしば説く（たとえばⅡ「仏伝の研究」巻一第二の末尾など）。しかし『今昔』自体の出典については、安直な口がたり変容論を強く峻拒した。「『今昔』文学の独自性を厳密に考えるためには、その意図や方法に従わなくてはいけない。安易に民衆社会の口承と短絡したり、誤った出典と直接比較して、『今昔』文学の質を批評することはできない」（Ⅰ「今昔物語集の誕生」）と。たとえばⅢ部やⅣ部の諸論を見てほしい（一例としてⅢ「今昔物語集仏伝における大般涅槃経所引部について」の冒頭参照）。著者は、説話研究の一時代に大きな影響を及ぼした、敦煌変文自体の自由闊達な語りの様相と魅力は十分に認識しつつも、それを『今昔』と直結する短絡を「うつろな誤り」（Ⅱ「仏伝の研究」Ⅰ巻一第二）と指弾する。『今昔』は「敦煌変文のようには、自由な変改や創作をこころみなかった」（同上）からである。

ただし『今昔』は、原典の書承や翻訳による説話生成を貫きながら、時に出典と衝突し、独自の上書きを施す場合がある。和文説話に、仏典や漢文文献をやや唐突に接合（「癒着」）し、説話を変形したりもする。きまぐれなのか方法なのか。『今昔』の整合志向や組織性の中で、統一的に捉えられない混雑や未熟・拙劣も多い。そこで著者は、『今昔物語集』の編纂を経典翻訳の場に比定してイメージし、『今昔』の編集意図と、制作の現場とを段階づけて押さえ、「担当者の複数性・グループ性を予想する」。そして「『今昔』の世界は多様であるが、この構成の骨格を通じて見れば、畢竟、『今昔』全巻にはたらく編集の意志は、まず概言すれば、複数の存在を予想する、単数的な意志、とでもいうべき印象を呈する」と述べ（Ⅰ「今昔物語集の誕生」）、「これらの癒着・集成が一人によるか、編集の場の複数構成による、一種アレクサンドリア学派的な合成によるか」（Ⅱ「仏伝の研究」）などと問う。如上のシミュレーションと文献学的分析を極め尽くした果てに、ようやく著者は、『今昔』の「表現責任」を語るのである。

六

編纂行為を訳場になぞらえる着想は、著者がもっとも沈潜した『妙法蓮華経』訳者・鳩摩羅什説話への関心と無縁ではないだろう。仏伝研究に続いて、『今昔』巻六第五の鳩摩羅炎・羅什父子の説話の出典と展開を詳説するⅢ部「和文クマーラヤーナ・クマーラジーヴァ物語の研究」が、一九六二年秋に執筆された。この論文には、既述の「芥子」をめぐる詳細な語史的考察（「Sarṣapa・芥子・なたねに関する言語史的分析」）が引用される。Ⅰ「今昔物語集の誕生」の冒頭でも例示する、敦煌本鳩摩羅什断簡の説話と、「説話」の重要な古例として著者が早く注目した円珍『授決集』の「唐人説話」――「唐代寺院の説経の場を通じて、あたらしい虚構の中に、あたらしい事実化をともなってひろがった」もの――をみれば、芥子はまさしく、鳩摩羅什説話のキーワードであった。

Ⅰ「今昔物語集の誕生」によって概観すれば、『今昔』説話の鳩摩羅炎は、「天竺から震旦に仏法を伝えるために、仏像を負い、仏像に負われて」、亀茲国に辿り着く。「彼はすでに年老いて、疲れていた。国王は、彼と王女とを結ばせて」子をなし、「その子に父の志を継がせようとする。」鳩摩羅炎は、戒律のゆえにそれを拒んだ」が、仏法を伝えることこそが真の菩薩の道だと説得され、王もまた「仏法を伝へむ志深くして」、美しい娘は妻として羅炎に嫁ぐことになった。しかし娘は、なかなか懐妊しない。王が様子を尋ねると、羅炎は娘に娶ぐ時、必ず口に「無常の文」を唱えていたという。その口を塞いでしまえ。王は娘に命じ、彼女はそれに従った。娘はついに懐妊し、羅炎はほどなく命を終える。

この説話には、『打聞集』に遺された、和文的かつ口語りの余響を伝える同文的な類話がある。しかし、肝腎のこの部分だけは全く異なる。『打聞集』の羅炎は「此の御娘にただ一夜ねにけり」。そして娘が孕む。和様の一夜はらみ譚となっていた。だが『今昔』は、羅炎がいくたびも女と交会して、しかも妊娠しない逸話を採択した。ここだけが、渡来の漢文資料に接近する。『法華伝記』での相手は王の娘ではなく妹だが、やはり「欲を行ずる時一偈を誦」する羅炎を描く。しかし解決方法はいささか違う。王は妹に、「汝宜しく情を妖しくすべし」と指示する。王は、妹の魅力に賭けた。そして彼女は懐妊を果たすのだった。『今昔』は、和文の出典を基盤にしながら、やや唐突に漢文説話の文脈を接合し、だが表現は、いずれにも依らず、羅炎の口をそっと塞ぎ、思いを遂げる娘を独自に描く。著者はそれを「人間の求法の行為とか、限界状況の行為とかに関する、リアルな関心と好奇」の結果だと評した。

文言としては描かれないが、王の娘はおそらくその時、細い「手」を差し伸べて、夫の口を塞いだはずだ。「手」への固執は、『今昔』の特質的表現であった（Ⅱ「仏伝の研究」巻一第二）。一子羅睺羅を前に最後の言葉を発する師父仏陀も、そっと愛情の「手」を伸ばす（同上論巻三第卅）。こうしたディテールへの着目は、『今昔』の説話ではないが、Ⅲ部の「太子の身投げし夕暮れに……」で焦点化された、「履」形象のそれとも似通っている。ただし著者は、それを勝手な口がたりの空想に置き換えることはない。あくまで徹底的な出典研究を連ねてあぶり出す。そこでようやく浮き彫りになる群像こそ、著者の内なる真の「今昔物語集の風景」であった。

七

ヤージュナヴルキヤが美しい妻マイトレーイに別れを告げていう。「ああ、げに良人を愛するが故に良人を愛するに非ず、自我（アートマン）を愛するが故に良人を愛するなり。妻を愛するが故に妻を愛するに非ず、自我（アートマン）を愛するが故に妻を愛するなり。げに……」

一九三九年、遠い夏の日に『ウパニシャッド』を語った先考が、のち、日本の無条件降伏に徐々に近づく冬の日に、食もなく飢えがちにうずくまっている家猫に、ふと「猫にもアートマンがある」とつぶやいた、そのアートマンである。

仏陀、そして仏教はこの自我（アートマン）を否定した。

II部「仏伝の研究」の一節である。「旧稿」にはない。「先考」は、著者の尊父・本田義英である。その名は本書に散見し、代表的著作の『仏典の内相と外相』（弘文堂書店、一九三四年）と『法華経論――印度学方法論より観たる一試論――』（弘文堂、一九四四年）もしばしば引用される。『法華経論』の序論には、「余の専門とする印度学の立場より仏典を研尋して、仏典に於ける諸相と、仏教以外の思想信仰に於ける諸相との関係を考察し、共に携へて印度学一般の研究資料に供せんとする」とあり、その方法は、あくまで印度学の立場から「或は宗教に、或は哲学に、或は文学に、微力を尽して諸種の文献に渉り、持て陰に陽に仏典に潜める印度学一般の資料に索尋の眼を投じている」。同著第一章「法華経本質論」に見る如く、そこには、徹底して語学的な翻訳論がある。『法華経論』最重要のテーマは、今日の私たちが『妙法蓮華経』として通用する、鳩摩羅什訳の分析とその意義の解明であった。それは、結びの第三章「什訳法華経論」へと収斂する。

本書『今昔物語集仏伝の研究』に眼を転ずれば、父義英著の印度学的・語学的な文献学こそ、著者の学問の先蹤であり基盤だったと容易に気付く。サンスクリット、パーリ、漢訳仏典、そして日本文献を華麗に横断して行われる著者の研究手法の起源は、「先考」本田義英に帰す。著者は「師父」と義英を呼ぶ。羅睺羅の「師父仏陀」（本書第Ⅱ部）を想起するのは私だけだろうか。一子羅睺羅と仏陀の関わりも、本書が詳述するテーマである。

附編の二つのエッセイは、母校の会報に寄せられた。その一つ「漆緑歎」は、鳩摩羅什研究の原風景を照らし出す掌編である。あの敦煌本鳩摩羅什断簡が、「父」がロンドンで手写した本で読まれたと伝える逸話に目が留まる。「深草極楽寺と道元」と「日蓮遺文における引用の内相と外相」（日蓮遺文の「旃陀羅」を追いかけるこの論は、Ⅱ「仏伝の研究」にも関わる）という論文二篇も、そうした原像を投影するだろう。これらが書かれた縁由は、著者が四十七世の住職を務めた、伏見の深草山宝塔寺にある。詳しくは「深草極楽寺と道元」を読み、そしていっそ宝塔寺を尋ねてみようか。Ⅰ「今昔物語集の誕生」にも、藤原基経が開いた「洛南極楽寺」への言及がある。「仏伝の研究」は「歳晩、昏刻の洛南寺院に」始発した。宝塔寺のことだ。著者先代の四十六世は「師父」本田義英。著者がいくどか使用する「内相と外相」という対比も、むろん『仏典の内相と外相』に由来する。

＊　＊

「釈尊伝」は、「日本の涅槃図に、やがて猫も画かれる。過客のしんがりに。猫の仔も聴くか、諸行無常、法(ダルマ)のままにつとめよ、と」書き、『梁塵秘抄』を引いて閉じられる。

宝塔寺を出て、しばし北へと散策すれば、東福寺に到達する。そこには、明兆の手になる、大幅の涅槃図がある。この名品には、仏陀の涅槃に駆けつけた、愛らしい猫が描かれている。「魔除けの猫」と評判だ。著者も、あの猫に目をやり、遠く師父の――この場合は、仏陀と「先考」とを重ね合わせて――面影と涅槃を慕ったことだろうか。三月の東福寺涅槃会には、この大涅槃図が掛けられる。来年は、著者のまなざしを追って猫を探し、『今昔物語集』の仏伝に思いを馳せてみたい。

（国際日本文化研究センター教授）

著者略歴
本田義憲（ほんだ・ぎけん、1922-2012年）
国文学者。京都府生まれ。
1943年京都帝国大学文学部国文科卒、甲南高等学校教授、奈良女子大学文学部助教授、68年教授、84年定年退官、名誉教授、京都外国語大学教授、98年退職。
著書に『新潮日本古典集成「今昔物語集」』(校注・解説、新潮社)、『説話の講座』(編集委員、勉誠社)、『日本人の無常観』(NHKブックス)、『万葉の碑』(創元社)などがある。
万葉集ならびに今昔物語集の研究にて多くの業績を残した。特に後者においては、インド原典及び中国撰述の漢訳仏典に精通した知見を活かし、思想・文化的側面の展開を含めた今昔物語集における釈迦伝の出典研究をなした。

今昔物語集仏伝の研究（こんじゃくものがたりしゅうぶつでんのけんきゅう）

著者　本田義憲
序文　小峯和明
解説　荒木浩
発行者　池嶋洋次
発行所　勉誠出版㈱
〒101-0051 東京都千代田区神田神保町三−一〇−二
電話　〇三−五二一五−九〇二一㈹
二〇一六年十二月五日　初版発行
組版・印刷　太平印刷社
製本　若林製本工場

ISBN978-4-585-29126-8　C3095

金剛寺本『三宝感応要略録』の研究

最も古い写本である金剛寺所蔵『三宝感応要略録』。その古鈔本を影印・翻刻、代表的なテキスト二本との校異を附し、関係論考などと合わせて紹介する。

後藤昭雄 監修・本体一六〇〇〇円（＋税）

日本仏教説話集の源流

『日本霊異記』『今昔物語集』に対する『冥報記』『三宝感応要略録』の密接な影響関係を具体的に解明し、従来の日本仏教説話文学形成への認識を新たなものに修正。

小林保治・李銘敬 著・本体四〇〇〇〇円（＋税）

冥報記の研究 第一巻

仏教説話集『冥報記』全冊を初めてカラー影印し、翻刻と、その訓釈文に校異と語注・参考話等を主とする注釈を加え、解説及び研究を収載。

説話研究会 編・本体二七四〇〇円（＋税）

冥報記の研究 第二巻

前田家本『冥報記』の新たな校訂釈文を作成し、一字漢字索引・人名・地名・寺社名・訓注・ヲコト点・声点などの各種索引を収録し、解説・研究を付す。

説話研究会 編・本体一八八〇〇円（＋税）

上代写経識語注釈

飛鳥・奈良時代に書き写された日本古写経の識語をほぼ網羅する七十一編を翻刻・訓読・現代語訳し、詳細な注釈を加え、写経識語の意義を捉えた四本の論考と索引を収載。

上代文献を読む会 編・本体一三〇〇〇円（＋税）

陽明文庫蔵　重要美術品

宇治拾遺物語絵巻

歴代の近衛家当主により守られてきた陽明文庫秘蔵の文化財の中から、美術的・文学的価値をもつ『宇治拾遺物語絵巻』を取り上げ、原本の全部分をフルカラーで影印。

狩野探幽・尚信・安信 画／近衛家凞 筆／
陽明文庫文庫長 名和修 監修／
狩野博幸・小林保治・小峯和明 解題
・本体二八〇〇〇円（＋税）

チェスター・ビーティー・ライブラリィ所蔵

宇治拾遺物語絵巻

在外の貴重物語絵巻をフルカラーで再現。詞書と対照して読み進められるよう写真版の下に釈文・注釈と場面解説を、巻末には現代語訳を付す。

小林保治・村重寧 解説／
チェスター・ビーティー・ライブラリィ 監訳
・本体一二〇〇〇円（＋税）

チェスター・ビーティー・ライブラリィ

絵巻絵本解題目録

図録篇・解題篇　全二冊

アイルランド共和国チェスター・ビーティー・ライブラリィ蔵の、絵巻・絵本の解題目録。解題篇、および図録篇の二分冊。

国文学研究資料館
The Chester Beatty Library 共編・本体四七〇〇〇円（＋税）

日本化する法華経

芸能や儀礼、説話や和歌の中に融け込み、様々な書写形態や音声により伝わり、絵画や一石経、絵経等に姿を変え浸透した日本古典としての「法華経」の諸相を論じる。

浅田徹 編・本体二〇〇〇円（+税）

南方熊楠大事典

領域を横断する浩瀚な「知」の世界を築き上げた南方熊楠。近年の網羅的な資料調査により浮かび上がってきた熊楠の実像を総合的に捉えるエンサイクロペディア。

松居竜五・田村義也 編・本体九八〇〇円（+税）

南方熊楠の説話学

厖大な説話を集積した漢字世界の書物に晩年まで没頭していた南方熊楠。その説話学の広野に足を踏み入れる探求者に捧げる一冊。

飯倉照平 著・本体四五〇〇円（+税）

環境と心性の文化史 上・下

人間は自然環境をどのように捉え、働きかけ、作りかえてきたか。それぞれの時代・社会に特有な〝心性〟を明らかにし、〝環境問題〟への思考基底を示す。

増尾伸一郎・工藤健一・北條勝貴 編・本体各六〇〇〇円（+税）